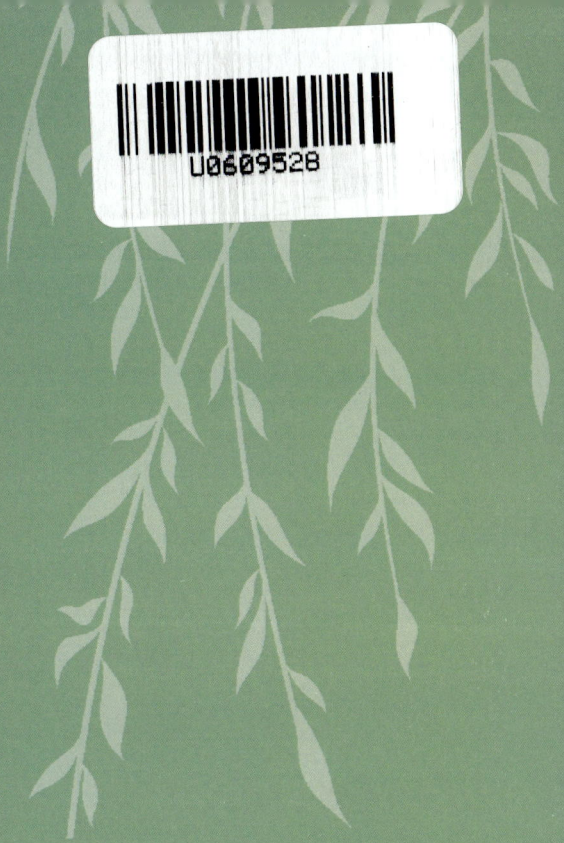

柳林传

周健明　著

人民文学出版社

图书在版编目(CIP)数据

柳林传/周健明著. —北京:人民文学出版社,2020
ISBN 978-7-02-016077-8

Ⅰ.①柳… Ⅱ.①周… Ⅲ.①长篇小说—中国—当代 Ⅳ.①I247.5

中国版本图书馆CIP数据核字(2020)第024137号

责任编辑　刘　稚　王昌改
装帧设计　李思安
责任印制　徐　冉

出版发行　人民文学出版社
社　　址　北京市朝内大街166号
邮政编码　100705
网　　址　http://www.rw-cn.com

印　　刷　北京捷迅佳彩印刷有限公司
经　　销　全国新华书店等

字　　数　661千字
开　　本　710毫米×1000毫米　1/16
印　　张　46.25　插页1
版　　次　2020年11月北京第1版
印　　次　2020年11月第1次印刷

书　　号　978-7-02-016077-8
定　　价　99.00元

如有印装质量问题,请与本社图书销售中心调换。电话:010-65233595

目 录

柳林前传

柳林后传

柳林前传

一、劳改释放犯

劳改队的手套,已经破烂得不能戴了,以后再没有发新的下来。劳改队为农场修仓库,杨青林与俞春生从船上卸石头,只能光着手去抬。两人都是干粗活出身的人,手掌皮都很厚,没有手套戴也没有关系,但是,天寒地冻,就不好受了,手掌接触到冰凉的石头,便感到刺骨的疼痛,有时手指都痛麻木了。这天,两人干了大半天活,到了下午,俞春生的手指已经失去了知觉,他将一块七八斤重的石头往卡车上一扔,没有使上劲,石头在车厢边碰了一下,又弹跳下来,落在他的跟前,他没有来得及跳开,脚被狠狠地砸了一下。杨青林看见俞春生躬下身子,赶紧丢下手上的石头,跑过来一看,只见他的脚趾被砸破了,流出的鲜血把鞋子都染红了。杨青林忙把他背起,背到路旁的一块草地上,替他把鞋子脱下来,用一条手巾将伤口扎住。劳动时间是不能随便离开的,好不容易挨到天黑,最后一辆汽车不再装石头了,他们才搭车回转。当他们回到劳改犯住地时,杨青林发现,俞春生的脚已经肿起好大了。

杨青林与俞春生合睡一张上下铺,俞春生因为年纪轻些,住在上铺,今天杨青林把他扶到下铺睡下。杨青林看见俞春生的脚肿得越来越大,愁得不行,他已经将这事报告给管教干部了,请他们派个医生来瞧瞧,给小俞上点药,但直到现在还不见回答。

俞春生痛得不停地哼,连晚饭也没有吃一口。这个孩子,只有二十二岁,原来是柳林镇供销社的公务员,是杨青林的小同乡,大前年因盗窃罪被判了十二年徒刑,被押到这个劳改队来了。俞春生刚来那天,哭个不停。他有一张稚气的脸,一双清澈的大眼睛,他哭了一天,把眼睛哭肿了。从杨青林看到他的第一天起,他就不相信他会是私自撬开供销社的保险柜盗窃六千元人民币的罪犯,可判决书上明明写着,他是盗窃犯,尽管自己拒不认罪,根据公安局的过细侦查,已经掌握了大量人证物证,根本无法抵赖。按照案情,本来只需判六七年徒刑就行了,却因为他拒不认罪,在审讯中又耍花招,根据坦白从宽抗拒从严的方针,加判了几年。十二年徒刑对一个十八岁的小伙子并不显得太可怕,因为当他期满释放,还只有三十岁,他还是个青年人,他还可以重新生活。但他不是这样想,他跟杨青林一讲起这件事,就眼泪汪汪,辩说自己根本没有犯过这种盗窃罪。供销社被盗的那晚,他看电影去了,开演晚了,片子又长点,很晚才回宿舍,一回到宿舍就关门睡觉,一夜没有起来。但是这只是他个人的叙述,没有旁证,他的朋友罗四和他一同看了电影,看完电影后就跟别人回了家,没有和他搭铺,他无法证明看完电影以后的这段时间的情形。在发生盗窃事件的第二天,县公安局根据种种线索怀疑到他头上,他们到他家里进行了搜查,在他家的偏屋的稻草堆里,搜出了三百元人民币。这三百元票子,连包扎的牛皮纸条也没有扯掉,上面还有会计亲笔写的数字。这样一来,俞春生被捕了。当俞春生在审问中提出上述理由为自己辩护时,审判员不禁勃然大怒,他指着俞春生的鼻子骂道:"狡辩!你看完电影,还不到十一点,离天亮有七八个钟头,这段时间没有人证明你一直在睡觉,完全有时间撬开保险柜,转移赃物,现在罪证俱在,还有什么理由狡辩?想不到你年纪轻轻,竟这样不老实,真正可恶!但是我要告诉你,最狡猾的狐狸也逃不出聪明的猎人的手掌!"审判员用聪明的猎人来比喻这个侦破小组,他觉得这个比喻最恰当不过,他想到自己能马上想出这样一句文雅的比喻,不禁微微一笑。在审讯中因为俞春生竭力为自己进行过狡辩,又一直没有退出赃款,就成了增加刑期的根据。

俞春生在审讯时坚持不认罪,只好暂时被送进关押预审犯人的治安指挥部,在治安指挥部不到一周,受不了那种罪,只得把一切都供认了,这样,审讯便算结束了。

公审大会一完毕,俞春生便从会场上直接被押送到劳改队来了。他一进劳改队,就只知道哭,他哭了一整天,把眼泡子哭肿了,同时也把杨青林的心哭动了。杨青林是劳改队的老犯人,他到这里已经整整四年,他是一九七一年"一打三反"运动中被逮捕入狱的,罪名是恶毒攻击"无产阶级司令部",恶毒攻击江青同志,他被判的是无期徒刑。他今年三十四岁,原来是柳林公社的副书记兼副主任,从他听到自己被判的是无期徒刑那天起,便安心在这个劳改队住下来,准备在这里打发漫长的岁月。这天他看见这个小伙子显得这般委屈,心里很难过,便跑来劝说他,经他一番劝慰,小俞慢慢停止了哭泣。后来看到他这个无期犯还这样乐观,小俞也就安心了一点。两人被安排睡在一张高低铺上,这样他们朝夕相处,很快成了好朋友。

因为同是一个生产队的人,俞春生早就听说过他的案子,知道他是柳林公社的硬骨头。"文化大革命"一开始,他就和公社的造反派作对,"一打三反"运动中,运动的领导权掌握在造反派手里,他们便把矛头对准他。加上当时担任县委代理第一书记的武装部长是杨青林的老对头,过去在柳林公社搞社教运动,由于捆打干部搞逼供信,曾经被杨青林告了一状,受过地委的通报批评。他正要找杨青林算这笔账,这样,杨青林就被抓了起来。后来经过发动全公社进行揭发,发现他有许多"三反"言论,特别是有攻击中央首长的言论,案情就严重了。在公社大院召开的公审大会上,他被排到第二名。第一名是杀人犯,被判处死刑,当场执行枪决。他被判处无期徒刑,宣判大会以后游街游堤,然后被押送到这个劳改队进行劳改。

今天,他把俞春生安顿在自己床上睡好,就去伙房舀来一桶热水,替他把手脸和身子洗干净了,脚上没伤的地方,也用热水洗了洗。他又去找管教干部反映了一下情况,希望他们早点派个医生来看看。

这个劳改队,平时没有固定的医务人员,只在劳改犯人中找出一两个略懂医术的人临时担任医生。因为这些医生都不是什么正经八百的医务人员,医术都不大高明。即使有个正式医生在这里劳改,也没有充足的医药和医疗器械,整个劳改队三百多号人,仅仅只有一只急救箱。就是找这种医生看病,也不是容易的,需要通过层层请示。犯人请求犯人中的小组长,小组长请示管教干部,管教干部请示队领导,队领导同意,才指定担任临时医生的犯人背着急救箱来看看。由于杨青林是犯人小组长,第一道请示免掉了。第二道请示却不容易,在码头上杨青林报告了管教干部,当时管教干部亲自看见俞春生伤脚的情形,但是等他吃过晚饭,被另外几个管教干部拉去打扑克,便忘了。现在他正踌躇满志,手里捏着一只大鬼,准备挖对家的底。杨青林跑到房外喊了声报告,这里正处于紧急时刻,管教干部全神贯注在牌上,哪里听得见他的喊声。杨青林接连喊了几声,还是没有人理他。直到那人把对家的底挖了,底下有四十分,对家垮了,他才扬声大笑起来,把头从牌桌上移开。杨青林又趁机大喊了一声,这一声引起管教干部的注意,他朝门口望去,没好气地问道:"嚷嚷什么,出了什么事?"杨青林急忙回答道:"俞春生的脚受伤后肿得越来越大了,医生还没有来!"管教干部这时才记起小俞的事,他把手上的牌一丢,不情愿地站起身来,朝队长办公室走去,去找队长请示。

等管教干部从队长办公室转来,却笑容满面,对杨青林笑道:"快去,队长叫你,大喜事!"杨青林问:"医生呢?"管教干部道:"你不用管了,我去通知。"

大喜事!什么大喜事?杨青林没敢再问。他带着疑惑的心情来到队长办公室。按照平时的习惯,他在门口喊了声报告,接着便听见里面队长在哈哈大笑。队长一边笑一边大声说道:"杨青林同志,恭喜恭喜,快请进来,到里面坐。""杨青林同志"——这个称呼久违了!杨青林心里想,真的发生了大事。平时对犯人非常严厉的队长,这时笑嘻嘻地站在他面前,并且热情地伸出一双手,跟他握着。队长将他引到房间里,招呼他坐到一张椅子上,然后又大声笑道:"杨青林同志,告诉你一个好消息,我们已经接到县法院的通知,叫我们向你宣布,你已经被释放了!"杨青林有点不相信自己的耳朵,他呆呆地站着,不知怎样回答才好。队长又道:"打倒'四人帮',层层清理积案,经过复查,发现你的案件也属于冤假错案,法院决定,撤销原判,将你无罪释放。你的问题本来早应当平反了,但是上面一直没有正式通知,我们不好擅自处理,又委屈了你这么久!"这时杨青林才听明白了,他的案件得到了昭雪,听明白这点,他不禁长长地舒了一口气。队长替他倒了一杯茶,然后又很亲切地问道:"王杏花是什么人？你认识她吗?"杨青林答道:"王杏花是我过去的未婚妻,我被捕时,她被调往外县,已经跟我脱离了关系。"队长笑道:"我看这种关系现在还保持着,据我们所知,你的案件的平反,很搭帮她,打倒'四人帮'以后,她连续向法院写过好几次申诉书,替你进行辩护。今天她听说你要释放了,还托人送来一大包换洗衣服,现在放在我这里,请你拿去。"说着,队长从一口大柜里取出个蓝印花布包,把它递给杨青林。杨青林打开看了看,都是一色崭新的衣服。

因为天色已晚,杨青林没有马上离开劳改队,同时他也不想马上离开这里,他还担心小俞的脚会发炎,不知要不要替他做进一步治疗。他提前出狱,小俞肯定会高兴的,但他同时也会感到难过,因为几年以来,两人几乎形影不离,成了好朋友,他不在身边,他会感到孤单,会更加觉得日子难熬。小俞的案件跟自己的案件一样,肯定是一桩冤案,他越详细了解案情的经过,越相信自己这个判断,他想等自己出狱以后,一定马上为他洗清这个冤屈。

当杨青林从队长屋里出来,回到犯人宿舍的时候,小俞已经睡着了。临时医生来替他上了药,疼痛减轻了,一天的疲劳,使他马上入了睡,但是由于脚趾还在发痛,他不时地从梦中痛醒,喊几声"哎哟"。杨青林坐在他的身旁,望着他的稚气的脸,他的脸色已跟刚来时完全不同了,刚进劳改队时,脸上还是红通通的,现在已经变成灰黑色,由于终年繁重的体力劳动,得不到营养和休息,他的两颊也显得有些浮肿。杨青林心里想,在"四人帮"横行时期,在全国范围内,造成了多少这样的冤案!他不忍将小俞叫醒,只替他把被子披了披,使他盖得更严实一点,他坐在床沿,继续在想心事。

这时,在他的眼前,清楚地显出这样一些情景:那是一个酷热的夏天,他被关押在公社一间临时设置的牢房里。公社和大队的干部,都集中在公社办学习班,在这个学习班上,主要揭发和批判他的反革命罪行。县委代理第一书记,过去的县人武部长,在这个公社蹲点,他虽住在离公社办公处有四五华里的柳林供销社楼上,很少到公社办公处来,但他的两个女秘书,轮流到这里收集情况,他也常在酒醉饭饱之余,把公社的几个造反派头头和亮相干部叫到那里,听他们的汇报。最后他们把杨青林的罪名定下来了,恶毒攻击无产阶级司令部,恶毒攻击江青同志,是一个穷凶极恶的现行反革命分子。他们根据检举揭发的材料,整理了一份报告,报上去了,并且提出了处理意见,建议判处死刑或无期徒刑。这个案件经过省里审批,同意判处无期徒刑。

就在批文下达的当天,县委代理第一书记把王杏花叫到供销社楼上。王杏花当时是柳林公社妇联主任,县委代理第一书记盯着她那副清秀的面庞看了好一会,慢吞吞地向她宣布了这个消息。王杏花正和杨青林热恋着,他们已经约定,等到这年秋收以后就办婚事。当她听到这个消息,几乎晕倒了。县委代理第一书记向她交代,在她面前摆着两条路:一条是跟党站在一起,和杨青林划清界限;一条是和杨青林继续保持关系,这样她便得离开党组织,同时准备下放农村劳动,因为无产阶级专政的政权机构,不能容许一个与反革命分子有密切联系的妇联主任。王杏花只有低头痛哭,最后她也只能同意县委代理第一书记的要求,和杨青林割断一切联系。但她当时提出了两个要求,一个是要求再见杨青林一面,一个是要求在宣判大会召开之前,县委把她调离柳林公社,这两个要求都得到了满足。当她收拾好行李准备离开公社那天,她跑到公社大院的临时牢房里看到了杨青林。那天,王杏花哭得很厉害,但是杨青林什么也不知道,他还是乐呵呵的,一个劲地向她打听外面的情况,他不知有个怎样的厄运在等待着他。王杏花看到这情形,心里更加难过,她没说完要说的话,用手蒙着脸,大哭着跑了出去,从此,没再在柳林公社露面。在召开宣判大会那一天,杨青林还在用眼搜索她,想看看她是否在场。宣判大会开过后,他被五花大绑拉去游街游堤,也一路寻找她的身影,他知道这个打击对她来说太重了,他担心她会受不了,会倒下去。从此以后,他再也没有听见她的信息了。

直到前年十月以后,他才收到一个从外面寄来的包裹,打开来看,是一包日用品,还有几瓶罐头。寄包裹的人没有写信,包裹上的寄件人姓名叫杨春林,好像是他的亲兄弟,但他从那包裹皮上的秀丽的字迹可以认出,寄包裹的人就是王杏花。后来又常常收到这样的包裹,但是现在王杏花在哪里工作?她的生活怎样?他还是一点也不知道。刚才队长告诉他,"四人帮"打倒以后,王杏花不断在为他申诉,使他的案件能得到复查改正,这充分说明,王杏花是一直在惦念着他,并且一直在为他奔走。因为这个劳改队不准听广播,也没有报纸给犯人看,"四人帮"被打倒的消息,他还是最近在搬运石头时听一个开汽车的犯人讲的,他还不知道自己这类案件可不可以申诉。王杏花替他进行了申诉,她为他办了一件自己目前还无力去办的大好事。现在好了,他已正式被释放了,又可以回到家乡,去过那自由自在的生活。当他想到这里,他心里感到十分愉快。过去的八年,就像一场噩梦,现在噩梦已经醒了,他又将恢复原来的面目。这次王杏花托人捎来的包裹上,第一次写了她的真实地址和姓名,使他知道她已经离开了原来公社,到了安乡县县城的一家商店里工作,从这里到那个地方,有一段水路,坐轮船只要半天就可以到达。杨青林已经想好了,明天一大早,他便搭船到王杏花那里去,他要去看看王杏花,去看看他的久别的未婚妻。从她替他进行申诉以及她给他寄包裹来看,王杏花现在肯定还是一个人生活,她还是像过去一样心疼他,和他的关系,虽然经过这样大的波折,还一点也没有变化。他想他这一次去,一定要把她接回来,把她接到自己的家乡,来共同开始新的生活。

他坐在俞春生的身边,在黑暗中这样默默地想着,想着想着,不禁笑了,他对自己的未来的生活蓝图已经描绘好了。他看见小俞还在酣睡着,知道小俞一时还不会醒来,他便爬到上铺去,在小俞的床铺上躺下来,他也马上睡着了。在梦中仿佛觉得自己已经搭上轮船,到了王杏花那里。王杏花笑嘻嘻地接待他,并且把他带到她工作的商店里,向同事们介绍道:"这就是我的未婚夫!"时隔八年,王杏花一点也没有变,不但对他的感情没有变,模样儿也没有变,欢喜和感激使他落了泪。泪水从眼角流出来,碰到了冷空气,很快就变凉了,冰凉的泪水布满了他的面颊,以至把他弄醒了。当他一觉醒来,发现天已大亮,同室的犯人都已起床,到外面劳动去了。由于他已被释放,管教干部没有叫他起床,这时整个宿舍,就只剩下他和砸伤了脚的俞春生。

俞春生在他醒来以前早就醒了,也早就听人说到他已被释放了。俞春生果然很高兴,同时也感到一种哀愁,像兄长一样爱护他的朋友就要离去了,往后他的日子将怎样过?当杨青林从上铺爬下来时,他听见俞春生正在被子里嘤嘤哭泣。

杨青林忙走过去,扯开蒙着他的脸的被子,柔声地问道:"小俞,你还痛吗?"俞春生一边摇头,一边继续哭着。杨青林道:"那么,你怎么哭脸啦?"俞春生道:"听说你要走啦!"杨青林问:"你已经知道了?"俞春生点点头。杨青林笑道:"昨晚上我去叫医生时他们通知我的,回来后你已经睡着了,来不及告诉你。"俞春生仍在哭泣着,他断断续续地说:"我听了又高兴又难过,你要走了,我的日子怎么过下去?"杨青林只好安慰他道:"你的案子也是冤案,我完全相信,等我出去以后,第一件事就要把你这个案子弄清楚,请你放心,我一定替你申这个冤!"这时,俞春生已经不哭了,他真还是一个孩子,听了杨青林说的这些话,又破涕为笑了。他拉住杨青林的手,央告道:"青林哥,你出去以后,请一定去看看我爹爹,告诉他,我身体很好。我被判刑以后,他大病了一场,听说从此就变得痴呆了一样,再不肯跟人说话。那三百块钱,是作案的人放在我们家稻草堆里的,要找到这个栽赃的人,我的案子就好办了!"对于这个案件的过程,杨青林早就熟透了,这时他又安慰他道:"小俞,你放心,我会根据这些线索去仔细调查的,我知道,你们家的茅屋,坐落在内湖尾子上,平时那里很少有人去,就是去了一个人,也很显眼,大家都看得见,那个栽赃的人再狡猾,他也会留下痕迹的。你也晓得,你的事情不弄清,我是睡不着的。"这样,两人又说了好久的话。杨青林要去见王杏花,得赶下午的班船,等吃过午饭,杨青林还不肯离开俞春生,这时倒是俞春生催起他来了,催促他快点走。杨青林看见天色已经不早,便把一切日用的物品都留给俞春生,王杏花送来的新衣,也留给了俞春生,他到劳改队办公室取了证明,就上路了。

　　杨青林走出劳改农场的大门,太阳刚偏西。八年来,杨青林第一次单独走路。当他离开劳改农场,在一片田野上走着,呼吸着带着浓烈泥土味的新鲜空气,冬日的阳光,虽然不能给人带来温暖,但给人一种明亮舒服的感觉,顿时使他感到轻快,这种轻快的感觉,是没有经历过失去自由的人想象不出来的。不一会,他便走到了轮船码头。这个轮船码头,是岳阳和安乡之间的中途站,岸上修了一排红砖房子,河下横靠着一只大趸船。杨青林走进那一排红砖房子,只见售票处窗口还没有打开,离开船的时间还有个把小时。因为售票员就在附近住家,家务事很多,他照例是要等开船前半个小时才进票房。进了票房,还要先抽支烟,为自己泡杯浓茶,然后慢吞吞地打开票箱,把售票窗口打开,这时照例离开船时间只有一刻钟了。大家为了不耽搁上船,常常先在窗口排队,好争取早一点得到票,免得临上船时手忙脚乱,因此搭船的人常常不得不在窗口站上两三个小时的队。售票处设在大门一侧,大门总是敞开着,从大门外刮来的河风,直刮到等着买票的人的身上脸上,有好几个人被刮得直打喷嚏。有个妇女抱着孩子,也在过堂风里吹。那妇女怕把孩子冻着,用大围巾把孩子的脸包起来,孩子的脸包在围巾里觉得闷不过,便两手乱抓,两脚乱踢,妇女要时常捂住围巾不让它给孩子的手扯下来,又要抱紧孩子的身子,不让孩子的脚乱踢,这样弄得非常狼狈。杨青林看见这情形,心里想,怎么搞的,只差一小时了,售票处还不开窗?等大家先把票买了,安心在一旁休息,有什么不好,硬要弄得大家在这里排队吹风,这又何苦?他这样想着,便走到那位妇女面前,说道:“你就抱着孩子在一边等等,把钱给我,我替你排队。”那个妇女抬起头,看了看他,从那妇女的眼神里,杨青林感到她很惊慌,而且有点厌恶。她把头转过去,嘴里连声叫道:“不,不,我自己买!”说着,她侧过身子,把背对着他,不再理他了。杨青林心里想道,她对我表示这般厌恶,难道我还是个劳改犯?他低头看看自己身上,原来自己还穿着那身破旧衣裳,那脚上的鞋,也早已露出了脚拇趾。他想,他这样子,难怪引起别人的厌恶。这时他只得从那个妇女身边走开,移到排在售票窗口的队列的尾巴上去;当他转过身子走开时,他又碰到几道从附近射来的怀疑的眼光,还听到那个妇女正在跟旁边的人说话,她的声音很低,但很清晰:“这是个劳改释放犯!”

这时队伍已经很长了,杨青林走去排队,排了好一阵,也没有再来第二个人,他就索性不排了,干脆拣个座位坐下来。坐了一会,他看见两边墙上有好些布告和招贴画,眼前的一切,都使他觉得新鲜,甚至有种隔世的感觉,这些普通的布告和招贴画,也引起了他的兴趣。他站起来,走到那些布告和招贴画面前,去细细地看,从这些布告和招贴画上的内容中也可看出,现在确实已发生了翻天覆地的变化,“四人帮”这班恶魔被打倒了,一切都翻了个个儿,用那布告上的话说,叫作“拨乱反正”,就是说要把那一切不公道不合理的做法通通纠正过来。杨青林看到这些布告和招贴画,仿佛看到了一个新的世界,在这个新世界里,一切都会变得美好,一切都将按照正常的轨道前进。这个新世界杨青林并不感到陌生,他在那里度过了美好的少年和青年时期,不过这个世界后来被意外地打乱了,自己也因此受了八年折磨,眼前这一切,说明这个世界又重新来到了人们的面前。当杨青林想到这些,抑制不住内心的高兴,甚至感到头也有些晕眩了,他不禁闭上眼睛,让自己稍微镇静一阵子,然后他慢慢把眼睛又睁开,他看见离招贴画不远的地方,有一块长方形的小镜子。这块小镜子,不知是哪位好心的人挂在这里的,虽然不大,但反射着户外射进的阳光,显得特别明亮,它在对面贴满布告和招贴画的白粉墙上投下一只闪动的光圈。杨青林被这面镜子所吸引,不禁走到它的面前,他朝镜子里一看,突然被吓得往后倒退了几步,原来,他在镜子里,看到了一个陌生的形象。八年以来,他没有照过镜子,他不知自己已经变成一个什么样子了,这时他从这面镜子里,发现自己已经完全不是原来的模样了。原来的杨青林,是个很英俊的小伙子,浓眉毛,大眼睛,粗黑的头发,衬托着红润的脸庞,显得虎虎有生气,现在镜子里出现的杨青林,却是另一副样子。尽管他已经出狱,狱中生活在他身上刻下了一时无法改变的印记,脸上的红润不见了,换上了布满皱纹的憔悴的面容,头发已经花白,并且变得稀稀疏疏。那一双眼睛,也许是变化最大的,过去是多么光亮,多么有神,光亮有神是充满信心的表现,现在却显得呆滞、浑浊,而且带着一种愁苦的表情。过去那种英姿勃勃的样儿不见了!生龙活虎的劲头没有了!在自己曾经信赖的专政机关里,是最能磨掉身上这些东西的,因为这毕竟不是敌人的监狱,在那种监狱里,可以充满信心地进行斗争,而在这种监狱里,却不能有这种想法,明明自己没有罪,时间久了,也会慢慢觉得有罪。他的罪在哪里?他也不清楚,但是既然是被关在人民的监牢里,便一定是有罪的,没有罪也会慢慢感到有罪!这也许是某种条件反射吧,这种条件反射不仅反射到他的身体上,而且也反映到他的灵魂上,眼睛是灵魂的窗户,从他这两扇窗户上,明明可以使人看出他的灵魂是受了伤的。他的灵魂最大的伤害是他慢慢失去了人的尊严,他对于人们的刻薄言辞,以及对他的侮辱已经不再有什么刺激的感觉了,他的心灵已经变得麻木了!比如刚才那位妇女对他的态度,要是过去,他会感到受到侮辱,但今天他竟丝毫觉不出有什么刺激。人们瞧不起他,甚至骂他、唾他,这是司空见惯的事,他也早已习惯了,人们稍微对自己表示一下嫌弃,这又有什么了不起呢?心灵的麻木,表现在眼睛上必然是呆滞,浑浊。杨青林现在从镜子里看到自己的眼睛,就是这样一副眼睛,现在他怎么能带着这样一副眼睛去看那等待自己很久的王杏花呢?

不,他不能去,他得将自己恢复过来,虽然身体的衰老是无法改变的,但他的精神要恢复过来,他要重新找回自己过去的性格,那种敢说敢干的倔强的性格!他的自尊心素来是很强的,他对丑恶的东西表示憎恶,对美好事物表示激赏的态度素来也是明朗的。他从不隐藏自己的观点,在困难面前他也从不低头。现在这些东西到哪里去了?他要找回来,如果他没有这些东西,王杏花也不会再需要他的,当时两人同在一个公社工作,王杏花是全县最年轻的公社妇联主任,有文化,又长得漂亮,县里许多干部热烈地追求她,但她却主动爱上了这个粗手粗脚的公社干部。在两人明确关系的那天晚上,王杏花对他的第一句话是这样说的:"不知为什么,和你在一起,总感到有一股力量!"现在这股力量到哪里去了?他的力量为什么会失去?他要把它找回来,他不能只是带着这样一个无力的躯壳去见王杏花!

售票处的窗口被打开了,窗口里传出一个有气无力的声音:"头一个,把钱递过来,到哪里去?"杨青林已决定不到王杏花那里去了。他穿过那排长长的等着买票的队伍,走到门口,在阳光下,不禁眯了眯眼睛,稍微迟疑了一下,他背起背包,急急地朝自己家的方向走去。

二、鸭棚夜话

从轮船码头到柳林洲,沿途尽是一些小河汊,没有轮船可搭,时令是隆冬,小河汊大都已经干了,走不得木船,杨青林要回家去,得走七十里旱路。他沿着一些小堤和大堤走,脚下踩着湖边的土地,心里感到一种说不出的轻松和愉快。杨青林就出生在这块土地上,从小没有看见过山,长年和自己打交道的,只是一望无际的田野,除此以外,就是长堤,和那波光粼粼的湖水。这土地是肥沃的,它平整、柔软,里面几乎找不到一块小石子,他自小喜欢打着赤脚在这种泥土上走路,现在,他又把鞋子脱了,提在手里,光着脚板在堤岸上走着。

晚稻早收割了,如今是湖区少有的一点空闲季节,但勤劳的人们哪里肯闲着双手,从前妇女们关在家里纳鞋底,男子则驾着划子到大湖里去,去捞那冻僵了的鱼虾。没有枯水的小河汊,这里那里也还有一些人在安篆子,放钩钓,或者用花篮子捉鱼。不过,这里大都是一些老人,或不肯出大力的人,他们不愿顶风冒雪到大湖里去,只肯在这种小河汊里弄点外快,小河汊里虽捞不到大鱼,但小鱼小虾是不会少的。如今不大准人到大湖去,因此小河汊里捞鱼的人很多,一些劳力很强的人也到这里来了。这些捞鱼的人,干脆就把鸭棚子搬到大堤上来,找个背风的地方,靠着一棵大杨树,安上一个家,这样能日夜守着那些钩钓和篆子,如果运气好,经过一隆冬,他们也能捕到大几百斤鱼虾,让妇女们把它们晒成鱼干,送到供销社去,能换回一年的油盐。

杨青林匆匆地走着,因为他动身迟,在轮船码头又耽搁了一阵,尽管走得快,但到太阳入土,他才走了大半路程。湖区没有山林,太阳一入土,天便黑下来,他听见晚风吹动堤岸的杨树,发出沙沙的声响,那远近的水光,显得绿幽幽的。他开始感到有些饿了,这时他才记起,从中午到现在,他还没有吃一点东西。

但是这几十里大堤,中间没有一处集镇。原来这里是有许多集镇的,著名的杨林嘴青鱼口等大集镇,就坐落在这条大堤上。这些镇子,旁边都设有大码头,码头上运进木材布匹,运出粮食棉花,曾经十分热闹。为行商采办设置的饭庄、客栈,也有好几家,任何时候,旅客经过这里,都有热菜、热饭供应。一九五四年洞庭湖涨大水,把旧堤冲垮了,把这片繁华的地面变成了一道道纵横交错的小河汊,新修堤垸时,为了确保安全,便从湖边退后了十多里,这样就把两个镇子都废弃在水里。如今在河道中间,还能看到一些星星点点的小岛子,那就是镇上的安全台子,过去许多大商店、大客栈,都建筑在这些安全台子上,安全台子高出水面很多,大水来了,它们也能安然无恙。如今这些商店、客栈都不复存在了,商店、客栈的职工,也都弃商归农,到农村落户去了。

杨青林一边在大堤上走着,一边用眼向两边搜索,看有没有地方可以搭个伙,但是走了好久,还没有找到合适的地方。新修的堤岸上几乎没有房屋,垸子下面靠近一大片藕池子,这片大藕池子是著名的鹅颈大池,它连绵数十里,盛产莲蓬、荷叶、湖藕。这一带人的习惯,喜欢把房屋建筑在藕池的那一边,他们宁愿穿过长长的池边小路,才走到大堤上,也不愿把自己放置在一片河水和一片池水之间,像山里人喜欢在自己房屋面前有块小小的地坪一样,他们也喜欢自己的房屋一边靠着旱地。

杨青林肚里这时已饿得咕咕叫了。天黑以后,晚风渐渐加大,它不但舞弄着堤边的杨柳树,而且也把河水激荡着,小河汊连接着大湖,湖水涨潮,这里便与大湖连在一起,变成了大湖的一部分。杨青林知道,春天快到了,离那涨潮的季节已经不远了,那滚滚而来的春潮,将要把这些小河汊变成汪洋一片。

突然,杨青林从堤岸的一边,看到一道闪亮的灯光,那灯光是从杨柳丛中透露出来的,杨青林心里想,有了灯光,必定有人家,他疾步朝那灯光走去。

当他走近灯光，只见在堤岸靠湖一边，有片宽阔的斜坡，斜坡半腰有一块小小的平地，平地上杂生着杨树、柳树，在杨树和柳树的中间，横七竖八地摆着好几个旧鸭棚子。

这灯光是从一个鸭棚子里透出来的，这个鸭棚子的门微敞着，从那敞开的门缝里，可以看见一个人正弯着腰在里面缠结着什么。

杨青林不敢冒冒失失地撞进去，只轻轻地敲鸭棚子的门。这时听见里面有人问道："谁呀？"杨青林答道："过路的，想在这里搭个伙。"鸭棚子的门呀的一声大开了，从里面走出一位老者。老年人丢掉手上正在修补着的渔网，提起一盏羊角灯，他把灯举过头顶，在杨青林脸上照了照，不禁失声叫道："这不是青林吗？你怎么跑出来的？"杨青林一看，也马上认出来了，他也喊道："冷满爹，你老人家怎么住在这里？"冷满爹道："你要搭伙，肯定是饿急了，我刚刚烧滚一锅鱼汤，还有早上一些剩菜，你先吃点饭，我们再慢慢谈。"说着，冷满爹便把杨青林推进了鸭棚子里。

鸭棚子里还有一个人，正斜躺在地铺上，不住停地抽烟。杨青林一看，样子很年轻，但他不认得。冷满爹把羊角灯放在一张小方桌上，走过去摇了摇年轻人的肩膀，吩咐道："你不要净抽烟了，弄得棚子里整天一股烟气，叫人难受！你横竖现在不睡觉，代我去守守那几只篓子，东边柳树下那只篓子里已经听得泼动水响，兴许有只大鱼进去了。"年轻人鼻子里哼了一声，又猛地抽了几口烟，然后把烟屁股往地上一丢，用脚踩灭，极不情愿地站起来。他在鸭棚子角落里摸索了一会，从那里提出一只大鱼篓子，连招呼也没有打一声，就走出去了。杨青林问道："这是谁？"冷满爹朝那离去的人背影扮了个鬼脸，低声说道："常德市下来的知识青年，名字叫宋明，到这里快三年了，住在我家里。"杨青林道："看来，他心里不舒坦。"冷满爹道："是啊，这些天他满肚子不高兴，我便把他带出来，让他跟我一起在这里放篓子。"杨青林问道："什么事情使他这样不高兴？"冷满爹道："女朋友不理他了！本来是一起下放的知识青年，也住在我们家里，后来那女孩子家里送了罗支书女儿彩元一块手表，常德木工厂来招工，就推荐她去了。上去以后，还常来信，好像商量过冬天要结婚的，不想前几天突然寄来一个包裹，包裹里装着一大摞宋明寄给她的信，还有宋明送给她的书籍和纪念品，据说这是眼下青年人的规矩，这种表示，说明她已另外看上人了,叫这里不要再给她写信了。这对宋明的打击太大了,有好些天,他饭也不吃,觉也不睡,总是唉声叹气,常常坐在水边发呆。他早就学会抽烟,现在抽得更厉害,那手上攒的一点准备结婚的钱,都快给抽掉了!"

老倌子只顾说话,忘了给杨青林准备吃的,这时他才记起来,拍了拍自己的后脑勺笑道:"你看,我只顾说话,忘了摆饭,把你饿坏了!"老倌子忙从炉子上将鱼汤端下来,滚热的鱼汤发出一种浓厚的香味,更加激起人的食欲。他又从一口木盒似的小柜里端出一碗火焙鱼,和一碗干虾子,那钵米饭已经凉了,他在锅子里热了热,然后把饭端到了杨青林面前。他道:"青林,吃吧,吃饱了好好睡一觉,先在我这里休息几天,把身子养一养,再想下一步的事。你放心,我不会告发你,刚才我把宋明打发出去,就是不叫他听我们爷俩说的话。"杨青林一听冷满爹这些话,知道他还以为自己是逃犯,冷满爹是同一个生产队的老人,他知道自己的案情。杨青林忙笑道:"满爹,我这次出来,不是逃出来的。"冷满爹一听高兴得睁大一双眼睛问道:"是吗?"杨青林忙点了点头,并且从怀里把劳改队发给他的释放证明掏给满爹看。冷满爹略识几个字,他把证明接着,拿到眼前看了几遍,看清楚以后,便用双手捧着证明,脸上笑得像开了花。他道:"我心里早琢磨过,你骂过江青,如今这妖婆倒台了,你应当是功臣,早该把你放出来。罗四拐子对人说,你还骂过毛主席,骂毛主席是有罪的,现在还出不来。我心里想,这肯定是造谣,像你这号穷苦人家养大的孩子,怎么会骂毛主席?现在好了,正式放出来了,你娘听了不知会有多高兴!"杨青林一听,停住筷子,忙问:"我娘现在怎样了?"自从杨青林入狱以来,他便一直没有听到一点关于娘的消息。冷满爹道:"你娘活着,不过眼睛瞎了,她为你的事,日日夜夜地哭,怎么不哭瞎眼?"杨青林想起娘孤单一人,日子一定过得很艰难,他想起这些,心里很难过,连饭也吃不下去了。冷满爹见他停住筷子,忙道:"还好,还好,你放心,孩子,快吃饭,不然,天气冷,饭菜又凉了。"杨青林才又端起碗扒饭,他一边吃饭,一边听冷满爹继续说道:"这也是命! 要说你娘命好吧,她早年死了老倌,好容易把你拉扯大成人,刚刚出得点力,不想又遭了这种横事儿! 要说她命不好吧,她又偏偏碰上了一个叫杨春林的本家,我也搞不清,是不是你远房的堂兄弟,你被抓走以后,这个杨春林按月寄钱来,维持她的生活。还有你家隔壁的朱家三兄弟，朱长生、朱利生他们，从前你们都是光屁股朋友，从小一块长大的，他们对你娘也很好。特别是朱家小妹，你一定也还记得，你判刑那年，她只有十二三岁，在小学堂读书，当人暴众，爬到刑车上，送了一包熟鸡蛋给你，如今已经是大姑娘了。这孩子也是你娘命里招的，她总说你冤枉，对你娘顶照顾，你娘的眼睛瞎了后，烧饭洗衣，都是她过来帮忙。《名贤集》上有句话说：'万般全在命，半点不由人。'这句话一点也不假，我年岁越大，越信这命，一切是命中注定的！"

　　"只听你念明命呀命的，告诉你，今天我们又算交上'红运'了！"两人只顾说话，没有注意到知识青年宋明已经推门进来了。只见他气呼呼的，继续说道："刚才卜桂香托人搭信来了，说大队已经发出通知，不准私自外出搞副业，副业收入，得由队上统一处理。"冷满爹一听忙问："搭信人在哪里？"宋明道："已经走了，他说他还得通知其他人，他叫我把这话传给你听，说不定明天大队长还会派人来检查。"冷满爹一听这话，就像一只泄掉气的皮球似的软塌下来，他一屁股坐到地铺上道："唉，现在把一切都统起来，又统不好，搞好多人集合一起捞鱼，鱼都吓跑了，还捞个卵！"不过他又站起来，大声道，"我不管，我七老八十了，不算正经劳力，不服他们管！"宋明道："你不服他们管，把你口粮谷停掉，看你吃什么去？"冷满爹也觉得没有办法，他只气得吹胡子瞪眼睛，又一下坐在地铺上，再也说不出半句话。对于刚才发生的事情，杨青林还不大清楚，但他根据过去的经验，知道搞副业的事，是八仙过海，各显其能，是不宜统得过死的。他很同意刚才冷满爹那句话，不应把一切都统起来。但一时不便说什么，他已经吃完了，收拾了一下碗筷，站起来致谢道："冷满爹，谢谢你，我吃饱了，就回去了。"冷满爹忙拉住他的手道："青林，你也别忙，从这里回生产队，还有二十里，回到家里，夜已深了，你娘不知你回来，还得临时开铺，她眼睛看不见，一时也来不及，倒不如就在这里睡一晚，这里是现成的地铺，可宽可窄，不会挤着你，让我们爷俩好好扯扯淡，明天一早走。"杨青林一想，也是，如今家里恐怕连床多余的被褥都没有，也还得找别人去搭铺，不如在这里睡一晚，等明天一早就动身，也能很快就见到娘了，这样他就点了点头，表示同意在鸭棚里过夜。

　　冷满爹看见杨青林愿意在这里住一夜，高兴得不得了，连刚才的烦恼也忘了。这个老倌子最喜欢讲话,但是平时他很少能找到愿意听他讲话的人。队干部觉得他落后,年轻人觉得他啰唆,妇女们碰到一起叽叽喳喳,自家的话还说不完,哪里有时间让给一个老倌子说。宋明也不喜欢听他讲话。女儿春妹子性格和顺,爹爹说什么,她在一旁静静地听,但是她的家务事多,屋里屋外,忙个不停,哪里有时间歇脚。这样,冷满爹满肚子的话,却没有地方讲去,他把话闷在肚子里实在不好过,有时不免喃喃地自言自语起来。他有个习惯,捉得鱼回来,便把鱼倒在一只大鱼篓子里,鱼篓子系在水边,让这些鱼一直泡在水里,鱼儿活着。常常有人看见他就坐在那里,跟这些鱼儿说话。

宋明赌着气回来,回来后又惹得冷满爹生了一回气,忽然他想还有篓子和几挂钩钓未起,便又咣的一声,把鸭棚子门踢开,冲出去了。冷满爹担心他不里手,会跑鱼,也跟着去了。

冷满爹走到河边,熟练地拉起篓子,篓子里是活蹦乱跳的鲜鱼,他把钩钓也一排排拉起,每只钩钓上,几乎都挂着鱼,有的钩钓一排有四五十条,因此,每取一次篓子和钩钓,都能取到十几斤鱼,他把这些鱼都放进一只大鱼篓子里,让宋明用柳条把鱼篓系紧,然后把鱼篓放进水里。钩钓取完了,接着就是给钩钓挂食,挂食的活儿很麻烦,你得把一截截蚯蚓细心地穿在钩钓上,要使蚯蚓在水里不致掉下来,便需要挂得很紧,没有挂上蚯蚓的钩子,鱼儿是不会上钩的。这时,杨青林也跟着出来了,他也一起帮着上钩钓,这类活儿,他从小就干惯了,现在虽然好久没干过了,但重新干起来还是很熟练。这时天色已经很晚,水光呈现一种暗绿色,那堤上的柳条,在夜风里轻轻拂动,水边的空气清冷,带着一种鱼腥味儿。在劳动时,冷满爹是不说话的,他把全部注意力都集中在手里干的活儿上。在这种时刻,大地是宁静的,心间是舒展的,劳动给人带来的是一种甜美的感觉。八年以来,杨青林哪天不在劳动,但是没有一次劳动是使人感到舒畅惬意的,这时他才感到自由的可贵。在这肥沃的土地上,只要能自由地劳动,就是最幸福的人。深夜,钩钓上的鱼食都挂满了,他们又一排排地,小心翼翼地把它们放进了水里。

当他们回到鸭棚子里,睡下来,很快,小青年宋明那边就发出了鼾声。俗话说"悲伤易睡,快活难眠",失恋的悲哀增加了他的睡意,他很快就睡着了。回乡的兴奋却使杨青林很难睡熟。冷满爹这时也和一般老年人一样,他睡了一会,就醒了,坐起来抽烟,浓烈的叶子烟味呛得杨青林咳嗽起来。冷满爹见杨青林还没有睡着,便笑道:"青林,这样久没有回来,今天是第一晚到家乡睡觉,高兴得睡不着是不是?你要还不肯睡,就再跟你说阵话儿。"杨青林道:"满爹,你就说吧,我在这里听着。"冷满爹道:"我讲是命,你的心里恐怕还不肯相认,你是共产党员,人家虽然把你关起来了,开除了你的党籍,但你平时那倔强劲儿,恐怕你还是不会把信仰丢了,你们不信神,也不信命,但是孩子,我老了,我经历得多,常常想我经历过的那些事儿,想来想去,想不出道道来,我还是信命,命中注定三合米,不会增添到五升!"杨青林道:"满爹,你不是也有过红火的日子吗?"冷满爹见杨青林搭腔,高兴得嘿嘿笑起来,他道:"是呀,正是因为也过过红火日子,我才更相信命,我那红火日子,共有三次,每次都以为到岸了,从此可以过个像样的日子,有吃有穿,还能添置点什么,但是每次都好不了几天,就败下来,每次都落得一场空。"他又装了一壶烟,把它点燃了,吸了几口,继续说道,"第一次,民国二十年,我爹死了,我娘也死了,我在目平湖过不下去了,拿了一根扁担,一把锄头,到柳林洲来了。那时柳林洲还是一片荒洲,湖水才退不久,湖洲上长满芦苇,野鸭子成群,许多在别处过不下日子的人逃到这里来开荒,我和婆娘也来开荒斩草,开出了十几亩田地,第一年就得个好收成。第二年我就搭了个小茅屋,买了条小船,又下狠劲开了十几亩。不到三年,我们便富起来了,一共收二三百石毛谷,我没有大仓装,便用船装到茅草街,在那边卖出手,把钱存在手里。到了第五年,我手上积的钱也多了,除了在新洲盖了栋大点的房子,还在附近老垸子里买了十几亩田,让我兄弟种着。谁知到第六年头上,虢舜卿来了,他的儿子在何键手下当副官,他带来了一队兵,到这个洲子上看了看,说,这块田土是他家的祖业!他有盖着伪省政府大印的凭证,又有一队枪杆子,谁还敢说个不字,都乖乖地把刚作熟的田交给他。只有我年轻气盛,不信邪,不服他的调摆,不肯把田交给他,并且还跟他打官司。官司打了一年,省里、县里我都递了状子,上上下下使了不少钱,不仅新洲屋里的谷仓空了,老垸里的田也卖了,到头来落得个败讼。虢舜卿说我诬告他,还得买一对几斤重的蜡烛,放一挂十万响的鞭子给他磕头赔罪。从此我又落得身无半文，跟刚到柳林洲时一样，只好到一家财主屋里做长工，碰到涨大水，垸子里的田被冲了，就得带着婆娘、伢子到外面去讨饭，这样一直到解放。解放以后，土地改革，镇压反革命，枪毙了虢舜卿，农民分了土地。当时我还不上四十岁，身板子又好，正当年，加上儿子也开始出得力，娶了一个媳妇也很能干，这样我又做起了世界，这是我第二次起水。经过几年苦干，我们父子两人长年手脚不停，隆冬腊月，也还在湖上捕鱼捞虾，到一九五三年，我们又积了几百石谷子，除了盖房子用去一些，还剩下不少。到这时手便有些痒了，我又在附近买了几亩田，那一户男人得病死了，欠了债，只好将分来的田卖掉一半，好还了这笔债。还有一户人家的儿子到城里上学去了，没有劳动力种田，准备把田卖掉。我正在盘算着，打算把这份田也买下，这时呼啦一声响，垸子里闹起了合作社。初级合作社还算不错，除了凭劳力记分，土地还能分红，到高级合作社，土地分红没有了，我买来的那几亩田等于送给人家了。当时我心里很不满意，说了几句怪话，一九五七年夏天农村大辩论，把我叫到台上辩论了一下子，从此我不作声，不作声倒好，大家都变成了集体农民。第一年，大家都齐心，得了个大丰收，年终一结算，收入比单干时不少，有些劳动力强的户子，还大大增加了收入，这样我也安心了。再加上那时我的儿子媳妇都入了团，他们天天打通我的思想，我想我这脑瓜子里的私有观念确实多了一点，我认清了这条合作化道路是金光大道，沿着这条路子走下去，也会过得上好日子。但是后来不知怎样一来，办起了人民公社和公共食堂，家里煮饭的鼎锅也拿去炼了钢铁，这样便开始了吃不饱饭的日子，接着就是大家得水肿病。有一阵子，堤上每天都出死人，我婆娘是这时死的，我的儿子逞积极，吃不上饭，还出工，倒在田埂上，抬回来，就断气了。幸亏后来放松了，可以让大家生产自救，我会放篾子放钩钓，每天能捞到几斤鱼，提到镇上去卖掉，还能换点吃的，保住了我跟女儿的这两条命。我媳妇回南边娘家去了，后来到那边改了嫁。到一九六○年，我又变得一贫如洗，并且成了个老光棍，身边只剩下一个女儿。慢慢地，上面开始纠偏，那时你已经主事了，这些你都亲自经历过的，批五风、搞退赔，生产队悄悄搞包产到户。到一九六四年，人人脸上褪尽了菜色，垸子里的人相见，都有说有笑，田里工夫也越做越细。家境好点的人家,还打算把茅草顶子换成瓦,准备用牛粪拌泥巴糊新织的竹壁子。我也盖了一栋房屋,虽然我这屋里只剩下一老一小,但我还是盖了个'一肩挑',两边两间正屋,正中一个堂屋,还外带厢房和偏梢子。我盖这样多房子,是有自己的打算的,那时我刚过五十,不算老,我还可以娶上一堂亲,来个老来红。这个老伴我也相中了,就是富农刘二麻子的堂客。老家伙已经死了。这堂客也是贫苦人家出身,因为模样儿长得好,被刘二麻子看中了,解放前她娘家欠了刘二麻子的债,只得把这女子抵债,她比刘二麻子小一截,这时还不上四十岁。有一天,我到湖边挑水,看见她一个人站在水里洗衣服,我见她手脚很伶俐,便动了这个心。我当时跟她讲了一会儿话,后来又常来往,我们商议好,到这年初冬,等小秋收一过,我们就一起到公社去扯结婚证。这一段时间,我有吃有穿,盖了房子,还打算老来娶媳妇儿,这算是我第三次起水。谁知就在这年初冬,我的结婚证还没有来得及扯,垸子里来了工作队,搞起了什么'四清'运动,批判分田单干,批判发家致富,批判资本主义,上楼下楼,把干部们整得嗷嗷叫。你们公社里有位干部受不了,真的跳了楼。记得你当时在公社当民兵营长,看不惯这种搞法,就写了一张状子告了当时的县武装部长。当时的县武装部长正在这个公社蹲点,好威风,农民见了他,比小鬼见了阎王还害怕。我喜欢到湖里去捞鱼,也成了自发资本主义的代表。不知是哪个烂舌头的逞积极,向他报告了我跟刘二麻子堂客的事。武装部长把我叫去,骂我忘本,想吃地主富农的二锅汤,将来保不住要变成地富分子的密探。他要把我拉到群众会上去批斗,我不是干部,没有团籍党籍可开除,他说,要开除我的社员籍,把我和地主富农放在一块堆,一起进行监督劳动!要不是你那封状子上去,上面来了文,批评了他,照他那股横蛮劲儿,我真会搞到那么个下场。但就是这样一下子,我也垮下来了,婚事办不成,逢人觉得矮三分,做工夫打不起劲来,只要能糊上两人的口食就行了,这样直到'文化大革命'。'文化大革命'中,我亲眼看到那股子乱劲,心都凉了。许多好端端的青年,糊里糊涂在武斗中送了命。像你这样的孩子,是在我们眼皮子下长大的,我们还不知道你几斤几两。你只说了几句直话,就差一点给拉去枪毙了,后来被判了个无期。垸子里的人谁不觉得是黑天冤枉,但你有什么办法,权在那班人手里,他们要怎样干就怎样干。我也想过,我的命不济,起过三次水,三次水都落下来了。如今我也是黄土埋到肩上的人了,活不了几天了,我也不能再起水了,只想再这样平平安安地过几天,哪一天一口气转不过来,脚一伸,跟我老伴和我儿子做伴去!"

冷满爹说到这里,不禁流下了几颗老泪,他用手擦了擦,在微弱的灯光下,发现杨青林还在静静地听着。由于他有一个喜欢讲长话的毛病,他的话匣子一打开,身旁的人便一个个搭讪着走开,他从来没有能找到一个愿意听完他讲话的人,因此他这一生坷坎的遭遇,也从来没有一个人能够了解。今天,杨青林耐心地听完了他的长篇大论,并且,一次也没有打岔,这使他很感激,甚至使他觉得自己得到了一位知己。他还准备把话讲下去,但在远处的堤下,突然传来了两声鸡啼,原来时间已经不早了,这样他便说了一句:"青林,你也累了,睡吧!"他用嘴把灯吹熄。不久,他便听见杨青林发出的轻微的鼾声,杨青林已经睡着了。但是他自己却睡不着,他仿佛又回到了年轻时代,回到了他那三次起水的时候。他最后一次起水,是在十多年前,如果没有那次武装部长严厉的谈话,他想他现在恐怕早就和刘二麻子的堂客生活在一起了。

冷满爹不知是什么时候睡过去的,等他一觉醒来,天已经大亮了。对冷满爹来说,这是很少有的事呢,平时他总是天才麻麻亮就起身,到这时候,他已做过好多事情了。这时他睁开眼睛一看,只见鸭棚子里只剩下他一个人,鸭棚子外面,却听见好几个人在大声争吵。

他忙穿衣走出去,只见生产队长卜桂香,带着两个人,每人挑着一担箩筐,正在把他放在水坑里的鱼篓子提上来,把鱼倒进箩筐里去。知识青年宋明用手扯着鱼篓子,不让他们倒,这样,双方便争吵起来。冷满爹走出鸭棚子,问道:"你们这是干什么?"卜桂香看见冷满爹出来了,忙放开手,笑道:"把鱼收拢来,趁早挑到镇上去卖掉。"宋明道:"你也不肯称一称,鱼有多有少,谁的鱼多谁的鱼少,不搞清楚,眉毛胡子一把抓,都倒在一起,这笔账怎么算?"卜桂香笑道:"哎呀,小伙子,这种时候还讲什么鱼多鱼少,都是队上的,我又不拿回去,到镇上卖掉,多少钱,让会计入了账,不就算了。"这时另外一个社员跑过来,大声喊道:"刚才我的那篓鱼,有四十斤,你给我记下啊!"卜桂香张开嘴巴,半天合不拢来,叫道:

"四十斤？碰你的鬼，我今早上收了五家，总共才收到六七十斤鱼，你一家就四十斤，你那鱼是用铁砂喂饱了肚子，比别家的都重些？"那人叫道："我不管，反正我昨夜借秤称过的，你少写我一斤，我就找你算账！"这个社员叫欧华生，小名叫凹花生，是个有名的调皮角色，平日出工不出力，喜欢讲怪话，队上派他做件什么事，正跟他这大名一样，外表上还像过得去，实际上却经不起检查，往往是凹壳子。今天卜桂香收了他的鱼，不到十斤，他却来虚报四十斤，当时卜桂香没有过秤，批评他没有根据，只气得张开口出气。宋明道："我说队长呀，你不过秤，稀里糊涂，到头来一团麻纱！现在怎么样，麻纱就来了，凹花生这四十斤鱼，是不是真的，你给他如何记工分？如果真这样记工分，那冷满爹还赶不上他。冷满爹是这一带有名的鱼把式，人家都说龙王老子跟他结了亲家，龙王老子派虾兵蟹将替他赶鱼，他带起我干了一天一夜，一共起了三次钩钓，起了十几回篓，才捞到这一篓子鱼，还不到五十斤。凹花生整个白天不见人，晚上才出来取了一次钩钓，就搞了四十斤，这鱼是从天上掉下来的？"

大家正在争论不休，忽听得丁零零响，在大堤上面，传来一阵自行车的铃铛声，大家忙朝铃声传来的方向看去，只见公社的通信员小李，骑着一辆新自行车，自行车后面放着一只竹筐，飞一样地冲过来了。小李的自行车冲到这群人跟前停下来。小李跳下车，对卜桂香叫道："卜队长，公社马秘书给你的条子。"卜桂香接过条子，看了看，不禁惊呆了，他痴痴地站在那里，半天说不出话来。宋明道："什么事，这样紧急？"卜桂香把条子递给他道："你们看吧，这鱼都充公了，看你们争什么？"宋明急忙一看，条子上写着公社这几天要召开三级干部会，柳林生产队的鱼，不要卖出去了，由通信员运到公社来。宋明道："又是无偿供应，不作价了？"通信员小李睁大眼睛，感到很奇怪道："公社调拨，还作什么价？从前连粮食都是这样调拨的，还在乎这几条鱼！来来来，一共多少斤，都往我筐子里倒，回头做会议开支记账。"卜桂香望着箩筐里那几十斤鱼，实在舍不得朝车子上的竹筐里倒，他摸着自己的后颈根道："这怎么办？队里有几百斤化肥堆在供销社，没有钱取回来，几个干部商量了，把社员个人这些天打的鱼收拢来，去换成钱，将化肥买回来，鱼都给公社拿去了，叫我拿什么换化肥呢？"通信员小李道："得得得，你这个队长怎么当的，公社收

你这点鱼,你就这样心疼了?化肥少放点坏不了事,多沤几氹有机肥不
一样?有机肥比化肥还好些,没有污染。来来来,快点倒,公社里正等着
这点鱼去准备早饭呢!顺便告诉你一声,你在上午十点前要赶到公社,
三级干部会有你一份。"卜桂香只得将箩筐里的鱼倒进自行车上的筐子
里。宋明听了通信员小李这些话,气得脸都红了,他提着鱼篓子,装着跌
了一跤,鱼篓子滚下堤去了,一直滚到水边,里面的鱼跑了一半。幸亏冷
满爹手脚快,他忙冲下去,把鱼篓子赶紧从水里捞上来。他连连道:"到
了手的鲜货,跑掉了可惜,还是送给干部老爷们,让他们饱饱肚子!"说着
他便把鱼篓子里的鱼全部倒在自行车上的竹筐子里。通信员小李明明
看见宋明发气把鱼篓子里的鱼倒了一半,他本想批评他几句,但一想,这
些城里伢子都是调皮角色,跟他们吵嘴,不会有什么路得。邻近有个公
社干部和一个长沙知青冲突起来了,被那个长沙伢子筑了一钉耙,如今
还躺在县医院起不了床。他望望自行车上的竹筐子里,已经装得满满的
了,足够三级干部会上吃两天,这样他便没有说什么,只把自行车铃铛丁
零零摇响,跳上车子骑着飞快地跑了。这里剩下卜桂香手里拿着那张马
秘书开的条子,站在大堤上发呆。

凹花生突然哈哈大笑起来,他大声笑道:"幸亏我有远见,没白费力
气,只取了一次钩钓,我那四十斤鱼算是送给崽吃掉了,我也不要你队长
记账了,但是你今后再叫我送鱼给你,就是跪在我面前磕三个响头,我也
不会给你!"说着他就一路骂着脏话走了。

这时杨青林还没有走,他到河边洗过脸,走上堤来,看见这幕情景,
心里很纳闷。他问冷满爹道:"如今公社和队里,难道就是这样搞的?"冷
满爹道:"农业学大寨,这七八年,都是这样搞的!刮'五风'那会,只平调
队里的粮食,如今连社员的个人副业收入也调起来了!"宋明气冲冲叫
道:"这样的副业,谁还愿意出来搞?谁还有积极性?"拿着马秘书那张条
子的卜桂香早就垂头丧气地带着两个挑箩筐的人走了。这边冷满爹也
说:"看来,这摸鱼捞虾的事我也不能干了,我七老八十的,在大堤上吹北
风,这又何苦来!"

这天,当杨青林回到家里不久,大堤上的鸭棚都拆走了。冷满爹也
把那座鸭棚子拆下,带着宋明回家去了。

三、一肩挑

　　杨青林走得很快,当他走近家时,四周的茅屋顶子正在冒烟,出工的早回家了,还没有吃早饭。他走近家门,看到他的阔别八年的家,还是从前那个茅屋,茅屋顶子更加陈旧了,但还没有他想象中的那样破烂。门前的那条小港,仍旧那样静静地流着,把内湖的水送出去。港边是一线杨柳,这些杨柳树在他出生前就有了,如今长得更加高大了,冬日的寒冷,把它们身上的绿装剥掉了,显出一种灰暗的颜色。只有那柳条,依旧挂在树枝上,随风飘拂,如果风大一点,它们便像一头乱发。

　　杨青林把门推开,只见娘坐在堂屋里,正在绩麻。听到门响,娘抬起头来问:"惠兰,你来啦?"杨青林看见娘不仅双眼瞎了,而且也明显地衰老了,她的头发全部雪白,满脸的皱纹,就像那干瘪了的橘子皮。她念叨着说:"孩子,今天你怎么来这样早,你自己先吃完饭,再来管我。"说着,她便颤颤巍巍地站起来,伸出手来仿佛要接什么。杨青林赶忙上前握住她的手,喊道:"娘,是我回来了!"瞎眼睛娘惊呆了,她连忙把手缩回来,问:"你是谁?"杨青林道:"我是青林,是我回来了!"娘听清楚了名字,她张开双手,朝前扑过来。她哭泣着喊道:"青林,苦命的儿,你在哪里?"杨青林赶紧上前扶住娘,也忍不住泪流满面。他道:"娘,我就在这儿,在你身边!"娘用一只干枯的粗糙的手使劲地拉住他,另一只手在他身上摸索着,她摸着他的头,摸着他的脸、他的肩膀,她不相信,这真是她的儿子,她连连问道:"你真是青林吗? 你真是青林吗?"杨青林也连连回答道:"娘,我是青林! 我是青林!"她把手摸到他的额头上,在他的左额,有一块他做孩子时跌破的伤疤,娘相信了,她马上痛哭起来,一头扑到了儿子身上。

八年,这八年漫长的岁月,在人的一生中不是短暂的,娘失去了儿子,还背着一个现行反革命分子的家属的坏名声,她无依无靠,既没有家财,又没有劳力,她是如何熬过来的?在他的心目中,娘早已不在这人世了。

儿子终于回来了。娘虽然看不见,但她摸得着,她的心里快活了,她在儿子胸前哭了一会,脸上还挂着泪,她用衣襟将眼窝擦了擦,却又忍不住笑起来。她笑了,但心里有些不踏实,她怯生生地问:"孩子,你是怎样出来的?是偷偷地跑出来的吗?"杨青林道:"不是,娘,我是正式释放出来的!"娘道:"最近,我也常听惠兰说,'四人帮'倒台了,江妖婆不得势了,你就是因为骂了她一句什么话被判了无期的,政府落实政策,应该把你放出来了。"杨青林问:"娘,这惠兰是谁?"娘马上兴奋起来,她说:"你忘了,就是隔壁朱家的小妹子,小时候叫小妹,后来起了一个官名,叫惠兰。"杨青林马上记起昨晚冷满爹的话,他道:"我知道,就是我押去游街那天,她爬上车,往我衣袋里装了好些个熟鸡蛋的朱惠兰!"娘道:"就是她就是她,抓走你那一天,我哭了一整夜,她陪着我哭,以后她就常常来帮我的忙,我的眼睛瞎了以后,一日三餐,差不多都是她送的。"杨青林回忆道:"那时,她很小,扎着两只小辫,怕不到十二三岁的样子。"娘道:"啊,如今可大了,变成了一个大姑娘,我的眼睛看不见,不知她长的模样,但是常听人夸她,说她长得好,就像一枝刚出水的芙蓉花儿!我只知道她的心儿好,就像她那死去的娘,是一副八月十五日的糍粑心,这样的好女伢,不知将来哪个有福气的人家得到她。"

母子俩正在这样说着,忽然听见外面一迭声喊:"大妈、大妈,把你饿坏了吧?"像一阵风,从外面跑进来一个人。杨青林一看,是个大姑娘,高挑的个儿,鸭蛋形脸,梳着一条长辫子,刘海下面,是一对黑亮黑亮的大眼睛,那红润的脸颊,真像一朵刚出水的粉红色的莲花。这姑娘手里端着一大碗饭,饭上盖着菜,走进来。当她走进屋里,看见杨青林,她不禁吃了一惊,端在手上的饭几乎倒在地上。娘听到喊声,早站起来,她道:"兰妹子,是你吗?你看,谁回来了?"这时惠兰已镇静下来,她把饭碗送到大妈手里,走进厨房拿了一双筷子,递给她,嘱咐道:"大妈,你赶快趁热吃。"然后她转过身来,朝着杨青林笑了笑道:"青林哥,我早想你快回来了,'四人帮'倒台两年了,你这个反对'四人帮'的人还关在牢里,这算什么话! 现在大队还有人说你的坏话,说你反对毛主席,我们听了,肺都气炸了!"杨青林笑道:"搞红海洋,我反对过,但不能说是反对毛主席。我要出来,肯定会有人不高兴,因为我要是清清白白出来,就说明那些人过去说的和做的都是错的,他们费那样老鼻子劲干的事,怎么舍得就全部吹了,怎么会高兴?"惠兰道:"那个坚决要定你反革命分子的县武装部长,如今不再做县委书记了,听说他转了业,转到地区做局长去了,前些时还到柳林公社来过一趟,说是来研究落实政策的事,实际是和他过去那班狐群狗党搞攻守同盟。听说有一天还窜到我们大队,和罗富庭嘀嘀咕咕说了一夜的话,这事还是跟我三哥相好的李老师亲眼看到的。"惠兰读过初中,如今回到乡里,依旧务农,但她到底有些文化,对农村远近的事情知道得很多。这时她看见杨大妈手里端着碗,还一直没有动筷子,她便道:"饭要凉了,大妈,你赶紧吃吧。青林哥跑了一早晨的路,想必也饿了,现在我带他到我们家去吃饭,等吃过饭,再回来和你老人家说话。"杨大妈点了点头。惠兰便领着杨青林,走出门来。

惠兰的家也坐落在这小港边,离杨青林家不远,但是惠兰家的茅屋是"一肩挑"的大茅屋,这种大茅屋,远远望去,像是一根扁担挑着一对木桶子。茅屋中间的三间是一间堂屋和两间卧室,那两边竖着的是两排厢房,外带一间偏梢子。偏梢子一边做厨房,一边是猪栏和厕所。茅屋前面是大地坪,地坪前面是池塘,池塘里平时长满莲蓬、菱角,冬天空空荡荡,但里面还养着鱼,每年年底,要清一回塘,能捞上好几百斤鱼。像这种"一肩挑"的房子,一般都住的是人口多的人家。不是吗,惠兰这一家,人口就不算少,大哥二哥三哥,还有大嫂二嫂,加上爹爹和六个侄子侄女,连惠兰自己,总共十三口人。大哥名叫朱长生,和大嫂带着五个侄子住在东厢房。二哥名叫朱利生,和二嫂带着一个侄女占着西厢房。她和三哥跟爹爹住正房。爹爹叫朱四爹,是个远近闻名的细篾匠,虽然老了,但还手脚不停,常出外做工,所以平常在一起吃饭的只有惠兰和三哥。爹爹在堂屋里架了个大铺,让她和三哥各占了一间大正房。现在爹爹和三哥被派到烂泥湖挖河去了,大哥朱长生也去了,昨天奉烂泥湖工程指挥部的命令,回生产队挑米。烂泥湖河道工程是公社出面组织修的,按照过去的惯例,公社分摊到各大队的劳力,一个也不能少。大队长把这个劳力数字又分到各生产队,为了留点机动劳力,常常把分配的数字加大一点,有时根据工程的需要或其他原因,指定要哪些人去,而这些劳力的供养,则由生产队负责,生产队都有公积金和储备粮,可以作为供养这些劳力的粮食和资金。惠兰的爹爹朱四爹因为是个篾匠,能修织筅箕等运土工具,大队指名叫他去了。三哥朱冬生和支部书记兼大队长罗富庭的外甥女李小娟相好,罗富庭不满意,他一见朱冬生就不顺眼,这次挖河,他也指名叫朱冬生去了。只有大哥朱长生,本来就轮不到他挖河去的,但他家里人口多,粮食短一截,他听说挖河的民工吃生产队的储备粮,可以敞开肚皮吃,为了减少家中一人的口粮支出,他便自动报名去了。如今这座"一肩挑"的大茅屋里,就只剩下大嫂带着像楼梯磴子似的五个侄子和二哥一家子。二哥朱利生是个高高大大的汉子,他的身体肥胖,样子显得很富态,过去他在柳林水产行里当过几年学徒,操会了一手好珠算,如今在队上出工,兼做了会计。

当惠兰领着杨青林绕过池塘,穿过地坪,踏上正屋的台阶时,便被正在阶基上晒衣的嫂嫂一眼看见了。惠兰的二嫂是个漂亮女人,她的年龄比丈夫小得多,她还没有脱尽农村姑娘那股顽皮劲儿,这时她见惠兰领着一个男子汉走进屋子,便眨巴了一下眼睛,用手戳戳正在埋头抽烟的丈夫,把嘴巴朝堂屋里一努,说道:"你去看看,是谁来了?"朱利生抬起头,他一眼便看出是杨青林回来了。他和杨青林的年龄差不多,称得上是光屁股朋友,合作化运动中,两个人都当了干部,他是高级社里的会计,杨青林是民兵连长。公社成立以后,杨青林在一次民兵比武中出了名,选拔当了公社民兵营长。一九五八年"大跃进",县里办农科研究所,需要一批有文化的农业工人,朱利生和卜桂香一道,报名到农科所当工人去了。他当了两年国家职工,吃了两年商品粮,讨了一个漂亮堂客。到一九六二年,国家经济困难,各种机构都下放人员,他和卜桂香本来都是农民,便被下放回家了。他们这次回来,没有任何一点优先,连原来在农村担任的职务也抹掉了,直到后来卜桂香担任了生产队长,才又封了他兼个生产队会计。他这次出门唯一的收获是带回一个漂亮堂客。堂客名叫青妹子,是城边边上一户菜农家的女儿,实指望嫁给一名国家职工,能过一阵好日子,谁知道又变成了农民,比菜农户还不如。她老大不愿意,跑回娘屋里住了个把月,甚至喊出要离婚,但是在娘家住到腊月初,便感到一身不舒服,有时还想呕吐,找医生一看,才知道怀孕。她娘是个古板人,见生米已成了熟饭,肚子里有了人家一块肉,便劝她回到丈夫家去。青妹子也只好回心转意,来到柳林洲朱利生家,来后见朱家家大屋大,老倌子有门过硬手艺,一家子劳动力很强,后来兄弟分开过,干净利落,她也便安下心来。第二年中秋节前,她生了一个胖伢伢,这伢儿虽然是个女伢,但长得好看,逗人喜爱,加上朱利生身板子好,劳动力强,做会计又有工分补贴,小日子还算过得去。但夫妻俩总不甘心,常打那进城的主意,他们甚至想到,进不得城,能做菜农户也是好的,菜农户吃商品粮,可以少受农村许多限制。朱利生看见了杨青林,先是一惊,后来不禁笑了,他明白了,因为他那住房里安了只有线广播,常常能听到广播站播放的节目,他知道各级党委如今正在加紧落实政策,遭"四人帮"迫害的干部和群众,正在平反。朱利生便大步往妹子这边走来,当他跨进堂屋大门,只见惠兰搬出了好几碗菜,正在招呼杨青林吃饭。杨青林瞧见朱利生进来,赶忙停下筷子,跟他打招呼。朱利生找了条板凳坐下,从怀里摸出一只烟斗抽烟,一边摇手道:"青林,快吃饭,边吃边说。"杨青林有些饿了,他也不客气,大口大口扒饭吃,一边吃饭,一边和朱利生说话。

朱利生听杨青林简单介绍了一下出狱的情况,他问道:"青林,这次出来了,你打算到哪里去?"杨青林吃饱了饭,他接过惠兰递来的手巾,擦了擦嘴,便坐到朱利生旁边,答道:"听到被释放,我心里就琢磨这件事,昨晚碰见冷满爹,在他的鸭棚里睡了一夜,听他讲了一夜话,我心里想,我还是打哪儿来的到哪儿去。"朱利生瞪圆着眼睛问:"还回到农村来?"杨青林点点头。朱利生道:"青林,我要是你,就不再回来了,农村让你受了这样大的罪,还回来干什么,趁这落实政策的机会,要求调到城里去,到城里当个淘粪的,挑脚的,也比这里强!"杨青林道:"土生土长,农村熟悉,我不想离开这块土地。"朱利生道:"现在农村有什么好? 一年到头,三百六十五天,天天要出工,连个春节也不让你好好过,说什么要搞开门红,积肥三百石。你去看看现在到烂泥湖挖河的人,他们是怎样过的,寒冬腊月湖上吹来的北风比刀子还尖利,一二十人挤在一间小棚里,没有火烤,最厚的棉被也抵不住寒冷,吃的凉拌菜,出来一脚烂泥巴。我爹爹六十七岁了,大队指定要他去,他就得去。我算托老天爷的福,懂得拨算盘子,兼了个会计,才离不开身,不然也得到湖里吃冻肉子去。只有我大哥生得贱,并没有叫他去,他硬争着要去!"这时门边突然传来一个粗声粗气的声音,只听见那人道:"屋里米桶刮得底子响,家里还有五个小的,你大哥不出去,都在家里吃,这个冬天怎么过?"杨青林一看,认得是朱长生的老婆。朱长生的老婆与朱利生的老婆形成对照,长得又丑又瘦,一双黑手,由于做多了粗活,浸多了冷水,已经变形了,她的一对眼睛总是红肿着,因为闹眼病一直不好,常常带着一条毛巾,不停地在眼上揩擦。杨青林跟她打了个招呼。朱利生道:"你看看,我大哥就是这个样子,队里老实人数他第一,整天只认干活,从不讲价钱,一锥子扎不出一句话来。他得了个外号,叫菩萨,你们几时看见菩萨开口说过话来?但是苦爬苦挣,终年劳累,还是连口粮谷也弄不回来,今年冬天他要不出外,一家子就吃不到头。生产队的工分值才二毛八分,只顶得上一包香烟钱,这样的收入,怎么能养家活口?"杨青林听了,心里很不舒服,他离开家里八年,没有想到如今农村生活还这样艰难。这时青妹子在西边屋里喊:"利生,来客人啦!"朱利生忙答应着,往自己屋里跑去了。

　　客人不是别人,是本生产队的队长卜桂香,卜桂香肩上还挑着早晨那担箩筐,箩筐里空空如也,没有一点东西。朱利生看见他,忙问:"怎么,收到的鱼,这样快就脱手了?"卜桂香气呼呼地接过青妹子递过来的一杯茶,喝了一口,一屁股坐在板凳上,说道:"脱手个鬼,一条鱼也没有收到,拿什么去脱手?"朱利生道:"昨晚不是叫人在大堤上看了一遍,晚上放篓子和钩钓的有五六户,为什么一条鱼都收不到?"卜桂香道:"不是一条鱼都收不到,而是收到的鱼都被人劫走了!"朱利生吃惊道:"谁?这又不是'文化大革命'那时候,谁还敢公开在路上劫鱼?"卜桂香从口袋里掏出一张纸片把它递给了朱利生,垂头丧气地说:"你看看。"朱利生一看,也傻了眼,这样的纸条他那会计室存得有一大摞,这些条子都是用实物换来的,而它本身却不值一文钱。朱利生道:"唉,你怎么让公社知道了?这笔钱,又等于丢进水里去了,没指望了。"卜桂香道:"不知道哪个烂舌头的,把这个消息传到他们耳朵里去了,我前脚到大堤上,还只收得三家,连冷满爹那一大篓子鱼还没有来得及倒进箩筐里,公社通信员小李便拿着马秘书的条子赶来了,他把收到的鱼通通拿走了,我们实指望拿这鱼去换化肥,换不到了。小李说得倒轻巧,你们多沤点有机肥,就行了,他不晓得这湖区的草地少,草皮子没处挖,只有点人粪牛粪,如今猪又喂得少,大几百亩田,光靠几只粪凼子能增产?"朱利生道:"不施化肥,明年生产上不去,产量降下来,大家都要吃亏!"卜桂香苦笑道:"大家都吃亏?公社的干部就不会吃亏,他们吃商品粮,我们产多产少,跟他们什么相干?队上产量少了,征购也不会降下来,还不是朝口粮身上挤,让社员们吃少点!"遇上这样的事,朱利生虽然心焦,但他是聪明人,知道你再焦心也不济事,他也懒得去急了,他不再作声,只顾低头去抽他的烟。

卜桂香见朱利生不再说话,停了一会,便问道:"利生,队上的公积金和储备粮还有多少?"朱利生抬起头道:"你不是不知道,总共只有四百多元公积金,这次公社组织治理烂泥湖,生产队去十几个人,没有房子住,每个队里出钱买竹木搭棚子,同时还要织篾箦,公家的东西,大家不爱惜,篾箦烂得飞快,前天我去工地看了一下,我爹整天不停地织篾箦还供应不赢,这一笔钱还要出。前天有个社员被锄头挖坏了脚,送到卫生院,卫生院说不记账,要现金,这又花掉一笔……"卜桂香摇摇手道:"我不跟你算细账,你只说,总数还剩多少?"朱利生道:"没有钱了,这个社员如果在医院里住得久,还得亏欠。"卜桂香不禁叹了口气,他把头低下,过了好一阵,他问:"那粮食呢?"朱利生道:"你不问粮食我还没有气,今天我大哥挑了担箩筐回来,说奉指挥部命令,队上的粮食要给足,让挑土的民兵敞开肚皮吃。今早上挑了一担米,明早还要回来挑,照他这种挑法,一天一担,大约再有四五天,队里仓库就只剩下老鼠屎了!"卜桂香听完这笔账后,不禁又长长地叹了一口气,他颓然地坐在板凳上,一点气力也没有了。他望了朱利生一眼,说道:"看来,我这个队长,要辞了!"朱利生道:"你要辞我也跟着你辞,这个烂摊子,谁肯接手?"卜桂香道:"那我不管,我把它交还给大队,让他们再派一个人来。罗支书的子侄亲属那样多,这也要补贴,那也要补贴,民办民办,都办到他一家去了,他何不派个侄子或亲戚来顶顶这个烂摊子,不要光去拣那些不担责任的轻松差事!"

这时青妹子从灶屋里出来,昨天晚上,她磨了点碎米子,做了一笼子粑粑,现在蒸熟了,她端出一碗待客。卜桂香跑了一早晨,来不及回家吃饭,这时肚里也饿得咕咕叫,接着这一碗粑粑,非常高兴。他笑眯眯说道:"难怪人家都夸青妹子贤惠,利生伢子你不知哪世积来的福,讨了这样一个好堂客!"青妹子道:"哪能比得上你家队长夫人,我听老班子们说,在这垸子里,当年是朵花,而且有一手好编制功夫,是远近有名的能干妇女!"说起自己的堂客,卜桂香来劲了,他笑道:"那是年轻时候的事,我娶她过门时,正好是一九五六年,那一年,刚刚办起高级社,当年又得了个好收成,我们那日子红火的!她身体好,手脚快,一个人抵两个人用,当时队里组织编制组,还请她去当头目呢!"青妹子道:"如今还没丢生吧?等我空闲了,我还想跟她学学呢。"卜桂香连连摇动手上筷子道:"你快莫去找她了,自打刘丽君父女游堤以后,她再也不愿提编织的事了,再说如今她也没过去那种劲头了。"朱利生道:"过去她还是有干劲的。"卜桂香道:"是呀,那是一九五八年,那年,搞'大跃进',妇女们顶半边天,炼钢铁,做水泥,什么她都干。说起来好笑,这湖区修个仓库打地基还要从外地运石块,那里也没有岩石,却办起了小水泥厂,发动妇女天天去运石料,做了一些无用功。还搞什么卫星田,见鬼,光凭那几个堂客们,能亩产五万斤?我当时听了,就不相信,这明明是吹牛皮,但是不敢说。不过说实在话,那些年,她们也是够辛苦的,吃公共食堂,整天在泥巴肚里滚,到六二年,都得病了。我堂客也得了水肿病,如今还常常喊腰痛,她现在已经是黄面老太婆,哪儿还有那种打冲锋的劲儿。就拿这磨粑粑的事来说吧,我那几个伢伢整天喊叫要做粑粑吃,她也没有力气,做了一回,磨了两斤米,就喊腰痛得不行,再不敢做了。这碗里的粑粑,我还带几个回去,给我那满伢吃去。"青妹子忙道:"你尽管吃,这碗里的都吃掉,我蒸笼里还有,你再带几个回去。"

说起他的满伢,他也有话说,他道:"我那满伢,就是好吃。我和堂客商量了,我们供他不起,把他送给他大伯做崽去,让他去吃几天饱饭。"朱利生道:"听说你大哥又当上县里水利局副局长了,你何不叫他负担一下。"卜桂香道:"唉,如今男人都听堂客的!我大哥好说话,为人还算慷慨,就是我那位嫂嫂,平时吝啬异常,好比广东牙刷,你休想拔动一根毛。

33

其实她也是嫁了几嫁了,原来嫁个杂货店老板,是跟人家做填房,解放后离了婚,逢人便说受尽了压迫。后来嫁个中学教员,五七年划成'右派',又离婚了,对人说是站到党的立场上来,和阶级敌人划清界限。她原是水利局下面一个抽水机站的会计,我大哥在那里蹲点,给她粘上了。我看不出这位大嫂哪里好,站没站相,坐没坐相,光长一身肥肉,听说连粒纽扣也不会缝,我大哥却很恋着她,结婚十年,没有养过伢儿。我堂客说,我们家四个伢伢,吃食重,负担不起,如今生产队又是这号烂摊子,无法指望过好日子,与其让伢儿在家里受折磨,不如送出去一个。她想把满伢子送给我大哥做崽去,托人给大哥透了个口风,大哥好像点头了,明天我就进城去,把伢儿送去。原来还想收些鱼换笔钱,顺路在城里把化肥领回来,现在落空了,只好空着手去一趟了。"朱利生道:"听说县里农业局也在落实政策,你何不顺便拐去问问,我们一九六二年下放回乡的事,是不是也该落实了?"卜桂香拍了拍后脑勺道:"这事我倒忘怀了! 现在看来,生产队的事越办越寒心,我辛辛苦苦,一年奔波到头,连个伢儿也养不活,得把他送人,我也想跳出去。这倒是一个好主意。如果农业局肯把我们两个收回,吃商品粮,我们何不到那里去,做农业工人,每天八小时,每月拿固定工资,转成了城市户口,将来伢伢们的出路也好些。"青妹子在一旁听着,勾起了她早年的雄心,她当年不在菜农中对亲,找着现在这个老公,不就是看着他是个农科所工人,吃商品粮,拿固定工资,将来生活好些? 这时她便怂恿道:"利生,你何不跟队长一起进一趟城,去活动活动,如果把这件事办成了,我们都搬到城边边去住,免得在这个大垸里活受罪!"朱利生一想,也是,反正这些天在家也出不了工,不如趁此机会进城去碰碰运气,如果能把这事办好了,也算遂了自己的心愿。他忙点点头,说道:"好吧,对生产队,我们也算尽到心力了,办不好,不能怪我们,如果农科所肯收回我们,我连夜捆起被子带着婆娘伢子动身,决不等到明天。"这样两人便议定了,明天一早就动身。卜桂香住在大堤上,到县城去要经过他家门口,约定明早由朱利生到他家喊他。

这时杨青林已吃过了饭,正在跟惠兰说话。他问了问这几年娘的生活情况,对惠兰对他娘的照料,表示了感谢。惠兰红着脸道:"青林哥,快不要客气了,那是应该的,我从小没了娘,大妈照料着我,她待我跟亲娘

34

一样,难道她有了急难,我就扔下不管?"她望了望杨青林,只见他的衣裳破破烂烂的,头也没有梳理,胡子长出几寸长,还像一个劳改犯的样子。她心里很难过,说着:"青林哥,我会理发,平时二哥三哥的头,都是我给他们剃的,我替你剃剃头好吗?"杨青林想起自己在轮船码头那一幕,知道自己的头发胡子都很长了,加上这一身在劳改队穿的衣服,样子相当难看。杨青林道:"好是好,只是又要耽搁你好一阵子了。"惠兰看见他愿意让自己剃头,高兴得不得了。她忙道:"今天我不出工,有的是时间。"她忙跑进灶屋去烧水,很快把水烧好了,就在堂屋当中放了把椅子,叫杨青林坐下来,她拿出了一把理发剪子,用心地替他理起发来。

惠兰一边给他理发,一边问他在劳改队的生活。听到他在劳改队吃了很多苦,她咬咬牙道:"这一笔账,要记在'四人帮'的账上!"不过她又停下剪子,睁大眼睛,望着前面,若有所思地说:"过去跟着'四人帮'的风走,对你们下狠心使劲打的那些人,如今还在台上!"她替杨青林把头发剪短了,胡子也剃光了。杨青林接过惠兰递过来的镜子一看,觉得脸上显得干净多了,不再像个劳改犯了,但是额头和颊上的皱纹是剪不掉的,两鬓的白发也是剪不尽的,他今年还不到四十岁,看上去却像个五十多岁的老倌子,艰苦的劳动和悒闷的心情格外使人催老。惠兰对于自己的手艺很满意,她看见剃过头后,青林哥变得神气多了,她便得意得很。她又替他准备了一只大脚盆,倒满了热水,怕他冷,还替他烧了一盆糠头火,然后从三哥房子里找出一套干净的衣裳,让杨青林痛痛快快洗了一个澡。经热水一冲,满身的油腻都冲掉了,杨青林穿上干净衣裳出来,身上感到格外轻快。他准备把换下来的衣裳拿回去洗洗,但是惠兰早把它们收到一边去了,她抿着嘴笑道:"这些烂东西,你难道还舍不得丢,我替你拿去扔掉!"杨青林道:"家里没有别的衣裳,现在我穿着你三哥的衣裳,他要回来了,怎么办?"惠兰笑道:"不能够再做?"杨青林道:"冬天身上有几层,做起来不容易,得花好长时间。"惠兰道:"那就还穿着三哥这一套衣裳,做起了新的再还给他,反正三哥现在在烂泥湖里挖河,用不上它。"杨青林见惠兰不肯把那些烂衣裳还给他,也只好算了,心想,过两天得想办法去借点钱,到街上去买两套衣服去。

两人正在说话儿,这时朱利生领着卜桂香走过来。卜桂香和朱利生商议定明日进城以后,吃完了粑粑,还不肯走,又坐在朱利生家说了一阵白话,后来朱利生说到杨青林释放回家了,如今正在他小妹那边吃饭,卜桂香便叫朱利生带着他,一道来看他。卜桂香一见杨青林,因为他刚刚剃了头,换了干净衣裳,身上显得不难看,但那半头的白发,那满脸的皱纹,和那对显得非常突出的颧骨,使他心里一惊。卜桂香心里想,这几年,杨青林不知怎么熬过来的,他想起当年杨青林是何等英俊,何等健壮。这时卜桂香心里也感到不好过,他忙走上前,拉住他的手,连连着:"青林,你受苦了!"本来今天早晨在大堤上,杨青林已见过卜桂香,但那时卜桂香正忙着打鱼官司,没注意他。这时他不禁问道:"卜队长,你今天没有收到鱼,那些化肥怎么回来?"卜桂香叹了口气道:"那也没有办法,只有让田继续这样瘦下去,打不到粮食怪不得我。"因他已不再想在队里待下去了,便岔开这个话题道,"这些事没有什么说的,再说也无用,我只想问问你,你如今回来,想干什么?"杨青林笑道:"作田,泥脚杆子出身,还是干老本行!"卜桂香问:"不做干部了?"杨青林道:"做干部?我这次出来,还有人不满意,说我反对毛主席,能不能做干部,还很难说。"卜桂香道:"如果不再叫你做干部也好,如今基层干部不好当,我也不想当干部了!"杨青林道:"你不管这生产队了?"卜桂香道:"是呀,你亲眼看到的,如今的事儿,以及这号王法,叫我们怎么搞工作?我没有三头六臂,能管得好?如今我也要另谋出路了!"杨青林道:"如果这几年队上没有发展组织,据我的记忆,队上只有你这个共产党员,你怎么能扔下这副担子不管?"卜桂香道:"你也是共产党员,你不当公社副书记副主任,回来作田,不也是不管?"杨青林笑道:"桂香,你忘了,我是劳改释放犯,党籍开除了,上面还没有恢复我的党籍。"卜桂香道:"依我看,这党籍迟早要恢复的,公社的事你不去管,队上的事暂时由你来管一管好不好?你当年比武的劲头我看见过,敢于顶逆流的魄力我也看见过,不怕坐牢不怕杀头的精神我也看见过,我想如今这种局面,只有你这号人才收拾得了!像我这个人,从小没那份刚劲儿,我惹不起他们,只能躲。"卜桂香说完这些话,忽然想起还得赶紧回去做明天进城的准备,他便告辞去了。卜桂香刚才这一片话,虽属气话,但在杨青林的心里,却激起了波澜,潜伏在杨青林心灵中的火花,又勃勃地燃烧起来了。

四、袁大头

　　大队党支部书记兼生产大队长罗富庭住在柳林垸中央一座大台基上。这座台基是原来洲土大王虢舜卿的,虢舜卿在柳林垸有几千亩良田,有数不清的浮财,他害怕溃垸,解放前趁荒月上,雇人在大垸中央垒起了这座大台基子,台基子比湖水上涨时最高水位还高出好几尺,因此最大的洪水也威胁不了他。他在台基上修建了一座大瓦屋,还修了一座供奉他家历代祖宗神主的祠堂。这座大瓦屋,共计十八间,"土改"时分给七户贫农居住。那座祠堂,略加改进,成了柳林小学的校舍。七户贫农住进这家大屋里,最初几年还能过得去,后来生产发展了,七户人家都增人进口,还添置了耕牛和农具,这栋房子就不够住了。有一户人家先在垸内寻了块地方,修了座新屋,滨湖地区树木砖石很珍贵,他把分到的那几间房子拆出来,做了新屋的材料。这样没隔多久,又有一户人家也把房子拆去了,不上两年,七户人家共迁出去四户。虢舜卿的房子便变得东边一个窟窿,西边一个缺口,变成了一座四不像。冬日里湖上刮大风,四边窟窿往里灌风,冷得屋里的人直哆嗦,夜晚盖上十斤重的棉被,还挡不住严寒。房子因拆散了架,刮起风来,摇摇晃晃,也好像立即要倒下似的。这时罗富庭正担任高级农业社的社长,他心头一转念,觉得这倒是一个好机会,便借口这房子被大伙拆烂了,有倒塌的危险,替其他两户在大堤上划了一处地方,让他们全部拆走了。他自己却没有走,因为他担负了领导工作,为了便于联系工作,他得住在垸子中央,这样,他就在那座大台基的上面,重新修了一座新房子。他的这座房子,虽然没有虢舜卿的大，但也是五缝六间，外加两个偏梢子，在当地也是不多见的了，何况用青砖做墙、灰瓦做顶，房子相当结实。在滨湖地区，一般农户都是用泥巴拌牛粪糊墙，拿稻草结把子做顶，这种全用砖瓦结构的房子是很少见的。新修房子的前面，还修了一道短短的围墙，围墙外面是小学堂，小学堂有个大操场，操场平坦宽敞，到了夏季的晚上，小学生们回去了，这里十分清静，是个乘凉的好地方。学区的文教专干是罗富庭的表侄子，是位很热心的年轻人，他到学校发动小学生们植树，他们在小学堂四周栽满了树，也在他表叔房屋周围栽满了树。这里的树，也是一色的杨树和柳树，到了春季，杨树和柳树一齐发青，四周变成一片翠绿。

罗富庭刚好五十岁，从他的模样儿看，不过四十上下的样子。他的脸是正方的，有点络腮胡子，浓浓的眉毛下面，一对熠熠发光的大眼睛。他的嘴巴生得很大，喉咙也大，说起话来，声音洪亮，走到哪里，人还没到，声音就到了。听到他的声音，偷懒的社员都得振作起来，赶紧低头干活，如果不是这样，就会挨他的批评。"五类分子"听到他的声音，更加感到惶恐，因为他走到这些人面前，总感到不顺眼，忍不住要骂几句，有时还要动手打。这些年来，他养成了一个习惯，就是爱骂人打人，打起人来，手掌很重，有时打得人几天爬不起床。但是最近几个月来，他这种作风改变了不少。因为去年冬天，他领导社员连夜修堤，亲眼看见一个社员扶着锄头把子站着，在那里跟人讲白话，他冒火了，不问青红皂白，走上前去，就是一拳，他那一拳去得很重，把那人打得四脚翘天，栽倒在地上，牙齿被打断了一颗，嘴里冒出血来。黑暗中他以为打的是个"五类分子"，后来一打听，才知道打错了人，打的是县商业局长的叔伯兄弟。那人在床上躺了两天，便进了城，他在县商业局长的支持下，往县委会送了份状子。县里派来个调查组进行调查，调查组认为，这是件违法乱纪的事，应当给予组织纪律处分。后来幸亏经公社书记张文榜出面调停，才算没有给处分，但挨批评是免不了的，县委领导在县干部会上不点名地批评了这件事。从这事发生以后，罗富庭那爱打人骂人的脾气改变了不少，但是最近一段，他的脾气又暴躁起来，又恢复到原来的样子，打人和骂人的事又常有发生。因为这次公社出面组织整修烂泥湖，分配到他们大队的民工数字总是凑不齐。烂泥湖的河道工程，是全公社的重点工程,公社党委书记张文榜亲自兼任工程指挥部总指挥,又亲自坐镇在那里,他要求各大队全力以赴地支援。柳林大队离烂泥湖很远,烂泥湖河道挖通后并不受益,因此大队下面的各生产队都不积极,有许多社员,到了工地又跑回来,害得罗富庭到公社开会时总听到对柳林大队的批评。过去他这个大队表现不错,现在变成后进队了,这件事很使他恼火。今天他听见公社通知要召开三级干部会议,估计又要检查各大队支援烂泥湖工程的情况,这样他便很早就派大队文书罗四到各生产队去发布命令,通知各队队长,叫他们做好汇报准备,如果发现有逃跑回家的社员,就赶快派人送到工地去,倘有顽抗不去者,可以派武装民兵押送。他向各队提出的要求是,务必做到应去的人数一个不能少,出勤率达到百分之百。

刚吃完早饭,罗四便回来了。罗四是罗富庭的亲侄子,是他亲手培养的一个得力的年轻干部,他已经打好了算盘,等他年岁大了,退了休,就让罗四来接他这个支部书记的班。虽然目前罗四还不是共产党员,但他的觉悟程度和工作能力早超过一般党员的水平,要不是在"文化大革命"中当过几天造反派,目前农村整顿组织,暂时不便提出发展,那么罗四的入党手续早就办妥了。

罗四是个瘦高的个子,脸上没有一点肉,但他和叔叔的表情不同,他从不板着面孔,见了人总是一脸的笑。人们觉得罗富庭脾气暴躁,喜欢骂人,但他的喜怒露在外面,容易防备,而他这个侄子却不同,他表面上笑嘻嘻,背地里却名堂很多,他会想出些歪点子,还会借刀杀人,因此,在队里一般人看来,他比他叔叔还厉害,还不好对付。他有个诨名,叫罗四拐子。

罗四拐子一跨进叔叔家堂屋门,便笑嘻嘻地叫道:"叔叔,几个队都通知了!"叔叔问道:"出工的情况呢?"罗四拐子道:"情况还好,大都已经去齐,昨天有两个偷偷跑回来的,今早已派武装民兵押送回去了。只有柳林生产队的队长卜桂香和会计朱利生,今天一黑早就进城去了,据说他们对昨天公社派人收他们的鱼有意见。卜桂香的堂客放出话来说,她家男人不愿干这筐壳子队长了,他们要到农业局去请求复职,仍然当农业工人去!"罗富庭一听,心头火一冒,用手把饭桌子一拍,饭桌子上还没来得及收拾的菜碗,都震得跳了起来。他用那大嗓门吼道:"妈的×,怎么搞的,偏偏在这个时候拆老子的台!"要是从前,对于卜桂香这种无组织无纪律的行为,他会马上把他叫来训一顿,说不定还要把他罚一罚,但是上次打了县商业局长的叔伯兄弟的教训太深,至今还有余悸,他知道卜桂香的大哥是现任水利局副局长,也是不好得罪的,因此对于这个自由散漫的家伙,他也只好暂时忍一忍。罗富庭吩咐道:"那就叫朱长生去开会是吧,他是他们队上的民兵排长。"罗四拐子道:"叔叔你不是不知道,朱长生是个菩萨,什么时候都不开口,叫他去算白搭,再说他现在还在烂泥湖,叫人去喊他也来不及。"罗富庭想了想道:"那就算了,到公社汇报时,你就代他们说几句,说他们队上的干部今天进城运化肥去了,一时赶不回来,你就替他们报个到。"罗四拐子忙点点头,对于叔叔的意见,他完全明白了,就是叔叔不这样吩咐,到时候他也会知道这样应付的。

他停了一停,又向叔叔报告了一个重要的消息。他道:"叔叔,我到朱利生家里叫人,见到杨青林,他昨天被释放回家了。"罗富庭听到这话后张开嘴巴半天合不拢来,他问:"怎么搞的,我们一点消息也没有听到,他是不是私自跑出来的?"罗四拐子道:"他手里有张劳改队的释放证明,见我是大队文书,还拿给我看了,叫我先向你汇个报,他说等你晚上有空时再来看你。"对于杨青林的回来,罗富庭是不高兴的。他倒不是和杨青林没有交情,他和杨青林都是"土改"时的积极分子,他是农会主席,杨青林是儿童团长,他几乎是看着杨青林长大的。但是杨青林思想敏锐,干工作有魄力,往后提升得很快。"文化大革命"以前,当罗富庭还在大队支书这个座位上,杨青林就已经提拔到公社当副主任了。不过他这个副主任并不得意,因为头上的主任张文榜压着他,两个人的思想作风和工作方法不一样,在一起工作常闹别扭,有时还死顶牛。"文化大革命"开始,罗富庭就比较乖巧,他没有再出头露面,只叫罗四拐子参加了造反派,在大队成立了一个战斗队,出面开了两场斗争会,他们还把罗富庭叫出来骂了几句。后来战斗队把矛头指向下面,全大队的"五类分子"成了主要对象,武斗盛行的时候,还打死了两个老地主。直到后来公社把副主任杨青林端了出来,他们的斗争矛头才转到当权派头上来。杨青林是柳林生产大队的人,由罗富庭出点子,罗四拐子执行,把他揪回本大队斗了两

40

场。罗富庭有条不成文的经验,解放以来,搞了这样多运动,每次运动都要搞百分之五,那么,一个单位或地区不搞出几个人是不行的,这样那就看谁先动手了,先下手的为强,把别人端出来,凑齐了百分之五,自己不就可以过关了吗?因此他布置罗四拐子把大队的批斗会搞得轰轰烈烈,杨青林的罪行,也补充揭发了许多条。在全公社公审大会上,罗富庭虽然已经解放,但他还没有资格发言,他叫罗四拐子代表大队到台上发了一次言,在发言中以全大队几千个贫下中农的名义要求给予现行反革命分子杨青林最严厉的处置,那就是说,要执行枪决。现在听说杨青林提前释放回家了,他心里便添了一块心病。他不知道杨青林这次回家,是根据表现适当减刑呢,还是全部平反?如果是全部平反那就糟了,他就会恢复党籍,继续出任本公社的副主任,这样,自己今后就得在他手下工作了。"文化大革命"中自己虽然没有跟他展开面对面的斗争,但是罗四拐子是他的亲侄子,罗四拐子的一切行为,都和他有关联,谁也不能担保今后他不会寻自己的岔子,因为据他自己的经验,碰到这种情况,是不会不送小鞋子穿的。想到这里,一早晨的不高兴,就更加厉害了。他吩咐罗四拐子道:"四伢子,你去打听打听,杨青林这次回来,是留了尾巴,还是全部平反,如果是全部平反,我得去看看他,说不定还要召集社员开个欢迎会。"罗四拐子道:"你老人家先别忙着去看他,如果他的事情还没有了结,不就降低了我们的身份,不如先去看看公社的态度怎么样?公社是什么态度,我们就采取什么态度。这次去公社开会,见了张书记,你老人家不如问问他,看他是个什么调子?不过我刚才见他那样子,并不神气,不像是个全部平反的样子,关了这么些年,头发都白了,老了好多!"罗富庭这才稍稍放了点心。他又问:"小学校的事办得怎样了?"罗四拐子知道他指的是把堂妹罗彩元安排到小学校当民办老师的事。堂妹罗彩元初中毕业以后,留在家里,想了几次办法,都没有能够出去。一次是招收工农兵学员,他们大队只分配了一个工科大学生名额,她文化水平太低,没有评选上去;一次是部队招电信兵,体检时发现是平脚板,也没有录取,这样就只剩下一条路,在大队搞个民办职务。搞会计她不会打算盘,搞赤脚医生,她怕走夜路,又最怕看见打针,因此都搞不成。她倒看中了一个职位,那就是民办教师,她看见表姐李小娟在小学教书,很少脱鞋袜,倒蛮轻松,她便吵着爹爹把自己安排到学校里去,学校离家近,跨过门槛就到了,还可以照料家里。罗富庭一想也好,便叫罗四拐子办理这件事。罗四拐子一着手办这事,便发现有麻烦,因为县文教局规定的学校民办教师的名额已经满了,要再安排人进去,得把原来的教师减少一个,他想来想去,觉得现有老师有个叫林庚生的老教师可以劝退,因为那个老倌子虽然写得一手好字,但年岁不小了,解放前又参加过圈子会,有点历史问题,他的儿女都大了,让他回家,也有人养活。这样罗四拐子找他谈了一次话,谁知找他一谈,碰了一鼻子灰,他说他不愿回家吃白饭,现在身板子结实,在新的长征路上还可以为人民服务。罗四拐子劝说了好久,他也不听,罗四拐子便只好拿出他那支撒手锏来,指出他有严重历史问题,不符合人民教师条例。谁知这位老教师天天看报,懂得打倒"四人帮"后,中央的政策变了,他的问题是一般历史问题,不影响他继续留在本岗位上工作。这样一来,就顶了牛,老教师坚决不肯回家,罗四拐子也没有办法,只好瞒着文教局,把学校的教师名额增加了一个,将堂妹罗彩元补充进去。现在罗四拐子把办理这件事的经过详细向老叔做了汇报,老叔一想,也只有这样办,不过他嘱咐侄儿在文教专干那里再做点手脚,请他向文教局打个报告,给学校增加一个教师名额,有了文教局的批文,便算过了明路,以后人家也不敢讲什么闲话。罗四拐子一听,觉得老叔到底有经验,想得周到,忙点点头,答应马上去办。

　　叔侄俩正在商议,这时便听见门外有人一迭声地喊:"罗书记!罗书记!"两人一听,知道是袁大头来了,袁大头平时故意不喊罗支书而叫罗书记,表示对这个地方官的尊敬。叔侄俩听见他来了,都眉开眼笑,忙站起来,迎了出去。袁大头叫袁寿庚,是上海一个出口公司派到这里的土特产采购员,年纪自称只有三十多岁,身体却过早地发了福,长得腰肥体胖,那头也胀得挺大。由于他平时双手不离开钱,因此乡下人给他取了个诨名,叫袁大头。老一辈的人见过旧社会流行的一种银币,就叫袁大头,银币上铸着一个圆头大耳的老倌子,很像袁寿庚。拿块袁大头到市面上买东西,很顶用,拿袁寿庚满口袋的钞票收购土特产,也很受欢迎。今天袁大头又从上海回来,他身着一件新的蓝的确的棉衣,下面穿一条海军呢的裤子,在乡下不宜穿皮鞋,他穿了一双海绵底球鞋。他左手提着一摞纸盒,右手提着两瓶黄颜色的酒,笑嘻嘻地走上这大台基,跨进了这座敞亮的瓦屋。

叔侄俩迎着袁大头笑道:"采购员,又回来了？欢迎欢迎!"袁大头走进屋里,先把那两瓶酒递给罗富庭,笑道:"这是两瓶追风虎骨酒,专治各种风湿性关节炎的,你老的那只腿,不是一到春天就喊痛吗,常喝这种酒就会好的。"罗富庭赶紧接过两瓶酒,眉开眼笑道:"难为你记得清楚,好多钱一瓶?"袁大头嘴里啧啧两声道:"这是我孝敬你老人家的,小意思,还问什么价钱!"接着又把系纸盒子的绳子扯断,拿过一盒子,打开来,从里擎出一顶大皮帽子。他把大皮帽子递给罗富庭,大声道:"这也是送给你老人家的,特地托人从东北买来的,帽上的毛是真正的狐狸毛!"罗富庭把帽子接过,往头上一戴刚好合适,他赶紧走到一座带镜子的五屉柜面前照了照,一看,自己的模样儿都变了,那一副威武的神气,不减当年的洲土大王。他想这种帽子,必定很贵重,不知自己戴得起戴不起？忙问:"货很好,不知是什么价钱?"袁大头嘴里又啧啧两声,他装出一副不值一提的样子,笑道:"这也是我孝敬你老人家的,小意思,还问什么价钱!"接着他把第二个纸盒子也打开,从里面拿出一顶蓝直贡呢的鸭舌帽子,把它送给罗四拐子,他说,这是他送给大队文书的礼物。大队文书接过戴到头顶上,也很合适,听说不必自己掏钱,他高兴得嘿嘿嘿地笑个不停。还有两个纸盒子,袁大头还没有打开,便问:"罗老师和李老师呢?"罗富庭知道是给自己的女儿和外甥女带东西来了,他扯开自己的大嗓门,朝里面大声喊:"小娟,彩元,快出来一下!"彩元已在学校报了到,但她没有上课,因为她打开要教的那个年级的语文课本一看,上面有许多字不认得,如今她正把表姐李小娟关在房里,让她给自己讲授,现买现卖,好过几天去上课。这时她听见喊声忙丢下书本拉着表姐跑出来,两人走到堂屋里一看,家里来了一位客人,大家都认得,是鼎鼎大名的上海土特产公司的采购员袁大头。李小娟的脸上不禁微微一红,因为她每次碰到袁大头,他总要拿眼睛直勾勾地望着她,望得她很不好意思。这时,他见李小娟进屋来了,便像触了电,眼珠子都木了。李小娟是个二十二三岁的姑娘,生着白里透红的面庞,弯弯的细眉,罩着一双黑眼睛,那黑眼睛好像能说话,望着人,能把人的心掏出来。袁大头的心早已被这对黑眼睛掏掉了,他今天跳下轮船,跑到镇上,把行李往柳林镇饭店一放,就拿着这一大堆礼品,跑到这里来了,为的是想早一点看到李小娟。看见袁大头痴痴地站在那里,罗彩元抿着嘴笑。她大声问:"把我们喊出来,有什么事?"袁大头如梦初醒,赶紧把目光收回来,急忙打开那两只纸盒子,从里面拿出两件红色的带金花的女式大毛衣,他把毛衣递给两个姑娘。李小娟没有接,罗彩元却接了,她把毛衣贴在自己的胸前,觉得颜色和花样都很满意,她那胖胖的脸蛋和身躯,配上这种颜色的毛衣,会更加显得丰满。彩元笑道:"到底是跑大口岸的大采购员,有鉴赏水平,这件毛衣好多钱?"袁大头见李小娟没有接毛衣,手伸出半天,只得缩回来,正不知下一步自己该怎样办,这时见罗彩元对毛衣很欣赏,正在称赞他的鉴赏能力,便赶紧笑道:"这是我送你们两位老师的,讲什么价钱!"罗彩元翘一翘嘴唇,娇嗔道:"送的我们不要,我们又没有帮你办什么事,无缘无故,怎么能白收你的礼物?"袁大头道:"今后请你们帮忙的地方多呢,怎么会无缘无故?再说和罗书记来往这些年,得他帮助的地方很多,难道替他的孩子带两件衣裳,我还好意思收钱吗?"罗彩元见罗富庭手上提着一顶大皮帽子,知道爹爹已经收过人家的礼物,她便道:"爹爹是爹爹,我们是我们,我们不同,我们没有道理收你的礼。我看这样吧,今天没有准备钱,就记卜一笔账,到明年再还你!"袁大头听了,高兴得跳起来,他生怕这些礼物两个女孩子不肯接受,他忙道:"这办法好,这办法好,就不算礼物,算我代你们买的,到明年秋天,你们的补贴工分到手了,再还给我。"李小娟始终不肯接受,但是罗彩元一起把两件毛衣叠起放在那两个盒子里,连盒子带衣服,都拿走了。等两个女孩子走后,袁大头才像办完了件大事,不禁长长地舒了一口气。

罗富庭问道:"老袁,你这次不等过春节就下来,又有什么紧急任务?"袁大头掏出尼龙手帕擦擦额头,叹了口气道:"唉,公家这口饭,真不好吃,这次回上海去,公司见我从滨湖收购的湘莲在港澳市场很行销,又要我赶紧回来,在今年广州交易会开幕以前,再收它几十石,运到广州去。你看这样一来,我还能到上海过年?再说,我也没家,光棍一条,在家和在外还不一样!"罗富庭吃惊道:"老袁,你还没有成家?"袁大头道:"没有,不但没有成家,连个对象也还没有找到呢!我这个人,虽然从小在大口岸生活,但不晓得为什么,我不喜欢在大城市找对象。大城市里的姑娘虽多,也长得好看,但是花花哨哨,很轻狂的样子,平时,我就看不惯。我想找个懂事一点的,本分一点的,本来找老婆是为了居家过日子,不是找来当花瓶子。这样左挑右挑,挑到现在,还挑不到一个合适的,自己年纪已三十挂零了,还是个光棍儿。"袁大头这几句话把罗富庭的心打动了。罗四拐子插嘴说:"三十多不算大,如今提倡晚婚,正当年。"袁大头叹息道:"不能再拖了啊,再拖下去,就只好找寡妇了。"罗富庭想起姐姐拜托他的事,要他替外甥女找个吃商品粮的国家干部,这不明摆着个现成的在眼前吗?从刚才袁大头与外甥女打照面那样子看,袁大头对小娟还是看得上的,如果对上这么个外甥女婿,自己将来办个什么事也方便得多。他几乎把自己这层意思说出来了,但他一转念,像这个问题,应当由男家提出,一家有女百家求嘛,如果自己这时提出,将来在聘礼方面就不好讨价还价了。想到这里,他便只顾低头抽烟,不再说什么了。

袁大头道:"罗书记,我今天来,还有一件事情,想找你老人家商量。"罗富庭把烟嘴从口里抽出来,笑着回答道:"老袁,有什么事,你尽管说吧,我能办到的,一定尽力替你办。"这时袁大头几乎想把自己对李小娟的倾慕讲出来,他可以求这位老舅帮忙,替他完成这件事;但是他为了使事情办得妥当一些,使今后女方不至于有怨言,他已打定主意,要设法使罗富庭先开口,这时他便暂时按下这件事不提,首先解决另一个问题。他道:"我们公司想在滨湖推广苎麻良种,向地区租了一块荒地,经过三年经营,到今天,这块荒地已开垦出五十亩了。去年种了一季杂粮,便宜卖给社员度荒。今年除继续种些粮食以外,就准备开始培植苎麻良种,今年再扩大五十亩,共计一百亩土地,原来的几名劳力不够了,我想请大队长帮帮忙,再支援我们几个劳动力。你们队上有几十个'五类分子',还有好些个地富子女,能不能拨几名给我们?我带来了两个人,可以管住他们,请你们放心!我们还可以按月给他们报酬,今后队上给他们口粮,就可以把他们的收入投资到队上。"罗富庭一听,连想也没想,便转头问罗四拐子道:"四伢子,我们大队,还有多少'五类分子'和地富分子子女?"罗四拐子有一个小红壳面本本,经常揣在怀里,上面记着各种数字,这时他拿出来,看了看说道:"一共有四十七个,最近右派平反减少了几个,还有四十二个,不过这些人年岁都大了,大都是风烛残年,干不得什么重活了。"袁大头说:"他们的子女也行的。"罗富庭问:"地富子女有多少?"罗四拐子道:"有二十七个,不过大都是女的。"袁大头道:"女的也要。"罗富庭道:"那就这样吧,四伢子你就造个名册给老袁,让老袁去挑,他要多少就带去多少,反正这些人在队上也是包袱。"罗四拐子道:"不咧,叔叔,如今队上一些重活脏活,都由这些人干,队上还缺不得他们呢。"罗富庭摆摆手道:"你去跟各队队长打个招呼,叫他们服从大局,我们是集体组织,人家公司是全民组织,集体要服从全民,我们要服从他们,还是尽量支持他们吧!"罗四拐子忙点头,他陪着袁大头出来,一起到大队部去查阅花名册去了。

当袁大头走出门,罗富庭又把桌上的大皮帽子拿起,把它举在眼前端详着,心想,这样厚实的皮帽子,又是上等狐狸毛皮的,怕至少要花三四十块钱! 他脸上挂着微微笑容,把帽子扣在秃头顶上,急匆匆地,走进里面房间里找老伴欣赏去了。

五、从头做起

三级干部会只开了一下午,却搞了一次大会餐,从柳林生产队搞来的鱼大都是当晚打上来的鲜鱼,经过公社食堂大师傅制作(碰上这样的场合,他们还要把镇子上柳林饭店两位老师傅请来帮忙),那鲜美的滋味就不用说了。还有从其他生产队调来的鸡鸭,做了几大碗,加上从供销社要来的酒,香喷喷地摆了十桌。等到三级干部会散了,八个生产大队的支书和五十多个生产队的队长都吃得醉醺醺的,走起路来也感到摇摇晃晃。他们带着公社张书记的指示,准备动员民工去挖河。张书记认为,如果这一工程胜利结束,就在全县打响了头炮。各大队支书和生产队队长也觉得很高兴,因为这毕竟是全公社的一项大成绩,尽管被拿走鱼肉和鸡鸭的生产队的队长有点心神不定,因为下面的群众已经有些不稳定,他们有的人已经说出很难听的话来,但是队长们还是受到了鼓舞,高高兴兴地吃完了这餐饭。

在互相敬酒和猜拳的闹声中,罗富庭没有忘记杨青林回来这件事,因为这件事对他来说,不能说是一件小事。他觑个空子,走去和张书记说了几句话,请示对新回来的杨青林应该采取什么态度。最近根据上级指示,张书记虽然把主要精力放在挖河上,但他对平反冤假错案,也还是卖劲的。"四人帮"打倒后,县里便提出了杨青林的问题,后来因为政法部门认为他不仅骂了"四人帮",而且还有攻击毛主席的言论,他们把这一案件拖了一段时间,直到上面又有了一些指示,明确规定哪些话算恶毒攻击,哪些是正常发表意见,这样政法部门顶不住了。看过这类文件,张文榜也觉得自己在这上面应抓紧,他叫公社马秘书写了一份报告,送到政法部门,请求迅速清理这个案件,因此当他听见杨青林已经回来,他非常高兴。他忙对罗富庭道:"今晚你回去告诉一下青林同志,请他明早到公社来一趟,我想在去烂泥湖前和他见一面。"一听张文榜的口气,罗富庭便立即感觉到了,这次杨青林的案件是完全平反了,公社过去对于他的揭露和批判,都是错误的,这样杨青林不但会恢复党籍,保不住还会官复原职。由于他过去通过罗四曾经提出要枪决杨青林,和杨青林结下了冤仇,如果杨青林官复原职,自己在他手下工作,将来肯定会吃苦头,因此当他离开张书记回到饭桌上以后,他没有刚才那份高兴劲了。他酒也不想吃,匆匆忙忙扒进两口饭,就离开了公社,他急忙赶回来,想趁天色还早,到杨青林家去一趟,去主动看看他,以便多少消除一些以往的隔阂。

当罗富庭走到杨青林那座茅屋前,听见里面笑语喧哗,好像全队的人都在这里集合一样,他跨进门槛,果然看见堂屋里坐满了人。罗富庭的家也在柳林生产队,屋里坐的人他都认识,其中有爱说话的冷满爹,有吊儿郎当的凹花生,有不安心农村工作的知识青年宋明,还有生产队会计朱利生的堂客青妹子。刚才这些人正在议论今天早上公社来人收鱼的事,据刚打镇上回来的凹花生报告,他中午在镇上碰见饭店两个老师傅,见他们匆匆忙忙赶到公社去,便知道他们是去替干部老爷办筵席的。他说这倒好,社员在这数九寒天,起半夜睡五更到湖里捞来的几斤鱼,一转眼就白白被公社拿去了,以后再叫他到湖里打鱼,就是打死他也不会去!凹花生是个出名的调皮鬼,同时也是个懒汉,平时冷满爹有点看不起他,但是他这几句话,却说出了他的心里话。冷满爹今早从湖边回来,足足躺了半天,他什么事也没有做,但他到底是个闲不住的人,躺到下午,他又爬起来,劈了几根竹子,开始制花篮子。他制的花篮子不准备自己用,眼看劳动果实白白被人拿走掉,他的心也冷了,不想再去冒那刺骨的寒风捞鱼了,他有一手很好的编制手艺,想编几只捕鱼的花篮,挑到镇上去卖掉,去换回几角买盐和火柴的钱。吃过晚饭,他想起应该去看看杨青林,便邀着宋明,一起到杨青林家来了。

大家正说得热闹,忽然看见罗富庭走进屋里来,便一齐闭上了嘴,谁也不再说话了。首先是凹花生推说家里有事,最早溜了。接着冷满爹咳嗽了两声,把几句说到嘴边的话咽回去,也起身告辞了。冷满爹一走,宋明也坐不住,也跟着走了。青妹子是个最讲礼信的堂客,她看见这种场面,有些过意不去,跟罗富庭搭讪了几句,但她讲了两句,便觉得没话好说,也很快走了。这里只剩下罗富庭和杨青林。

这两个人最后一次相会,是在批斗会上。那天罗富庭刚刚解放,坐在主席台上,罗四拐子在扩音器前历数了杨青林很多罪行,强烈要求对他执行枪决,罗富庭坐在上面也是举了手的。但历史是最爱嘲弄人的,过去接受审判的杨青林虽然显得老了,但他的心情好像很好,脸上笑嘻嘻的,他伸过一双由于干多了重活而显得十分粗糙的手,跟客人握了握。而罗富庭这面,却好像自己在接受审判,心里很不自在,他连忙拉着杨青林伸过来的手,紧紧握着,并且还摇了几摇,显得很尴尬地笑道:"青林同志,你回来了,这几年你受苦了!"杨青林笑道:"看起来可怕,但是到了那个地步,也无所谓了。皮肉受了些苦,但还是挺过来了,你看我不是还很好的吗?"罗富庭仔细看了看他,不禁道:"青林同志,你老多了,头发都白了,这几年实在太委屈你了!"杨青林笑道:"在这场'文化大革命'中,除了一些阴谋家野心家,谁没有受过一点委屈?许多人把命丢了,我还算运气,活着回来了,看起来,还能干几年工作。"听杨青林的口气,他对自己所受的委屈,并不怎么计较,这倒使压在罗富庭心里的石头减轻了几斤。他轻轻地吐了一口气,忙笑道:"你还是那个老脾气,只想到干工作,如今中央明确提出了新时期的总任务,要一心一意搞四化,今后有的是工作做。公社张书记叫我告诉你,请你明早到公社去一趟,他想跟你见见面,可能要和你商量今后做什么工作。"罗富庭又试探着说:"'文化大革命'中三突上去的公社书记被撤下来了,张书记官复了原职,你原来那个公社副书记和副主任的位子,如今还空着的。"杨青林笑道:"你看我还干得了原来那工作吗?"罗富庭道:"干得了,干得了,怎么干不了?经过'文化大革命'的严峻考验,就是调到哪个公社去当第一把手,也是干得了的!"这倒是罗富庭的心里话,如果能把杨青林安排在其他公社,就是升他一级,他也举双手赞成,因为虽然他杨青林对他态度很正常,并不计较过去曾经揭发批判他的事情,但他觉得由于有那么一段,将来总还免不了有些麻纱,不在一起工作,总比在一起工作好。他听见杨青林笑道:"老罗,你这话不对,我离开了八年,很多情况都不熟悉了,'文化大革命'以前的一些工作方法,现在肯定有许多不适用,我现在的水平,据我自己看,当个生产队长还差不多。"罗富庭听了,大吃一惊,他叫道:"当个生产队长?一个堂堂的公社副书记,怎么能当个生产队长?你是不是觉得自己还有错误,还要留个尾巴?杨青林同志,你应该有信心,据我看,你的问题应该彻底平反,不应当留尾巴!"罗富庭的这个结论是从他跟张书记谈话后得出来的,他摸透了张书记的脾性,上级没有做出决定的事情,他决不敢越雷池一步,他听见杨青林回来后那样高兴,那样急于要见到他,便使罗富庭清楚地感觉到,杨青林的问题是全部平反的问题,不会留什么尾巴,这样他便预先给杨青林打了这个包票,他想这样一说,至少也可消除一点他对自己过去的不良印象。杨青林却摇头道:"那位子如果空着,还让它空一段时间吧,这两天我看到一些事情,心里琢磨着,一切还得从头开始!"罗富庭不禁想,这八年折磨,把杨青林的棱角磨掉了,锐气也磨没了,他没有过去那种雄心壮志了,过去是只老虎,现在变成了猫。想到这里,罗富庭不禁哈哈大笑起来。他心里想,这倒很好,如果是只猫,他就不必再担什么心,他又可以继续去做他的土皇帝,以后还不妨略施小计,把他拉拢过来,让他为自己服务。罗富庭笑了一阵后,问道:"你就拿这个意思跟张书记说?"杨青林道:"我就拿这个意思跟他说,如果还承认我是共产党员,就让我先到一个生产队去当一段时间的队长,如果你同意,我愿意回到本生产队当代理队长!今早上卜桂香进城去了,他不愿意当队长了,如果他目前不想管事,我可以代理他一段。"罗富庭道:"你是不是准备在这里蹲点,抓好一个队,解剖一个麻雀?这是过去行之有效的办法。"杨青林道:"也算是吧,我不想马上到上面去做事,想先在基层搞一段,了解一些情况再说,而且我觉得,对我自己,还得进行一次考试,看是不是还能做农村工作。"罗富庭听出杨青林的话是真心实意的,不是说着玩的,这样他便完全放心了,看来杨青林胸无大志,不是什么威胁了,这时他不禁高兴起来。他又大声笑道:"青林同志,你这种想法很好,我支持你,不过你这种想法,还得跟张书记说说,取得他的同意,如果他同意,叫他来个电话,告诉我,我就下通知,免去卜桂香生产队长的职务,任命你当队长。"杨青林一听忙道:"你不要下这种通知,队长还得让卜桂香当,因为队长是社员大会选举的,社员大会没有罢免他,不能随便撤他的职。如果他现在闹情绪,不肯理队上的事,我就暂时代理他一段,等他愿意管了,队长还是叫他当。"罗富庭道:"选不选举还不是一个样,如今报纸上尽在嚷嚷什么实行选举,其实很多人字都不识,觉悟又不高,搞得什么选举?要搞也是走过场。我看就这样决定了,不管你代理不代理,卜桂香的队长职务算撤定了,他支援公社修湖不积极,无故不参加公社三级干部会,连假也不请,带着会计进城办私事,就凭这两点,就可以撤他的职!要不是碍着卜副局长的面子,还应当开会斗争!"杨青林还想说几句什么,罗富庭不肯再听,他挥了挥手,便走了。

罗富庭一走,坐在一旁一直在默默地绩麻的杨大妈问道:"伢儿,你这次回来,不走了?"杨青林走近娘,回答道:"娘,不走了,陪着娘过日子。"杨大妈把绩麻的手停下,说道:"伢儿,我不要你陪,你还是走吧,在这里,你吃过这样大的亏,差一点叫娘再也听不见你的声音。这里是罗家天下,你斗不过他们,你刚才还说什么来,连公社也不去了,打算在他手下当一个生产队长?"杨青林道:"娘,是呀,昨天回来在堤上鸭棚里睡了一夜,和冷满爹谈了一宿话,今早又看到一些事情,我看,这农村工作中的毛病大着呢,我想先把我们生产队的情况搞清楚,进行些改革。如今群众生活真苦,心里也苦着呢!"杨大妈道:"罗富庭、罗四拐子他们当政,把大伙统得死死的,还能不苦?可是,伢儿,这也不是一朝一夕变得了的,也不是靠你一个人变得了的,你还是离开这里,你要是怕我一人在这里不好过活,那就把我也带走,我们娘俩走得远远的,离开这鬼地方。比方说,我们到你那堂兄弟杨春林那里去,他还和你有联系吗?"说到杨春林,杨青林心里好像照进一片阳光,他的心立刻感到暖洋洋的。他道:"娘,有联系,有联系,在我出狱以前,她还托人送来一包衣裳,过去常常给我寄东西来。"杨大妈道:"这几年来,我还能活着,就搭帮两个人:一个是惠兰,她比自己的亲生女儿还好,平时细心地照看着我,每日的饭菜,都是她帮着弄的,她跟她那去世的娘一样,是一副菩萨心肠;另一个就是你那堂兄弟。你爹在世时,我还不知道你有这样一个堂兄弟,敢情是他听到你被判刑了,我没有依靠,他才寻上来,这真是位好人呀,他按月寄五块钱给我,过年过节还加倍,没有这点钱,我也活不到今天!伢儿,你就赶快写封信,告诉他我们娘俩要到他那儿去,要他替我们找个地方,你就对他说,干什么都行,只要再不见到罗家这些人,什么苦日子,我们都能过。"杨春林就是王杏花,这还只有杨青林自己知道。关于王杏花的事,他早应该告诉娘的,但是过去羞于出口,被判刑后当然不可能讲,现在是时候了,应当把这一切告诉娘了。但他一想,还是等他见到王杏花,把这些年来的事都弄明白了,再告诉娘不迟,那时王杏花跟自己一道回来,站在娘的面前,一切事情都能说得清楚。这时他耐心地去说服娘,请她尽管放心,既然自己曾经遭到那么大的打击,甚至几乎把性命也丢了,结果还是平平安安地回来了,那就说明没有什么可怕的事了,如果再来一次这样的打击,他也能扛得住,何况如今世道变了,窃据中央要职的坏人已经挖出来了,再来一次"文化大革命"已经不可能了,因此尽可安心安意在家乡工作,在本乡本土过日子。他说有那样多熟悉和了解自己的乡亲,有那样多爱护自己的同志,只要自己是真心地为群众谋福利,群众会积极支持他的,这样,他更不应怕什么了。经他这样一说,杨大妈也清楚了,她觉得儿子说得很有道理。过去她总是按儿子的话去做的,从青林还是孩子的时候,她就让他持家主事,她觉得这伢儿心眼好,而且挺机灵。伢儿做的事情,她都认为是应该做的,是对的。

母子俩正这样商议着,只见从外面一阵风似的飞进来一个人。因为是在夜间,等她到面前,才看清楚,是惠兰。今天惠兰着实把自己打扮了一下,只见她穿了一套紧身棉袄,棉袄的罩衣上印了无数朵小兰花,那一对乌黑的发辫,梳得整整齐齐,发辫上打了一对蝴蝶结,结子是红的,油灯照着,显得很好看。她手上抱着一大摞衣裳,飞跑进来,把衣裳递给杨青林。杨青林一看,是自己早上换下来的破衣裳,现在已经洗净了,烘干了,那破烂的地方,也都补好了。杨青林接了衣裳,非常不好意思,他道:"这些衣裳,又脏又破,没法穿了,本来只配甩掉,却耽搁你这样多时间,把它洗得这样干净,还把破破烂烂的地方补起来,这真叫人过意不去。"惠兰道:"我也觉得这些衣裳太烂了,不好穿了,已托二哥进城时替你带两套新衣裳回来,但是这几件衣裳跟你坐了那么久的牢,丢掉也可惜,把它收在家里,留个纪念。"杨青林一听,觉得她说得很有道理,便忙走进房去,把它们小心地放进衣柜里。这时杨大妈早已停止绩麻,她把手招着道:"惠兰,过来。"惠兰走到她身边,杨大妈一把拉住她,用手摸着她的长辫子,疼爱地说:"惠兰,可惜你大妈看不见了,从我看到的你小时候的模样儿推想,如今一定长得更加好看了,你娘要是能过到今天,不知会怎样喜欢!"惠兰笑道:"大妈,你不就是我的娘,生我的娘不在了,见不着我了,但是你这个娘还在,就在身边。"杨大妈叹口气道:"我也看不见你,但是我摸得到,听得见,我只要听见你的脚步声,听见你说话儿,我就高兴。今天你青林哥回来了,他看得见你。"杨大妈听见杨青林从房间走出来的脚步声,她道,"青林,你代我看看,惠兰妹妹现在是什么样儿?"在微弱的豆油灯下,惠兰仰起红扑扑的脸庞,朝杨青林望去,那一对黑亮黑亮的大眼睛,好像在问:"怎么样,青林哥,我还不算丑吧?"杨青林注视了一会,只见这个在自己印象中还是很小的姑娘,如今已经完全成熟了,红红的脸庞显示出青春的艳丽,那印满兰花的罩衣更加衬出她那体形的美,高高的前胸使罩衣显得有点短了。杨青林连忙赞道:"兰妹妹出落得真好,不知将来哪家人家有福气,把兰妹妹讨了去。"惠兰听杨青林这样一说,把嘴唇翘起来,不依道:"青林哥,不准你说这种话!"杨大妈道:"惠兰,你知不知道,青林哥不走了。"惠兰道:"真的?"杨青林:"是真的,我就住在家里,不离开了。"惠兰听了高兴得跳起来,拍着手叫道:"太好了,太好了!今早我听大妈说,青林哥可能要离开这里,我正着急呢,现在决定不走了,那太好了!"她又很认真地对杨青林讲,"青林哥,不要再到外头去做什么事了,更不要去做官,再大的官也没有我们翻泥巴的实在。"杨青林笑道:"想不到兰妹妹也看破了红尘,你这话我同意,不过我们不做官,党的工作还是要做。"惠兰的黑眼珠转了几转,想了一会,点了点头道:"青林哥的话,说得很对。"

趁这晚惠兰没事,杨青林就向她问了许多生产队的情况。

第二天,杨青林吃过早饭,便朝公社办公处走去。这条路,他过去走过多少年,路上的每个岔口每座小桥他都很熟,但是他今天再走,便觉得很生疏,觉得自己好像是第一回走这条路。八年的监禁生活,使他有种隔世之感,但是一路上碰到许多出早工的人,都对他打招呼,朝他咧开嘴笑,他知道这些人,都在为他庆幸,庆幸他的新生。当他看到这些诚挚的眼睛,这些朴素的笑脸,他便很自然地想这些善良人们的心田,像秋日湖水一样清澈,像滨湖大地一样坦荡,想起这些,他高兴了,他好像又回到了自己熟悉的人间,不再觉得这世界是陌生的了。

因此,当他跨进公社大门时,他的心情甚至可以说是欢快的,这种欢快的心情,过去有多少年没有体验过了。

当他走进公社办公处那块平时用来开大会的大坪,他当年被判处无期徒刑,便是在这块大坪里。在大坪的一边,靠近房屋,有一条大麻石台基,这个台基常常被用作主席台或押犯人示众的地方,这时他看见,在大台基上面,正站着一个人,在向他招手,他一眼认出这人就是公社党委书记张文榜。

张文榜是一位部队转业干部,在朝鲜战场上,他负过伤。这人干工作有他自己的特点,就是一切都按部队上的规矩,说一是一,说二是二,不准讲一点价钱。他自己便能够做表率,对于上级的指示,都坚决照办。上面叫他干什么,他就干什么,并且往往比上面说的干得还要过头一点,而决不会完不成任务。比如一九五八年,上面提出要人人炼钢,尽管滨湖地区不但没有矿石,而且连山林也没有,但他也坚决办了几座小高炉。开头还能用船到外地运些东西来烧,后来附近几县的东西也烧光了,他便拆茅屋顶子来烧,不久,连茅屋顶子也快烧光了,他还不肯停火,大家去问他,他说上面没有指示让停火,因此他不能停火。最后上面指示下马,他才把炉子灭了。又比如上面布置办食堂,他便把社员的小锅小灶一夜拆光了,把大家都集中到一起在一间茅屋里吃饭。那时实行并队,一个生产队相当于现在三个生产队,这样大一个队只准办一个公共食堂,开起饭来就麻烦了。有些社员从住地走到食堂吃饭,路上就要走一小时,再排半小时队,吃饭需要一小时,吃过这餐饭,如果回去,又得花一小时,这样每吃一餐饭,就要花去三小时。幸亏当时农村只准吃两餐,中间还有一段时间做工夫,但是大半天的时间都在吃饭中度过了,也做不得好多工夫了。张文榜就是这样一个人,一切都按上面的指示办事。"文化大革命"一开始,《人民日报》发表社论号召大家起来造反,他便积极要求当造反派,但后来由于他是公社的第一把手,是头号走资本主义道路的当权派,真正的造反派不准他以假乱真,不但不让他参加造反派,而且还把他斗了三天三夜,最后挂了老大一块黑牌子游堤。他在牛棚里一直待到一九六八年七月。他在牛棚里除了遵照造反批示彻底揭发县委的罪行以外,还天天积极学毛著、背语录,到最后他能够把语录从头到尾背下来,而且还可以倒过来一段一段地背。到一九六八年,上面号召解放干部,组织三结合的领导班子,造反派按照他的表现,同意他出来亮相。这样,他就贴出了一张大字报,表示决心彻底和反革命修正主义路线划清界限,坚决站到无产阶级革命路线上来,不久,他就做了公社革委会副主任,顶了"文化大革命"前杨青林的那个角色。杨青林因为与人民为敌,恶毒攻击毛主席,攻击中央"文革"领导同志,被打翻在地,踏上了千万只脚,被判处了无期徒刑,关进劳改队去了。他在副主任任内,工作很认真,依照老习惯,上面要他怎么做,他就怎么做。当时公社革委会主任是个造反派司令,过去柳林公社有名的二流子,他和他相处得很好,彼此能有效配合。当时县革委会主任、县委第一书记是由原来的县武装部长兼任的,是他的老上级,是坚决支持造反派的,他就坚决听从他的话。在农业学大寨的高潮中,武装部长提出全县搞田园化,他便立即响应,把全公社的田塍干子都挖掉了,这样弄得垸子里的田一半缺水一半积水,插下去的稻子一部分干死了一部分涝死了,只有中间那一部分田里有收成,一下子全年稻田产量减少一半;要不是社员还有点自留地,到春荒恐怕又会饿死人。后来武装部长在全县学毛著积极分子会上结合"斗私批修",提出割资本主义尾巴,他便把自留地也收了,而且还提出消灭"海陆空",把全社的鸡鸭和鹅都打死了,弄得社员连买盐买火柴的财源也断绝了,女社员生了孩子,连个鸡蛋都吃不上。一九七五年邓小平同志出来主持中央工作,他又积极响应中央的号召,纠正了这些错误,并且还抓了一下平反工作。他办这些事情,也办得很认真,因此一到反击右倾翻案风开始,他又成了全公社造反派攻击的对象。由于他在抓平反时,按照上面的精神,把全公社被打倒的干部大部分都平了反,被开除的党员又都恢复了党籍,这样使造反派很恼火,他就再也没有翻过身来,他被推到一边,在"批林批孔"中,还被拉到批判会上,点名道姓地批判了他两天。这样一来,倒大大成全了他,"四人帮"倒台后,他便以一个敢于和"四人帮"作斗争的受迫害的干部的面貌出现了。县委第一把手换了,原来的老县委书记回来了,鉴于他在"文化大革命"后期的表现,他又官复了原职,仍旧当了公社党委书记。现在他还是按照过去的老样子走路,一切照上级的指示办事。现在继续提倡农业学大寨,提倡艰苦奋斗,他整个冬天没有歇气,带上几百个民工,在烂泥湖里挖河道。挖烂泥湖的河道有没有益处,他没有认真研究,在水利局召开的一次冬修工作会议上,他听水利局的卜副局长说,有个技术人员给水利局写了一封信,估计如果在烂泥湖旁边挖条河道,把烂泥湖的水泄出去,能开出七千亩良田。他回到公社,便把那个技术人员找来,原来是柳林公社中学的一个代课老师,过去学过两年水利工程技术,在学校里犯了点事送回家来了,后来一直在公社代点课,这人制定了一整套整修烂泥湖的方案。既然上级领导曾经推荐,张文榜便坚决按照那个方案干起来。小秋收一过,他召开了三级干部会,在会上进行了一番动员,接着便往各大队分配任务,由于抓得很紧,不久,就拉队伍进了烂泥湖。他亲自担任工程指挥部的总指挥,除了开会有时回公社住两天外,其他时间都日日夜夜战斗在工地上。

今天他为了和杨青林见面,推迟了回烂泥湖去的时间。他早早地吃过了饭,坐在办公室里等着,等了一会儿,透过窗户,看见杨青林走进大门来了,便忙走出房门,站在台基上,等杨青林穿过大坪,就扬起手大声地和他打招呼。

杨青林被造反派抓起在全公社进行批判斗争的时候,张文榜还没有被解放,有好几次他也被拉到台基上陪斗,因此对杨青林公审判刑他都没有参与,他对全公社这宗最大的冤案没有任何抱愧之处,他看见杨青林回来,脸上笑嘻嘻的,心里也确实觉得高兴。他伸出一双大手热情地握住了杨青林的手,使劲地摇了好一会,然后一只手还和杨青林握着,另一只手则抱住杨青林的肩头,连推带拉,把他迎进了办公室。

张文榜的办公室,也和他的为人一样,是规规矩矩整齐划一的。办公室里的桌子、靠椅和木沙发都按一般办公室通行的规格,各得其所地安排在那里。所不同的是,除了壁上挂满了各个公社书记办公室里都能看到的各种锦旗和奖状之外,还挂了不少的表格,那些表格清楚地向人们报告,去年上级下达的指标是多少,实际完成的是多少,今年上级又下达哪些指标,哪些已经完成,哪些还没有完成。从这些表格的数字看去,这个公社对上级下达的各项指标是完成得很出色的。由于锦旗多,表格多,因此整个办公室的墙壁就没有多少空处了,只在靠近办公桌的旁边,有半面墙壁没有挂东西,因为那里摆着一个大文件柜,这个文件柜是用一个地主家的大红木立柜改装的,比一般文件柜要高出一些,因此遮住了半边墙壁。这个文件柜里放着上面发下来的各种文件和各项通知,这类文件和通知,只要发到了公社的,都在这里面保存着,因此连几年前县医院关于预防流感的通知也可在这里面找到。大文件柜因为出乎寻常的高大,因此它的容量也特别可观,虽然近年发来公社的文件和通知也不少,但还只占它的四分之一的容积。文件柜的门上挂的那把锁,还是原来大立柜上挂的那把铜锁,铜锁闪闪发亮,古色古香,和这个办公室的格调很不相配。为什么还要保存这把铜锁呢?据张文榜说,如今这样的锁已经没有地方能配得上钥匙,因此不怕有人偷盗,有利于保守党的机密。

进到办公室,张文榜让杨青林坐在一张大沙发上,替他倒了一杯茶,把一包带锡纸的郴州牌香烟拆开来,递给他一根,他自己也点燃一根抽起来。他坐在办公桌旁椅子上,将那把椅子拖得离杨青林近一些,用一种充满同情的声调叹道:"青林同志,这几年真不容易过啊!"过去在工作中,杨青林与张文榜由于工作作风不同,两人常常发生冲突,但是彼此并没恶感,这时杨青林看到张文榜那种发自内心的喜悦和同情,心里很受感动,同志的情谊,他是多年没有感受到了。杨青林道:"这几年,你也不好过啊!"张文榜道:"谁能想到,中央会出这种事情,林彪、江青这班坏人篡夺了这么多的权力,想起来还有些后怕。要不是党中央一举粉碎了'四人帮',到现在我们国家不知要搞成什么样子了!"两人都不禁发了一通感慨。说了一会闲话,张文榜才扯到正题上来,他道:"青林同志,公社是前天才接到政法部门通知的,知道已经将你释放出来了,当时我在烂泥湖工地,没有来得及派人去接你,县委也跟我们打过招呼了,你的事情完全是冤案,准备在全县召开广播大会,进行公开平反,县委叫我向你了解一下,你对自己今后的工作和生活有什么考虑?"杨青林道:"昨晚我跟罗支书讲了,不打算离开家乡,至于工作,打算先做个生产队长看看。"张文榜笑道:"今早上天没亮罗富庭就给我打了个电话,把你这话跟我讲了,我还不相信,没想到你真是这样一种想法,你可不可以告诉我,你怎么会产生这种想法的?"杨青林道:"原因很简单,我离开工作这样久,一切都不熟悉了,顶好是从头做起。"张文榜道:"是不是采取这个方法:你既然不打算离开家乡,就继续担任你原来的职务,公社党委副书记兼副主任,如果你愿意抓抓下面的工作,就选一个生产队做点。"杨青林道:"不,暂不兼职,如果同意我代理生产队长,就让我担任一段这个职务,把这个工作做好了,再做其他的工作。在监狱里这几年,独个儿想的时间很多,我常常想,过去我们做过的事情,都对不对?我想有对的也有不对的,如果都对,农村情况不会越来越糟,我自己也不会落得这样一个下场,我想从合作化运动结束以后,我们就做了不少蠢事情!"张文榜道:"是呀,大办钢铁、大办食堂,搞'一大二公',刮'五风',都搞得不好,但是那也是没有办法呀,上面压着我们这样搞的呀!"杨青林道:"问题就在这里。上面为什么会提那样一些错误的口号,那是上面的问题,而我们为什么跟着起哄,而且干得十分卖劲,这是什么缘故?我看就因为我们还不懂得农村,或者说,还不懂得社会主义农业应当怎样搞,以为吃大锅饭,搞平均主义,就是社会主义!"张文榜道:"现在好了,粉碎'四人帮'以后,开了好几次农业学大寨会议,现在农村开始实行按劳付酬,不再搞政治评分,比过去大不一样了。"杨青林道:"不见得,现在跟过去差不多,因此我怀疑还有些体制上的问题没有解决。三级所有,队为基础,这个界限就不清楚,比如昨天公社三级干部会上大会餐吃的鱼……"张文榜一听忙问:"鱼怎么样?"昨天他吃了很多鱼,觉得这些鱼味道鲜美,很好吃。杨青林问:"你知道这些鱼是哪里来的?"张文榜只顾准备讲话,会餐的事,是由公社总务管的,他没有过问。他只知每次开三级干部会,为了补充一下干部们的营养,都会一次餐,会餐时吃的鱼,从哪里来的,他从来不过问。见张文榜回答不出,杨青林便道:"是从生产队调上来的,只开了张白纸条,作为将来分摊到各队的会议经费的收据。我只看到一个生产队的情形,其他生产队肯定还调了别的东西。"张文榜道:"会餐还吃了肉和鸡鸭。"杨青林道:"是呀,公社又没有喂猪,养鸡鸭,这些东西是从哪里来的,还不是从生产队随意调上来的,这种搞法,跟当年刮共产风的情形有什么两样?就只是程度不同而已。"张文榜生气道:"今年县委多次打过招呼,不准随便收缴生产队的实物,这种搞法现在还存在,是绝对不能容许的。我去查查看,弄清是哪个搞的,一定要严肃处理。"杨青林摆摆手道:"你先不应忙着去查这件事,还有大的在后头呢,比如说修烂泥湖。"对于修烂泥湖,张文榜很出了几把汗,他常常以此自豪,这时他忙问:"修烂泥湖怎么样?"杨青林道:"烂泥湖抽调的民工是由各生产队自己记工分,带粮食吃,挖烂泥湖的河道,到底和他们有什么关系,谁也不知道,这又叫什么搞法,这和过去大炼钢铁的性质又有什么两样?"把修烂泥湖比喻成大炼钢铁,这很刺痛了张文榜。这个工程,是县水利局建议搞的,是他花了整整一个冬天积极进行的,怎么能和大炼钢铁相提并论呢?大炼钢铁劳民伤财,搞了无效劳动,而修烂泥湖,可以开垦七千亩良田,可以增产几十万斤粮食,这完全是两回事。这时张文榜不禁想起过去跟杨青林在一起共事的情形,那时,他是书记,杨青林是副书记,但是,在工作中两人常常扯皮,抬杠子,有时公社的党委会,就成了两人的辩论会。当时使他伤透了脑筋,不想,如今还是老样子,他想如果让杨青林继续回来担任副书记、副主任,他这个书记又难当了。方才杨青林自己不是讲了吗,他不愿意回来担任原职,他愿意在一个生产队担任一个时期的代理队长,以后再考虑做其他工作,他想这个办法也好,让他先在下面了解一些情况,兴许他就不会再这样乱抬杠了。这样,张文榜没有再就烂泥湖的事和他争论下去,他想这个工程已经接近完成,再争已无益,将来看效果吧,效果是多收几十万斤粮食,事实胜于雄辩,到时候不需要争论就明白了。这时他便道:"我同意你自己的想法,你先在家休息几天,不忙着出工,等我和县委联系好了,只要县委同意,就按你的意思办。"

当杨青林离开公社,走在回家的路上,他心里想,张文榜并没有明了自己的想法,他为什么要这样做,现在还只有他自己明白。多年来的思考和他这两天回家接触到的实际,使他深深地感到,农村的经济制度必须动大手术,至于如何动,他一时还想不清,他所以自告奋勇担任一个时期生产队长,就是想利用这个岗位,进行一番摸索,他认为他的改革的想法是正确的,他要在这个生产队做个实验。

六、痴情与滥情

　　罗彩元抱着装毛衣的纸盒子,拉着李小娟回到自己房里。她已没有心思备课了,她脱掉棉袄,把纸盒子打开,把毛衣拿出来,穿在身上,对着大立柜的镜子照了又照。这件毛衣,是农村姑娘最喜欢的红颜色,但又带点子小金花,特别显得鲜艳。毛衣的开领是很时髦的,半截子的高领,由一排翡翠色的化学扣子联结着,这排化学扣子又装在背后,要拉上领子,还得别人替她将背后的扣子扣紧。罗彩元请李小娟替她把扣子扣好,她对着镜子仔细端详,觉得实在好,毛衣把她上身的曲线全部暴露出来了。罗彩元的身子本来就长得胖,这时被毛衣紧箍着,胸部变得更加突出,几朵精致的金花正绷在高耸的乳房上面,当她转动身子,金花儿便微微颤动。罗彩元又转身看了一下背后,背后的腰身很小,把她那肥胖的腰部变得不那么粗大了。她对这件毛衣非常满意,她用手箍着李小娟的腰肢笑道:"表姐,还是他们这班跑过大码头的眼力好,你看袁大头多会挑选。这种毛衣要是穿在你身上,会更好看。表姐,那件是替你买的,你也穿上试试看。"但是李小娟不肯穿,她不是不需要一件毛衣,可是她一想到这件毛衣是袁大头买的,她就不肯穿,她凭她那少女的敏锐感觉知道,袁大头送她一件毛衣,是有用意的。这次他回上海前,曾经独自跑到小学堂找过她一次,问她需要什么东西,他说他可以代购。李小娟看见他那副轻狂的样子,张着大嘴巴,好像要一口把她吞下去似的,便马上拒绝了。她道:"不要什么,多谢。"袁大头嘻嘻地笑道:"多谢什么呀,等我替你办完事,再多谢吧!"说着,他用手抓住她的一只手腕,替她把衣袖子捋上一点，又嘻嘻笑道，"好一双白嫩嫩的手，要是能戴上一只电子表就更好看了。你要不要这种表？最近上海到了一批日本进口的电子表，很小，适合女同志戴，要不要我替你带一块来？"没等袁大头把话说完，李小娟猛地把手抽回来，对袁大头这种轻薄的举动，她很生气。她厉声回答道："我不需要什么电子表。袁采购员，我要上课去了，请你出去吧！"袁大头见李小娟下了逐客令，只好讪讪地走开，但是他又回头看了一眼，只见李小娟站在那里，嗔容满面，他明白这气是冲着自己发的，不知为什么，连李小娟生气的样子，他也觉得格外好看。他嘻嘻地笑了两声，故意扮了个怪相，用手朝李小娟招了招，还道："反正瞧见什么适用的，我就买点来，你觉得喜欢，就留下，不喜欢，你再处理给别人吧！"根据袁大头跟女人打交道的经验，他知道只要送上一点使她们满意的东西，说不定还能回心转意，这样，他便特别买了这样一件时新的毛衣，但是他又觉得对胖姑娘罗彩元也不应冷落，就买了两件。

你想有过这样一段经历，李小娟会愿意接受袁大头的礼物吗？不要说她已有自己的心上人，就是没有心上人，对于这样一个和他的绰号一样带着铜臭味的人，她会愿意跟他结交吗？她一看见这个头发梳得溜光，整天不是穿着尼龙衫就是穿着的确良，什么事也不干，在垸子里串来串去的袁大头，心里便觉得恶心。她的心里想，不知国家为什么会出钱养这样一些人，他们在干些什么？他们手里怎么有这么多的钱？她想这些人和老班子们常说的旧社会堤防局的人一样，吃着各地送来的修堤费，整天什么事也不干，养得胖胖的，在垸子里转来转去，专门打那些漂亮堂客的主意。对于袁大头这类人，她是无论如何不会搭理的。

李小娟的心上人到底是个什么人呢？人品怎么样？工作和生活怎么样？这是个谜，这个谜谁也猜不着，因为谁也想不到那上面去，而只有跟她形影不离的表妹知道一点。但是表妹晓得这个秘密便马上投了反对票，她觉得表姐是异想天开，怎么堂堂正正的高中毕业生、完全小学的高年级女教师竟会恋上一个泥脚杆子，而且那个人家境并不宽裕，全靠每天出力挣工分过日子，凭着表姐那副漂亮的长相，再倒霉也能找到比他强几倍的人。罗彩元不知道，她已热烈地爱上他了，她已把她的心完全交给了他，在这个世界上，除了他，不可能再有别人能跟她一块儿生活。

这个人是谁呢?说来人们不肯相信,原来是朱家三兄弟里那位最小的,平常样子有点憨的朱冬生。

大垸里的一朵最好看的花,却被一个别无旁的技能,只会出工下力的憨小子摘到了,这怎能叫人相信呢?但是事实确是如此。

事情发生在去年冬天,经过很简单。有一天,李小娟从县里小学教师集训班回来。在这个集训班,她的成绩很出色,加上她长得特别美,在短短的三个月中,她先后收到十几封信,这些信里,都明白地表示了他们对她的爱慕。这些写信的人中,除了同班的小学教师外,还有文教专干,县政府的年轻科员。有一位农机站的站长,慕名而来,在上街的路上,拦住她递了封信给她,那封信里还附有热情洋溢的诗。但她对这些信都只看了一遍,把它们揉成纸团子丢了。像所有长得美丽的姑娘一样,她们不乏追求的对象,因此她们也最难动情。对于自己的终身,她们不是自己没有想过,美丽的姑娘的想法是各种各样的,有的想要找个有真才实学的男子,有的想象自己的对象应当百依百顺,还有的想找个有地位的人,家境比较宽裕的人。李小娟想的却不是这些,在她想象中的未来伴侣,没有这样多世俗的条件,但是有一条,是不能打折扣的,那就是要自己见到后满心喜爱。这个人在哪里?她留心观察着,对于那些写信的人,她也一个个考虑过,但她一直没有找到,而在一次偶然的机会中,她竟很轻易地找到了。

这天,她从县里回来,天正下着雨,路上很滑,她走得很慢,四十里路程,还剩下三分之一,天就黑了。她正在一溜一滑走着,背上的背包,被雨淋湿,显得很重。这时从后面走上一个人来,叫了她一声:"李老师!"她回头一看,并不认识。李小娟不是本地人,她家住在汉寿,去年才迁到舅舅这边乡里来,她来这里后分到学校里工作,很少和队上的人打交道,后来认识的人,也大都是学生的家长,因此,她不认识这个人。叫她的人手上提着一捆锄头,身上披着蓑衣,头上戴了一顶大斗笠,斗笠把半张脸遮住了。那人憨憨地笑道:"你不认得我,我认得你,你就是小学堂的语文老师,我们队上的伢伢们都说,你的语文教得最好!"听到这句恭维话,李小娟感到很高兴,因为她听惯了那些肉麻的话,像这类朴实的称赞,倒使她觉得实在。她不禁回头一笑,嘴里说:"你一定是柳林生产队的人了,我教的学生,大都是这个队的伢儿。"那人点点头。他发现李小娟背上背的背包很重,便走拢来,把她的背包拿过去,说:"我替你背。"没有什么客气话,也没有征得她的同意,背包便被他粗鲁地拿过去了。正在取背包的时候,突然一声炸雷,一道闪电,闪电的光亮使她看清了斗笠下的一副大脸,那脸上露出憨憨的笑容。这笑容好像在哪里见过!李小娟想了半天,始终想不起来。她心里想,同住在一个生产队,虽然没有打过交道,总会有可能见过的,也许是在路上碰到过,但她又确实记得,在现实生活中,她从来没有见过这种笑容。如果她见过这种笑容,她也一定记得很清楚,这种笑容,只有在梦中见过,在她平时勾勒过的未来伴侣的形象中,她常常想象过这样一种笑容。

人的感情是很奇怪的,有时两人生活在一起,经常接触,很难产生爱慕的情感,而一次偶然的邂逅,却爆发出炽热的感情。李小娟现在就体验着这样一种感情。两人开始说着话儿,那人告诉她,队上派他带几个人去修堤,锄头都坏了,他到镇上请铁匠特制了一捆大锄头,今天去取回来。镇上来了个魔术团,他好久没看过戏,在那里看了半天魔术,不想回来晚了。他说他想不到,竟在这里遇见了李老师,今天能碰到这位在他看来离他很高远的李老师,他心里觉得很高兴。在两人边走边谈中,李小娟知道他叫朱冬生,是生产队会计朱利生的弟弟。他有个妹妹叫朱惠兰,李小娟却认识。有次在公社开妇女会,她看见过,生着一双黑亮黑亮的大眼睛,很好看。有人在背后指点着告诉她,这女孩几次申请加入共青团,都未被通过,因为大队反映,她同情现行反革命家属,常往那家里跑,替一个瞎子老妈洗衣裳做饭,像个过了门的媳妇一样。因为这件事很特别,引起了李小娟的注意,她便沿着人家的手指望去,认识了这个女孩子。李小娟知道朱冬生是她的哥哥,便问他妹妹现在的情形怎么样了,她入团没有。朱冬生笑道:"讨论了两次,批评她立场有问题,都没有通过。"李小娟道:"你妹妹怎么说?"朱冬生道:"她无所谓,她说我自己要求进步,你们不要我进步,也就算了。如今她也不再申请了,据她的看法,她认为她常去照拂的瞎子老妈的儿子杨青林不是现行反革命分子。"对于杨青林的事情李小娟听好些家长说过,她也和那些家长一样,认为他不是反革命分子,为了发表这种意见,她还挨过舅舅的骂。这时听朱冬生说起他妹妹的事,她不禁叹了口气,赞道:"据我看来,你妹妹倒是个很有主见的女孩子!"

两人说着话,不觉脚下走得很快,这时他们走进柳林生产大队了。离开大堤,跨过一条大水港,便到了柳林生产队。当他们走下堤岸,走到那条水港旁边,不禁暗暗叫苦,原来,由于大雨,加上港水冲刷,那座搭在水港上的小木桥被冲走了。没有桥,怎么过去呢?回大堤绕道,又要多走三四里,这刮风下雨的黑夜里,脚下泥水深,三四里的路程也显得很远。两人站在小港边,犹豫了一会,朱冬生笑道:"水港里的水不深,李老师你有胆量吗?我们蹚水过去!"李小娟虽是湖乡出生的人,但在小镇上长大,不会游水,对水不免有点畏怯,但现在只有这条路好走了,有朱冬生在旁边,她也胆大了。她道:"好,蹚水过去,不过到了水肚里,你要用手扶住我。"这样两个人脱了胶鞋,手拉着手,一齐踩进水肚里。正值冬季,水港里的水很冷,冻得李小娟直打哆嗦,好在她的背包已被冬生背走了,又有他用手拉着,她可以大胆放心走。两人快走上岸了,说来也凑巧,李小娟放松了警惕,没留意水里的光脚板踩在一块溜圆的石子上,脚一滑,身子便朝一边栽倒了,恰好倒在朱冬生的身上,朱冬生忙用那只空着的手搂着。李小娟被朱冬生的粗壮的手臂搂着,没有倒下去,透过被雨淋湿的衣衫,两颗年轻的心怦怦地跳起来。由于两人靠得很近,虽然天很黑,朱冬生的眼睛还是看得清李小娟的脸,他看到她那像荷花一样姣美的脸庞,憨小子的憨劲儿上来了,他猛然一下,让自己出着粗气的嘴唇紧紧地贴到了李小娟细嫩的脸上。从开始少女生活起,姑娘的心里,就朦胧地想着这一天,在这一天,身儿被心爱的人搂着,亲吻着,自己则变得像一只燕子,在爱情的波涛中颠簸。李小娟被这憨小子紧搂着,笨拙地亲吻了一下,她心中就有种从未体验过的甜蜜的感觉,她把身子伏在朱冬生的肩上,一动也不动。直到水港里的冰水已经把他们的脚冻麻了,他们才发现自己还站在水肚里,才急急地走上岸来,穿好鞋袜。但是两人都不愿马上回去,他们坐在小港边的杨柳树下,絮絮地谈着。他们谈了很久,好像话总说不完。冬夜的寒风刺骨,对这两个年轻人,却发挥不了什么作用。直到远处的茅屋子里传来了鸡啼声,两人才知道天快亮了,才依依不舍地分了手。

自从这一晚后,李小娟便结识了朱冬生,经过一段时间的来往,还有两次这样秘密的约会,李小娟便把自己的心完全扑在这个粗手粗脚的泥脚杆子身上。她喜欢朱冬生的憨憨的笑容,更喜欢他那憨厚的性子。朱冬生不会写诗,也不大写信,但是不知怎么回事,李小娟却喜欢和他单独在一起。当她和他依偎在一起,便感到他那强壮的肌体传出来的热气,感到他的心在激烈地跳动,这使她觉得格外幸福。

舅舅不知道这个秘密,曾经给她做了几次介绍,都被她拒绝了。最近由于李小娟妈妈的催促,舅舅又在绞尽脑汁思索,他知道外甥女儿是一朵花,一定要给她攀个高门槛。但是李小娟的这个秘密,却被表妹罗彩元偶然地发现了。晚稻收割以后,成捆的晚稻稻草整齐地堆放在干涸的田野上,这天,下弦月没有上来,野外一片黑漆漆的,田野里没有风,只有那秋虫在四周不住地鸣叫。罗彩元从镇子上回来,走下大堤,越过沟港,看见田土干燥,便打田里抄近路回来,当她走不多远,便听见一对男女在稻草后面絮絮地说着情话。罗彩元眼尖,一眼便看见那女的是表姐,男的是小憨子朱冬生,这一发现使她大吃一惊。收割后滨湖田野里的这种男女约会是不稀奇的,李小娟只顾说话,没有理睬那过路的人,等到半夜,她从田野回来,才知道过路的是表妹。表妹罗彩元对她进行了一阵最猛烈的炮击,骂她没有出息,一个堂堂正正的高中毕业生,却跟一个没有文化的泥脚杆子相爱。她说谁不晓得朱家的这个三伢子是小憨子,整天只晓得出死力干活,平时一味傻傻地笑,对外面的事一问三不知。罗彩元道:"表姐你跟这种人在一起过日子,就不怕委屈了自己?你自己这样一副好人品,就不能找个比他强十倍的男子?"罗彩元的对象是部队上的一个连指导员,最近接到信,他准备回来了。罗彩元已经跟父母说好了,等他一回来,两人便登记结婚,结婚以后,她可以常常到部队上去探亲,来回的车船费公家给报销,这样,她就可以常常到外面见见世面。她试图说服李小娟,叫表姐把这个朋友吹了。为了增强她说话的说服力,她把连指导员送给她的礼物都拿出来,其中有半导体收音机、手表,还有好几件的确良和尼龙制作的衣裳。她告诉表姐,等他们结婚时,他还答应替她定制一房西式木器,那四季的铺盖,都要换成新的。尽管罗彩元说干了喉咙,说枯了嘴巴,李小娟只是微微地笑着,不肯表示同意。罗彩元急了,扬言要去告诉父亲。这可叫李小娟急了,她连忙央求表妹,暂时不要告诉舅舅,舅舅的脾气很暴躁,如果他出来阻拦,那事情就糟了。她为这事已跟朱冬生商量过好多次了,他们估计舅舅会看不起朱冬生,不会同意他们两人的婚事,要是他不同意,他们便领不到结婚证,便不可能结合在一起。朱冬生急得用手猛抓后脑勺。李小娟道:"要不我们迁到外地去,只要哪个地方有工作干,可以容身,我们就到哪里去。"朱冬生道:"这是个好主意!"但是到底到哪里找有工作的地方,两人都没有门路。

罗彩元终于把李小娟和朱冬生相好的消息告诉了罗富庭。罗富庭一听,果然大发雷霆,气得一餐饭也没有吃好。他把李小娟叫来大骂了一通,并且勒令她不准再和朱冬生接触了。他还亲自到公社,找到当文教专干的表侄,请他好好抓抓学校的纪律。表侄马上来到学校,召集全体教师训话,从国际国内的大好形势讲起,讲到新时期教育工作的任务,最后要求教师们严格要求自己,要做学生的表率。为此,他提出不论男女老少,小学教师一律在校住宿,有家属的每周可以回家一次,其余教师一概不准随便外出,要外出的要到大队罗支书那里请假,因为自从提出工农兵占领上层建筑以米,大队文书罗富庭便兼任柳林小学的校长。这条纪律一宣布,连一位有个病在床上的爱人需要照顾的老师,每天也回不了家,急得他在学校里团团转,没有几天,他就自动提出要求提前退休,自愿把这个位子让给支书的女儿罗彩元,因为他想自己如果再留恋这粉笔生涯,说不定哪天老伴病死在床上也无人知晓。舅舅的这招真厉害,这样一来,使整日在学堂里转的李小娟再也没有机会见到朱冬生了。她曾托住在朱冬生隔壁的学生给他送字条去,叫朱冬生来学校看自己。但学生把字条原封不动地拿回来了,报告她道:"早两天朱冬生被派到烂泥湖挖河去了。"原来富有经验的罗富庭早就防了这一手,他在文教专干来小学训话那天,就派罗四拐子去通知了柳林生产队,说大队部已经决定立即派朱冬生到烂泥湖去参加挖河。罗四拐子坐在朱家那座"一肩挑"茅屋子的堂屋里等着,等朱冬生把行李包打好了背到背上出了大门才离开,因此朱冬生也没法把自己的去向告诉李小娟。

李小娟知道朱冬生的去向后，心里恨得直咬牙。她知道这一切都是土皇帝舅舅安排的。李小娟到底是新社会长大的，又具有湖乡女子特有的奔放的性格，她心里想，你越是这样束缚着我，我越不上你的笼头！因此当袁大头把那一件红毛衣送过来，她真想朝他那大圆脸上吐一口唾沫，从他送给舅舅的厚礼来看，袁大头已经把她当作进攻的目标了。她心里想，你袁大头真是癞蛤蟆想吃天鹅肉，你的头发梳得再光，衣服穿得再笔挺，礼物送得再多，也无法改变我对喜欢憨笑的朱冬生的热爱。她早就清楚地感到，给外甥女儿找吃商品粮的国家干部做女婿，是舅舅早已经打定的主意，从这两天表妹和舅舅不停地在她面前夸奖这位上海出口公司的采购员来看，他们已把袁大头列作了选择的对象。

当罗彩元还在不停地夸奖自己的未婚夫，并且又不时地站在镜子面前端详新毛衣，她想穿着这件新毛衣，走到大街上去，让人们看看，看她长得多么丰满，多么美丽。但她说了好久，没听见回音，转头一看，才发现表姐已经离开这间房子了，那另一件红毛衣，还照样放在床铺上。她忙拿起毛衣，赶出去，大声喊："小娟姐姐！小娟姐姐！"小娟姐姐已经回去了，回到她那小学校里的房间里去了。

袁大头跟罗四拐子来到大队部办公处。罗四拐子从他的办公桌的抽屉里拿出一本名册，他把名册递给袁大头，说："全大队的'五类分子'及其子女的名字都在这里，你就挑吧，挑中了哪些，我就替你下通知，派他们到你们的农场去，不过这上面用红铅笔打了记号的，是已经派到烂泥湖去了的。"袁大头接过名册打开一看，只见上面尽是一些七老八十的老婆婆和老倌子，年轻的男子大都被派到烂泥湖去了，他挑拣了半天，才选了六个，除了一个害夜盲症的年轻男子外，其余都是妇女，而这些人，已是名册里最精壮的劳力了。他想荒洲上几十亩地，这点劳力怎么够？但名册里其余的人，不是年老就是残废，他也不想要了。最后，他与罗四拐子达成了一个协议，等烂泥湖河道挖通以后，他再来要一点，而且希望大队允许他在社员里招收几个工匠。

袁大头办完这件事，便回到柳林镇饭店里，他在这个饭店的楼上长期包租了一间房子，他那房间里除了堆满从上海带来的箱子盒子和包裹外,还坐着一个人。这人是个大个儿,满脸络腮胡子,脸上的肌肉长成一块一块的,好像旧戏里三花脸一样。这人是他上次从上海带来的伙计,从说话的口音来看,却不像上海人,而像胶东一带的人。袁大头一见那人便道:"人员问题已经解决了,这次去的不多,而且大都是女的,但大队答应我们以后可以在社员中招收,等烂泥湖挖河道工程完工以后,我们再招收一些,那时也正好是要人的季节。"他打开一口大箱子,从里面掏出一大摞介绍信,抽出一张递给他道,"等会你就到大队办公处去,凭这张介绍信去要人,怕事久多变,今下午就把手续办好,过两天把人带回农场去。你要注意,路上管严一点,不要让他们跑了,这些人都是'五类分子'家属。"那个大个子咧开嘴笑笑,露出一颗金牙,他道:"你放心,包在我身上。"说着便接过介绍信走了。

大个子名叫阿金,他的职务是农场管理员。他还有一个伙伴,名叫阿庚,在农场做留守。袁大头把阿金打发走以后,把房门关起来,然后把那些大大小小的盒子和包裹打开来,里面装的都是农村中难买的紧俏物资,像送给罗彩元她们的那种毛衣,他就带了好几打。眼前这些毛衣,不是用来送人的,而是要通过柳林镇的供销社在这个镇子上销售出去。他看到这些红艳艳的毛衣,不禁又想起了李小娟,不知俊俏的李小娟穿上这种毛衣,会是个什么样子?一定变得更加好看了吧!他看看手表,见时间尚早,便在那口大箱子里又掏摸了一阵,掏出一只小盒子,把它揣在怀里。他把箱子盒子包裹重新堆放好了,锁上房门,径直朝供销社去了。

柳林镇供销社,坐落在镇子的东头,和柳林镇饭店正好各占据一头一尾的位置。镇子东头是旧社会最热闹的地段,洲土大王虢舜卿开的大绸布店大当铺都设在这里,如今这些铺面已经改装,变成了供销社的三个大门市部,一个是百货门市部,一个是南食门市部,还有一个是土特产收购门市部。这三个门市部紧连在一起,由一位最能干的女人管理着,这个女人名叫唐元贞,是柳林镇供销社的主任。

说起唐元贞,是个很不一般的人物,拿她自己的一句话说,她的一生经历,可以写得一台戏。她从小是在这柳林镇长大的,爹爹早年就死了,家中没有留下产业,娘拉着她靠捡破烂过日子,住在柳林镇后挡风堤上一座小破烂茅屋子里。谁知道茅屋里飞出个金凤凰,等她长到十六岁,便出落得十分美丽,她除了具备一般湖乡少女特具的水色,还长得体态娇娆,容貌姣美,这样很快便被镇子上一个商人看中了。这商人是虢舜卿的远房侄子,在镇子上开了一个南食店,讨了两堂亲,都没有生育,这时已经五十多岁。眼看偌大个家私没有人承继,他便急了,想讨个年轻的姑娘,给他完成这件传宗接代的大事。他看中了唐元贞,把她讨了过来。过了三年,唐元贞还是一个空肚子,连屁也没有放一个出来。南食店商人着急了,就移花接木,有意无意让铺房里一个小伙计和唐元贞接触。两个男女年貌相当,接触多了,不免眉来眼去,最后两人相好了,不上半年,唐元贞的肚子便大了。发现小老婆怀了孩子,南食店老板高兴死了,但他晓得这孩子不是自己养成的,便指控小伙计偷了铺房里的东西,向远房叔叔讨了张名片,把他押送到伪乡政府去。乡政府的人也知道这出戏的前因后果,见这个小伙计哭得像个泪人一样,也不想真正做偷盗犯处理。这时正好蒋介石大喊戡乱救国,各地加紧招兵,柳林乡的招兵名额没有满,许多抽中的壮丁都只愿出谷不愿出人,找不到替身,乡政府便把小伙计顶了个名额送到军队里去了。到这年冬天,唐元贞分娩了,生下来一看,却是个女伢儿。南食店老板的传统观念中,女伢儿不能传宗接代,又是一个赔钱货,费尽心机,寻了顶绿帽子戴,还是一场空,这一气非同小可,竟至生病了。等女儿做满月那天,南食店老板两脚一伸,丢下这些无人继承的产业走了,正由于他有这样一笔产业,把他埋进土里后,麻烦就来了,前面两个堂客请来律师,和小老婆打官司,要平分产业,虢舜卿以长辈的身份出来调停,做神做鬼,将产业分成四份:一份给大老婆,一份给二老婆,一份给三老婆,剩下的一份,说是捐给祠堂,实际进了虢舜卿的腰包。这四分之一的产业也不少,有一座临街的大铺面,有大百亩上等湖田,唐元贞带着个孩子蛮好过日子。但是虢舜卿对那座大铺面早垂涎三尺,他想把铺面弄过来,和自己的连起来,这样他便指使一个无赖子去勾引唐元贞。老倌子在世时尚且容她和铺房伙计勾勾搭搭,老倌子死后,她正年轻,耐不得孤单,怎禁得住无赖子整日价上门来挑逗,不上几天,便和这个无赖子相好上了。在一天夜里,虢舜卿知道无赖子已经上了他侄媳妇家,便指使管家,带领几个镇上的人,到唐元贞房里捉奸,在房间里把两人双双捉住了。在旧社会,碰上这类事,苦主已死,族上人便得出来管,作为族长的虢舜卿假意将无赖子吊打了一夜,根据族规上的七出条例,唐元贞不遵妇道,已不配做他们虢家的人了,被赶出了屋。唐元贞的娘早死了,家里没有亲人,没有人替她说话,最后只得抱着孩子回到自己住过的茅屋子里。幸亏在有钱的时候她把茅屋子改建过一遍,过去给娘居住,现在自己住在里面,也还合用。但是产业没有了,手上也没有什么活钱,剩下的只有老倌子生前替她置的一些金银首饰,这些她没有让虢舜卿刮去,最初几月,她就靠变卖这些东西过活。

临近解放时,一个刮风的夜晚,突然听见外面有人急急地敲门。好久以来,她这里已很少有人来过,她心里想,这样晚了,天气又冷,有谁来找？她擎着一盏油灯,把门打开,油灯下面,她看见那人面孔,心里猛吃一惊,手上的油灯掉到地上了。

敲门的人原来就是和自己相好过的南食店里的伙计。他在国民党军队里混了两年,在渡江战役中,他们的部队被解放军打散了,他便趁机跑了回来。这时湖区还没解放,他在唐元贞的茅屋里躲着,躲了两个月,湖区解放了,成立了人民政府,在宣传新《婚姻法》那一年,她和小伙计把关系公开了,两人到区政府领了结婚证,正式结婚了。他们把孩子的姓也改了,把家移到柳林洲,在那里参加了轰轰烈烈的土地改革。

在土地改革中,唐元贞是个积极分子,她在贫雇农会上诉了几回苦,在斗争洲土大王的大会上,她和虢舜卿展开了面对面的斗争,揭露了虢舜卿的阴险毒辣,她的离奇的遭遇,博得不少妇女的同情。由于她见过世面,不像许多刚刚翻身的妇女那样畏首畏尾,她办起事来有能力,很泼辣,这样,在选举妇联主任时,她得的票最多,她当选了乡妇联主任。

没有多久,她入了党。在一九五四年湖滨遭到百年未遇的大水灾时,她的丈夫,那位过去的南食店里的伙计,在一次抢险中,不慎落水死了,这样她便成了一名烈属,在当地享有很高的威信。公社成立时,她被指定为公社妇联主任。这时她还很年轻,姿色也不减当年,加上她的能干,在全县的公社妇联主任中,是很突出的。没有多久,在县里的三级干部会上,她认识了县供销社的老主任。老主任是南下干部,那年五十六岁了,老伴死了,家中无人照顾,两人互相拜会了几次,不久,便商定了结婚。那时唐元贞的女儿已经长大,嫁给部队上一个干部,离开这个县了。唐元贞和县供销社主任结婚以后,两人还分居两地,县委考虑对老同志应当加以照顾,没有多久,她便被调往县供销社,安排在县供销社当营业部主任。

但是好景不长,县供销社营业部主任这个位子只坐了几个月,便爆发了轰轰烈烈的"文化大革命"。"炮打司令部"的大字报出来了,全国的九级司令部都遭到了炮轰,她是供销社营业部主任,又是这个单位一把手的爱人,理所当然地成了第一批炮轰的对象。造反派给她戴了顶帽子,叫作资产阶级小老婆,钻进革命队伍里的阶级异己分子。营业部平时一个她最器重的股长,这时拍案而起,一夜间夺了她的权,并且把她关进了牛棚里。她在牛棚里整整被关了一年,整天劳动,把她一双本来很白嫩的手也弄得粗糙了。后来她被送进"五七"干校进行劳动改造,在这个时候,她才听到老主任一点消息。运动初期他被当作叛徒给揪出来,后来经过翻来覆去的斗争,老主任的身子垮了,他本来就有高血压心脏病,后来,在一次斗争会后,竟中风了,中风后变得言语不清,半身瘫痪,造反派只得把他放出来,让他躺在县供销社后院锅炉房旁边一间小屋子里等死。幸亏烧锅炉的老头对他有点感情,每天给他送送饭,照顾照顾他。唐元贞听到这种情况,曾经几次要求进城去看看他,但是负责监督他们的工宣队不同意,因为当时担任县委第一把手的武装部长对"五七"干校有条指示,要工宣队认真管理,不准他们借故逃避劳动。到工宣队通知她可以看看丈夫时,她才回到县里,走进那间小屋里,原来老头子已经完全不能说话了,烧锅炉的老头告诉她,他又发生了第二次中风。老头儿睁开眼睛望望她,他还能认出她,他的眼眶里涌出了泪水。唐元贞跑到县人民医院去请医生。平时对他们夫妇很尊敬的医生看见他们去了,总要丢开其他病人不管,赶来仔细地为他们看病,把最好的药开给他们吃,但这次去找他,态度完全变了。医生连眼睛也不抬一抬,只说了句:"现在医院忙得很,不出诊,要看病自己走来,走不动抬来。"中了风怎么走?要抬现在哪里找人去抬?唐元贞从医院走出来,心里只想哭,也许因为她这一生经历的事多了,她到底没有哭,还是设法找了两个热心人,替她把老头子抬到了医院。把老头子放在过道上,等了半天,医生才慢慢地走过来,走到病人面前,把盖在脸上替他遮风的衣服扯开,用手探了探,便大发脾气道:"死了,你们还抬来做什么?是到医院来示威怎么的? 医院又不是火葬场!"唐元贞赶紧走上前一看,果然老头子已落气了,如今身上已经冰凉,原来从县供销社后院到医院这段路程中,他躺在担架上,一摇晃,就发生了第三次中风,这次中风是在不声不响中发生的,很快就送了他的命。唐元贞看到这情形,虽然两人只过了几个月的夫妻生活,但还是很难过,她一反常态,大哭了一场。

回到"五七"干校以后,工宣队里一些人也开始同情她的遭遇,给了她一些照顾,把她从干重活的地方调出来,调到养鸡场去喂鸡。喂鸡的工作虽然麻烦,但还轻松,她在这里又开始变得有说有笑了,她又长好了,轻松的劳动和有规律的生活使她恢复了原来的容貌。毕竟还是老了些,脸上已不及过去丰润,但在四十上下的女人中,她算是最能保持自己原有面貌的了,远远看去,使人感觉只有三十上下年纪。由于在以往的生活中,她的命途多舛,婚姻生活多变,因此,她变得玩世不恭,对男女间的关系已经看得很随便了,在她心目中,严格的规则已经不复存在了,当进驻农场的老工宣队长半夜里拿着酒瓶敲开那挨近鸡舍不远的房间的门,她也就平静地接待了他。不过她对工宣队长并不热情,因此,当老工宣队长从她的被窝里钻出来,凭着窗外透进的晨曦,看见她那洁白的胸脯,对她说道:"看你的样子不算老,但是怎么这样冷冰冰的!"

和老工宣队长的关系促成了她的提前解放,在老工宣队长调动的前夕,他抓紧把解除对她的专政措施的手续办好了,她被安排到柳林镇供销社当主任。她想回柳林镇,跟老工宣队长提起过,老工宣队长在安排她的工作时注意到这点。

别看这个小小的供销社,也是方圆几十里的农村贸易中心,从这里供应着几万人口的日常生活用品,她的工作的好坏,影响着这些人的生活。

刚来这里时,唐元贞还想认真办点事,她想自己好容易才分配工作,得做出样子,给大家看看,她还是个好样的,她还是县里的一名出色的女干部。但是她接手工作不几天,便发现,现在做事已完全和"文化大革命"前两样,一切事都切忌认真,太认真了,就要碰鼻子。这样她在工作中开始变得像她对待两性关系的态度一样,马马虎虎,在她所管理的供销社,充满了虚伪和欺诈。

她来这里不久,就发生了第一件大事,供销社会计的保险柜被人撬开了,里面装的两天的营业收入六千元被人偷走了。幸亏县公安局下了大力气,派了一个强有力的侦查组,很快就把盗窃犯的踪迹找到了,在盗窃犯的家里一搜查,查出了一部分赃款。原来这个撬保险柜的罪犯是个小公务员,名字叫俞春生,人表面看去,很安分很老实,不想竟是个大盗窃犯。俞春生被抓走了,被判了十二年徒刑,但供销社里的盗窃事件还是不断发生,到目前,已经损失了好几万元。幸亏上海土特产出口公司派了个采购员到这里,这人常来看望唐元贞,和她打交道,在收购土特产方面,他给予供销社不少好处,只要能成批供货,价格总高于正常收购的价格,土特产门市部收进的货物能够高价卖出去。同时,采购员还常从上海运来一批紧俏的商品,有的是外国商品,他把这些商品也放在供销社柜上代销,卖出货物的收入,二八分成,这样也增加一笔可观的收入。所以尽管供销社在唐元贞接手管理以来的意外损失很多,但她上缴的营业收入也很多,她的上缴利润,在全县供销系统算是首屈一指的。

今天上海土特产公司采购员袁大头又兴冲冲地来办公室找她了。唐元贞的办公室在供销社的第二层楼上,在这层楼上除了办公室会计室和储藏室等办公用房以外,剩下的两间房子,就是她的卧房。袁大头在办公室看见唐元贞,只见她正在和一个面容憔悴的大个子讲话,看来两人已经谈过好长一段时间了。唐元贞道:"这桩盗窃案件在全县是有名的,当时因为破案迅速,还得到省里公检法军管小组的表扬,在全省范围发了通报。其实破案过程也很简单,首先发现现场有只手套,那只手套是俞春生的,侦查人员很细心,便问另一只手套到哪里去了,到处找不见,后来在俞春生窗前不远一条干涸的阴沟里找着了,鉴定手印的人员报告,偷开保险柜钥匙上的手印跟手套上的手印一致,俞春生便成了第一号被怀疑的对象。公安局当即把俞春生拘留起来,在他家一搜,从偏梢子柴屋的稻草堆里搜出了三百块钱,这个案件便破获了,俞春生被判了十二年徒刑。'四人帮'倒台后,镇子上有人反映小俞为人安分老实,认为可能是冤案,县里又派人来调查过一次,他们在大队和公社找了一些人谈话,调查的结果和原来的事实没有多少出入,所以尽管后来还有人向供销社和县里打报告,这个案子始终没有变,仍旧维持原案。"唐元贞问那人道,"在劳改队,你是不是跟他关在一起?"那人点了点头,唐元贞叹了口气道,"这伢儿平时样子看不出,我也想过可能不是他干的,破案那天也大吃一惊,但是罪证俱在,无法抵赖,我们也没有办法!"唐元贞一眼看见袁大头在门口,忙站起来,大声招呼道,"请进请进,我来介绍一下,这位是柳林公社的杨青林同志。这位是上海土特产出口公司的采购员老袁。"袁大头伸出手来和杨青林拉了拉,笑道:"久仰久仰,自打我到柳林镇来工作时起,杨主任的名字把我的耳朵都震聋了。杨主任,你真不简单,真正称得上是反潮流的英雄!"杨青林抬眼看看这人,只见他油头粉面,廉价的恭维话脱口而出,一眼便看出不是个正经货色。他觉得今天他来找唐元贞谈的事情已经谈完了,已经问到了俞春生的情况,以及几个有关线索,他不想和这个人多搭腔,拒绝了袁大头向他递来的一支中华牌香烟,朝两人摆摆手,告辞走了。

等他走出门,袁大头便朝他背影儿做个鬼脸对唐元贞道:"我一看就知道是那个被判无期的现行反革命书记!"唐元贞用手打了一下袁大头的肩膀,扬声笑道:"只有你这家伙会编词,什么现行反革命书记,书记就是书记,怎么能冠上一个现行反革命的词!"袁大头道:"看来,他是无罪释放,彻底平反了。"唐元贞道:"差不多。我听罗富庭今天早上告诉我,公社张书记已经向他透出了这个意思,今天还请他到公社谈了话,往后我们要小心一点,这人不像张书记,小心眼多得很,办起事来,有根主梁骨,顶认真,要是想出个什么道道,也一定干到底。供销社撬保险箱的俞春生和他关在一个劳改队,从他刚才跟我谈话看,他认为俞春生不是真正的罪犯。"袁大头道:"俞春生撬保险柜的罪行人证物证俱在,还有什么值得怀疑的,我刚才看了看,这人面容憔悴,看来这几年在劳改队没少吃苦,你看他那仓仓皇皇的样子,恐怕神经都受了些损伤!"唐元贞笑道:"鬼家伙,你这话倒提醒了我,这几年他大概是受多了刺激,脑子有些糊涂了。听罗富庭说公社张书记希望他回去仍旧当副主任,他不肯干,他要当个生产队长。当生产队长,比原来矮三级,我看他的脑子恐怕真有点不清醒了。"

两人又说了一会话,因为袁大头是这里的常客,两人在业务上互相依靠，因此说话很随便。袁大头在办公室扫了一眼，只见办公室进进出出的人多得很，他便说："唐大姐，我有句话对你说，请到你卧室里去说。"唐元贞心想这家伙一定又替她带了什么礼物，不好在办公室交出，忙走出来，走到隔壁卧室，把门推上。唐元贞道："说吧，有什么机密事？"袁大头笑道："机密事很多，有公的也有私的，公的以后再说吧，这里先谈私的。"唐元贞啐了一口道："别这样转弯抹角绕弯子说话，直说吧，要老娘帮你什么忙？"袁大头道："只有我们唐大姐爽快，是个热心肠的人，那我就说吧。"他停了停，才道："罗支书家的外甥女李小娟，我看见过她几次，对她印象挺好，我想……"唐元贞道："你想讨她做堂客，要我做介绍是不是？"袁大头连连点头道："正是，正是，唐大姐真精明，不待我说完，便把我的意思听出来了！"和袁大头相处，常常嘻嘻哈哈，有时不免动手动脚，互相之间不无情意，乍听袁大头这样一说，唐元贞不免有点醋意，但她一转念，想到自己和袁大头年龄相距甚远，不可能有什么更深的交往，而自己在事业上，却很需要依仗这个人，这样她便应承道："这事好办，你说说，事成之后，你拿什么东西孝敬我？"袁大头听她这样一说，急忙抢先一步，把膝头一屈，装出一副戏腔说道："感恩不尽，不需等事成功，这里有小小礼物一件奉献！"唐元贞笑着把他用手擎着的一只小盒子夺过来，拿到面前打开一看，不禁连笑容都吓跑了。你说那只小盒子里装的是什么？原来是一块进口的价值百多元的电子手表！唐元贞的心里突然闪过一个念头，这小子怎么这样大方？他哪来这样多的钱花？但这只电子表躺在小盒里，发出蓝光，实在逗人喜欢。她把它从盒里拿出，按在自己的手腕上。她走到窗前一看，配上这只时新手表，自己胖胖的白手显得更加好看了。她把手表链子打开，围了上去，咔的一声，在手腕上扣住了。她抬头朝袁大头笑道："谢谢，过两天来听喜讯！"

七、卜桂香进城

卜桂香和朱利生起了个黑早。卜桂香堂客把满伢子牛牛打扮了一番，换上了一身昨夜才赶出来的新衣裳。卜桂香堂客叫端姑娘，听垸子里的年长一点的人说，早年长得像一朵花，现在虽然三十过头了，但还是标标致致的，保持着昔日的风韵。不过由于生育过多，被一大群伢儿拖累苦了，加上卜桂香担任队长以后，在外面跑跳的时候多，家里粗的细的一揽子事都落在她的身上，她劳累过度，身子骨早不如以前了。近年又由于队上生产上不去，加上冬天修烂泥湖，把队上的公积金储备粮都用光了，队里人穷得像块篾片，队里穷，队长当然也穷。端姑娘面容开始憔悴，觉得日子很难熬，她几次提醒卜桂香，叫他知道摆在卧室门角落那只装米的木桶已经快见底了，要他赶紧想办法。但卜桂香有什么办法呢？他虽身为队长，可以向队里借支，但队里已无钱无粮，拿什么出借？他曾发动社员搞副业，想在副业收入上抽点头，谁知刚收到点鱼，又被公社来人取走了。他现在已经是无路可走了，不但队上来年的化肥买不回来（按生资公司通知，所分的化肥，如果不按期去买，过期指标作废），而且眼下的日食也要断了。他实在无奈，只好想起进城去找当水利局副局长的大哥，他想一方面向大哥借点钱，买点议价粮回来，好度过这个春荒；另一方面，因为大哥大嫂一直没有生育，把牛牛送去，叫他们看看，如果他们中意，就把牛牛送给他们做崽，好减少家中一个吃口。他把这个想法跟端姑娘说了，端姑娘开始不同意，因为满伢子牛牛特别逗人喜爱，她不想让他离开自己身边。但后来一想，去的是亲伯伯家，又是在县城里，伯伯是县里的一个大干部,牛牛去了不会吃苦,与其让牛牛在家吃糠饼子,不如暂时割爱,让他到伯伯家里去住。尽管端姑娘把利害想清了,但她还是难舍,昨晚一边在豆油灯下替牛牛缝裤子,一边望着静静躺在床上的牛牛,眼泪珠子不断线,她想只怪做父母的不中用,不然,怎么会落到这种田地,叫这刚刚断奶的孩子离开妈妈进城去。当朱利生黑早跑来喊卜桂香时,端姑娘刚刚把牛牛打扮完毕,正在眼泪巴沙地嘱咐卜桂香一些话。卜桂香从米桶里摸出一只小口袋,小口袋里装着两斤干湘莲子;这是夏天摘莲子时分的。端姑娘一直舍不得吃,她把它养在米桶里,现在他把它拿出来,做一份到哥哥家的进门礼。朱利生看见端姑娘在那里哭鼻子,笑道:"我说嫂子,你怎么想不开,牛牛又不是到别的人家去,自己家的伯伯,还不像在你身边一样。伯伯是大干部,生活好,牛牛到那里去,不会受苦的。"反正受苦不受苦,现在也管不得了,既然已经下了决心把牛牛送给伯伯做崽去了,也没有什么好再讲究的了,这样,端姑娘最后在牛牛的小腮帮上亲了一下,就让他爹爹抱着他上了路。

牛牛一直没有醒,他伏在爹爹怀里,继续酣睡着。卜桂香和朱利生走上大堤,甩开两脚大步朝县城方向走去。

四十里路程,对这两个大汉子说来,不算一回什么事,当他们走进城,县城里一些商店才开板子不久。两人在麻石板上走着,一边望着两边的店铺,只见店铺里的店员都显得无精打采,有的只顾围在一堆讲白话。两人在大街上走了一阵,来到一段冷清的所在,这里过去是两座大庙,一座是孔夫子庙,一座是关帝庙。"批林批孔"运动中,把它们拆掉了,在庙的地基上,新修了两座三层楼的楼房,每一座是一个机关,一座是农业局,另一座是水利局。

两人来到水利局。水利局门口的传达听说是卜副局长的亲兄弟,非常客气,忙指点他们从办公楼侧边一扇小门进去。走进那扇小门,只见里面有一个大院子,院子里呈品字形地修建了三套平房,平房修得很精致,不但室内室外都是雪白粉墙,门窗也一律是用黄漆漆的,台阶砌的都是麻石砖,房屋的四周栽满了花草和树木。树木的种类很多,除了湖乡常见的杨树和柳树,还有罗汉松树、香槐树,枝叶交错,互相掩映,显得十分好看。卜桂香到长沙进过公园,他觉得这地方跟公园里的景致差不多,他心里不禁高兴地想,今后牛牛在这样好的环境里生活、长大,比在家里整日跟泥巴坨打交道不知要好多少倍!

这时牛牛早醒了,他还不会讲话,但他已经认得人了。他知道是爹爹在抱着他,便用一双小手在爹爹脸上乱摸,摸到爹爹的胡子,又用小手去抠,坚硬的胡子楂把嫩手扎得不好过,牛牛的嘴便咿咿呀呀叫着。

依照门房的指示,他们找到门上有三个字的门牌的房子,推门进去,但门推不开,他们就敲,敲了半天,里面也没有人答应。这时旁边有一个老倌子走过,老倌子手里拿着一把喷水壶,好像是在这里侍候这些花草树木的。老倌子道:"按电铃!"什么叫电铃,两人不晓得。老倌子见他们仓皇四顾,便把水壶放下,走上台阶,用手指在门边一只小红纽扣上按了一下,老倌子按过小纽扣就走开了。过了一会,里面便传来一阵粗重的声音,问道:"谁呀?"卜桂香一听是大哥的声音,忙答道:"大哥,是我。"里面也听清了外面来人的声音,碰锁咔嗒响了一声,门打开了。卜桂香见大哥披着一件大衣站在门口,他忙又喊了一声:"大哥!"朱利生和他是老乡亲,互相认识,但他不知叫他做什么,按照乡里人的习惯,他应当叫他卜大爷,但他觉得这个称呼太俗,不文雅,到底有点文化,很快便想到一个很好的称呼,他叫了一声:"卜副局长!"卜副局长领着他们走进门,来到客厅里,客厅里摆着一排大沙发,还有几把藤椅子。卜副局长走进客厅,并不让客人坐,自己一屁股就坐到沙发上。卜桂香和朱利生一时不敢落座。卜桂香把怀里的牛牛放下来,牛牛现在自己开始学习走路了,卜桂香用手扶着他,让他在地上走了两步。卜桂香嘴里教他道:"牛牛,叫一声爹爹!叫一声爹爹!"因为要送给伯伯做崽,当然就该叫伯伯做爹爹。牛牛还叫不出来,但他看见地板很光滑,上面漆着红漆,很好玩,便咿咿呀呀叫个不停,并且一屁股坐在地板上,要不是大人用手夹紧了他,他早就侧转身子,在地板上打滚了。卜副局长看见小侄子长得很可爱,禁不住微微一笑。卜桂香忙把牛牛送到他身边,让他能接触到孩子。卜副局长把孩子抓住,将他提起来,放在自己身上,一手搂着孩子,一手逗着他玩。

这卜副局长,已经四十好几了,不但身子已经变得很胖,现出了老态,而且头顶已经秃了一大半,那失去头发的头皮,闪闪发亮。他本也是一个泥脚杆子出身的人，解放初期，一位征粮工作队员住在他家里，受了影响，成了当地一名积极分子，后来被派到外地参加土改去了。他先当土改队长，这样慢慢被提升上来，当了县水利局副局长。卜副局长为人沉默寡言，在工作上小心谨慎，自从一九五七年以后，县里运动不断，风浪很多，他始终稳稳当当，没有出过什么岔子。他平时的哲学是不强出头，不得罪人，安心跟随一把手跑龙套，没事打打扑克，或闭目养神，因此他在"文化大革命"初期几乎没有"民愤"，门口一张大字报也没有，办公室有几张大字报，也不过说他饱食终日，无所用心，是革命意志衰退的表现。他在"文化大革命"中也没有紧跟，整日躲在家里，绝少出门，后来人们几乎把他忘了，直到动员干部下放，才记起了他，把他派到"五七"干校去喂猪。他本是庄稼汉子出身，农村的事难不倒他，他不但会干农田里的活，喂猪养牛也很拿手，因此他在"五七"干校几年，工宣队虽然照例把他当成专政对象，却也挑不出他什么大的毛病。后来解放干部，他被列入第一批名单，回到了原机关。谁知回到机关不久，"批林批孔"运动就开始了，机关里又有人开始拉山头，搞串联，派与派之间的斗争又很激烈，局里的工作一时又陷于停顿。他这时又很少出门，整天躲在家里，和堂客打扑克。堂客是个大胖子，原来是抽水机站的会计，现在在百货公司当会计股长，这时请了病假，在家里休息。两人整天除了打扑克，就在家里做吃的。他们寻来一本菜谱，按照菜谱上写的作料比例做菜，经过一两年，卜副局长居然掌握了不少烹饪手艺。这一对很胖的夫妇，后来变得更加肥胖了。卜副局长的堂客胖得更出奇，她的体重竟达到一百七十斤，走到街上，招引得人们都朝她身上看。由于卜副局长在"文化大革命"后期没有出岔子，因此"四人帮"垮台后，他的心境十分坦荡，他不像有的结合得早点的干部，还得写小字，不时还要看材料组人的脸色，看见材料组的人走过，便心惊胆战，不知是不是来叫自己去参加机关群众批判会。他的生活过得很平静，依旧像那秋夜的湖面一样，难得有一点风波。难怪有人见到这对夫妇说："只要你们的血压控制住，不升高，照这样子生活下去，保管都能活过九十岁。"

但他们也有美中不足，就是两口子恩爱相处二十年，却没有生下一个儿子，有时两人住在这套大平房子里，不免感到空荡寂寞。堂客已经四十五岁了,看来不可能生孩子了。近年卜副局长常想带一个伢伢,他的弟弟卜桂香伢伢很多,他想能从他那里抱一个过来也好。他将这意思和堂客商量过,但堂客犹豫着,没有马上应允。卜副局长在家里也跟在工作中一样,是一切都听别人的,在家里他是以堂客的意志为意志,堂客不让自己做的,他决不肯去做。堂客身躯肥大,心眼却很细,一切家务开支,都得她亲自过问,她的长期的会计训练帮助了她,因此她在家务的安排上,也很精细,钱总是一个当两个用,对外的一切开支,从无浪费现象。卜副局长虽然知道生产队收入很少,弟弟的伢伢多,家境比较困难,但从不敢非法寄一分钱给弟弟。关于带不带弟弟的一个伢伢问题,堂客也曾想过,她想这伢伢既然是弟弟的,亲倒是亲,但将来是不是会把自己当成亲娘,把她看得比自己亲生娘还重,这却没有把握。她不止一次地听人说过,带别人家的伢儿,如果知道自身父母所在地,这样的伢儿是无论如何带不亲的,到头来,人家的伢儿还是人家的伢儿。由于她有这种想法,便始终不肯答应丈夫的请求。丈夫对自己百依百顺,没有她的应允,是决不会擅自做主,这样事情便搁置了下来。但他们一时又想不出其他办法补救,因此直到现在,夫妻两个还是一对擂槌,两根光棍。

不过今天不能再犹豫不决了,弟弟卜桂香已经把伢伢带来了,他带来伢伢的目的很明显,是想把伢儿送来给他们做崽。他教伢伢叫爹爹,不叫伯伯。对于这种解决办法,卜副局长倒无可无不可,他能带弟弟一个伢儿做崽,是至亲骨肉,总比带别姓人的好,同时还可减轻弟弟一些负担,但是由于堂客没有开口,他不好先开口。这时他用手抚着伢儿的小背,望着他在沙发上玩。他看见弟弟和朱利生还没有落座,便指着藤椅道:"坐,坐。"

两人刚坐下,便听见咔嗒一声,门从外面被人用钥匙抵开了,接着从户外走进一个很肥大的人来。卜桂香一看,认得是嫂嫂,他马上站起来,恭恭敬敬地喊了一声:"嫂嫂!"进来的胖女人见是卜桂香,眉头皱了一皱,嘴里"啊"的一声,朝他摆了摆手,好像是说:"坐吧!"她手上提着一只大篮子,里面放满了水果和菜蔬,径直往里边屋里去了。

大胖子女人今天特别高兴,因为她到医院去了一趟,医院里一位大夫,过去常到百货公司来托她买紧俏商品的老朋友,今天特地跑来,告诉她一个重要的消息，说早几天医院里捡到一个伢伢。医院里如何能捡到一个伢伢呢？这里边有个故事。原来有位解放军战士回家探亲，买了张船票，坐在候轮室等待，突然来了个妇女，抱着一个伢儿，坐在他旁边，两人攀谈了几句，那妇女便说要上厕所，请解放军叔叔替他抱一会伢儿。这位解放军当然乐意效劳，他把伢儿接过来，很不熟练地抱着。但是过了很久，不见那个妇女转来，他又等了一会，直到快要上船了，还不见那个妇女转来，他急了，找到轮船码头上的人问。轮船码头上的人通过扩音器喊，又到处派人找，哪里找得到！那个妇女早就远走高飞了。这样，解放军才晓得上了当。那么这个伢儿怎么办呢？总不能让这个当兵的带着！轮船码头的职工只好接受了他，让那位解放军战士回家了。他们认为这伢儿一定是私生子，便想找个没伢儿的人家送去，让他们抚养，还没有找着，突然发现伢儿发高烧，他们便把伢儿送到医院来。原来伢儿受了凉，由感冒转成肺炎，医院治疗了几天，治好了。现在正想找个要孩子的人家，正好那位大夫知道水利局副局长的夫人需要抱个孩子，他便赶紧跑来告诉她，叫她去看。今天副局长夫人特地去看了看，很满意，不过由于伢儿病后很虚弱，还需要在医院治疗两天。她已跟医院说定了，伢儿归她了，她一反平时吝啬的习惯，应允治疗孩子的费用，一概归她承担。

她正兴致勃勃地回家，准备把这件喜事告诉丈夫，但一进屋，便看见卜桂香。同时还看到丈夫膝盖上伏着一个伢伢，那伢伢有两岁光景，显然是卜桂香带来的，丈夫正抱着他，用手掌轻轻地抚摩着他。胖子女人鼻子里哼了一声，笔直走进里面屋子里去了，她把篮子放了，换了件衣服，又走了出来。

卜桂香看见嫂嫂进来，又站起来，他从挂在肩上的布袋里掏出一只塑料包包，把它递给了嫂嫂，脸上显出一种很不好意思的样子说道："这是两斤今年夏天摘的湘莲，我堂客舍不得吃，要留着送给嫂嫂和大哥泡冰糖莲子吃，今天特地把它带来了。"胖子女人接过塑料包，好像接到一包很脏的东西似的，连忙将它撂在近旁的一张茶几上。她连正眼儿也不看一下卜桂香，只用手招招卜副局长，说道："进来一下，有件事要跟你商量。"卜副局长听见堂客叫他，忙将牛牛从自己膝上移下来，他站起身，跟着胖子女人进房去。

卜桂香看见这副样子,不知他们葫芦里卖的什么药。牛牛离开了伯伯继续在沙发上抓爬,沙发上的皮面很光滑,牛牛的小手抓不住,那两只小脚一蹬,便跌下来了。牛牛跌在地上,脑壳撞起了包,哇的一声哭起来,卜桂香忙跑过去哄伢儿。

这里卜副局长正在恭听堂客的教导。那胖子女人告诉他,她已经找到一个伢儿,是个男伢,可能是个私生子,面目长得很好看,她说不是听许多人说过,私生子最聪明,她已经决定把他抱回来做崽了。卜副局长觉得很为难,他道:"桂香今天把伢带来,让伢儿叫我做爹爹,不叫伯伯,看样子他也是想把伢儿送给我们。"胖子女人把嘴巴一翘道:"这个你千万答应不得,你要舍不得你侄子,你要带,你就带去,我不愿意替人家当保姆!"说着,胖子女人嘟着嘴,赌气坐到床上。卜副局长见堂客生气了,便着急了,他忙挨到堂客身边,用手搂着她那宽阔的肩膀说道:"你不愿带,就不带,让桂香把伢儿带回去,不过……"胖子女人回转头,用那双大灰色眼睛望着卜副局长的脸道:"不过什么? 不过你不好开口要他带回去是不是? 你不说,我来说,横竖我不想在你们卜家立牌坊,我不怕得罪你们卜家的人!"她见卜副局长还有些难色,又说,"你做下好人,等会去给他一点钱,让他没有白跑一趟。"说着从怀里摸出一张票子,把它递给卜副局长。卜副局长平时除用点钱买烟,其余的钱,一概不经手,一切经济开支都由堂客经管。卜副局长接过票子,就跟堂客一起回到客厅里。

卜桂香见嫂嫂神色不对头,他感到事情可能不会顺利,又见两人进里面好久不出来,心里便更加感到惶恐,他双手抱着牛牛,呆呆地坐着。牛牛到了爹爹怀里,不哭了,但他又开始抓爹爹的胡子。朱利生见到这情景,安慰卜桂香道:"两口子进去商量商量,等会就会认下牛牛做崽的,不要急。"

胖子女人从房里一阵风出来,这回出来不再板着脸,而是满面春风。她大声叫道:"叔叔你今天来得好,我请你们吃杯喜酒,我已经生了一个儿子,今天是三朝!"卜桂香摸了摸脑壳,大惑不解地问:"嫂嫂,你能生伢儿?"胖子女人哈哈大笑道:"你还不相信,俗话说,生崽婆不怕丑,生崽生到四十九,我还刚刚四十五岁,怎么生不出崽?"胖子女人还想把玩笑开下去,卜副局长见弟弟脸红了,他怕这玩笑再开下去,弟弟会生气,忙道:"桂香,你嫂子是跟你开玩笑的,她哪里生了伢儿,不过她今天已经领了一个伢伢做儿子,这伢伢现在还在医院里,已经有人替她办好了手续。"卜桂香听见这话,好像一声炸雷在头顶上炸响,他马上感到自己一切计算都落空了,他一方面感到失望,同时也感到好像受了一场很大的侮辱。他忙抱起牛牛,站了起来,给朱利生使了个眼色,说了句:"大哥,我走了!"见弟弟这样一个行动,哥哥也吃惊了。卜副局长说:"你不吃餐饭走?"卜桂香头也不回道:"不了。"他急忙走到门口。这时卜副局长才想起手上捏的一张票子,忙跑过去,把票子塞到弟弟的手里。卜桂香的手托着伢儿,大哥往他手里塞了一张纸,他也不知是什么东西,等他走出平房大门,走到院子里,把伢儿换另一只手托着,他把那只手伸开来一看,只见手掌上是一张五元钱的票子。堂堂一个人民公社社员,一百多号人的生产队长,竟像一个叫花子一样被打发出来,他心中冒火了,实在忍受不住这样的侮辱,他把牛牛递给朱利生,让他替自己抱着,拿着票子,冲进了平房的门。当他冲进去,只见嫂嫂和大哥站在客厅里,哥哥脸上有些愧色,但嫂嫂兴高采烈,正哈哈大笑着说什么。见卜桂香冲进门来,两人都不禁大吃一惊。卜桂香冲到那张茶几面前,伸手将自己带来的那包湘莲拎起,这时嫂嫂正好站在面前,他伸手将那五元的票子,狠狠地打到那张得意扬扬的胖脸上。

卜桂香抱着孩子冲到大街上,心里还在生气。他生起气来,像喝醉了酒,脸上发红,脖子上的肌肉也红了。朱利生目睹刚才客厅里的一幕,只好不断劝他,说,对他来说,他们不愿过继这孩子也好,看胖子婆娘这种不贤惠的样子,让伢伢跟她生活,也一定要吃苦。卜桂香一边生气,一边急急地走着,他似乎要马上回家。这时朱利生不得不提醒他,他们还有一件事没有办,他们两人曾经商量到县农业局去办复职手续。

这样两人便来到农业局。农业局离水利局不远,也是一座三层的楼房,楼房后面,也有一个大院。不过农业局的大院略有不同,大概由于经费没有水利局那样宽裕,大院里没有花草树木,只有几栋孤零零的平房子,平房子也修得朴素得多,大都是普通的红砖房子。

两人走到传达室。由于这里人来人往较多,传达室也没有那样多的手续，只问他们办什么事，他们说是来办理复职手续的，传达室的人用手指指楼房下面，告诉他们，一层楼有个接待室，叫他们自己去找，两人就带了孩子走进接待室。接待室里已经站满了人，一个接待员坐在一张桌子后面，勉强睁开那双布满红丝的眼睛，用一种嘶哑的声音回答来访者的问题。这人虽然疲惫，但处理问题很熟练，他一边回答问题，一边用手写字，有时问题问完了，手续也办完了，他把一个个来访者打发出去。两人等了半个小时，便轮到他们提问了。他们向接待员申诉，一九五八年，他们被招到县农业局下属的农科所工作，定的是农业工人，拿国家工资，吃商品粮。一九六二年，农科所撤销，他们被下放，这样又当了社员。现在听说农科所又恢复了，他们想再回来当农业工人，请接待员指示还要办哪些手续。接待员静静地听着，一边在一张信纸上写着，当他听完了他们的申诉，一句话也没有说，便把那张写好的信纸放进一只大牛皮纸信封里，用糨糊把信封粘好，信封上两边开口处各贴了一张小白纸条，接待员在白纸条上还盖了两颗很大的印章。他把信封递给他们，嘱咐道："你们把这封信拿回去，交给大队支部书记，请他办理。"卜桂香问道："大队支部书记怎么管得上农科所的事？"接待员道："你们放心，信上都写得清清楚楚的，大队支部书记会晓得如何办的，但是你们要注意，这封信是不能打开的，这是保密信件，信封上贴了封条，上面盖了农业局的章子，你们如果打开了，信件就作废了，你们的事就办不成了。"卜桂香还想问几句，只见接待员指着排在他们后面的人，要他们上前问话。朱利生对卜桂香道："想必是通知大队替我们办理手续，我们的户口要移到城里来，吃商品粮，大队还要开证明。"卜桂香一想也是，两人便走出了接待室。

虽然卜桂香在哥哥家里受了一场气，心里还很不舒服，但到农业局来办理复职手续很顺利，接待员一点也没有为难他们，替他们写了介绍信，这点使他很高兴。他想起只要这件事办好了，他们就可以转为农业工人，也算是全民单位，拿国家工资，吃商品粮，虽然没有大哥那样高的职位，但也是正式职工，和他是同类性质的人，只要今后努力工作，在农科所注意好好表现，他的工资还会不断提高，生活也会不断上升，他便不会再受今天这种窝囊气。他想到这里，嫂嫂的那副胖得流油的面孔又仿佛出现在他的面前,他想等自己到了农科所,生活好了,做得起人了,他就要带着堂客伢伢,都穿起新衣裳,走到他们面前,去故意气气他们。他还要明明白白告诉他们,他这些伢伢都是自己养的,比起那个私生子,要荣耀得多,他想那只不会生蛋的母鸭,一定会气得嘎嘎地叫。

卜桂香想到这里,心中的气便消了一些。但是两人带着伢伢往回走去,还没有走出大街,便感到腹中很饥饿了,如果不吃点东西,那四十里的长途路,是很难走到的。两人出门时,实指望在卜副局长家,把伢伢交了,就吃餐午饭回家,这样两人身上都没带钱粮。生产队长和生产队会计,穷得这么一种样子,人们一定不肯相信,但他俩实在两手空空。队上去了十七个精壮劳动力到烂泥湖挖河,每天要三斤米一个人,还要花钱买蔬菜买煤烧,搭工棚买竹木要钱,社员负伤治疗要钱,经过一冬天,会计室再不剩一分钱,剩得几石米,朱长生每天回来挑一石,不几天就挑完了。如果不是这么困难,卜桂香前天怎么会早起去收鱼呢?那十七个劳动力,听说还要在湖里挖半个月的河,才挖得通那条河道,这以后的钱粮,还不知到哪里去弄呢。

两人身上没有一点钱粮,肚子饿了,怎么办?这时牛牛也有大半天没吃点东西,也感到饿了,他饿起来,不像大人,可以忍耐,他早已伏在爹爹的肩上哭个不停,哭得大人心里更烦躁。这时两人已经走到街尾子,街尾子上有个自由市场,自由市场上摆着一些农民自留地里长的农副产品,几个老倌子和老婆婆,蹲在这些产品旁边。近旁有一些顾客,在那里挑拣。这时卜桂香看见有个老倌子在街边摊开一块塑料布,塑料布上堆着几斤湘莲,一会,一个干部模样的人过来把他的湘莲买走了。他猛然想到自己手上还提着一包湘莲,这包湘莲,本来是准备送给大哥大嫂做冰糖莲子汤吃的,因为看到那五块钱,他感到受了侮辱,便冲进屋去把那五块钱丢给他们,而把自己带来的湘莲,仍旧取了回来,他心里想,我的东西,情愿丢进河里,也不愿把它给你们吃!这时他突然想起这手上的两斤湘莲可以马上兑成钱。这样,他便和朱利生说了。事到如今,没有法子,朱利生只好点点头。卜桂香也把一块包湘莲的塑料布摊开,放在刚才那个卖掉湘莲走了的老倌子站过的地方。湘莲是本地特产,由于国家需要收购的多,往往供不应求,等国家收购以后,在本地倒难碰到这玩意儿了，私人想买点湘莲做菜或送人的，都得到自由市场去寻找，有时还找不到。因此当卜桂香刚刚把塑料布包打开，便有人来问价。卜桂香按刚才那老倌子卖出的价钱说了，很快就被人买掉了，两斤湘莲，卖了七块钱。两人到旁边一个面馆吃了一碗不收粮票的特价面，还各添了两个馒头。牛牛的牙没长齐，吃不得硬东西，便替他买了一碗馄饨，卜桂香慢慢地喂给他吃，牛牛吃饱了，不哭了。这伢儿折腾了半天，也累了，他又伏在爹爹肩上睡着了。两人就这样轮流地抱着伢儿，飞快地赶回家里。

当他们走到家里，天色还早，端姑娘见卜桂香把伢儿又抱回来了，不知什么缘故，待要问，只见卜桂香气呼呼的，只说了一句："伢儿不给那胖猪婆了！"端姑娘一听便知道伢儿没有送出去，伢儿没有送出去，她倒很高兴，因为早晨把伢儿送走后，她很后悔，今天一人在家心里很难受，好像自己的魂魄也跟着伢儿走了似的。她想自己不管如何穷，如何苦，还得把伢儿留在自己身边才好，现在伢儿果然又回到身边了，她心里一喜，眼泪又涌出来了。她忙从卜桂香肩上接过伢儿，把他紧紧地搂在怀里，她忘记自己好不容易把伢儿的奶断了，这时她急急地又把衣襟扯开，把那对胀痛过好几天，如今已慢慢恢复正常的大乳房拿出来，把乳头塞进牛牛的嘴里，让牛牛用力地吸吮着。

卜桂香对朱利生说："趁天色还早，我们就到大队去一趟，找着罗富庭，把手续办了。"朱利生也说："对，怕事久多变，早办手续早安心，如果今天把手续全办妥了，明天我们就进城去，到农科所报到，早一点脱离这个苦海！"这样，两人把伢伢放了，就急忙往大队部赶来。走到大队部，只见罗四拐子一人在办公室拨算盘珠子。卜桂香问："罗支书呢？"罗四拐子说："罗支书回家去了，找他什么事？"卜桂香道："找他办个手续。"罗四拐子道："什么手续？"卜桂香便把那封保密信递给他。罗四拐子接过信，便动手开拆。卜桂香忙阻止道："这是保密信，不能随便拆的，农业局的接待员叫我们亲自交给大队党支部书记。"罗四拐子指着信封上的名字道："上面写着大队党支部收启，并没有一定要支部书记开拆，我是大队文书，可以拆，就连给支部书记亲自收阅的文件，也先由我检着。"卜桂香见他说得有理，便由他把保密信拆开。罗四拐子把信拆开看了好久，不由得大声笑起来。他笑道："好事情，恭喜二位了，要高升了！"卜桂香道：

"什么高升不高升,不过是落实政策,对我们来说,还不是一样做工出力。"罗四拐子挖苦道:"那就不同了啊,以后是正式国家职工,吃商品粮,有劳保福利,前途无量,将来可不能忘记我们啊!"说着他便站起来,对两人招招手,说道:"跟我来,见罗支书去。"卜桂香和朱利生以为要到罗富庭家里去,连忙往外走。罗四拐子却道:"到里边来,罗支书在里边房里。"两人跟着罗四拐子来到办公处后面一间小房子里。

这间小房,是罗支书的卧室,罗支书常常晚上开会,有时开得太晚,便不回去,睡到这里。他有时也用这个地方做其他用途,比如说,镇子上供销社唐主任来了,便留在这里密谈,有时他还另外约人到这里,在这里面说话做事,很方便,有心腹侄儿在门外把关,任何闲人都不让随便走进。今天中午,唐主任到这里来了,来替袁大头做媒,要把他的外甥女儿李小娟讨去做堂客,这当然是罗富庭愿意的,两人说了几句话,便谈妥了,剩下的时间,便说着别的话儿。说了一会话,那门儿从里面往外关上了。罗四拐子坐在办公室里,心里明白,他忙把办公处的大门也关了,自己坐在办公室窗前,一边注意着窗外的动静,一边慢吞吞地拨着算盘珠子。拨了一会,心里突然产生一种好奇心,他便用眼朝窗外一看,只见窗子外面,空空荡荡,好远不见一个人影,他就蹑手蹑脚地走到那间小房门边,弯下腰子,从门缝往屋里望去。小房的门缝很宽,用眼望去,便看见一幅稀奇的景象:原来在当地颇具威望的唐主任脱掉一身衣裤,横躺在房里的床上,而在她身上盖着的棉被下,却露出自己大叔的大方块脸。罗四拐子看到这个情形,虽然感到有些恶心,但他觉得自己的地位越加牢靠了,有这样一位叔叔和野婶娘,他们掌握了这一带政治和经济的命脉,他罗四拐子,今后想干什么就干什么,不必再有什么顾忌了。

送走唐元贞,罗富庭独自躲在房里睡大觉,这时已经睡了整整一个下午,天色已经向晚,也该起来吃饭了。罗四拐子看到县里搭来的这封有趣的信,便走进去喊叔叔。叔叔正起床,他一边打哈欠,一边扣好棉袄的扣子,问道:"什么事?"罗四拐子忙走进来,把那封信递给他,说道:"你看。"罗富庭接过信一看,突然勃然大怒,他叫道:"他们两个人呢?"罗四拐子朝卜桂香和朱利生挤挤眼睛,说道:"罗支书叫你们呢!"当卜桂香和朱利生走进那间小屋子里,只见罗支书站在床前,那两道浓眉竖起,大方块脸变得铁青,他举起巴掌往窗前大书桌上猛力一拍,书桌上的一盏油灯都快震倒了。罗富庭吼道:"谁叫你们到县里去胡闹的,你们两个都是生产队的干部,公社的三级干部会不去参加,假也不请,私自跑到街上去,我问你们,要干什么?"卜桂香见罗富庭发这样大脾气,不禁一怔,心里想,县农业局信上不是明明写着吗,落实政策,有正当理由,他认为罗支书一定是因为看到信上指示要将两人调走,他搞本位主义,不想让干部走了,所以才发这样大的脾气。卜桂香嘴里喃喃说道:"信上不是写得明明白白的。"罗支书继续吼道:"是的,信上写得明明白白的,我念给你们听:'目前农民倒流城市情况非常严重,你队农民卜桂香、朱利生要求恢复原农科所工作。查原农科所系一九六二年下马单位,原有职工一律遣散回家,不属收回指标,该两人所提要求实属无理,希多加教育。'你们听听,县农业局的信上写的什么?你们还以为自己有道理。都只怪我平时对你们管教不严,这种歪风邪气一天比一天严重!你们回去,好好给我写一份检讨,检查自己的错误,检讨写不好,莫怪我事先没有打得招呼,你卜桂香就不要再当党员了,你朱利生,是团员,虽然已经超龄好多年了,我也可以给你搞个开除团籍处分,让你历史上背个污点!"听罗富庭一念信,卜桂香和朱利生才明白自己上当了。他们讨到这封信,以为求得了一道救命符,把它放在自己贴身的衣服口袋里,恭恭敬敬地接回来,谁知里面写的尽是些对自己不利的话。想起今天一天的遭遇,卜桂香感到自己再一次被愚弄了,他感到非常悲愤,觉得自己非常可怜,在人家县里人的眼里,不是逃荒要饭的,就是该遣散回乡交当地政府管教的盲流人员。他想自己有什么罪?自己所以受这样多的气,不过因为生产队的生产上不去,家里没有吃的,没有钱用,而生产队的生产上不去,能仅仅怪他这位可怜的生产队长吗?卜桂香也是个倔性子人,本也想发作一下,但他看见罗支书那副凶恶的样子,平时长期在他心里造成的权威,使他不免产生一种畏惧。朱利生对罗支书,平时在他不发脾气的时候,也是敬鬼神而远之,这时看见他大发脾气,更加不敢久留,他已经将脚往外移,开始向后撤退。卜桂香觉得跟罗富庭顶撞是没有什么好结果的,他有这封信做依据,可以把他们整得脱落一层皮,这样他也只得把自己的性子强行压下去,他也退出了小房间。

"站住,还有话跟你们说!"两人已经走到外面的办公室了,只得停住。接着,只见罗富庭从小屋里冲了出来,朝卜桂香大声说道:"从现在起,你的职务算免了,你向杨青林办移交,以后在他领导下工作。朱利生再代理几天会计,如果再发现这样类似的情况,也一样撤职查办!"

两人走上回家的路,虽然由于一天受到侮辱欺骗,卜桂香的心里很不舒服,但是最后罗富庭向他宣布,他的生产队长职务撤销了,他将只是作为一个普通党员和社员在社里劳动,他便感到一种前所未有的轻松。他心里想,如果说今天有收获,这就是最大的收获!这时天色已渐渐黑下来,傍晚的田野,飘来一阵阵泥土的香味,他摊开双臂,鼓起胸膛,大口吸着这香甜的空气。只有跟在后面的朱利生显得有气无力,他一边走一边喃喃地念着:"要撤职为什么不都撤职?"

八、家家都有一本难念的经

从供销社出来以后，根据唐元贞介绍的情况，杨青林感到疑惑，因为他一直认为心地单纯的俞春生绝不是盗窃犯，但是从当时发现的罪证来看，又都是他的，不但保险柜上有他的手印，从他窗前阴沟里又发现作案时用的手套，而且当天在他家屋里的稻草堆里，还发现了三百元人民币，这难道不能构成判罪的证据？这盗窃供销社六千元巨款的罪恶勾当，难道真是俞春生干的？杨青林一闭上眼睛，在他面前便出现一副天真无邪的面容，那带着期待表情的眼睛仿佛朝自己望着，好像在说："青林同志，一切都拜托你了，你这次出去，一定要设法把无端栽在我头上的罪名洗刷掉！"但是无情的事实又使他不能继续往这方面想，他就是怀着这样一种矛盾的心情，来到内湖尾子上一座破烂茅屋跟前的。这间摇摇欲坠的茅屋里，住着俞春生的爹爹俞七阿公。俞七阿公正坐在茅屋子的门槛边，瞪着眼睛，望着匆匆走近的杨青林，脸上毫无表情。

杨青林记得自己小的时候，那时垸子里闹土改，分完土地的那天，俞七阿公用芦苇和稻草扎了一条很长的草龙，他举着草龙，和垸子里一班年轻人在大堤上耍着。俞七阿公不但是一个作田能手，而且还有一手很出色的编制手艺，他编的草龙，就像活的一样。他不但会编这些好耍的玩意儿，而且还会编苇席，他编的苇席，在这一带是很有名的。解放前一些有钱人家娶媳妇，都请他去编新媳妇房里用的这种席子。俞七阿公平时性格很开朗，他会拉胡琴，也会吹笛子，还吹得一手好唢呐。土改以后，垸子里成立了村剧团，他就成了村剧团乐队的头头，每天晚上乐队的年轻人到他家里来操练,锣鼓喧天,总要搞到半夜。那时他老伴还在,怀里抱着春生,小春生还没有断奶,常常被他们吵得半夜睡不着觉。伢伢被吵醒了,便在妈妈怀里呀呀地哭,弄得妈妈更加睡不好。老伴跟他讲过好多次,但每次讲,俞七阿公总是笑眯眯地道:"春生娘,这样好的日子,叫我心里只想乐,不但自己乐,而且大家也乐,我要把这些玩意儿全都教给他们年轻人,叫他们天天跳去,唱去,吹打去!"老伴性子素来很和顺,见他这样一说,知道自己再说也无用,她也不再说了。后来,他们母子怕锣鼓吵,便养成了一个用被子蒙着头睡觉的习惯,直到俞春生进了劳改队,他还保持着这个坏习惯。

现在坐在门口的俞七阿公,身上已经没有丝毫过去的痕迹了,使人感到好像一根木头。他的身体也大大变化了,过去是个很彪壮的汉子,如今剩下皮包骨,背脊佝偻着,像一只虾公子。那编制得无数好看的苇席,弹奏得出好多好听的曲子的灵巧的手,如今也变得很干枯了,干枯得像冬天落地的枯树枝。而长满紫斑的脸上,布满着一道道深深的皱纹。

杨青林走过来了,俞七阿公仍然保持着原来的姿势,一动也不动。自打他的心爱的独生子被当成罪犯抓走以后,他便成了这个样子。他已经变成了活着的死人,一个没有灵魂的躯壳。

杨青林看到这个情形,心里很难过,他忙走近他面前,躬身问道:"七阿公,你老人家好吗?"俞七阿公脸上的表情依旧没有变化,连那依然能照见人影儿的眼珠也一动不动。杨青林继续说道:"我是从你儿子那里来的,春生叫我来看看你老人家!"听见了儿子春生的名字,老倌子身上有反应了,他那眼珠子转动了一下,被那皱褶很多的眼皮覆盖的眼眶似乎显得有点湿润,这时他的嘴唇也张开了,但是仅仅动了几下,没有发出什么声音来。杨青林怕他耳朵不大好,又大声说:"春生的身体很好!"虽然对这点杨青林是没有把握的,但他还是安慰他,"春生不久就会出来的。"杨青林还说了许多话,他想使老倌子开口,回答他几句,但他的想法落空了,尽管他说了许多,说的又都是关于他儿子春生的,但他始终没有得到他一句回答。最后他连眼珠子也不动一动了,嘴唇也闭紧了,他只是那样毫无表情地坐着,像一根呆木头。杨青林明白再往下说也无益,便从挎包里掏出在镇上买来的饼干,把它轻轻地放在他的手上。

杨青林怀着异常沉重的心情走开去,他在离开这个破烂茅屋之前,还用眼瞟了一下它的偏梢子。偏梢子里空空如也,既没有猪牛,也没有稻草,据说这个偏梢子的稻草堆里曾被搜查出三百元赃款。这个小茅屋,是俞七阿公在"三年困难"时期搭成的,他那时已没有能力,只能搭成这样子。他原来那座宽敞的"一肩挑"房子,在"大跃进"时期已经被拆掉了,草顶和屋架子进了小高炉,陈旧的墙壁变成了肥田粉。

　　杨青林沿着内湖小堤往回走,走不多远,看见一座小茅屋,茅屋旁边一个小小的菜园子,菜园子里有个蓝色的人影闪了一下。杨青林看见俞七阿公附近还住着一户人家,便在菜园门口停了脚步。菜园子里的人也看见了他,只见里面有个声音道:"杨主任,你回来了?"杨青林一看,认得是五保户刘寡妈。刘寡妈是个跛子,她早年受过伤,一条腿完全萎缩了,平时得用一根拐棍帮助自己走路。这时她拄着拐棍出来了,她手里还提着一条小板凳,她在园子里做事,必须坐在小板凳上做。

　　刘寡妈连连道:"杨主任,你出来了?我心里早就琢磨,杨主任过去是最正派的人,坑子里那样乱的时候,杨主任还是按老规矩办事。后来听说你骂了江妖婆,被人关起了,我听见这话哭了一宿。我想,如今世道真是变了,好人都在吃苦,我以为又恢复了旧社会,国民党的兵又来了,保长又来了,后来一打听,毛主席还在北京城,毛主席那样英明,为什么让这些妖孽出来作乱!有好些日子,我们五保户也没有人管了,只能领到那么一点点口粮,不上半年,就吃光了,要不是有个菜园子,我都快饿死了!"刘寡妈也是喜欢说话的人,她的老倌子早年在湖上驾船,跑过许多地方,她也跟船走过一些大口岸。解放前夕,她的船被国民党军队征去装兵,在渡江战役中被炮火打沉了,老倌子也被打死了,她的一条腿被弹片炸伤,后来她便流落在湖乡。最初在乡里接些衣服做,糊口日食,后来成立高级社,变成了五保户。由于她无儿无女,又是个残废,由社里供养着。她是个四面溜光的婆婆子,她在社里靠众人生活,很知道自己的地位,对什么人都一脸笑,对什么人也不得罪,在队上从不惹是生非,人缘相处得很好。

　　这时她遇见杨青林,也像一团火一样热情,一边不停地跟他打讲,一边拄着拐杖,把杨青林让进了屋子。

刘寡妈的小屋子，连偏梢子一起，总共只有三间，茅屋顶子也有几年没有换过了，织壁子上的泥巴风化了不少，但是屋子里收拾得很干净。早年在船上的生活，使她养成了习惯，船上的习惯是不停地擦洗。船上离水近，擦洗方便，因此湖上一般船只都被擦得油光发亮。刘寡妈屋后便是内湖，她腿脚不方便，取水不容易，便用竹筒子从内湖里接水下来，内湖的水面常常高出湖尾巴堤内的地面，因此，竹筒子接水跟城里的自来水差不多。刘寡妈用水很方便，她每日的事情不多，常用水擦洗，她这座小屋子，也像那湖上的船一样，非常干净。

杨青林进屋里坐下来，刘寡妈递过茶来，他一边喝着一边问道："大婶，俞七阿公什么时候开始变得这样不言不语的？"刘寡妈道："自打他老伴在'三年困难'时期得水肿病死了以后，他便不像过去那样快活了，平时只认埋头做田里工夫，闲时编编苇席，只有儿子回来才乐乐呵呵地笑一阵子。儿子出事以后，他就突然变傻了，不说不笑，起初还不肯吃喝，是大家左劝右劝，卜桂香队长叫我替他做饭，每餐给他送去，这样他才开始吃点饭，现在也成了五保户。为定他五保户的事，听说卜队长还怄了气，大队认为他是罪犯家属，不配享受五保户待遇。卜队长去争了几次，他说不给他五保户待遇，老倌子已经傻了，不能劳动，又没有人供养，难道叫他就这样活活饿死吗？这样才定了个五保户，每年由生产队供给粮食，平时打油买盐的钱，是靠大家施舍。我还是每天给他送饭，我吃什么，他就吃什么，没有饿着他。"杨青林问道："俞春生出事前哪些人常跟他家有来往？"刘寡妈道："过去常到他家来的人不少，垸子里的年轻人想学乐器的，都到这里来过。也有些妇女来拜七阿公为师学编苇席子的，生产队长卜桂香的堂客端姑娘和大堤上孙裁缝的堂客朱丽君就来学过编苇席，那时这里人客不断。七阿公也好客，不管来多少人，他都不烦。大队部的文书罗四，是俞春生的朋友，也常到这里来。"刘寡妈说到这里，便不往下说了。杨青林记得俞春生在劳改队跟他说过，大队的文书罗四过去跟他相好，临走前他还叫杨青林如果见到他，请他平时照看照看他的爹爹。杨青林听完这话觉得有些奇怪，问道："刚才你说大队开始不赞成老倌子做五保户，罗四是俞春生的朋友，为什么不替他说说话？"刘寡妈听了这话，显然有点慌乱起来，她支支吾吾地道："我不能出门，听来的话不准,兴许这话是人家传错了的。罗四现在是替公家办事,自然念不得旧情,只能按公家的规矩去做。"杨青林见刚才还滔滔不绝讲话的刘寡妈突然在罗四拐子的事情上变得吞吞吐吐,便觉得有些奇怪。他又问道:"这罗四最后一趟到他们家,是什么时候?"刘寡妈道:"是春生出事的前一天。"她刚说完这话,又显得很慌乱,她忙更正道,"平时我整天在菜园里弄菜,路上有哪个走过也很少注意,这事我也记不清了。"罗四拐子,在杨青林印象中不是个好青年,他不但学会吹牛拍马,溜须爬高,而且平时对人心眼儿很坏,他要见到人家日子过得兴旺,便看不顺眼,而哪家遭了祸事,却兴高采烈。"文化大革命"前在公社管事的时候,杨青林还听人反映过他手脚不干净,那时他还没有到大队担任文书,只在生产队代理会计,在代理会计的几个月时间内,生产队保管室就被人偷盗过几次。他如今在大队和公社很吃香,一则仗着他有点子文化,再则主要靠他叔父提携他。大队支部书记罗富庭把他当作自己一根拐杖,离开了这根拐杖,他连走路也困难了。

杨青林见问到罗四拐子到没到过这里来时刘寡妈说话很含糊,便感到这里面也许会有什么名堂,但他晓得继续盘问下去,刘寡妈也不会说清楚,他把这事记在心里,想以后再慢慢访问她。这样他便嘱咐刘寡妈,请她继续照顾一下俞七阿公,将来有什么为难的地方,叫她来找他。他辞别了刘寡妈出来,往回家的路上走去。

当他回到家里,天已经黑下来,杨大妈和惠兰把菜摆在桌子上,等他回来一道吃饭。见杨青林走进屋来,惠兰忙在杨大妈耳边道:"大妈,青林哥哥回来了!"杨大妈还在绩麻,这时忙颤颤巍巍地站起来道:"青林,你怎么这样晚回来,害得你惠兰妹妹也饿着肚子等。"惠兰忙把桌子上盖着菜面的碗拿开,一看,一点热气也没有了。原来,今天下午,惠兰提早收了工,冬日的太阳还挂在天上,她回来了,她一回家,洗过手脸,换了一套干净的衣服,把盘在头顶上的辫子放了下来,在辫子上系了一只小蝴蝶结,便往杨大妈屋里来了。如今爹爹和三哥都到烂泥湖去了,她便索性和杨大妈搭伙了。因为杨青林从劳改队回来,还没吃过一餐好饭,今天她特地把家里剩下的一只鸡杀了,炖了一锅,还从二嫂青妹子那里要了一些黑豆豉,炒了一碗干辣椒。当她发现那钵子鸡肉已经凉了,她又把鸡肉端回灶屋,倒进锅里,塞进几个草把子到灶口,烧了一个滚,再端出来。这时杨大妈正在听杨青林告诉她去看俞七阿公的情况,听说俞七阿公已经变得痴痴呆呆,杨大妈叹了口气道:"每家都有一本难念的经,年轻时节七阿公是这个大垸子里最快活的角色,不想落得这样一个晚景!"她听见惠兰的脚步声,又听得她把重新加热过的菜放在饭桌上的响声,她抬起那双什么也看不见的眼睛说:"青林呀,要不是惠兰对我这样细心的照料,这几年我恐怕还熬不到七阿公这种样子,我常想恐怕是我前世做了大好事,才修得身边出这样一个好妹子!"惠兰很快把三个人的饭盛好了,饭在灶上煨着,还很热,她忙打断她不知听过多少遍的杨大妈的话,说道:"大妈、青林哥,快请吃吧!"杨大妈在桌子边坐好了,她闻到一股浓厚的鸡肉香味,她说:"惠兰,把你家里那只母鸡杀了是不是?"惠兰道:"嗯,大妈,你只管吃吧,是一只鸡,但不必问鸡是家里的家外的。"杨大妈道:"我听你二嫂说,你们家里就只剩下这只鸡生蛋了,把它杀了太可惜了!"杨青林看见钵子里的鸡很肥大,是一只正在生蛋的大母鸡,他也道:"今天一不是过年,二不是过节,不该杀只鸡,随便弄点菜就算了。"惠兰笑道:"今天是给青林哥哥接风!青林哥回来,我看比过年过节还重要,如果三哥在屋里,我还会邀他下湖去捉点鱼回来,今天除了这只鸡,什么也没有了。"她告诉杨大妈,除了鸡,就只有一碗豆豉炒干辣椒。她说:"我记得你老人家还有一点干芋荷叶,不记得放在哪里,找了半天,几个泡坛子都翻遍了,也没有找到。"杨大妈道:"前天我替那只坛子换了水,怕放在灶屋里被火烤不好,把它移到了床底下,你怎么不问问我。"惠兰道:"没有打到鱼,光煮干芋荷叶不好吃,以后再吃吧。"她一边说话,一边用那双黑亮黑亮的大眼睛望着杨青林,好像在抱歉说,"因为家里积蓄实在太少了,拿不出更多的东西招待你。"她又站起身拿凉水洗洗手,用手撕下一只鸡腿巴子,把它送到杨青林的饭碗里。她还从钵子里夹出一大片雪白的鸡胸子肉,上面没有一丝骨头,她把它送到杨大妈碗里。杨大妈一边吃着一边赞道:"好吃,惠兰做菜的本领,赛过我年轻时候。"这时杨青林却想起一件事情,他问惠兰道:"刚才我听刘寡妈说,过去俞七阿公很会编苇席子,卜队长的堂客端姑娘跟他学过,你知道不知道?"惠兰道:"怎么不知道,不但端姑娘跟他学过,还有很多人跟他学过,不过学得最好的还不是端姑娘,是大堤上孙裁缝的堂客刘丽君,她不但学到了七阿公的全套手艺,而且还新编了一些花样,那时七阿公看了说,她的手艺已经超过他了。要不是后来不准搞编制,我二嫂跟我商量过,还想去拜她为师。"杨青林道:"后来为什么不准搞编制?对面湖里荒洲上到处是一片片的芦苇,有的是原料。"惠兰道:"这些情况你后来不晓得了,一九七〇年,掀起'活学活用'高潮,又搞了一次割资本主义尾巴,这种传统手工艺,就被叫作资本主义玩意儿,不准搞了,公社革委会还颁了一道命令。刘丽君的爹爹刘大爹与常德日杂公司一个采购员相识了,和他们挂了钩,在镇子上租了间小铺面做代收点,把乡里的编制品收拢来,一起运到常德去,从中得点手续费。割资本主义尾巴的那阵子,刘大爹成了典型,他挨了斗,女儿也陪斗,后来父女俩被捆在一块游堤,从那以后,谁还敢再提编苇席子的事,再没有钱用,人家也不会朝这上面想了。眼看对面湖里荒洲上那一片片芦苇林子自生自灭,几多好的芦苇秆子白白在泥里烂掉,大家虽然心疼,也没有法子!"这时杨大妈接着说:"这话是真,那时我眼睛还能看见,亲眼看到这事的。老班子手里,我们这一带垸子里还盛行过编柳条篮儿,我年轻时就编过。早年田里工夫是男子汉做,妇女们在屋里做营生,家务事做熨帖了,有闲空时间,就坐在一起编柳条篮儿。那时镇子上也有店子收这种手艺活。一到春天,家家屋檐下、堂屋里都堆满了柳条条,柳条条在湖区也遍地都是。听说柳条编的箱儿笼儿,如今在外面挺时兴!"杨青林道:"这事我也记得,合作化那几年还有人下乡来收过。"杨大妈道:"'大跃进'办食堂那会,就没有人来收了。卜桂香堂客端姑娘当时还找我学过,后来见没有人收柳条制品,就转学编苇席子,她的手艺学得精啦,只可惜没有派上用场!"三个人一边吃饭,一边这般谈论着,一会儿饭吃完了。鸡肉还没有吃完,只吃掉一小半。杨大妈叫惠兰带回去,惠兰不肯,她盖好放在柜子里,留给青林哥再吃。她柔声说道:"青林哥受了这些年苦,身子亏损得厉害,应当多吃些有营养的东西。"她又替大妈把碗筷洗干净,前前后后地打扫了一遍,然后朝杨青林微微一笑,告辞走了。

等惠兰走后,杨大妈赞道:"一个好女伢,用金子也换不到的。"她不禁长长地叹了一口气,朝杨青林道,"只是你们年龄相差大了点,你是一九四〇年生的,她是一九五七年,相差十七八岁,不然我真想让你把她娶过来,做我的媳妇儿。"杨青林忙止住她道:"妈,你快别说这种话了,不说年龄相差得太远了,就是年龄相当,我也不能娶她了。"杨大妈听了,不禁大吃一惊,她想不到儿子会对自己认为十全十美的女伢这样看不起,她忙问道:"为什么?难道你还看不起她?"杨青林道:"妈,不是我看不起她,如今我老成这个样子,跟她相距很远,难道还看不起她?只是在我的心里,还有个人搁着。"杨大妈一听,惊奇道:"谁?难道你这几年在劳改队里,还讨了个堂客?"杨青林道:"没有结婚,不过我们是已经说好过的,这几年,她没有忘记我,也没有忘记你老人家。你老人家不是说每月有个什么人寄钱给你吗?你说这个人叫杨春林,可能是我的什么堂兄弟,我们本家中没有这个人,这人只有我知道,她不姓杨,春林也不是她的名字,她就是我心里搁着的人!"杨大妈听到这里,完全明白了。对于儿子自己找的媳妇儿,她从来没有看见过,连听也没有听说过,现在她看不见了,她不会知道她是什么样儿了,不过她心里想,这媳妇的心性脾气和容貌一定超不过天天在自己跟前的朱惠兰。但是这有什么办法呢?世界上的事情都不是那样称心如意的,这找媳妇儿的事,只要儿子自己的心里满意就行了,她也管不着这许多了。早几天,对于自己的儿子能不能再回来,她还不敢想象,今天,不但儿子回来了,还告诉她,已经看中了媳妇儿了,她还有什么不满意的呢?但是不知为什么,在这个时候,她却又不得不想起惠兰对她的情意。从那少女的轻柔的声音里她也听得出,当她叫青林哥哥的时候,她是怎样的亲呢!她为了要给青林哥哥接风,要补补他的身体,竟毫不犹豫地把自己家里唯一的一只母鸡杀了,要知道,他们也和其他许多社员家庭一样,是靠这只母鸡供给买火柴和食盐的钱的。她把她三哥的全部好衣裳都拿出来了,让它们都穿在青林的身上,而青林身上的破烂衣裳,却经她仔细洗净,费心缝补,这种种细节,虽然杨大妈眼睛看不见,但她的耳朵听得到,有的她凭母亲的特有的细腻的感觉,也都一一感觉到了。她觉得惠兰妹子已经深深爱上了这个比她大这样多的青林哥哥了,大概就从那天造反派把他押上刑车,而她勇敢地赶到车边,踮起脚尖把一包熟鸡蛋递给青林起,就深深爱上了青林。女孩子的心灵是奇怪的,那偶然的顾盼,那一次短暂的接触,往往能长久支配着她们的感情。杨大妈虽然并不懂得其中的奥秘,但她已经明白这孩子这些年为什么会对自己这样亲热,这般细心地照料,是包含着另外一种因素的。

听到儿子讲到他已经看中了媳妇儿,而自己每月收得的五元钱,就是这个未来的媳妇寄来的,杨大妈心里感到高兴,但是不知为什么,她这种高兴的时间很短,当她一想到惠兰,想到惠兰那亲昵的叫声,她又好像失去了什么。她失去什么,她自己也不清楚,因为按照合乎常理的想法,即使惠兰爱上了青林,即使青林没有另外看上什么人,由于他们年纪的差距,他们也不可能结合在一起。

杨大妈一人坐在堂屋里胡思乱想,儿子杨青林已经进到里屋去了。昨天惠兰把他住过的房子收拾一遍,床上已经铺上了干净稻草,稻草上盖了一条干净床单,那一床七斤重的大棉被,已经里外都拆洗过了。杨青林把自己关在屋里,点上小油灯,开始给王杏花写信。杨春林就是王杏花,杨春林不是自己的堂兄弟,而是未婚妻。杨青林笑眯眯地在桌上铺开一张信纸,心里想,现在该可以用这真实姓名了吧!

信还没有写完一半,便听见外面一片价的声音喊:"杨主任!杨主任!"接着又听见娘也接着喊:"青林呀,你出来一下,来客人了!"杨青林只得把没有写完的信放进抽屉里,然后走了出来。在堂屋里,他看见来了一个人,这个人生得瘦长个子,一副长脸,在昏暗中乍一看去,好像立着一根棍子。他也真是一根名副其实的棍子,他是一根打人的棍子,又是大队党支部书记罗富庭的扶手拐棍。由于他为人尖刻,心狠手辣,队上的人见着他都有点怕。他的心眼儿挺多,眉毛一皱,便能想出个歪点子,如果和他打交道,得时刻防备着点儿,不然很容易中了他的道儿。由于他有这样一种"德行",人们才给他取名,叫拐子,说起罗四拐子,柳林洲的人没有不咂舌头的。

罗四拐子依旧喊着杨青林的老名字:杨主任。杨青林忙止住他道:"罗四,你别那样叫了,我现在刚刚从劳改队出来,名副其实的劳改释放犯,你这样冲着我叫,人家听了笑话!"罗四拐子笑道:"不管怎样,在我的心目中,你还是杨主任,公社最有威信的领导。在你服刑那会,我就常对人说,等着瞧吧,这宗冤案,迟早有一天要翻过来的。前天还有人夸我:

果不其然应了你这话儿！这看事行事,总得有个准儿,按照共产党王法,你这样的人还能成敌人？你杨主任成了敌人,我们这班人还能长久混下去？你不晓得自打你走后的这些日子,我和罗支书这班人的日子过得真艰难啦！"他忘了杨青林当时在宣判会上虽然被五花大绑,但是他的眼睛还看得见,耳朵还听得见,他亲自看见罗四拐子在声嘶力竭地进行控诉,要求对他实行最严厉的处置——枪决,亲自听见他用尖嗓子带头喊口号,"坚决镇压现行反革命"的口号声,如今好像还在耳边震响。

杨青林摇摇头,尽力把突然涌到自己心头的这些过去的印象驱走,他冷静地走上前去,和罗四拐子拉拉手,笑道:"坐、坐,坐下来说话。"罗四拐子落了座,环顾了一下堂屋的四周,遗憾地道:"这些天,民工都动员挖湖去了,队里的'五匠',都走光了,不然,应该替你把这屋子修一修,看来,这屋已经破烂得不能住人了！"杨青林道:"房屋还好,只要不漏雨就行,千万不要派人来修屋。"罗四拐子又说了一会闲话,才说到正题上。他说:"大队接到公社的通知,公社已经同意你的请求,并且已请示县里,县里也批下来,他们叫大队通知你,你被任命为柳林生产队队长了。"杨青林吃惊道:"卜桂香呢？"罗四拐子道:"免职了！他无组织、无纪律的行为很严重,已经无法再担任这个职务了,你原来只要求到生产队协助工作,后来大队和公社研究,那样安排不怎么好,俗话说,名不正言不顺,有了生产队长的职位,就可以发号施令,便于开展工作。公社张书记说,县里原来已经决定要恢复你的原党委副书记兼公社副主任的职务的,因为你自己坚决要求暂时不恢复原职,要求到生产队摸索一段,总结一些经验,再到上面去,才做出这个决定。"杨青林道:"生产队长是由社员选举的,怎么能随便叫上面任免。"罗四拐子道:"选举,选举,还不是做个样儿的,我们这个大队,自打'文化大革命'以来,从来没有搞过什么选举,各生产队的队长,大半是由大队指定的,免了职的队长卜桂香,过去也只是在社员大会上举手通过了一下子,由于他是生产队唯一的一个党员,只好由他当了队长。"杨青林道:"指定的办法不好,以后生产队的干部,一定要通过选举。我看现在就这样吧,生产队有不少人到烂泥湖去了,选举也来不及了,大队不应该随便撤掉原来的队长,还是让我暂时担任一段代理队长吧。大队向社员宣布,一定要提出代理这两个字,并且要向他们说明，因为原来的队长不在了，找个人代理，这是个临时的办法，等到大伙挖湖回来，再开大会研究。生产队长的罢免和任命，一定要通过全体社员大会。"罗四拐子一听，那只瘦长脑壳晃动了几下，他的脑子里立即转出一个念头，他以为听懂了杨青林的意思，杨青林原来是公社副书记，当然不会长期吊死在生产队长这棵树上，他觉得杨青林只愿意代理，是为以后自己撒手离开生产队做好准备。他听说杨青林不愿马上恢复原职，心里早不相信他的诚意，他始终认为这只是他的缓兵之计，他可能是在和县委讨价还价，还想任命更高一点的职位。罗四拐子便说："这样也好，正式也罢，代理也罢，反正一个样，这个队的事就交给你了，明天生产队在家的人开个会，我请罗支书来讲讲话，正式宣布一下子。"罗四拐子又问杨青林生活上有什么困难没有，杨青林说没有什么困难，他已经接到公社会计室送来的一月的工资，并且还听到张书记托会计捎来的口信，待县委正式平反通知下达后，将会全部补发八年停发的工资。

罗四拐子走后，杨青林急急走回里屋，写完给王杏花的那封信。

九、点燃人们心中的火

　　杨青林昨晚虽然睡得很迟,但是今天却起得很早,他早起的第一件事,就是到隔壁来找朱利生。这时天刚麻麻亮,朱利生没有起床,他堂客青妹子起来了,正坐在阶基上用一把牛骨头梳子在梳头发。青妹子一见杨青林,忙站起来道:"青林哥,起得真早啊,你来找利生吧? 这个懒鬼,如今还赖在床上,没有起身。"这样她便扯起喉咙大声叫,"利生利生,青林哥来了!"朱利生在屋里应了一声,过了一会,披着一件棉袄出来了。他昨天跟卜桂香进城,跑了一整天,累了,所以一直困到现在。这时他笑道:"真是新官上任三把火,刚刚接事,你就让我困不成早觉。这样早过来,有什么事?"杨青林道:"到你屋里说。"两人一齐走进堂屋里。杨青林在一条板凳上坐好,笑道:"找你这位财政大臣,没有别的事,只想摸摸生产队到底还有哪些家当?"朱利生听他这样一说,不禁哑然失笑,他道:"俗话说得好,叫花子屋里起火,没有什么烧的。如今我们队上也是这样,除了有几个人,别的什么也没有了,今年春上不想点办法,大家到外面去搞点吃的,恐怕又会像三年困难时期那样,有人要得水肿病!"杨青林道:"队上的储备粮和公积金呢?"朱利生道:"去年年终分配以后,本来还剩下十多石储备粮、三百元公积金,但是上月公社下令在烂泥湖挖河道,要各生产队出民工,都自带口粮,自己搭工棚,这样一来,钱粮都用光了。"杨青林道:"社员的口粮一般都能维持到什么时候?"朱利生道:"不一样,去年工分做得多的,情况好一点,可是去年全队粮食歉收,县里虚报了产量,征收数字还增加了,每户分的粮食就少了。像我大哥屋里,人

101

口多，又都是能够吃的，现在已经拌一半糠菜了，就是这样，也糊不上半个月。连队长卜桂香家堂客也在喊刮得米桶响了！"杨青林听完这话，不禁垂下头来，他感到问题很严重。过了一阵子，他又问道："眼前这样个大问题，你们队长想过什么办法没有？"朱利生道："他有什么办法？他只想卸掉这个差使，到外地去，昨天我跟他跑了一天，就是想回农科所去，没想到农科所不收，还叫我们带回一封信给罗支书，让他狠狠训斥了我们一通。"杨青林道："本来也不应该走，队上这样多的人没有饭吃，你们走了，怎么办？"朱利生道："我们在这里又有什么办法？要是有办法，卜桂香也不会想到把满崽送去给别人了！"杨青林还不知这是一回什么事，朱利生便把昨天卜桂香想把牛牛送给他大哥做崽的事说了一遍，听过朱利生的叙述，杨青林觉得卜桂香也实在可怜。他想生产队长都这样困难，别的社员情况更可想而知，他的心情变得更加沉重了。他让朱利生把去年的账目给他算了算，又请他带他到保管室看看，打开保管室的门一看，果然，和朱利生所说的一样，生产队的家当，可以用四个字概括：空空如也。保管室面前有一块大晒坪，收获季节，全队的粮食都在这里晒、车、过秤，那时人来人往，十分热闹，如今一片精光，空空荡荡，只有那靠边的地方，堆着两大堆稻草。据朱利生说，那两堆稻草，也还是属于社员私人的。

　　杨青林离开朱利生家，便往生产队长卜桂香家走来。卜桂香不在家，昨日两斤湘莲子卖了好价钱，这事提醒了他，回来后他和堂客端姑娘商量好了，把家里留的几斤苎麻拿到供销社去卖，卖得一点钱，连同那两斤湘莲的钱一起，拿到乡里去收购湘莲，他想收到湘莲后便提到城里去卖，这时他到供销社卖苎麻还没有回来。

　　端姑娘没有将卜桂香出去的真情告诉杨青林，她只对杨青林诉了一通苦，她指着正在地上玩泥巴的两个伢伢对杨青林道："眼下伢儿就没有吃的了，日子怎么过下去？桂香连自己一家的生活也糊不住，怎么能有心思再管队上的事！"端姑娘一边说着话，一边用衣袖子抹眼泪。杨青林看她这可怜的样子，也觉得不好受，他想安慰她几句，又不知打哪儿说起。忽然他想起刘寡妈和娘昨天说的那些话，她们告诉他，这端姑娘还有两门好手艺，她会编芦苇席子，又会制柳条篮子。过去镇子上有个编制品代收点,常常到乡下来收女社员的编制品,每天编制的收入,比在队上出工的收入还大。杨青林记得他被捕以前,还看见刘大爹到乡下收过货。这时他便道:"卜大嫂你不是还有一门编制手艺吗,为什么不继续去做?编制得来的钱,也可以解决家里一些困难嘛。"端姑娘听了这话,不禁又长长地叹了一口气,她道:"快莫说起这件事,为着收编制品,已经闹出了人命!"杨青林道:"是不是指刘大爹的事?"端姑娘道:"你知道了?那个老倌子好可怜啊!割资本主义尾巴那会,斗了两天,游了一次堤,气得直吐血,没有几天就死了!他女儿刘丽君本来是和我家叔子卜槐香订过婚的,槐香是民兵连长,为了和她划清界限,解除了和她的婚约。后来她嫁给了我们队上的孙裁缝,孙裁缝去年患病死了。如今刘丽君还住在队上,走上大堤,第一座茅屋便是她的。为这收编制品的事,刘大爹一家子弄得家破人亡,大家都看到眼里,谁还敢再出头来搞这号事。像我这号会编制的人在社队不少,但都是白学了,过得久了,也都丢生了。"

杨青林从卜桂香家里出来,心里想:如今社员都很困难,家里大都无钱无粮,各种门路都可以找找,这编制的事,应当再组织起来。他一边这样想着,一边走上堤来,上堤后看到的第一座房子,就是刘丽君的住宅。这是一座很精致的小茅屋,它不是用泥巴拌牛屎糊的墙,而是用土砖砌的,正中一面,除了一张大门还开着两扇玻璃窗。杨青林走近房子,从玻璃窗子里传出轧轧轧的响声,一听便知道是踏动缝纫机子的声音。

民兵连长卜槐香和刘丽君的过去的事情,杨青林是清楚的,因为他们都是土改时的儿童团员,一块儿长大的。从他们开始懂事时起,杨青林便知道刘丽君爱上了卜槐香。卜槐香是一个武高武大的粗壮汉子,很有几斤蛮力气,但是不知怎么一回事,缺少点心眼。而刘丽君却是个聪明伶俐的姑娘,她长着一对水灵灵的大眼睛,让人一眼望去,便知道她很聪明。她可算心灵手巧,在学校读书,是班上的第一名,完小毕业后,她向俞七阿公学编制,在那群学编制的姑娘大嫂中她又是第一。由于她手艺超群,她父亲又会打算盘子,经常德日杂公司一位采购员的鼓励,便在镇上租了一间小铺面,成立了一个代收点,不想这竟成了她遭厄运的根苗。

卜槐香对她如此狠心,是杨青林万万没有想到的,因为在完小读书时，他不止一次地发现刘丽君往卜槐香书包里塞东西，这些东西大半是吃的，在回家的路上，卜槐香和杨青林分享着这些食物。由于刘丽君父女善于经营，代收点收入比较多，那时卜槐香的爹娘还没有死，哥哥又有了伢伢，没有分家，家庭负担比较重。卜槐香虽然当了干部，但他这大队民兵连长是不脱产的，专职还是翻泥巴坨，收入比较少，因此他常常没有钱做衣裳。杨青林又不止一次地看到，刘丽君把那一包包亲自做好的新衣裳送到他手里。杨青林当时心里想，槐香这个傻小子不知是哪世修来的，竟碰上这样一个好堂客，他常替自己的朋友庆幸，有了这样一位深情的伴侣，相信他这一世会非常幸福。后来两人正式订了婚，刘丽君更是常常主动到卜家来，她不但常给他送来吃的东西，就连每日出工回来换下的脏衣裳也抱回去洗。

这样一对天造地设的好鸳鸯，后来竟被打散了，虽然卜槐香目前还是打单身，但刘丽君早已出嫁。刘丽君嫁的是孙裁缝，孙裁缝年纪已经很大，而且由于长年的室内工作，很少出外运动，得了一身病，尽管后来刘丽君处境困难了，但凭她的长相，她也不至于下嫁给这样一个有病的老倌子。听端姑娘说，这孙裁缝去年冬天已经得病死了，现在看来，刘丽君的命运更加不幸了，年纪轻轻的就做了寡妇。不知她和孙裁缝生了儿女没有？如今是靠什么来维持生活？杨青林怀着这样一种心情，走近了她的门口。

从里面玻璃窗里，刘丽君看见了杨青林，因此，当杨青林走到门边，刚准备举手敲门时，茅屋子的大门就给打开了。门开处，迎面站着一位穿一身青衣的女子。这女子长着高高的个儿，鸭蛋形的脸庞，两道长长的眉毛下，镶着一对水灵灵的大眼睛。从眼前看到的模样看，八年的岁月，在这女子身上没有产生什么影响，所不同的，只是她那俏丽的脸庞上，常常轻轻掠过一阵伤感的表情。这女子热情地招呼道："请进，请到里面坐。"

屋子里也收拾得很干净，除了床铺、大柜，在靠近窗户一边，摆着一架上海牌缝纫机，缝纫机旁边一条长桌子，堆满了做好和没有做好的衣服。

见到老同学，刘丽君感到特别高兴，她已经听到杨青林被释放回家了,由于她这几年的遭遇不比杨青林好多少,因此对于杨青林的被捕,比旁人更多了一层不同的感觉。她看到杨青林的模样跟过去大不相同了,过去的杨青林,是个生龙活虎的小伙子,那魁梧的身材、英俊的相貌,常常是姑娘们议论的话题,当然也是她们倾慕的对象。她想起他和卜槐香到自己家里来玩耍时的情形,她那位怀着冤屈死去的爹爹指着两人的背影,对她说道:"这都是新社会的好青年,他们往后的日子,跟老一辈的人完全不同了!"但是谁能料到,杨青林后来的遭遇,却并不比老一辈的人强多少,八年的监禁和劳改,已经完全改变了他的面貌。现在从他的身上早已看不到早年的影儿了,他的头发斑白了,脸上布满了皱纹,背已经开始佝偻,那一双瘦骨嶙峋的大手,大概由于干多了重活,已经开始变形了。现在唯一使她觉得和从前没有两样的,是他的笑容,他微笑起来,仍旧使人感到温暖、和善,尽管他的遭遇坎坷,但他的心灵没有变,从他那温暖的微笑中,依旧使人感到他的心怀是多么广阔,在刘丽君心目中,这是一个多好的人啦!

刘丽君递过一杯热茶,她回到缝纫机旁坐下,叹了一口气道:"看样子,这几年你真过得不轻松呀!"杨青林喝着茶,笑道:"说不轻松也确实不轻松,但是不管怎么样,还是过来了,当时最叫人难受的,倒不是那些繁重的劳动,而是积在心里的那许多问题。"对于杨青林的这种说法,刘丽君完全同意,她也有过这种相同的感觉。在她家出事以后,最使她难过的,是她想不通,她和爹爹在为群众办事情,为什么突然被宣布为非法?爹爹就是带着这个疑问离开人世的,他死时不肯闭眼睛,恐怕就是因为想不清这个问题。那时卜槐香是大队民兵连长,亲自带领民兵来抓他们,卜槐香脸色苍白,他在给他们父女捆索子时手抖得很厉害,但他还是坚决执行了罗富庭的命令,把他们带走了。他把他们送到大队部,当众宣布和她解除婚约,表示和她划清界限。接着,大队进行了批斗、游堤,然后又把他们送到公社。在公社他们被关起来,直到爹爹患了重病,快要死了,才把他们放出来。这个过程,她历历在目,她心里想不通的是,为什么自己没有错,而最亲爱的人,也不相信自己?他不但不替她说话,而且还比别人更残酷,他亲自带人来逮捕他们,当人暴众解除婚约,公开地侮辱她,这个打击,几乎把她完全毁了。爹爹去世以后,她有好几次跑到湖边,想跳下去,了结自己这一生,但是后来她没有这样做,她活下来了。她活着也等于死了,至少她的心已经死了。因她自小读书,学编制,在代收站做些代收代发的工作,她不会做田里工夫,爹爹死后,常常在她家走动的孙裁缝收了她做徒弟。孙裁缝年纪已经过了五十岁了,完全是上一辈子的人。他有一座茅屋子,一部机子,在乡下接做衣裳,他每月向生产队投点资,每年年终从队上分些粮食,他没有子女,老伴早已去世了。他把自己的一间空房收拾了一番,让刘丽君住到自己屋里来,这样刘丽君就把自己一双巧手转移到缝纫上来。由于游过堤,走到外面,谁也不理她,刘丽君也很少出屋,她整天躲在屋里做针线活,把孙裁缝的家,当作了自己家。有一个夏季的夜晚,堤上没有一点风,天气很闷热,她打开了房门睡觉,睡到半夜,突然感到身上压着重东西。她惊醒来,发现压的是个人,她正准备喊叫,但她的嘴唇已被一个胡子拉碴的嘴堵住了,她喊不出来,这样她被孙裁缝奸污了。刘丽君被孙裁缝奸污以后,心里感到悲痛,特别是当她想到自己从小对卜槐香的深厚的感情,心里边便像刀割似的痛。但是现在卜槐香对自己又如何呢?他们有一次在堤上劈面相逢,卜槐香好像碰到一件脏东西一样,赶紧躲开她。刘丽君心里想,如果你卜槐香还稍许有点情意,我们两人的关系也不至于落到这种地步,如果后来你能向我伸出援助的手,我就不至于住到孙裁缝家里,受他的凌辱。孙裁缝奸污了刘丽君以后,拿了五十块钱,办了份厚礼,托罗四拐子送给罗富庭,没有多久,他领到一张盖有公社章子的结婚证书,这样他便和刘丽君正式结了婚。有了这张结婚证明书,孙裁缝得到了法律的保障,五十四岁的老倌子每天要这个二十多岁的年轻姑娘陪着他一起睡觉,这时,刘丽君才真正觉得自己死了,她的灵魂完全死了,剩下的只有一个躯壳。她白天在孙老倌子手下干活,晚上陪他睡在一起,孙裁缝在她年轻的身体上发泄着自己的兽欲,她既尝不到欢乐,也不觉得耻辱,最早的屈辱的感觉后来也渐渐消失了。她每天机械地操作着,每晚顺从着老倌子的意志,供他玩弄。直到去年,老倌子因得一场急病去世了,这样她才开始过着一种清静的生活。由于她的手艺超过孙裁缝,因此一班老主顾还是把衣裳送到这里来做。除了老主顾,还添了一些新主顾,其中有的新主顾,是别有目的的。比如袁大头,明明他是大口岸来的人,衣服可以在上海等地做,他也送了两件衣服到这里做,在递交工钱的时候,他故意加了一倍的钱,并且还顺便把刘丽君的手指捏了一下。刘丽君马上清楚了他的用意。每当她从玻璃窗户里看见他从堤上走来,她便把茅屋子的大门紧紧闩上,袁大头想要跟她说话,也只能隔着玻璃窗说。罗四拐子也来过几次,他每次来,都疯疯癫癫地说了许多下流话。有一天晚上,趁天上盖满乌云,大堤上对面距离五指见不到人影儿,他便偷偷来撬小茅屋的窗户,他想爬进屋子。但是自从罗四拐子和袁大头来调戏过几次以后,刘丽君便提高了警惕,她托人找来了一只小狗,喂到家里,不久,狗子长大了,刘丽君又对它进了一番训练。她听到窗户被人弄得响,便知道是这班家伙来了,忙把狗从偏屋里放出来。狗子冲到撬窗户的人跟前,大声地吠叫,把罗四拐子吓了一大跳。罗四拐子一边招架着,一边赶紧往后撤。刘丽君怕罗四拐子他们打死狗,她白天把狗子关在屋里,只在听到外面有响动时才把狗子放出来,因此罗四拐子尽管心里鬼点子多,也没有办法,只好常常走到刘丽君屋前,隔着窗户向刘丽君说几句癫话。对于他们这些挑逗,刘丽君一概置之不理。

今天见到老同学,又是卜槐香幼年时的好朋友,她那早已经死去的心,又开始勃勃地跳动。杨青林的出现唤起她许多过去美好的回忆,但这些都仅仅只是回忆而已,不能改变她目前这种孤单痛苦的生活境地。

杨青林看到刘丽君涨红着脸,他知道他的出现使她很激动,因为他是她和卜槐香相爱的见证人,而这种相爱,竟至酿成这样一场悲剧,这是谁也意料不到的,杨青林一直注意不去提起那过去的事情,他和她说的,大都是关于队上社员生活方面的问题。杨青林建议,是不是可以重新恢复编制品代收点,或者成立一个编制组,因为据他了解,当年学过编制手艺的女社员在队里就有七个人。提起编制品代收点,刘丽君又想起过去那幕可怕的场景,卜槐香拿着大队文书罗四拐子写的一些封条,带领一班民兵,把代收点的大门封了,把他们父女用绳索捆绑,拉到大队和公社院内的大阶基上批斗,结果爹爹不久病故,自己后来做了老裁缝的妻室。这一些往事,怎么能保证不再出现呢? 所以当杨青林提出这个问题时,她感到很吃惊,她用那双水灵灵的大眼睛,充满疑问地望着他。杨青林好像猜到了她的心理活动,他笑着说:"'四人帮'打倒了,过去那种事情不会再发生了,你看我这个被判了无期徒刑的人,不是也回来了吗?现在社员的生活很困难,要是能多找一个门路,进行生产自救,都会有好处!如果你愿意再恢复编制品代收点,我就发动一些有这种技术的女社员重新开始编制活动,这样可以解决不少人的困难。"

眼下社员们的困难,刘丽君不是不清楚,她亲眼看到,冬天母鸡不肯生蛋,许多社员没有鸡蛋送到供销合作社去,他们连买盐的钱也没有了。她有时将自己缝纫所得的一点钱借给他们,他们便千恩万谢,好像救了他们一家子的命一样。听杨青林一说,刘丽君觉得他说的都是实情,她的心动了。她知道,如今不论恢复编制品代收点,或者组织编制组,只有她可以做到,因为她跟爹爹这些年,知道行情,知道如何跟各地日杂公司打交道。她刚想把自己的这种想法告诉杨青林,她可以把编制品推销出去,但是一转念,她又不肯说了,因为她这时忽然想到爹爹那双死去还不肯紧闭的眼睛,在爹爹当时的心里,有着多大的委屈!一九六二年他组织起这个代收点,也正是因为群众生活困难,其目的就是为了帮助人们生产自救。

杨青林见刘丽君欲说又止的情形,知道她还有些矛盾,他想不妨让她再想想,自己还可以再来看她,再来鼓励她。看到刚才那情形,说起社员们的困难,她还是很同情的。本来嘛,她也是贫苦人家出身,对贫苦的农民哪能没有同情? 等她想通了,她愿意出面来组织了,这编制工作就可以开始了。编制品有了出路,至少有七户女社员可以参加工作,这样就可以解决七户人家的生活问题。到春天,加上柳条制品,还会有更多的人参加,如果每户人家有一个参加这种手工艺品的生产,那么,全队社员的许多生活用费就可以不必只等着向鸡屁股要了。

当杨青林离开刘丽君家时,他心里充满了信心。因为他最后朝刘丽君望一眼,看见她的脸上已经发出光彩,他知道自己这一番话,已经重新唤起了她对生活的欲望,重新燃起了她那心中的火焰。他离开刘丽君家以后,又径直朝冷满爹家走去。

这个最爱讲话的老倌子,任何时候都不肯让自己的嘴巴休息,这时他又正在堂屋里一把竹椅子上躺着,一边就着糠头火吸烟,一边和凹花生讲话。

凹花生每天总有半天是在柳林镇街上闲逛过去的,他一边闲逛,一边支起耳朵收集各种各样的新闻。他每次回来,都要在冷满爹这里坐一会,把他收集到的新闻告诉他,听取他的评论,他觉得冷满爹对于这些新闻的评论往往很中肯,他的每一次评论,后来都得到应验。

　　今天凹花生告诉他两件新闻:一件是镇上供销社百货门市部来了一批紧销货,据说是土特产出口公司采购员袁大头昨天从上海带来的,那些货摆出来,一会就抢光了,县城里还有闻讯跑四十里到这里来买的。另一件新闻是听说土特产出口公司在烂泥湖旁边水神庙荒洲上办起的养殖场准备扩大,正在招人。昨天柳林大队定了六个“五类分子”子女到那里去,这些人到那里只管饭,工钱收入一律交大队。除他们外也还有自愿到那里去做工的。冷满爹听了这两则新闻,沉吟了一会,道:“你这两则新闻如果确实,我敢说,这个袁大头是个大有来头的人,要不是出口公司的经理,就是一个什么首长化装在这里蹲点,不然他怎么有这样大的神通?你不见,供销社的唐主任,大队部的罗支书,都围着他转。罗四拐子好像变成了他的通信员似的,整天跟在他的屁股后头,他指使他到哪里去,他便到哪里去。我不相信一个小小的采购员,能有这样大的本领!”凹花生很同意他这种判断,也说:“我也这样想,一个采购员,能有多大本领,他能够办起一个养殖场?据说他上次带来了两个人,那两个人每月都是七十元工资,连他手下的人都有这样高的工资,比我们公社张书记的工资还多,那他起码也得是县委书记一样的职位,难怪罗四拐子那样巴结他。”两人正在扯白话,杨青林进来了。看见杨青林走进屋,冷满爹赶紧从躺椅上坐起,他一定要让杨青林坐在他那把躺椅上。他又忙递过烟和茶,笑道:“青林,我早听说了,你回来到生产队蹲点,我们这个生产队呀,早该有个能人来治治了,不然,都得要去讨米!听说河南有生产队长带着全队的人外出讨米的。我们的队长也已经带着会计到城里自己哥哥家去讨过了,还要把孩子送给人家,我看再过一阵子,就要把我们大家都带出去了!”杨青林笑道:“我不是什么能人,要说能人,你冷满爹倒算得一个。”老倌子最喜欢有人奉承,听杨青林这样一说,称他是能人,他心里很高兴,但是嘴里道:“我哪里算得上什么能人,要是我能算能人,我的家境就不会搞得这样坏了,你看,茅屋顶子上的草都三年没换了，织壁子上的泥巴也都掉光了，没有钱请泥水匠来修一修。这几天屋里还剩得几粒米，还可以过得下去，到春荒上，我就没吃的了，一家人的嘴巴只能搁在牛栏枋上。"杨青林道："你老人家不算能人，哪个算能人？别人到湖里去捞鱼，捞一天，只弄得一二十斤，你老人家装几次簾子，就捞得到一两石鲜鱼，这不是大能人是什么？"老倌子的兴致来了，他笑道："说起捞鱼，不是我吹牛皮，在这一带，就算我厉害些。我这本事也不是天生的，我爹那一辈子就是捞鱼的，他把家都安在船上，整年在湖上漂荡，到我出生那年，才落户到垸子里来，我从小就相跟着出去捕鱼，哪种方法没试过，比起过去以种田为业的人来，自然我要厉害些。"凹花生笑道："也不懂何解，洞庭湖龙王老子真和你有亲吧，我常跟你一路出去捞鱼，用的是一样的钩钓、一样的簾子，鱼食也是一样的，安钩钓和簾子的时间和部位也是一样的，但是到取鱼时，你的鱼总比我多两倍。"冷满爹笑道："这里边还有许多奥妙，同样的家什，同样的地点，在不同人手里用，有不同的效果。凹花生你常跟我来往，喜欢和我说白话，但没有仔细看过我安钩钓放簾子，没学到我那些办法。宋明倒仔细一点，他学到我不少手艺了，要不是那个城里妹子撮了他一下拐，搞得他如今神魂颠倒，使他不安心在乡里干活了，这孩子将来很可以变成个好渔夫的。前晚我们两人出去安钩钓，放簾子，一夜就弄得五十斤鱼。"凹花生笑道："你那五十斤鱼，如今到哪里去了？"冷满爹道："宋明看见公社派人来取鱼，生了气，一脚把鱼篓子踢翻了，鱼篓子滚到湖里，活鱼跑了一半，剩下的都被公社通信员小李拿走了，据说给全公社干部打了一次牙祭。"凹花生听完哈哈大笑，他道："这下你就不要怪我不认真向你学如何捞鱼了吧，学好了本事，又有屁用，鱼再捞得多，也还是白白送给别人吃！我凹花生不做这号蠢事情，以后队上再要我去捞鱼，我也懒得去了，那天的鱼如果不给公社拿去，也会被卜桂香拿去，卜桂香想把那批鱼卖掉换化肥，不也是充公，自己能得到屁！"凹花生这一篇话，说得冷满爹无言可对，冷满爹也觉得这捞鱼的事没有搞头了，他不想再去挨冻受累了，但他觉得一个冬天就这样白白地过去，实在太可惜。"文化大革命"前，他每年冬天，都要捕回几千斤鱼，往往一家半年的食用都快解决了，而现在再不会有这样的好时光了，想到这些，他不禁低垂了头，长长地叹了口气。

杨青林心里早有了主意。听了两人的对话,看到冷满爹这副沮丧的神情,杨青林道:"今年冬天,我们生产队的章程要变一变!"冷满爹把头抬起来,问道:"怎么变?"杨青林道:"生产队组织一个渔业组,渔业组确定一个定额,按这个定额向队里交鱼,定额以外的一律归个人。"冷满爹欢喜道:"真的?"杨青林道:"那天我见你们的鱼被公社拿走了,人们都不愿干了,拆掉了鸭棚子回家,我便想出了这个主意,我想这个办法既可发挥集体生产的力量,又可照顾个人的利益,符合贯彻多劳多得的原则。"冷满爹听罢兴奋地叫道:"这个办法我拥护,要是成立渔业组,我第一个报名参加!"杨青林笑道:"要是你同意这个办法,我们就请你出面来组织渔业组,渔业组成立后,由你做这个头。"凹花生坐在一旁,一直没有作声,这时他道:"这办法很好,只是还有个问题,定额是多少?如果定额定得低了,队上不会同意,定额定得高了,个人就没有收益,我看这里面还有文章。"杨青林忙道:"这里面的文章好做,定额按人头统计,定额是多少,由社员大会确定,如果社员大会上定不下来,还可采取投标的办法,哪个人提出的定额高,就由哪个人来负责,总之,以最高一个定额为准,没有超过的,就算定了。渔业组自愿组合,也可分成若干个小组。"凹花生听完这话,也高兴得跳起来。他道:"这办法好,如果要提定额,谁也超不过冷满爹,冷满爹在这一带打鱼是出了名的,谁也不敢和他比。"杨青林道:"所以我就首先想到请冷满爹为头,有他为头,不怕渔业组搞不上去。"凹花生仍不放心道:"那定额以外的收益归社员自己,这又是怎么一个办法呢?"杨青林道:"渔业组打到的鱼,拿到市场上去卖,卖回的钱,定额以内的交生产队,其余的,交给个人,这样鱼打得多,打鱼的人便收入多,鱼打得少,收入就少。更具体一点说吧,比方你们的定额是一万斤,打了一万七千斤,这七千斤鱼卖掉所得的钱便分给参加渔业组的各个社员。"凹花生听完叫道:"我明白了,这办法好,我完全同意,我也报名参加渔业组。"冷满爹笑道:"不过你参加了渔业组,再不能半天半天地到镇子上闲逛,再不能偷懒了,你要偷懒,影响大家的收入,大家就要罢免你了!"凹花生道:"多劳多得,我还敢闲逛、偷懒,我堂客也不会饶了我的!这下我就要把你那些技术用心学到手了,我是湖边上长大的,赶不上城里来的学生伢子,我还能算个人?"

三个人说得热热乎乎,大家都很满意。后来宋明也回来了,宋明板着一副脸,满肚子不愉快地走进来,听他们这样一说,心里也高兴了。他马上拿出纸笔,根据杨青林所说的意思,写了一个渔业组的章程,准备将它提交社员大会讨论。他们还初步拟了一个名单,把生产队里一些会捞鱼的人都包括进去了。到这天中午,杨青林回到家里,他的心情已和早晨大不相同了,他想只要方法对头,这个穷队还是可以改变面貌的。吃过午饭,他便找着朱利生,叫他通知全队社员今晚到保管室开会。

十、强按笼头难喝水

晚上的社员大会开得很好,成立了渔业组。大家一致同意冷满爹做渔业组组长,底下还分两个小组,冷满爹兼第一小组组长。他提出的定额是五个社员的小组一个冬天给队上缴纳一万斤鲜鱼,每人平均两千斤,这个数字真不小哇!队上没有别的人敢包下这样高定额的产量。渔业组里第一小组除了组长冷满爹,还有宋明、凹花生等四个组员。只是因为散会时已经半夜了,来不及准备捕鱼的家什,如果依照凹花生那股积极劲儿,他恨不得散会后就到湖里去,因为时令已过三九,正是湖上捞鱼的大好季节。

散会以后,杨青林还把朱利生留下,两人又商量了一会儿。卸职的生产队长卜桂香外出一直没有回家,他没有来参加生产队的会议。杨青林把自己准备成立一个编制组的意思告诉朱利生。他说原来编制品代收点的刘丽君现在就在这个队住,这是个好机会,如果目前成立这样一个组,至少可以组织七个女社员在里边,可以另外开辟一条门路。朱利生非常赞成杨青林这个办法。他的堂客青妹子就是一个热心人。妹妹朱惠兰有高小文化程度,平时照着一本服装图案就可以做出衣裳来,让她学学编制,也很快可以学会。但他觉得也有些为难,因为杨青林挑选的这个带头人虽然很好,目前她不一定愿意出来。刘丽君过去和爹爹成立过一个编制品代收点,后来被宣布为非法,父女俩游了堤,刘大爹气死了,刘丽君受过这种打击,公社没有给她平反,替她恢复名誉,她肯再出来牵头?如果她不肯出来牵头,队里这个编制组便成立不起来,因为整个生产队只有她编制手艺最高,而且那编制品的出路,也只有她出面争取才找得到。朱利生把自己这个意思说了。杨青林说道:"这个问题我也想过,今天我特地去看了她,去探听了一下她的口气,看样子,她对办组不是没有兴趣,只是由于过去受到的打击太大了,如今还心有余悸,如果我们为她撑腰,她还是会干的。现在看来,过去公社对他们的处理是错误的,应当由公社出面,为她进行平反,公开恢复名誉,这样,还可以把别的同样境况的人的积极性发挥出来。"朱利生点点头,他完全同意他这种说法,他说:"你见到张书记,跟他说说,叫他表个态。"

杨青林问道:"卜槐香如今在大队担任什么职务?"朱利生道:"还是不脱产的民兵连长。"杨青林道:"他讨堂客没有?"朱利生道:"没有,端姑娘替他张罗过几次,都没有成功。"杨青林问:"他还是那种老脾气?"朱利生道:"怎么不是! 还是那么个死心眼,只要是上头说的,他都认为是对的,是革命行动,他就坚决去执行。你不记得了,那次抓你到公社受审,就是他动的手,不过后来他也有了点变化。"杨青林和卜槐香是光屁股朋友,从小在一起长大的。他清楚地记得,那天卜槐香奉公社命令带了几个民兵来抓他,天没有亮,他还睡在床上,他们冲进房里,把他的帐子拉开,二话不说,拿出绳子来就把他捆起。当时娘的眼睛还看得见,忙走过来扯着卜槐香哭道:"槐香,怎么回事,你们哥俩从来都过得好好的,怎么一下子就翻了脸?"卜槐香用手把娘一推,几乎把她推倒在地上,他大声吼道:"杨青林是现行反革命,我是奉公社党委命令来逮捕他的,他就是我的亲娘老子,我也顾不得!"这时杨青林问朱利生道:"后来有了点什么变化?"朱利生道:"后来大队派他去逮捕刘丽君,他也执行了,刘丽君游堤他在场,当时刘丽君哭得像个泪人一样。自从那天以后,他似乎受了刺激,以后就再不肯亲自捆人了! 对于张书记、罗支书的话,他还是听的,今年修烂泥湖,罗富庭指定他带队,他又去了,大队的基干民兵也都带去了,他的工作干得出色,起早贪黑,完成土方最多,多次受到张书记的表扬。不过他的生活过得很孤独,自从动手抓了你以后,大家都知道他和你自幼相好,都说他对朋友太狠心,因此谁也不敢跟他交朋友。附近一些姑娘听到他亲自抓未婚妻游过堤,也没人敢托人和他说合。他和哥哥卜桂香分家以后,父母亡故了,就单独一人过,一个人住在一座小茅屋子里,自煮自吃。如今只有嫂嫂端姑娘还来照看他一下,替他缝缝衣裳,有时还给他送点坛子里的菜吃。最近他跟哥哥吵过几次,端姑娘对他也有意见,因为端姑娘近来生活很困难,连心爱的满崽也想送出去,而做老弟的不但不体谅家中的难处,反而一味唱高调,这样使她很灰心,觉得卜槐香太不近情理。端姑娘见卜槐香找对象困难,原本想把自己的妹妹说合给他,因为生了意见,也懒得操这份心了。总之,现在卜槐香的日子也不好过,最近听人说他在公社开会时也唱了几句埋怨歌,并且扬言不愿意再干了!"杨青林听朱利生说了这样一大段,不禁长长地叹了口气,他心想,过去上面一味强调阶级斗争,一切都上纲上线,这样一来,把一些好端端的青年都弄得奇形怪状了。在他的印象中,尽管卜槐香捆了他一索子,他还是一个心地纯洁的人,不过这种纯洁,有时不免显得幼稚。

正当杨青林和朱利生两人在生产队保管室夜谈的时候,在柳林镇供销社的楼上,在唐元贞主任的卧室里,有两个人也在细声地谈话。这时街上已经没有行人,供销社的三个门市部早就关了门,门市部的营业人员已经将货柜上锁,将全天的收入缴纳给会计,每个门市部留下两个人值夜,其他人都回去了。在供销社的二楼上,如今只剩下经理唐元贞,但是今天晚上,楼上除了她自己,却还有一个人,那人正在信手拨弄着算盘珠子,灯光把他的影子投射到粉墙上,粉墙上的人影头很大。

唐元贞低声笑道:"你这次带来的货,我按批发价提高了三成,给你都发到门市部去了,刚才门市部经理来报告了,货很俏,只卖了两天就卖掉了一半。"袁大头也笑道:"我这类货,都是紧俏货,如今在上海、杭州也都难得买到,要不是我在几个生产厂子有熟人,哪里能弄到。"唐元贞道:"你的熟人真多!俗话说,人熟为宝,这话一点也不假。"袁大头道:"可不是,我在柳林镇出长差,如果没有你和罗支书支持,我能混得这样好?公司的任务能够完成?"唐元贞笑道:"那还是由于你有活动能力,我们认识你不几天,就给你粘上了,你真有本领!要是我当你们公司经理,早就把你提拔了,像你这样的购销部主任,到哪里去找?"袁大头道:"不瞒唐大姐说,我这次回上海,领导就给了一张委任状子,也正是你说的这个官衔。"唐元贞道:"购销部主任?"袁大头道:"不是,是副主任,兼养殖场场长。"唐元贞道:"副主任还不是主任,'四人帮'打倒后,不准坐火箭,升官也得一步步来,先提拔做副主任,再搞两年,然后做主任。"袁大头道:"我们的主任是个转业军人,不懂业务。"唐元贞道:"那你这个副主任不就等于是主任了,总而言之,据我看,你是一个很能干的人,这主任是早该让你当的,如今当上了主任,权更大了,以后柳林镇供销社的事你要多放在心里。"袁大头道:"那我怎能忘掉唐大姐,你看我这次来,带多少货,你们不是也在这上面赚了一大笔!你也不要太傻了,有的可以进账,有的也可不进账,做个机动数字,将来也好做点旁的用途。以后我还可以再运点货来,上海的轻工业产品质量好,货源也充足,在内地都销得快,而且如今香港那边的货进来比过去容易,还可以多进些这号货。"他停了停,又道,"那李小娟的事,唐大姐也要常放心里。"唐元贞伸出一只手指头,在袁大头的大脑壳上点了一下,骂道:"你这家伙像只馋嘴猫似的,闻到鱼腥味就挪不开身子,自你看见李小娟以后,你已经耍过多少花招儿了,你这次孝敬我,就只为这件事儿?"袁大头道:"就为这件事。往后业务上互相支持,我再还情。这事望大姐多费点脑筋,大姐跟罗支书关系不同,你说的话,他是听得进的。"唐元贞心里想,这袁大头,心眼儿真鬼,她和罗支书的特殊关系,本来只有罗支书的侄儿罗四拐子知道一点,怎么这袁大头也知道了,想是罗富庭常到这座楼上来,他碰见过。这时她便道:"我为你的事情,还特地到他那里去过一趟,他满口答应,但是他说,他这外甥女儿脾气很倔,等他跟她再说说看,有了消息再回信。"袁大头搓着手道:"有了消息再回信,这要等到什么时候?"唐元贞笑道:"我说你是馋嘴猫儿,没有错吧,见到一条鲜鱼,就想一爪子抓到手,哪有这样简单的事。人家是黄花闺女,她答应了,就得嫁给你,跟你过一辈子,人家就不用心想想?女孩儿哪像你们这班男人急抓抓的,在你们心里,好像只要早晨看中了,晚上就得搂到怀里才好!"袁大头抬头望了望唐元贞,只见她那胖乎乎的脸上,露出一种神秘的笑容。这唐元贞虽然四十好几了,但她还不显老,额头上还不见多少皱纹。袁大头笑道:"唐大姐,俗话说得好,饱者不知饿者饥,你和罗支书好过,却不晓得我的日子难熬,我已是三十岁的人了,天天还得睡冷被窝!"唐元贞道:"不准你乱说,我和罗支书怎么样了?我不跟你一样,也是个单干户。但是你刚才倒说出真话来了,你现在这样急抓抓的,就只想抓个堂客到手,好叫她服侍你,我晓得你这意思。我听人说,你还打过大堤上孙裁缝的堂客的主意。"袁大头以为戳穿了唐元贞和罗富庭的关系,使她很被动,不敢在自己的面前调皮,心里正得意,听唐元贞这样一说,他又着急了。他道:"你听哪个人说的? 那个堂客过去搞资本主义,游过堤,名声很臭,我连挨也不敢挨着她,怎么会想到要娶她。"唐元贞笑道:"你并不是想娶她,只想占点便宜,是不是?"袁大头见唐元贞知道得这样清楚,不禁红了脸,连忙道:"这是造谣! 我哪里有那种意思呢。"这时唐元贞站起来。今天她穿了一件小棉袄,因为房里烧了一盆木炭火,显得很热,她把棉袄脱了,棉袄里面,是一件天蓝色的毛衣,这件毛衣,也是上次袁大头孝敬她的,毛衣的小腰身把她那肥胖的身躯箍得紧紧的,她的一对肥大乳房,竟也和年轻女子一样,高高地把毛衣的前胸撑起。她站在袁大头面前,看着袁大头那副狼狈的样子,不禁笑道:"那些见不得人的事,要瞒着我们是不行的。"她又用手戳着袁大头的额头笑道:"你在这个地面,千万老实点,我们是地头蛇,哪件事情逃得脱我们的眼睛?"袁大头惊慌了一会,他抬起头来,见唐元贞没有真的对他生气,便索性耍起无赖来,他一把抓住唐元贞伸出来戳他的手,把那只手朝自己面前一拖,唐元贞站立不住,竟自倒在袁大头身上了。

前面已经说过,由于自己过去无数的经历,唐元贞已经把男女之间的关系看得十分随便了,她担任供销社主任后,不仅因接触很多,和当地的父母官、柳林镇近边的生产大队的党支部书记罗富庭有了关系,而且还把供销社的年轻的门市部经理也拉下了水。这时她被袁大头拉进了怀里,也和历次跟男人相戏一样,她索性斜身倒在袁大头身上,没有再动了,过了一会,他们两人便睡到了床上。袁大头靠在唐元贞身边,用手抚摩着她温软的胸脯,不禁赞道:"唐大姐你虽然比我年长几岁,但身子还是这样鲜嫩,不知你是怎样保养的?"唐元贞闭着眼睛,由他戏弄,没有回答。过了一会,袁大头又道:"唐大姐,我们两个人,一个要补锅,一个要锅补,都是单干户,我看就结婚吧!"唐元贞听罢,扑哧一笑,她抬起一只手,在袁大头身上狠狠地打了一下,骂道:"鬼家伙,你真会欺哄人,刚才你不是还死乞白赖地请我给你说合,一心一意想的是李小娟那种黄花闺女,哪里肯跟我这老太婆结婚?"袁大头还想赌咒发誓,但唐元贞用手捂着他的嘴,不让他说。她告诉他,她都快做外婆了,她不打算再结婚了,她喜欢这样独个过日子,自己爱怎么样就怎么样,一副枷放在旁边还不好,还要搬来架在颈上? 她对袁大头说,她可以继续和他来往,但是要跟她结婚,是不可能的。至于他和李小娟的关系,她倒替他想了个主意,叫他一边要求她舅舅罗富庭去跟她讲,一边也不妨自己亲自去找她,如果她不愿和他接近,也可以深夜撬开窗户进她屋里去,只要占有了这女伢的身子,她就没有法子了,她也就不敢再调皮了。

第二天上午,袁大头果然又去找罗富庭。罗富庭对他的光临,非常欢迎,他的头上已经戴上了他送给他的那顶大皮帽子,这顶帽子配上他那副大方块脸,更显得威严。他一见袁大头,便知道他的来意,他满口答应,很殷勤地留在家里吃饭,临走时还一再向他保证,叫他尽管放心,把结婚用的东西赶紧添置好,预备做新郎。李小娟是他的外甥女,姐姐多次托他照看的,她一定会听他的。送走袁大头以后,他便叫女儿彩元到小学校去,把外甥女儿李小娟叫来,说自己有要紧事儿要跟她说。

李小娟到舅舅家来了,一路上罗彩元已经将爹爹的意思透露了一些给她听了。自从朱冬生被突然派往烂泥湖去了以后,她很担心。她听说烂泥湖的工夫很重,又在湖口上,北风紧,这样的天气一定很冷,她曾经利用课余时间替朱冬生打了一件羊毛衣,刚刚打好,还没有送去,朱冬生便走了。她不知现在他身上穿得暖和不暖和,她想自己如果能早晚在他身边,她就可以时刻照料着,使他吃得好穿得暖,只有让自己时刻待在他身边,才免得有这份担心。因此当她听到表妹透露舅舅叫她去的用意,是要她割断和朱冬生的联系,而另外去和袁大头拉上关系,她真有点不相信自己的耳朵。她想,这不是在说海外奇谈,这样的事情怎么可能呢? 世上看来根本不可能的事居然是现实。当她走进舅舅的屋子,舅舅在房里还舍不得脱掉那顶大皮帽子,这时正坐在一把大围椅上,面前烧着一堆火,正就着火吸旱烟。舅舅一眼望见外甥女儿,声音十分柔和道:"娟妹子,到火边头坐,舅舅今天叫你来,有一桩喜事要告诉你。"李小娟知道他所说的喜事是指什么事,她心里惴惴不安,站在门边,不肯走近前。舅舅见她不肯走拢来,以为她害羞,便干脆开门见山地说道:"娟妹子，你已经二十三岁，年纪不算小了，你娘多次搭信来，叫我替你找个好婆家。我考虑过好久，觉得都不合适，最近，我才算替你找到了，一个吃商品粮的干部，工资不算低，加上奖金什么的，每月百多元，家中上没有老，下没有小，光杆一个人，而且还在口岸上工作，在那边自己有房子，有一套齐整的家具，你如果嫁过去，将来转得户口，还可以到那边安排工作。到那时候，舅舅年纪老了，把事情让罗四伢子接过去，还想出去看看世界，说不定还要到你那里住几天，沾沾你们的光。"李小娟一听，早知道他说的是袁大头，她心里已打定主意，不管舅舅怎么说，她都不作声。这时罗彩元在一旁不耐烦了，她叫道："爹爹，你啰里啰唆地讲了一大篇，说得再好，也还不知道是哪个人，你快讲出那个人的姓名呀！"罗富庭听女儿这样一提醒，忙用手拍了拍自己的脑袋笑道："你看我这个人，到底老了，说话也糊涂了，说了半天，还没有说出我说的是哪个人。不过我不说出他的名字你们也该知道，具备这些条件的眼前只有一个人……"罗彩元不等她爹说完，接口说："姓袁，名叫袁寿庚，外号叫袁大头。"罗富庭笑道："正是，正是他！这袁大头的外号有双关的意思，一则指他头大，像个大首长的头，据说他如今已经升了主任，也是个不小的干部了；再则是指他有钱。你们年岁小，没有看见过花边，一元一块的银圆，就叫花边，上面有个袁世凯的脑壳，乡下人常把这种花边叫作袁大头，过去一担谷子只要两块袁大头，你看这东西值钱不值钱！"罗富庭见李小娟站在门边一直不作声，他追问道，"娟妹子，舅舅替你考虑的，再周到也没有，你看怎么样？没有意见了吧？"李小娟一听这话，自己再不表态不行了，便低声说了一句："我不同意。"李小娟的声音很小，但是罗富庭听来好像响炸雷一样，他真没有想到，平时看来很文弱的外甥女儿这时竟敢违背自己的意思，说出不同意的话来，他想外甥女儿一定喝饱了朱冬生这浑小子的迷魂汤。朱冬生和外甥女儿有来往的传闻，他早听到一些，他已早做防备。在他心目中，一对青年男女结为夫妻，要地位相当，财产相当。他平时就是用这种眼光来看待自己的下辈的婚姻的，因此他的女儿彩元就和一位部队的军官订下了婚，那个军官是个连级干部，每月有七八十块钱，无论算地位或者算收入，都配得上自己的女儿。如今如果拿朱冬生与袁大头相比，真是相差太远了，可说一个在天上，一个在地下。朱冬生一双光脚杆,靠把呆气力吃饭,他连完小也没有进过,一年做到头,按目前生产队的水平,还只能糊得住自己这张嘴,每年的衣裳鞋袜,还得做小学教员的李小娟供给,这样一对男女结合在一起,又怎么会有幸福?因此在罗富庭心里,朱冬生和李小娟结合在一起,是根本不可能的事,这种不可能的程度,正像李小娟如今想的她跟袁大头不可能在一起的程度一样。

由于舅舅和外甥女的想法完全不同,因此谈不到一块来。舅舅道:"依我看,你还是和袁大头相好算了,朱冬生这个浑小子,不要再理他了!"外甥女儿道:"袁大头这人,一身铜臭味,讲话流里流气,我跟他讲不到一起。"舅舅道:"我比你多活了几年,比你见过的事情多,这婚姻大事,不能图眼前痛快,得考虑今后怎样生活。"外甥女儿道:"这婚姻大事本来就不是儿戏,如今随随便便和跟自己谈不来的人相好了,将来痛苦一辈子,我宁愿一个人过还好些。"舅舅道:"你娘一再搭信嘱咐我,叫我跟你选个好婆家,让你一辈子不吃苦。"外甥女儿道:"如果嫁给袁大头这样的人,我就会苦一辈子。"舅舅一听这话,心里冒火了,他厉声问:"那么,你认为嫁给哪一个,你才不会受苦?"李小娟听到舅舅这种严厉的声音,她知道今天也只能把自己的决心说明了,她想如果不把自己的决心讲出来,舅舅还会继续拿袁大头逼迫自己。这时她便说道:"舅舅,我已经想好了,我这一辈子,可以不嫁人,如果嫁人,只能跟朱冬生!"罗富庭一听,气得满面通红,他大声叫道:"我没有猜错,果然你看中的是浑小子朱冬生,这浑小子连自己都养不活,将来你跟着他讨米去?"李小娟将自己的心上人的名字公开说出来后,心里倒更加没有什么畏惧了,这时她睁着那双黑眼睛,直视着舅舅,也大声道:"他种田,我教书,我们靠劳动养活自己,谁也不依靠谁!"罗富庭继续叫道:"在我管的这个地段,你不听我的话,别想安生过,你要教书,我不让你教,我叫文教专干马上除你的名!朱冬生这浑小子,我晓得他会在你的婚事上作怪的,我已经把他打发走了,叫他去修烂泥湖,你如果还恋着他,我就叫他永世待在那里,不准他回来!"李小娟一听舅舅这种恶霸似的口吻,心里也恼火,这时她也不顾一切地说道:"朱冬生突然被大队叫去修湖,我还不知怎么一回事,原来是你把他打发走的,这柳林公社的柳林大队是共产党的天下,又不

120

是舅舅你一人的天下,你怎么不让人种田就不能种田,不让人教书就不能教书,你怎么有这样大的权力?"一向被认为很文静的外甥女儿,这时说出这种强硬的话来,真把罗富庭的肺都气炸了。罗富庭从围椅上站起来,突然咆哮起来,他大声吼道:"你说什么,柳林公社的柳林大队是共产党的天下,不是我的天下,我告诉你,柳林大队既是共产党的天下,也是我的天下!我是柳林大队党的负责人,党领导一切,不是我的天下是谁的天下?难道还是洲土大王虢舜卿的天下?"李小娟还要和他争辩。罗彩元看见爹爹的手里捏着一根大旱烟管,他的手微微颤动,正准备往上举。她知道爹爹的脾气,发起火来,会动手打人的,他不止一次地用这根旱烟管打过社员了,有一次用旱烟管的铜头烟脑壳把一个社员的额头打破了,至今还留下一块疤。罗彩元生怕他一时气急,用旱烟管把表姐姐也打坏了,她赶紧上前把李小娟从爹爹面前拉开。对这个表姐姐,罗彩元是很喜欢的,她不仅是一个很温柔的伴侣,而且眼下还是她的一个辅导老师,如果没有她手把手地教她,她到小学上课是上不成的,如今小学课本上的许多字,都得靠她才认得准。她拉住李小娟的手,急忙往外跑。李小娟被她拉着跑到院子里,还听见舅舅在后面吼叫:"你如果不照我的意思办,你就不要再在我这生产大队待了,你就跟我迁回去,迁回到慈利大山上去!"

李小娟随着罗彩元跑回学校里,这时学校已经放了学,孩子们已经回去了,只有两个住校的老师,在菜园子里浇菜。林庚生老师今天负责烧饭,他一边在灶口烧火,一边手里擎着一本书在看。这个老倌子是这一带有名的孔夫子,不论什么时候,他手里都捧着一本书。他的学问也非常深,在学校里的一些老师中,李小娟最佩服这位老师。

因为厨房就在李小娟的房间隔壁,李小娟和罗彩元走过去,要经过厨房那扇门。林老师听见脚板响,他从书上抬起头来,摘去老花眼镜一看,只见李小娟被罗彩元扶着走,她那一双大眼睛,已经哭得红红的,因为罗富庭最后那句话刺伤了她。作为知识青年下放到慈利农村,在那里苦了几年,后来由于舅舅的帮助,迁回了湖区,凭舅舅的帮助,她又担任了小学的民办教师。舅舅常常以大恩人的面目出现,今天舅舅对自己如此凶蛮,就是由于他有这两重的身份,听到他最后几句话,好像她的一生的命运,都操在他的手里一样。对于舅舅对自己命运的安排,她完全不能接受,她想到这一点,便不禁哭泣起来。

回到房间里,李小娟继续哭着。罗彩元虽然不同意爹爹对待表姐采取这种粗暴的态度,但她也是不同意表姐跟朱冬生结合的。自她那天在野地里碰到表姐和朱冬生依偎在草堆下之后,她便不止一次地劝说过她。这时她又劝道:"表姐,爹爹刚才的态度不好,等会儿回去我再批评他,但他心里是为你好的。你如果嫁给朱冬生,这一世也别想有好日子过,他连自己的日食都捞不回来,能给你什么好日子过?嫁汉嫁汉,穿衣吃饭,这是自古以来一条规矩,我们现在有工作,吃饭自己解决,那穿衣置家什等费用,总该男人负担吧。陈良桂在部队里,跟我只订了婚,我每月就叫他寄三十块钱回来,给我做衣服。你不见我身上穿的,都是去年置的,里外一身新,这个朱冬生能做到吗?听罗四哥哥说,他们生产队因为队长卜桂香不得力,生产没搞好,平均每天工分值只有两角八分钱,全队社员只有三家不倒欠。朱冬生自己的口粮做不回来,还怎么养堂客?要不是他爹爹朱老倌是个有名的篾匠,手头有时还能进几注活钱,他和妹子朱惠兰伴着爹爹吃住,这样才勉强糊得过去,要不恐怕他自己也会有半年没饭呷!老倌子年纪大了,总有一天会动不得的,那时怎么办?那时就只能靠朱冬生一双手了,靠他一双手,每天二角八分钱,他能给你做什么?要跟他结婚,别怪我说句难听的话,比跟叫花子打伙差不得多少。"别看罗彩元平时读书不进,小学三年级的语文课本上的许多字还得用筷子去夹,她这个小学教师的称号是地地道道的滥竽充数,但她对一些生活上的事情是很精明的,特别是在找爱人这点上。她自小就会盘算,当她还在完小读书时,便爱上了一个供销社的营业员,她认为供销社的营业员比泥脚杆子强,后来经罗四拐子牵线,认识了陈良桂,她就变了卦。陈良桂参军后,不几年就升任排长,后来又升指导员,每月薪金七八十元,罗彩元便紧紧抓住他不放。因为不在一个大队,陈良桂不知她有过对象,两个人一接触谈得来,很快就订婚了。供销社的营业员被抛弃了,他为这事万分苦恼,几次几乎投进了大湖。后来被罗彩元知道了,央爹爹告诉唐主任,请唐主任把营业员调走了,这样耳根子也清净了,过去营业员送给她的东西,一件也没有退。她对表姐李小娟的婚事,也是很关心的,因此细心地做了一番调查。听她这样一说,李小娟心里不免想,朱冬生家的事情她倒了如指掌。但现在李小娟心里想的,却跟罗彩元想的完全两样,她看重的主要是朱冬生这个人。朱冬生这个人有多少好处,她也想不清,但他是她从小儿在心里想象过的那种人,那高高的个子、健壮的身体和那有些憨气的笑容,都是她所喜欢的,从那晚第一次和他相会起,她便下定了决心,她这一辈子,不可能再跟第二个人好了。她和朱冬生坐在一起,就感到兴奋,感到幸福。平时李小娟是个很文静的姑娘,少言少语,但不知为什么,一见到朱冬生,话就多了,她和他在一起,有说不出的情趣,有讲不完的话。两个人虽然文化程度不同,工作也不同,生活习惯也不一样,但是这个有点憨气的小伙子笨拙地和她亲热了一下以后,她便觉得自己的一切已经全部属于他了,小伙子的快活是她的快活,小伙子的烦恼是她的烦恼,小伙子家中发生的一些事,不管那件事有多大,都是她关注的对象。她从朱冬生的谈话中,很快就知道他家里的经济情况,知道他们三兄弟都很困难。爹爹会门手艺,有时帮人织墙壁,有点小的进益,但他得抚养一个妹妹。如今妹妹恋着隔壁的杨大妈,杨大妈的儿子坐牢去了,没有人照看,妹妹常常到那里去帮忙,也常把家里一些吃用物品往那里送。因此,他爹养着一个妹妹,等于另外还养着半个人,这样一来,家里靠每天赚来的二角八分钱,便很困难了。她常常看见朱冬生穿着露肉的衣裤,十冬腊月,在湖边上走,北风把人的头都吹昏,朱冬生却还没戴帽子。对于朱冬生这种狼狈样子,李小娟看在眼里,痛在心里,她忙把自己积下的钱,拿出来,在供销社买了一些布,亲自替他做了一套新衣服,并且还替他买了一顶帽子。她把衣帽送给朱冬生后,却很少看见他穿,不是他不需要穿,而是舍不得穿,这次他到烂泥湖去,也不肯把它们带去,而将它们仔细包好,放在立柜里。直到杨青林从劳改队回来,一时没有衣裳换洗,朱冬生的妹妹惠兰才把它找出来,借给了杨青林穿。李小娟那天在舅舅家里,看见一个满脸皱纹的中年人,穿着一身新衣裳,很像她自己亲手给朱冬生做的衣裳,后来一打听,果然是她送给朱冬生的那件衣裳,因为朱冬生没有带去,被惠兰找出来了,借给她喜爱的杨大妈的儿子杨青林穿。由于和朱冬生的感情好,李小娟对于他所喜欢的人,她也喜欢,朱冬生喜欢自己的妹妹,很娇惯她,她要做什么,从来不打她的短,她历来是凭自己的性子去做事,这样她也喜欢这个妹妹,妹妹擅自把她送的衣服送给别的男子穿了,她也一点不生气。这两天她正在盘算,她还要去供销社买点布回来,再替朱冬生做一身衣裳。

在李小娟的心中,与罗彩元想的完全相反,她只注意自己喜爱的人儿,不计较人家有没有钱。关于这些物质上的利害,她想只要能吃饱肚子就行了,就是吃得少点也不要紧,要紧的是要跟自己的心上人在一起。如果不能跟自己心爱的人在一起,再好的生活她也会觉得苦。

对于表妹的劝说,李小娟一点也听不进去,她哭了一会,也不哭了。她用手绢擦干了眼泪,对着镜子,梳理自己的头发。她听表妹还在自己身后絮絮叨叨说个不停,便回过头来,用那双被泪水洗得更加明净的眼睛望着罗彩元说道:"表妹,你也不要说了,我的主意不会变了。强按笼头难喝水,今生今世,我不会再找第二个人。如果我不能和朱冬生在一起过日子,我就跳到洞庭湖里,让大鱼把我吃了!"罗彩元听了这话,大吃一惊,她心想自己刚才那一篇好心话算是白说了,表姐眼前既然这样坚决,自己再说也无益。她正不知怎样回答表姐的话才好,忽然听到外面传来一阵铃子的声音,林老师已经把饭煮熟了,在摇铃子喊住校的老师到厨房去吃饭。罗彩元虽然也算是这个学校的老师,但她嫌学校伙食坏,加上离家近,她没有在这里搭伙。这时她也感到肚子饿了,便劝表姐赶紧去吃饭,她把表姐送到厨房里,一边朝几个从菜园子里回来的老师点点头,就走了。

李小娟在厨房里吃着饭。由于有过刚才一场不愉快的事,本来不大喜欢讲话的她更是一句话也不说,她低头默默地扒着饭。林老师看见她眼睛是红红的,知道她刚才一定哭过脸,他在厨房里做饭,隐隐约约听到罗彩元在房里对李小娟说话,对于罗富庭父女,他是没有一丝好印象的。过去把他清洗回家,戴上阶级异己分子的帽子,就是罗富庭做的。后来由于中央有文件,经过县文教局指名要平反,才给他平了反,平反以后,罗富庭想把女儿插进来,但缺少一个名额,便曾叫他提前退休。对于罗富庭的女儿罗彩元,他觉得根本不是一个教书的料子,还不到高小文化程度,又怎么能教小学?他翻阅罗彩元批改的一摞作文本子,那上面的错字别字，比学生的还多，安排这样一个教员，岂不是误人子弟！他本来也想退休，他想，回到家去，吃老伴做的热饭热菜，比在这里轮流做饭强，他现在年纪已过花甲，也可以歇一歇了，但他看到罗彩元改的本子，便又打消了自己退休的主意。他想，尽管自己在这里并不比在家里强，但他在这里，至少可以减少点学校的笑话，学生中由于老师误教而读错的字，他可以纠正过来，平时，他还可以帮助几个年轻的老师备课。在这班年轻老师中，他最喜欢的是李小娟。虽然李小娟也是靠舅舅的力量进到这学校的，但李小娟来到学校后，自己苦学苦练，加上她原来读过中学，基础好，如今已经能够胜任高年级语文了，她不但能够教语文，还能教数学，在这一班年轻教师中，她是佼佼者。李小娟对老教师很尊重，平常总是虚心求教。林老师就住在她的隔壁，经常夜晚无事，在豆油灯下辅导她学古文。

今天林老师见李小娟心里不愉快，不知为什么，当着许多人，也不便问她。吃过晚饭后，李小娟照例帮值班的老师洗碗筷，洗过碗筷，她便早早地进自己屋里去了。林老师本来想再进她房里问问她为什么事如此伤心，但见李小娟把房门关了，他不好去敲门，一个人坐在院子里纳闷。

到了夜晚，这个由洲土大王的祠堂改成的小学堂显得寂静空旷，住校的老师在院子里互相讲讲话以后，又都回到了自己的房子里，点燃了煤油灯，在批改作业，或者进修。平常夜晚，李小娟总要到林教师房里来待一会，问他几个古文学习上的问题，今天她没有来。她把门关了，把灯点亮了，她在灯下没有读古文，白天的事情，搅乱了她的心绪，她已读不进古文了，她靠在桌边想了一会，拿出一张白纸来，在纸上给朱冬生写信。

她这封信写得很长，她在信上把自己对他的思念充分表达出来，她也把今日白天的遭遇告诉了他，她把这件事情告诉他的目的，是为了向他表示，她对他的爱是永远不会改变的，如果她达不到共同生活的目的，她情愿跳到大湖里让大鱼吃了。她写到这里，眼泪又不禁流下来了，泪水流到白纸上，把纸也浸湿了。她把信写完以后，才知道自己写的这封信是无法投递的，烂泥湖是一片泥滩，那里没有通邮，而且就是通邮，朱冬生在那里日夜不停地干活，会有时间看她这封长信吗？她想到这里，不禁长长地叹了一口气。这时在她的眼前，又显出朱冬生那憨憨的笑容，朱冬生的憨笑，给她带来喜悦，虽然这个形象只是她的幻觉，但是就是这种幻觉，也能增加她的力量。

她感到有点疲倦，把油灯熄了，她心里想，不管舅舅如何横蛮，我总不会屈服，如果舅舅继续逼我，我就去找朱冬生，我们一起逃到外地去。想到这点，心里反而变得平静了，她把衣裳脱了睡到了床上。睡到半夜，她突然被一只粗鲁的手弄醒了。她一醒来，便感觉到身边睡着一个人，那人正用一条腿压着她的双脚，不许她动弹，而两只大手正使劲拉扯她的衣服。李小娟感到这一点后，立刻完全清醒了，她知道这进来的人是个坏人，便忙用力把那人一推，心里一急，突然产生了神力。那人对这位文静的姑娘原来也估计不足，这时竟被李小娟推倒在床下，扑通一声，头先落地，大概头撞昏了。李小娟赶紧跳离床，奔到门边，把门打开，大声喊："快来抓坏人！"院子里的教师都立刻听见了，急忙起床。因为是冬天，身上需要穿衣，耽搁了时间，当教师们闻声赶出来，赶到李小娟的房里，发现坏人已经跑了。李小娟赶紧把灯点燃，一照，只见房间的窗户被人撬开了，窗户大开着，那个坏人就是从窗户里进来的，现在又从窗户里逃跑了。接着在房间里拾到一块撬窗户的铁片。她刚才和坏人搏斗时，似乎依稀看见那人长着一只很大的脑袋，但是那人是谁？她也没有看清楚。李小娟想起自己刚才受到的侮辱，心中十分悲痛，这时她又忍不住落泪了。

十一、冲出了闸门

　　杨青林起身很早,他一爬起身来,拿条手巾在屋前沟边洗把脸,就往外面跑。昨天晚上回到家,他细细想了一下,回来后这些天的见闻,以及他自愿挑起的生产队的这副担子,使他心里变得很沉重,他感到农村的问题十分严重,生产队的这副担子真不轻。在他脑海里,这时翻腾着各种各样的想法,但是有一个想法是始终驱不散的,那就是要迅速改变眼前这种窘状,眼前队上缺钱少粮,多年积累下来的公积金和储备粮,经烂泥湖工地这样一花费,早就花光了,如果不赶紧想法子,春荒就度不过去,群众没有饭吃,春耕就无法进行。他知道农业生产也有个连锁反应,春耕春种搞不好,夏收就会受到影响,抢收抢种打马虎眼,到了秋天,就会更加不景气了。一年之计在于春,在农村还是灵验的。

　　洗过脸后,把手巾放回屋里,他便从灶口热灰里拣出两只红薯。这两只红薯是朱惠兰从家里的红薯种束上捋下来的,因为家里实在没有什么东西用来款待青林哥哥,母鸡杀了以后,她就想到这几只红薯。她从屋檐下把红薯捋下来,昨晚替他煨在灶口上一堆热灰里,临走时,嘱咐他晚上肚子饿了取出来剥开皮吃。杨青林把红薯从灰里取出来,因为热灰堆得很厚,红薯早煨熟了,并且还保持着一点温热,他便坐在灶口把红薯吃了。一边吃一边好像觉得惠兰站在自己面前,正微笑着望着他,黑亮亮的眼睛好像在问:"青林哥,好吃吗?你好像有好久没有吃过这种东西了!"是的,杨青林整整有八年没有吃过这样好吃的东西了!煨红薯不算稀奇食品,但是从他做伢儿时起,便喜欢吃它,那时娘常用它来做哄他的零食。煨红薯有一种特殊的香味,吃在嘴里,又香又甜,由于多年没有尝过了,今天吃它,觉得特别好吃,好像吃的是一种珍奇美味。惠兰似乎晓得自己的嗜好,她特地煨了这几只红薯。昨天晚饭桌上她说她还要去弄点火焙鱼来,她好像也晓得他从小就喜欢吃火焙鱼似的。

杨青林吃完煨红薯走出屋门,天才蒙蒙亮。他没有叫醒娘,娘昨夜寻他讲话,讲得很晚,耽搁了睡眠,他得让她多睡一会。娘的早饭照例有惠兰替她准备,不用担心,这样他就穿过地坪,跨过小桥来到田野。冬日的清晨,照例显得阴冷,昨夜下了一场大雪,空气变得更冷了。这雪真下得大,它不但把田野刷白了,把湖堤刷白了,而且使那些散落在大垸各处的小茅屋子,都变成了白头翁。坐落在当风地段的屋子,大雪还替它们封了门,"霜雪降,冰凌凌",茅屋顶子四周的檐沿,也都挂满了晶莹的小冰柱。

杨青林抬头远望,耀眼的雪光把他的眼睛刺痛了。他在田野上走着,脚步移动很快,在他身后,留下一行整齐的脚印。今天他这样早起身,是想到湖边去看看,因为他和渔业组的人已经商议好了,从今天起,渔业组就开始作业,他们将从电排闸口出去,经过湖边码头,顶风冒雪到目平湖去。目平湖是冷满爹最熟悉的作业区,也是这一带鱼层最厚的地方,他认为渔业组第一次出去必须选择个好地方,才能做到旗开得胜。

当他走到湖边码头上时,天已经大亮了。湖边的码头就在堤畔,是建筑大堤时同时建造的,码头用长条麻石做阶梯,显得宽阔厚实,很有气派。左右两旁是两座大矶头,正中一泓湖水,像是一片海湾,这儿的水很深,如果靠只趸船,便可以停靠轮船。一九五四年修建大堤的建设者们早就做过这种盘算,他们很有远见,他们修建这座大码头,不但是为了当时方便,还想得长远,这个码头如今还很适用,看来再过几十年,也不会陈旧。

杨青林登上码头,没有见一个人影,只见码头边像小游鱼排头吸水似的靠着一排破旧划子,这些划子中没有一只是渔船,远处湖上也没有看见渔船。他心里纳闷,莫非冷满爹被这场大雪吓住了,临时改变了计划?他就是带着这种十分急切的心情匆匆走下湖堤,穿过大垸,来到冷满爹那座"一肩挑"房屋的前面的。

冷满爹的房屋修建在内湖边,这个老倌子一世喜欢捕鱼,也喜欢水,他的房屋建立在近水的地方,这里不但离水近,而且还有鱼打。但是内湖地势低洼,稻田排水时往里灌,合作化运动以后农村推广使用化肥和农药,田里排出的水都带着化肥农药的成分,这些水经过沟港流进内湖,给内湖造成了严重的污染。内湖的鱼儿少了,它们耐不住这股特殊气味,成群结队打水港里跑了。水港连接着内湖和大湖,修大堤时在水港进大湖出口处修了一座电排水闸,当大湖里的水高出内湖水位时用电排排水,低于内湖水位时,就打开闸门放水。管电排的工人老王在打开闸门放水时在闸门口拦下一张大网,每天开闸放水,老王都能捕得到好几十斤鱼。内湖里鱼多时节冷满爹也常用小网在里面打鱼,如今内湖里鱼儿稀少,冷满爹就有好些年没有在里面撒过网了,他宁愿背起鸭棚子到二十里外的小河汊去,到那里去捞那每年用来换取油盐火柴的鱼虾。

杨青林来到内湖边。内湖堤岸上的雪积得差不多有一脚杆深,这里杨柳树丛少,地势敞旷,从内湖刮来的风没有任何遮拦径直刮到这里来了。这地方的风格外显得大,雪也下得大,雪花把堤岸掩盖了,风特别大的地方,沟港和堤岸给拉平了。

杨青林费了好大的劲才走到冷满爹屋门前,也费了好大劲才把他这座屋子认出来,因为尽管他这座屋子不算小,但它正立在风口上,风直往后墙上刮,风夹来的雪积在后墙根下,墙根下积起几尺深的雪,把茅屋子的一边掩盖住了,远远望去,好像是个白土包。杨青林转到屋前才认清屋子,只见屋前地坪里的雪少一些,这儿背风,只积了落下来的雪。地坪里的雪被人们的脚踩乱了,那一条条的木屐和胶鞋的错乱的脚印,说明来的人不少。当杨青林走近大门时,果然听见堂屋里有许多人在说话。

杨青林听见凹花生的哑嗓门在大声骂人,从他的骂声里听得出他是气急了,接着又听见宋明用他那尖嗓子在说话,还有冷满爹瓮声瓮气的声音。在这些声音里,好像还有个女伢的声音,这女伢的声音很清脆,银铃似的,在这些声音中,只有这个声音不是在发怒。杨青林一听,便知道渔业组的人都来了,他们为什么还不开船?在这里争论什么?

当他一脚跨进堂屋门槛,堂屋里的各种声音一下子都停住了。凹花生第一个看清是他,他马上挥了挥手,叫大家不要吵了,他冲到杨青林面前,粗声大气叫道:"杨主任,你来评评看,天底下有这样不讲道理的吗?今早上我们打内湖水港驾船进湖去,管闸门的老王却不肯开门,他说奉了大队的命令,不放这些搞资本主义的人进大湖去!'四人帮'打倒两年了,还把割尾巴时说的话拿来吓人,将搞副业称作资本主义,这像什么话!"冷满爹也走过来了,他穿着一身准备出湖作业的紧身衣裳,白胡子气得一翘一翘的,他唉声叹气地说道:"老王对我们解释,昨日罗四拐子到闸口来找到他,传达了罗富庭的命令,不准渔业组的人到湖里去。罗四拐子拿来了一张通知,上面盖了大队和公社的公章,写着非经大队许可,不得私自组织副业队,遇到这种情况,闸口有权加以拦截,实在说不转的,可以打电话通知大队,大队派民兵来加以处置。"今天早上天没亮,渔业小组将渔船会齐了,从内湖来到闸口,正准备到大湖去,结果被挡回来了。这时一个个气得要死,正在这里骂娘,不知该怎么办,是继续设法出湖,还是就地解散?

杨青林听到这些话,感到很气愤,他不禁想道:"罗富庭在捣什么鬼?怎么忽然又变卦了?"自打罗四拐子通知他担任生产队长以来,杨青林曾经多次去找过罗富庭,最后一次还专门跟他谈到组织渔业组的事,当时罗富庭没有表示反对,怎么今天忽然又变卦了?罗四拐子传达的叫电排站不开闸门的指示肯定是他下达的,他偏偏要选择昨日才下达这个指示,完全是针对他出面组织渔业组的活动。杨青林心里想,在这儿生气没有用,得去找下罗富庭,问他为什么变卦,如果他坚持不让大家出湖,还得好好和他争论一番。这时他便安慰渔业组几个人,叫他们只管按照原计划出湖打鱼,如果老王仍旧不让他们出湖,就在闸口这边等他一会,他去找罗富庭说说就来。

渔业组的人听了他的话,都安静下来了。他们把身上应带的东西重新收拾好,又一齐上船,他们准备把渔船划到闸口去。

当杨青林赶到罗富庭的高台基屋里,听他家里人说不在屋,他又赶到大队部,大队部办公室门前一把锁,有人告诉他好像看到罗支书到公社去了,他又赶到公社办公处。这时他才看到罗富庭和罗四拐子都在那里,他一见到他们,便质问他们为什么下文通知闸口不让渔船出去。罗富庭忍住不让自己发火,他不想跟杨青林磨嘴皮子,只摊了摊手,装着无可奈何的样子道："这事我们做不得主,因为是公社的规定!早在一九七〇年,公社就下达过指示,规定不让农民擅自到大湖去作业,大队必须坚决执行公社指示。"杨青林激动地说:"现在群众这样困难,难道不能改变一下这些规定?何况这些规定都是'文化大革命'中作出的,那时极'左'思潮严重,本来就是错误的!"罗富庭道:"这话我们就不好说了,因为公社没有宣布作废,大队无权改变,如今还只能照原样执行,如果要改变这些规定,也得请示公社张书记。最近我们问过他,他没有表示明确态度。"杨青林马上就去找张文榜,想跟他说说理,张文榜不在,只好又回头来找罗富庭。但是当他再来找罗富庭时,便不见他的影儿了,罗四拐子的影子也不见了。这时太阳已经当顶,时间已到中午,雪后的晴天是捕鱼的好时光,这种时光不是很多的,杨青林心里想,得下个决心,这样他又急忙折回湖边赶到闸口上来。

当他赶到闸口,只见冷满爹和凹花生的船还停在闸口这边的水港里,冷满爹和凹花生都很着急,正在和管闸口的老王辩论。冷满爹和凹花生说了几箩筐大道理,比喻打了无数,老王依旧无动于衷,他将身子伏在栏杆上,只顾抽烟,不加理睬。凹花生火了,他正要张口骂娘,见杨青林来了,便忙跳上岸,迎上来,像一个受了委屈的孩子似的哭丧着脸对他道:"杨主任,你看怎么办?这家伙一口咬定上头有指示,他做不了主,不能开闸,他不开闸,我们的船出不去,眼看这样好的天气,又要白白浪费了!"冷满爹和宋明也走上岸来,围住杨青林,七嘴八舌,诉着苦,他们请求他赶快出主意,

杨青林心里想,时间太宝贵,不能再犹豫了,必须采取果断的行动。如今大垸里的男男女女都在看着他们,如果他们这一炮能打响,整个一盘棋都活了,如果打不响,今年冬天又要白白浪费掉。冬天不进钱,春天过不去,从现在就有许多社员已经揭不开锅的情况看,真会要落到队长带头领着大家出去要饭了。当前要紧的是打开闸口,如果能打开闸门,让能人冷满爹带领一班人到大湖里去,保险能够打回几十石鲜鱼,有了几十石鱼,队上的经济就活了,社员的日食也解决了,今年的生产也就有了保障!想到这些,杨青林往日那股冲劲儿又上来了,他心想,这生产队组织大家搞副业的事是正常活动,又不是什么犯法的事情,大队和公社

凭什么要来横加干涉？他认为这种干涉是错误的,可以不去理睬它,当他想到这里他便走到闸门上来,准备亲自动手把闸门打开。

　　管闸门的老王认识他,合作化那阵子,老王是个积极分子,他那时年纪还轻,在杨青林的民兵连里当过民兵。他见杨青林上来,赶紧从栏杆边走过来,迎着他。这时,凹花生也上来了,凹花生平时有点懒,但只要他认定是真正有利的事情,他也能拼命干,他下湖捞鱼的积极性如今比冷满爹还高,这时他跟在杨青林后面,杨主任杨主任不停地叫,他催他赶快想法子。电排机房里也有只有线广播,天天播送县内外的消息,老王知道中央正在召开三中全会,各地在开始落实干部政策,冤假错案也正在抓紧进行平反,杨青林原来的职务他是知道的,他骂了江青被捕入狱,肯定是桩冤案,现在听凹花生叫杨主任,他便以为已经复职了。老王从小在民兵连接受训练,他对下级服从上级这一点是很认真的,这时他赶紧迎着杨青林,不让凹花生再控诉,便把昨日罗四拐子送来的通知拿给杨青林看了。原来那上面真的盖了公社和大队的章子,并且还明确写着,依照公社的规定,不准生产队的副业组进湖去。老王问杨青林知不知道这件事,杨青林说不知道。老王一时感到为难了,他手上的通知盖了大队和公社的章子,公社主任却不知道,这是怎么一回事?他正琢磨该怎么办,忽然听见杨青林在问:"老王,你的家也住在垸子里,应当知道目前大家的苦处,现在好多人已经没有米下锅了,不赶紧派人出去搞点副业,冬天怎么过?"老王有固定工资,吃商品粮,心里不慌,但他住在农村,左邻右舍都是一些同时长大的光屁股朋友,他们常来和他闲谈,他们的堂客也常找他的堂客打家务讲,对他们的苦处,他怎么不晓得?他常常看见那些勤劳的粗壮的汉子,扎脚捋手地埋怨一身力气没用在正处,而那班堂客们一打起家务讲就眼眶子发红,她们讲到家中门角落里米桶已经刮得响了,而伢伢们过冬的棉衣还一直没有搞到手,她们讲起这些,总怨自己命苦。总之,老王是知道农村实情的,他自己虽然吃食不用愁,但他是同情他们的,他何尝不知道放冷满爹凹花生到大湖去,是放他们一条生路,这样做不但对他有好处,对生产队有好处,对国家也有好处。虽然他有这些想法,但他觉得那个通知又是命令,对于上级的命令,他不能违反。他见公社主任还不知道这回事,倒产生一种想法。他想只要公社主任挑担子,答应开闸门,他可以开闸门,如果谁要根据通知来找他麻烦,他便把这情况说出来,难道公社主任亲自到场,还抵不住大队和公社一张纸?这时他便朝杨青林道:"杨主任,我看这样办吧,只要你同意开闸我就开闸。"凹花生一听大声叫道:"只要他同意开闸你就开闸,那太好了,我告诉你,他早就同意了,这组织渔业组出湖的事,还是他亲自发动起来的呢!"老王一听忙笑道:"那好那好,既然是杨主任亲自批准的,我就马上去开闸门。"说着他便马上往机房走。走了几步,他又犹豫了,他将脚步停下来,回头问杨青林道:"杨主任,那大队送来的通知上你是不是批几个字,有了你的亲笔批字,我的胆就更壮了!"杨青林一想这样也好,他就挑了这个担子,如果罗富庭和张文榜来找麻烦,他可以跟他们辩理去,想罢他点了点头。接过那张通知,在上面写了几行字。由于他如今并未真正恢复公社书记职务,他在通知上写道:这次开闸门是我开的,要是有什么错误,由我个人负责!老王看见他在通知上批了字,便满意了,他连看也不看,把通知揣在怀里,忙招呼冷满爹和凹花生赶快上船。他把电路接通以后,到机房扳动开关,将闸门打开了。这时大湖里的水与内湖里水一样平,不必启动船闸,把电排闸门打开后,冷满爹渔业组的渔船便像箭一样地飞驰出去了,它们冲过闸门,飞到大湖里去了。

杨青林看见冷满爹的渔船冲出闸门,到了湖面上,他心里感到一阵轻松,不禁长长地舒了一口气。这时小船上的人都伸出双臂挥动着双桨,把船儿飞快地推向前进。凹花生心里很高兴,他一边用力地荡着桨,一边在大声打哈哈,他的船已经过去好远了,还转过脸来朝这边看看,他看见杨青林还站在闸门上,便腾出一只手来,向他摇了几摇,他这个动作,是表示对杨青林的敬意。杨青林看到渔业组的人情绪这样好,心里也很高兴。他在闸门上站了好一阵,直到几只小船已经变成黑点点,才走下来。这时他忽然想起编制苇席的工作还没有落实,他的肚子虽然已经有些饿了,但还是没有回家,他沿着闸口一边的大堤路朝刘丽君家走去。

为编制芦苇制品的事,他已经到刘丽君这里来过两趟了,这是第三趟。他每一趟来,都给她讲起眼下社员们的苦处,希望激起她的热情,勇敢地站出来牵头恢复编制工作,每一趟来,都能收到一定的效果。刘丽君的心和农民的心本是相通的，只是因为那接踵而来的不幸遭遇，使她的心麻木了，不再容易被激动，她用冷漠的眼光看世界，对眼前发生的事情，都淡然处之。但杨青林感到她的心还是热的，只要把热度升高，仍旧可以让心火燃烧。他看见过刘丽君当年办事的情景，这位绝顶聪明的妇女，工作时心细如丝，动作既大胆又敏捷，她爹刘大爹办代收站时主要跑跑外勤，内勤杂务都由她一手操持。如果有个好的领导人对她进行培养，让她的才能充分发挥出来，她是完全可以干大事的。今天当杨青林再次走近她那间茅屋子，只听见茅屋里充满了笑声。从玻璃窗户往里看去，那一间卧室兼工作室，坐着好几个人。杨青林认出里面有端姑娘和青妹子，另外还有一个女伢儿，一看便认出是朱利生的妹妹朱惠兰。这样冷的天，路上泥深路滑，这么一群姑娘大嫂集合在这里，会有什么事吧？杨青林怀着一种好奇的心跨进了屋子。

　　屋子里的人的眼睛比他更尖，她们从玻璃窗户里早已看见他来了，这时已经将房门打开，欢迎他进来，屋子里的笑声也更加响亮了。杨青林看见大伙儿这样高兴，心里很奇怪，待要问，惠兰却像猜着了他的心意似的，忙挨过去，轻声地对他说道："丽君姐姐的心动了，刚才大家邀着来看她，不等我们讲几句，她就满口答应了，她说你曾跟她谈过两次，你的话她都听了进去，她也这样想着，只有由她出面，编制组的工作才能搞得起来。刚才她正在跟我们讲授如何编制苇席，给我和二嫂子上第一堂课呢！"看见杨青林进屋，刘丽君自然十分高兴，她忙着搬椅子，泡茶水，顾不上开口说话。听惠兰先讲了这样一大段，她不禁又大笑起来，她笑道："老同学，这妹子是不是你派来的侦探，她把一切都看到眼里，等你一进门，脚跟还没站稳，就一五一十都跟你汇报了。不过有点她还没说准，光有我出面，编制工作还开展不起来，还得有大伙的支持，说实在的，如果没有你的启发，我不敢再朝这方面想。"杨青林笑道："我只能起个鼓动作用，出来牵头的得是你，你不但手艺高超，而且还有经营管理和出外活动的能力。"青妹子是个闲不住嘴的人，这时她抢着说："青林哥说得很对，要说编制的手艺，丽君姐和端姐姐差不多，她们都有家学，又都是俞七阿公的徒弟，在这一带是出名的把式，但是那出外联系和经营管理上的事情还是丽君姐姐有能耐得多。"端姑娘难得离家，今日带着牛牛来了，这时她正在哄牛牛。因为刘丽君给了他三块糖,牛牛很快吃掉了两块,还剩一块,正准备把它消灭,端姑娘怕他吃多了等会不爱吃饭,这时正哄着他把这块糖留下,等晚上再吃,但是牛牛不肯,母子俩争执不下。听青妹子这样一说,端姑娘放弃了说服牛牛的工作,过来插话道:"青妹子的话是实情,在这一带,要把编制工作搞起来,牵头的人离不开刘丽君,今天她答应出来牵头,大家才高兴起来,我是好久没有这样开怀笑过了,今天跟着大伙到这里来,见丽君一点头,才算真正地高兴了一阵子!"

　　从这场合看,杨青林马上看出今天端姑娘、青妹子和惠兰是相约着来劝说刘丽君的,杨青林还看得出来,相约着一起来劝她,还可能是惠兰出面组织的。这几天在饭桌上,惠兰多次听到杨青林提起编制苇席的事,她知道杨青林正在为此发愁,他想要组织苇席生产,却没有人牵头。刘丽君本来是个好牵头的,但她受过很大的打击,还心有余悸,而全队又想不出第二个跟她一样合适的人,为这件事,杨青林曾经两次去说服她,但是都没得到明确的回答。惠兰为了替杨青林分忧,就去联络青妹子,青妹子本来像只小麻雀,喜欢东家走西家串,何况编制苇席是她早就向往的事,姑嫂俩平时感情极好,惠兰的话是挺灵验的,经惠兰一说,两人便合成一只巴掌。她们又去串联了端姑娘,端姑娘正在为日食担忧,早已听说杨青林有这个想法,并且听说他在劝说刘丽君重新出山,但一直未见动静。她自己虽有一门好手艺,但她从来没有出过门,没有办事经验,加上目前有一大群伢伢拖着,桂香又不落屋,她很难出来牵这个头。听惠兰和青妹子这样一说,她也非常高兴,这天吃过中午饭,不顾下了大雪,天气很冷,她们相邀着穿过垸子往大堤上走来。她们进得屋子,就把刘丽君包围起来,七嘴八舌,劝说了她一阵子,不想她们很快就把她的心劝动了。听见刘丽君答应可以考虑出来牵头,几个姑娘大嫂的心里一下子都乐开了花,她们围在一块笑个不停。要知道,只要能让她们把劲使出来,劲又使在正道上,她们便感到无穷的快活。劳动者的品德也就表现在这里,他们热爱劳动,并以此为快活,只要能用正当的劳动来改善自己的生活,他们便感到高兴。现在眼看这事情办妥了,她们的希望要实现了,她们感到高兴,她们开怀地笑着。年轻的姑娘大嫂是最喜欢笑的,她们有时笑个不断线,笑出了眼泪,笑到在床上打滚,但这几年因为生活太苦了,日食也糊不上来,要笑也笑不出来,只好整日哭丧着脸,为油盐柴米发愁。今天她们才真正开怀笑了一阵子,正笑着,杨青林来了。杨青林听见说刘丽君愿意出来牵头了,也高兴了一阵子。接着几个人又坐下来研究开展这项工作的一些具体问题。

当然,最要紧一条是给编制品找到出路,如果产品没有人要,再花力气也是白搭。关于找出路问题,刘丽君说这事由她负责,因为她有个熟人在常德日杂用品公司做事,她可以去找他,重新和日杂用品公司挂上钩,让他们继续收购柳林生产队的芦苇编制品,这样产品就有了销路。杨青林听她这样一说,笑着点头道:"产销关系是正当的关系,与日杂公司的关系很重要,要恢复芦苇编制品生产,首先就得恢复这个关系。"刘丽君表示她不再接衣裳做了,把手上这两件衣裳做完,就到常德去。

把对外联系的事确定下来后,杨青林想起一件事,他问道:"原料来源有没有困难?"刘丽君道:"烂泥湖的芦苇遍地皆是,几个公社同时开展编制活动也用不完,这不会有困难的。"不过她觉得应当找些好原料,芦苇中有白皮苇、大头苇、黄秧等几种,里边质量最好的是白皮苇。白皮苇秆高挺直,节骨小,皮薄色白,性质柔韧,是编制苇席的上等原料,如果能多找出几大丛这样的芦苇做原料,编出来的苇席就卖得起价。杨青林听了笑道:"这些技术上的事我不懂,完全要依靠你和卜大嫂做主。你们两位是编制能手,原料选择好,花样子上再下点功夫,产品质量保险能上去。"青妹子和惠兰笑道:"我们都是新手,还得学一段儿,希望你们也花点时间教教我们。"刘丽君道:"这是一定的,编苇席讲究虽多,只要用心学习,也不太难,有一两月,就能把基本技术学到手了。编制功夫主要在边花、水纹、席花这三道工序上头,但是不要着急,一步一步来,先学会破篾片。破篾片又叫串苇,将芦苇割回来以后,这是第一道工序,这个工序如果做不好,就编不出平平整整不凹心不翘角的苇席来。"

刘丽君还说了很多,一说起编苇席,她的热情就来了。本来嘛,这种传统手工艺是她家的传家宝,她爷爷编了一辈子苇席,爹爹也是编苇席子的,到她手里,不但继承了她家的传统编制法,而且还在俞七阿公面前拜了师,学到了许多新鲜编制手艺,加上她有文化,心灵手巧,又有不少新创造。如她曾经参照湘绣织法与其他地区编织苇席的技法,创造了一种隔纹席,这种隔纹席的优点是结构严密,不易松散,是一种特等苇席,这种苇席,行销很广,过去常德日杂公司跑这样远到这里来收购,就因看重这种席子。

刘丽君说了一阵,青妹子与惠兰津津有味地听着,她们都对刘丽君很钦佩,她们还没有正式参加编制,就被这个工作迷住了,不知不觉,到了傍晚时光。大家肚里已经开始感到饥饿了,这时才发现应当散了。惠兰一看天色不早,便惊叫起来,她叫道:"哎呀,我只顾在这儿听讲,忘了给大妈去做饭!"说完这话,她便走了。她看见杨青林没有跟她一块走的意思,当她走到门边,又回过头来,对杨青林笑了笑,说道:"青林哥,快点回来啊,我们等着你一块吃饭,今日一天,你好像还只吃得两只煨红薯!"

十二、命运操在自己手里

　　李小娟住房里夜晚爬进一个人,事情很快就传遍了整个大垸,但是如今在垸子里传播的情况,却与事实有很大的出入,有的说法竟和事实完全相反。如有的人说,李小娟的男朋友,夜晚常常爬到她房里过夜,这天晚上被一位教师看见了,以为是贼,叫起来,那人就越窗跑了。听了这种说法的人不禁怀疑道:"那小学堂的李老师平时正正派派的,又会教书,不像她那表妹,花里胡哨的,像个狐狸精,她不会是那种人。"那传话的说:"哎呀,你不晓得,如今的姑娘妹子,思想可开通啦,哪个不是先斩后奏的,先弄大了肚子,再扯结婚证。有的人还兴这号规矩,试一个不行,再斟一个。你不要光从表面看,会叫的狗不咬人,咬人的狗不会叫,外面看去好像规规矩矩的,背地里却是另外一回事,这样人多着呢!"这人还故意把声音放低,装作一副很神秘的样子道,"听说有人晚上看见她在野外稻草堆底下和人睡觉,一身脱得精光,也不怕被稻草秆子戳得肉痛!"那听话的人不禁一惊,问道:"真的?"那人道:"不是真的还是假的?有人晚上到田里拖稻草,就看见了,但是只看见了女的,男的的面孔没有看清楚。"那听话的人有个孩子在李小娟的班上读书,平时李小娟教孩子念书很认真,那人对她印象很好,听刚才这样一说,那人的印象便变了。她心里想道,难怪,这妹子常常东家走西家串,表面上好像是搞家访,请学生家长配合对孩子进行教育,却原来是到外面来招野汉子。那人是一个醋心极重的堂客,这时她忽然想到这位年轻女老师每次到她屋里来,总是拉住她男人说个不停,问东问西,好像要盘他的家底似的,对他们的孩子,好像自己的崽一样,亲热得不得了。她过去总以为这位老师认真负责,不想她原来是这样一种人,心里存着坏心眼,专门出外勾引男人的,这样一想,越想越真。等送走那个传话的人以后,她便一边烧饭,一边生气,中午自己的男人回来,她就把李小娟如何如何坏说了一遍,并且还加油加醋,把李小娟说得像旧社会镇子上拉客的婊子一样。她命令男人再不准跟李小娟说话,说如果李小娟再来他们家搞什么家访,她要打断她的脚。男人听了不肯相信,因为他每次和李小娟老师说话,觉得她谈的都是学生的事,没有说过一句耍话子,这样不免和堂客争论几句。堂客越发觉得男人已经偏向她了,醋罐子一下子摔破了,两人大吵大闹起来,弄得一餐饭也没有吃好。那堂客在吵闹中竟放出话来,似乎自家男人已经和李小娟也勾搭上了,他们这些话都是当着李小娟的学生说的。小学生分不清是非,平时只觉得妈妈疼爱自己,而李老师对自己很严厉,常常批评他,有时功课做得不好,还要留校,他本来就不满意这位老师,这时见妈妈对李老师有意见,自然完全站在妈妈一边。妈妈跟爸爸吵架,说爸爸和李小娟不明不白,李小娟不要脸,他把这些话听进了耳朵,记到了心里,当他下午又回到学校里,就把妈妈的这些话,告诉了同座位的好朋友。两个孩子本来是班上最调皮的孩子,平时常常恶作剧。这天下午当李小娟上语文课时,便看见有人在黑板上写了三个字:不要脸。"脸"字没有写对,写成了"俭"字,但一看,便知道是个"脸"字,从那歪歪扭扭的字体来看,可以看出是班上的学生写的。李小娟看到这几个字,厉声问:"这是谁画的?"平时李小娟特别注意课堂的清洁,她不准学生随便在黑板上乱画。李小娟问了几声。谁也不回答,李小娟就把班长叫起来,问:"谁画的?"班长只好说是那两个调皮的学生画的。李小娟把这两个调皮学生叫起来,问他们为什么画这些字,两个调皮学生不作声。问得急了,那个醋罐子堂客的孩子便说:"是我妈妈说的,老师常到我们家去,净跟我爸爸说话,不要脸!"这个小学生的话还没说完,全课堂便突然哄的一声笑开了。小学生们被这个孩子的话逗乐了,嘻嘻哈哈地笑起来。有几个大点的学生知道这话里的含意,更是尖声地怪叫着。李小娟听了这话,心里感到很难过。自从那天她从房里赶跑那个坏人以后,垸子里的人对她的态度都变了,人们都用一种异样的眼光看着她。

她听这孩子说出这种话,马上联想到这两天的情况,感到在她的学生面前,人们也说了她不少坏话。这时她那双大眼睛里的泪水再也噙不住了,唰的一下都流出来了。她忙用手捂住面孔,跑出了教室。她跑回自己的房里,伏在书桌上,不禁哭出声来。隔壁的林老师看见还没到下课时间,李小娟匆匆跑回来。接着又听到她房里传出的哭声,便忙赶过来,只见李小娟把头伏在桌子上痛哭不已。林老师问她为什么,她也不说,林老师只得跑到李小娟教课的班上来,只见班上已经闹得一塌糊涂。小班长觉得这两个调皮孩子当着老师说出那种不礼貌的话来,便跟几个平时学习认真的同学,走过来质问他们,调皮学生又说出一些更加难听的话,双方打了起来。林老师忙把两边打架的学生扯开了,他把学生都叫得坐到自己的座位上,把黑板上的字擦掉了,然后代替李小娟上完这堂课,等把课教完,才将班长叫出来,带到自己屋里,问明了情况。林老师知道李小娟是个非常纯洁的姑娘,她学习刻苦,教学认真,是一块做老师的好材料。他晓得这两天坑子里风言风语,是对着这个年轻的妹子来的,人们对她遭受的侮辱不予同情,反而进行嘲笑,甚至无端在她头上泼下那样多的污水。他想他是这件事情的见证人,他必须挺身而出,把事情真相向人们说清楚,这样他便在这天晚饭以后,特意到一些学生家里去走访。

农村的消息历来十分灵通,常常比打电报还快,当天下午小学校里发生的事情,立刻整个大坑都知道了,每家的晚饭桌子上,都在谈论这件事。本来嘛,农村中没有剧院,也很少能看到电影,每天除了干工夫,没有什么娱乐,平时人们除了在一起开一些两性方面的玩笑以外,便互相传播那些离奇古怪的新闻,从中寻找一点刺激。今天,李小娟班上发生的新闻,便成了当天头号的离奇新闻,在人们中传论着。不过这个新闻,传得越远,越和事实相违背。后来竟变成这么一种样子:说李小娟白天也在房里和男人玩耍,不来上课,后来她的学生叫她,推开门,撞见了,她还不顾羞耻,把两个学生狠狠骂了一顿。

林老师在这坑子里教书多年,如今许多三四十岁的当家人,都是他的学生,因此他的话人们还是相信的。但这位老倌子年纪太大,眼睛又不好,夜晚在黑地里走,容易踩落脚,跌跤子,他今天尽力想多跑几家,直到半夜,他还只坐了四家。这四家的人听他这样如实一说,都相信了他的话,都觉得李小娟确实是个好老师,那想来凌辱她的坏蛋不知道是谁,应该好好去追查,如果查清了,应当严厉加以处置。但这四家人,在这大垸是极少数,他们明天也可以把林老师的话传出去,去影响一批跟他们接近的人。但把李小娟描写成为一贯偷人养汉的小娼妇的谣言,早已传遍全垸,人们已经相信。那先入之见是很厉害的,人们头脑里已经有了一种想法,另一种不同的想法要想进去,颇不容易。因此林老师一晚的奔波,并没有产生多大的影响。

谣言越传越盛了,连罗四拐子也听到好几起人说了。他一听,首先想到他的大恩人叔叔罗富庭,他想尽管李小娟平时对他看不起,但她毕竟是罗富庭的外甥女儿,这些丑事如果继续这样传播着,就一定也对叔叔不利。他想起叔叔平时和唐主任的关系,叔叔在他那间小房间里,还接待过其他几个妇女,而他自己,也常常从中占点小便宜。农村把这种占小便宜的人叫作喝二锅汤,意思是别人玩过了的女人,再接手去玩弄,好像喝人家的第二道汤一样。他们叔侄在这件事情上,从来是不分什么辈分的。这些事情,都是事实,许多人也知道,不过人家畏于权势,不敢说,他怕李小娟这件事情人家说溜了嘴,又开始说到他和他叔叔的事情上来。对于人家的议论,他并不害怕,他不是小学教员,手上只有一支粉笔,他手中有的是权力。他可以取消人家的粮食供应,可以不转户口,可以不让人家报考学校,可以不让人家参军、招工,可以把人家远远地派到外地当民工,如果太不顺眼,还可以抓住他某句话某件事,指派武装民兵把他抓起来,斗他一两天,戴一顶不大不小的帽子,弄去劳改或劳动教养,就是在本乡本土监督劳动,也就不敢再乱说乱动了。但他还是怕把他和叔叔那些丑事儿连带说出去,这样他便把听来的情况向罗富庭报告了。罗富庭因为李小娟不听自己的话,恋着朱冬生,不肯嫁袁大头,已经在屋里气了两天了,他正在琢磨用什么法子能使外甥女儿就范,听罗四拐子这样一说,心里更加冒火了。他把手往桌子上一拍,大叫道:"我正不懂这伢儿为什么这样不听话,原来是不规矩,像这号家伙,要是拿过去的规矩,真可以绑来捆在楼梯上沉湖,一九四七年柳林垸就沉过这样一个女子。我看她这桩婚事再不早办不行了,如果她这些不检点的事再传开去，人家老袁也不会肯要了！"接着他吩咐罗四拐子道，"四伢子，你赶快去问问老袁，问他是不是想定了，如果想定了，就把这一切包在我身上，在我这里收拾一间房子，给他们成亲。"罗四拐子忙答应着走了。这里罗富庭又叫罗彩元把自己的睡房腾出来，并且吩咐罗彩元，明天把表姐叫来，他有话跟她说。

罗四拐子马上跑到柳林饭店。这时袁大头还在房间里睡大觉，他在这家饭店长期包租的大客房里摆满了酒瓶子，桌子上面，也还有许多没有吃完的饭菜，显然，昨晚他和朋友在这间屋里喝了一通宵，那桌上散乱放着的筷子，就有好几双。罗四拐子平时和袁大头也是酒肉朋友，有酒有肉，常在一起吃喝，他觉得袁大头昨晚在这儿大吃大喝，却没有叫他，不免有些不满意，但他想到今天自己来向他报告这样一个大喜讯，他可以大大敲他一次竹杠。他觉得这个袁大头有个最好的德行，就是生性慷慨，他在交朋友上头从不吝惜金钱。

罗四拐子也不管袁大头醒没醒，走到床前，把蒙着那只大脑壳的棉被拉开了。袁大头没醒，嘴里在咕咕噜噜说梦话。罗四拐子用手摇了摇道："老袁，醒一醒！醒一醒！"袁大头才睁开眼睛，望着他，但是他还不肯起来。罗四拐子叫道："老袁，告诉你一个好消息！"袁大头一听好消息，一跃坐起来，一边披衣一边问道："什么好消息？"罗四拐子拿手用力拍了他一下肩头道："要做新郎公啦！我叔叔刚才让我来告诉你，叫你明天到他家去，他收拾一间房子，让你和小娟在他那里成亲！"袁大头一听这话，脸上并没出现笑容，他瞪着那对牛眼睛望了罗四拐子好一阵子，好像要估量一下他说的这话的准确程度。望了一阵，却一句话不说，又把披上的衣服甩掉，一头倒在枕头上。罗四拐子见他这样一幅情景，奇怪道："怎么样，你没有信心了？大概在李小娟面前碰了一点小小的钉子，便不相信我说的这话了。"袁大头仍旧不作声，只摇摇脑壳。罗四拐子心想袁大头肯定是不相信他这话是真的，又大声地说："老袁，你怎么这样傻，有我叔叔做主，还有什么事做不成的？告诉你，我刚才这话是千真万确的，是叔叔亲口对我说的！出屋时还亲耳听到他在吩咐彩元妹子腾房子，他说今天收拾房间置办东西，明天便把李小娟叫来，不让她再出去了。"这时袁大头才叹了一口气道："唉，我算没有福气，你家这枝花，我也不想去摘了!"罗四拐子听了发急道:"怎么,你原来急得像猴儿似的,怎么待我叔叔亲自出面主持,又打退堂鼓了?"袁大头微微一笑道:"我不想吃二锅汤。"罗四拐子一听,立刻红了脸,他忙从床沿上站起来,严肃地问道:"这是什么话? 谁叫你吃二锅汤? 我们家小娟是个黄花闺女,你听哪个造谣,说我们家李小娟的坏话。"袁大头这时又坐起来,把衣裳捡来披上说道:"你以为我是聋子瞎子,什么也不知道,如今垸子里都传遍了,李小娟生性浪漫,好久以前就跟人家在草堆子下乱搞,前天晚上还招了个男人在房里睡觉,被学生发现了,赶出来了。这些事情,你怕我不知道? 你们想得好,急于要把她脱手,就把她推给我,好叫我没结婚就戴顶绿帽子!"罗四拐子一听,糟了,如今垸子里传言他全部听见了,心里一急,大叫道:"这全是造谣! 现在社会上还有阶级斗争,这就是阶级斗争的反映! 人家恨我家叔叔,故意编造谣言,想败坏我们家的名誉,他们知道小娟是他的亲外甥女儿,想借此来打击我叔叔。"袁大头听了笑道:"罗四老兄,你先别忙着上纲上线,自家女伢管得不严,人家讲点闲话,有什么了不起,何必要动这样大的肝火? 你把这事扯到反对你叔叔、反对党支部书记,是反党反社会主义的行动,这个谁担当得起?"这时袁大头心里好笑,这编造李小娟招进野男子进房里睡觉的谣言,就是他和唐主任放出去的。因为当他被李小娟推下床后,一时摔昏了,如果不是他跑得快,让李小娟打开了房门,他就有被人当场抓住的危险。当晚他就跑到唐元贞房里,把这经过一五一十报告给唐元贞听。唐元贞一听,又用手指头点着袁大头的额头道:"你这个大头,没有一点用,连个斯斯文文的女子也对付不了!"这天夜里,袁大头睡在唐元贞身旁,听唐元贞替他出主意,唐元贞告诉他把这谣言传出去,可以掩盖昨晚的失误。这样,不到天亮,两人便起来了,各自通过不同的渠道,把谣言传出去了,现在这个谣言使一些乡里人相信,很快在大垸里传开了,以致使袁大头还可用它来对罗四拐子进行要挟。罗四拐子一听袁大头这一番话,以为他已完全听信了谣言,不准备娶李小娟,他觉得自己再劝也无用,便忙往外走,他得赶紧把这情况告诉叔叔,不然叔叔真把房间收拾好了,把新娘子关在家里怎么办? 但当罗四拐子的脚还没出门,袁大头便跳下床,喊道:"等一等!"罗四拐子停住了脚步。袁大头道:"你回去告诉罗书记,我服从他的安排,那婚期就定在明天吗?"罗四拐子回转身笑道:"你同意了?"袁大头故意皱皱眉头道:"按通常的情形说,我听到人家说了那样多难听的话,本不肯答应这头婚事的,但我愿意跟李小娟结婚,主要也不是因为看中李小娟,而是想跟你们家结上这门亲,罗书记的为人我最敬佩,这两年我在这块地方出差,得到他帮助的地方很多,我们如果成了亲戚,将来来往就更加方便了,我主要是这个想头。既然罗书记把一切安排好了,我也不应当扫他的兴,这桩婚事就这样定了吧!只要今后李小娟能安心跟我过日子,过去的事我也不计较了。"罗四拐子咧着嘴笑道:"以后你们结了婚,你自己多管着她一点,不就可以放心了。不过你老兄自己,今后也应当多管着一点自己,你看,这是什么?"袁大头回头一看,原来他刚才急于起床,把被子掀开了,结果没留意被子里一块红色手帕露到外面。罗四拐子指指那块红手帕道:"这样的手帕,该不是你平常自己用的吧?"袁大头看到这块手帕,也感到有点尴尬,他不能为自己推托,只好哑笑着。罗四拐子道:"我们是老朋友,能带过的尽量为你带过,我就替你瞒着,不过那办喜事的费用,你倒要早点送去。"袁大头见罗四拐子不再追问他了,很高兴,忙把被子拉过来,把那块手帕盖上。他听见罗四拐子提到办喜事的费用问题,忙道:"有,有,这我早就准备好了,请你给我带去交给罗书记,好置办东西。"说着他就从床底下拉出一口大皮箱,把它打开来,从里面拿出一沓票子,把它递给罗四拐子。罗四拐子接着数了数,一共有三十张,都是一色的"工农兵"。他心里十分高兴,便嘱咐袁大头抓紧把自己收拾一下,明天下午就到罗家去,准备做新郎。

受到调皮学生一场侮辱,李小娟伤心透了,她在房内哭了好久,别的什么人侮辱她,她还可以愤怒鄙视,但对这班年岁很小的学生,她能怎么样呢?平时她是多么喜欢他们啊!她把自己全部精力都集中在他们身上,一有空余时间,就到他们家里去走访,了解他们的情况,以便更好地对他们进行教育。她常和他们的家长谈到深夜,想争取他们和自己配合,把伢伢们教育得更好。她觉得这些伢儿都是朴素可爱的,包括那些调皮的伢儿,她觉得拿这些伢儿跟城里调皮学生比较起来,也是很老实的,但不想这些伢儿竟对自己这般恶作剧。自从那晚有个流氓爬进自己的房里,被她赶跑以后,乡里就传遍了一些对自己不利的谣言。这些谣言,她已从一些好心人嘴里听到一点,使她很气愤,觉得这些造谣的人极端卑鄙,但没想到学生的家长听信了,学生也听信了,他们对自己也产生了怀疑,不再相信她了。她心里感到特别的伤心,她想这样一来,自己就不好再在这地方做教育工作了。对于教师工作,她是很喜爱的,对她来说,心里最热爱的除了那个喜欢憨笑的小子朱冬生,另外就是她的这项工作,如果她要离开柳林大队,那么,除了要离开朱冬生,同时也要离开教学工作。不,这两样都不能离开,她已经把自己全部身心都和他们联结在一起了,她想如果实在不能再在这个地方待下去,她也要找一处地方,那里有田种,也有书教,让朱冬生继续作他的田,而她自己,继续去教小学。他们要组织一个家庭,在这个家庭里,她要成为一个最贤惠的妻子,她要使她的丈夫吃好穿好,哪一天,她还要替他带来一个也会憨笑的小伢子。她坐在房里,想到这些,信心也就增加了。她抹干了脸上的眼泪,心里没有刚才那样难过了。

当她的情绪刚刚好转一点,房间的门被人一下推开了,抬头一看,是表妹罗彩元。罗彩元似乎很喜欢袁大头替她买来的那件羊毛衣,她今天又敞穿着。她跳进房门,一跳便跳到李小娟的面前,用手一把搂着李小娟,娇娇滴滴地笑道:"表姐你还在生气?刚才我进学校门听林老师说,今天你受了班上学生的气。表姐你千万不要认真,乡下这班人,都是蠢人,他们的伢伢也都是蠢崽,跟这班人怄气,犯不着!来,到我家里去,今天罗四哥哥送了一盆子鲫鱼来,吃清蒸鱼去!"李小娟道:"我今天不去,有些事我还要想一想,现在哪里也不想去。"罗彩元用手扳着她的肩膀道:"哎哟,还有什么值得想的,天大的事情,有我爹啦,这方圆十里,谁敢跟他调皮!明天叫他找文教专干来查一查,是谁指使学生来侮辱李老师的,查出那个人,派民兵带到大队部来斗争。这两个在课堂上胡闹的调皮学生,从明天起,就不准再来上学了,他们自作自受,谁叫他们不懂得礼貌,让他们一世做光眼瞎子。"说着,罗彩元用手抓住李小娟的臂膀,用力把她一拉,将她拉了起来。罗彩元附着李小娟的耳朵道:"告诉你,是我爹叫你,他有件大事要跟你商量。"李小娟问:"什么大事跟我商量?"她突然想起昨天舅舅跟她商量要她嫁给袁大头的事来。她想起舅舅那副十分严厉的面孔,好像如果她不肯答应,他就要跟旧社会的封建家长一样,把她绑在梯子上,丢进大湖里。李小娟想到这幅情景更不肯走了,她用力挣脱罗彩元的手,坐回到椅子上。罗彩元自知失言,因为爹爹刚才叫她来喊李小娟,曾经一再叮嘱不要向她提商量什么事,只说他已经消了气,罗四伢子送来一盆鲜鲫鱼,邀她来家吃鲫鱼。这时见李小娟听说爹爹要跟她商量什么事,不肯走了,她便急了,忙走拢去,伏在她肩上,笑道:"表姐,我说这话是吓你的,其实爹爹的气早消了,今天罗四哥哥送来一盆子鲫鱼,还送来一包栗子,他笑了一早晨,你那事他早就忘掉了。叫我来喊你,确实只是让你回去吃鱼。你一个人躲在房子里想,越想越难过,跟我去玩一阵子,情绪会好些。"李小娟只得又站起身来,她在镜子面前梳了一下头,洗了一个脸,把脸上的泪痕都洗干净了。她还换了一件干净的棉衣罩衫,随罗彩元到舅舅家来。

走到舅舅家,果然只见舅舅乐呵呵的,他看到李小娟,一点也没有露出生气的样子,好像昨日两人抬杠的事情,他一点也记不得了。李小娟见舅舅这样,倒感到有点过意不去,她忙亲亲热热地喊了一声:"舅舅!"舅舅听到她亲热地叫他,也嘿嘿地笑着。他和舅妈正忙着打扫房子,李小娟和罗彩元两人赶忙跑过去,接过他们的扫把,代替他们扫房子。舅舅和舅妈不肯歇手,又打扫墙壁上的灰,抹桌子,把堂屋里收拾得干干净净。等他们从房里拿出几幅好看的图画,把它挂在堂屋的两边,李小娟才觉得有些奇怪,今天又不是逢年过节,舅舅为什么搞大扫除,把堂屋打扮得花花绿绿,这是为了什么?

一会,吃午饭了,饭菜摆在堂屋里桌上。平时舅舅家吃饭,总是在厨房里吃的,因为他家只有三个人。有时罗四拐子来了,碰上吃饭他也坐下来吃,加他一起,也只有四个人,他们就用厨房那个小矮桌子做饭桌。堂屋里有一张大饭桌,还是土改时分的,这张桌子很大,桌面上用红绿漆画了好看的花纹,四边还有四片耳子,把耳子撑起来,方桌便变成了圆桌。这张饭桌,平时一家人吃饭时是不用的,只有到了请县里和公社的干部来吃饭,或者逢年过节一家人吃饭,才把这张大桌子抬出来,而且吃饭的地点也移到了堂屋里。今天吃饭突然采取了这样隆重的形式,使李小娟吃了一惊,她一边吃饭,一边纳闷,不知舅舅今天又在玩弄什么把戏。

吃饭的时候,舅舅只顾往外甥女儿的碗里夹菜,也不再说什么话,前日他们两人抬杠的事,他也只字不提,直到最后,李小娟才想起,也许舅舅觉得前天他说的那种话不对,感到对不起外甥女儿,因此特地弄了这桌饭向她赔礼。本来李小娟对舅舅的印象不好,虽然舅舅为了将她从边远山区迁到湖区来,曾出过力,他还替她安排了一个称心如意的工作,但李小娟总觉得舅舅为人很自私,作风很霸道。在这一带地方,他算是个开天辟地的老干部,老农会建立和土改那阵子,当时自己还没有生,他便在这带主事了,但是不知怎么的,社员们见着他,都像小鬼见到阎王一样。这些事常叫李小娟心里生疑,她想,难道我们党的干部,和群众的关系是这样的吗? 李小娟也见到其他许多农村干部,他们和农民相处,平易近人,群众也愿意和他们接近。

吃过午饭,罗彩元将李小娟带到她房里,走进她房里,李小娟才明白,原来罗彩元身上有什么喜事儿,因为罗彩元的房里,现在已经完全变了样。虽然家具还是原样的,但被褥蚊帐,一律是崭新的,在离床不远的地方,摆着一对大红漆木箱子,上面贴着两个大喜字,这是原来没有的。至于两旁的墙壁,则更加变了样,如今已被石灰浆涂得雪白,墙壁上挂满了图画、对联,有副对联,这样写道:"春暖花香花开并蒂,莺歌燕舞燕尔新婚。"这对联明明是在新房里用的。李小娟望着房间里这样的布置,再回头看看罗彩元一身十分鲜艳的打扮,以为完全明白了,她一把搂住罗彩元道:"你真会瞒事,怎么我事先一点儿也不知道! 陈良桂是什么时候回来的? 如今在哪里?"罗彩元哈哈大笑道:"表姐不用着急,你等会就知道。"说着,她便将李小娟推到床上坐着,自己对着她站着,赞道,"这套行头,只有我表姐配搭着合适,漂亮的洞房要配上漂亮的新娘子才行!"两人正在闹着,这时听得外面一阵咳嗽声,罗富庭手里提着根带铜头的长长的旱烟管进来了,他刚走到门口,便看见外甥女儿坐在自己精心替她安置好的新婚房里床铺上,正在嘻嘻哈哈地笑着,他以为外甥女儿经过两天的思想斗争,已经回心转意了。他心里不禁想,到底是自己的亲外甥女儿,舅舅的话,她还是听的,他的心里也不禁一喜,便将脚跨进这新房里。

李小娟一眼看见舅舅进来,忙从床上站起来。罗富庭用旱烟管指指房内的摆设道:"小娟,这一房行头怎么样?"李小娟笑道:"很好,但是你们怎么连一点信儿也没有跟我透露,就准备得这样熨帖了!"罗富庭笑道:"我前天不是跟你说过吗?你是知道的,你舅舅的话素来是说一是一的。"李小娟疑惑道:"彩元妹妹结婚,你前天一点也没有对我说呀?"罗富庭一听,糟了,这伢儿见新房设在彩元屋里,还以为是替彩元办喜事,看来,还可能要跟她吵一阵子。但他想事到如此,也只有这样霸蛮下去了,他马上板起一副面孔道:"你不记得我昨天跟你说了,要替你办喜事,这房里的行头,都是替你准备的!"李小娟才恍然大悟,她大吃一惊,急忙问:"给我办喜事,跟谁结婚?"这时罗富庭还站在房门边,他见房里空气渐趋紧张,便轻轻用手把房门带上,他道:"我前天早跟你说过了,跟老袁。""什么时候?""就在今天!"李小娟一听,顿时感到毛骨悚然,这时她再也无法控制自己的愤怒了。她望着站在自己面前这个大方块脸的老汉,酱红色的脸上,好像泼了一层猪血,正瞪着一双带着血丝的眼睛,望着她,她觉得自己好像遇见拦路抢劫的强盗了。她对着这张大方块脸叫道:"我早就跟你说明白了,我不同意!"方块脸移到她的面前,也大声叫道:"东西都准备好了,日子也定了,怎么能不同意?"李小娟叫道:"解放几十年了,你身为党的干部,还搞封建包办婚姻?"罗富庭听了这话,好像挨了一颗子弹,他的身子微微一颤,对于这顶帽子,他感到不好戴,但到底不愧是有丰富经验的老干部,他马上镇定下来,声音也放平和了一点说道:"我作为你的长辈,对你关心,这算什么搞包办?你娘多次搭信我,要我替你寻个好女婿,要找干部,吃商品粮的,我时刻都在留意,好容易才找到一个合意的,你又不愿意,这叫做舅舅的怎么办?"李小娟道:"你看中了的不等于我看中的,你看中的袁大头满身铜臭,我见到他的后影儿都恶心,怎么能和他结婚?"罗富庭道:"你不要嫌老袁,他是一个大好人,这一次要不是他答应,你的事情还圆不得场。"李小娟问:"我有什么事情圆不得场?"这时罗富庭只好摊出他那最后一张牌了。他道:"我老实告诉你,由于你受了朱冬生的骗,如今垸子里已经把你讲得一钱不值,你们在草堆下的事,还有前天晚上,你招人进你屋里,被人发觉,这些事情传扬开去,你还想嫁个好点的人家不?算是你和朱冬生有情意,但是朱冬生是个什么人,他靠一双光手,连自己都养不活,还能养你?还能跟你生儿育女？你的名声臭了，也教不得书了，哪个家长会同意把自己的孩子送给一个名声很坏的人教？这事老袁也知道，但他看在我的面子上，不计较这些，他愿意跟你结婚，你们一结婚，就遮住这个丑了。将来如果乡下还有人说闲话，可以远走高飞，到上海这些大地方去，你们到了上海这些地方，谁还能说你什么？你太年轻，又任性、不懂事，你不知道舅舅心里怎样替你着急，如果没有舅舅这着棋，将来不光是你在这里待不下去，舅舅的脸也没地方搁。"李小娟听他这样一说，心里感到委屈，这时她又忍不住哭起来。罗富庭见她哭了，以为自己把这利害说出来后，她动心了，这时他就坐到门口一条春凳上，继续说道："你跟老袁今天就在我这里结了婚，我已经叫罗四到公社替你们取结婚证去了。你们成了夫妻，还可以在我这里住，老袁在饭店包租了房子，你也可到那里住。开春后我在队上批一块地给你，要是你们愿盖房子，还可以盖房子。反正老袁有的是钱，他的手长，又可以搞到材料，你们还可以起座砖木房，不必再睡这号织壁子。到时候你们过上了好日子，可不要忘了舅舅这一番心血，舅舅为你的事，已经操足心了。"这时李小娟突然抬起头来叫道："前天夜里撞进我屋里的那个流氓，生着一只大脑壳，我仿佛觉得就是袁大头！"罗富庭听了，不禁哈哈大笑道："你仿佛觉得，仿佛觉得就能定人的罪？你这种说法任何人听了都不会相信的，都是无稽之谈。柳林镇供销社的唐主任跟我说，那天晚上老袁在他们社里坐到好晚，你房里发生那事的时候，他正和几个人在打扑克。伢子，人家老袁是真正喜欢你的，他多次到我这里来求亲，他既然有这样一片心，又怎么会想到要去糟蹋你？"李小娟道："他见我不肯答应和他结婚，便下这种毒手！"罗富庭道："这更是无稽之谈，我不是早就答应了他！他连办喜事的钱都早准备好了，现在床上的这一套崭新的铺盖，就是用他的钱刚从供销社买来的，光只为置办行头，就拿出三百元，还说今晚招待大家的饭菜烟酒，另外再由他带钱来。他这样舍得用钱，是有心要害人的不是？"李小娟一想，再跟舅舅争论已无益，她便站起来，说了一句："反正我是铁钉子钉铁，一句话，不愿意，你们要袁大头到这里来成亲，你们自己跟他成亲去！"她说完这话，便往房门口走去。罗富庭对于这一招，是早防备着的，他见李小娟往门外走，便急忙拦住，这时罗彩元早被舅妈叫到厨房里帮忙去了，站在房间里的,只有罗富庭和李小娟两个人。李小娟叫道:"舅舅,我有事要出去,你难道不让我出去?"罗富庭蛮横地说道:"今天的事,已经说好了,等下老袁就会来,你们两人要结亲,你不能走了!"李小娟道:"我要走!"罗富庭道:"你不能走!"两人在门边争执着。罗富庭怕李小娟冲出去,自己拦不住,便突然用力将李小娟一推,李小娟倒退了几步,他趁这当儿赶紧拉开房门,跑出门外,然后立刻将房门拉拢倒扣上了。

当李小娟哭着扑上前去拉门,门已经拉不开了,李小娟眼前一阵昏黑,便靠在门边昏倒了。

当李小娟从昏迷中醒来,她睁开眼一看,发现自己还倒在门边的地上。这时她隐隐约约听见门外有说话的声音,她又使劲用拳头擂那扇房门,房门被舅舅倒扣了,擂不开。她喊了半天,喉咙都喊干了,没有人理她,她感到口中很渴,走到桌边倒茶。她见靠窗长条桌子上面,摆着一只瓷罗汉、一对花瓶,还有一套茶具和一个新的热水瓶。那只瓷罗汉盘着腿坐在桌上,敞开衣裳,袒着一个大肚皮,张开口哈哈大笑,他笑得那样开怀,一点也不知道李小娟心中的愁苦。李小娟喝过一杯茶以后,知道自己再叫也无用,便坐在桌子旁边的椅子上出神。她心里气愤地想,这难道不是封建包办婚姻吗?包办婚姻是旧社会的玩意,如今命运操在自己手里,还兴搞这套!这时李小娟的眼前突然出现了舅舅那张像泼了一层猪血似的大方块脸,她觉得这人既不像一个共产党的干部,也不像自己的舅舅,她想起他夸说袁大头如何有钱时那得意的神气,心想,他现在是在把自己拿来做买卖,他要用她的身子去换袁大头手中的钱。但是他今天算是完全打错了算盘,他以为她是个文静柔弱的女伢儿,可以随意让他摆布,不说自己心中早有一个心爱的人,已经海誓山盟,不能忘记,就是自己没有这样一个心上人,你用这样一种方式强迫她嫁人,她也不会就范。

这时大概前面堂屋里已经来了什么人,只听见舅舅用那大嗓门在大声打哈哈。李小娟心里想,你别这样得意,今天我拼一死,也不会使你满意,如果袁大头敢挨近我,我就要使他吃次大亏。李小娟正这样想着,她发现一边屋角落里有根挂蚊帐的竹棍子,她赶忙把竹棍子拿到手上,她想如果袁大头敢靠近她,她便用这根棍子来对付他。

李小娟暗暗下着决心,忽然听到桌前的窗户上有人轻轻地敲了一下。滨湖地方的房子进深都不深,罗富庭家的房子,要算是最讲究的了,但也不过是两进,一进是堂屋和正房,再一进,隔着一个小天井,有一排住房,关着李小娟的房子就是后面一排房子中的一间,房子后面,就是屋外。滨湖的房子一般没有围墙,罗富庭讲究点气派,修了一道围墙,围墙前面有大门,围墙后面为了出入方便,又开了一个窄门,关着李小娟的房子的窗户就对着围墙窄门,围墙内隔着窗户对着房里人讲话,很容易听见。李小娟听得窗户外叫她的声音,是罗彩元的声音,李小娟一听她的声音,心里一喜,因为罗彩元在小学堂教书,需要李小娟指点,平时对她很好。这时李小娟便道:"是彩元吧,你快给我开门!"罗彩元已经接到爹爹严厉的训令,叫她无论如何不能替李小娟开门,如果替李小娟开了门,便打断她的腿。这时她只好说道:"表姐,不能呀,爹爹用把牛尾锁把房门锁住了,钥匙捏在他手里,我开不开呀!"李小娟道:"那你就从外面推一推,把窗子推开。"罗彩元将窗户推了两下,说道:"窗户也给爹爹钉死了,推不开!"李小娟听见罗彩元也无法帮助她,气得一屁股坐在椅子上,过了一阵,她骂道:"舅舅真不是人,做出这种事,我以后要到县里去告他!"罗彩元还奉到爹爹训令,叫她来劝劝表姐,这时她道:"表姐,你去告他没有用,他在这地方做事几十年,县里公社里的人,不是他的老上级,就是他的老战友,都认得他这个老干部,都护着他。我看爹爹的用心不算坏,他主要是怕你跟朱冬生以后受苦,他认为老袁手头宽能力大,能保证你过一辈子好日子。表姐,嫁汉嫁汉,穿衣吃饭,反正不过是那么回事,你就答应了吧,省得惹爹爹生气!"李小娟听罗彩元这样一说,觉得她跟舅舅一鼻孔出气,尽管两人过去玩得来,到这种时候,她却不肯帮自己的忙。李小娟不禁生了气,她说了一句:"你要觉得袁大头好,你就嫁他去!"说完这话,便再不肯作声了。罗彩元还站在窗外细声地劝说。罗彩元说来说去,离不开这个意思,就是水往低处流,人往高处走,一个女伢儿找男人,总要找个比自个儿强过几分的,总得有点靠头,跟朱冬生靠什么,靠他两只泥脚杆子?靠他的锄头把?如果跟袁大头结婚,人家是国家干部,又有百把元工资,家中无老无少,进去就当家。人家的户口在大地方,将来照顾夫妻关系,也可能转到那些地方去。据说上海上楼梯都不要抬脚,把电钮一按,嘶的一声,就上去了;那地方热天还能造冰,吃到嘴里,凉丝丝的,连心都凉透了,不像农村,火辣辣的太阳,人还得像干盐鱼似的在太阳肚里烤。好像罗彩元到上海那些地方去过似的,说起来,津津有味。她说了半天,不见房里有一声回答,她便问道:"表姐,你现在以为如何?"李小娟在房里已经被她这些话气得要发昏,因为从罗彩元的话里,她感觉到她那身上也有一个她父亲那样的灵魂,完全被金钱和享受腐烂了的灵魂。她只顾生气,哪里还愿意回她的话。罗彩元又问了几声,仍听不见房里的回答,在她那比较简单的脑子里这时不禁想,因为自己刚才那一番劝说,也许表姐已经动心了。她已回心转意,只是由于嘴巴子硬,说了那一通绝话,现在一时转不过弯来,不肯再说话。她想只要表姐的心动了,就好办了,等晚上爹爹开了门,让袁大头进了这房子,袁大头用甜言蜜语说一阵子,包管表姐就服服帖帖了。等到明天早晨,过了一夜,两人就会双双对对跑到爹爹面前去致谢! 罗彩元想到这里,不禁得意地笑了。她也不再劝下去了,只说了一声:"老姐,你如果饿了,打开那只立柜,立柜里有几只瓷坛子,里面尽是好吃的东西!"罗彩元说完,提起脚噼噼啪啪地走了,她跑回堂屋向爹爹报喜讯去了。

听得罗彩元走了,李小娟仍旧呆呆地坐在椅子上,没有挪动一下身子。天色渐渐晚了,那冬日的太阳,在天空停留的时间比半时短,这时已慢慢落到湖里去,远远望去,湖面上一片金光。一会,金光不见了,湖水变成了一种绿幽幽的颜色。李小娟关在房里,她看不到湖边落日的景象,但她从窗户上的光亮看得出来,天色越来越暗淡了,再过一会,整个房间就被笼罩在一片浓雾般的暮色里。

李小娟听见外面堂屋里人声鼎沸,不一会,就听见"千福寿高升千福寿高升"的喝酒猜拳声,她的身子突然一震,心里想,堂屋里已经在摆宴了,看来,舅舅真的在大办喜事。这时袁大头肯定已经进门来了,正在连连地点着他那只讨厌的大脑壳,对人微笑,打招呼,等客人在饭桌边坐好后,就挨个儿向人敬酒。等吃过饭以后,互相闹一通,他们便会把这个满身酒气臭气的家伙推进这间房里来,让他来跟自己纠缠。如果说,前天晚上,这个流氓还是以非法的手段撬窗钻进自己的房子,钻到自己的床上,企图占有她的身子,好造成既成事实,那么,今天晚上,他身上揣着罗四拐子给他弄来的结婚证,他再进来,就完全是合法的了,他就可以任意对自己进行侮辱。李小娟想到这里,不禁举起身旁那根竹竿子,好像袁大头已经进到房子里来,朝前面扑打。但她立刻发现,她这种抵抗是十分无力的,这支小小的竹棍子怎么抵挡住一个男子汉的进攻呢?那天晚上,她是在袁大头来不及防备的情况下把他推下床去的,而正好他的头先落地,碰昏了一阵子,这样才使她能跑到门边,把房门打开,将院子里的老师们叫起来。如果在平时,她是无论如何打不过袁大头的,就是有这样一根竹棍子,她也打不过他,袁大头可以把竹棍子夺过去,把它折成两段,使她无力抵挡。在舅舅家里,他们和袁大头串通了一气,她再叫唤,也没有人救援。当她想起这一些,她的心里立刻紧张起来,外面猜拳喝酒的声音越大,她的紧张程度也越大,她急得在房子里打转转。天已经完全黑下来了,罗彩元又两次在门外问她要吃点饭不,李小娟不做回答,罗彩元也不敢开门,她在房门口站了一会,就走开了。李小娟急得在房子里走来走去,她一边走着一边搓手,她焦急地想道,这怎么好?突然她想起前晚袁大头用铁片撬开窗户从外面爬进来,难道自己不可以撬开窗户从房里爬出去?这个想法鼓舞了她,她试着用手拉了拉窗户,窗户是木做的,由于滨湖缺少木料,一般窗户都做得很小,而且窗户中间的间隔大都是用竹片代替的,不过由于这家主人讲究一点,在六个格子当中安了玻璃,玻璃是用竹皮夹着的,并不牢固,用手一拉,就可以拉出来。李小娟用手把一块玻璃拉下来了,因下手重了一点,玻璃片子把手划开一条口子,伤口流出了鲜血,她忙打开立柜找布来包住。当她打开立柜寻布时,发现一把裁衣的剪子,剪子很大,也很锋利,完全可以用来撬开窗子上的竹木。她用布把受伤的手包好以后,就站到桌子上用剪刀撬窗子,撬开了间隔,窗户上出现一个空洞,容得一个人从里面钻过去。文弱的李小娟这时变得非常勇敢,她先把头从窗户里钻出来,然后用手抓住窗户的框子,把身子吊出去。吊到外面一看,外面一片漆黑,舅舅家喂的狗子如今正在堂屋的饭桌下忙着捡食,没有到后边来。李小娟把手一松,让身子轻轻地落到地上,当她踩着地面,心里突然感到一种说不出的轻松和愉快,好像自己是从牢狱里钻出来似的。这时外面虽然很黑,堂屋里却一片灯火,在堂屋喝酒的客人,正喝到兴头上,在那嘈杂的笑闹声中,李小娟听得很清楚,其中有她舅舅的大嗓门的笑声,还有袁大头的野鸭子叫似的干笑的声音。她心里说道:"你们尽管乐吧,我少陪了,留下的这一副烂摊子,你们自己去收拾吧!"她的眼睛很好,在黑暗中也看得很远,她急忙走近围墙,打开围墙上的窄门,走到屋后的小路上去。

当李小娟走过几条小路,越过一道石桥,来到了沿湖的堤上,这时早听不见舅舅家的那种嘈杂的笑闹声,也不再有刚才那种逼人的恐惧。但她一边急急地在堤上走着,一边心里想,在漆黑无光的夜晚,自己这样一个年轻姑娘家,到哪里去呢?到学校去,已经不可能了,可怕的谣言,已经使她无法继续去干这种事业了。在学校里,虽然有人会同情她,安慰她,但是谁也无法保护她。"四人帮"猖狂时期,学校的老师在农村中是最可怜的,不管是什么人,只要是造反派,随时可以把他们教训一顿,提出贫下中农占领上层建筑的口号后,更可以随时撤他们的职,办他们的学习班,甚至送去农村劳动教养。现在他们虽然不会再遭到那种厄运了,但他们都还很胆小,用报上的话说,还心有余悸,他们还不敢和当权者顶撞,对上头的人亲自处理的事情,更不敢插手。只有林老师可能会出来说几句话,因为他已经被人整过多少年了,过去什么气都受过,如今年纪大了,也活不多久了,他也无所谓怕不怕了,但他能有多大能力?他手无缚鸡之力,能不怕那些流氓行凶?李小娟想现在最好是找娘去,但娘住得很远,坐轮船也得一天,光靠走路,走到几时才能到家?而且娘是个糊涂虫,只信舅舅的话,她回到她身边,还不是只会劝她听舅舅的话,替她找了一个吃商品粮拿国家工资的女婿,这不是舅舅的功德?李小娟想来想去,觉得没有地方可去了。她这二十三岁的岁月,是在艰难中度过的,当她刚刚上学,便碰到农村大饥荒,那时要不是爹爹在码头上搞搬运,还能赚点活钱,用这些钱去买高价谷子,她这个小伢伢早饿死了,同她一起出生的小朋友,父母都在农村翻泥巴坨,没有旁的收入,有的就饿死了。这样过了几年,一切恢复了正常,农民又有了饱饭吃,眼看农村生活越来越好,在她的面前,展开了一个锦绣般的前程,她从小学开始,扎扎实实地读了几年书。但当她刚跨进中学校门,突然爆发了"文化大革命",这场"革命",把她的学业中断了。她糊里糊涂地跟着那些大点的同学上常德,到长沙,搞了一通串联,有人要带她到上海和北京去,但年纪太小,挤不上车,没有去。她也跟着那些大点的同学去斗地主和干部,贴标语,喊口号,臂上缠了条红臂章,当了一年红卫兵。但是后来两派学生打起来,社会上也大打起来,在那种场合,他们这班小学生派不上用场,往往还碍手碍脚,因此各种司令部都不欢迎他们,她又回了家。她在家里帮妈妈做点零星事,后来复课闹革命,她就去上课了。名为上课,其实在学校闹事玩耍,她跟几位文静一点的女孩子,还肯老老实实地读点书。那些刚被解放出来教书的中学教师们,整日心惊胆战,哪里还有心思认真教学啊!但他们的老习惯还保存着,见到哄哄闹闹的课堂中,还有几个肯安静地坐在课桌前瞪着一对大眼睛望着黑板的学生,便觉得高兴。他们为着这几个学生,还是认真地讲了一些东西,而当这些学生中个别提问时,他们更是认真地讲授。所以当她读完初中,在一次考试中("文化大革命"中唯一的一次考试),她名列第一。上课的老师夸奖她说,她是一个好伢儿,她的程度已经赶上"文化大革命"前优秀学生的程度。谁知好景不长,她正准备继续上高中,辽宁张铁生交白卷的"模范事迹"传开了,那几年肯认真教课的几位老师因为搞智育第一受了批判,公社中学的高中班因为缺少经费也停办了,她便没有地方再上学了。城里有高中班,但她住在一个小镇上,离城很远,没有城市户口,怎能去上学?再说即使让她去上学,也没有地方住。一个女伢儿,住在那里也不合适,结果她便只能跟镇子上几十个应届初中毕业生一样,响应号召"上山下乡"。平时他们住的镇子离乡下很近,如果要下乡,走出镇头镇尾就是了,但按上面规定,这还不算"上山下乡",小城镇的知识青年,得往偏远的山区去,这样她便分到慈利县老山区去了。她在那里,一干就是三年,直到后来娘求了舅舅,才把她的户口转到舅舅这个大队来,并且很快搞到一个民办老师的工作,这样才算结束了她这三年的艰苦生活。这三年,她吃的是杂粮,每天爬山越岭,工夫顶累,本来的身子骨并不算好,后来竟变成一把皮包骨,脸上黄得发亮,像涂了一层蜡。直到她转到柳林大队后,她吃上了饱饭,身体渐渐丰满了,脸色也红润起来,后来分到了喜爱的工作,人更变得标致了。对于这一点,她确实是非常感激舅舅的。她曾经想到,如果不是舅舅帮忙,让她继续在慈利山区,也许她早已病倒了。但是她今天却十分痛恨舅舅,舅舅贪恋钱财,把自己卖给一个很讨厌的家伙,她想与其让自己跟一个讨厌的人过一辈子，倒不如在慈利山区累死病死。她回想自己二十三年的时光，感到没有多少时候是愉快的，其中有一段时光使她感到愉快，那就是跟朱冬生认识后的这一段时间。这一段时间，她的心间充满了喜悦，她感到世界上的一切都变得美好，在她眼前，好像又展开了一幅美丽的远景图画，在这幅图画中，有一对紧紧依偎着的恋人，那就是她和朱冬生。他们两人永远将命运联结在一起，用他们勤劳的双手，来创造未来的美好生活。现在她还在黑夜中奔跑，好像后面跟着明火执仗的强盗，她要逃脱这可怕的灾祸，这时她多么需要援助，但是谁能援助她？她心里想，只有朱冬生。朱冬生到哪里去了？啊，他被大队部指派到烂泥湖挖河道去了，烂泥湖离垸子很远，中间隔着一片湖水，她要寻找他，不是很容易的，但是如果不找到他，便不能解除眼前的灾难。她一边急急忙忙在大堤上奔跑，一边拿眼在湖边搜索，跑了一阵，她看见在湖边一棵大柳树下用绳子吊着一只小划子。这只小划子，大概是捕鱼用的，上面还有篷子，她也顾不得三七二十一，跑过柳树，跑到湖边，跳上了那只小划子。这时湖面漆黑，只在远处的某个地方，闪烁着几点渔火。今天天上没有一丝儿风，湖面上很平静，那湖水也像岸上的人们一样，已经入睡了。李小娟把绳索解开，从小在湖乡生活，她晓得划桨，她把后艄的两支船桨放下来，用桨将船掉了个头，掉到对准烂泥湖的方向，用劲地划起来。

当她把船划到烂泥湖，天还没有亮。烂泥湖名字叫湖，实际上已不成其为湖，因为它被长江冲下来的泥沙逐渐填满了，但它又不像旁的地方，已经变成了荒洲。它倒像一个个的泥潭，泥潭深的地方，一片水，泥潭浅的地方，已经潮起来一些土地，土地上长满了芦苇、杨树和荆棘。但这些土地还不能种庄稼，因为遇到涨水的时候，水会浸过来，将土地完全淹没，因此这烂泥湖不是一个开垦区，要等到泥沙淤积得多了，使它突出于湖水之上，那时候才好进行围垦。柳林公社的书记张文榜在水利会议上听了一句话，一眼看中了这块地方，他相信一位自称专门学过水利工程的代课教师的意见，认为烂泥湖的地势比大湖要高，只要修一条渠道，便可使烂泥湖的水完全流到大湖去，这样烂泥湖的土地就可以提前围垦了。如果这个计划实现，柳林公社可以一下子增加几千亩土地，用这种肥沃的土地种双季稻,就可以增加几百万斤粮食。

　　天还没有亮,四周还是一片漆黑,李小娟把船靠近烂泥湖,看见岸上是一片黑乎乎,既看不见泥潭,也辨不清哪里是干岸,她把船桨放下来,钻进小篷子里。船舱里有一张苇席、一条破棉絮,船尾还放着一些炊具,还有一张网。划了一夜桨,湖上夜晚的冷空气,把李小娟冻坏了,昨天她没有吃晚饭,这时感到有些饿了,这样她便把棉絮拉过来,将它盖在自己的身上,在船舱里的苇席上躺下来,一夜的劳累使她很快就入睡了,并且睡得十分香甜。当她醒来时,太阳已经很高了,在那一片长满芦苇的湖面上,到处铺满了阳光,但是这里除了芦苇,看不见别的东西,用眼望到很远,更看不见一个人影。李小娟只晓得朱冬生被派到烂泥湖来挖渠道了,但她不知道烂泥湖就是这样一片烂泥潭,也不晓得他们的渠道工地在哪里,她正站在船头四处张望着,忽然,他看见大湖那边又漂来一只小船,这只小船,是那种滨湖常见的双飞燕,由一个小男伢划着,不一会就划到她的面前。小男伢眼尖,一眼就看见了李小娟,他一边使劲划桨,一边大声喊:"李老师! 李老师!"李小娟一看,认出是她的一个学生。这个学生叫罗小三,是她上学期教的那个班的学生,因为家里生活困难,要他回家做事,他这学期退学了。李小娟好像遇到了救星,忙举起手来,大声喊:"小三! 小三! 快划过来。"小三很快把小船划到这边来了,双飞燕里,装着满满一船白菜。小三将船靠近李小娟站的渔船,把桨停了,问道:"李老师,你怎么一个人到这泥潭里来了?"李小娟只好扯谎道:"大队部叫我来找个人,不想忘记了路,现在还没有找到。"小三道:"你找哪个? 是哪地方的人?"李小娟道:"柳林公社派到这里来挖渠道的,叫朱冬生,是柳林大队柳林生产队会计朱利生的弟弟。"小三也是柳林大队的人,这时他马上明白了,他道:"是不是那个在工地织篾箕的朱篾匠的崽?"李小娟高兴起来道:"正是,正是,你知道他在哪里?"小三用手指指那片芦苇后面的远处道:"就在那边不远的地方挑泥巴,因为这片芦苇秆子遮住了,看不见,我现在就是到那里去,有什么话我可以帮你搭到,那边的水很浅,只有我这号小划子可以过得去,你这个划子,吃水深一些,过不去。"李小娟道:"那好,就请你替我告诉一下朱冬生,叫他赶快到这里来一下,我有事情找他。"滨湖的孩子,一般都很早熟,对于男女间的事情,并不陌生,这时他见年轻的女老师一个人驾着划子到湖里来单独找朱冬生,猜想这是属于偷情一类的事情,他的脸上这时不免露出一种神秘的笑容。李小娟见他这样一笑,脸不禁红了,但她知道这伢儿很老实,不是那种调皮鬼,她便又干脆嘱咐他一句道:"你不要当着众人把这话告诉他,只要偷偷跟他说一声就行了。"对于李老师,小三历来印象好,这时他便高高兴兴地答应了,他忙又把桨放下,正准备把船划走。李小娟又将他叫住,问他道:"你把我这话告诉了朱冬生,他又怎样来呢?"小三道:"我这只船是去送白菜的,送完白菜就转来,我叫他在一个僻静地方等一下,我把他送来就是。"李小娟听他这样一说,非常感激道:"小三,这样好,就麻烦你了!"小三弯下腰,从船舱里拿出几只熟芋头,把它递过来,说:"李老师,你恐怕还没吃早饭吧,就请先吃点这种东西,等会我再替你弄点饭来。"这样他便划动桨走了。小三走了以后,李小娟将芋头拿起,不禁狼吞虎咽地大嚼起来。

约莫又等了一个时辰的样子,小三的船果然过来了,在船上,不仅站着小三,而且还站着一个人,这个人,就是李小娟愿意为他献出一切的人。只见那人站在船头,只恨小船走得太慢,他把小三的桨夺过来,用力地划了一会,两只船很快地靠在一起了。朱冬生一纵身子跳到渔船上来。小三见自己已经完成了任务,碰上这样的场合,不宜在这里久留,他又从舱里端出几钵子米饭、一大钵白菜,把它放在渔船上,他忙撒开两支桨走了。

等小三的船远了,急切的相互思念之情,使他们两人紧紧地搂抱在一起。朱冬生扶着李小娟,弯着腰子钻到船舱里来。当他们在船舱的席子上坐下,李小娟一头倒进朱冬生的怀里,呜呜地大哭起来。朱冬生搂着李小娟滚烫的身子,不知她为什么哭得这样厉害。他刚才听到小三传言,急急地偷着赶来,还以为只是李小娟因为好几天没有看见他,心里想他,特意跑来看看他。这时他忙用手替她揩擦眼泪,并且轻轻地抚摩她,看见她好像受了很多委屈的样子,不知道怎么样来安慰她才好。李小娟哭了一会,好容易才止住哭泣,她从朱冬生怀里坐起来,一五一十将自己这两天的遭遇告诉了他。朱冬生听到这些,人都气昏了。李小娟告诉他说,她这一次跑出来,不准备再回柳林大队去了,书也教不成了,她要和朱冬生一起离开这里,跑到别的地方去,去另外谋生活。朱冬生听她这样一说,也道:"如今也只有这样了!"由于两人的想法完全一致,他们又高兴了。这一对年轻的恋人,忘记了他们眼前的处境,又高高兴兴地搂抱在一起,热烈地亲吻起来。他们将渔船移动了一下,移到了一个更加僻静的地方,这个地方,像个小港,一边是水,三面都是烂泥,烂泥里除了芦苇,还长着一片杨树,杨树已经成林,那杨树的枝头,许多小鸟在叽叽喳喳叫着。现在太阳还很高,湖上没有风,天气显得非常暖和,李小娟叫朱冬生把里衣脱下来,她替他洗干净,在船篷上晒起来。她又捡了一些枯苇,烧了一锅热水,让朱冬生擦了一回澡。她用船上的鼎锅把小三送来的饭热了,想叫朱冬生吃,朱冬生一看,只有一碗白菜,他指了指船舱里的那张渔网说:"等一等,让我捞点鲜味来。"他划动渔船,来到湖水较深一点的地方,撒开渔网,然后慢慢地拖到岸边来。等他们把船在岸边靠拢,将渔网拖上岸,只见渔网里跳跃着许多闪闪发亮的鱼儿。朱冬生拣了几条大的,将它们的肚子掏尽了,在湖水里洗了洗,便递给李小娟,叫她赶快煮起来。等他把渔网里的鱼都捡到船上,把渔网收拾好了,李小娟煮在锅里的鱼已经熟了。船上没有油,但有盐,还有一小撮干辣椒子,用干辣椒子炖鲜鱼,味道特别鲜美。已经有好多天,朱冬生没有吃过这样美味的饭食了,这餐饭吃得真香甜,一方面因为鱼味很鲜,另一方面因为这钵鱼是由李小娟亲自做出来的,李小娟亲手做出来的东西,味道更加不同了。两人吃过了饭,又在船舱里坐下来,他们商议今后怎样办。李小娟提出要远走高飞到很远的地方去,从此以后,再不见到舅舅,不见到罗四拐子,不见到袁大头!但是到哪里去?如今又没有一个具体的地方,也不好随便去闯,要知道,他们如果离开了生产大队,他们便没有口粮,身上没有粮票,没有人民币,他们将如何生活?想了半天,两人对今后的生活安排问题还是想不出办法,但今日能团聚,心里还是很高兴。他们在船舱里坐了一会,又站起来,用湖水来洗涤船舱,他们用拖把过细地洗净了船身。在船头上,他们发现有"柳林大队"的字样,知道这是柳林大队一条公用船。为了支援修烂泥湖,大队部把所有公用的船都集中了,这只船可能是用来跑运输的,他们把船只收拾好了以后,又做了一餐饭吃。这时两人都不大说话,因为两人心里都这样想着,今天,将是他们两人生活史上一个最不寻常的日子。

吃过了第二餐饭，天已经又黑了，冬日的太阳很快落了水，但朱冬生心里觉得它下水的速度似乎太慢了。他等天黑下来后，就把晒在船篷上的衣服取下来，把干净衣裳穿上了身，他还用湖水洗净了手和脸，然后躬身来到船舱里。这时他看见李小娟把船舱收拾了一番，船舱的中央铺着那床简陋的苇席，船舱的一边放着那条折叠得整整齐齐的破烂棉絮。

两人从相好以来，常常在一起约会，他们多次在田野的稻草堆下，紧紧地依偎，絮絮地情话，但他们从来没有像今天这样，要两人相伴着睡在一起，李小娟想到他们竟在这样一种简陋的环境中开始他们的夫妻生活，不免感到心里有些凄惨，但是她毕竟是跟她心爱的人儿在一起，只要跟着他，什么样的苦日子她都能忍受，如果不是他，就是过着帝王般的花团锦簇的生活，她也不会感到幸福。

天空依旧没有风，湖面上静悄悄的，只是不时有条什么鱼儿在水里弹跳一下，打破了这湖里的寂静。两人已经说了半宿的话，这时朱冬生已经困倦，他的一只粗大的手依旧放在李小娟的胸前，另一只却垫在李小娟的脑后，做了她的枕头。他已经紧闭了眼睛，发出了均匀的鼻息，他睡着了。李小娟却还一时不能入睡，她多么幸福！刚才发生的种种，难道是真的？该不是做梦吧？她抬起赤裸的手臂，用手指轻轻地摸着朱冬生的脸颊，她摸着他那长满硬须的脸，在黑暗中，她看不见他的表情，但是她觉得，即便他已经睡着，他还会保持着那副憨憨的笑容。她用手指继续抚摩着，过了一会，她又忍不住，把她那滚烫的嘴唇深深地印在他的脸上。

十三、烂泥湖班师

经过老同学杨青林多次动员和大家劝说,刘丽君的心动了,她那颗受伤的心动了,又恢复了原有的生气,她已下决心出来牵头组织芦苇编制品生产。她把最近接到的衣裳做完了,没有再接衣裳。等到将最后一件成衣交到一位顾客手里,她便把缝纫机拆开,往机器里涂上一层油,然后锁上门托隔壁一位老嫂驰替她喂喂狗,看几天门,她搭上由安乡直达常德的班船,到常德去联系业务,一天晚上,到了常德。

在常德,她找到了爹爹的一位老友,这位老友姓姚,如今已经升任日杂公司经理。爹爹过去在柳林镇搞芦苇编制品代收点,就是经他的手与公司联系的,那时他是公司的采购员。姚经理一见刘丽君,一眼便把她认出来了。姚经理道:"你不是柳林镇刘大爹的女伢吗?什么风把你吹到这里来的?"姚经理接着埋怨她爹怎么突然将代收点停了,害得他们公司有好久上等芦苇编制品脱销。他本想到柳林镇来问问,但因他不久做了业务股长,后来又做公司的经理,公司事务忙,抽不开身。年轻的采购员嫌柳林镇路远,便在常德附近联系了一处芦苇场,由那里组织人编制,但那个芦苇场没有像俞七阿公那样好手艺的老师傅带,送来的编制品,花样很少,质量不高,常常变成滞销货。一些顾客常跑来问,为什么从前那种精致的编制品没有了?公司曾经写信给刘大爹,没有接到回信。他问刘丽君,她爹爹为什么要把代收点停了?一提起代收点,刘丽君的眼睛红了,她便将爹爹的遭遇一五一十地向姚经理说了,说到爹爹含冤死去的情景,她的泪水禁不住像串珠似的流了下来。姚经理听了这些叙述,连连跌足叹息。他道这要怪他,为什么接不到信后不马上去柳林镇一趟,如果那时他到那里,向公社说说理,公社责怪,也可挑点担子,不至于让他们父女受苦。因为这代收点的事,是他鼓动办的,不仅在公司挂了号,而且也跟公社商量过,得到过公社同意,分点手续费,是合理合法的事。由于姚经理听了刘家父女这段事后心里感到内疚,他忙把手上的工作停了,陪着刘丽君来到自己家里,他让爱人特地做了一个在常德招待贵客的好菜腊肉烧鳝鱼,好好地招待了刘丽君一番。在吃饭当中,姚经理详细询问了刘丽君在爹爹死后的生活,听到她那以后的坎坷遭遇,他更连连叹气道:"唉唉,你们父女俩的遭遇,也充分说明农村经济政策中'左'的危害。"他又说像这类典型事例,在商业局开会时,他要向局里好好汇报,以便把这些事例汇集起来,向地区汇报,供今后制定农村经济政策时参考。他告诉刘丽君,据他最近多次听报告体会到,"四人帮"打倒后,中央就在酝酿重新制定农村的经济政策,据说最近中央开会首先抓住农业这一环,着重克服指导上长期存在的"左"倾错误。经过实践证明,过去那些"左"的搞法不行了,按过去的搞法农村经济越搞越死,农民生活不能提高。姚经理的爱人是位善良的中年妇女,她在一旁听了刘丽君的叙述,心里早已难过得不行。吃过饭后,姚经理还在滔滔不绝讲他那套农村经济政策的理论,她就早已不耐烦了,她嗔怪她丈夫道:"你看人家伢儿正愁得不行,你还不停地跟她唠叨这些大道理,伢儿眼下家破人亡,嫁个老汉又死了,叫她一个人怎么过?你和她爹是好朋友,这事又是你惹起来的,你该想想如何替她解决点实际问题!"姚经理听爱人这样一说,马上醒悟过来,他忙拍着自己的脑门道:"都怪我老了,脑子不管用了,我只顾讲这些空话,没有想到伢儿眼下的苦处。"他想了想道,"我看这样吧,伢儿现在只剩下一个人了,没有小崽子绊脚,无牵无挂,等我将你爹的事向局里汇报后,由我们公司拨出一个招工指标,把你招到公司来。公司下面有许多店子,店子里都缺内勤人员,你有高小文化程度,心又细,我们安排你到训练班学几天,再回来做个会计什么的,顶合适。"姚经理爱人一听这话,心里乐了,她忙拉过刘丽君的手,笑道:"伢儿你很俊,年纪还轻,招到公司工作后,阿姨再替你物色个对象,给你做介绍,在常德市成个家,不用再回柳林镇了!"刘丽君听了姚经理夫妇这些贴心的

162

话,心里感到暖洋洋的,自打爹爹去世以后,她没有再遇到这样关心自己的人了。这时,她的眼圈儿又不禁红了。在她心里,也不禁翻腾着波浪。这些年来,乡村的姑娘小伙子,谁不把进城当作一件大喜事,就连一些年纪大的人,虽然早在农村立了家,已经生儿育女,但只要有机会,他们也想往城市里钻,都想做公家人,吃商品粮,捧铁饭碗,这是很多人追求的目标。她在两天前就曾听人说,生产队长,她的女友端姑娘的爱人卜桂香,就曾经进城设过法,想弄到农科所去做工人,吃商品粮,结果不但没有弄得成,还挨了大队罗支书一顿骂,现在连生产队长也辞掉了。知识青年宋明,为了不能招工进城,整天闷闷不乐,他那热恋多年的女朋友,由于比他先一步招工进了城,不久前就来了封信,跟他挂了筒。罗支书的女儿罗彩元口口声声要嫁个吃商品粮的女婿,她的结婚条件是能够把她也带出去,原来相恋的供销社营业员没有这种能耐,结果吹了,如今正准备和部队上的一位连级干部结婚,连级干部可以升营级、团级,到了团级,家属进城的事便毫无问题了。由于争取进城的风气在乡村由来已久,在刘丽君脑子里,平时也不知不觉形成了这样一种观念,即招工进城比在农村强。不过由于自己条件很差,她从来没有把"进城"二字与自己联系起来,不想今天出乎意料,姚经理夫妇却热心要把自己弄进城里来,姚经理的爱人甚至还准备帮助自己成个家。她知道现在的姚经理已不是从前的姚采购员了,他是公司里的头头,在他的下面,有很多店子,有几百个工作人员,而在这些店子里,每年都有一些老店员要退休,又得招进许多新店员,只要姚经理点头,由他到商业局办个手续,这进城吃商品粮的问题便解决了。不仅解决了吃商品粮的问题,同时还解决了工资问题。成了国家正式职工,有了固定的工资收入,就算有了只铁饭碗,只要不违法乱纪,干多干少一个样,这铁饭碗是不会摔破的。因此当刘丽君听到姚经理答应把她弄进城来,她心里感到一阵欣喜,但是欢喜很快就过去了,接着心头袭来的是惶惑。因为要进城就得离开乡村,这乡村是她最熟悉的,她熟悉那里的大堤,那里的湖水,那遍地的杨柳,那柔软的土地,还有那许许多多熟悉的面孔。这时在她面前显现出俞七阿公痴呆的面容。最近她又去看过她这位从前的老师傅,老师傅早年的智慧的眼神早已不见了,如今剩下的只是一个能够吃喝的躯壳,一个没有表情的面孔。俞七阿公的面容刚刚在她眼前闪过,脑海里又显现出端姑娘的憔悴面孔。早年的端姑娘,是何等秀丽,何等灵巧!记得她当年跟自己同在俞七阿公面前学编制时,她刚刚跟卜桂香结婚不久,她把新婚的喜悦也带到这群姑娘中间来了。她最喜欢笑,开起玩笑来,比哪个都大胆,这群未婚的姑娘常常被逗得脸红红的,因此她们又怕她,又喜欢跟她接近。但是前几天她看见她,正是卜桂香把她满崽送进城那天,她坐在灶口煮猪食,一边往灶里塞稻草,一边流眼泪。当刘丽君去看她时,她突然大声哭起来,即便是把伢儿送给自己的伯伯,她也舍不得。当时刘丽君掏出自己的一条白手帕替她揩擦泪水,她从她那清瘦的开始布上皱纹的脸庞上,再也找不出当年爱说爱笑时的欢快的痕迹。这次她到常德来找日杂公司挂钩销售芦苇编制品,端姑娘特地大雪天跑来跟她说话,从端姑娘的眼神里,刘丽君看到她对自己抱了多大的希望。由端姑娘充满期望的眼神,又使她联想到另一种充满期望的眼神,那就是杨青林的眼神。杨青林那亲切的眼神里,不仅充满期望,而且还带着一种恳求的意思。她从小就认识这位倔强的汉子,他们是小学同学,在那些小学同学中,给她印象最深的有两个人,一个是卜槐香,一个是杨青林,如果说卜槐香在她心里扇起的是一股爱恋的旋风,那么,杨青林在她心里引起的,是信赖和尊敬。他为人公道,从不计较个人得失,只要他认定了的事情,他总要干到底的,无论在合作化运动中,在克服三年困难的斗争中,还是在与"四人帮"斗争中,他都表现了这样一种性格。她永远不能忘记他被判处无期徒刑时的景况,那天他被捆绑在汽车上示众,所有示众的人都低垂着头,但他却高昂着头,执法的民警几次要把他的头往下按,也按不下去。当时看到老同学受委屈,刘丽君感到揪心的痛苦,同时也感到很骄傲,因为她这位老同学还是跟以往一样,不管碰到怎样的挫折,他还是很坚强的。她当时真想跑上前去,把一朵鲜花插到他的胸前,但是她没有这个胆量。她想做而不能做的事情,却被另一个人代替去做了,那是一个十二三岁的姑娘,她趁囚车稍稍停住的时候,迅速地爬上车,把一包煮熟的鸡蛋,放进他的口袋里。这个小姑娘做得这样麻利,以致当她把这一切做完后,押解犯人的民警才想到去制止,也许他们赞许小姑娘的行动,故意不马上制止她。总之,当大家发现这件事时,小姑娘已经跳下车,钻进人群,跑得无影无踪了。后来刘丽君才打听到这个姑娘叫朱惠兰,是生产队会计朱利生的妹子,往后刘丽君便主动和朱惠兰联系,和她成了好朋友。朱惠兰一直细心地照料着杨青林的瞎眼睛娘,瞎眼睛娘的饭食是朱惠兰每日送去的,而瞎眼娘的衣裳却大部由刘丽君接济,由于她考虑到自己的处境,这一切她都是通过天不怕地不怕的朱惠兰做的。朱惠兰渐渐长大了,在她们两人接近时,话题总离不开杨青林,对于杨青林的过去,一点一滴朱惠兰都想知道。凡是她这个老同学所知道的,她几乎都告诉给朱惠兰了。在她的描绘中,杨青林这个很少被人提到、几乎被人遗忘的人竟显得非常生动。刘丽君能够讲的几乎都讲完了,但惠兰还缠着她再讲。刘丽君是个编制苇席器皿的能手,却不会编故事,她只好把原来讲过的事情再重复一遍。有的事情重复了好几遍,惠兰还要听。渐渐地,细腻的女性观察力告诉她,这个黄毛丫头已经深深地爱上了比她大过十七八岁的被判了无期徒刑的囚犯。

这时杨青林那显得苍老的面容出现在她的眼前。杨青林的脸上,由于对社员生活的焦虑,皱纹显得更多了,他那恳求的眼神显得更加急切了。他跟她讲过好多次,都是为了向她提出这个要求:群众实在太苦,要度过马上就要来的春荒,必须广开副业门路,过去被打散了的编制手工业,必须迅速恢复起来。刘丽君这次到常德来联系,就是应杨青林多次恳求才来的。

想到这些,刘丽君便抬起头来,望着两位等待自己回答的慈祥的老人,她噙满两眼泪水激动地说道:"大叔大婶,谢谢你们的关心,但是我这次到常德来,不是想请大叔解决个人的困难,我只是想,把我们那里原来的编制手工业恢复起来,我是代表生产队来问问大叔,我们那里以后编制出来的柳条制品和苇席,大叔这里肯不肯收购?"开始,姚经理夫妇感到很惊讶,因为近年来,他们接待过无数求他们找门路解决进城和招工问题的人,他们都只希望听到姚经理的一句话,答应考虑。他们没有想到,今天他们主动提出考虑招收刘丽君到公司来,却遭到她的拒绝。但是不一会儿,姚经理夫妇明白了,他们为刘丽君这种一心为集体的精神所感动,便连连加以称赞。因此当刘丽君问公司肯不肯接受他们的产品时,姚经理赶忙回答:"伢儿,你爹和俞七阿公因遭不幸,一个死了,一个变痴呆了,他们不能再出来领头了,你既是俞七阿公编苇席的得意徒弟,又得到了你爹编柳条制品的真传,由你牵头,我们放得心。你们编制的产品我们一律照收,而且都按一等品出价。你说你们生产队现在很困难,我看这样吧,等会我回公司开个会,跟大家商量商量,为了扶植传统手工业,对你们这样的老关系户,我们优先予以照顾,可以考虑预支一笔产品收购费,帮助你们解决眼下的困难!以后你如果愿意再建立代收点,我们还可以派专人来柳林镇协助。"

第三天早晨,当刘丽君兴致勃勃地上了常德回安乡的轮船时,她的口袋里,不但带了一张由她代表生产队和日杂公司签署的产销合同,而且还带了一张一千元的支票。凭这张支票,她可以到柳林镇人民银行办事处领取现款。姚经理夫妇清早一起来码头送行。对于将刘丽君招进城,替她介绍一个好对象的事,姚经理爱人仍不死心。昨天她到单位上班,将刘丽君的遭遇给大家一说,大家都很同情,七嘴八舌,一下子就凑了五六条线索,有一条线索,姚经理爱人很满意,今天清晨她特地陪老倌子一起出来送行,就是为了和刘丽君商议一下。她不顾老倌子还在跟刘丽君交代一些业务上的事,就一把将她拖过一边,跟她咬了半天耳朵,但是直到轮船鸣过两遍汽笛了,她还未得到刘丽君肯定的回答。刘丽君只是微微笑着,表示感谢,至于行或者不行,她不表态。姚经理爱人没有儿女,不知为什么,她一见到刘丽君,便喜欢上她了,她很想把她弄到自己身边来,做一个干女儿,因此,当刘丽君还在含笑不语时,她便急了。她道:"你总不能老这么下去嘛,年纪轻轻的,难道说还要给老裁缝守节?"最后刘丽君因急于上船,便答应以后再联系,这样总算得到了一个回答,姚经理爱人才松了手。直到刘丽君上了船,两位老人才走回岸上。轮船走过好远,刘丽君还看见老夫妇俩在岸上对她摇手。

常德开往安乡的轮船,经过柳林镇。轮船上的大副望见了柳林镇上的水塔,便拉汽笛,招呼驾渡船接旅客的老倌子注意,准备开船到河中心来接客人。柳林镇是个小口岸,没有设轮渡码头,有客人在这里上船或上岸,都由一个老倌子驾只木船把他们接上岸来或送下船去。轮船到了柳林镇边的河上,就把速度放慢,让老倌子稳稳当当地把木船靠拢去,轮船上有人把老倌子丢上去的绳索接住,把它绑在轮船边栏杆上,木船就

166

伴随轮船缓缓地前进,然后老倌子伸出一根竹篙子,算作是扶手,让旅客手扶着篙子上下。由于每天都要这样接几次客,老倌子熟练了,他顶多只要五分钟,便把要做的事做完了,要上轮船的旅客上了轮船,要上岸的上了木船。等他把客人安顿好后,便吹一声哨子,这样轮船上的人把那根系在栏杆上的绳索解开,丢给了他,木船便迅速离开了轮船。轮船的速度加快,它那后尾掀起的波浪把木船推得一翘一翘的。如果起了点风,那波浪更大,木船在水里沉浮着,远远望去,好像它要被水浪吞没似的。但是请放心,这位驾船的老倌子是位老艄公,凭他几十年水上的经验,他能保证你绝对安全,对他来说,这轮船尾巴上的波浪算不得什么波浪。真正的波浪只有在注滋口到君山这段湖面上才能见到,如果天空刮起了五六级大风,不要到七八级,你到那儿去看吧,那波浪掀起有几丈高,如果驾起木船在那儿过,好像天地都在翻腾似的。但是就是遇到这样的大风浪,他也不害怕,早年他年纪轻,身板子好,他便在这条路上渡旅客,直到后来年岁大了,他才退到这小河里接客。由于他摸着了水浪的脾性,在那大风大浪当中,他从来没有出过事故。

刘丽君没等木船靠拢岸,便从船上一纵,跳到了岸上。她急急走上街,街上有很多熟人,平时她上街,总要在此流连一会,今天,她一刻也没停,碰上熟人也顶多点点头,有的连头也来不及点,便擦肩过去了。她走出柳林镇街口,在大堤上走了一阵,便走下堤埂,径直朝杨青林家走去。

她走进杨青林屋前的小坪,一迭声喊:"杨青林!杨青林!"正好这时杨青林在家里,正在和朱利生商量接种水浮莲扩大生猪饲料来源问题,他从刘丽君那高兴的声调马上听出,她此次出马比较顺利,他便忙站起身迎接刘丽君。这时杨大妈也听见刘丽君来了,过去刘丽君对她的照料,她早已从朱惠兰嘴里听到了,她也颤颤巍巍地从房间里走出来,走到中间堂屋里。

刘丽君跨进堂屋,看见大妈走出房间迎接她,便忙跑上前去,问了声好,接着扶着她在椅子上坐好。她看见杨青林和朱利生都用一种急切的探询的眼光望着她,忙叫道:"报告队长、会计,这次去公司联系很顺利!"说着她便从口袋里掏出两张纸,把它递给杨青林。杨青林一看,一张是她代表生产队和公司签订的合同,一张是支票。刘丽君道:"日杂公司怕我们缺少资金,先预付一千元,待交货后再结账归还。在合同中规定,凡是柳林公社柳林大队柳林生产队出产的柳条制品和芦苇制品,只要符合'文化革命'前的产品规格,一律按一等品价格收购,而水上运输费用,也一律由公司支付。"杨青林听完这话,脸上马上笑开了花,他忙走拢去,紧紧地抓住刘丽君的手,激动地说道:"谢谢你!谢谢你!我代表全队社员谢谢你,现在大家都有了活路了!"朱利生接着这一千元支票,开始真有点不相信自己的眼睛,虽然他担任过多年生产队会计,也懂得银行里一些过钱的手续,但这样巨额的款项,他还从来没有经手过。他过去经手的农贷信贷,虽然也有几千几百的,但那大都是账面上的数字,而且一般都用实物作抵押,像这样一张可以凭它领出一千元现金的票子,他还是第一次见过。他想起刚才自己还在跟杨青林叫苦,说他的抽屉里只剩下几块钱现金了,而烂泥湖,起码还得有一两百元才能完得场,三十多户人家一冬一春的生活,还一点也没有着落。"四人帮"打倒后,开放了农贸市场,这谷米在市场上倒是有卖的,但钱又在哪里?没有钱哪里能买到谷米?他正急得不行,没想到刘丽君却轻轻巧巧地带回了这一大笔钱。朱利生常常向人夸口,说这队上的会计没有别的巧,一不贪污二不盗窃,秉公办事,只要队上家当厚,有钱有谷,他可以保证把大家的生活安排得熨熨帖帖。现在有了这笔钱,一切都好办了,他手上拿着支票,好像看见全队的社员都集中在队上仓屋里分粮食,那一张张黑黝黝的笑脸,好像都在冲着他笑。其中有人跷起大拇指,大声地夸奖他:"好一位当家人,把大家都救了!"朱利生正想告诉他们,这当家人不是自己,是杨青林,是杨青林出的主意,由刘丽君出去办妥的,而自己并没有在这件事上出什么力。这时他忽然听到杨青林在大声笑道:"利生,现在合同已经签好了,预支的钱已拿到手了,以后便得请你多出力了!"朱利生仿佛从梦中惊醒,忙道:"要我出力,容易,我按户口把钱分下去,或者统一买一批粮食回来,再按户口分粮食。"杨青林笑道:"这事容易,你先别忙着。现在要紧的是抓紧组织苇席生产,合同已经签好了,不能再拖延了!利生,你过来,我们算算看,到底有多少人可以参加编苇席。"朱利生和刘丽君算了算,能够编苇席的一共有七个人,这七个人,都是手艺熟练的,同时还可带一些徒弟。按十个人的工作量计算,需要的原料便不少。这样就得抽出几个精壮劳动力到湖洲上去割芦苇秆子,而整个生产队,总共只有十七个主要劳力,这些主要劳力,统统都到烂泥湖工地挖河去了。要开展制苇席的工作,便必须首先把到烂泥湖工地去的劳力叫几个回来,不然尽管一切都安顿好了,没有原料还是不行的。

朱利生和刘丽君都愁住了,特别是刘丽君,因为她原来没有想到原料这一层。她想,在他们垸子周围,有好几个大苇场,特别是烂泥湖的芦苇,长得又高又密,是取之不尽的原料基地,还怕没有原料到手吗?不想没有劳动力去割芦苇,这些芦苇还是不会自动拢来的,编苇席的工作还是无法正式开始,那七八双巧手,还得空闲着。由于她在签合同时没有考虑到原料上的困难,为了早日为队上创造财富,她把送货的时间提前了,日期写到了合同上。这时她一听到原料供应上出现了困难,编制工作不能立刻开始,便急得额头冒汗了,她一边从口袋里掏出小手帕擦汗,一边在打主意,是否赶紧给姚经理写封信,把这个困难告诉他,使他早有个准备,不然等他们按合同派人押船来收货,而货还没有出来,那样就会造成市场供应方面困难。

这时杨青林却在想另一个大问题,他早就想过,这个大问题不解决,许多小问题也都无法解决,这割芦苇的事不过是其中一个小问题。他想的大问题,就是烂泥湖挖河道的问题。当他第一次听到烂泥湖挖河,便产生了怀疑,他感到这恐怕也像一九五八年大炼钢铁,是个得不偿失的工程。这烂泥湖,他从小就熟悉,当他还穿开裆裤的时候,就跟大人们的船只到那里去捉鱼,那里确实是一个捕鱼的好地方,每年冬天,农民们都要在那里把自己一年的买油盐置衣服的钱弄回来。但是那里的地势很低,一年涨几次大水就淹几次,因此那里的土地除了丛生着芦苇,没有其他用场。有的农民,曾经想冒险。老班子手里许多人都是冒险的,他们在一片荒洲上撒下种,遇到哪年没有大水,便能收一次饱世界,因为那些刚刚潮起的河洲,土地极其肥沃,虽然从没有人给它上过肥,但它比那些上足了肥的土地还肯长庄稼。可是这种冒险在其他荒洲上常常成功,在烂泥湖荒洲上却从来没有成功的先例,因为烂泥湖地处三条河流的汇合口,三条河流的冲刷,使它无法像其他荒洲一样积聚泥土。当河水流速缓慢时,这时的泥土常常也会增厚一点,但当河水急速上涨,流速加快

169

了,这里刚刚增积的泥土又被流水带到其他地方去了,因此这里始终保持一种不稠不稀的状况。只在烂泥湖的顶端,突出在湖中的一片地方,有一块坚实的土地,据说那里曾经做过纸厂,后来被一场大水把造纸厂冲掉了,才被一家出口公司顶替下来。那块地方由于地势较高,可以种苎麻和粮食,如今出口公司正在四处招聘工人进行种植,而这个出口公司派出的代表,就住在柳林镇上。

根据杨青林对烂泥湖的认识,他认为开垦烂泥湖是一个荒唐的主张,而把烂泥湖拦腰劈开,更是一件劳民伤财的蠢事情。据开垦烂泥湖的设计师的意见,烂泥湖的水患,主要来自东边的一条河,如果把烂泥湖拦腰劈开,从中辟出一条新河道,这就使东边这条河多了一个出水口,有了这条出水口,有一半荒洲就可以水旱无忧,几千亩土地都可以种上庄稼。这种想法,自然是美妙的,但按杨青林的经验,这种想法是无法实现的。因为据他了解,两条大河涨水的时间差不多是相同的,东边河里涨水时,西边河里的水也涨了,西边河里涨水时,东边河里的水也消不了多少,即便消得多一点,也流不出去,还是留在烂泥湖里,从烂泥湖的另一边把洲子淹没。

他心里想,既然工程是瞎指挥,对农民没有益处,又何必再搞下去?现在队上正缺乏劳力,何不将劳动力用在正当的地方,好解决眼前的困难,这样,他便决定把生产队的劳力拉回来,如果不能全部拉回来,也要拉回一部分。想到这里,他对两人道:"现在看来,芦苇编制必须马上开工,芦苇弄不回来,开工有困难。现在天色还早,我们一道过去看看,和公社张书记商量商量,把劳动力拉出来一批先割几船芦苇回来,早一天开工,早一天得到好处。"朱利生一想也只能这样,他知道公社张书记对烂泥湖工程抓得很紧,不会答应,但觉得杨青林亲自去,也许有希望,杨青林原来是公社副书记,张书记的老同事,他也应当碍点面子。这时杨青林对刘丽君道:"你累不累,如果不累,也一道跟我们去吧,好顺路看看哪里的芦苇长得好些,适合编制上等芦席。"这样三个人便别了杨大妈,走上大堤寻船上烂泥湖。

当他们驾船来到烂泥湖工地,正好是工地开中餐的时候,他们首先寻到柳林大队驻扎的地方,然后找到柳林生产队。只见全队十七个主要

170

劳动力,挤住在两个破旧不堪的小棚子里,棚子里铺了一层稻草,上面横七竖八地铺上几条破烂棉絮,这就是他们的垫褥了。因为是冬天,湖里风大,棉被都带得厚,估计都是把家里那床最好的被子带来了,但出工时间太长,没有工夫搞内务,棉被都沾满了污泥,坐在旁边,还闻到一股冲鼻的汗臭味。总之,十七个人住在这样两个小棚子里,实在太挤了。杨青林估计他们如果到夜晚都一律放倒,是只能侧着身子困的,而且在这棚子里困觉,脚还得蜷起来,如果不蜷起来,脚用力一伸直,就会把棚子壁捅个窟窿。杨青林已经注意到小棚子破旧的两壁被人捅穿过几个窟窿了,这些窟窿,后来又都用稻草胡乱堵住了。生产队民工领队是民兵排长朱长生,朱长生平时只认埋头干活,从不探闲事,他这个民兵排长是聋子的耳朵,摆相的。他也从没有单独集合民兵搞过什么活动,而且他的年岁早已超过三十五岁,已经过了当基干民兵的年龄。但是据大队考虑,还是让他再担任一个时期,因为他有一个最大的好处,除了保证完成上级交下的任务外,从不惹是生非。生产队长卜桂香早就向大队提出要让朱长生的满弟朱冬生担任民兵排长,但大队始终不肯批准,因为罗支书没有松口。看来罗支书的考虑是对的,不是吗?从昨天午饭后起,朱冬生便不见踪影,他既没有向民兵排长请假,也没有给民兵连长卜槐香打招呼,到了晚上睡觉的时候,还不见他回来。真是太没有纪律性了!哥哥朱长生急得一晚没有睡好,因为怕他落水死了。但后来一想,他落到水里死不了,因为朱冬生自小就喜欢玩水,他在水里可以浮得半天不沉,同时还会扎猛子,他一扎可以几分钟不出水。有次渡船上有人掉了只钱包,还是他扎猛子到河里替他捞上来的。但是他怎么直到今天中午还不见回来?难道是过河回垸里去了?因此当朱利生说没有看见,他便更惊讶了。这时过湖来的三个人分成了两处。杨青林和刘丽君在一个棚子里,被大伙围住,大家早耐不住这种生活,正七嘴八舌唱埋怨歌。而朱利生却被人围在另一个棚子里,大家都在发愁,不知朱冬生到哪里去了。朱长生叫二弟赶紧拿主意,二弟利生一时也拿不出主意来。这时朱四爹也在工地上,他负责修理锄头筬箕,他在修理组吃饭睡觉,他从老远看见朱利生来了,吃过午饭,提根烟管,从修理组那边踱过来了。棚子里的人们正在七嘴八舌猜测朱冬生的去向,大家一见朱四爹,便都闭上嘴,好像是预先约定似的,因怕老人着急,都不肯把朱冬生失踪的事报告给他听。

那个棚子里唱埋怨歌已经唱了好一阵子,杨青林听他们说话,几乎是一个意思,这烂泥湖工程是件费力不讨好的事,不知是谁出的主意,这个主意,跟一九五八年大办钢铁和搞亩产万斤是一样的,是瞎指挥。队上的人已经知道杨青林不肯马上接任公社副书记,而要代理一段生产队长,大家都异口同声地请他向张书记建议,这烂泥湖工程应当马上停工,让大家回去,趁现在时令正好,还可以让大家出外搞点副业。对于队上社员们的要求,杨青林没有马上回答,但他的心里早就打定了主意,他的想法和大家的想法是一样的,得马上把队伍从这里拉走,多在这里耽搁一天,多一天损失。他就是怀着这样一种打算去见张文榜的。

柳林公社党委书记的临时办公室设在一座小茅屋子里,这座小茅屋,是工地上唯一的一座茅屋,是为了把工程指挥部移到这里来临时盖起来的。这时张文榜刚吃过午饭,正在用牙签签牙,一边签牙,一边低头看搁在小桌上的一份材料。这份材料是公社秘书也即是工程指挥部秘书老马给县委和县水利局写的一份报告,报告陈述了挖河工程完成后,由于能够把东边河里的水排开不少,因此除了荒洲直接受益外,对下流一些堤垸也大有好处。报告中希望水利局根据它的实际效果,能够从全县水利经费中适当拨出一点钱加以补贴。张书记打了一个这样的如意算盘,他想如果水利局能够拨下一笔钱来,那么这荒洲的开垦便不需再自筹资金了。他知道县水利局管批这种经费的是卜副局长,是柳林公社柳林大队柳林生产队队长卜桂香的嫡亲哥哥,他已经嘱咐马秘书,这份报告完稿后,要派人直接送到卜副局长手里。由于张书记太忙,他不知道卜桂香已经被撤职了,他当然更不晓得他们兄弟为过继的事,刚闹过一场不大不小的纠纷。

当杨青林走进茅屋子,站在他面前,他还未发觉,因为他正聚精会神看报告。对于向上的报告,他一般要看五六遍,连一个错字也不放过,他认为这是对上面负责的表现。及至又看完一遍,除了发现两个标点符号打错了以外,觉得还满意,这时他才抬起头来,一抬头便看见杨青林站在自己的面前。

张文榜看到杨青林,很高兴,他道:"欢迎你,你来得正好。我们这个工程,正处在关键时刻,还有三华里河道,这是最后一段工程,把这段河道挖通,我们就可以通水了。"接着,他又叹了一口气道,"万事起头难,但是据我的经验,万事收尾难,许多好事情常常因收尾工作没有做好而毁了的。上次省里发下来的一个文件里说过一个什么成语来着,啊,记起来了,叫'功亏一篑'。说来好笑,当时我不认得这个'篑'字,眼又花,把它认作一个'赍'字,'功亏一赍',是什么意思?我也闹不清,叫马秘书去查一查字典,他才告诉我,是个'篑'字,就是一筐箕土的意思。一个工程的失败,往往是败在这最后一筐箕土上面。这话说得好,我们现在也正处在这最后一筐箕土的时候。青林,你是这里老民兵营长,是素来有那样一股虎劲儿的,你是不是可以来帮我一下,帮我鼓鼓大家的劲。最近几天,下面讲怪话的多了一点,大家的劲头好像大不如以前了。"杨青林听他说完这样一大篇话,不禁笑道:"张书记,你忘了,我如今只是一个代理生产队长,没管公社的事情。"张文榜大声笑道:"代理生产队长,这是你自己要求做的,我只得表示同意,但在我心目里,你依然是公社副书记,公社这副重担子,早晚还得你来挑。前天我跟县委书记通电话时,把这个意思和他说了,县委书记并没表示不同意。"杨青林笑道:"今天如果恢复我原来职位,你会很后悔的!"张文榜道:"青林,你忘了,我并不是那种恋着权力不肯放手的人,我只要把上级交代的任务完成了,心里就踏实了,其他事情,很少想过,难道我还怕你跨到我前面去?我不是这号人!"杨青林道:"我也知道你不是这样的人,但是我的主张和你不相同时,你还是不会高兴的。"张文榜笑道:"这你吓不倒我,这也并不是新鲜事,'文化革命'前我们在一起共事,争论就没少过,但你从来没拆过我什么台。有些事情,现在想来,还亏你顶了一下,不然,犯的错误更大!"杨青林道:"你相信不相信,现在我就要拆你的台!"张文榜吃惊得睁大一双眼睛道:"拆我的台?拆我的什么台?"杨青林道:"我这次过湖来,就是要把我们那个生产队的劳力拉回去。并且我还想向你建议,把全公社的劳力统统拉回去。这个工程是没有益处的,放弃算了。"张文榜吃惊得将眼睛睁得更大了,他大声道:"什么?要把全公社劳力统统拉回去?把眼看就要完成的工程停下来?你真的要我搞一次功亏一篑?"杨青林道:"老张,你听我说,功亏一篑,是说的功,是有益处的事情,而你现在搞的,却不是功,于国于民,没有一点益处!"张文榜叫道:"河道挖通了以后,一下子搞出几千亩旱涝无忧的土地,一年能多收几十万斤粮食,难道说,这就不是功?"杨青林道:"你说能搞出几千亩旱涝无忧的土地,你弄清楚没有,有没有把握?"这时张文榜已气得全身发抖,因为整个冬天,他几乎把全部精力都集中在烂泥湖工程上,他没有过过一个星期天,也没有睡过一晚好觉,这时他从床上拿过一只塑料袋,发抖的手在里面掏摸了半天,好容易掏出一张纸片来,他把那张纸片送到杨青林鼻子跟前,气急败坏地叫道:"杨青林,你看看,这是什么?"杨青林伸手接过一看,原来就是那个公社中学的代课教员写的那份建议。他说根据他多年的实地考察,认为只要把东西两道河中间的荒洲挖通,便能使东河下游的水位大大降低,地处东河下游的烂泥湖荒洲,便会变成万亩良田。他说如果公社领导有决心进行这一项工程,他愿意担任这个工程的总设计师。杨青林看了他自述的出身经历,以及他做出的武断结论,还有他那一心想出风头的想法,他连连叹着气,不停地摇头。张文榜道:"你难道还不相信人家的诚意,你看看他最后一句话怎样说的,愿以全家身家性命担保,在后面他那名字下面,还盖了一个血手印!"杨青林望着张文榜那激动的样子,望着他那也明显衰老下去了的面孔,心里想道,真没有想到,老张的水平现在会这样低!从这张建议书里,他难道嗅不出一个江湖骗子的味道?他明确地感到,这是一个地地道道的拆白党,一个害人不起稿子的角色,要拿他早年的脾性,他便会叫来几个民兵,把这个骗子扣押起来,但他现在还无权这样做。他想张文榜已经受骗太深,更确切一点说,他在这场骗局中已经陷得太深,他一时无法把他劝说过来,看看天色已经不早了,他还要带着大家回去,这样他便不再说什么,连招呼也没再打一个,走出了张文榜的办公室。

等杨青林离开后,张文榜一下子跌坐在椅子上,气了好一阵子。但过了一段时间,他稍稍冷静下来,又细细想杨青林所说的话,他把那份建议书拿出来,站在窗前仔细地看,看了一会,也觉得哪个地方不对头似的。这个代课教员明明是光杆一个人,据他自己对人说,他家上无父母,下无姐妹兄弟,他也没有娶亲生儿育女,为什么要说以他全家身家性命担保？这搞工程是凭科学规律办事，又不是找铺保，为什么要说这种话？而且还盖个血手印，过得久了，这血手印慢慢显出真相来，好像不过是红墨水，不是什么鲜血。

张文榜正在这样想着，忽然，茅屋子的大门被人用力推开了，只见柳林大队的民兵连长卜槐香气喘吁吁地冲进来。他大声报告道："不好了，杨青林已经把柳林生产队的民工拉走了！"张文榜一听，立即发火了，他的心里马上出现这样一个念头："好小子，你一回来就跟我作对！"至于那个总设计师是不是一个骗子，他早就不再考虑了。他忙大声吩咐卜槐香，叫他赶紧带领大队民兵追，务必把他们追回来！

十四、水神庙奇遇

卜槐香带领民兵追到湖边,只见柳林生产队带来的两只船,加上杨青林刚才驾过来的那只船,一共三只船,载着二十来人,正呈一字长蛇地朝大垸方向驰去。卜槐香站在岸上扯起喉咙喊,船上的人只作没听见,卜槐香感到没有办法。这时张文榜也赶过来了,张文榜道:"驾个划子去追,务必把他们追回来!"这样,卜槐香就在岸边寻了一只小双飞燕,带着两个基干民兵,各操了支三八式步枪,从湖里赶上来了。

民兵使劲挥动着双桨,双飞燕的速度很快,但是还赶不上前面船只的速度,因为前面船上的人多,几个人合力一划,船像箭似的向前飞去,眼看追不上了。卜槐香一急,就把肩上的那支三八式步枪取下来,朝前伸出,大声叫道:"前面的船再不停桨,我就要开枪了!"也许因为前面的船距离太远,听不到喊声,也许虽然听到了卜槐香的喊声,但他们故意装着听不见。卜槐香见前面的船上一点反应也没有,那最后一只船上站在后艄荡桨的,好像是一个女的,只见她不但没有停住手,反而把划桨的动作加快了。卜槐香看到这情形,火了,他那一股特有的牛劲儿又上来了,他把枪筒对准天空,砰砰砰连开了三枪。这三枪的作用蛮大,前面那只船上的人听到枪声,马上停止了荡桨的动作,两只船停在那里不动了。开头听见卜槐香的喊声,杨青林回头一望,只见他带着两个民兵驾了一只双飞燕追上来了,杨青林便叫大家把桨停下来,等他上来看有什么话说,但是大家都不肯停桨,刘丽君手上的木桨挥动得更快。这时又听见后面的喊声和枪声,杨青林又叫大家把桨停下。坐在前面那只船上的朱

176

四爹也说:"卜槐香这伢子是个犟脾气,莫要惹得他真的对着船打起枪来,万一伤着人不是好要的!"这样,大家才把桨停了下来,不一会,双飞燕追上来了。

双飞燕由两个民兵驾着,卜槐香威风凛凛横拿着三八枪,站在船头。他准备一俟双飞燕靠近那些船,便飞快跳过去,把他们臭骂一顿,然后押着几只船返回工地。他心里早在盘算着,近来民工们情绪不稳,再发生这类逃跑的事情,对民工们的情绪影响更大。他准备请示公社党委,好好把这事件处理一下,对于带头逃跑的人,甚至可以发动全体民工批判一下子。但是当双飞燕驶近那两只船时,他一眼便看清那站在最近一只船上使劲划桨的女社员是刘丽君,是自己在割资本主义尾巴时捆了她一索子的过去的未婚妻。他一看见她,不知为什么,便再没有刚才那股子勇气了。他把枪放下,嘴里也停止了喊叫,就像只泄了气的皮球,呆呆地站在那里。前面一只船上也站起来一个人,卜槐香一看也认得,是自己从前的顶头上司,公社党委副书记杨青林,在他担任党委副书记之前,曾担任过很长一段时间的民兵营长,长期直接领导过他的工作。这个人,在"文化大革命"中被打成现行反革命分子,县里当时决定要将他逮捕,也是自己奉命带着民兵去抓他的,对这位老同学,而且又是从小就相好的朋友,他一点情面也没讲,他当时认为,这是民兵连长应尽的责任,如果不执行上级的命令,还算得什么民兵?那天大家还碍着情面不肯动手,他却带头亲自动手,把杨青林捆起送到了公社办公处。自从做过这两件事,他便常常感到有些不对劲,他有点后悔。刘丽君的遭遇不用说了,自打刘大爹含冤死去,便孤苦无靠,依靠年老的孙裁缝过日子,后来竟做了他的堂客。她现在的寡居生活,他也早听说过了。杨青林的释放,他是昨日才听到的。今日一见,才知八年的囚徒生活,在他身上留下了深刻的印记,那满头花白的头发,那布满皱纹的瘦削的脸颊,哪里还有点原来的英俊样子!因此当双飞燕靠近两只船,荡桨的民兵伸手将其中一只扯住,好让这边船上的人跳过去,过了好久,还不见卜槐香跳过去,民兵只得将手从船边抽开,两只船和双飞燕分开了一段距离。卜槐香不好意思望杨青林,更不好意思望刘丽君,他只拿眼扫了一下那两只船上的民工,只见那些相当熟识的面孔,都用一种敌意的眼光望着他。几十天的艰苦劳动,已经把他们拖垮了，把原来就很瘦削的脸颊，变得更加瘦削了。有的人脸上，还显出菜黄色，这种面色只有在吃糠菜的三年困难时期看见过，那是一九六一年前后的事，不想这种情形又在今天出现！

荡桨的民兵见连长呆呆地站在双飞燕上，既不过那只船上去，又不作声，便问了一声："是不是押着他们走，把他们赶回工地去？"

"不，打转！"卜槐香回过头来，粗声粗气地对那两个荡桨的民兵吩咐道。

"难道就让他们回垸里去？"荡桨的民兵更加疑惑不解了。

"这是公社领导的事，我们管不着！"卜槐香只这样简单地回答了一句。他从船头走下来，坐到了船舱里的横木上。

后艄的民兵不敢再问，跟随民兵连长出来执勤，当然只能听从民兵连长的指挥。他们把木桨一推，双飞燕便离开那两只船好远了，他们又荡了几下，小船早掉转了头，依旧回工地去了。

尖锐的三声枪响，惊醒了一对年轻恋人香甜的睡梦。在烂泥湖的一个僻静的角落里，在一片高高的芦苇的旁边，停着一只小渔船，小渔船的篷子里睡着一对热恋的情侣，盖在两人身上的棉絮已经破烂不堪了，但就在这个简陋的船舱里，两人度过了他们一生算是最美好的日子。年轻的恋人互相紧靠着，用自己的体温温暖着对方的身子，他们讲了一天一晚的话，这时已经睡熟了。他们睡得那样香甜，就好像他们是同睡在铺满锦绣的洞房，大概他们感到很幸福，在他们的脸上，都挂着微笑。突然，三声尖锐的枪声把他们从睡梦中惊醒，两人忙坐起身来，仓皇四顾，不知这声音是从哪个地方来的。男的穿好了衣裳，钻出船篷，站到船头一望，只见三面是密密麻麻芦苇，一面是一望无际的湖水，远远地，隐隐约约，可以望见芦苇外有几线炊烟。这时，满天阴云，好像又要下雪的样子。男的站在船头，被冷风一吹，不禁打了个寒噤，他听见女的在舱里呼唤，又一头钻进了篷子里。

这船篷子里的一对青年，就是朱冬生和李小娟，他们已经在这个小小的避风港里同居了，在这两天里，他们相依相偎，说不尽心头的话，他们正在度着美好的蜜月生活。他们似乎忘却了眼前的困难，他们觉得在这世上，只有他们两人存在，除了芦苇、湖水、小船，就只剩下他们两个人了，但是，尖锐的枪声把他们从这场梦境中惊醒了，使他们又回到现实的世界。待朱冬生钻进船舱里，李小娟忙问道："你看到什么？是不是舅舅派民兵来追我们了？"朱冬生道："没有看到什么，这一带连只船也不见，好像枪声是从芦苇荡那边传来的。"李小娟用手摸摸朱冬生的身子，发现他身上冰凉的，便道："外面很冷吧，怎么你刚刚出去一会，身上便变得这样凉？"朱冬生道："外面顶冷，天顶布满了云，看样子，恐怕又要下雪了！"李小娟赶紧把朱冬生拉着躺下，把烂棉絮盖在他身上。这时她又叹道："要是再下雪怎么办？船篷是烂的，船上盖的东西很少，是挡不住严寒的。"朱冬生也道："船上的盐也不多了，米也没有了，长久待在这里是不行的，得找个地方落脚才好。"两人想了好一会，朱冬生忽然道："我听说烂泥湖东边，在大湖中央，有块高旱地，从前有人在那里开了个纸厂，想利用附近的芦苇做原料。一九七二年东边河里发大水，湖水上涨，把纸厂淹掉了，机器设备都给大水冲跑了，纸厂关了门，听说最近有个什么公司在那里办养殖场，养殖场四处招工，我们何不到那里做工去，也好暂时安住一段。"李小娟一听，忙坐起来，拍着两只小手，她笑道："有这号好地方，你怎么不早说？既然他们正在四处招工，想必是十分缺人的，我们就到那里去，我们都年轻力壮，他们会要的。"但是朱冬生不肯动弹，他仍旧直挺挺地躺在那里不肯马上表态。李小娟急了，她用手摇着朱冬生的肩膀道："怎么，你还一点不急，难道我们就在这里过一辈子？没有米，盐也没有了，再过两天，我们就要吃生鱼了，下起雪来，一起做雪人吧！"朱冬生道："我在想，养殖场才开张，四处招人，肯定是要人开荒，你是个老师，教书的，怎么能下得这号大力气？"李小娟听了，不禁大声笑起来，她一边笑一边说："你到底还是个憨小子，脑子里不记事，我在你耳朵边讲过多少次了，你忘了，我教书才几天的事，在这以前，我是做什么的，你说说看？"李小娟揪着朱冬生的两只耳朵，叫他回答。朱冬生憨笑着，被她逼不过，只得说："知识青年。"李小娟又问："知识青年干什么？"朱冬生道："上山下乡嘛，这还用问！"李小娟又问："上山下乡干什么？"朱冬生回答不出来，他想了一会，只得说："上山下乡就是上山下乡，还能是什么？"李小娟用拳头在朱冬生结实的胸前敲了一下，坐起来，大声笑道："修理地球！难道你这点也不晓得?"朱冬生的脑子一时转不过弯来,他坐起来,疑惑地问道:"修理地球?修理地球是干什么?哦,修理地球仪,那是工厂里干的事儿,怎么轮到你们上山下乡的知识青年去干?"李小娟冲着朱冬生的脸大声叫道:"修理地球就是搞农业劳动,你这都不懂,傻瓜!"朱冬生懂了,他觉得这个名词很有味,也不禁哈哈大笑起来,他这一笑不打紧,把李小娟更逗乐了。李小娟望着他那憨笑的劲儿,更感到怜爱,她不禁张开两只手臂,把朱冬生的脖子紧紧地搂住。人们说贫贱夫妻百事愁,这一对处境极端困难的夫妻,该愁的事情实在太多了,但他们并不大愁,而现在上养殖场做工的打算,更加鼓舞着他们,使他们变得更加快乐了,他们尽情地笑着,笑了一会,又相依相偎,说着话儿,不知不觉,就到了黄昏的时候。今天天空布满了云,见不着太阳,因此这黑夜也来得特别快,见天黑了,两人才开始感到有些肚子饥了。两人从船舱里走出来,朱冬生跳上岸去折芦苇做柴火,李小娟蹲在船尾剖鱼,她把昨日捕来没吃完的鱼剖好,用水洗净,撒上盐,等拿回来柴火烧红锅子煎鱼。船上的米还够两人吃两天,用芦苇秆子做柴火煮成的米饭,香喷喷的,两人饱饱地吃了一顿晚饭。吃完饭后,又钻进篷子靠在一起细密地谈讲。他们对自己的未来,有许多美丽的想象,他们把这些想法说出来,互相补充着修改着,最后变成一幅幅美丽的图画,两人就是怀抱着这些图画入睡的。

等他们一觉醒来,天亮已经好久。他们没有手表,不知道到了什么时候,他们只见天空仍然布满了灰色的云,大雪过后,晴了几天,这时天气又陡然变化,那北风正在一阵一阵地吹,天亮不久,还纷纷扬扬下了一阵小雪。朱冬生望了望天空,果断地叫道:"走,到养殖场去碰碰!"他跳上岸,把系船的木桩拔出来,用力将船往前一推,自己也趁此跃到了船上,接着他走到后艄,用手交叉着抓住左右两支木桨,用力地划动着。李小娟也想到船头去摇桨,但朱冬生不许她这样做,只叫她坐在船舱的后门口,离朱冬生站立的地方近近的,和他说话。两人一边说着话,一边荡动着双桨,把船儿推向前。为了避免有人发现,他们在湖上碰到别的船,都远远地避开去,他们绕了好多小弯子,三十里的水路,竟走了一整天。直到这天傍晚,才走到老造纸厂的旧址,原名叫水神庙的地方,现在这座古老的破庙,已经做了养殖场的一个办事处。

两人把船系好，走上岸来，走进那座古老的破庙。这座破庙，由于修建时地基打得深厚，那两边的大墙，全是用大麻石砌成的，所以非常坚固，虽然经过无数次大水，冲走了附近多少房屋器皿，但它依然屹立在那里。只是由于年久失修，许多木料结构的地方已经腐烂，那窗架窗棂，荡然无存。只有古庙的两扇大门，倒还存在，门是用大木制成后又拿铁皮包过的，只是铁皮脱落的地方，木头穿了洞，就是这扇曾经显赫一时的大门，如今也是百孔千疮了。

　　这里原来是大潮中央的一个洲子，没有名字。大概在很久以前，这里还没潮起其他洲子，烂泥湖还没形成，只有一片望不到边的洞庭湖水，在这片大水当中，独有一个小岛，这个小岛就是现在这样子。遇上风大浪高，船只无法继续前进，过去不知有多少船只因为有这个小岛才得以保全下来，不致船翻人亡，因此过得久了，人们都感谢这个小岛。当时人们总认为任何物件上都附得有神灵，这个小岛上也一定有位神灵，这位神灵悲天悯人，在大风大浪中保佑他们平安渡过险关。不知是位什么有大力的人发起，大家凑钱在这个岛上修起了一座大石庙。大庙是为纪念神灵而修的，但把大庙修起来后，大家还不知道神灵叫什么名字，更不知道是个什么模样。想到大庙四周都是湖水，在这里为神的理应和水发生点关系，一定又是那位聪明绝顶的人出的主意，替神灵取了个名字叫水神。水神菩萨是个什么样子呢？那就只有靠修庙的人发挥自己的想象了。大概发起修庙的人对女性的印象比对男性的印象更好吧，据他介绍，水神菩萨是一位绝顶漂亮的女人，这样水神菩萨就被赋予了女性的体魄。现在水神菩萨尊容早不见了，不知哪年哪月被水冲跑，重新回到水里去为神。今天当朱冬生和李小娟走到庙门，只见庙里大殿上空空荡荡，不见一人一物，只在一张小小的石框子门上粘贴着一张长条形的红蜡光纸，上面写着一行字："上海土特产出口公司第一养殖场接待处"。这第一养殖场接待处的工作人员到哪里去了呢？朱冬生和李小娟走进石框子门，看见里面倒有一个房间，房内摆着一张条桌，两把凳子，还有一只破破烂烂的木架子床，床上堆着一铺烂棉絮，看样子，这里还是有人住的。但是天色已经完全黑下来了，两人等了好一会，还找不到接头的人，只得又回到了船上。

两人回到船上，感到很愁闷，因为从他们亲眼看到的养殖场接待处的情况看，这个养殖场不景气，不像是个国营机构的样子。当朱冬生将这种看法说出来，李小娟说她也有这种想法，不过接着她便笑起来，她说我们不是听说养殖场才筹办吗，才筹办的单位，自然不会一下子把一切都办好，也许他们正集中力量抓生产，来不及将办公生活等一般设施办起来。李小娟的生性是很乐观的，她把一切都往好的地方想，现在她虽然对眼前看到的景象有点失望，但她总还是从好的方面去加以解释。经李小娟这样一说，朱冬生也觉得有些道理，他的心情也顿时舒畅了许多，这一夜，他们依旧过得很快活。

两人是被冻醒来的，睁开眼睛一看，光亮的晨曦照见他们身上的破棉絮一片白，用手一摸，湿漉漉的，原来是雪。昨晚一夜雪，把湖洲刷白了，把小渔船也刷白了，小渔船的篷子上有无数小洞，雪花从小洞里灌进来，使破棉絮也蒙上了一层白雪。但这雪下得不大，而且下到半夜，就停了，因此当两人将棉絮上的雪花抖搂下来，穿好了衣服，走出船舱，看到的却是一片蓝天，那东方湖水和天边相接的地方，已渐渐现出绯红的颜色，小雪过后是个响晴天。不过现在两人身上感到有些冷，雪后放晴，湖上的空气显得更加冷峭。

两人的心情也和这天气一样，昨日还有些阴霾，今早却变得爽朗快乐。两人一齐动手做好早饭，用冰凉的湖水洗干净脸，就手拉着手上岸来，他们仍旧跑进那座古庙里。

挂着养殖场接待处牌子的石框子门内的小房里，今天有人了，只见在那只破旧的木架子床上，在那一堆烂棉絮里，如今正躺着一个人，那人嘴里还在打呼噜，房间里充满了烟气、酒气。朱冬生和李小娟看见养殖场接待处有了人，便放心了，他们见那人正睡得香，不便喊醒他，便走出石框子门，走到古庙的大殿里，拣了块干净的石块坐下。

怕约莫足足有两三餐饭的工夫，才听见石框子门的房间里，那人在大声打哈欠，接着又听见破旧的木架子床发出轧轧的声音，那人起床了。李小娟推了推朱冬生，意思是叫朱冬生进去看看。朱冬生走进那扇石框子门，待他抬头一看，不禁大吃一惊，原来，站在他面前的却是柳林镇最有名的老叫花子。

这个老叫花子叫杨三癫子,旧社会里,以打莲花落和送财神菩萨为生,解放以后给他分了田,但他不好好务正业,把田送给他一位堂兄弟,名义上是参加他的互助组,实际上是送给他,自己并不经营,依旧在外面流浪。高级合作化运动以后,因为算不得个正经劳力,虽然他年纪不算太老,属于社会救济性质,还是给他定了个五保户,他按月从队上领取口粮,很少落屋。基本口粮没有问题了,他便不再满足在柳林镇及附近几个小镇上游荡了,他还流到县城,本县县城待不住,又到别的县,甚至还经过注滋口,走水路到岳阳。他到了这些城市,就整日围着几个客人多的饭馆子转。吃饭的客人刚接过服务员送来的饭菜,把筷子举起来,他的一只黑手就伸过来了,嘴里也不停念着:"行行好! 行行好! 我不是讨米的,只是因为碰到扒手,把路费扒掉了,回不得家,同志请帮助几个路费钱!"他那可怜的模样和恳切的表情,曾经感动了不少人,因此每日他都能讨到好几块钱,比一个正经劳力发狠在队上出一天工的价值还多几倍。但他这种遇到扒手的谎言也不能老在一个地方使用,用得多了,如果碰到见过几次面的客人,便有被揭穿秘密被斥责甚至遭到拘留的危险。他在岳阳便被拘留过一次,结果被送进收容所,受了一个月劳动教育,后来又被递解送回柳林镇来了。为了避免再次被递解,他便得经常更换行乞的地方,这种骗人施舍的谎言,也得时常变换。"文化大革命"中,在全国大串联的混乱里,他甚至到了长沙,要是他知道世界上还有更大的地方,他也还会去,可惜他目不识丁,知识见闻有限,他认为长沙就恐怕是世界上最大的城市了。他在长沙市大街小巷踯躅,时间整整有三年,这三年谁也不管他,是他一生中的黄金时代,要不是后来他学着别人的样子,半夜到街头去撕大字报,他还会在那里流连更久的。造反派白天辛辛苦苦写好贴出的大字报,他们到深更半夜一张张小心地撕下来,第二天用只箩筐装起,一担挑到废品站去卖,有时候撕捡一通晚,竟可以送出一大担,一大担值好几块钱。不想他这个新行业后来被强制性地制止了。有一晚他正在撕一排十几丈长的大字报,突然被两个戴红袖章的人抓住了,他挨了一顿暴打。他记得自己被打昏了脑袋,躺在水泥地上,不知天光断黑,第二天当他醒过来,才知道被关在一间土牢里。后来又被拉去过了三回堂,挨了好几顿打,才算弄清他并不是对立面组织派来破坏革命大字报的匪徒,这样,戴红袖章的便把他交给军管会收容所,收容了几天,由持枪的兵押着,直接送回了柳林镇。由于自己在长沙挨了造反派的打,又坐了几天牢,并且柳林镇的人都亲眼看见,他是被军管会的枪兵从长沙押回来的,因此当"四人帮"倒台后,他很得意了一阵子。他逢人便夸说自己这段经历,他很想把自己的身价抬高一点,但到底因为过去的表现太不光彩,尽管挨过造反派的殴打和关押,还是不能为他抬高多少身价。在柳林镇的人的心目中,他始终是个不成材的家伙,是块糊不上壁的稀泥巴,不想他这块稀泥巴却被上海进出口公司第一养殖场的经理看中了。经理苦于找不到劳力上荒洲,杨三癫子自动送上门来,他要求到养殖场去干事,经理眯起眼睛看了他一会,觉得他虽然一身邋里邋遢,但还只有五十多岁的光景,从那骨头架子看,身子并不算弱,而如今水神庙缺少的是人,不管什么人,只要有一寸用,也能做车栓子,这样他便把他交给养殖场的管理员,作为第一批养殖场工人带来了。

杨三癫子虽然在柳林公社落户,但他看不起乡里人,他长年栖身于镇上,很少到乡间去,因此他认识乡下的人不多,他对朱冬生和李小娟也不认识。而朱冬生却认得他,他到镇上去办事,人们曾指着告诉过他此人的癖性和经历。湖区的人大都崇尚勤快与清洁,因此这号既懒又脏的人一般都为公众所不齿,朱冬生也瞧不起这种人,但没想到,这养殖场的先期的工人中竟然有他。

朱冬生一见杨三癫子,先大吃一惊,然后想退出去,但杨三癫子一见他,忙喊住他。杨三癫子见到他也非常惊异,因为水神庙湖洲上除了养殖场的人没有其他住户,四面环水,别的地方来人得经过几小时的船渡,因此外来的人很少。使他感到惊讶的是,天还这样早,竟然有人到庙里来找他了。

杨三癫子问朱冬生道:"喂,你是哪里来的? 找我有什么事?"朱冬生见杨三癫子和他说话,只得停住脚,他嘴里嗫嚅道:"我找养殖场的人。"老倌子耳朵不聋,朱冬生说得很小的声音也被他听见了。他听说是找养殖场的人,情绪马上激昂起来,高兴地叫道:"我就是养殖场的人,你找我们有什么事?"朱冬生道:"我找养殖场……"当他抬头望了望杨三癫子,看到他那副邋里邋遢老叫花子样子,下面那句"想报名到场里做工"的话

184

没有说出来。老倌子热情地问道:"你是找阿金？还是找阿庚？他们都是养殖场的管理员,大个子阿金去垸子里接人去了,大队答应支援一批劳动力。红鼻子阿庚昨天到茅草街置办吃用东西去了,听说今天经理可能跟阿金一起回来。他们在洲子那头建了座房子,场本部设在那里,那里还有几个工棚,可以住民工。这里因为靠码头近,来往的人多,设了接待处,叫我负责这工作。嘿嘿嘿,大家都叫我做接待处主任!""好一个接待处主任!"朱冬生心里这样想,鼻子里不禁哼了一声。老倌子朝朱冬生望了一会又道:"你该不是来报名做工的吧?"听他这样一问,朱冬生才想起自己眼下的处境,便回答了一句:"是的。"老倌子一听更加高兴道:"那好那好,场里负责人不在家,一时见不到,但不要紧,经理已经发下话来了,只要是愿意到这里做工的,不论什么人都收,有户口没有户口,暂且不管,即便在外面扯过什么筋筋绊绊麻纱的也不要紧,这里是化外之民,一个三不管的地方。只是暂时条件差一点,等以后生产搞上去了,条件就会好起来,到这里做工,在明年秋收前,暂且只管饭!"朱冬生道:"我是两个人同来的,我们并不是来捞钱的,只要能管饭就行。"杨三癫子问:"两个人同来的? 同来的是什么人?"朱冬生道:"是个女的。"杨三癫子道:"女的也要,听说这次垸子里送来的,也大都是女的,不过还有好久开荒斩草的工夫,女的要吃亏一点。"听见杨三癫子说话清楚,在朱冬生心里,对他的印象好了一点,不过接着,杨三癫子便问他有没有烟? 向他要烟抽,朱冬生的印象又坏了。朱冬生平日不抽烟,身上没有带烟,便摇了摇头。谁知李小娟这时已经站在石框子门边了,她不清楚杨三癫子的往事,认为他真是什么接待处主任,听他这样一说,事情办成了,她和朱冬生有了个落脚的地方,尽管开头的工夫可能要重些,生活要艰苦一些,但那不要紧,只要有朱冬生在身边,她是什么苦也吃得住的。这时她听见杨三癫子说要抽烟,朱冬生身上没有烟,她便记起来在渔船船舱里还有一袋草烟子和一支谁遗忘在那里的旱烟管,她忙走进房子说道:"在我们船上还有一袋草烟!"杨三癫子一听,眼睛亮了,他道:"草烟也行。"他央求两人带他去取烟。当他跟朱冬生李小娟走到渔船上取出烟后,他敲开火石,猛吸了几口,便转动着眼珠子,又在打主意,因为他看中了这只小渔船。今天是个好机会,他何不向他们借了这只船,到茅草街等地去玩两天？反正这两人已经是养殖场的工人,暂且又不必用这只船。由于水神庙没有人家,和外地没有固定的交通工具联系,自从红鼻子阿庚奉经理指令把他带到这荒洲上来后,他整天困守在这个岛子上,白天到岛子东头去帮助整整土,晚上睡在这座古老的破庙里,已有好久没有尝到荤腥了。想到这里,他将嘴里的烟管抽出来,在船沿上敲着,敲落掉烟屎,就嘿嘿地笑起来,笑了一会,就说,他想借他们这只小渔船到湖里去打一转,他没有旁的事,只想去采办点日用品回来。朱冬生知道杨三癫子的为人,最没有信用,本不想答应,但是李小娟满口答应了。李小娟由于找到了安身之所,心里高兴,她把这个老倌子看成了好人。杨三癫子一听李小娟答应了他的要求,忙从地上拔起系船的木桩,一脚跨上船去,他催促两人走下船,便把船掉过头,朝茅草街方向驶去了。

杨三癫子要到晚上才得转来。船已跟他走了,两人没有地方休息,古庙里又破又脏,实在不是个可以久坐的地方。他们刚才听老倌子说,洲子东头还有座房屋,两人便信步往那边走去。

洞庭湖在形成之前,大概出现了一次大的地壳运动,隆起的部分,变成了雪峰山脉,低洼的部分,变成八百里洞庭。但二者又不是截然分开的,雪峰山区,有大大小小的湖泊,洞庭湖里,有山峰的余脉,它们从湖中隆起,变成一块块岛屿和陆地。洞庭湖中的岛屿是很多的,大概人们最早便发现它与雪峰山相连,因此大都也叫作什么山,如君山、赤山等。有些岛屿,面积较小,它们与水相连,或者突出水中,人们便给它们取了一个与水相近一点的名字,叫什么洲,如太白洲、千家洲就是。还有一类岛屿,面积更小,有的时起时落,有时在水面,有时被淹没,这样的地方,大都没有名字,部分有名字,也是人们任意取的,没有什么规律,水神庙就属于这类小岛。它方圆不到一公里,一般年月,露出水面,遇上洪水,就被淹没了。因此自古到今,没有人在这里开荒种植,也更没有人在这里围垸筑堤,它处在几个大县的分界处,变成了一处三不管的地面,哪一县的地图,都没有把它画在里面。

朱冬生和李小娟是第一次到这个洲子上来,不辨道路,他们从古庙出发,往东走,只见洲子上的泥土十分肥沃,洲子上长的除了芦苇,就是杨树,有的地方还夹生着一丛丛荆棘。这些东西,在滨湖地区都是常见的,所不同的,只是这些芦苇与荆棘,离得水近,水分充足,长得特别高大。洲子上原来没有路,最近来了人,才在沿湖水不远的斜岸边踏出一条小道。他们沿着小道走了一会,便看见前面有座小茅屋,这座小茅屋和所有滨湖小屋没有两样,不过顶子上的稻草是新的,织壁上糊的泥土还很光滑,看得出是刚糊好不久。两人走近去,还看见茅屋的前面,已经被人开出了十来亩宽阔的土地,而在茅屋后面,还有一个棚子。这种棚子,就是滨湖防汛时在堤上搭的那种临时的棚子,用几根木头或竹子做支柱,四周挂一些稻草,顶上铺几块苇席。这种棚子由于四面来风,挡不住严寒,是从来不长住人的,但这一个棚子里,却住着人。朱冬生和李小娟望见,在棚子前面有人在活动。

他们先走到茅屋子门前,只见茅屋子门边果然挂着一块挺长的木牌子,上面写着一行大字:"上海土特产出口公司第一养殖场"。茅屋子的门上吊了一把大牛尾锁,朱冬生才记起来,杨三癫子曾经告诉他,养殖场的管理员都出去了。

两人走到那个工棚面前,工棚前面的人不见了,他们走进里面,只见里面摊着一堆稻草,稻草里睡着一个人,上前一看,那人也是个五十上下的老倌子。老倌子见他们进来,想挣扎着坐起来,但坐不起来,他用手指指自己的嘴巴,对着他们喊:"水!水!"朱冬生上前去拉拉老倌子的手,发现他的手滚烫,才知道是个病人。朱冬生忙在棚子里找水壶,找不见,只得用破碗在缸里舀了一碗冷水递到老倌子手里。老倌子用手接过,一口气喝光了,喝光水后,便闭上眼睛,不再作声了。两人正在疑惑,这时从外面走进一个人来,这人背上背着一捆芦苇,走到棚里,把芦苇放在一角,那里好像有座像灶似的东西,两人看见进来这人是位四十上下年纪的妇女。那妇女用袖口擦擦额头上的汗,抬起头,也发现了他们,她吃了一惊,一时说不出什么话来。李小娟见她这模样,忙走近前问道:"同志,你们是养殖场的人吗?"女人点了点头,但又摇头。李小娟不懂这是什么意思,她又指着躺在地上的老倌子道:"这位老人家是什么人?"那女人半天没有回答,过了好一阵,她突然扑通一声跪在地上,大声叫道:"求求你们,放我们回去吧,如今老家伙病成这样子,我们再做不得事了,放我们回去吧!"朱冬生和李小娟被这妇女的举动吓坏了,他们不知是怎么回事,忙把她从地上扶起来,那女人依旧眼泪巴沙不住停地喊叫求他们行行好。李小娟忙把她扶着坐在稻草上,轻声地抚慰她,然后问她是怎么回事,经过李小娟细细地询问,那女人才断断续续地说出一些话,使他们知道了事情的真相。原来,这妇女是个后来堂客,在家里和儿子媳妇过得不好,怂恿老头双双跑出来,跑到这里来做工。他们一来便被安排住在这种临时性的工棚里,每天出工,没有工钱,只管点饭。隆冬腊月,工棚挡不住寒风,老倌子使大力后出了汗,没有注意贪凉病倒了,如今正在发高烧,说胡话。这个女人哭诉道,她只想早日回到自己家里去,但是回不去,因为她找不到船,找养殖场的管理员,管理员不理睬。今早红鼻子阿庚驾船到茅草街去,求他搭上他们两个人,他也不肯,还扯着她的手说了一阵子疯话。那女人问他们两人是怎样来的,是不是划船来的,如果是划船来的,能不能送他们回去?朱冬生听了她这席话,心里凉了大半截,他心里想,这养殖场原来是这么一回事!早上碰见养殖场搞接待的是柳林镇上的老叫花子,就使他的印象很不好,现在又亲眼看见这老两口的遭遇,更使他泄气。他回头对李小娟道:"看来,这个养殖场并不是什么正经门道!"李小娟道:"我也这样想,要是个正经八百的国营企业,他们对职工不至于这样不关心。"朱冬生道:"走,我们离开这里!"李小娟一想也只好这样,但她望着那个还在流泪的妇女,心里非常不忍,她道:"要走我们也得把他们带走,不然,这个老倌子真的会死在这里。"朱冬生一想,也是,如果不帮助他们离开这个地方,不但老倌子会死去,这妇女也会受凌辱。他把准备带走他们的想法告诉了那位妇女,那妇女听了忙止住了哭泣,对两人表示千恩万谢。因为船借出去了,他们不能马上走,便约定今天晚上把船靠在湖洲的东头,由朱冬生登岸来接他们上船。

遇到这对夫妇后,两人无心看这荒洲的形势了,他们急急走回古庙。古庙里仍空无一人,两人坐在石框子门内那间房子里的凳子上等,直等到天黑,还不见老叫花子转来,两人一整天没有吃饭,肚子里饿得咕咕直叫。直到天已完全黑下来,才听见庙门外一片吵闹的声音,朱冬生走出去,一只脚刚跨出门,便忙退回来,他拉着李小娟的手道:"快走,袁大头来了!"原来他一跨出大门,就见前面一片火把光,那过湖去采购和接人的人都回来了。他们带来一大群男女,其中一个人特别显眼,这人挺着肚子板着一副脸走在最前面,似乎正在生气。朱冬生眼睛尖,在苇秆火把的光亮中马上认出了袁大头,传说中的上海土特产出口公司第一养殖场的经理就是他。这一发现着实使朱冬生吃了一惊,原来他们躲来躲去,竟躲到他所布置的一个魔窟里来了。他忙折转来,赶紧拉着李小娟的手,把这消息告诉她,李小娟也一下吓慌了。幸亏朱冬生还有胆量,他忙道:"不要慌,我们想办法逃出去!"白天在庙内坐等时他们已参观过古庙的四周,知道这座古庙的后门已经破了,又没有围墙,他们完全有办法从另一条路出去。这样他便拉着李小娟,穿过前殿,走进后殿,然后从后门洞里走出庙外,庙后有几级石阶,下面是一片芦苇地。因为怕碰着人,他们不敢马上转到前门去,他们躲进芦苇丛中,听着庙里的动静。

只听见庙内顿时充满了人声,有烦躁的命令声,有叫骂声,还有女人哭泣的声音,过了一阵,这些声音似乎离开了。朱冬生从芦苇里伸出头来望望,只见那一片火光,正朝东边那座茅屋子移去。两人才走出芦苇丛,走到庙门前,沿着庙前小道跑到湖边去。

此时庙前湖边共停泊着三条乌篷子船,乌篷船上都没有人,两人查看了一下,没有他们自己原来那一只,两人才明白上了这个老叫花子的当。喜欢四处游荡的杨三癫子好容易才得到一只船,他不把船上的东西用光吃光是不会回来的,他要到四处去观光,散动散动自己的身子骨。他今天在茅草街酒菜馆吃足了残汤剩饭,正直挺挺地躺在那铺烂棉絮上呼呼大睡,他压根儿就忘记了要在天黑以前赶回水神庙的诺言。朱冬生没有看到自己带来的船,知道在这里等杨三癫子也是白搭,眼前事情紧急,也讲不得那么多规矩了,他就挑中了其中一只大点的乌篷子船,把地桩拔下来,让李小娟跳上去,自己也跟着跳上去,他忙把船划到了湖心。

朱冬生远远地绕着水神庙打转转儿,已经转过两个圈了,但他始终下不了决心,到底是实践白日的诺言,即把那老两口搭救出来呢,还是失约,一走了之?他很明白,如果自己要实践诺言,是会有危险的,但是当他想到那位中年妇女眼泪巴沙的面孔,那位发烧的老倌子伸出手来讨水的情景,他便不去计较什么危险了。李小娟也力主去搭救那老两口子。这样,等到半夜过后,当乌篷船绕着洲子转第三个圈时,他们便把船荡到了东头,让它轻轻地靠上了干岸,从此地上坡是没有路可走的。朱冬生已与李小娟约好,如果他出了事,李小娟赶紧将船荡到湖心,因为只要不让袁大头看到李小娟,他是不敢奈何朱冬生的。约定以后,朱冬生分开芦苇踏着稀松的泥土走近那个工棚子。

由湖边到工棚,必须绕过那座小茅屋,因为工棚是在小茅屋的紧后边。当朱冬生走过小茅屋时,他听见里面还在呎三喝四。擦过茅屋的后窗,他突然产生一种好奇心,便停止脚步从外面朝里望去,这一望不打紧,不禁又使他大吃一惊。原来里面正在大开筵席,一盏煤油灯挂在堂屋的正中,堂屋当中还摆着一张从古庙里拖来的神案,权作八仙桌,神案上摆满了酒瓶。袁大头已被灌得酒醉醺醺,他一边打饱嗝,一边还在喝酒。红鼻子阿庚和大个子阿金,好像佛殿上的哼哈二将,分别站在他两旁,给他斟酒,一边在劝他道:"那李小娟不识抬举,这样阔气的好老公不要,偏偏恋着那个泥脚杆子。"他们正在劝他想开点,但任凭两人怎样相劝,袁大头还是直摇头。过了一会,大个子阿金道:"今天从柳林大队带来的女人中,有一个叫柳枝儿的,长得也不错,我已经安排好了,叫她给经理做个临时夫人。"柳枝儿叫孙柳枝,是个地富子女,朱冬生认得,原来一起读过完小,她读书很认真,后来在队上出工,为人规矩,这次被强逼带来了,刚才在庙里听到的女人哭声,好像就是柳枝儿的声音。朱冬生听了这话十分恼火,他真想破门而入,把这几个坏蛋打个臭死,但他只身难敌三人,何况他还得赶紧把那老两口接走,那个老倌子如果今晚不能出去,就会死在这里,他的事情比柳枝儿更加紧急。想到这里,朱冬生赶紧离开了窗口,摸到工棚里。这时那妇女已替老伴穿好衣裳,正在等着。老倌子虽然仍在发高烧,但神志比白天清醒些了,朱冬生叫他一路不要哼出声来,他便不再出声。朱冬生立即把他背起来,叫那妇女在后面跟着,三人又沿着原来的道路来到了湖边。

李小娟握着双桨,站立在后艄,用眼睛密切注视着岸上的动静。快要走近湖边,朱冬生轻轻学了一声鹭鸶叫,这是两人约好的信号,如果没有这种信号,见到来人,李小娟便要把船摇到湖中。这时她听见这种约定的声音,高兴得跳起来,她忙蹦到船头,帮忙扶着生病的老倌子上船。把老两口在船舱里安顿好了,朱冬生便一跃上船。他站到船尾,摇动双桨,乌篷船早转过了头,径直朝茅草街方向奔去了。

十五、利的引诱

朱冬生和李小娟将乌篷船摇到茅草街,天已蒙蒙亮,因为昨日一整天几乎没有吃一点东西,晚上又摇了一整夜船,当乌篷船靠近茅草街河下的码头时,两人又饿又累,几乎没法动弹了。但朱冬生还是强撑着身子将发高烧的老倌子背到了街上的卫生院。医生用听诊器听了听胸脯,怀疑老倌子得的是肺炎,建议病人住院。但是老两口身上没有一分钱,哪里来的住院费?又是朱冬生去找着卫生院院长,把老倌子得病的原因向卫生院院长讲了一点,为了避免麻烦,他没有将袁大头那本经完全讲出来。他又问了老两口家的住址,老两口家离茅草街不远,便替他们打了个电话给所属大队,叫他们通知老两口的家里,赶快到茅草街来招呼,这样,老倌子便住进了医院。看到老倌子打了针,吃完药,已经安静地睡着了,朱冬生才别了那妇女,拖着极端疲惫的身子回到乌篷船上。还好,回到船上后就吃到饭。原来待朱冬生背病人上街后,李小娟把船翻检了一遍,发现船上不但有米,有油盐,而且还有干辣椒干虾子干芋荷叶。李小娟马上动手做好了一鼎锅饭,她用油炸了一大碗干虾,知道朱冬生喜欢吃辣椒,又切碎了一大把干辣椒,把它拌在虾子里。干芋荷叶是煮鱼的最好作料,可惜船上没有鲜鱼,朱冬生没有回,临时无法去捕捞,她便用一小撮干荷叶打了一碗汤。刚刚把饭菜弄好,朱冬生便回来了,他正饿得不行,跨上船看见船板上摆着热腾腾的饭菜,非常高兴。两人盘着脚坐在船尾巴上,就着晨光,狼吞虎咽般吃饭,一鼎锅饭都给二人扫光了。经过一番饥饿,更感到这饭菜的香甜,何况这又是几种好吃的菜呢！吃过了饭,两人都感到十分疲倦,便把碗筷收拾好,把两头的篷放下来,然后躺在篷子下面的里舱睡觉。这只船上有一床柔软的铺盖,两人在上面睡下来,很快就睡着了。

等他们一觉醒来,太阳都偏西了。下了一场小雪,晴了一天,今天又是一个响晴天,冬日的太阳无法把雪后寒冷驱散,但是有阳光照着,人身上感到清爽多了。李小娟没有到过茅草街,她听许多人说过,这个兴旺的码头很特别,街上的房屋一律都是用茅草盖的,这时她觉得精神爽快,也暂时忘记了自己面临的困难,她想到街上去看看。她把这意思告诉朱冬生,朱冬生马上答应了。

两人相跟着走上码头,走进宽宽的沿河街道,使李小娟感到十分惊异的是茅草街的房屋完全与传闻的相反,大街上不但见不到一座茅草屋,而且那两排红砖水泥建筑的楼房,比别的集镇还高大得多。水泥铺面的街上,摩肩接踵,行人极多,有两条路口,摆满了摊子,几乎挤不进人。朱冬生见李小娟露出那副惊讶的神色,便告诉她,茅草街这个名字,是旧社会取的,从前他跟大哥卖小猪到这里来过,那时真只有几十座茅屋。如今这地方发展了,长沙、益阳至南县的长途汽车,长沙、常德至安乡的客运轮船,每天都有来回几班经过这里。这个码头上每日旅客的吞吐量多达好几千,那货运的轮船木船更不用说了,光是给南县麻纺厂进原料和运货的船只,便摆满了一线堤岸。由于来往客人多,货运船只多,因此这里有两个行业特别发达,一个是饮食旅馆业,一个是搬运业,同时其他商业也相跟着发展,如大街上新百货商店,就赶得上一般县城里的大百货店。

因为近来开放了农贸市场,农民们能够将自己生产的土特产运到市场上来卖了,在大街最热闹处的两侧,摆着各种各样的担子,有挑干鱼干虾的,有挑荷叶莲子的,有挑花生瓜子的,还有的人用竹篾篓子,装着十几只或二十几只刚刚出窝的嫩猪崽子。现在嫩猪崽子的生意最俏,因为接近年尾,人们大都已把栏里的肥猪杀掉或送掉了,现在都正需要购进小猪来填上出空了的猪栏。如今围绕着小猪担子看的人最多,议论的也最多,讨价还价的也最多。不知哪个带头恢复了一种旧的讨价还价的方式,那就是互相伸进对方的袖筒子里,捏手指头,一个手指头既代表一块钱,也代表一角,有时还代表一分。在袖筒互相捏着,倒比互相赛嘴巴皮子显得安静,减少了市场的嘈杂,但是天晓得是怎样把价格说清楚的。有的刚上市场来的农村社员,被这种神秘的讨价还价方式弄昏了头,竟糊里糊涂地把两篾篓子的猪崽卖给别人了,直到回家取出票子一点算,才知道卖价实在太低了。但是这时已来不及,那买猪的客人也没有留下地址,你知道他是哪里人?有的小猪贩子,就是利用这种方式来糊弄乡里人,来骗取便宜的猪崽子。尽管恢复了这种摸袖筒的古老方式,减少了市场上的嘈杂,但市场上的闹声还是很大的,有叫买的,有叫卖的,还有扯皮打架的。大街上也有一两个身穿白制服的民警走过,但他们对这种一般的吵闹不闻不问,只是遇到有人动手出血了,才匆匆忙忙赶来,把正在角力的双方扯开,严重一点的,扯到派出所去训话。

朱冬生和李小娟穿过两个这样的农贸市场,街上的妇女很多,衣着都跟从前有点不一样,开始穿红着绿。妇女们和男子汉不同,她们很少在农贸市场停留,而总是急急地穿过人群,直接奔向百货商店。李小娟也一样,虽然他们处境很艰难,但是当朱冬生还在留心看一篾篓子的约克夏嫩猪崽的时候,她便开始催促他了。李小娟也和其他姑娘一样,喜欢逛百货店。

朱冬生自然顺从李小娟的意思,两人挤出人群,走进百货店。百货店里琳琅满目,真是应有尽有,有大幅绣花的被面,有蓝色的尼龙蚊帐,有鸭绒或芦花填芯的大枕头,还有各种式样各种颜色的毛线衣,至于尼龙丝袜、男女衬衫,这里更摆满货柜。许多姑娘出嫁时要求男方提供的收音机、缝纫机、自行车以及手表,即所谓"三机一听",这里也应有尽有。据说为了充分满足农村市场的需要,小集镇的百货商店享有比城市商店更优越的条件,保证货源不断,因此,在这种店子里买这些东西,可以不收票证。

李小娟细心地看这些东西,一边仔细地琢磨它们的式样,考察它们的耐用程度,她有时站在一件商品面前,一站就是好几分钟,分明她很喜欢这些东西,也想得到这些东西。虽然她出身贫苦人家,并不奢望能同时得到那些高级用品,但是她过去确实曾梦想过当她和自己心爱的人结合时,能有一张花色的卧单,一条绣花的被面。她非常喜欢那种柔软的芦花大枕头,她想自己生长在湖乡,长年和芦苇相接触,想有对由芦苇花儿填充的枕头,这大概不算奢望吧?但是眼前这一切,她一件也没有可能得到,陪伴她和自己心爱的人儿结合的,只有一床烂棉絮,这条烂棉絮还不知是谁的,不知盖过多少代人了。她看到这些,不免想起自己这些天的经历,她的心里岂能不难过?她突然觉得自己眼眶子里润湿了,便忙转过头去,避开营业员注视着自己的目光。但当她一转头,却遇到了朱冬生的眼光。朱冬生从李小娟在百货店流连忘返的神态中,已经体会到她的心情,这时他的眼光是负疚的惆怅的,也带有一点恼恨。但是说来也奇怪,当李小娟转过头来一看见朱冬生,就把刚才那种难受的心情完全忘却了,她看到她心爱的憨小子正站在她身边,有他这个人儿在,她便什么也不需要了,就拿这整个百货商店的家具与摆设,也换不走他这个金子似的人儿!她看见他眼光中表现出来的那种抱歉的样子,知道他已感到了自己刚才那种思想的活动,她开始后悔自己不该在百货商店里待太久,以致使他产生这种负疚的心情,这种心情会折磨他的。当她想到这里,她忙拉拉朱冬生的手道:"走,我们在这里待得太久了!"说着她便先走出来。

朱冬生跟着走出来,一路上,李小娟为了减轻他心里的负担,不断地批评她所见到的那些商品,从她那说话的口吻来看,刚才他们所见到的一切,都是不值一文钱的。但是憨小子并不真蠢,当他听到这些,他也知道是李小娟故意说来安慰他的,因此,她越是这样说,他便越加心里不好过。

"看,那个人是谁,好像很面熟!"李小娟正走着,用手指着一个站在一担箩筐后面的人,这样说道。朱冬生顺她的手指望去,一看便认出是卜桂香,本生产队的队长。只见他正在和一个老倌子讨价还价,他们不是做大宗生意,没有摸袖筒子,而在比嘴巴皮劲,你一句我一句。朱冬生听得很清楚,是在争几分钱。不一会,两人在各自提出的数字上接近了。只听见卜桂香道:"好好好,我卖给你!"他低下头去拿秤杆子,他拿起秤,从箩筐里抓起什么往秤盘里丢,朱冬生一看,是干湘莲。卜桂香正专心做干湘莲子买卖,没有看到朱冬生。朱冬生也生怕被卜桂香看见,他忙拉着李小娟的手,转身从另一条路上走了。

当两人走下河,李小娟问:"这是谁?"朱冬生道:"我们队上的卜队长。幸亏没让他看见,他要是碰到了,一定会扯着我们回去的,他和我二哥最要好!"李小娟道:"怪不得好面熟,我好像在哪里见过他面似的,只是一时想不起到底是谁来。"朱冬生道:"你怎能没见过,他常到你舅舅家去。不过他在你舅舅手下做事,跟你舅舅不同,你舅舅是抓住那点权力不肯放,而卜队长呢,早就不想干这队长了,整天嚷嚷着要辞职。"李小娟道:"我舅舅是权迷心窍的人,权力权力,他是拿权谋利,你几时看见他脱过鞋袜做工夫,他吃的是剥削饭,虽然是我的舅舅,我也最看不起他。在我们的事情上,他搞封建压迫,也是为了他的利,他想勾结袁大头,好从他手上得些好处!"朱冬生心里却在想另外的事,这时他奇怪道:"咦,卜队长怎么能够出来做生意? 难道他真把队长的职务辞了? 我们队上只有他一个党员,他辞职后这队长谁来当?"李小娟提醒道:"说不定是我舅舅派出来寻我们的,顺路卖掉自己家里几斤莲子。我们不能给他看见了,走,赶快离开这里!"朱冬生一听,也觉得有道理。两人便急急跑下河,跳上船,将船撑得离开茅草街的码头。

当两人刚把船摇出码头不远,他们又遇见一个稀奇事。他们看见有只小渔船在他们前面走,小渔船的后艄驾船的是个衣裳褴褛的老倌子,只见那个人嘴里噙着旱烟管,有气没力地摇动着一支桨,那船只几乎在河面上停住不动。朱冬生把船划得超过去回头一看,不禁嘴里啊了一声,原来这个没精打采的老倌子,竟是把他们的船借走的杨三癫子。杨三癫子也一眼认出了他们,他一点不好意思的感觉也没有,忙打招呼道:"喂,你们到哪里去?"朱冬生却生气道:"你倒好,把我们的船驾跑了,不回来,害得我们等了一整天,饿了一整天,不是另外来了几条船,我们就给困死在那岛上了!"杨三癫子咧着嘴道:"昨天在街上碰到朋友,喝了一天酒,一觉睡到刚才才醒来,对不起,你不见我正驾着船回去送还你们。"朱冬生生气道:"你这话哄谁? 去水神庙,得走下水,你把船头向上开,怎么是回洲子上去?"见谎话给戳穿了,杨三癫子一点也不害羞,他依旧咧开大嘴笑。他把这个问题避开,问朱冬生道:"你驾船出来,是到哪里去?"朱冬生没好气道:"是来追你,把你抓回去!"杨三癫子道:"你们驾的这只船是哪里的?"朱冬生道:"养殖场的,怎么样?"杨三癫子一听,赶紧

195

把船靠近朱冬生的船,他道:"那好,那好,我把你们的船还给你,你们回去,我也不要你们抓,我自己驾着场里的船回去请罪!"说着他便一脚跨过朱冬生正在驾着的这只船,他一上船,便道:"这只船我认得,是场里管理员红鼻子阿庚的,这家伙常驾着这只船出来嫖堂客!"朱冬生和李小娟见他既认得这只船的主人,他们便不必再待在这只船上了,不如就回到自己那只船上好,这样,朱冬生用手拉住原来那只船,让李小娟跳过去,自己也跟着跳了过去。朱冬生划着桨,两只船便分开了。当朱冬生划了几下桨,回过头来,见杨三癫子也跟着自己过来了。朱冬生不禁叫道:"喂,癫子,你回场里去应当走下水,怎么跟着我们,仍旧往上走?"杨三癫子听完咧开口哈哈大笑,他道:"你们怎么也不回场里去?你们不是说特地来场里做工的吗?为什么不做工了,连夜跑出来?你们怕我没有看出来,你们也看清这个养殖场不是什么正经场合,不想在这里干了!我也看清了,这养殖场是个软场合,只管饭,不发工钱,谁还愿意在那里干?他们叫我住在庙里管接待,我住了半月,除了接待了你们两个人,就没有接待过另外什么人,连一个鬼影子也没有接待过。听附近的人说,这是个有名的鬼门关,血吸虫多,钩虫也多,住在上面不是得大肚子病就是得黄脸块病,不然,这么多年来,怎么没人来住?我也少陪了,到别的地方寻生路去!"朱冬生道:"喂,这只船呢?你不还他们?"杨三癫子道:"暂时借着用几天再说,我在那里帮了这么久忙,也该得点工钱,就暂以这只船作抵!告诉你,两个管理员和经理整日吃吃喝喝,有的是钱,我也不晓得这伙人到底是哪里来的,看来来路宽,他们不在乎这点。"说着话,两只船已经划离码头好远了。朱冬生力气大,船划得快。杨三癫子还是那种有气没力的样子,过了一会,他便跟不上了,他还在说话,但是他的话已渐渐听不清了。再过了一会,他那只船成一个小黑点子了。

当两人划了一段路,把船靠到一边堤岸,打算休息一阵再走,这时他们才发现船上的米已全部被杨三癫子吃光了,盐也没有了,那船舱里面,充满了一股难闻的酒气和烟气,夹杂着这个老叫花子身上特有的臭气。李小娟受不了这股气味,便叫朱冬生把船篷推开,让舱里透透气,然后又用擦把将里外仔细擦过。

卜桂香只顾做生意，他没有注意四周的事情，因此没有看见朱冬生和李小娟。他在此次出门以前，已经听见李小娟逃婚的事，大队里一些在职的干部都去送了礼。当大家正喝得高兴，有位供销社的营业股长，最喜欢逗耍方子的，平时他和袁大头也算得是酒桌上的朋友，这时以酒盖脸，嚷着叫请新娘子出来给大伙敬酒，并且还要新郎公去请。袁大头已被大家灌得有些醉了，他今天十分高兴，不管哪个客人给他灌酒，他都仰脖子喝下去，这时他肚里怕已装上两三瓶酒了。当他听到有人叫他去请新娘子出来敬酒，他早忘记这桩婚事完全是强迫的，新娘子并不乐意，他竟笔直朝那权作新房的房间走去。这样，一旁急坏了舅老公罗富庭，他忙走近前去拦阻袁大头，但袁大头早已几大步走到那间房子前，把反扣拉下来，将门打开了。罗富庭想起刚才外甥女儿对待自己的情景，心想马上会有一番好吵，说不定不等客人走，这里就要出彩！他忙用力将袁大头推到一边，自己抢先闯进屋里，他想如果外甥女儿马上发横，自己还可在前头先抵挡一阵子。但当他抢先冲进新娘子房里时，他却惊呆了，房间里没有一个人，新娘子不见了。他抬头一望，竹格子窗棂被撬开了，显然人是由窗户里跳出去的。这时跟在他后面的袁大头也看见了，他肚里的酒也醒了一半。罗富庭大叫："彩元！彩元！"胖胖的罗彩元正在厨房里帮着上菜，听到喊声，张着一双油手过来了。罗富庭厉声问："你表姐呢？"罗彩元一见窗户被撬开了，李小娟不见了，心里也明白了，她一时答不上话来。罗富庭用力在书桌上拍一巴掌，把书桌上那只新买来的笑嘻嘻的胖罗汉震得翻了个过。罗富庭气恼已极，只好拿女儿出气，他大声地骂彩元不中用，叫她守着表姐姐都守不住！到厨房帮着上菜，也是爹吩咐过的，平时娇惯已极的彩元受了点委屈，呜呜地哭起来。外面的客人久等新娘子不出来，便推那位提议请新娘子出来敬酒的营业股长进去看看，股长进来看了这场戏，把舌头伸了出来，半天缩不回去。他早算定过这桩强扭在一起的婚事不会美满的，将来扯皮吵架是家常便饭，他风闻李小娟爱上了柳林生产队会计的弟弟，一个十足的泥脚杆子，他又知道平日袁大头在镇上拈花惹草，很不是个正经的角色，因此，他和镇子上许多人的看法一样，罗富庭肯把这样一个漂亮外甥女儿嫁给袁大头，是看上了袁大头的职业和钱，而这位外甥女儿如果遵照他的旨意嫁给袁大头,是把一生的幸福往水里边扔。今天袁大头结婚,本来大家都不肯来的,只因唐主任开了口,要供销社的人都去凑凑热闹,这样大伙都来了,并且凑齐了份子送来一件不薄不厚的礼物。营业股长心里算计这桩不如意的婚事迟早要黄的,但是不想竟黄得这样快,就在新婚这天晚上,新娘子跑了。营业股长走回堂屋里来,大家都擎着酒杯,拿眼望着他,意思是叫他回答,到底是怎么一回事?新娘子怎么这样久没有出来?为什么连新郎公也不出来了,舅老公也不见了?营业股长不便大声报告,忙在旁边一个老倌子耳边轻声说了两句话,那老倌子面露惊讶,也在身边中年人耳边讲了两句话,那人将嘴张大,半天合不拢来。这样互相传递,新娘子出走的消息很快便被每一个客人知道了,客人们为了免得主人家面子上不好看,为难,就一个个悄悄地溜走了。不一会,堂屋里三张八仙桌子边,就只剩了罗四拐子、唐主任等几位至亲好友,生产大队和供销社的一般客人都走了。唐元贞心知有异,也忙走进里面去,到了里面,明白了一切。到底她的心眼灵,见过大场面,打得开事,她见这舅老公和新郎公依旧像呆木头似的站在新房当中,彩元只晓得哭,便忙吩咐罗四拐子,赶紧去追,派一些民兵把几个渡口看住了,深更半夜,一个姑娘家跑不了多远。她又吩咐罗四拐子,只要追到小娟,不管她怎样哭叫,抬也要将她抬回来,只要找得她回来,捆起来跟袁大头成婚也行。她认为这件事如果不做如此果断的处理,不要说罗支书的威信有损害,就连她这个做媒人的面子,也会给糟蹋得不成样子。但是平时料事如神的唐主任这次却算计错了,罗四拐子叫拢来几个基干民兵,找寻了一夜,都没有找到李小娟的影子,他们直闹腾到天亮,都空着一双手回来。唐主任没有想到,红旗下长大的这一班姑娘,尽管她们自小儿也经过一些苦难,生活道路并不都是很顺畅的,但她们已不再有老一代妇女那般顺从的性格,她们也并不跟她唐元贞这类女人一样,把人生当作一场游戏,可以随风飘荡,见风使舵,她们懂得斗争,知道反抗,她们心里都有自己的理想,有着自己的追求。

卜桂香认为自己已被解职下台,他就不必再去参加这种社会活动,他既没有去参加凑份子送礼,也没有去喝酒。柳林生产队的生产队长和代理队长都没有去参加袁大头的婚礼,他们一个正忙于组织社员搞副业,开展生产自救,一个在忙着买卖湘莲,买卖湘莲的目的也是为了自救,不过他只是为了救他自己,救他的堂客端姑娘和满崽牛牛。

卜桂香由柳林大队收购来三十斤湘莲,不到半天,就在茅草街销售完了,因为这里既然过往的旅客非常多,谁不愿意带上二斤便宜而清雅的礼品回家去送人。可惜这几年个人储存的莲子太少了,在大垸里收购这种货物很不容易,他为了收购这三十斤湘莲,足足跑了三天,跑烂了他一双鞋。不过还值得,三十斤湘莲,顺利脱手,除去旅途伙食费用、搭轮船的船票,他净赚了二十七元。因为本钱是和朱利生一起合伙凑的,朱利生由于会计没有免职,被杨青林缠着,没有能够同来,虽说他不曾出力,这十元红利是少不得他的。当卜桂香踏上归途的轮船时,心里想,只花了三四天工夫,就赚到十七八元,这种门路真搞得,去年队上工分值是二角八分,这三四天的所得,当得一个社员在队上出百把天死力的价钱。只可惜湘莲不容易收到了,不然还可以再出来一次,他心里正在这样嘀咕,只听见靠栏杆站着的两个人正在高谈阔论,有个人在告诉另一个人道,他刚从长沙回来,如今长沙有一种东西最俏:湖藕子。他说长沙市人最喜欢吃湖藕子炖肉,隆冬腊月,烧一只火炉,煮一钵湖藕子炖肉,一边烤火,一边吃肉,既暖人,又富营养,老人都认为湖藕子是主清润的,能治咳嗽。卜桂香一听便上前搭话,想再过细问问详情,但那两人只拿眼瞟了他一眼,显出一副瞧不起人的样子,说了一句:"那买卖不是用箩筐挑的,得一船一船运,要的本钱大啦!"说过这话,他们就转过脸去说他们自己的事去了,不再搭理他了。卜桂香受了点气,心里想:"你就认定我没有本钱了。"想到这里,他不免摸了摸自己口袋里的那一沓票子,是的,票子不多,要运一船湖藕子上长沙,至少还得有四五倍这样多的票子。

当晚他回到了家里。他这次回来,给家里带来了一团喜气,首先叫堂客端姑娘高兴的,是他替她带回来一双尼龙袜子。这些年来,女人一直没有穿过袜子,到了冬天,她还打着一双赤脚,有时脚冻红了,肿起好大,他心疼自己的女人,只想给她买一双结实一点的袜子穿,但总是买不起,今天,卖完了湘莲子,他赚了一笔钱,便走进百货商店,花了两块多钱,替堂客买了一双尼龙袜子。他除了给堂客买了袜子,还替牛牛买了牛皮糖、苹果。那天他在大哥屋里，看见那个不贤惠的胖婆娘买了一篮子菜，还有一大堆红苹果，他早认得这种水果，但从来没尝过，也没有买过，因为这种水果大都是北方产的，运到南方来出卖，很贵。今天他特地买了两个苹果，虽然花去三毛钱，未免浪费了一点，但他故意要买了它们，好像是要气气那胖婆娘，叫她不要太神气，难道你们吃得起，我们就吃不起！他计划一个给牛牛吃，一个留给自己和堂客端姑娘一块吃，那胖婆娘买那样多，一定是一种好吃的水果，他倒要尝尝看到底是什么味道。由于他出师顺利，不但赚回了一沓票子，而且还带回来几样东西，因此全家人都感到高兴。牛牛嚼着牛皮糖，啃着大苹果，咯咯咯笑个不停。端姑娘脸上也扫除了那片经常挂着的愁云。在家吃过了晚饭，卜桂香便兴致勃勃地来朱利生家，他一见着朱利生，便把那十块钱交给他，报告他此行顺利，得了利。他以为这些话一定可以激起朱利生的热情，可以鼓动他说两句称赞的话，谁知朱利生听他说完卖湘莲的经过以后，反应很冷淡。朱利生告诉卜桂香道："昨天刘丽君去了一趟常德回来了，她代表生产队跟常德日杂公司签了个合同，还预支了一千块钱，准备发动社员织苇席。到明年春天，割下了柳条儿，还可编柳条篮儿、柳条箱儿，这类制品在常德也很畅销！"卜桂香听完沉吟道："这敢情好，但是又叫刘丽君出来，将来会不会再出麻烦？""文化革命"中抓住刘丽君父女游提示众，他也参加过，当时他跟在后面喊口号。因为刘丽君父女原来在本队上住，自己身为队长，平时缺少管教，以致发展到这号地步，为此事他当时还被罗支书叫去狠狠骂过一顿。见卜桂香说出这种话，朱利生知道他心有余悸。这几天来，朱利生跟着杨青林办事，见他不但办法多，而且有魄力，像编苇席的事，他说干就干，而且已经办成了，没有劳动力割芦苇，他就把派往烂泥湖做无用功的人通通喊回来。如今全生产队的人兴高采烈，都动起来了。男人摆脱烂泥湖的沉重劳动，回到家里，感到一身轻快。妇女听说又可以编芦苇席子，她们的十只手指尖儿都痒痒的，要知道，一班妇女集合在一块编席子，哼着歌儿、说着话儿，灵巧的手指头编制出各样花式的席子，那是一种多么美好的事情，那不是劳动，而是一种享受！她们有多少年没有参加过这种传统的手工艺劳动了，俞七阿公痴呆了，刘大爹死了，刘丽君改了业，一些年长的人聚在一块说闲话，都担心这流传了几十代人的精巧手艺快要失传了。没想到云开见太阳,"四人帮"倒台后,有个能人回来了,他想到庄稼人的心坎里去了,他知道他们的苦处,也懂得他们的能耐,他不厌其烦地去走访他童年时的朋友、他的同学,重新燃起她那心中熄灭的火焰。他把她鼓动起来了,由她亲自出马到常德,把合同签订了,把预支款拿来了,只等将芦苇割回来,就可以开工了。现在朱利生的漂亮堂客青妹子四处走动,几乎整天不落屋,她把这消息报告给全队的姑娘大姐听、大婶大嫂听,还有婆婆姥姥听,只要是关心这件事的人,都从她这里听到了最直接最准确的消息,不只如此,她还把这事的详情通告了邻近几个队的熟人和朋友。青妹子像一只小麻雀,飞得快、讲话快,这些天,她飞到哪里,便给哪里带来一阵欢快。

见朱利生把这件事看得很重,卜桂香却不以为然,他直摇头。他心里想,别兴头早了,还没有报告大队党支部,更没有报告公社党委,还不知大队的意见怎么样,公社的意见怎么样,现在就一下子把合同订了,预支钱领了,是不是太孟浪了一点,过去在农业学大寨运动中大锣大鼓搞的割资本主义尾巴的事情难道就不作数了,这割掉的尾巴,上级会让你轻易又长起来?他把自己这想法跟朱利生说了。朱利生笑道:"老哥,你这就迂了,要在过去,这农贸市场会允许搞吗?身为生产队长,能够出去做买卖吗?你今天倒卖三十斤湘莲,赚了二十几块钱,难道就不是资本主义?而大家搞点传统手工艺,就是资本主义?这话能讲得通吗?"经朱利生这样一说,卜桂香也没有话说,他一想也对,自己今日所做之事,在过去也是不可想象的,因此,他也觉得公社和大队无权干涉这组织编苇席的事。不过他还是觉得组织大家干这件事,是很费力的,远不如自己跑几趟买卖便当,反正如今他已卸掉了生产队长的担子,这队上的事,他已一股脑儿推给杨青林了,现在,他只需要自己盘算自己一家的事,这时,他又把他在轮船上听到的一段长沙市的行情告诉了朱利生,并且把自己想去跑一趟湖藕子生意的想法也告诉了他。由于个人本钱太少,又缺乏帮手,他想动员朱利生和他合伙,一起去一趟长沙,赚一笔钱回来,也好顺利度过这一冬春。但是朱利生听到他这话,把头摇得像一只拨浪鼓一样,他连连摆手道:"不行不行,杨青林这一关,就过不去,一千块钱进来后,要派哪些用场,他已指示我造预算,往后把副业搞起来,银钱来往更多,我跟你们当队长的不同,屁股一拍就走了,我那一屉子的账本,交给谁去?如今有了钱,更要有人管,不然,今后就会出大麻烦!"卜桂香和朱利生是好朋友,共事多年,从来是很相投的,不想今天竟话不投机。他心想,听朱利生的口白,一口一声杨青林,好像一切都得听杨青林的。看来杨青林真是块当领导人的料子,他会抓人,他回来不几天,就把朱利生抓住了,眼看是桩得利的买卖,他也不肯干了。卜桂香想不通,杨青林怎么会有这样大的能耐?他不但点燃了刘丽君心中的火,也激起了朱利生夫妇的热情,他还会把更多的人发动起来,他要把大伙的社会主义积极性发挥出来,来共同创造红火的日子。

既然没有什么好说的,卜桂香便只好告辞。卜桂香走出"一肩挑"茅屋门前的大坪,跨过了沟港,已经转上大路了,不料朱利生追上来,把十块钱交还他,对他道:"我只收回自己那几块本钱就行了,这一趟买卖,我没有出力,不应得这份利,而且你现在还正缺钱用。"卜桂香不肯收回这点钱,正还要说点什么,朱利生却不由分说,把那印着工农兵头像的十元一张的票子伸手塞进卜桂香敞开的上衣口袋里,接着一转背就走了。

等卜桂香回家,家里那种从他回家时起就笼罩着的喜庆的气氛一直没有消散,这种气氛甚至还加重了。堂客端姑娘笑容满面迎着他,报告他一个好消息,说刘丽君和青妹子刚才一起来找过她了,把到常德签订合同的结果告诉了她。她是俞七阿公当年手下的一名大徒弟,手艺仅次于刘丽君,组织上决定由她和刘丽君一起带班,她满口答应了。她和刘丽君都晓得编柳条制品,还商量着明年同时开展这项业务,现在只愁家里没有人煮饭,牛牛没有人照看,她正等男人回来商量,是不是把外婆接来住些日子?卜桂香一听这话,又是编芦苇席子,他嘴里不禁道:"芦苇席子!芦苇席子!"端姑娘见他那沉吟的样子,便问道:"你不同意?"卜桂香夫妻两人的感情极好,对于堂客高兴的事,他从不打断,这时他赶忙道:"我同意,我同意,只是……"端姑娘问:"只是什么?"卜桂香道:"只是这运湖藕子的事,我还是得去一趟!"端姑娘一听,原来是这么回事,她不禁笑起来道:"我编我的苇席,你运你的湖藕子,两人并不相碍,这有什么为难的?"卜桂香道:"运湖藕子要一大笔钱,我们手上这点钱不够。"这却使端姑娘为难了,她道:"编制芦苇席子还没有开始,还有许多开支,听刘

202

丽君说,除了断炊户,那领来的一千块钱预支金暂不发给个人,等第一批编制品出来后再发钱,我现在也不好开口去预支钱。"卜桂香知道堂客听错了自己的意思,他忙道:"我不是要预支钱,你就是能预支,也支不多,管不了用,我是想往哪里去弄一笔钱做本钱。"端姑娘问:"要多少?"卜桂香道:"起码要有两百块钱。"端姑娘把双手一拍,叫道:"哎呀,这样一笔大数字,一时往哪里去弄?你这事恐怕黄了!"但过了一会,她见卜桂香抱住头躬身坐在板凳上,丈夫心里有事,她也着急,这时她急得不得了,抱着快入睡的牛牛,在房里走来走去。忽然,她把牛牛往床上一扔,一下把牛牛的瞌睡赶跑了,牛牛不知出了什么事,睁大着眼睛,就想哭出来,但一时还没有哭。端姑娘跑到丈夫面前,大声道:"有办法了!有办法了!"卜桂香把手从脸上拿开,仰起头,问道:"什么办法?"端姑娘道:"前天我过河去看牛牛外婆,外婆告诉我,他们那边队里有户人家老了人,死人停在屋里,没有钱买棺材,埋不下去,幸亏他们队的罗润爹经手借出一笔钱来,才过了这个难关。罗润爹就是罗润庭,是我们大队罗支书的堂老兄,罗四拐子的亲爹爹。不过听外婆说,他要点息,叫什么来着,啊,记起来了,叫大加一。"卜桂香一听,立刻高兴起来,他道:"这倒是个好办法!"这罗润爹不住在本处,他只晓得他的名,不晓得他有钱,只要他肯出借,给点息是合情合理的,谁也不肯白拿出钱来供人使,他打算明天就去找他打商量去。

这时牛牛看见爸爸妈妈只顾说话,不理他,终于忍不住,在床上大声哭起来。端姑娘赶紧跑过去,抱起来,搂到怀里一边摇一边走动,哄了好一会,牛牛才止住哭声,那小鼻梁还在一扇一扇地动,好像在抽泣似的,但人早就睡着了。等牛牛睡着后,夫妻俩又商量了一会,两人商定,卜桂香明天一黑早过河去,找罗润爹借钱,顺路就把牛牛的外婆接过来,烦她帮忙做一段家务,使端姑娘能腾出手来,编芦苇席子去。

十六、长沙之行

　　朱冬生和李小娟把乌篷船摇到南嘴,这里有两条道,一条道是朝前走,经沅江,到长沙,一条道是向左拐,进目平湖,过坡头,到汉寿。朱冬生把船停在这交叉口,拿不定主意向哪边走。他和李小娟计议,往长沙走,那是大口岸,人们的思想开通得多,对现时他和小娟的关系,他们不会用老眼光看,他们可能给予他们以同情,但是这长沙地方虽大,人口上百万,却没有一个他们熟识的人。朱冬生记得那年大队进了工作队,有位工作队员,三十多岁年纪,住在他们家,住了大半年,那人是长沙人,但是那时自己年纪小,没有问下他的住址,现在既不晓得他的住址,又不晓得他的单位,甚至连姓名也记不大清,叫他往哪里去找?现在看来,往长沙方向走是没有出路的。往汉寿方向走,穿过目平湖,可以到坡头,从坡头进沅水,便到了汉寿,这汉寿县倒有位亲人,如今可能正在等着李小娟回门,这就是李小娟的妈妈。李小娟的妈妈是个小镇上合作饭店的服务员,丈夫早年死去,靠着自己一双粗手,养活着两个女儿。大女儿嫁给同一镇子上一位做豆腐的工人。小女儿"文化大革命"中响应"上山下乡"的号召,到慈利山区去落户,后来不知费了多少力气,才把户口转到柳林镇旁边她舅舅的生产队来。两个女儿都出落得很漂亮。她常恨自己不该那样早就把大女儿嫁出去,结果嫁个做下力的人,现在弄得大女儿跟自己一样,也只能做粗活,一双本来是白白嫩嫩的小手,如今变得又粗又硬,后来一生儿女,更拖得不像人样,有时连头发都顾不上梳。"文化大革命"中有一段没有人抓计划生育,大女儿一连生了四个男孩,这样豆腐工人的工钱便不够用了,到了月底,有时还揭不开锅。大女儿是自己身上的肉,怎能不心疼?有时妈妈把自己的一点微薄工资也献出来,补贴了他们的家用。看见大女儿这种下场,妈妈打定主意,一定要给二女儿找个好点的婆家。二女儿模样比大女儿还出色,更有一副温柔勤快的好性情,她在公社中学读到初中毕业,要不是当地没有高中班,妈妈下过决心,就是自己少吃几餐饭,也得让她继续念书;后来镇上闹着"上山下乡",二女儿披红挂彩,被人敲锣打鼓送到慈利去了,一去就是三年,中间过年回来两次。开头妈妈以为进了什么工厂,听说慈利一带正在修铁路,以为到了铁路部门也说不定,谁知等女儿回来一问,才知道也依旧是翻泥巴坨,照女儿用玩笑口吻说的,是修理地球。当时妈妈心里真想不通,她想如果是翻泥巴坨,为什么要跑这样远,这汉寿县的泥巴还少吗?因此自打得知小女儿的工作后,妈妈便不遗余力,想把她弄到自己的身边来。一次是想把她弄回来顶职,眼看要办成功了,后来却来了一个"上级指示",说小集体不能够顶职,告吹了。不久又听说下乡知识青年中可以招工,合作饭店里住了一个搞招工的,妈妈和他熟了,拜托他帮忙,但是那个人胳膊太细,扭不过大腿,好容易为她争取到的一个指标,却被另一个什么"首长"的女儿占去了。直到最后,只好采取这样一个策略,给她找一个有能力的女婿。恰好这时镇上有个国营工厂的厂长死了爱人,她过去和这一家子相识,常来走动,他常夸奖妈妈的两个女儿生得出众,这时他不免露出口风来,说如果她的小女儿能够答应下嫁给他,他就可以设法把她安排到厂里做保管员。妈妈的心许了,趁那年春节小女儿回家,便让这位厂长多来走动了几回。小女儿对厂长开头倒还客气,但一听到是和这人对亲,见到他来就躲开了,对面碰上也不打招呼,没等过完初五,她就赌气冲走了,回慈利知青点去了。为小女儿的事妈妈操碎了心,她那花白的头发都是为这事急出来的。要不是女儿的舅舅有天到地区去开会,路过杨林嘴,拐弯儿过来看望一下老姐姐,在镇子上停了半天,给她出了一个主意,把这个疙瘩解开,那么小女儿的事情还不知要拖到哪年哪月才能解决!舅舅罗富庭出的主意很简单,由他出面联系把外甥女儿的户口转到他自己所管的队上来,然后再由他设法安排工作,凡属于大队下面的事,民办教师赤脚医生听她自己挑选。妈妈听到舅舅有这样大的权力，非常高兴，脸上笑开了花，愁云一下都扫光了。她千拜托万拜托，到临走时，还拜托舅舅等小娟的户口和工作安排好以后，替她物色个好婆家。妈妈的条件是要领国家工资吃商品粮的人，如果是部队上的，则要有四个口袋的。果然不久，舅舅的诺言实现了，李小娟的户口由慈利知青点转到了柳林镇乡下，当时的规矩是从农村转到农村容易，只要生产队同意接收，生产大队开证明，就可以立即转户口。李小娟很快就转了户口，而且很快就安排了工作。李小娟真高兴，因为她很喜欢教书这门职业，特别喜欢教那些农村孩子。在学校读书时，她的成绩就是最优秀的，这几年在知青点她也没有丢掉书本，她自学完大学的一二年级课程。在各个学科中，她最喜欢语文这门课，因此她在柳林小学担任两个高年级班的语文课，还兼做班主任。到柳林大队的头一年，她不但感到了职业上称心如意，而且在自己的个人感情生活中，也发生了一件大事，便是认识了朱冬生，她对两人之间的关系，也感到称心如意。她一边陶醉在繁忙而有意义的教学工作中，一边沉醉于如痴如醉的热恋。但她不知就在她正度着青春期最美好的时刻，她的至亲的舅舅，也可以说她的恩人，却给她安排了一个极为不幸的婚姻。舅舅不经她的同意，竟安排她和油头粉面的袁大头结婚，到公社扯了结婚证。要不是她及时脱身，几乎遭此毒手。对她的这种委屈，不知妈妈晓得不晓得？在这种时候，女儿特别需要妈妈的支持和安慰，她现在回来了，并且带回来自己心爱的伴侣，在法律上说，这个伴侣还是非法的，但他们在感情上道义上是合法的，他们需要得到妈妈的认可。

　　船儿停在交叉河口，是远走高飞，还是飞回妈妈的身边？这事在李小娟心里引起了斗争，但是这挣脱一切的愿望到底抵不过对妈妈的依恋，她明明知道妈妈眼下不一定同情自己的遭遇，因为她不止一次地听妈妈说过，要她找个吃商品粮的女婿，但她还是想回到妈妈的身边，因此当朱冬生走进船舱问她到底往哪边走，她决断地说："过目平湖，进沅水洪道口，找妈妈去！"

　　目平湖是洞庭湖区的一个大湖，它地处汉寿沅江南县的中央。穿过目平湖，划进沅水洪道口，又划了好长一截水路，到这天傍晚，朱冬生和李小娟才把船划到妈妈住的那个小镇上。小镇临河有一排高脚吊楼，妈妈就住在其中的一座吊楼上。两人把船靠得离吊楼子不远的一个码头边。李小娟道:"让我先回去,听听妈妈的口气,然后再接你去见她。"朱冬生正着急不知如何去见岳母娘,听她这样一说,马上答应了,只要小娟跟妈妈说明了,自己隔几天再去见她老人家也行,未过门的女婿进门,至少也得拿点礼物,没有礼物也应当捐张网,到湖里打几条大鲤鱼做见面礼。

李小娟心里怀着一个疑团,走进了自己家的那座小吊楼。只见吊楼子上的房间里坐着一个人,手上拿着一封信,正在那里哭泣,李小娟一看,就是妈妈。李小娟大声地喊了一句"妈妈!"跑进屋扑进妈妈的怀里,放声大哭。妈妈一眼见到女儿,出乎她的意料之外,忙搂紧她,心肝宝贝儿地直叫。母女俩哭到了一堆,哭了好一会,妈妈才把女儿的脸捧起来,望着她,只见她气色还好,却变瘦了。妈妈道:"伢儿,你怎么不听舅舅的话,害得他扫面子!"李小娟吃惊地问:"妈妈,你知道了?"妈妈道:"今天才知道,你看这。"她把手上捏着的信递给她,同时,把脸别过,又开始哭泣。李小娟急忙把信接过来看了一遍,原来是罗四拐子代替舅舅写的一封信,在这封信里,用老舅的口吻大骂了她一顿,数说她,如何没用,如何不听老舅的安排,定一个领国家工资吃商品粮的干部不肯下嫁,偏偏要爱上一个连堂客都难养活的泥脚杆子。舅舅在信中详细地描绘了事情发生的经过,他说小娟在结婚那天晚上就跳窗跑了,从第二天那个泥脚杆子也从烂泥湖工地失踪和大队丢失一只临时抽去搞运输的渔船来看,肯定是跟那个人驾船逃跑的。当时屋里正宴请客人,大队上和镇上的头头脑脑都来了,小娟这一跑不打紧,丢尽了老舅的脸,以后谁都能背后耻笑这个管得住几百户人家的大队一把手,说他连自己的外甥女儿都管不住,还能管得人家?他为这事伤透了心,他已经把事情经过报告给公安局,叫他们通报全县及滨湖各县,如果见到那个叫朱冬生的小子,立即逮捕归案,因为他私自拐带妇女,破坏国家干部的婚姻,触犯了刑律。舅舅在这封信中还一再嘱咐妈妈,叫她如果见到朱冬生,应赶快报告当地派出所,请他们暂时拘留,并立即打电话通知他们大队和公社,他们会马上派民兵前来抓捕。至于李小娟,如果回来,也要她无论如何留住她,莫让她走了!舅舅说,这个孩子,已经被歹人引坏了,家里如不严加管教,就会更加不可救药！

李小娟读完这封信，脸都气白了，也急蒙了。她万万没想到舅舅竟然这样心狠手辣，他为了破坏她的幸福，竟不惜造谣污蔑，把朱冬生说成是拐骗人口的骗子！她晓得舅舅是那种说到做到的人，他现在手上有张结婚证，完全有控告朱冬生的根据，因此，这时李小娟的第一个想法是，要保护冬生，不能让他吃什么苦。她哭着对妈妈说道："是舅舅害我！"妈妈擦干了眼泪，刚才那阵难过过去了，这时她冷静下来。常年在小镇生活的女人，哪能摆脱那些世俗的见解，她相信自己的弟弟是出于好心，哪有老舅会害自己的外甥女儿的，再说把女儿嫁给吃商品粮的国家干部的主张，是自己向他提出来的。因此，当李小娟哭着数说舅舅的不是以后，妈妈便开始责怪她，说她不该这样去怪舅舅，她说他在前一封信中曾告诉姐姐，他给外甥女儿物色的这个对象是上海土特产出口公司的供销部主任，论人品有人品，论物质有物质。上海是个大口岸，据说繁华得很，要是小娟和他成亲后将来调到那里，说不定舅舅和妈妈还能托他们的福到那种大地方去走一趟。妈妈早就回信同意这桩婚姻，并且已经在邻居中说过了，在店子里也跟大家说过，在一些知心一点的老伙伴中，还全文念过那封信。要不是最近店子里事多，离不开人，她还准备赶到柳林大队去参加婚礼呢！因为不能去，她便开始准备女儿和新女婿的回门，她已忙了好几个昼夜了。她还替新女婿打了件毛线衣，算是岳母娘的见面礼，不想现在都成了画饼。由于女儿任性，坏人破坏，一桩美满婚姻就这样糟蹋了。这时她不但在话语中把她从来没有见过面的朱冬生描绘成一个黑良心的贼，而且还认为女儿太不懂事，太任性，把她狠狠地埋怨了一阵子。

好几次李小娟都差点说出来，朱冬生已到这里来了，如今正在吊脚楼下面不远的码头边船上。她想告诉妈妈，朱冬生不是一个黑良心的人，而是一位最好的青年，他不但模样长得好，而且有一颗几好的心，他这样的人，能过得久，经得起考验，一生一世，不变心。如果妈妈能答应他做自己的女婿，他也会像亲儿子一样地对待她，服侍她过老。这些话，都好几次到了嘴边，却没能说出口。她从妈妈的越来越严厉的话听来，她明白妈妈的同情并没有在自己这一边，妈妈那充满世俗观念的脑瓜子,如今也充满了对女儿的埋怨和对朱冬生的怨恨。要是她将目前朱冬生所在的地方告诉她,从妈妈眼下这种情绪来看,说不定就会照舅舅的吩咐,将朱冬生扭送到派出所,把他当作拐骗人口的骗子手关起来。当李小娟想到这里,她不禁打了个寒噤,她万万没想到自己的亲娘也这样没情义。

妈妈的埋怨歌还没有唱完,只听见外面一迭声喊:"妈妈!妈妈!"喊声未落,一阵风似的跑进一个人来,李小娟一看,是姐姐小娥。小娥当年也是个相当美丽的姑娘,但如今因为儿女的拖累,生活煎熬,已变得面色蜡黄、满面皱纹了。如果不是她的声音还清脆,体态还苗条,便会以为和妈妈的年岁差不多。姐姐冲进来,见到小娟,先是一怔,显然她已晓得小娟的事情了。从她那一怔的表情中,小娟看到她也是何等的吃惊!她从姐姐这一刹那表情里,还马上感觉到她的同情也不在自己这一边。小娥上上下下打量了她一番,然后说:"你只怕也想走我这条路子!"她没等妹妹回话,却火急火燎地转身伸手向妈妈道:"妈妈,赶快再给我两块钱,四伢子又烧得像火烫,那死鬼只晓得出呆力气,家里事一概不探,我得赶快送伢儿到卫生院去,现在连个挂号费也没有!"妈妈见到事情紧急,虽然显出不情愿的样子,但还是解下腰带上的钥匙,打开了一只抽屉,寻出几张票子,抽出其中两张,递给小娥。小娥接过两块钱,连再跟小娟打个招呼的时间也没有,又像一阵风似的跑出去了。

妈妈叹着气,只摇头,她指指小娥刚才站立过的地方对李小娟道:"伢儿啊,你姐姐早年不也跟你一样水灵灵的,跟一个做工下力的人结婚,只这几年,就落成这么个样子。钱没有钱,物没有物,你那姐夫哥并不偷懒,除了豆腐作坊里的事外,他还挑河水卖,但是你看她现在的景况怎样?到火烧眉毛尖时,还要到我这里讨两个钱!我在店子里每月只有二十多块钱,这样一点钱,除了吃的,加上有时做件衣裳,还能有什么剩余?我过去年轻守寡,实指望带大你们,都寻个好女婿,将来让我过两年安闲日子,到最后给我送终,却想不到你姐姐竟是这么个样子,而你又不听话,搞出一桩这样的丑事来,叫我如何见人啊!"妈妈说到这里,感觉伤心到了极点,不禁又大哭起来。她一边哭一边叫:"伢儿的爹呀,你那样早走了,不晓得我好苦呀,你的伢儿又不听话,叫我将来怎么过啊?你何不早点把我接走算了！"妈妈越哭越伤心。李小娟在一旁听了，心里也难过，但她不晓得如何安慰妈妈才好。妈妈的一生，也实在可怜，过去她是个要强的女人，总想凭着自己的苦爬苦挣，挣出一个好日子，但她总抗不过自己的命。姐姐小娥的婚姻违反了她的心愿，这是她常感遗憾的事，因此她总想在小女儿的婚事上处理得好一点，使自己的后半辈子，能有个依靠，但小女儿的婚事处理得更违她的心意，这怎么不叫她伤心？但是尽管妈妈伤心，李小娟又是很同情妈妈的，却不能叫李小娟改变原来主意，因为李小娟也生就一副要强的性格，她的要强，不是要追求生活享受、名誉地位，而是要按自己的理想去生活。如果要建立家庭，得跟自己称心如意的人在一起，她认定一个值得她爱恋的人，她便要生死与共，同甘共苦。她黑夜从舅舅家跳窗跑出来，划着小渔船到烂泥湖去找朱冬生，一路上她便想定了，生生死死，他们必须在一起！不，应当说这种想法不是今天才想定的，在那个下雨泥泞的晚上，她被朱冬生搀扶着走过冰凌的水，她便这样打定主意了。

她听妈妈的口气，知道跟她再说也无益，她安慰了妈妈几句，便到自己过去住过的小房里清理东西去了，她清出几件衣裳，洗了个澡，煮了一大锅饭，吃了一餐晚饭，便假装早早地睡了。妈妈以为女伢累了，也没再打扰她，让她好好睡。到第二天早晨，太阳升起一竹篙高，女伢儿还没有起身，妈妈走进小房，把门打开，想叫醒她来。打开房门一看，把她吓得半天移不动脚步，原来床上早已空空如也，连人带被褥都不见了。

现在卜桂香正驾着一只大篷船，从这天下午朱冬生和李小娟驾的小渔船停泊过的交叉口经过，这里一边转弯，通目平湖，一边径直走，通长沙。卜桂香没有转弯，径直把船驶到往长沙方向那条河道上去。卜桂香站在后掌艄舵，他一手把舵，一手摸出火石来打火抽烟。这只船上有两把大橹，端姑娘的两位小兄弟，他的两个小舅子正在使劲摇着这两把橹。端姑娘家的兄弟多，为了便于叫认，都以数目字代号，如大的就叫老大，二的就叫老二，今天跟他出来的两个小兄弟，一个叫老八，一个叫老九。两个人都是二十不到的小伙子，身体好得像头牛，因此这船上下劲出力的重活，不必姐夫哥吩咐，都自己抢着去干。两个小伙子是自动报名跟着姐夫哥出来做买卖的,他们两人都没有到过长沙,听说长沙城市面积大,又有许多名胜古迹,两人早就想到这地方去见见世面。两人都只念过完小,没有读过中学,"文化大革命"中他们年纪太小,没有条件参加串联,因此他们还是个十足的土包子,活动范围没有超过附近几个大垸子。他们这次随姐夫哥出来,名义上帮他做生意,实际上是为了观光,因此他们的兴致都很高,做起事来劲头格外大。

卜桂香靠在后艄的船舵上,一边望着前面两个青皮后生子在使劲摇橹,一边抽着烟,心里在想,他这次生意肯定会非常顺利的,因为开头几件事,便办得很顺利,没有钱借到了钱,没有船租到了船,没有劳力有两个"志愿军"自动报名参加出力。当他们驾起大篷子船到鹅颈大池取藕时,那里管池子的把最好的湖藕子卖给他们,价钱也很公道,一上午就装满了一只装得七十石的大篷子船。幸亏钱带得充足,一下子就买了六十四石,要等几天再来,就收不到这样上等的湖藕了。会做湖藕生意的人都是赶早不赶晚,谁去得早,谁就能够收到最好的湖藕,因为湖藕子的成色,是从露出水面的荷秆荷叶上可以看出来的,常做这种生意的人都是很早就到藕池边转。今天卜桂香收到了最好的湖藕子,他想,他把这种上等的产品运到长沙,至少可以卖到超过原价一倍的价钱。

他一边这样想,一边也感到有点稀奇,想不到罗四拐子的老爹罗润庭老倌竟这样有钱,原来不是听说他生活过得并不怎么好吗?他把唯一的儿子转到弟弟罗富庭的身边,他转去的目的是为了减少一点自家的日食开销。因为罗四拐子从小便不务正业,喜欢蓄分头,穿敞领子衣服,学个知识分子或干部的派头,在垸子里晃来晃去,田里工夫一件也拿不起,因此,当他长成二十几岁,已经开始生儿育女了,还要他罗润庭老倌来养活。罗润庭本来身体不好,后来得病,小便里出血,整天喊腰子痛,已开始做不得出力工夫了。这一家人的日食怎么办呢?后来他发现当大队长的兄弟看中了他这只无用鸟,想把他接过去,给自己做个帮手,他便像和尚遇见佛,阿弥陀佛,赶忙满口答应了。当罗四拐子搬到柳林垸那天,罗富庭还在家里请了两桌客。

这本经大队上的人谁都清楚,但是使人感到稀罕的是,从前那般困难的罗润庭老倌,为什么一下子暴富起来?卜桂香听堂客端姑娘说他那里有钱借以后,第二天天麻麻亮,他便赶过了河,在对河大垸找着罗润庭。只见罗润庭家已经鸟枪换炮,茅草屋不见了,在临河的大堤上,用人工挑了一座安全台子,在那台子上,修建了一座四缝五间砖木结构的房屋,这种房子在湖区是少见的。只见他还有满屋崭新的家具,窗户上都嵌着玻璃片子,在老倌子住房里的红漆五屉柜子上,还摆着一台半导体收音机。卜桂香走进这家屋前的地坪时,只见罗润庭老倌已经起来,他正坐在堂屋前阶基上的一把凳子上,在抽纸烟。卜桂香拢去一看,都有点不相信自己的眼睛了。几年前见到过的罗润庭老倌是个干瘪老头,走路时佝偻着腰,脸上黄得像烂菜叶子,嘴里有时巴根旱烟管,吸几口烟,便一阵不住停地咳嗽;现在出现在卜桂香面前的罗润庭,却像是另一个人,腰不弯了,脸也红了,手上拿的是常德卷烟厂出品的德山牌香烟,他一边抽烟,一边和人谈讲,一声也不咳嗽了。罗润庭认得卜桂香,见他冲着自己走来,便站起来迎着他,招呼他坐下来,接着就递一支香烟过来。卜桂香一见这情形心里想,莫不是罗富庭给了他一笔钱?但是他想罗富庭虽然也起了新屋,气派很大,但家底并不厚,靠二三十元补贴过日子,能积得起多少东西?虽说他可以在大队工业收入上揩点油,但大队的工业很可怜,除了一个油榨房、两只渡船,便没有其他东西了,每年顶多只有一千几百元收入,既要维修设备,又要养几个工人,所剩能有多少?因此当卜桂香看到罗润庭这样阔气,心里便产生好大一个疑团。但最使他感到疑惑不解的还不在这新起房屋和崭新家具上,而在当他问他借钱时,他答应得那样爽快。他问他要几百,卜桂香原来只打算开口要借两百的,后来一想两百块钱只收得到二十石湖藕子,连一只小乌篷船也装不满,这有多少赚头?他便顺口说了个五百元,说完后就马上后悔,他想这样开口不是有心叫人为难吗?一个农村中的老倌子,怎么能一口气拿出五百元来?谁知他想错了,使他几乎有点不相信自己的耳朵,罗润庭老倌子很快答应了一个字:"行!"不过他接着说,"现在就可以给你,只是……"只是下面的话就停住了。卜桂香知道他是有什么条件的,忙道:"只是什么?你老人家只管说吧。"罗润庭老倌道:"只是我这是代替别人过手的,一位老寡妈的钱,她寄托在我这里,希望我代她寻点利钱。她的要求是:第一要代她保密,她是怕露富的,要是她儿女知道她有这笔钱,会找她打主意！第二要收大加一的息。大加一的息你晓得吗？是按月算的,比捧捧钱或牛打滚还多两个月的息钱!"这大加一的息卜桂香也早听说过,是一个月算本钱的十分之一那样高的息,如果借上一年,除了本利翻一番以外,还要外加两成的息钱,这种息在旧社会也是少见的。但卜桂香出去做生意心切,他也顾不得这条件之苛刻了,当即便点头答应了。条件说妥了,老倌子听见卜桂香说今天就要去鹅颈大池取藕,便忙走进房里去,过了一会,拿出一沓票子,当着他点了一遍,都是一色印着工农兵头像的十元一张的大票子,一共是五十张。他把票子递给卜桂香以后,又反复嘱咐道:"要记好日子,一月内不管多少天算一个月,出了月只有三五天也算两个月。"他还要卜桂香打了一张条子,不过条子上只写明某月某日借人民币多少元,不写利息,这利息是君子协定,只有你知我知天知的事情。

虽然卜桂香对这事心里越想越疑,但他能够顺利地搞到钱,从而顺利地把湖藕子收到手,他心里还是说不出的高兴。现在他望着两个小舅子正在使劲摇橹,他在过细地计算路程,他想照这样的速度走去,虽然有段逆水,也不要三天便可以到得长沙。

第三天傍晚,他们果然到了长沙,离开长沙还有好远,便望见城市上空一片灯火。这长沙果然名不虚传,等他们把船靠到离轮船码头不远的一个小码头上,便看见那沿河大道上灯火辉煌,大小汽车穿梭似的来往。沿河大道傍河的一侧已经辟为公园,这里栽满花草,修了麻石栏杆,同时还植了许多树。有的树身上斑斑驳驳,不像平常乡下的树,听邻近的船上有人议论,这种树叫法国梧桐。小八小九念过地理,知道法国离我们这里很远,坐喷气式飞机还要走几天几夜,他们想连梧桐树都是从法国运来的,可以想见这城里会是无奇不有。

靠好船后,匆忙吃过晚饭,卜桂香便吩咐小九在船上看守货物,自己带着小八走上岸来,想看看形势。他们走过一段沿江大道,来到五一路。五一路与湘江大桥相连接,是南北交通的干线,来往车辆更多,差不多是一辆接一辆。卜桂香想穿过马路,在一旁等了好几分钟,还没过得去。马路上人也很多,前面的人的后脑勺碰着后面人的脸,像"文化大革命"中游行似的。街上各种声音都有,有马达声、喇叭声、自行车铃铛声和警察台上的扬声器里的喊叫声,总之,各种声音汇合在一起,显得很嘈杂。小八问了他一句话,问了好几遍,他都没有听清楚。他这时第一次发现城市有不如乡村的地方,要是在乡下,碰到天气暖和,躺在湖边的堤岸上,听着周围的鸟声虫声和蝉娘子的叫声,那声音要清雅得多,好听得多,绝不像这街上的声音这样听了叫人难受。好容易碰到一段时间没有车子过,卜桂香赶紧拉了拉小八的手,与他疾步穿过横道线。他们只顾注意汽车,没有注意自行车,有一辆飞奔而过的自行车,几乎把两人撞倒。小八的左拐子碰着自行车上的车把子,手臂上一阵酸麻,十分难受,他便忙用另一只手去揉着那只碰着的手。只见那辆自行车的前轮拐了几拐,那车上转过一张戴着鸭舌帽子的脸,那人嘴里骂了一句:"乡巴佬,眼睛瞎了?"车子又如飞似的冲过去了。小八的手撞痛了,又挨了骂,心里很不好受,刚才上岸时那种兴致勃勃的情绪减少了一半。两人穿过马路不远,看到一个热闹的菜市场,这就是著名的西长街自由市场,在这个市场上,有操各种乡音的人在叫卖。马路旁边的一条小街上,挤满了人,挤满了担子,挤满了菜,这里各种菜都有,从肉食到水产,从时令小菜到腌制的酱菜,南北口味,应有尽有。虽然气候寒冷,但这里还摆着许多脚鱼鳝鱼,有的鳝鱼担子旁边,架着一只长条形的案板,有个武高武大的汉子,正扎脚勒手,拿把半月形的刀子在割鳝鱼,鲜血淋淋的鳝鱼被他切成一片一片的,堆满了一面盆。这条街上,不知是因节约用电呢,还是故意要使它显得有点神秘,这里只有一盏绿幽幽的电灯,这盏电灯只能照见电线杆下面那一小块地方,其他地方,便只有依靠天空的光或附近商店里照射过来的光了,因此,走进这个市场,便给人一种幽暗和深邃的感觉,那里的人脸显得模糊不清,人们的交往往往给人一种高深莫测的感觉。但是这里的交往还是比较简单的,买或者卖,你买,就要选定货色,你卖,就要喊出价钱,这二者是不含糊的,有含糊的地方只有在讨价还价或称斤论两的时候,在讨价还价时,往往最初喊出的价和最后落实的价相差一倍或半倍,而在市场上买到的一斤蔬菜或鱼肉,如你有闲工夫,回到家里一过秤,有时竟少到二三两。总之,这里充满了投机和取巧,也充满了失算和机遇。

在农村中走惯夜路的卜桂香,在这里他几乎成了夜猫子眼睛,他拉着小八的手在市场上来回遛了两遍。他拉着小八的手,是怕他走失了,在这两遍巡视中,他把一切都看清了。原来,在偌大一个西长街自由市场,还没有看见一根湖藕子,湖藕子在现在是时新货。这一发现,给他很大的鼓舞,他想他明天将要在这里做独家生意了,由于是新上市的时新菜,他要在这价格上仔细推敲一下,趁着现在还没有什么竞争对象,不妨把藕价尽量提高一点,他这船湖藕子进价是一角一分,不妨卖到二角二或二角四,刚出泥的多新鲜的湖藕子,从老远的地方运来,卖出比原价高一倍或比一倍再多一点的价钱也是合理的。卜桂香好几次到过长沙,知道这种城里人脾气,价钱多少不在乎,只图个新鲜。卜桂香把市场的形势看清楚后,便感到心满意足,他见时间尚早,又带着小八到八角亭转了个圈,他指点着那些五光十色的霓虹灯告诉他说,这是长沙市最繁华的街道。他在银苑茶座买了一只银丝卷给小八吃,还给守船的小九带了一个,自己吃了一个。回来的时候,还没忘记带小八看了一阵湖南剧院门口的剧照窗,那里有一些照片,照着许多穿着奇形怪状服装的男女。

等两人回到船上时,时间已近午夜了。小九告诉他,刚才有人来船上打听,问这船藕愿不愿整卖,他们愿意出一角八一斤的价,小九不敢回答,他告诉卜桂香。卜桂香道:"别理他,我们自己挑去零卖,能够卖得起价钱!"

第二天早晨天还没有亮,卜桂香便把两个小舅子喊醒,他知道两个小舅子来长沙的真实目的,因此他注意使他们在观光问题上机会均等。这天早上他装满两托子湖藕子,带上一杆秤,让小九和他一起挑着,赶早到西长街占地方去。他叫小八现在在船上守着,如果买卖顺手,就叫小九来回挑货,小九累了,再由小八挑,这样两人便匆匆上岸了。

出乎卜桂香意料之外,有心人很多,莫道君行早,更有早行人。虽然天还未亮,那西长街的小街上,如今已摆满了肉菜担子,摆得密密麻麻的,几乎连针也插不进。卜桂香领着小九挑着担子在人堆里转了几圈,还找不到一个搁担子的地方,他们只好走出小街,走到五一路人行道上,只见这一带担子不多,他便在一个卖脚鱼的老倌子的鱼篓子旁边把担子搁下。老倌子见他们靠拢了,圆睁着两只浑浊的眼睛,没好气地说道:"这里是不能久待的,等会民警会来赶!"卜桂香见他自己也把鱼篓子摆在那里放卖,心里想:"你不怕赶我怕赶?"他却没有把这话说出来,觉得现在以少说闲话为佳,因此只把嘴巴咧开笑了一笑。

卜桂香的算计没有错,湖藕子现在还没有上过市,是时新货,相当俏,他摆设的地方虽然不适中,但从他把托子摆上那一时起,便成了大家注意的中心,来问价的称藕的围了一大圈。因为只有一杆秤,忙得他不亦乐乎,一担藕一会就卖光了,卖第二担时卜桂香就叫小九赶紧挑起空竹托子回船上去挑藕,小九挑来了两担,小八也挑了两担,六担藕一早上就卖完了。由于围着买藕的人多,妨碍了交通,果然有民警来赶他们了。卜桂香一边对来催促的民警赔着笑脸道:"就走就走!"一边仍舍不得丢下到手的买卖。他忙不迭地给人们称藕,因为他非常明白,每当称出一斤藕便能多赚一角三分钱,要知道,以去年他们队上的工分值计算,两斤多湖藕的盈利便抵得上他们一天工夫的价值。来买湖藕的几乎全不问价钱,他们只要能买到这种藕就满意了。卜桂香一边称藕一边问自己,他定的价格是否太低了,现在一时不好提价,他心里想,如果等会还是这样俏,就要考虑提一点价格了。民警来催过几次,他还未走,又卖掉一担。民警已经开始有些不耐烦了,他拿出一只小本本来,准备记他的地址和姓名。卜桂香感到问题严重了,才赶快把托子从五一路行人道挑开,幸亏这时吃早饭的时间已过,那些附近农村趁早来卖新鲜小菜的人走掉了不少。这些人的习惯是这样的,绝早进城来卖小菜,卖完小菜回去出工,他们动作熟练,速度极快,往往来得及,这时他们已空出了不少位子。因此卜桂香的藕托子能够摆了进去,他摆到了法定的区域,可以大摇大摆地做生意了,不要再那样强装出笑脸担惊受怕了。他正在得意,并且吩咐小九到对门包子铺里买了包子来充饥,忙累了一个早晨,他也实在有些饿了。谁知当他正津津有味地吃包子,让小九在那里做生意,突然从对面走进一个人来。这人一头剪短的黑发,眼睛大大的,三十上下年纪,身穿着一套干部服,右袖上戴了一只红袖章,近前一看,才知是个女的。这个女同志走近前来,问他道:"喂,你一共卖了几担?"卜桂香正在专心啃包子,没有留意她来到,听她这样一问,不像是来买藕的,不免吃了一惊。卜桂香不知应该怎样回答才好,那女的朝自己手上一只打开的小夹子看了一看,说道:"一共六担是不是?"数字很准确,卜桂香不禁点了点头,他嘴里还在嚼着包子,还来不及回答什么。那女的又问道:"你卖的是二角四分钱一斤是不是?"卜桂香又点了点头,心里在纳闷,已经在这里卖了一个早晨,谁不知道价钱,你还要问干什么?看你样子,篮子都没有带,不像真要买藕。那女的在打开的夹子里的小本上算了一下,然后又翻开下面一个小本,在上面画了几个字,嘶的一声将一张小纸条撕下来,把它递给卜桂香。她说道:"请你付七元二角钱,这是给你的收条!"卜桂香一听,把嘴里的一口包子连忙咽下去,吃惊地问道:"七元二角钱!这是什么钱?"那女的依旧不苟言笑地答道:"市场管理费和税收,照规定收半成,都是这样。"卜桂香当过干部,知道这政府的规定讲不得价钱,这笔出乎他意料以外的钱是要出的,但他仍在迟疑着,因为收回来的一百四十元刚刚放到自己怀里,还没有放热,又要平白无故拿出七元二角来,把它交给别人,心里实在舍不得。他的手已伸到怀里,却迟迟不出来,也许由于这个女的看惯了这种情形,懂得这些人的心理,她耐心地等着,但是她的眼睛在注视着他,那大大的眼睛里好像在说,痛快点吧,这是赖不脱的!卜桂香看到这副眼睛,便不敢再迟疑,伸到怀里的手,掏出那一卷票子,数了一张五元和两张一元的票子给她;还在小九手上,接过两角刚到手的硬币,他把这钱也送到那女的手里。那个女的只微微地点点头,连谢谢也没叫一声,便走了。等她的身影儿消失在人群里,卜桂香不禁心疼地想,这七元二角钱,可以给堂客买件上好的的确良衬衣了,她从结婚时起,就想着穿上这样一件衬衣。

卜桂香正在难过,突然想起"文化大革命"中看过的"样板戏"上有句话,叫作堤内损失堤外补,这些"样板戏"的内容他早不记得了,但这句话他还记得,他突然用手把自己的大腿拍了一下,道:"对,就用这办法把刚才的损失补回来!"这样,当他继续放卖时,他便把湖藕的价钱提高了一成,卖到二角七分。当他把价涨到二角七的时候,好像问的人多,买的人少了一些,这天上午,他只卖出了三担。中饭是轮流去吃的,三个人中,总有两个人在船上和在市场上,到这天下午,他又卖掉三担。他已在市场上站了一整天,感到有些腰酸背痛,他不想晚上再卖了,把这三担卖完,没有再叫小九送藕来。他把托子上最后几支藕卖完,收拾好托子,正准备离开市场,不想早晨那挂红袖章的女的好像突然从地底下钻出来似的,站在自己面前。那女的手上仍旧拿着那个小夹子,她在小夹子里的本子上画着,一边问道:"又是六担是不是?"卜桂香不禁十分惊讶,她没有守在近边,为什么知道得这样清楚? 他只来得及点点头。那女的又道:"你卖的价是二角七分是不是?"卜桂香只得说:"是的。"那个女的又在一个本子上画了几个字,撕下一张纸来,递给他,说道:"请缴八元一角钱。"当卜桂香只得又把八元多钱交给她的时候,这次这个女的却没有再点头,她只轻声说了一句:"不要随便提价,这样不好,会影响市场,而且你的货也卖不出!"说完这话,她也不等卜桂香回答,就挤入人群中走了。

不想竟应了这位市场管理员一句话,第二天早上,他按二角七的价格出售,来买藕的人更少,他只得将价格降到原来的样子,二角四分,这样买藕的人稍稍多一点。到这天下午,他和小八各摆了一担藕在西长街自由市场,他们占据了一个最显眼的地位,但是竟没有人来买一斤藕,问的人倒还有,但是问到每斤二角四分,都只咧咧嘴,笑一笑,赶快走开了。这种现象使卜桂香感到很奇怪了,他仔细看看自己面前的藕,觉得还跟刚从湖里挖出来时一样,还很新鲜,不过由于多摆了几天,水分减少一些,肯定要失秤,这对顾客只有好处没有坏处,那么为什么会出现这种情形呢? 这长沙地方,他到底陌生,耳朵不灵,他一时打听不到什么缘故。正当他在胡思乱猜,这时有两个老太太各挎着一只菜篮子过来了。两位老太太走过卜桂香身边,其中一位指着那些藕道:"这些藕的颜色倒新鲜!"好长时间没开张了,卜桂香马上迎上去道:"你老人家要两斤不?"那位老太太问:"什么价?"卜桂香道:"二角二分。"他又自动降了一点价。谁知他刚说完这话,那位老太太不禁大笑起来,她伸手从自己菜篮里提出两支藕来,她把藕在卜桂香眼前晃了一晃,问道:"你看它值多少钱一斤?"卜桂香一看那藕的成色和自己的藕差不多,也是才出泥不久的样子,他便答道:"还不是差不多价,二角二三不能少。"那位老太太听完他这话,又不禁笑起来,她扁了扁嘴,大声道:"一角三分钱一斤,刚才从公家菜市场买来的,你要多少有多少,可以用船拖!"说完两位老太太便走了。卜桂香还听见两个人一边走一边还在议论:"这自由市场的人只晓得漫天要价!"

这两位老太太告诉他的这个消息真像一个晴天霹雳,正打中在自己

218

头上,卜桂香被这消息震得半天说不出话来,他站在那里,痴呆似的愣了半天,好一会,他才清醒过来。他忙叫小九看好湖藕子,自己穿过马路,到马路对角的市场上去看看,因为在马路对角,是一些国营商店,公家开设的菜市场也设了一个在那里。当他走到那里,只见那菜市场的水泥架上,果然摆满了湖藕子,标价果然是一角三,还可以任凭顾客动手选,这时正有许多顾客在那里拣藕。卜桂香看到这情形,一身凉了半截,他挨到那排货架前去,装着也是买藕的样子,问他这一些藕是从哪里来的。一位服务员回答道:"钱粮湖农场运来的,今年他们那里湖藕子丰收,包了一条轮船运。"卜桂香一听,不禁叹了一口气,他只得挤出人群,又回到对面马路边他那两担无人问津的湖藕子旁边。他把这消息告诉小八,小八也急了,但是这小伙子并没有入股,他只是替姐夫哥出义务工,虽然也感到大事不好,但他并不像姐夫哥那样心疼。这时真正难坏了卜桂香,卖了两天,只卖了七八担,还有六十担湖藕在船里,这东西又不能久放,叫他现在怎么办?当他正在急得抓耳搔腮的时候,突然那位女管理员又像从地底下钻出来似的站到他面前。上午的税款已经缴了,下午没开张,卜桂香以为她又是来收税的,便忙朝她摆摆手,意思是说,你不用问了,这里没有你的事。谁知这女管理员并不走,她轻声问道:"你还有多少藕?"卜桂香满面愁云望着她答道:"六十担!"女管理员说话依旧很简洁,她问:"在哪里?"卜桂香心里烦躁,有点嫌她多管闲事,便没好气地答道:"在船上!"女管理员又问:"船在哪里?"卜桂香赌气不肯再作声。小八在一旁过意不去,代他答道:"就湾在离轮船码头不远的小码头上。"女管理员道:"你们且在这里等等,我替你想办法把这笔货卖掉!"女管理员走后不到一壶烟久就转来了,她身后还跟来一个中年男子,女管理员把他带到卜桂香面前,介绍道:"这位是蔬菜公司的菜场经理,他已答应收购你们这批藕,不过价格不能高于市场价格。"事到如今,没有办法,卜桂香只好答应让菜场收购。他领那个经理到码头上看了货,经理还满意,就照卜桂香原来的收价收了它,蔬菜公司每斤只赚一分钱,这样,经理打电话叫来了汽车,把货运走了。等卜桂香到菜场账房里结账时,发现湖藕子损耗很多,失了水,减轻了百多斤。

十七、绝处逢生

朱冬生在船上等着,等到天黑,还不见李小娟转来,他心知这次归家不顺利,不然她不会耽搁这样久的,他想上岸去打听打听,但他忘了李小娟家的地址,这样,他便只好躺在舱里等着。他又一天没有吃饭,躺在船舱里,肚子里好像平静一些。

他的头有点昏,不知不觉,就蒙蒙眬眬地睡过去了,忽然,他觉得有人在他脸上摸,他尽力把眼睛睁开,借着舱外透进微弱的光亮一看,原来是李小娟回来了。只见李小娟满面愁云,紧皱着眉,眼里噙着泪花,她把手抚摩着冬生的脸,看见冬生已经醒来,忙拿过一个小手巾包,手巾包里包着一钵米饭,那米饭虽然凉了,但还松软,米饭上盖着几片香干子。李小娟把朱冬生扶起来,将米饭送到他手上,细声地说:"你一定饿坏了,快吃吧,吃过饭我们就开船!"朱冬生咽了一大口饭,听她这样说,忙把筷子停下来,问:"难道我们不上岸了,妈妈不在家?"李小娟叹了一口气道:"妈妈在家,不过她的口气跟舅舅的一样,而且舅舅已经给她来信了,叫她如果见到了你,就告派出所,要问你一个拐骗人口的罪!"朱冬生听了很气愤,他连饭也不想吃了,他把钵子放下,大叫道:"我有什么罪?我不怕!我敢跟他到派出所评理,看有罪的是他们还是我。你舅舅勾结袁大头,把妇女拐骗到荒洲上凌辱,这算什么罪?"李小娟见朱冬生发了怒,那腮帮子也气得鼓鼓的,她知道他那股憨劲儿发了,见他这模样,真是又怜又爱,她将身子移了过去,依偎在他身边,一边用手端起了放在一旁的饭钵,递给他,一边对他说:"先吃完饭吧,别的事情,以后再说。"这样朱冬生才又把那一大钵饭接过来，一口气吃完了。

吃完了饭，李小娟从河里舀上水端给朱冬生擦过脸，李小娟果然把船撑开，将船摇离码头，摇到镇子对岸一个回水湾里。她把船儿靠下，再走进船舱来，和朱冬生说话。

这时朱冬生已经将舱里进行了一番打扫，把破棉被垫到了草席子上。破棉被上铺上了一条毯子，毯子上再放上大棉被，这毯子和大棉被，是李小娟刚才从家里带出来的。

这样，两人并头儿躺在大棉被里，他们自从同居以来，还是第一次睡着自家的毯子、自家的棉被。大棉被是半新的，很暖和，加上两个年轻身体的体温，竟觉得有点热了。朱冬生将身子侧转来，他用一只粗壮的胳膊，垫在小娟的脑后。

李小娟将头靠在朱冬生的胸前，她一边用手在冬生厚实的胸脯上抚摩着，一边详详细细地将自己回家的见闻都告诉了他。朱冬生听到她叙说的情况，刚才那股怒气没有了，他倒有些可怜起小娟的妈妈来了，他不禁长长地叹了一口气道："看起来，我们是不能再在这儿停留了，只有等我们的光景好起来，才好再来见妈妈。"

如何才能使他们的光景好起来呢？这是这一晚小两口讨论的中心议题，他们整个晚上几乎没有睡意，都在热烈地讨论着。他们曾设想到城市里做工，但是没有户口怎么进去？他们又想到矿山去，但是矿山如今要有招工指标才进人，而且他们的指标大都让自己的家属子女占掉了。他们又想到国营农场去，前天养殖场给他们的印象太坏了，而那一些正经八百的农场，连卜桂香和二哥利生那种原来的职工都回不去，他们从来没和这种农场发生过关系，又怎么能进去？总之，两个人互相扳着手指头，数着他们可以安身立命的地方，数来数去，除了那个柳林大队，再没有第二个好的所在。两人失望了，灰心了，在朱冬生的手臂上，感到有李小娟落下的热泪。

两人想了整整一个晚上，没有想到一个出路，他们也渐渐疲倦了，两人紧挨着，好像谁都害怕谁离开似的，就这样慢慢地入睡了。在睡梦中，他们好像觉得找到了一个好的安身之所，两人在那里安置了自己的小家庭，相亲相爱，靠双手劳动，过着无忧无虑的生活。在共同的生活中，朱冬生把一切重担子都往自己肩上挑,而李小娟呢,却对他的冷暖衣食,无微不至地加以照料。当朝霞已经布满天边,这回水湾里的小渔船,也遍体蒙上金光,那金光斜照进这间破烂篷子遮盖着的船舱里,照到了两个人的脸上,只见两人的脸上都露着一层笑意。

朱冬生一觉醒来,太阳已经老高了。今日又是个晴天,天空没有一丝云彩,太阳光照耀着河面,河面上闪动着金色的水波。这一天,太阳变得暖和了,但是由于融雪的关系,空气中的寒冷还是没有消退,太阳没有把严寒驱散,却把那阴沉沉的天色改变了,天空变得晴朗,人们也觉得爽快得多了。朱冬生把手臂从李小娟的脑后抽出来,转头看见她那娇媚的睡态,他忍不住又侧转身子,在她脸上亲吻着。小娟被冬生闹醒了,她张开眼,见天色已经这样迟了,便大吃了一惊,赶快坐起来,披上了自己的衣裳。

为什么李小娟看到天气不早就这样惊慌呢?因为她怕妈妈一早到房里不见自己,真的到派出所报告请人四处寻找。他们现在就在镇子对面,要寻找是很容易找着的,舅舅信上的口气那么严厉,她怕被他们找着对朱冬生不利。

事实上,李小娟的妈妈一见房里没有了人,知道朱冬生昨天一定是跟李小娟一起到了这里,小娟这时又一定是去找朱冬生去了,她就真的听从弟弟的吩咐,去报告了派出所。镇上的派出所也已经接到柳林大队的来信了,请他们协助捉拿拐骗人口的逃犯朱冬生,派出所正不知如何下手,听到这条线索,马上派人去追捕。但是这里是个小镇,派出所的民警很少,他们又没有汽划子,他们只能在沿街码头及船只上查看了一遍,也没法追到很远的地方。

正当派出所的民警沿街边河岸搜查之际,朱冬生和李小娟已经驾着小船,离开了小镇对岸的回水湾,他们已经驶过了沉水急流,进了大湖。在这宽阔的目平湖里,一只小渔船就像一根小银针,一根小银针掉进大湖里,谁能捞得着?

今天由于天气好,是冬日少见的晴天,因此出来打鱼的人也有了。这目平湖过去盛产银鱼,有时一网能够打上十几担,最近大概因为周围修建的工厂多,废水废渣污染严重,银鱼是种最喜洁净的鱼类,它们受不了这种污染,有的死了,有的跑了,因此这里已不再盛产银鱼。产得多的倒是鲤鱼鲢鱼,这类鱼适应环境的能力强,生命力也强,它们在这变了点味的水里照旧生长着,繁殖着,它们长得肥大。人们把它们捕获,运送到茅草街或汉寿、沅江等地的渔行里去,很卖得起价。

朱冬生站在后艄荡桨,望着那满湖仅有的两只打鱼船,不禁拍拍自己的脑袋,叫道:"有了!"他把头伸向舱内,对李小娟道:"小娟,我已经想出个法子来了,我们何不以打鱼为生!"李小娟一时没听清,她问:"什么为生?"朱冬生道:"打鱼为生,就是靠打鱼卖钱过日子! 我们只要每天能打到十斤鱼,就够我们一天的生活了,现在船上有一张网,我就可以用它来打鱼。"李小娟和朱冬生用过这种网,他们的船靠在烂泥湖边的时候,曾用这张网捕过鱼。朱冬生虽然平日只认作田,捕鱼的事很少干过,但滨湖的伢儿,从小看见大人下湖打鱼和上湖洲砍芦苇,这一般活计都懂得一点。只要有网,还是知道捕鱼的,当然这捕鱼上讲究甚多,他算不得里手。这天当他从舱板下将渔网拿出来,把它放到船头理了理,撒下湖去,就把不里手这点看出来了。因为这只船上的网,是在小河里打鱼用的网,最多也只能在像烂泥湖这类半干半湿的浅水湖里用,而用这号网在目平湖打鱼,就好比拿灯草棍子赶湖鸭子,白费力气。在这类大水面捕鱼,不能用大拖网,也得用大架子网,因此当朱冬生在湖里用小撒网打鱼时,打了半天,取过十回网,却没有打到一条像样子的鱼,每次能捞到几两的,是些小游鱼小虾米。这类小鱼虾,在滨湖地区人们是不大欢迎的,到市场上去卖,除非你积存有好几石了,而且已经焙干了,才能够卖得点钱。长沙市的自由市场上,也有人用个小盘子或竹篮子装上几斤这样的小鱼小虾子,在那里叫卖,这是因为那个地方产鱼太少的缘故。

朱冬生撒了一天的网,才捕到几斤小鱼虾,这时他已累得不行了,而且,早晨没吃饭,也饿慌了。李小娟见到他那吃力的样子,忙叫他停下来,同时她早就洗好一些小鱼,给他煮了一大碗鱼汤,让他趁热喝下去。像朱冬生这类金刚汉子,不吃东西是不行的,他们能出力做工夫,但是饿起来却比一般瘦弱人还感到难受。

为什么李小娟只有鱼汤给朱冬生喝呢?原来船上已经没有米了。船舱里本来还有几斤米,却被那个老二流子杨三癫子吃光了。昨天晚上李小娟急忙回船,只记得带饭带褥,竟忘了要带一点米,因此,两人再也没有米饭吃了。

这天晚上,小渔船靠在湖边一个僻静处过夜,这地方离岸很远,没有路,因而也不会有行人。这里只是一望无际的芦苇荡,芦苇荡里,嘎嘎嘎飞来飞去的是一些野鸭子。

两人虽然没有吃一粒米饭,但是他们喝饱了用芦苇秆子烧的热鱼汤,吃在肚子里,使人一身都感到暖和。船上还有一小瓶盐,他们还可以烧这种鱼汤喝。喝过鱼汤,他们就互相紧靠着躺在被窝里,虽然两人已经疲倦了,但都睡不着,因为他们心里都在发愁,他们最后想到的这个生活出路也是行不通的。

第二天早晨,朱冬生感到光吃鱼汤不行,就跳下船去,走进芦苇荡里,想捕一只野鸭子,但是他奔跑了半天,一只也捕不着。野鸭子不比家鸭子,它们非常机灵,两只翅膀很顶用,老远见人来了,便扑的一声飞跑了。朱冬生在岸上转了几圈,连一片鸭毛也没有捞到手。但是他到芦苇荡去并非完全没有收获,他发现芦苇丛中有种翠绿色的植物,摘下一片叶子,用手一捏,绿色的浓汁流满了一巴掌。朱冬生一看,马上认出是什么东西了,他惊喜地叫道:"水荇菜!"他知道这种菜是可以吃的,听老班子说,在旧社会涨大水溃了圩子,人们就捞这种水荇菜吃,这样他就扯了一大把水荇菜,把它带回船上。他把这个发现告诉了李小娟,李小娟也很高兴。两人将水荇菜洗净,切碎,煮了一大锅,他们把水荇菜和鱼汤煮在一起,果然很好吃,不过吃过以后,喉咙里有点发涩,舌头尖上也感觉发麻。

第二天,他们又打了几网鱼。芦苇荡旁边的野生植物多,小游鱼喜欢在这里嬉戏,它们成群结队在这里游泳,有时一来一大片,都是一色一寸长的青背脊小鱼,但是一捕到网里,它们便亮出白肚皮来了,那白色的肚皮就像一块块小银片,在阳光下闪闪发亮。

朱冬生每下一次网,便能打到一小碗小游鱼。李小娟将小游鱼用铁锅子焙干,可惜没有油,如果有油,再放点辣椒和香葱什么的,那就是佐餐的美味。

他们就在这芦苇边住下来,一边靠打鱼过日子,一边绞尽脑汁想办法,但是想来想去,竟无路可走。到第四天的时候李小娟突然眼前发

黑,一头栽倒在船板上。朱冬生连忙把她扶起,抱进船舱,替她把外面的
衣裳脱掉,盖上棉被子,一摸她的额头竟然很烫,他吃惊地发现,小娟害
病了。

李小娟害病是有原因的,因为她负责煮饭,她看见那一小瓶子食盐
已经剩下不多了,鱼汤里如果没有盐是不好喝的,她把盐都放在朱冬生
的碗里,而自己的碗里却舍不得搁。朱冬生到吃饭时只顾伸手端过她递
来的鱼汤,一边喝一边赞叹:"好喝!好喝!"他竟一点也没注意小娟却皱
着眉头在一旁喝没有搁盐的鱼汤,这不搁盐的鱼汤是最难喝的。据说过
去有一位国王,在宫里闷得慌,一天,他问大臣道:"世界上什么东西最好
吃?"有位大臣听了,不假思索地回答说:"盐!"国王一听勃然大怒,他骂
道:"盐怎么是最好吃的东西,苦咸苦咸,有什么好吃?"他认为这位大臣
在戏弄他,便办了他一个欺君之罪,把他杀了。当时御膳房里的太监很
为不平,有一天,国王想吃口鲜鱼汤,便叫他做来,他就做了一大碗鲜鱼
汤,没有搁盐。国王一尝,很难吃,便大发雷霆,责问他为什么做出这样
不好吃的鱼汤来。那位太监上前跪禀道:"这鱼汤不好吃,因为它缺少一
样东西。"国王问:"缺少什么东西?"太监回答道:"盐!"说着他便拿出一
瓶子精盐来,放了一点在鱼汤里。国王一尝,鱼汤的味道立刻变得非常
鲜美。国王问御膳房的太监,这是什么缘故?太监回答道:"因为这盐是
世界上最好吃的东西,昨天那位大臣说的,就是这个道理。"这时国王才
知道自己错杀了那位大臣,后悔莫及。

没有搁盐的鱼汤不但十分难吃,而且勉强吃多了,还要生病的。现
在李小娟就生病了,她开始拉肚子,发高烧,在舱里躺了一天,就眼眶陷
落,脸皮发黄,变了个样儿了。

这天,朱冬生几乎什么事情也没有做,守在李小娟身边,看着李小娟
那憔悴的模样,心里十分难过。

经过连日来的奔波、惊惧,李小娟本来不算健壮的身子开始消瘦了,
得病以后,瘦得更厉害。当她躺到第二天,她感到自己无法站立了。她
心里难过地想,自己从舅舅家逃跑出来,本来想给冬生以幸福,但是现在
不但不能做到这点,还给他带来拖累。她太爱冬生了,她不想使他难受,
当她发现自己已经很难动弹时,就不想活了。这天晚上,朱冬生因为已

225

经服侍了她一整天,非常疲倦,他已经入睡了。李小娟费力地抬起自己的身子,艰难地穿好了衣裳。她伏在冬生的面前,望着冬生的脸,望了好久。她的心里这时是很痛楚的,她想起自己和冬生相识时的情景,那天晚上,她靠在冬生的怀里,觉得自己一生找到了归宿,她爱冬生的纯朴,爱他的憨厚,她理想的爱人,就是这个样儿。她本想跟他幸福度过一生,谁知道到不了头。虽然他是个作田汉子,但她并不嫌他,她觉得劳动不应分贵贱,只要人心地纯正,干什么都会是高尚的。他们的经济收入可能会少一些,但是一个人一生所追求的,难道就只有这物质上的享受吗?他们有一双勤劳的手,可以共同创造自己的幸福。冬生的身体强壮,农田里的活他样样拿得起,而她自己平时能够刻苦,教学业务提高很快,本来是很理想的一对,但是却被舅舅给断送了。舅舅贪恋钱财,也出于他的权势欲望,他拿外甥女儿的一生幸福做交易。这些天来,她费尽神思,总想找个安身立命的地方,好逃出舅舅的羁绊,但是总找不到,两人逃来逃去,又逃到舅舅的手掌里。舅舅写信给妈妈,妈妈也不能原谅她,他叫妈妈通知派出所来抓他们,好像他们是罪犯一样。他们逃出去,是为了要活,而且是为了活得更好,但是今天她非常想死,她病成这个样子,与其慢慢死去,让冬生陪着受苦,不如很快死掉,因为如果自己早点死去,冬生便可以回去,开始过原来的生活,就是再回烂泥湖,也比在这里的境况强。她是不相信来世的,如果有来世,她希望来世还能够服侍朱冬生。

翻来覆去想了一夜,想来想去,想不出旁的出路,这时她的心是很痛苦的,身体也极端难受,这两种痛苦加在身上,使她再也无法忍受下去了。她痴痴地望着冬生的脸,望了好久,她的眼泪忍不住像雨点一样地落下来。她已经无力和他说话,她哭了一会,便狠了狠心,将身子移到了舱外。

扑通一声水响,把朱冬生惊醒了。他伸手一摸,不见小娟,心里马上闪过一个念头,糟糕,小娟落水了!因为小娟肚子不好,常常要出去大便,每次出来,都是由朱冬生背着她到船边,扶着她坐好,这时朱冬生想到的是她自己一人独自出去大便,一时支撑不住跌进湖里了。朱冬生衣服也来不及穿,忙冲出船舱,果然看见靠近船头一边的水里正在鼓泡泡,那溅起的水圈儿,也正在一圈一圈地散开去,朱冬生毫不犹豫,往水里一跳。朱冬生的水性很好,芦苇荡的湖水不深,他一跳进水,马上便摸到了小娟的身子,他忙用手托着她,用力踩水浮上来,他很快摸着船沿,把李小娟托到了船上。

这时李小娟肚里已灌满了水,朱冬生让她俯卧着,然后把她的下半截身子提起来,哇的一声,李小娟嘴里吐出了一大口黄水。等李小娟肚里的水倒尽了,朱冬生才把她抱进舱里,把她身上的湿衣裳脱下,将她裹在大棉被里。朱冬生看见李小娟脸色苍白,那嘴角边还有血迹,他想起她为了跟随自己出来,受到这么大的苦痛,不禁大声痛哭起来。朱冬生的哭声惊醒了小娟,小娟微微地睁开一双眼睛,声音非常微弱地说道:"冬生哥,你不该救我!"朱冬生一听她这一句话,便知道她不是失足落水的,而是自己投进水里的,这样更叫他难过了。他想起由于自己的无能,让心爱的人处于这种绝境,感到像有千把刀子在心里割似的,他推开这船篷子,大声叫喊:"天啊! 你怎么这样不容情,难道这样大一块地方,就容不下我们两个人吗?"但是叫喊有什么用? 天是那么宽,湖有那么大,有谁能听到他的声音,有谁能向他伸出救援的手? 朱冬生的心里难过极了,他马上闪过了这样的念头:"要死就死在一块!"过了一会,李小娟又微微睁了一下眼睛,她轻声地呼唤着:"冬生哥! 冬生哥!"朱冬生听到了她的声音,赶快跑到她身边,回答道:"小娟,我在这里!"李小娟想从被窝里伸出手来,想再一次摸索一下他那带点儿憨气的脸,但是她实在没有力气,她费了好大的劲,还伸不出那只手来。朱冬生明白她的意思,忙替她轻轻将手移出来,将她的手掌儿松开,而让自己的脸颊贴靠在她的手掌上。朱冬生感到小娟的手指儿在自己脸上移动,她那微弱的声音在断断续续地道:"冬生哥,我爱你!"

到第二天清晨,朱冬生看见李小娟不再做什么动作了,她紧闭着双眼,也再不睁开,那嘴唇边似乎还带着一丝微笑,但是她这时已只有出气的份儿没有吸气的份儿了。朱冬生见到这情形,搂住小娟的身子痛哭了一场。他心里想,小娟走了,他自己还留在这世上有什么味儿,不如跟小娟一道走算了,跟小娟一道儿走,两人有个伴儿,说不定在那冥冥之中,两人还真能在一起过上日子。只要能够跟小娟在一起,他到什么地方都过得,当他想到这里,他的主意打定了。

他走到船后艄,放下了双桨,把船儿荡出芦苇荡,他挥动手臂使劲地荡着,一会,到了大湖的中央。那大湖当中,今天又布满了阳光,又是一个大好的晴天,而这湖上的空气经过一连几天的照晒,也变得暖和些了。今天又是一个打鱼的好天气,那零星的几位打鱼的渔夫,正用力在划着他们那小小的船只,往这边来了。

朱冬生最后一次望了望天,他看到天空是蔚蓝色的,在那太阳出来的一边有一抹云彩,云彩已经染红了。朱冬生心里想,这天空还是美好的,可惜不再是我们的了! 当他弓下腰,钻进船舱,最后看一次小娟,只见小娟似乎早已停止了呼吸,她正安详地躺在那里,好像在说,冬生哥,你不要再跟我说话,我已经睡着了。看到这情形,朱冬生的眼睛不禁又流下许多泪。流了一会儿泪,他狠了狠心,取过舱里一把劈芦苇秆子用的柴刀,跳进后艄烧饭的船舱,用力地用刀在船舱底上劈了几下,船舱的底被他劈穿了,湖水汩汩地灌进舱来。这时他怕自己那游惯了大河大湖的身子再浮起来,他从船上寻出一根绳索,把自己和小娟跟船连接在一起。

冷满爹为头的渔业组,已经在目平湖作业有十天了。这目平湖是他最熟悉的地方,民国十六年以前,他还是一个穿开裆裤的伢伢,就随着他爹爹在目平湖上作业,目平湖方圆数十里,他哪一个地方没有走到? 那时目平湖盛产银鱼,他们每一次出去打银鱼,一网打下去,拉上来,就是十几担。不过那时候目平湖上不平静,护东堤来了周小鞭,这周小鞭是湘西巨匪周铁鞭的儿子,周铁鞭在湘西有他的地盘,还嫌不够,又把几十杆枪给儿子周小鞭,叫他带领人马到洞庭湖区占一处水寨为王。周小鞭到了湖区,占据了目平湖,他给省里县里的官员们送了几大包湘西出产的烟土,就领到了一张盖着官府衙门大印的委任书,他便在这里当起水警队队长来了,他带来的几十个土匪,都成了水警队的大小头目。他这个水警队很特别,和湖匪称兄道弟,和当地豪绅关系也不错,只是跟湖上渔民过不去。远近渔民到目平湖上打鱼,必须先到水警队控制下的税务所纳税,没有足够的税金,你莫想捡到一条小鱼,等到你缴足税了,就发给你一块小铜牌牌儿,凭这块铜牌牌在目平湖里作业。当时由于目平湖鱼厚,洞庭湖区大小数百个湖泊,就数这块地方渔产丰富,只要手艺过硬,不怕冰霜寒冻,就能有大收获。人们把手指头冻断了,脚上冻开半寸宽的裂口,到头来除去税金,还能赚一点,因此渔民们都愿去受这个苦。但是不久周小鞭看出这里边还有文章,他怕便宜了穷杆子们,又生出主意,在茅草街、三仙湖、厂窖一带接连开设了几个大渔行,规定目平湖上打捞上来的鱼,都得经过这些渔行过秤,过秤时就得缴上百分之七十的"开秤钱"。如果不在这些渔行里过秤便不准上街贸易。他还可以叫水警队驾起划子来收铜牌牌,这样,你就没法在这里营生了。这样一来,渔民们能够得到的好处就很少了,有时连日食也糊不住。因此目平湖一带的渔民都得同时租点田种,如果光靠打鱼,不种田,只能喝西北风。

民国十六年,洞庭湖里掀起了革命风暴,汉寿县出了个能人叫詹乐贫,他和陈刚、毛觉民等人一道,举起了红旗,他们把穷人心中的火焰点燃了,他们打土豪分田地,掀起轰轰烈烈的土地革命。目平湖受革命影响,不久也成立了农民协会,土豪劣绅被抓住游了堤,在汉寿城里,还枪决了杨家湖的汉寿王梅孟樵。目平湖里的水警队不敢再像过去那样嚣张了。周小鞭也不敢单独出外走路,晚上睡在湖边,近旁还停个汽划子,准备如果碰上自卫军就坐上汽划子逃跑。但是他始终不甘心自己的处境,暗中还四处活动,有次甚至化装成商人,带着几个人混进汉寿县城,想劝说由团防局反水过来的一队自卫军起来反对詹乐贫。共产党汉寿县委了解到这一些活动,决定拔掉这颗钉子。在一天傍晚,发动几百只渔船,用巧计将周小鞭的汽划子团团围住了,渔民们用大刀砍死了周小鞭,从此目平湖见到了太阳。大革命这一年,目平湖上得到了一次亘古未有的大丰收,每家每户的渔船都装满了鲜鱼,他们不用再缴渔税,也不用再到指定的渔行去过秤,他们的鱼卖到了上等的价钱。这一年他们过了一个最快活的春天,平常总是要饿死人的春荒季节,这年却没有一个人出去要饭,谁家的粮食都吃不完。但是春天还没有过完,就听说上海蒋介石叛变,后来又听说长沙军阀许克祥屠杀工农,接着便发生了梅孟樵的干儿子土匪马绍武围攻县城,詹乐贫被杀害了!陈刚、毛觉民被杀害了!汉寿县城一片腥风血雨。南县城关一天就处决几十名共产党人。团防局的匪徒,每天都到目平湖上去捕人,只要是过去参加过捉梅孟樵打周小鞭的农民自卫军,一旦被他们抓住,都一律砍头示众。目平湖边到处是一片一片鲜血,目平湖上常常漂浮着革命者的尸体。

有好长一段时间,谁也不再到目平湖打鱼,国民党借口湖里有共产党,把它列为禁区。后来开禁了,让渔民进去,但是渔民进湖作业,必须到国民党的衙门登记上税,渔税很重,光这一项,抵得上农民一年的收入,这样,哪个愿意到目平湖上来,他们宁愿到岸上去种田,也不愿到湖里去挨冻受累。专业渔民是这样,像冷满爹这类以种田为业的渔民,则更少到目平湖来。解放以后,目平湖开放了,它和洞庭湖区的许多大湖一样,变成了公湖,谁都可以到那里作业,这样,冷满爹就曾多次到那里去捞鱼。有好些年,他几乎每个冬天都去,他捞鱼的本领高强,每次捞到的鱼都比别人多几倍,所以人们传说,他和洞庭龙王结了亲家!直到后来农村反对资本主义自发势力,不准搞副业,他才又有好久没有到目平湖捞鱼了。但他已经养成了一个习惯,如果一个冬天不出去捕一两回鱼,手便痒痒的,心里也闷得慌,常常弄得连过年都过不好,碰上这种时候,他只好到河汊里去过过瘾。

现在使冷满爹最感痛快的,是杨青林支持他到目平湖来捞鱼,还帮助他成立了一个渔业组,让他做组长。这个渔业组下又分两个小组,他所在的小组,管辖四条船,两条渔船,两条双飞燕,一共四个人,除开他自己,还有凹花生、宋明、他的满女儿春妹子。春妹子本来可以不来的,但她嚷着一定要来。春妹子来了,整天跟宋明泡在一起,两个人唧唧咕咕,好像有说不完的话似的。

因为队上贯彻多劳多得的原则,规定按指标完成了规定任务以外,其余的鱼便归他们自己,这样凹花生便显得格外积极。平时睡觉要睡到太阳一竹篙高,不是堂客掀开被子打他的屁股还不得起来,这时天不亮便忙着起来煮饭,吃过早饭,不等冷满爹把烟吸足,就催着要出工。冷满爹真有过硬本领,他在湖里荡着船,看到一处地方,叫撒网下去,往往拖一次小网,就拖二三十斤大鱼。他们把大鱼运到沅江渔行里卖掉,得到的钱,攒在一起,不上十天,他们便攒积了三百块钱,昨天叫凹花生送回队里,好向杨青林报喜。凹花生回来说,杨青林叫他们每次先扣下十块钱给个人,以便大家改善伙食,上街买点东西,至于以后还需给个人多少,一律补发。因此这天到沅江县送过鱼后,便让每人拿着十块钱到街上逛逛。冷满爹带着钱,喊着春妹子一块儿走,两人在南货店里转了一下,买了一瓶竹叶青。冷满爹其他嗜好都没有,就只喜欢吃一两杯酒,他一喝上酒,精神就更好,话就更多。他在玻璃货柜上看到了油花生和牛肉干等上等下酒的东西,便一样要了一小包,他拿着这酒和小纸包走出来,回头一看,不见了满女儿。满女儿到哪里去了呢?他满街到处找,没有找到,后来一想,她这样大了,不会走失,她手上也有十块钱,可以找个吃东西的地方,不会饿着肚皮,这样他便放心了,不再找了。他一个人独自回到船上,船上的人都还没有回来,他打开酒瓶,独斟独饮,可惜没有人听他说话,这是个遗憾,但是油花生和牛肉干实在好,他的牙已掉落不少,只能慢慢嚼着,嘴巴有工夫做,也不寂寞。不知不觉,油花生不见了,牛肉干只剩一点碎末末,一瓶竹叶青已经喝去一半了,这时他也醉倒了。酒瓶子还敞开盖子放在船头上,老倌子已和衣躺到船舱内的棉絮堆里,不一会,那里传出他大声打呼噜的声音。

当爹爹躺在船舱里打呼噜的时候,春妹子正和宋明坐在离渔船有里把路的河边一排老柳树底下,两人正在互相给对方嘴里喂花生米。原来,正当爹爹聚精会神在考究南货店里那排各式各样的花花绿绿的酒瓶子的时候,春妹子觉得自己后面的衣角被人扯了一下,她忙回头一看,见是宋明,她正准备讲话,宋明却用嘴唇吹手指头,叫她别响,然后把她引到门口去。宋明道:“春妹子,陪我玩玩去。”春妹子道:“我不去,你要人陪去找常德城里那个人去,像我们这号乡巴佬,不配!”宋明央告道:“春妹子,你怎么还记那过去的事,说真的,我有话跟你说。”春妹子道:“有什么话,就在这里说吧!”宋明道:“这话是不能在人多的地方说的,得找个僻静的地方。”春妹子道:“等爹爹买完了东西,我们一起到船上说去,那里顶僻静。”宋明道:“这话也是不能当着爹爹说的。”春妹子故意道:“不能当着爹爹说的话,一定不是好话,我不听!”宋明抬头一看,只见冷满爹已经打定主意,正指着货架叫售货员拿下一瓶竹叶青酒来,接着又在买花生米,买牛肉干。宋明一想,时间不多了,他急道:“春妹子,我真有件顶紧急的事要跟你说!”春妹子还在说:“我也要买花生米。”宋明拉起她的手一边往外走，一边说："街尾子上还有南货店，那里有花生米，到那里买去！"这样，春妹子便跟着宋明走了，所以等冷满爹买完东西，回头来找春妹子时，不见春妹子了。

说起宋明和春妹子，这里边还有一段小小的故事。当宋明和他那位挂了筒的女朋友一起分到柳林生产队插队落户后，他们一齐住在冷满爹家里。冷满爹家的房间多，他把两间空房让给两个知识青年住，让他们一人住一间。两个青年在一起生活和劳动，自然产生了感情，原来在学校里本来就比较要好，这样一来，就更好了，而且渐渐有点像是谈情说爱的样子。两个从清早到落黑，总是形影不离。有次春妹子在他们房后的窗前过，偶然朝里一望，只见窗内两个人的人影儿凑到一起了，后来就听得哧哧地笑。春妹子已经是个大姑娘，自然也懂得些人情世故，瞧见这情景，不禁羞红了脸，忙跑开去。自那以后，好久好久，虽然每天他们两人跟自己同桌吃饭，她也不敢拿正眼儿去望他们。其实，当时那两人也从不拿正眼儿看她。湖乡长大的女伢儿，没疤没疖，没有暗病，到了十七八岁，一般都长得光华红润，很有水色。春妹子正好十八岁，她爹从小把她看得重，近年他到底能捞点外快，伙食开得不差，把她调养得好，在同样年龄的女伢儿中，她是长得最出色的。那一双水灵灵的眼睛，那一对小酒窝子，加上身材苗条，脸庞儿是桃子形的，不显肥胖，因此虽然衣着朴素，见着她的人家都说，如果跟罗富庭的宝贝女儿罗彩元比较起来，尽管罗富庭尽把好衣服往女儿身上堆，也赶不上春妹子标致。但是这样一位乡间的美人儿，近在眼前，宋明竟连正眼儿也不看她一眼。有时春妹子不免心里有点气恼，难道我就这样不如人家，怎么连理也不理睬我一下？这也难怪，当时宋明心目中只有那个城里来的朋友，他跟她从小儿相识，一块儿长大，一起念书，又一起插队落户到乡下，两人的性格和遭遇大致相同，心胸和抱负也一样，这样，当然合得来。他们虽间有亲近的举动，但还算正经，并不乱来，两人常在一起念书、写字，想熬过两年，好一起去进大学（因为按照规定，下乡两年以后才可选拔进大学）。

但是不想这理想很快就破灭了。两年过去了，进大学没有希望，那女的因为有一个亲戚在常德工厂里当头头，她家又送一只手表给大队支书，很快就被调上去了。而宋明没有这种关系，也没有钱送手表，他便没有办法上去。开头女的还常来信,劝他安心等待,积极争取,后来信渐渐少了,不久,常常要等宋明投邮五次,她才发来一张便条。往后连便条也不来了。宋明去信责问,得到的结果是把他过去给她的信做一个包裹全部寄回来了。宋明接到这个包裹,关在房里痛哭了两天,后来虽然走出了房门,但人已变得痴痴呆呆的,每日坐在河边,对着常德那个方向望着,做事情有气无力,饭也吃得少了。冷满爹看他这样子很可怜,常常带他出去打打鱼。冷满爹心里想,带他到外面走走,心里兴许舒畅一点。而这一段时间,春妹子却非常同情他,她常常到房里喊他出来吃饭,也常替他灌热水瓶,他劳动后丢下的衣裳,她也替他拿去洗干净,并且叠好放在床上。春妹子对他好并没有别的意思,只是觉得那个女的太没有情义了,自己飞到高枝上,就看不起原来的朋友了,她不满意那个女的,因此对宋明产生了同情。但宋明此时竟被懊恼和伤心弄傻了,他对这种默默送来的关心和照顾一点也没有觉察到,在这一段时间里,他们在一个桌上吃饭,在一个茅屋顶子下睡觉,但他还是连正眼也没有瞧过这个艳丽的姑娘。

直到有一天,凹花生和他在一起打鱼,凹花生是个最喜欢逗耍方子的角色,他见宋明常常一个人坐在水边发呆,便在一旁笑道:"我说知识分子,你怎么老是朝那上边看,也不看看下面,难道下面就不如上面?"这时春妹子正好站在堤下收渔网子,宋明听凹花生这样一提,下意识地朝下一望,正好春妹子这时也朝这边望来,四目相遇,她不禁嫣然一笑。这一笑不打紧,却把宋明惊住了,原来他还是第一次见到过这样美丽的姑娘! 凹花生好像看透了他的心理,他大声说:"人家说你们知识分子有些傻,大概也有点道理,这是天天见面的春妹子,难道你不认得?"是的,天天见面的人还不认得,这算什么眼力? 但是天天见面而不认识人家真正价值的事情,在这世上还算少见? 这交臂失之的幸福是常有的! 自打那天以后,宋明便开始留心起春妹子来了。过去当宋明不拿正眼儿望她的时候,春妹子感到有点烦恼,现在宋明老用眼望她,她也感到烦恼,她有两天不想跟宋明说话,和他相遇也避得远远的。

自从渔业组成立以后,工作开展很顺利,凹花生变得勤快了,宋明也快活了,冷满爹觉得自己一身本领也有地方施展了,他浑身是劲,每天跟年轻人一起干到天黑。他的话也更多,不过他现在的话不再是闲话,而是一些技术指导性质的话,他把着手教宋明,教自己女儿。宋明觉得,捕鱼这行业上的学问真大,就拿网衣来说,就有身网、八字网、舌网、囊等许多名目,而身网,又由底网、左右侧墙网、后墙网和盖网等许多部分组成;这还只是湖里用的一般小型渔具结构中的一部分,湖里深水区域用的大渔具,还有更多的讲究;其他关于鱼的种类、鱼的分布与特征以及捕鱼的技术等,更是讲究很多。宋明听冷满爹念叨了几昼夜,还只晓得一丝皮毛,这样他便觉得捕鱼并不比数理化容易学,而且要是把这套本领掌握到手,也并不比上一届大学价值小。因此,经过几天在目平湖漂游,宋明已经不再老想着个人的前途去向,而且也不再老是往常德那方向望去。他现在老去望春妹子,春妹子在扳网,他主动去帮忙,春妹子在取鱼,他提起鱼篓子过去。

四个人,各驾一只船,但宋明这只船总是靠在春妹子的船边,他总是找机会跟春妹子说话,今天他又找到这个机会,想跟春妹子单独说一阵话儿。

宋明路过另一家南货店,忙进去买了花生米,还买了软糖,他怕口渴,最后还要了两瓶橘子水。为了开这两瓶子水,他们折腾了好半天,两人站在树下,想不出法子打开瓶盖子,在柳树干上擦,把老柳树的皮擦掉一大块,也擦不开。最后还是宋明热心,用牙去咬,一咬,瓶盖子便开了,原来瓶子里的水是有气的,瓶盖子一咬开,气一冒,喷了宋明一脸,使他成了个大花脸。春妹子看到这情形,不禁哈哈大笑起来,她笑得前仰后合,笑痛了肚子,她一手扶着柳树,笑得蹲在地上,一边用另一只手揉着自己的小肚子。

这笑声鼓起了宋明的勇气,宋明正站在旁边,当她笑得不可开交时,冷不防,被宋明在脸上啄了一下子。

笑声立即停止了,春妹子生气了,她把那瓶还未咬开的瓶子丢在地上,站起身来,准备走开去,她嘴里说,她要把这事告诉爹爹去。

这时宋明紧张极了,他那颗受过伤害的心,如今不能再受伤害了,他只吓得两手发颤,急忙拦住春妹子的去路,嘴里不停地说:"别!别!……"

春妹子看到他这狼狈样儿,心软了,她不禁扑哧一笑,那严肃的样子装不下去了。这样一来,解除了警报,宋明马上觉得轻松多了,他真想唱歌,真想笑,他又从地上捡起那只春妹子丢下的瓶子打算再用嘴去咬开。

春妹子一手把那只瓶子夺过来,嗔道:"等把这一瓶喝完再开,这样大一瓶子汽水,够两个人喝的。"

这样两个人坐在柳树下,柳树条儿到了冬季,变黄了,但是那柳条儿还挂得满满的,它们随着微风,在两人身后飘拂。宋明发愁道:"没有杯子,一只瓶子怎样喝?"春妹子回答道:"不能一人喝一口地转?"是的,可以一人喝一口地转。这两瓶橘子水,两人喝了好久,直到太阳落了土,还没有喝完。而且后来不仅橘子水是一人喝一口地转,那新鲜花生米粒粒儿,也是互相递过去,一个人吃一粒地转。

两人很晚才回到船上,因此睡得很迟,第二天早晨,天还没亮,就被凹花生吵醒了。浪子回头金不换,懒汉回头,连闹钟也可以取消了。他叫得比闹钟还响,也比闹钟有效,因为闹钟一闹,如果主人实在不醒,它也没有办法,而凹花生一闹,你就非得醒不可,他不把你闹醒,是不肯停止叫唤的。而且他还实行武力政策,他钻进舱来,把舱盖子掀开,把你的被子一拉,这样冷的天,你能不起来?冷满爹和宋明就是被他这样拉醒来的,只有春妹子的被子他不好拉,但经他那破砂罐似的喉咙一叫,春妹子也就醒了。因此,太阳还没有出水,柳林生产队渔业组的渔船便到了目平湖上,船上的人已开始作业,因为这一带的鱼厚,他们准备用大拖网拖鱼。

拖网一头刚丢下去,几只船还靠在一起,没有来得及散开,春妹子的眼尖,一眼看见离此不远的地方有只船正在往湖里沉下去。她大声叫:"看啦,有只船破了,船正往下沉,赶快救去!"宋明站在船头一望,也望见了,只见一只小渔船,船头高翘,船尾一截已先沉进水里了。冷满爹和凹花生也看清了,冷满爹叫:"快,上双飞燕,两个人一只船,都去!"这样两只双飞燕载着四个人箭也似的向那只沉船飞去。

当两只双飞燕靠近沉船,船已沉下一半了。冷满爹急忙用手将船篷一掀,只见舱里正并排躺着两个人,那湖水已经泡着他们的身子了。冷满爹叫:"宋明,凹花生,快上去抬人!"春妹子把船撑稳,宋明和凹花生抢着跳进船舱,急忙把那两个人抱起来,谁知他们刚移两步,几乎跌了一跤,原来两人被个什么拉住了。凹花生力气大,一手夹着人,一手在水里摸,他大声叫:"一根绳索,人是用绳子捆住的!"冷满爹叫道:"一定是碰到湖匪了,过去湖匪害人,就是把人绑在船上沉湖,不过三十年来不再听见说有这号事情了!"他一边念叨,一边已早递过一把菜刀,叫道:"给,接好,把绳子砍断!"凹花生接过菜刀,把系在船上的一头绳子砍掉了,然后他抱起人往外走,但他刚走两步,又发现原来两人身上也是连着有绳子的。冷满爹早跳过来,把连着的绳子也割断了,这样两人才能抱起人跳进了小划子。

这边的船很快就沉了。冷满爹招呼两人把抱出的人放下,嘴里道:"好险!要不是春妹子眼睛尖,看见了,这两个人已经在龙王宫吃寿面了!"凹花生一边放人,一边说:"你且不要高兴早了,刚才他们身上泡了水,还不知是死是活。"等他把人放下,低头一看,不禁大吃一惊,他大声叫道:"是朱冬生!"冷满爹问:"那女的是谁?"因为他很少和学校打交道,对于这个新来不久的女教员他不认得。春妹子却认得,她叫道:"是小学堂的李老师!我认得,就是不肯跟袁大头成婚私自跑出来的那个李老师!"前天凹花生回队上送钱,带回来这件新闻,她记住了。冷满爹一下子都明白了,他道:"原来是他们,可怜的孩子!赶紧看看他们还有气没有?"春妹子忙在两人胸口摸了摸,叫道:"冬生哥胸口还有点气,李老师却没有气了!"冷满爹有一套救落水人的方法,他把朱冬生翻过来,用手把他提起动了几下,朱冬生嘴里马上哇的一声,吐出一摊水来,朱冬生活过来了。这时春妹子正用手在李小娟胸口上揉,她叫道:"李老师胸口上也还有些暖气,爹爹你也来救救看!"冷满爹早把朱冬生放下,一边走过来一边道:"只要有点暖气就好办,来,孩子,你替我抬起她的脚。"等春妹子将李小娟的脚提起,冷满爹在她背上捶了好一阵,李小娟嘴里也慢慢吐出生水来。

冷满爹给两人整治了半天。朱冬生已经完全清醒过来,他一醒过来,便问李小娟在哪里?冷满爹说她就在你身旁,只是她现在还没有回过气,不知还有救没有?朱冬生便泪流满面地恳求道:"冷满爹,你要救活就一齐救活,留着我一个人没有用!"冷满爹道:"孩子,你放心,我会尽自己力气的,你们怎么不来找我们,却寻找这样一条绝路?"

冷满爹用尽了他的所有办法,李小娟还是不肯醒来,要说她死了,也不能说,因为她的心脏有时还动几下,心窝里有暖气,但就是不醒!冷满爹没有碰到过这种淹坏的人,他也开始着急了,这时他忽然想起一个问题,他问朱冬生道:"她这几天,吃饭没有?"朱冬生忙道:"没有吃饭,后来吃了鱼汤,也吐了,她生了病,就是因为生病,她才寻绝路的。我不愿她一人走,就跟她一路走了!"冷满爹道:"原来如此,如果是这样,还有希望。"他忙吩咐春妹子:"打蛋汤,多放点盐,赶快!"船上有鲜鸡蛋,等蛋汤打好后,冷满爹先尝了尝,觉得温度适中了,就叫春妹子用筷子把李小娟牙关撑开,一调羹一调羹地往她嘴里灌下去,灌了一会,只听李小娟肚里咕咕作响,又过了一会,哇的一声,李小娟嘴里喷出一大股黄水。

李小娟活过来了,但她还很衰弱,冷满爹便决定今天不再打鱼,他们驾起渔船,绕过赤山,来到茅草街,讨副担架把两人抬着到茅草街医院住下来。

茅草街医院里医生很奇怪,不知为什么这两口子也来了,这两口子曾经护送过一对老年夫妇到这里看病,过不多久,怎么他们两人也变成了这个模样?这时李小娟虽然经过医院给打了针,吃了药,神志已经完全清醒了,但她还没有力气,不能讲话,就由朱冬生将他们的经历讲了一点。当他讲到水神庙的见闻时,医生说:"你们当时为什么不告诉我们这些事情,那两位老夫妇讲了点,我们还以为养殖场不注意职工福利,他们有意见,现在看来,问题没有这样简单!"医院通知了当地派出所,派出所当即派人来把这些情况记录下来,并且呈报到县公安局。

冷满爹把春妹子留下来照顾朱冬生和李小娟,他们其他三人仍每日清晨出湖打鱼。朱冬生和李小娟住了几天,已大好了,因怕用多了钱,将来无法偿还,就想出院。当这天傍晚冷满爹提了许多好吃的东西来看他们时,他们说出了这层意思。冷满爹却很自豪地道:"孩子,现在不比从前了,你满爹已经有钱了,你们两个只管好好治病,病好后多吃点营养东西,把身体养好了,就参加我们渔业组。你们用的这点钱算什么,跟满爹我进大湖拖几次大网,就还清了!"

十八、科学万岁

　　这几天罗富庭心境很不好,很烦躁,动不动发脾气,自打外甥女儿那晚跳窗跑了以后,把一桩热闹体面的婚事变成了一场笑话,他认为很扫自己的面子,使他无面目见江东父老,他便再也没有出门,整天躲在家里,闷着头抽烟,甚至于连大队办公室也没有去了。不过他虽然没出门,外面的事情还是很清楚,可说是了如指掌;队上的事情有他的侄子罗四拐子每日料理,按时来汇报,镇上的事情有唐主任常来说说。这几天因为罗富庭待在家里,不肯出门,他和唐元贞不可能有什么苟且的事,但谈谈笑笑,是很自由的。罗富庭的堂客是个灶头蛐,整天围着锅台转,外面的事情全赖罗富庭张罗,她从不探脉,因此两人也从不把她放在眼里。两人在家里不敢胡来,主要碍着女儿罗彩元。罗彩元在学校里挂了个名,实际除了每天上学校教两点钟低班的语文课外,成天守在家里。最近表姐出走,她没有人帮助备课,那课本上不认得的字,用筷子夹也夹不脱,问别人怕别人笑话,这样她便只好罢课了,在学校里不上课,在家里的时间就更多了。她是个圆手板,除了端个菜灌个水瓶什么的,其他什么事也不会干,家务事全由妈妈包干。她又是个坐不住的人,整日在家里各间房子走个不停,像白老鼠翻车似的。遇到客人来,她总要陪在一旁,搭几句闲白,听到外面自行车铃铛响,她也总是一阵风似的从里面房里冲出来,冲到门口,看是不是邮递员来了,给自己送来了部队上未婚夫的信或包裹单没有。

　　唐元贞每次来,她总想陪着。这位阿姨每次来都给她带件什么礼物,什么夹头发的时髦卡子呀,新鲜图案的有机玻璃扣子呀,这些小东西,都是唐元贞从样品盒里顺手拿来的,她用这些小玩意儿,博得罗彩元的喜爱,罗彩元对唐元贞甚至比对自己的娘还亲。罗富庭对唐元贞与自己这个独养女儿这种友好关系很满意,他有次背着人对唐元贞道:"你真行,什么人都呵得拢,要我家那老货能比我先走一步,我便要明媒正娶将你讨过来,有你这样的帮手,我什么也不用愁了。"玩世不恭,这是唐元贞的处世哲学,她与罗富庭亲密来往几年了,她对这个体魄强壮又有手腕的大队支部书记不是没有很多好感,但关于她与他正式结合的问题,却从来没有想过。这时,听了这话,她笑着摇头道:"哎呀,你太太要死了,我也老了!再说你那时要讨亲,有多少鲜嫩堂客不好讨,会找到我头上?"罗富庭道:"柳林大垸里,哪家妇女赶得上你能干,能讨你做内当家,是大福分。"唐元贞道:"供销社这份家我还当不了,我还能当别的家?放着清静日子不好过,还要捡个家庭包袱背上,我没有这样蠢!"罗富庭道:"那你就当一世寡妇了?"唐元贞又扬声大笑道:"都老太婆了,又有什么不可以的,你看我这样不好吗?无牵无挂,要干什么就干什么。"

今天她又来找罗富庭了,她是受人之托,来跟他谈判的,相托的人是袁大头。袁大头在水神庙鬼混了几天以后,又回到了柳林镇。在柳林镇上他本来是个得人缘的人,因为他常常跑武汉跑上海,脑子又活,心又细,腿脚也勤快,凡是镇子上有人托他捎带买个什么,他总是想方设法要办到,而且经过他的手买的东西,总要比时价低一些,谁不愿意得到一点又经济又时髦的日用品呢?因此人们都愿意和袁大头接近,并且多数都把他当成一位大好人。当镇上的人听到他在婚姻上受到这样一场挫折以后,几乎都把同情倾注在他身上,除了一班农村里的青年,镇子上的人,无人不骂朱冬生,说他缺德,挖人家的墙脚,破坏人家的婚姻。农村青年的想法却不一样,他们认为一个有文化有知识又漂亮的姑娘居然爱上了他们泥脚杆子,并且不惜牺牲一切,愿意跟他出走,这使他们感到有种说不出的得意和骄傲。

今天唐元贞来告诉罗富庭,袁大头已经放出话来,他为了和李小娟结婚,花掉了不少钱,他现在除了要求赔偿名誉的损失以外,还要求赔偿物质上的损失。

"赔偿名誉上的损失?"罗富庭不禁惊讶道。因为在他的心目中,这桩事件发生后,在名誉上损失最大的是他,是他这位堂堂正正的党支部书记兼大队长,他这几天把自己关在家里不出门,就因为不好意思去见人,现在袁大头却要求他赔偿名誉损失?

唐元贞见罗富庭对这点还缺乏认识,便又放低声音道:"许多人在讥笑老袁,说他堂客没过门就做了王八,还有的说得更缺德,说李小娟肚里本来早有了人家一块肉,此次我们撺掇老袁和她结婚,是想拿他来遮丑,你看他听到这种话怎么不生气?而且你知道老袁一贯人缘好,现在镇上的人都站在他一边说话,都说我们不是。"唐元贞故意用了"我们"两个字,表示自己也要对这件事负责,同时又承认了自己和罗富庭的特殊关系。听她这样一说,罗富庭感到唐元贞正在和自己分摊忧愁,虽然此事很使人恼火,但毕竟心里觉得舒服一些。

唐元贞出主意:"现在,第一件事是把应退的钱和物退掉。第二,要想个什么法子,替老袁再物色一个对象,顶好这个女的能和我们有关系的,这样一则可以堵堵别人的嘴,再则可以平息平息老袁心头的怒气。"

唐元贞和罗富庭正在这样商议,只见罗彩元一阵风似的跑进来,刚才有半天,一反寻常,罗彩元没有来缠着唐阿姨。唐元贞见罗彩元像花蝴蝶一样飞进来,心里不禁闪过一个念头:"要是把彩元嫁给袁大头,这家伙不会不乐意的!"但这时唐元贞耳朵里听见罗彩元在叫:"爸爸、阿姨,陈良桂来信了,他就要回来了!信上说二十号到家,啊哟,今天是几号?就是二十号,就在今天!"罗彩元一边报告这个好消息,一边拍着手跳,使得唐元贞不禁对自己刚才那个念头好笑,她想,你看我想到哪里去了,人家是有对象的,而且还是个军婚!

听见陈良桂快回来了,罗富庭心里也感到高兴。陈良桂没和罗彩元认识前就参军了,这孩子很有出息,参军不久就入了党,后来又提干,去年夏天回来探亲,已经提升为连级干部,只要他继续在部队上干下去,再过几年,营级团级都可以达到。他罗富庭如果有个营团级干部做自己的女婿,人们还能不尊敬自己吗?罗富庭心里一产生这种想法,就指令罗四拐子去进行活动,对于罗四拐子,他是什么底都可以交的,他告诉了罗四拐子活动的目的。罗四拐子这家伙也真有能耐,没有隔几天他便通过一个人与陈良桂拉上了关系。陈良桂本人还在犹豫,他家里的老人一听马上赞成了这桩婚事,因为与当地的父母官结亲,无形中提高自己一家在农村中的地位,迫于父母严命,陈良桂答应利用这段假期和罗彩元接触。而当陈良桂一和娇艳的罗彩元接触,便得到了火一样热情的接待,这个胖胖的姑娘,在学识上可说一窍不通,但在谈情说爱上却称得一员骁将,她用她的热烈的话语、细腻的心肠,以及她那带着五个小梅花坑儿的胖胖的小手,在头一次接近中就把陈良桂给俘虏了。从小陈良桂家姐妹兄弟多,生活不好,父母为日食都忙不赢,对孩子哪有那样多照顾,家庭脉脉的温情他从来没有体验过,等他长到十八岁,便当兵了,严格而枯燥的兵营生活更使他只知道纪律、任务和集体,对于个人感情上的东西,相距甚远,他从来没有体验过女性的温柔,谁知现在他竟深深地陷进了情网。自从陈良桂进屋以后,罗彩元就不让他走了,她给他布置了一间凉爽的房间,为他开了一个精致的小床,上面挂着淡蓝色的尼龙蚊帐,铺着黄黄的细水竹篾簟子,她用她这种出色的招待把他留住了,使他在一个月里,过着仙境般的生活。罗彩元厉害之处,不在她能把人笼络住,而在她能把人家的心笼络住。她在陈良桂面前,并不表示过分的轻佻,不使他轻易地占上了便宜,她像《三国演义》中的诸葛亮一样,降伏孟获,七擒七纵。她为了挑动陈良桂的情感,可以扭动着曲线分明的胖胖的身子,仰头扬声大笑,有时笑得几乎要跌倒在人家身上的样子。而当良桂被她挑动,正想拉拉她的小手,或伸出胳膊想搂着她的腰肢,她便立刻显出一副严肃的面孔,从他身旁跳开来,甚至还说一两句不重不轻的批评话,直到发现陈良桂已经非常着急了,才扑哧一声笑起来,这个回合也就这样过去了。由于罗彩元采取这种欲擒故纵的战术,因此在一个月里,虽然陈良桂住在罗家,吃在罗家,整日和罗彩元相处,一天至少有三分之二以上的时间和她单独在一起,陈良桂却连罗彩元的小手指头儿也没挨过。这样在陈良桂心中,不但感到罗彩元是一个既温柔又活泼的姑娘,而且又是一个很有教养的正派的姑娘,他感到自己再也不能离开这个姑娘了,他必须得到她,必须和她结合在一起。人的心理也许是这样的,容易得到的东西不珍惜,而对难到手的东西,即使那件东西价值并不大,他也觉得非常可贵,将它视为珍宝,为了得到它,不惜付出代价。许多情场的猎手很懂得人们这种心理,他们在这方面常常是成功的,罗彩元在陈良桂身上的试验,便收到非常满意的效果。陈良桂的假期快要结束了,罗彩元从他的眼睛里清楚地看出他是那样痴狂那样焦躁,他那刚来时的淡漠的眼神已经完全变样了,这时她才采取了下一个行动,进一步把两人的关系正式明确下来。

就在临走前一天的傍晚,罗彩元笑着对陈良桂道:"我们到湖里去划一会船好吗?"越接近行期,越感到自己还有许多话没有对她说完,陈良桂也正想再有点时间和罗彩元单独在一起,听到这样的邀请,他当然满口答应。这一天,湖上没有风,上弦月老早就挂在中天,他们驾了只小小的双飞燕,像一片树叶似的漂浮在湖中。四周是波光粼粼的湖水,头顶是柔和的月色,周围是一片寂寞,现在唯一能听到的恐怕只有两人的心跳。两人把桨放下了,并排儿地坐在船舱里的横木上,他们都沉默着不说话,让船儿随意地在湖中漂荡。

到了这时,也只有到这时,罗彩元才把这一幕喜剧推进到高潮,她突然躺倒在陈良桂的怀里,把一双肥大的胳膊搂着陈良桂的颈脖,并狂热地吻着他。这一晚,两人尽情地亲吻着,搂抱着,但罗彩元也只允许到此为止,到了半夜过去好久,他们才把船儿靠近岸,两个人手搀着手,并肩儿地回到了家里。

这样,当第二天陈良桂离开前,罗富庭便约齐了几个至亲好友庄严宣布,他的爱女彩元已经与陈良桂正式订婚了。

自从罗彩元成了陈良桂的未婚妻以后,他们便常有书信来往,尽管罗彩元的文化不高,但她却顶喜欢写信。她在写信时也出了一些笑话,如她有次在信中要陈良桂给她买一把伞,把"伞"字写成了"命"字,第一句话这样写道:"我没有命,请你给我买命!"这信当时真把陈良桂吓了一大跳。陈良桂读过中学,在部队上刻苦学习,文化提高很快,如今大学一二年级的一些物理数学课本都看得懂了,他对未婚妻的文化程度低,略略感到有点遗憾。但当他想到两人那一个月在一起的日子,他又觉得她是自己最理想的伴侣,他觉得文化程度低将来可以慢慢帮助提高,而最重要的是她有一颗纯洁的善良的诚挚地爱恋着自己的心,而这一颗心是最可宝贵的。

罗彩元收到的这封信,是陈良桂离开部队前最后给她写的一封信,他要回家了。他这次回家，不是请假回家，而是复员回家，按照部队上的新规定，营级以下的干部服役到一定年限，就复员回乡，去充实地方的建设力量。陈良桂早就是超期服役了，因此在这次复员的第一批名单中，就有他的名字。他高高兴兴地收拾好行李，告别了战友，回到家乡来，他这次回家，准备仍旧搞农业劳动。由于他所在的是工程兵部队，他学到了不少工程技术，特别是测量，因为连续搞了几年，掌握了不少知识和技术。他准备将这些技术将来用到农业建设上去，由于有这样一种打算，在临行前他还用去一部分复员费，买了一套小型的测量仪器。

却说罗彩元收到陈良桂就要回家的信，这个喜讯冲淡了家中近来这种不愉快的气氛，也使罗富庭心绪稍稍开朗一点。他心里想，原来曾约定一年后结婚，这次陈良桂回来，肯定要提出完婚。这一年来，这孩子常常有信来，并且还不断寄衣料和贵重物品回来，看来，他已一心扑在彩元身上。这孩子如果长期在部队上服役，肯定会有出息，现在才二十四五岁，就已经是连级干部，将来的出息是不可限量的，找到这样一个女婿，并没有辱没他这当老子的。他当时命罗四拐子去张罗这件事，就是这么打算过的，他现在还打算利用替彩元和陈良桂完婚，来挽回一下早几天因外甥女儿出走而失去的面子。他要借此告诉人们，尽管由于管教不严，出了一个不争气的外甥女儿，但他家门有幸，他的亲生女儿是很争气的，她替自己找了一个很出色的女婿。这个女婿，是部队上的连级干部，连级干部已经不小了，据说相当于大队一级，和老头子平起平坐，而且他不会止于此职，他还有大的发展前途！他找到了这样一个好的女婿，能说他没有福分吗？

当他想到这些，便觉得袁大头的事算不得一回什么事了，他请唐元贞传话，叫袁大头不要着急，他会叫罗四把那笔钱退给他的，而且他还会留心替他再找一门好的亲事。当唐元贞答应他这个要求后，他又拜托她打听现在置一房全新西式家具要多少钱。他心里已在打算，这次罗彩元的婚礼，要办得比上次出色，要让全大队全公社的人都看到，他罗富庭是个不含糊的人，是个很有能耐的人。

陈良桂自从离开部队以后，顺路在北京玩了两天，参观了一些名胜古迹，参观了人民大会堂和北海，在天安门广场还照了相。他在照相时特别请照相师把人民英雄纪念碑照出来,他一边望着人民英雄纪念碑,一边嘴里默默念道,他这次回到农村,一定实践他在部队首长面前表示的决心,要把部队上的好作风好传统带回去,一心一意安心农村工作,立志改变农村的现状,建设一个社会主义的新农村。他在北京游览两天唯一感到遗憾的是,不能和彩元一起在这里游览,要是他们能肩并肩地站在景山之上,眺望整个北京城的夜景,那该多好!他很喜欢颐和园里的谐趣园,他想在出门只见大湖大堤的湖区长大的彩元,如果见到这些从来没有见过的奇花异木,该会多么欢喜!他想只要在他们这一辈人手中把社会主义农村建设好了,他们将来是有可能出来旅游的,许多外国的现代化农业工人,不是一年只需要二三个月在田间劳动,其他时间可以到外面旅游吗?因此当陈良桂坐上直达长沙的1次列车后,他的心情是十分愉快的,他的心中既充满了对彩元的柔情,又充满对于未来事业的信心。

为了早一点到家,陈良桂没有直接到长沙,而是在岳阳就下了车。他知道如果直达长沙,长沙到柳林镇的路程较远,他便不得不在路上多待一两天;如果从岳阳下车,当天便可搭机帆船横过洞庭湖,到达注滋口,再从注滋口搭船到烂泥湖。从注滋口到烂泥湖每天都有无数船只来往,既有轮船,也有木船。虽然不是顺水,但是这里水道平缓,如果碰到顺风,这木船行驶比小火轮还快,而木船是随时可以搭的。到了烂泥湖,只有二十多里水路或旱路到柳林公社,这样一点路程,他那双走惯长路的脚,抬几抬就到了。因此,按照这条路程走,从岳阳下车以后,只花了一天一晚,陈良桂便踏上了烂泥湖的土地。

不过此次由注滋口到烂泥湖,他没有搭上本公社的船,过去有几次他走过这条路,有时还能够搭上本公社的船,今天本公社的船都被动员到烂泥湖工地去支援挖河工程去了,像前几天卜桂香运湖藕子到长沙去的船,还是到外公社去借的。陈良桂坐上了一只别的公社的船,一路上,那船上的人的话题几乎没有离开过这挖河工程,有的人说好,有的人说赖。陈良桂搞了几年水电工程,对这件事不禁产生了兴趣,他在烂泥湖下船时,托同公社一位老乡替他把行李带回家,自己只背了一个帆布袋子,直接往挖河工地走来。

244

从工地上到处都是东倒西歪的工棚可以看得出,原来动员来挖河的人很不少,但是现在这些工棚里大都空了,人都撤走了,只剩下一处地方,还住着一些人,那地方是目前工程的重点,出水河道的最后一截未挖完的地段。如今治湖工程指挥部也移住在那里,公社党委书记兼指挥长张文榜坐镇在那里,他命令务必在春节前把这截河道挖通,如果挖不通,所有公社、大队、生产队干部都不准回去过年。

张文榜心里也晓得,自从杨青林把柳林大队柳林生产队的人马都抽回去以后,民工中的不安定情绪就越来越厉害了。后来又传闻这些被抽走的人正在分头搞副业,光编芦席这一项,就得到了一千元。这个消息比病菌还厉害,一下子让全公社的人都感冒了,不上两天,各大队各生产队的人马都自动抽回去了不少。张文榜连续召开了好几次三级干部会,都没有能把这股歪风刹住。在三级干部会上,大家都低垂着头,不作声,被张文榜逼得急了,有一个老早就向大队党支部提过辞职申请要求的老生产队长慢吞吞地开口说:"这也难怪,哪个生产队还有余粮余钱?再搞下去,家里的堂客伢伢都得外出讨米了!"经他这样开了头,其他的队长们便你一嘴我一舌地吵开了锅。张文榜从那乱哄哄的吵闹中听得清,修烂泥湖把各个生产队都拖穷了。由于"四人帮"垮台以前县里搞浮夸,在产量上虚报,本来各个队上的粮仓里都是空的,再加上这一冬天在工地上敞开肚皮吃喝,有好多生产队的仓里都只能扫得出老鼠屎了。大概杨青林的那些话也影响了他吧,张文榜也开始感到这个工程可能搞得急了一点,但现在已经搞到这个样子了,要下马也难了。如今真可谓骑虎难下,无论从县委和公社党委威信上考虑,或者从工程已经"功亏一篑"这种情况来考虑,都不能下马,必须再咬咬牙,把整个工程中最主要的这段搞完,把河道全部挖通。因为他是这样想的,所以在三级干部会上没有迁就大家的思想,他还是尽量用言语鼓大家的劲,因为这次军心涣散是由柳林大队柳林生产队引起来的,他在会上还点名批评了柳林大队。柳林大队的大队长因为年岁大,这次照例没有到工地来,民工是由民兵连长卜槐香率领的。卜槐香听到批评自己大队,便像在批评自己,他低垂着头,心里充满了懊恼。不知何故,他干了这些年工作,从来没有这次这样没有魄力,他也没有站起来检讨或解释,只是默默地坐在那里,好像个木头人一样。今天张文榜公布了一个新方案,那就是把最后未挖成的河道,分成了十几个小段,分别分到各个生产大队身上,他把这叫作分段包干,谁先完工谁先走,没有完工的就得由那个生产大队的主要干部负责。

张文榜这个办法倒还挺灵,自从他把任务分到各生产大队以后,虽然各队干部仍有怨言,但都不得不连夜开会,派人到家里去催人,好争取早日把这分到的工段搞完。三级干部会一结束,卜槐香正准备往回走,张文榜却特别叫住他,对他说:"工地上这股歪风,是从你们大队刮起来的,特别是从你们生产队刮起来的,你们是始作俑者,这次要特别注意,要抓紧做好思想工作,把人调些回来,把这最后一段工程完成,不然,将来在全工程总结大会上,你们会成为重点批评对象,说不定还会挨县里的通报!"卜槐香听不懂什么叫"始作俑者",他知道公社书记喜欢照搬中央首长讲话或中央文件中那些难懂的词儿,他认为这个词儿一定不是一个好词,不然他不会安到他们这个应当挨批评的大队的头上。如今他正在替大队长受过,他心里也有些委屈,但是说不出,他离开会场以后,便气冲冲地跑到工地去摇电话。他摇到大队部,请大队长接电话,大队长不在,罗四拐子接着,他把大队挨批评这事告诉了罗四拐子,叫他转告大队长。但是罗四拐子似乎并不在意,罗四拐子说,大队要挨批大队长早就料到了,但是这事不能怪他们,人队没权过问,这些事都是杨青林发动的,杨青林是公社干部,虽然还在挂着,没有恢复原职,但他的事得公社来管,大队没有办法管!卜槐香听了这话心里想,好家伙,大家都耍滑头,踢皮球,大队长不管,我一个小小的民兵连长更用不着管。他气呼呼地正要撂电话,却听见罗四拐子还在话筒里大喊大叫,罗四拐子说,杨青林正带了一班人在烂泥湖割芦苇,就在工地的背面,他指示卜槐香去跟他说说,卜槐香要是说不服他,就请他就近请示公社党委看他们怎样处置。

卜槐香扔掉电话筒走出工棚,心里不禁嘀咕,你们都会卸担子,又要叫我做恶人,我不干!但是他那服从命令的习惯又在起作用,他想既然大队部有这个要求,就得去看一下。他在工棚前虽犹豫了一会,但还是往湖边走去,他走到湖边,寻了一只船,准备到芦苇地去找找杨青林。

当他刚预备上船,听见背后有人大声喊:"请等一等,请等一等,搭个人去!"卜槐香转过头一看,不禁大声欢叫起来,你说他看见是谁来了?原来是陈良桂。陈良桂和卜槐香是紧邻,卜槐香是个单身汉子,除了嫂子有时来照拂他一下以外,其他许多家务上的事情,常常搭帮陈良桂的娘照管。陈良桂从小就喜欢到卜槐香屋里玩,因为卜槐香虽然为人刻板,但不无情趣,比方说他会捉蛐蛐儿,在他屋子里,经常藏得有两三盒蛐蛐儿,他喜欢看蛐蛐打架,看着看着有时连饭也忘记吃了。同时他还喜欢读小人书,在他房间的抽屉里,藏满这样的书,有些是借来的,有些是买来的。当然他这些书里最多的是打仗的书,如黄继光、邱少云的连环画,平原游击队的连环画。人们只看到他粗犷的表面,在人们心目中他不但粗而且恶,却不知他还有一颗不变的童心。他这种童心只有少数几个人清楚,一个是陈良桂,因为他们住得近,经常找他玩,陈良桂年纪比他小得多,但他们在一起玩得很好;另一个是刘丽君,刘丽君从小就认识了他这个性格。当他们还是很要好的时候,有一次他们一起驾起双飞燕到湖上去玩,中途遇到了雨,一身打得透湿,等雨停了,躲在一个芦苇湾里,把衣裳脱下来,用苇火烤干。这天卜槐香觉得很高兴,他说了很多很多的话,但他说的都是梦话,他想象自己变成一只小鸟,飞到云端,他要每天把天空的气象告诉大家,他说如果能这样,他们便不会淋这场雨。刘丽君听他这样叙述着,嘴角挂着微笑,最后她说了这样一句:"槐香,你像个孩子,你始终会是个孩子。你的头脑很天真,也很简单,因为孩子是最天真的,但用你这种孩子式的天真去应付社会是不行的。"

聪明的刘丽君对自己的未婚夫的看法是对的,当社会上的事物变得复杂起来时,卜槐香那种儿童式的天真就无法应付了。但他身上又有劳动者具有的献身精神,他把两者结合起来,用它来支配自己的行动,这样便造成了他行为上的许多悲剧。

这时卜槐香和陈良桂相见,一个马上勾起了童年的回忆,一个引动了儿童般的天性。两人在船上快活得拥抱起来,并且还互相戏打,弄得小船猛地一摇晃,几乎翻了个个儿。

卜槐香望见陈良桂仍旧穿了身军装,只是没有戴红领章,他在他结实的胸前擂了一拳,问道:"这一次回来,又能休息几天?听说要吃你的喜糖了,罗大队长已经把事情早讲出去了。"陈良桂在横木上坐了下来,说道:"我这次回来,不是休假,是复员,再不出去了。"卜槐香惊讶道:"再不出去了,为了讨老婆,就连保卫祖国也不管了?"陈良桂道:"槐香哥,看你说到哪里去了,我们这次复员,有几十万,都是按新的部队退伍转业复员条例办理的。我这次回来,还想到你民兵连当兵,你要不要?"卜槐香大声笑道:"听人说,你如今已经当上了连级干部了,正规部队的连长,却不同于我们这些老民兵连长,那是正经八百的!说真的,我早就等你回来,想把这副担子撂给你,我都三十出头了,还当基干民兵不合适。"陈良桂笑道:"有什么不合适,这又不是正规部队,你再干十年,人家也不会笑话你。不过说实话,民兵在军事训练上,也该弄点新道道了,如今战争的现代化技术上的变化可大呢!"两人说着话儿,卜槐香早已把船荡开了,他绕过烂泥湖一些犬牙交错的沙洲,转到工地背面的一片洲子上。只见那里芦苇丛生,在苇丛中,有许多人光着膀子,在挥舞着柴刀用力砍伐。

陈良桂发现小船不是朝回家的路上走,他不禁问:"你这是到哪里去?"卜槐香道:"去叫那些民工去,叫他们去挖河道!"陈良桂惊讶道:"还要去挖河道,你们不是停工了吗?"卜槐香道:"谁说停工?刚才还开过三级干部会,一定要在春节前将河道挖通。"陈良桂道:"我刚才在工地上转了转,听人说,有一位公社副书记反对挖这条河道,民工们都散了。后来我到河道边看了看,用测量仪测量了一下,觉得这位公社副书记的决策英明,不然真是个大笑话!"卜槐香忙问:"大笑话,什么笑话?"陈良桂道:"我把河道两头的水位量了量,水位是一致的,没有什么落差;听说这条河道是用来泄水的,水不能流动,怎么能泄水?这难道不是一个大笑话?"卜槐香道:"你这仪器在哪里?"陈良桂把帆布袋子拉开,把测量仪拿出来。卜槐香接到手里,掂了掂,见仪器上部件很多,像是很精密的样子。卜槐香问:"准不准?"陈良桂道:"怎么不准,才买到的。"这样卜槐香便感到为难了,他摸了摸自己的后脑勺,说道:"还去不去叫他们?"陈良桂望望芦苇地里的人群,只见有些人已经看到了他们,其中有个面熟的高个子中年人,正在朝着他们挥手。他答道:"人家已在跟我们打招呼了,不叫他们回去,也得跟他们讲清楚。"说着,船儿已经靠到了岸边。

那向他们挥手的中年人是杨青林,陈良桂走近前一看,才认出来。杨青林被捕时,陈良桂年纪还小,他还没有参军,但由于这是桩轰动一时的大事,连小孩子也知道。宣判大会后,汽车上载着杨青林游街游堤,陈良桂看见了他。在陈良桂心里,对这个人是尊敬的,他认为他是硬骨头。"四人帮"打倒后,他曾写材料请部队首长转到有关部门研究,他认为这是一位真正的反潮流的英雄,对于他的处理,纯属冤案。这时他见到他,心情很激动,忙走上前,紧紧地握着他的手,接着又举手向他行了个军礼。他高声喊道:"你好,杨青林同志!"他们开始了热烈的谈话。在谈话中,他告诉杨青林他是复员回乡的,他在工地上听到人说有位公社副书记反对搞烂泥湖工程,他不知是谁,原来是他,真不简单!于是他把用仪器测量的经过也告诉了他。杨青林听到陈良桂用自己带回来的仪器,证明了这个工程是没有效用的,极为高兴,他振臂欢呼:"科学万岁!"他激动地拉着陈良桂的手,连连摇动,并且感激地说道:"谢谢你,谢谢你,你帮了我们一个大忙。有了科学根据,我们就可以正式向县委打个报告,要求县委指示公社和水利部门,立即停止这个劳民伤财的工程!"

在陈良桂和杨青林讲话过程中,卜槐香不在身边,他到哪里去了呢?原来,他一上岸,便碰见了刘丽君。刘丽君为了帮助选择最适用的优质芦苇秆子,她跟着砍芦苇的男社员们过来了。大家因为她是唯一的女性,都不准她参加砍芦苇的劳动,因此她只好各处转悠,仔细辨识那些丛生的芦苇。不久她发现一处很好的白皮苇,这种芦苇可以编制最细的席子,这种苇席可以和全国著名的白洋淀的苇席媲美。她刚把这个地点告诉砍芦苇的人,准备再往另一个方向去踏看,看还有没有这类芦苇丛,当她刚转过身,不想正和卜槐香撞个对面,连躲也躲不过。刘丽君一望见这位原来十分熟悉的粗壮汉子,顿时百感交集,心里有种说不出的难过,脸也一下子就红了。而卜槐香也一时手足失措,不知说什么话好,他嘴里很自然也迸出了一句普通的问话:"你好!"听到他的声音,刘丽君的泪水立即夺眶而出,她忙别过脸去,朝一边疾步走了。

大家正在弯着腰砍芦苇,没有注意刚才发生的这一幕,这一幕的时间那么短暂,只有几秒钟,但在两人心中引起的波澜却是十分巨大的。刘丽君已经完全不能控制自己的感情,一股脑儿的委屈、伤心、怨恨,全都化成了泪水。她疾步转过芦苇丛,转到沙岸那一边,那里既没有人看见,也不会有人听见,她跑到那里,对着湖水,伤心伤意地哭泣起来。

虽然只有一瞥,但是刘丽君的身上和脸上卜槐香都看清了,过去多么俊秀的人儿,坎坷的生活使她变了个模样!造成这一切的是谁?不是别人,正是自己。这短暂的一瞥,在卜槐香心中引起的是对自己的不满,他第一次对自己这样不满。杨青林的回来,使他开始产生过这种想法,烂泥湖工程的修建,他自己是怎样积极地参与其中,他对有些不肯出力的民工,甚至打过骂过,刚才他还准备把大家拉回工地上去挖河道。要不是陈良桂带回了一个仪器,把一切都弄明白了,今天还会按照这种错误的决定干下去!他这脑瓜子,是怎么搞的,也许正如过去刘丽君所说过的,是太天真太简单了!刚才刘丽君的出现,她那愁苦的表情和身影,给他的刺激超过了任何一件事,他盲目地不加分析地执行别人的指令,毁掉了友谊、爱情,也毁掉了自己的幸福!人们都怕跟他攀亲,其实他自己也不想和人家攀亲,不知为何,任何人都不能在他心里引起像过去对于刘丽君的那种激情。这时他对自己产生的不满,几乎到了完全否定自己的地步,他迟疑了片刻,急切地往刘丽君走去的那个方向走去。

　　当刘丽君伤心伤意地哭过一阵以后,她抬起头来,使她大吃一惊的是,在她面前正站着武高武大的卜槐香。刘丽君又准备迅速逃开去,但这时却有一只坚实有力的手粗鲁地拉着她的手臂,她听见一个粗重的声音在说:"慢着,我有一句话要跟你说。"刘丽君想挣开那铁箍似的手,但是她挣不开,那个粗重的声音颤抖着继续说:"如果你能原谅我,今生今世我们永远在一起!"

十九、驾起了顶风船

公社书记张文榜打发走卜槐香以后,又有些不放心,因为卜槐香最近接受公社交给他的任务,态度都不甚坚决,他似乎有什么心事似的,沉着一副脸,一声不吭。要是在以前,不要说公社党委书记的命令,就是民兵营长或大队长一句话,他都坚决照办,他是全公社干部中服从组织的模范。但这两次的态度不一样,他表现得犹豫、不坚决,也没有什么口头的保证。张文榜弄不清楚,到底是什么缘故。由于柳林大队是造成这次工程指挥上被动局面的祸首,张文榜觉得自己非得亲自抓一下不可。打发卜槐香走后不久,他就抓起电话机往柳林大队挂电话,正好此时卜槐香在和罗四拐子通话,占了线,电话一时挂不通,张文榜只得撂下电话筒,背着手在办公室踱来踱去。他想给大队通电话也没有用,关键在杨青林,因为杨青林虽然还未恢复原来职务,但他到底是原来的公社副书记,"文化大革命"中又受了迫害,说不定以后县委要加以重用。生产大队长罗富庭是只老狐狸,他难道不会想到这种利害关系,他肯定不肯直接去干涉杨青林的行动,想用罗富庭出面来纠正杨青林的错误行为,是不行的。看来目前唯一的办法,只有找县里,因为过去杨青林是县管的干部,关于他的落实政策和安排工作问题,应当由县里决定,如果他目前出现什么问题,也最好由县里出面解决。这样,张文榜便没有忙着往大队摇电话,他却直接挂了两个电话到县里。他挂了一个电话到县委组织部,找他的一位老朋友组织部副部长老江,想通过他摸摸县委对杨青林的态度,恰好老江这时正在办公室,接到他的电话非常高兴。两人扯了一会闲话，张文榜便问："县委对新近回来的杨青林的工作安排，怎么考虑的？"老江笑道："不是说他想代理一阵子生产队长吗？还是你自己打电话告诉我们的，我们请示了县委第一书记，他表示同意，上次我不是打电话告诉过你了。"张文榜道："这个工作安排显然是暂时的，我说对他以后会有什么考虑？"老江道："对以后没有听说什么考虑，不过中央最近召开了十一届三中全会，省里传达会议结束后，县委书记回来，连续开了好几天常委会，研究现行农村的经济政策问题和干部问题。据说干部问题主要是研究平反冤假错案与调整领导班子问题。我们的部长是常委，他参加了会议，但还没有回来传达，估计这批'文化大革命'中被整下去了的同志会重新考虑。我们这位第一书记在'文化大革命'中也坐过几年牢，出来后在'五七'干校又待了好几年，受过不少折磨，他有切身体会，这方面的工作他抓得很紧。他不仅对杨青林在'文化大革命'中的表现很欣赏，而且对他想先在生产队搞点工作的做法也很欣赏。我听他在一次机关干部会上把他作为一个出色例子举过。他说：'这倒是个好办法，先了解情况，摸一摸群众的实际状况，再到领导机关去工作，可以避免许多盲目性。"四人帮"时期那种不顾群众死活的极"左"搞法自然应永远废除，但是过去我们那种不了解下情不按经济规律办事的教训也很深。'你听听，从第一书记的口气看，杨青林以后肯定会再回到领导岗位上去的！"张文榜听到这里，心里一怔，他不禁对老朋友说道："杨青林是位好同志，爱憎分明，立场坚定，工作又舍得干，重新安排他的领导工作我非常同意，只要组织上继续培养，他还可以做更多更重要的工作。只是眼下如果在原来公社安排，有些不大合适。""为什么？"老江在电话中说，语气有点惊讶。张文榜道："群众和干部中许多人有顾虑。这些人在'文化大革命'中被裹胁去参加了对他的斗争，当时是受了蒙蔽，完全是不自觉的，不能怪他们，但是如果杨青林安排在原来岗位上工作，挨过斗的人和斗过人的人在一块共事，关系总有些不好相处。我最近发现有些积极分子自打杨青林回来后就显得不大那样积极了，执行任务时犹犹豫豫，便是这种情况的反映。"这时张文榜心里灵光一现，把民兵连长卜槐香不积极的原因找到了。老江听完笑道："这情况也确实存在，别处也有反映，不过你和他的关系是好相处的，他挨斗争时，你在牛棚里，没有挨边。"老

252

江答应在研究杨青林工作安排时一定把这情况也反映上去。

给组织部副部长老江的电话摇过以后,张文榜又摇了一个电话给水利局,水利局分管水利工程的副局长就是柳林大队柳林生产队队长卜桂香的哥哥卜兰香。张文榜很注意关系学,在他的小本本上,曾经记下了本公社在外面的县区以上干部的名字,这些干部的名下,还注明了他在本乡亲戚的姓名和职业。他和卜副局长接通了电话,听到卜兰香那慢条斯理的声音,便简单汇报了一下烂泥湖的工程进度以后,接着他就向他报告了最近工地上发生的事情。他说问题就出在柳林大队柳林生产队,他们把民工擅自拉回去了,结果影响其他各队民工,如今人已大部分走散,影响了最后河道的挖通。他本指望卜副局长能利用自己的威信和他与生产队干部的关系,来亲自过问一下这件事,但卜兰香自从因带小孩的事和弟弟闹翻后,不想再和家乡发生什么联系了,他只嘴里嗯嗯地应了两声,没有再说什么话,他态度表现很冷淡,一种不肯插手的样子。张文榜觉得他不想具体过问这件事,是因他身为副局长,不愿管得太具体,这样就不好再继续跟他谈了。他只请他像工程开始一样,继续大力支持他们,因为烂泥湖整治工程,最初是由卜副局长亲自批准的。

把这么两个电话摇过以后,张文榜不免感到有些失望,两个电话都似乎不得要领,没有解决什么具体问题,而眼前的问题很具体,人走散了,工程进行不下去!这样他便不得不下最后一次决心,即立即召开一次公社党委会,研究应急措施,在这次党委会上,他将打出他的最后一张王牌。

马秘书发出通知后,公社党委委员陆续到齐了。公社党委会今天的议题只有一个,就是讨论烂泥湖工程的扫尾问题。在发言的时候,张文榜介绍了当前的困难,他没指名地批评现在有人鼓动民工擅自跑回家,这样造成工地缺乏劳力的困难。他认为出现这种状况是令人痛心的,因为河道只差三华里就挖通了,挖通了这三华里,便把烂泥湖湖洲两侧的两条大河连接起来,使东河里的水能由西河里排泄出去,使东河下游一大片湖洲免遭水淹,公社立即可以增加七千四百多亩旱涝保收的土地。他认为这是一个一本万利的事情,是公社农业学大寨中的创举。由于这个工程是由县水利局正式批准的,如果不按期完成,还有违反上级组织

253

决定的后果在里头。他今天把党委委员们找拢来,是为了集思广益,请大家一起想出一个应急的办法。

张文榜的工作方法是这样的,他自己有了一个好的想法,先不和下面通气,先找上面通气,上面同意了,他再把下面的同志找来,提出问题,交大家讨论,大家七嘴八舌议论一阵子,他最后提出自己的那种办法,请大家通过。公社党委委员们都晓得他这个脾气,如果他提出一个问题来,便知道他已经有了办法了,并且和上级通了气,这样大家就懒得用这个脑筋了。既然还要求大家发言,也便七扯八拉地说一通,一心只等着听他最后说意见。今天也是这样的,听到他提出烂泥湖的问题,大家便知道早已有了办法。这时公社党委委员们有的抽烟,有的在互相打听消息,有一两个委员看到冷了场不好,正在不着边际地讲了一些临时想到的问题和建议。看看议论的时间已差不多了,等一个委员的发言结束以后,张文榜便站起来讲话,他讲了自己想的办法。他的办法是这样的:从公社企业的利润中抽出一部分资金来,招收一批民工,来把最后这段河道挖通。这个办法提出来后,除了遭到公社管工业的一个委员反对以外,其他委员都没有表示异议。其他委员大都是管农业的,一部分是生产大队支部书记,听说从工业中抽出一点钱来补助农业,这是桩大好事,还有谁肯反对?再说有的生产队,已经有人断口粮了,如果去挖河,能够有点收入,维持住一部分人的日食,对解决眼前困难有利,这又有何不好?绝大多数委员都同意这种做法,通过表决,做出了决定。接着便是要委员们粗略统计一下各分管的大队眼下能抽出多少人来,由于有工钱发,谁不想多派出些人?结果粗略统计的数字比实际要求的数字还高得多。

解决了这个问题,张文榜长长地舒了一口气,他像卸掉了一副千斤重担,他叹了一口气,说了一句他近来常说的话:"经过了'文化大革命',工作真难做啊!"

散会以后,他拉住罗富庭讲了一会话,他轻微地批评罗富庭道:"老支书,你那里的思想工作还差点子劲啦,这一次你们扯了一下公社的后腿。"罗富庭眨动着那一对狡黠的眼睛,笑道:"张书记,你不是不晓得,这不能怪我,我能有什么办法,池塘太小,容不住蛟龙啰!"张文榜也只得苦笑了一声,他道:"你们的苦处,我也知道,我和县里通过电话,他们会考虑安排好的。你们就听他暂时在生产队搞一通,大不了搞烂一个生产队,不过你要注意管好其他一些生产队,问题是这次其他生产队也受了影响,你没有管住,我要怪你的是这点。"罗富庭听了,直摇头,但是他心里对张文榜的想法是同意的,这样,等他一到家,他便布置罗四拐子通知支部委员们来开会。为什么他只召开支部委员会,而不开生产队长会?这在他是有打算的,因为开生产队长会,杨青林要出席,事情不好商议,开支部委员会,杨青林暂时没有恢复组织生活,可以不必通知他参加,研究问题方便一些。

很快,支部委员们都接到通知来了。支部委员大部分是大队的主要干部,只有两个是两个大点的生产队的队长。会议在罗富庭家里开,罗富庭有一间客房,就是今年夏天陈良桂在这里住过一个月的那间客房,这个房间宽大、敞亮,摆几条凳子,能够坐得十来个人。支部委员们首先听了罗富庭的传达,罗富庭说公社党委决定拿出一部分社办企业资金来补助去挖河道的民工,平均每天几乎有块把钱,不过只有现在去的有,以前一律不补发了。这办法得到了全体支委们的拥护,大家一致认为这办法好。在会上又研究了一下大队去挖河道的人数,大家一扳指头,很快就落实了,除柳林生产队以外,其他生产队的具体数字都弄出来了。除开柳林生产队是罗富庭的主意,他认为柳林生产队暂时情况复杂,就不必作它的数,免得费口舌。罗四拐子照例列席支委会议,由他把会上分配的数字记下来,会后好去通知各生产队的队长。把重新要派出挖烂泥湖河道的民工数字定下来以后,罗富庭便让大家谈谈目前社员的思想情况,他把这个议题称作情况汇报,他非常重视这种情况汇报,他认为在听汇报时既能了解当前社员们的一些思想情况,又能了解汇报人的思想情况。碰到这样的时候,他总是静静地坐在一边,不断地抽旱烟,他很少插嘴,不过到了最后,他照例要做一大通讲话,他这篇讲话是很有针对性的,是针对会上提出的问题来的,他的讲话往往就是结论。

今天大家汇报的几乎都是社员强烈要求发展副业生产的问题。由于柳林生产队与常德日杂公司挂上了钩,社员们一部分割芦苇去了,另一部分正在做准备,打算等芦苇回来后就开始编制工作。全大队都晓得刘丽君已经在常德预支到一千块钱,有了这笔钱,一切开办的花费都有底眼了。另外还有人说到,柳林生产队不但发动社员搞编制,而且还组织了一个渔业组去打鱼,据说他们的渔船已经开到了目平湖,渔船上为首的是柳林垸有名的老渔把式冷满爹。由于柳林生产队开了这个头,其他各队的渔把式都蠢蠢欲动,因为原来规定各生产队组织劳力外出打鱼得经过大队的批准,现在大队没开口,生产队长也不敢松口,这样就引起社员对生产队长不满,有的队里甚至有人提出,要开民主选举会把队长罢免。几位支部委员发言时向罗富庭提出,柳林生产队的搞法大队同意不同意?其他生产队的社员也要求出去搞副业,生产队长怎么表态?

情况汇报得差不多了,最后轮到罗富庭做结论。罗富庭把烟管从嘴里抽出来,干咳了几声,用力在椅子脚上将烟管里的烟屎敲尽,他开始说话了。首先他分析了一下全大队的生产形势,认为全大队的形势是好的,但是工作中也还存在着问题;其中主要一个问题是以粮为纲的思想不牢固。前一段好一些,最近一个时期外面刮来一股风,说以粮为纲的提法不对了,农业学大寨不提倡了,搞集体出工政治记分也要不得了,种种奇谈怪论搅得大家的思想很乱。加上最近某些个别人(他学着张书记的样子,为了留有余地,没有直接点杨青林的名字),不了解近年来农业生产上的发展情况,一下子把许多好的传统做法都丢掉了,把社员们引到只想抓钱的方向上去,结果造成了个别生产队的混乱,甚至影响到全大队全公社也出现某些混乱。个别人甚至带头违反公社规定,用欺骗的办法把电排闸门打开,把一些自发搞资本主义的人放到大湖里去。接着他郑重地说:“今天在公社党委会上,张书记特地找我谈到这种情况,他说我们生产大队这种现象很严重,除了个别队实在要乱就让它乱一阵子,我们要相信群众大多数是要革命的,他们以后会回过头的,至于其他生产队,则一律要抵住,干社会主义,没有这种驾顶风船的勇气是不行的!”几十年的操练,罗富庭练就了一副好口才,他说起话来,有板有眼,用的都是文件报告上的字眼,很有点煽动性。因此当他说过这段话后,大家都觉得不能再说什么了,一则由于罗支书威信高,支部委员们大都是他一手培养提拔上来的,平时习惯于按照他想的和讲的去做;再则大家也觉得农业生产上确实早已形成了一定的规律和制度,民以食为天,农业生产主要以生产粮食为主,以粮为纲的口号是天经地义的,而将劳力分散去搞其他副业,是明显的不务正业。至于农业学大寨运动,是毛主席亲自提倡的,那就更不可动摇了,连这个也动摇,就是明显地走到资本主义那一边去了。因此当罗富庭做了这个结论后,大家没再表示任何异议,虽然大家心里想到当前社员思想动荡得厉害,工作难做,但都表示回去尽量做好说服教育工作。

临近散会前,罗富庭故意问:"柳林生产队派去常德找日杂公司挂钩的刘丽君,是不是过去那个当资本主义尾巴割过的女子?"罗四拐子赶忙接口道:"是的是的,就是从前在柳林镇开过编制品代收站的刘老倌子的女儿。刘老倌子搞非法经营,投机倒把,破坏农业学大寨,挨过斗争,父女两个游过堤。原来卜槐香和刘丽君对过象,后来和她划清了界限分开了,她就嫁给了孙裁缝,住在柳林生产队堤上。"罗四拐子对于刘丽君拒绝他进门,还使狗子来咬他,一直怀恨在心,这时他就装着很神秘地说道:"据说这婆娘一贯很风骚,一天没有男人就过不得日子,那孙裁缝是被她折腾死的。孙裁缝死后,她又勾引了一些人,听说杨青林回来后,她就常跟他来往,杨青林不时来找她说话,一说就是大半夜。这是有人亲眼看见的,这次到常德去挂钩,听说还是和杨青林商量好了去的。"

支部委员们听罗四拐子这样绘声绘色一说,都感到很新奇,不禁啊了一声,心里想,原来杨青林是这样的人!

许多在个人生活道德上表现很坏的人,都懂得用两性关系这个武器去对付人,罗四拐子就是这样一个人。他自己像只色狼,却常常用这个法宝去制服人,他晓得一讲起某人与某人在搞两性关系,听的人大部分有兴趣,而且有的人还喜欢寻根问底,甚至要把细节也都打听到手;而说到某某人特别是某某领导干部和别人乱搞两性关系,这个人的名声便容易变臭。现在罗四拐子就想用这个武器来攻击杨青林一下子,他甚至还想跟那有名的竹筒子卜槐香说一次,好怂恿他带领民兵捉一次奸。

杨青林的事情,当然只是先在这里谈谈,现在还没有轮到给他做什么决议的时候,杨青林的党员介绍信,直到现在还没有转下来,还不能算已经恢复了组织生活。因此等罗四拐子说过这些话以后,大家只议论了一番,议论时大都认为杨青林刚刚出狱就这样有失检点,真叫人失望。

说到一定火候,罗富庭便宣布散会。

谁知刚刚散了会,把委员们送出门,罗富庭正在堂屋当中一把靠椅上躺下来,准备抽一袋烟,歇歇神,杨青林就来了。杨青林穿着一件蓝棉袄,那件棉袄上拉开了几个口子,大概是他在割芦苇时被荆棘拉的。他一路跑来,气喘吁吁,虽然是数九寒天,额头上都爬满汗珠子。他进门时一迭声叫喊:"罗支书! 罗支书!"

罗富庭对杨青林的策略是静观其变,表面上搞好关系,以便留有余地。这时他听见他的声音,赶快跳起来,以一种热情的态度接待他,他招呼他坐下,并吩咐老伴捧茶过来。他等杨青林坐定以后,就以一种十分亲切的样子问:"青林同志,你这样急性地跑来,一定有什么事?"杨青林说道:"是的,我特地赶来想告诉你,刘丽君说,烂泥湖的白皮芦苇取之不尽,她一连发现好几大片。她说如果能组织更多的人去砍收,就是一笔大的财富,因为这种芦苇是有一定季节性的,过了这个季节,秆子就老了,就没有那样的价值了!"罗富庭眯了眯眼睛问道:"你们生产队不是派出了许多人去收割吗?"杨青林道:"我们生产队的人力有限,而芦苇太多,我想请你通知其他队也派些劳力去收。"罗富庭一听摊了摊手,故意苦笑道:"我上午到公社开党委会,张文榜书记叫我继续抽一批人去挖烂泥湖河道,费了好大的劲,才把任务布置下去。你杨副书记又来叫我派人去烂泥湖割芦苇,我哪里能再派得人出? 我又不能像什么女娲姑娘似的,能够捏泥巴坨坨造人!"杨青林道:"请你不要叫我杨副书记,我现在是你手下一名代理生产队长。"罗富庭笑道:"这是一时的一时的,你在我们这地方,是一时的。"杨青林道:"怎么,你不想让我在这里待下去了,要赶我走?"罗富庭笑道:"那是笑话,现在谁还能赶你? 我是说你要高升的,你这样经过严峻考验的干部,到县里去当个局长副局长,是毫无愧色的!"杨青林认真地说道:"我不准备离开这里,我已经向县里打了报告,请求今后长久留在家乡工作。"罗富庭听他这样一说,心里一震,心想:"这小子还真有那股子牛劲,他立志要在这儿干下去了,他在这儿干下去,我们就过不好。"这时他心里又不禁想道:"你等着瞧吧,将来你不想走,也得走,只怕那时你要走还不好走呢!"但他这些想头,在脸面上一丝儿也没有显露出来,他表面上表现得更热情了,叫道:"欢迎欢迎! 我们也希望能有个强有力的领导来领导我们的工作,你如果再在公社做领导,我们的工作就顺当多了!"杨青林不喜欢听这种阿谀之词,他忙把话岔开,问道:"你刚才怎样说,公社又开了党委会,继续挖河道?"罗富庭点点头。杨青林道:"这是不行的,这叫瞎子点灯白费蜡,是一桩劳民伤财的无效工程。"罗富庭道:"张书记说,这项工程是经过水利局请示县委批准的。"杨青林道:"经过任何人批准的都不行,你还不知道,陈良桂用水准仪测量了一下,两边河道的水位是一样的,没有一点落差,原来的设想完全是错误的!"罗富庭一听,真正打心里觉得高兴。他忙问:"怎么,陈良桂已经回来了?"杨青林道:"是的,他已经回来了,他没有到你们这里来?"杨青林已经听到陈良桂与罗彩元的关系。这时罗富庭便大声叫:"彩元,彩元,你过来一下!"罗彩元在里屋娇声娇气地答应道:"爹爹,什么事?"罗彩元走出来了,杨青林一看,只见她穿着一件紧身的大红羊毛衫,把胸部耸得高高的,一步三扭,可惜腰杆儿毕竟太粗,变不成杨柳腰。罗富庭道:"青林同志说,他看见陈良桂回来了。"罗彩元朝杨青林看了一眼问:"是吗?"杨青林点点头道:"是的,我中午还跟他在烂泥湖芦苇场讲过一阵话呢。"罗彩元非常猛烈地把自己扭了好几下,她用脚使劲踏着地,一跳三步远,她一跳跳到罗富庭跟前,蹲下来,用力摇着爹爹的膝盖道:"爹,我不依,我不依,陈良桂这死鬼,为什么不先来我这里报到,却先到别的地方去了!"罗富庭用手拍拍她搁在自己膝盖上的手,说道:"别孩子气了,你赶快去做准备,他就会回来的,兴许他刚才是从烂泥湖路过;走注滋口回来,得经过那里。"罗彩元站了起来,嗔道:"总而言之,为这件事,我不会饶过他!"说完这话,她便一阵风似的走了,留下来一股香气。罗富庭摇了摇头,解嘲似的道:"这孩子,越大越淘气。"接着他便告诉杨青林,关于抽出劳力整芦苇搞副业的事,得和各生产队队长商量,还得请示张书记。因为烂泥湖工程是他亲自抓的,不管这河道挖得对不对,他现在正管事,我们不好跟他对着干。杨青林见跟他说不进油盐,知道跟上次开闸门的事一样,再在这儿磨下去也无用,他想他还得找个时候跟张文榜好好谈谈,他还有件很紧急的事急于要去办,便向罗富庭告辞急急地走了。

在湖洲上劳动了一天,中午只吃了两个饭团子,大家回来后,回各家去吃饭去了,他却在罗富庭那里又耽搁了这样久,这时他的肚子着实有点饿了。自他回来后这几天,他家的饭菜始终是朱惠兰替他做的,他每次回来,家里桌子上总摆好了热腾腾的饭菜。他喜欢吃火焙鱼,几乎每餐都摆了一碟火焙鱼,严冬腊月,这火焙鱼从哪里弄来的呢?不久,他才发现这个秘密。有一天他从刘丽君家里回来,因为与她合计编芦苇席子时按人员技术高低配搭编组的问题,耽搁了一些时候,等他回来,走过离家不远的一处沟港时,看见有个小小的人影儿在那里一闪。他想,这种时候,还有谁家的孩子在这里玩水?等他走近一看,原来是惠兰。只见她正弓着腰在取篓子,杨青林站在身后,喊了她一声,把她吓了一跳,险些把捡到手上的鱼扔掉。杨青林问道:“妹子,你深更半夜一个人在这里干什么?”惠兰把鱼篓子放在身背后,笑道:“不干什么,在洗手帕。”杨青林笑道:“你怕我是瞎子,没有看见,你安了篓子,在取鱼!”惠兰道:“取鱼又怎么样,又不是给你吃的!”杨青林道:“不是给我吃的,那么每天饭桌上的火焙鱼是从哪里来的?”惠兰道:“从天上掉下来的。”杨青林听了不禁扬声大笑,他一边大笑一边说道:“过去有天女散花,现在出现了新鲜事,天女散鱼!”惠兰忙用手按住嘴唇,嘘他道:“轻点声,人家都睡着了,你这样大声笑,会把大家吵醒的。”杨青林道:“我不怕把人吵醒,我要把大家叫醒来告诉他们,惠兰为了给我吃火焙鱼,半夜三更还在沟港里捞鱼!”说实在的,当时杨青林只将这件事当着笑话儿看待,他觉得惠兰出于对自己的同情和尊敬,对自己表示了少有的关怀和爱护,他把这种感情看成兄妹般的感情,惠兰比自己小一二十岁,就是当妹妹,也是最小的妹妹,难道在他们之间,还能有其他的什么关系?但是日子过得久了,他便觉得事情并不这样简单,比方说,他每餐吃饭,惠兰总在一旁陪着,她有时已经吃过了,也还要坐在一旁,痴痴地望着他,等他把饭碗放下,便赶紧过来收拾饭桌,她似乎以为他服务为乐。他的衣裳破了,她替他补,他的衣裳脏了,她替他洗。有一次杨青林的一颗扣子掉了,她拿起针线赶过来替他缝上,她把衣扣钉好以后把头低下去,去咬那线头,那头乌黑的头发,触到了他的下颏。杨青林非常贴近地看到了她,闻到了她头发里散发出来的一种清香。当她把线咬断以后,抬起头,用大眼睛望了望他,那眼睛里好像在问:“青林哥,你满不满意?”

杨青林不但满意,而且引起了思索,他已经从惠兰的行动中感到了一种异样的感情,特别是夜晚取篆子那件事发生以后,他这种感觉更明显了,他不知自己该怎么来应付目前的局面。

　　今天,当他回到家里,瞎子娘已经吃过饭,正坐在堂屋里绩麻。惠兰也已经吃过饭,坐在饭桌边等着,她用手支着自己的面颊,好像在沉思,在她面前摆着碗筷和饭菜。当她听见杨青林的脚步声,突然如梦初醒,赶快从桌子边站起来,像一团火似的热情接待着他。她很快送来了洗脸水,让杨青林洗过脸,接着招呼他吃饭。今天的饭菜,又有一碟火焙鱼,火焙鱼炸得香,还放了不少杨青林爱吃的辣子。杨青林前天只偶然说了一句,过去妈妈做的干芋荷叶煮鱼真好吃,今天桌上便出现了一钵子干芋荷叶煮鱼,鱼虽然不大,味道并不比妈妈当年做的差。杨青林吃饭时,惠兰在一边望着他,突然,她叫了一声啊哟,跑出屋子去了,一会,她带进一件旧棉衣,她把旧棉衣递给杨青林,像是下命令道:"换一换!"杨青林不知为什么,只得换下,直到看见惠兰拿出针线来缝那件换下的棉衣,他才知惠兰原来发现他身上穿回来的衣裳被荆棘拉开了口子。在他吃饭的时间,惠兰坐在一旁,垂着头细心地缝补着那件棉衣。

　　如果谁这时走进这座房屋,准会看到一幅和谐的家庭图画:老人在做力所能及的劳动,结束野外劳动后刚回家来的男主人在吃饭,女主人在替他缝补着劳动中弄破了的衣裳,这里谁都感到安逸、舒畅,脉脉的温情笼罩着这个家庭。但是你如果仔细一看,你又会否定自己刚才的看法,因为你看到的女主人似乎年龄太小,她还不到做妻子的年龄,尽管她自己已注意做得比较老成,但那稚气的脸面,那天真活泼的动作,把她的实际年龄表露无余了。她也许是这男子的女儿吧,但是看她那眼神,又不像,女儿哪里会用这样的眼光望着自己的父亲,儿女对父母的眼神不会这样温柔,这样深邃,这明明是一位恋人的眼光!你看她等他把饭吃完,就敏捷地把碗筷收了,然后又要替他把缝好的衣裳换了,她那替他穿袖子的动作,等衣裳穿上身后又左看右看,这明明是一位最温柔最体贴自己丈夫的妻子的神情!这一切的一切,杨青林自己比旁观者体会得更深刻,这位不畏艰难,敢于明快做出政治上重要抉择的男子汉,却对自己眼前遇到的这个问题,无法立即加以妥善地解决。

在他的认识中,他和惠兰的这种关系不能继续下去了,这样下去对自己和惠兰都没有好处。对于自己,将会失去那八年来为他做过多少牺牲感情上受过多少折磨的人的爱,对于惠兰,则更是不应该的,因为她刚刚开始生活,她应当有一个更好的家庭,更加年轻的伴侣。但在实际上,他不知怎么说,因为现在惠兰并没有对自己说过什么,难道就突然叫她不要再跟自己接近了?如果自己还没有跟惠兰说清楚以前,就对她开始表示冷淡,他也实在做不出。当惠兰正在得意扬扬地为他穿上补好的衣服,并且为他扣好纽扣的时候,他的心里便翻腾着这样一些想法。

杨青林问惠兰道:"惠兰,你知道黄保老汉现在的家吗?"惠兰道:"知道,在东堤上,靠近内湖尾子那一边。你问他做什么?"杨青林道:"我有件事情要找他商量。八年当中,搞了几次田园化,土地整来整去,都整瘦了,方位也变了,好多地方我都弄不清了。"惠兰热情地叫道:"他孙女儿黄菊儿也想参加编制组,我昨天还见过,我带你去!今天晚上,爹爹在家,我没有事,我可以陪你。"杨青林想,也好,今天晚上,如果有机会,也可把自己刚才想的那层意思跟她说说。

这黄保老汉,是个养湖鸭子出身的人。在旧社会,他替人家帮工,练就了一身好本领,他赶的湖鸭子,特别肯出蛋,一棚往往当得两棚。解放后,他发挥了自己这个长处,土改以后,曾经富过一阵子,因此他的大崽大女都送得读了大学,如今听说都在矿山上做事,是工程师。后来,他却搞了个三起三落。割资本主义尾巴那年,他几乎被捆了一索子,幸亏正好那阵他儿子把他接走了,接到矿山上去了。他在矿山上住了两年,实在住不惯,闷得慌,高楼大厦,电灯电话,对他很不适合。他最惬意的还是在鸭棚子里过夜,听到那嘎嘎嘎的鸭叫声,手捧着一篓篓才捡到的大鸭蛋,他的感觉比听那收音机唱歌看彩色电影有趣多了。"四人帮"在台上时,他就吵着要回来,儿子媳妇不让他回来,怕他回来惹祸,如果他出了事,害了自己不算,还会搞得儿女们的档案上也要注上一笔,因此那时他回不来。"四人帮"一垮台,他就回来了,又回到了这滨湖的土地上,又能望见那满湖有时黄浊有时碧绿的湖水,在他耳朵里,又能听到嘎嘎的鸭叫声,又可亲手去捡那一个个白色的或绿色的大鸭蛋。但是他现在年纪大了,不能搞大场合了,他只能喂上一二十只不大淘气的小淮鸭,每日用竹竿儿赶着它们在内湖边的沟港里走走。他用这个活动,来娱乐自己的晚年。

今天杨青林来找他,想请他出来当师傅,把他养鸭的技术教给一班年轻人。等明年春天,他准备让队上组织几个大鸭棚子,喂几大棚湖鸭,如果鸭子喂得顺利,到了秋后,他们可以组织一个鸭业队,到各处去觅食。惠兰领他到黄保老汉的屋里头时,黄保老汉正弯腰弓背在灶屋里用细糠头火在孵小鸭子。这个老倌子大概生来与鸭儿有缘,他每日里的活动,都离不开这本经。因此听杨青林把自己的想法告诉他,他便满口答应了。他不但愿意当师傅,而且还答应带几个年轻人组成一个鸭业队外出远征。他曾经梦想过要搞个喂三千蛋鸭的大鸭棚,由于时运不济,他这梦想始终没能实现。今天经杨青林这样一鼓动,重新勾起了他这种想法,他想兴许在他的晚年能实现这一夙愿。

等杨青林告别黄保老汉出来,他高兴极了,因为他又请出了一位能人。这样一类能人,在农村是很多的,如果能把他们的作用发挥出来,农村的经济会搞得很活跃。从黄保老汉家出来后,已经夜深了,今天天上布满了云,天空没有什么光亮,两个人只能踩着一条白印子走路,有两次,惠兰不小心,把脚踩在月口里,把鞋都弄湿了。她用手拉着杨青林道:"青林哥,请你伴着我走。"杨青林只得拉着她的手,伴在她一边走。这时他闻到惠兰的清淡的发香,听到她急促的呼吸声,他好几次都想开口,想把自己白天的想法对她说一说,但几次话到了嘴边,都咽回去了,他不知怎样开口。这时惠兰却先开口了,她道:"青林哥,你真好,跟你在一起,心里就感到踏实!"杨青林还没有来得及回答,她又问,"你呢?"杨青林只好说:"我也觉得你好,不过……"杨青林的话还没有说出来。"不过什么?"惠兰便停住了脚步,突然将身子靠近他,急切地问。"不过你还有很多事情要做,比方说,你还可以读点书。"想了一下,杨青林才想出这样一种婉转一点的话。惠兰听了高兴地叫道:"是的,我的书读少了,只读了完小,该死的'文化大革命',让我成了个半瓶子醋!我还要读书,要你教我读书。青林哥,你答应将来教我读书吗?"对于这样的提问,杨青林不知怎样回答才好。见杨青林迟迟疑疑,答话时吞吞吐吐,惠兰早已忍耐不住了,她突然用手拉紧杨青林的手,并且踮起脚尖,迅速地把自己的脸往杨青林的脸上挨了一下。她大声道:"青林哥,我将来要跟你在一起!"说完这话,她不由自主地笑起来,并且很快放开杨青林的手,飞也似的朝前跑去了。杨青林不知所措,只听见他在后面喊:"惠兰!惠兰!"惠兰头也不回地回答道:"我看得见,不会绊倒!"不一会,便不见她的影儿了。

二十、这才像个真正的共产党员

卜桂香从蔬菜公司菜市场领到了卖湖藕子的钱,回到自己的船上,躲进舱里,把这几天所得的票子摊开来,一算,连自己原有的总共还不到五百五十元,那就是说,蚀了本了。这一发现把他急蒙了头,原来他满以为是赚钱的买卖,进货进得比较多,谁知不但没有赚钱,连利息也没有赚回来,一下午他都闷闷不乐,蒙头睡在舱里。两个小舅子把船舱打扫干净,将晚饭煮熟了,请他出来吃饭,他才弓着身子,从船舱里走出来。小伙子心里纳闷,姐夫哥的脸色怎么这样难看,嘴巴翘起,挂得住一个油葫芦。但他们兴趣还很高,因他们商定好了,等吃过晚饭后,向姐夫哥要点钱,到湖南剧院买张票,去看那花花绿绿的舞蹈。虽然他们看到那剧照里的男女穿的衣服袒胸露背,看了有点丑,但不知怎么一回事,越是有点不好意思去看,心里越想去看。但是平时喜欢说说笑笑的姐夫哥,今天在吃晚饭当中却一声不吭,那样子好像两人欠他二百块钱不记得还似的,直到吃过了饭,洗完了碗筷,小八特地捧了盆热水送到姐夫哥面前,请他洗脸,姐夫哥还是不肯开口。看看天色不早,小八有些沉不住气了,他借着给姐夫哥递旱烟管的当口,走到姐夫哥的面前,怯生生地说道:"桂香哥,我想和小九一道上街看看!"卜桂香接过烟管,往船篷上一靠,斜躺下来,答道:"你们去吧,我在船上守着。"小八显得有点难为情,他又说道:"我们还想看场戏,要点钱。"卜桂香道:"什么戏?"小八迟疑着,不好意思说出口。小九口快,在一旁答道:"湖南剧院的歌舞,要八角钱一张的票!"卜桂香一听,皱了皱眉头,说道:"你们还小,齐心还没有长齐,

265

像这样的歌舞戏要少看,光膀子亮腿的,有什么看头,看了会搞得晚上睡不着觉,没有好处!"既然姐夫哥不主张他们两个人看戏,自然不会掏钱,因姐夫哥到底不是自己的亲哥哥,不便于那样放肆,两人便没有作声了。但街上还是要去的,因此两人在船头站了一会,见姐夫哥还没有给钱的意思,就互相捅了捅腰肢,表示是时候了,然后两人相跟着上街去了。

他们走过一段沿江马路,转了一个弯,踏上五一路。还没有到广场,便看见湖南剧院的霓虹灯闪耀着红绿灯,将半边街都照亮了,那灯光照着一座稍微显得有点陡峭的台阶,这时已有川流不息的人朝上走去。台阶上去不远是一个大门框,门框上涂着红漆,在霓虹灯光的照耀下,格外显得好看。两人挤上台阶,来到门前,只见门边有两个穿白衣裳的人在把守,要进去的人都得把票子拿出来,由他们撕去一只角。两人没有票子,自然进去不得,他们站在门边,因为是乡下人,到底显得有点呆头呆脑,进场子的人一多,就碍人手脚,挡住了别人的进路。忽然,背后飘来了一句鄙弃话:"拦路狗! 乡巴佬!"要是在乡村,听到这号怄人的话,他们准会跳起脚来,和人干仗,他们在乡下也不是好惹的角色,但是在这里,在热闹的大街上,他们没有这种胆量,真是英雄无用武之地! 两人感到受了侮辱,不舒服,便慢慢地从门边走开。他们又转到右边一座像戴了一顶白色的宽边帽似的房子里,只见那里也有一盏灯,一闪一亮的,灯旁有一块牌子,那上面有三个字:"售票处"。两人走到售票处一看,还有人排队,说明还有票卖,但摸摸自己的口袋,凑起来还买不到一张票,两人就在那间白房子里站了一会,实觉无望,才慢吞吞地又走回大街上。

当他们走上大街,正值大街上最热闹的时刻,过往的行人比白天还多,简直连个身子也插不进去。过往的车子也真多,什么样的车子都有,有大卡车、小轿车、三轮车、客车,还有一种叫不出名字的车子,这种车子像客车,但又比它小,里头只装得七八个人,跑起来飞快。两人感到惊异的是,在这些车辆当中,还夹着一辆手扶拖拉机,他们不禁相互望了一眼,好像说,这家伙怎么跑到这里来了? 只见它啪啪啪地响个不停,走起路来慢吞吞的,倒真像个乡巴佬进了城。

他们已经转过湘绣大楼,听邻近船上的人说,这大楼在"文化大革命"中是闹武斗闹得最凶的地方,那时有个造反派朝里打了一排枪,却不知枪里装的子弹是燃烧弹,燃烧弹把屋子点着了,把存放在那里近百年之久的湘绣资料烧毁了,这个损失真不小,这家伙不久就被逮住给枪决了。现在这座楼已修复了,但那些珍贵的湘绣资料却永远找不回来了。由于这座楼有这样一段经历,两人不免朝上多看了两眼,但是现在这种大楼在城里到处都是,因此也看不出有什么特别之处。

两人一边望望街上的车辆,一边瞧瞧橱窗,走走停停,停停走走,一会儿就到了司门口。司门口也是个著名的所在,也是邻近船上那个老倌子告诉他们的,民国十六年,长沙出了个能人,名叫郭亮,他带领工人和农民起来革命,不久失败了,在岳阳被人抓住,押解到长沙被杀害了,他的头颅被挂在司门口示众。两人站在司门口的十字路口,只见岗亭里坐着一位穿白衣的民警,岗亭旁边并立着两根很高的电线杆子,那电线杆子上好像站着一个人,那人就是郭亮,只见他眯着一双眼睛,对着下面人群微笑。

两人是新中国的最年轻一代的农民,对革命者是尊敬的,对烈士是尊敬的。他们怀着敬佩的感情,走过这司门口。过了司门口,便是一条大横巷,他们也早打听好了,这条大横巷叫坡子街,他们知道从这条大横巷进去不远,就是火宫殿。据说火宫殿里什么稀奇古怪的食品都有,又便宜又爽口,两人又摸摸自己的口袋,还有几张小票子,就毅然走进了横巷子。他们很快就找到了这个火宫殿,只见火宫殿的前门很小,走了进去,里面却是一座两层楼的大房子,楼上楼下都有东西吃。根据他们口袋里钱的状况,他们只有在楼下吃东西的份儿,楼下的小吃部有河南粉、糯米团子、臭豆腐,他们把钱掏出来,凑在一起,各买了两样,两人坐在一张桌子上慢慢地吃起来。

在吃东西的时候,两人不免谈论起自己的姐夫哥来,这时他们心里的不满,都发泄出来了。他们觉得姐夫哥为人太吝啬,做事要人做,事情做完了,连一场戏也舍不得请看。吃过两样小吃,发现胃里还只填塞了一个小小角落,至少还可以吃两样,但袋子里没有钱了。他们这次出门,因为是替姐夫哥帮忙做事,以为旅途一切用费都由他包干,因此他们自己都没有带什么钱,看来,他们的算盘打错了。从火宫殿出来,由于想到这些不愉快的事情,心情就不甚舒畅了,他们不想再在这街上闲游,就早早地回到了船上。当他们回到船上,谁也不肯跟姐夫哥打招呼,都一声不响钻进舱里去闷头睡觉。

第二天太阳已经爬上头顶了,两人还不肯起来。卜桂香一看,知道两个小舅子生了自己的气。但他有什么办法?他何尝不想在长沙多停留几天呢?到各处玩耍玩耍,趁这机会置办点东西,他想给堂客端姑娘买一件毛衣,替牛牛买一双小皮鞋,还想请两个小舅子下一回馆子,看一场戏。但是经济上已经不允许他这样做了,他做生意蚀了本,回去后还不知道如何填补这个底眼,他哪里还有什么心思做这些事啊!

小八和小九睡了一大觉醒来,只听得船下面传来哗哗的流水声,他们往舱外一看,船已经离开长沙好远了,前面有一排窑厂里的烟囱在冒烟,他们知道,离铜官不远了。

两人见姐夫哥不跟他们商量,就擅自开了船,更加有气,于是索性不起来,一直睡在舱里,让卜桂香一个人在外面荡桨。幸亏这一路下去是顺风顺水,不必要多少人力,船行速度很快。两个小家伙一直赌气睡到太阳偏西,肚子里已经饿得咕咕叫了,才翘起嘴巴从舱里钻了出来,舀河水洗过了脸,一同挤到船尾巴上做了餐饭。

记得二人在一起又吃了三次饭,船便到了柳林镇。因为船不是在柳林大垸租的,而是在舅子他们那里租的,卜桂香托两位舅子将船代他还掉,自己先在柳林镇边下船,好先回家转一转。租船的价是二十元,这笔钱总不得不出,卜桂香只好从怀里掏出二十元钱,交给了小舅子。

等卜桂香回到家里,只见家里大门敞开着,堂屋里架了好几张门板,有六七个妇女正在那里编制芦苇席子。这织苇席的妇女中有老手有新手,卜桂香堂客端姑娘是老手,并且还是她们当中技术最好的,因此这时她正自己一边编织苇席,一边把着手儿教那些新手。

她一眼看见卜桂香回来了,忙丢掉手上的活计,跑出来迎着他。只见卜桂香从偏屋门进屋,进到里屋,把一只旧旅行袋子往桌上一丢,颓然跌坐在一把靠椅子上。端姑娘见他的神色不对,给他倒杯茶,端过来,问他道:"怎么样?买卖顺利吗?"卜桂香出粗气不赢道:"顺利?连老本都蚀了!"端姑娘知道他带了一大笔钱出门的,听了这话十分惊慌道:"怎么,连老本都蚀了? 那样多的钱!"卜桂香见她这样慌张,知道她听偏了自己话的意思,忙道:"五百元哪能都蚀掉? 利息有一截没捞回来,归不了原。"端姑娘仍然提心吊胆地问:"有多少归不了原?"卜桂香道:"二三十块。"端姑娘才算一块石头掉下地,她忙揉着自己的胸口道:"哎呀,刚才真把我吓死了! 我以为你把借来的那五百元都蚀了,那把我和牛牛都卖了,你也还不起这笔债! 现在还好,只蚀了二三十块钱,不多。"卜桂香苦着一副脸道:"蚀掉二三十块钱,还不多! 现在家里日食也难糊,二三十块钱,向谁去寻?"端姑娘性情温顺,对于丈夫的失利,她不但不埋怨,反而安慰他,对他道:"你不要着急,现在编苇席子已经开工了,这几天杨青林摸了摸情况,发现各家都有各家的困难,有的欠了债,有的揭不开锅,为了让大家安心编苇席子,他和刘丽君商议,把那一千元先发下去,参加编席子的,每户可以预支五十块,领到了这笔钱,不就可以还债了。"卜桂香听了堂客这些话,心里既高兴又难过,高兴的是这个难关总算过去了,难过的是这是堂客赚来的钱,在他的心目中,堂堂的男子汉拿堂客的钱用,并且没用在正道上,像是丢进水里一般,这是一件很不体面的事。

这几天来又累又急,他疲倦极了,等端姑娘替他打好一盆热水,招呼他洗过澡以后,他便钻进被窝里睡觉去了,他一直睡到天黑。在睡觉时,他还做了一个梦,梦见自己又装了一船湖藕子到长沙,这船湖藕子又粗又长,货色比上次的还好,但当他把船划进目平湖,突然一阵大风刮来了,那掀起有几丈高的巨浪,把他的船打翻了,湖藕子全部落进了水里,他自己也足足灌了一肚皮水。他正在挣扎,拼命想将头伸出水面,以便进行呼吸,突然觉得一只柔软的手在摇着他的头,一个熟悉的声音在唤他:"你怎么啦,快醒醒! 快醒醒!"他这才睁开了眼睛,一看,发现自己还睡在自家床上,是堂客用手在摇他。端姑娘见他醒了,笑道:"这样大年纪了,睡觉时还跟牛牛一样,把被子蒙着头睡,出不得气,哪里能不做噩梦? 你刚才梦见什么来,手脚乱动,好像在水里打浮秋一样。"卜桂香想起刚才梦中的情景,不禁心里还在打战道:"怎不是,刚才我梦到装了一船湖藕子过湖,被风浪打翻了,湖藕子落进水里不算,自己也落进了水,喝满了一肚皮水,出不得气,几乎快淹死了。"端姑娘用手指点了点他的额头嘻嘻笑道:"还想你那湖藕子,这次出去,上的当还不够?"说着,她伸出一只手,笑道:"你看这是什么?给你!"卜桂香抬头一看,见是一沓票子,一沓印着工农兵头像的崭新的票子,一共有五张。他忙伸手接过这五张票子,望着端姑娘那喜盈盈的脸,心里头各种滋味儿都涌上来了,他鼻子一酸,眼睛里不禁流下几颗泪来。端姑娘见他这样子,忙坐到床沿上,用手帕儿给他擦眼睛,她还拿脸儿温偎着他,安慰他,过了一阵,卜桂香的心里才好过一点。

过了一阵,天就快黑了,两人才一块儿坐到堂屋里去吃晚饭。大女儿和第二个孩子由外婆领着,早已经吃过了饭,如今都到东边房里做功课去了,这时家里只剩下他们两个没有吃饭,牛牛没有吃饭。白天在堂屋里编芦苇席子的人都回去了,门板已经收起了,堂屋里变得空空荡荡,一间大房子当中就摆着他们这张吃饭的小桌子。端姑娘一边喂牛牛吃饭,一边对卜桂香说:"这钱是刚才杨青林跟刘丽君亲自送来的。杨青林听说你回来了,说等会要来看看你,他说有话跟你说。"

当卜桂香刚把饭碗搁下,杨青林就来了。杨青林一进屋,便发出他那惯有的爽朗的笑声,他把东边里屋读书的两个小把戏都打扰了,他们偷偷溜到堂屋边,从门缝里瞧来人是谁。杨青林好像根本不晓得卜桂香曾经出去做了一趟生意似的,他一边逗着牛牛,一边笑着说,他来找他不为别的事,是特地来告诉他一声,今天他接到县委组织部一个通知,叫他到县里去一趟,他不知为什么事,也不晓得要好久时间,因此他特地来向卜桂香请假,他这个代理队长,要暂时停止工作了。卜桂香听完他这篇话很惊讶道:"你特地来向我请假?我这个队长不早给罗支书免掉了,早就不管事了,还跟我请假做什么?"杨青林笑道:"大队长那话不能算数,他一个人不能免你,你是生产队全体社员大会上选出来的,要罢免你得开全体社员大会讨论,还要进行表决,因此那天让我来当队长,我就只答应当个代理队长,这代理队长还得听队长指挥。"卜桂香一听,心里一沉,他想,糟糕,生产队长这副担子还没有丢得脱,以后还要开个社员全体大会通过一下子。杨青林好像猜得到他心里的活动似的,他接着说道:"我答应当代理队长时就想,生产队长这副担子,还得你来挑,如果你不在我可以代理,你在,得由你负责。因为我们都是共产党员,虽然我还没有接到恢复组织生活的通知,但我认为我还应用党员的标准要求自己,共产党员就是要挑硬担子!"卜桂香嘴里不禁念道:"共产党员! 共产党员!"说实在话,这些年来,经过"文化大革命"一折腾,队上的事情压头,他自己一家子的生活艰苦,每天的日食都叫他操碎了心,他已经忘记了自己是个共产党员了。本来嘛,生产队只有他一个党员,队里没有党小组,大队党支部很少开会,好容易开个会,也只讲生产,很少讲到党内的事情。大队党支部书记罗富庭的所作所为,与其说他是共产党的基层干部,倒不如说他像个封建家长。他垄断一切,把持一切,大队的事情都按他自立的章程办事,他的所作所为,和一个共产党员的行为相距甚远。这类事情做多了,使一些本来还算优秀的党员寒了心,而那些压根儿就是怀着私利进党的人,却喜欢按照他的意志办事。

今天杨青林又跟他提到共产党员这个称号。这个称号曾经使他感到非常光荣,非常激动,现在却淡漠了,今天他听到既熟悉,又感到陌生。但是那些熟悉的东西毕竟是起作用的,它勾起了他对过去党内生活的回忆,勾起他想到自己入党时的初衷,他有点觉得自己当前的行为和这个称号太不相称了。

卜桂香垂着头,低声地说道:"我不能再做这个队长了,也不能再当党员了!"杨青林道:"为什么?"为什么? 他没有马上说出口,但他心里确实是这样想的,事情不是很清楚吗? 最近以来,他成了个做买卖的人,做买卖是走资本主义的路,这哪里还像个共产党员? 杨青林好像又晓得他现在心里想的是些什么似的,他说道:"就因为你到长沙贩了一趟湖藕子?"啊,原来他已经知道他做买卖的事了! 卜桂香道:"这件事还算小吗?"杨青林道:"是的,这件事不算小,得好好想一想。不过我们不是一概反对做买卖,我们共产党员也要学会做买卖,做好买卖才能疏通产销渠道。最近冷满爹他们就做了一趟好买卖,赚了三百多块钱,今早他们把钱送回队上来了,说实在话,如果他们没有送来这笔钱,我和刘丽君还不敢把从常德领来的那一千块钱马上发放下去! 不过他们的买卖和你这次做买卖不同,是自产自销,没有蚀本。"卜桂香一听这话几乎从座椅上跳起来,他忙问:"真的吗? 冷满爹出去才几天,就打到这样多的鱼?"杨青林道:"怎么不是真的,他们总共才五个人,打的鱼比人家十个人打

271

的还多。你不是不晓得,冷满爹是个能人啦,过去不是都讲他跟龙王爷结了亲家吗?他的网一张开,龙王爷就派虾兵虾将朝他网里驱鱼!听说这次凹花生这个懒鬼也不偷懒了,宋明也不再总是痴痴地望着常德市的那方向,想着他那位挂了筒的城里妹子。有人看到他现在正一味向冷满爹的满女儿春妹子献殷勤,看样子他不但想学到冷满爹的手艺,还想做冷满爹的满女婿呢!"这话说得端姑娘也不禁笑起来,她正在灯下纳鞋底,这时她忍不住拿鞋底子敲了杨青林一下。她笑道:"只有我们青林哥,看什么都比人家看得细。但是我们那位竹筒子兄弟,现在还是那么个样子,缺个心眼儿,所以直到现在,还没个姑娘上门,都三十多岁了。"她又扬了扬手中的鞋底子,说道:"到现在还得当嫂嫂的替他纳鞋子。"卜桂香在兄弟辈当中总不融洽,他这时没好气地说道:"谁叫他那样恶!谁敢跟他做堂客,说不定哪天又给捆一索子,拉去游堤。"端姑娘笑道:"兄弟的事,你也全不放在心里,我托人替他寻了几回对象,他都看过了,都看不上眼。我家满妹子长得像朵花,他见了也懒懒的,平时一味唱高调,跟人很少来往,我的心也冷了,也懒得探他的事了。不过近来我看出点原因来了,他心里如今恐怕还装着一个人。"卜桂香问:"什么人?"端姑娘继续笑道:"你这做哥哥的一点也不关心,什么人啦,还不是刘丽君!"卜桂香也不禁笑了,他道:"你这次猜得不对了,槐伢子捆人家一索子,老倌子气死了,人家恨他还不及,还会跟他好?再说从槐伢子一边来想,刘丽君是结过亲的人,不是黄花女。"端姑娘道:"只有你这个封建脑瓜子,如今青年人思想跟早先不一样,不管什么黄花女不黄花女,只讲什么来着,啊,记起来了,爱情!"她转头朝杨青林笑道:"青林哥,你是闯过大码头的,请问你这爱情多少钱一斤?"说着她便哈哈大笑起来。等她笑过以后,杨青林道:"比方说,你和卜桂香从来没有吵过架,他这次出外做生意蚀了本,你不但不怪他,还把我刚才送来的五十块钱给他做赔本,这就叫爱情!"端姑娘惊讶道:"我刚才把五十块钱给他,你怎么知道的?"杨青林说:"我是猜出来的,因为我知道你们感情好,我猜想你会这样做的。"端姑娘赞道:"难怪柳林大垸的男女老少都赞你心灵,你的心真灵啊!"

说到这五十元,又勾起卜桂香的心事,他这时对杨青林道:"青林,我这次真叫鸡肉香没闻到反而蚀掉一把米,不但把自己的名声搞坏了,还真亏了血本!"杨青林道:"我今天进来看你气色,就知道你这趟买卖没有赚钱,你亏了多少?"卜桂香道:"钱倒不多,只有二三十元的样子,就是有点气人!"杨青林劝他道:"本来这买卖上的事不好做,何况如今市场上的讲究多,不是一下子能够掌握得了的,眼下还是先搞点自产自销吧。"

杨青林问他的本钱是从哪里来的,卜桂香道:"是从罗四拐子他爹那里借的。"杨青林问:"是不是那个叫罗润庭的老倌子,罗支书的兄弟?"卜桂香道:"就是他,就是他。"杨青林道:"过去不是听说他很穷吗?一个儿子也养不活,还要迁到这边垸子里来依靠叔叔过日子,怎么一时就这样有钱了?"卜桂香道:"他说他是代一个老寡妈过手,我看不像,眼下他盖了新瓦房,置了新家具,像是很发了一笔财的样子。"杨青林听完这话心里暗暗思忖着,他记起那天他去看小俞的爹爹俞七阿公,俞七阿公隔壁的五保户跛子刘寡妈曾经吞吞吐吐提到搜查那天上午罗四拐子来过,只是没有说清他在偏屋里打过转没有,这件事情始终是他心中一个疑团。今天,听到罗四拐子的爹突然发了大财,这个疑团变得更大了。

又说了一会别的闲话,杨青林才说到正题上。他对卜桂香道:"桂香,今天我想跟你商量件事,这田里的工夫得着手检场了。"这些天卜桂香自己以为卸掉了生产队长的担子,一心只搞家里的事,对于队上的事他早不再探脉,自然就没再想过田里的工夫,这时他瞪起眼望着杨青林,不晓得如何回答才好。杨青林道:"一年之计在于春,这是老班子嘴里的话,如今种油菜种麦子,又要栽双季稻,湖区土地好,日照时间长,搞稻间麦三熟制有条件,老班子这话要改过口了,应当叫作一年之计在于冬。"卜桂香道:"这话说得是,如果按季节,十一月中旬,就得把早熟大头黄种到田里去,在这以前还要犁田施肥,水多的地方,还要出水。"杨青林道:"如果种甘蓝型油菜,时间还要更加提早。"卜桂香道:"是呀,这些年都种不成,季节赶不上,碰到这种时候,工夫起堆急死人,就是推不动!"杨青林问:"怎么会推不动呢?"卜桂香道:"要人出工,都得队长去喊。早晨人家搂着堂客睡在热被窝里,外面结冰下凌,如何喊得动?"端姑娘插嘴道:"每年到这种时候,他的喉咙就喊得发哑,我总要替他泡一碗胖大海等他回来喝,不然连讲话都会为难了!"卜桂香道:"喊哑喉咙还在其次,人好容易叫拢来,一起到田里,但是你看看我,我看看你,谁也不肯先动手。

你队长要是一转背,就有人把锄头把子像旗杆子似的竖着,身子靠在上面,跟人说白话。一件一个早上就可以做完场的工夫,有时要两三个人做一整天,耽搁工,又做不出事来。"端姑娘又插嘴道:"你没看见他们沤的那些坯子,真可以穿绣花鞋在上面踩,结成了一块饼,那里面是肥是泥谁也说不清。"卜桂香道:"你大力抓副业我赞成,可以解决眼下经济的困难,只是今天可能更不会有人下田做工夫了,如果这样下去,明年粮食上会出问题。"杨青林道:"我也是这样想的,在抓副业的同时,得把田里工夫也安排好,而且不能照老套子安排。"

卜桂香素来佩服杨青林办法多,他知道这时杨青林心里一定有什么道道,便问道:"你是怎样考虑的?"杨青林道:"桂香胡子,你记不记得,合作化高潮那年,我们农业社曾经搞过一个责任制?"说起农业合作化,卜桂香的劲头就来了,因为那时他是初级社社长,他那个社办得很出色,取消土地报酬成立高级社时,他成了高级社的生产队长,他当时年纪轻,积极性高,日日夜夜在垸子里奔忙。那时他认为这农业社是好事业,他们这一辈子农民的前途,就维系在它上面。由于他工作积极,是农业合作化运动的带头人,合作化运动刚一结束,他便入了党。当杨青林提起合作化运动,便使他想起那红火的岁月,激起了他的热情。他这时连烟也不抽了,从座位上站起来,在堂屋里踱来踱去。他忙道:"记得,记得,怎么不记得! 当时这办法也是从工作中摸出来的,那时就感到有出工不出力的苗头,靠每天派工计工,麻烦也大,才想到这责任制上头。当时我们把它叫作分段包干或分片包干,把这块田或土包给几个人,由他们自行安排何时插田何时扯草,队上不去过细管,只认秋收时按一定数字收谷,增产的部分一律归生产者个人所有。记得那一年我们生产的粮食产量是全社最高的,在全乡也是最高的,只可惜这办法仅实行了一年,第二年就搞并社,后来又搞公社化,提倡'一大二公',责任制的办法就不准搞了,以后还被罗支书当作资本主义的经营方式批了好一阵子。自从那时以后,大家都吃大锅饭,这出工不出力的现象,就成了普遍现象。"杨青林道:"这些事你都记得,不知有件事你还记不记得? 我当时抽到乡里抓民兵去了,因为是不脱产的,耽搁了一些工夫,但是实行了责任制,不管什么时间做,只要把工夫做出来就行了。那年秋收以后,我缴的粮食最多,工分值也很高,乡里认为我民兵、生产两不误,还表扬了我。你当时也是民兵干部,一起参加那个会,我们还挤眉毛瞪眼睛地做了好一阵子鬼脸,因为我们心里正得意,谁也解不开这个谜!"卜桂香连忙道:"我哪能不记得,就像在眼面前的事情一样,那次大会后,你还对我说,等空闲一点,一起写一篇稿子投到报社去,把我们这个秘密公开,让大家试一试!搭帮我们还没有来得及写稿,要是写了稿发表出来,黑纸白字,我们两人准当成活靶子,会吃不了兜着走,就不是后来只那么笼笼统统挨几顿批评就算了。"

杨青林见说起那过去的战斗生活,已经使卜桂香恢复了从前那种富有生气的样子,本来他是个热热火火的人,不是这号畏畏缩缩的样子。杨青林便说:"桂香,我们不妨再试试那年试过的法子!"卜桂香问:"搞责任制?"杨青林道:"是呀,搞责任制。这次我们不但分片分段包干,而且还按不同专业包干,这次渔业组就是按他们的专业包的,平均每人打多少鱼,搞了个定额,按定额上缴,多打到的归个人。我们的油菜、麦子、苎麻、棉花、稻子,不都可以按照这个办法处理?"卜桂香一听跳起来道:"这敢情好,要是这样搞,各人明确自己的责任,又和自己个人的利益联系起来,大家一定会努力,不要你去喊,都会把工夫做好,这样一来,做队长的也就好搞多了!"杨青林见他赞成这办法,很高兴,他笑道:"刚才我已跟你讲清楚了,你是全体社员大会上选举出来的,现在还没有罢免你,你还是队长,你就带头把这件事做起来吧!"卜桂香倒有决心这样做,但是他担心道:"我们这样搞,大队和公社会不会同意?"杨青林拍拍他的肩膀道:"你只管大胆搞,大搞副业的事大队不是不大赞成吗,我们不照样搞起来了?'四人帮'垮台了,现在没有人再敢像过去一样搞强迫了。关于责任制,我这次到县里还想找老书记谈谈,想请他支持我们试验,我设法讨一支令箭下来,那就可以放开胆子干了!"卜桂香听他这样一说,也乐意了。因为夜已很深,杨青林只得告别他们夫妇出来。卜桂香把他送到门边,他靠着门框子,望着杨青林那渐渐远去的显得有些佝偻的身影,不禁叹了口气道:"这人才真正像个共产党员的样子!"

杨青林独自在漆黑的田野里走着,想起这几天队里发生的变化,他感到很满意。他想，我们共产党员就是要把每个人的心中的火点燃起来，旧世界要靠这种火去烧毁，新世界要靠这种火去照亮，他觉得自己应当是这种火的助燃剂，即使把自己烧了，也值得，他怀着这种兴奋的心情，快步走到自家的屋前。

"该死的，又给你跑掉一条！"听那声音杨青林便听出是朱惠兰。惠兰现在又趁夜深人静，在这条小沟港里捞小鱼子，当杨青林走到她面前，她又吓了一跳。

自从昨晚惠兰对他的明确表示后，他越来越感到得找个机会跟惠兰讲清楚，他认为自己应当去点燃人们心中对于我们事业信仰的火焰，但他没有资格去点着一个少女心中的爱情之火。这个女孩子太年轻了，太天真了，她最初出于对自己的同情，后来出于对自己的尊敬，她爱上了他，但是这种爱应当是一种纯真的爱，而不能是夹杂个人私情的爱。何况自己已经有个理想的人儿了，那个人为自己受到过牵连，受过痛苦，在他最艰难的时刻，她没有忘记他。昨天他已收到她的回信，欢迎他在自己认为适当的时候到她家里做客。杨青林过去只晓得她单位的名称，这次她在信中告诉了她的住址，她告诉他说，她还有好些话要跟他说。他现在只有马上回到那个人的身边，把自己的心和她的心更紧密地联系在一起，他没有资格再去拨动别人的心弦。

杨青林走到惠兰的身边。这时惠兰已经把鱼篓子放下，一动不动地站立在那里，在等待着他。在黑暗当中，他看见了一对闪亮的黑眼睛，那眼睛里射出的光华真像是火焰。杨青林道："惠兰，我有话跟你说。"惠兰听了，身子微微地颤动了一下，她轻声地嗯了一声，朝杨青林走近了一步，她的高高的前胸已经靠到了杨青林的身上。

那话多么难得出口啊，但杨青林还是把话说出来了，他道："惠兰，我们不能够在一起！""为什么？"几乎是一种质问的口吻。杨青林道："你看，我这样大的年岁了，头发都白了，你知道，我比你大近二十岁，我不能和你在一起。""这不是理由，我喜欢的是你这个人，我不计较这些！"回答得非常果断，非常干脆。这时杨青林不得不打出他最后这块牌了，他道："同时，惠兰，请你原谅我，现在还有人在等着我。""你爱她吗？"杨青林已发现那对黑眼睛好像沾满了晶莹的露珠。"爱！"他狠了狠心，这样回答道。"呜呜呜",一阵克制不住的哭声把杨青林惊呆了。当他还没有清醒过来,便听见一阵噼噼啪啪的脚步声,那对乌黑色的闪亮的大眼睛不见了。

冬夜的风,应当说是很凛冽的,何况是在这毫无遮拦的宽阔的湖边土地上,但是,有个人站在那里,他那显得有点佝偻的身子,一动不动地站在那里,一直站了好久。

二十一、不愉快的婚礼

罗富庭这天清早一觉醒来，就接连地遇到两件叫他伤脑筋的事。一件是罗四拐子气喘吁吁地跑来，气急败坏地告诉他道："叔叔，叔叔，大事不好了！"罗富庭在被窝里伸了个懒腰，问道："有什么大不了的事情，这样火急火燎的。"罗四拐子道："刚才公社马秘书在电话中通知我，叫我转告你老人家，昨晚县里来了电话通知，免去了张文榜同志公社党委书记职务，调到县里重新安排工作。"罗富庭感到问题比较严重，便急忙一屁股从床上坐起来，顺手在床头扯了一件衣服披上。他问："是谁接他的脚？"罗四拐子道："麻烦就在这里，是杨青林接任党委书记！"罗富庭有点不相信自己的耳朵，他问："哪个杨青林？"罗四拐子道："啊呀，我的老叔，还有哪个杨青林？不就是最近由劳改队放回来的那个杨青林！"罗富庭一听这话，一身凉了半截，他把身子往床架子上一靠，心里不禁想道，张书记不是曾经暗示过他，他已和县里打过商量，可能将杨青林调出本地，做适当安排，今天为什么不仅没有调走，反而提升了职务？罗四拐子好像知道老叔心里在琢磨什么似的，他又继续说道："听马秘书跟我透露，张书记可能在修烂泥湖上出了点麻烦，杨青林打过一个报告，现在的县委第一书记很赞成他这个报告，指定他来接替张书记的职务，好替他擦屁股。"到底罗富庭有工作经验，几十年来，出现过多少风浪，他都对付过来了；今天这个局面，虽然是他没有料到的，但杨青林重新安排工作，他是想过的，所以从杨青林回来以后，他除了亲昵地喊他叫青林以外，有时还尊称他作杨副书记，当时就有个留有余地的意思。杨青林刚回来，遇着柳林生产队队长卜桂香甩手不干了,杨青林自告奋勇担任代理生产队长,他也答应了他。他在队上组织渔业组,组织编芦苇席子,最近还提出什么搞大包干,他都任他搞,从不干涉。甚至正当烂泥湖工地挖河道的热劲头上,他把生产队的民工全部带回来,结果影响了整个工地,张书记为此很生气,叫他出面去制止,他也并不执行。他当时采取的办法是,往上推,现在看来,这是很有远见的,至少当杨青林回来后,他没有当他的绊脚石。尽管杨青林两次来找他,提出要打开闸门和多组织一些人去烂泥湖割芦苇,他没有答应,但当时他就说清楚了,前一项是公社原来规定没有撤销,他不好违反,后一项是张书记刚刚主持了公社党委会,在会上做了布置,他做不得主。在这两件事情上,他仍旧用了他那个得意的手法,往上推,事情办不成,不能怪他。经他这样一想,虽然觉得杨青林担任公社党委书记是件坏事,但他同时觉得也无大碍,因为从他被释放回家以后,他没有公开跟他作过对。他在这地面是个老干部,土改后就担任农会主席,合作化以后当高级社社长,杨青林从小在他手下做事,是他的老部下,他对他这个老上级也总得保持一定的尊敬。何况他这棵树是深深地扎在泥土之中的,在这里土生土长,当家理事几十年,上上下下都有跟自己合适的人,谁想拔倒他这棵树,谈何容易!当然,由于杨青林的秉性与众人不同,他不仅有些倔,而且心顶细,对这种人,能避开时便避开,遇到顶撞的事儿,让着点。当罗富庭正在这样运神,罗四拐子却站在床前还不肯走,他现在嘴里念叨着:"斗争会上,我提出过要枪决他,这是叔叔你布置我这样说的!"是的,当揭发出杨青林有"三反"言论以后,当时曾掀起过一次批斗"走资派"的高潮,在这个高潮中,人人自危,个个都得表态,罗富庭当时分析形势,认为越"左"越好,只有用"左"的行为和口号,才能证明自己是革命者,才能保住自己渡难关,因此他便布置保驾将军罗四拐子在批斗杨青林时以最"左"的姿态出现,这样就提出了要求枪决杨青林的问题。说实在话,当时因为"三反"言论枪决一个人是容易的,因此当罗四拐子在全公社大会上提出这个要求后,大家也都给杨青林捏了一把汗。那几天罗富庭也在屋里盘算,这浑小子的小命难保了!又谁知他这条小命给保住了,不仅保住了,而且还因他熬过了八年,平反了,成了这一带的大官,变成了他的顶头上司,公社党委书记。听罗四拐子念叨,他的心里却不慌,因为他始终居于幕后,他没有出面在大会上发过言,虽然后来大家讥笑罗四拐子是"外革内保",但罗四拐子也主持过他的斗争会。罗四拐子的问题是"文化大革命"中受极"左"思潮影响的问题,他说过一些过头的话,是情有可原的,是可以理解的,作为重新出来工作的领导干部,应当不去计较这些。不过罗富庭心里还是不免想,杨青林担任公社书记以后,今后罗四入党恐怕要为难一些了。

罗富庭针对罗四目前心怀恐惧的情况,做了他一会儿工作,并且抚慰他,有老叔在头顶上,什么问题也不会发生;不过他还是叮嘱罗四拐子,以后对杨青林的办法是扳得倒则尽量扳倒,扳不倒时要注意顺着他点儿。

罗富庭刚把罗四拐子打发走,正在穿衣起床,只见房门用力推开了,这时突然冲进一个毛烘烘的东西,罗富庭一看,原来是女儿彩元。只见彩元脸也没洗,头也没梳,披着一头乱发,脸上蒙了一层蜡似的,她大哭着,奔到爸爸的床前,把木板床摇得轧轧直响。罗富庭看见这情形,不禁大吃一惊。他记得昨日听见陈良桂回来,女儿还是十分高兴的,当时天色已晚,但她还是嚷着叫罗四去找陈良桂,她甚至不让陈良桂在家跟父母住一晚,就把他接来了。还没到点灯,陈良桂就来了。陈良桂穿着一身崭新的军装,虽然没有戴领章,但还是习惯地跟罗富庭行了个军礼,他的样子显得胖了点,出落得更加英俊,那一举一动,都像个大干部的样子。但他并不古板,他还是按照如今乡下的礼节,给未来岳父家的人都带了礼物。未婚妻不用说,罗彩元得到了一件的确良衬衫,一条料子裤,还有一条在北京东风市场挤来的蓝底子带花格儿的羊毛围巾。岳父大人有一条皮领子和一双北方式元宝大棉鞋。岳母娘有一件直贡呢罩衫和一只维尼龙小网袋。连罗四拐子也有东西,这位岳父大人的左右手,常常向上面打些小报告向下面发布些苛刻指令的半瓶醋秀才,今天也得到了一支带硬纸盒儿的金星钢笔。总之,未来的女婿是位细心的人,看来也是位顶能干的人,罗富庭眯起眼睛望着他,心里感到很满意。当他向他打听了一点北京城里的消息以后,便让他到客房里跟女儿讲悄悄话去了,因为从陈良桂进屋以后,罗彩元像只热锅上的蚂蚁,在他身边转来转去,她生怕爹爹扯起长麻线跟他打讲,她已经向爹爹使过好几回眼色了。

看到女儿和女婿如此情热,罗富庭的心里很满意。他不禁想,人生在世,所为何来,上等要紧是解决日食温饱问题,其次就是生儿育女,总希望他们能发达,希望他们日子过得好,如今见到自己的亲骨肉,从小就给宠惯了的唯一的女儿寻到这样一位称心如意的郎君,他也就放心了。

不想,事过一宿,却发生了这么大变化。现在女儿彩元边哭边数,说不尽陈良桂的坏处,她把他骂作流氓、骗子手,还说了一句相当时髦的话,说他骗走了自己的心,骗走了她的爱情!罗富庭不懂得爱情为何物,但他知道女儿上当了,按照罗富庭在男女问题上的理解,他马上想到一定是昨夜女儿的态度太热情,结果使得陈良桂按捺不住,做出了超过常规的事情,女儿被他占了便宜。这时他便笑着安慰女儿道:"算了,算了,你们反正就要结婚了,早一天迟一天不是一样,不要再这样哭下去,再哭下去,让外人看见当笑话!"罗彩元一听爹爹想偏了自己的事情,她就扯起爹爹的衣袖子,叫道:"不是不是,不是这么一回事,我又不是那种蠢人子。爹爹,你不知道,我不能再跟陈良桂好了!""为什么?"这下着实又叫罗富庭吃了一大惊。罗彩元道:"他这一次回家,不是回家探亲,而是复员回乡!"罗富庭睁大一双眼睛,也感到这事非同小可。他道:"复员回乡?他是个连级干部,总得安排个什么职位吧?"罗彩元一听越加觉得伤心,她边哭边叫道:"没有什么职位!我翻过他的口袋,见到了介绍信,那上面只写了复员回乡,参加农业生产!""啊!"罗富庭不觉一屁股跌坐在床前一张春凳上,他好像一下被人扔进冰窟窿,如果说刚才听到杨青林接任了公社党委书记后自己的身子凉了半截,那么,这时他的全身都凉透了。女儿彩元这桩婚事,不仅关系女儿的前途,而且也关系到自己的名誉,他在外甥女儿的婚事上头丢尽了老脸,在女儿这件事情上,他要把脸面再挣回来,谁知女儿的婚事也是个虎头蛇尾,没有什么光彩。如果要把女儿嫁给一个作田汉,自己为什么要费那么多的周折?农村中长相好看的青年有的是,有的农村干部,也是很有能力的,凭他目前所处的地位,加上女儿的年轻美貌,谁不愿意跟他结亲戚?他所以怂恿女儿去找一位部队干部,是为的部队干部吃国家粮,有工资领,可以一步步升迁,有前途,如果将来能够升到团级干部,家属就可以随部队安排工作,女儿不就慢慢地升上去了？再过几年,两口子在一块儿工作,有吃有穿有房子住,他罗富庭还可以沾点福,到外头去看看世界。如今真没想到,这一切如意算盘都变成了泡影,陈良桂又回到乡村,又成了一个农民,他不但没带回一官半职,没有地位,同时也没有什么钱,因为目前复员费照例不多,他大手大脚,买回来那么多礼品,恐怕也花费得差不多了。当罗富庭想到这些,他心里感到一阵愤懑,他不禁用手在床铺上用力一拍,大声叫道:"岂有此理！这陈良桂,是个骗子手,他要复员,为什么连招呼都不打一声？"罗彩元这时已经收住泪,正使劲用花手帕擦鼻子,她也叫道:"现在看来,他是存心要瞒着我们！"罗富庭问:"他现在还在客房里？"罗彩元道:"没有,我一见他骗了我,就把他赶跑了。"罗富庭道:"去,去把罗四叫来,叫他去通知陈良桂,说我有话跟他说。"罗彩元问:"你把陈良桂叫来,对他怎么说？"罗富庭气呼呼地道:"我就对他说,我们跟他解除婚约,一刀两断！"罗彩元道:"我也是这样想的,这样的婚事再不能维持下去了,我死也不会嫁给他了。只是你如果把他叫来退婚,他提出来要退东西怎么办？"罗富庭道:"怎么办,他那几件破烂东西都退给他算了！"罗彩元说:"不咧,爹爹,有几件还是值钱的,再说,有的已经给我用坏了。"罗富庭一想,这也难办,用坏了东西,难道还要赔新的不成？他又从春凳上站起来,背着手在房内走来走去,想不出什么好办法。罗彩元道:"我看我们不理他,又不去找他,跟他来个不死不活,他也不好找我们要东西,到将来……"罗富庭一想:"也对,反正还没扯结婚证,没有法律责任,到将来我再跟你找个好的婆家,突然宣布结婚,那时候他也没有办法。"听爹爹说到要再跟她找婆家,罗彩元不禁破涕为笑了,她又扯着爹爹的衣袖子,撒娇道:"只有爹爹说话,没轻没重的,再找对象,又不是到后园里去扯把苋菜,哪里有这样容易？"

罗彩元说不容易,但是有人说容易。这天由于连续出现了这样两件震动了他的心窝的大事,罗富庭便感到必须找个贴心的人商量,纵观柳林大垸,谁个和他最贴心呢？罗四拐子！这个贴心人由于"文化大革命"中提出过要枪决新任命的公社党委书记,估计总得要收敛一阵子,他以后能起作用的地方恐怕有限了。但是除了他以外,还有没有贴心人呢？有,要不是他还有一大批贴心的人,他能在这柳林大队待得这样久吗？

他这棵大树,还能够长得这样挺拔?但是说实在话,虽然上到县、社,下到生产大队、生产队,他都有贴心的人,却没有一个能够像罗四一样的无话不谈的人,因此他现在要再找一个这样的人来推心置腹地谈谈,颇不容易。这天早晨,一家人心里有事,都显得闷闷不乐,一餐早饭吃得无香无味的。罗富庭吃过饭,就巴根烟管,一边踱方步,一边还在想这件事。忽然,他眼前一亮,他把手往大腿上一拍,大声说:"有了!"他立即来到大队部,找着罗四拐子,叫他去供销社请唐主任,说他罗富庭有事求她,请她赶快来一趟。罗四拐子晓得他们两人的关系,脸上皮笑肉不笑地笑了一下,便一溜烟似的走了。过不了一阵子,果然唐主任就来了。

罗富庭想找个无话不说的知心人,想到唐元贞,是有道理的。因为两人已经有过不正当的两性关系,在罗富庭心目中,既然一个女子把宝贵的身子献给了自己,这样,他便能够和她商量一切属于机密性质的事情了。唐元贞来了以后,自然又是进了那小房子,那间小房子的门轻轻地被掩上了,然后从里面传来了咻咻的笑声。罗四拐子在前面房里正襟危坐,装出比平时更加忠于职守的样子,他在那里替他们守护,他晓得能够帮助两人长期维持这种关系,对自己极为有利。

戏谑了一阵子以后,罗富庭便坐起来,他拉出一把靠背椅让唐元贞坐着,详详细细地将今天早晨遇到的这两件顶烦难的事告诉她。他还告诉她,他正被这两件事弄得心烦意乱,现在请她来,是想向她讨个主意,看他如何把这个难关渡过去。

唐元贞是位绝顶聪明的女子,她的出身经历和她多变的婚姻生活,使她变成了一个具有极大的适应能力的人,她能够适应各种环境、各种工作、各种不同的政治待遇,以及各种各样的男子汉。她是一只能在各种航道中航行的帆船,碰到任何一级风浪,她都能化险为夷,平安渡过。在她的生活旅途中,还没有被困难所压倒,她总能够想出办法来对付,在一些熟识她的人的心目中,都认为她是一位解决问题的能手。

但是今天唐元贞对罗富庭提出的第一个问题却感到无能为力,因为她现在偏居柳林小镇,和过去的处境大不一样了,过去她是县供销社主任的夫人,住在县城里,她的消息最灵通,当时有许多人要求她,碰上有个事情要办,她很容易托人。现在她不太了解县里的情况,不敢妄加判断。不过她告诉罗富庭,这位复职的县委第一书记是个很厉害的人,据说他一到县便抓领导班子的整顿,专拿各单位的头头开刀,把"文化大革命"中造反上来的局长、副局长都撤换下去了,而且他还调整了好几个软弱涣散的领导班子。最近,他开始对经济问题感兴趣,对治安问题感兴趣,听说他已经下了命令,要工交财贸战线各科局,当然也包括县供销社系统,将"文化大革命"以来的账目通通检查一遍。昨天供销社的会计主任已经被召到县社开会去了,晚上打电话回来,说今天下午回单位,有重要上级指示精神传达,估计是要追查贪污盗窃行为,要堵塞财务开支漏洞。至于治安问题,也抓得很紧,传闻他已指示县公安局及各地派出所,要加强荒洲湖泊的定期巡逻,对于群众报案中的重大问题,要及时予以侦破。唐元贞认为俗话说得好,新官上任三把火,每个新的书记上任,都会这么大搞一阵子,等这把火过去,才会回复原来样子。老书记虽不是新的,却是重新上任,也跟新的一样,因此在这个当口上,要小心一点,连生活作风上的事也要特别注意,别让人家抓住辫子,因为在这时候是很容易跌跤子的。听唐元贞这样一分析,罗富庭感到很失望,因为他从唐元贞这里得到的回答并没有超过自己想过的范围,她没有提出什么新鲜的见解和办法,她只是答应最近找一个借口上次县城,到县招待所住几天,因为那里是收集情况的好去处。人们住进招待所,不管是上级机关或下属单位的,都不大分彼此,也摆脱了机关单位的条条框框,因此常常能听到别的场合听不到的消息。有人说一个是火车上,一个是招待所,是自由主义最泛滥的所在,这也有道理,彼此邂逅相逢,随意扯一通,不必负任何责任,也没有人追查责任,在这种时候,谁愿意表示自己比别人孤陋寡闻呢?

但是对罗富庭碰到的第二个问题,唐元贞却替他马上想出了一个主意。罗富庭乍一听,有点不顺耳,过细一想,也蛮有道理。唐元贞认为既然彩元已经下定决心不肯下嫁给陈良桂,那就不如移花接木,把她许配给袁大头。在袁大头一面,他是既有所失又有所得,他不会不答应的。照他常说的话,他向李小娟求婚,不光是为了看中她的美貌,更重要的,是为了跟罗支书攀亲,如今亲戚越攀越亲,罗支书成了他的丈人老子,他还有什么不愿意?而在我们这一面,既可以不必退李小娟那笔彩礼,又可以叫他再补送一份彩礼,由彩元姑娘吃个双份儿,这又有何不可?罗富庭一想这话很是,反正女儿的心事他是知道的,她的心和自己的一样,是至少要嫁给一位吃商品粮的国家干部,其他条件都是次要的。袁大头在人品上当然远不如陈良桂,年纪看上去也大得多,但他除了现在是国家干部这一点与陈良桂的情况不同外,他还有陈良桂望尘莫及的条件,那就是他的财路很宽,在他身上,四个口袋里都装有票子。更何况还有户口在上海,上海是全国最繁华的城市,听说那里的厕所都是喷香水的,像这样的条件,即使陈良桂眼下仍旧在部队上也比不上。罗富庭心里已经答应了,嘴里只说了句:"还得问问彩元才好。"唐元贞不禁哈哈大笑,她道:"我敢保险,彩元那面没有什么问题,你不见袁大头那天从上海给两人带回一对红底金花的毛线衣,李小娟一次都没穿过,彩元当时就穿起,一直没有脱过。我看月下老翁把彩线儿早就缠在他们脚上,他们早就有缘分了,是我们把他们换错了!"

事情便这样定下来。罗富庭回到家里一问罗彩元,罗彩元果然含笑点头,答应了。这样罗富庭又上供销社找着唐元贞,请她出面保媒,婚礼也请她张罗,务必要搞得比上次热闹几倍。像这类喜庆事儿,唐元贞最爱赶趁,何况这里面还有一种特殊的关系,她不等罗富庭把话说完,便满口答应了。

袁大头和罗彩元即将举行婚礼的消息一传出,便震动了整个柳林镇,也震动了整个柳林大垸。其中感到震动最大的是陈良桂。因为虽然听说这次自己回家不是探亲,而是复员,罗彩元马上变了脸,她当时生气了,把自己骂了一顿,并且把他赶出了门,但陈良桂万万没有想到问题会这样严重,他当时想,可能由于事先没有将复员的事告诉她,加上回来以后,还在工地磨蹭了一天,这样才使彩元生气。那天他到罗家,又走进了那间客房,这次客房布置得比上次还富丽一些,好像新娘子房间一样,两人亲热了一阵子,偿还一点长久离别以后的思念之情,罗彩元就开始清理他的口袋,忽然在他的口袋里掏出一张复员证明书,这张证明书引起了大风波。罗彩元发怒了,骂他不老实,是骗子手,最后竟叫他滚!当时已过半夜,陈良桂只好收拾起行李,从罗家走出来。当他走出大门,步子移得很慢,他还想着罗彩元可能会赶出来把他找回去,但他走过好长一段路了,并不见后面有人赶来。冬夜的田野是寂静的,他独自在田野里走着,心里感到空虚孤寂。他是怀着满腔的热情回来的,他憧憬着自己即将建立美满的家庭,两人相亲相爱,互相帮助,共同进步,用自己劳动的双手创造未来的幸福,却万万没有想到一张小小的证明书就把这一切都毁灭了。当他回到家里,家中的人都已熟睡,他拣了弟弟的床铺上空出的一块地方和衣躺下来,睁开眼睛躺在那里,直望着那斑斑驳驳的旧帐顶,已经洒满了阳光。他一夜没有合眼,也不断地在问自己:“这会是真的吗?”

在他那纯洁的心灵里,无论如何也想象不出这是真的。今年夏天,两人朝夕相处,形影不离,那离别前的晚上,在湖上的月光下,她把自己的那颗心表白得那样清楚。那一夜的经历,曾经陪伴着他半年之久,每当他一人独处,便闭上眼睛,回味着那一幕情景,当他想到这些,心里便有说不出的快活,干起事情来也显得特别有劲。

难道这一切就因一张小小的证明书给毁掉了吗?他始终不肯承认这点,因此离开彩元之后几天,他还在等待着罗四拐子再来叫他。当他听到罗彩元和袁大头即将举行婚礼的消息后,他才知道事情确实已经变得非常严重了,但他还不完全相信这是真的,这天,他自己走进了罗家的大门。

由于唐元贞出了个主意,袁大头与罗彩元的婚礼,不能再在罗富庭的家里举行了。虽然罗富庭的房子在农村算是很宽敞的,但第一,袁大头和李小娟曾经在这栋房子里闹过一场,虽然没有同房,但是那天请了三桌客,这三桌客人这次也要来的,怕他们触景生情,想起旧事,而且听说在闹过婚事纠纷的房间里举办婚事是不吉利的,何况这男主角又是同一个人。第二,农村里房子虽大,但总土气些,袁大头是上海来的,总该有一点上海人的派头。比如说,请个什么乐队来吹打一阵子,还有,虽然不讲究拜堂,也总得举行一个规模稍大一点的婚礼,请公社大队负责人讲讲话柳林镇供销社主任讲讲话,还由派出所所长出面颁发结婚证明书,这样就算比较体面了。布置这个婚礼,非得有个能装得一二百人的小会场不可,这种会场只有在柳林镇才有,而且也只有柳林供销社里才有,这样,便决定婚礼在供销社礼堂举行。新娘子房间,暂时设在柳林镇饭店楼上一间最大的客房里。

　　当陈良桂走到罗家的这一天,正是罗彩元与袁大头举行婚礼的这一天,罗富庭夫妇与罗四拐子都很早就到镇子上去了,在那里监督会场与新娘子房间的布置。婚礼定在这天下午七点举行,只有新娘子一人还在家里没走,她要等六点钟的时候由袁大头带着一支小乐队来罗家接她才动身。她这时刚刚洗过澡,把身子用肥皂擦得干干净净,同时洒上了半瓶香料水,她正对着镜子在扯眉毛,她要把眉毛扯得很细很细,这是要费一番工夫的。

　　陈良桂不声不响走到她背后,突然叫了她一声:"彩元!"把她吓了一跳,使她不小心将一根不该扯掉的眉毛也扯掉了。她正感到恼火,回头一看,见是陈良桂,只见他穿着那没有领章的新军服,一副痴痴的样子。说实在话,陈良桂个头适中,五官端正,模样儿不坏,比起袁大头要强多了,如果仅凭人品选择,她是会挑陈良桂的。但是俗话说得好,脸子不能当饭吃做衣穿,有什么用?当罗彩元一眼看到他这副样子,特别是那空空荡荡没有领章的领子,便觉得很不顺眼,她的火不禁一下子上来了。她粗声问:"你来干什么?"陈良桂见她穿着一套时髦的上海式样的花衣裳,正在对着镜子扯眉毛,是一副正准备做新嫁娘的样子,他心里已经明白传闻的事是实了。但他既然到了这里,还是想问明白,他便按原来想好的台词问道:"我们的事……"罗彩元转身子对着他,没有让他说完,气冲冲地叫道:"我们的事怎么样?你对我不诚实,搞欺骗,我们早就一刀两断,没有什么关系了!"陈良桂问:"这样容易就……"罗彩元以为他是来吵架的,立即做出一副吵架的姿势,一手叉着腰,一手指着他叫道:"这有什么不容易的,我们又没有扯结婚证,谁也不对谁负责!""你就这样对我没有情义了?"陈良桂终于把自己原来想好的一句话逼出来了。罗彩元一听哈哈大笑,她大声道:"还要求我对你有情义?过去我是瞎了眼,上了你的当,就凭你这身没有领章的军衣服,要我嫁你,真是笑话!请问,它穿烂了怎么办,谁再发给你?你一双手翻泥巴,能养活我?你现在这号条件,就想换到我的情义,这真好有一比,好比鹭鸶子想吃天鹅肉,我罗彩元没有这样不值钱!"罗彩元的一席话,把她过去爱他和现在甩开他的动机和目的都招供得一清二楚了。陈良桂开始感到惊讶,继而感到十分愤怒,他突然抬起他那双清澈的眼睛望着她,望着她那副胖胖的红脸蛋,过去半年间,这副红脸蛋曾经多少次出现在他兵营里的梦境中,当时红脸蛋像玫瑰,像芙蓉,但是现在使他觉得这副脸蛋像猴子屁股,邋里邋遢,给人一种恶心的感觉。他朝地上吐了一口唾沫,呸的一声,掉头走了。

陈良桂走了,罗彩元笑了,她哈哈大笑,那笑声震动着屋宇,几乎要把她爹爹今年春上才换的瓦片笑得震落下来。

罗彩元刚笑过一阵,她车转过身子,对着镜子照着自己的脸,再用心扯眉毛,突然,她那胖腰身被人用手紧紧地箍住了。罗彩元忙回头一看,看见一颗大脑袋,那颗大脑袋把脸儿挨过来,淫笑着:"丈人丈母娘正在镇子上替我们忙着,我趁这个空子,跑来看看我的小亲亲,看看她准备得怎样。"罗彩元发现他已经在自己身上乱摸,在寻她的腰带子。罗彩元发急道:"你快放手,有人来了!"袁大头已经找到那根腰带子,正在用力扯开,一边气喘吁吁地说道:"我已经把大门都关上了,帮忙的人都到镇上去了,现在还有什么人来?"罗彩元的衣裳被扯开了,她被推倒在床上,这时她只能口中叫道:"你就不能等一等,等到晚上?"

晚上的场面是热烈的,那供销社的大礼堂,灯火辉煌,装一百五十个座位的礼堂早已座无虚席,这时在那窄窄的门口,还在不断进人。如今已有两个做供销社营业员的年轻姑娘胸前挂着招待员的小红条,在递烟递茶送水果糖给客人,这是柳林镇历史上最阔气的婚礼,光是水果糖一项就一共买了五十斤,几乎把供销社南货部的存货都搬光了。唐元贞选定了天黑以后举行婚礼,是为了使那些白天需要上班或开会出工的人能够来参加。她把公社的头头脑脑都请来了。公社书记旧的已免职,新的还没有回来,由马秘书做了党委代表。下面还有几个抓工业抓财贸的副书记和委员,这类书记尽管被称作三把手或四把手,但他们在人们心目中,权力和作用都不及公社秘书大。大队支部书记是老岳丈,自然是不请也要来的。其他几个大队支部委员都来了,并且都送了厚礼。各生产队队长也送来了礼物,不过他们的礼物是凑份子凑拢来的,如今队上都很困难,要凑上一点钱真不容易,他们心里也实在不愿意。供销社主任是这场婚礼的介绍人,自然要出席的,而且她正在到处张罗,在主持着一切。她下面的干部像营业部主任、南货门市部百货门市部经理,除了上县供销社开会的会计主任没有来得及赶到以外,几乎通通都来了,而且他们都送了双份儿礼。为什么说双份儿呢?因为他们原来在袁大头与李小娟结婚时送了一份礼,现在又送了一份。至于那些营业员,虽然工资偏低,但跟袁大头关系好,也都不同程度得过他一些好处,因此,也都送了礼。还有镇上其他各行各业的人也送了礼,不过送礼的没有以上几个单位齐整,因为其中有关系深浅之分、人情厚薄之分。如饭店的服务员,就跟袁大头关系深一些,袁大头在此已包租房屋经年,和饭店里上上下下的人都混熟了,他们那里的人大都托他在上海代买过东西,今天他们也来得整齐。其他如邮电局银行都有过关系,但是变电站、排灌站、粮库的关系就少了,这些关系少的单位来的人一般都没有送礼,只是来凑凑热闹,接几粒水果糖,看个新鲜。

七点整,婚礼正式宣布开始了。电影院广播室的小王被请来当司仪,因为他会讲一口标准普通话,而且声音洪亮。电影院经理与袁大头关系不浅,他曾托他到上海买过电影放映机上的配件,他特别指示今日放电影时取消幕前广播,叫小王到婚礼上来担任司仪这个重要任务。宣布婚礼开始以后,第一项仪式就是奏乐鸣炮。从另一个大点的镇子上请来的小乐队开始奏乐了,万响一挂的爆竹响了,不知还有哪位热心家,借来了两支三眼铳,三眼铳的巨大的声音震响整个柳林镇。接着供销社礼堂里便出现了一个非常热闹和动人的场面,原来身着上海式服装胸前挂着大红花的新郎新娘上场了。袁大头的头显得更大了,他今天衣裳笔挺,穿着乌亮的大头皮鞋,很有一副大首长派头。罗彩元则显得新鲜、娇嫩,虽然今天脸色好像没有平时红润,显得有点黄,但她抿着嘴巴只想笑,是一副十分幸福的样子。第三项宣布新郎新娘父母上场。新郎无父母在此,罗富庭代表两家父母,因此他不必谦让,独自一人扬扬得意地走上了主席台。他的老伴是照例不在这种公开场合露面的,她这时正猫在女儿新房里,在替她看守东西。紧接着,就是各位领导同志上场。这时程序就显得有点混乱了,因为到底哪一级以上算领导?领导上场次序怎样?这些规矩,事先都没有想好,临到司仪喊起来就乱套了。公社马秘书想带头走,见还有位副书记在场,不肯走,请公社副书记带头走,公社副书记无论如何不肯先走，因为他平时只抓抓财贸和社办企业，从来没有代表公社党委出过头，他又是个老实巴交的人，见大家都把马秘书当成党委代表，自己何必抢这个先呢？两人互相谦让了一会，到底马秘书识大体有经验，他还是说服了公社党委副书记，让他走在前面，这样便花了两三分钟时间。以下是公社党委委员们上场，到底是按姓氏笔画为序呢，还是按实际担任的职位高低为序呢？如果职位是一样的，又以什么为序呢？这一批人因人数多，比公社马秘书和党委副书记还难办一些，推让了半天，只怕耽搁了五六分钟，三眼铳已响过好几下了，台下还在你推我让，谁也不肯先跨上一步。后来还是唐元贞出面，她暂时离开介绍人地位来当一阵礼宾司长，她按每个人的年龄大小来排座次，但确切年龄一时弄不清，她便按胡子头发黑白的深浅程度来分别，头发全白走最前面，花白的次之，黑的更次，没有头发的，从胡子上看。但是冬天一般都戴上了帽子，有的也看不那样准确，反正按唐主任手拉为序，她拉哪个上前就上前，这样速度就快了，很快秩序就开始变得正常了。

　　不说婚礼场上正处在热闹之中，这时，在柳林镇饭店门口正走进一位客人，从长沙来的班船今天在湖上遇了大风，速度慢了，误了点，她是从长沙来的班船上下来的。只见她穿着一身华丽的海狐绒大衣，烫着头发，肩上挂着一只时髦的女式皮夹子。从那神气看，她不是一个电影明星，就是一个什么剧团的主角，不然没有这样好看的打扮。不过她的脸面显得很憔悴，显得疲劳焦急，她一只手拉着一个七八岁的小男孩，一边经人指点，径直朝柳林镇饭店走来了。她走到饭店门口，不见里面有人，因为今天饭店里的人都到供销社礼堂参加婚礼领喜糖去了，她便直接走进饭店院子里。只见院内有座两层楼的红砖房子，每间房子的门口，都有一个房间的号码。她尖声喊："袁寿庚！袁寿庚！"这时从二层楼上的一间房子里走出一位老太太来，她穿着新衣戴着新帽，朝底下问："你找袁寿庚做什么？"袁寿庚是袁大头的大号，这位老太太晓得，因此她这样问。楼下那个穿海狐绒的女人仰头答道："我是袁寿庚家里来的，要找他！"那位老太太一听是袁大头家里来的人，马上显得很热情，她忙在楼上招呼道："快请上来，快请上来，到这里来坐！"那女的就拉着孩子寻着楼梯上来了。老太太已经等在楼门口，她伸手扶扶她，在前头引路，一边走一边说:"请往这边走!请往这边走!"

那女人被老太太领到一间很大的房间前。只见那间房子的门敞开着,门口有盏百支光的大电灯,照着一副光彩夺目的对联,上联是"缘会千年美",下联是"花开四季红",横批是"天作之合"。而房间里,又是一盏一百支光的大电灯,那灯光照得一房崭新的家具,红光发亮。那女人看见墙壁上有只斗大的"囍"字,囍字两边还有两幅长条形画屏,那上面有水有花鸟,画屏下挂着一溜流苏。那女人不禁停住脚步,问:"这是哪个人的新房?"老太太答道:"袁寿庚的新房。"那女人急问:"哪个袁寿庚?"老太太道:"上海土特产出口公司的袁寿庚,还有哪个袁寿庚?"那女人脸上马上出现一种莫名其妙的表情,她问:"他和谁结婚?"老太太道:"和我的女儿。"那女人问:"你女儿叫什么名字?"老太太道:"叫罗彩元,你看,就是相框子里那一个!"那女人沿着她的手指头望去,只见在一只洋干漆五屉柜子上面,有一架熊猫牌收音机,旁边有两只大花瓶,还立着一只大相框,里面嵌着一对人头像。那男的笑嘻嘻的,显出一副得意的样子,那女人样子也像很满意,她也幸福地笑着,微微显出脸上一对小酒窝。两只花瓶里插的冬日也开放的蜡梅花,花朵正开在他们的头上。那女人看到相片,便认出那男的就是袁大头,她不禁大声叫道:"该死的,他怎么敢停妻再娶!"老太太马上听懂了那女人的话,她问:"他结过婚的?"那女人愤怒地叫道:"他怎么没有结过婚,我就是他的老婆!"她拉了拉那个七八岁的孩子,把他推到老太太面前,对她说:"这就是他的儿子,他还有个大女儿,已经上过两年中学了,如今在上海!"真像轰雷击顶,她用手捂住自己的脑袋,痛苦地摆动着,这个消息把这位没有经历过什么世事的老太太击倒了。只见她脸色突变,嘴里喃喃地念道:"我的天,这怎么得了!"她这话还没有念到两句,就扑通一声,猛地跌倒在地上。

那女人见老太太嘴里翻出白沫来,眼睛发直,脸色变灰,忙拿起她的手,按了按她的手脉,只见她的脉搏已经不跳了。她马上想到老人是中风了,忙奔出房门,奔下楼梯,大声喊:"快来人啦,快来人啦!"楼下无人应答,她便跑到大街上喊,这样才惊动了一些人。这些人拥进楼上新娘子房里,七手八脚忙着叫医生,忙着准备门板,准备把病人往公社医院送。这时也有人叫:"快去喊新郎新娘去!"那女人忙问:"新郎新娘在哪里?"那人答道:"在供销社礼堂举行婚礼,出街往东走十几家铺面就到了。"那女人道:"我去!"说着她便拉着小孩子,离开了那些正在围着中风的老太太乱叫乱嚷的人群,急急地朝街上走了。

这时她咬着牙,心里狠狠骂道:"畜生,我在上海替你把个家支撑着,平常吃过多少苦,你倒晓得寻快活,到外面又娶起亲来了。你不拿镜子照照自己,你是一副怎样的嘴脸,都四十好几了,却还想搞个黄花姑娘陪你要!我这次历尽千辛万苦千里迢迢赶来见你,为的是给你送个信,叫你早点做准备,好寻条退路,免得也被抓住,你们那群狐朋狗党出了事,抓走了不少,这个买空卖空的出口公司的骗局也快戳穿了!我一到这里,就见你正演一场肮脏戏,好小子,你这样对我,你这样没良心的,你也莫怪老娘心狠了!我要揭发你们,揭发你们这群流氓犯、诈骗犯!"

当她寻到婚礼场上,只见派出所的一位干部正站在台子上,向新郎新娘颁发结婚证书。本来派出所所长要出场的,因为临时接到县公安局的紧急通知,叫他在所里等着,说准备在本地执行一项紧急任务,因此他没有来,他委托一位副所长来了。这时这位副所长正将两张红彤彤的结婚证书拿在手,他准备讲几句祝福的话,再隆重地把证书颁发给新郎新娘(按照规定应当领到证书后才能举办婚礼,但唐元贞特意安排在婚礼上颁发,也算一个新节目)。正当他举着证书准备讲话的时候,突然从主席台左边一张侧门里,冲进一个人来,只见这人穿着一身毛茸茸的服装,一头蓬乱的头发,尖声叫道:"慢点!"派出所副所长还没有转过神来,那人已经跳到他面前,把他手上的结婚证书抢走了。那人把证书抢到手,嘶啦一声,把它撕成了两半。全场的人都被这幅景象惊呆了。只听那人尖声大叫:"袁寿庚是个大骗子,大流氓,我是他的妻子,你们快逮住他,不要叫他跑了!"袁大头一见这个女人出现,脸色唰的一下白了,他这时全身颤抖,一边脚步往后退,一边拽着那人大声喊:"这女人是个疯子,我不认得她,你们赶快把她抓住!"这时也真有几个人上前去抱住那个女人。那个女人又大叫大喊:"他是大流氓大诈骗犯,他的同伙都给政府逮捕了,你们不要叫他跑了,快逮住他逮住他!"

罗彩元被这景象吓昏了,她跌倒在罗富庭怀里。罗富庭扶着她肥大的身躯,用手拍她的背,安慰道:"不要紧不要紧,是一个疯子,一个疯子!"这时婚礼场已经变得一片混乱,在混乱当中,袁大头挤出了礼堂侧门。礼堂侧门外有一个小院,小院里堆放着供销社搞基建的各种器材。袁大头走到小院里,坐在一根圆木上,抱着头,叹着气,并且自言自语道:"完了!完了!这鬼婆子,怎么这种时候来了?"他突然想到这鬼婆子说他的同伙已被政府逮捕了,怕莫她是来把信的,那样,就更加不妙了,一切都完了!"就这样完了吗?"袁大头在问自己。但他心里回答:"不能就这样完结,我袁大头不是这样容易搞掉的!"当他想到这里,用手摸摸衣服口袋,只见那只平时应急的皮夹子还随身带着,皮夹子里有另外一种工作证,还有一笔现金。他忙站起来,说道:"梁园虽好,不是久恋之家,三十六计,走为上计!"他急急穿过小院,转到仓库后边,再从仓库后面的一条小巷子踅到了街背后。

街背后是一片旱地,越过旱地有一条小路,沿着这条小路可以达到湖边。那里有一个码头,码头上平时摆着许多划子,只要弄到一只划子把它往湖里一划,人家就管不着了,他就可以到另一处地方换上轮船,搭到别省别县,又可以重新打天下。主意打定了,他便急急穿过旱地走上小路,沿着小路走了一段,来到了湖边;湖边的码头上果然有许多小划子,还有一只乌篷船,乌篷船走得慢,一人的力气划不动,他便赶忙跳上一条小划子。当他站在船头上,正准备弯腰去取那插在岸上的木头桩子时,只见乌篷里突然跳下几个人来,其中一个人手里握着一支手枪,对着他的额头,大声喝道:"袁寿庚,下来,跟我们走!"

直到他被押进了派出所,他还在想,他们怎么来得这样快?我从婚礼场中跑出来,并没有耽搁多久,他们怎么就跑到我前头了?等他被戴上手铐,被推进一间权作牢房的房子,抬头一看,只见在一条板凳上,还坐着两个人,一个是大个子阿金,一个是红鼻子阿庚。阿金和阿庚叫道:"袁经理,这不能怪我们,县里的巡逻队到了水神庙,我们脱不得身啊!"这时袁大头才完全明白了,他用双手捧着头,一屁股跌坐在板凳上。接着他痛苦地叫道:"我今天倒霉倒到一块堆了!"

二十二、故事没有结束

　　袁大头被捕以后,第二天便被押解到县公安局,经过审讯,真相大白了。原来这个家伙并不是一个什么土特产出口公司的采购员,而是一个诈骗集团的成员。"四人帮"垮台前后,他们又通过沿海一艘渔船的关系,和一家设立在香港的公司发生了关系,他们从这艘渔船上取到一些廉价的外国商品,又通过这艘渔船,将他们从各地收集到的金条、银圆、文物和贵重药材偷运出去。他们在各地打着土特产出口公司的招牌,设置各种据点,表面上他们也收购一点当地土特产到外地转卖,以遮人耳目,但收购土特产的收入,不是他们的主要收入。袁大头在水神庙设置的养殖场,就是他们设立的据点之一,他们利用那块三不管的地方,干尽了坏事。那两个名叫阿金、阿庚的什么管理员,是他们从外地带来的越狱逃跑的劳改犯。袁大头一心想跟一位当地有权有势的大队长结成亲戚,是想把这个"家"变成另一个牢固的据点。

　　袁大头的事情暴露了,罗富庭与唐元贞变得很狼狈。因为唐元贞是有公费医疗关系的,她马上发现自己得了心绞痛病,不知从哪位大夫那里弄到一张证明,一船搭到长沙住院去了。她的适应新情况的能力是很强的,在住院期间,认识了一位农学院的老教授,据说那人的老伴在"文化大革命"中被整死了,两人谈起彼此的遭遇,同病相怜,渐渐产生了感情,后来竟想到要申请结婚。当她一结婚,住进了教授楼,她这次在柳林镇惹下的麻烦便不再显得那样伤脑筋了。人们虽然对她有意见,根据她的严重失职以及生活上的不检点,会考虑给她一定的处分,但一想到现在正强调落实知识分子政策,便会觉得,不能再去刺伤这位老教授的心了!这位老人在"文化大革命"中已经搞得家破人亡,只剩下孤单一个人,好不容易才找到这样一个新的老伴,心里才觉舒畅一点,身体也日渐恢复了,能马虎一点就马虎一点吧,何必那样认真呢?唐元贞的想法很周密,一俟扯到结婚证,她又再递个报告,申请退休,为照顾年老丈夫而提前退休的事在高级知识分子家庭中是很多的,并不奇怪,县供销社不会阻挠,这样,她便不必再打长沙回来参加会议,写小字,接受处理。不过听说这事还得请示一下县委会,县委会的态度如何,还不得而知。听一些人传说,县委会的老书记过去处理过好几起干部作风方面的事,是不肯讲什么情面的。

罗富庭却没有唐元贞那样轻松,他土生土长在这儿,从未挪过窝儿,就是现在叫他挪一挪脚,也没有这种能耐,他只好顶着这一副老面孔在这里过下去。袁大头的老婆出现后,气死了他的老伴,也把女儿彩元气得昏过去了。等她醒过来,不愿再在家里待了,连妈妈的葬仪也没有参加,连夜跑到安乡满姑妈家里,在那儿躲起来。在这一系列的事情上,最使罗富庭感到打击大的是罗四拐子问题的暴露。

由于袁大头的被捕,罗四拐子为了洗刷自己,脱干系,向县公安局递了两份揭发袁大头罪行的材料,虽然他所揭发的问题并非袁大头的要害问题,但在审讯对证材料中,却把袁大头惹火了。他心想,你把自己打扮成圣人,老子也饶不了你!这样他也写了一份揭发罗四拐子的材料。他在揭发材料中说,有一天,袁大头回上海,罗四拐子托他给堂客买一身衣料,当他接过票子一看,票子是霉的,他当时心里想,罗四拐子不知从哪里发了笔横财,有一笔现金一时用不出去,窖在家里,日子久了,发了霉。他把罗四拐子这个问题当作一条线索提供出来,并且用招供的形式记录在书记员的卷宗里,袁大头的目的无非是想报复罗四拐子一下子,当然也想达到争取宽大处理的目的。

不想县公安局对袁大头提供的这条线索很重视。因为袁大头的事件发生后,罗富庭在农村的威望陡然下降了,人人切齿的罗四拐子不再显得那样叫人怕了,公安局接到了好几件有关罗四拐子的揭发材料,提供了一些可疑的线索。其中有一样,是五保户刘寡妈提供的。这天杨青林又去看望俞七阿公,经过刘寡妈门前,刘寡妈叫住了他,把杨青林第一次来看望俞七阿公时她吞吞吐吐不肯说出来的事情都告诉了他。刘寡妈说,在俞春生出事的前一天,她正在菜园子里拔菜,从篱笆缝里看见罗四拐子来了,他不到正屋去看望俞七阿公,却溜进他家偏屋子里,在那里待了好一阵子,第二天公安局来搜查,便说在他家偏屋的稻草堆里搜出了三百块钱,当时被说成是俞春生转移的赃款。她听到这话,心里就生疑,怀疑是罗四拐子做的手脚,但是那时罗四拐子势力大,靠山硬,她不敢说,现在她不怕了。杨青林听她这样一说,便叫民兵连长卜槐香来了解一下情况,写了一份材料给公安局。

另外还有一条线索是柳林大队柳林生产队队长卜桂香提供的。他也写了一份材料,写的是自己一次出去做买卖的经历,他说他那次从罗四拐子爹爹罗润庭手里借到五百元;罗润庭过去家底子并不厚,现在起了大瓦屋,置办了一屋新家具,又有这么多钱出借,他的这些钱是哪里来的,他感到很怀疑。

这三条线索合在一起,使公安局不得不慎重考虑早些日子杨青林给公安局写的一封信。杨青林在这封信中为盗窃犯俞春生提出了申诉,他要求公安部门重新审理这个案件,他说根据他在劳改队和以后回乡来一些日子的了解,俞春生不像是犯罪分子,而作这一案的犯罪分子由于搞了栽赃,至今还逍遥法外。

自从县委宣布重新任命杨青林担任公社党委书记以后,他所写的这封信的分量便显得重了,它促使公安局不得不把这桩盗窃案提出来重新加以研究。看过新近得到的提供了重要线索的三份材料和杨青林的申诉信,罗四拐子是不是这桩盗窃案子的真正罪犯,几乎成了所有参加研究人员共同的疑问,这个疑问经过一段时间的查证,决定对罗四拐子一家进行搜查。

搜查是分两次进行的,一次在柳林大队罗四拐子夫妇的住宅,一次是在河对面另一个大垸堤上一座宽大的安全台子上的罗润庭老倌的大瓦屋里。搜查的结果,共搜出现金六千多元,其中有许多票子确实发霉了,因为罗四拐子在柳林大垸的住宅靠近内湖,地势低洼,屋里的潮气很重,钞票放在床下一只瓷坛里起了霉。当时参加侦破的人员心里想,供销社保险柜子里只有六千元,扣掉栽赃的三百元,只剩下五千七百元,后来罗润庭老倌又起了一座那样大的瓦屋,置办了那样一大批家具,怎么还会有六千元呢?后来经过清点从罗润庭瓦屋里一只小红漆描金的箱子里翻出来的一大沓借单才知道,这多出来的钱,是罗润庭老倌近来发放高利贷所得的利息。

这一案件的揭发,震动了全县,柳林镇与柳林大垸里的人感到震惊更不用说了,这个案件,一时成了人们议论的中心。当罗富庭听到这件事后,他所受的打击超过了他在女儿婚事上的打击,他当时头也昏了,心也蒙了,一下子栽倒在地上。罗彩元已经到安乡去了,没有人在家,他跌倒在地上,没人去扶他。他当时还有一点神志,他心里想,完了,是老伴来邀伴了,他要死了。但他没有死,他只在地上躺了一会,就醒了;他的脑壳里的血管子经过了一次痉挛,使他一时失去了知觉,却并没有破裂,他又慢慢从昏迷中苏醒过来了,又回到了人间。其实,如果他从此不能再回到人间,他也不会懊悔,因为这人间实在没有什么再值得他留恋的了,他的面子扫尽了,名誉没有了,几桩事情一齐发作,他的地位也难保了。他过惯了那种颐指气使的生活,见惯了人家对他点头哈腰的样子,如果叫他去过那种人前矮三分的窝囊日子,他怎么过得下去?他真有些埋怨老伴不伸伸手,不把自己也带走,把他留在这世上,还有什么用?

但他毕竟又是经历过许多世事的人,特别是解放以后,他身居领导职务,经历过许多次运动,在运动中他也曾看过一些人投河自杀。就拿反右运动吧,当时在本境就有两个教师自杀了,但这两个教师现在都得到了平反,如果他们当时不自杀,他们不也像现在许多得到平反的教师一样,提职提薪,住进了新盖的教师宿舍,舒舒服服地过那后半辈子的舒坦生活。他心里想,三十年河东四十年河西,谁又能料到今日事事倒霉的罗富庭将来没有再过顺畅日子的时候,说不定再过若干年,北京城里发生了什么事情,他这个老支部书记又重新被起用,到那时候,他不能仍旧去当他的土皇帝?

因此当他想到这些,他又觉得自己刚才那一阵子出现的厌世思想是可笑的了,他觉得自己甚至连杨青林也不如。杨青林被判了无期徒刑,是个像死人一样的人了,关了八年,又放出来了,并且还当上了公社党委第一把手。他觉得自己还没有落到那种地步,袁大头与罗四拐子的问题再大,在法律上也牵扯不到自己的身上。

他一连好几天不出门,一则无脸面,再则他也知这支部书记兼大队长不会再叫他当了,因此当公社马秘书来找他,当面通知他,说奉县委指示,县委同意公社党委的意见,由于他的错误严重,应立即停职反省,他的职务暂时由刚复员回乡的连级干部陈良桂担任,他的反应很平静。

赃款被搜查出来以后,罗四拐子被逮捕了,经过多次审讯,他开头还想抵赖,但在确凿证据面前,最后也不得不全部招认自己的犯罪事实,原来,他犯罪的过程是这样的:

罗四拐子搬到柳林大队后,住在内湖边,离俞春生家不远。俞七阿公是个喜欢玩弄乐器、喜欢和年轻人打交道的人,罗四拐子常常到他家来玩,渐渐地和俞春生玩熟了。俞春生被招进柳林镇供销社当公务员以后,他更倾心和他交好,他也曾想像俞春生一样,到供销社去工作,但没有如愿,后经老叔活动,派上了公事,在大队部当文书,这大队上的事他管了一半。当他担任文书以后,到镇子上办事的时候很多,和俞春生联系的机会便更多了,有时因办事耽搁了点时间回不来,便到供销社搭铺。俞春生每日的工作除了打扫卫生,还担任点保卫工作,因此他的房间安排在供销社会计室旁边,到了夜晚,会计出纳回家去住,他便肩负着会计室的安全保卫工作。会计室有一只大保险柜,保险柜子里经常放着几天来供销社的营业收入,供销社的钱是隔三天存一次银行,因此有时保险柜里装着近万元的现款。罗四拐子常来这里住宿和出入,对这些情况很熟悉。有一天,他趁出纳下班时不注意,把手提包放在窗台子前的桌上,自己上了厕所,而别一个同室对面坐的女会计又到营业间办一件什么事去了,罗四拐子就用这几分钟的时间,把出纳手提包里的钥匙偷出来了,他把钥匙偷到手后悄悄地藏在俞春生的房里。当天晚上,他约俞春生看电影。这天的电影是苏联早期的故事影片《列宁在一九一八》。"文化大革命"以来除了几个样板戏外很少放映其他影片,虽然这也是个老片子,但看的人很多,票是由罗四拐子买来的。罗四拐子对俞春生道:"这票真难买,挤了半天,挤到窗口,才买到一张,后来好容易才又等着一张退票,这两张票不在一块,还好,是同一场,可以一同去看,一道回来。"这样两个人等吃过晚饭,便一道去看戏。他们到了戏院,一对号,不在一排,相隔很远。这时还没开演,场子里乱哄哄的,大家都在对号码找位子,罗四拐子四处走动,跟这个人打个招呼,跟那个人说句话,有时拍拍这人的肩膀,有时又在那人耳朵跟前讲两句悄悄话,引得那人哈哈大笑。他还特地找着一位同队的朋友,告诉他,等会看过戏,他也要回去,请他务必在剧院门口等他,好一道走。经他这样一活动,几乎使今日场上所有的人都看见他了,鼎鼎大名的柳林大队的文书罗四拐子今天也来看戏了。但待电灯一熄,银幕上出现了那些战争年代的图像,人们的注意力都被吸引住了,罗四拐子便轻轻溜出来,由于他特地选了一个挨边靠门的位子,他溜出来很容易。他一溜出来,就径直往供销社里钻。这时供销社的大门已关,还有扇侧门,是供本社职工出入的,罗四拐子常来常往,他很清楚。当他踅进门,没有遇到一个人,因为今天整个供销社都出空了。这部影片只在农村剧院放映一场,机会难得,谁不想去看一看呢?罗四拐子来到俞春生房间,掏出钥匙打开他的门,这一把钥匙是俞春生给他的,因为他最近常来这里住宿,给个钥匙出进方便些。罗四拐子走进俞春生的房间把自己的鞋子脱了,换上了俞春生的鞋,他又从俞春生抽屉里拿出一双他早就注意到的手套戴上,然后再拿着从那位出纳手提包里偷来的钥匙,走出了房门。当他走出房门,他先小心向四处望了望,只见整栋屋子这时都不见灯光,更没有一个人影,这样他便放心大胆地走过去,把会计室的门打开,接着又把保险柜的门打开,把柜子里的钱拿出来,塞满了自己的口袋。他特地在自己的棉衣里面穿了两件中山装,一边四个口袋,都装满了钱。接着他把出纳的钥匙留在保险柜上,带上了门,又回到俞春生的屋子里,换上自己的鞋子,走出来。他故意把俞春生的一只手套遗落在会计室的桌子上,把另一只丢进俞春生窗下的阴沟里。他这样作过了案,又偷偷溜进了戏院,坐在原来的座位上。因为当时大家都正全神贯注地看电影,谁也没有注意刚才罗四拐子的活动。

　　好容易才挨到电影演完,大家一齐站起来,拥挤到出口处,想早点挤出去。这时罗四拐子并不忙于朝前挤,他倒往后走到俞春生身边,对他道,他刚才已经遇到同队一位朋友,那人要和他结伴回去,他只好答应。

俞春生一直对罗四拐子很好,这时他道:"天不早了,就在我这里睡吧,何必摸那一段黑路!"罗四拐子道:"明天早上还有事要办,怕公社来催,还是今晚回去的好。"这样俞春生也只说了一句"你真积极!"放他走了。当罗四拐子从场里出来,一路跟熟人打招呼,有时别人没有看到他,他也大声喊着那人的名字,把那人叫得别转脸来,看见他了,他才走开。他到戏院门口找到那位同队的朋友,和他说说笑笑,一路走回家。

第二天早晨,出纳提着手提包到会计室上班,打开手提包寻钥匙,钥匙不见了。等会计来了,把门打开,才发现那把钥匙在保险柜上。两人将保险柜子打开,一下子都吓昏了,原来保险柜里变得空空如也,六千块钱的营业收入,已经不翼而飞。

六千元现金,在农村来说,是一笔巨款,柳林镇供销社立刻报了案。马上,派出所来了人,把作案现场保护起来了。等县公安局的侦破小组一到,就对现场内外仔细进行侦查。首先,发现脚印,会计室最新鲜的脚印跟俞春生一双鞋子的脚印是一致的。接着又发现了手套,那只手套谁都认得,俞春生经常戴着它在办公楼打扫卫生,他平常出入会计室,不小心把手套丢在里面,也是件很平常的事情。但侦查人员很细心,问他另一只到哪里去了? 俞春生马上回房去找,首先在平时放手套的抽屉里找,不见,到其他地方去找,也不见,他一时想不起来放在哪里了。不久,这只不见了的手套被人从他房前窗下干涸的阴沟里找到了。侦查人员问他为什么把一双好好的手套往阴沟里丢? 俞春生矢口否认这件事,因为据他的记忆,他没有丢掉这只还有七八成新的手套。鉴定手印的侦查人员提出了报告,钥匙上和保险柜里的手印都和俞春生相一致,手套早已确定是他的,这样一来,俞春生成了第一号被怀疑的对象,他被拘留起来了。后来进行了搜查,在搜查过程中,又发现俞春生家柴屋里藏了三百块钱,捆着这些票子的牛皮纸条条上还有供销社会计亲笔写的数字,这样案情便很清楚了。侦破小组马上给县公安局的军代表挂了个电话,报告了他们迅速破案的经过,他们受到了军代表的表扬,他们就把犯人直接押送到县里关押起来。当时,原有的公检法系统通通当作资产阶级专政工具被彻底砸烂了,公检法的工作人员一律被处理。有的被关押,和他们原来审理的犯人关在一起,天天挨那些犯人的冷坨子;有的被送到"五七"干校强制劳动;有的则被送去插队落户或者开除回家,总之,这公检法方面的事情,不准他们沾手了。但是那许多侦查办案和管理犯人的事儿由谁来做呢?由军队来管理,军队人员有限,事情又多,连个蔬菜公司也得派个排长去当代表,他们实在没有这样多人来抓这些具体事情,这样,就只好走群众路线,成立了一种名叫治安指挥部的群众组织。这种群众组织里面没有成立党委,有的甚至连一个党员也没有,有的干脆就是"文化大革命"前的劳改或劳教犯人组成的,他们如今已经换了称号,叫作受过刘少奇修正主义路线残酷迫害的造反派。这班造反派办事,很有魄力,他们办起案子来,也有办法,效率很高,那就是只要侦破小组认定是证据确凿的犯人,送到他们那里暂时关押,他们都能让他们老实交代。他们的办法是等那犯人一进去,就迎上两条大汉,把犯人掀翻在地,把衣服嘶的一声扒下来,先打四十杀威棍再说。这往往不需要打断一根扁担,进门时还在高声喊冤的人便再也不敢出粗气儿了,如果还有什么被他们听不顺耳的言辞,就轻则耳刮子上脸,重则拳打脚踢,直打得你鼻青脸肿,小便里出血。治安指挥部里的卫生条件是很差的,犯人的大小便都在睡觉的房子里,每天总共只让吃四两米饭,叫你吃不饱饿不死,因此一般被当作罪人送进来的犯人,只要在这里暂时关押几天,都希望早日脱离这个苦海,叫他们做什么都愿意,如果再经过审讯,都供认不讳。俞春生被关在治安指挥部,共关了四天,打了七次,身上被打得皮开肉绽,连走路也走不动,因此他在第三次被提去审讯时,便全部供认了犯罪事实,他说那六千块钱是他偷的。六千块钱到哪里去了呢?始终未曾追出,因此他被认作认罪态度不好的案例,被判处了十二年有期徒刑,送进劳改农场了。

现在真正的罪犯找到了,那么,那个被错定为罪犯的犯人又怎么处理呢?首先,县公安局给劳改农场去了一封公函,公函上责成劳改队队长亲自向俞春生宣布,他已无罪释放,立即给他开介绍信,让他回家。但是劳改农场不久便来了一个电话,说俞春生不肯离开农场,他表示要服满十二年刑期,他现在已经服满四年了,还有八年。县公安局一听这个反映,知道俞春生心里有怨气。本来嘛,平白无故把人家当盗窃犯抓起来,一关就是整整四年,人家心里哪能没有一点怨气?公安局局长认为自己原来考虑此事太简单,有不周到之处,这样他就派了一位得力的科长,当年没有参加俞春生的侦查和审讯的干部,专程到劳改农场,接俞春生出来。但是俞春生还是不肯出来。俞春生这孩子祖祖辈辈都是出工下力的人,自己是新社会长大的,身上没有半点污垢,参加工作后一贯表现又好,你们这样一下子把他当罪犯关起来,把他的爹爹逼傻了,如此大的一桩冤案,就派个小小的科长跑来说两声就算了,你认为他会乖乖地跟你走出来,这个打算错了!这位科长在劳改农场磨了两天,几乎把嘴巴磨破了皮,他还是不肯出来,他的态度非常坚决,他一定要坐满这十二年牢。待了两天,没有结果,科长只好回来。局长一听这情况傻了眼,虽然他没直接参加过对俞春生的侦查和审讯,但是当他解放以后,他就被分配到局里担任领导职务,曾经主持了两次积案审理工作,每一次审查,都没有把这件事查清楚,他对"四人帮"倒台后俞春生继续被关押是负有一定责任的。因此他听了科长的汇报以后,马上决定,自己亲自出马跑一趟。他晓得重新工作的老县委书记是个很严厉的人,对平反冤假错案也特别认真,有两个处理这类事情不积极的组织部门的干部,都被他调动了工作。局长当即叫了一台车,带着原来去过一次的科长,还有秘书和办公室主任,来到劳改农场,亲自到犯人的宿舍里看望俞春生同志。局长见着他首先一脸笑,然后开始检讨自己的工作不深入,没有及早把他的冤情弄明白,使他在"四人帮"倒台后,又多坐了两年牢。他向他表示歉意,并且代表全局的公安干警向他表示歉意;他表示一定要把这件事妥善处理好,工资补发,工作重新调整,通过一定的会议,公开为他恢复名誉。局长的态度十分诚恳,该说的也都说了,但俞春生仍然不肯出狱。这伢儿像农村中的许多诚实可靠的庄稼汉的伢儿一样,要他们干什么事,只要在理上,他们都认真踏实地干,要是他觉得你那做法不对,违了理儿,他们也不容易转弯。他们有那么一股牛劲儿,真要倒了他们的毛,他们发起犟脾气来,也是难得收场的。现在俞春生就发了这种犟脾气,今天无论你局长怎么说,他总不肯答应你们的要求,他仍旧表示他要坐穿牢底,他说你们既然能够这样随便把一个人抓进来,那就应当让他把你们定的刑期服满,他说如果不这样,会损伤你们专政机关的威信!这句话里是很带有一点子刺的,局长听了,因为他笼统指的专政机关,颇

302

有点不太舒服。要是有个真正的罪犯对他这样说,他肯定要大发雷霆,马上就会给他点颜色看;但是这个说话的人不是真正的罪犯,他过去被当作罪犯抓起来,受了几年冤屈,如今他要说几句气人的话,你也只能随他说去。

局长亲自出马,也没有奏效,俞春生仍旧不肯出来,把吉普车开到他的宿舍门前,他也不肯坐上去。最后,局长没有办法了,只好又坐车子回县城,这天他坐在局里办公室发愣,心里不知这事该怎样办才好。

正在这时,办公桌上的电话铃响了,他拿起话筒一听,是县委第一书记打来的。县委第一书记在电话里问:"俞春生出来了没有?"局长只好向他汇报说,俞春生现在发了倔了,他要坐满十二年,他说莫说你局长来接,就是县长省长来接,他也不出来,他已经横了一条心,打算在这里坐穿牢底!县委第一书记说:"这也难怪人家,人家年纪轻轻的,平时表现又好,平白无故地受了这个冤枉,吃了这样几年苦,他能没有气?我们一些经过许多考验的老同志在'文化大革命'中受了冤枉还有一肚子气呢,更何况他是个孩子!这只怪你们清理积案做得马虎,不彻底,才把这样的冤案耽搁这么久,你们是有责任的,人家有气是应该的!"局长听了第一书记这号批评的话,他的额头上和脖子上都已经开始在冒汗。第一书记在电话中又继续说:"现在要紧的是赶快想办法把俞春生动员出来,他多在劳改队待一天,群众就会对我们增加一分不满,现在'四人帮'已经倒台了,权力回到了我们手里,如果我们不把这些事情办好,就不能再往'四人帮'身上推了。我向你们提供一个情况,我看到过柳林公社党委的杨书记代替俞春生写的一份申诉书,从申诉书中看,杨书记和他同时坐过牢,又一直认为他是冤枉的,他们的关系好,你们是否去请杨书记帮帮你们的忙,请他替你们把俞春生接出来。"

公安局长听完电话后,当夜就坐车到柳林公社找到了杨青林书记,把县委第一书记这个意思对他说了一遍。杨青林早几天就听说公安部门已经正式替小俞平反了,他正等着他回来,但一直不见他回来,听公安局长这样一说,才知道小俞发了犟脾气。经公安局长介绍了情况,杨青林也觉得只有自己出来做做工作,才可以转这个弯子,他满口答应了他们的请求。

公安局长要把车子留下来供他使用,他拒绝了,他说那样一来,小俞会明显感到是你们设法子把我找来的,他又会不高兴,不如我自己走去,反正一条大堤路,大半天就到了。

这一天清晨,杨青林一早起来,便准备动身去接俞春生。这几天,他仍旧住在自己的家里,因为他总觉得,这么些年来,他和娘在一起的日子实在太少了,娘只生了自己这个儿子,但就是这一个儿子,也不常在她身边。过去受"四人帮"迫害,一去七八年,现在又要到公社办公处住去了,公社事情忙,今后也难得常回来,他想自己能够多在娘身边住一天,娘的心里边也高兴一点。

这几天在家里和娘吃的饭菜,一如既往,仍旧是由惠兰安置的。自从那晚向惠兰宣布了自己另有所爱以后,惠兰虽然依旧来往,但是总不肯跟他打照面。有一次两人在一个夹道上碰着,难回避了,惠兰的脸一下子就绯红了,她的眼睛里噙满了泪水。惠兰这姑娘,她心里是怎么想的,是恨我,怨我,还是怎么的?他不知道。自己为什么会使这个女孩子这样伤心,难道在这件事上他有过错吗?

冬日夜长,早上出门,天空还是灰蒙蒙的。他走出前坪,走过一段田塍路,来到沟港边,在那晚自己跟惠兰讲话的地方,这时又见有个人,捂着脸蹲在那里。当杨林青走拢去,那人转过身子瞥了他一眼,就站起身飞快地走了。杨青林看清了惠兰那对长辫子,也看清了她常穿的红花棉袄,在她蹲过的沟港上边,还有她捞小鱼用的篓子。

杨青林走上大堤,他不禁心里想,等他接到小俞回来以后,他就把娘搬到公社办公处附近住去,一则使自己常能跟娘相伴,再则,也免得再让惠兰照顾娘,互相常见面。

当杨青林走进劳改农场,已经是午饭以后了,这时,犯人们都有一阵短暂的休息。在他生活和劳动过的这片田野,这时静悄悄的,这里除了几处流动岗哨,一个别的人影也没有。杨青林这时才感到自己失去的时间太久了,八年的时间,他能够为党做多少事啊!他要把这失去的时间夺回来。

当他见到俞春生,就把自己刚才的这种想法告诉了他,他对小俞道:"大好时光,来之不易,我们不能再耽搁了。出来吧,现在还有多少事情,需要我们去做啊!"

俞春生听了杨青林的话,马上答应跟他一起回来。这天,两人在劳改队办好了手续,就一齐走出了劳改农场。

当他们走过劳改农场附近那个轮船码头时,俞春生道:"我还要到安乡去,我有个姐姐在那里,我想去见见她,请她来陪我爸爸住几天。"杨青林连想也没想,便答应道:"安乡离这儿不远,我陪你去。"一只轮船鸣着汽笛,正往码头靠拢,两人买了票登上了轮船。

到了船上,找到座位坐好,杨青林问俞春生道:"过去同住几年,为什么没听你说过还有姐姐在安乡,怎么现在就忽然冒出一个姐姐来了?"俞春生一听哈哈大笑道:"我的姐姐叫王杏花,我还从没跟她见过面呢!"杨青林才知道俞春生要了花枪,把自己骗到这条船上来了。他不是不记得王杏花,他已跟她通过几次信,他也早就想去看看她,只是因为最近乡里连续发生许多事情,他又接手了公社的工作,一时抽不出身来。他这不能立即来看王杏花的理由,已经在信上跟她解释过了。

好了,现在由俞春生这样一安排,自己能够立即见着王杏花!由于过去常常在俞春生跟前讲到王杏花,念叨她的好处,俞春生心里记下她了,刚才相见时问到他还没有去看王杏花,小俞心里还有些不满意。有小俞同去,王杏花一定会非常高兴,因为他过去在信中,也曾说过小俞的冤屈。

轮船沿着澧水向上行驶,只有几个小时,便到了安乡,安乡码头上停了几十条大轮船。这里是一片平展的土地,十分肥沃,灌溉条件也极好,过去是有名的粮仓,但是近年来由于浮夸风严重,盛产稻米地方的人还要到外面去讨饭吃。有一时这里的市井萧条,人面黄瘦,现在已经开始在恢复以往的生气。那几十条轮船,除了装旅客,还装来了岳阳的化肥、衡阳的农机具以及上海、长沙的百货,开出去时,也开始运出粮食、棉花和上等的湘莲、菜油。总之,两人踏上这块熟悉的土地,既感到这里跟过去相同,又有点不同。

王杏花已在信上告诉了自己的住址,她现在在一个商店工作,住在离码头不远的宿舍里。两人走上码头,很快找到了这栋宿舍,他们走上二层,问到了二楼七号房间,便举手敲门。在笃笃的敲门声中,杨青林觉得自己的心也在笃笃笃猛烈地跳动。

"谁呀?"里面有一个小姑娘的声音在回答。"王杏花同志住在这儿吗?"杨青林一听里面回答的声音不对,这样问道。不知何故,他觉得自己的声音好像在颤抖。

"是的,我就来开门。"只听见里面有小姑娘走路的声音,有她搬凳子的声音,她好像已经踏在小凳子上,咔嗒一声,装了弹子锁的门被打开了。只见从里探出一个梳着一对油光小辫的小姑娘的头来,那个小姑娘看见站在自己面前的是两位叔叔,她便把门拉开,对着他们两人招手道:"客人,请进来吧!"

"这里是王杏花同志家吗?"杨青林怕弄错,想再核对一下再进去,因此他还没有把脚踏进门里。

"是的,请进来吧!"小娘娘这样伶俐,真逗人喜爱。只见她一边招呼两人进来,一边用小凳子踏脚,站到五屉柜子前,从上面茶盘里取茶杯,准备给客人倒茶。

杨青林怕水瓶里的开水烫着了小孩,忙走进去,一边接着她的茶杯,代替她去倒茶,一边不无好奇心地问她:"小姑娘,王杏花同志是你什么人?"

"妈妈,她是我的妈妈!"杨青林一听,手上倒茶的动作停止了,他的眼前突然一黑,他想,这是王杏花的女儿,难道王杏花已经结婚了?

这时俞春生已经听到了他和小姑娘的对话,他早轻轻走出了房门,房间里只剩下杨青林和小姑娘了。

杨青林定了定神,便忙离开五屉柜,他走到小姑娘面前,弯下腰,对着她问道:"你妈妈是不是在商店工作?"小姑娘道:"是的,她卖小五金,是商店经理。"杨青林问:"你爸爸呢?"小姑娘道:"爸爸原来在革委会做事,现在在运输局工作,管车子,你懂吗?'嘀嘀嘀'叫的车子!"听了这话,杨青林才长长地舒了一口气,他站了起来。当他直起腰站起来,便看见旁边靠墙的一只床头柜上,摆着一位中年男子和他的年轻妻子的照片,那位男子样子很潇洒,脸上有一种自得的表情,而那位年轻的妻子面上,却略显得有点阴郁。这个年轻的妻子,杨青林看得很清楚,就是他要找的王杏花。

啊,生活,你就是这样的吗?你对待杨青林,也太狠心了!杨青林久久地望着那张相片,他感到心里有些疼痛,也感到迷惘,他用双手蒙着自己的眼睛,他的脑袋也有点晕眩了。

"叔叔!叔叔!"这小姑娘实在可爱,她这时又爬到一只小柜子上,取出了一只巧克力盒子,里面盛满了红红绿绿的水果糖,她把水果糖送到杨青林手边,杨青林不得不把手从脸上移开。他睁开眼,朝小姑娘望了一眼,小姑娘对着他笑。小姑娘的笑容,使他突然记起了,在很久很久以前,在那湖光月色之中,柳条飘拂之下,他也看到过这种笑容。

"我们在这里等她,还是就回去?"突然俞春生又站到了他的面前,这样对他说道。

"就回去。"杨青林道。

"见见她吧,也好把一些事情说清楚!"俞春生劝道。

"没有必要了,事情已经很清楚了,何必再让彼此伤心!"杨青林道。

小姑娘望着两人走出房门,往楼梯口走去,她心里感到有点奇怪,这两位叔叔说来找妈妈的,为什么不等妈妈回来就离去?

一九八一年八月稿

一九八三年七月人民文学出版社出版

一九九七年十二月收入湖南文艺出版社《当代湖南作家作品选》

柳林后传

一、赶湖鸭子的人

今天,朱惠兰又一次向杨青林表白了自己的爱情,得到的依然是一套冠冕堂皇的理由,她的心痛苦极了,她并不找人诉说,更不倒在嫂嫂怀里哭泣,她擦干眼泪,咬着嘴唇,跑离了大堤。

她的眼睛很好,不会踩到白水田里,那纵横交错的田塍像蜘蛛网,浓密的杨柳树丛黑得像团漆。当她飞快地穿过这些树丛,听见惊慌的脚步声,和那咻咻的笑声,秋收以后田野里的盛况,如今移到了杨柳树丛里,树丛中充满了清香,也充满了春天的气息。

别人的快活衬托着自己的不幸,惠兰更加感到伤心,眼泪水又沿着两颊流淌,她不再揩擦了,让它尽情地流着,流得越多一些,心也许会轻快一些。她没有目的地跑着,不知不觉来到了内湖的旁边。

内湖周围也有一道垸堤,堤上栽满了杨柳,一幢幢茅屋子。当她爬上堤埂,忽然听见一个娇声娇气的声音在说话:"该回去了,明早我得跟爷爷出发!"一个粗重的青年男子的声音说:"你不去好不好?你要走了,我会好想的!"娇声娇气的声音又说:"黏黏巴巴的,怎么说不清?爷爷年纪大了,又有养身病,我不在身边,能放得下心?"那男子没有来得及接话,女伢儿大叫:"咦,那不是惠兰姐姐?惠兰姐姐,请等一等!"惠兰听出女伢儿是黄保老汉的孙女黄菊儿,不想她刚满十八岁,骨头架子还没有长全,就谈情说爱了!和她在树荫中说话的人,一定是她的情人,不然为什么舍不得她离开?惠兰正想急忙走开,忽然听见喊着自己的名字,便只好停住脚步。黄菊儿挥手将那人打发走了,就跑过来,拉住她的手,气喘吁吁地说道:"真讨厌,才好了几天,就想干涉人家的自由了!"看着她那布满稚气的脸,惠兰笑着说道:"你的年纪还小,就恋爱了?"黄菊儿娇嗔道"还小呢,过了八月十五,就吃十九岁的饭了!你怕我不晓得,嘻嘻嘻,比我现在还小的时候,你就恋爱了,爱上了判处无期徒刑的青林哥哥!"惠兰的脸唰地红了,别人看不见,她自己感觉到,她的心头的秘密连小丫头片子也知道了。现在她的情况她们不知道,往事如烟,留下的只有痛苦的回忆。听了黄菊儿的话,她连忙用手擦干了脸上的泪水,苦笑着说道:"是哪个烂舌头的,在你们面前乱嚼,哪里有这号事?"黄菊儿继续嘻嘻地笑着。这个女伢儿很鬼,懂得用别人的难堪来掩盖自己的窘迫。她还笑着说:"惠兰姐姐,你能瞒住别人,瞒不住我,平常只要一提起青林哥,你的眼珠儿就发亮了。连我爷爷也说:'只是年纪相隔大一点,不然真是天生地设的一对。'你可别听老倌子的话,他们是旧脑筋,什么年龄相当,才貌相配,见他们的鬼去,他们早年还找人合八字呢!惠兰姐姐,只要自己心里爱的,不管他年纪多大,相貌如何,就尽心去爱吧!我们这一代人,还兴那样一些穷讲究?"想不到这个黄毛丫头,还有自己一套恋爱观。说实在话,在惠兰的心里,也是这样想的,不过她跟黄菊儿不同,她还有一个十分重要的条件,就是这人的品格,要为自己所敬重。

听见黄菊儿说到黄保老汉也有这样一种想法,不由得使她想起两年前的一个冬天的夜晚,杨青林叫她领着他来看望黄保老汉,跟他谈了一夜的鸭儿经,在回家的路上,惠兰对他表白了自己的爱情,她踮起脚尖挨了一下杨青林的脸颊,便飞快地跑开了,穿过垸子,回到了自己的房间里,把身体扑倒在垫满干草的床上。这时她真想唱歌,她也唱了半夜的歌,后来睡着了,做了许多香甜的梦,梦见自己到了云端,和仙女一起在彩霞中翩翩起舞。她一连快活了几天,直到杨青林告诉她另有所爱,她才仿佛掉进了冰窟里,她曾一度心灰意懒,把一切都看得没有意思了。由于她一下子变得怏怏的,家里人都急了,生怕她病了。后来从供销社听来一个信息,杨青林所迷恋的王杏花嫁人了,她才慢慢恢复了常态,变得快活了。这时却轮到杨青林伤感,接连有好几个月,他的心里都在难过,要不是工作开展得顺利,他的心情渐渐好转,怕也会生一场大病的。他对于王杏花的感情,更增加了她对他的敬重。惠兰的心里不是没有嫉妒心,但是这种嫉妒的心理,被理智所战胜,她对他的人品有了更深的认识。二十二岁的姑娘,已经到了成熟的年龄,她的爱情也已完全成熟了。她对自己立下了誓言,非杨青林不嫁!如果杨青林不愿意娶她,她就靠自己的一双手过一辈子。如果只是为了成家,凑凑合合地找个伴侣,像这样的日子,她一天也不愿意过。

惠兰与黄菊儿一边说着话,一边手牵着手往前走,不一会儿,到了黄菊儿家的菜园子门口,再过去就是她家的地坪,地坪里围着一些竹篾簟子,里面一片嘎嘎嘎的声音。竹篾簟子真多,怕莫有十来只,旁边还有一堆搭鸭棚子的篾簟子。惠兰看见围着这么多鸭子,很惊讶,问道:"收这么多鸭子,做什么?"黄菊儿道:"爷爷要学老黄忠,想搞个喂三千蛋鸭的棚子。爸爸说他年纪老了,又患过骨质增生的毛病,不赞成他拉这号大棚子,两人打了一年多笔墨官司,拗不过爷爷的倔劲,只好答应他试试,寄来了好多药片,叫他按时服用,又写信叫我暂时不到矿上去就业,跟着爷爷去放鸭子,以便好好照料他。如今因为三千蛋鸭没凑齐,他又带了竹桶、麻布、砂纸,准备在野外孵化。"惠兰绕着竹簟围子转了一圈,只见里面关的一色麻鸭,已经到了生蛋期,那两侧的羽毛很紧凑,形如蛇状,即所谓"蛇边",下腹羽毛平滑,也成了"肚底光"。这样大小的鸭子行动比较灵活,觅食能力强,完全可以放牧。惠兰听说还要在野外孵雏,想必不是在这近边放牧,近处没有这种场地,她抬头问道:"你爷爷打算到哪里去牧鸭?"黄菊儿道:"到浪拔湖去,那里有一片水池子,上千亩范围,没有人管业,水里螺蛳蚬子很厚,水面又有青萍红萍假水仙,还有一座高台子,早年想是一座庙,被洪水冲走了,如今剩下这座台子,半亩地宽,可以搭棚子,围簟子。"黄菊儿正在起劲地向惠兰介绍,忽然听见屋里传来一阵响亮的咳嗽声,接着又听到一种带嘎的苍老的声音在喊道:"菊儿,你跟谁在说话?"黄菊儿应道:"惠兰姐姐。"接着,她又叫道,"爷爷,你不是顶喜欢惠兰姐姐吗?我把她拉来了,她看见你孵出这样多鸭子,吃了一惊!"里面的声音在说:"不多不多,要是场地大,帮手多,三千只蛋鸭早孵出来了。"随着这个声音,从茅屋子的门洞里弓着腰子走出一个老倌子,这个老倌子是远近闻名的鸭大王黄保老汉,也是这一带有名的铁筋骨汉子。年轻时节,跟人赌狠,抓住牛角把一只大黄牯推得后退几十丈,从此

313

盛传他有神力,但是他不肯把力气用在扶犁耙土上,愿意把它用来赶湖鸭子。他的老家在南边益阳,为争水的事,打了财主老爷的管家,因为怕坐牢,扛着一根扁担下了华容,在湖乡当了几年作头师傅,又受不了地主的气,就跟着一个牧鸭的老倌子跑了。这个牧鸭的老倌子孤身一人,正愁没有劳力,收留了这条铁筋骨汉子,欢喜得很,把他当崽一样看待,把自己的本领全部教给了他。黄保跟着他走遍了滨湖大垸。那时候牧鸭人的对头很多,有各地的保甲长,有码头上的把头,有水警队的副爷,有财主家的狗腿子,还有大镇和小镇上的地痞流氓,他们或是明抢,或是暗偷,搅得鸭棚不得安宁。更有那一班下作人,在收割后的田野里挖下许多洞子,等鸭子踩过去,就有好多掉进了洞子里,到晚上收棚一点数,往往短了几十只,牧鸭人只好抱头痛哭。但是自从收留了黄保以后,老倌子就没有怄过这种气。黄保生得武高武大,站在人面前像座铁塔,伸出拳头像一只小铁锤,砸在谁的头上就会开花,因此,谁也不敢再来抢鸭子抢鸭蛋,至于暗地里偷,还时常发生。那时柳林镇有个小偷,被人称作神偷,他指名道姓要偷那家的东西,那家再怎样收藏,也逃不脱他的那双手。洲土大王虢舜卿见他有这种本事,就把他收留在家里,替他娶了房媳妇,做了他的亲随,自从有了这个亲随,再也没有小偷光顾他家。如果他要惩治哪个仇家,他还可以指使他去偷人家。不知是哪一个拆白的,把鸭棚里的黄保的本领告诉了他,虢舜卿想替自己添加羽翼,就着人去说他,要他替自己做亲随。黄保是从财主门里出来的,知道那门里的饭不好吃,他一口回绝了。虢舜卿恼了,就叫神偷去偷他的鸭棚子。神偷去了一夜,没有回来,派人去寻找,才在河滩上找着这个被折断了双手的汉子。汉子无面目见他的主子,等到力气稍微恢复一点,就挣扎着来到注滋口,他眼泪汪汪地望着湖水,纵身跳了下去,就在这时候,被一个老倌子抱住身子。老倌子替他接好了胳膊,送了他一百只绿壳子鸭蛋,一包草药,还有两块银洋,告诉他这是前夜把他的手折断的那人送的。这人服完草药,身体完全复原了,他就不敢再干偷鸡摸狗的事了,找了一个垸子,落脚下来,把他的经历到处传扬。从此黄保的名气就传开了,在滨湖一带,提起黄保,没有哪只鸭棚子不知道。老倌子把牧鸭的技术传给了黄保,也把治疗跌打损伤的秘方告诉了他。老倌子死后,他成了这一带的鸭大王。现在年纪大了,不再牧鸭子了,但他雄心不死,一直想再拖一次大棚子。

鸭大王的年岁确实大了,七十岁早出了头,满头的白发像一盆雪,颏下留着的长胡子像一把银丝,脸上的皱纹像树干的年轮,越积越多,如今已经挤成一堆,像风干的橘子皮。不过他除了颈部骨质增生和喜欢干咳以外,身上其他部位还算硬朗,俗话说得好,再瘦的骆驼比马肥。他那副变得干枯了的身躯,还是比一般人要高大得多,他走出茅屋的门洞子,还是习惯地弓下腰子。

他看见惠兰来了,心里一高兴,又干咳起来,而且干咳的时间很长,像放一挂鞭炮。惠兰走到他身边,伸出一只捏成拳头的手,替老倌子捶背。孙女儿对他顶亲热,却不肯替他捶背。惠兰的嫩拳头,一拳一拳打在他背上,像打在他的心上,他的感觉像喝了一罐清甜的蜂蜜,甜滋滋,凉丝丝,在挤满皱纹的脸上,绽出花一样的微笑。

刚才大堤上的一幕,杨青林的那一番话,在惠兰心头造成了伤痛,伤口是难以愈合的,痛楚是难以消失的,她得斛个环境,让自己的心绪变得好一点。这时她的心头一亮,黄保老汉的牧鸭队,不正缺少劳动力,她何不跟他们出去跑跑?牧鸭队要到浪拔湖去,那里不像它的名字,白浪排空,湖风怒吼,而是一个平静的湖湾,一片绿油油的池沼,再过若干年,那里也会被人围成大垸子。

见鸭大王不咳了,惠兰便不再捶背,跟着他走进屋子。屋子里堆满了稻草、棉絮、被子,还有鼎锅、饭甑、碗柜等一些用具,这些用具的形状很小,一看便知是为鸭棚子特制的。惠兰见用具种类齐全,样式也很精致,知道这是老倌子亲手设计的。从他重新制作齐整的家什看,他还想大有作为。惠兰接过黄菊儿从灶屋端出来的茶,呷了一口,便开口道:"黄爷爷,你看我合不合适?我想跟你们一块儿出去!"老倌子以为自己的耳朵聋了,没有听清,便大声问:"你说什么?再说一遍看。"惠兰又说了一遍。老倌子听清了,说:"听说你在加工厂编芦苇席子,技术提高很快,每月赚七八十块钱,你愿意丢掉加工厂的事?"惠兰点一点头,她不愿多说什么理由。老倌子沉吟了一会,说道:"我们的棚子还没有产蛋,再过二十天,鸭子全身的羽毛长齐了,成了'四面光',就开始产蛋了,那时每天收几百斤蛋,也可以发工资了！我们的工资不会比加工厂低。"惠兰笑道:"我不是为了工资!"黄保老汉问:"为了什么?"他没有等惠兰回答,便哈哈大笑起来,他一边大笑一边说道,"为了社会主义,是不是? 这是你们常用的词儿,我没有这样高的觉悟,我跟你们不一样,不为钱,不为粮,只为了不让这双手闲着。"说着老倌子又干咳起来,他说多了话,也要干咳。惠兰正准备替他捶背,黄菊儿过意不去,抢过来替爷爷捶背。老倌子一边干咳一边说道:"好好好,有你同去,菊儿也有个伴,让她学些好样儿,怕会变得谙事些。"

这晚惠兰在黄保老汉家待了很久,详细问清了要带哪些器皿衣物。深夜回家,她躲在阁楼上给嫂嫂青妹子写了一封信,同时也给加工厂编制组的头头端姑娘写了一封信,请了两个月假。她不想跟别人见面打招呼,连夜打点好行李,捡齐应带的器物,天还没有亮,就用箩筐挑着来到黄保老汉的家里,昨夜惠兰没有留意,在黄保老汉屋后的大水港里,并排儿地靠定了一艘乌篷船和三只鸭划子。昨天晚上惠兰走后,黄保老汉喊齐了准备同去的老倌子和年轻人,一起把鸭子和鸭棚子的顶罩搬到了鸭划子上。

第二天中午,牧鸭队出行。因为这个队是由黄保老汉当头的,歇业了几十年的鸭大王又拉大棚子,这件事情轰动了整个大垸,也引起了乡党委的注意。这天到港边送行的不但有附近的乡亲,还有村里的支部书记和乡政府的秘书,最后连乡党委书记杨青林也来了。杨青林一露面,躲在乌篷船里的惠兰的心又怦怦地跳起来,她控制不住自己的情感,从船尾巴上把自己的头伸出来。

惠兰的头一伸出,立即引起了几起人的注意。一起是加工厂的大嫂们,今天是她们的休息日,特地赶来看老黄忠挂帅出征,她们看见船上有惠兰便拥到船边来,七嘴八舌地问:"为什么要离开加工厂? 放着轻松活不干,要去赶湖鸭子!"惠兰笑着不答。她看见人群中没有青妹子和端姑娘。她们都有伢儿,难得有个休息日,得给伢伢们浆洗。她想已经在信上把一切都讲清了,用不着再多费口舌。另一起人是家里人。青妹子没有来,大嫂子来了,大嫂子把烂眼治好了,就要充分利用这种优越性,不管哪里有热闹,都要去赶趁。今天她早来了,站在岸边,呆呆地望着,她看见了惠兰。忽然怀疑自己的眼睛又烂了,她大步流星赶到她面前,责问道:"妹子,你也要去牧鸭子? 那是男人的事情,你会吃亏的!"惠兰没有回答,她给二嫂青妹子的信中也带上了她的名字,她不识字,青妹子会把信念给她听。这时她听见黄保老汉在吩咐两个年轻小伙子:"都到船上去,准备开船!"惠兰还听见杨青林的声音,这个声音多么熟悉,她车转身,只见他已到了船上,站在船头,和她隔了个船篷子。杨青林问道:"惠兰,你为什么要跟他们走?"惠兰的心跳得更快了,脸也红了,滚烫的泪水充满了眼眶,她有好多话要说,却不知从何说起。这时大嫂子挤到船边,伸手准备拉她下船。大嫂子叫道:"我跟你说的话忘了,眼前最要紧的是办好那件事,你一去几个月,不又耽搁了?"是的,她不能再耽搁了,再过几个月,她就拍满二十二岁了,到了这样的年纪,是最叫人心烦意乱的,好像自己还悬在空中,没有个着落,不仅身体是浮的,心也是浮的,她这颗赤诚的心,该搁在哪里? 惠兰没有回答杨青林的问话,她投来一瞥幽怨的眼光,眼睛里的意思,杨青林应该明白。这时他的心里也很矛盾,昨夜他等冲动一过,冷静下来,就觉得自己不能任性,他必须对这个年轻姑娘负责。她的年纪还小,没有考虑到两人之间的差距,如果和他结婚,她会幸福吗? 更何况如果和她结婚,会给反对他的人以口实。他不怕中伤,不怕威信降低,他怕影响工作,影响了这场改革。

虽然见到惠兰,杨青林心中有些激动,但现在他很冷静,能够控制自己。他咬了咬嘴唇,干燥的嘴唇快出血了,把目光从她身上移开。即使现在惠兰会怪他,将来一定会感谢他,对于这个从小就十分尊敬他的小妹妹,应当像兄长一样地爱护,昨晚拒绝了她的爱情,对她是一种刺激,她的心里会不愉快,跟黄保老汉跑一跑,做一阵牧鸭姑娘,也许会好一点。这时惠兰又投来一瞥询问的目光,目光里充满了期待。杨青林心里明白,只要他说一句:"惠兰,你不要去了,我有话跟你说。"那么这对眼睛会发生急遽的变化,欢喜的泪水会唰唰流下来。两个年轻小伙子已经拔出了铁锚,准备撑船。黄保老汉的情绪特别高昂,他像喝了一缸烧酒,摇摇晃晃,满面通红,挪到杨青林面前,说了一句相当体面的话:"感谢乡党委的关怀,保证旗开得胜!"他的话很得体,招来了一阵阵热烈的掌声。杨青林说了两句鼓励的话,便没有再和惠兰说话,狠了狠心,对她挥一挥手,就从船上跳下来了。

惠兰的表情又变了,变得幽怨,泪水止不住地淌了下来,她忙用手捂住自己的脸,钻进了船篷里。

岸上的人在欢呼,在跳跃。还有个老倌子,仿照过去给鸭棚子送行的规矩,放了一挂万子鞭,鞭炮噼噼啪啪的声音掩盖了惠兰的抽泣声。船上的人都站在船头上朝着岸上挥手,黄保老汉激动得老泪纵横,他没有注意到舱里还有个人也流着眼泪。

乌篷船与鸭划子沿着水港漂去,漂过了大垸,漂出了闸门,来到宽阔的湖上。湖上没有风,需要荡桨了,惠兰才带着一双红眼眶子从船舱里爬出来,站在船尾巴上用力地划桨。

乌篷船与鸭划子在湖里漂了半天,来到了一个小镇,镇名叫鲇鱼口,划子停在码头上,在这里歇了宿。黄保老汉和另一个老倌子上街购买菜蔬和食盐,几个年轻人到镇上去看电影。别看镇子小,文化设施倒很齐全,有一个俱乐部,还有一个露天电影院。清明刚过,露天电影院坐落在湖堤上,有点冷,但是年轻人热气足,不怕冷。恰好这天上演南斯拉夫的故事片《瓦尔特保卫萨拉热窝》,情节紧张吸引人。除了留下一个人看船,其他人都来看戏了,由黄菊儿统一买票,在清点人数时惠兰看清了,除了她和黄菊儿是女伢儿外,其他都是男青年。有个青年绰号叫耗子,是她在小学堂读书时的同班同学,耗子除了读完小学,还读完了初中,后来当了两年兵,今年开春复员回乡了。他回乡以后,颇有点郁郁不得志,埋怨不该实行义务兵役制,他认为如果不实行这种兵役制,就可以继续当兵,碰上有个什么战事,上得一两回战场,还可以当军官,当了军官就可以长期留在部队上,不致这样快就回家,弯着腰子在田里玩泥巴坨。他的家里劳动力有剩余,分的几亩责任田由爹爹做了还松松活活,所以他在家里成了个"多余的人"。他想出外做工,没有弄到指标,出外做生意,没有本钱,整天待在家里发气打板凳。爹爹是个老实巴交的汉子,妈妈是个糯米团,两人成了他的出气筒。这天听说黄保老汉外出远征,他便报名参加这支队伍。他参加这支队伍的目的有两个,一个是寻件事儿做做,借此打发时光,一个是觉得黄菊儿美丽,性格开朗,听说她的父母在矿上吃得开,他想跟她交个朋友。如果能上升为对象,那时请老丈人在矿上替他谋个铁饭碗,也是一条出路。如今牧鸭子的很多,像黄保老汉这样敢牧大棚子的还很少,牧大棚鸭子需要技术,风险很大,因此黄保老汉出榜招贤,却没有几个愿意应征的。耗子是头一个前来报名的,黄保老汉看见他腰粗膀子大,头一回见面就立正,行了个军礼,一副很懂礼貌的样子,他便很爽快地接受了他。现在他在黄菊儿面前献殷勤,惠兰以为他是那位在树荫里贴近黄菊儿说话的青年。除了这位闯荡江湖的汉子,还有一个表情很腼腆的小伙子,这个小伙子是大队部油榨房里掌锅师傅的儿子,也有个不大好听的大号,叫大宝。这个大宝确实有点宝,平时只认低头干活,从不吭一声。惠兰到加工厂去上班,经常看见他坐在油榨房灶门口烧火,他一边烧火一边捧书看。他的书本很厚,用硬壳子做的封面,人家想借来读一读,他只微微一笑,摇摇头,忙把它揣进怀里。他常常端着这本书,口中念念有词,不知念的哪一教的经。他的性格在坑子里是有名的,善意的人说他像旧社会的大姑娘,恶意的人说他小时节得过脑膜炎留下了后遗症。除了耗子和大宝,还有一个叫小扁豆。小扁豆是个毛孩子,今年还只有十三岁,本来应当继续读书,但他不肯读,爹娘送他去上学,一转背,他就钻进稻草堆或牛棚里。他的妈妈喜欢种扁豆,他也喜欢吃扁豆,园里的扁豆多了,摘满一篮子,提到镇子上去卖,有时妈妈带他去,有时他自己去,久而久之,大家便把他的名字忘了,喊他叫小扁豆。小扁豆不识趣,夹在黄菊儿和耗子当中走路,分发电影票时,他又要了一张靠近黄菊儿也靠近耗子座位的票。耗子满腹经纶,想在黄菊儿面前摆弄摆弄,不想当中横着一颗扁豆,耗子心里烦躁,用手拍了一下小扁豆的脑壳,大概拍得重了一点,引起了小扁豆的反抗。小扁豆在露天电影院里高声骂娘,引得四周的观众嘘他,他生气要离开场子,回划子上去。惠兰忙用手拉住他,把他拉到自己的身边。她让耗子坐到小扁豆的座位上,大宝坐了耗子的座位。小扁豆的手被惠兰柔软的手握着,很快就安静了,他贴近惠兰的耳朵根子,跟她讲悄悄话,叫她看大宝和耗子的蠢样子。大宝望着银幕上的影像,还在喃喃地念什么。越过大宝的身子,响声和动作似乎很频繁,耗子正在黄菊儿耳边滔滔不绝地发表演说,他的那一双手,放在左边也不是,放在右边也不是,最后竟放到了黄菊儿的膝盖上,要不是黄菊儿轻轻把它拿开,还不知道会放到哪里。惠兰的眼睛很尖,不需要小扁豆指点,她早把一切看到了眼里,她抿着嘴儿微笑,这一彪人马,人数虽少,戏儿怕不会少!只有大宝的呆样儿叫人猜不透,他嘴里喃喃念着的到底是什么咒语,该不会像有的人传说的一样,他的脑子有点毛病吧?

电影还没有散场,就听见黄菊儿咯咯咯的笑声,小扁豆用手捅了捅惠兰,叫惠兰看看周围人的脸色。惠兰看见人们把脸朝黄菊儿方向,脸上都有不悦的颜色。

黄菊儿和惠兰睡在乌篷船上,晚上共睡一床被子,惠兰将枕头移得靠拢一点,悄悄地问黄菊儿:"你们认识几年,就好得这样?"黄菊儿问:"你问的是哪个?"惠兰道:"耗子。"黄菊儿又咯咯咯地笑起来,她笑的声音很大,把隔壁船上的爷爷也惊醒了。黄保老汉把船上的舱门子打开问道:"这么晚了,还笑什么? 明天有一天累的,还不早点睡!"黄菊儿清脆地答应着爷爷,却并没有听他的劝告,她用被窝蒙住了头,悄悄地对惠兰说道:"才一天,我和耗子接触才一天,跟你一样!"惠兰惊讶道:"那么昨晚在柳荫下说话的不是他了?"黄菊儿又咯咯咯地笑道:"是他的魂魄!"惠兰问:"那人是谁?"黄菊儿撒娇道:"我不告诉你!"惠兰叹了口气道:"不告诉我也罢,我也不想知道。我总觉得你的年纪太小,要是爱上什么人,容易入魔!"黄菊儿知道她的经历,知道这是她的痛苦经验。她也叹了口气道:"我知道,你是过来人,晓得其中的滋味,不过我跟你不同,我不会入魔的,我不会把自己拴在一个人的身上。"

两人继续谈了一会儿话,就睡着了,等她们一觉醒来,船已经开动了。她们的这只乌篷船,换了个驾船人,是个年轻人,长得肥肥实实,又会唱歌,又晓得扯白,他穿着一身蓝色混纺尼龙布做的中山装,轻轻巧巧,挥动着双桨,让船儿在湖上漂动。这天早晨,湖上没有风,太阳还没有出来,微微有些寒意,那碧绿的湖水,像一面镜子,船儿在上面漂着,显得那样平稳、轻柔,像在云中浮动一般。"清明要晴,谷雨要淋",过了清明,雨水就勤了,那时大湖就要敞开胸膛,吞吐湘资沅澧的洪水,湖水将会变得浑黄、浑浊,一处处险滩急流,将掀起浪花、泡沫。

耗子不仅有一身强壮的筋肉,还有一副嘹亮的嗓子。昨晚他跟黄菊儿肩并肩儿坐着看电影,讲了不少悄悄话,逗得她咯咯咯地笑个不停,他感到很甜蜜。他睡了一夜好觉，天没大亮就起身，帮着黄保老汉喂鸭子，擦船板，他不再感到烦躁苦闷，他觉得幸亏及早复员，不然变成一个老兵，就遇不到这样好看的姑娘。姑娘长大出嫁了，他就娶不到了。他心里一高兴，就想唱歌，这时他正扯起他那一副亮喉咙，唱起了一支流行歌曲。

耗子的歌声把两个女伢儿唱醒了。这时通向后舱的那块舱门推开了，伸出黄菊儿蓬蓬松松的头。黄菊儿从舱里往外看，望见的是耗子那双粗壮的大腿，大腿上长满了粗毛，两腿叉得开开的，也站得稳稳的，像是两根铁柱子。黄菊儿第一次这样贴近看到男性的躯体，她觉得他是多么雄伟、健壮，她不禁多看了几眼。当她仰脸朝上望去，看到耗子正弓腰笑脸盈盈地望着下面，两对眼睛像电石似的碰撞在一起。黄菊儿的脸子飞红了，她赶紧把身子缩进舱里。耗子朝着舱里大喊："两只瞌睡虫，到现在还不起身，你们看到了哪个巴结？"黄菊儿朝舱外望去，只见两边是一片片芦苇。芦苇荡的神秘，常常引起她的羡慕，她常听人说那些地方很凶险。但她却觉得那儿富有浪漫色彩，居住在那儿的人，也都不是凡夫俗子。惠兰把头伸出舱外，船到了黄芦荡，她跟爷爷出外打过鱼，知道这里是这一带最广阔的芦苇荡子。过了黄芦荡，就是浪拔湖。惠兰和黄菊儿急忙起身，她们把自己身上打点清爽，就爬到前面舱里看鸭子，只见鸭子都喂得饱饱的，耗子站在后艄，得意地笑着。于是又挤到后舱去煮饭，又发现后舱里的饭也熟了，香喷喷的大米饭，顶风飘出香味儿，勾引着人们的食欲。她们想动手烧菜，原来菜也烧好了，一大钵黄咬骨鱼煮豆腐，一盆浏阳豆豉烧红辣椒，都是划船人最喜欢吃的菜。黄菊儿看见一切都已就绪，心里很高兴，望了一眼耗子，说了一句玩笑话："好伢儿，真乖！"黄菊儿是家里的娇娇女，从小在爷爷身边长大，黄保老汉生性豁达，不拘小节，由他调养出来的女伢儿，拥有湖乡女子奔放的性格，甚至可以说，有点放荡，言语上头，不讲究轻重，她不知自己随意说出的这句话，会在别人心中产生什么影响。三个人一边荡桨，一边轮流着吃饭，让船儿汩汩地冲着湖水前进。在吃饭和劳动中，互相打趣儿，说些逗笑的话。整整一天，耗子显得异常兴奋，甚至有点神不守舍，常答错别人的问话，在洗碗筷的时候，把一只花边碗摔成了两半。有人说恋爱中的男女常会有这种笨拙的动作,但是不知耗子心里到底萌生出爱情,还是另有一种什么样的感情?总之,他在这天夜晚,在一片荒无人烟的草地上,做了一件叫他终生难忘的蠢事。

这天傍晚,鸭划子来到了浪拔湖。洞庭湖里有数不清的湖,这一个湖,也是湖中之湖,只是在很久以前就没有了波涛,只剩下一片沼泽地和一些水池子。水池子里有很深的淤泥,有可怕的深潭,在它的四周,布满了绿油油的水草。水草的种类很多,有青萍有红萍,还有假水仙,不管哪一种水草,都是喂养雏鸭的好饲料,也是蛋鸭喜欢的青饲料。除了这些有用的水草,还有螺蛳和蚬子。蚬子的形状细小,营养丰富,生长起来快,在这一大片水池里,到处都有这种蚬子,就是赶来十万只鸭子抢食也吃不完。

黄保老汉早就发现了这个地方,三年经济困难时期他曾躲在这里喂鸭子,所以他一家没有人得水肿病。他听到儿子媳妇在矿山饿了几天,连夜把鸭子全部杀了,制成干鸭子,用布口袋装好,搭汽车送到儿子那里,不但让儿子一家过了一个好冬天,连邻近几户职工也得了他的好处。他看见心爱的孙女变成了皮包骨,发了一次大脾气,临走时把伢儿带走了,从此就在他身边成长。每天给她喂鸭脯,喂鸭蛋,长得鲜皮嫩肉,明眸皓齿,出落成一个美人儿,在他的影响下,也养成了一副放达的性格。伢儿读完初中,需要读高中,爹妈接到矿上,读了半年,高低不肯读了,她说要读也得到湖边读去,如果再在矿上住着,她会生病;果然不久就生了病,变得面黄肌瘦,好像得了急性肝炎,经过医生检验,胆黄素试验又是阴性,最后诊断为水土不服。这样只好又把她送到爷爷身边,住在爷爷的茅屋子里,过了两个月,又恢复到原来的样子,拍了张相片回去,爹妈看见喜仰了,也就断了要她上矿念书的念头。黄菊儿不肯在矿上念书,也没有在湖边念书,她和爷爷跟湖乡许多老乡一样,并不把念书看作人生唯一的出路,他们认为世界宽阔得很,世上的许多美好的事物,书本上并没有。比如这一片浪拔湖,书本上就没有,书本上没有告诉人们,这里能养鸭子,养在这里的鸭子又大又肥,生出来的鸭蛋又大又重。这些都是一位不识字的老汉踏勘出来的,他凭着几十年养鸭的经验,写成了一本养鸭经,这本经没有写在纸上,而是写在他心上。他现在有点着急的是自己的年纪越来越大，一旦两腿一伸，来不及交代，这本经就失传了，因此他把孙女儿带来了，同时还组织了一个牧鸭队，拉一只大棚子，他要在饲鸭的过程中把自己的经验传授给年轻人。

年轻人似乎都有自己急于要办的事情，这晚把鸭棚子搭好后，将篾篦子围好，给鸭儿喂了一阵食，黄保老汉准备就着夜光，向他们讲讲这片池沼的历史，讲讲池里有哪些宝物可资利用，等他回头找人，年轻人都不见了。惠兰带着小扁豆采野花去了。她和黄菊儿住一只鸭棚子，她要把鸭棚子收拾得像家里那间房子一样舒适美观，她要采摘大把野花，把它放在玻璃罐头瓶子里，给新住宅带来香气和喜气。大宝也不见了，他没等天黑，就把铺位安好了，喂过鸭子，吃过饭以后，夹着那本厚壳面子书，到一个僻静地方念去了。他有一袋子电石，还有一只电石灯，到了野外，也可点起灯来读书和写字。耗子和黄菊儿到哪里去了？喂鸭子那会儿，耗子用手拉拉黄菊儿的衣袖子，轻轻地说道："我看见有丛野芙蓉花，很好看，我们去摘来，别让惠兰先摘掉了。"黄菊儿微笑着，点点头。等到晚饭一吃过，两人便互相递了眼色，相跟着出去了。说他们出去，不如说进去，他们出了鸭棚子，进了大自然，在广阔的野地奔跑，现在蛇还没有出洞，不怕被蛇咬伤，因此他们什么地方都跑到了。他们看到了各种珍奇的小树，各种野花，每人采摘了一把。就是没有看见耗子所说的野芙蓉，野芙蓉是秋天的花卉，她没有想一想，这时哪里会有？黄菊儿一直追问野芙蓉在哪里？耗子试她道："在这里！"黄菊儿跑拢去，她并没有看到芙蓉花，腰肢却被一只有力的手箍住了。接着便是一股浓重的男子气息喷到了她的脸上，那人的嘴唇也抹到了她的脸颊。黄菊儿突然感到一阵晕眩，觉得身子快要软瘫，她正待挣扎，身上的夹袄被人掀开了，这时她才吓了一跳，出了一身冷汗。幸亏这一吓，她清醒了，她发现有只大手伸到了胸口上，她便使出全身的力气，挥出一只手掌，这时听到哎哟一声，手掌打在一只肉团上。伸向胸部的手迅速收缩了，箍在腰间的手也松开了，她又使出全身的力气，拼命朝前跑。她有一双夜猫子眼睛，看得见路径，她看见前面有盏忽闪忽闪的灯亮，就朝那盏灯跑去。跑到灯前，只见大宝坐在一棵横倒的树干上，在啃那本书。她气喘吁吁地跑到他面前。书呆子吃了一惊，忙问道："碰到野兽了？"看见她摇头，又问，"碰到蛇了?"她又摇头。他一连问了几声,没有听到回答,他以为是闹得好玩,便不再理她了,他又打开那本硬壳子书,坐在电石灯下念着。黄菊儿也坐在一根横着的树干上,喘着气,等气儿平复,心儿还在跳,过了好一会儿,心里不跳了,忽然她觉得刚才那幕很有味,便放声大笑起来。笑了一阵以后,她就难过了,原来那掌用力太猛,把手打痛了。当她一瘸一拐地走进鸭棚里,她不断用另一只手揉着那只痛手。

黄菊儿走进鸭棚子,看见朱惠兰和小扁豆早回来了,他们采回一大捧野花,把它插在玻璃罐头瓶子里,把鸭棚子装点得很好看。黄菊儿对惠兰说:"我有事跟你讲。"朱惠兰正在打毛衣,她不由分说,把她拉着往外跑。她们跑到湖边,这里没有修堤,只见天连着水水连着天,除了身后这片水池子,方圆几十里,没有一幢房屋,一座山林,这里是洞庭湖的最深处,还保持着烟波浩渺的景色。黄菊儿拉着惠兰坐在水边,她把脚下的泥土挖了一块在手中,用力将它抛进湖里。今天湖上起了风,湖水激荡着,泥块落水没有什么声音。她搂着朱惠兰的脖子道:"好姐姐,请你告诉我,跟男人在一块儿是什么滋味?"朱惠兰被她这句话吓了一大跳,她挣开了她的怀抱,转过身来,望着她,好像望着一头珍奇的怪兽。黄菊儿看她这副样儿,觉得很好笑,又放声大笑起来,她的笑声把波浪的声音也盖住了。

黄菊儿挨近朱惠兰道:"惠兰姐姐,你不对我说,我也知道,心里一个劲儿怦怦地跳,是不是?"朱惠兰听了脸上发烧,如果是白天,准能看到她满脸通红。她训诫黄菊儿道:"你的年纪还小,不准说这种话!"黄菊儿娇嗔道:"又是那一套,年纪小年纪小,上回我早已顶过你了,你比我还小的时候,就爱上青林哥哥!"惠兰纠正她道:"那不是爱,是钦佩、尊重!"黄菊儿道:"那是你自己编的词儿,你要是不爱他,为什么像个媳妇似的招呼他老娘?"惠兰道:"那时青林哥哥遭'四人帮'迫害,判了刑,杨大妈很困难,我同情她,跟她住得近,我不去招呼她谁去招呼她?"黄菊儿道:"我不跟你辩这个道理。垸子里的人都晓得这件事,杨青林在牢里时节你就爱上了他,有些拆白鬼说,你年纪小小的,就成了望门寡!"黄菊儿知道惠兰会用手打她,早跳开了,果然惠兰的手一扬,没有打着,接着她从地上捡了个泥巴坨,甩过去,也被她躲过了。惠兰对这个小妹妹很喜欢,她很天真,很活泼,只是有些野,喜欢缠着她讲这些事情,令她感到很讨厌,这时她便站起来,掉转身就走。黄菊儿急了,忙把身子横过来,挡住了她的去路,她哀求道:"再坐一会儿,我还有件事儿要问你。"惠兰知道刚才这些话只是开头,更紧要的话在后边,她便顺手在她背上拍了一巴掌,算是对她刚才那些不当言辞的惩罚。她朝黄菊儿问道:"有什么好事儿,快点说。"黄菊儿咯咯地笑个不停,笑了半天,才吐出了一句心里话:"要是突然喜欢上一个人,又打了他,怎么办?"朱惠兰听出这里面有文章,她问道:"笼笼统统地讲,听不清,叫人怎么好回答你?"黄菊儿说:"比方说,他喜欢我,开始对我不礼貌,打了他一巴掌,后来觉得他好,又愿意了,怎么办? 他会不会再理我?"惠兰问她道:"你怎么又愿意了?"黄菊儿低着头,用手卷起衣角儿,低声道:"回想起他那股傻劲儿顶有味,就觉得他不赖。我不是刚才问你跟男人打交道时是什么味儿,你不告诉我,我也说不清,只觉得心里怦怦地跳,好久好久还有股甜味儿!"惠兰一听,扑哧一笑,她问道:"是不是那天在柳树丛中和你讲话的小伙子,他亲了你?"黄菊儿道:"不是他,是另外一个!"惠兰大惊失色道:"才两天,又换人了?"这时惠兰突然想到了耗子,这两天,她看到耗子对黄菊儿有点失常,好像打白糖,粘着丢不开手。她便问:"是不是耗子?"黄菊儿不吭声。惠兰又问:"他怎样了?"黄菊儿惊慌起来,忙摇手道:"没有什么,他顶老实。"惠兰明白这里有文章,便追问下去:"是不是他动手动脚了?"黄菊儿依旧使劲地摇手,嘴里道:"没……没有!"惠兰忽然记起了她刚才的话,忙问道:"那么,你为什么要打他一耳光?"这话触到了要害处,黄菊儿赖不下去,只得说:"他讲了俗话子,我听不惯,用手拍了他一下子。"惠兰不禁大声笑:"心里喜欢一个人,用的词也变了,动手动脚成了讲俗话子,打了一个耳光变成了拍一下子! 你这样快就喜欢上耗子,把柳荫下那个人丢了?"黄菊儿道:"不晓得何解,打了耗子一耳光,倒觉得他比从前可爱了,柳荫下面那个人缺少刚劲儿,唠唠叨叨的,不像个男子汉。如果都像他跟大宝一样,不是棉花团,就是呆木头,恐怕都不愿意找男人了!"惠兰羞她道:"你倒像个顶有经验的,说起这种事来,有板有眼。我说菊儿,你还小,不应该轻易对人下结论,对于一个人的印象,是好是坏,不是一两天能形成的。即使认定耗子好,也应考验他一阵子,不要轻易把自己什么都交给他。"黄菊儿道:"我又不跟他结婚,今年我才十八,结婚还得几年,我只想跟他交个朋友。"惠兰道:"交朋友也得慎重,因为你们一接近,就想到爱与不爱的问题,就不是一般的朋友了,女伢儿对爱情是不能这样随便的!"黄菊儿不以为然地答道:"像你这种傻劲儿,我就做不到,跟一个人好了这些年,连关系也没有明确过,这算什么相好?我要是你,早就跟他分手八百年了!"黄菊儿这话也打到了她的痛处,惠兰的心里一阵悲怆,她半晌说不出话。两个人坐在湖边,默默地坐着,各人在想各人的心事,过了好一会,身上感到有些凉意了,才觉得要回去,她们不约而同地站起身来,往回走。

当她们走近庙台子,夜已经深了,离鸭棚子不远,一棵树下,还亮着一盏灯,灯光是蓝白色的,很明亮。黄菊儿笑道:"是大宝,还不肯睡,我们去吓他一吓!"这个丫头是个促狭鬼,她蹑手蹑脚地走近前,猛然大喝一声,把大宝吓了一大跳。只见他把头抬起,将搭在额上的长发甩到一边,张开一对吃惊的眼睛,仓皇地望着两人。惠兰看见他那副刻苦用功的样子,一种怜惜之心油然而生,她忙笑道:"大宝,是我们,你不要怕,只管读你的书。"她责怪黄菊儿道:"菊儿,不要再逗他了,我们走。"望着大宝那种呆样子,黄菊儿忍不住笑,她又不禁想逗他两句,便大声笑道:"读吧,读吧,读到天亮也行,读得感动了洞庭王爷,把三公主下嫁给你做堂客!有句什么话儿来着,书中自有……"她记不起下面的字了。惠兰虽只读过完小,她知道,接着说:"书中自有颜如玉!"黄菊儿又大笑道:"是了,你就发狠读吧,那位姓颜的玉姑娘会来找你的!"

第二天,黄菊儿的态度变严肃了,她对耗子不冷不热,既不跟他打打闹闹,又没把他昨晚的行为公布出来,她很客气地微微跟他点点头,倒把耗子提进闷葫芦里去了。昨天晚上耗子控制不住自己的冲动,做了一件后悔莫及的事情,挨了黄菊儿巴掌。他在池子旁转着,不敢回来,直到听见黄菊儿逗大宝时发出的笑声,才稍稍落下一点心来。等两个女伢儿走后,大宝也灭了电石灯,回转棚子里去了。过了半夜,他才悄悄地从池边溜回来,溜进了鸭棚子。鸭棚里挤挤夹夹睡着四条汉子,虽然小扁豆没有长全,只能算半条,但是鸭棚子实在太小了,挤得人骨头作响。耗子图空气新鲜,把床铺安在门边,一推门,便到了床上,他坐在床边久久不能入睡,思前想后,觉得是一次大失策,为了躲避窘迫,只有一走了之。他怨自己太性急,一点准备工作也没做,就贸然进攻,能不吃败仗?他在恋爱上素来是自负的,农村姑娘他一个也不入眼,要不是黄菊儿的爸爸是个工程师,爷爷是位大把式,她再长得标致,他也看不起。他相信这种说法,任何爱情都是一种交换,他的交换原则是有助于提高他的社会地位,他的生活水平,除此以外,任何美女也引不动他。因为黄菊儿的条件比较好,有交换价值,他便把她选作进攻对象。他看见黄菊儿生性轻佻,以为容易上手,所以贸然采取行动,谁知碰了一颗钉子。他挨了耳光,虽说嫩巴掌不痛,侮辱却不轻,更要紧的,如果将这事传播出去,他无面目见江东父老。他第一次表白,就遭到冷遇。他必须挽回这一败局,但是想来想去,想不出什么法子,这爱情的事要两厢情愿,来不得半点勉强,他想只有一走了之是上策。待他一细想,走了也不好,不明不白地走,不就承认自己失败了,人们不免要问情由,耗子为什么要走,一问不就把事情扩散了?如果不走又怎么办呢?他想起池边听到的笑声,事情发生后不久黄菊儿就放声大笑,这说明她不太气恼,如果她不气恼,她就不会翻脸,说明事情还有回旋余地,自己在老倌子面前献点殷勤,在黄菊儿面前赔个小心,工夫做得到堂,还有朝好的方面发展的希望。耗子翻来覆去想了一夜,脑子都想痛了,最后还是没有想出一个结果。第二天一大早,他战战兢兢走出棚子,第一眼便看见黄菊儿。黄菊儿依旧那样新鲜,那样娇艳,她清早起来梳洗,没有穿棉衣,大红毛线衣下面的胸脯显得更加突出。他怯怯地望了她一眼,只见她的表情很平淡,好像点了点头,又像没有点头,不过他的心落下了一半,因为他从她那眼睛上看,看不到半点鄙视的眼神儿。等到吃饭的时候,他忙着帮黄保老汉搬小板凳,舀稀饭,夹咸菜,又特地替老倌子沏了一壶酽茶,把它放在他的脚边。当他忙得不可开交的时候,他又用眼角瞟了一下黄菊儿,只见黄菊儿站得远远的,看着这里的情形,那翘翘的小嘴边,浮现出一丝笑意,这时他的悬着的心完全落到了原来的位置上。他不禁轻轻地叹了一口气,暗暗地想道:"跟这班女伢儿打交道,真是门学问。"

谁知自从那天晚上看到大宝刻苦攻读以后,惠兰开始留意起这个沉默寡言的汉子了。黄保老汉的鸭棚里的鸭子不到一千只,他要在浪拔湖再孵养两千鸭子,他带来配种用的公番鸭,是从今年喂养的鸭子中选留下来的,它们都已长得背宽蹼大,羽毛紧密,而且开始发出哑哑的叫声,在鸭棚里拼命追逐母鸭子。和公番鸭同在一只棚里养着的母鸭都是经过处理的,只是用来刺激公鸭配种的兴趣,而不是用来配种的,真正用来配种的是麻鸭子。经过黄保老汉多年的观察和实践,用麻鸭和番鸭配种,生下的鸭蛋品质优良,能产生新的半番鸭子,这种鸭子出蛋率高,又容易放牧。只是由于两种鸭子体形不同,配合起来很困难,黄保老汉不敢把这个工作交给毛手毛脚的黄菊儿和耗子,而把它交给了细心文静的惠兰和大宝。两人在老倌子指导下共同操作,惠兰仔细观察大宝的性格和品行,她对大宝产生了越来越多的好感。

麻鸭的体型很小,跑走甚快,公番鸭则个高体大,行动缓慢,难于配合,每当雌雄交配,都得要人加以辅助。示范动作是由老倌子做的,到普遍进行配种时,就由惠兰和大宝动手。第一次拉开母鸭的尾羽与公鸭的泄殖腔结合,大宝的脸便红了,红得像关公,他把活儿一丢,撒开腿跑了。老倌子看到他比姑娘妹子还害羞,忍不住哈哈大笑起来,笑了半天。大宝竟跑出好远,宣称宁愿割水草,扫鸭粪,干那些脏重的活,也不愿再做这种工作。经过黄保老汉的劝说,还带上一点命令的口气,大宝才又参加配种,但是他的眼睛不再肯看人,特别是碰到女伢儿,他的脸便红了,眼睛老早就避开了。

平时难得听见他说一句话,如果有事问他,你问一句他答一句。不过他有一个特点,如果你问的是书本上的事情,他会滔滔不绝讲给你听,每天除了工作吃饭和睡觉,他都抱着那本书去看,嘴里念念有词,像是和尚念经。黄菊儿又跟他开玩笑,把他的书本抢过来了,就着灯光一看,女伢儿的舌头吐出来半天缩不进去,因为她看到书上的字活像一只只蝌蚪,除了标点符号相识以外,别的一个也不认得。黄菊儿大叫道:"他看的是天书!"惠兰接过来一看,纠正道:"是英文。""啊!难怪他不肯跟我们老百姓弹弦,他想做外国人?""外国的科学技术很发达,要向他们学习,没有语言工具是不行的。"大宝终于说出了话。什么语言工具,黄菊儿不大懂,但是他这话的意思她们懂了。惠兰不无敬意地望了他一眼,对他这种顽强学习的精神很佩服,她的心里不禁想,在我们这号穷乡僻壤，哪里会有外国人，见不到外国人，学这种外国语言有什么用？这种藏在心里的话没有说出来。大宝也不再搭理她们，他又捧起他那本厚厚的书，踱到湖边去了，一去有半天，那里不断传来念经似的声音。

不知不觉之间，惠兰对这个傻乎乎的大宝有了好感，她常常站在远处，望着他的背影，只见他坐在横倒的树干上，一动也不动。她在心里不禁将他跟杨青林比较，觉得在大宝的身上有杨青林的影子。他们都有一种顽强的拼搏精神，一种坚强的意志！她很赞赏有这种精神的人，她觉得作为一个男子汉，应当有这种精神。她发现自己有些喜爱这个人了，她愿意跟他打交道，喜欢留心他的举动，她开始感到不安了。大宝还穿着那件大棉袄，他在扛篾篁子时，挑大水桶时，总是汗流满面。她的心里想，怎不脱掉大棉袄，穿上一件夹袄，或一件毛线衣，就不会发热了。不久她便知道，他脱掉这件大棉袄，就只剩下单衣了。她不禁怜惜地想，现在每人都有两件毛衣，他一定是把钱都用在买书上了。望望手上，自己正在织一件毛衣，这件毛衣是给杨青林做的，杨青林的身体跟大宝一样高大，她真想把这件毛衣送给大宝。

就在给毛衣收边的那天晚上，惠兰和黄菊儿都把脚儿伸进被子里，背靠着鸭棚子的竹壁，在一边闲话，一边给毛衣织边。黄菊儿捏一捏快要完工的毛衣，打趣道："惠兰姐姐，毛衣快要织好了，送给谁穿呀？"惠兰故意道："留着自己穿，不是送人的。"黄菊儿笑道："一件男式毛衣，自己穿起不嫌大？"惠兰道："我家里还有哥哥，都是男的。"黄菊儿道："是青林哥哥吧？"惠兰没有搭腔。黄菊儿困了，大声打了几个哈欠就睡着了。谁知经黄菊儿这样一点破，惠兰的心里久久地不能平静，她睡在被窝里，翻来覆去睡不着。她的这件毛衣，确实是为杨青林织的，她发现杨青林身上的毛衣旧了，肩上还有一个洞，早就想替他织一件新的，但是在编制组做事，每天手指儿疲乏，到了晚上就不想动针子了。来浪拔湖后，工夫虽然笨重，手指倒得到了休息，她便托耗子到茅草街买了一斤纯毛线，深情蜜意地织起来。但是越织下去，心里越感到苦，再过几个月，她就满二十二岁了，从她爬上刑车递上一包鸡蛋起，她的心里就装着一个人，这个人是她崇拜的偶像，后来又成了她追求的对象，她把他理想化了，愿意托付终身。谁知他是呆木头，迟迟地不肯答应。过去他的心中有个王杏花，王杏花早出嫁了,他还有什么牵挂?她对他说过,年龄的距离不是他们的障碍,但是他还有顾虑。他对于她的追求,有时甚至干脆加以拒绝,后来他把家也搬了。她的内心痛苦极了。为了最后试试他的心意,她送了他一个同心结,这是老班子手里表达痴情的信物,是难出手的,她还是送了,谁知他接到以后,还是那样冷漠、寡情,回赠的是一套冠冕堂皇的大道理,她不能忍受,她只得离开大垸,跳到了鸭大王的船上。如果他能说一句话,她又可以跳下来,跟他一起回去,她用眼睛多次地询问他,他却始终不肯作声,他像送走一个陌生人一样把她送走了。她实在忍不住了,泪水唰唰地流下来,躲在船舱里哭了好久。今天她想到这些,又伤心了,平时满腔的热爱,化成了怨恨,她怨杨青林无情,恨自己命苦,她决心把这件毛衣送给别人。对于大宝,她过去没有什么接触,但是从她到浪拔湖来以后,开始对他产生好感。她觉得他稳重,老实,有上进心,他有杨青林的许多特点,又比杨青林年轻,但是不知为什么,当她想起这些,她的心里产生不出旋风式激荡的情感。

她不知是怎样睡着的,等她醒来,太阳已经老高了,她吃了一惊,因为今天是她当厨。匆匆穿好衣裳,梳理了一下头发,来到了临时搭成的厨房前,只听里面传出一阵嘻嘻哈哈的笑声,原来今天是黄菊儿跟她一班,黄菊儿早起来了,没有叫醒她,她把早餐做好了。当她走进厨房,只见耗子扎脚勒手在案板上揉面,他们正在做高难度动作,想给大家吃一顿油条。从黄菊儿那满面笑容和耗子得意扬扬的神气看来,他们已经和好了,而且已经定了情。对于这种闪电式的恋爱惠兰素来看不起,但是不知为什么,他们痛快的做法却激起了她内心更深的痛苦。到了这天中午,鸭棚子里的人都睡着了,她看见大宝还坐在那根折断的树干上,捧着那本书,在埋头念着。惠兰心里一阵燥热,她咬了咬牙,狠了一狠心,从枕头下面掏出那件已经织好的男式毛衣,朝大宝那边走去了。

走着走着,步子渐渐放慢了,这时在她眼前又显现出一个佝偻着身子的男人的身影。这个男子在她心间盘踞了十年,随着年龄的增长,她越来越觉得不能和他分离,她把她的命运和他联系在一起。他给她的心灵带来了痛苦和委屈,但更多的时候却给了她许多希望和甜蜜,她怎么能把他忘记?她不能在这走了一截的路上退回来,得继续走下去。对于爱情这杯苦酒,她已尝过了,她不再稀罕了,即使不再有幸福,也不算白白地过了一生,因为在她的内心里,她已确确实实地爱过一个人了,现在除了爱他,她不再需要别的什么人。她对爱情的认识跟黄菊儿不一样,她不能像走马灯一样,见一个爱一个。她这时已经走到大宝面前了,她的手里拿着那件男式毛衣。大宝听到了脚步声,从书本上抬起了一双吃惊的眼睛,他望着她,明亮的眼神,好像在问:"惠兰,找我有什么事?"惠兰用手拂拂自己的头发,好像要拂掉那些梦魇似的念头,她微微一笑,生硬地说道:"我从这里路过,采几朵野花去。"

二、星移斗转

　　杨青林送走黄保老汉以后，又赶到柳林镇来给卜桂香送行。卜桂香换租了一条大篷船，这种船方头翘尾，竖着三根桅杆，把风篷扯满，是冲风破浪的好角色。卜桂香还雇了两名帮工，把船停靠在代收店背后，由他们与代收店职工往船上送货，码了半天，前后船舱都填满了，大篷船变得沉甸甸的，代收店铺房间空了一大截。近来因为进的多出的少，代收店铺房内外堆满了货物，值班人员睡觉也得爬上麻袋与柳筐，有点像越王勾践卧薪尝胆的样子。

　　等船舱装满以后，卜桂香打手势叫岸上的人不要再往湖边下货。他到长沙运过两次货，漂过洞庭湖，知道怎样装船，怎样识别风向。这时他望望布满白云的天空，感到湖上的东南风大了，他怕赶塌一路顺风，忙招呼帮工扯风帆绳子。等杨青林赶到码头上，大篷船已经冲进了大湖，三根桅杆上的帆篷扯起来，风帆被鼓得满满的，它开始乘风远航，速度比汽划子还快。卜桂香站在高高翘起的艄篷下，听到了岸上的喊声，他回转头一看，只见杨青林用手做成喇叭筒对着他喊话，喊话的内容听不清了，却看见他身旁站着刘丽君。刘丽君也在对着他喊话，她的一只手还不停地挥动着。卜桂香不禁皱了皱眉头，心里有点不舒坦。不过当他吸完了一袋烟，却又这样想道："看来刘丽君与竹筒子老弟卜槐香没有缘分，与青林伢子倒是蛮好的一对！如今一个要锅补，一个要补锅，为什么不能挂在一起？"

　　东南风的风势逐渐减弱，河水的流速越来越缓慢，三天的路程花了两天,这天下午大篷船进了长沙港。卜桂香看看天色尚早,吩咐两个帮工看好船只,自己从船头跳到岸上,手里提着两只袋子,塑料袋子里装着南洲大曲和板栗,丝网袋子里兜着四只大脚鱼。他从停船码头走上沿江大道,越过马路进入下河街,寻到店里发现郑经理不在,就向小会计问清了她的地址,然后回到大道转了个弯,搭乘十二路车到了火车站,朝阳新村就在火车站旁边,横过马路一拐就到了。原来这里是一片新建的住宅区,一切配套设施都很齐全。卜桂香望着那一排排整齐的建筑,心里不禁羡慕地想道:"要是柳林垸也修建这样的楼房,住在里面该多么清爽!"不过他又马上发现这种房屋的缺点,屋前屋后没有地方摆菜园子。由于大多数人住在楼上,楼上的人家怎么好喂猪?柳林垸的居民有一个习惯,在房屋附近挖个水池子,要是来了什么客人,随时在池塘网上一尾鲜鱼,放在泥巴砌的泥炉子上炖豆腐,喷香的气味飘散到大堤。当卜桂香从一栋数到四十栋,他那羡慕的念头没有了。好容易找到第四十七栋,问一位老者认不认识郑经理,老者的耳朵有点背,听不懂他那乡音很重的问话,两人一块比画了半天,直到另外来人才闹清楚。原来这栋楼房住的拆迁户,搬来不久彼此不熟悉,他们不知道谁是郑经理,更不晓得她住在哪一层。卜桂香只好一户一户去找,敲开那一扇一扇房门。这栋楼房一共有六层,下面还有四个门洞,上上下下住了四十八户人家,一户一户地找真不容易。卜桂香接连钻了三个门洞,敲开了卅六户人家,每当他敲开一扇门以后,连忙装出一副笑脸,好像做了亏心事似的,弓腰曲背喊对不起,接着就说要找郑经理,问她是不是住这里。开门的人少数热情,多数人态度不太好。有个络腮胡子正在跟老婆吵架,扯开房门看见了卜桂香,土头土脑一副巴结相,他的气又冒出来了,砰的一声把门关上,卜桂香的脚背几乎被门夹着了。他又接连爬了几层楼,两只脚把子都酸了,平时他跑惯了平坦的湖滨大道,爬不惯这类笔陡的水泥梯子。第四个门洞爬了四层,他觉得有点力不从心,一屁股坐在楼梯板上,想歇一歇再爬完这最后两层。

"哎呀,你怎么到这儿来了?"卜桂香正在闭目养神,忽然听到一个女子的声音,他睁眼一看,眼泪花儿都快迸出来了。原来站在面前的就是他要找的人,曾经见过两回的郑经理,只见她推着一辆自行车,从窄狭的楼梯爬上来。卜桂香知道自行车靠滚珠轴承转动，推上楼来不容易，他不禁问道："何必把它推上来，搁在楼下不一样？"郑经理一边揩汗一边答道："我搬来不到三个月，就掉了两部自行车，这里靠近火车站，小偷扒手多得很！"卜桂香听了不禁咂舌头，他又发现一个城里不如乡下的地方，在他所居住的柳林大垸，还没有听说有人丢了自行车。

卜桂香帮助她把自行车推到六楼。郑经理掏出钥匙开房门，她的房门有两扇，一扇是铁门，一扇是木门，两扇门都开了，才招呼卜桂香进去。卜桂香怯生生地进了屋子，环视了一下室内，只见空空荡荡的二室一厅，客厅里摆了几把电镀椅子。卜桂香诧异地说道："看样子你还没有搬完家！"女经理打开了厨房里的水龙头，正在呼哧呼哧地擦脸，一边回答着说："我就是这几样东西，一个人过日子。"卜桂香心里不禁诧异，难道这套房子就住着她一个人？平时卜桂香颇有点封建，他认为单独和女子关起门说话不方便。郑经理将车子推进屋以后，就把两扇房门关了。他不觉走到门边，用手拉开了木门，又拧开了铁门。郑经理从厨房里洗完脸出来，手里还端着一碗茶，她把茶递给卜桂香，看见房门大开了，她笑着说道："楼道口有过堂风，吹进来很冷！"她又把两扇房门关紧了。

和这位年轻女子单独相处，卜桂香感到很局促，他后悔不该冒冒失失走进屋子，袋子里装着　些准备送她的礼物，拿不准该不该把它们亮出来。

"快抓住它，往凉台上跑了！"忽然听见女子大声地喊叫，卜桂香朝凉台方向看去，只见两只脚鱼迅速地往凉台上爬。他进房以后，将网袋丢在地上，袋口张开着，脚鱼爬出来了。卜桂香跨上去用手捏着脚鱼的甲壳，礼物现形了，总不能又提回去。他扬着它们问女经理道："水缸放在哪里？"郑经理哈哈大笑，她说："这里不是乡下，用的是自来水，哪里来的水缸？"接着她又笑道："我倒有只大面盆，把它们放在盆里吧。"卜桂香看见她端出来的面盆太浅，脚鱼会爬出来。他摇摇头说："面盆不行，至少要只提桶。"女经理提来了一只塑料桶子。卜桂香嫌它小，却又找不出更大的桶子，就只好把脚鱼丢进桶子里，接着又拿出南洲大曲和板栗。郑经理看见他拿出这样多礼物，很高兴，笑着说："怎么这样客气，真不好意思！"卡桂香怕她不接受礼物，心想可能要费些口舌，不料无须多说，她很

334

乐意地收下了，虽然说了两句不好意思，却没有拒收的意思。不知为什么，看到礼物如此容易被接受，他的心里又有些不舒坦。

女经理开门见山地问道："你这次来，带了些什么货？"卜桂香告诉她什么货都有，只要是湖区特产的，除了稻谷、棉花，都带了一点！柳林镇代收店不作任何限制，来什么货进什么货，不过收进来后归一下类，有的货物分了等级。"郑经理笑道："那好，我们商店最怕单打一，你们供货要保持这个特点，将来要做到别家商店有的我们都有，别家商店没有的我们也有。"卜桂香心里不禁犯疑，从她家的摆设看，她不像是大款，怎么有这样多钱？进得了这样多货？郑经理好像知道他的心思，对他补充说道："我们的资金来源很充足，一靠信贷，一靠扩股，凡是外地客户的货款，只要买卖做成了，从来不拖欠！"卜桂香才长长地吐了一口气，他最怕拿不到货款，救不了刘丽君的急。

郑经理的样子很开通，好像不懂什么叫顾虑，看见卜桂香脸上有汗渍，就替他绞了一个手巾把子，递给他让他把汗擦了。弄得卜桂香不知是接好还是不接好，最后还是决定接了，因为他怕得罪了她，会把这桩生意砸了。

郑经理又详细地问他路上的情形，当卜桂香说到从柳林镇到长沙，一般走三天，她便摇着头说："速度太慢了！打开销路以后，生意做得红火，就得保证不断供货，如今最紧俏的是鲜货，鲜货要保鲜，就需要加快运输的速度；像你们这样运载能力不行，用一只木船运输，一次才运几吨货，对于长沙这类大市场，像往洞庭湖里泼瓢水，不会有什么声响的！"

郑经理说话当中，卜桂香不禁望了她一眼。与这位女子打交道，开始在西长街的闹市，那时她是市场管理员，穿着一身蓝色的干部服，梳了一对小辫子，右边衣袖上箍着一只红袖章，今天发现她原来是个俊俏堂客。只见她头发剪得短短的，细细的眉毛像条线，黄亮的眼球是猫儿眼，眼眶子却像豆荚儿，脸庞的颜色特别白，两颊的颧骨略显凸，高高的鼻梁有点尖，红红的嘴唇生得薄，笑起来露出洁白的牙齿，唇边还有颗小小的红痣。卜桂香感到她柔中带着刚，甜味儿里面又有辣。

当她问完卜桂香运来的货物品种以后，就从自行车把上取下小挂包，从里面掏出一只夹子，给他开了一张三联单，叫他到沿江大道的仓库里去交货,码完货后把它填好。她还对他说道:"今晚我在商店等你,该付的货款马上给你。"说完她便到厨房做饭去了,她想留卜桂香吃晚饭。卜桂香觉得跟她关在一间房子里不方便,撞着了人难免有闲话,尽管他的肚子已经饿了,但他还是告辞了。当他的脚步跨出房门,郑经理又在房里叫他,卜桂香以为还有什么话叮嘱,便在门外等了一会儿。只见她匆匆出来了,把一只信套递给他,并且叫了一声"谢谢",就把两扇房门关了。当卜桂香走下楼梯,一边走着一边扯开信套,只见信套里装着几张票子,正好是购买南洲大曲和板栗的钱,至于那四只大脚鱼,是这些礼物中最贵的,她却没有算钱,看来她很喜欢这类贵重的礼品。

卜桂香拿着郑经理的清单,在沿江大道找到了仓库,仓库里有卡车,有人带着车子到码头起货,当即就把货运进了仓库,仓库是几个单位合租的,一船货物堆进去只占一个小小的角落。把货物码好以后,他就到下河街去结账。卜桂香在商店又见到郑经理,只见她的装束又变了,敞胸露脖的羊毛衫,绷得铁紧的牛仔裤,前胸和后臀都很突出,全不像以前那副古板的样子。她一边跟他开玩笑,一边在会计开的支票上签字。卜桂香看见支票上的签名叫郑军,他的心里不免又在嘀咕,一个堂客取个男人的名字,看来她的个性很强。她将支票递给卜桂香,还紧紧地握着他的手,他立刻有种滑腻的感觉,他的脸颊不禁红了。当他挣脱了那只柔手,又发现臂肘被她箍住了,等将他送出了商店以后,站在街上还拍了一下他的肩膀,并且说了一句甜蜜蜜的话,令他的胸口打了一阵鼓。她笑着对他说道:"我们一回生二回熟,三回见面成了好朋友!"一个女子称男人做好朋友,这在柳林大垸是不时兴的,在城里这话也有特殊含意,也是不能随意用的。他忙环顾了一下四周,幸亏没有人听见,他想如果传出去,难免又成了笑话。

不料当他正在想心事,跟一个鲁莽汉子撞了个满怀。卜桂香的头被撞痛了,准备张开嘴骂娘,忽然听见一片亲热的叫喊:"姐夫哥你怎么到这儿来了?"卜桂香不禁大吃一惊,原来撞痛他的是小舅子。小舅子小九模样儿变了,不像以前那副土头土脑的样子。对襟子布衫换了皮夹克,直通通的土布裤变成西装裤,脚上的麻耳草鞋不见了,穿的是黑亮尖顶的皮鞋,头发的式样也换了,盖顶毛蓄成了长头发,蓬松的卷发遮没了后颈窝,从背后望去分不清男女。卜桂香看见他这副模样,愣了半天说不出话来。他的心里不禁想:"这小子从哪儿挖到了金矿!"卜桂香还没有来得及开口,小九咧开嘴笑道:"姐夫哥请等一等,让我跟店里的人说句话。"说完他便大模大样走进去,好像他是这个商店的老板。卜桂香心里有些犯疑,好容易才等到他出来,他一边走路一边打哈哈,送他出门的有女会计,还有刚刚别过的郑经理。郑军挽着小九的手膀子,拉到一边说悄悄话。卜桂香的耳朵并不背,听到那边传来咻咻的笑声。

没等卜桂香运过神,他的手被小九拉着了,他一边摇着姐夫哥的手一边笑道:"姐夫哥你觉得这个堂客怎么样?是个漂亮的小寡妇!"卜桂香一听吓得停住了脚步,急忙回头望后面,只见郑军还站在商店门口,笑着对他们不停地摇手。卜桂香觉得小九说话太轻佻,对这种话他不愿意回答。小九接着又笑道:"她的男人不是死了而是离了,城里人把这种堂客也叫寡妇,和他们交往是自由的,不会被人看作第三者。这个寡妇真能干,谁要讨上她谁发家!"卜桂香对他的话很不满意,觉得他来长沙的目的很可疑,他便厉声问道:"你这次私自到长沙做什么?"小九听了哈哈大笑,接着扁了一下嘴:"姐夫哥你的脑筋太旧了,还好意思用这种过去用惯的词,什么私自不私自,如今大家都自由了,出门完全由自己,不需要到你队上批条子!"卜桂香也觉得刚才失了言,但他不想失去兄长的尊严,他继续很严肃地问道:"你到底来长沙做什么?打扮得像花花公子!"小九一点也不怕他,他闯荡江湖足足有两年,在这长沙他比姐夫哥熟悉,早已不要他指点。他把卜桂香的手一甩,大步流星走到前面,一边大声地回答说:"到长沙市来玩玩! 这里是花花世界,我们都舍不得回去。"他的脚步越来越快,一会儿离开好远了。卜桂香一想这下糟了,听说长沙市很复杂,流氓地痞起堆,还有一种叫什么团伙,专门拉年轻人下水。小九的模样儿变了,该不是被坏人腐蚀了? 他想起小九是自己带到长沙的,原来他们不知道长沙有多大,到了长沙迷了路,这也有自己的责任在里边。他感到担子很沉重,不能让他们留在火坑里,这样他便紧跑几步,赶到了小九的跟前,一把将他的手抓住,表带子刮痛了他的手腕。小九嬉皮笑脸地说道:"姐夫哥你怕我跑了,等会儿就没有人请客了?"提起这请客,卜桂香的心里有愧,两年前贩运湖藕子,连餐饭也没有请小舅子吃,他们还想到湖南剧院看戏,他也没有答应。如今他的怀里揣着几千元支票,还有几百元现金,他完全可以请他们吃饭,还可以买几张门票。他想先还清这笔旧债,再对他们严加训诫。谁知他刚把请客的意思说出口,小九便露出一副不屑的样子。他的脚步忽然停住了,指着河下对卜桂香说:"我们就住在船上,请姐夫哥上去坐坐。"卜桂香正想看个究竟,跟他走下了码头,他还怕他跑掉,紧紧地抓住他的手。两人沿着麻石砌的阶级走下,跨上了一只趸船,穿过三艘汽船,踏上了一只机帆船。机帆船的舱里人声鼎沸,几个穿戴时髦的青年在推牌九。小九的脚刚刚踏上船板,就大声叫道:"小八快来救我,姐夫哥要送我到派出所!"推牌九是赌钱的,这句话把牌客们惊散了,一片杂乱的脚步声响过,船舱里只留下一堆烟屁股。小八从后舱钻出来,一见姐夫哥哈哈大笑。他把卜桂香让进船舱,恭恭敬敬献上杯茶。他虽然觉得姐夫哥悭吝,但到底是他们的引路人,要不是他带他们到长沙,他们也不敢贸然到外面闯荡。小八只顾推牌九忘了吃饭,肚子里已经咕咕叫了,他嚷着要到岸上去吃饭,立刻得到两人的响应。卜桂香想还清旧债,小七想摆摆阔气,三人商量好去火宫殿,一路相跟着到了坡子街。

卜桂香心里有小九九,他知道火宫殿的吃食便宜,叫齐了糯米团子河南粉炖猪脚和臭豆腐,还不到十块钱。他想请客是真的,要他请得很高档是不可能的,目前他还扳着手指头用钱,离发家致富距离还远。小九的想法不一样,他很熟悉这里的情况,他想让姐夫哥开开眼界,不要像从前一样瞧不起他们。三人沿着倾斜的街道走着,一边走路一边说话。小八是只穿眼尿桶,心里藏不住隔夜话,他告诉姐夫哥他们发了点财;姐夫哥领头搞长途贩运,他们照着他的路数走,不过他们的运气比他好,第一船到岸就赚了钱,第二船把本钱还清了,接着将小船换成大船,大船换成了机帆船,如今他们还想买汽划子。

因为银行存折上有了六位数字,穿的戴的早变了,吃喝上头也开始讲究,不愿在底层吃糯米团子。今天一进火宫殿就上二楼,楼上的装饰十分华丽,隔成小间的餐室各具特色。里面的服务小姐脸模子好,接待客人的态度殷勤,没有开口先露笑,有的还故意抿出酒窝子。卜桂香踏上楼梯略显迟疑,他怕自己付不起款。小九看出了他的顾虑,连忙声明这餐饭由他请客。卜桂香才不慌不忙跟了进去,在龙凤阁拣了个位子坐下。立刻就拢来一位服务小姐,一双黑眼珠子滴溜溜转,双手捧上了云雾茶,还送来香喷喷的手巾把子。小九熟练地接过烫金夹,里面有几页精致的菜单。他问姐夫哥喜欢吃什么菜,卜桂香支支吾吾说不出来。小九小八商量了一会,最后由他们包办了。首先上了一只拼盘,然后来了鱿鱼炒肉丝,牛百叶与东安鸡是这里头牌菜,小九小八自然不肯遗漏。小八还特地向姐夫哥介绍,东安鸡是唐生智首创,这位将军参加过湖南和平起义,是一位著名的美食家。卜桂香郑重地伸出筷子,一尝香甜酸辣诸味都有,就是没有一丝鸡味儿。后面还有几样菜,其中有一样叫铁板龙虾。卜桂香只吃过河虾,没有吃过海里的虾子,他伸过筷子去夹虾子,手指头给烫了一下,原来那铁板是烧红的,是不能用手去碰的。他们一边吃菜一边喝酒,一会儿一瓶白沙液就完了。卜桂香心里不禁想道:"这些菜由他们出钞,自己应当去买酒。"他推说上厕所,找到楼口的服务台,台后柜子里摆满了酒,花花绿绿的商标很耀眼。

"哎呀,卜队长,你怎么到这地方来了?"卜桂香转脸一看,认得是柳林镇供销社的王代主任。

王代主任名叫王桂生,早先在百货门市部当经理,唐元贞出事以后,他升任供销社代理主任。供销社主任是镇里的名人,男女老少都认得。卜桂香用了他的新头衔,故意丢掉了那个代字,叫了一声王主任。王桂生听了嘿嘿地笑,接着他却阴阳怪气地说道:"早就听说卜队长发了财,我还不大肯相信,能够在这种地方消费,看来这话是真的!"卜桂香的心里想道:"发了财又怎么样? 又不是偷的和抢的! 如今政府允许一部分人先富起来,难道你还有什么话说?"他感到王桂生语气间有讥讽意味,便不愿意跟他说话了。王桂生还问卜副局长怎么样? 怎么不回来走一走? 垸子里的人都知道他们兄弟不和睦,还要跟他说这些是何用意? 他便说了一句不知道,就去仔细看那些酒瓶子。为了表示不甘示弱,他选了一瓶高档的酒,酒的名字叫竹叶青,跟乡下一种毒蛇的名字一样,这种酒的度数很高,标的价格也不低。

一瓶竹叶青也被三郎舅喝光了,小九小八都有了醉意,他们不愿意回船上,跟跟跄跄出了坡子街。三郎舅手挽着手在街上踟躅,卜桂香夹在两兄弟中间。他们转进了八角亭,街上的路灯都亮了,整条街上人挤人,两旁摆满了吃食摊子和衣摊子,吃食的品种南北齐备,衣裳的颜色像万国旗。卜桂香很想给端姑娘买两件衣服,挤了半天没有挤进去。小八警告他注意怀里的钱,他便不敢再挤了。三人挤挤夹夹穿过八角亭,径直走进了五一路,转了个弯向前几步,抬头就看见湖南剧院。小八看见一张大海报,上面有个裸体女人,他便嚷着要去看电影,小九也马上附和。卜桂香没注意看海报,他也知道到了湖南剧院,他便马上去买票,站在一支长长的队伍后面。一会儿小八跑来,把他扯出了队列,远处小九扬着手,原来他们买到了退票。小八告诉他退票人都是假的,是专门来乏钱的,他们把好票买下,然后在门口装退票,如果你想坐好位子,就得在他们手上买退票。

卜桂香没有机会出票钱,就提出要过街吃冰激淋。早春二月哪是吃冰激淋的季节,一杯冰激淋吃了半个钟点,等他们重新跨进湖南剧院,才发现开映好久了。卜桂香从来没有在屋子里看过电影,他看电影都是在露天,影片的光线没有这样明亮,也没有花花绿绿的颜色。更让他惊奇的是,银幕上出现这样的镜头:一对男女在树林里追来追去,最后追到了屋子里,看来两人不像是夫妻,却做起夫妻才能做的事情。从来夫妻做事不能让别人看见,这里怎么做得让许多人看?卜桂香想起乡下人的禁忌,看了这号事会背时的!他肩负着众人的希望出来送货,要是把船翻在湖里怎么得了?他越想越觉得不能看了,嘟嘟哝哝地吵着要走。谁知小九小八正看得出神,拉紧他的衣襟不让他动身,他的心里感到焦躁,胸口像爬满了蚂蚁子。好容易才挨到电影散场,挤出剧院便大声地骂道:"这里的书记是吃屎的,怎么能放这号电影?"他又气呼呼地教训小舅子,叫他们不要再看这种俗片子,花了钱还在其次,学了坏样子不得了!小九小八正津津有味地讨论影片的情节,只好连忙闭上嘴,两人不禁吐了吐舌头,转过头去互望了一眼,于是齐说有急事要办,不能再陪姐夫哥逛街了。不过他们还是对他说,机帆船明天要回县城,问姐夫哥愿不愿一块走。卜桂香觉得到了县城离家很近,连忙答应了他们的邀请,用根缆索把大篷船吊在机帆船尾巴上,可以省得划几天桨。

离开小舅子过了马路,不觉来到了中山路,中山路百货公司很有名,他想进去买几样东西。卜桂香是一位模范丈夫,又是一个好爸爸,每次出门都不忘记带东西,他希望看见端姑娘和儿女们的笑脸。当他走进百货公司,远远闻到一股香味,原来一楼是化妆品专柜,里面的顾客大都是女的。有的女子披头散发,有的头发像抱鸡婆,有的发髻上别着花结,有的罩着一只黑网子。有个女子明明出生在中国,头发却染成了金黄色,她穿的高跟鞋噔噔地响着,高傲地擦过他的身边。这时他发现穿平底鞋的很少,穿高跟鞋的很多,穿高跟鞋跟穿木屐一样,屁股翘得很高。卜桂香在男子汉中不算矮的,在这群堂客们中间并不显高。离清明节还有几天,她们穿得很少了,有的露出了光膀子,有的把胸口敞在外面。他猛然看见有个女子弓腰拔鞋,挤出了半截奶子,他的脸颊发烧了,连忙把眼睛别开去。他想给端姑娘买瓶护肤霜,好擦擦她那越来越粗糙的脸,他在远处久久地观察,始终没敢靠近柜台,他怕费了力挤进去,会挨着那些女人的身体。最后他只得撤退,沿着楼梯走上二楼。二楼的货架上挂满了衣裳,五颜六色使他眼花,不晓得选哪一件合适,连问了几回价。服务小姐开始还和蔼,渐渐地不耐烦了,后来索性不回答,还拿眼睛横了他一眼。他虽然看准了一件衣裳,还是赌气不要了,他想城里人观念没有变化,嫂嫂那类人物多得很!楼梯口写着三楼还有鞋帽,四楼专售家用电器,他也懒得再看了,空着两手走出百货公司,心里憋着一肚子气,真想找个由头发泄一下。幸亏百货公司对角有条巷子,里面摆着一排排摊子,男女摊主特别热情,好像迎来了亲表哥。他们的奉承使他消了气,恢复了他的自尊心。他们一点儿也不嫌他土气,而且认定他的荷包里有钱。他在一套连衣裙前停了一下,那个摊主马上把衣裳取下,他一个劲儿地鼓吹样式新颖,又详细询问他堂客的高矮胖瘦,结论是她穿了特别合适,还说如果不合适可以换,到这里找王三麻子就行了。卜桂香不禁朝他脸上瞟了一眼,果然发现他的腮边有几粒白麻子。王三麻子的推销术产生了效应,卜桂香得到了满足,他从腰间将花布包掏出来,如数把票子数给他,尽管这时不到夏季,他还是买了两件短袖衫。

他早打发帮工从旱路走了,第二天自己跟小舅子们一块儿回家,一路滔滔十分省劲,有风时扯起大风篷,无风时开动小马达。当天下午就到了县城,船一靠岸就有人来取货,小九小八忙得手脚不停。这船货不是卜桂香运的,他在一旁插不上手,抬头看看天色,太阳早已偏西了。在长沙市没有买到吃食,他想在县城买几样,便跟小舅子打了个招呼,噙着烟斗上了岸。走进大街发现变了,马路铺上了水泥,路旁的水沟盖了预制板,电线杆子上挂着路灯,电话线埋到了地下,隔不多远摆只垃圾筒子。两旁的房屋都做了改造,一楼被打通做了商店,店铺里披红挂绿,大街上熙熙攘攘。他在八角亭穿过,以为省城才这样繁华,不料县城也变成这样,好像进了另一个世界。

卜桂香整整有两年没有来县城,之前还是送牛牛给大哥做崽来过的,那次同时到农业局办手续,他在城里怄尽了气,对县城的印象坏透了。他觉得县城的人把他看做叫花子,还把他当成傻瓜,他们随意地侮辱他,随便把他当宝盘。他曾经暗暗地发狠心,不到丰衣足食绝不进县城。他想起那女人就生气,心里不禁骂道:"一个生不下蛋的老鸡婆,怀里抱的还是别人的崽!"他跟哥哥断了来往,也不打探他的消息。今天他的生活变好了,倒想看看他们过得怎么样?可惜他是临时决定来的,没有来得及带上端姑娘,如果带上他们娘俩,他真想去气气胖婆娘!

他又走进了一条横街,街口竖立着一个牌坊,上面赫然几个大字:"南湖农贸市场"。农民挑货到此贸易,不必到工商局办证,因此整天热闹非凡,被人们称为"小汉口"。

卜桂香提脚跨进牌坊,立刻被人们裹住了,他夹在人流中缓缓前进,浏览着摆满两旁的货物,其中有黄花菜、湘莲和银鱼,还有金橘子干虾与粉丝。从前洞庭湖盛产银鱼,每年产量数万担,如今工厂的废水往湖里灌,这种娇贵的鱼种几乎绝迹了。靠近这批篓子摆着大水缸,缸里养着脚鱼和乌龟,从前湖区的人不吃脚鱼,认为它们是龙王的将士,如今不相信水里有龙王,又听说脚鱼能防治癌症,不仅本地人开始吃脚鱼,外地的商人也跑来收购,价格一天比一天抬高,脚鱼成了抢手货。水缸旁边摆的是大木桶,木桶排成了长蛇阵,最多的是杀猪用的长腰形木桶,里面装满各种鲜鱼,品种之齐叫人目眩,数量之多令人咋舌,其中有鲤鱼鲫鱼和鲢鱼,还有鳙鱼鳊鱼和鳜鱼。鲤鱼鳙鱼活蹦乱跳,鲫鱼鲢鱼在水中游泳,鳊鱼鳜鱼却经不起折腾,有的已经亮出了肚皮。鳜鱼是一种吃鱼的鱼,它们在水中称王称霸,离了水便失去了威力,而且很快变得奄奄一息,有的腮帮子不再开合,被主人丢进了篾筐里,篾筐子里的鱼是死的,它们的价格便宜得多。

卜桂香继续朝前走,发现这里应有尽有,不仅陈列着湖区的特产,还有许多货物来自山乡。山里人送来笋干蘑菇和木耳,还有麂子黄竹筒与山兔。有个山民摆着一排竹笼子,竹笼里养着活野鸡。新鲜的野鸡肉他没有尝过,听说比家鸡肉鲜嫩得多。洞庭湖水通过长江注入大海,但他平生没有看见过大海,听说海水像天空一样蔚蓝,里面养着无数种鱼虾。今天看到的有墨鱼海参和干贝,还有海带胶蟹与瑶柱。他还看到一排玻璃瓶子,里面盛着许多钩钩虫。旁边有位弓腰曲背的老倌子介绍,这种海产叫蛤蚧,是一味壮阳补肾的良药。

卜桂香被人群夹着推来推去,往返观赏了好几次,最后他使劲挤出了人群,挤到了一个卖橘饼的摊子跟前,他麻利地买了一斤橘饼,还买了半斤冰糖。他听端姑娘说过,她的妈妈有气痛病,听说拿这种橘饼蒸冰糖,吃了能够治愈这种病。

好容易挤出了横街,卜桂香到了一个清静所在,原来这里有座孔夫子庙,还有一座关帝庙。平头百姓读不懂《论语》,对于关圣帝君崇拜得多。传说关云长的大刀很厉害,劈断了孔庙前的白果树,原来这棵树已经成精,变成个美貌女子勾引人。不过这些都成了史话,如今这里变成了两个机关,一个是农业局,一个是水利局。卜桂香曾经在这儿怄过气,一望见两座大楼就窝火。他不愿在这里停留,掉转身子往外走,后面除了农贸市场,还有一条小巷子,他不想再到农贸市场挤油,便踅进那条小巷子,穿过小巷就到街上,径直可以走回码头。谁知当他刚转进小巷,迎面看见一张熟悉的脸。原来这是他的嫡亲哥哥,原水利局的卜副局长,为什么加一个原字?因为他早调到了粮食局。粮食局正在开会讨论买粮难的问题,今天在局里开了一天的会,他还抱定宗旨跑龙套,在会上既不提什么解决方案,也不说什么泄气话,一把手点头他点头,一把手表态他表态。他刚从局里往家走,不想在门口碰见了弟弟。在兄弟中他跟卜桂香最好,因此想过继他的儿子做崽,谁知堂客愿意带野崽子,兄弟之间产生了隔阂。两人已经有两年没有通过音讯,到了家门口怎能让他走掉?他一把抓住弟弟的衣裳,责问他为什么不去看他。

卜副局长显著地老了,身子也变得更加臃肿了,他的脸像腌黄瓜,又有点像猪尿泡。卜桂香见他这副衰败相,过去的怨恨也消了。平时一想起哥哥的懦弱,心里便像燃起一盆火,到底是一个娘胎出来的,又在一口锅里吃过几年饭,相逢一笑泯恩仇,过去的事情就算过去了。卜桂香的心里转了个弯,他的脚便跟着大哥走,但当他走进那个大院,他的脚又不肯走了。卜谷香也记起了前年的口角,唉声叹气地说道:"你的嫂子已经病了,好几天没有进过一粒米!"卜桂香听见嫂子病了,他的心里又软了,他本来是个软心肠的汉子,这时不禁想道:"笑脸人莫骂哭脸人,暂时不去计较过去的事。"于是他又提起脚步,跟着大哥走进他的屋子。

哥哥的屋里窗户没有开,好像进了一个地窖。卜桂香抬头一望,立刻有种不佳的感觉,因为他跑过几回长沙,看见过一些考究的房子。眼前的房子装修很俗气,客厅的面积也狭小,一张旧沙发塌了弹簧,几张皮椅子露了馅,窗帘布像多年没有洗过,镶木地板脱落了几大块。卜谷香把弟弟让到沙发上坐,正对面就是厨房和厕所,厨房里锅瓢碗盏堆满一案板,厕所里飘出一股尿臊气。忽然听见隔壁传来呻吟声,卜谷香赶紧跑进卧室,接着又听见咳嗽声,还有叽叽咕咕的说话声。过了一会卧室的门开了,从里面挤出两个胖子,大哥搀着害病的嫂嫂,颤颤巍巍地走出来。卜谷香怕弟弟说出难听的话,连忙指着女人说:"你嫂嫂听见你来了,一定要起来见见你,她觉得过去对不起你,要向你赔礼道歉!"卜桂香心里诧异,不知说句什么话好。忽然他看见女人矮了半截,原来她跪下了。他赶紧站起扶着她,帮助大哥把她塞进沙发里,沙发垫子发出咔嗒一声响,肯定又有根弹簧绷断了。接着就听见她号啕痛哭,哭的声音很大。卜桂香最怕看见别人哭脸,哭声使他难过,谁知她越哭越伤心,眼泪水像两串佛珠子,他想他们一定受了委屈,不然不会这样伤心。

胖女人哭了好一阵,夹杂着说了几句道歉的话。卜桂香只好劝她宽心,说过去的事情他早忘了。他帮助大哥把她扶进卧室,倒在床上又抽泣一阵。等到两兄弟回到客厅,他才知道他们受委屈的经过。

原来嫂嫂从医院抱回来的不是私生子,而是一个公社社员的儿子,因为那时工分值只有七分钱,两人出工养不活伢儿,他们想替他寻条生路,把他送给一位解放军。谁知前年推行责任制,土地经营由自己,头一年有了饱饭吃,第二年就有了存款,加上大湖里开禁,冬天的收入也不少,这时他们想起送走的伢儿,妈妈想得发疯了!于是寻到航运公司,找到那位解放军,然后又追到医院,很快找着卜副局长。这时伢儿已经满了三岁,早已改姓卜,他能喊卜副局长做爸爸,甜甜地叫胖女人做妈妈。伢儿的生身父母上门了,胖女人不免大吃一惊,首先感到上了当,接着想到必须耍赖,但是生身父母拿着乡政府的介绍信,还有那位解放军与医院的证明,都证明伢儿是他们的,现在必须归还给他们。胖女人无法赖下去,就提出在伢儿身上花了很多钱,她把数字开得很大,以为可以难倒这对夫妇。谁知他们带来了钱,把钱堆在桌子上。胖女人一看足足有四千,比她开出的数字还要多,这时她便不能说什么,只好眼睁睁地看着他们把伢儿领走。临走时伢儿认生,不肯让自己的亲生父母抱,他一口一声叫妈妈,把胖女人的痫心叫落了。回头她噙着泪水收了钱,准备存在银行里,每年有四五百元钱利息,也够她一年的肉食钱。谁知这事传出去,县里纪检会的人来找卜副局长,认为他不该收下这笔钱,应当如数退还给人家。一位堂堂的县局领导,怎么能占农民的便宜!卜谷香一听也觉不妥,急忙回家和胖女人商量,结果挨了顿臭骂,不肯把钱拿出来。急得卜副局长蹿上蹿下,只好向亲朋好友借钱,好在他还在台上,这点钱很快凑齐了。胖女人发现后又大闹,还是扣下一千元。谁叫她的男人当副局长,为一千元又听了不少闲话,这样她不但失去了儿子,而且失了面子,等到这事办利索,胖女人就病倒了。卜桂香来到她家,正是她病倒的第十天,这些日子使她变了样,浮肿的脸上布满蜘蛛网,腿脚也一按一个洞,水桶腰直不起来了。她见到卜桂香又有新的想法,她想不妨把牛牛带在身边,将来过继给自己做崽,老了也有个依靠。她不晓得如今卜桂香有钱了,他的牛牛是堂客的心肝宝贝,她含在嘴里怕化了,哪里肯轻易让出来。

卜副局长已经平调到粮食局,他还住在水利局的宿舍里,水利局人仍喊他卜副局长,他也依旧按时上班,不过到粮食局要穿过小巷子,每天出门的时间要提早十分钟,他想留卜桂香吃餐饭,弟弟却无论如何不肯。当他将卜桂香送出院子,听见传达室的老倌子喊道:"卜副局长你有一个通知!"他接过一看,是县委办公室送来的,通知他列席明天的常委会,而且"一律不准缺席。"他的心里感到兴奋,不禁有点飘飘然,因为自从他担任科局级干部以后,从来没有享受过这种待遇,他想莫非自己的工作有了变化,要给他调个正职的位置?他和卜桂香告别以后,又喜滋滋地跑回屋里,想把这个喜讯告诉女人,好让她高兴一阵子。

卜桂香和哥哥作别以后,又回头看了一眼,他望见他那佝偻的背影,觉得他实在可怜,他想回转去说几句宽慰话,但又想起前年所受的奚落,他把这个念头打消了,同情心也没有了,他倒觉得心里格外舒畅,有种士兵打了胜仗后的感觉。嫂嫂的意思很明显,她想把牛牛抱过来。卜桂香心中暗自笑道:"不要说你这号德行,就是平时贤惠也不行,到了如今这种日子,就算搬来金山银山,也换不走端姑娘心爱的满崽!"他一想起端姑娘,胸间便升腾起柔情蜜意。他觉得自己生来就命苦,娘胎里滚出来没过过一天好日子,但是月下老人做了桩好事,替他送来了一个好配偶。她是公社成立前不久进门的,刚进家门像朵花,没吃几天饱饭就到瓜菜代,俏妹子变成了黄面婆。接着连蕨根也挖完了,全家都得了浮肿病,头胎的伢儿饿死了,二胎的妹子得了佝偻病。好容易才挣得有饭吃,接着就是三年社教,生产队长被枪兵押去集训,说是检讨不好不能下楼。这件事没有择利索,"史无前例"就来了,生产队长是九级司令,统统都在横扫之列,过不几天就要陪斗,端姑娘像五类分子婆娘。挨几次斗争不要紧,几百张嘴巴问你要饭吃,要填饱肚子就得搞生产,担子落在队长身上。他一天到晚在外面颠,家里的事情没有工夫搞,全靠端姑娘一人支撑着,里里外外一双手。因为当时没有实行计划生育,接二连三地生下细伢儿,端姑娘虽然会管教,儿多母苦是逃不脱的。但是日子不管过得多艰难,他从来没有听到堂客一句怨言,她从早到晚操劳着,还把浓浓的情爱奉献给他。卜桂香觉得茅草屋是他的避风港,端姑娘的胸脯是他的温柔乡,不管他在外面怄了多少气,看到端姑娘就舒畅了。他想着想着走出了小巷,巷子出口就是大街,他觉得给端姑娘买的东西太少了,又在大街上转了一圈,他买了一双塑料女凉鞋,还买了一把尼龙花伞。花伞的式样他很熟悉,端姑娘会亲就撑着这样一把伞,如今那把花伞不知道哪里去了,今天他又找回了它。等他在面铺吃了一盘炒面,眼看天色已经晚了,他想船上的货应当卸完,今天晚上可以赶回家。

346

谁知当他回到船上，机帆船上的货只搬走一半，大篷船上的货没有挪开，小九早已不见影子。小八却像热锅上的蚂蚁，当他一见姐夫哥便欢叫道："姐夫哥快来快来，我与小九正在与客商谈判，今天晚上不一定回来，请你替我们守一夜，明早就送你回姐姐身边去！"小八一边嬉皮笑脸地说道，一边已从船头跳到了岸上，他连头也不回地走了，卜桂香只好不断地摇头。

　　因为机帆船拖着大篷船，这次回程只花了一天，就是明天早上才回家，也比平时快得多，卜桂香觉得机帆船真好，不用荡桨又跑得快。他想既然今晚不能走了，他也不妨早点睡觉。自从变成运输专业户以来，他没有睡过一个囫囵觉。刚入夜他扑通一声跳进水里，痛痛快快地洗了一个澡。天气虽凉河里游泳的人多，黑暗中他还看见几个女子，白膘膘的身躯时隐时现，有时还亮出鼓鼓的屁股。洗过澡后抽了一袋烟，他便倒在驾驶室的沙发垫子上。

　　卜桂香出外最不习惯一个人睡觉，因为他喜欢抱着端姑娘睡，睡觉前她替他端来洗脚水，还替他擦干脚底板，十冬腊月替他烘被窝，炎热天气替他摇蒲扇，她的手臂成了他的枕头，手指儿是他的按摩器。卜桂香忍不住抚摸她的身体，感觉她是一块金子，他用粗重的身躯覆盖她，常常带着一种感激之情。

　　今天卜桂香不得不独宿，他已无法赶回柳林垸，他躺在柔软的坐垫上，心里充满了对妻子的依恋。不久他便入睡了，船边传来哗哗的水声，他感到机帆船在晃动，小九小八回来了，他们把船上的风篷扯开，机帆船的速度真快，不一会儿到了柳林垸，船就停在家门口。他跳上岸就回到小茅屋，端姑娘还在灯下等着他，这时伢伢们都睡着了，卧室内只剩下夫妻俩。几天的别离像很长久，一肚皮的话不知从哪里说起。因为在河里洗过澡，不需要端姑娘费神了，端姑娘替他把衣服脱下来，两人相拥着倒在床铺上。端姑娘用嘴贴着他的脸颊，他也用手抚摸着她的身体，他发现妻子的肌肤变得细嫩，滑腻腻的有点像面团儿。她的动作似乎有点急切，不像平时那样轻柔，也许是因为分离的关系，久别胜新婚是常理。卜桂香没有感到什么异样，他竭尽了丈夫的责任。谁知当他感到有些疲倦，准备挪下来睡一睡，他的身体被人推了一下，腿上的肉像黄蜂蜇了一口,端姑娘从不打扰他的瞌睡,这是一种反常的现象。他的眼睛不禁微微睁开,眼前出现一张陌生的脸,他忙摸出手电筒一照,圆圆的脸上布满雀斑,原来是一个女伢儿,只见她咧着红嘴唇笑,早已露出那一丝不挂的身子。她嘻嘻地笑着说,"原来是一个老倌子,力气怎么这样大?"这一惊非同小可,好像被人推下了悬崖,卜桂香吓得说不出话来。那女伢儿继续笑道:"白天看见是两个年轻小伙子,晚上怎么换成一个老的?"接着她开始穿衣服,摇晃着一对白奶子。卜桂香心里才明白,他算是倒了大霉,半夜从河上来了一个婊子!这种婊子在滨湖并不少见,那是久远的过去,那时还没有解放,每个码头上都有婊子。柳林镇也是婊子出没的地方,她们是季节性的,到了春秋两季,便穿红着绿地来了。有的在镇上租间房子,有的就在堤上搭个棚子,她们分为一二三等,分别侍候着工商各界!为什么春秋才算旺季,这与当地出产与买卖有关系,春季出卖青苗,秋季收购稻谷,婊子这一行当,为商界活动所推动,这是自古以来的规律,在滨湖一带尤为昌盛。卜桂香已步入商界,却对此事极感厌恶,他倍感羞愧,既感到对不起端姑娘,又感到对不起一个共产党员的称号!他真想哭,但是在婊子面前哭脸又成什么体统?他看见这婊子把衣裳穿戴整齐了,笑嘻嘻地蹲在他面前。在微弱的星光下,他看清她几乎是孩子,但从她那熟练的动作看来,她已经是个老手。卜桂香担心会出大麻烦,说不定会闹到派出所,或至少要请人出面调停,如果由杨青林出面,自己这副脸往哪儿搁?谁知事情极其简单,婊子伸出手来说:"给!"卜桂香才从慌乱中醒来,忙问:"给什么?"女伢儿说:"钱呀!你玩过了人家,还装什么蒜?"卜桂香愣了一会,只好问:"多少?"女伢儿说:"五十块!"卜桂香心里难过了,他心中自问:"五十块,这样少?"在他的心目中,女孩子的贞操是件无价宝,这样一个年轻的女伢儿,陪着一个老倌子睡了一觉,竟然是这样贱!他的心里感到很不舒服。女伢儿还在嘻嘻笑着,他却觉得太可怜了,他带着一种负罪的心情,像偿还孽债似的,把自己的口袋里剩余的三百块钱全部掏出来递给了女伢儿。女伢儿接了钞票,抢过手电筒照了一下,大叫起来:"哇,这样慷慨!"她用眼睛盯了卜桂香半天,好像要把他认准似的。突然,女伢儿扑过来,把他紧紧一搂。卜桂香正待挣扎,女伢儿早松开了手,她很麻利地跨出船舱,跳上一只船划子。这时天空已

348

经上了云,刚才那点星光也被遮没了,水上一片墨黑。当卜桂香赶到船舷,想趁此机会教训她几句,却早看不见她的影子,只听见离机帆船不远的水面上,传来了一阵轻轻的荡桨声。

三、"公关小姐"

　　王桂生回到自己的座位后,唐元贞问道:"出去好久,碰到谁了?"王桂生笑道:"你们都认得,柳林生产队的卜队长。"罗彩元一听浑身发麻,她很紧张地问道:"他寻到这里做什么?"她害怕爹爹的事又发了。王桂生笑道:"没有什么事,他是出外捞钱的,如今已经卸职了,租了只船跑运输。"唐元贞问:"给供销社运货?"王桂生笑道:"我没有这样大面子,当年你在供销社还唤不动他,我怎么唤得动他? 他的老板是大堤上孙裁缝堂客,名字叫刘丽君,如今巴结上了乡党委书记杨青林,大大地发了,在镇头开了一家代收店,专门收购垸子里的土特产,搞得比供销社还红火!"一说起供销社,唐元贞心里感到一阵悲怆,她很留恋那段辉煌的日子,那时她的手中有权,袋里有钱,内内外外还有几位帮手,日子过得舒坦,不想栽在一个骗子手里! 骗子为了求得宽大,把他们的事抖搂出来,害得她在镇上站不住脚,在县里也不好落脚。幸亏县医院有位主任是老相识,给她诊断患了严重的心脏病,介绍她到长沙市马王堆疗养院进行治疗。马王堆疗养院的医生听不出她的心脏有杂音,给她开了一张验血的单子,结果查出甘油三酯偏高,这也符合住院的条件,于是她办好了住院手续。马王堆疗养院的设施算上等,病人都是来自全省各地的干部,当年还没挂上老年医院的牌子,自然不乏小病大养的角色。病房的规矩不严,病人之间可以串门子。她发现病房分了等级,有普通病房和高干病房,高干病房里住着厅局级干部,还有一些专家教授。她对厅局级干部望而生畏,对几位专家教授倍感亲切,黄昏时在庭院中散步,邂逅相识了一位老教授。这位教授的老伴在"文革"中死了,唯一的女儿也被逼疯了,他孤苦伶仃地住在疗养院,非常需要一个女人的抚爱与帮助。唐元贞对自己的处境十分清楚,无论如何不能回县了。她主动和这位教授接近,常常往他的病房里跑,一会儿替他买脱脂奶粉,一会儿陪他上牙科诊所镶牙,不知她哪天学会了按摩,还常常替老教授做肩背按摩,按摩的范围逐日扩大,每次都让他周身舒坦。有一天又逢周末,同室的病友被小车接回家了,老教授无家可归,斜躺在沙发上看书。星期六俱乐部放电影,餐厅里搬开桌椅办舞会。因为病人多半回了家,医生也大都走了,值班室留了位年轻护士,正津津有味地阅读琼瑶的小说。这时老教授的门被轻轻推开,飘然而入一位洞庭仙女。第二天老教授要求提前出院,唐元贞也办了离院手续,她出院后没有回县,而是住进了老教授的宿舍,因为双双去办事处领了结婚证,他们的结合是合法的。但他们没有通知任何亲友,也没有告诉自己的女儿,老教授的女儿还在精神病院,唐元贞的女儿远在海南岛。他们的结合是理想的,彼此心里都很愉快,一个能把家务交托可靠的人,一个能免去回县的尴尬。不过两人也略有不满足之处,最不满足的是唐元贞,因为老教授把精力耗费在著述上,在别的方面只应个卯儿,她常感到饥渴难忍,不久便故态复萌。他看中了老教授的一个学生,这人曾和疯女儿议过婚,如今还常来他们家走动,早已和她眉目传情。不过这种人有知识分子的通病,想得多而行动迟缓,因此当王桂生寻上门来,她感到像久旱逢甘雨,那种兴奋感相违两年了,自然免不了还却相思债。事后两人不免说起柳林镇的变迁,谈到了彼此都熟识的人和事。王桂生提到柳林大队的老支书,唐元贞的心里不禁一酸,在她所交往的男性当中,独独难忘这罗富庭,他能煽起强烈的情欲,又能使它充盈。她还记挂那个干女儿,问起了罗彩元的近况。王桂生说这女伢儿也在长沙,如今已经有了工作。唐元贞连忙叫他打电话,邀她到她家里见面。一会儿窗外传来汽车声,门口飘进一只花蝴蝶。罗彩元依旧那样丰腴,皮肤比过去还白嫩,她趴在唐阿姨肩上哇哇地哭,哭了几声又笑了。唐元贞也紧紧地搂着她的腰,又是捏来又是拍。两人一边笑着一边流眼泪,还咬着耳朵说了一会儿贴心话。王桂生是来长沙找综合厂厂长的,刘厂长因事到广东去了,他只好和两个女人泡着,整天在戏院饭馆消磨时光。这天他请两人到火宫殿楼上吃饭,买酒的时候碰见卜桂香,于是又谈起柳林垸的事,席间都说了各自的经历。罗彩元的经历比唐元贞还复杂,不过她忍住没有和盘托出,她的经历写得成一出戏,说起来也要好大一会儿。

原来骗子袁大头被捕以后,罗彩元连夜跑到了安乡,她一直猫在满姑妈家里,连妈妈的葬礼也没有参加。在满姑妈家住了半个月,接连呕吐了好几次,到医院用青蛙尿液一测验,医生说她怀了孕,不想婚前那一阵子胡闹,身上被植进了孽根。这种情形使她很为难,左思右想没有办法,只好请医生把毛毛刮了;那天痛得她昏了过去,脸色白得像一张纸,好容易才挨回屋里,把满姑妈吓了一跳,幸亏她善于掩饰,满姑妈始终没有识破。满姑妈的儿子远在玉门,身边没有另外的亲人,侄女儿来伴她住一段,自然是最好不过的事情,于是她把她当客款待,每天离不开肉鱼鸡鸭,没有多久她又复原了,脸色变得又红又白。

安乡农村也渐渐有了起色,红白喜事越来越讲究,鞭炮放个不断,有时还放三眼铳。街办工厂看准了势头,花高价从浏阳请来老师傅,指导生产各类鞭炮,通街变成了鞭炮作坊。闲散劳力都招进去了,罗彩元也加入了这个行列,男男女女围着大篾盘坐着,一边谈笑一边卷筒子。罗彩元不喜欢跟婆婆姥姥在一起,她喜欢跟年轻人在一起,年轻人有说不完的话题,不知不觉太阳落了土。她从月初做到月尾,居然赚了八十块钱,这个数目不算少,远远超过了爹爹当大队支书的工资。罗彩元把钱交到满姑妈手里,满姑妈无论如何不肯收,她觉得侄女儿已经长大了,应当让她买些衣裳穿。

安乡这地方靠近湖北,受武汉市的影响很大,各类新潮传到这里,服装款式变化很快。罗彩元有满月般圆润的脸庞,又有曲线分明的身段,她喜欢穿开领很低的T恤衫,还喜欢穿超短迷你裙,她把臀部变得很突出,高高的胸脯像小山,过往行人的回头率倍增,街上伢伢们看花了眼。她还常常把他们招引进屋子,房间里像搭了个戏台子,白天有人在那里吹唢呐,半夜三更还有人唱歌。满姑妈的性格不古板,对伢伢的行为一概不管,不过她看到侄女儿过得快活,不免想起柳林垸的弟弟。弟媳已经谢世两年,不知他的日子过得怎么样?有没有人替他煮茶饭,有没有人替他洗被窝？侄女儿贪恋着城市的繁华，不肯提起这回乡之事。经不起满姑妈三番五次地催促，罗彩元只好答应回家一趟。她想起爹爹喜欢喝酒，遂买了几只大板鸭。这天她起了个黑早，踏上了由安乡至长沙的班船。

班船是一艘新下水的汽船，船上的红绿油漆很耀眼，它很快驶离了安乡县境，进入了一条宽阔的河道。两岸用麻石砌成的护坡显得雄伟，挺立的水杨像一队队士兵，一幢幢新屋从绿丛里闪出，挡浪的矶头上绿草如茵，滚壮的水牛在悠闲地嚼草，看牛娃儿横坐在牛背上。新下水的汽船跑得很快，不到半天就看见柳林镇的高高水塔。水塔是"文化大革命"中修建的，当时代理县委书记的武装部长郝朝忠在柳林镇蹲点，他怕受湖里血吸虫感染，修起这座水塔给自己供水。郝部长走后为电费的事几个单位扯皮，机子就不能开动了，水塔失去了供水的作用，却产生了另一种功能，由于它修得很高，就成了柳林镇的标志。上下行驶的班船望见它就拉汽笛，悠长的汽笛声把旅客喊醒了，该下船的开始收拾行囊。罗彩元坐在船边的座位上，她伸手提塑料袋子，但她伸出的手又缩回来了，她的心里产生了犹豫。柳林镇是个乡村小集镇，人口不上三千，过去镇公所打屁股满街都听见，谁家出了点芝麻小事全镇都晓得。她与袁大头的婚礼大事张扬，当时惊动了乡镇的头头脑脑，谁不认得倒霉的新娘，洞房没进就把新郎抓走了。丈母娘气得中风死去，丈人老子的面子扫地以尽。接踵而来的是爹爹被撤职，罗四哥哥被逮捕。曾经跟她订过婚的陈良桂接替了爹爹的职务，成了柳林大队的一把手。如果当时她说话不是那样绝情，也许还会有回旋余地，如今覆水难收，再也没法走回头路。要是她从柳林镇走过，能不会有人戳背脊骨？人们会把那些旧事提起，细细地加以咀嚼。当她想到这个场面，她的脸上发烧了，背上沁出了麻麻汗，她想无论如何不能上岸了。因此当汽船拉响第三遍汽笛，该上岸的旅客都走光了，罗彩元还坐在汽船上，胸前的衣襟上沾满泪水，不能上岸去见爹爹，她心里感到十分悲伤。

汽船继续朝前疾驰。这种用柴油驱动的汽船好过从前烧煤的轮船，它们不仅载重量大，速度还很快。过了一线新堤就是旧堤，旧堤围绕着目平湖。目平湖是湖中之湖，春潮已经开始上涨，旱地几乎被淹没了，犬牙交错的沙土不见了,沿岸的沟沟港港灌满了水。春潮还在继续涨着,大河小河承接着雨露,一截一截送下大湖,它敞开了胸膛容纳着这一切。再过几天,这里将是汪洋一片,在那晴朗的日子,湖面会显得越加宽阔,春天明媚的阳光照耀着,像涂上了一层金子般颜色。

汽船快进目平湖,即将脱离南县境界。罗彩元的心里想:"到底往哪里去呢?"在汉寿还有一位大姑妈,住在一个小镇上,是她小时候见过的,已经记不起样儿了。大姑妈有个女儿迁到柳林垸,她的名字叫李小娟,罗彩元和她的交情最好,她很喜欢这位温柔的表姐。只因爹爹逼她嫁给袁大头,她和情人朱冬生一道沉入目平湖,要不是冷满爹撒网发现了,两人早就替龙王爷当差去了!后来她又顶了表姐的缺,招了那个骗子做女婿,结果闹出一场大笑话,害得她如今不好回家。出了这样一件事情以后,她又有何面目去见大姑妈?见了她又怎么说?如何跟她谈起亲爱的表姐?何况大姑妈家境很不好,她也养不起一个圆手板。当她想到这些以后,她那想在汉寿下船的打算也只好打消了。

罗彩元坐在靠近船窗的座位上,低着头儿在默神,心里有股说不出的烦恼。她发现有对穿尖顶皮鞋的脚踱来踱去,忽然在她面前停住,鞋口上面的蓝海军呢西裤很笔挺。罗彩元感到有人从她的头顶打量,略一抬头,眼睛和一双大泡眼对着,只见那人隆鼻阔嘴,眉眼很粗,两块颧骨明显突出。他的身材魁伟,穿着一件深咖啡色对襟衣,绷得很紧,戴的一顶蓝灰色的鸭舌帽子,好像只盖着头顶。那人的嘴巴咧了咧,神秘地一笑,好像认识自己似的开口问道:"很冒昧,请问小姐是不是姓罗?"罗彩元大吃一惊,心里想道:"他怎么会认识自己?"照目前的处境,她不愿意任何人认出自己。听他这样一问,不知怎么回答,只好不作声。那人又继续笑道:"我认识你父亲,是我的朋友!"认识爹爹,是他的朋友,这还有什么好掩饰的。罗彩元抬起头来,朝那人浅浅地一笑,嘴里轻声地说道:"我年纪轻,很少出门,不认得你老人家。"那人笑道:"这也难怪,当我在你家走动的时候,你还只有这样高!"他用手比画了一下,又自我介绍说:"我姓刘,名叫刘斌,在柳林综合厂当厂长,你回家问你爹爹,他会告诉你的。"

只在小时候见过,怎么能认出她来?罗彩元有点奇怪,但她没有细想,如果细想,会识破这是谎言。罗彩元的脑瓜子很怪,有时似精灵鬼,有时却又很蠢。当她听完刘斌的自我介绍,真的以为碰见了爹爹的朋友,爹爹的朋友是她的叔辈,在这种时候,能碰到一位长辈该多么幸运!她没有想到,刘斌从来没有见过她,跟罗富庭也只有点头之交,不过他早听到了在柳林镇供销社礼堂里发生的奇闻,那天他到县里开会去了,没有亲逢那场盛事。传说中的新娘很漂亮,不知是虚是实,这次偶然相遇,才知名不虚传。

今早他跨上汽船,便注意到了罗彩元,她的时髦装束和娇艳的容颜很引人注意,他不禁多看了几眼,发现她有心事,特别是临近柳林镇那阵子,显出焦躁不安的样子。这时他身旁一个老倌子长长地叹了一口气,说道:"前世作了孽呀,回到垸子里如何做得起人啊!"刘斌见他这般叹息,好奇地问:"你老人家说的是哪个?"老倌子斜了他一眼,觉得是位值得一谈的对象,便用手指指罗彩元说:"就是这个女伢,挑选对象不谨慎,碰上一个骗子,被政府抓去,害了自己一世啊!"老倌子用手指的正是他所注意的目标,刘斌的兴趣来了,忙向老倌子打听:"女伢儿是什么人?你怎么晓得这本经?"老倌子道:"柳林镇的人谁不认识她,她的爹爹叫罗富庭,过去是柳林垸的一霸。"刘斌立刻想起了那副大方块脸,他不禁啊了一声,原来他所注目的就是那位传说中的美人!老倌子继续唠叨着,刘斌不愿意听了,他对于这个故事,比他更熟悉。这时他一边装着听老倌子的叙述,一边用眼睛紧盯着那女伢,只见她伸手去提那塑料袋子,准备下船,忽然又把手缩回来,把塑料袋子放回原处,然后将头伏在膝盖上,肩头微微在颤动,好像在哭泣。那个老倌子一边摇头一边叹息着走了。刘斌没有走,他看见女伢儿不上岸,他也决定不上岸了。汽船驶离了柳林镇,加快了前进的速度。刘斌踱到女伢儿面前,在她身旁来回地走动,等她的抽泣停止了,他才突然停住脚步,向她发出了问话。

罗彩元于急难中遇到一位长辈,心里有说不出的高兴。刘斌表示他早听过她的不幸了。听到这句话,罗彩元又愧又急,满面通红。刘斌安慰她道:"过去的事过去了,不必再去提它了,只要在外面搞出了名堂,回到家里,同样是很光彩的。"刘斌的话像一股温泉,使她感到很温暖。当船驰近茅草街,刘斌告诉她道,他要到街上办事,只有一两天,问她肯不

355

肯跟他一起上岸,在茅草街住两天,然后一块儿去县城。找到这样一个靠山,心中有了谱,还有什么事不肯依从的,何况她本来就没有明确目标,不晓得到哪巴结停靠。听他这样一说,求之不得,便嫣然一笑,算是同意了。

两人在茅草街上了岸,一块儿来到一家小客栈。这家客栈的老板娘是刘斌的老相识,两人插科打诨调笑一通以后,便领着他们上楼看房子,楼上有几个单间,收拾得顶干净。老板娘把罗彩元领进一个临湖的房间,神秘地笑了笑,轻声地说道:"这里是顶安全的,连派出所也放心,从来不来查房间。"

两人吃过晚饭,同到大街上逛了逛。刘斌很慷慨,他叫罗彩元喊他做叔叔,替她买了一条酱色底子细花条纹的微喇裤,一件淡黄色显花和领口有飘带的的确良衬衫,还有一件淡紫色的可以敞穿的毛衣,算是见面礼。长者赐,不可辞,虽然觉得没有理由接受这样厚重的礼物,但她转念一想,既然这位叔叔是爹爹的朋友,又何必客气。他愿意花钱,是因为他喜欢自己,接受一位喜欢自己的人的礼物,在罗彩元的字典里,是天经地义的事情。所以当刘斌提议一道去看场电影,她很高兴地答应了。当刘斌在黑暗中将一只厚重的手搁在她的大腿上,她也接受了。影片中出现了一对男女相恋的镜头,他们的大胆表示,引起了罗彩元的嬉笑,笑声中她的身子倾斜了,紧靠着刘斌的肩膀,同时用一只柔软的小手,捏紧了刘斌的大手。看完电影回到客栈,老板娘迎着他们,刘斌向她塞过一张印有工农兵头像的票子,接到一片小小的钥匙。当他把钥匙放进衣袋里,心里却不禁想道:"今晚这玩意儿恐怕用不着了!"刘斌的估计没有错,当他将罗彩元送进了房间,临走前嘱咐她道:"彩元,这儿很安全,房门也不用上锁。"果然,当深夜他轻轻走近房间,举手推门时,房门悄无声息地张开了。

两人在私人开的小客栈里过了两天快活日子,如果说罗彩元受袁大头的欺骗,一时失算,造成了极为可怕的后果,自己身体糟蹋了,名声搞臭了,在男女私情上,没有尝到任何乐趣,那么,与刘斌相遇时,她得到了补偿,她不仅懂得如何给人快活,也懂得如何得到别人给予的快活,她恣意玩乐,尽情享受。因为是过来人,吃过亏的,知道如何防止可能出现的后果,所以不必有什么顾虑。当两人厮守到第三天,不仅使刘斌意识到自己的年纪,而且也使他感到有些害怕,因为她不仅敢于在客栈中高声调笑,当着别的旅客,手拉手地将刘斌带进自己的房间,而且还敢在大街上卖弄风情,用手挽着可以做自己父亲的汉子,做出令路人侧目的举动。她真不愧为罗富庭的女儿,唐元贞的弟子!她出格的举动,把客栈主人也吓坏了。老板娘两次把刘斌拉到角落里,嘱咐他当心这女伢儿闯祸。客栈主人虽然不免做几桩不干不净的买卖,但只局限于几位极熟的客人,决不敢让陌生人胡来。她懂得如今虽然鼓励私人开店,路子比从前宽多了,但若做那种违禁买卖,被察觉了也还是不好耍的。

到第三天傍晚,虽然天快黑了,刘斌还是跳上一只横河划子,由它把他们载到对岸的草尾,在那里睡了一夜。第二天天刚亮,又搭汽划子到了县城,他这样急于离开茅草街的原因,是觉得罗彩元太放肆,不得不收敛一下了。

到了县城以后,他把罗彩元安排在驻城办事处。办事处的规模不大,只有五六个房间。外面虽然挂着办事处牌子,实际上像户住家人家,刘斌有自己专用的住房,还有几间凭他的条子才能开放的客房。他让心腹严胖子兼了办事处主任,还雇了一个耳聋的妇女打扫卫生,一个跛子老倌守门房。厨房里的师傅是临时工,稍不顺眼就可以辞退。罗彩元被安排住在一间客房里,这个房间在楼上,门被上凉台的板梯挡着,不留意不晓得这里有间房。这间房因为后窗临湖,视野十分开阔,刘斌叫人把它打扫一番,架子床上铺了一套新被褥。他把罗彩元安顿好以后,又在这里留连了两天,接着就出外办事,叮嘱罗彩元不要随便出门。

他首先去了县公安局,找到了严胖子的小舅子小黄。小黄是局里办公室的秘书,与几个局长都很亲近,过去有事要与公检法打交道,都是通过他这条线进行的。刘斌每年都要送他几次钱,逢年过节,还托他给局长送礼。今天他又提了四只礼品袋子,其中三只是送给正副局长的,一只是犒赏小黄的。小黄笑嘻嘻接过袋子,亲热地对他说道:“有事叫我姐夫知会一下就行了,何必劳你大驾亲临。”刘斌笑着说:“我是偶然路过,来看看你。”小黄陪着他在办公室坐着,介绍了一些局里的情况,不免扯到柳林镇发生的案件。刘斌装着很随意地问道:“袁大头的案子结了没有？镇上的人还念着呢。"小黄皱了皱眉头道:"年前清理积案才了结,袁大头被判了十年徒刑,罪行是诈骗。"刘斌说:"听说还有别的嫌疑,最后不知搞清了没有?"小黄道:"搜查时发现有许多水货,怀疑他搞走私活动,局里想找出他的窝点,好一网打尽走私犯,但是不管怎样严讯,袁大头始终不肯招认,说供货人是旅途上遇到的,不晓得他们的地址。后来又进行了外调,也没有找到线索,这样就只好拖下来了,一拖就是两年!"听他这样一说,刘斌心里有了底,他把话题扯开,谈了一些别的事情,过了一会,就起身告辞了。

当刘斌走出公安局,他的心里想:"凭着你们那两手,能找到袁大头的窝点?"他早听王桂生说过,袁大头卖过走私货,他想这是个发财的途径,可惜没有这样的机会,后来遇到罗彩元,他想这个机会来了。这些天与罗彩元相处,发现她很恋他,他想只要替她办两件实事,就可以让她使袁大头开口了。

于是他又来到县工业局,今天宋局长不在家,他到地区开会去了,只好走进人事部。人事股长老尹是老朋友,他开口问他要一个国家职工指标,老尹面有难色,说现在上面对农转非卡得很紧,他不能开这个口子。刘斌只是笑笑,坐在办公室等着他,下班后拉着他去吃馆子,接着又拉着他到一个朋友家搓麻将。老尹对打牌很有瘾,一打就是一个通宵。刘斌是麻将桌上的高手,这晚却输得一塌糊涂,牌局结束一算账,人事股长是大赢家,他乐得哈哈大笑,在牌桌上就松了口,这时明确地答复说,你要的指标明天就办理! 还说如今上面有精神,对乡镇企业的政策要倾斜。刘斌办完这事以后很高兴,他又到了派出所。派出所的麻所长嗜酒,他提来了两瓶茅台酒,从他手里买了一个城市户口。然后直奔驻城办事处,一边走路一边哼歌子,他想诸事都齐备了,可以跟罗彩元摊牌了。

罗彩元在办事处住着,日子过得舒坦而枯燥,正当她感到寂寞的时候,刘斌突然回来了,他的来临给她带来了极大的快活。这时厨工已经回去了,打扫卫生的聋子妇女上了床,只有跛子老倌还守在前面的门房里,不时传来几声咳嗽声,他横竖是什么地方也去不得的,更不用说上楼梯。现在楼上只剩下了这一对男女,正紧紧地搂在一起。他们嬉闹了一阵,就将圆桌上的花瓶子挪开,铺上了一块塑料桌布,把厨房里的菜端上来,两人坐在桌子旁,房里有几瓶好酒,今天他们的心里很高兴,都想痛饮一番。

罗彩元不能喝白酒,只会喝葡萄酒,特别喜欢喝山东出产的味美思,这种酒吸进嘴里甜丝丝的,很容易进喉咙,落肚以后颇有气力。罗彩元贪它味儿香甜,不禁多喝了几杯,不想喝到七八杯,她就醉了,她一醉脸发红,本来是红润的脸蛋,顿时变得像大苹果。她把夹袄脱了,露出淡紫色的毛衣,接着又说热死了,把毛衣也脱了,身上只剩一件花色的衬衫,胸前耸起一对肥大的乳房。她一屁股坐到刘斌的膝上,要他给自己斟酒喝。看到这副娇媚的样子,刘斌的心旌摇动,他把她按在怀里,连连地亲嘴。但他有件大事要办,不想因贪玩误了。他让罗彩元喝完手上的酒后,便把她挪到一旁坐着,笑着问她道:"彩元,你觉得叔叔对你怎么样?"罗彩元答道:"好!"刘斌说:"叔叔请你帮个忙,肯不肯?"罗彩元点点头说:"只要能帮得到的,我会尽力去做的。"刘斌答道:"帮得到帮得到,而且只有你才能帮得到!"罗彩元打了他一巴掌,娇嗔道:"绕什么弯子,直说吧,什么事?"刘斌就把袁大头始终不肯交代走私窝点的事说了说,他说道:"他总推说是路上碰见的,进了一点货,没有得到他的地址,这完全是鬼话。进了那样多水货,又不止进一次,能没有一个固定的地址?现在就是要设法把这个地址弄到手。"罗彩元静静地听完他的话,问道:"要那个地址有什么用?"刘斌伸手把她又搂进怀里,用他那布满硬髭的嘴巴擦着她的脸,笑道:"傻丫头,我们也可以从那里运些水货进来,做几趟大买卖!"他把这句话说得很轻,罗彩元听来,却比炸雷还响,她的心脏猛烈地跳动,脊梁上出了汗,肚子里的酒也醒了。她忙从椅子上站起,端详着他的脸,只见他是一副认真的神色,不像是开玩笑的样子。罗彩元怯生生地问道:"那袁大头为这种事坐了班房,难道还能照他的样儿干?"刘斌张开阔嘴哈哈大笑,笑了一会,说道:"好妹子,不要慌,不会出事的。袁大头失败的原因是他没有硬后台,一个大队支部书记,一个小镇的供销社主任,能有多大能耐?能不出绿戏?他想搭个台子,结果搭了个草台子,连累了你们不算,还把十年光阴搭上了;要干这种事,至少要有县级领导做后台,还要抓个单位的印把子,这叫上靠一层人,下靠一帮人,才能立于不败之地。你没看见,我的能力有多大!不上两天,就替你把户口上到了城里，还弄了一个国家职工指标，只要你肯在一个单位做事，将来可以提拔重用。你想想看，袁大头能够做到吗？"罗彩元心里一想，刘斌的神通真广大！这时她的心脏跳动正常了，汗也不出了，她觉得拿刘斌与袁大头比较，真是天差地别。不料刘斌却叹了一口气道："我们有很多优越条件，却有一条赶不上袁大头，他与海外有联系，有一个提供水货的窝点，我们却没有，我们打着国营和集体企业的牌子，目标很大，走私贩子不愿意跟我们打交道。"罗彩元看见刘斌为难，心里很难过。这些天来，她受刘斌的爱抚，加上他那慷慨的馈赠，细致的安排，令她很感激。她对这位年长的汉子产生了一种奇异的感情，说是爱情，不像，说是感激，也不是，好像纯粹出乎一种需要，她需要得到他的保护，他需要得到她的帮助，两人的需要是相同的，因此能互相吸引。他们厮混着，像一对热恋的情侣。这时男的又紧紧地搂着女的，把她的骨头都箍痛了，她气喘吁吁地说道："叔叔，你尽管吩咐，不论什么事我都愿意去做！"刘斌听了这话，心里十分高兴，他站起来，把她捧在手上，他的手劲儿很大，能把她抛起来。她的头晕了，央求他把她放下。等她坐回到刘斌的膝上，他悄声地笑道："要你办的事很容易，只要你去探一次监，袁大头就会把一切都说出来！"

过了两天，罗彩元拿到一张县公安局的介绍信，还借了一张一岁多点的小孩子的照片，搭上一辆货车，来到了关押袁大头的劳改农场。她在劳改农场的会见室见到了袁大头，由于介绍信上写明罗彩元和袁大头是夫妻关系，农场里的管教干部在他们谈话中没有坐在旁边，给了他们半天时间，让他们叙叙。按照刘斌的指点，罗彩元哭哭啼啼诉了顿苦，埋怨他把自己一家人坑害苦了。她把照片给他看，谎称她怀上的孩子生下来了，因为路太远，背不动，才没有带来。她表示愿意再等八年，等他出狱后在一块生活。因为袁大头判刑以后与原来的爱人离了婚，他们的夫妻关系成了合法的，当前母子二人生活无着落，袁大头负有一定责任。今天罗彩元换了一身破旧衣裳，装束很寒酸，但是她的脸色依旧红润，体子白白胖胖的。谈到今后的生计上，罗彩元说，政府如今允许做买卖，搞长途贩运也不干涉，只要找个朋友，进点紧俏的货物，就可以维持生活。一提到进货，罗彩元留神观察袁大头的表情，只见他的身子一颤，好像被针刺了一下。罗彩元讲起镇上许多做生意的人发了财,他们起了大房子,买了新家具,有的人在银行里有成千上万的存款,她还说许多经济犯罪案件得到了平反,像他这样的罪行,也可以提前释放。这些话让袁大头产生了希望,当罗彩元滔滔不绝地讲述劳改农场以外万花筒似的世界的时候,他突然打断她的话,用那对三角形贼眼朝四方睃了一下,确信旁边没有人监听,轻声地告诉她道,为了今后的生活,他还留着一条后路。他宁愿判重刑,也不愿把它说出来,一则怕对不起朋友,再则怕出狱后没有生活来源。他低声把地址和联络暗号说出来,又怕罗彩元记错了,又重复了几遍。他告诉罗彩元,目前没有本钱,人手单薄,切忌不要大弄,只要夹带一点货物过来就行了,先维持一下生活,等他出狱以后再大弄。他对罗彩元还肯来看他很感动,她没有提出离婚,还抚养着他的儿子,便哭着向罗彩元盟誓,今生今世,一定要报答她的恩情,等他刑满释放以后,让她过上几年舒坦的日子。

罗彩元得到了窝点的地址,便急于要离开劳改农场,离开这个面容憔悴全身发臭的骗子。她不等半天的会见时间过完,便急急忙忙与袁大头告别,以致袁大头回到号子里心里不免犯疑,该不是中了公安局的圈套?但他转念一想,他和她已经有了孩子,她怎么会出卖他呢?他想起她那晶莹的肉体,他的心跳了,他为她的许诺而得意。他想他要好好表现,争取早日回到妻儿的身旁。

罗彩元再次坐上货车,回到了县城,在货车的驾驶室里把破烂衣裳脱掉了,换上了鲜艳的服装。当她在驻城办事处门前跳下车,她又是一位妖妖娆娆的少女,她那抿起嘴儿就显现出来的酒窝子,还是那样迷人。

这天晚上,她和刘斌痛痛快快地笑了一阵子,当罗彩元描绘着袁大头的神态和动作的时候,刘斌把肚子都笑痛了。他特别高兴的是终于得到了这个窝点的地址,公安局没法得到,他们却得到了!他的心里很得意,便大大犒赏了罗彩元一番。首先送给她一沓有工农兵头像的票子,共计五十张,然后又掏出一只金戒指,上面有闪闪发亮的钻石,亲自替她戴在胖胖的手上。他又使劲给她灌味美思,罗彩元又醉了,她歪倒在他的身上,任他脱尽了衣裳。

那与窝点联系的事自然不用罗彩元操心了,她依旧住在驻城办事处,每天夹夹报纸,接几个电话,余下的事情就是吃好睡好,十天半月有一晚,刘斌会来伴宿。这种日子起始很惬意,过久了就觉得单调枯燥,慢慢地厌烦起来了。她和聋子婆娘没法对活,对跛子老倌难有兴趣。厨房里的临时工倒是一位俊秀的青年,实在可以成为临时的伴侣,但是这青年怕丢饭碗,遇事格外谨慎,听到罗彩元挑逗的言辞,他也只当没听见。久而久之,一日三餐,三餐一个样,罗彩元感到烦躁死了,这种苦闷的心情不免在刘斌面前流露出来。

刘斌知道驻城办事处的笼子关不住这只活泼的小鸟,笼子外面广有天地,但不好让她飞翔。县城实在太小,熟人很多,轰动一时的新闻人物很容易被人认出来,他只好另外想法子。

刘斌很有心计,办法很快就想出来了。他把行政股长严胖子打发到长沙,准备在省会设立个办事处,房子一时找不到,就租了临江饭店几间房子。不几天严胖子把一切安顿好了,刘斌就带着罗彩元,一车来到了长沙。不久寻找窝点的心腹也回来了,依照袁大头提供的地址与暗号,跟那边的人接上了头,洽谈很顺利,那边同意尽快供货,但是货物堆放在沿海小镇,需要有特区通行证的车子才能运得出。综合厂没有这样的车子,县里也没有这样的车子。刘斌心里很着急,几天吃饭也不香,忽然想起老部长郝朝忠,如今已经转业到外贸局当副局长,局里可能有这样的车子,连忙打电报给他的儿子郝小忠,电报中不明白讲,只说请他来长沙看货。郝小忠是外贸局下属单位的供销员,实际上是他爸爸的联络员,接到电话后很快就来了。刘斌安排他住在办事处,然后请了一桌饭,将借车的事对他说了,请他一定想办法。郝小忠是个又矮又瘦的青年,样子像只猴儿,虽然长相很猥琐,办起事来倒派头十足。他拍着胸脯说:"这事包在我身上!外贸局的车子不得空,老头子客户中还有个杨永清,外贸局的旧车子都是贱卖给他的,他们的业务来往很多,只要老头子写张条子,他可以弄到这样的车子。"刘斌早认识这个杨永清,是邻县一家汽车修理厂的厂长,绰号叫汽车大王,是个呼风唤雨的角色。听了郝小忠的话,刘斌的心里高兴,便央求小忠回地区请他父亲批个条子,郝小忠爽快地答应了,而且很快就取得条子回来,现在也住在临江饭店,由罗彩元陪着。刘斌塞了一沓钞票给罗彩元,叫她代他支付各种费用。不料郝小忠一见到罗彩元,就像蜂儿遇着蜜,紧缠着不松开,瞅空儿还动手动脚。罗彩元怕把事情弄真了,会引起刘斌的不满,便将猴儿的行为报告了他,并且表示了自己的厌恶。谁知刘斌微微一笑,不轻不重地说道:"只要你的心是我的,别的事情都无所谓。"

拦水的堤岸不牢固,洪水容易冲进大垸。刘斌的态度马马虎虎,罗彩元自然容易被引动,她厌倦了枯燥乏味的生活,何况这是位热情澎湃的追求者。罗彩元不免报以媚笑,在她的卧室里,又上演了一出喜剧闹剧与笑剧。郝小忠在她面前做尽了俗样子,她都能够容忍,她只把住了关,不许他扯开自己的裤腰带,一则怕刘斌难以容忍,再则忘不了与袁大头婚前那一幕。于是她又重用了过去降伏陈良桂的手段,七擒七纵把他降伏。郝小忠被弄得神魂颠倒,赌咒发誓愿意娶她,并且说已经得到父母同意,还奉上一枚订婚戒指。这样使罗彩元的心动了,对他的态度变得很亲热了。

刘斌怕事情不牢靠,亲自去了一趟广东,他要实地踏勘一下窝点,好决定自己介入的深浅。他一去竟待了十天,与主事的人打得火热,昨天打电话回来说,要陪一位港商回省,指示严胖子做好接待准备,还叫他向宋局长报告。严胖子连夜赶回县里去了,办事处只剩下罗彩元守摊子。她整日无所事事,傍晚上街溜达了一会,在黄兴路的录像厅看了个香港片,片里有几处性爱镜头,惹得她浑身麻辣火烧,回到饭店冲了个澡。谁知她还没有把衣裳穿好,门锁咔嗒一声响,她以为是服务员送开水,抬头一看吃了一惊,进来的是满嘴酒气的男人,捧着她的脸蛋一阵狂吻,她的脑壳晕眩了,赤裸的身子使劲扭动。罗彩元跟唐元贞不同,她不仅仅只为情欲,她晓得自己的价值,讲究个等价交换。她跟刘斌是露水夫妻,看来他不珍惜这种关系,一叶扁舟在湖里漂荡,总得有个靠岸的地方,如果郝小忠的情是真的,也不失为一个结局。由于她有这种想法,扭动的幅度慢慢小了,任由他抱出浴室,把她放在席梦思上。他也飞快地剥光了,手忙脚乱爬上来,起始好像受宠若惊,接着露出诧异的表情,他一度停止了动作,仔细端详着她的脸,只见她艳若桃花,嘴角浮现着微笑。郝小忠的热情消失了,絮絮的情话也停止了,只是机械地完成动作,接着很快地穿衣,砰的一声走出门去,远远还听见埋怨声。罗彩元对他的行为感到意外,好像受了一场侮辱,她咬着指尖儿思前想后,不知道哪里得罪了他,想了半天才悟出道理,不禁朝地上吐了一口唾沫,骂了一声"老封建",气呼呼地冲进卫生间。

罗彩元的心里也不无悔意,怪自己不该太轻率了,为什么不拼命挣扎,为什么这么快献出自己。都只怪那该死的录像片,让她变得情不自禁。丢掉郝小忠不足惜,可惜失掉一位好爸爸。不过当她想起郝小忠,干瘦的胸脯像搓衣板,獐头鼠目猴儿腮,想到这些就气顺了,也不再为他而懊丧。罗彩元生就一副好性格,烦恼从不在身上久留。她在卫生间洗尽了污秽,就一直睡到大天亮。第二天早晨听见喧闹,原来厂长回来了,他正吆喝服务员打开套间,陪来的港商也进了饭店。罗彩元记起了自己的职责,连忙起身参加接待。港商是一位胖胖的中年人,言谈举止很文雅。刘斌向他介绍她是公关主任,港商的嘴角漾起了微笑。这位贵宾姓林,名片上印的是香港华港贸易公司总经理。刘斌一口一声喊他林总经理,把他捧得像活祖宗,他还指定由罗彩元接待,一日三餐让她陪着,晚上又领他到红色剧院看湘剧,还把他带到玉楼东吃夜宵。罗彩元还挂念着郝小忠,整天却没看见他的踪影,当晚她没有很快入睡,一直等待着他敲门,过了半夜才蒙蒙眬眬地睡去,天没大亮又醒了。

今天的日程是陪林总经理游岳麓山,刘斌与严胖子也去了。游山后出了个事故,经过是这样的:上山以后由罗彩元导游,林总经理玩得很开心,他挽着罗彩元的手膀子,尽情地在各个景点游玩。中午在云麓宫旁边就餐,一桌相当丰盛的湘菜,还有一瓶客人喜欢的人头马,乘着游兴起酒兴,不知不觉喝醉了。因为还要到橘子洲观赏江景,吃过饭后就乘车下山,他说他在香港有三部车,每天都是自己驾车外出,他的驾驶技术很好,从来没有出过事故。司机闻到他满嘴酒气,断然不让他开车,他却抢先坐进驾驶室,将方向盘抓在手里。司机只得坐在他旁边,密切注意他的动作。他的驾驶技术确实不赖,但是不熟悉路径,不记得有多少弯子,不晓得何时转弯。车子过了白鹤泉有个急弯,他却没有转方向盘,车子朝下面笔直冲去,眼看就要掉进沟里。幸亏司机及时扳动手闸,又有两棵大树挡在沟边,前面的轮子已经悬空,险些儿翻个跟斗。林总经理吓出一身冷汗,贴肉的衬衫都湿了,但他觉得很刺激,咧开嘴巴大笑。司机涨红了一副脸,张开口准备骂娘。坐在他身后的严胖子赶紧凑拢去,在他耳边咕噜了几句,无非是这是位贵客,请你千万不要骂他,等会儿由厂长出面赔礼,再补送一个红包。司机虽然忍住没有发作,但还是横起眼睛望了林总经理一眼,看见他还在大笑,拳头捏得出了水。对于刚才发生的一切,刘斌一点没有知觉,他横躺在后座,早已醄然入睡。他有一个习惯,喝醉了就容易睡着,如今他睡得正香,大鼻孔里发出雄壮的鼾声。

司机好容易把车子倒回到公路,稍许歇了一会,就往山下驶去。林总经理满身是汗,需要洗澡了,他打消了到橘子洲头观赏江景的念头,吩咐把车子开回临江饭店。等汽车停稳以后,刘斌被人叫醒了,他才知道出了危险,自己差点在睡梦中升了天国。他的心里也感到后怕,但是他一反常态,没有责备任何人,依旧殷勤地招呼林总经理进房休息。林总经理独占了一个套间,包括卧室客厅和卫生间。林总经理进房后就进了卫生间,刘斌吩咐罗彩元等着,看他还需要什么,顺便了解一下他的爱好。

刘斌与严胖子很快离去,客厅里只剩下罗彩元一人,她坐在沙发上看电视。不一会儿林总经理就出来了,他的身上穿着睡衣,一副轻松愉快的样子。他很抱歉地笑道:"都只怪我太莽撞,害得你们吃惊了!今天晚上我请客,特意给大家压压惊。"说着他就拿出一只瓶子,上面贴着花花绿绿的标签,他对着罗彩元晃了一晃道:"这是我在尼罗河上旅游时买的,非洲的上等可可,它没有咖啡的刺激性,后劲儿却很足。"接着他把可可倒进一只茶杯里,用热水瓶中的开水冲了一杯。罗彩元看见黄褐色的液体,闻到一股诱人的香味。林总经理也为自己冲了一杯,不过他的杯子是从卧室拿出的。他把杯子举起来,在罗彩元的杯子上碰了一下,邀请她像喝酒似的干了。

林总经理的殷勤让她很满意,罗彩元不禁笑了。她把杯里的可可喝掉,还添了一个调皮的动作,把杯底朝林总经理一亮,引得他哈哈大笑。他一边笑着一边踱到门边,轻轻地把门锁压下了。

罗彩元没有注意他这个动作,她只顾问林总经理喜欢吃什么?还打算到哪儿去玩?林总经理没有答话,用一种好奇的眼光望着她。罗彩元说着话,突然有种异样的感觉,既像是春困,又像是秋燥,脑海里出现无数的幻象,胸间升起强烈的欲望。她感到害怕,又感到需要。她发现他把腰弯下,手伸进她的颈下。她的意识开始模糊,只觉得他的手在动作,他在解她的衣裳,急切地在她胸前摸索,最后又有种重压的感觉。

她清醒过来,发现自己赤身裸体地躺在一张宽大的床上,身旁躺着一个同样赤身裸体的男人,他的身体很肥胖,一张柿饼脸。罗彩元才晓得自己上当了,她刚才吃的不是什么可可,而是迷人的春药。这种事听刘斌说过,她始终不肯相信,不想却中了圈套。她的身上感到痛楚,心里感到委屈。她看见那人还在大声打呼噜,便急忙寻找衣裳,穿好以后跑出了房间。

她在走廊上碰见了严股长。严胖子正在房外踱方步,仿佛他在这里守护,看见罗彩元慌慌张张地出来,忙停了脚步,微微地笑着,略带神秘意味的笑容好像在说,刚才发生的种种,他都知道了!罗彩元虽然行为不检点,但是对用这种卑鄙方法占有自己的事情很气愤,她看见他那皮笑肉不笑的样子,也感到恶心,真想朝他那脸上吐一口唾沫。她的嘴里哼了一声道:"你们安排的好事,我会跟你们算账的!赶快告诉我,刘斌在哪里?"严胖子看见她动了火,怕她会扬手打他,倒退了两步,忙说:"不是我!不是我!"他用手指指另一个房间说:"厂长在那里,好像已经醒来了。"

罗彩元冲进了房间,果然看见刘斌睡过了午觉,已经起来了,他正在卫生间洗脸。罗彩元准备大发脾气,狠狠地闹一顿,但是她看见郝小忠也在房里,他端坐在沙发上,正在和刘斌商量什么事情。罗彩元跟郝小忠相好以后,曾经想跟他长久过日子,但是郝小忠和她相亲,发现她不是女孩子,便几乎不理她,他那副傲慢的样子,是从小学会的,不需要再加以操练。罗彩元想跟他解释,他只挥挥手:"不必啰唆了,我不能没扯结婚证就戴绿帽子!"事情就算黄了!她跟他没有婚约,不好闹出来,只好搁在肚里生闷气。不过她还存着一些幻想,希望他能回心转意,两人能再接近,甚至能一起生活。这时她看见郝小忠也在场,晓得他有吃醋的毛病,自然不敢叫骂,她那踏进房门的脚,是继续往前迈呢,还是退出来,一时打不定主意。这时倒是郝小忠先开口,他说道:"我又不是老虎,怎么不敢进来?"这几天来,郝小忠的态度很冷淡,迎面碰着她不说话,今天竟主动打招呼,使罗彩元感到一阵欣喜。她显出很快活的样子,一蹦一跳地过来,叫道:"我为什么怕你?你就是老虎,我也不怕!"略停了一下,看郝小忠脸上掠过一丝笑容,她又补充了一句,"是你自己不理人,有时连话也不说一句,好像欠了你一千块钱忘记还似的!"郝小忠却一反常态,搭腔道:"真活见鬼,我几时不肯跟你说话,完全是你自己的心理作用!"是真朋友,就好说话,一句轻描淡写的话,就把一切芥蒂消除了,好像他所说的是真的,罗彩元的怨恨也一股脑儿抛弃了。她又变得很快活,两步跨到他身边,一屁股坐在沙发上,伸出一只肥胖的小手,娇声娇气地说道:"那么,我们就算和好了,以后不准发牛脾气了。"郝小忠垂着头坐着,好像不乐意似的,伸出瘦瘦的爪子,让她紧紧地握着,也回答了一句:"就算和好了!"

刘斌已经从卫生间出来,他今天游了山,喝了酒,又睡了一大觉,显得容光焕发,听了刚才那段他们的对话,张开嘴大笑。他一边笑着一边说:"哈哈哈,到底是小孩子,生点闲气也消得快!"

这天晚上林总经理请客,他点的菜不多,态度却很诚恳。他向大家祝酒说:"大难不死,必有后福,预祝大家都发财!"听了这话大家都很高兴,席间气氛很热烈。林总经理瞟了罗彩元一眼,只笑了笑,罗彩元还来不及红脸,他又转过头去了,好像他们之间从来没有发生过什么事似的。等到吃过了饭,回到临江饭店的房间,罗彩元感到满腹狐疑,她想跟刘斌谈谈,约他到她房里歇息。刘斌附着她的耳朵说:"郝小忠的醋劲儿大,得留心一点,你们和好了,应当跟他亲近亲近,将来能长久跟你过日子的,恐怕还是这小子。"罗彩元的心里何尝不是这样想的,但她见到郝小忠,心里便充满了矛盾,他的身体太单薄了,模样也实在太猥琐,可是他有一只金饭碗,又有一位有权有势的爸爸,在她目前所接触的男人当中,只有他是值得托付终身的,因此,她对他的态度很热烈,她把她的一切都给了他,这晚当她钻进郝小忠的房里,也得到了他热情接待。他不再提起那晚的事情,她心里产生一种感激之情,她觉得好像船只靠了岸,有了个固定的泊位,想起过去自己太孟浪了,从此应当收篷了。

当她被郝小忠的激情感动得流泪的时候,耳边却听得郝小忠对她殷殷叮嘱:"林总经理答应邀我到香港去玩耍,请你替我说几句话,看来他是很喜欢你的,希望你叫他不要把这事忘了!"这话犹如一声霹雳,一下子把罗彩元震昏了。郝小忠折腾一会睡着了,她忙穿好衣服跑出房间,等她来到会客室,不禁伤心伤意哭起来。最后她把泪眼抬起来,望了一望四周,只见电灯都已经熄了,只有走廊上的那盏小灯,绿幽幽地还在亮着,好像是坟场中的鬼火。她忽然感到很恐怖,心里不禁大声问自己:"这是什么地方?我到底到了哪里?"

四、下桩宴

罗彩元伤心极了,她跑去向刘斌哭诉。刘斌不在房里,他今晚特别忙,除了招待喝醉酒的林总经理进房休息以外,还一连接待了两位客人。一位是柳林镇供销社的代理主任王桂生,是他打电话请来的,来了几天没有和他见面,王桂生有些不耐烦了。刘斌叫他来的目的,是想请他想个法子,如何销售那些将要过来的水货。王桂生经手过这种货,是他的贴得心的铁杆哥们,听了他的话后沉思了一会,很快就替他想出个主意。他说柳林镇有座县供销社仓库,只要把水货存放在那里,就可以用它的发货单发货,因为发货的单位是国营的,任何人都不会怀疑。刘斌问仓库主任是谁?王桂生笑道:"这人近日出了问题,就不必去管他了,他的位子空缺出来,可以找个肯替你办事的补上去。"他们想出了一个绝妙的人选,就是赋闲在家的罗富庭,因为他是杨青林的死对头,又是张文榜的老部下。张文榜已调到县供销社担任主任,他不会不乐意接受这个人,不过他们晓得张文榜的心性,没有上级的安排是不肯轻易进人的。这时王桂生又说出了一个人叫王时英,是县工业局宋局长的夫人,最近提拔做财贸办副主任,是供销社的直接领导,只要有她一句话,张文榜会马上下调令。刘斌和她在完小同过学,"文革"中又有了来往,他跟宋局长的友谊是她搭的桥,如今走得还很勤。刘斌觉得王桂生的主意好,就朝他点点头,事情就这样敲定了。接着又谈到运输的事,刘斌把郝小忠带来的字条拿出来,意思是此事已办妥。王桂生认得字条是郝部长亲笔写的,心里很佩服刘斌的能耐。刘斌又委托他,在调动罗富庭的事上做点联络工作。王桂生也连忙满口答应了。

等到将王桂生送走以后，刘斌又接待了一位客人，这人名叫吴智，是农业大学的教师。当年省城夺权斗争取得胜利，高校造反军杀向农村，他们与当地造反派结合，成立了文攻武卫指挥部。胡三元自封做司令，刘斌当了副司令，吴智是参谋长，切切此令的布告由他草拟，他还喜欢摇鹅毛扇子。最近两人在唐元贞家中相遇，彼此都觉得幸会，回忆起峥嵘岁月，都不免感叹一番。今天他专程来拜访，哪有不好好陪陪的道理？两人饮酒至凌晨，回房休息已转钟两点。刘斌刚刚入睡，就被电话铃声吵醒了，他的心里有了火气，拿起话筒说了句粗鄙话。那头扑哧一声笑道："厂长又在搂着哪个睡觉，对为妻这样不耐烦！"刘斌被她的话逗乐了，语调变得柔和起来。他不喜欢堂客曹桂枝的身体，却喜欢她的德行，她在家里看守门户，在工厂里管着账，从不干涉他的行动，任凭他在外打野食。她的姐姐曹柏枝看不惯，忍不住讲了两句。曹桂枝摊开一双手道："何必操隔夜心，我还不晓得刘斌的心性？他从不对别的女子动真情，不会损伤我一根毫毛！"她的计算是对的，能始终保持着家庭的稳定性，稳稳当当地做厂长夫人，轻轻松松地当会计主任。她的职责是审审报表，年终月尾到银行结账，具体工作由三个会计去做，其中两个是她的干女儿。她有时间搓麻将，也有条件串门子，打听到各种隐秘的消息，提供给丈夫做参考。有时这种消息顶有用，能帮助他渡过难关。比如今天电话中报告的消息，就使刘斌大吃一惊。原来她听乡党委董副书记透露，乡政府准备清理乡镇企业账目，已经在党委会上通过决议，正在调集审计人员。刘斌一听骂道："老家伙真不识抬举，一定是他在捣鬼，前年安排了他的女儿，今年又吵着安排女婿，动作稍微慢一点，就故意来找岔子！"曹桂枝在电话中叫道："不要翻老皇历，老董的分工早换了，杨青林直接抓乡镇企业，他要一竿子插到底！"刘斌一听着了慌，连忙从床上跳下来，慌乱中找不着鞋子，光脚丫子在床底乱探。房间的窗户敞开着，晨风从湖面上吹来，他的身上起了鸡皮疙瘩，从头到脚发凉。他早领教过杨青林的厉害，知道这人不可小视，如果被他抓着辫子，不死也要脱层皮！刘斌心里很发愁，提着话筒沉思着。只听见堂客又叫道："这事你不能硬顶，抓紧到县里活动，上头的关节打通了，他就没法子奈何了！"刘斌不禁叹了一口气道："县里的人对我顶关照,只是隔着乡政府,他们不好直接插手综合厂,这叫作远水救不了近火。"曹桂枝立刻献计道："综合厂本来直属工业局,'文革'中才下放到公社,如今地富分子都平了反,为什么不对工厂落实政策?你何不提出要归口,打个报告给宋局长,请他在上头批几个字,综合厂不就脱离了乡政府。"刘斌带着一种懊丧的声调说道："这个办法好是好,只是屎急才去掘茅坑,过去因为贪图天高皇帝远,在归口的事上没抓紧,如今企业归口要经经委批,光有宋局长的批示还不行。经委王主任是个出名的慢性子,拖拖拉拉不知要到哪年月。首先是经委委员传阅报告,然后开会集体讨论,接着由他们找企业领导人谈话,说不定还要组织人马下来实地调查。等到决议通过以后,下面还有许多具体程序,如拟文、送审、定稿、打印、校对、盖章,经过这样来回一折腾,等到县经委的正式批文下来,我们早就被杨青林打成大老虎!"这时曹桂枝才告诉他,她最近到了宋局长家,陪王主任婆婆打了两天麻将。这婆婆是个半文盲,过去还缠过小脚,厂里的礼品都是经她收的,去年搬家还要过一立方米木材打家具。这次在麻将桌上,拜托我一件事,替她在乡下寻个小伙子,配上她那傻丫头。她的独生女儿有先天性脑垂体发育不良症,说话行动还像小孩子,今年拍满三十岁,是王主任一块心病。刘斌一听十分高兴,觉得归口的事有了眉目,他想只要闯过了王主任这一关,杨青林也拿他没办法! 于是他夸奖了堂客几句,说她确实很能干。曹桂枝听了哧哧笑,忙说还有王时英一份功劳,小脚婆婆是她出面请的,拜托我找女婿也是她提醒的。刘斌便叮嘱她抓紧办,必要时还可请姐姐曹柏枝帮忙,一时没有物色好人,也不妨先给王主任打电话,说已经找到了,叫他先高兴一阵子。

刘斌正和堂客商议,突然觉得身上很凉,抬头发现房门被人推开,室外的冷空气进来了。他看清来人是罗彩元,忙对着话筒说了句:"乡政府如果再来调账簿,就把你们造的假账给他们。"说完就把话筒一挂,立起身来迎接罗彩元。这时罗彩元的气早消了,却还装出一副生气的样子,她对刘斌发了一顿脾气,说了一箩筐林总经理和郝小忠的坏话,但是她没有和盘托出,只说他们不礼貌。刘斌装着什么也不知道,一把将她揽进怀里,接着笑着问道:"想不想再睡一会儿?"罗彩元微微点头,他便将她推倒在床上。罗彩元抚摸着他隆起的胸肌,想起郝小忠那搓衣板似的胸脯。刘斌在她的胸前摩挲着,很快激起了她的情欲,她把身上的衣裳褪了,白晃晃地骑在他的身上。刘斌感到特别惬意,心肝宝贝儿地不住乱叫。

两人在床上戏耍一会,晨曦把窗户涂白了,门外的脚步声多起来,两人才恋恋不舍地分开。罗彩元飞快穿越走廊回房去洗澡。刘斌躺在床上又歇了一会儿,忽然他想起工厂的事,堂客的话在耳边回响,他想事不宜迟,一个鹞子翻身坐起,取下床边话筒,拨通了县政府的总机,要接线员转到宋局长家里。宋局长还没有起床,是他的夫人王时英接的电话,问清是在客厅里接的,他便慢条斯理说起来。首先说了罗富庭的事,那头满口答应了,因为财贸办领导供销社,只要她在电话中提一下就行了。县委梁副书记最近还有指示,对犯错误的老同志要妥善安排。接着就说到综合厂归口的事,王时英咯咯地笑道:"桂枝已经跟我说了,看来她比你见事早。如今企业归口由经委批,关键在王主任。当晚我就替你们接上线,把王主任婆婆请来了,别看她只在收发室做过事,枕头风还是顶灵的,现在他们有求于你,审批的步伐会加快的。"刘斌说些感谢的话,王时英打断他的话道:"我不稀罕这些虚情假意,只要你常来走动就行。"刘斌嘻嘻地笑道:"工厂归口手续办好了,我就常要登门求教!"两人正谈得入港,忽然听见王时英叫道:"老宋起床了,你跟他谈吧。"接着从话筒里传来一种瓮声瓮气的声音:"老刘吗?"刘斌马上喊宋局长,大声向他报告:"港商已经到了长沙,马上跟我们进行了洽谈,和综合厂签订了第一个合同,为他赶制了一批旅游纪念章。不过他不肯签第二个合同,说不大了解我们的加工能力。"工业局长一听哈哈大笑,他道:"这个商人看来很老练,知道什么叫知己知彼,本来做买卖也跟打仗一样,不摸清对方的底细,是不能随便下决心的。我看这样吧,你们问他愿不愿意来县里参观,如果愿意,我们热烈欢迎!"刘斌一听宋局长的话,心里便明白他的意思,是想借此机会让港商多参观一些工厂,像农机广、麻纺厂、棉毯厂、服装厂、酒厂,看能不能够多跟他签几个合同,如果能接到许多订货,对促进县办企业的发展大有好处。刘斌觉得宋局长的意思与自己的目的不相矛盾,马上附和他这种想法,答应立刻跟港商商量,有了结果再用电话向他汇报。实际上,他没有跟港商商量,昨天林总经理实在太累了,一直还在睡懒觉。刘斌在饭厅用过早饭后,估计宋局长已经到了办公室,又打电话给他,告诉他已经跟港商商量妥了,港商答应到县里来,一边考察一下滨湖的投资环境,一边采购一些土特产,至于签订别的合同的事,要等考察完毕才能决定。宋局长听了很满意,又赞扬说:"看来这个港商很实际,是个规规矩矩的实业家。"刘斌便趁机请示宋局长,既然特意邀请港商到县里来,就得好好招待一番,这样就需要一笔接待费,这笔费用在哪本账上开支?宋局长笑着说:"这事你就看着办吧,你们厂里能够报销的就报销,万一不能报销,县里再想办法。我还要请示王主任,因为王主任对这事非常关心,曾经询问过两次,如果王主任愿意亲自接待,经委也可以报销一部分接待费。"刘斌知道经委的情况,他认为宋局长的算盘不一定能兑现,他给局长出了个主意,港商到了县里后,哪一个厂想请他参观,洽谈是否签订合同,那天就由哪个厂负责接待,这样接待费可以分散开支,不至于集中在一本账上,即使数字大一点,也不会太显眼。

宋局长听完他这话笑道:"我说老刘呀,你办企业越办越精啦,再干几年,不变成一个精怪才怪呢!"刘斌乘机诉苦道:"这也是环境逼出来的,不会打小算盘不行,我们这个厂子现在属乡政府领导,他们不仅不投资,还只想在我们身上多榨出点油来,我们已经变成皮包骨啦,如果再不精点,就会把骨头也拿去熬油了!"宋局长叹道:"我也知道你们的苦处,特别是这几年,层层加码,上缴利税多,我几次提出要将几个下放企业的利税减少,好培养成为龙头企业,带动其他乡镇企业发展,看来你们那里没有照办。"刘斌带点哭声道:"自从杨青林当了乡党委书记以后,对你的指示不但不执行,还变本加厉,向工厂摊派各种名目的费用。近日又出新花样,将董副书记的权夺了,直接由他自己抓企业,美其名曰加强党对乡镇企业的领导,实际是想把厂子据为己有。"宋局长说:"我听时英说,你们急于想归口?"刘斌道:"是呀,原来我们还是安心在基层干的,无非是想在乡镇企业中带个头,把全县的经济搞起来,现在看来只是幻想,这里一切乱了套,固定资产流失,工厂快垮了,如果县里不收上去,你宋局长那点心血就会化成乌有!"宋局长在"文革"中下放到综合厂劳动,不久刘斌掌了权,实际上是在此避难,因此他对这个厂很有感情,复职后把它定为自己蹲的一个点。这时他叹了一口气说:"看来杨青林领导农业有一套,对工矿企业不熟悉。为了让工厂摆脱困境,我也赞成把它收上来。你们赶快把报告送上来,我写好意见呈报县经委,还会亲自找王主任汇次报。"刘斌乘机煽动道:"你是全县工矿企业的主管,说话有分量,希望你跟王主任说彻底一点,就说杨青林是只疯狗,如果动作太慢了,说不定还会把麻纱扯到领导们身上。"他听见宋局长嘴里发出惊惶的啧啧声,又说道,"你还可以对王主任说,如果经委能快点下决心,支持局里把这个厂子收上来,我刘斌不是孬种,能马上把烂摊子整顿好,把这个被动局面扭转过来。"宋局长才高兴地笑道:"这点我相信!只是企业归口目前要经县经委讨论,光靠我一张嘴巴不行。我看这样吧,这次搞接待,也请他们一块儿来,不妨乘机下桩子,王主任和委员们都可能听得进的。"

与宋局长通过电话后,刘斌就着手准备。他在长沙本来长期包租了一辆上海牌小汽车,他嫌小汽车装不下多少东西,又跑不快,便以耗油为借口,换租了一辆丰田牌旅行车。过两天他便陪着林总经理,带着行政股长,三个人,空空落落,坐着旅行车直奔县城。

旅行车跑了大半天,过了两条江,有一条江过了两次,到傍晚时分,才来到县城。县城里除了几处旅社,就只有一个县委招待所,港商当然应当安排住在招待所,因为这里新盖了一座小楼,是依照湖南宾馆后栋的样式盖的,一共有四层,每层都有带阳台带卫生间的套间。旅行车直接开到县委招待所,只见前坪里早就站了一大堆人,有机械厂和麻纺厂的支部书记,有服装厂和酒厂的厂长,还有工业局的几位副局长,更可贵的,是县经委王主任果然亲自来了。当旅行车一停,这些人便蜂拥上前,抢着和港商拉手。刘斌一一做了介绍,他着重介绍了王主任和宋局长,他怕港商不明白两人职务的重要性,特别又作了一番解释。当港商明白两人是这场交易的拍板人时,特地把礼帽摘下来,对着两人一躬到地。接着在场的人都接到一张硬纸做的名片,上面的头衔是华港贸易公司总经理,姓林。在一片林总经理、林总经理的喊声中,他被簇拥着走进这座小楼。林总经理被安排在一套带客厅的房间里,在他的旁边和楼下,住着综合厂厂长刘斌,综合厂行政股长老严,还有县工业局和县经委的两个搞接待的干部。由于坐了大半天车,发现客人疲倦了,当晚没有安排什么活动。王主任和宋局长也只寒暄了几句,就离开了,不过他们当即指定刘斌为这次接待的总指挥,指示他一定要让客人吃好住好和玩好。刘斌根据这个指示,连夜召集了一个会议,各厂都派了人来参加,大体安排了一下日程,何时到哪个厂参观,何时由哪个厂宴请。县经委和工业局的宴会,准备在第一轮谈判后就举行。第一轮谈判是向港商介绍全县工业生产的潜力,只需要一上午,宴会就可以安排在这天中午举行。

为了搞好这次重要的宴会,县里几位著名厨师都被请来了。刘斌的计划是办齐十五种具有湖区风味的名菜,有的名菜已经年久失传,由几位厨师互相回忆,又进行试作,才算把菜凑齐了。比如有道菜叫"白鹤拼盘",是最先上的,三十年来没有人做了。据说当年柳林镇的洲土大王虢舜卿娶了县公安局局长的女儿做儿媳妇,曾经在县城大摆筵席,第一道菜就叫"白鹤拼盘"。拼盘里的各色卤菜,必须摆成一只白鹤的样子,而且要有红有白,具有白鹤身上的各种颜色。这种摆法只有一位老师傅晓得,如今他已退休,而且住在离县城四十里的杨林嘴,大家记起了这个人,征得刘斌的同意,用旅行车把他接到招待所来了。还有一道菜,叫牛百叶,是将牛肚子加工,使它变得又松又脆,吃在嘴里十分可口。这本是长沙一道名菜,过去蒙大戏剧家田汉题字的李合盛,就是以擅长这道菜出名,不过这道菜有各种流派,到了湖区,减少了某些作料,增添了许多作料,在刀法与火候上都有不同讲究,它的滋味和李合盛又大不相同。因此吃食家们都传说只吃过长沙的牛百叶,没有吃过湖乡的牛百叶,还不能算得真正的大食家。在排列菜单的时候,刘斌充分发扬民主,他请各位厨师发表意见,几乎一致认为没有牛百叶不能算是一个体面的席面。刘斌也坚决主张要有一份牛百叶。牛百叶既然以牛身上的东西做原料,首先得有牛,但是这几天正值春耕大忙,没有人送牛进城,县城又没有专门喂养菜牛的场所,这样就只好发扬严股长的作用,不知与哪个村搞了个交易,牵来了一头牛,当晚宰杀,牛皮送到制革厂,牛肉送到各机关食堂,牛心牛肚和牛鞭则留在招待所,供厨师们置办具有湖乡特色的名菜。

当这天县经委王主任陪同港商步进招待所小餐厅时,他看见这一桌五颜六色的席面,心里也不免赞叹:这个刘斌,真有才干!他几乎把湖乡名菜中拔尖儿的都办齐了。席上不但有白鹤拼盘、牛百叶，还有清蒸脚鱼、红烧乌龟、才鱼氽汤、油炸蹄筋、五香糟鸭、油淋鹅掌，其中最受港商欢迎的是一碗牛鞭汤。据港商林总经理说，这碗汤在香港可以卖到一千元港币，大家见他对这份菜赞不绝口，便都忍口待客，把汤端在他面前，让他独吞独嚼。席间的小吃也是很有特色的，有白糖莲子、茜米果粥、橘子汁、莲叶汤，还有各色蜜饯和果脯。只有鲜果没有看到，因为时令未到，不过沅江食品加工厂出品的橘子罐头、桃子罐头、梨子罐头还是弄来了一大堆，一只只都把盖打开着，摆在那里，任凭挑选。酒席上另有一样重要的东西，就是酒，如果没有好酒，好菜好饭将黯然失色，不会使人留下更深的印象。刘斌对酒是行家，他在这方面不保守，把每样名酒都准备了两瓶，将它们摆在另一张桌子上，任客人自行选择。摆在这里的有猕猴桃酒、味美思、玫瑰酒、白沙液、竹叶青，还有泸州大曲、西河大曲，当然本地的特产名酒南洲大曲、德山大曲也在其列。不过这些都没有引起港商的注意，他只喜欢贵州的茅台酒。他告诉大家，这种酒冲劲大，味儿醇，是因为放过一些年月，不像别的酒，当年出产就在外面销售。这时席间的人才获得一项可贵的知识，原来在香港买酒不光牌子，还要看是否陈年酒，越是存放得久，就越卖得起价。比如英国葡萄酒的价钱就赶不上法国的葡萄酒，因为法国的葡萄酒存放的时间有的在三十年以上。

席间作陪的除了王主任和宋局长以外，还有各个厂的负责人。刘斌本来想把宴会规模搞得小一点，后来一想，太小了不好，一则没气派，再则菜的分量多，人少了吃不完，不如除县经委委员以外，再把各厂的头头脑脑请来，不但可以联系感情，将来自己的厂升格后好打交道，而且先让他们见识见识，前面的乌龟四脚爬，后面的乌龟爬着走，轮到他们宴请了，就按照这种规格办，不能太小气了，所以这次宴会的气氛很热烈。当第一次宴会还在进行中，港商林总经理又接二连三接受了邀请，他的心里默算了一下，如果把这些工厂的宴会参加完，非得十天半月不可。

今天因为喝到了名贵的牛鞭汤，港商林总经理多喝了几杯酒，陈年的茅台酒的威力是很大的，他到底醉了。不等最后一道茜米果粥端上来，他便昏昏欲睡了。王主任看见他不胜酒力，考虑到明天还要进行第二轮谈判，不再勉强劝酒了，便叫刘斌把他扶到了楼上，招呼他睡下。这里还有一桌子菜,刚才只顾劝酒、说话,自己并没有吃多少东西进肚去,王主任又重整旗鼓,继续大嚼。经委委员与各厂厂长也不愿放过这遍尝湖乡名菜的机会,不肯很快离开席位。

刘斌把港商安顿好了,知道王主任不会马上离座,便立刻赶下楼来,因为他有一件火烧眉毛的急事,要请王主任迅速拍板。

刘斌历来的战略是反守为攻,他在"文化大革命"中能击退"走资派"的反扑,击败与他争权的各派组织,都是采用这一种战略。当然光有这一种战略不行,还得有各种战术,他的战术是制造谣言,打乱对方的部署。前天他接到堂客曹桂枝从厂里打来的电话,心里是很紧张的,虽然经过他多年经营,正如他对人吹嘘过的,是铁打的江山,但是却给杨青林找到了一个突破口,这就是他的财务账目。他在这几年,实在太大手大脚了,挥霍了大量金钱,这也难怪他,为了建立网和线,动辄就要用钱,而且不能太小气了,目前下面有网,上面有线,大功告成了,金钱却亏空了。他正准备慢慢设法弥补,不想公社书记张文榜垮得这样快,董副书记这样不中用,杨青林走马上任,起初不动声色,慢慢开始动作,他首先把董副书记的分工改变,换了一位厉害码子来管事,接着就抓财务整顿,破格提拔了一个生产队会计当财会室主任,把老糊涂主任撤掉了。开始只在一些小单位小打小闹,好像在练兵,当把审计人员配齐了,训练好了,便拿大头开刀,现在已把目标对准综合厂,通知把账簿都收走,由那位新提拔的主任带队,轮番下来进行调查。刘斌所建立的网子虽然紧密,但是任何网子都会有破绽,如今许多破绽被他们看出来了,正在撕破这网子,力图像孙悟空一样,钻进他的肚子里去。这还了得,这不把他家当砸了!他一边吩咐堂客曹桂枝布置人马,采取应急的动作,同时还知会那些心腹干部,叫他们有效配合,这里他还得赶紧动用上头的线,他要在上头把杨青林搞臭,把他扳倒。《孙子兵法》上有一条叫作围魏救赵,只要在县里把杨青林扳倒了,他家里的围才能解除。

这时他又坐到桌边,喝了两口酒,故意长长叹了一口气。王主任正吃得得意,刚打算表扬他几句,今天他觉得刘斌的酒席办得好,同时知道刘斌还帮他办了一件好事,临出门时接到曹桂枝的电话,说她已经找到了一个青年,而且已跟他的父母商量好了,同意结上这门亲事,自己那个患先天性脑垂体发育不良症的女儿终身有了依靠,了却他做父亲的一桩心事,他的心里说不出有多高兴。他知道曹桂枝是刘斌的堂客,他把这份功劳也算在刘斌账上的。他正准备好好称赞刘斌几句,但是席上坐着这样多委员与厂长,都是下级,有些话不便于说出口。当他用欣赏和感激的目光望着刘斌,忽然听见刘斌的这一声长叹,他便感到惊讶,忙放下筷子,转过头来问道:"这两天,接待客人,事情很多,是不是累了?"刘斌故意停顿了一下回答道:"事情再多,也累不死我,但是有些事情实在不像话,看在眼里,却会把我气死!"在这样一种喜悦的气氛中刘斌竟说出这样一些话来,更叫王主任惊奇。他忙问道:"什么事情,使你这么气恼?"刘斌又长长地叹了一口气道:"说来话长,王主任和宋局长今天如果有时间,可以听我作一次详细汇报,在我们柳林大垸,可说天昏地暗,有个别领导人,胡作非为,比国民党还国民党!"王主任是县委常委,他参加县委的核心会议,常常听到一些柳林垸的情况,他还亲自听过县委老书记对柳林垸工作的评价。他不禁问道:"不是听说柳林垸的工作很不错吗?自从把张文榜调开以后,由受过'四人帮'残酷迫害的杨青林当了书记,这两年他的工作抓得很出色,专业户、重点户在全县数量是最多的,也是最拔尖的,如今他又在抓流通领域的改革,准备进一步搞活农村经济。老书记说他跟中央的步子跟得很紧,有战略眼光。你的估价怎么完全相反,难道你晓得一些什么内幕不成?"刘斌点了点头道:"我不光晓得一些内幕,还掌握一些确凿的证据,杨青林这两年搞的那些把戏,完全是一个骗局! 县委如果不相信,可以派工作组下乡调查,就会晓得柳林垸烂成什么样子了,也许比我刚才形容的还可怕!"这几句话有点耸人听闻,在座的人听了都不禁"啊"的一声,不再动筷子了。

柳林垸的生产责任制搞得早,这里的成功经验影响了全县,这事曾多次在老书记报告中提到,在县委一些文件中也看到,而像所有刚露头角的先进人物和先进地区一样,反应是各种各样的,赞赏的居多,怀疑和嫉妒的也有,今天在座的人中就有几个对此有过怀疑的人。还有一个经委委员,过去因为支援社办工业比较出色,曾经成为全县的先进人物,这两年他的名声落了,已被新的先进人物比下去了,他对于杨青林这样的新的先进人物,是怀着一种莫名其妙的嫉妒心的。这时几个人齐声要求刘斌讲下去,反正还有一个下午,有的是时间,一边听听别人的丑事,一边喝酒,也许是一种最好的享受,因为既能满足食欲,又能满足好奇心,而且别人的丑行能烘托自己的德行,又能满足自己的虚荣心。王主任和宋局长也鼓励他讲下去,因为他们都是县里的重要干部,对于这些送上门来的情况,也是有责任了解清楚的。

刘斌便张开大嘴滔滔不绝地说了,他那曾经操练过的口才,颇能发挥能动的作用。他从杨青林的工作,说到杨青林的作风,他说柳林垸有个寡妇,名叫刘丽君,她与杨青林的关系不正常,他们办了个代收店,收购各种土特产品,搞垮了供销社的土特产收购门市部。他说为了把手伸得更长,伸到长沙,他们把货物交给一些农民运出去,去搞投机倒把,去搞乱省会的市场。他的话很集中,只说了刘丽君,他把刘丽君当作突破口,是有他自己的想法的,因为在他的道德观念里,他不相信刘丽君和杨青林没有更深的关系。刘斌的这番话使王主任震动,因为经委管的范围比较宽,工交财贸都归他管,他想杨青林在管理农业方面可能是个行家,在管理工业和商业方面也许是个外行,如果真有不正常的关系,那问题就更严重了。王主任是老常委,说话很谨慎,他没有明白表示自己的态度,只答应向县委书记反映。宋局长到底不愧为刘斌的好友,他没有忘记刘斌的嘱咐,这时他便乘机提出刘斌的综合厂在杨青林领导下有许多难处,这个厂的领导班子强,设备又齐全,是不是可以考虑收归工业局管理。刘斌又接着摆了许多事实,无非接过宋局长的话锋,把杨青林描绘成对工业一窍不通的外行,只晓得一味乱来,把一个好端端的企业都拖垮了。对于这件事情,王主任倒可以当场表态,因为这是属于他的职权范围以内的事情。既然工业局有这种建议,经委审查通过,这个厂子就可以收归县里领导。他说了一句:"等送走客人后,我们经委开次会,如果没有别的异议,就向乡政府下文!"

华港贸易公司的林总经理还没有送走,王主任就提前召开了县经委会议,研究柳林综合厂的归属问题。根据县工业局的报告,也根据他的建议,一致通过将柳林综合厂马上收上来,归口由工业局直接领导,成为直属工业局的八大厂矿之一。按照王主任的习惯,他的动作决不会这样

379

快,他所以一改慢吞吞的脾气,跟前天的宴会有关,同时与今天早晨和梁果夫的相遇有关。

县委的常委楼修好以后,常委以上的干部都搬进这栋楼居住。常委楼修建在县委机关后面,背靠着大湖,沿湖一带长满了杨树与柳树,到了春夏,显得郁郁葱葱,空气异常新鲜。每天早晨,领导干部们都到这里散步,几位注意锻炼的,打太极拳,做气功,练八段锦。湖边这块绿荫地,成了县委常委们的运动场,同时也成了他们议事的地方,因为当他们碰到一起,总不免谈一谈工作上的事情,有许多重要决定还是在这里做出的。

从邻县调来的县委副书记梁果夫,年纪比较轻,喜欢锻炼,常在湖边的草地上跑步,做八段锦。今天他又沿着树林跑了两个圈,一眼看见王主任,便放慢脚步提高嗓门喊:"王老! 王老!"王主任正昂首阔步,听到喊声,不知是叫自己,还只顾朝前走着。那边又叫了几声,王主任才发现是叫他,停住脚扭转头看,只见梁果夫朝他跑来,嘴里还在不停地喊着,他的心里不禁产生一种甜滋滋的感觉。在常委中他是年长的,又是少数南下干部之一,平时老王老王被人叫惯了,今天头一回听见有人叫王老,而且不是一般人叫的,是县委副书记在叫,他的心里自然感到很受用。这位县委副书记虽然资历浅,又是"文化大革命"中提拔上来的,但是似乎很懂事。王主任对"文革"上来的干部瞧不起,称他们叫宇宙飞行员,意思是坐火箭上天的,可是有个例外,对这位副书记印象颇佳,两人很投缘。大概因为他态度特别谦恭,每次开常委会,总不忘替几位老同志倒一杯茶,递几支郴州牌香烟,如果让他主持常委会,总要请他们坐在自己身旁,不时地请教些什么。今天他跑步前来,亲亲热热地尊称他做王老,使他不仅心情舒畅,同时也使他想起老书记刘耀。刘耀也是南下干部,比他只大两岁,但因为一直是上级,总把他当年轻人使唤,在路上撞见,老远就站住,粗声粗气地喊:"老王,过来一下!"他便颠颠颠地跑过去,听他吩咐什么。今天的副书记没有叫他跑过去,而是兴致勃勃地跑来,恭恭敬敬地叫他。最近刘耀低烧不退,又到地区医院检查去了,县委的日常工作由副书记代理。王主任以为副书记有什么事交办,连忙投去询问的目光。梁果夫只笑着,没有说什么话,他跑到跟前,用手挽着王主任,肩并肩地朝堤上走去。

这堤是一九五四年整修南洞庭湖时筑建的,上面能并排跑两部卡车。他们爬上了陡坡,站在大堤上。这时太阳还没有露头,只见绿幽幽的湖水,像一面光滑的镜子。两人活动了一下筋骨,做了一会儿深呼吸,抬头便见天际多了一抹云霭,起始是淡红色的,慢慢变成了深红色,接着又变为紫红。两人又做了几节八段锦,忽然万道霞光从湖底喷薄而出,灿烂的云彩布满天空,湖水变得通红。两人顿时感到浑身舒畅,精神也振奋起来,他们的心里盘算着,新的一天开始了,要抓紧办好那几件事。

王主任想着要办好的第一件事,是把经委的决议变成文件,尽量缩短例行程序,迅速把它发下去。这时他顺便请示了一下副书记,梁果夫表示同意。他的想法与王主任相近,不能让杨青林到处插手,肆意扩大自己的权力。但他没有直接说出这个意思,他只顺着王主任的话头,说了几句很原则的话。他说:"分工要明确,要各司其事,不能打乱仗!工交战线的事情,应当统一归口由经委管理。"王主任一听心里便明白,像柳林综合厂归口等问题,是属经委职权范围以内的,由他做出决定就行了。

其实梁果夫今早想着要办的第一件事,也跟杨青林有关。县委书记刘耀到地区医院检查身体以后,又由他主持日常工作。昨天下午,县委组织部江部长来报告,地委组织部打来了电话,要县委赶紧报一份杨青林的履历表去,如果还有杨青林的档案,也一并随表寄去。杨青林的档案早没有了,"文革"中抢档案那阵子被人烧了,后来杨青林被逮捕法办,档案没有再恢复,如今法院保管的罪犯案卷中倒有他一卷。梁果夫听了老江的报告,心里咯噔一下,心想地委正式通知县委送档案,是准备讨论杨青林的提拔问题。一定是老书记利用在地区治病的方便,又抓紧进行了活动。地委几个书记,连方扬一起,都是刘耀的战友,又都在牛棚蹲过,还是难友,他们的心是相通的,还有什么不好商量的。他早听人说过,刘耀曾经推荐杨青林担任副书记,让他成为自己的接班人。地委分管组织工作的副书记方扬把了关,说他恢复工作不久,就提拔为乡党委书记,已经够快了,如果接着又提拔,恐怕一时无法适应工作。他引用过去的文件,主张提拔干部要一级级上,这样才把梁果夫调来了。梁果夫在邻县担任过县革委会副主任,后来又担任县委副书记,因为都是在"文革"期间,自然得罪了不少人。"文革"后勇于揭发,很快又恢复了信任,但毕竟因为欠账太多,在本县反映不好。方扬根据中央文件精神,报到省委组织部备案,易地闹革命,把他调到这个县来担任副书记。虽说是平调,却也没有丢面子,到任后有哥们儿在省报上给他发了两篇文章,又狠抓了几件露脸的事,很快就树立起威信,在群众中口碑很好。眼看刘耀年纪太大了,又经常闹病,他的离休指日可待,自然应当轮到自己主政,这是件顺理成章的事情。不想刘耀是个倔老头,总忘不了"文化大革命",时常念叨着坐过牢的杨青林,一心想把他扶上来,让他来接自己的班。在他和刘耀接触中,发现他不信任自己,彼此之间有隔阂,特别在人事安排上,常常闹别扭,他虽然主持工作,脖子上好像戴了副枷锁。

至于他对杨青林的印象,觉得是个既有心计又有能力的家伙,他的年龄虽比自己大几岁,却在"文革"中受过冤屈,农村改革中又连连得手,政治本钱比自己多。如果让他当了县常委,常委会上不得安宁,如果越级提拔成副书记,肯定不久会接刘耀的班,如果自己岗位没有变化,说不定哪天会栽跟斗。梁果夫越想心里越急,真像是心急如焚,不过他在宦途上练就了一种本领,善于掩盖自己的情绪,尽管他心里像扯筋,脸上却依然挂着笑。当时他平静地吩咐老江道:"就按地区的要求办,把表格送上去,说明档案在'文革'中抄走了。至于他的现实表现如何,个别征求一下常委们意见,如果不能综合一个材料,就把原始记录附上去。"等到老江退出房门,梁果夫的脸色变了,毕竟这事很麻烦,处理起来费思量。这一夜他几乎没有合眼,第二天天蒙蒙亮就起了床,他比平时出门早,为的是早点找着王主任。

王主任听完梁果夫一席话,心里变得踏实多了。梁果夫的指示不具体,估计是为了尊重自己,经贸系统历来是自己分管的,他没有必要把着手儿教。不过从他的话里体会得出印象,他的倾向和老书记不同,刘耀一味赞美杨青林,他却实事求是地就事论事。王主任性格虽然随和,对所担当的职务是看得神圣的,当他自认为领会了领导的精神,便觉得自己有了主心骨,对于杨青林插手他所分管的事,他的心里感到十分恼火。

这时太阳已经从湖上升起,快到了吃饭的时候,两人又一块儿走下湖堤,一边走着一边说些闲话。当他们走进了常委楼院内,梁果夫突然停住脚步,他笑道:"差点儿忘了!刘书记临走时交代清理积压的人民来信,我叫办公室筛了筛,发现有不少是揭发经济犯罪的。我想王老你最了解情况,又对经济政策很熟悉,现在转交给你,请你代表县委做出处理。"说着他从衣袋里掏出一沓信,把它塞到王主任手里。接着又加了一句:"我因为这些天太忙,没有来得及看。"说完他便掉头走了,留下王主任一人站在后门口。

王主任对上级交办的事情历来很重视,何况还是副书记亲自委托的,他接着这一沓信感到分量不轻,抬手看了看手表,时间不到七点,于是他又退出院门,走进树林子,寻了一条石凳坐下,就着叶间筛落的斑驳阳光,看完那些纸上的文字。

等他回到家里,时间已快到八点,来不及坐下吃饭了,他上班从不肯迟到,便从桌上拿了只馒头,一边走路一边啃着,等他走到办公楼,馒头已经啃完了。因为今天少吃一只馒头,又没有喝牛奶,应当说没有饱,但他因为心里生气,似乎已经很饱了。

他生气是有理由的,因为他看到一幅触目惊心的景象。正如刘斌所描绘的:"柳林垸已不再是共产党的天下,比国民党还国民党!"原来这批人民来信都是匿名信,揭发的是杨青林和刘丽君的种种恶行。在王主任主持经委工作期间,曾收到过许多匿名信,对这些不肯署作者姓名的信件,过去他一概不处理,他认为连姓名也不肯透露,是一种不负责任的表现。"八分邮票搅烂一锅粥",就是他对这种信的概括。但是今天他看到这些匿名信,态度却变了,他把它们紧紧捏在手上,带进了办公室。原因是这些匿名信都是揭发杨青林和刘丽君的,由于有先入之见,他对这两个人的印象坏透了。

这些匿名信虽然没有署名,却都有称谓,有的自称是柳林镇的革命干部,有的自称是供销社的普通群众。他们控告刘丽君破坏市场管理,采取资本主义经营方式搞垮国营企业,还控告她利用女色勾引乡党委书记杨青林。两人经常深夜在代收店鬼混,周围群众议论纷纷,败坏了社会风气。杨青林为了讨好姘头,不惜用乡党委名义为她骗取贷款,将村办企业收入调出供其挥霍。匿名信的作者要求县委迅速派人下来调查,查明事实真相,对这些违法乱纪的干部绳之以法。

上班铃响了，王主任已走进了办公室，只见他铁青一副脸，把那些信朝桌上一撂，一屁股坐下来，好久都不肯说话。

忽然，他像下了决心，一下把抽屉打开，拿出几张红格的材料纸，抽笔迅速在纸上写着。在南下干部当中，他是文化程度最高的，入伍前初师毕业，写得出文章，还有一笔端正的楷书，早期县委许多文件都出自他手，自打调进几个大学毕业生以后，他才不再做文字工作。今天他却感到责无旁贷，带着一种失职的内疚，也出乎一种激愤，他不再依靠笔杆子，由自己亲自捉笔，看来宝刀未老，不上一小时，一篇两千字的通知草就了。文中根据匿名信所提供的材料，历数了柳林镇种种经济混乱状况，庄严地提出，为了击退这股资本主义的妖风，恢复社会主义经济秩序，从而保护人民利益，经过县委常委会认真研究，决定派出县委工作组，前往柳林镇进行治理整顿。接着对工作组的权限作了明确规定，按照这个规定，工作组可以越过当地党委独立操作，有点像"文革"中那种踢开党委闹革命的做法。在通知的标题下面，有个拟稿人的空格，为了表示敢于负责，王主任在空格中签了自己的名字。

王主任将通知又仔细读了两遍，改正了两个错字和几个标点符号，说实话，他对标点符号的使用常有不准确之处，这与读初师时教国文的是位冬烘先生有关，但他觉得无关宏旨，也不愿再找人校对了。不到上午十点，他便兴冲冲地上楼敲响县委副书记办公室的门，听到一声："进来！"就噔噔噔地冲了进去，把通知递到梁果夫手上，意思是请他签发。梁副书记的态度倒很冷静，他瞟了王主任一眼，认真地把通知草稿读完，沉默了一会，抬起头来问道："你准备派哪个当工作组长？"对这个问题，王主任早有考虑，他脱口而出答道："派张勇。他是个勇敢分子，不怕邪，斗得过杨青林！"梁副书记沉默着，没有立刻表示可否，他紧皱着眉头，在搜索着对张勇的印象。这人他早认识，四十上下年纪，蓄平头，喜欢穿草鞋，着农民装，特别热衷调查男女关系方面的问题，总要盘根究底，弄个水落石出。支"左"时颇有建树，转业后留在县经委当副主任。梁副书记明知故问："是不是县经委张副主任？"王主任连忙介绍："正是正是，他是个很正派的人，对自己要求很严格，对别人要求也严，就连找对象，也不肯马虎，至今还是单身……"梁果夫虽然年纪轻，却极老练，他听完王主任的介绍,又沉吟一会,才说道:"我看就这样吧,按照王老的意思办,派工作组,不过不要用县委的名义,用经委的名义就行了,以免造成党委直接干涉经济领域具体事务的印象。"接着他就把县委办公室主任和常委秘书叫来,当场口述,由他们两人作记录。他的指示大意如下:"同意县委常委、县经委主任王锁柱同志的意见,派出以县经委副主任张勇同志为首的工作组,前往柳林镇进行市场经济情况的调查,发现问题,及时处理,务必要做到当地群众满意。县委认为,为了避免以党代政的现象发生,工作组不必用县委的名义,以县经委名义派出为宜。"按照惯例,他校正记录稿后签了名。

听完梁果夫这段话以后,责任明确了,但王主任感到不满足,他想请副书记照着通知上的话,如资本主义妖风之类,多说几句。却见他挪过另一沓文件准备阅读,并挥手让办公室主任与秘书离开,知道是不会再添加什么了。既然指示已经下达,接着就是执行方面的问题了。当王主任跨出副书记办公室的门,他不禁轻轻地叹了一口气。

五、一家人

　　这是临江饭店新盖的一座新楼,新楼离湘江不远,一楼做餐厅,二楼以上住旅客。刘斌包租了六楼的一头,这里就成了柳林综合厂的驻长办事处。从六楼的窗户望去,能眺望美丽的江景,白天可以看见宽阔的河水与长虹般的大桥。家庭联产承包责任制推广以后,农产品激增,运输突然繁忙起来,大桥上来往的车辆摆成了长蛇阵,如果碰到阻塞,常常要花一两个钟头才能过趟桥。那航运码头的汽船,也一艘紧贴一艘,常常直排到江心。等着到了夜晚,那景色变得更加好看,不但岸上是一片灯火,满江也布满灯火,岸上的灯火是不动的,河里的灯火却游动着,黑亮黑亮的江水与繁星般的灯火交织在一起,使湘江变得像幅缀满无数碎花的绸缎。

　　吴智是第二次来临江饭店,碰着刘斌刚从县里转来。他跟林总经理商定了供销渠道,独自回长沙安排运输事宜,这时已听说县经委开过了会,心里感到特别高兴。他领吴智走进一个房间,只见里面坐着两男一女。年纪大的男子是个矮个儿,因为身躯肥胖,两腿粗短,初初看去好像一只大冬瓜。他的脸也是球形的,大概因为营养太好吧,那满面红光,好像红漆桌面上抹了一层油腻。他看见刘斌进来,赶紧站直身子。那一对坐在沙发上的男女一动不动。男的样子单薄,装束却时髦,华达呢料子的西服,配着雪白的衬衫和红领带。女的穿得大红大绿,剪裁颇大胆,既具大口岸的开放,又有小城镇的花哨,由于她体态丰腴,皮肤白皙,加上眉眼俏丽,给人一种新鲜的感觉。

刘斌指着那个年轻男子问吴智道："你猜猜看,他是谁？"吴智仔细望去,一对深洼眼,两颊肌肉像用刀子刮过似的,嘴唇也极薄,模样儿觉得好熟。刘斌笑道："一提你就明白了,郝部长,县武装部的郝部长,后来代理了好几年县委书记的。"吴智一听叫起来,用手拍了一下自己的脑袋,大声笑道："想起来了,怪不得这样眼熟！不过你不提醒不认得,郝部长的大公子,是不是？"刘斌拍了拍手道："正是！正是！"提起郝部长,吴智心里不禁产生一种尊敬和感激的感情,他朝前跨了两步,伸手拉着青年的手,朝他浑身上下仔细看了几遍,叹道："岁月不留情啊！我看见你的时候还只有这样高。"他用手指了指沙发靠背。"现在成了大小伙子了！只是郝部长的身坯子要大些,记得他送过一件军服给我,说是他穿过的,我穿了嫌长一点,腰身也显大。当时我还没有发胖,身坯子不像现在这样臃肿。"这位名叫郝小忠的青年似乎对这些充满感情的话并不感兴趣,他突然把嘴张开,大声地打了个哈欠。这时那位矮胖子插嘴道："小忠同志疲倦了,我看先到房里休息去吧,有话明天再说。"刘斌点点头。矮胖子就把两个年轻人带出去了。年轻人走出房门不远,又开始大声说笑。一会儿,矮胖子转来,垂着手在门边站着。刘斌对他说："你到餐厅张罗一下,等会儿我陪吴老师去吃夜宵。"矮胖子答应了一声,连忙车转身子出去了。刘斌嘿嘿地笑着,对吴智说道："过去我们在县里活动,得过郝部长许多帮助,如今办企业,也少不得他的支持。"吴智见郝小忠对自己态度冷淡,不肯多叙旧,心里觉得有点遗憾,他觉得自己还有些感情没能表达出来。听刘斌这样说,便附和着说："唉,郝部长真好！像这样的好同志,现在要多有一些就好啦！"

青年男女的笑声隐隐从另一个房间里传过来,吴智不禁问道："这个女伢儿是什么人？"刘斌笑道："郝小忠的女朋友。她的父亲你也见过,不过恐怕早忘了。"吴智问："谁？"刘斌道："还记不记得,在柳林垸搞斗批改那一段,有位支部书记态度最好,立场转变快,后来很快解放了。那人是个大滑头,人称土皇帝,又叫不倒翁,你忘了？"吴智拍着自己的脑袋想,一边摇手道："请慢点说出来,让我想想看。"他想了一会,问道："是不是个大方块脸,颧骨挺高的,说起话来声音洪亮？"刘斌点点头。吴智又道："他手下有个保镖,瘦条个儿,像根棍子,是他的亲侄儿？"刘斌笑道："差不多了。"吴智不禁笑道:"记起来了,柳林公社柳林大队的罗支书,叫罗什么庭的。郝部长来视察,听了公社革委会主任胡三元的汇报,亲自找他谈话,让他官复了原职。"吴智很高兴,因为这些往事一下子都记起来了,那一段日子,有不少令人愉快的回忆。刘斌笑道:"那阵子省革委会成立,号召各级解放干部,组织三结合的领导班子,胡三元跟他侄儿的关系顶铁,趁这当口,把他推上去了。罗四拐子是胡三元起家的十三太保之一,平时敢冲敢杀,最受器重。胡三元看重他还有另一个原因,是他在扳倒杨青林这件事上立了大功。杨青林是原公社的二把手,抓生产肯下死劲,虽经郝部长指示,把他关起来办学习班,但他根正苗红,找不到打倒他的理由。罗四拐子心细,在他谈话中发现了恶攻言论,很快又提供了两个见证人,加上他自己,共计三个,于是杨青林的恶攻言论成立,他便鼓动一批人把他拉到公社大院批斗。恶毒攻击毛主席和江青同志的言论在当时是死罪,罗四拐子和叔叔商议,带头喊出枪毙杨青林的口号。事情是明摆着的,如果不把杨青林扳倒,尽管张文榜情愿把位子让出来,胡三元也坐不稳。后来根据揭发材料判了杨青林无期,把他捆走了,胡三元才算真正夺了柳林公社的大权,当稳了公社的第一把手。"吴智在柳林公社活动期间,曾多次和这位草头王打交道,这时在脑海里浮现出一张歪戴军帽嘴上叼着一支过滤嘴香烟的马脸。那人脸色常常是铁青色的,虽然他每餐饭离不开酒,嘴里常常有股冲人的酒气,但他不论灌进去多少瓶酒,脸色都不发生任何变化。一灌足了酒,他就把扎在腰上那根宽宽的带铜头的皮带解下来,抓在手上不停地捋着,有时还用手抓紧一头,朝空中使劲一甩,让带铜头一头在空气中发出呼哨的声音。这时他那对绿豆般的眼珠在三角形眼眶子里滴溜溜转,如果恰巧有个人走过,又对他没有表示敬意,那就该他倒霉了,那带铜头的皮带就朝他身上抽过来。皮带抽在身上虽然痛,留下的只是一道道紫痕,过不多久就褪尽了,新鲜的皮肉又长出来。那铜头在皮肉上划过,却是另一种样子,铜头有尖锐的挂钩,轻则刮掉一层皮,重则刮去一块肉,当时的痛苦不用说了,就是过去多年,疼痛早已忘却,伤痕却依然存在,再抚摸它,受辱的痛楚比皮肉的剧痛更揪心。吴智开始看不惯这种流氓嘴脸与野蛮作风,曾经在刘斌面前抱怨过,但后来见他很快稳定了柳林大垸的局势,成了全县各公社夺权最早的造反派头头。县委第一把手郝部长亲自到这里总结经验,跟来的秘书把情况写成材料上报了。省革委会正在寻找典型,指示刚刚复刊的省报把它报道了。看到了这则头版新闻,刘斌咧开嘴朝吴智笑道:"秀才,文绉绉的做法是不行的! 当今世界,光靠写几份传单造点子舆论是打不出天下的。"这时吴智才觉得自己太书呆子气了,他更加钦佩郝部长,觉得他真算得上是帅才,一个流里流气的野蛮的家伙,居然用其所长,使之在革命斗争中发挥了作用。这事对他启发很大,使他更加信服郝部长的一句口头禅,"为了达到一个有价值的目标,方式是可以任意选择的。"这时吴智便问刘斌道:"那么郝部长和罗富庭结成了亲家?"刘斌摇摇头道:"还没有,刚才我不是跟你介绍过了,不过是女朋友,女朋友不能算未婚妻,更算不得夫妻,现在还谈不上亲家不亲家的事。不过自从小忠认识这女伢儿以后,就像蜂儿入了花圃,时刻儿围着转! 刚才你不是看见了,跟我们讲话打哈欠,跟罗彩元讲话就有说有笑的了。"吴智道:"这也难怪,年轻男女嘛!"在吴智心目中,郝部长是个完人,因此他的一家,也应该都是完美的。当他第一眼看到小忠起,他就喜欢这个小伙子了,他听出刘斌话里有不满的成分,忙为他作了辩护。在他们说话时,严胖子出去了,这时又走进房间,他站在门口笑道:"刘厂长,夜宵摆好了,请去用吧!"刘斌听了这句话,忙站起身,对吴智笑道:"这餐厅的细点做得好,我们去尝尝,到了楼下,再细细谈吧。"因为夜深,电梯已经停了,刘斌领着吴智沿着楼梯走下,他在楼口窗边停了一会,望见美丽的江景,嘴里不禁叹道:"这两年,变化也真大啊!"

吴智听了心里不禁想,谁说这两年变化不大呢? 他住在对岸的学校,常常打这座桥上经过,江上的夜景,他已经看惯了,不再能引起惊诧。令他感到惊讶的,倒是他这位朋友的变化。他转头望了一眼,只见他穿着纯毛华达呢罩衫,套着派力司西装裤,那一双贼亮的尖头鞋,肯定是意大利的进口货。从他那潇洒自如的神态看,他的手头一定很阔绰,而老成持重的样子,又像一位稳健的中层干部。他不禁想起他那过去的模样:一套黄呢旧军服,一顶大盖帽,腰间缠着子弹带,肩膀斜挂冲锋枪,要是碰上他戴起墨镜,俨然是一名海盗。如今模样儿变了,丝毫没有过去的痕迹。听说"四人帮"粉碎以后,他也曾被拘留过一阵子,不知道怎样一来,他依旧又抖伸了。从眼下的情形看,他拥有专用的小汽车,包租了半层饭店的房间,还有专人替他安排生活与接待宾客,这比当年做草头司令强多了。

吴智的心里感到很委屈,他懊丧地想道:恐怕只有自己最倒霉了!"四人帮"垮台以后,家家有喜事儿,自己却是怄糟的事一桩接一桩。最早是系里叫说清楚,连续搞了两年,写了无数张小字,才勉强过了关。接着爱人提出要离婚。因为"文化大革命"中的事被抖搂出来,传到了爱人的耳朵里,她觉得没脸见人,不愿意跟他过下去了。这事刚刚闹利索,学院就开始评职称。他是老助教,十多年了,没写过一篇论文,两次评讲师都没有他的份。"文化大革命"中有人做逍遥派,躲在家里偷偷搞科研,如今一篇一篇发表文章,评个讲师轻而易举,有的正在争取评副教授。而自己虽然从来没有停过笔,写的却是传单和大字报,随着斗争的深入,有的传单也变成了铅字。但是目前这些东西不但没有用,而且能赖掉的尽量赖掉,实在赖不掉的,也至少说明是奉命之作,因为无论哪一种文字,在今天都经不起分析。总之,经过"文化大革命",他自己一无所获,惹上一身臊,落得通体臭,连系里打开水的工人碰见他也不愿意搭理,挨过整的教师见到他都远远避开,好像真的成了狗屎堆。如今只有老导师吴敬恒教授还碍点情面,虽然自己曾经反戈一击,把他送进了牛棚,但是他不计前嫌,见了面照样打招呼,经过他主动拜访几次以后,他又答应指导他写特种水产方面的论文。更可喜的,是吴教授新娶的夫人唐元贞,对他显得格外热情,她把他当贵客接待,有时还留他吃饭,如果有好久没去了,还会打电话来邀请。这些天他没有登门,是因为正在突击一篇论文,他想等草稿完成后,再去请老导师过目。第三次评职称迫在眉睫,他不能再拿不出成果。如果这次不能晋升职称,他就只好卷铺盖。但是说说容易啊,动起手来却难了,十多年光阴一晃而过,他把专业荒废了,连一些普通常识都记不确切,专用术语变得很生疏。他在书桌边枯坐了一天,面前还是几张空格的稿纸,便信步踱过河来,又一次走进了临江饭店。他是想找老朋友诉诉苦,恰巧今天刘斌心情特别愉快,表现了罕见的热情。两人在客房中聊了一阵,就肩并肩地走下楼梯,踱进了一间小餐厅。餐厅的地面铺着地毯,墙上装饰了壁灯,中间有一张小圆桌,上面铺着洁白台布。这种桌子中间可以转动,上面摆满了精致的面点,除了什锦酱菜与鱿鱼丝小碟,还有用青花瓷盆盛的冰糖莲子。刘斌殷勤地请他就坐,使吴智心中变得更加阴郁。

刘斌望望愁容满面的吴智,吃惊地问道:"怎么啦,老弟,什么事惹得这样不高兴?"

吴智感到手里的筷子有千斤重,他把它搁回桌上,长长地叹了口气道:"老兄,你的日子好过,却不知道我怎样在苦水里泡着!"

刘斌也停住了筷子,他睁大眼睛望着吴智的脸,只见他的脸上焦黄浮肿,花白头发像一团乱麻。刘斌心里想道:这两年吴智老多了,一定是家庭纠纷把他折腾成这样。他便突然大笑起来,伸出大手拍了一下吴智的肩膀,笑道:"秀才,你也太不中用了,一个婆娘就把你整倒?你有城市户口,又有大学教师的牌子,还怕讨不到堂客?告诉你,如今城里妹子比伢子多出几万,好多大龄姑娘找不到老公,只要有人张罗,说不定还能找个黄花闺女!"说完他又哈哈大笑,笑声传出门外。长得像只球似的严胖子把头伸进来,好像在问:"厂长今天兴致怎么这样好?"刘斌对他招了招手道:"严股长,你过来,一块儿吃嘛。"严胖子走过来,笑道:"我的晚饭吃得晏,肚子饱饱的,不能吃了,厂长你陪客人用吧!"他又指指桌上的面点问:"这几样点心是特意让厨师另做的,很干净,味道怎么样?"刘斌见吴智依旧愁眉不展,还不肯动筷子,便笑道:"老严,我这位朋友闹了点家庭纠纷,心里不愉快,他大概对点心不喜欢,你就替我们要几个冷盘和一瓶酒来,让我灌他几杯,消消愁!"严胖子听完忙点头,很快就走了。眼下吴智也不想喝酒,等他听清了刘斌的话,忙伸手去阻拦,但是已经来不及了,严股长早走了。刘斌笑道:"我这位行政股长是个能干人,每回出差,我都带着他,他很会变戏法,你想要什么,一眨眼他就替你弄来。"接着他又放低声音道,"他还会做媒拉纤,将来我就叫他替你做媒人,如果你不忙于结婚,他还能替你找个临时的……"刘斌的话还没有说完,严胖子又进来了,他的手里拿着一瓶茅台酒,后面跟着一个穿白工作服的姑娘,擎着一个大餐盘,上面摆着几碟冷菜,还有几只酒杯子。服务员将菜碟摆好,严胖子早将瓶盖打开,在两人面前的玻璃酒杯里倒满酒。刘斌对吴智说:"来,老朋友,干一杯!"吴智好像从梦中惊醒,看见淡蓝色的玻璃酒杯已经伸到了他的面前，他才慌忙擎起酒杯，站起来，两只酒杯叮当一声碰了一下，接着酒液都灌进了喉管里，两双筷子从菜碟里夹起一片火腿和松花蛋。严胖子站在一旁替两人把酒杯又注满了。刘斌悄声问他道："那两个小把戏怎样了？你去问问他们，要不要吃夜宵？"严胖子神秘地笑笑，低声地说道："房间里的灯早熄了，不知是上街去了，还是睡觉了。我也不便去敲门。"刘斌笑道："到底是年轻人，一会儿瞪着斗鸡眼，一会儿又像扯白糖，我们也只好张一只眼闭一只眼，管不了那么多！往后他们有什么要求，只管答应他们。要不是这两个小家伙，我们还搭不上林总经理这条船！"刘斌让严胖子回房去休息，他又忙转过头去抚慰吴智。

喝下一大盏酒，加快了全身的血液循环，吴智虚胖的脸上微微泛起了红晕，他的精神振作了一点，当喝完第二盏酒后，便滔滔不绝地讲起话来。刘斌只读完高小，对大学里的事情一窍不通，因此他对他所说的事情不清楚，不过从他的诉说中听懂了，他眼前最大的苦恼不是家庭纠纷，而是职称评定问题。刘斌不知职称为何物，从吴智解释中知道，评了职称可以分到好房子，工资也会提高，就是讨个乡里的黄花闺女，也可以转为城市户口，他觉得这也和县里当官的一样，如果提到科局长一级，就能住进局长楼，提上常委，就能住进常委楼。他认为讲师与教授就是学校里的官，或者叫学官，既然是当官，当然会有不同的待遇，这是很实惠的事情，值得争一争。他很同情吴智目前的遭遇，开始向他介绍自己的经验。

他的经验是要想当官，便得有两手，一是得到领导的喜欢，二是获得群众的拥护。县工业局的宋局长和县经委的王主任，是他的老上司，他就博得了他们的欢心。不仅因为"文化大革命"中保护过他们，在他担任柳林综合厂厂长以后，还千方百计去巴结。如工业局要修局长楼，他就赶紧送去两船钢筋和木料，没有收一分钱，使局长楼的拨款没有超过标准，住房面积却大大超过了标准。王主任搬进常委楼，需要打家具，小脚夫人露点口风，他就叫老婆送去木材一立方米。加上王时英居中起了胶合作用，他和顶头上司的关系是融洽的。只是粉碎了"四人帮"以后，群众的思想比以前活跃多了，同时嘴巴也多了，对领导干部的言辞和行动，他们会挑剔出许多毛病。现在做领导的比过去难多了，你要堵塞言论，他们会说你不民主，"左"的流毒没有肃清，这样你早晚得栽跟斗。因为不准他们在厂里讲，署名的和匿名的状子像雪片似的飞出去，飞到县里、省里甚至中央。这类状子多了，上级就会考虑："怎么啦，这个干部摆在那里合适吗？"这样你就有卷被窝的可能。如果认真一点，派个调查组或工作组下来转悠几天，听几个工人和干部一控诉，整理出一份材料，那么在卷被窝之前还得交份检查。几十年来形成了不成文的规矩，干部如果在甲地不行，可以转移到乙地，当厂长的依旧当厂长，地方挪一挪，待遇不会变，所以卷被窝并不可怕，怕就怕在还搞出什么名堂来。几十年来也形成了这样一种风气，干部如果犯了错误，只要一追查，往往越查越严重，平时不被重视的小毛病变成大问题，真叫"不揭不知道，一揭吓一跳！"这样一来，这个干部就倒霉了，轻则作检讨，挨通报，重则停职反省，撤职查办。调离原单位是最好的，如果调不开，就一辈子抬不起头来。堂客觉得脸上无光，吵着要离婚。孩子在附近上学，常常有人指背脊骨。调离的也不轻松，大会小会开过，听够了尖锐的指责，还得写个组织结论，盖上公章，塞进档案袋。袋子就是绝密材料，你还没有到新单位报到，它便先到了。看过袋子的人有先入之见，从此很难改变对你的印象。刘斌深谙此道，"文革"当中就抢了自己的档案。他在袋子里发现了一封揭发信，钢牙咬得轧轧响，不久那户人家就消失了，至今还不知落在何方！"文革"以后又清理档案，缺的袋子补上了，旧的袋子换成了新袋子。刘斌被隔离审查了一阵子，急坏了知心知腹的王时英，除了在王主任面前洗刷，还要宋局长写了份旁证材料，说明他在"文革"中保护过干部，制止了打砸抢抄的蔓延。于是别的检举都作废了，这份材料进了新袋子。材料组的结论是一般性错误，很快就解脱了。但是局里待不住，下放到柳林综合厂当股长。后来经过王时英的提醒，张文榜看了他的袋子，他很重视宋局长的旁证，提拔他当副厂长。他在领导岗位上干了几年，经历了不少新鲜事情，悟出了许多规律性东西，知道怎样顺应潮流，懂得如何保护自己。当他把上面的线结牢以后，就用心来对付底下一片，他把这叫作线面结合，认为是为官的诀窍，只要把这两个方面做好了，他就站稳了脚跟，在综合厂的职位，像铁板上铆的钉子。

柳林综合厂不算小，老老少少不下三百人，固定资产有五百万元，要维护好这个局面,也不是件容易的事。毕竟他在"文化大革命"中经历过风雨,那些经验帮了他的忙,他常常如法炮制,有的还有所发展。比如在造反兵团,或者文攻武卫指挥部,都有几名最坚决的支持者,俗话叫铁杆哥们,是办事的基本骨干,如果没有这种骨干,就很难指挥全局。他一进厂首先就物色这类骨干,经过几年的努力,拉起了一支可靠的队伍。他们中有"文革"中的老搭档,也有刚结识的新朋友,而且都是他帮过忙的,有的帮他解决过爱人和子女吃商品粮的问题,有的帮他找到了满意的伴侣。其中有两个人,是这样拉上的:他当厂长以后,收到了两封检举信,一封揭发一名干部强奸妇女,一封揭发一名干部贪污盗窃。他拆开信,没有给第二个人看,分别把两人找来谈话。首先当头一棒,把问题向他们抖搂出来。犯错误的干部自然矢口否认,当他们浑身发战结结巴巴辩解了半天以后,在那些充满矛盾的辩词中充分暴露了他们的罪状是确凿的。刘斌的心里好笑,却不动声色,等他们把话说完,就立即表示同情,当着他们的面把信烧掉了。当这两人望着这几张要命的纸化为灰烬,他们产生了一种落水后被人打捞起来的感觉,眼泪水不禁滚滚而下。从此他们都成了他的心腹,不久被提升到股长一级,在这两人面前,是从来说话不必遮拦的,这叫作铁了心的朋友。后来他又收到一封检举信,是揭发招待所的服务员偷盗客人的钱物,在房租费上也做了手脚。他也如法炮制,把那人找来谈话。因为他太缺乏干部,希望这个服务员也成为有用之才。谁知当他提到他所犯的错误,服务员马上跪了下来,好像竹筒子倒黄豆,一五一十招供了偷盗的事实,而且为了争取宽大处理,还坦白了曾经爬上女浴室天窗偷看女客们洗澡。刘斌一瞧,这家伙是孬种,才吓唬两句,就把一切都招供了,并且还把人家不晓得的事情也抖搂出来。他认定这种人是无用的,如果用了这号软骨头,将来会给自己惹祸祟。于是他便用力在桌上拍了一巴掌,吩咐保卫股的人把他拘留起来。接着又与柳林镇派出所联系,连夜突击审讯,被当作流氓盗窃犯公开逮捕。厂里整理了一份扎扎实实的材料,给量刑提供了依据。政法部门正要抓一两个典型案例,从快从重,以整顿曾经一度混乱的社会秩序。结果这个服务员被判了七年徒刑,送到岳阳一个劳改农场去了。经过这个案件的处理,刘斌的威望提高了,县里盛传他治厂有方,工业局把他列为乡镇企业的标兵。不久由张文榜提名,经公社党委通过,报县政府批准,刘斌又升了一级,被提拔为柳林综合厂的正厂长。他的袋子已不再放在公社,而放在县政府人事科档案室的铁柜里。

自从他当上正厂长以后,他又提拔了一批铁杆哥们,安排在全厂各要害部门,然后通过他们联络了一批人,这些人分布在各车间各股室,像一张密密的蛛网,伸展到工厂的各个角落。工厂首脑要办件什么事,很快就能在厂一级领导班子中通过,也很快能得到响应,因此他的工作效率是很高的。比方说,他准备将厂里积压的一批水泥处理掉,因为目前农村大建住房,木材短缺,急需这种水泥做梁柱,厂领导一致同意,便很快把这批水泥处理完,价格比原价高出两倍,所得款项除了归还原本外,其余全部分给职工作为年终奖金发下去。这年十二月三十日,每个职工都收到一个印了"恭贺新禧"的红包,里面有三百元奖金。有的比这数字高,因为奖金分了等级,多的数额只有厂长一人知道。这天全厂一片沸腾。要知道,新年一过,春节就挨近,家中有好些项目要开支,三百元年终奖金连同工资一起,能让全家欢欢乐乐过个春节。到了春节,刘厂长另有实物相赠。他很讲究原则性,除了奖金以外,任何时候都不再发现金,但是这些实物比现金更顶用。比如从目平湖拉来的银鱼和鲤鱼,是厂里用水泥换来的,价格只有市价的一半。临近春节,主要副食品到了家里,三百元年终奖没用完一半,家家过得很丰富。全厂男女老幼都称赞刘厂长领导有方,办事有魄力。如果哪个家庭出现个把唱反调的,他的不满言辞一出,立即遭到全家的围攻,因此讲刘厂长坏话的人在厂里无论如何吃不开的。万一有个什么顽固不化的家伙不肯停止嚼舌头,说不定哪天晚上当他骑自行车从厂区马路上过,黑地里忽然有根棍子伸出来,把单车轮子撬得一歪,车上人头朝地脚朝天摔下来,下面是梆硬的水泥路面,从此以后,那人便得了严重的脑震荡,常常思维紊乱,说话不清,他那张嘴巴,也就没有多大煽动作用了。

刘斌很懂得把握时机,能充分利用自己的优势,变卖库存水泥使他脑壳开窍,把基建材料市场行情摸透了。听说不久还会实行价格双轨制,他已开始策划在县城新建总厂,如果申请到一大批基建钢材,再用市场价格倒卖出去,又能狠狠赚一笔。市场价格时涨时落,谁也摸不清底细,由于是派铁杆哥们操作的,又采用暗箱作业的手法,小部分利润入公账,大部分利润进私囊,于是他在银行立的个人账户,又将增加一大笔起动资金,从此可以放开膀子大干,还能够大量进水货。最近他陪林总经理在县城吃喝,把这层关系过了明路。用经委王主任的一句话概括:"吸引外资扩大内需,是振兴我县经济的必由之路!"

刘斌正处在得意之中,心情特别愉快,他看见老朋友这副倒霉的样子,心里实在很同情。他向他传授自己的经验,说了一箩筐,不想吴智只摇头,过了好一阵他才知道,这做学官的事比不得在县里当官,自有别一种难处,除了搞好各类关系外,还得有像样的文章。他一直很佩服吴智写文章的能力,原以为这是驼子作揖起手不难的,谁知这评学官的文章不是那类小文章,而是上得报刊出得书的大块文章,而且还要写得大家满意,认为是真正的好文章才行。听吴智这样一说,他才感到棘手了,他猛搔后脑勺,对于学校这本经他实在不熟,他感到无计可施了。

忽然,刘斌想起了一个人。他呷了一口酒,咽下一大片火腿,笑道:"你何不去找唐元贞,她嫁的那人是老教授,写过很多书,要他替你当枪手,帮你闯过这一关?"吴智一直没有多动筷子,这时他抬起头,苦笑道:"她嫁的教授是我的老导师,我写的文章请他修改可以,要让他代写不可能。"刘斌一听拍手道:"哎呀,我说老弟,这叫捧着金饭碗讨饭吃,难道不可以转个弯子? 唐元贞的癖性,你没听说过?"说到这里,他用眼扫扫四周,只见厅里除了两人以外,没有别的人。他把头凑过来,放低声音笑道:"这唐元贞,是只糜了心的果子,放在哪里都会有虫子钻进去,如今她嫁给一个老倌子,是万不得已的。如果能把这个婆娘掳到手,你做什么都方便,老倌子比她大二十,哪敢不听她的话? 不要说让他代你写一篇文章,就是把整本书稿拿过去,用别人名字印出来,他也不会吭半声儿。"吴智嘴里念道:"自己的师娘,这怎么行?"刘斌笑道:"你呀,真是书呆子! 就照我的意思办,保准成功! 你不是不知道,王时英当时是怎样投进我的怀抱的,现在她是工业局长夫人,最近升为财贸办副主任,还得买我的账! 这次综合厂归口工业局,还是亏她活动才成功的。"刘斌还想说下去,只见严胖子进来了,他忙把快到嘴边的话吞回去,坐正了身子,作古正经地教训吴智道:"老吴,你不是还念叨着郝部长那句名言'为了达到有价值的目标,方式是可以任意选择的。'他说这是一位外国军事家说的话,用在打仗上,百战百胜,用在别的地方,也蛮顶用!"吴智吃惊地望着老朋友,他发怔了,突然他的脑子清醒过来,不禁笑了。对于郝部长的形象,他是永远不会忘记的,对于他的话语,他又怎能丢在脑后。他想起那些难忘的岁月,他是很器重他的,也总护着他,有困难的时候,尽力帮他解决,他的那些富有哲理意味的指示,成了他行动的指针。这时,他感动了,他不但为老朋友的热情款待所感动,为这席推心置腹的谈话所感动,而且还为他们共同的过去所感动,他那早已干枯了的眼眶中突然进出了眼泪,泪水落在面前的高脚酒杯里。这时他看见有人从外面走进来,走到圆桌边,拿起了酒瓶,和他的杯子碰了一下,仰头咕噜咕噜把半瓶茅台酒灌了进去。吴智没有注意高脚杯里落了自己的眼泪,他在兴奋之中,又为眼前这人的豪迈气概所感动,也便仰起脖子一口气把那杯酒喝干净。吴智还没有来得及看清来人是谁,却听见严股长谄媚的声音在提醒:"小忠同志,这里有一只干净酒杯,坐下来慢慢喝。"郝小忠只顾喝酒,并不搭话,不一会儿又要了一瓶酒,喝下半瓶,吸入酒精太多,很快烂醉如泥。他用手指着刘斌的鼻子,说了一堆难听的蠢话,什么不是原装货,破鞋,要她提醒林老板别忘了请他去香港的事,她压根儿忘了!刘斌听出话中的含意,他的脸红了,他有个特点,生起气来脸就涨红,络腮胡子像起火。他本待发作,但是一想起这小子的能耐,自己今后还得依仗他,便忍住气,没有跟他计较,只是吩咐严胖子把他搀上楼去。郝小忠的身子本来就很脆弱,经过刚才床上那一阵折腾,又吸进这样多的酒精,他的骨头架子散了,整个身子像揉熟的面团。他的脑壳昏昏然,脚下像踩着棉花团,飘飘浮浮地跟着严胖子上了六楼,进了客房,吱啦一声跌倒在床上,很快就睡着了。

刘斌把郝小忠安顿好以后,又陪着客人坐了好一阵子,他的心里还在生气,不过嘴里没有说出来,他想你自己像个瘦猴,还挑剔别人做过什么?如果不是看重你现在的能耐,他还不肯相让呢!罗彩元近来变得更加俏丽,他对她又有些难舍,何况随着事业的发展,她还会有别的用途。这时他装着不介意的样子对吴智笑道:"这个伢儿就是这样,一喝醉酒就发酒疯,不知他胡说些什么。我们不要去管他,再喝点酒吧!"于是他又打开了一瓶酒。吴智开始不停地夹菜，非常喜欢煎得两面发黄的火焙鱼。两人喝完了那瓶酒，吴智也醉了。吴智醉后跟郝小忠不同，变得不肯说话。刘斌见他半天没吭声，就知道该散了，他把严胖子叫来，吩咐他把吴智送到另一间客房去。

等吴智一觉醒来，看到时钟指向七点，他想起今天上午还有两节课，便急忙起身赶回学校，在教学大楼上完了课，才发现没有吃早点，肚子已经饿得咕咕叫，又急急忙忙赶回宿舍。他住的筒子楼，是由一栋学生宿舍改装的。造这栋房子的时候正值大跃进，当时提倡"多快好省"，推广快速砌砖法，拿这栋房子做试验，搞了一次现场表演赛。当年的快手们得到了表扬，夺得魁首的人照片登在省报上，但是房屋砌成以后，却苦了住户们，因为它既不隔音也不隔热。天冷的时候，长长的过道像一根通风管子，把凉气送到各家各户，天热的时候，屋顶与墙壁都吸热，室内的温度比室外的温度高几度。底层的水泥下面也没有垫煤渣、铺沙子，一到春天，便湿漉漉的，要穿上套鞋才能走路。顶楼上的人还得准备大大小小的盆子，那里的特点是大雨大漏小雨小漏，外面的雨停了，屋里的雨还要"落"一阵了。住在一楼的人得风湿病的多，住顶楼的人喜欢患感冒，人们称住底层叫坐水牢，住顶楼叫贴烧饼。吴智就住在水牢里。因为他家原来有四口人，住了两间房子，妻子离异后，带着女儿搬开了，他便把炊具搬进了房内，不再跟别人一样在过道上做饭。隔壁的邻居是个高个子，过去在系里教课，后来因为表达能力欠佳，调到院刊当编辑。他的堂客在学校门口的百货商店做会计，是位白白净净的胖大嫂，曾经多次对他暗示过，希望能够把炊具搬进他的房间。吴智一直没有表态，他想如今房子这样金贵，搬进去了就难得叫她搬出来。今天当他走进湿漉漉的过道，胖大嫂正在捅炉子，过道里充满煤烟子气味，浓厚的煤灰飘撒在空间。吴智真想说她几句，劈面迎来的却是笑嘻嘻的面孔。胖大嫂的身躯显得有些臃肿，脸颊却有红有白，这时她热情地叫道："吴老师没有吃饭吧，我这里有葱油饼！"说着她就跑进房里，端出来一盘饼子。吴智拒绝了她的邀请，严肃地摇摇头，他把钥匙掏出来，将自己的房门打开。

当他进了自己的房间,不免感到有点颓唐,拿临江饭店的客房与这间房子相比,差距实在太大了。造成这种寒碜境地是有原因的,妻子离开之前,怀着对他的怨恨,把家中像样一点的家具都搬走了,只给他留下一张旧书桌和两条烂板凳。那床还是从学校家具保管室借来的,每月从工资表上扣去七分钱。这样将就着过了两年,吴智只增置了一只樟木箱子和一把电镀椅子。那箱子还是一位家住龙山的工农兵学员送的,椅子是从旧货市场买的。由于他的工资收入太低,又没有稿费和讲学费收入,一切现代化设备都与他无缘,既没有收音机,也没有电视机,更不用说电冰箱与组合音响。这两月他又常常去青松岭,那是"文革"前的教授住宅区,"文革"中房屋大都被工人和造反的青年教师占据了,"四人帮"粉碎后,才又陆续地退出来。如今那里已经恢复了旧貌,一律经过装修,有的还铺上了地毯。

因为他的两间房是相连的,中间有张门隔着,当他推开门,发现炉子里的火还没有熄灭,他便把炉门打开,胡乱炒了碗现饭,就着一碟豆瓣酱,坐在烂板凳上吃着。隔壁一家还挤在一间房里,炉子只好放在过道上。胖大嫂为炉子发火不燃烦恼,常常跟校刊编辑撒气,见了吴智一脸的笑,有时还显露出若干风情。

只因两家相共的墙不隔音,吴智常常听到隔壁的声音。到了礼拜六的晚上,伢儿们到对河姥姥家去了,那间房子就变得热闹,深更半夜还听见喘气声和叫声,床板被压得轧轧作响。吴智听到兴奋处,不免联想到洁白的胸脯,他何尝没有饥渴的感觉,也曾设想对胖大嫂做出回应,但当他想到她那进驻的意图,他的欲望就冷却了。

今天他正在狼吞虎咽地扒饭,忽然听见过道上的对话,好像校刊编辑回家了。胖大嫂大声叫道:"哎哟,你买这样多肉干什么?今天又不请客!"校刊编辑哈哈大笑:"告诉你一个好消息,学院的申请批下来了!以后院刊可以公开发行,能够发编辑费与稿费,刊物上发表的文章,也能作为评职称的依据。"下面的话听不清了,大概他们进房去了。接着听见房间里一片笑声,有男的笑声,也有女的笑声。

听到了这段对话,吴智心里不禁一震,这时在他的脑海里首先闪过一个念头,应当赶快把他们的炊具移到自己的房里。他的这间房子空置大半截,就是再有两家做饭也不成问题。当他想到这里,就大口把饭扒完,飞快跑进了过道。隔壁的房门虚掩着,他抬手敲门,里面应了一声:"请进!"他才故作镇静地走了进去。

高个子校刊编辑姓杨,身体也很肥胖,他正站在桌旁潜心切肉,连有人进来也没有抬头。女会计却像一团火,赶紧上前打招呼。她对吴智的光临十分高兴,这是过去求之不得的事情,因为她在过道上做饭太艰难了,一日三餐乌烟瘴气,两只眼被煤烟熏得发红。这时吴智对她叫道:"大嫂也太客气了,何不把炉子搬进我屋里?"多番表示遭到冷遇,今天却突降福音,胖大嫂有点不相信耳朵,一时不晓得如何回答。吴智早转身回到过道,伸开双手把炉子搬起。老杨抬头看见忙叫喊:"吴老师请不必费心,我们自己动手好了!"吴智的动作十分麻利,他把炉子搬进了房里。理想终于得到实现,女会计心里十分惬意,她忙摇手叫男人莫要说,自己紧跟着走进那房,只见炉子被安置在窗下,和主人的并排搁在一起,这时炉子还没有发燃,吴智把一块红煤夹进去,上面加盖上两坨藕煤,火苗很快就上来了。老杨过来看见心里很高兴,脸上马上露了笑容。这天两家的饭煮在一起,菜也在一口锅里炒,胖大嫂做了四个菜。吴智有珍藏的泸州老窖,这种酒透瓶香,吸进嘴里满口香。老杨本来就嗜酒,只因妻管严被压抑,今天可以扯开喉咙喝,心中有种说不出的快活。喝酒一多话就多,两人很快成了朋友。吴智为了表示自己的慷慨,把刘斌送的精菜油转送给老杨,听女会计说会做糟鱼,还答应从湖区弄筐鲜鱼来。

吃饭的气氛始终热烈,饭后又进行了长久交谈,当吴智醉醺醺地回到卧室,他的心里高兴极了,有种时来运转的感觉。他想老杨看来是通达的,婆娘的热情也很真诚,只要把这种友谊巩固了,发表篇文章是没有问题的。因为他对院刊较熟悉,编辑部只有三个编辑,老杨是最老的,还有一个女孩子和一个刚拿到毕业证书的大学生。女孩子只搞搞收发,刚毕业的大学生管初审,老杨负责第二审,终审是科研处长老方。老方近来得了视神经萎缩症,生怕看多了文字一类的东西,他名义上拥有终审权,实际上早已大权旁落,一篇稿子只要经过老杨首肯,就可以直接送到印刷厂。

现在的问题是看有没有拿得出手的文稿,但是说说容易啊,真正写起来就难了!回想自己留校不到三年,"文化大革命"就爆发了,他刚刚开始学习写教案,学生一下子跑光了。自己也参加了"革命",和教学科研脱了钩,虽然始终没有丢掉笔杆,却跟学术沾不上边。他已为此苦恼了很多天,强迫自己在旧书桌旁枯坐着,却一个字也挤不出来。这时他忽然想起那些教案,便顾不上睡午觉,从床下拖出了那只樟木箱子,找出了一大捆旧教案。他把它们摊在床上,一边翻阅一边想道:"如果自己也被列为审查对象,恐怕也逃不脱大批判的铁扫把!"因为在这些教案中,大量引用了外国的资料。如今虽然不兴大批判,但教案毕竟不是自己的创作,它们不过是复述前人的成果,而且不少已经过时了。当吴智翻完所有开始发黄的稿纸,没有发现一张可以送到院刊发表的。

另有一类纸张尚显新色,它们参差不齐地夹在教案中,吴智把它们捡出来,发现原来是一批传单。这些"文革"中的东西早该销毁了,为什么还珍藏到今天?当他逐页加以审阅,不禁脸上逐渐发烧,原来这些传单不是出自自己手笔,全部都是对立一派的作品。"文革"结束以后,他被定为"说清对象",便把自己所写的传单销毁了,但还特意保存了对立一派的传单,原因是他怕他们会揭发,得预先储备一批回击的炮弹。结果还好,这种情况没有发生,因为毕竟是一条船上的人,彼此都不雅相,何必再像过去一样纠缠?想当年为了争夺一个单位,斗争何等激烈,武斗最厉害的时候,有的人成了枉死鬼!

忽然他周身起了鸡皮疙瘩,原来他发现传单中掉下一张发霉的纸,上面记录着他起草的通缉令,是用腊纸刻好后油印的那种。通缉令上写着被追捕的逃犯,是县委会的两名干事,逃犯他曾见过,样子看来很年轻,他们被关在柳林镇派出所的后院,由治安指挥部的枪兵看守。据刘斌相告,他们是现行反革命分子,罪行是炮打中央文革,恶毒攻击中央领导同志,他们污蔑江青同志是茶花女,咒骂张春桥同志是狗头军师。当时刘斌不知道茶花女为何物,曾经请教吴智。吴智将小仲马的名著讲了一遍,气得刘斌大叫:"把'文化大革命'的旗手辱骂成婊子婆,这是应该千刀万剐的!"谁知这两人在关押过程中逃跑了,刘斌便把它当作头等大事来抓,他让吴智写了通缉令,油印出来四处张贴,又把治安队员派往各湖洲,进行了地毯式搜查。后来听说在芦苇荡中把他们抓住了,却不知道怎样处理,刘斌也从不对他透露,他也很快遗忘了。不想今天发现了这张通缉令,竟让他大吃一惊。大概因为纸张太薄,粘在传单上没有脱落,致使上次清理没有发现,让它保存到今天。他想幸亏材料组的人没有搜查他,不然发现了也不是好耍的,如果那两个干事有个好歹,他和刘斌都说不清的。想到这里他的背上出了汗,心里也像在擂鼓。他便忙走进放炊具的房间,这时胖大嫂已经回去了,房间里没有旁的人,他急忙把藕煤炉子打开,将那张通缉令烧掉了。

看到樟木箱子里没有可用的东西,吴智不禁长长地叹了口气,他把传单用报纸包了,准备扔进远处垃圾站,而将教案重新捆好后,依旧放进了箱子里。接着他便一屁股坐在床铺上,十分懊丧地想道:"积累是一无所有,一切都得从零开始!"现在人家已经跑去好远,自己还在起跑线上,要立刻写出一篇像样的文章,实在是难以完成的。吴智痴痴地坐了好久,心里急得不行。最后他想起刘斌的话,觉得也不无道理,当他想到这一层,他的心里高兴一点。这天等午休时间一过,他便抱着一种试试看的心情,步上了青松岭。

青松岭不是什么崇山峻岭,只是一片小山坡,不过山坡上长满了松树,山坡下建了几行教师宿舍。这些宿舍是 一九六三年建造的,前一年周恩来总理和陈毅副总理在广州开了个会,提出要落实知识分子政策,给资产阶级知识分子举行脱帽礼。省里闻风而动,拨了一笔专款,在青松岭下造了一批教师宿舍。这种宿舍的标准很高,一楼一底,居住面积达到一百二十平方米,当时规定只有副教授以上的人才能住进去,于是这里住的是清一色的高级知识分子。宿舍建成以后,邮电所要求有个区号。总务处长请示校长,校长是位长征干部,只读过初小,他略加思索,就取了青松岭这个名字,意思是这里四季常青,共同来攀登科学高峰。这个名字虽然过于浅露,却一改过去那种把宿舍区称为"格知斋""慎独村"等学究气很重的名字的习惯。

从校园到青松岭,得走一段石级台阶,当吴智踏上台阶,许多往事又在他脑海里浮现。

他是很熟悉这段路的,当吴敬恒教授搬进这座宿舍以后,他便常来走动了。当时他是三年级学生，正在听吴教授给高年级上的课，他很钦佩吴教授的学识，常常主动上门求教。吴敬恒热情地接待他，对那些热心进取的青年，他都是喜欢的，他发现吴智的学业成绩平平，但求知欲望很高，他想只要坚持不懈地努力，青年人总会有出息的。

吴敬恒的家庭人口很简单。老伴虽然读过旧制中学，却一直没有出外工作，只算得一个家庭妇女。她每日操持着家务，闲时帮教授誊写教案，抄抄稿件，有时还辅导女儿做功课。他们只有一个女儿，是位美丽的姑娘。她的相貌很像自己的妈妈，性格儿却像爸爸，爸爸在待人接物上平易，学问上抓得很紧。现在女儿已经考上了大学，学的也是生物专业，虽然还是低年级学生，学业早已超过妈妈的水平，妈妈的辅导任务胜利完成了，如今由爸爸单独对她进行辅导。妈妈把全副精力放在安排好两父女的生活上。她把房间布置得既高雅又舒适，饭菜做得既可口又富有营养，还随着时令的推移，买来不同的新鲜果品。每天清晨起床，妈妈挎着菜篮出门，爸爸则领着女儿上山呼吸新鲜空气。他们在松林中做一会儿体操，然后就沿着林间小道散步，一边走着一边温习外语。吃过早点，父女俩都外出了，爸爸去讲课，女儿去读书，他们两人中午一道回来，饭菜早摆好在餐桌上。吴师母不懂外语，但她喜欢读翻译了的外国谚语，谚语中有段话："早餐是给自己吃的，午餐是给朋友吃的，晚餐是给敌人吃的。"她弄懂了其中的道理，便把食谱作了调整。早餐营养价值提高，午餐讲究口味，至于晚餐，随意吃点容易消化的食物就行了。这样每天的早中餐都弄得比较丰盛，常有两样时新菜。吴师母的烹调手艺是高的。每当吃到一道特别好吃的新鲜菜，女儿总要欢快地叫起来，她搂着妈妈的腰肢，使劲地摇晃，逗得妈妈咯咯地笑。

中午照例都按时睡午觉，下午二点起床，又匆匆忙忙地出去，女儿去上课，爸爸去实验室。如果哪天不去实验室，他也一定在家摇笔杆。他从来不肯浪费一分钟时间，在他工作时，也一律不会客。楼下的客厅里坐着吴师母，来了客人由她接待。晚餐后是娱乐时间，父女双双去散步，他们打羽毛球，爬山坡，如果天气炎热，到橘子洲头去游泳。那时省城没有建电视台，没有电视机，如果有好影片，一家人会全体出动，到大礼堂或风雨球场去看电影。吴敬恒为了培养女儿课余兴趣，花了一笔钱，替她买了架钢琴。在绚丽的晚霞中,在青松岭散步的人群常常能听到柔和的琴声。吴敬恒不喜欢大嗡大轰的声响,他喜欢轻音乐,女儿在练琴时注意照顾爸爸的兴趣。临睡前两小时,两父女也刻板地安排了做事,爸爸写文章,女儿做功课。来找吴教授请教或谈天的客人都懂得,时间过了八点钟,就得起身告辞了,不然吴教授会径直回到楼上做事去了。如果客人拖延不去,也不要紧,吴师母会很客气地陪着你,她的知识范围颇广,跟你谈天说地,使你一点也不觉得尴尬。

这是一个懂得科学地安排各人时间的家庭,一个和睦的家庭,幸福的家庭,由于吴智常常在这个家庭中走动,和他们结下了深厚的友谊。因为他也姓吴,常以子侄自称,和两父女又同属一个专业,自然也不乏谈话的资料。这一家没有青年男子,有些事情需要男子去做的,他总乐于去效力。久而久之,这一家子都喜欢他了。吴敬恒把全部精力集中在教学与科研上,对家庭事务采取一种不闻不问的态度,一切都听从老伴的安排。当老伴告诉他,女儿开始单独和吴智去散步了,他也不置可否,老伴却有些疑虑,提醒他们都是同姓。吴敬恒笑道:"一个祖籍江苏,一个生长湖南,血缘上没有任何关系。"这话像是默认了。两人的关系便发展了,由松林中散步变为江边散步,有时还看见女儿笑嘻嘻挽着吴智的胳膊。

一九六四年吴智毕业,被分配到本校做实习教师。那时大学还没有硕士生博士生制度,系里为他们指定了指导老师。吴智的指导老师是吴敬恒,他便专门听他的课,还跟学生做点辅导。这几年他刻苦攻关,几次考核都通过了,到了一九六五年秋天,他被正式任命为助教。这时吴敬恒的女儿也毕业了,分配在附近的师范学院,这所学校离家只有几华里,她买了辆自行车,每天都骑车回家住宿。

这时吴智已经跟吴教授的女儿热恋了,正在申请分配房子结婚,两人的想法和当时年轻人的想法是一样的,尽管爸爸住所的房间多,但他们既然自主成家,就必须有一个小窝。由于吴智已经成了正式老师,按照当时的规定行政科已经答应在筒子楼给他分配一个房间,于是两人做着种种设想。吴师母也把许多时间放在逛百货商店上头,她已经取出一部分存款,积极为女儿准备嫁妆。正在这个时候,史无前例的"文化大革命”开始了。

教学大楼的第一批大字报贴出来,矛头便指向学术权威吴敬恒教授。吴敬恒的历史是清白的,因为他一生没有离开过学校,中间有几年出国留学,也是在国外的大学里刻苦学习,因此大字报虽然很多,却都是针对他的学术观点来的,红卫兵也没有对他采取什么过激的行动。直到吴智的大字报出来,情况才有了急剧的变化。“文化大革命”一开始,吴智也感到很大的压力,大字报铺天盖地而来,使他有好几个晚上没睡稳。由于他与吴敬恒的关系,开始在系里受到冷遇,系里起来造反的“革命派”,不邀请他参加战斗组织,而且在几张大字报里,若明若暗地说他争当学术权威的乘龙快婿,是想挤进资产阶级行列。有一位平时跟他不睦的教师,指名道姓骂他是修正主义苗子,使他又有两天失眠了。他很苦恼,便把每天去青松岭的规矩打破了。有天晚上,他独自一人到河边散步,细想根据眼前情况,他该怎么办? 在河边他碰到一位老同学,老同学跟他分析了形势,认为这是一次翻天覆地的革命,像吴敬恒这一类人,是这场革命的对象,肯定要被扫进历史垃圾堆的。他劝吴智不要当殉葬品,要站出来反戈一击。老同学这番话对他启发很大。这天晚上,他熬了一个通宵,写了一张大字报,标题叫《我的态度》。他把大字报贴在系办公室门前的墙上,立刻引起大家的注意。在这张大字报里他揭发了吴敬恒许多隐私,其中有恶毒攻击各项政治运动的言论,也有对“文化大革命”的咒骂。他沉痛地表示,过去由于自己世界观没有改造好,被资产阶级引诱,误入了歧途,现在他要以实际行动表示自己的悔悟,他要和革命群众一起,彻底推翻这个“旧世界”。为了表示他的这个决心是真诚的,他又接二连三地写了一批大字报。他的这些大字报有个总标题,叫作《请看吴敬恒的罪恶嘴脸》。

系里最早起来造反的革命派们兴奋起来了,他们奔走相告:“吴敬恒的面目弄清了,原来是一个地地道道的反革命修正主义分子! 他的恶攻言论够得上个现行反革命分子了!”于是红卫兵出动了,他们在青松岭四周警戒,把吴敬恒的住所包围起来,将吴敬恒从楼上拖下来,给他戴上了一顶高帽子,挂上了一块黑牌子,然后游街示众。吴师母上前维护,被年轻人用力一推,跌倒在地上,不知是哪个狠毒的用脚重重地在她的肋间踩了一下，当场就口吐鲜血。等她的女儿回家，只见家里像遭了抢劫，爸爸不见了，妈妈躺在地上，她的面色蜡黄，只有出气没有入气的份儿了！女儿赶紧将妈妈背到卫生所，卫生所被当作"城市老爷卫生所"封闭了。背到附近的医院，医院的医生被当作牛鬼蛇神赶下乡去了，剩下几个助理医生和护士在看病，他们对皮肤破损还有点办法，对于内脏出血束手无策，最后只给她开了点止痛片之类的药，连X光也没有给照一下，让她女儿又背回来了。回到家里，又连吐了几口血，这时她已经只能躺在床上，连翻转身子也难了。当女儿贴在她身旁哭泣时，她还用手指指丢在墙角的一件大衣，嘴唇颤动了好一阵，发出一点断断续续的声音。女儿懂得她的意思。在这种时候，她还怕爸爸夜里受凉，叫女儿赶紧把大衣送去。女儿遵照她的意思，从地上把大衣捡起，装着替他送去的样子，把大衣送到另一间房里。她在那里整理一下歪倒的家具，待了一会儿，又转回来。等她回到妈妈身边，她看见妈妈已经闭上了眼睛，她带着一副极度痛苦的表情，离开了人世。女儿放声大哭起来，哭声传到户外。这时每家每户都发生了不幸，有的哭声更大，但是谁也无人照应。青松岭下过去是安静的，平和的，现在充满了悲伤，充满了眼泪。女儿抱紧妈妈的尸体哭了一夜，在这夜里爸爸没有回来，也再没有别的人进来。过去每日必到的吴智也有好几天不见了。等到第二天早晨，女儿只得把妈妈用床单裹了，锁上门，出去找爸爸，找吴智。

她首先去找爸爸，发现爸爸被关在系里实验室楼上，他的脸被打肿了，衣服被撕碎了。关他的那间楼里，贴满了大字报，房门也被砖块封住，只留了一个洞，旁边贴着一张大白纸，上面画了两个歪歪斜斜的黑字："狗洞"。如果要出进这间房，必须像狗似的爬着走才行。女儿发现爸爸被关在这"狗洞"里，便大声哭叫起来。在她的哭叫声中，爸爸知道她的妈妈已经死了，他便不顾一切，推倒了砌"狗洞"的石块，冲到了外面。他拿着女儿的手，冲出了实验楼。守门的红卫兵是附中的学生，大都是孩子，他们被人指使看守"大黑鬼"。他们经人教导，这个人是最最凶恶的敌人，必须打翻在地，再踏上一只脚，因此他们对他是憎恨的，心里没有丝毫的同情心。他们发现"大黑鬼"已经逃跑了，便赶忙追过来，他们要把"大黑鬼"捉回来。吴敬恒教授拉着女儿在前面迅跑，背后有一群孩子，臂上戴着红袖章,手里提着棍棒或梭镖,紧跟他们追赶着。他们一边追,一边嘴里还在不断地喊叫:"抓住他,抓住大黑鬼!"眼看这群孩子要追上了,这时女儿挣脱了爸爸的手,她推了一下爸爸,叫他赶快走,自己却突然停住,车转身子,冲着那群赶来的孩子,大喝了一声:"站住!"这群孩子被这突然的吼叫声吓住了,他们停住了脚步。在他们面前,挺立着一个披头散发的年轻女子,圆睁着一对大眼睛,眼眶里射出两道骇人的光。那女子又大声叫喊:"你们把我妈妈踩死了,还要打我爸爸,我要找你们算账!"她从地上捡起一块基建留下的砖头,猛力朝前抛去。砖头落在打头的一个孩子脚前,几乎砸破了他的天灵盖。看见年轻女子又在捡第二块砖头,这群孩子原来也是豆腐军,不知谁先往后转身,就一窝蜂似的跑散开了。

当父女俩回到家里,又不免大哭一场。这时家里的电话还没有拆除,他们打电话给火葬场,叫来车子把尸体拉走了。送走妈妈后回家,还没有看见吴智露面,因为踩死吴师母这件事在运动初期还是一件大事,一会儿全校都知道了,吴智肯定应当也知道了,为什么他不肯露面?这是什么意思?吴敬恒的女儿就是怀着打听个明白的心情来到吴智的房间的。正好吴智还在房里,姑娘推开门一看,只见他正在挥动毛笔,地板上床铺上都摊满了大字报,大字报的题目标得很大很醒目,叫作《请看吴敬恒的罪恶嘴脸之五》。姑娘一眼看见,气极了,伸手把它撕得稀烂。这天两人在这栋筒子楼里闹了一场,围观的人很多。姑娘将吴智精心炮制的大字报撕毁了,又将房间里的许多纸张撕毁了,两人合影的照片,历年的书信,一概化为乌有。姑娘在哭闹和撕毁这些东西的过程中,眼神渐渐变了,变得有些发涩了。她的行动开始变得反常,她在撕毁照片书信以后,接着撕破被单和衣服,她还动手砸玻璃杯、热水瓶、收音机。从那错涩的眼神中,吴智惊讶地发现,姑娘已经发疯了。是的,这接二连三的强烈刺激,使这位纯情的女孩子受不了,她真的发疯了。当她被送到精神病院以后,她的唯一的疯狂动作就是见到什么就撕,特别是纸张,无论什么纸质的东西,只要到她手边,她就通通把它们撕烂,把它们变成碎片,然后抛撒在空中,让它们在房间里飞扬。她一边撕纸,一边嘴里还在不停地念叨:"你写你写,你写我就撕,昧良心的!……"所以,精神病院的医生有时不得不用一对橡皮手铐把她的手铐起来。"文化大革命"中吴敬恒教授失去了老伴,失去了他心爱的女儿,他被关在牛棚里,关了整整三年。后来虽然可以回家,但他的家已经不存在了。革委会给他另外分了一间小房子,刚够放一张床铺和一把椅子,有时还要下乡搞体力劳动。他的精神受的刺激太大,身体受的摧残太大,他的身体完全垮了。"四人帮"倒台后,他被送到马王堆疗养院治疗,经过精心医治与护理,身体状况大大好转。后来又因为结识了一位女病友,那人对他的无微不至的关怀,使他受到莫大的慰藉,他的精神渐渐地振作起来,精力也恢复了。等他出院以后,他就和这位女病友结了婚,虽然其中有过一段波折,但按照法律规定,只要双方没有配偶,又出于本人自愿,他们是可以结合的。行政科赶快为他们安排了房子,把原住的青松岭的房子要回来,他又恢复了原来那种有规律的生活。只是在松林中再也听不见优雅的琴声,看不见傍在他身边散步的少女,在楼下客厅里接待客人的,也不再是那位端庄的妇女,而是一位体态丰腴面容姣好的女子,她的谈吐自然不及原来那位文雅,但她的热情,却是罕见的,因此得到不少人的称赞。今天当吴智怀着惴惴不安的心情来到吴敬恒的家里,吴教授好像正在楼上写文章,楼下的客厅里坐着一位新师母,他也受到了十分热情的接待。

这位新师母姓唐名元贞,是读者早已熟悉的,她跟吴敬恒结婚已经将近两年了。柳林镇供销社的纠纷曾经使她烦恼,当时县委会的老书记坚持要她回来写小字,她却死命不肯回去,于是县里不肯跟她转关系,后来几经交涉,唐元贞表示不能转党的组织关系不要紧,只要办个退休手续把户口转来就行了。县委会通过讨论,决定对唐元贞的党籍作自动退党处理,把她的户口转到她丈夫的学校,工资关系转到县民政局,每月由民政局给她发退休工资。为了对吴教授进行安抚,学院对她的户口作特殊情况处理,不久唐元贞便成了省会的合法居民。

唐元贞在这青松岭住了两年,对这种安逸的生活已经习惯了。老教授的性格豁达,不注意小节,他对生活要求也不高,是很容易侍候的。唐元贞一结婚就接管这个家,一切由她料理,这很遂她的心意。吴敬恒是一级教授,月工资三百多元,而且逐年在增长,加上"文革"扣压的工资补发了,一次得到五万元,他除了一个生病住院的女儿以外再没有别的什么负担,他的经济状况很富裕。有了钱,唐元贞是懂得如何去用的,在供销社的几年工作,练就了一双善于鉴别货物的眼睛。每日无事,吴敬恒上课去了,她便上街去百货商场,她把两人的生活必需品采购回来,也把一些装饰品采购回来。几个月后,吴敬恒的房子变了个样,变得琳琅满目,甚至光怪陆离,虽然由于过分讲究装饰,显得有些俗气,但毕竟使人感到很华丽很热闹。吴敬恒在这种环境中工作和生活,也没有感到什么不惬意,他对后妻是满意的。后妻对他的照料也是细致的,她不但性格儿开朗,而且也善于体贴,对他的女儿也很照顾。女儿的精神病没有痊愈,还住在医院里,她虽然不像过去那样发作了,但还是见不得纸张,不管见什么纸,还是要抢来撕碎。后娘每月都要到医院看她一两回,每次都带去不少吃的用的。自从唐元贞与吴教授结婚以后,她那在海南岛的亲生女儿一次也没有来过,她常常对人说:"吴敬恒的女儿就是我的女儿。"她对她像亲生女儿一样看得重。

青松岭的住户不知道她过去的遭遇,更不知道她在柳林镇供销社主任任上的风流韵事,人们对她的印象是长得很标致,待人处事很得体。大家看到她对吴敬恒体贴入微的照料,心里不禁叹道:"吴教授虽然遭遇'文革'的磨难,弄得家破人亡,但他却有后福,因为娶了这位贤惠的后妻,他的晚年生活一定过得很幸福。"

青松岭的居民虽在一所学院,但是不大串门子的,彼此见面问候两句,打个招呼,就客客气气地分开。他们似乎都很忙,忙教课,忙上实验室,忙写文章,整个白天这里静悄悄的,静得像尼姑庵,连房间周围树枝上的叶子掉下来,似乎也听得见。

唐元贞是耐不住寂寞的人,她那种喜欢热闹的性格,是与生俱来的。在青松岭居住还比较满意,就是太清静一点,使她有些受不了,因此当家里来了客人,她便特别高兴,她总想留客人多坐一会儿,与客人聊聊天,听听他们的所见所闻,她的心里便快活一阵子。

"四人帮"粉碎以后,有好长一段时间,吴智不敢到吴敬恒这里来,他怕吴敬恒不理他,甚至骂他、赶他,使他难堪。直到有次在狭道上相遇,躲不过,才不得已上前打了个招呼。他硬着头皮准备接受吴教授一顿训斥,不料吴敬恒不仅没有责骂他,反而和蔼地对他笑了笑,说了句:"有空来我家玩。"这次相见,使他有好几晚睡不着。他在反复对自己说:"去不去看吴老师?"后来听说吴敬恒担任了学院学术委员会主任,他想今后如果申报副教授和教授,必须过这一关,他便决定抓紧恢复和吴敬恒的关系,找个机会登门拜访他一次。

再次拜会得有个情由,忽然他想起不妨还是从他女儿那面入手。自己已与"文革"初期结婚的爱人离异了,更可以自由行动了。这天他起了个大早,上街买了一大包点心,到精神病院去看吴敬恒的女儿。吴教授的女儿似乎还认识他,但她很讨厌他,他一走近她面前,她便呵斥道:"去!去!去!"吴智只得迅速地离开,请护士把食品转送给她,他站门外,透过玻璃窗户望了她好一阵。十多年时间过去了,姑娘的眼角出现了鱼尾纹,但她脸庞儿没有憔悴,还是白白嫩嫩的。自从爸爸恢复了工资,便常常送钱和食品来,使她生活过得很优裕,后来又要了一间单人病房,让她住在里面,像平常人一样地生活。后娘进屋以后,为了表示对她的爱怜,特地在医院附近雇了一个保姆,每日替她打扫卫生,擦澡洗衣,有时还跟她做游戏。后娘后来又送来一只十二寸的小型电视机,摆在病房的桌子上。对这个小玩意儿她很喜爱,并不去毁坏它,每天都要在它面前看完整套节目。医生已在预言,只要没有什么新的刺激,这女孩子是可以在一年内痊愈的。

这天吴智的出现,似乎给了她一些新的刺激,使她的病情又有了一些反复。为了这件事,医院不让他再来看她,但是他死乞白赖要来,并且装出一副可怜的样子,反复编造他在"文革"中被迫与她拆散的神话。出于对"文革"受害者的同情,护士们不忍阻挡。经过多次见面以后,吴敬恒的女儿似乎没有什么反感了,有次见他到来,她还咧开嘴笑了笑,并且从他手上接过一小袋梨子。

就在这天晚上,他又一次登上了青松岭的石级台阶,敲响了吴敬恒教授家的门,迎接他的是一位丰满甜润的新师母。他刚进客厅还有点局促,后来发现师母极热情,他便没有不安的感觉了。他向吴敬恒教授报告,他的女儿看见他以后,已经变得有说有笑了,他看到了老人赞许的微笑。他在谈话中暗示,只要老人不反对,他愿意与他的女儿再次结合。他的这次拜访,给这个家庭带来了欢乐。

"文化大革命"一开始,吴敬恒就失去了自由,学校里的大字报他看得很少,吴智对他的检举揭发,他只是耳闻,而没有目见,女儿被吴智气疯,也是旁人告诉他的,他当时不在场,还有点将信将疑。后来吴智另组家庭,他也觉得很自然,女儿既然发疯了,不能再跟人家结婚了。他出于忠厚的性格,对过去的未婚女婿采取了宽容的态度。不仅如此,他对其他教师和学生也采取这种态度。尽管他们大都参加过他的批判会,发过言,喊过口号,写过大字报,有的甚至动过手,他都只当不记得。他现在最痛惜的是他时间的损失;"文化大革命"十年,浪费了他极其宝贵的时间,使他将许多科研课题搁置了。他要把失去的时间夺回来,每天都沉浸在工作里,目前他正在进行一项关于鱼鳖混养的研究。

大学里的纠葛唐元贞从来没有参与,对过去人与人之间的恩怨,她也不清楚。她听客人说过一些,联系到自己过去的遭遇,也曾表示过气愤,但是既然吴敬恒的态度是宽厚的,平日又不肯多说,她也不便多嘴。只是因为生活过得太寂寞,她非常盼望有人来交流,如果有客人来登门,不管什么人,她都表示非常欢迎。吴智了解到新师母这种性格,便常到这里来走动,没隔多久,他又成了这家不可或缺的人。他与这位新师母交谈,还有一个共同的话题,就是谈起在精神病院住着的女孩子。他们的兴趣相投,关系也越来越密切了。吴教授家里早又安了电话,如果做了什么好菜,唐元贞总记起吴智,她说他实际上是个单身汉子,便打电话请人转达叫他来吃饭。

经过刘斌一指拨,吴智的心里像开了窍,他想必须将吴敬恒这条线抓紧,以便把自己的事早点办好。这天虽然已到下午,明知吴教授做学问的时间雷打不动,他也赶紧到青松岭来串门子。

出来开门的又是热情的新师母。由于生活过得优裕,新师母近来越显发福了,只见她身穿一件软缎夹袄,外加一件提花的羊毛披肩,下身穿的条纹呢裤子、兰花丝袜、进口皮轻便懒鞋。她伸出胖胖的手,替他把碰锁扭开了。唐元贞抬头见是吴智,丰润的脸上堆满了笑。

唐元贞进省城以后,及时调整了自己的饮食,她每天喝牛奶,食奶酪,还常常吃兔子肉,皮肤很快发生了变化。本来就不算粗糙的脸,如今变得更加柔润,加上还常服珍珠霜、增白液,肤色也变得很白皙。所以当她兴奋起来,泛起了红晕,便显得白里透红,好像减了二十岁,不失绰约的姿韵。只有皱纹比较讨厌一点，随着岁月的推移，它由眼角爬上前额，面上也有了细细的几缕。清晨对镜，不免嗟叹。幸喜最近出了种除皱霜，是从法国进口的，价钱虽然昂贵，她还是买回来了，从此每日涂抹，居然极有功效，皱纹逐渐减少了，肌肤也日显润泽。当她再次坐在镜前检验，心中不禁狂喜，原来颜面已与年轻人无异，变得十分光滑。于是她仿佛回到了少女时代，心里充满了憧憬，对于人世间的欢乐，她还要尽情地消受。

　　吴智知道吴教授的生活规律，这时是不会下楼的，他便坐在客厅的沙发上，和新师母海阔天空大谈一气。他们的谈话又是从精神病院的见闻开始的，他们对那位住院的女孩子，似乎都充满了同情，甚至到了休戚相关的程度。其实两人心里都明白，他们这样做，都是在做戏，这戏是做给谁看的，谁的心里也很清楚。目前他们都得依靠吴敬恒教授，对他最关心的事情，他们理应表示极大的关切。谈了一会儿医院，便问起吴老师近来的身体状况。唐元贞告诉他，吴老师的身体很好。昨天有个地区派人来请他参加科学技术经验交流会，系里怕他吃不消，他自己坚持要去，今早已经坐汽车走了。这时吴智才知道吴敬恒不在家，他长长地吐了一口气，使自己在沙发上坐得更舒服一点。然后他抬头望望新师母的脸，只见她面容红润，两只眼睛亮亮的，眼珠子好像在说话："小伙子，你看我老不老？"在吴智的脑海里，突然又涌出郝部长那句名言："为了达到一个有价值的目标，方式是可以任意选择的。"他便麻着胆子，伸手将新师母的温软的手握住。

　　这天两人谈了一下午，然后一块儿来到厨房里，吴智在水池边洗菜，唐元贞亲自掌锅，他们像一家子似的做了一顿晚餐。吴智陪着新师母吃饭，又喝了酒。饭后吴智央唐元贞带他去看看吴老师的科研成果，两人肩并肩儿地来到楼上，这晚两人在楼上待了好几个钟头。当夜已很深，吴智穿好衣裳，从唐元贞的卧室出来，他的胳肢窝里夹着一卷稿纸。他从容地走下楼梯，推开了一丝门缝，用眼朝左右睃了一睃，见没了人，就像猫似的溜出了大门。他溜到了山下，溜回了自己那座水牢里。他忙把房门紧闭，不禁轻声地打着哈哈，因为他感到十分幸运，今天不但得到了新师母的情爱，而且还找到了吴老师的科研成果，原来他把吴敬恒书柜里的一沓论文底稿偷回来了。

六、情网恢恢

　　宋明和冷满爹的女儿春妹子相爱以后,冷满爹更喜欢这个小伙子,特地在家里请了几桌客,正式宣布两人已经订婚了,宋明便成了他家招赘上门的未婚女婿。由于与冷满爹有这样一种特殊的关系,便算是冷满爹专业户中的一员,这次他代表冷满爹出席地区科技经验交流会,已经整整来了十天了。会议还没有开,他被安排住在农科所附近一个招待所里,每天由一位姓陈的研究人员帮助他起草介绍鱼鳖混养经验的发言稿。鱼鳖混养本来是冷满爹根据老班子经验搞起来的,但是他不识字,只懂得如何操作,讲不出什么道道来。近几年宋明读了一些养甲鱼的书籍,懂得"生态""投饵""浮游生物""食物链"等等专用名词,对饲养技术也有了一些提高,还能讲得头头是道。参加交流会的名单送到乡政府以后,根据冷满爹的请求,将他的名字改成了宋明的名字。大会要求宋明写一份发言稿,并提前到筹备组报到,这可苦了他几天。把草稿弄出后,又经过几次修改,等到老陈说可以了,他像得了一场病,脑壳昏昏沉沉的,四肢没有力,他想到街上看一场电影,好清醒一下自己的头脑。当他乘车来到南门正街,寻到一家电影院,看到海报上一个半裸的女人,片名叫做《警察局长的自白》,在招待所听人说很好看,他便排在一大群人后面,慢慢向售票窗口移去。

　　当他已经移到窗口,正准备伸手进裤口袋掏钱,忽然听见一阵熟悉的笑声,回头一看,眼眶儿变大了,原来在他身后站着一个时髦的女子,正跟他热情地打招呼。她的身上穿着蝙蝠衫,豁口领子露出雪白的肌肤,紫色的绢花扎在发髻上,眼眶子周围抹了黛色的眼影,如果不是鼻梁显得塌了一点,远远望去好像位印度姑娘。

宋明好容易才认出是王玲,两人曾经热恋过三年,因为换了穿戴,都有些认不准了。在他的脑海里,王玲的穿戴是朴素的,她喜欢穿蓝格子上衣,草绿色裤子,梳着两条小辫子,下田插秧和捞湖草,都要高高地卷起裤管。她的腰身虽然很苗条,腿把子却又大又白,遇上这种时候,他总忍不住要多看几眼。他们在一起生活和劳动,也一起编织着未来的梦景。后来她狠心地抛弃他,把他推入了痛苦的深渊。今天这个几乎毁了他的人突然又站在自己面前,真使他惊愕不已。从她那甜甜蜜蜜的微笑中使人感到,好像他们之间没有发生过不愉快的事情,他们还是一对好朋友,甚至是恋人,他们的相见在她心中燃起了炽热的火焰。王玲有两张电影票,本来是等着另一位朋友同看的,这时她决定不等了。她扬着手上的票子对宋明笑道:"票已经买好了,一块儿进去看吧!"

王玲的衣着变了,神态也变了,她变得非常开通,大大方方伸出一只手,将宋明的手拉着,两人的身子紧挨在一起,挤挤夹夹地进了放映厅。

他们的座位靠近墙边,这是王玲常坐的位置,因为这里没有通道,黑暗中可以做点小动作。这时电影还没有开演,两人找好座位坐下,说了些离别后彼此经历的事情。从王玲的自我介绍中,宋明知道她早不在木工厂,已经转到了外贸局,广交会开幕时当讲解员,其他时间在局里搞接待。她笑着说道:"并不是你想象的我已经结婚了,目前我还是一个人,看来可能一辈子独身了!"当她说过这些话以后,场内的灯光暗了,银幕上出现五彩影像。影片的情节十分曲折,演员的技巧也很高超。在黑暗中王玲握着宋明的手,还把身子朝他靠紧,她不时轻轻地笑着,断断续续交换几句话。突然影片中出现凶杀镜头,一个女人被杀害了,她又被剥光了衣裳,赤裸裸地浇灌进水泥构件里。看到这富有刺激性的镜头,王玲轻叫了一声,她把身子斜倒在宋明的怀里。高高的发髻正好抵着他的下颏,使他的鼻子闻到一股浓郁的香味,腿上也感到一种重压。前面座位上有人听到叫声,转过头来看一眼,他看见了这幅景象,不免咧开嘴一笑。如今这类景象在城里到处可见,人们毫不惊奇。宋明却感到不好意思,他连忙将王玲扶起,与她的身子保持一定距离。对于王玲这种亲昵的动作,自然使他很激动,但是不知为什么,激动程度没有过去那样强烈。

宋明虽然没有多说话,但是影片中的情节再也弄不清了。和王玲的相见,实在太突然,在他心间激起的波涛,好像大风天气的洞庭湖水。他记起从前两人热恋时的情景,记得收到她最后那封绝交书时的痛苦,那一幕幕往事,交替着在他的眼前映现。银幕上的画面看不见了,声音也听不见了,直到影片全部映完,剧场里的灯光大亮,人们纷纷站起,他却还坐在那里,痴痴地望着前面。王玲替他提起旅行袋子,用手把他从座位上拉起。当他们走到剧场门口,王玲笑着问道:"今晚你怎么不说话?这两年是怎样过的,也该说一说。"她不等宋明回答,又接着笑道,"你的情况我也知道一些。在报上看到出席科技经验交流会名单,就知道你会来城里开会,准备在开会时找你,不想你提早来了,今天就看到了!"这时夜已很深,最后一辆公共汽车开出了。王玲领着他急步朝车站走去,走过一段路灯暗淡的街道,她突然用力拉了拉宋明的手,宋明不禁停止了脚步,一只湿润的嘴唇在他脸上紧紧地贴了一下。公共汽车已经从远处开过来了,宋明被王玲推着急步往前走,当他走近车站,听见她在后面大声喊:"别这样愁眉苦脸,要不是我有意逼你一下,你能有今天的成绩?"宋明跳上了车,还看见她在下面摇手,银铃般的声音在打招呼,"明天见!"

果然是有意逼他一下吗?宋明坐在车上反复咀嚼这句话,他将信将疑,最后摇了摇头,他不能相信这话是真的。王玲自己当然也不会相信这话是真的,她到底做过哪些事,她自己最清楚。

王玲对宋明不是没有深厚的情意。两人在中学就相好,一块儿分配到柳林大垸插队落户,都住在冷满爹家里,同作同息,更加增进了了解,也增进了情爱。她也确实曾经决定,跟宋明过一辈子,与他同甘共苦,永不分离。但不想后来爸爸通过熟人与柳林大队的罗支书挂上了钩,她又亲手送了一只手表给他的女儿罗彩元,大队便同意将她推荐给招工组,来柳林垸招工的是木工厂,那头早已打好了交道,她被录取了。因此正当两人还坐在堤边卿卿我我海誓山盟的时候,她的户口关系已经转到市区。当她回到城里后,她还常常想念留在乡下的宋明,也还常有书信,间或寄点东西。但是经不起爸爸的压力,她割断了与宋明的联系。爸爸是二轻局的干部,善与别人搞交换,将女儿转到一个普通话训练班学了几天,就被分到外贸局当接待员,广交会恢复后,又当过讲解员。在广交会期间,她认识了外贸局副局长的儿子,不久就与他结下了不解之缘。那个小子的女朋友很多,独独只向她表示过愿意娶她。这事使她很得意,一心一意地等着做局长的儿媳妇。谁知一晃就是两年,那小子却推迟了婚期,后来又一再失约,最后连见面也难了。有好几回,她买好了靠近墙边的电影票,站在电影院门口呆等,等到电影开映好久了,还不见他的到来,她便只好眼泪汪汪地独自坐在角落里,看完这场索然寡味的戏。后来竟然也收到一封宋明过去收到过的那种信,表示要跟她断绝关系。王玲一时气急,跑进局长的家去闹,威胁那小子说,她要将这件事闹开,当众宣布他已经成了自己的丈夫,看他还有面子在这局里待吗?那天局长不在家,局长夫人是个溺爱儿子的妇女,平时宠着他嫌不够,哪里还肯连着他的性子。当她看见姑娘冲进屋子,就打后门溜走了,家里只剩下局长的儿子。只见他穿着一件袖口绣了图案的尼龙夹克,一条紧身牛仔裤,趿着拖鞋,在客厅里踱来踱去。当听完王玲的控诉他咧开嘴笑道:"你要公开我不反对,最好说得更具体些,就说我不仅实际上做了你的丈夫,为了实行计划生育,还接连刮过两次毛毛,看那时你难堪还是我难堪,将来是你找不到对象还是我找不到对象。"那小子露出一副流氓嘴脸,使王玲没有一点办法。他在外贸局的下属公司做职工,名义上是供销员,实际上是特派员,替他爸爸四处拉关系,拿着公费周游大城市。因为他见多识广,胆量也特别大,他已成了一名混世魔王,早已不把王玲放在心上。王玲见他蛮横无理,心里感到十分委屈,她便坐在沙发上号啕大哭,把屋子都震动了。前年她爸爸在一次车祸中死去,妈妈为此哭坏了眼睛,后来又得了冠心病,如今虽然已经退休,却从来不肯出屋。她没有哥兄老弟,平时因专情于这小子,没有结交别的男朋友,如今受了这般欺侮,也找不到人来打抱不平。最后还是局长的儿子过来圆场,他踱到沙发旁坐下,搂着她的腰肢替她擦干了眼泪,然后使出过去的温柔手段,细声细气对她进行解释。他说的话很多,内容却极简单,就是说他们不可能结婚,因为他是独身主义者,他只主张交朋友,不愿意讨堂客。他说他们虽然不能结婚,但还可以继续保持友谊,今后依旧可以见面,还可以重温旧梦。为了赔偿她的青春损失,他愿意付出一定代价。当天王玲从局长家出来,她的脖子上多了一条项链,在她的小手提包里,塞进了一只牛皮纸信封,信封里装着一千五百元,算是那小子给她的馈赠。

由于经历了这场挫折,王玲的性格儿突然变了,她变得爱时髦,喜交际,还特别喜欢结识男朋友。利用业务上的方便,她认识了许多男子,她常常和他们一起看电影,坐在墙边角落的座位上,咻咻地笑着。不过她给自己立了一个规矩,不再赋予人以爱心,更不轻易地把身子给人家,因此她使许多人产生幻觉,使他们感到兴奋、烦恼。当他们被她那些亲昵的表情所迷惑,认起真来,又使他们感到失望,感到距离遥远。她看到那些人的焦躁的动作和痛苦的表情,以至于神魂颠倒的模样,她感到一种快意,一种得到某种补偿后产生的快意。

前天她在报纸上看到宋明的名字,她便准备去看他,今晚突然遇见,使她感到极快活。说实在话,她和宋明是有感情的,有人说一个人一生只有一次爱情是真实的,如果这句话有道理,那么她与宋明相恋时的感情是真实的。后来由于考虑个人的前途,她狠心放弃了这段感情,她写出那封信,连同宋明的一大沓情书一块儿付了邮。记得写信那晚,她哭湿了几条小手巾,付邮那会儿,她夹着包裹,走一步挨一步,到了邮局的门口,还迟疑了半个钟头。直到爸爸跟着赶来,红着一副脸,夺过那只包裹,替她递到柜台上。等爸爸拉着她的手回家,她已哭得像个泪人似的。她何尝不明白这封信对宋明的打击太大,甚至可能将他置于死地,但是爸爸的严命,妈妈的唠叨,更重要的,是自己对于城市生活的依恋,她不得不狠下这个决心。至于他与局长儿子的关系,是由于她想把地位提高一点,把生活安排得舒适一点,尽管她与那人的共同语言不多,但她还是委身于他,在和他相好时,她也暗暗下过决心,和他过一辈子。只是不知为什么,尽管两人发生了极其密切的关系,却从来没有产生过跟宋明在一起时产生的那种满心的喜悦。今天这种喜悦之情又在她的心间升起,使她忍不住在街头吻了他一下。如今爸爸已经过世,妈妈也不再能管束她了,她有固定工资,农村实行了家庭联产承包责任制,比铁饭碗还强,宋明的生活不用发愁,她又可以追回自己的幸福。如果说,过去的谬误是时代造成的,那么随着时代的变化,是到了改正这种谬误的时候了。

据说对于生活上的事情,女人比男人难得下决心,但一经下了决心,就比较执着,难得改变。经过一晚的思索,王玲就下定决心,因此第二天一大早,她就到了城郊的那个招待所。这时宋明还在睡觉,问清是一个人住一间房,她便推开房门,径直奔到床前。宋明从睡梦中惊醒,发现一张洁白馨香的脸紧贴着自己的面颊。这一天,王玲一刻也没有让他离开自己。他们早早地离开了招待所,走出街尾子,来到沅水的大堤。沅水在这里河面宽阔,除开流水,还有一片片荒洲,洲子上不宜耕种,因为涨起水来,它们会被洪水淹没。如今清明刚过,雨水虽然变勤,河水却没有大涨,堤下的荒洲还高高地露出水面。洲子上水杨成阵,绿草如茵,看牛娃儿把牛赶来了,让它们悠闲地嚼着嫩草。王玲拉着宋明跑下护坡,越过荒洲,钻进了一片水杨树林。水杨的繁茂的枝叶遮掉了堤岸和船上的视线,两人在柔软的草上坐下来,肩并肩地坐了一会儿,突然,王玲把自己的肥胖身躯横倒在宋明的怀里。

科技经验交流会开幕以前,王玲便一直这样缠着宋明,有时他有事出去了,她便坐在房间里等他,她带来了一斤咖啡色的羊毛线,替他织一件带披领的对襟衫。今天召开了预备会,会后各县市的代表团长碰头,一般代表没有事,他们便决定去看场电影。突然,宋明接到一个通知,说有位名叫吴敬恒的教授要来看他。吴敬恒是农学院的老教授,他的著作宋明读过,知道他是特种水产研究方面的权威,平时专程去拜访还怕见不到,他亲自前来,又岂肯轻易错过?因此这天不管王玲如何费劲,都没有能让他取消跟吴教授的会见。

吴敬恒教授来地区参加科技经验交流会,是特地为了了解鱼鳖混养的情况的。他从一位学生来信中了解到,鱼鳖混养有了新突破。根据牛满江的理论,也根据他自己的实验,鱼鳖是不能混养的。湖区的专业户竟创造了新经验,鱼鳖不仅能混养,还能创造出惊人的产量。

这天当他跨进宋明的房间,便紧紧地握着他的手,使宋明感到十分诧异。鼎鼎大名的老教授,没有一点架子,像小学生似的向他请教鱼鳖混养的经验。宋明感到既兴奋又拘束,他搜肠刮肚尽量做出详尽的回答,不过他很注意,一再声明,这不是自己的经验,他把功劳都归在冷满爹的名下。

吴教授问道:"你们在混养过程中,是不是出现过死鱼的现象?"因为过去做试验,这种现象常常出现,这是混养成败的关键。宋明答道:"出现过,天气变化异常,特别是空气突然燥热,甲鱼便沉落下去,不肯浮出水面呼吸空气,这样就造成池鱼浮头,甚至成批死亡。"吴教授道:"甲鱼不肯上下活动,就会造成溶氧不足,造成了混养池内鱼的死亡。过去的理论是混养池里溶氧量不易均匀,使深水层的'氧债'没法弥补,既不利于鱼的代谢,又不利于浮游生物的繁殖,如果安置增氧设备,会提高生产成本,而且人工制氧不利于鳖的生长。"宋明道:"冷满爹的办法是遇到这种时候,就不断向池里注入新鲜湖水,新水注入,鱼就不会因缺氧浮头。"吴教授一听忙点头道:"对,对,理论必须联系实际,这又是一个显例!这样一个简单的办法,关在书房里是想不出来的。"宋明笑道:"冷满爹过去家住目平湖,几辈子以捕鱼为业,老班子传下来许多好经验。"吴教授问道:"注入新水,怎么保持水质?"什么叫水质,宋明懂得。他回答道:"要保持水质,必须控制注入新水的分量,到了一定程度,就要停止注入新水。这就要靠经验,冷满爹的眼睛像显微镜,他一看水色,就知道要注水还是停止注水。同时他很注意控制甲鱼的活动,使它们习惯在水下排泄,甲鱼的数量也按水面大小放置,使排泄物保持水质的肥沃。如果水色经常保持灰褐色或茶褐色和灰褐色相间的颜色,就算合适了。冷满爹将这称作'水花儿',有'水花儿'的鱼池,鲢鱼生长最快。"吴教授连连点头笑道:"这些经验多么宝贵!你的那个发言稿我已经读过了,很有说服力,有的地方我还弄不清楚,听你一说又明白了不少,会议期间,我们再一起谈谈。"宋明一听心里非常高兴,他大声回答道:"有什么问题,你老人家只管问,不过这些经验不是我的,有好多道理我还不清楚。"对这个谦虚的年轻人,老教授很满意。由介绍鱼鳖混养的经验,他们谈起了冷满爹,又谈起冷满爹的许多能耐,这时宋明便很自然想到冷满爹对于自己的帮助,想到春妹子的情意。他的心里突然觉得自己这两天的行为不对头,开始感到了惭愧。所以当吴教授笑哈哈地离开以后,时间还不到八点,王玲又拉着他的手到郊外大堤上去看沅江的夜景,他表现出明显不耐烦,把手抽出来,推说自己脑壳有点昏,身上有些不舒服,拒绝了她的邀请。接着他又表示为了不影响明天大会上的发言,需要早点休息。听他这样一说,王玲不便再勉强,只好怏怏地离开了他的房间。当她走出房间,她还以为他会送送她,至少送到楼下,谁知当她刚跨出房门,就听见房门砰的一声关上了。王玲怔怔地站在门口,呆了好半晌,她的心里虽然有点不高兴,但她想起过去给他写的那封信,措辞生硬,不怕把他气死,想起曾经做过这种蠢事,现在轮到人家发点小脾气,有什么要紧?她从两天重新接触后感到,宋明对自己的情意还是不浅的,只要她再下点功夫,不怕他不回心转意。如果能把宋明拉回来,那一切都好办了,他们之间那些误会,她是会有办法消除的。

当王玲想到这些,她的心里就快活了,她并不为宋明刚才的粗鲁举动所烦恼,也没有再转过身子去推门,笃笃笃笃,一阵高跟鞋子的响声,把她送下楼去了。当她走出招待所门口,接触到户外的空气,深深地吸了一口气。清明时节夜晚的空气是清冷的,它带着冬天的气息,有时还化作春风细雨,涤荡着滨湖的土地。沿湖堤岸的枯草变绿了,杨柳的枝条儿换成了翡翠的颜色,那一望无际的草籽田,也铺满着灿烂的黄花。到这种时候,田野里开始忙碌起来,有人在犁田,有人在翻凼,用犁头翻开的鱼鳞一般的土地,黑得像缎子一般。时节不饶人,再等半个月,浸泡起来的禾种就该下泥了。

王玲是充满希望离开招待所的,她一边走路一边还在盘算着,等宋明发言以后,就把他拉到家里来做客,她要让他重新得到她的温情,尝到她亲手做的湖乡美味。宋明这时的心情不一样,他感到难过,他站在门边,站了好久,像一根呆木头。两天来发生的事情,把他的心搅乱了,他和王玲相遇,重新打得火热,使他感到惶惑。他想如果继续这样下去,就会造成难以想象的后果。他真希望王玲打转身,再来推他的门,他就隔着房门对她说几句绝情话。常言说得好,长痛不如短痛,如果现在把事情了结,总比往后弄得不可收拾为好。他是带着这种不安的心情睡下去的,睡得很不好,一夜之间,做了许多离奇古怪的梦。

第二天清早,地区农科所的老陈进房来喊醒了他,告诉他说,今天上午地区科学技术经验交流会隆重开幕,除了简短的开幕式,还有一个科委的报告,报告不长,接着是发言,头几个发言的人中就有他的名字。老陈是大会的工作人员,替他拿来了印好的发言稿,希望他在发言之前再读几遍,以便念得顺畅一些。老陈估计他的发言能打响,笑着对宋明说:"这次经验交流会上,你是唯一的专业户代表,专业户的生产与科学技术相结合,是件非常新鲜的事情!"

宋明的发言是成功的,或者说非常成功! 当他的话刚一落音,大厅里就爆发出一阵雷鸣般的掌声。坐在前排位置上的吴敬恒教授首先站起身来,走上前去,紧紧地握住他的手。吴教授是特种水产研究方面的权威,一边拍着他的肩膀一边嘿嘿地笑道:"好,好,你的发言真好!"他拉住宋明的手,要他坐在自己的身旁。前排坐的都是专家和首长,吴敬恒一一向他介绍:"这位是地区农科所所长,这位是副所长,这位是科委主任,那位向你点头打招呼的是杨专员!"被介绍的人站起来对他致意,在这种场合,宋明很局促,甚至感到有些紧张,以致失去礼仪的举动也发生了。邻近座位上的几位首长站起来跟他握手,他竟忘记自己也该站起来,只涨红着一副脸,机械地握了握手,脸部的表情是木木的,没有一丝笑容,好像他对这一切都感到厌烦了似的。

其实他的内心是很兴奋的,当他念发言稿的时候,曾用眼瞟过全场,看到场内的人都在用心地听,不时还点头,发言以后爆发出热烈的掌声,就表示出代表们的欢迎。他也有这样的感觉,经过老陈帮助整理的稿子相当精彩,它不但扼要地阐述了鱼鳖混养的养殖原理,还用鱼鳖混养池与普通鱼池的产量相对比,表明了经济效益方面的显著差别,而这种差别,又是用精确的数字来说明的。例如鱼鳖混养池中的鲢鱼每尾平均为一斤七两,普通鱼池中的只有九两,而甲鱼投放市场时的高昂价格,使混养池里的纯收入比普通鱼池高出二十倍。这样惊人的数字,怎不叫人心动?听完宋明的发言,坐在他旁边的农科所所长就听不见别的发言了,宋明的发言使他想起了发展特种水产研究的设想。这位所长是南下干部,"文化大革命"以前是地区农业局的局长,运动开始,他被打倒了,等到"四人帮"粉碎后解放出来,已经是六十开外的人了,被安排在农科所领导岗位上。在一般人的心目中,这种岗位是用来安置老弱病残的,但他没有将自己看成这类干部,他想用余年,为国家做一番事业。等他一到所里,就着手进行整顿,调整了领导班子,健全了组织机构,接着就抓落实知识分子的政策,把一大批农业科学技术人才吸收到所里来,开展了各种科目的农业科学技术研究,只有特种水产方面的研究没有搞起来。说实在话,过去领导农业技术研究的人都把注意力放在粮食棉花和油料作物方面,忽视了小农业,他注意了这个问题,准备成立一个研究小组。听完宋明的发言,所长很高兴,他发现这个小伙子是块好料子,便想把他拉进农科所,安排到特种水产研究小组工作。根据他担任领导工作的经验,在技术方面既应有专家的指导,也要有富有实际经验的人员配合,从这个角度看,他觉得宋明符合进所的条件。

休息时间一到,所长便踱到老陈面前,轻轻地说了几句话。老陈听完微笑着,他朝宋明望去,对他点点头。散了会,宋明回到房间休息,刚跨进房门,老陈便进来了,他大声嚷道:"恭喜!恭喜!"宋明吃了一惊,问道:"什么事值得你这样高兴?"老陈道:"你猜猜看,什么好事会落到你的头上?"宋明以为是王玲的事,他听王玲说过,老陈跟他爸爸相识,误以为是王玲拜托他来做说客。对于这件事情,他感到很为难,他用手搔着后脑勺尴尬地笑着。老陈憋不住了,朝宋明笑道:"小伙子,你就要成为国家职工了!"接着他便将农科所所长的想法说了一遍。听了这个消息,宋明很高兴,因为进地区一级农业科学研究机构工作,是他多年的梦想,但当他过细一想,就觉得没有什么值得欢喜的了。近两年他的生活发生了重大的变化,他所居住的柳林大垸,境况跟从前不一样了,不但有了饭吃,有的是事做,还有一些人成了专业户。就拿冷满爹来说吧,每年人均收入远远超过了国家职工的收入。三口人只搞了两年,就买了砖瓦,准备修大房屋,银行的存折上,有了五位数字的存款。而学习专业知识,冷满爹肚子里的知识学不完,何必跑到地区来学呢?何况垸里还有春妹子!春妹子是冷满爹独生女儿,冷满爹年纪大了,他不会轻易让女儿离开柳林大垸。春妹子留在柳林垸,他一个人到地区又有什么味?当他想起这些,他觉得这不是一个喜讯,而是一件叫他为难的事情。他将利弊权衡了一下,表示了明确的态度。老陈听见建议遭到拒绝,感到很诧异。过去的下乡知识青年,谁个不想弄个招工指标回城,就是没有指标,把户口迁回城里也是好的。地区农科所指标是国家指标,进去以后做令

422

人羡慕的科研工作,这样的好事,宋明为什么拒绝?为了完成所长的嘱托,他又劝了半天,劝来劝去,嘴唇都枯了,宋明还是只摇头。开会以后他已跟大家住在一起,这时同房的代表陆陆续续地回来了,有人开始摊被窝,准备睡午觉。老陈觉得不便打搅,便嘱咐宋明仔细想一想,只要想清了,迟两天答复也不要紧。他一边深表遗憾地摇着头,一边走出了房间。

等宋明洗过脸,和同房的代表们说了几句话,钻进被窝,准备睡一会儿,忽然听见门外有人叫他的名字,宋明听出是王玲的声音,他不愿意起身。门外又继续叫:"有急事,要找你!"宋明迟疑着,却还听见这样一句话,"吴教授也来了,赶快出来吧!"吴教授来了,怎能不去接?宋明急忙从被窝里滚出来,披上了衣裳,连鞋跟也来不及扯上,就跑出来了。等他跑出房门,抬头一望,只见走廊上面,除了一位妖妖娆娆的女子,哪里有什么吴教授。这时一阵银铃般的笑声:"要不是把吴教授抬出来,你不会出来的,可见你还是崇拜权威!"宋明很想生气,但是看到王玲笑嘻嘻的面孔,又不好发出来。王玲今天的打扮非常艳丽,她没梳发髻,让又黑又长的头发披散双肩,头顶上罩着墨绿色的网子,使黑发变得更加浓密和秀美。今天她把羊毛衣脱了,换上一件紫罗兰色的短大衣,大衣的腰身窄狭,显出婀娜的腰肢,开领很低,突出隆起的胸乳。雪白的颈项上面挂着金色的项链,这条项链是去年在广交会上得到的,为它还付出过一定的代价。

宋明看见这副俏丽的模样,他的心房不禁一战。王玲笑道:"记不得了?老同学!特地来找你,有事要跟你商量。"午觉睡不成了!既然人家已经来了,怎能不接见?宋明轻轻地叹了一口气,只好把鞋跟扯上,拉紧尼龙夹克的拉链,跟着她走下楼去。

楼下有宽大的会客室,里面摆满了沙发,宋明邀她进去坐一会,好听她说那件事情。王玲不愿意进去,说屋里气闷,到外面去谈好。宋明道:"下午还有发言,我得去听听!"王玲道:"我问过了,是工业战线的代表讲话,你是搞农业的,有什么听头?我已经替你请假了。"听她这样一说,宋明只好不作声,跟着她走出招待所。招待所在市中心,转一个弯,就到了工人文化宫,文化宫前绿树成荫,显得非常幽静。宋明把脚步放慢了,想听她讲事情。王玲没有马上把事情讲出来,只扯了些街头巷尾的新闻。两人一边说着话,一边慢慢地走着,像散步似的,不知不觉来到大街上,又走了一会儿,宋明抬头一看,房屋渐渐稀疏,已经到了街尾巴上。他忙问道:"你说有事跟我商量,什么事?怎么不说。"王玲扑哧一声笑出声来,她说:"看你那副猴急样儿,快到家了,进去坐下来再说!"

在这个城市读书那会,宋明曾经多次到过王玲家里,记得她家在轮渡码头旁边,不是在街尾巴上。看见宋明显出疑惑的样子,王玲笑道:"我搬家了!"宋明见过王玲的爸爸,也认识她的妈妈,两天的交谈中,他知道她的爸爸去世了,妈妈还健在,她是独生女儿,肯定和妈妈住在一块儿。出于礼貌,宋明觉得应当买两件礼物。他蹓进一家南杂店里,买了两样点心:一盒蛋糕,一袋酥糖;后来觉得两件礼品太轻,又转进一家中药房,买了两盒人参蜂皇精。王玲见他进铺子买食品,知道他的用意,并不阻挡,只微微笑着。他们走过地区医院,只见路侧有座红砖楼房。王玲指着楼房道:"到了!"王玲住五楼,当她领着宋明爬上楼梯,来到门口,她没有敲门,从手提包里掏出钥匙把门打开。

当她将房门打开,宋明站在门口,竟不敢迈动脚步。原来在他面前是一套极其考究的房子,进门是客厅,里面铺着织满花卉的芦苇地毯,摆着绿丝绒罩面的长沙发,沙发前面的茶几是椭圆形的,古铜颜色。靠墙的食品柜,玻璃门后面排满了各种酒瓶子,商标上的名字有白沙液、猕猴桃、德山大曲、味美思,还有青岛啤酒和北京啤酒。柜上的茶具是古色古香的,只有自动暖瓶壳上的绘画是现代派艺术。墙角摆着一只紫檀木做的盆景座子,座上放着海棠花,花的叶儿翠绿,朵儿鲜红,刚刚绽开的花朵一球球地挂下来,像是一串串绣球。望见这些,宋明愣住了,他不敢挪动脚儿,是觉得自己的鞋子沾满了泥土,怕把泥土带进房间里。

王玲进去了,她迅速脱下鞋子,换了搁在门边的一双绣花拖鞋。当她走回门口,伸手拉着宋明,笑道:"进来呀,呆呆地站在门边做什么?"用力一拖,把他拖进了房里。宋明看见王玲换上拖鞋,更加觉得局促不安,他知道城里人的规矩,要用拖把洗地板,为了保持房里清洁,从外面进门,必须换上拖鞋。这时他站在门边,等着换鞋。王玲用手拉着他,笑道:"从前皇帝喜欢一个人,便赐他剑履上殿,我也赐你穿鞋进屋,走吧,只管往前走,到沙发上坐。"宋明只好挪动几步,走进客厅,坐在沙发上。他望见沙发前铺的黄色的缀满花纹图案的芦苇地毯,很精致,觉得自己把脚踩在上面实在太可惜,便不敢放肆,只用一只脚尖点地,另一只脚搁在膝上,身体的重量全部落在沙发上。瞧见他的模样,王玲忍不住咻咻笑起来。她走进卧房,拿出一双黄皮拖鞋,丢在宋明面前,笑道:"平时我不准男人进屋,没有准备男用拖鞋,这双拖鞋是我父亲用过的,保留下来做纪念,你怕弄脏我的房子,顶局促,暂时用一用,以后替你买双海绵拖鞋搁在门背后。"宋明换了鞋子,果然放肆多了,他从沙发上起来,跶着拖鞋到其他房间里看看。原来,这是一套两室一厅的房子。外贸系统的人见过世面,住房设计很讲究,两间住房是套间,各有一门通客厅,有间与凉台相通。凉台上可以晾衣服,堆杂物,还容得下一张行军床。南方热季长,到了酷热的夏天,这里又成了卧室。凉台的栏杆面子很宽,面子外还加了一道围子,成为摆盆景的地方。如今这里摆满各色各样的花钵子,黄的、红的、绿的,还有带花纹的,上面涂着釉彩,在阳光下闪闪发亮。田野里盛开的花卉,这儿几乎都有:草兰花、黄馨花、茉莉花,还有含苞待放的牡丹花,宽大的凉台,像是一畦绚烂的花圃。

　　凭栏远望,望得见连绵不断的长堤和那一望无际的田野,宽阔的沅水,排满半江的船舶。因为靠近郊外,这里空气洁净。宋明深深地吸了几口气,空气中带着花香,心间为之一爽。凉台后面的房间是王玲的卧室,它的陈设雅致,充满着比花香更浓的香气。室内铺着新型的化纤地毯,挂着垂地的长帘。地毯是淡绿的,其他的陈设也力求和这种色调相协调。如席梦思床是浅绿的,床单枕套是果绿的,草绿色的纯毛毯覆盖在翠绿的软被上,绿色显得清新、平和,给人一种充满活力的感觉。如果只用这种色彩,还显不出室内的高雅,王玲懂得色彩学,她知道如何搭配颜色,在一片翠绿当中,又平添了几样白色的家什。丝绒窗帘后面有一幅乳白色的细花轻纱内帘,浅绿色的床前放着白色的五屉柜和床头柜,台桌上摆着白瓷做的花瓶、罗汉、假山、嫦娥,白的摆设与绿的陈列相衬托,就像一些晶莹的花朵,衬托在浓密的绿叶之中,显得格外耐看。

　　转过另一间房子,宋明看见房子里摆着两种沙发,一只长的,一对短的。靠窗放着一张书桌,桌上摆有南岳的笔筒,桃源的砚池,还有浏阳的精墨,茶陵的宣纸,铜制的笔架和镇纸除了实用以外,还是一种装饰品。靠墙的一排大书架,填满了书籍,中外古今的文学名著与现代科学技术书籍都有,从藏书丰富程度来看,主人公至少是位大学讲师或大型厂矿企业里的工程师。从目前王玲的工作性质分析,她很少有时间做学问。王玲跟在他的后面,见他一副发愣的样子,笑着说:"怎么啦,不相信这间房里的书籍是我买的? 告诉你,'文化大革命'把我们耽误了,现在只好日夜兼程补课,这些书籍我都读过了,我想考电视大学。报上宣传过,电大毕业可以发大专毕业证书,在工作岗位上享受同等待遇!"宋明嘴里不禁唱叹,心里想,王玲跟以前一样好学,别看她的模样儿变了,生活习惯变了,追求上进的心没有变。穿过这个房间,回到客厅,他没有看见第二个人,不禁问道:"伯母呢?"王玲大笑道:"这里没有伯母,只有姐姐,你没看见屋里没有第二张床,只我一人住在这里。"宋明拿眼望了望礼物,王玲懂得他的意思,笑着说:"你怕这些礼物送不出去?"听得屋里只有王玲一个人,宋明不禁舒了一口气,觉得一身都轻松了。过去他到王玲家里,最怕遇见她的父母,在她父母面前他很局促,手脚不知往哪儿放。今天王玲好高兴,脱掉了紫罗兰色的短外套,只穿着粉红色的羊毛衫,前胸绣的几朵蔷薇花,两旁衬托着椭圆形的绿叶,使乳峰显得更加突出。王玲抬起一双手,把颈项上那条项链取下来,从房里拿出一条雪白的围裙,系在纤细的腰子上。她朝宋明笑笑:"你就坐在沙发上休息,我去热热饭菜。"刚一进厨房,她又跑出来,笑着说:"火还没有上来,得等一会儿,你的肚子一定饿了,柜里有小酥饼,先吃两块,我让你看一样东西。"说着,打开食品柜,拿出一碟小酥饼。接着又跑进卧室,捧出一本绣花面子的大相簿,挨着他坐下,指着簿子道:"看看这个,就知道我没有忘记你。"宋明翻着相片簿,看见里面全是自己的相片,不,应当说是他和王玲的相片。王玲回厨房去,宋明一页一页地往下看着。首先他看到的是小学的相片,这些相片自己早已遗失了,不知怎么到了她这里。接着,是中学时代的相片,那是他最难忘的年代,经过调整,三年经济困难造成的影响消除了,学校里狠抓教学,学生成绩上升,他们用三年的时间,学完了五年的课程。除了课堂学习,还有体育锻炼和生产实习,有好几张相片,是他们在体育锻炼中和生产实习时拍摄的。其中有一张是和王玲一起拍的,王玲站在他的旁边，嘻嘻地笑着。不久，发生了"文化大革命"，学校里停了课，按照当时规定，他们没有拿到文凭，却拿到一张免费乘车的证明。他们戴着黄军帽，跑遍了大半个中国，只有新疆和西藏没有去，因为王玲生了一场病，没有赶上队伍，宋明不肯离开她单独行动。相片簿里大部分相片是当时行踪的记录。自从他们开始由友情过渡到朦朦胧胧的爱情，他们便不愿跟那些红卫兵头头喊口号开批斗会了，他们自得其乐，做了逍遥派。后来索性把红袖章摘了，揣在怀里，只是碰上有人拦劫或盘问才拿出来显一显。他们结伴游历名山大川，登了泰山，到了峨眉山，游览了西湖、太湖，还漂洋过海，去到海南岛，隆冬季节，在鹿回头洗海水澡。相片中有一张是在浴场照的，两人穿着游泳衣裤，坐在海滩上，脸上露出欢快的微笑。这时中国的大地上充满了屈辱和眼泪，许多懵懂的青年在武斗中互相枪击和流血，但是也有一些青年，离开了争斗，在痛饮青春的美酒。宋明和王玲就属于这类青年中的一对，那时的相片就是真实的记录。大约过了两年，传来了一个消息，知识青年要上山下乡，每个在校的学生都收到了通知，立即到学校报到。两人回到学校一看，不禁大吃一惊，原来学校完全变了样子，领导人不再是红卫兵，而是一群工人。这些工人都是各大厂矿的造反派骨干，他们很有魄力，说干就干，把在校学生统统造了花名册，然后按照地区分配名额。宋明和王玲分配到柳林大垸。他们私下跟领队的工宣队员商量，请他将两人分到一个生产队。这个工宣队员喜欢抽烟，又舍不得花钱买香烟，王玲把爸爸的那只卷烟的木机子送给他，他同意了他们的要求，这样两人就在一起生活和劳动，他们住在冷满爹家里。冷满爹只有一个女儿，人口很少，对他们很和善。两人除了劳动，就在一起读书写字，他们梦想着有天能再入学。在那散工后归家路上，趁着黄昏的暮霭，王玲的肩膀靠拢宋明的肩膀，轻声地告诉他道，她的脚被草鞋擦破了皮，痛得很，要歇一歇。宋明便挽着她，来到了湖边，他们坐在草地上。这一天的晚餐，春妹子摆好了一次又一次，总不见两人回来，直到半夜，两人才回家，从此两人的关系就更进一层了。

相片簿里有许多相片是两人明确关系以后拍摄的，那时都穿着破旧的衣衫，肩靠着肩，或者手拉着手，显出一副很亲爱的样子。

宋明翻阅着相片簿,心里不觉嘀咕,从妥善地保存着这些相片看来,王玲真没有忘记他。如果要把他从记忆里埋葬,她会销毁这些相片,特别是那些两人合影的相片,她难道不怕未来的伴侣吃醋?他不知道,王玲和宋明断交以后,并没有保存他的相片,而是最近见到他后,重新燃起热情,便四处找寻,在妈妈的废物中和几位中小学同学和老师家找出来这些相片。她特地花了几十元买了一本缎面相片簿,将早已发黄的相片一张一张精心用相角纸夹起来,她预料相片簿在宋明心灵中会发生重大的影响。厨房里的菜是早就预备好了,这时她已陆陆续续地把它们热好端出来了。她有一张可以折叠的三夹板面子的圆桌,把它支起来,将菜摆在上面。她一边手脚不停地忙碌着,一边用眼睛瞟了宋明几眼,只见宋明一副深受感动的样子,王玲忍不住抿着嘴儿笑。菜都端出来了,又从食品柜里拿出三种酒,一种是味美思,一种是白沙液,一种是猕猴桃酒,还摆了两只银光闪闪的高脚杯子。宋明已经将相片簿合上,垂着头想着心事。王玲见他这模样,又忍不住扑哧笑出声来。宋明听见笑声,抬起头来,两颊唰地一下子红了。王玲挨着他坐下,用手握着他的手,笑嘻嘻地说道:"小弟弟,怎么样,姐姐没有忘记你吧?"宋明回过脸来,眼眶里充满了泪水,他低声地问道:"你没有忘记,为什么跟我写那种绝情的信,而且将我寄给你的纪念品和信全数寄回来了,你这一招不打紧,害得我几乎跳到大湖里去了!"王玲听见他的控诉,心里并不慌张,她依旧笑嘻嘻地说道:"傻瓜,前天我不告诉你了,我是有意这样做的,为了使你增强上进心,不光在儿女私情上下功夫,我忍痛刺激你一下子,你想想看,要不是受到这种刺激,你能有今天的出息?"大前天王玲跟他这样说了,宋明开始有点相信,但过细一想又觉得不可信,他觉得这是一种欺骗他的话,但是今天看到相片簿,看到他们两人在海滩上的合影,他的心里又有了变化,他想她的这些话不是虚伪的。王玲书房中的书籍那样多,可见她像从前一样发奋,出于一种强烈的事业心,出于对情人恨铁不成钢,她采用了这种办法,是可以理解的。

　　王玲见她的这些话不再引起宋明的反感,她感到很高兴,忙跳起来,用力将宋明拉起。宋明离开沙发站直身子,他看清楚,在客厅的中央,架好了一张小圆桌,桌子上摆满了精致的碗盏。绘着梅花朵儿花卉的碗盏里菜不多,王玲是估量着两人的食量准备的,但是每样菜都很精美,或者说,都不是市面上容易买得到手的。比如说,一碗新鲜鲍鱼,是她在交易会上得到的,新鲜鲍鱼的味道鲜美,就是在沿海城市,也难遇到。吃惯了湖鱼的人乍一吃海味,觉得有种说不出的滋味。除了鲍鱼,还有龙虾、干贝、发菜,九碗菜中有四碗海味,其余几碗是春笋、蘑菇、山鸡和麂子肉,只有当中一碗是湖区的产品,也是从非洲引进的,最近才在湖区放养的泥蛙肉。这一桌菜,分量虽然不多,却也真是山珍海味,有几样宋明没有见过。王玲问宋明想吃哪种酒,宋明被眼前这桌丰盛的酒菜惊呆了,没有听清她的话,只点了一下头。王玲手上拿的是瓶白沙液,以为他喜欢喝这种酒,就替他倒了一盏。王玲举起酒盏向他祝酒,祝贺他在科技经验交流会上的成功,祝贺他得到农科所领导的赏识。宋明听了很高兴,也不觉站立举起高脚酒盏一饮而尽。等酒喝进了肚里,才知道坏了事,原来他从来没有喝过白酒。冷满爹吃饭,每餐都少不了几杯白酒,他喝惯了白酒,宋明不敢奉陪。春妹子就替他准备甜酒,甜酒的牌子经常更换,有时是黄梅,有时是猕猴桃,有时是葡萄酒。后来有人告诉春妹子,有种酒对人身有益无害,她便常常替宋明准备一瓶,那就是北京或青岛啤酒。宋明只有喝甜酒和啤酒的本事,哪里能喝这种酒!所以等他喝干这杯白沙液以后,他的头就有些发晕了。王玲一见他这样子,知道斟错了酒,忙替他夹来几块笋片,舀半碗鲜蘑菇汤,叫他赶紧喝下去。宋明喝完汤,才慢慢觉得清爽了,但是俗话说得好,烟酒不能沾,经过这盏白酒刺激,宋明的酒兴上来了,接二连三地喝了十几盏酒,但他不敢再喝白沙液,喝的是猕猴桃酒,猕猴桃酒也能醉人的,何况先有一杯白酒垫底。不一会儿,宋明醉倒了,他的脑壳发晕,身体发软,再喝鲜蘑菇汤也不中用,他匆匆忙忙地扒了几口饭,到长沙发跟前,吱啦一声跌落在沙发上。

宋明横靠在沙发上,蒙蒙眬眬地睡着了,最初一会儿,他还有些知觉,感到有人替他洗脸擦手,还有一只香喷喷的嘴唇紧贴在他的脸颊上。

一直睡到下午三点,他才清醒过来,当他睁开眼睛,看见自己身边坐着的王玲。王玲的脸蛋通红,依偎在他身旁,把蓬松松的头埋进了他的肩窝里。宋明惊醒了,他听见自己的心脏怦怦地跳着。过去农村中的许多往事,又忽然出现在他面前。他们在大堤上的杨柳树丛下,望着宽阔的湖水,热烈地讨论着。他们常常坐到太阳落水,不愿意回去。有好几回,王玲靠着他的胸脯,指着波光粼粼的湖水发誓,谁也不准背叛这种感情,谁要背叛这种感情谁就是孬种!他没有做孬种,他珍惜着他们的感情,遵守自己的誓言。王玲通过关系调回城市以后,只与他联系了半年,就把他甩掉了。她给他的打击是严重的,几乎把他毁了,一连几天他都吃不下饭,睡不着觉,稍许好过一点,就痴痴地坐在湖边,望着城市的方向,一坐就是半天。有好几次,他几乎跳进湖里,他想与其痛苦地活着,不如死掉干净。他没有走这条路,多半搭帮冷满爹的帮助。冷满爹把他当崽看待,带他在身边,给他讲了许多故事,打了无数比方,帮他驱散心头的烦恼。他常带他出去打鱼,一去就是几十天,愉快的劳动分散了他的注意力,渐渐地,他的心情好多了,人也活泼了,只是心灵的创伤难得平复。每天夜深人静,他都想起王玲,想起他们过去在一块儿生活的日子,想起他们共同的理想。他们曾想回到城市去,进一个大学,学一门专业知识,将来做一个有用的人,不想理想已经破灭,不仅如此,就连跟他编织这些理想的人也失去了。当他想起这些,他的眉毛打结,嘴巴上挂了一把锁,脸色变得阴沉沉的,样子显得无精打采。后来和调皮鬼凹花生成了好朋友,两人都看破红尘,玩世不恭,不愿认真干活,扯皮打架的事都有他们的份。他的心情完全好转,是在发现自己坠入了春妹子的情网以后。春妹子的爱情是炽热的,就像浓烈的醇酒,能使人醉倒。这两年,他一边沉浸在热烈的情爱之中,一边又被农村中发生的变化所吸引。自从冷满爹出湖打鱼和刘丽君到常德为编制品寻找销路这两炮打响以后,整个柳林大垸的副业生产得到迅速的发展。副业是个突破口,打开了这处缺口,左倾路线对于农业生产的长期禁锢就被打破了。接着而来的是农田生产管理制度的变革,家庭联产承包责任制的推行,农村红火了,农民都感到有奔头,宋明也有了自己的前途。他原有高中文化程度,后来又自学了一部分大学课程,他的知识在农村是有用的,他便把全部精力和智慧都集中在渔业生产上,经过两年来冷满爹手把手教,又经过单独作业,钻研书本知识,他在特种水产繁殖领域积累了一定的经验。大队支部书记陈良桂是个科学迷,大队改为村以后,他在村里成立了科研小组,自己担任组长,推荐宋明任副组长,不久他们又做出了成绩。

由于事业和爱情这两种力量的牵引,不但使他忘记了过去的痛苦,也使他忘记了那个使他几乎丧失了生活信念的人。不想这个人又和他突然相遇了,不仅如此,还重新恢复了情谊,过去的事情,又开始重演。这时她靠在他胸前,显得十分娇媚,她把头埋在他的肩窝里埋得更深一些,咻咻地笑着。王玲笑道:"你呀,大傻瓜,真以为我会撂下你!"宋明不再怀疑王玲的解释,当他参观了她的房间,他便打消了这种怀疑,他相信她是故意这样做的,如果不是她猛力推一把,他不会有这番振作。由于宋明有了这样一种心情,自然不忍拒绝王玲投来的热情的拥抱。

整个下午,两人是在频频的亲吻和热情的拥抱中度过的。王玲一边和宋明亲热着,一边施展她那种善于讲故事的才能。她把过去的痛苦心情描绘得凄楚动人,其中不少情节,是从古代传说和民间故事中摘取而来的,那些故事宋明没有看过,因此觉得很真实,紧要处还忍不住陪她掉了几颗眼泪。两人的遭遇都是不幸的,但不幸是时代赋予的,彼此没有任何责任,所以回忆之后就互相安慰,不免想到共同的熟人和朋友。王玲住在城里,消息灵通,她知道许多朋友的下落。她告诉宋明,有的人通过关系,在"文革"后期保送进了大学,虽说是工农兵学员,也算是大专待遇。有个朋友因为努力,还考上武汉大学生物系当研究生。有个女同学嫁给一位省里的大干部做儿媳,如今已经照顾关系调到广州去了。今年她在广州参加交易会时还看见了她,穿着高跟鞋,打起口红,完全不是从前那副土里土气的样子。她看见她坐进小汽车,从窗口伸出戴着金钏的手,对她摇了几摇,嘴里说外国话:"拜拜!"听说她在旅游公司当经理。王玲说起这些人的幸运遭遇和优厚生活,不免流露出羡慕之情,她的嘴唇发出啧啧的声音。这些人的幸福,衬托出另外一些人的不幸。当她叙述那些时运不济的同学的遭遇时,说得最详尽。其中有一个最倒霉的,他的倒霉原因怪他自己打错了算盘。他在上山下乡时认识了一个农村姑娘,和她结了婚,"文化大革命"期间没人抓计划生育,接连生了三个伢儿,如今家庭负担很重,做牛做马,还搞不齐一家人的吃食。农村姑娘没有文化,不懂得体贴丈夫,如果看见摆在门角落的米桶没有米了,就大吵大闹,有时还操起吹火筒赶男人。有一天这位朋友在街上碰到王玲,和他谈起这本经,眼泪巴沙,好像一肚子苦水倒不完似的。他说这女人除了知道和他生儿育女外,不知道天下还有别的事。同学们寄给他的书报,她把它们做引火柴烧了,朋友们给他写的信,她撕开给小伢儿擦屁股,对于书本上的事情,更是一窍不通。有次带她去看场电影,电影里有段跳芭蕾舞的镜头,她忙用手蒙着脸,大声叫:"把大腿把子都亮到外面,丑死了!"总之一句话,两人连话都谈不拢,还住在一个屋顶下,睡在一床被子里,活遭罪!如今这人已有三个伢伢,离也离不掉。有次两人吵架,他露了一句,要离婚,女的就寻死觅活,吊颈抹脖子,害得他半月没敢出屋门。王玲说得有声有色,活灵活现,用词相当尖刻。她讽刺起农村姑娘,就像报上的漫画,不怕夸张得过火。听王玲这样一番叙说,使宋明不由得不想起柳林大垸的春妹子来。春妹子的文化水平不高,有次他在看《红楼梦》,春妹子邀他到镇子上去买东西,抢过他手上的书,往床上一丢,说了句:"这号耍书子坏人的脑子,么子看头!"使宋明好久不舒服。宋明虽然想学理工科,但对文学也很热爱,他喜欢和人谈莎士比亚,谈《红楼梦》,但他从来不能跟春妹子谈,因为春妹子不看这些书,说实在的,她也看不懂这些书。要说谈起这些书本子上的事,只有和王玲才能谈得入港,王玲不但读过这些书,而且对外国文学中那些不大出名的作家的作品也涉猎过。刚才他在王玲书桌上看到一本卡大卡的《城堡》,奥匈帝国时期的作家卡夫卡,是现代派文学的祖师爷,《城堡》是本相当难读的书,她也买来了,肯定是看过了。她连这样一些艰涩的作品也读过,可见她涉猎之广,难怪她说起话来谈料那样多,词汇那样丰富,描说起人物和事件惟妙惟肖,好像作家们写小说。

这天当宋明踏着朦胧的街灯光亮走回招待所,他的心里也不免朦朦胧胧地产生这样一类遐想:假如今后自己也能住进这样一套精致高雅的房间,躺在柔软的长沙发上,听着知识渊博的妻子娓娓动听的谈话,他的生活肯定会变得更有意思。

宋明走进招待所,看着手表,已经晚上十一点钟了,他匆匆地上楼梯,走进自己的房间,只见房间里还有两个人在等着他。一个是地区农科所的同志,这位同志对他说,他们已经得到他爱人的通知,他已经答应调进农科所了。农科所的人事科干部给他送来一张履历表,请他把表格填好,其他一切手续都由他们负责去处理。另一个人是吴敬恒教授的学生,这位同志是他所在县的农科所的副所长,他连夜来找他是为了告诉他,教授对冷满爹的鱼鳖混养的经验很感兴趣,他想等散会以后,和宋明一块到柳林大垸去。

七、第四次起水

　　航运公司从上海造船厂买来的几艘汽船,专门跑水路变化很大的湖区。这些年来,长江上游大面积开荒,森林砍伐不少,不能保持水土,沿江而下的泥沙灌进了洞庭湖,各条航道越变越浅了,如果不换这种吃水不深的汽船,还用那些烧煤的轮船,一些航道就不通了。吴敬恒教授和宋明坐的这条汽船才下水不几天,船上涂的油漆闪闪发亮,发动机的功率很大。原来坐轮船需要整整一天,今天只花了四小时,短钟刚指到上午十一点,就望见柳林镇那座高高的水塔。汽船在水塔下面的码头旁停靠了,不一会儿就鸣着汽笛开走了。宋明扶着吴教授走下趸船,早见乡党委马秘书走上前来。老马是个中等个儿的胖胖的中年人,早在剿匪反霸那阶段就在柳林垸办事了,因为他为人稳重、憨厚,不计较个人得失,又熟悉本地情况,为各届领导所赏识。最早他在乡农会当秘书,后来在公社当秘书,一当就是三十多年,三十年间政治运动不停,人事变迁很大,好多人爬上去了又掉下来,好多人由一个无名小卒变成了地县一级的干部。他培养的一个民兵,如今是本县的县长,现在地区跑红的局长,也有两位是经他介绍到外地参加土地改革的。为什么他始终在本地任原职?一方面是因他不会钻营,一方面是他不走运。历次政治运动中没有问题,档案中却有一笔不光彩的记录,他的嫡亲叔叔当过柳林大垸的堤防局长,又是洪帮的红旗五爷,因为过去身上有命案,肃清反革命运动中被镇压了。其实这个叔叔对他很不好,他的父亲早死,叔叔欺压孤儿寡妇,霸占了他家那块仅有的旱地。本来他和叔叔的关系是压迫和被压

434

迫的关系,不知怎样一来,倒成了他的一个极坏的社会关系,这种关系影响了他的提拔和重用,使他只好一直在原地踏步。有几届乡长和公社书记,鉴于他的能力与表现,推荐他当副乡长或副书记,照例要将他的档案调去审阅,档案送走以后,再也没有回音。县委中有两名常委,曾经经他的手入伍,心中怀着感激,在常委会上作了热情的推荐,常委一致通过任命他为公社副书记。谁知还没有下达任职通知,省委来了一个文件,规定新提拔的公社正副书记的年龄不得超过四十岁,这一条又把他卡住了。他是九一八那年出生的,刚刚过了五十岁。下级必须服从上级,常委的决定只得取消了,老马还留在原来的岗位上。后来他也听到这些细节,但他并不感到忧伤,也没影响积极性,他依旧是一副布满笑容的面孔,在坨子里跑来跑去。他那早已发福的身子似乎越来越胖了,那张圆圆的红润的脸庞,好像告诉人们说,他已经知足了,秘书这个职位对他来说很合适。

今天他带着通信员小李,奉乡党委书记之命,来到新建的航运码头来接吴敬恒教授。他笑嘻嘻地从一旁走过来,恭恭敬敬地叫了一声:"吴教授,你老人家辛苦了!"吴敬恒只顾走路,没有听见喊声,经宋明提醒,才略吃一惊,抬头看见是一位穿戴整齐的中年干部,带着一个小伙子。这个干部的身材敦敦厚厚,胖脸上红光满面,从举止上看,像当地一位相当重要的干部。这时他身后的年轻人跳过来,把吴教授的旅行包抢走了。临上码头前宋明和县农科所副所长都争着替吴敬恒提旅行包。吴敬恒不肯,他每次出差,都是自己提行李,他把这当作一种小小的锻炼。但是这个小伙子不征求主人的意见,冲过来就将旅行包抢走了。旅行包里有两只药瓶子,其中一只装了紫药水,如果不小心,把这只药瓶子打碎了,就会把包里的衣裳和书籍弄坏。吴敬恒教授望着爬上石阶远去的小伙子,真想嘱咐他一句,但已来不及了。这时胖胖的中年干部过来拉着吴敬恒的手,一边摇着一边笑道:"欢迎欢迎,热烈欢迎吴教授来我乡指导工作!"宋明连忙介绍道:"这是我们乡政府的马秘书,这一带最老的干部!"马秘书笑道:"算不得什么老干部,只是在这里混得久一点罢了。"接着他又解释说,"乡党委书记杨青林同志准备亲自到码头来接你老人家,因为今天上午乡里召开的专业户、重点户大会举行闭幕式,他有个闭幕

435

词,不能来了,他叫我代表他前来迎接,并且表示歉意。"来迎接他的人这样谦和,又是当地一位最老的干部,一定对当地的风土人情很熟悉,首先就遇到这样的人,吴敬恒心里很高兴。他还没有走出码头,刚刚踏上柳林大垸的土地,就对这块地方产生了好感。抢旅行包的小伙子不见了。吴敬恒走得不快,他一边走一边跟马秘书说些闲话,吴敬恒奉行"每事问"的原则,对这位新结识的朋友,一连提了好几个问题。

对于马秘书,这些问题是难不倒他的,他的肚子里装着一本账,详尽程度赶得上锁在县文化馆玻璃柜子里的县志。吴敬恒问他柳林大垸有多大?多少人口?他马上回答了两个精确的数字,这种数字是最近人口普查和核实农田面积时得出的,一点误差也没有。吴敬恒没有问到其他数字,比如男人有多少?女人有多少?有多少人结了婚?伢伢有多少?他都能说得出来。对于数字,他有一种特殊的爱好,平时烂熟于胸,如果有人问及,他都不必翻阅笔记本,一般能做出准确的回答。走在吴敬恒身旁的是全县闻名的乡秘书,连杨青林这样难于应付的书记他都能应付自如,何况只是一位只求了解大概的外地客人。两人一边说着话,一边并排儿走完了台阶。吴敬恒拒绝了马秘书的搀扶,挺直着腰杆儿走上来的。石阶上面是宽大的候轮室,穿过大厅就到了柳林镇大街上。

柳林镇大街的变化很大,几个月前还没有这样多招牌,这么多铺子,如今所有房屋都辟出了橱窗,或者装修了大门,变成了餐厅、茶馆、南食店、百货商店。招牌的油漆鲜艳,字体苍劲,是一派新开张的景象。几乎每户都摆着一台大型收录机,播放着流行音乐,音量拧得很大,各种乐曲交织在一起,更增加了街上的嘈杂。百货商店最华丽,除了花花绿绿的商品陈列,还有穿衣镜、帷幕、壁灯、彩带,装饰得像新娘房。门前几乎都有广告牌,有的是条幅,有的像门板,上面一律画了图案,写着"按出厂价格出售""一次性降价"等字样。这一次性降价是什么意思?吴敬恒一时没弄懂,他问马秘书。马秘书笑着说:"就是说价格降到了最低点,不能再降了。"吴敬恒笑了。还有"存货不多,购者从速"等标语。在店铺外面,另有一番景象,一位耍把戏摆地摊卖丸药的汉子,不怕暮春的寒冷,打着赤膊,在人群中表演着绝技。

原来高低不平的路面也已经换了,换成了平平整整的水泥路,沿着大街走不多远,就到了柳林大饭店。柳林饭店的老招牌换掉了,新的招牌上加了一个大字。这是有原因的,因为新码头一竣工,来往停靠的客轮多了,乌壳子大篷船机帆船更多,上岸住店的旅客增加了几倍,原来旅店的床位远远不能满足需要,除了经乡政府批准允许几户人家私人办店以外,还由信用社贷款,在柳林饭店前院修了一栋新楼。这栋楼共计有六层,是柳林镇最高的一座房屋,新楼里除了几十间普通客房,还有几间高级客房。高级房间里的陈设是仿照县委招待所的样式布置的,里面不仅有沙发、弹簧床、写字台,还有卫生间。水龙头流出来的水是经过修复后的水塔过滤了的,里面不再含有血吸虫尾蚴或其他病原体。地区和县里近来下乡的领导干部,马秘书也不再把他们安排睡在办公室,而是安排住在这种房间里。

吴敬恒被引进了这样一间房子里,他看了看陈设,十分满意。他装着要拿洗脸手巾的样子打开了旅行包,用手探了探里面,发现两只药瓶子完整无缺,紫药水没有倒出来,吴敬恒很高兴。他走进卫生间洗了一把脸,拍了拍身上的尘土。就在这当儿,宋明把他这次来柳林垸的目的告诉了马秘书。马秘书笑道:"这个很容易,请你回去告诉冷满爹,乡政府的意见,毫无保留地把一切告诉老教授!"听见了马秘书这句话,吴敬恒走出来,他笑着说:"拜冷满爹为师,是我来柳林大垸的目的。"他还想说什么,忽然听见街上传来了一阵响亮的锣鼓声,还有震耳的鞭炮声。马秘书笑道:"专业户、重点户会议的游行队伍进街了!""文化大革命"结束后,不再兴游行,为什么乡下还搞游行?吴敬恒感到很疑惑,问道:"怎么回事?"马秘书说:"今天乡政府召开的专业户、重点户代表会议闭幕,会后发光荣匾,发奖状,挂红花,然后游堤、游街,看来已经从堤上过来了,进街了。"吴敬恒听完忙站起来,叫道:"看看去!"说完就往外走。马秘书忙阻止他道:"现在街上人山人海,沿途放三眼铳,放鞭炮,容易烧烂衣服,你老人家不要出去了,就站在凉台上看也看得清楚。"说完他便推开一扇门,招呼吴教授出来。原来门外是一个宽大的凉台,他们住在五楼,下面的屋宇低矮,遮不断视线,能清清楚楚看到街上的景象。

街上的人果然很多,两边铺子旁边站满了人,中间有股人流在移动。有楼的房子把窗户打开了,伸出了许多脑袋。谁都想占据最好的位置,伢儿们爬在大人们肩头,堂客们搬出了凳子,站在上面,克服了比男子矮一截的缺陷。他们不怕三眼铳震聋耳朵,不怕万子鞭把的确良烧个洞洞,只要能看清那些捧着光荣匾、戴着大红花的红喷喷的脸,他们就满意了。

　　游行队伍前头的军乐队已经过来了。这支乐队是由村剧团和在乡知识青年混合组成的,乐器不大齐全,队伍却很庞大,几十人的乐队由一位高个儿年轻人指挥着,奏出来的乐声虽然跑调,却很嘹亮,尤其是两面大鼓和几支大喇叭的声音激越,把整个镇子都震动了。军乐队过去是柳林小学的少先队队伍。少先队员们都化了装,手中挥舞着野外摘来的鲜花,随着鼓乐的声音有节奏地摇动着。他们还不时呼口号,内容是马秘书拟就的,围绕着家庭联产承包责任制取得胜利这个主题。少先队员们过去便是采莲船,一共出动八只采莲船。每只船上都有一位眼睛能说话的乖妹子,只见她们穿着各式鲜艳的服装,打扮得像新嫁娘。采莲船后是荷花灯。荷花灯舞的教练是县文化馆的一位女老师,这位老师很忙,她不愿到柳林垸来,由村剧团雇了只机帆船到县里去接她,同时带去一箩筐新鲜荸荠,女老师的伢儿最爱吃荸荠,她就坐着机帆船来了。这位毕业于湖南省艺术学校舞蹈班的高才生,穿起单薄的丝绸裙子,做示范动作给学生看。经过她一个星期的精心排练,学员们都操熟了,因此这支舞蹈队伍的表演最出色。她也夹在队伍里面,扮演了一位芙蓉仙子,虽然已经年过三十,却因善于化妆,演技又是那样娴熟,变得像个十七八岁的女伢儿。荷花灯过去是踩高跷。踩高跷的人装扮是各式各样的,最引人注目的是那群扮八仙的。"八仙过海,各显神通",是这次专业户、重点户代表会上喊得最响亮的口号。扮铁拐李的那个人的技术最高,铁拐李是跛子,表演时得表现出跛子走路的模样,有时要用一只脚跳几步。这样高的脚蹬子,用一只脚跳着走动多危险!要是跌倒下来怎么办?跌破面皮是小事,伤筋动骨得躺一百天。所以尽管这人一再拒绝别人保护,负责这个节目的人还是安排了两名壮汉走在他的两边,万一跌倒下来,就由他们在一旁托住。还算好,整个表演没有出一点岔子,他们的表演都很出色,充分表现了农村欣欣向荣的景象,表现了人们心中的喜悦。有几个老倌子和老婆子,身上穿着暖暖和和的新棉衣,挂着龙头拐杖,嘴里嚼着槟榔,也挤在商店门口台阶上看表演。在热闹的锣鼓声和鞭炮声中,在表演者和看表演的人们的欢笑声中,他们忽然忍不住抬起衣袖揩抹潮湿的眼眶子。

"看,那是乡党委的杨书记!"表演队伍过去,接着是游行队伍。走在游行队伍前面的是乡党委几个负责干部,当中的是个瘦高个子,穿着一身蓝制服,头上没有戴帽子,露出一头花白色的头发。这支队伍一进视线,马秘书就指着这个人,向吴敬恒介绍说。吴敬恒不是第一次听到杨青林,从宋明的谈话和发言中早听到过他的名字,知道他在"四人帮"猖狂时期受过迫害,出狱后积极工作,从副业开始到整个农田生产体制的改革,他都走在前头。这种变化最早称作大包干或责任田,中央文件下达后,才统一叫家庭联产承包责任制。因为他这一炮在湖区是打得最早的,使他赢得了声誉。从宋明的介绍和马秘书这种兴奋样子看来,吴敬恒知道他们是很钦佩杨青林的。他认真地看了看他,只见他笑眯眯地紧跟在表演队伍后面,甩开膀子大踏步地走着。他看见了他的花白的头发,看见了他的脸上的皱纹,从他那副有棱有角的脸庞上看得出来,这是一位自信心很强的汉子。在他的浓眉下,有一双炯炯发亮的眼睛,表现出他很精明。难怪柳林镇这样充满活力,柳林大垸的能人各显神通,原来这里有位有魄力的聪明的领导者!

"那位走在第二排的花白胡子矮矮墩墩的老倌子就是冷满爹!"吴敬恒沿着马秘书的手指望去,很快就找到了这个老倌子,这是他要找的一位能人。他的实践证明鱼鳖可以混养,把牛满江教授的理论和他的试验结果推翻了。这位老倌子的能力这样大,样子却显得很平常。原来他又矮又瘦,这两年生活变好了,有钱买酒喝,女儿替他买来了各种各样的名酒,酒的营养价值高,加上餐餐鱼肉,他的体子发福了,远远望去,像一棵老橡树墩子。这样的树墩子,如今成了农村的台柱子,有了千万根坚实的柱子,社会主义的巍峨大厦能够在农村拔地而起。

冷满爹胸前挂了朵大红花,双手捧着一块金光闪闪的横匾。吴敬恒仔细看去,看清了上面写着"劳动致富"四个大字。后面有几排人也都捧着这种横匾。捧横匾的人后面又有几排捧玻璃框子的人,玻璃框子里嵌的是奖状。"为什么会有两种不同的待遇呢?"他回头问马秘书。马秘书笑着告诉他道:"为了奖励先进。乡党委研究,去年纯收入超过一万元的,发给一块木制金匾,金匾可以拴在门前,或者挂在堂屋里;纯收入超过三千元的,就发给一张奖状,用镜框子嵌着,可以挂在堂屋或卧室的墙壁上。"吴敬恒听完这些话,不禁把嘴巴张开,半天合不拢来。他重复着这句话:"纯收入超过一万元!"他是一级教授,每月工资三百多元,一年收入不到五千元,他是学院里收入最高的,还不及冷满爹收入的一半!

宋明早已跑到楼下去了,他出了饭店的大门,钻进人群,挤到冷满爹身边,对着他的耳朵喊了几句什么话。冷满爹听完他的话笑了,他抬起头朝饭店的楼上望了望,看见了马秘书,马秘书身旁站着一个戴眼镜穿外套的老倌子。他知道那就是宋明告诉他的吴教授,他的双手捧着横匾,不能挥手表示敬意,只好把头朝上点了几点,白胡子翘了几翘,算是表示了一种欢迎的意思。领了奖的专业户和重点户代表后面是没有得奖的专业户、重点户代表,这些代表的生产也搞得红火,他们只花了两年时间,就弄得有了饱饭吃,有了暖和衣服穿,如今正在四处打听,那里的隆窑烧得好,红砖和石灰便宜,他们捡拾要盖新屋了。但是他们没有前面那些人有本领,他们的收入没有超过三千元。一二千元收入,已经超过乡党委书记工资的一倍,在过去年代,这是吓坏人的事情,但是和今天农村中的能人比较,却是小巫见大巫,不能站在一条板凳上比高低。这时他们在队伍中走着,心里感到有种说不出的滋味,好几个晚上,都没有睡稳觉,他们在盘算着,今年该怎样动弹?如果今年还不能超过三千元,不能挣一块奖状回去挂挂,那么真不好意思再在柳林镇上露面了。

普通代表过去了,接着是乡政府机关的干部。这些干部过去很神气,他们吃商品粮,拿国家工资,在农村中好像比别人高一等。年轻的在乡村大道上走过,常碰到姑娘深情的目光。吃商品粮拿国家工资好像是两个阶梯,爬上了这条阶梯,就进入了高层社会,从此和别人不一样了。今天他们奉乡党委书记命令跟在代表们后面游行,却显得无精打采,好像都有满腹心事似的。他们当中有好几位开始不安心工作,不想做乡里的脱产干部了。从他们的装束上也可以看出,前面的专业户、重点户代表身上穿着新棉袄,有几位还披上了呢大衣,而他们身上,穿的都是早几年请裁缝师傅在家里做的中山装,用这种干部服罩棉袄显得腰身狭小了,不大方,模样儿变得像一群落魄的秀才。

乡干部后面是村干部。村干部的衣着稍微好一点,因为他们一边办事一边可以作田搞副业。内湖尾子上有位村支部书记,已经踏进了捧横匾的行列。他的门前有片苇塘,砍掉苇秆,种上了水浮莲。他的堂客是个巴壮的女人,还有两个同样巴壮的女伢,他们喂了五十头肉猪、五头猪娘,肉猪出过两栏,猪娘下了三窝崽子,他家全年收入超过一万元。其他一些村干部也有自己的小算盘,他们也想冲上去。这班人都是灵泛角色,社会交往很广,比一般农民会找门路,如今他们已经不再肯跟那些榆木脑壳跑了,不驾那顶风船,而想驾顺风船,趁着顺风顺水,把自己送到富裕的彼岸。

村干部后面是教师队伍。本乡的文教专干陈卫新很会看领导的脸色,他看见乡党委书记杨青林对这次会议很重视,便想应当去捧一捧场。他下令小学校停课一天,小学生们能参加仪仗队或军乐队的尽量去参加,小学里的教师,除开一位得了风湿病走不动路的教师可以请假以外,其余一律参加大会后游行。

教师的队伍最不景气,因为这支队伍里的人的年岁相差很远,有的人是雪白的头,有的是个伢儿,服装也极不整齐。靠粉笔过活的比靠锄头把子过活的差远了,特别是一些民办教师,才二十元钱,学校里还要扣掉五元,只剩下十五元,管自己吃饭也不够,怎么能制得起衣裳?有人的衣裳已经称得上破烂了!这支穿着破衣烂衫的教师队伍,形象地表现了极"左"路线对于农村教育工作的影响。

等到整个队伍把镇上的几条街道都走了一遍,最后集中到粮库前的广场准备解散,文教专干扬扬得意,故意带领教师队伍在杨青林面前走过,想引起他的注意,使他知道自己的思想进步和能干。谁知杨青林看到这支队伍,特别看到几位颤颤巍巍的老教师在他的面前走过,他的心里一阵难过,他的坚毅的嘴角抖动了几下,一汪滚烫的泪水几乎冲到眼眶的外面,他的心里默默地打主意,一定要在极短时间内改变小学校里的局面。所以当文教专干转过头来望着杨青林,他看到的是一副极其严峻的面容,这种面容只有在人们内心极为愤怒的时候才会表现出来,这使他倒吸了一口冷气。

宋明把吴教授来柳林镇的消息告诉了冷满爹以后，正准备挤出围观的人群，回到柳林镇大饭店来，当他车转身子，还没有挤到街边，忽然感到自己的衣袖子被人扯住了，转过头一看，看见一张苹果脸，一对笑起来显得很深的酒窝。宋明忍不住叫了一声："春妹子！"春妹子用手捂住自己的嘴巴，避免发出大声的笑："瞎子，早看见你了，跟你摇手，你却不理我。"宋明挤到她的身边，笑道："我只顾寻你爹，没有看见你，请原谅。"春妹子把捂着的手松开，露出一张小嘴，她把嘴唇儿翘着，嗔道："谁叫你这样客气？才出去几天，就变得跟陌生人似的！"她伸手拉着宋明，笑道，"街上人太多，挤得像油榨房的枯饼，我们到外面去吧！"宋明便跟着她挤出人群，转过一条小巷子，走到了田野上。这时田野里白茫茫的一片，红花草籽犁翻过来了，秧苗还没有出泥，只有那杨柳枝条上，结出一颗颗绿色的蓓蕾，沟港的两旁，露出一丛丛蓝白相间的小花。这种花叫三月菊，它的叶儿宽，花儿香，枝儿又特别柔韧，这时不断在春风中抖动，好像在说："冬天多么寒冷，我都斗过来了，如今春回地暖，还怕什么？"春妹子弯下身子摘了两枝，把它送到宋明鼻子跟前，笑问："香不香？"宋明闻了一下，觉得很香，但他没有答话，只是紧皱着眉头，好像有一肚皮心事似的。

　　春妹子看见宋明，心里好高兴。他搭船到地区开会，一去就是十多天，使她实在想念得很。他们虽然没有结婚，但早在一块过日子，一块儿驾船捕鱼，一张饭桌上吃饭，睡在一个茅屋顶子下面，闲空的时候，也总在一起。这时郁积心间的思念之情，迸发出来，当他们转过一丛高大的杨树，见左右无人，春妹子便伸手勾住宋明的颈项，在他的脸上使劲亲了一下。做完这个动作以后，春妹子的脸颊红了，她低着头，把红花罩衫的衣角咬在嘴里，哧哧地笑着，接着又突然跑开去，距离他很远。宋明被她的举动逗笑了，心里不免激动起来，便放开脚步追上去，很快把她追上了。两人沿着沟港跑着，不一会儿到了湖边。湖边是连绵不绝的大堤，堤上的行人很多，游行队伍在粮库前广场解散，人们沿着大堤回家。春妹子不愿马上回家，她等宋明跑拢来，就一块儿翻过陡峭的大堤。大堤那面是宽阔的湖水，沿岸杂生着杨柳，两人钻进了树丛里，猛然紧紧地搂抱在一起。由于宋明心中充满了愧意，他的拥抱力度超过以往，等到激情平息，两人才开始说话。春妹子从宋明吞吞吐吐的叙述中，知道他在地区应了聘,他要离开红火的柳林垸,回到城里去端铁饭碗。这个消息仿佛是一个炸雷,使春妹子的脑壳蒙了。他到城里开了十几天会,她就觉得像过了几年,吃饭不香,睡觉不稳,日子过得索然寡味,她决心不让他出去了,要出去得一块儿去。她已经习惯跟他一块儿生活,连他的脚步声也让她心动,他成了她生命中的一部分,甚至是她的一切。现在他明明白白告诉她,他已经答应了人家,要到几百里外去工作,不能和她朝夕相处,这是她所不能接受的,无论如何也不能答应的。

这时宋明已经靠着棵树干坐下来,他等待春妹子的回答。春妹子的反应是强烈的,哇的一声哭出来。接着扑倒在他的身上,一边哭泣一边说道:"你……不能走! 不能……应聘!"宋明抚着春妹子滚圆的肩膀和那头浓黑的秀发,她的肌肤是柔嫩的,脸庞儿像红色的丽春花,滚滚而下的泪珠,就像花瓣儿上的斑痕。宋明被她的眼泪唬着了,或者说被她的美丽征服了。面对这样美妙的人儿,又是这般炽热的情感,他怎么能随意地割舍? 春妹子见他沉默了,不再提进城的事,她的心里高兴了。她对他的爱恋是炽热的,经不起别离的烦恼,现在烦恼已经过去,她又变得快活起来,逼着宋明做出明确的保证,然后用胳膊搂着他。最后她觉得宋明是逗她的,他没有打算回城里,只是因为离别太久了,他要试试他们感情的深浅。

两人完全和好了,他们有说不完的话。时间不知不觉过去,太阳已经落水,他们才感到饥饿,手拉着手回家。当他们跨进家门,不禁吃了一惊,原来马秘书已经领着吴教授到了他家,参观了鱼鳖混养池。吴教授信奉"每事问",冷满爹喜欢讲话,两人凑成了一对儿,滔滔不绝像大河的流水。他们围着混养技术讨论了一下午,欢声笑语不断。眼看茅屋顶子上飘出了炊烟,陪同的马秘书提议回程。冷满爹执意要留吴教授吃饭,吴教授也不想马上回饭店,马秘书只好妥协。他悄悄寻到厨房,发现宋明和春妹子都不在家,案板上摆着一块猪肉。冷满爹的谈兴正浓,这餐饭何时上桌? 马秘书正在为难,恰巧李小娟来了。李小娟是春妹子的好友,她寻春妹子要鞋样子,听马秘书说冷满爹请客,她便扎脚勒手帮忙,把酱红色的短大衣脱了,系上了蓝印花围裙。当老马回到堂屋继续陪客,这边锅瓢碗盏响成一片。等到宋明和春妹子到家,李小娟把饭菜弄熟了。宋明发现吴教授到了他家,感到又愧又急,看看灶上的几只碗,使劲地摇头,从屋檐上取下一大块腊肉,到渔池舀起几条活鳊鱼,接着骑自行车飞往柳林镇,在王记豆腐店买回几斤豆腐。王老板的豆腐又嫩又白,在全县是有名的。宋明把豆腐交给小娟姐姐,寻来木炭生起泥炉子。春妹子叫李小娟做姐姐,宋明也跟着叫姐姐,其实李小娟比宋明小两岁。

这时冷满爹正在堂屋里高谈阔论,向吴教授介绍自己的发家史。他说一九七九年冬天,搭帮杨青林打开了闸门,渔业组在目平湖捕了一个冬天的鱼,捕获了整整七千斤,他们把鱼卖给茅草街的肉食水产公司,得到了五千八百元,将现金交给生产队,生产队有了活气,从此各种各样的副业发展起来了,家家户户都有了进项。家庭联产承包责任制实行以后,渔业组的人分了水面,他们冬天出外捕捞,春天回到垸子里搞养殖。

说起分水面的事,冷满爹的脸上好像喝醉了酒。他说公布每户分配的田亩数字以后,大家都很满意,只是有两处水池子没人要,一处靠近内湖,是一片苇塘,一处挨着大堤,是两亩藕池子。苇塘的积水深,不好种植什么,湖藕不值钱,挖起湖藕又累死人。生产队怕废弃了这些水面可惜,一再把承包指标降低,榜挂出来三天,还没人揭榜。直到最后一天,冷满爹和凹花生来了,冷满爹揭了苇塘的榜,凹花生揭了藕池子的榜。接着又有一个人来了,他就是朱冬生。他不要那几亩靠近大堤的稻田,而要求把内湖中央那块荒洲的一角给他,他要在那里挖几个鱼池子,也开始学着养鱼。荒洲子名叫小白洲,被内湖水隔断,耕种起来费力,队上自然同意。当时签了合同,规定每年向生产队缴纳一千元。

谁知这三块地创造了奇迹。经过对池塘进行清理,排干了溃水,清除掉池中的苇苑藕根和杂物,挖尽淤泥,用鱼藤清消了毒,池塘就可以用了。朱冬生的池塘还没有挖完,三家就商议,时令不饶人,恭请冷满爹亲自出马,驾一只乌篷船到荆河去选购鱼苗。

冷满爹这次购回一船春花鱼,除了青鱼、草鱼、鲢鱼、鳊鱼和鲫鱼,还有鳙鱼和圆头鲂。他是养鱼的世家,知道如何配搭鱼种,以便分层利用水面,加速鱼类的生长。

从家鱼的混养,冷满爹想到了鱼鳖的混养,当他还在穿开裆裤的时候,就看见大人把家鱼和脚鱼放在一起。那时洞庭湖不兴吃脚鱼,相传它们是洞庭君手下的将士,吃了它们会惹起洞庭君发怒,把湖水推起冲破堤垸。这样,他家混养的脚鱼不出卖,也不吃,只是为了给家鱼催肥,因为如果池里放了脚鱼,家鱼长得特别快。如今他有一片鱼池子,他就用人工孵养一批脚鱼放在池子里。

到了这年冬天干塘,家鱼和脚鱼都长得很好,五亩水面的鱼池鱼产量一万一千七百斤,脚鱼产量七千二百三十斤。现在外贸出口鳖肉,本地人也不再信迷信,开始吃脚鱼。盛传脚鱼能治癌,外省的肉食水产公司派采购员来湖区高价收购脚鱼,脚鱼卖得起价。卖完产品一算账,冷满爹收入一万元,除开上缴给生产队的款子和扣除成本,纯利达到七千元。一下子得了这样多的钱,老倌子惊呆了。他带的一只旅行袋子被票子塞得满满的,幸亏肉食水产公司离办事处不远,一旅行袋的钱换成了一张银行存款单。还有些零头没有进银行,他数了数,也将近千把块。他到百货公司买了一台黑白电视机,替宋明买了一套海军呢制服,替春妹子买了一件花棉袄。当他揣着银行存单,背着这些东西回到垸子里,立刻轰动了整个柳林大垸。朱冬生和凹花生也得了丰收,他们没有搞鱼鳖混养,没有脚鱼收入,家鱼产量也没有那样高,但是也达到了亩产鲜鱼三百多斤的水平。这个数字在当地还是很高的,他们承包的水面宽,也都有二三千块钱的收入。

这就是冷满爹的发家史,拿他自己的话说,他前头起过三次水,到头来都是一场空,这次是他第四次起水,倒得到了真正的好处。等冷满爹讲完这本经,天已经黑下来了,电力局在大垸里换水泥杆子,停了电,堂屋里只能用煤油灯照亮。冷满爹有一盏盖白灯,抵得上一只二十五支光的电灯泡。吴敬恒津津有味地听着冷满爹说话,不时还掏出笔记本记几笔。等冷满爹的话稍一停顿,宋明就跑到他们面前,报告说饭菜摆好了。吴敬恒摘下写字的眼镜,戴上另一副眼镜,他看清在他身后不远的地方,摆着一张八仙桌,桌上布满了热腾腾的酒菜。

按照这一带待客的习惯,桌上的菜碗必须有九样,外加一只泥炉子。泥炉子上放着一只火锅,煮着刚打上来的武昌鱼,锅里撒满了蒜、葱、姜和辣椒,香味飘满了一屋子。火锅里还煮着嫩豆腐,下锅前李小娟把它们煎成了两面黄。连鲜鱼炖豆腐的火锅算在一起,桌上就有十样菜。看到农民家里摆出这样丰盛的席面,吴敬恒惊诧不已。

吴教授早几年到过农村,那时"四人帮"还在肆虐,他们这班知识分子,都叫作资产阶级知识分子,这是就整体而言,对他们这些当过教授的人,还有个特别的名词,叫作牛鬼蛇神。群众专政那会儿,被关押在牛棚里,斗批改以后,又被驱赶到一处由劳改农场改成的学农基地搞劳动。劳动不分轻重,挖防空洞、烧水泥、插秧扮禾、开生荒、捡狗粪,样样都搞过。只要碰上开门办学,就没有忘记他们,把他们带出去充当劳动力。有次在常德市附近的立新公社搞双抢,住在社员家里,每天跟他们一起插田扮禾。天气酷热,劳动量大,年轻的工农兵学员也受不住了,何况一生只跟书本子打交道的老年知识分子。有好几回,吴敬恒晕倒在田里,被人抬到田塍上。最后一次中暑,体温升到四十度。生产队长是位土改根子,地地道道的贫下中农,又是当地领导,工宣队也奈何他不得,只好让他把吴敬恒抬回家去了。吴敬恒睡在队长茅屋里的扮桶上,睡了几天,队长的堂客给他做饭吃,他非常真切地看到,当时农民的生活十分艰苦。那时不要说弄一桌有十个碗的饭菜,就是翻遍他们的住房和灶屋,也寻不出十只能装饭盛菜的碗。他们每天天不亮出工,摸黑回来吃一碗酸菜子拌红薯饭。双抢时工夫重,破格加了一钵煮南瓜或炖冬瓜,里面没有一滴油星子。吴敬恒病中掏出几块钱请队长的伢儿到石板滩砍了一回肉,分了一些给他们吃。为了买肉的事,他又挨了斗。工宣队的队长勒令他做出检讨,检讨他用猪肉腐蚀贫下中农的动机和目的。

由于吴敬恒有过这样一段农村生活的经历,冷满爹这餐丰盛的晚宴给他留下了深刻的印象,使他感到三中全会以来农村经济体制改革的正确,他感到异常兴奋,仿佛听到了时代前进的脚步声,他一边吃饭,一边跟冷满爹高兴地谈着。

冷满爹告诉吴敬恒,自从他得了那个大丰收以后,有的社员开始嫉妒,有人提出要提高上缴的数字,修改他跟生产队签订的合同。幸亏乡党委书记杨青林表态,坚决反对这种平均主义的做法,他提出承包合同十年不变,批评了那些害红眼病的人。他说谁叫你们当时不揭榜?如果不服气,可以另找门路做专业户。农村的门路很宽,养殖业、种植业,还有畜牧业,各行各业,都可以致富。许多社员听了他的话,经济上翻身了。但是也有一些不争气的家伙,不肯走正道,他们看见乡政府不支持修改合同,就实行偷窃,等到鱼儿长大,就深夜出来偷鱼,一偷就是几十斤,使专业户损失不小。幸亏乡政府采取了断然措施,布置民兵抓偷鱼的贼,抓了两个人,缴了十几张网子,刹住了这股风。冷满爹叹了口气道:"人心不齐啊!有了好的政策,还得有人拥护,有人执行,如果不是杨青林处处为专业户撑腰,柳林垸不可能发生这样大的变化!"说到这里,冷满爹转过头来问马秘书道,"杨青林在劳改队折磨了八年,身子骨折磨坏了,人也折磨得显老了,出狱后又挑起这副重担子,如今是乡长书记一肩挑,头发都白了,听说还不肯成家。朱冬生的小妹恋着他,想跟他成亲,他也不肯。马秘书你知不知道,他心里还搁着什么人?"马秘书是位标准的秘书人才,平时只认认真真执行上级的命令,对于他们的个人生活,从不过问,他不是没有听到没有见到,见到和听到的事情都只装进肚子里,装着没有听到和没有见到一般。对于冷满爹的问话,他不作正面回答,只微微笑笑,说了一句:"杨书记一天忙到断黑,好像没有时间想别的事似的。"冷满爹叹了一口气道:"也该想想了,也该想想了,自己不想,也得为他娘想想。杨大妈年纪这样大了,过去想念儿子哭瞎了眼睛,如今盼得儿子回来了,却又不肯成家。她如何不想他早点成家,有人洗衣浆裳,有人烧茶煮饭,她也有个依靠!再说人上了年纪,谁不想抱个孙伢儿?"春妹子见爹爹只顾说话,连饭也忘记添了,早想打断他的话头,但是听他说的都是正经话,不好插嘴,这时听他说出这种俗话子,就可以干涉了。她便叱道:"爹爹,只有你,还是旧脑筋,如今提倡迟婚少育,你却鼓吹抱孙子。""哈哈哈,冷满爹,你想抱孙子的计划破产了,听听春妹子的口气,决心一世不嫁人,看你哪里抱外孙去?"吃饭的人转过头来,只见门口走进一个人来,这人穿着一套粗呢子衣服,戴着一顶鸭舌帽子,瘦高个儿,手里捏着过滤嘴香烟,他一边走进来一边说话。宋明和李小娟忙站起来,请他上桌喝两盅。冷满爹也在桌边叫道:"凹花生,喝两盅吧,火锅里煮的是刚出水的鳊鱼!"凹花生不肯上桌,他寻了条板凳坐了,笑道:"相偏了,不吃了,你的桌上有刚出水的武昌鱼,我的桌上也有刚出水的鲫鱼,味儿比鳊鱼还甜,等春妹子大喜日子到了,我再来痛痛快快地喝两缸!"春妹子坐得离凹花生不远,伸出筷子要打凹花生,凹花生忙躲过。春妹子骂道:"只有这个凹花生,老不正经,嘴里没有一句好听的话!"凹花生笑道:"嘴里骂我说话丑不中听,心里却甜滋滋的,觉得好听得很!只怪我凹花生承包了鱼池,不得空,不能常常来讲这号俗话子。"春妹子的脸红了,她站起身来,用筷子敲打凹花生的脑壳。这下凹花生没来得及躲过,头上被狠狠地敲了几筷子,幸亏头上戴了顶呢帽子,不觉怎么痛。冷满爹见两人嬉笑着,忙叫道:"老欧,别闹了,你看看谁来了?"凹花生笑道:"听说你们家来了位贵客,我特地跑来看看,你又不介绍介绍,让我失了礼。"冷满爹笑道:"都只怪你自己不装像,不像个叔叔的样子,叫下辈人不敬你。我早跟你说过,电视里有位吴教授,是专门研究特种水产的,是我们这一行的智多星,今天来的贵客,就是他!"凹花生一听忙站起来,合拢手打躬作揖,他笑道:"难怪冷满爹这样高兴,原来来了大能人!请你老人家指点指点,我们鱼池的产量会更高。"吴敬恒接口道:"惭愧惭愧,我的研究走了岔路,这一次来,是特地来参师的,你们这里的经验,向我提供了一个绝好的例证。"凹花生不懂什么叫例证,他只知道省里来了位教授,是个大能人,他什么事都懂。这时他便单刀直入向他提出一个问题,他说道:"经过两年的试验,冷满爹的鱼鳖混养技术确实过得硬,他的水面比我的小一半,鲜鱼和脚鱼的产量高出一倍。我跟朱冬生商量了,照冬天到目平湖搞捕捞的规矩,三家合伙搞混养。冷满爹的技术过得硬,宋明会拨算盘珠子当经理,三家捆在一起,报纸上登过,叫什么来着,李小娟?"李小娟忙答道:"叫经济联合体。"凹花生道:"对了,叫联合体,三家关系好,捆在一起不会扯皮打架,生产会搞得更好。我想问一问,这种联合体合不合政策?"吴教授是自然科学家,对政策方面的事情研究得少,他一时不知道怎样回答才好。当他思索着,春妹子却叫道:"凹花生,你在做梦,还想推宋明当经理,人家已经应了地区农科所的聘,准备到那儿去当研究人员了!"凹花生吃惊地问道:"有这么回事?"他走到宋明面前,用眼定定地望着他。宋明不知怎样回答才好,凹花生催问了两次,他才点了点头,接着又摇了摇头。凹花生蒙了,点头,是承认有这么回事,摇头,是不承认有这种事,到底是什么意思?他弄不懂。煮饭时春妹子将宋明的表现告诉了李小娟,李小娟知道了这本经。她笑道:"点头,是承认原来确实打算应聘,摇头,是因为春妹子反对,他打消了这个想法。"凹花生拍手笑道:"春妹子做得对,对宋明这种行为,就是要扯后腿,如果让他走了,我们的联合体就搞不成了。缺了这根台柱子,好多事情都不好办!"对于凹花生提出的问题,吴敬恒思索了一阵,没有把握做出回答。他忽然发现马秘书坐在旁边,觉得他是当地一位很重要的干部,对于上面的政策,一定知道得很清楚。他便笑着对马秘书说:"刚才这位同志提的问题,请你答复一下,我对政策方面的事情懂得很少。"马秘书为人谨慎,从不轻易表态,他也作了一个含含糊糊的答复。他笑了笑说:"对于这个问题,乡党委正在研究,不久就可能有个态度。"凹花生和冷满爹都晓得马秘书的性格,不再往下问了。一餐晚饭,吃得很丰盛,也吃得很热闹,大伙无拘无束,谈谈笑笑。吴敬恒感到很惬意,他觉得大学里教师相见,彼此都很客气,说起话来,慢吞吞的,把真实意思说一半留一半,他想如果将这两种生活习惯比较起来,他更喜欢农民的习惯。

吃过晚饭以后,谈话继续着,似乎越谈越有话题。马秘书怕吴教授太累,催着回镇上。吴敬恒依依不舍地跟冷满爹分了手。冷满爹吩咐宋明,提盏马灯,送老人家到饭店,一路扶着他,不能让他摔跤子。宋明跟马秘书一道送吴教授回到饭店后,又坐了一会,才返回垸子。当他走近家门,夜已经很深了。宋明的脚跨过门槛,便发现王玲从城里来了,她到了冷满爹家,正在和两父女谈话。宋明听清了王玲的声音,那只已经入门的脚赶紧缩回来,他不想马上进屋去。该怎样来应付这个局面?他要坐在湖边好好想想。但是冷满爹的年纪大了,眼睛却很好,在黑暗中看清了宋明的脸,大声喊道:"宋明,看谁来了?"宋明那只已经缩回去的脚又只得伸出来,他迟迟疑疑地跨进堂屋里。

堂屋的灯光明亮,吴教授来时点的那盏盖白灯还在燃着,灯光刷白了泥壁,靠背椅上,坐着一个穿戴时髦的女子。

这个女子就是王玲。王玲的打扮又变了,她把那套紫罗兰色的短大衣脱掉,换上了一件翠绿色的长大衣,大衣的开领很小,没有影响突出丰满的胸脯。只是那对肩膀显得有些特别,大概因为垫肩太厚,把肩膀垫高了,远远望去,好像多了两颗脑袋。

王玲见宋明进门,连忙跳起来,跑到门边,拉着他的手,笑道:"老同学,想不到吧,我会来得这样快!"她还想说几句俏皮话,但是她见宋明的表情很冷淡,嘴巴翘起几寸高,快到嘴边的话只好咽到肚子里。两人面对面地站着,样子显得很尴尬。冷满爹知道他们两人过去的关系,对于两个年轻人,他都是喜欢的,看见他们相爱,他也很支持。后来王玲开后门走了,对于她的走,他也是很高兴的,因为他的想法和当时一般人的说法不同,他认为农村很苦,没有前途,知识青年走掉一个,就是解放一个,不管他们采取什么手段,只要能走掉,就是好事。后来发生了寄包裹和写绝情信的事,差点毁掉了宋明,使他对王玲有了看法。但是王玲与宋明的关系后来被春妹子所替代,他倒觉得有点对不起这个女子。农村老倌子的心是善良的,他看到宋明对王玲的态度冷淡,过意不去,忙朝春妹子使了个眼色,叫她离开一阵子。在春妹子的心里,这时也产生了跟爹爹相似的感觉,不过她的感觉和爹爹略有差异,女性细腻的体会提醒了她,王玲与宋明之间似乎还有某种不明了的关系。这种关系是过去遗留下来的,还是今天才萌发的,她弄不清楚,但她感到王玲这次来是有目的的。当爹爹用眼睛打招呼,她早会意,微微点头,按照爹爹的吩咐走开了,不过她是带着疑虑走开的。接着冷满爹也推说要照看鱼池子,跟着女儿的后影儿走开了。堂屋里只剩下两个人,王玲便笑着对宋明说:"打你离开我以后,我到会场找过好几次,都没有看见你,认识我的人都说我像掉了魂,吃不下饭,睡不稳觉,只好干脆请了几天假,替你把调令搞到手,并且跟在你屁股后头赶来了。我的目的很清楚,就是要向他们父女讲清楚,过去的事情我不计较,现在得把你归还我!"

　　对于王玲的到来,宋明一点准备也没有,他在地区与她相遇,没有告诉春妹子,听了她这番话,他的心慌了,脑子像一锅煮开了的粥,便用手捧着头,跌落在身旁一把椅子上。王玲移过去,用手抚摸着他的头发,笑着说:"我早知道,你被这个乡里妹子迷住了,她的脸模子乖,肉色又嫩,容易迷住你们这种没见过世面的男子!她能攀上你,就算跳上了高枝,怎么不把你当作宝贝?再过两年,给你生个胖娃娃,有屋子住,有钱花,农村中的大富翁,幸福美满的小家庭,哪里还会想到别的事情?可是我要警告你,老同学,如果你真是这样下去,那就把自己毁了!你有文化,又聪明,应该大有作为,如今有个科研单位要你去,你不去,不明明背弃了早年的理想,糟蹋了自己这个人才?从前你不是向往进大学,进科研单位去工作,如今有了这样的机会,你倒不去,这不跟《叶公好龙》中的叶公差不多,天天盼着龙,龙来了,却又吓跑了!"王玲的声音很动听,极富说服力,何况她是带着感情说的,说着说着眼眶子红了。宋明抬起头来,看见她掏出手绢擦眼睛,脸上露出一种极其痛苦的表情。看到这种情形,宋明觉得自己不该对她太冷淡,她的话,引起了他对许多往事的回想,又不免忆起她对自己的期望与情意,由于有了这些想法,宋明对王玲的态度变得柔和起来,嘴巴也不再翘着了。但是毕竟难于割舍春妹子的情爱,当宋明在理智上开始接受王玲的说法时,感情却陷入了矛盾和痛苦之中。春妹子的情爱像那春日的湖水,既广阔又深沉,她与王玲不同,没有使他经受过痛苦,没有对他提出任何世俗的要求。当他想到春妹子的笑,想到她那含情脉脉的眼睛,他的心房缩紧了,他的耳朵再也听不见别的声音,王玲的娓娓动听的话语,就像轻云一样消散了。

王玲跟宋明说了很久,却掏不出他的半句带有实质性的话,看看手表,半夜都过了。王玲笑道:"该睡觉了,明天再谈吧。"当宋明把王玲送到春妹子房里,只见春妹子笑吟吟地迎着王玲,她把被褥都铺好了。宋明离开了她们,只觉脑袋昏昏然,却没有半点睡意,他信步走出了茅草屋,越过了前坪,穿过几条狭窄的田埂,来到了鱼池子旁边。

冷满爹正在鱼池子旁边站着,他在观察春花鱼的动态。放进鱼池不久的春花鱼,已经长到三四寸,它们生活在充满养料的水池里,感到很惬意,因为它们不再需要与同伴相争,不再冒着被大鱼吞食的危险,它们只要将腮帮子张开,让池水流过腮帮,就能吃得很饱。冷满爹看见宋明走来便问道:"她们都睡了?"宋明答道:"睡了。"冷满爹发现宋明不愿多说话,以为他还在生气,便笑道:"王玲这次来看我们,是一番好意,不要责怪她了,那时各人有各人的难处。"这位善良的老倌子,只顾开导宋明不要对王玲耍态度,却不知自己心爱的女儿正在遭受一场怎样的打击!冷满爹的瞌睡来了,他大声地打哈欠,对宋明说:"鱼儿还小,不会有人来偷的,鱼池子里的食也下足了,不必再下了,你也睡觉吧。"他见宋明痴痴地站在池子旁边,没有移动的意思,便也不再催促,一阵噼噼啪啪的脚步声,把他送进屋子里去了。

春妹子铺开的被子,是她刚缝好的。她从柜里取出这床准备出嫁时用的新棉絮,寻出一床新包单,将它折叠好,一针一针地缝着,她知道城里妹子爱干净,她要用这床崭新的棉絮被来招待这位宋明从前的恋人。

在春妹子心里,虽然有种异样的感觉,但是她感到有点对不起王玲,宋明曾经是王玲的恋人,如今属于她了,这使她心里忐忑不安。她的脸颊时冷时热,对于王玲的问话,也羞羞答答地回答。她甚至不敢正眼儿看王玲,遇到她的目光,总是把头低下去。看到春妹子这副稚嫩的样子,王玲不禁笑了,她觉得对付这样一个缺少经验的妹子,是不必花多少力气的。

春妹子把被褥摊开,新缝的被子散发着清淡的香味,似稻谷香,又似荷花香,吸入人的心肺,使人感到特别清爽。看见春妹子准备睡觉,王玲拉着她的手笑道:"妹妹,再坐一会儿,让我们姐妹谈谈心。"春妹子只好靠着她坐在床沿上。

王玲不禁用眼扫了一下房间,房子虽然还是织壁子糊泥的那种,但是收拾得很干净,房里除了一张旧的大雕花木床以外,全是一色崭新的家具,不过这些家具买得较早,当时只注意了结实不结实,没有留心式样。冷满爹的心里早就盘算好了,等到新屋一落成,就再替女儿添置一房款式新颖的家具,他在城里已经瞄好许多这类高档的样品。

家具的式样虽然老旧一点,床上的铺盖却很讲究,条纹细布套着湘绣被面,尼龙帐子罩着织锦的帐套,如果不是亲眼看到,谁会相信这是一位农家姑娘的卧室。五屉柜上摆着收录机、闹钟,一只景泰蓝花瓶旁边,还摆着一只宽边大相框。相框里嵌着一张清晰的两人照,男的是宋明,女的是春妹子。王玲熟悉这种相片的摆法,它一旦出现在农村姑娘的床头柜或五屉柜上,就说明这位姑娘已经订婚或结婚了。

王玲的嘴巴一扁,心里突然产生一种强烈的感觉,这种感觉像蛇蝎,咬得她心发痛,手发抖,但是她强忍着。她是一位饱经风雨的情场老手,对于这样的打击,她是可以经受得住的,何况她已下了决心,不管出现什么情况,她都要把宋明带走。花鼓戏《朱买臣休妻》中有句话,叫作"泼水难收",她想凭着自己的手段和身段,泼出去的水也要收回来。这时她拉

452

着春妹子的手,问道:"妹妹,你爱不爱宋明?"春妹子的脸红了,她低垂着头,不知怎样回答才好。王玲又重复地问了一句,并且说:"在姐姐面前,有什么害羞的,尽管说,我不会怪你的。"春妹子点了点头,表示自己确实是深深地爱着宋明的。看到春妹子表明了自己的态度,王玲的心情是复杂的,一方面,她的妒火中烧,已经到了难以忍受的地步,另一方面,她希望能得到这样肯定的回答,因为只有这样,下面的文章才好做。这时,她接着说:"妹妹,你要是真的爱他,就应该成全他,不要拖他的后腿,以至糟蹋了他的一生。"春妹子一时听不懂这句话,她抬起头来,痴痴地望着她。王玲继续说道:"这次宋明到地区开会,来看过我,他跟我谈了自己的想法,他想脱离农村到城市去工作。地区农科所答应接收他,就是怕你不同意,如果你扯他的后腿,使他失去这个好机会,他会恨你一辈子的!……"王玲的话还没有说完,春妹子完全懂了,她不但明白了王玲匆匆赶来的目的,也吃惊地发现,在离开自己的半个月里,宋明做了他不该做的事情。春妹子的心里好难过,她的眼眶子红了,黑眼珠子周围浸满了泪水,她把头低下来了,两只手使劲绞着一块花手帕子,从她手的痉挛动作看来,她的心里是很痛苦的。王玲看到这种表情,心里很满意,她很欣赏自己话语的力量,她继续说道:"如果你真正爱宋明,就应当为他的前途着想,让他离开农村,展翅高飞。我从小跟他一起,很清楚他的性格,他是要强的,有远大理想,一心想到科研单位工作,如今有了这种机会,他多么高兴!可是他遇到一个障碍,就是你和他的关系。你没有文化,不懂得科学,不能跟他一块儿工作,按照眼下的政策,又不能搞农转非,把你的户口转到城市去,这样一来,你们就没法在一块儿生活了。如果因为你的关系,使他不能上地区工作,他会怪你的,你们两人的感情也会破裂的。我看与其今后感情破裂互相痛苦,不如现在就分开手,现在分手比较简单,因为你们还没有结婚。他这次到地区开会到过我的家里,他对我说,他很爱我,为了他的事业,他希望我考虑重新恢复过去的关系!"王玲的话说得很露骨,送到春妹子耳朵里像一根根尖刺。她把手指伸进嘴里,咬了一咬,感觉到痛,才知自己不是在做梦。王玲还在继续说着她早已编好的话,春妹子却再也听不见了。她抬起头来,看见面前一副精心修饰过的脸,脸上涂满了胭脂,唇上抹得猩红,那对稀疏的眉毛是用心扯过的,只剩两条细长的黑线,耳朵上用激光穿透的眼里,吊着两只镂花的坠子,耳坠是用赤金做的,在灯光下面,熠熠发亮。春妹子很讨厌这副脸子。当她想起当年她对宋明的态度,想起宋明对她的评价,她恶心得很,她朝地上重重地吐了一口唾沫,表示了对她的反感。她觉得她在说谎,今晚匆匆忙忙地赶来,是为了离间他们的关系,为了把宋明从她身边夺走。天真无邪的春妹子突然变了样子,变得火辣辣的,害羞的表情没有了,自卫的本能发挥了作用。她很鄙夷地对王玲说道:"王大姐,请你不要再说这种话了,过去你对宋明的态度,我不是不知道,你几乎把宋明毁了!他多次对我说,他很恨你,不愿再见到你,他又怎么会到你家里去做客,跟你说那种话?"事情到了这种地步,不得不打出最后一张牌。王玲嘿嘿一笑道:"你不相信他来找过我,我给你看样东西。"说着她从手提包里掏出一张相片,嘻嘻地笑着递给春妹子。春妹子接到相片一看,一下子惊傻了,原来她看到的是一张两寸大小的双人照,一男一女,紧紧地搂抱在一起,睡在一张沙发上,沙发很长,好像一张床。底片的感光性能很好,影像十分清晰,春妹子看得很清楚,男的是宋明,女的是王玲。看到这张照片,春妹子的心碎了,她控制不住自己的感情,哇的一声哭出声来。她把照片朝床上一扔,扯开房门,奔跑出去了。

春妹子冲出房门以后,王玲俯下身子,捡起了照片,她把照片擎在手里,看了又看,觉得这个设计真不赖。她感到这张照片造成的效果很强烈,它已完成了任务,不必再保存了,因为照片是偷偷用自动相机拍摄的,当时宋明喝醉了酒,一点也不知道,如果让他知道了会大发脾气的,一定会产生相反的效果。她马上把相片撕碎了,将它包在一张卫生纸里,准备出门时将它扔掉。在柳林大饭店楼上她订了一个房间,没有必要再在这座茅草房里停留了,尽管春妹子新缝的被子很干净,她还是走了。她轻轻地推开后门,走出房屋时顺手将碎片丢在一只粪函里。

这时的春妹子极其痛苦,她靠在冷满爹住房的窗口,嘤嘤地哭泣。她想喊醒爹爹,把这一切告诉他,好从爹爹嘴里得到安慰和主意,但是爹爹睡得很死,他的屋里发出很响的鼾声。冷满爹爱喝酒,爱打鼾,他的鼾声能把茅屋子外面的鸟雀吓跑。春妹子习惯了这种鼾声,宋明开始不习惯,后来也习惯了。有次她在饭桌上开玩笑说:"等到盖新屋时,要把爹爹房间的墙砌厚一点，免得他的鼾声闹得大家睡不好觉。"宋明笑着纠正道："不必把墙壁砌得很厚，现在有种空心砖能隔音，只要砌一层那样的砖，房间里打雷也听不见了！"为这段对话，一家人笑了好几天。

空心砖砌的房屋还没有建起，爹爹的鼾声依旧穿过不隔音的织壁子传得很远，他正睡得香甜。春妹子不忍心把他喊醒，她抽泣了一阵，离开了他的房间，挪到了宋明的房前。

宋明的房间在堂屋的旁边，是"一肩挑"房屋里最敞亮的一间。每天春妹子替他打扫一遍，地上总是干干净净的，床铺上铺着清洁的床单和带着香味的被子。自从两人明确关系以后，春妹子每天早晨替他叠被子，晚上替他准备洗脚水，提前尽了一位贤惠妻子的职责。湖乡女子的温情与体贴，最初使宋明不习惯，谁知过得久了，就习惯了，离开春妹子那些日子，一切由自己料理，反使他觉得很别扭似的。

两人本来过得很和睦，甜甜蜜蜜，不料王玲插进来，把他们的关系搞坏了。春妹子听了王玲的话，不肯相信，可是那张该死的照片是明证。想不到只有十多天工夫，宋明的心就变了，他把一切都忘了。他是一个骗子，骗走了人家的感情，而又把自己的感情给了别人！春妹子想到这些，实在忍不住了，她要进房去质问宋明，于是她咬了咬牙，用力推开他的门，房门没有闩，一推就敞开了。房外的夜光照到室内，隐隐约约地看清了床上没有睡人，床头的被子叠得整整齐齐的。春妹子觉得很奇怪，她忍住满眶的泪水，摸到一盒火柴把油灯点亮了，这时她才看清了室内的一切，哪个角落都没有宋明的影子。只有窗前的书桌上，摊开着他那本塑料封面的日记，日记本子有砖块那么厚，平时紧紧地锁在抽屉里，每天临睡前才把它摊开，在那上面记录着一天的活动。春妹子一边流泪一边翻阅着日记，只见上面写的尽是他和自己的事情，充满着甜蜜的回忆，也充满着真挚的爱，只有去地区开会那几天，记录忽然中断了。春妹子翻阅完日记，眼泪水已经干了，心情也渐渐平静下来，她抬头望望桌上的闹钟，短钟已经指到了两点，这样晚了，他又到哪里去了呢？伤心过去以后，担心却来了，她急忙把日记合拢，匆匆地离开了房间。当她走出茅屋子，略略想一想，便径直地朝鱼池方向跑去。

鱼池子旁边果然坐着宋明，只见他坐在池边的草地上，用手捧住头，痴痴地望着池水出神。春妹子看见了他,高兴得不得了,她奔上前去,一头栽进他的怀里。宋明猛然被她惊醒,连忙搂着她的腰肢。春妹子滚烫的身子紧紧地贴在他的胸前,在她的柔嫩的脸上,又簌簌地撒下了热泪。她把手臂张开,用力地搂着宋明的脖子,大声地叫道:"你是我的,我不能让你走!"

八、柳枝儿

　　王玲走出冷满爹家,赶回柳林镇,她摸黑穿过大垸,虽然对这里的路径很熟悉,还是走错了路。湖边的土地平坦广阔,没有山丘,也没有洼池,除了一色的杨柳树丛,很少有显著的标志,走着走着,她就偏离大堤方向好远了。幸亏记得原来的党支部书记兼大队长罗富庭的房屋,他的房子建筑在宽大的安全台子上,附近有座小学。小学校原是地主虢舜卿家的祠堂,屋角翘起,风火墙耸立,特别引人注目。王玲在黑暗中能识别出这片房屋的样子。为了打通关节到城里去,她曾多次到这里来找罗富庭,她还送过他女儿一块上海牌手表。当她走过罗富庭的高台阶房屋,便知道如何抄近路上堤埂,上了堤岸,一条大路直达镇头。王玲走进镇子,已经深夜两点了,柳林大饭店的门关了,叫了半天,才把门叫开。守门房的老倌子有点古板,他看见这个年轻妖艳的女子深更半夜才归来,便有点诧异,用一种怀疑的目光看了她几眼。王玲不计较这类表情,笃笃笃笃,一阵高跟皮鞋的响声把她送到楼上的客房里。

　　由于睡得太晚,早晨起床很晏,等她梳洗完毕来到餐厅,里面已经空空荡荡,只有一张用屏风隔开的桌子旁还坐着一个老倌子,一个人在慢慢地咀嚼。餐厅服务员过来对王玲说:"对不起,开餐的时间已经过了。"王玲枯起眉毛,指着屏风后的那个人说道:"那里不是还有人吃吗?"服务员道:"那是长沙来的一位教授,昨晚整理资料熬到深夜,起身晏了,这份早餐是特地替他留下的。"王玲生气地说道:"我也因事睡迟了,为什么不替我留饭?"服务员不服气,咧了咧嘴笑道:"替老教授留餐预先打了招

457

呼,你没有通知餐厅,我们怎么知道要替你留餐?"其实守门房的老倌子早把王玲深夜归店的事给大家通报了。据老倌子分析,这个女子妖妖娆娆,转钟两点才归屋,肯定不是个正经角色。王玲正待发作,忽听见屏风后面那人喊服务员。服务员过去了,不一会儿,又打转过来,脸上的表情有了变化。她对王玲笑道:"请到里面去坐,我替你拿套碗筷来。"王玲坚持要在餐厅吃饭,是怕在街上饮食店传染了乙型肝炎。当她走到屏风后面,才知道坐在那里的是吴敬恒,她在宋明的房里跟他见过面。吴敬恒看见王玲,连忙打招呼,他指着身旁一把椅子,笑道:"请坐。包子有肉馅的、盐菜的,还很热。"王玲看见桌上的包子很多,再有两个大汉也吃不完,想到刚才服务员的那种态度,心里不禁有气,她想服务员是狗眼睛,看不起没有地位的人。因为有这种想法,她便故意装出一副傲慢的样子,不去搭理那个老倌子,只顾伸手去拿肉包子。

吴教授抬头望了望这位妖冶的女子,只见她面若冰霜,一副不屑搭理他的样子,他也便不再作声,依旧默默地吃着早点。

服务员给王玲端来了一钵稀饭,还有一碟花生米,一碟松花蛋,一碟榨菜炒肉丝。跟着服务员进来的还有两名干部,一胖一瘦,他们走到老教授跟前,热情地跟他打招呼。王玲认识其中的一个,胖胖的,是公社的马秘书,她办理回城手续是经他盖章的。另一个高大瘦削,听马秘书向老教授介绍,是乡党委书记杨青林。

杨青林被判处无期徒刑那年,她还没有来柳林大垸,当他平反出狱的时候,她又已经离开柳林大垸回城去了,因此,王玲不认识杨青林。不过因为他的案件在全县闻名,她在这里插队落户时就听到过一些,从当时冷满爹父女嘴上听来,似乎他遭受了冤枉。这次她来柳林镇,一路上也听到许多人在议论他,不过这些人都没有谈他的过去,说的是他担任公社书记以后的种种作为,听到的大都是夸奖的话。由于他的敏锐,柳林大垸最早实行了家庭联产承包责任制,也最先有了饱饭吃。这时她不禁抬头向他望了望,只见他的样子比较显老,头发被帽子遮盖了,鬓角已成了白色,下颏像涂了一层霜,颧骨变得很突出,面部轮廓有棱有角,表情看上去很严厉,不过他的眼睛是柔和的,说话的声音也细声细气。

老教授已经吃过了饭,正在用手巾擦着自己的嘴唇。杨青林笑着抱歉说:"这几天忙着召开专业户、重点户代表大会,没有来陪你老人家。"老教授连忙起身跟他握手,一边笑着一边点头道:"很好很好!有马秘书陪着,已经不敢当了,如何还敢启动杨乡长,再耽误你的宝贵时间。"老教授一再表示不要他陪同,最后还是决定由杨青林陪着参观几个专业户子。杨青林笑着对吴敬恒说:"冷满爹的鱼鳖混养成功以后,又有许多专业户向他学习,他们办起了鱼鳖混养池,把冷满爹的经验推广开去,如果按照这种速度发展,到今年年底就可以达到年产两万斤鳖肉。"听见杨青林说到推广冷满爹的经验,准备继续发展鱼鳖混养事业,王玲的心里感到很不是滋味,她觉得宋明对待自己的态度时冷时热,一半是因为恋着春妹子,一半是因为喜欢在鱼鳖混养池旁的工作。这时她便冲口而出道:"港商给外贸局打来电话,发现滨湖的甲鱼身上有寄生虫,准备取消那些订货!"王玲的话使杨青林很吃惊,近来他最关心的是打开外贸出口的路子,刚刚有了眉目,不料有这种变故发生。他忙转脸向王玲问道:"请问你是……?"马秘书的脑子像一本记事簿,他记得王玲的名字,连忙向他介绍道:"王玲同志。原来在柳林大队插队落户,现在在地区外贸局工作。"为了增强自己说话的说服力,王玲又自我介绍道:"我每年到广州参加两次交易会,外贸市场的情况比较熟悉。"杨青林用那熠熠的目光扫射王玲的面孔。王玲的面容很娇艳,却有着太多人工雕饰的痕迹。他想从她的脸上探测出这话的可靠性,他看到她的表情很认真,不像在说谎话,也不像是开玩笑,他的心里不禁一沉,两道浓眉像吊上一把锁,他仔细推敲着、琢磨着,忘记了身旁尊贵的客人。吴敬恒已起身欲回房间去休息,杨青林却坐在那里,一动也不动。对于杨青林来说,这确是一件大事情!自从冷满爹的混养池建立以后,他就下了决心,要与外贸系统加强联系,打开一条甲鱼外销的路子,如果这条路子能够打开,就为资金积累创造了一个有利的条件。实行家庭联产承包制以后,家家都有饱饭吃,也有了零花钱,个别户子在万元以上,已经在盖新屋了,但从整个柳林大垸看来,还是很贫穷的,还需要大搞基本建设,加快致富的步伐,而要达到这样的目的,需要一笔很大的资金,特别是外汇。如果能弄到外汇,就能购买进口的食品加工机械,创办食品加工厂,那样一来,他的那些宏大的计划就能实现了。

他忘了吴敬恒正在站着等他，只顾坐在桌边继续询问王玲，问她消息的来源。王玲说的消息是杜撰的，本来没有什么根据，只因她恨春妹子，恨冷满爹，连带也恨这鱼鳖混养事业，她所编造的这个消息纯属子虚乌有，当杨青林打破沙罐问到底时，她的回答就出现了漏洞。杨青林问到这消息不是直接从港商那里得到的，也不是从局里那个文字资料上看到的，他的脸色便渐渐地开朗了，那紧锁的浓眉也慢慢松开。他用怀疑的目光盯着王玲，盯得她浑身不自在。本来地区外贸局从来没有经手过这项业务，又怎么会发生港商要求停止湖区甲鱼的供货呢？她不敢再继续胡扯下去了，发现杨青林还紧追不舍，就推说是在局里听一名业务干部说的，并不是自己所亲见。对于王玲最后这句话，杨青林感到很满意，他哈哈哈大笑起来，还忍不住眨眨眼睛。这时他才发现老教授正站在桌边等着他一道回房，便忙站起身来笑道："对不起，对不起，让您老人家等久了！"接着他就搀扶着吴敬恒离开餐厅。王玲突然想起怀里还揣着那张地区农科所的通知书，这张通知书需要乡党委书记签字才能生效，她便忙拦住杨青林，向他叙述宋明要求回地区工作的意愿。她说她是宋明的同学，同在柳林大队插队落户，她这次特地回来，就是为他办理回城手续的。按照中央关于安置上山下乡知识青年的政策，柳林大垸的安置工作大体早已做完，城里来的知识青年绝大多数已经走了，如今只有少数几个留在垸里，他们或者已经跟农村姑娘结婚，生了伢伢，不愿意离开，或者有了一门喜爱的工作，不想抛弃这项工作。宋明没有离开柳林大垸，既有第一种原因，也有第二种原因，他喜欢渔业专业户冷满爹的女儿春妹子，又喜欢这鱼鳖混养的事业。这次到地区参加科学技术经验交流会，就是以专业户代表身份出席的。杨青林正准备依靠他来推广混养技术，听说他要调走便感到很惊讶，忙回头问马秘书："怎么一回事？"马秘书笑道："我也是刚才听到的，想必是这次在地区开会联系好的。"听完马秘书的回答后杨青林不禁长长地叹了一口气，深感遗憾地说道："柳林大垸的工作没有做好，留不住人才，有能力的年轻人一个个跑了！"他又转过头来问马秘书，"不是听说宋明就要跟冷满爹的女伢儿结婚，连盖楼房的砖木水泥都买好了，怎么忽然又舍得走了？"马秘书是聪明人，他看见王玲这回来得蹊跷，对于过去两人的关系，他也知道一些，看见王玲站立在面前,不便直接回答,只含含糊糊地说道:"也许是到地区见了世面,原来的主意变了。"杨青林听了这种回答,不禁用眼睛扫视了一下王玲,王玲的神态很自若,一副得意忘形的样子,他的心里完全明白了。他从王玲手中接过通知书,仔细看了两遍。通知书上有地区农科所所长的签字,还盖了大印,通知书不是假的,乡党委书记的名字应该附签在上面,写上同意回城工作,再填份表格,加盖当地政府的公章就可以由宋明拿去报到了。杨青林拿着通知书到桌边签字,他把钢笔帽儿拧开,正打算下笔,突然他把笔停了,回头将通知书递给马秘书,对他笑道:"请你把它带回乡政府盖章,再把它交给我,让我给宋明看过后再签字。"

王玲站在一旁,等着杨青林签字,见他突然不签了,顿时气得脑壳发晕,她的嘴巴翘得老高,气呼呼地骂道:"官僚主义,拖拉作风!"她拉开饭厅的门,冲出去了,弹簧门退回碰着门框子,发出很大的声响。杨青林一点儿也不介意,他把笔帽儿套好,微微地笑着,立刻走到吴敬恒身旁,用手搀扶着他往食堂外面走。

整整一天,杨青林都在陪着吴教授进行参观,他们走遍了整个大垸,把几个冒尖的户子都看了。搞鱼鳖混养的专业户,已经有了十多户,却没有一户的产量赶得上冷满爹。这天下午,吴敬恒提出要再看看冷满爹的鱼鳖混养池,想更深入一步了解冷满爹饲养技术中的秘密。

在了解中发现,冷满爹鱼鳖混养池的养料大部分是通过水体生物学循环形成的食物链去解决的,这就是他的混养池比别人的产量要高的秘密。吴敬恒发现这个秘密以后,高兴得像个小伢儿。他跷起大拇指对冷满爹说:"老伙计,你真行!这种方法,完全符合科学的规律,特别是把隐藻门的蓝隐藻属和啮隐藻属的浮游植物当作食物链的功能单位的初级生产者,甲鱼的代谢排泄物中含氮量最高,它们在水池里能大量繁殖,经久不衰,能经常保持它们的种群优势。"他拍着冷满爹的肩膀大声说,"这是你的一项了不起的创造,你的混养池具有一般鱼池少见的特点,营养充足产量高,个儿大,这种甲鱼在国际市场上很有竞争力!"对于吴教授嘴里顺口而出的那些专用名词,冷满爹一概不懂,杨青林也不懂,宋明略略懂一点,只有县农科所的副所长懂,他是吴教授的学生,在一旁仔细听着吴教授兴致勃勃的谈话,又像当年在课堂上听他讲课一样急急忙忙地

461

作记录。对于冷满爹鱼鳖混养池成功的经验，吴敬恒已经初步进行了观察和研究，他非常高兴。但是今天冷满爹心里不高兴，他的神情冷淡，有时好像很焦躁，他机械地答应着吴敬恒的问话，有时还答非所问。吴敬恒发现了这种变化，他心里想，这位老农是不是会像某些老中医一样，不愿把自己的秘密公布出去了，对于自己对他的盘问，他感到不高兴。杨青林也感到有些异样，不过他和吴敬恒的想法不同，他晓得冷满爹的思想不保守，他不会反对公开他的鱼鳖混养池的秘密。如今垸子里的许多专业户，都是他手把着手教出来的，平时只恨自己不是一条虫子，不能钻到别人的肚子里去，使他们变得明白一点。他的技术是老班子传授的，如今有位专家来替他进行总结使技术能够保存下来，传播开去，造福于人类，这有什么不好？他怎么会不高兴？杨青林附着马秘书的耳朵吩咐，叫他亲自打听一下，到底为什么冷满爹今天这样颓废，这样沮丧？马秘书是有名的包打听，耳报神，不一会儿，他就打听出来了。他悄悄告诉杨青林，是宋明和冷满爹的女儿春妹子闹了别扭，宋明要离开柳林大垸，要到地区农科所去做研究人员。杨青林嘴里嗯了一声，脑里浮现出王玲那挑衅的神态。

将吴教授送回柳林镇以后，杨青林没有急于回乡政府，他又来到冷满爹的鱼池子旁边，只见冷满爹孤零零地一人蹲在池边，杨青林走上前去，也蹲在他旁边。他从怀里掏出一包德山牌香烟，把烟点燃了，塞到了冷满爹的嘴里，两人一边抽着烟，一边细细密密地谈讲。

冷满爹告诉杨青林，他的女儿早晨跑到他的房里，哭个不停，问她原因，她又不肯说。后来他在屋后的干涸了的粪池里捡到几块硬纸片，拼起来一看是一张照片，宋明和王玲头碰头地靠在一起，这样他才明白了。现在他非常难过，对于女儿的事情，他不知道怎么处理。他认为鱼鳖混养的技术害了女儿，如果不是这种技术，他不会在柳林垸出名，不会让宋明代表他出席地区科学技术经验交流会，不会使他遇着王玲，拍下这张该死的照片！现在他十分懊悔，使劲搔着自己的脑壳，骂自己蠢，不肯动脑筋。自己文化水平低，不会写发言稿，可以让别人代替整理嘛！就是叫宋明代表自己去，也可以让女儿陪着他一块儿去。女儿是他的心肝肉，命根子，他原想替她找个本地的对象，让她一生一世伴随着自己，谁知她爱上了知识青年。女儿喜欢的人，他怎么能反对？何况他也喜欢宋明，他喜欢他聪明，有文化，在渔业组是脊梁骨。凹花生嚷着要成立联合体，要选他当经理。他想如果培养这个伢儿出来主事，自己替他当参谋，加上朱冬生李小娟和凹花生这样几个贴心的人帮衬，他们能够办出一番大事业。过去柳林镇上一家著名油榨房不就是靠三根木棒棒起家的吗？他们现在还不止三根木棒棒，他们有几十亩水面，有满鱼池的甲鱼和家鱼，还有填了五位数字的存款单，有了这样雄厚的资本，还愁什么事办不起来？但是就在这走顺水的时候，遇上了打头风，女儿的婚姻被别人破坏！她不幸福，他又怎么能幸福？就是在他面前堆起一座金山，他也不会快活！冷满爹在杨青林面前，是有什么心思讲什么的，这位爱唠叨的老倌子又跟他讲了一大篇，讲着讲着他哭了，老泪沿着布满皱纹的脸颊流下来，流在衣襟上、裤腿上。自渔业组建立以来，杨青林没有看见冷满爹忧愁过，难过过，他整天笑哈哈的，肚子里装的笑话儿也没有工夫说完，哪里还会有时间伤心落泪。

冷满爹向杨青林诉说着自己的苦恼，杨青林也细声细气地宽慰他，两人坐了好久，冷满爹的心里舒服一点了。突然他想起一整天没有煮饭，春妹子关在自己的房里，也一直没有出来，自己闹腾了一天，肚子也感到有点饿了，他便邀杨青林到屋里坐一坐，等吃过饭再一起去劝劝自己的女儿。当两人走近屋场，杨青林问道："那张撕碎的照片是丢在哪个粪池里的？"冷满爹指指屋后道："后面那一个，早干了！"杨青林说："那就不是家里人丢的，如果要销毁这张照片，也不会丢进干粪池里。"他便问冷满爹道："撕碎的照片在不在你手上？"冷满爹道："在！"他从口袋里掏出几块照片碎片，把它递给杨青林。杨青林接过放在手掌上拼拢仔细地看了一会，不禁笑了。他转脸问冷满爹道："这照片给宋明看过没有？"冷满爹摇摇头："没有。"杨青林道："应当给他看看，问他拍摄照片时知道不知道？"冷满爹为难道："他对我女儿这般绝情，自愿要娶那个负心的女子，我怎么好跟他说这种话？"杨青林掏出一条手帕把撕碎的照片包起，他笑了笑说："这话让我去问。"他停了一停，又拍着老倌子的肩膀笑道，"据我看，照片上的宋明是睡着的，拍照时他自己不知道，如果问明了，兴许能还你一个听话的女婿！"

当王玲冲出柳林大饭店,宋明已经来到内湖边。昨夜春妹子哭倒在怀里,他的心里很惭愧,他喃喃地解释着,责备自己不应该。春妹子的脸像带露的花,泪珠儿挂满了双腮。她已经停止了哭泣,静静地听着他的忏悔,但是越听越不是滋味,因为他没有提到照片的事,使她觉得解释是虚伪的,忏悔也不诚恳。一阵伤心又袭来了,泪水又唰唰地落下来。宋明还在唠唠叨叨地说着,春妹子早就不耐烦了,她站起身来,飞快地跑进了屋子,跑到了自己的房里。宋明忙跟着她进屋,房门在他的面前关上了。他伸手准备推门,突然想起房内还睡着王玲,他想如果让门开了,面对两个女子如何应对?他在门外站了好一阵,听见里面传出抽泣的声音。王玲似乎已经睡着了,没有听到别的声音。春妹子的啜泣持续了好久,直到鸡叫头遍了,接着听到摊被窝的声音,还有轻轻的叹息声。宋明的心里极度空虚,他便回到自己的房里,痴痴呆呆地坐在床边,仿佛自己在做梦,云里雾里一片茫然。他的眼前显现出王玲,婷婷婀娜富有风情,她把亲吻变成吸吮,将他的手引向温软。春妹子的亲昵是动人的,却总像隔着一道篱笆。他很喜欢春妹子的娇憨,却也喜欢王玲的妖媚。

　　这时他用手捧着脑袋,痛苦地呻吟着,鸡叫第二遍了,他还没有一点睡意。不久天已麻麻亮,东方露出了鱼肚色。他想天亮以后,自己将面临尴尬,他没有胆量同时看见两人,也无法做出明白的抉择。这时窗外射入了曙光,他用脸盆里的剩水洗了把脸,冰凉的水把倦意冲走了,脑子也变得清醒起来。他忽然想起朋友朱冬生,李小娟是他的妻子,两夫妇都对他很好,平时什么话都说得拢,如今自己碰到了烦难,何不找他俩诉说。李小娟和春妹子最要好,还可以请她调解。当他想到了这一点,心里不禁一亮,立刻走出了房间,急急地朝内湖走去。

　　这时朝霞已经布满了天空,今天又是个响晴天。湖边的水田里到处是人,大家都在赶趁好天气,把草籽田犁转,把秧田整好,每丘田的白水里,散布着圆形或方形的粪凼子。

　　朱冬生和李小娟住在内湖里的小洲上,要到洲上去没有固定的渡船,只有一只小划子,要等对岸有人过来,才由自己荡桨过去。宋明为了等小划子,在用墓碑砌成的码头上站了半个钟头。

他把划子荡过内湖,来到了郁郁葱葱的小洲上,这个洲子叫小白洲,突出在内湖中央,形状像只瓜瓢,方圆不到一华里。

等宋明走进朱冬生的家,已经到了吃早饭的时候,厨房里小方桌边坐着三个人,正在埋头吃饭。看见宋明出现在门口,其中两个人忙站起身表示欢迎。两个人中男的叫朱冬生,女的就是李小娟。李小娟结婚快两年了,婚后生活过得很愉快,收入又逐年增加,饮食也越来越好了。她每天除了缝缝补补,做三餐茶饭,没有机会到雨里去淋,到太阳肚里去晒,本来是垸子里有名的美人儿,如今变得更加好看了。她的肌肤细腻白嫩,体态丰腴柔软,那头黑浸浸的头发,浓浓密密披散在双肩,衬托得脸庞儿像一轮明月。

坐在她旁边的女伢儿姓孙,瓜子脸,高挑个儿,原名叫玉枝,因从小由姨妈抚养,姨妈姓柳,加上腰身细小,体态婀娜,走路时像柳枝在微风中摆动,人们便给她起了个名字,叫柳枝儿。

看见宋明造访,大家都很高兴。李小娟忙招呼他坐好,给他端来一碗糯米稀饭,一盘油炸粑粑,一碟泡菜,一碟家制腐乳。她还嫌不够,又打开灶门,塞进一把干柴,炒了一碟火焙鱼,一碟香干子,还油煎了四个荷包蛋。虽说是早餐,按照湖乡待客的习惯,也凑齐了八个碟子。宋明依照主人的吩咐坐下了,但他的脑瓜子发涨,舌尖作苦,肚子里吃不进东西。李小娟见他喝了两口稀饭,就不动筷子,便望望他的脸,发现他脸色苍白,神情沮丧,一副很烦躁的样子,她的心里纳闷,用脚踢了踢朱冬生,提醒他注意。朱冬生却是个傻子,他只顾讲他的鱼池子,没有留意这些。看见他放下筷子,以为他吃饱了,就拉着他去看亲鱼产卵。宋明不肯起身。他叫道:"我跟凹花生商量过了,选你做联合体经理,小白洲的鱼池也归你管,你不去视察一下,怎么行?"说着不由分说,伸手挽着他的胳膊把他带出了门外。

走到门外一看,宋明才发现这是个幽静所在。朱冬生的房屋盖得颇大,而且很精致。用红砖砌的厚墙,松木板子做间壁子,壁上涂了一层桐油,像船上的舱板子一样。房屋门窗是用榨木做的,显得异常结实。窗外是一溜长廊,平整、宽阔,不仅可以乘凉、晒太阳、接待宾客,还可以搁犁耙、放扮桶、堆谷子。屋前是光溜溜的地坪,三合土扮的地面,跟水泥地一般光滑。地坪周围是草坪,三头巴壮的黄牯在悠闲地吃草。草坪一旁有树林,树林后面是一泓明镜般的湖水。

望着周围的景象,宋明感到很清爽,他非常羡慕。朱冬生跟他说了两句笑话儿,把他心中的烦恼除去了不少。

朱冬生的鱼池子离房屋不远,穿过几排杨柳树丛就到了,它夹在一条大水沟与机耕路之间,到它的近边必须跨过一条小水沟,水沟上面横着一条石桥。当两人刚踏上桥头,便看见鱼池旁边蹲着一个戴军帽的人,只见他躬身面对着池水,把手伸进水里探测着什么。宋明的眼前一亮,一眼就看清了那人的脸,他低声叫道:"大队长!"朱冬生也很快认出了他,不禁笑了,他拉了拉宋明的衣袖,示意他停住脚步。两人肩并肩地站在麻石桥上,笑着观察着他的举动。只见他把手从水里抽出来,手指捏着一根玻璃管子,他把管子举到眼前,仔细地辨识了一会,然后自言自语地说道:"二十度了,快了!"朱冬生才接口说:"等太阳出来晒一晒,水温还会提高,就可以开始叫亲鱼产卵了!"听到朱冬生的接话,大队长抬起头来,先是一愣,接着忍不住哈哈大笑起来。朱冬生也跟着大笑。宋明心里烦着,笑不出来,只是刚才大队长与朱冬生对话的样子很有趣,他也忍不住"嘻"的一声,嘴巴咧开了一条缝。

大队长就是陈良桂。现在各地都把大队的建制改成村了,大队长变成了村主任。因为罗富庭下台后他接任过支部书记兼大队长,人们叫惯了这个头衔,一时改不了口。宋明看见他仍戴着那顶旧军帽,穿着那套旧军装,模样一点儿也没变。

他想起他一上任就抓科学技术推广,成立了科技小组,亲自担任组长,举荐宋明当副组长。他看中宋明有文化,又肯动脑筋,常常深更半夜跑来向他请教。如今他正在抓人工培养鱼苗,他把朱冬生的鱼池改成了试验池。看见他一副兴致勃勃的样子,宋明心里感到有些惭愧,他好像做过一件亏心事似的,不敢正视那向他射来的亲切的目光。陈良桂不晓得他在地区的经历,也没注意宋明脸上的变化,他的脑袋尽在琢磨今天将要揭晓的试验,全神贯注地注视着鱼池的变化,因为养育鱼苗第一关是产卵,这一关过不好,整个工程就成了泡影。这是村里第一个试验池,也是柳林大垸第一个试验池。过去柳林大垸养鱼,都要驾着划子到荆河一带去接鱼种,不但路途遥远,进价高昂,而且成活率也低。去年冬天他跟朱冬生商量,准备用他的鱼池做试验池,朱冬生满口答应了。朱冬生的鱼池挖在小白洲尾部,三面环水,进出水沟港贴近,条件十分优越。陈良桂组织了几个劳动力帮他把鱼池拓宽了,如今鱼池子有一百平方米左右,形状像只河南西瓜,椭圆形的,平坦的池底,用三合土扮紧,四周池壁还涂了一层水泥糯糊。拓池以前曾请来冷满爹设计,所以鱼池子修得很合标准。

产卵池旁边正说得热闹,屋里好像装了电传装置,很快就得到了信息。陈良桂正在仰头大笑,绿树丛中飘出了一朵红花,一位穿红夹袄的女伢儿跑来了。她的体态轻盈,纤细腰身像柳枝儿摇摆。她飞到陈良桂面前,把一杯茶送到他手里。宋明也接到了一杯,但是他看见,当她给陈良桂递茶的时候,她的眼珠儿发亮,脸上泛起了红潮,那抑制不住内心的喜悦,在神情上表露无遗。宋明不知道他两人的关系,但他看见两人会见的情形,心里就明白了。因为只有热恋中的情侣,才会有这样灼热的眼光,才有这种欣喜的表情。

陈良桂与柳枝儿之间,确实在热烈地相爱,他们爱得那样深沉,那样执着,他们都对这种感情特别珍惜。

说起柳枝儿,读者也许还记得,在水神庙养殖场有个备受凌辱的女伢儿,她就是柳枝儿。当时朱冬生听到了她的哭声,准备奋身去援救,但是为了要挽救一位垂死的老倌子,他无法再作这种努力。直到后来水警队进行搜捕,才将那个冒牌的养殖场解散了,把那三个罪犯逮捕,柳枝儿被送回了柳林垸。因为同去做工的很多,她那受凌辱的经历传遍了大垸。袁大头在婚礼场上被逮捕以后,她的羞涩不亚于罗彩元。由于她家里没有别的人,养大她的姨妈前年死了,她的苦楚无处倾诉,只好去找曾经爱过她的朋友。她的朋友是谁?就是会踩活水的文教专干黄卫中,"文化大革命"运动中叫黄卫青,"四人帮"垮台后,又改名为黄卫新。他曾自诩为情种,读完小那会儿,人还没长全,就开始谈朋友了,柳枝儿是校花,他激赏她的美丽,对她发起追逐。两家都住在靠近镇头的堤下,离得很近,早晚上学走在一起,久而久之,话就多了。他又故意彰显,在人们印象中,是两小无猜、青梅竹马。完小毕业那年,垸子里开展四清运动,柳枝儿社会关系不好,没能继续升学,黄卫中却考上县中,高中毕业,分配在柳林公社当文教专干。回家以后,他发现柳枝儿比过去更漂亮了,又常来走动,不过跟过去不一样,总怕让人发现。两人日久情深,柳枝儿的姨妈去世后,黄卫中曾许诺,等风头一过,就跟她结婚。不久"文化大革命"爆发,柳枝儿处境骤变,她沿用过姨妈的姓,便继承了姨妈的成分,被定成"地主分子",编入"五类分子"一组,开始被监督劳动。黄卫中更名为黄卫青后,参加了胡三元的造反兵团,需要划清界限,便不再理睬柳枝儿,有时劈面相遇,也不打招呼。但因受此奇辱,她痛苦不堪,忘记了近来他的变化,只记得过去的情谊,实在无法忍受之时,便哭着来找黄卫青,并且跪在他的门前,恳求他的怜悯。谁知他远远望见她来了,便把大门关上,还隔着窗户数落了她一顿,责怪她不坚守贞节,不能以死相拼,使柳枝儿受到更大的刺激。她不等他把话说完,就逃离了他家门口,等她跑回家里,关起门哭了两天,后来又苦苦思索,让自己得到解脱。

这天夜晚乌云盖顶,没有月亮与星光,她独自走出屋子,走近了湖岸。这是她获救后第一次出门,头有一些晕眩,脑海里一片空白,没有任何思念,那极端痛苦的思索过去了,如今有了结论。这个世界不需要她,她也不需要这个世界!唯一的亲人姨妈已经过世,朋友也不再理睬自己,她已没有牵挂。她吃力地爬上大堤,面对着辽阔的洞庭湖,采取了一种直截了当的结束生命的方式,投进这大湖,这样既能保持清洁,又能无法挽回,不过这天她被一人发现,救回了这个世界。

这个救她的人曾经当过工程兵,有极好的水性,他听到扑通的响声,便知道有人落水,连忙跳入水中;从坠落中把她托起来,很快就把她救上了岸。这个复员军人名叫陈良桂,就是那位用测量仪测出了两条河道水平面相同而促进了烂泥湖工程下马的青年,他受到了杨青林的表扬,却遭到了罗彩元的奚落。当罗彩元发现他已经复员了,就断然与他解除了婚约,还当面说了很多绝情的话,把他从家里赶出来了。一连几天,他都是昏昏沉沉的,独自一人在堤上踯躅,后来又蒙着被子睡在家里,等他醒来,才知道供销社礼堂里发生的闹剧。这幕滑稽戏使陈良桂觉得很痛快,也使他的脑子一下子就清醒了。痛快之后又感到伤感,他想起两人的情爱,对罗彩元产生了怜惜。他曾经打听罗彩元在不在家,如果罗彩元没有离家,他会再去找她,原谅她的过失,重新恢复过去的关系。他和大多数劳动者一样,他们靠双手养活自己,不需要损害别人,也不把别人的痛苦当作快乐,他们都富有同情心,有一副特别的软心肠。不久公社党委宣布他接任大队党支部书记兼大队长,他开始搬到大队部住了,繁忙的工作,才冲淡了他的愁绪。然而这种感情又时常冒出来,尤其是夜晚,大队部的人走光了,他心中感到悒闷,常常一人踱出屋子,在大堤上漫步,让湖风吹散心中的愁云。这一天夜晚,他又在堤上踱着,突然发现水边有一个人影,伫立在湖边,久久地不动。他感到有点蹊跷,悄悄地跟上去,当他刚挨到近边,那人纵身一跳,扑通一声,掉进了水里。这时春潮已经上涨,湖水变得很深,他急忙跟着跳下去,摸着那人的身子,把她从水里托上来,一看原来是个女子。那女子很快苏醒过来,她睁开眼睛,发现自己倒在一个男人怀里,就哇的一声哭出声来。陈良桂认出是柳枝儿,他早听说过她的遭遇,对她很同情。怕她再寻短见,他把她带进了家里,让妈妈寻些衣服出来替她换了,晚上陪她一床睡,出门也由她紧紧跟着。陈良桂的父母有养身病,劳动力不强,家中弟妹较多,生活过得并不富裕,他们一家七口人,挤住在两明一暗的茅屋子里。柳枝儿他们住在一起,使屋子变得更加狭窄了。但是他们一家接纳了她,对她很爱护,使她重新感到了人间的温暖,慢慢地恢复了生活的欲望。她在这个贫寒的家庭里过了半年,心情一天比一天开朗起来。陈良桂整天在外工作,夜晚睡在大队部,他很少回家。她便是这个家庭的大姐姐,她会烧茶煮饭、洗衣浆裳、舞菜园子,成了陈良桂妈妈的得力帮手。弟弟妹妹都喜欢这位大姐姐,因为大姐姐的性格温和,不打人,不骂人,替他们炒好菜吃,换干净衣裳穿,还细声细气讲故事。她肚子里故事可以用船拖,有田螺姑娘的故事,洞庭龙王爷的故事,还有卓娅姐姐的故事,雷锋叔叔的故事,这些故事迷住少年的心,从此家庭中充满了欢笑。自打大姐姐进屋以后,家里的模样儿也变了,房子收拾得干干净净,地坪打扫得光溜溜的,陈旧的家具上没有灰尘,破烂的衣服都缝补好了。弟妹身上没有泥垢,脸上也脱了黑壳,早上都不敢赖床,规规矩矩地吃完早餐,该上学的上学去了,没有资格上学的在地坪里玩耍。姐姐还不准他们到处乱跑,更不准在泥巴地上打滚,谁要破坏了这些规矩,谁就有两天听不到故事。陈良桂有时偶然回家,看到家里井井有条,爸爸的哮喘病不发了,妈妈也很少咳嗽,弟妹也不再扯皮打架,脸色都红通通的。他知道这是谁的功劳,不禁对她投去感激的目光。日子越过越顺畅,在陈良桂心里萌生出一些异样的想法。首先他觉得她可怜,对她充满了同情,接着觉得她聪慧,在整理家务上很有能力,最后他觉得她很美,不但外貌秀美,心灵也美,一颗深受伤害的心,无损于她的纯洁。随着对她的日益了解,他便深深地爱上了她。这种感情他曾体验过,那是与罗彩元相处的日子。但是那次与这回不同,好像是喝酒,被人提着耳朵灌下去,很快就醉了,头脑里迷迷糊糊的,就是辨不出酒的滋味。这回是自斟自饮,慢慢地喝着,头脑变得十分清醒,能品出酒味的甘醇。陈良桂的心里充满爱意,当他跟她接触的时候,他的眼睛发亮,显得十分快活,内心的喜悦之情,充分地从两只大眼中表露出来。他的心里在想什么,没有说出来,但是她已感觉到了,并且也心领了。她对他也是很喜欢的,只要他喜欢她,她愿意生生世世地服侍他,会把自己全部的温情和热爱倾注在他的身上。但是当她想到这点,她的眉头打结,心中充满了疑窦,因为她曾失身于一个骗子,后来又遭到坏人的蹂躏,她的身子残缺了,按照世俗的看法,这类情形不易得到男人的谅解。她跟陈良桂接触了半年,其实对他还不大了解。陈良桂是个刻苦自学的青年,他读完了函授的大学课程,还在不断进取。他不仅具有现代自然科学的知识,还读了不少社会科学的书籍。他知道人类社会的发展规律,也知道星云是怎样产生和运转的。而对于人生的看法,也与老一辈农民的观点不同。他不看重柳枝儿失身的事,而认为这事不能怪罪于她,她是一个受害者。当他看见柳枝儿面色阴郁,有时还带着泪痕,他便知道她内心的痛苦,这样他便常常回家,主动地与她亲近,跟她讲些有趣的话题,表现出他的豁达。柳枝儿虽然只读过完小,但她很有悟性,她读过许多课外书籍,理解能力较强,他便跟她讲些自己读书的心得,她听得津津有味。最近他买来一本题作《第三次浪潮》的书,他读过以后讲给柳枝儿听,使柳枝儿产生了这样的印象,世界多么广阔,而且正在经历着多么巨大和深刻的变化,在当前时代,任何传统观念都要经过现实的审视。有两次他还跟柳枝儿直接讨论了贞操问题,在他的脑子里,这种观念是传统观念中最陈腐与顽固的一种。他的这种态度使柳枝儿顿觉轻松,她心里想,他对于自己的好感已经超出了一般的范围,既然他不计较自己的过去,他们之间又有什么芥蒂?于是两颗同样遭受过伤害的心碰撞在一起,好像两块相击的火石,迸发出炽热的火焰。

谁知陈良桂觉得不屑一提的事,对于他的父母来说,却是一件十分严重的事情。陈良桂的父母喜欢柳枝儿,觉得她对他们的家庭起了有益的作用,她真正成了他们的小儿女们的大姐姐,俨然是他们一个十分能干的大女儿,他们认为这个女伢儿的这种表现是出于对恩人的感激,他们的儿子救了她的命,她无以为报,只好用这种辛勤的家务劳动来加以报答。他们喜欢她的能干,对于她很快改变家庭的面貌,也十分感激,但是当他们一发现她和自己的儿子的关系已经超出一般兄妹关系的范围,他们便感到很惶恐,或者说十分惊慌。他们的脸色突然变了,变得阴沉起来,他们对柳枝儿的态度也随着降到了冰点,最后还把难看的脸色露给柳枝儿看,柳枝儿马上觉得,是不是自己做错了什么事,或是讲了什么不得体的话。这天她睡在床上,好久都没有睡着。陈良桂的妈妈是个很干瘦的女人,她的身体虽然不好,做工下力不行,脑子却很灵泛。当她发现儿子喜欢柳枝儿,心里觉得很委屈,她认为儿子跟罗彩元散伙,丢了一次面子,跟柳枝儿成亲,会把面子丢尽。柳枝儿长相好看,性格儿好,还顶能干,但她失身于一个骗子,她的失身和罗彩元不同,罗彩元的事可以归罪于爹爹,而她呢,只能归罪于自己,当时如果抵死不从,袁大头能把她吃了?陈良桂的妈妈是个受苦出身的人,旧社会不用说了,到了新社会,由于生产上不去,加上生育过密,日子过得很艰苦,作为一个女人,她所受的痛苦比一个男子要多,但是不知为什么,这样一个含辛茹苦的女人,却对女人的苦楚毫不同情,她成了陈良桂和柳枝儿结合的反对派,或者说,她是这桩婚姻的坚决反对者。陈良桂的爹爹是糯米团,这个个高膀大的老倌子,一切都听从比他矮过一头的堂客的支配,他跟从前对待所有的事务的态度一样,完全站在堂客一边,于是两人筑起了一道铜墙铁壁。首先,瘦子婆婆接管了家务,她停止了走门串户,整天蹲在家里,注视着柳枝儿的一举一动。柳枝儿煮饭,她尖声叫:"你歇一歇,今天的饭由我煮!"柳枝儿扫地,她又尖声叫:"大妹子没有去上学,地归她扫!"柳枝儿便放翻脚盆准备洗衣,谁知她早把肥皂藏过了,连一包刚买回来的皂角也进了上锁的衣柜里。衣服又洗不成了！她便只好陪着弟弟妹妹温习功课，她能够哄住几个伢儿，不让他们捣蛋，瘦子婆婆没有再干涉。到了这天晚上，她突然觉得自己的腰子痛，怪大妹子晚上睡觉踢了她一脚，便把她赶到另一张床上睡。另一张床是用扮桶搭起来的，上面睡了小妹子，还睡了柳枝儿，再来一个大妹子，床铺就变得更窄了，柳枝儿没法插进自己的身子。她没有地方睡觉，只好在堂屋里坐了一个通宵。明明晓得柳枝儿坐以待旦，瘦子婆婆有肾脏病，一夜起来四五次，每次都看见柳枝儿枯坐在那里，她却忍心一声不吭。坐到天亮，柳枝儿明白了，她知道了陈良桂父母的态度，晓得他们嫌弃自己。这天天才蒙蒙亮，她便把衣裳用品收拾好，装在一只小塑料袋里，提在手上，走进房间对着床上的瘦子婆婆喊声吵烦了，就转身出来了。瘦子婆婆装着睡得很死，没有应声。柳枝儿站在门外，待了一会儿，没有听到什么声音，她知道无法挽回了，便流着眼泪一步一挨地走出这座茅屋子。

等陈良桂知道柳枝儿走了的消息以后，她已经回到她自己那间茅屋子住了三天了。只有三天，陈家又恢复了原来的面貌，满地坪的鸡粪鸭粪，没有人打扫，屋子像过了场大水，桌椅板凳东倒西歪，锅瓢碗盏离了原位。上学的大弟弟与大妹妹因为早饭不及时，迟到了，挨了老师的骂，回来哭哭啼啼。没有上学的小弟弟跟着邻居家的小伢儿干了一仗，头上起了个包，肿起有酒盅大，后来到沟边去玩水，显然是被人推进了沟里，洗了一个泥水澡。小妹妹喜欢玩妈妈的针线盒子，她把针顶子丢了，爬到桌子底下去找，出来时挺直腰杆，把桌子撞歪了，家里唯一的现代化用品热水瓶跌落在地下，瓶胆发出手榴弹似的声音，把正在港边洗衣的老妈子吓得掉了衣槌子。瓶胆的碎片撒满一地，她一边打扫一边流泪，因为她很伤心，为了买这只热水瓶，她有好几个月没有让伢伢吃过一个鸡蛋。

这天陈良桂回家，看到家里这副乱糟糟的样子，心里很诧异，他满屋寻柳枝儿，没有看见，回头问妈妈，妈妈告诉他已经打发她走了。前几天他从妈妈的唠叨中知道她对柳枝儿的失身不满意，他想等有工夫再劝劝她，让她丢掉这些旧观念，谁知没有等到他做工作，她就采取了行动。他责问爹爹为什么不制止这种做法。爹爹习惯于做妈妈的应声虫，怎么会出面干涉？今天他做了大半昼工夫,没有咽下一粒米,肚子饿得咕咕叫,这时他正坐在阶基边的板凳上抽旱烟管,想用烟叶子塞满辘辘饥肠,他早没有一点气力,对于儿子的埋怨,没有回答。陈良桂看到这种情形,晓得没有法子,只有长长地叹口气,挥挥手,离开家走了。

当晚他在柳枝儿的茅屋里吃的晚饭,他跑来道歉,同时也埋怨柳枝儿为什么不跟他说一声就走了。柳枝儿低着头,一声不吭,既不生气,也不解释,可是渐渐地她的眼睛红了,眼眶子里流出了泪水。陈良桂看到这情景,心头一热,好像地壳断裂,冲出了岩浆,还带着烈火,把一切束缚都焚毁了。他跨前几步,张开双臂,把那猛烈颤抖的纤细腰肢紧紧地箍住了,他那因为工作太忙很久没有刮过的长满硬须的脸子,紧贴在容长细嫩的脸上。

经过这一天以后,陈良桂很少回家去吃饭,他不是在村委会灶屋里胡乱塞点东西进肚子,就是到柳枝儿这儿来吃饭。由于两人还没有结婚,不能同住在一起,他仍旧每晚回村委会睡觉。

陈良桂一走,柳枝儿就感到很寂寞,也感到有点害怕,她是个失身的女子,在人们心目中是贱货,成了没有尊严的对象。有些下作的男子,认为她可以被别的男人糟蹋,也可以被自己糟蹋。当她夜晚独卧在茅屋子里,窗外常常有人冲着她讲痞话子,有时还有人使劲敲门。有一回睡到半夜,突然听得窗棂被撬得轧轧作响。她害怕极了,连忙坐起,高声地叫喊。幸亏她的屋子临近大水港,附近有个排灌站,排灌站的老王夜晚修理机子没有回家,他听到喊声忙跑出来,那个撬窗户的家伙赶紧溜走了。第二天陈良桂再来时,柳枝儿把这段骇人的经历告诉了他,陈良桂担心她的安全,答应设法安置一下。

恰巧这天朱冬生来村委会商量实验池子的事,陈良桂把她的困难向他说了。朱冬生笑道:"只要她不嫌弃,就到我们家去住吧!我们建的那座砖瓦房,还有好几间空屋子。现在李小娟的补习班开学了,她忙得手脚不停,正缺个帮手。"这样一说,柳枝儿就上了小白洲。不久村委会确定把朱冬生的混养池变成育苗实验池,因为与全村鱼鳖混养事业有关,陈良桂便常常要上小白洲来,这样他也能常常见到柳枝儿。每一次陈良桂来,都给柳枝儿带来一阵欣喜。两人热恋经年,已经心心相印,他们商定,等到这年秋收过去,把那座靠近水港的小茅屋子修理一番,就去领结婚证,接着举行个朴素的婚礼,然后永远生活在一起。

今天陈良桂又来到小白洲进行现场察看,想了解亲鱼产卵的情况,同时他还有个附带的任务,就是动员柳枝儿到浪拔湖去。因为鸭大王黄保老汉旗开得胜,大鸭棚里的淮鸭产蛋了,每天竟达几十斤,需要到茅草街送蛋,鸭棚子里缺人手,加上每天进出款项增多,还得有个会打算盘子的人记账。把村上的人排比一番,柳枝儿最合适,这样便决定让她去浪拔湖,加入鸭大王的部落。朱冬生看见大队长来了,自然也很高兴,他问陈良桂吃过早饭没有?陈良桂回答说吃过了。朱冬生知道他和柳枝儿的关系,晓得他们有许多私房话要说,就扯了扯宋明的衣袖子,推说要回屋去取催产剂,拉着他回屋子去了。

催产剂是去年冷满爹从鲤鱼鲫鱼和青鱼的鱼脑中取出来的,是一种像心脏形状的乳白色小颗粒,书本上叫脑下垂体,冷满爹沿用老班子传下来的名称,叫骚籽籽。将骚籽籽去掉血污,碾碎抹在亲鱼的腮里,就能促使亲鱼射精产卵。陈良桂找来书本,跟朱冬生细心研究,把冷满爹的办法加以改进,在粉末中加进了激素,还注入了一点盐水,搅拌成液体,将它吸入针筒准备注射。他们把药方配齐了,还没有进行试验,今天就要做这种试验,因此两人的情绪都有些激动。亲鱼池离产卵池较远,他们特地备用了一只手推车,车上挂着一个敞口的帆布口袋,将亲鱼用口袋装着运到产卵池旁,就按一雄一雌的比例注射催产剂。

回到屋里取催产剂,不要多长的时间,朱冬生却磨磨蹭蹭,坐在台阶上讲白话。宋明催促他。他说不要着急,等太阳出来照一照,水会变得温暖一点,产卵的时间能缩短。他还笑着说:“古人云:欲速则不达,水温不到二十五度,亲鱼不会产卵,明天早晨也捞不到受精卵子。”他嘴里这样说着,眼睛却朝鱼池方向张望,他还朝李小娟递眼色,李小娟也不断点头。感觉他们夫妇行动蹊跷,宋明摸不着头脑,他也只好在屋子里打转转,后来他到屋后解手去了。发现宋明不在屋里,李小娟便对朱冬生笑道:“今天你还算精灵,脑子开了窍,前回大队长来,想跟柳枝儿说说话儿,你却横在当中,像一根大门闩子。跟你做脸子,打手势,你都看不见,只顾滔滔不绝地念你那本养鱼经。我看见他们坐立不安,柳枝儿的眼光不停地在大队长身上转,你却成了瞎子,或者说成了傻子,我的心里在骂你,怎么这么蠢!"朱冬生不禁笑道:"你说我是傻子,不见得。那年冬天碰到你,牵你过港子,难道也是傻子?如果是傻子,就不晓得怎样动作!"李小娟扑哧一声笑起来,骂道:"那种俗样子,你还好意思说!你是无师自通,色胆包天,要是我生了气,刮你一大巴掌,看你怎样下台阶?"朱冬生哈哈大笑,他笑道:"我看你不嫌弃我,只顾跟我说话,还拿眼球儿照我。过水港那会儿,你踩着圆石头,脚打滑,倒在我身上,身子好沉,贴得好紧,难道我真是傻子,一块肉掉进嘴里还不晓得张开口吞下去?"李小娟的脸红了,她尖叫起来,用手拍打朱冬生,拍出的声音很大,想是打在朱冬生的肉墩墩的厚背上。接着便是朱冬生逃跑的声音,他撞倒了椅子和板凳,还有李小娟的脚步声,夹杂着笑声和骂声。两人在房间里追逐着,就像两个伢儿在捉迷藏,打要架子。这种游戏过去宋明也做过,有时为了一句逗耍方的话,春妹子赶来追他,为了躲避挨打,他也逃跑着,春妹子追上他,两人一阵撕打。有次他被追到卧房里,不小心,把冷满爹的一只青花坛子撞破了,这只青花坛子是一位相好的女人送给他的。那时春妹子还小,冷满爹想给她娶个后娘,他看中了刘二麻子的堂客。刘二麻子是个富农,早年死了,他娶的是个贫农家的女子。两人一谈都很满意,很快就定了。冷满爹送了女人一段衣料,女人抱来了一只青花坛子,说是从娘屋里带来的,算是她的陪嫁品。谁知坛子送来不久,冷满爹便被四清工作队叫去了,队长把他狠狠地骂了一顿,骂他想喝地主富农的二锅汤,洗脚水,以后好当他们的狗腿子,差点把他定了个坏分子!幸亏后来纠偏才算没吃大亏。不过亲是娶不成了,刘二麻子堂客不敢再来了,直到她病死那年,青花坛子也没有搬回去,它成了冷满爹这段罗曼史的唯一纪念品。他很珍惜这件纪念品,把它搬进自己的卧室内,放在床后的角落里,不想被宋明和春妹子碰碎了。一只普通的青花坛子,碰碎了就碰碎了,有什么可惜的?如今比这种坛子式样花色好的很多,家里有的是钱,上街去扛一打回来也行的。两人谁也不介意,只将碎片子收拢来,丢进屋后的垃圾堆里。谁知老倌子回来发现青花坛子不见,便到处寻找。春妹子告诉他被他们碰碎了,冷满爹顿时发呆了,他的眼睛里充满了泪水,他把那些碎花片子捡拢来,装进了一只竹筐里,他又把竹筐子放在自己的床底下。有好几天,他都愁眉不展,好像有一肚皮的心事似的,且一反常态,好几天不跟人说话。

朱冬生和李小娟的追逐和嬉笑,表现出两口儿情深意笃,别人的快活,引起宋明想到自己的快活。到地区开会以前,他不是也过得很愉快吗?他跟春妹子没有结婚,但除了不在一张床上睡觉以外,已经跟夫妻一样了。他们同在一口锅里炒菜,同在一张桌子上吃饭,日常生活用品也放在同一只柜子里。每天清晨起床,春妹子坐在地坪里梳头发,梳完头发就洗脸,洗完脸就洗衣服,在她的脚盆里,总有宋明的衣裳和袜子。春妹子不仅替他洗衣服,还替他叠被子,打洗脸水,端饭,碰到炎热天气,替他扇扇子。每当冷满爹看见小两口儿这样亲热,他的心里很舒展,不免快活地想,早点把亲事办了,让女儿生个胖伢伢,是他的外孙或外孙女。过了端午节,冷满爹就拍满六十四岁了,不知为什么?这两年,随着年龄的增长,他越来越喜欢细伢子,看见别人家的伢儿趴在地上玩泥巴坨、捉蚱蜢子,他便站在一旁,痴痴地望着,一望就是半天。有好几回做梦,他梦见怀里抱着细伢子。有人问他,这是谁的细伢子?他很得意地说,是春妹子的细伢子,是他的亲外孙。

宋明早解完了手,他站在屋后不想马上走出来。他听见夫妇俩的对话,听到他俩在屋子里嬉笑,他的心里有种说不出的味道。这种味道像是酸的,又像是甜的,品到最后变成了苦味。他觉得自己的心头很苦涩,不知道用什么办法把这种苦味儿排除掉!过了好一会儿,柳枝儿又回到了屋里,他才跟朱冬生跑到池边,他跟他们一块儿捉亲鱼,一块儿注射催产剂。打过针的亲鱼被小心地放回池子里。因为是晴朗天,太阳很温暖,中午时分给人一种燥热的感觉。午饭以后,水温升到了二十五度,这种水温最适宜亲鱼产卵,这时亲鱼已经开始互相追逐。这一批亲鱼,大都是青鱼,黑色的背脊和圆筒形的身子不时在水面露出。吃过晚饭以后,大家又来到池边,只见青鱼在翻腾了,它们在水里打滚、翻跟斗、撞肚皮,雄鱼的身体剧烈地摇动,雌鱼的胸鳍像两片风车叶子。朱冬生笑道:"洞房花烛夜,可惜少了闹房的。"

亲鱼发情前就往产卵池放了水,因为池子靠近大水沟,朱冬生用一个水泥槽子将水引进池子里。在产卵池的另一边,他又挖了一个更低的池子,这个池子没放水,只放了一排大缸子。缸子的学名叫孵化缸,用小槽子与产卵池连接起来,产卵池的鱼卵沿着小槽流进来,孵化缸四周用过滤网子罩起来,池水灌满又溢出,把受精的鱼卵留在缸子里。添置这种孵化缸也是陈良桂的主意。他到岳阳去参观,发现那里的专业户采用这种孵化缸,他便买了几只回来,把它安置在这里。用这种孵化缸孵化鱼苗,克服了老班子手里传下的用大池子孵鱼的缺点,用大池子孵化鱼苗,水蚤子多,损害受精卵,影响了鱼苗的成活率。

只见孵化缸中的水像开水一样沸腾,这是水缸过水时特有的现象,它能保证氧气的充足供应,避免了鱼卵的互相挤死和堆积。没有多久,孵化缸里出现了无数黄白色的颗粒,它们就是受精的卵子。大家看见卵子很高兴。喜悦是从劳动中得到的,它能冲刷心上的愁云。宋明感到快乐了,他跟大家一样跳跃,拍手,哈哈大笑。接下去是孵化鱼苗,这是一种更加细致的工作,需要再忙几天。吃过午饭,又忙了半天,眼看天色已经近晚,陈良桂要回村委会开会,宋明也嚷着要回去,他们便相邀着一块儿走。

陈良桂驾来了一只双飞燕,不用搭渡船了,宋明跟他来到船上,刚把双桨张开,便听见两个女伢儿高叫:"慢一点!"他们便把桨儿停下。柳树丛中,跑出来李小娟和柳枝儿,两人朝小船跑来了。李小娟穿着一件紫罗兰色的毛线衣。柳枝儿把红夹袄罩衫脱了,里面是一件翠绿色的毛衣,两人体态轻盈,胸脯饱满,显出一副诱人的身段。她们气喘咻咻地跑来,赶到船边,伸出两只小手,手上都托着一只小包裹。柳枝儿把包裹递给陈良桂,她没有说话,只用眼睛深情地看了他一眼。李小娟把包裹递给宋明后却说道:"这件毛衣是春妹子给你打的,她不晓得收边,叫我替她收,现在边收好了,你拿回去吧,穿在身上,让春妹子看见高兴!"

双飞燕离开了小白洲,飞过内湖,转进了通往内湖的小港,小船在水港里漂着。两人把包裹打开,宋明包裹里是一件毛衣,陈良桂包裹里也是一件毛衣,两人的毛衣都是用新疆羊毛做的,毛色纯正,样式新颖,因为是开襟的,都缀着有机玻璃扣子。陈良桂一边荡着桨,一边望着摊开在船板上的毛衣,微微笑着。他的微笑是甜蜜的,不像宋明心里的滋味那样复杂。他的心里原来只有苦涩,现在又有了甜,你想把两种完全相反的味儿掺杂在一起,他会感到好受吗?

双飞燕漂过水港,漂到了冷满爹的屋前天已经黑了。宋明跳上岸来,发现屋里没有灯亮,也没有人声。每晚堂屋里照例坐满了客人,有电视的时候,大家挤在一堆看电视,近来因为大垸里埋水泥杆子,不能开电视机,但也有人来坐烂板凳,他们喝着芝麻豆子茶,津津有味地听着冷满爹神侃。今晚好像没有客人,冷满爹与春妹子都睡了。宋明站在地坪里,呆呆地站着,好久才挪动脚步,他没有进屋,却转过身子,跨过水港上的木桥,朝大堤走去了。

爬上大堤,走了一段路,又踏上了那只大矶头。大矶头是他最熟悉的地方,过去他在这里领略过热恋的欢快,也饱尝了失恋的痛苦。他坐在矶头上的石块上,两边和背后都是水杨树,它们静静地站在那里,好像一排排卫士。今天因为晒了整天太阳,夜晚的空气变得很温暖,平静的湖水,在夜光下闪闪发亮。宋明痴痴地坐着,心中的痛苦有增无减,甜味儿又没有了,除了痛苦以外,剩下的是一片空虚。这种感觉是从前没有体验过的,从前在受感情折磨的时候,他还感觉有自己,是自己在痛苦,在伤心,自从和王玲重逢以后,过了几天梦幻般的生活,他便感到没有了自己,主宰自己行为的是别的什么力量。这种缺乏自我感觉的痛苦应是最伤人的痛苦。现在宋明像是喝醉了酒,又像是入了梦,他默默地坐在水杨树下,像一根呆木头,一动也不动。

"小宋,我望见你在前面走,喊了好几声,怎么不听见?"这人的说话声,以及他走到跟前的脚步声,宋明都没有听见,直到他把重重的巴掌拍在他的肩膀上,他才清醒过来。宋明睁开眼睛一看,看清了这人的面孔,顿时清醒了。他大声叫道:"杨书记,你怎么来了?"杨青林笑道:"你还不晓得,我是个夜猫子,一到夜里,精神就来了,满垸子乱跑。刚才从柳林村出来,走上大堤,看见了你,我正有件事情要找你,便赶紧追你。"

宋明的心中疑惑,乡党委书记会有什么事找他?没有让他多猜,杨青林从怀里掏出一张纸来,把它递给宋明,笑道:"这是一张表格,要求回城的知识青年都要填上一张,请把它填好交给我,我把它交给马秘书存档,你就可以转移户口了!"稍微停了一会,杨青林又说,"你有一位同学,叫王玲的,她已经到乡里和我们联系了,她把地区农科所的通知送来了,通知是真的!"对于杨青林,宋明素来是很佩服的,由于他把冷满爹渔业组当作打破"左"的桎梏的第一只拳头,他和他们经历了同样的悲喜,他们对他也特别有感情。如今家庭联产承包责任制已经普遍推行,农村的面貌一天天地发生着巨大的变化,人们的脸色变了,田野的歌声多了,家家户户都囤积了余粮,没有仓廪的人家担心粮食卖不出,一些富得比较快一点的户子,已经开始用红砖砌新房子了。尽管农村已经变了样,杨青林却像远没有满足,他担任乡党委书记以来,依旧不舍昼夜在垸子里奔忙。大家的脸膛变得红润了,皱纹少了,他的脸色却一直是焦黄的,而且越来越瘦削,在本来就很密集的皱纹里,又添加了许多道皱纹,头发中白发的比例也比从前大了,只有他那炯炯发亮的目光没有变,不但没有变,而且更加光亮,更加有神。遇到这种目光,精神萎靡的人也会振作起来。从这样一个人的手里,宋明怎好意思接过那张回城的表格?他的手颤抖着,几次想伸出手来接这张表格,却始终没有伸出手来。杨青林见他不伸出手接表格,知道他不好意思,便替他折叠了一下,塞进了他的口袋里。他安慰他道:"回到城里,一样可以为四化尽力,只是我们大垸少了一位有文化的青年,是一个损失!"短短的几句话,却像一只重锤,捶打在他的心上。

停了一会,杨青林又从衣袋里掏出一张硬质纸,上面贴着一张被撕碎的照片。杨青林把照片递给宋明,笑道:"你们这班年轻人,真不稳当,这样重要的照片,怎么能够随地乱丢?今天早上有人从冷满爹屋后那只干涸的粪池里捡到的,我怕它散失了,替你把它贴好了。看起来,你和这位同学的关系不一般!"宋明伸手接过照片,看不清上面的头像。杨青林带来了一支手电筒,将它拧开递给他。当宋明的眼光刚一扫过照片,他便跳起来,脸颊顿时发烧了,黑暗中看不清他的表情,但是从他那呼哧呼哧出粗气的声音听得出来,他是气急了。他用一种发颤的声音问杨青林:"杨书记,这张照片是谁拾到的?"杨青林回答道:"冷满爹!听说王玲已经给春妹子看过了。他们父女俩虽然伤心,但是强扭的瓜不甜,他们知道已经留你不下了,也就不打算留你了!"宋明愤怒地叫起来:"卑鄙,这个女人真卑鄙!"接着用力将贴着照片的硬纸撕得粉碎,他把碎片抛向湖中,过了一会,他又从口袋里掏出那张表格,把它也撕碎了。照片和表格的碎片在矶头下飞扬,站在杨青林面前的人却不见了。杨青林望着那匆匆离去的背影,长长地叹了一口气,不过他很满意,他想他对冷满爹的许诺看来能够实现。

九、拉郎配

李小娟和柳枝儿送走宋明和陈良桂以后,回到屋里,天色还未变暗。小白洲的电线杆子没有竖起来,电线没有扯过来,屋子里没有电灯,平日房间和灶屋点着两盏煤油灯。朱冬生蹲在走廊上给一只煤气灯打气,这只煤气灯是他刚从县里买来的,准备挂在堂屋里,照着李小娟给补习班的学生上课。自从生活过好以后,李小娟又萌发了当教师的念头,但她已被文教专干开除,失去了当教师的资格,不可能再到完小或联校去上课,于是她便把洲子上的失学儿童召集拢来,给他们补习功课。她的这个补习班只有五个学生,其中年纪最大的名叫俞小三,就是那个把朱冬生从烂泥湖接出来与李小娟相会的伢儿。他每天都提前到这里来,帮着扛黑板,摆课桌,打扫卫生。李小娟指定他当班长。他对另外一个男伢儿也很爱护,那伢儿叫菊香,因为家境不好,营养不良,害了夜盲症,每天都得由他牵着来上课,上完了课,又牵着回家。后来搭帮李老师送了他几瓶鱼肝油丸子,叫他按时按刻吞几粒,不到半月,菊香在夜里走路就不要小三牵扶了。

今天小三和菊香还没有来,李小娟还没有淘米做晚饭,她突然想起孵化池的水温达到二十七度,鱼卵里可能孵出鱼来,陈良桂今晚要开会,柳枝儿是生手,朱冬生一个人忙不赢,她得去做帮手。她便急忙去通知学生,叫他们今晚不要来了,今天落下的功课,明天再去补。首先,她走进小三家的茅屋里,只见他早吃过了晚饭,正在清理书包。李小娟把她的来意说了,又叫他把课本拿出来,指点了今晚复习的要点。小三家离另外两名女学生家不远,她又到了那一家。两个女伢儿是双胞胎,一个叫红莲,一个叫白莲。她们的母亲在分娩时死了,父亲是一个老实巴交的作田汉子,在这种情形下,双胞胎是很难存活的,但她们居然活下来了,而且都长得很肥壮。她们能活下来,应当归功于小三的妈妈。那是一九六三年秋季,三年经济困难的日子已经过去,农村开始复苏,农民逐渐有了饱饭吃,小三妈妈的身板子好,奶水足,她除了喂饱她的第二个儿子,还有足够的奶汁供养这对双胞胎。后来小三的爹爹死了,两个女伢儿的爹爹感念她这点恩德,也常无偿地替他们家做些农活。土地承包以后,田里工夫多了,小三忙不赢,老倌子就自动来帮衬,有时收工晚了,就睡在小三家堂屋里的竹凉板上。这样垸子里就有了流言蜚语,而且越传越离谱。如有个人说,他从小三家的亮窗子下经过,看见两个光屁股绞在一起。还有一个人宣告,小三家屋后的粪池里浮起一只大老鼠,据他仔细辨认,那明明不是老鼠,而是一个不足月的死婴。这些谣言传到小三妈妈的耳朵里,她有口难辩,只有关起房门痛哭一场。到了第二天,她便断然拒绝了老倌子的援助,打发他回家了。老倌子一走,小三又忙不赢,她便只好自己下田劳作,背犁、插秧、薅草、扮禾,样样都搞,不上半年,一对白白的腿把子变得墨黑,一张本来还算白净的脸子,变得像结了一层黄壳。但是谣言并没有停歇。老倌子不懂味,时不时还巴着旱烟管进屋来坐一阵,等到小三妈妈做尽了样子,他自己不能来了,双胞胎却常常来。双胞胎都到了上学的年龄,长得像一对粉冬瓜,进得门来就大声喊妈妈。本来嘛,她们是小三妈妈用奶水喂大的,有奶便是娘,这也是合乎情理的事。可是不知为什么,听到她们那甜甜的喊声,小三妈妈的心房便一颤,感觉到一股甜味,接着又充满了恐惧,这种感觉日益强烈,使她夜晚老做噩梦。过了许久,她才想出一个主意,搬离这是非之地。她听说内湖中央那片荒洲允许住人了,便找到大队部,请求同意她搬到那儿去居住。罗四拐子板着一副猴脸不搭理她,她也只好悻悻然回家。搭帮住在俞七阿公隔壁的刘寡妈提醒,她提了三只生蛋的鸡婆去大队部,罗四拐子才微笑着点头,写了一张两指宽的条子,算是批准了她到小白洲居住。小白洲上人口不多,是非很少,过了两年清静的日子。不想等罗家叔侄垮台,陈良桂主事,小白洲突然热闹起来了。村委会把它定为培养鱼苗鳖种的基地,陆陆续续搬来了一些户子。朱冬生和李小娟是最早搬来的一户,接着又搬来了几户。等到朱冬生要挖鱼池了,红莲、白莲一家也搬来了。因为早年她们的爹做过泥水匠,他知道如何和三合土、搅拌水泥,冷满爹指挥挖孵化池,指名要他过湖来帮忙。他一来就发现了小三妈妈的行踪,又扯常到她家来坐烂板凳。这位年过半百的老实巴交的老倌子,好像铁了心似的,等孵化池子修好后,就赖着不走了。他没有跟任何人商量,也没有取得村委会的同意,就把家搬过来了。他搬家的速度极快,快到连左右邻居都不知道,等到他们发觉后,他的基脚已经打好了,几根屋柱子已经竖起来。他的宅基地靠近小三家的竹篱笆,茅屋子上檩以后,屋檐挨着屋檐,从此两家共用一片菜园子,合占一块大地坪,真是抬头不见低头见,彼此要回避已经很难了。自打把家搬利索以后,这个老倌子不管别人的议论,每天有事无事,都要巴着旱烟管到小三家来坐一阵,碰上家里或田里有事,不用请他也会出手帮忙。

李小娟为了动员这几个失学儿童进补习班,曾经多次到这两户人家去走访,她早已发现两家之间的微妙关系。有天她回家后笑着对朱冬生说:"两家老人的心里都明白,又互不嫌弃,为什么不能合在一口锅里煮饭,两幢小茅屋子变成一幢大茅屋子?"朱冬生叹了一口气道:"垸子里多年形成的老习惯,寡妇嫁人不是一件光彩的事情,容易让人耻笑。我也过细观察过,好像老倌子思想还开通,恐怕他早已作这种打算了,如今就是老妈子心里还有顾虑,她怕落人褒贬,或者说,她怕这种事会叫儿女们难堪。"李小娟道:"天要下雨,娘要嫁人,儿女有什么难堪?我看俞小三确实跟两个女学生显得生生的,他们住得顶近,却从没有同过路,到了课堂上,也从不讲话,连摆课桌也隔得远远的,好像有什么隔阂似的。让我做做工作看,让小字辈们亲近起来,把他们两家人撮合在一起!"李小娟就是这样一种心态,她自己的生活过好了,也希望别人的生活过得好,特别是对小白洲上的人,她希望他们都生活美满。

谁知当她把学生们通知到了,走回自己的房屋,头顶好像被人浇了一桶凉水,她看到文教专干站在台阶上,露出一副凶恶的面孔。文教专干就是黄卫新,原来名叫黄卫青,"四人帮"粉碎后才把名字改过来,使之含有保卫新时期的路线的意思。他是柳林大队前党支部书记罗富庭的表侄,和李小娟有点瓜葛亲,但他在处理李小娟的事情上一点也不讲情面,完全站在罗富庭和袁大头一边,当众宣布李小娟道德败坏,把她开除出教师队伍!李小娟一见他就有气,只用眼角儿瞟了他一下,就气冲冲地进了屋子。黄卫新跟着她进了堂屋,用手上的柳条儿拍打着课桌,他大声地叫嚷:"这些家什是谁叫你们制的?谁批准你们私人办学?"李小娟回转头答道:"课桌是我自己请木匠做的,又没有花公家一分钱,我们办的是补习班,又不是什么正规学校,你管不着!"黄卫新听见李小娟答话,态度还算平和,他的气焰嚣张起来了,扯开喉咙大声吼道:"补习班怎么不算学校?它也得经政府批准!用这种方式办学,容易出政治问题,更加需要严格审查。你是被开除的教师,没有资格办这种补习班!"李小娟听了他的这些话,想起了过去的遭遇,她的眼泪水就来了,连忙走进厨房里,扯起衣襟擦泪水。黄卫新正扬扬得意,忽然听得身后有人大喝:"放你娘的屁!你的狗眼瞎了,认不得老子,还敢到这里耍威风?"李小娟一听是朱冬生的声音,他从孵化池旁回来了。黄卫新扭头看见朱冬生铁塔似的身子,两腿开始打战了,他还看到他那双捏紧的拳头,像是小铁锤,好汉不吃眼前亏,便慌忙退出了屋子。当他跳下台阶,朱冬生也跟了过来。李小娟怕他的手重,打伤了人不是好耍的,便忙上前使劲抓住他的手腕,朱冬生急得双脚蹦跳。黄卫新见李小娟不敢让男人打他,为了表示不示弱,他又在地坪里站住,扯开喉咙叫道:"你们违反政府法令,私自办学,我要向政府报告,派民兵来抓你们!"朱冬生也叫道:"你报告吧,带人来抓吧!你还想狗仗人势,做梦,告诉你,现在不是从前,谁也不会怕你,只要不怕吃拳头,你尽管来好了!"黄卫新还在地坪里喊叫,恰好柳枝儿也回来了,她一看见黄卫新丑陋的嘴脸,想起过去所受的欺凌,心里产生一阵酸痛,她把锁着的大黄狗放开了。朱冬生家的大黄狗异常凶恶,曾经咬伤过行人,害得他多次赔礼道歉。他早想打杀它,但是李小娟不忍,她说可以用它来守护鱼池,这样白天用铁链子锁住,夜晚才放出来,让它躺在鱼池边,果然能防备偷鱼的贼。这时柳枝儿把它头上的锁链松了,它感激地朝她吠叫,柳枝儿用手朝地坪一指,它便猛然冲了过去,把黄卫新吓了一跳。幸亏他手上有根柳条,不然真不知道怎样对付。他一边用柳条朝大黄狗乱拂,一边迅速撤退,因为脑后没有长眼睛,绊着一根拴牛桩跌倒了。大黄狗扑了上去,咬住了他的一只裤腿。黄卫新惨叫一声,立刻瘫倒在地上。因为叫声太大,大黄狗吓了一跳,它把裤腿撕破了,没有伤着皮肉,还后退了几步。这样便救了黄卫新,他赶紧来个鹞子翻身,爬起身来往湖边猛跑,跑到水旁才定下神,发现一只皮鞋不见了。这叫他非常心痛,因为皮鞋买回不到一星期,失落了一只实在太可惜,而且眼下没有鞋穿怎么走路?难道直接踩在泥土上?他曾听防疫站的人说过,柳林垸有钩虫病,钩虫寄生在人畜的肠道里,虫卵随粪便排出体外,在温度和湿度适宜的泥土中发育,脱皮后变为能穿透人体皮肤的幼虫。如果踩着带幼虫的泥土,人就会得这种病。因此他回到柳林垸工作以后,从来不敢打赤脚,如今把一只皮鞋掉了,只好光着脚板跑路,脚上虽然有双袜子,薄薄的尼龙纱有无数小孔。如果得了这种病,脸色会变蜡黄的,浑身没有力气,还会全身浮肿,就好像得了急性黄疸型肝炎,人们都不敢跟他接触了,如果他变成这副样子,找对象就有妨碍了。他把柳枝儿逼走以后,又刮上了一名小学教师,但他也没有准备把她变成自己的堂客,他还想找只高枝儿上的鸟。

　　这时码头上没有一个人,幸好渡船已经过来了,他坐在船上发痴,满面愁云不愿马上开船,但他又不敢回头去找,他怕朱冬生的拳头和那只大黄狗。他望望绿树丛中冲出来的尖尖屋角,知道那是朱冬生的房屋。太阳已经缓缓落水,天色慢慢暗下来了,天空里的风息了,湖上的水又恢复了平静,湖水变得像一匹黛色的绸缎,远处点缀着几点渔火。黄卫新埋怨自己不该这样轻敌,只知道李小娟软弱可欺,忘记了有个憨子朱冬生,他家还养了一只凶猛的大黄狗。失落了一只新皮鞋非常可惜,崭新的的确良裤子被咬了一个大洞,幸亏没有被旁人看见,不然这场耻辱会变成新闻。这时他的肚子已开始咕咕叫了,他已确实有点饿了,算是倒了一次大霉。当他正弓腰准备扯下系渡船的绳索,突然从杨柳树丛中抛出一件东西,感觉好像是一块岩石,赶忙偏头缩颈躲避,仿佛听见一声巨响,身上没有感到异样,便怯生生地抬起头来,喜出望外的是,抛过来的是那只失落了的皮鞋。他不无感激地望了望杨柳树丛,树丛里没有丝毫动静,他急忙将脚板伸进皮鞋里,撑开渡船飞快地走了。

　　黄卫新将渡船摆到对岸,跳下船还朝身后望了望,只见身后是一片湖水,湖水那边是小白洲,洲上的树丛中闪烁着亮光,那是洲子上住家人的灯火,隔着湖水才是李小娟的家,朱冬生的拳头和大黄狗都不是威胁了。

这时天已经完全黑下来了。俗话说:"一月阴,二月星,三月四月大雷公。"当他走不多远,就听到隆隆的雷声。等他走到垸子中央,头上落着了雨点。"春湿冬干",春天的雨是说来就来的,他家住在大堤边,赶回家准会变落汤鸡。他看见近处有片树林子,树林里露出菱形的屋角,像两只黑乌鸦,他便朝这座房屋跑去。这座房子他是很熟悉的,从前是地主虢舜卿的宗祠,后来成了柳林小学的校舍,他在这里蹲过点。这儿还住着他的表叔,表叔罗富庭的房子靠近小学堂,修得十分宽大,被人称作高台阶。表叔担任柳林大队党支部书记的时候,在这一带很走得起,他曾常在这里走动,成了他的又一根拐杖。后来表叔栽了跟头,声名变得很狼藉,他便很少来看他了,他把点也移到了另一所小学,好让自己跟他保持一定的距离。最近风闻表叔又要出山了,他的心里想道,正好趁这个机会去看看他,也算表示一点敬意。

忽然雨点下得更大了,它们打在小学校的瓦屋顶子上,好像是用铁锅炒豆了。黄卫新一路箭步,越过了大操坪。当他跳上高台阶,突然天空一声炸雷,就像打在自己的头上,把他吓了一大跳。炸雷刚刚响过,雨水便像瓢泼似的倾泻下来,台阶旁边接屋檐水的阴沟,很快就灌满了。

台阶上去是堂屋,堂屋的门大敞着,里面亮着灯光,灯下坐着一堆人。黄卫新举目一望,都认识,其中有大队党支部的老支委谭福生,有妇联会的老主任曹柏枝,还有曹柏枝的妹子,柳林综合厂的厂长夫人曹桂枝。罗富庭正坐在他的大围椅上哈哈大笑,他一眼看见黄卫新,连忙止住笑声,抬起身子跟他打招呼。对于黄卫新的到来,他自然很高兴,因为除去罗四拐子,子侄辈中他最喜欢黄卫新,觉得他很机灵,办事极麻利。曹柏枝坐在门口,看见黄卫新一身是水,她连忙叫道:"老支书,赶紧替你侄子找出一套衣裳换了,他一身都淋湿了!"罗富庭立刻走进了睡房,拿出一套崭新的衣裳。黄卫新端详了一下表叔的面颜,发现他老了,虽然还是那副大方块脸,颜色却变了,过去是红通通的,像刚喝下两斤老酒,如今却似抹了锅底灰,灰灰的。那对过去显得很威严的浓眉毛,也变得像两把刷子,当中伸出几根寿眉,好像偷油婆的触须。浓眉下面的眼神还算有神,但是眼眶子下的肉泡泡长大了,像是两只鸡食袋。看到表叔容颜的变化,黄卫新心里突然产生了一种怜悯的感觉,他想讲几句安慰老人的话,又一时讲不出。这时他听见曹柏枝又叫道:"老支书,侄儿好像还没有吃饭的吧?"这话勾起了他饥饿的感觉,他忙点了点头。罗富庭就朝曹柏枝笑道:"大婶子,就烦你代我弄点东西给他吃。"曹柏枝答应着,她站起身子,噔噔噔地进厨房去了。

曹柏枝是个胖子,过了中年更加胖了,她的腰围很宽,像一只水桶,屁股也很大,像两只畚箕。但是别看她身躯粗大,动作却很敏捷,这时她早到了灶前,点燃了草把子,把铁锅烧红了。老远就听见菜油倒进热锅发出的哔哔的声音,接着又听到炒菜时铁铲碰击锅沿的声音,像变戏法似的,不一会儿,饭菜就弄好了。一碗干辣椒炒淡干鱼,一碗春笋子炒腊肉,还有一海碗漂满葱花的蛋汤。她把黄卫新请进灶屋,热情招呼他吃饭。堂屋里的大方桌,已经搬进了灶屋里,因为已经有了两年没有地县和区乡干部来吃饭了。

堂屋里的谈话还在继续着。

谭福生是个精精瘦瘦的汉子,身板却很结实,这时正在生气,他手里的旱烟管,在三合土地面狠狠地敲着,好像要把地戳穿似的。他的嘴里连连地叹息道:"铁打的江山,被这班家伙搅乱了,唉唉唉,真可惜!"叹息了一回,他问罗富庭道,"老支书,你听没听说过,一个共产党员,可以跑单帮,做生意?"罗富庭也巴着一根旱烟管,他的烟管很短,里面插着一支香烟。自从在县里开会看见许多干部这样抽烟以后,他就把长烟管丢了,换了一支短烟管,这支烟管还是袁大头送的。他的嘴喷出了一股烟,问道:"你说的是不是卜桂香?"谭福生道:"不是他,还会有谁?前年跑过一回长沙,贩湖藕子,蚀了本,他便死心塌地地回来作田,不敢再出去闯了。前些日子,杨青林又劝他出山,叫他装了一船土特产,到长沙去卖掉,听说这船货是刘丽君的代收店收进去的,价格很便宜,送到长沙很卖得起价!"罗富庭道:"不是分田到户那会儿,他很积极,杨青林让他继续当队长,召开三级干部会的时候,还要他介绍扶植专业户重点户的经验,怎么又肯让他去搞别的路子?"谭福生道:"老支书,你不到外面走走,不明白底细,你听到的是些表面文章,背后的名堂多得很呢!我说一点给你听,杨青林为什么派刘丽君到常德日杂公司去挂钩,让她推销柳林垸社员编制的芦苇制品和柳条制品,后来又让她恢复代收店收购各种土特产?"罗富庭知道为什么,因为他相信罗四拐子讲过的话,他自己是过来人,将心比心,一个在劳改队熬了多年的壮年汉子,遇上了一个漂亮的寡妇,怎能不动心?他没有来得及回答,坐在一旁的曹桂枝代他回答了。她笑道:"嘻嘻嘻,还不是因为刘丽君的脸模子好,脚把子粗,他想要她做亲家母!"

曹桂枝跟姐姐的模样完全不一样,她长得单瘦,脸庞儿也不秀丽,但她喜欢扯眉毛,涂胭脂,一双薄薄的嘴唇,抹上了一层口红。她这次来看望姐姐和罗支书,是肩负了一项特殊任务的。这时她插了这句话,逗得两个老倌子哈哈大笑。罗富庭笑得太厉害了,把烟气呛进了喉咙眼,害得他干咳了半天。不过他们听了她这句话以后,不再问她的消息来源,又扯起长麻线,继续谈论生产经营方面的事情。曹桂枝不愿意听乡下人的作田经,她听见灶屋里很热闹,姐姐和黄卫新正高声说话,好像在说一件十分有趣的事情,姐姐的尖嗓子咯咯咯咯笑个不停。曹桂枝还不到四十岁,她顶喜欢起趁有年轻人在内的场面,这时她正在编织一件毛线衣,便忙把毛线团捡起,将它纳进自己的衣袋子里,三步并作两脚,拐进了灶屋子里。

这里谭福生在继续说道:"刘丽君的代收店如今不仅收购芦苇制品,别的土特产也收,从湘莲、茶叶、黄花菜到兔子毛鸡毛鸭毛,什么都要,有的产品供销社不要,他们也要,如今铺房都堆满了,资金也掏空了。刘丽君急了,去找杨青林,他又出点子,叫她去跟卜桂香商量,请他用船拖到长沙去销售。卜桂香卖湖藕子认识一名市场管理员,是个女的,当时帮了他的大忙,他还常念叨,他们想让他找那个女管理员想法子。卜桂香不敢大弄,只驾了艘乌篷船,装了几百斤货,听说已经回了,我还没去打听,不知搞得怎么样,我想一定跟上回一样,蚀本散场。卜桂香这号角色,在乡下不算能人,到了城里,只怕也是聋子瞎子跛子,去投奔一个堂客,看他那副长相,也吃不得软饭。"罗富庭很注意听谭福生的讲话,他对于他的造访,总是十分高兴。因为在他这段倒霉的日子里,好像得了传

染病,别人都躲得远远的,只有这位老朋友还常来看他。这时他问道:
"不是卜桂香还在当队长?"谭福生道:"如今都改名叫组长,卜桂香答应
替代收店运货以后,杨青林为了让他当运输专业户,把他的组长职务撤
了,又亲自来到柳林组主持了选举会,进行了改选。"罗富庭问:"柳林组
是杨青林的点,如今又是哪个当组长?"谭福生大笑:"说来你不会相信,
卜桂香的担子撂给了朱长生!"罗富庭对这个组也很熟悉,他问:"是不是
朱三爹的大崽,三块磨盘也压不出个屁的家伙,绰号叫菩萨的?"谭福生
笑道:"就是他就是他!他有两个弟弟一个妹妹,大弟弟被提拔到乡政府
当会计,据说已经接了老财务主任的班,小弟弟是个骗子,骗走了你的外
甥女,如今妹妹又在骗人,不过她骗的是老倌子,三番五次表示要跟杨青
林结婚。杨青林没有答应,我看迟早会答应,不然为什么会越级提拔她
二哥,连个木脑壳大哥也安排了领导职务。"罗富庭一听这话就心痛,他
想权力多么重要,自己失去了权力,没有人跟他来往,人家有了权力,就
可以任意地安排人,建立关系网。他正想发几句牢骚,说几句尖锐的话,
还没有来得及张嘴,却又听见谭福生继续说:"别看朱长生是块木头,为
起私来却很到家,当这组长不到半年,就把组里的田土占去一半,除了冷
满爹和他的妹子春妹子的田,还有杨青林与刘丽君的田,俞春生调到县
供销社以后,他家的田也到了他名下。他家的兄弟早分灶开火,各种各
的田,如今也合在一起,全部交给他作。只有朱四老倌是个老作家,他对
作田有瘾,不愿把自己和满女儿那三亩七分田送给大崽作,听说为这件
事,满女儿惠兰还跟他吵了一架。"惠兰说:"你常常外出做篾匠,已经够
累了,还要侍候这些田,会把身子累垮的。"朱四老倌的嘴上还很硬,不过
照他平日一向依着满妹子心性,他这田早晚会叫朱长生拿去。这样一
来,朱长生就成了大作户。他的身板子好,工夫做得扎实,却毕竟只有一
双手,伢伢们还小,只能出点辅助工,到了双抢季节,就要做到早上一片
黄,中午一片白,晚上一片青,如何做得赢?听说他已请了一个老倌子替
他放牛,还有两个临时工帮他车水,到了七八月,再请几桌扮禾师傅。这
种做法,实际上是雇工剥削。有人反映到乡政府,你听杨青林怎么说?
我亲耳听到他在三级干部会上说的:如今有些人要进湖捕鱼,搞鱼鳖混
养,有些人要砍芦苇,编芦苇席子,有些人要赶湖鸭子,有些人要跑长途

运输,分到各人名下的田没工夫作,作出来也很粗放,我看不如把田集中到作田里手手里,让他们因地制宜合理安排,组织劳力,精耕细作,产量可以翻番。他所说的组织劳力,实际上是雇工剥削!我说老支书,你在地方上做事比我久,几时看到有这种做法?如果照这个样子搞下去,再搞几年,会不会出现地主?如果真的出现了地主,我们的国家不就真的变了颜色?"对于谭福生最后这句问话,他没有回答。他的心里同意他的这种推断,他的回答是肯定的,但是他不肯说出口,他觉得这个问题提得很尖锐,如果明确加以回答,就会跟当前的政策相抵触。他请曹氏姊妹从综合厂借来一些报纸,从报纸上看,柳林垸的一些做法,是上面鼓励和提倡的。他没有直接回答谭福生提出的问题,使谭福生不满意。谭福生认为他在前年跌了一跤,把钢劲儿也跌落了,真是"一年遭蛇咬,三年怕草绳",变了一个胆小怕事的角色,明知这些做法不对,也不敢表态。谭福生心里有点生气,他一生气,便不肯说话了,只顾哧呼哧呼吸烟管子。

谭福生跟罗富庭一样,也是柳林大垸的老干部,一九五〇年春天,他便参加了工作。开始在农会跑跳,不久便参了军,经过三个月集训,分配到长沙警备司令部当兵。每天除了在省政府门前站岗,就由排长领着操练、立正、稍息、跑步,还有持枪、卧倒、起立,每月有那么一两天,被连长带领到郊外练习射击。三年服役期满,没有转成干部,却除了带回一张复员证,还带回一张党员介绍信。这时土地改革已经结束,农村中热火朝天,大家都忙于生产,他也扎紧把子作田,接连得了两个丰收,第一年盖了新屋,第二年讨了堂客。到了第三年,垸子里办起了初级合作社,他是积极分子,当了初级社的社长,后来又成了高级社的副社长。高级社有党支部,他是党支部委员,不久成立了公社,高级社的干部成了大队干部,他又成了大队支部的支委。大队支部书记兼了大队长,他也兼了监委主任。罗富庭任大队支部书记二十年,是个金不换的位子,他这个支委也当了二十年,也是金不换的位子。二十年间,风风雨雨,日子过得很不平静,他真像洞庭湖上的麻雀,见过不少风浪,不过由于有个好舵手,始终没有翻船。他紧跟罗富庭,稳稳当当坐在老位子上,直到前年才突然发生变化。那年发生了袁大头和罗四拐子的大案,把罗富庭掀翻了。当时群众的反应很大,要求开除罗富庭的党籍。幸亏他还在当监委,由他出面做了许多工作,才只受了一个留党察看的处分,支部书记当不成了,却照样领工资。虽然罗富庭过了关,谭福生却受到了连累,群众认为他把罗富庭留在党内起了作用,对他非常不满,他的威信一落千丈。

过去担任监委主任,还兼管着大队企业,大队企业只有一个油榨房和三艘渡船,收入很有限,每年的收入都移作大队合作医疗的经费。他的堂客吐了一次血,经县医院照 X 光确诊为肺结核,这事使他很焦急。当时由罗富庭做主送到常德结核病院治疗,来去共计半年,所花的费用占去全大队合作医疗经费的大半,恰恰相当是大队企业的全部收入,那就是说,一个油榨房和三艘渡船上的十名职工劳累一年,只供养了他的堂客。他堂客回来后又休息了一年,吃了几十瓶鱼肝油和维生素,还吃了白木耳蜂王浆,都由罗富庭签字报销。罗富庭在签字的时候,二话不说,从来没有为难他。罗富庭对谭福生这样慷慨,使罗四拐子也不满,他忍不住对叔叔说:"谭老倌管理大队企业,收入这样少,又全部填了他家的窟窿,这还有什么搞头!"罗富庭笑道:"大队办企业,本来是扯淡的事,如今摆个样子,哄一哄上级领导,能够用它养着谭老倌,让他感激我们,将来会有用的。"罗富庭不愧为老谋深算,由于有这种恩惠,一碰到县里或公社查账,老监委主任替他们挡着。要不是有这面挡箭牌,大肆挥霍农贷,侵吞防汛堤修款子,还有用大队的公积金替自己盖房子,这样一些违法乱纪的事情,早就被戳穿了。这次出了大案,几乎要了罗富庭的老命,要不是老监委主任在一旁做工作袒护他,不要说党籍保不住,连干籍也保不住,说不定还会陪侄儿罗四拐子在劳改农场住两年。总之,罗富庭虽然不懂得什么"人无远虑必有近忧"这类格言,但他凭自己的经验,知道怎样把眼光放远一点。

谭福生包庇了罗富庭,使他在支委会改选时得的票数最少,支部委员落选了。监委主任照例是由支委兼任的,这个职位也跟着罢免了。支部大会一结束,谭福生便跑到高台阶来找罗富庭诉苦,两人"同病相怜",关系变得比过去更密切。尽管两人遭到的打击程度不同,但是那股怨恨的情绪是一样的,从此谭福生跟现任支部书记更加不和,经常不出席支部会,遇到需要表决的时候倒来了,总投反对票。他常到罗富庭家来走动,一起缅怀过去的业绩,发泄对于乡党委书记和支部书记的不满,这时他又在议论陈良桂。

谭福生问罗富庭道:"老支书,你听没听说过,大队支部书记可以跟四类分子的子女住在一起,要她帮助自己做家务?"罗富庭比谭福生想得更深一点,他认为不会只叫她做家务,还会娶她做堂客!他对于曾经跟自己女儿有过一段姻缘的那位支部书记的婚姻,不愿直接加以评论。这件事情做得不留余地,至今使他还后悔。要是当初不那样绝情,那场不愉快的婚礼之后,也许陈良桂还会愿意跟罗彩元结合。他如今收留着的柳枝儿,不仅是个四类分子的子女,也还是被袁大头糟蹋过的,看来陈良桂很开通,并不计较这些事情。要是陈良桂能跟罗彩元结合,他的书记宝座到了陈良桂手里,丈人老子的缺被女婿顶着,他罗富庭的面子不会显得这样难堪,而且只要他教导女儿调教好丈夫,这柳林大垸的地面,不还是在他这双脚下踩着,他不依旧是土皇帝!过去的皇帝还有因年老做太上皇的,由自己的女婿当家,实际上受丈人老子的指派,虽然不能再直接发号施令,躲在后面掌舵也是过瘾的。他对于女儿仓促出走,从此再不回来,自己没有抓紧做好工作,造成了这种被动局面,心里感到是自己一生中最大的失算。这时他只顾低头巴着那根插着香烟的短烟管,装着没有听见谭福生的这句话似的。他除了用旱烟管抽香烟这个习惯以外,还有一个习惯,就是用一只玻璃罐头瓶子喝茶水,这个习惯,也是在县里开会时学来的。县里开会的时候,一些领导干部都带了一只这样的罐头瓶子,瓶子上箍着一层尼龙线织的套子,用以隔热,又可以保护瓶子不易破损。他们不肯用会议桌上的杯子,是怕这种杯子众人用过,会传染疾病。所以他们不论走到那里,都要从包里掏出这种瓶子,用开水冲茶叶子喝。现在他被撤销了党内外一切职务,不再是什么领导干部,但是他的这个习惯还保持着。现在他把旱烟管里的香烟吸完了,便顺手拿起玻璃罐头瓶子喝茶水。他那只箍着一层用红绿尼龙线织的套子的玻璃罐头瓶子,是放在他的围椅旁边的矮凳上的,只要一伸手就能拿到,瓶子里泡的是堆了半瓶茶叶子的翡翠的茶水。

这时他听到灶屋里谈笑的声音很大,两个女的和一个男的同时在大笑,不知曹氏姊妹和表侄黄卫新谈到了什么有趣的事情,他们笑得好厉害,笑个不断纤。对于曹氏姊妹,罗富庭也是下过一番功夫的。

在老农会开办那阵子,曹柏枝就跟罗富庭有来往。当时老实巴交的农民还不敢出来做事,到农会跑跳的大都是二四八月的庄稼汉,还有几个跑过码头的妇女。曹柏枝的父亲当过乡丁,她自小跟爹跑码头、见世面,闯大了胆子,所以很快成了老农会的积极分子。那时当官不像官,不论哪一级干部,都戴同样的帽子,穿同样的衣裳,满脸堆笑。驻在农会的一个干部,是从常德政干校分配来的,常常和农会干部开会,晚了,睡在一起。罗富庭打听到他没有讨堂客,便主动做媒,把曹柏枝介绍给他。那时曹柏枝长得苗条,脸盘子没有现在宽,还有一双水灵灵的眼睛。这个干部一看就满意了,不久两个结了婚。等到曹柏枝生了孩子,不再在农会活动,那个干部也脱离了中心工作,调到肉食站当站长。肉食水产公司下属的肉食站是经营单位,提拔比较困难,但有一弊也有一利,吃肉比较方便。三年困难时期,许多干部得水肿病,垸子里饿死人,两夫妇却胖了,等到经济恢复,胖得不可收拾,男的多了个啤酒桶肚子,患下高血脂症,女的变成水桶腰,失去了绰约风姿。直到"文化大革命",日子倒越过越舒坦,因那时实行票证制,站长的权力空前大了。他们用肉票鱼票铺路,为儿女找到了出路,用肉票鱼票交换,积下了足够的木材和砖瓦。罗富庭也喜欢吃鱼肉,同意把高台阶旁边的一块地让给他们盖屋,批林批孔那年,新屋落成了。谁知好事多磨,站长突然栽倒了,送到医院急救,诊断为脑溢血。性命是保住了,却变成瘫痪,从此只能与床铺相伴,一切仰仗堂客。堂客的心肠还好,并不埋三怨四,因为他有固定工资,又有公费医疗证,儿女有单位,没有后顾之忧,只是有时寂寞难耐,好像在守活寡。她是个强壮的女子,哪能没有需要,幸亏罗富庭念旧,常常过来看望,两人住得贴近,不久又恢复了关系。不过她的年纪大了,实在又太臃肿,当唐元贞一出现,罗富庭仿佛把她忘了。这事使曹柏枝很恼火,几次想叫人戳穿这个西洋镜,一则当时无人敢这样做,再则自己也有顾虑,恐怕把他们两人的西洋镜戳穿了,连带也会将自己的西洋镜戳穿。直到两人出了事,罗富庭不敢出门,唐元贞远走高飞,她才领略了专房专宠的喜悦。她的心里不免庆幸,幸亏老倌子犯了错误。现在罗富庭和曹柏枝来往频繁,不是在高台阶,就是在小瓦屋,垸子里的人看在眼里,却都装着没有看见。乡下人的心是很慈的,他们看见八面威风的罗富庭落魄到这样子,心里不禁又产生了怜悯,他的老伴死了,女儿跑了,他又不肯出门,有个老妈子常来走动,替他料理一下家务,也是能够容忍的,所以虽然曹柏枝常在高台阶上的大屋里歇宿,垸子里的人也很少议论。

由于曹柏枝常出入高台阶大屋,她的妹妹曹桂枝也常来走动。曹桂枝开始来得不勤,最近听人传说,县委副书记梁果夫要重新安排罗富庭的工作,她便来得勤一些了。她所以前后有些区别,是因为她跟姐姐的情况不一样,她姐姐的丈夫是个废人,自己又是个家庭妇女,不必有什么忌讳,而她的丈夫是综合厂的厂长,不仅在柳林镇走得起,在县里也走得起,他跟县工业局局长和经委主任握手拍肩,亲密无间,自然有社会地位,不能随便跟犯错误的干部泡在一起。而她自己又是综合厂的会计室主任,企业里的中层干部,也不得不注意影响,因此她对罗富庭的态度,也得看当时的政治气候来定。

如今政治气候对罗富庭有利,有县委副书记的一句话,她自然也跟姐姐一样,到高台阶上的屋子里的次数增加了,现在她不但常来,还一来就是大半天,好像要坐烂堂屋里的大板凳。来后她一边两手不停地编织毛线衣,一边嘴巴不停地传达着她听来的或编造出来的各种各样的新闻,她每一趟来,都给罗富庭带来希望,她的这些新闻,全是他喜欢听的。比如说杨青林不分青红皂白给"四类分子"通通摘了帽子,受到了县委副书记的批评;比如说杨青林擅自把柳林垸的水稻种植面积减少三分之一,让那些低洼地段都种莲藕、养鱼、围河蚌,这事又受到县政府的电话批评。还有他谎报军情,从老书记手里讨了支令箭,插手柳林镇供销社的改革,受到供销系统干部的抵制。他还想把柳林综合厂置于自己的直接领导之下,变换了董副书记的分工,要朱利生收缴工厂的账簿,谁知她丈夫先走了一步,向县工业局打了个报告,由宋局长转呈经委,经委经过讨论,一致同意将工厂收归县里。昨天晚上朱利生乖乖地将账簿送回来了,其实那些账簿都是为了应付他们这班家伙造的,捞不到什么油水。曹桂枝不厌其详地叙述,罗富庭总听得十分开心。从曹桂枝传播的这些消息看,杨青林虽然在推行家庭承包联产责任制发展生产方面创造出一些业绩,但是他在工作中捅了不少娄子,也碰了不少钉子。他的胜利是罗富庭的失败,他的失败是罗富庭的胜利,他希望他被搞得焦头烂额,声名狼藉,最终混不下去,只好离开这个地面,那时便由办事公正的张文榜出来收拾残局。如果张文榜重新上台,自然依旧重用他这类老干部。不过听说张文榜已经荣任县供销社主任,那种单位有钱有物,他不会肯重返偏远乡村。罗富庭的心里琢磨着,如果杨青林不下台,他是没有出头之日的。君不见县委副书记的报告作过几月了,那准备安排他工作的消息也不止一次传到他耳里,乡党委却置若罔闻,纹丝不动。县委副书记资历浅,魄力小,他不像老书记说干就干,雷厉风行。他的话虽然说得好听,动作却迟缓,等到他的话落实,不知到了何年月?不过听说老书记的心脏病发作,又住进了地区医院,县委由副书记主持工作,事情怕又有眉目了。

不说罗富庭在胡思乱想,灶屋里的笑声继续传来,终于引动了两个老倌子。罗富庭和谭福生停止了谈话,几乎同时站起,一前一后,踱进了灶屋里。罗富庭的脚步快一点,他走在前面。当他刚在灶屋门口露出那副方块脸,灶屋的笑声就像一阵爆竹响,三个人合在一起的笑声,几乎把老倌子的耳朵震聋了。

曹桂枝大声笑道:"说到曹操,曹操就到,这样一桩美事,小黄还在犹豫,请你做表叔的说说看,是不是应该满口答应?"曹柏枝也笑着说:"我们刚才在夸你过去有作为,碰到有事,说干就干,不像如今的小青年,多读了几句书,肚子里的蛔虫多了几条,碰到有事,总要打几天几夜肚官司,等到官司打清了,火候已经过了,别人麻利一点,早就捷足先登了!"罗富庭听她们说了这样一大通,还不知讲的什么事,他便接着笑道:"三个堂客闹一房,三只麻拐闹一塘,今天虽只有两个堂客,就把我这座瓦屋子闹得快冲顶了。你们说了半天,还没有说清楚,把我们提到一只闷葫芦里。"曹桂枝忙替两个老倌子端板凳。这时黄卫新已经吃饱了饭,曹柏枝在案板前替他洗碗筷。曹桂枝笑道:"只为替小黄做媒的事。县经委王主任有个女伢儿长得好乖,拜托我替她找对象,刚才一见你表侄,觉得他的条件合适,我想替他牵扯上这根线。你表侄向我打听女伢的模样长得怎样,我们正在替他描画,只可惜垸子里找不到一个跟她完全相像的人,相像的人还是有的,只像她的一部分。"曹柏枝已把碗筷洗净,将它们放进碗柜里,她转过身来笑道:"她的眼睛像朱惠兰,皮肤像你家彩元,而那只水蛇腰,倒像柳枝儿。"其实她并没有见过那女伢,完全是信口胡诌。她妹妹见过,并不像她描绘的标致,眉眼还整齐,白白胖胖的,只是有个毛病,不能开口,一张嘴,就要露馅,说出叫人捧腹的话来。原来这个女伢因胎儿黄疸影响脑垂体发育,自小脑子不清醒,如今养在家里,当宝贝看。王主任的年纪不小了,老伴也五十开外,早已不能生育,两人对女伢儿的终身大事,特别感到焦心。有天他们跟王时英谈起,眼泪涟涟。王时英是王主任的远房侄女,她把叔叔的焦虑告诉刘斌,请他设法。刘斌很想出力,以巴结这位顶头上司,便问:"什么条件?"王时英答道:"高中毕业,国家干部,年龄不大,相貌端正,重要的是脑子灵活,手脚麻利,进门以后能替老倌子办事,当得崽用。"刘斌一听原来想招上门女婿,凭这女伢儿的条件,要找个这样的女婿,实在太难了,他估量自己没有这种能力,爱莫能助,撒手不管了。不料这次想让县里收回综合厂,却又撞到王主任手上,这边杨青林越逼越紧,生死攸关,只得又去求助王时英。王副主任旧事重提,提议把这事当突破口。刘斌不敢怠慢,赶紧跟堂客商量,让她去张罗。堂客唯命是从,立刻有了动作,不过她也觉得太悬,只好遵命回来找姐姐。姐姐夸海口:"偌大一个柳林垸,难道找不到一个带把的?"不想天赐良缘,今天就找到一个。

罗富庭是老支部书记,每年都要到县里开几次会,住进招待所吃大锅菜,提些土特产串门子,却没听说王主任的女儿有这些毛病,可见县城里的人对领导干部是爱护的,他们不愿把他们家里不愉快的事随便对人说。黄卫新也跟他的表叔一样,常到县里走动,也一点不知道女伢儿的情况。他之所以正在犹豫,是因为有隐衷:他正恋着一个女伢,也是学校的小学教师,家庭背景一般,脸蛋却很漂亮,虽然他没视为归宿,却也已经以身相许,一时难以割舍。

这时罗富庭听曹氏姊妹一说,心里非常高兴,他认为表侄如果能答应这桩婚事,无异于替自己搭了一座桥,沿着这座桥过去,可以大做文章。表侄虽然不及罗四拐子,不及他那样贴心,那样大胆,在关键时刻,也不及他那么肯出死力,但是目前除了他之外,在子侄辈中,已没有一个人能倚为心腹。他看见黄卫新还在犹豫,便大声对他说:"王主任水平高,又是主动托桂枝来找你,条件非常不错,不必再考虑了。"他见黄卫新无语,没有表示反对的意思,便又转身对曹桂枝说:"老妹子,我看这桩婚事就这样定了,卫新是我们家的千里驹,本来应当留在家里,替他找个本垸的姑娘,但是我们敬重王主任,知道他只生了一个女伢儿,有困难,我们同意让卫新到他家去做上门女婿!"这时谭福生也插话,他的意见跟老支书相同,不过他还加了一句:"这也是一项政治任务,任务完成得好坏,对全县的工作都有影响。"听到这里,黄卫新不禁笑了。罗富庭以为他高兴了,便又明白地交代:"老妹子,赶紧给厂长挂电话,叫他报告王主任,并且说,卫新毕竟年轻,没有在城里做过事,请他多照看。如果王主任满意了,就叫他告诉你们,再通知卫新到县里去一趟,一则看看女伢儿,再则会会丈人和丈母娘。我看卫新也不小了,只要互相满意,就该早点把婚事办了!"

其实罗富庭的交代是多余的,不等雨停,曹桂枝就撑了把大伞回去了,她连夜给柳林综合厂驻长沙办事处挂电话。如今电话业务多,电话局又给滨湖加了几条线,所以一拿起话筒,拨完号码,电话就通了。不一会儿,曹桂枝便听到丈夫那副有点沙哑的声音了。丈夫好像正在喘气,问了一句:"什么事?"因为他们曾经相约,如果有什么紧急的事,由她直接打电话,她便试他道:"厂里起了火!"刘斌一听大吃一惊,忙问火扑灭了没有?损失有多大?曹桂枝笑着说:"都烧光了,只剩下一个厂长!"刘斌一听她是开玩笑,不禁生起气来。他正伏在罗彩元的胸脯上,还没有完成自己的作业,便狠狠地骂了堂客一句。曹桂枝一听丈夫不悦的声音,马上便换了调子,告诉他王主任拜托的事办妥了,对象是罗富庭的表侄子,叫他向王主任报告,好去抢头功。刘斌一听堂客办成了这件大事,心里的不快消失了,连忙从罗彩元身上翻下来,用手捂住话筒问她道:"你那表哥怎么样?是不是国家干部?"罗彩元仰卧在床沿上,轻轻挪动了一下光身子,她怕话筒里听见,只点了点头。刘斌便对话筒笑道:"你赶快带他去见王主任,看他满意不满意。"曹桂枝答应明天就到县城去,叫他放心。不过她还叮嘱一句,叫他向王主任报告时,讲一讲罗富庭,这次办成这事,搭帮了罗支书。刘斌嘴里嗯了一声,答应朝这方面努力。曹桂枝的电话挂断以后,刘斌就把电话内容告诉了罗彩元。罗彩元自然很高兴,她很担心爹爹的生活,觉得他太寂寞,如果有件事做,心里会快活一些,她也一再叮嘱刘斌,要他上紧些。不过刘斌到底老练,他不想直接向王主任报告,而要转个弯,让王时英插手。王时英既是王主任的侄女,一家人好说话,出现什么难堪的局面,也好转圜。因为刘斌见过那女伢,知道她的病不轻,不仅喜欢说傻话,有时还爱摔东西、打人,黄卫新一旦发现她有这毛病,肯定会后悔,如果他们闹起来,他会很尴尬的。于是他便坐起来,给王时英挂了一个电话,时间长达半小时,说出了自己的顾虑。王时英善解人意,答应由她出面。最后他又提到罗富庭,她也答应想办法。等到他把电话撂下了,罗彩元就扑过来,她是带着感激之情就他的,动作比刚才更激烈。

当时曹桂枝与黄卫新相约,第二天一早便分别去码头,一块儿坐船到县里。所以今天天没大亮,黄卫新就动身了。他经过反复掂量,已经下定决心,正如他表叔所说,女伢儿的条件非常不错,过去寻寻觅觅,总想攀个高枝,只因机遇难得,蹉跎至今,如今有了机会,怎肯轻易放过。他心里高兴,却又有些顾虑,因为他另有所爱,必须做个了断,以免发生误会。这样他便连夜跑到那所小学,找着那位女教师,女教师高兴地接待他,照例是搂抱接吻,亲热一阵以后,他才说出要跟她分手。女教师要他作解释,他便胡扯了一通,说打了结婚报告,组织上不批准,原因是她舅舅入过圈子会,会影响他的进步。女教师出生于一九六〇年,她的舅舅一九五〇年就死了,她心里感到很委屈,哭得像泪人一样。他怕她自杀或者发疯,在她房里多待了一会儿,安慰她不要太伤心,今后还可以做朋友,工作上有什么困难,他会帮助她解决。他把女老师哄住后,哼着小调回到家里,这天晚上他睡得很安稳。

第二天天才蒙蒙亮,黄卫新便起床,细心地进行一番梳洗,把两件最出色的衣裳穿在身上。当他赶到轮船码头时,曹桂枝早已经到了,她的手上拿着两张船票,正在和一位穿戴时髦容颜俏丽的女子热烈地谈着。她一眼看见黄卫新,便忙举手招呼,待黄卫新跑到面前,她便向他介绍道:"这位是地区外贸局的王玲同志,过去在柳林垸插过队,对垸子里的人很熟悉。"黄卫新过细地望了她一眼,觉得她面带愁容,举止焦躁,好像有什么心事似的。

这时码头上又来了一群人,走在前面的两个人手拉着手。一个满头银发,戴着一副玳瑁眼镜,手中挂着拐杖,走路时腰杆挺直,很少用拐杖点地。另一个佝偻着背,白发中间有黑发,由于很久没有刮胡子,硬髭变得很长,还有一撮花白,紧贴在颏下。两人一边肩并肩走着,一边谈笑着,他们后面跟着胖乎乎的马秘书。不用介绍大家都认识,这位长着硬髭的汉子是乡党委书记杨青林,只见他用手搀着吴敬恒教授,从岸上走下码头。老教授在柳林镇已经住了一周,他在这里参观了好几处混养池,收集了不少数据和资料,他的印象好极了,收获大极了。他要赶回学校,一则有两个研究生的论文答辩,需要他去主持,再则要把这些资料整理出来,把自己的观点改过来,构建他的新观点。他准备重新再写一篇论文,来纠正过去自己研究中的失误,他的这篇新的论文的主旨,是论证鱼鳖混养完全符合生态学的原理。

杨青林还想挽留吴教授多住几天,他想请他对全垸特种水产规划提些宝贵的意见,如今这个规划正在拟定之中,柳林村的党支部书记兼村主任陈良桂已经被抽调乡政府来,正带着几位科研小组的成员在日夜赶制这个规划。但是老教授的归期到了,他等不得了,他保证说不久再来,还会多住些日子,他决定在冷满爹的高产混养池旁边建立一个实验室,要带领本科生和研究生在这里实习,他还要完成一部关于鱼鳖混养的科学著作,提出系统的学术观点。他对于冷满爹的成就评价高极了,照他自己的说法,这次算是大开了眼界。昨天晚上,乡党委开会,杨青林睡得很晚,但是为了给吴教授送行,今天又起了个黑早。他挽着吴教授走下码头,从安乡方向下来的客轮近岸了,船上响起了悠长的汽笛声,乘客都要走上趸船了,他最后又一次紧紧地握着吴教授的手,互相说了几句惜别的话,才算是分手了。

当杨青林走近码头,王玲便看见了,当他挽着老教授沿着台阶走下,王玲的两排银牙都快恨得咬碎了,在她的一双杏仁般的眼睛里,也像喷出了火。王玲的心事确实很沉重,她从地区赶来,本来是充满希望的,她以为经过一番努力,就能把宋明牵扯在手,在城中构建一个安乐窝,实现早年没有实现的愿望。那时,宋明在农科所搞科研,她继续在外贸局搞接待,他们既有奔头,又很实惠,这是一个多么惬意的小家庭,不想这个梦又破灭了!那张该死的照片,不知怎么会落在杨青林手里,杨青林把它交给了宋明,照片不但没有勾起宋明的遐想,激发他的热情,反倒弄巧成拙,把他惹怒了!他气势汹汹地来找她,严厉地质问她,甚至还要她赔偿自己的名誉损失。最后两人吵架,互相说出尖锐得很的话,彻底决裂了。当她一个人提着白色的手提包走到码头,没有一个人来送她,她感到很气恼,也感到很孤独,幸亏在码头上碰见了曹桂枝,两人原来面熟,今天一谈便十分热烈,他们很快就找到一个共同话题,就是咒骂杨青林。当两人站在船舷,还看着立在岸边对着吴敬恒教授使劲摇手的佝偻着背的高个子,她们的心里充满怨恨,忍不住对着他吐唾沫。

当汽船驶离岸边以后,两个女人便拉着黄卫新一齐找着吴敬恒,吴教授已经在统舱中找到自己的座位,三人便挤坐在他的身旁和他说话。首先他们对他表示了敬意,然后向他数说着杨青林的种种不是。吴教授对杨青林的印象很好,觉得他是一块真正的硬骨头,过去那种大无畏的精神令人钦佩,如今这种大胆开拓的精神更加使人敬重,他听着两个女人和一个男人对他的诽谤,心里感到不舒服,便直摇头,表示不相信。两个女人和一个男人说了好久,不知不觉便说到唐元贞身上,他们不知道唐元贞和吴敬恒的关系。吴敬恒一听大吃一惊,他怀疑是不是还有另一个唐元贞,经他一询问,才知这个唐元贞就是他新娶的老伴。三人又绘声绘色地描绘了一番,把杨青林说成是一个坏蛋,说他拉帮结派,专门陷害好人。他为了让他的姘头得意,设法把唐元贞搞臭,使她在柳林镇站不住脚。这话使吴敬恒很震动,他的心里不禁想道:呀,原来还有这样一段经历!难怪老伴一提起柳林大垸,提起柳林镇,就眉头打结、满面愁云。“文化大革命”中,吴敬恒受尽了污辱,遭受过种种打击,老伴死了,女儿也发疯了,他最有作为的年华,也都白白地浪费了,因此他对于这类事情特别敏感,对于那些一贯喜欢整人的人也特别讨厌,他真没有想到,杨青林竟然是这样一种人!他对于他的刚刚建立起来的好的印象,一下子就打折扣了。但等他再过细一想,觉得他们说的话过于夸大,杨青林是挨过整的人,他遭过那样大的冤屈,哪里会再去整人?因此当他们继续数说杨青林的不是,他总还是半信半疑。这时船上的领班过来了。因为马秘书趁汽船停靠那会儿,跳到船头跟领班打好交道,他向领班介绍了吴敬恒的身份,请他替他安排一个铺位。他和马秘书是朋友,自然答应尽力帮忙，船在中途找个铺位不容易，最后还是替他挤出一个。领班亲自来领吴敬恒去卧舱，三人的谈话只好戛然而止，一块儿簇拥着他进了舱房，这是紧贴着驾驶室的一间，也是船上唯一的卧舱，里面放着四张高低床，已经有几位客人在里面了。吴敬恒的脚跨进去，其中有位客人马上站起来，他像一团火似的迎着，连忙抢过他手上的提包，把它放在靠窗的卧铺上，那里原来是他的床，接着他又把自己的行李挪到高铺上，高铺距离舱顶很近，坐上去直不起腰。

那人是位四十上下的男子，白净面孔，五短身材，穿戴整齐，透着精明干练的神气儿。他将吴敬恒安顿好以后，又来跟其他几个人打交道，只见那几个人冲着他喊王主任。吴敬恒开始不知道他是哪里的主任，后来听到他们讲起供销社的事，才晓得他原来也是供销社的主任。

内河航行的汽船体积很小，它的卧舱也很狭窄，四张高低床靠得很近，穿行其间还得侧着身子。小小的舱房又突然挤进四个人，立刻变得很拥挤。曹桂枝发现吴敬恒教授皱着眉头，情绪不佳，又觉得舱内太挤，闷气，就不想再停留，只将王主任介绍给吴教授，并且嘱托他照看一下吴教授。从刚才那股殷勤的劲儿可以看出，王主任对吴敬恒的兴趣并不比他们差，这番嘱托显然是多余的了。曹桂枝对吴敬恒补充了一句："你老人家如果想再过细了解杨青林的情况，还可以问王主任。王主任长期担任柳林镇供销社门市部经理，如今是整个供销社的领导，他对这一带的事情比我们熟悉，对唐主任的委屈也最清楚！"吴敬恒听了这话不禁啊了一声，他又抬起头来惊诧地望着王主任，王主任忙点了点头，证实了曹桂枝的话。吴教授还没有来得及答话，曹桂枝便告辞走了，她带着那一男一女嘻嘻哈哈去找自己的座位去了。

舱房里空下来了，旅客大都躺在床上，有的开始睡觉，有的在阅读书籍或报纸，这里离机器房很远，显得很安静。王主任从衣袋里掏出一张新印的名片，恭恭敬敬送到吴敬恒手里。吴教授一看上面印着柳林镇供销社代理主任，名字叫王桂生，这个名字似乎听老伴说过，原来是她的老同事，他又朝王桂生点点头，郑重地把名片放进包里。接着他又从提包里拿出一只保温杯，还有一包茶叶，他把茶叶倒进保温杯里。王桂生脚快，很快从伙房提来一只暖瓶，替他冲了一杯开水。他自己却跟别的领导一样,也有一只玻璃罐头瓶子,上面包着一层绿尼龙丝罩子,他也把它拿出来,放了很多茶叶,也倒满了一瓶开水。然后两人坐在铺上喝茶,喝了几口,他又掏出一盒双喜牌香烟,请吴教授抽。吴敬恒是不抽香烟的,遭到婉谢后,他就自己抽出一根,点上火,悠悠地吸着。忽然他发现吴教授皱眉,晓得他讨厌烟味,便赶忙捏灭了烟头,在整个航行时间,他也不再抽烟了。

　　吴敬恒见他这副殷勤的样子,既高兴又感激,同时知道他是柳林镇供销社的代理主任,是后来接他老伴的班的,因此更加觉得亲切。这时他笑问:"王主任搭这条船,到哪里去?"王桂生答道:"到长沙,去联系工作。"吴敬恒笑道:"那么,请到我家做客!我是唐元贞的爱人,在长沙市教书。"王桂生一听跳起来,叫道:"原来唐主任是您老人家的夫人,失敬!失敬!唐主任是我的顶头上司,我们共事多年,不幸后来被人暗算了,弄得连党籍也丢了,如今还不知道退休手续办好了没有?"其实,王桂生早就认识吴敬恒。十天以前,他在长沙等候刘斌,有点空闲,就曾过河找过唐元贞,在她的卧室里,看到过她新丈夫的照片,刚才跟在他的屁股后面上船,瞧见杨青林扶着他下台阶,他本想上前打招呼,却见乡政府的人不离左右,怕惹麻烦,就打消了这个念头。现在在船上相遇,而且同住一间舱房,他的心里也很高兴,岂肯放过这个机会,能献殷勤的时候献殷勤,能讲小话的时候讲小话,他在吴敬恒的耳朵里,又灌进了许多有关杨青林的坏话,后来竟把杨青林描绘成一个十恶不赦的坏蛋!他绘声绘色地将唐元贞遭暗算的事叙述一遍,似乎比曹桂枝讲的还有根有据。他说唐主任在罗四拐子的盗窃案和袁大头的诈骗案中完全是无辜的,杨青林为了把她搞臭,尽量将污水朝她身上泼,弄得唐主任在这地方站不住脚,只得走了。现在看来,去掉绊脚石,不过是杨青林的第一步棋,他的第二步棋,是把手伸进供销社。他的难友俞春生,出狱后担任县供销社的采购员,后来又提升为股长,利用业务方便,成年在外面跑,一会儿到杭州上海,一会儿去福建广东,据说最近还去了四川大竹县,在那里参观供销社改革,他把大竹的经验传递给杨青林,使他有了夺权的法宝。近来俞春生回柳林垸,彻夜跟杨青林密商,看来志向不小,他们想杀回马枪,将柳林镇供销社改革作为突破口,像两年前夺走公社的权一样,把供销社的权也夺走。他唠唠叨叨地说了许多，直到汽船到了茅草街，曹桂枝和黄卫新要到县里去，得在那儿下船，王玲要回地区去，也必须在这儿换船，他们进舱来向吴教授告别，他的话才暂时停止。汽船在茅草街停了一会儿，上下客货，还送上一筐鱼肉蔬果，等到重新开船，伙房就开始做饭。船上的饭照例开得很晚，等到吃过午餐，已经到了下午两点，吴教授的神情悒郁，面呈倦态。王桂生是个乖觉的人，便不再继续说话，他建议老人好好补个午觉。老人也没有硬撑，一头放倒，很快就呼呼睡着了。这些天来，他的活动量很大，超过他的年纪所能承受的程度，他很疲惫，加上在船上听到许多有关杨青林的劣迹，而这些事情，又和自己一位亲人有关联，这使他的心里十分难过。他曾经非常喜欢这个倔强的中年人，觉得他有魅力，又有才干，在他的带领下，贫穷的柳林垸变得勃勃有生气。他喜欢这里的湖水、大堤、杨柳、鱼池、茅屋、笑脸，他想在这里建立一个鱼鳖混养的实验基地，不想这里的人事关系这样复杂，计划成了泡影。这时他既有对杨青林的失望，又有对计划的惋惜，他的心情是失落的，悒闷之情催人入睡。等他一觉醒来，便看见铜官窑厂的烟囱。铜官上去是三汊矶，过了三汊矶，就望见船舶厂和纺织厂的那一片鳞次栉比的厂房，原来长沙已经近在眼前了。

十、宫廷政变

　　天已经黑下来了,那两岸的灯火像繁星,汽船靠近东岸航行,很快驶近了市区,市区的灯火更加密集,一片灿烂辉煌。汽船缓慢地驶入正在扩建的长沙港,稳稳地停泊在一长串客轮与货轮之间。

　　县农科所的副所长没有陪老师上长沙,他也只送到了码头,送别吴教授以后,他感到惆怅,依依不舍之情,使他一时不能平静,他又踅进码头附近的邮电所,拍了封电报给农学院办公室的一位老同学,向他报告了吴教授的归期。柳林镇的邮电所不能直接拍发电报,他们得用电话转报县邮电局,再由那里将电报转拍出去,时间一般比直接拍发要晚一点,但是并不误事,当吴教授由王桂生陪着走上码头,便看见出口处站着学院的小车司机老葛。老葛大叫一声吴教授,把老人吓了一跳。平时他自奉菲薄,从来不搞特殊,不要小车,他听小车司机说是专程来接他的,便连说不必不必,但是车子已经开过河了,它就停在航运站门前,他也只好坐上去。他又坚持把王桂生拉上同坐,又一次邀请他到家里玩两天。王桂生说有紧急事要办,谢绝了他的邀请,答应以后一定来看望他和唐主任。临江饭店离航运码头不远,不一会儿,王桂生请司机把车停一停,他就在路旁下了车。

　　王桂生摇手送走吴教授以后,痴痴地站在临江饭店门口出神,这时在他面前仿佛出现了唐元贞的面孔。唐元贞出任柳林镇供销社主任以后,对这位年轻干练的门市部经理特别器重,两人经常在一起为算账熬夜。有时工作时间长,夜深了,唐元贞就替他煮一碗桂圆鸡蛋或甜酒冲蛋,那时他的爱人还没有调来镇上,他还住在办公室楼上。一个盛夏的夜晚,气温急速上升,他们穿着薄薄的衣衫,正在一块儿赶造一个报表。他伏在桌上拨算盘,唐元贞站在他身后指点,突然,他感到有只手捏着他的肩膀,不禁转头一望,看见的是甜甜的笑脸。他的身上开始发麻,手指儿不听使唤,那几笔简单的数字,总经不起复算。他还在硬着头皮拨算,只见从旁又伸出一只白手,把那几排算盘珠子拂乱了。从那夜以后,他便把自己拴在唐元贞的裤腰带上。唐元贞将他视为知己,更加信任,他也尽心尽力,从不懈怠,虽然他发现她跟罗富庭与袁大头的关系暧昧,也不敢计较。

唐元贞与罗富庭的东窗事发,他们两人联手导演的喜剧变成了丑剧和闹剧,接着罗四拐子一案被揭露,罗富庭垮了,她也无法在柳林镇立足。她没有张文榜的资格,也没有他那种过硬的背景。张文榜在烂泥湖跌了一跤后,就把屁股一拍,丢下一份由马秘书连夜赶出来的检讨,经县委组织部江副部长照应,转到省委党校学习去了,学满半年回来,江副部长的副字去掉了,他又被分派到县供销社当一把手。唐元贞一时找不到机会,就只好装病,住进了长沙马王堆医院,在住院期间,又依赖那与生俱来的本能,改变了境况。她像洞庭湖上的渔夫,用细密的网子,罩住大鱼。自从当上教授夫人以后,她又成了一位受人尊敬的女子。虽然她被停止了党籍,也并不懊恼,等到户口上好以后,就派人到柳林镇搬家。她嘱咐那人只要细软,其余家具全部送到王经理家里。王桂生收到这些礼品,曾经难过了几天,由于他在县里地位很低,对她爱莫能助,一直心存愧疚。十天以前在长沙重见,不说多么快乐,他发现她的日子过得舒坦,不仅养得又白又胖,容颜也年轻多了。今天他又遇着她的丈夫,发现他顶和善,不像那些喜欢摆架子的大知识分子。他想她所以嫁给这个老倌子,无非是想找块踏脚石,帮她渡过这条港,现在港已渡过来了,好日子像树叶儿一样多了。他正站在门前想着,忽然觉得被人重重一拍,他转脸一看,不禁欢叫起来,原来拍他肩膀的就是打电话叫他速来的人。

这人就是刘斌,原柳林乡综合厂厂长,最近柳林综合厂变成了县综合厂,厂址虽然还在柳林镇,招牌却换了。县经委王主任一改从前的作风,动作出奇地快,乘龙快婿还未进家门,收回综合厂的公文已到了杨青林手里。他不得不解散刚刚组建的审计组,把他们收缴的账簿全部退回了厂里。刘斌的速度更快,当他得知经委的公文已经发出,他就把预先订制的厂牌挂到了厂门口。新厂牌比旧厂牌宽一尺长五尺,字上还涂了层金粉。他那冠以县综合厂厂长头衔的新名片也早印就了,于是他将它们放在一只精美的名片盒里,见到熟悉或不熟悉的客人,都敬奉一枚。

此时他心情舒畅,手臂箍着王桂生,把他推进了临江饭店。他一边走着一边笑道:“你们真正有缘,早半个钟点,唐元贞就到了这里,好像预先约好了似的!”王桂生心中一喜,脸上却没有表露,他跟唐元贞的关系,始终是隐蔽的,自以为别人不晓得。谁知草头司令并非草包,早就心中有数,他哈哈大笑起来,用手又把他的肩膀重重一拍,咧开阔嘴笑道:“她如今正坐在罗彩元房里,等会儿我叫彩元出来,你们好好叙叙,晚上我做东,大家乐一乐!”王桂生张了张嘴,还想辩解几句,却见刘斌做了一个猥亵的手势,好像在说:“别在我面前装蒜了,这柳林坑的地面,哪一件事能瞒得住我?”王桂生只好把到了嘴边的话咽回去,露出一副无可奈何的模样,陪着他干笑了一阵子。

等两人上了六楼,沿着铺着地毯的走廊走到尽头,只见有间客房的门敞着,里面坐着两个女子,一个像花蝴蝶,一个像粉红莲;王桂生的眼前一亮,原来那个穿枣红色套装的女子就是唐元贞。

刘斌果然懂味,进门以后,寒暄几句,就推托有事,把罗彩元拉了出去,他还顺手带门,砰的一声房门关了。

接下来自然是很热烈的场景!对于这位老上级,王桂生不敢顾及旅途疲劳,竭力奉承,而另一位,也体贴下属,任凭俯仰。两人盘桓到傍晚,才从客房里出来。唐元贞从王桂生嘴里得知吴教授回来了,不肯再作停留,立马要回府。尽管罗彩元进来,像扯白糖似的粘在她身上,也没能留住她共进晚餐,最后只得叫刘斌用车把她送过河去了。

晚宴照样很丰盛,而且同在一桌吃饭的只有刘斌、王桂生和罗彩元。中途郝小忠来了,但他满脸喷朱,醉醺醺的,显然在别处撮过一顿了。他所以寻来,是为拉罗彩元回房,想跟她商量一件紧急事情。罗彩元不想马上离席,也因有件事要办。她见王桂生步入餐厅,便叉手不离左右,向他打听爹爹的消息。王桂生不禁笑道:“我倒忘记告诉你,你爹爹调令快下了！你可以先打电话告诉他,叫他做好准备,调令一下,就走马上任,免得夜长梦多,再生波折。"罗彩元又紧缠着他问她爹爹担任什么职务？王桂生继续笑道："县供销社柳林镇仓库主任,跟大队支部书记的级别一样,却有经济大权。"罗彩元一听非常快乐,她忙拿过酒瓶,替王桂生斟上满满一杯,又替自己斟了一杯,笑眯眯地站拢来跟王桂生碰杯。两人对饮以后,她很说了几句感谢话。王桂生却打断她说："彩元,你不要感谢我。"他用手指了指正在大嚼的刘斌,笑道,"首先要感谢他。因为你的工夫做到了家,刘厂长才动用他的贴己关系,把这桩事办妥了,我不过是替你们跑跑腿。"说完他用眼各瞟了他们一眼,也做了一个猥亵的动作,哈哈大笑起来,他为对刘斌对他的揶揄进行了报复,感到很快意。

罗彩元装着什么也没有听懂,一副天真烂漫的样子,她又斟满一杯酒,扭动屁股挪到刘斌跟前,给他敬酒,也说了几句感谢的话。等到喝完第三杯酒,刘斌以酒盖面,一反常态,当着郝小忠的面,把罗彩元揽进怀里,在她粉脸上亲了一口。

郝小忠还像以前一样爱吃醋。这时他看见刘斌放肆的样子,又联想到王桂生刚才所说的话,心里窝火。他曾经跟罗彩元闹翻,就因为她不是女孩子,从罗彩元那顺从的样子推测,她之所以那样,肯定与这个大方块脸的流氓有关。他真想发作,把酒瓶子砸在那颗光脑壳上,但他强忍着,因为他刚刚接过他一大沓票子,以酬谢他及时带来了他父亲的信,替他办好了借车子的事。如今他还有一个迫切的愿望,希望能去香港一游,他需要跟罗彩元商量,可能还得托她请这个大流氓帮忙。于是他便只横起眼睛瞪了刘斌一眼,拉起罗彩元的手就要走。罗彩元还想陪两人喝喝酒,再打听一些爹爹复出的细节,好一并告诉爹爹,以便今后更好应付。但见郝小忠很着急,估计真有急事要商量,便只好停止敬酒了。自从郝小忠态度转好以后,她虽时感委屈,但思前想后,只有此人可托终身。他既然利用我,我也可利用他,利用他取得结婚证,成了地区局长的儿媳妇,到那时,就算他再嫌弃,离了婚,也因出自名门,身价倍增,不愁找不到伴侣,即使一时找不到合适的人,因为可以分到一半财产,还可以做单身贵族。由于有了这种想法,罗彩元又对郝小忠萌发了爱意,变得百依百顺。这时见郝小忠使劲拉她的手,要带她离席,她也只好依从,只是临走前望望刘斌,装出一副委屈的样子。刘斌倒没有拦阻,他挥挥手,意思是你去吧,她便袅袅婷婷跟着郝小忠回房去了。

等两个年轻人走了以后,刘斌才又重整旗鼓,继续陪王桂生吃喝,他们一边喝酒,一边细细谈讲。刘斌告诉他,上次跟你谈过的水货到手了,是由郝小忠拿着他爸爸写的条子向杨永清借车运过来的,但他们只肯把货运到长沙,因此只得请你再来一趟,代我去接货,亲自押回柳林垸,先放在县供销社的仓库里,再发到百货门市部销售。刘斌说:"你在门市部当了十年经理,知心腹的男女怕也不少,可以做得天衣无缝。唐元贞常称赞你精细、稳重、不出卖朋友,绝对可靠,我之所以把命根子交给你,也是因为有了这几句话壮胆。但是我也不会叫你白操劳,第一批货价是十万元,如果全部销售出去,按利润二八分成,我们收入八,你收二,这个分成比例你同意不同意?"十万元货物,全部推销出去,利润翻番,按卖价分到十分之二,就是两万元,这样高的收入,是很可观的,何乐而不为!王桂生听了很高兴,连连点头答应着:"同意!同意!"刘斌一听也高兴,就笑了,忙又递过一张提货单,还有一个便条,上面写着长沙市的存货地点,把它交到王桂生的手上。王桂生收好以后,答应立刻去办。接着王桂生笑道:"看来郝小忠跟罗彩元的关系很深,时刻都不愿离开的样子。刚才我开了点玩笑,他的心里不舒坦,脸上都挂上了!"刘斌呷了口酒笑道:"不过是露水夫妻,长不了的,不要去管他们。来来来,再喝一杯,今天的菜是点多一点,拣可口的吃,多吃一点。"对于罗彩元与郝小忠的关系,他不管是假的,刘斌就曾经对罗彩元说过,叫她把船靠在郝家的港湾里。但是自从发生了郝小忠突然不理罗彩元的事以后,刘斌的想法又变了,表面上一笑置之,心里却有了底,他想自己在业务上离不开罗彩元,情爱上似乎也离不开她,而郝小忠是混世魔王,又是醋坛子,与其以后生嫌隙,不如及早摆脱这个花花公子。

等到刘斌喝醉了,也吃饱了,他又叮嘱王桂生一些话,就彼此分手回客房睡觉。谁知他关好房门,把床上被子展开,看见里面有个白嫩的胴体。刘斌钻进被窝以后,便问她为什么不住自己的房间?罗彩元道:"郝小忠一进房间就哭,说他想到香港去玩想疯了!他硬逼着我给林总经理打电话,推托不了,只好按照名片上的号码打过去,打了半个小时,对方不是忙音,就是没有人接电话。他又吵着叫我来找你,要你替他跟林总经理说,请他快点把邀请信寄来。"

刘斌一听这话不禁心里想道:"其实外贸局也可办手续,他为什么不走明路,要在我这儿下蛆,恐怕还有别的盘算!"他忙把罗彩元揽进怀里,用大手搓着她的胸脯,等到她发出呻吟,才对她说道:"你等会儿去告诉小忠,说我已经答应替他想办法,只是还得耐着性儿等几天。现在林总经理还在县城,你不要把他的行踪告诉这家伙。"

谁知当唐元贞坐上刘斌的上海牌小汽车,匆匆赶回家,还没有打开大门,便听见吴敬恒在屋内高声斥骂,他的火气很大。自从两人结婚以来,唐元贞没有见他发过脾气,她一时摸不着头脑,心里在打鼓。吴敬恒在柳林镇逗留期间,曾经往家里打过两次电话,她以为他在镇上听到了有关她的传言,丑行被暴露,她的心里有些惊慌,颤颤巍巍地走进客厅。到他跟前才知道,他并不是对她有气,他的手里拿着一本杂志,一边使劲用它在桌上拍打,一边继续在大声骂人。俟了一会儿,唐元贞才明白,他拍打的是一本新出版的学报,上面登了一篇关于鱼鳖混养的文章,其中阐述的观点,全部是他过去的观点,用他自己的话说,经过他在柳林大垸的调查,已完全否定了这些观点。

唐元贞轻松地舒了一口气,原来只是为学术观点!她在大学住了两年,知道这种情况常常在老师中发生,有时为了某个学术观点争论得面红耳赤,不足为奇。不过她紧接着又大吃一惊,原来这篇文章的作者名叫吴智,就是那个可能再次成为他们女婿的助教。吴敬恒继续骂道:"混账东西!谁叫他把这些过时了的观点发表,他又没有做过实验,洋洋洒洒,写了两万字,好像他是这方面的权威似的。"他见唐元贞怯生生地站在一旁,一反常态,没有问她这几天生活过得怎样?刚才从哪里回来?他一句话也没有问,只是凶狠地瞪了她一眼,质问:"我到滨湖出差以后,吴智来过没有?"唐元贞只好点头,因为平时吴智总是三天两头往这儿跑,说他没有来过,不近情理。吴敬恒在烦恼中急躁地问道:"那么,他进没进过我的书房?"从刚才吴敬恒骂人的话里已经听出,他怀疑吴智偷看了他的论文底稿。对于这个问题,唐元贞断然否定,她慌慌张张地否认,显得底气不足:"没有没有!他来过一次,见你不在家,就匆匆忙忙地走了,连楼梯也没有上。"吴敬恒不相信,他又拍打着那本油墨未干的学报,继续叫道:"他没有看过我的论文底稿,为什么这篇文章中的观点,都是我那篇论文的观点,表述方式也相同,所有的例证,也都是我和几个研究生进行实验后取得的。吴智目前不是我的研究生,没有跟我共同研究过这个课题,他的这些研究成果又是从哪里来的?"关于学术研究方面的事情,唐元贞一窍不通,但她的脑子很灵泛,见他说的是论文底稿,便忙道:"也许你在课堂上给学生讲过这些内容,他去听了课,用过心,记下了。"唐元贞正在为吴智解脱,也是为自己解脱,她在寻找理由搪塞。吴敬恒对她的解释不满意,因为他在近年讲课时没有见过吴智,但他也不能完全否认这种说法,他是生物学界的权威,每次上课,窗台上都坐着人,台下黑压压一片,哪能把每个人的面孔看清楚。这时他便大步跨上楼梯,走进了楼上的书房,从柜里找出那本论文底稿,一页一页地翻着。忽然他又勃然大怒,厉声叫道:"原来就是他偷看过的!你看看,这几页稿子上有烟灰,稿子没有给人读过,哪儿来的烟灰?还有一页上滴了墨水,是新渍的印子。这两年写字,我图省事,从来用圆珠笔,圆珠笔里怎么会掉下蓝墨水?"唐元贞跟着他上了楼,听吴敬恒这样分析,几乎从楼梯上栽下来,她的表情惊恐,声音发颤,一时找不出别的理由。过了好一会,才说道:"前几天托他买煤,曾经给过他一把钥匙,也许我到彩元那儿玩去了,他就进了屋。"吴敬恒大声道:"肯定是你不在家里的时候,他进了我们的房子,上了楼,把我的论文底稿偷走了,抄过一部分又退回来了!"吴敬恒没有怀疑是唐元贞亲自把他领上楼,让他领略了风情,还将论文底稿借给他。他做出这样一种判断,使唐元贞稍稍地松了一口气。像许多认真治学的专家一样,吴敬恒也有这个特点,生活上的事情马马虎虎,学问上却一丝也不苟,特别对治学上投机取巧的行为,深恶而痛绝之,他认为这是科研工作之大敌。今天他确定学报发表的这篇论文就是他的论稿的翻版,他的气愤是十分强烈的,因为吴智不仅是他的学生,还可能再次成为自己的女婿,他居然采用这种卑鄙手法来猎取名利,是特别不能容忍的。而且他还认为,他的论稿中的观点已经过时,经过实践证明是错的,如果把这种错误观点发表出来,不论是用哪个人的名义发表,都会给生物学界丢脸。于是他便迫不及待地摇电话,请院刊编辑室主任到他家里。院刊被批准公开发行后,高个儿老马被任命为编辑室主任,他听到吴教授的召唤,急忙忙地来了。吴教授是院刊的顾问,他们的往来颇多。当他听到吴敬恒的不满,身上出了冷汗,他的心里暗暗责怪在百货商店当会计的老婆,是她逼他立即发表吴智刚送来的论文。自从他家的炊具进了吴智的房间,老婆离开了乌烟瘴气的走廊,心情特别舒畅,她不仅自愿替他洗衣裳、打扫房间,还把热腾腾的饭菜送到他手里。当吴智把稿件送到老马家,院刊已经过了二校,按理应当留到下一期考虑,加上这篇文章的篇幅较长,是重头文章,还应让专业学科的教授看一遍。不想他把这个想法一说出,就挨了老婆一顿臭骂,骂他不知好歹,把已经搁到桌上的酒瓶子拿走了。老马是出了名的"气管炎",只得按照她的意思处理,临时从已经发排的文章中抽出三篇,凑齐了两万字的篇幅,把吴智的文章填了上去。不想这篇文章的观点已经过时,经过实验证明是错的,就算学术问题可以争论,发表出来也无大碍,但它竟是赝品,作者是滕文公,讲得直白一点,就是一个侵占了别人科研成果的剽窃者。学报虽获准公开发行,却才开始运作,没有订户,每期的排版费、印刷费和稿费,近期还可加上编辑费,总数需要一万元,这笔费用是由科研处拨下的。科研处处长老方兼刊物主编,责无旁贷,得保证学报按期出版,近来学院搞基建,经费异常紧张,老方在校务委员会上争取这笔专款,常常弄得很不愉快。最近一期的经费好容易到手,忽然整个一期刊物要报废了,一万元就像丢进了水里!这叫他如何向老方交代?老方又如何向院务委员会交代?高个儿老马是个很老实的人,近来受了一些社会影响,加上老婆总埋怨他没用,弄得手上紧紧巴巴的,他才想搞点交换文学,用几个铅字换些好处,不想第一次就捅了个大娄子。这时他的心里在想,得赶紧跟原来系里总支书记说一说,请他给他留个位置,好依旧吃粉笔灰去。但他的表达能力很差,在学院也是有名的,系里也不一定肯养个吃闲饭的。当老马正在为自己的前程着急,吴敬恒已把唐元贞扯到一边,叫她拿出一张一万元的存款单来。这些存款单是他补发工资后留下来的,跟其他积蓄放在一起,他全部交付唐元贞保管。唐元贞的花费虽然很大,却始终没有动用这笔钱,这时竟要拿出一万,她的心里实在舍不得,但当她看到吴敬恒面容严峻,自己又有短处,便不敢违拗,含着眼泪从卧室衣柜的夹缝里掏出一沓淡黄色的存条,挑出其中一张,把它递到吴敬恒手里。吴敬恒将存条交给院刊编辑室主任,然后说道:"请你向科研处汇报,这期院刊由我全部买下来了!你们再出一期,就用这笔钱。不过你要给我保证,已出的这期一本也不能散发出去,请你亲自押车到纸厂把它们化成纸浆。"院刊编辑室主任老马开始不敢接受这笔钱,后来经不住吴教授一再坚持,他也只好收下了,因为吴教授不仅是院刊顾问,还是院务委员会委员、院职称评审委员会主任,他没法不尊重他的意见。他想这也不失为一种解决办法,院刊得以重印,多少能减轻自己的责任。老马把存款单放进衣袋里,低垂着头走了。

到了第二天早晨,吴敬恒还是不放心,他破例叫了小车,由老葛载着他找到老马,然后一块儿将一千本院刊拉到造纸厂,亲眼看着它们被倒进化浆池,经搅拌变成了纸浆。办完这件事以后,他还让老马陪着拐到印刷厂,把这期的原稿找出来,抽出吴智那一沓,并且郑重地对老马说,他要把这事提到院务委员会进行讨论,研究出办法,杜绝这类事情再次发生。吴教授的这几句话,又使老马背上老大·个包袱。

离开印刷厂以后,老葛坚持要用车把吴敬恒送回家,谁知车刚上青松岭,便看见在精神病院招呼女儿的那个姑娘来了。姑娘身材粗壮,性格儿却很温柔,她一边在病室里陪伴吴教授的女儿,一边又在病院的医务进修班学习。这个进修班是自费的,由吴教授给她学费和讲义费。她在班里的学习成绩名列第一,加上护理老教授女儿尽职尽责,受到病房里的医生和护士的普遍赞扬。最后精神病院的党总支做出决定,把她吸收到院里当护士。精神病院与传染病院的护士最难找,他们不是不安心工作,就是性情暴躁,态度很恶劣。因为平时病人不能离人,这个姑娘很少到学院来,今天突然跑来了,一定发生了什么事!吴教授的一颗心就像被一根麻绳提着,挂到了半天云里。小姑娘一见吴教授的惊慌模样,她懂得做家长的心理,连忙笑道:"姐姐没有事,她已经完全好了,今天早起就坐在窗前写信,写好以后自己封了,叫我立刻送回来。"说着她把一只精美的信封送给了老教授。

吴敬恒接过信封，还没有拆开，便看见上面写着自己的名字，字体娟秀，认得是女儿的笔迹，心中大喜。他急忙颤颤巍巍地撕开信封，抽出了信纸。信纸共两张，密密麻麻的蝇头小楷，也是他熟悉的字体。他的喜悦是无法用言语形容的，原来信上给他传达了个天大的喜讯，他心爱的女儿，已经痊愈了！从信中的文字可以看出，她的思路清楚，行文明白，所讲的事情都有道理，她已完全恢复了正常人的意识。吴敬恒不禁老泪纵横，激动不已，极大的欣喜，冲淡了刚才的不快。他忙吩咐老葛，车子还要用一程，他要去精神病院把女儿接回来。

　　小车很快驶进精神病院的大院，刚刚停稳，不等老葛过来替他拉门，他早自己把门打开，伸脚踩在水泥地上，急忙地朝病房方向跑去。当他跑进大门，进入前廊，抬头一看，只见女儿穿着一套颜色鲜艳的春秋衫，立在楼梯口。女儿又恢复了以前的模样，亭亭玉立，端庄秀丽，俨然像她早年的母亲。她那母亲，三十年如一日，给过他多少温柔和体贴。老教授凝视着女儿，仿佛看到了屈死的老伴，他的老泪迸流出来了。他不顾有跌倒的危险，越级跨上楼梯，跃到女儿面前，紧紧地把她搂进怀里，悲痛难忍，竟然哭出声来了。陪伴女儿的小姑娘也跟着上楼来了，她看到这个场景，也不禁流下了眼泪。

　　女儿却没有哭，她像做了一个噩梦，梦里的行为，也依稀记得，但那是凌乱的荒诞的，现在想来觉得十分可笑，有时还使她红脸。她的意识完全恢复了正常，对于病前的一切，都有清晰的记忆。她记忆中最多的，是她自己的母亲，曾经精心呵护着他们的母亲。当年他们一个在著作，一个在读书，她静静地坐在一旁，用疼爱的眼神望着他们，好像他们从事的是世界上最神圣的事业。她从来不愿用杂事耽搁两人一分钟，她把饭菜送到他们手上，把衣裳披在他们身上，有时连洗脚水也替他们准备好，她默默地做着这些家务，贴心地为他们服务，好像这是自己的最大的乐趣。她真正的享受是在听女儿弹琴，听丈夫与客人高声争辩。她常常无声无息地走进客厅，为激动的双方添一杯茶，或者送上一盘水果，却从来不插一言。她做完这些事情后，又悄悄地离去，好像她是一个虚幻的影子，但是在这个家庭的每个角落，都有她的实在的影响存在。她是老一辈学者的贤妻，新一代学人的良母！要不是这场该死的"文化大革命"，以女儿聪颖的天资和勤奋的习惯,加上父亲的熏陶和指点,她肯定会成为一位新的学者。爸爸编成一本讲义,或者校完一部书稿,他总要把母亲拉到身边,有时揽进怀里,用手指儿轻轻撩拨着她的开始发白的鬓角,或者抚摸着那慢慢爬上额头的皱纹,他总要深深地叹一口气,充满感激地说道:"我的每部作品,都有你的一份心血!"

今天女儿不再能见到妈妈了,女儿的心里更难过,但是她晓得为了不加重爸爸的伤感,她忍住没有流泪。她依偎在爸爸的怀里,还微微地笑着,掏出手绢儿来替爸爸揩擦眼泪。她淘气地对爸爸说,她最讨厌哭鼻子!如今她不是好好的?除了年龄大了几岁以外,别的什么也没有缺。"文化大革命"前在大学读熟的英语单字,现在都还记得,她想继续到师院工作,或者在家补习一二年,直接去报考研究生。爸爸又寻回了自己的女儿,他觉得仿佛在做梦,他在梦中笑醒了,听任女儿替自己擦眼泪,也听任女儿肆意描绘自己的前程。他心满意足,只顾连连不断地点头,如果真能摘下天上的星星,他也敢搭起梯子上天去摘星子。

等两父女这悲喜交集的一幕过去以后,主治医生却把父亲接到了医生休息室里坐着,他撇开了病人,冷静地跟父亲商量如何安排女儿今后的生活问题。他客观地向父亲介绍说,女儿的病虽然基本好转,但没有痊愈,她还不能受什么刺激,如果受刺激,又有重新发病的危险。他说他们已经了解到她最爱母亲,她在病中念叨得最多的是她的母亲,她虽然知道她早已死了,但她不相信她真的会死,因此他们认为顶好不要让她跟后母生活在一起。尽管后母对她还过得去,但是人的感情是复杂的,如果彼此发生不愉快的事情,使她又想起过去的生活,也许又会引发这病。医生的话说得委婉,说来说去是一个意思,就是让女儿脱离现在的家庭生活。吴敬恒早就听懂了他的意思,但他最不能接受的是这个意见,因为他今天欣喜若狂,兴冲冲地跑来,就是以为能把女儿接回去和他同住。他一生只有这样一个女儿,她的相貌像她的母亲,气质和性格却像自己,或者说是他性格的女性化。现在他已经步入老年,生活上别的希求没有了,就只希望有女儿跟他同住,使他每日能听到她的钢琴声读书声,让她陪着自己在松林中散步。每天能听见她说话、嬉笑,他便感到最大的满足了。不想就是这个容易达到的要求却达不到,原因就是自己娶了后妻,犯过精神病的女儿不宜于跟后母在一起过日子。当他想到这里,一种明晰的意识突然产生,如果需要他和后妻分开,他是愿意如此去做的。医生很了解他的家庭生活,知道让老父亲失去老伴的照料也是一件不近情理的事,他便暂时回避这个问题,不再深入讨论下去,推说治愈后的病人还需要有段时间绝对安静地休息,建议送到温泉疗养院去疗养半年。他当即开好了介绍信,说为了减少家属的麻烦,他们可以代向疗养院联系,还可以由他们直接派车把她送到宁乡灰汤。

　　既然从医疗效果考虑应当作这样的处理,做爸爸的也不能只顾自己求得精神上的安慰,急忙把女儿接回去,所以这天他又只能一个人回家。他坐着车子,回到学院。当小车驶进院门,在内马路上看见系办公室一个干事追着车子大声喊:"吴教授!吴教授!"老葛听到喊声,赶紧把车子停住。系干事跑到车门口,对吴敬恒叫道:"吴教授,叫我好找!到你家里,说你上精神病院去了,往精神病院打电话,老是打不通,好容易打通,说你刚才坐车回来了。"吴敬恒见他满脑壳的汗,笑道:"看把你急的,什么很要紧的事,这样急?"系干事从衣服口袋里掏出一张名片,递给他说道:"你的一位老同学,从加拿大回来寻找自己的亲人,他知道你在这里,非常高兴,一定要来看你,他通过省外事办与学院沟通。外事办告诉我们,这是位旅居海外的企业家,侨界的上层人士,叫我们热情接待,在寻找亲人与旅游中有什么困难,可以直接跟他们联系解决。"吴敬恒接过名片看了看,只见上面的头衔是加拿大三洋公司董事长,下面的名字叫孙芝圃。这个名字不熟悉,他搜索自己的记忆,在他的中学大学以及芝加哥大学的同学中,似乎都没有这个名字。他沉吟了半晌,难道是在小学的同学?由于年代久远,小学的同学实在记不起几个了。他正在为难,系干事在车下叫道:"名片后面还有他写的几句话呢!"吴敬恒赶紧把名片翻过来,只见名片后面果然用圆珠笔端端正正写了两行字:"敬恒兄:多年不见,譬如再生,急盼相晤。云卿。"吴敬恒看完不禁叫道:"啊,孙云卿!原来是他,早年清华大学的同学,还是很要好的朋友呢!他也是学生物的,四十年不见了,曾经到处打听过,原来他还在加拿大。"系干事说:"听外事办的人说,他广有资产,在美国香港开设了分公司,很爱国,到处鼓吹与国内合资创办大型企业。他曾经派人到北京联系过,轻

工业部认为,他提出的条件不苛刻,同意跟他合资办企业。"吴敬恒问:
"他现在住在哪里?"系干事道:"湘江宾馆。"吴敬恒说:"那我就不回去
了。你也上车吧,我们一起到湘江宾馆会会他去。"

吴敬恒来到湘江宾馆,找到了孙云卿住的套间。他正在房里来回踱
步,焦急不安,不断看手表,听见敲门声,连忙打开房门。他一眼就认出
了吴敬恒,飞快地迎上前去,张开双臂紧紧地抱着他。也许因为在国外
已经养成了习惯,他竟把那修饰得很光滑的嘴脸使劲在吴敬恒的近日忘
了刮须的脸上擦着。老华侨激动了,流泪了,他摘掉了金丝眼镜,从口袋
里掏出纸巾揉着眼窝子。接着哽咽着说道:"四十多年,差不多半个世纪
了,我们天各一方,不通音讯,不想还能见一面!"吴敬恒也很感动。他想
起当年自己是个穷学生,在北京念书时没有棉袄穿,是孙云卿送了他一
件厚棉袄。他们穿着新棉袄,一块儿跑到北海去溜冰,差点掉进了冰窟
里。孙云卿家里虽然有点钱,却不像那些进校镀金的要哥哥,他比较用
功,后来也考取了公费留学。他们同船来到北美,自己去了伊利诺伊州,
孙云卿去了多伦多,他在芝加哥大学学生物,孙云卿在多伦多大学学生
物,经过几年苦读,双双获得博士学位。一九五〇年五月,他回到了祖
国,同船的有著名作家老舍。在他起程归国前,曾经打电话找孙云卿,想
邀他一道回来,却一直没有接通电话。因为船票难买,他不能等待,只给
他寄去一信,告诉了自己的行踪,谁知从此断绝了联系,一晃四十余年。
改革开放以后,他又给多伦多写信,没有回音,托国外的朋友寻找,也都
不知他早已改名,找不着他的确切住址,不想他忽然从地球的另一边回
来了,并且变成了一个大富商。吴敬恒用手抓住了他的胳膊,认真地看
着他的脸,只见他并不显老,除了皮肤因吃奶油一类的食品多而有些变
化以外,其他没有什么变化,他还是那样瘦削,不过瘦得很有精神。

两人手拉手坐在沙发上,回忆起往事。老年人对于年轻时节的事情
比眼前的事情记得还清楚,他们谈起学生时代的人和事,忍不住哈哈大
笑。叙过一阵旧以后吴敬恒问他此次回湖南的目的。孙云卿说:"我虽
然已经改行了,变成了商人,但是我是从生物学专家转到做商人的,我在
加拿大搞畜种改良,积累了一点资金,就转到美国经营食品加工业。碰
上这些年西方世界家庭结构发生急剧变化,旅游之风盛行,罐头食品及

其他加工食品很行销,动手得早,狠赚了点钱,成立了这个三洋公司,我的股份多,担任了董事长,如今公司按照我的设计发展,一切很顺利。我在国外娶了妻,没有生育,后来她又死了。现在我也不想再娶妻了,国外的风气不好,我过不惯那种乱七八糟的婚姻生活,倒常常想念国内的家人。不知我的那位原配还在不在人世?记得跟她分手那年,她已有了身孕,如果孩子活着,也是四十出头的人了。听说国内搞过土地改革,我家有几十亩湖田,肯定要划作地主,是革命对象,因此不敢跟家里的人联系,怕我旅居海外,会增加他们的麻烦。直到国家实行改革开放政策,后来又给地主富农摘了帽子,留在大陆上的国民党军政人员也作了安置,我取得了加拿大国籍,我想可以回家看看了。如果我的妻子和儿女还在,我想把他们接出去,跟我到国外过日子。"吴敬恒问道:"一九五四年水灾后经过大整修,许多大垸都废弃了,你还记得你家所在大垸的位置吗?"孙云卿道:"怎么不记得,除非我死了,就不记得了!我家所在的大垸叫杨林嘴,离柳林镇不远,每次我上长沙,都要经过柳林垸,沿堤直达茅草街,那里有停靠小火轮的码头。"接着他又很感慨地道,"这是很奇怪的,越到老来,越思念自己的家乡、亲人,越思念自己的祖国。我终究是个中国人,我的根在中国,不管怎么样,我还是爱中国!"说着说着,老人的眼眶儿又红了,他又摘掉金丝眼镜擦眼泪。吴敬恒听了他这一番叙述,心里也受到感动,同时又在嘀咕,他此行是为了回来找寻自己的妻儿,怎么会首先找到我?孙云卿好像知道他心里的活动似的,用纸巾把眼眶子擦干以后,笑着说:"你一定觉得奇怪,我没有忙着去找自己的妻儿,却先找着你,我怎么会知道你的住址?"吴敬恒不禁笑道:"我也正在这样想,我没告诉你现在的地址,原籍又不在湖南,是建国初期院系调整后分配到这里来的,你怎么能一下子就找到我?"孙云卿哈哈大笑道:"你有名嘛!国际生物学界的权威,一举一动都引人注意。我虽然不再搞生物学研究了,但是我的食品工业与生物学关系密切,我有一个小小的研究所,对于国内外的资料,都用电子计算机储存起来了,凡是国内著名的学者,都建立了专门的学术档案。你如果不信,我的计算机里还储存了你的那篇清华大学毕业论文,我可以把题目和头一段背给你听一听。"说着,孙云卿真的背起来。背着背着,吴敬恒吃惊了,因为他为了编辑一本学术论文自选集,想收进这篇论文,曾经布置两个研究生查找,找了半年,翻遍了省内外许多图书馆的校刊目录,都没有查到,不想竟收藏在国外一家私人的研究所里。孙云卿对于能够立即背出这篇论文的题目和头一段,造成了使这位老同学惊诧不已的效果,感到很得意。他又告诉他说,他们在清华大学的同学的情况,他的研究所里都有完整的记录,这次他带来的一个册子,只是简单的概述。说着他走进卧室拿出一只大皮包,从包里取出一个十六开本大小的皮封面册子,将它递给吴敬恒。他看到里面果然记录着大学同班同学的情况,不但有籍贯、年龄、目前职业,还有配偶情况、儿女情况,各人学术活动都有简略记录。他翻出冠着自己名字的那个专页,只见上面写着他妻子的名字,注明已经于一九六六年去世。在学术活动一栏里,扼要说明他赞成牛满江教授的意见,主张鱼鳖不能混养。当他看到这两处记载以后,不禁又大笑起来。他一边把册子递还给老同学,一边笑道:"你的电子计算机还不够精灵,消息也不够准确。我已经另外娶了一个后妻,是你家乡一带的人,名叫唐元贞。我的学术观点也有变化,否定了自己过去的观点,赞成鱼鳖可以混养。我从你家乡一位老农的实际经验中找到例证,证明鱼鳖不但能够混养,而且只有混养,才能同时提高二者的产量。"孙云卿辩解道:"你跟唐元贞女士结婚的事,又没有登启事,如果登了启事,我的研究所马上可以记录到,也就能把这件事储存在计算机里。你的学术观点也一样,虽然已经有了变化,但你还没有通过文字表达出来,计算机储存系统的特点是要有文字图片与数据做根据的。"吴敬恒又大笑道:"我欣赏电子计算机,但一切都得有文字图片与数据作依据,这是它的局限性。在人类社会生活中,每时每刻都有新的变化,好多新奇的事物,在实践中已经发生了,在文字图片与数据上却没有得到反映!"孙云卿拍起手来道:"我同意你的说法,我从我的研究所的报告中看到,祖国的变化真是巨大,但是等我踏上了祖国的大地,亲眼看到这一切,才知这种变化之大,远远超过了我原来掌握的情况。我这次回来寻找亲人,同时也要趁机仔细地考察一下。"吴敬恒道:"如果你能等我两天,我把小女的事情安排一下,陪你到你家乡去跑一趟。我最近到了那里,收获很大,想再去一次,好将论证鱼鳖可以混养的论文写出来,使你的计算机不再只储存我的旧观点。"对于最后这句带点玩笑口吻的话,孙云卿没有做出反应,他却很严肃地问:"你女儿出了什么事,需要作什么安排?"吴敬恒只好将女儿的遭遇向他叙述了一遍。孙云卿听了半晌不语,他长长地叹了口气道:"你的这场不幸,我的计算机也没能储存进去。我们在国外也听到一些情况,知道一九五六年以前,那些社会改革是必要的,如果不搞土地改革,农民不会有土地,如果不改造私人企业,就不能建立强大的国家工业体系,在这些运动中受到冲击的,不应有什么怨言。但是从一九五七年以来,有的事情好像做得过头了,造成了一些后遗症,更痛心的,是耽搁了许多宝贵时间。我们在国外看得很清楚,就是这些年,六十年代和七十年代,科技发展神速!……"两位老朋友扯开了话匣子,就谈个没有完,吃过饭后,他们的谈兴一点儿也没有减弱,孙云卿提议一起到橘子洲头去散散步,吴敬恒欣然同意。于是,两人坐上汽车,由系干事陪着,一起来到橘子洲头。这时正是橘子花开的时候,在橘子洲头的橘园里,开满了白色的花朵,只见那一群群蜜蜂,在树丛中飞来飞去。两个老人继续谈论着当今科学技术的变化,他们都有同样的想法,要使祖国的经济起飞,必须首先振兴教育与科学技术事业。吴敬恒说,他要用自己的余年,把他积累的知识变成清泉,用来浇灌科技的花圃。孙云卿说,他在国外的那笔资产,生不带来,死不带去,也要逐渐用在振兴中华民族的科学文化上面。两个老人又仿佛回到了青年时代,回到了同游北海在雪地滑冰时的情景,他们竟越过栏杆,爬下陡坡,把自己的脚伸进清澈的湘江河水。

"吴教授!吴教授!"一条机帆船突然在他们面前掠过,船后掀起的浪花冲湿了两个老人的鞋袜,两人赶紧把脚收回来。听见船上的喊声,吴敬恒不禁站直身子,抬头一看,看见一张似曾相识的笑脸。机帆船在河里飞快地转了一个圈,又挨到两个老人的身旁。船上的人大声叫:"吴教授,你不认识我了,我是柳林垸的卜桂香!"吴敬恒记起来了,那天乡党委书记杨青林陪他参观冷满爹的鱼鳖混养池,好像有个名叫卜桂香的一块儿陪着,他还向他介绍了其他几个专业户的情况。据冷满爹告诉他说,他是过去的老队长,如今乡党委书记动员他去搞运输,队改组以后,还兼管点组上的事,比如到上头去汇报呀,接待客人呀,因为新选出的组长生性腼腆,一张口就红脸,平时只认埋头管田里工夫,不肯抛头露面。

吴敬恒突然还记起他陪他吃过饭,坐在他旁边,夸说脚鱼的营养价值高,把那一坨坨又鲜又嫩的脚鱼肉直往他碗里夹。

吴敬恒看见船上除了这个卜桂香,还有两个年轻人,一个人坐在驾驶舱里,扶着舵轮,一个人坐在机器舱里,注视着柴油机。只有卜桂香靠在船舷望江景。他们把船开到橘子洲头来,好像不是来接客人,如今橘子树才开花,也不是来收橘子,他们是来兜一兜风,纯粹是开着机帆船当小游艇儿玩。

吴敬恒看见他那副悠然自得的样子,不禁问:"你买了艘机帆船了,嘻,真了不起!"卜桂香笑道:"我还买不起,这艘船不是我的,是他们的。"他指了指前舱扶舵轮的小伙子,只见那个小伙子打扮得很时髦,模样儿也俊,他戴着一顶挡风的鸭舌帽子,听卜桂香这样一说,转头来望着岸边的老人,笑了一笑。卜桂香补充道:"是我的小舅子,他们起步比我迟,却运气好,赚的钱比我多,再过几天,还要换艘汽划子!"

孙云卿突然爆发了思乡病,他对吴敬恒说:"你问问他们,到不到茅草街去?如果去,我们搭他们的船去。"吴敬恒也产生了游兴,他大声问道:"卜队长,你何时打转?"卜桂香道:"后天,他们还有两只拖船,货没有卸完,我的船也准备拖在机帆船后面走!"吴敬恒与孙云卿交换了一下眼色,孙云卿忙点头。吴敬恒又大声道:"那我们也搭你们的机帆船走,我们经茅草街,到县里去,过几天还要到柳林镇来。"没等卜桂香回答,坐在前面驾驶舱的小九大声叫道:"欢迎欢迎!后天早晨,就请到新码头来上船。"卜桂香看见另一位老人穿着一身考究的西装,知道是位尊贵的客人,他忙躬下身子,从船舱里提起两只大脚鱼,往岸上一扔,脚鱼四脚朝天跌倒在两个老人身后的干岸上。机帆船上的铃声拉响了,机器又大响了,当机帆船急转弯掉转身躯的时候,还听到卜桂香用他那副尖细的嗓子,对着岸上大声地喊道:"清炖脚鱼的营养特别好,请吴教授陪客人喝两盅!"

在柳林垸的这几天里,王玲耗尽了心力,相片的效果很好,达到了预期的目的,但她随手往粪凼里一丢,黑暗中没有看清是干凼子,结果被冷满爹捡着,把它交给了杨青林,杨青林又给了宋明,事情功败垂成。宋明最恨弄虚作假,把相片与表格撕得粉碎。没有相片倒可以再洗,没有表格怎么回城?她跑到乡政府质问。马秘书和颜悦色地说道:"宋明他本人不愿意,我们也没有办法!"他绘声绘色地描述宋明生气的样子,当场几乎把王玲气死。后来终于找着宋明,两人大吵了一架。王玲兴冲冲地来到柳林垸,垂头丧气地回到城里,一进家门便往床上一躺,不吃不喝困了三天,心中充满了懊恼,渐渐萌发出怨恨;她恨一切与她相识的男人,更恨那些辜负过自己的人。她的眼光渐渐变得尖刻,心也变得似蛇蝎,当她重新从床上坐起,她的精神又开始振作,她买了滋补汁按时服用,化妆品中加了增白霜,服饰上也越来越开放,还到美容院去文了眉。她要精心包装自己的身体,使它更加具有魅力,她将凭借它挣回幸福,还要实施对男人的报复。

当她销假上班以后,便争分抢秒地工作,把积压下来的公事处理完了,才到传达室去取信。她在信箱里拿到两封信,一封是妈妈寄来的,问她为什么长久不回家?一封是杨玲寄来的,用的是一只粉红色的信封。杨玲昵称也叫玲玲,和她同一个班级,两个玲玲都长得乖,在学校很出名,因为同住在一条街巷,同去同来,形影不离,仿佛是孪生姊妹。等到高中阶段,又同时住校,同睡一张床,偎在一起讲悄悄话。年龄进入花季,心中的秘密多起来,她们便卷在一个被窝筒子里,互相交流心得。比如说,王玲偷偷地爱上了宋明,她把这事告诉了杨玲。杨玲也紧紧地箍着她,告诉她表哥给她带来了惊喜。她们只知自家内心的喜悦,却不知男女间还有什么纠葛。直到有一天晚上,杨玲偷偷带来一本书,两人亮着手电筒躲在被窝里看,书上有字有画,才知男女间差别这样大!上面还描绘几对男女,表演着各种游戏。两人一边惊奇地浏览,一边忍不住咻咻地笑。但是过不多久,这种欢快的心情骤然变化。原来杨玲的爸爸不是亲爸爸,他对她特别疼爱,有一晚妈妈不在家,他便领她演习那书上的节目,谁知使她流血了。杨玲把这事告诉王玲,使她大吃一惊,于是她便感到事情并不像那书上所写的美妙,使她跟宋明也疏远了,不敢再在一起玩耍了。但是不久发生了"文化大革命",学校里停课闹革命,老师的门口贴满大字报,班主任被揪到台上做喷气式。王玲被动员加入红卫兵,只好跟宋明一块出去串连。他们到了天涯海角,在鹿回头洗了一次海水澡,她才头一回看清了男人的躯体,觉得并不如杨玲所说的恐怖,那鼓鼓隆隆的肌肉,还引出若干遐想。不过她仍心存戒备,虽然一起走遍了大半个中国,常常同吃同住,有时在深山老林,只有两人相对,她也只限于跟他拉拉手,说几句贴心的话,就连亲吻拥抱,还是在落户柳林垸后才发生的事。

另一个玲玲的遭遇不同。因为她后爸除了使她流了血,还使别的两个女伢儿流了血,公安六条公布以后,他的罪行被揭发出来了,不久被当作坏分子抓起来,在一次公审大会上枪决了。后爸不是亲爸爸,但对杨玲一个样,他是她的直系亲属,这样就使她丧失了参加革命的权利,她被红卫兵组织开除了,同时也避免了上山下乡的磨难。当王玲从海南岛归来,便再也见不到她的踪影,她在他们所居住的城市消失了。直到改革开放以后,广东建立了经济特区,听说她在深圳打工,后来又迁到广州,很快地嫁了人。

今天王玲读完她的信,引起了许多回忆,她反复琢磨着,不知她过得怎么样?从信封上的地址看,她住的是高档住宅区,这时她便萌发一个念头,立刻去一趟广州,拜访一下老友,看看她发生了什么变化,要是能恢复过去的情谊,不妨畅谈一下彼此的心曲。为了达到目的,眼下倒有一个机会,春季广交会快要开幕了,局里照例要派人去,只是参加广交会是美差,历来争夺很激烈,她去年秋天去过一趟,这次肯定轮不到自己。不过从前也有先例,只要领队的副局长提名,还是可以按需要增人,实际上多一个人少一个人无所谓,车船费住宿费由局里统一支付。

此次领队的副局长是谁?王玲因为料理宋明的事,没有顾得上去打听,不过她觉得还是有办法解决的,因为这些领导她都很熟悉,他们都跟她有过来往。

刘副局长最喜欢跳舞,最初进场子像鸭子,如今变得像舞星,车得舞伴团团转,还能变出许多花样。这些都是王玲手把手教的,所以他对王玲印象好,如果请他补个名额,估计是没有问题的。马副局长害怕老婆,他的老婆是个购物狂,每次出差都给他派任务,到了广州又没有时间,便只好让王玲代劳;王玲自然乐意,因为她有购物的天赋,买的东西物美价廉,马副局长回家后受到嘉奖,他对王玲很感激,如果这次由他领队,肯定不会拒绝增加一个名额。杨副局长即将退休了,他便抓紧外出旅游,上次领队去广州,带上王玲替他"公关",王玲为他弄到一个港商的邀请,使他能到香港一游,如果这次由他领队,他也不会不肯带上她。

地区外贸局没有正局长,代理局长也没有明确,只有一个党组副书记,自然他是一把手。党组副书记也兼副局长,这人名叫郝朝忠,是郝小忠的爸爸,要是王玲和小忠结婚,他就是她的公公。如今好事已经泡汤,她跟郝小忠分手了,如果这次由他领队去广州,王玲肯定没戏了。

王玲一边在脑海里过滤着这几位副局长,一边沿着楼梯往上走。副局长们的办公室都在三楼,楼道内静悄悄的,原来副局长们工作踏实,他们的办公地点移到了基层。

外贸系统的下属单位很多,每位局长都分管几个单位,不少单位有招待所,那里有他们专用的房间。现在他们到底猫在哪里,除了办公室主任或副主任,谁也弄不清楚。如果一般干部问主任,他们是不会轻易告诉你的。

当王玲走进办公室,看见坐在桌旁摇笔杆子的是小崔,小崔是大学毕业生,笔头上来得,局长们的报告大都出自他手,所以提拔很快,最近已被任命为办公室副主任,统管局里的文牍。不过他在事业上遂意,婚姻恋爱上却屡遭挫折,至今依旧是单身,平时寂寞难耐,常来接待室走动。接待室的女性多,一律年轻美貌,还能讲一口标准的普通话,却坏就坏在人太多,使他如入花丛,总是拿不定主意。蹉跎数月,好容易才觉得王玲耀眼,两人相约,同去看了两场电影,在那角落里座位上,传出了唏唏的笑声。不过后来他风闻她与郝副局长的公子有染,为前程计,立马放弃追逐,态度上来了个一百八十度转弯,变得格外拘谨。这时他看见王玲进来,心情比较复杂,脸上没有表露出来,只是客气地起立、让座、献茶,以为是来找郝副局长的,告诉她局长不在,如果有事要办,也可以找他。王玲见他态度迥异,心里不禁一酸,知道他是冲着郝副局长来的,并不把自己看重。但是今非昔比,她与郝小忠已经分手了,与郝副局长也没有什么瓜葛了,他尽可以恢复过去的态度,跟她随意地谈,她想告知原委,却又千头万绪,不知从哪节儿说起。这时她看见他又拿起钢笔,知道他在起草报告,不好意思久耽搁,便简单地托词问道:"下面有单位来电话问此次出席广交会的领队是谁?"小崔一听忙放下笔,笑道:"连你也不知道,郝副局长没有告诉你?"接着他便详细地介绍:"最近中央有文件,党政机关要与经营业务脱钩,外贸局属政府部门,不能再直接抓业务,另外成立了进出口贸易公司,专门管具体经营业务,各专业公司上面有总公司,总公司设总经理,由郝副局长兼任总经理。由于同属一个党组,上次党组会上决定,广交会的事由郝总亲自抓,其他几位副局长不再插手了,至于下面的人谁去谁不去,由他直接点将。"说完他把面前的一大堆材料纸一推,笑道:"这是郝总要我替他整理的资料,还有一份报告,限定明天一早交给他,他现正在家里清理行装,准备明天上午乘飞机去广州。"

　　需要打听的事情已经打听到了,她便不再停留,等她走到门边,不禁回头一望,只见小崔正拿眼睛盯着她,她便不禁嫣然一笑,撂下了一句话:"欢迎你到我们那儿来玩!"说完摇摇手,袅袅婷婷地走出了办公室。

　　等到王玲回到接待室,坐在自己的座位上,心里感到很失落。看来事情明摆着,她没法搭这趟便车去广州。这时她又从衣袋里掏出那只精致的信封,抽出了那张粉红色带点香味的信纸,仔仔细细重读了一遍,心里好像倒了五味瓶,甜酸苦辣,样样俱全。随着社会的动荡,她的经历人多,感受也太多了,她真想找个愿意听她倾诉的对象,将胸中所积,通通地倒出来,以求得对方的理解,并且帮助她找出答案。在她所认识的人中,只有杨玲才是合适的人选,每当她想到杨玲,便想起那些难忘的夜晚,两人滚在一个被窝筒子里,窃窃地私语,心悸的感受。她们是最贴心的朋友,任何隐秘的事情都互不相瞒。当她找回这些感觉,越发觉得非尽快见到杨玲不可,而如今要去广州,只能搭参加广交会这趟便车,如果私自去,花钱还在其次,因为前段为宋明的事请过几次假,再请假很难了。想来想去,觉得只有郝副局长这条路好走了。

　　当她想到郝副局长,面前仿佛就站着一位相貌堂堂的男子,这人年纪已经不小,却一点也不显老,脸是红通通的,头发是黑黑的。她想起第一次见到他的感觉,只觉得太遗憾,为什么这般魁伟的父亲,会生下如此猥琐的儿子?当时她与郝小忠相恋,还未决定嫁他,自从见了他的父亲以后,才算下定决心,从此斩断一切情缘,跟随郝小忠生活一辈子。不仅因为欣赏他父亲的气度,还因他是本单位的一把手。没隔多久,她便分到了一套新宿舍。郝小忠登门祝贺,夸说是他父亲安排的,他把她堵在一间房里,使她变成了妇人。谁料郝小忠身体像猴子,性情却像兔子,每次相会都不肯放过,使她连续上了两次医院。为着过上正常生活,她便催促去打结婚证。起初他还点头同意,往后便装聋作哑,说得多了,竟很久不见踪影,最后接到了哀的美敦书,才知他已移情别恋。要是她知道情敌是罗彩元,那就有场好戏看了,依照她那不肯服输的性格,她岂肯善罢甘休,她会杀回柳林垸,大闹高台阶,把罗富庭弄得第二次昏厥。如果那样也好,肯定会被宋明听到,不会使他再入情网,也就没有冷满爹的懊悔,春妹子的情伤,那一座泥糊草盖的小茅屋,早已被推倒,变成一栋红砖黑瓦的两层楼房,在那嵌了玻璃窗户的房间里,住着和和睦睦一家子。

　　事情起了这种变化,是郝朝忠所始料不及的。他第一眼见到王玲,就对她产生了好感,他觉得她不仅脸庞儿好,还挺有风度,自己的儿子生得丑陋,他是有自知之明的,能娶到这样一个出众的媳妇,也算幸运了。他便告诫儿子道:"别再拈花惹草了,早点收心吧!我看王玲这孩子顶不错,你就把她带来见见我们。"郝小忠将王玲带进家门,郝朝忠表示了热烈的欢迎。他亲切地问起她的家人,听到父亲不久前在车祸中死去,便长长地叹了一口气,说道:"苦命的孩子,不要难过。你没有了爸爸,我就做你的爸爸!"这话使王玲很感动,当时流下了眼泪,从此过了明路,她便常来走动。郝朝忠的老伴是糯米团,又是个圆手板,雇个保姆不得力,使她得以施展才能。她把旧的窗帘换了,使房间变得明亮,家具也做了调整,摆放得合乎潮流,她同时还亲自下厨,使郝朝忠大快朵颐,常常夸她做的饭菜好吃。如果郝小忠没有同回,他便拉她坐在沙发上,因为他在单位分管人事,最喜欢听人物评点。王玲所站的岗位消息灵通,她又有绘声绘色的才能,当她形容某些与她不和睦的人,能使他们变得十分丑陋,她的描绘极为夸张,引得郝副局长哈哈大笑,他还轻轻地朝她一拍,表示很激赏的样子。这天当她说到热闹处,忽然发现手臂被人抓住了,接着不是轻轻一拍,而是重重一拖,因为没有防备,重心失衡,王玲便倒在郝朝忠的膝盖上。他忙伸手去扶,大巴掌扣着乳房。想到她与郝小忠的关系,这种姿势似乎欠妥,她便连忙站起来,迅速地远离副局长,当她回头一望,看到的是一张惊慌的脸。她的心便软下来,忙把脚步停了。王玲的脑筋转得很快,她想不能把事做绝了,自己迟早要进这家门,还要跟他一块过日子,这样她便转过身来,朝着他嫣然一笑。这一笑不打紧,既解除了郝副局长的尴尬,又给自己留着余地。这天他们虽然没再坐在一起,关系似乎更进一层了,从此,郝副局长成了这桩婚事的促进派,不断在儿子面前夸说王玲好。好容易等到儿子回家,他又在饭桌上夸奖王玲,说王玲如何能干,群众关系如何好,局里的领导都对她印象不错,最近可能提升为接待室副主任,副主任是副科级,相当于县里的副局长。郝小忠听了冷笑一声,他当然没敢直接顶撞父亲,心里却在想道:副局长又怎么样,副局长不还是女人? 女人好比桌上的菜,一盆菜有一盆菜的滋味,要是老叫你吃一盆菜,最好的菜也会让你腻了。他如今早对王玲腻了,已经有好久没去见她了。郝副局长没有觉察到这点,只顾唠唠叨叨地说个不停,说来说去还是那句话:"别再挑三拣四了,早一点去扯结婚证吧,让她住到家里来,好让你妈妈有个帮手。"郝小忠听得不耐烦了,饭还没有吃完,就推说厂里有事,拎着皮包走了。

后来不久郝小忠与王玲决裂了。郝小忠送了她一条金项链,还有一只牛皮纸信套,里面装着一捆钞票,两人的事算是完全结束了,王玲也不好再到他家来了。郝副局长好久没有见到她,他的心里却惦记着,这天破例来局里上班,顺路拐到接待室门口。接待室在外贸局大门边,与行政科相邻,平日人来人往,像个门市部。郝副局长特意来此,只能略表关心,不宜久坐。这天他站在门口,只见王玲坐在座位上,低垂着头,脸色黄黄的,似乎心事重重的样子。她早看见了他,却是装着没有看见,也没有站起来,态度冷冷的,使他把已到嘴边的话吞进肚子里去了,悻悻然踱离接待室。他的心中感到很疑惑,回到家里问老伴,才知她跟儿子闹翻了。想起他们之间有过的交往,不知为何,总难割舍,却又不知她对自己会有什么想法,使他背了几天包袱。直到又一天,王玲在走廊上与他相遇,又对他嫣然一笑,接着射来一道幽怨的目光,他的背上的包袱才放下了。

王玲今天也想起了他们之间过去种种,那一幕幕场景,好像就在目前,但是,往日经年,一切早成过去,彼此成了路人,不过从郝副局长的眼神看,好像他还有些情意。她的心里想道:此事既然得求他,也不妨去找他,他已不可能做自己的公公,却还是她的领导,下级去求上级,是情理以内的事,何况他还有把柄在她的手里,如果因此受辱,她可以说他不检点。她在与刘副局长跳舞时知道,他对他的意见很大,说他胸襟狭隘,作风霸道,在单位一手遮天,仗着地委宋书记是他的老上级,不把别的副局长放在眼里。她想必要时可以现身说法,向刘副局长提供炮弹。

王玲的性格是说干就干,从来都很果断,当她想清楚以后,便立刻施行。小崔已经告诉了,郝副局长正在家里。她便提前下班,回到宿舍里,精心地修饰一番,穿了一件袒胸露背的金丝绒套装,洒了许多香水,来到了他的家里。自从她接受了那只牛皮纸袋子以后,她便不再来这里了。现在房屋作了改造,加了房间,门前的花圃也扩大了,花卉比过去更多样。当她按了一下门铃,出来开门的是一位魁梧的男子。这人的鬓角有点花白,宽阔的前额很光亮,两颊是红的,头发依然是黑的,他咧开嘴唇笑,露出一排洁白的牙齿。王玲陡然见到郝副局长,心里不禁一怔。郝副局长做过武装部长,转业后入了商界,如今做了总经理,却仍保持着职业军人的风度。王玲怯生生地喊了一声郝总,郝副局长嘿嘿地笑着,一只手握住王玲的右手,另一只手搭在她肩上,用脚跟勾拢大门,拥着她走向客厅。这是郝朝忠的习惯,见到年轻女子都用这种方式接待。如果那女子的头朝他偏点,他还会用手箍紧肩膀,顺势在那肥胖或瘦削的肩头捏一把。王玲知道他这个习惯,便把头偏到他的胸前。郝副局长的手不仅捏了她的肩膀,还顺背而下,达到臀部,在那肥厚的肌肉上拍了几下。

及至两人进客厅,郝总才看清是王玲,他的心里蓦然一惊,忙放下手,拉开了和她的距离,伸手指着对面的沙发,说:"坐,请坐,有话坐下来好好说。"他曾听老伴说过,王玲到家里闹过一次,她大哭大叫,把她吓坏了,赶紧从后门溜走了。郝朝忠听了很懊丧,好久心里不舒坦,他还时刻琢磨着,不知她何时再来闹,这时他看清是王玲,心里便像在打鼓,手足无措地站在房中,不知会有一场什么风暴。谁知他听到的是和声细语,王玲向他申请要去广州,他的心里不禁一喜,顿时感觉轻松,便不仅马上答应了,还提议由她陪同他打前站。王玲思索了一会儿,微微地点了点头。客厅的气氛变了,变得融洽得很。郝朝忠的兴趣又来了,他按了按

527

王玲的肩膀，坐在她的身旁，开始大骂郝小忠。他骂郝小忠混账，不懂事，放着这样好的姑娘不娶，将来会后悔的！然后他又哭丧着脸，诉说自己戎马一生，就只生下这个畜生，如果还有一男半女，准会把他撵走。叹气之后，接着又大笑，好像突然省悟似的叫道："我们不是商量过吗？你没有爸爸，我没有女儿，我就做你的爸爸，你就做我的女儿，你还为此流过泪，叫过我一阵爸爸，现在不能做我的媳妇了，不要紧，就做我的女儿，既然不是亲生的，就该叫干女儿。"王玲突然想起曾听一个讲解员对她说过，郝副局长要她做干女儿，还叫她当人的面喊他爸爸，实际上是想让她做情妇。王玲一想这话便忙叫："我不要做干女儿！"这时两人的肩膀紧靠着，郝朝忠便把脸挨过来，低声问："不肯做干女儿，做什么？"王玲用手朝他的臂膀一推，笑道："什么干女儿，都是假的！"王玲的话是针对那个讲解员所说的事，而郝朝忠听来，以为是指他们之间目前的关系，她嘻嘻地笑着，似乎没有反感。这话鼓舞了他，使他顾虑全消，他本是个色胆包天的人，在县里当政十年，阅人多矣，只因初到地直单位当领导，又有对立面，不得不收敛一点。这时他已不再有顾虑，抬起身体挪近一点，伸出只手搂着王玲的腰肢，见她无意挣脱，便加大了力度，将她揽进怀里。不知是感觉迟钝，还是有意拖延，王玲纹丝不动，直到那张宽大的红脸，擦着她那涂满脂粉的脸颊，她才开始挣扎。郝朝忠身体强壮，每天都得找个发泄所在，最近老伴住院割阑尾，小保姆跟去做了陪人，他孤零零地守在屋里，很有些不耐烦了，所以他不等大队伍出发，就要提前坐飞机去广州，以便住进宾馆，找个女子做做按摩，这时他感到温玉满怀，又岂肯轻易放过。王玲的腰肢柔软，肌肉丰盈，不断在他怀里扭动，他的情欲升腾，很快到了无法忍受的程度，他便张开双臂，把她抱起，大踏步跨进了卧室。原来郝朝忠还保持着军营生活的习惯，卧室里陈设比较简单，除一张宽大的席梦思床，就只有几条凳子。当他把王玲放到床上，开始剥她的衣裳。谁知刚把几只纽扣解开，一对白兔蹦跳出来，他伸手去捕捉，脸上却挨了清脆一掌，虽说女人的手劲较小，脸上还是感到火辣辣的。他生平没有受过这种接待，心中的怒火燃烧，越发激起了他的欲望，使他完全失去理智，他张开双手猛扑过去，不想扑了个空。王玲的动作矫捷，早已跳到床下，并且跑到了门外，只听得咔嗒一响，郝朝忠被锁在卧室

528

里。他便使劲去拉门，房门被反扣了，他以为她会去报警，身上像浇了一桶凉水。他忙使劲去扯门，只听见门外传来一阵哭声，哭声越来越大，辨得出是王玲的声音。郝朝忠只好在房内央告道："小玲不要这样，我们是一家子，你不能做我的儿媳，也还是我的女儿，女儿对于父亲，不能是这种态度。"好久没有回答，哭声渐渐小了，郝朝忠又说了几遍，才听见门外回答："做女儿就是女儿，为什么做这种俗样子？"原来王玲不是那种绝情的人，她不会到派出所去报警。好像一块石头落了地，郝朝忠的心里轻松了许多，他的话又多了，便又说道："小玲你不是不知道，我是很喜欢你的，自从第一眼见到你，就看中了你，原来希望你做儿媳，从此生活在一起，不想那孽障不争气，失去了这个机会。你不是已经答应过，愿意做我的女儿，女儿不是亲生的，自然是干女儿，干爹喜欢干女儿，是情理以内的事情。"说了一会，发现抽泣声小了，他又说道，"顺便告诉你，你那提升职务的事，不久就会有结果，党组会上议过一次，没有异议，只等下次开会，作个决议，就可以发任命通知。"他把后面的话连续讲了两遍，门外的哭声停止了，接着又听到咔嗒一声，反扣拉开了。郝朝忠急忙扯开门，飞快地奔出。只见王玲用手蒙着脸站在客厅里，她没有走。郝朝忠心里有些后悔，觉得自己太孟浪，根据以往经验，对于这类见过世面的女孩子，不能硬来，只因刚才自己太饥渴，忘记了这条规律。这时两人面对面站着，显得十分尴尬。王玲没有走，是因为没有落实去广州的事。郝朝忠没有走，是因为他还不肯死心。毕竟他是个老手，脸皮子厚，他摸摸脸颊，哈哈大笑："你的心真狠，把爸爸的牙都打松了！"王玲本来没有真生气，忍不住嘻的一声，嘴角咧开了一条缝。郝朝忠便声明道，他不会再开玩笑了。发现王玲的脚还没有动，便又赶紧说，今天只有他一个人在家，希望她陪他吃餐饭。王玲盯着他的眼睛，久久地不吭声，好像在考量他的诚意，以免再次上当。郝朝忠不惜指天发誓，表示决无二意。王玲看见他那焦急的样子，觉得很滑稽，不禁又咧嘴一笑，接着把手提包重新一丢，一屁股坐在沙发上。郝朝忠欣喜异常，忙拿起电话筒拨号码，他与附近的一家餐馆有约，从电话中把菜单推出，他们便弄好送来。他真正做到"远庖厨"，从来不肯进厨房，在爱人和保姆不在家的日子，都是打电话向餐馆要饭菜。餐馆服务员来收碗筷时，还负责替他打扫一下房间。

529

郝朝忠将这家餐馆的时新菜都叫来了,摆了满满一桌,再加上几个人也吃不完。两个人敞开肚皮吃,吃了半天,还剩下大半桌菜。他这样做的目的,倒不是为了摆阔,而是表示对王玲的看重。但是王玲心里有数,总经理出手大方,从来不会自己掏腰包,不论到餐馆去吃,或是由餐馆送到家里来吃,都是先记账,最后由公司出纳来结账,在公司的接待费中统一支付。王玲默默地吃着饭,神情似乎很冷淡。郝朝忠却情绪高昂,席间不停地说话,他夸说自己当年如何剿匪,如何当了武装部长,“文化大革命”爆发,又如何当了县革委会一把手。那时集党政财文大权于一身,真可谓登堂一呼,阶下百应。对比前任几位领导,真有天壤之别。上海一月风暴以后,各级党政机关瘫痪,他们丧失了权力,便随时被揪斗、戴高帽、挂黑牌、做喷气式,最后通通关进牛棚。他的一个战友,在邻县当公安局长,砸烂公检法以后,被投入监牢,和那些被他抓进来的罪犯关在一起,结果被他们打死了!因此,他有句口头禅:“权权权,命相连!”他常以此激励自己,也用来教育干部。九一三事件以后,他被撤出了革委会,“四人帮”粉碎以后,又脱掉了军装,坐了两年冷板凳,最后才走了宋书记的门子,进入了商界,眼前是另一番景象。商场看重的是钱,有了钱就有一切,有钱能使鬼推磨,这话一点儿也不假。王玲听到这里,不禁扁了扁嘴,因为她对钱早有认识,她不仅知道钱的用处,还知道如何捞钱。她想如果手上有权,照样可以弄到钱。前天在柳林镇码头上结识曹桂枝,由于都恨杨青林,很快成了知己。她告诉她一个商业秘密,她丈夫是柳林综合厂的厂长,从工业局弄到批条,进了一批平价水泥,水泥的标号不高,却在农村很走俏,按市场价格卖出,狠赚了一笔。知道她在外贸系统工作,大为高兴,便问她能不能弄到平价钢材的批条,如果能弄到,将来红利对半分。王玲早就听说要实行价格双轨制,却不知道有这种窍门。这时她不禁望望郝朝忠,只见他满面喷朱,还在滔滔不绝地演说。她想他就拥有调拨物资的能力,是可以出具批条的,当她想到这点,她的脸色马上柔和起来了,两人的交流也便更加顺畅多了。吃过晚饭以后,彼此都不愿马上分开,直到这天深夜,总经理的住宅里还亮着灯光,谈话还在继续着,两人都互吐心曲。

　　不过这晚,王玲虽然睡在郝朝忠家,却没有让他占据身体,他曾多次扯开她的上衣,却无法解开裤子。直到转钟一点,王玲使出全身力气,挣脱了他的环抱,跑进了另一个房间,咔嗒一声,把房门锁上了。

第二天清晨,她便接到了去广州的机票,是小崔送来的,当他把机票递到她的手上,竟怪异地一笑。她只当没看见,坐他带来的车子回家收捡好行李,又转回来接郝朝忠,然后一块儿去机场。

下了飞机便有驻穗办事处人员来接,她对广州很熟悉,动身前就预订了一家住过的宾馆。办事处司机边开车边问:"郝局长为什么不住白天鹅宾馆?那是五星级,过去来的领导都住在那里。"回答自然是堂皇的,王玲代替郝朝忠答道:"局长是个老八路,还是老作风,住小一点的宾馆,可以节省不少钱。"

这家宾馆虽然小一点,还矮两级,房价也便宜不少,但实际上没有省钱,或者说,还要多开支一些,因为他们要了一个大套间,还要了一个单间,中间有个会议室,需要一块儿算钱,不过各有一门通会议室,两种房间是相通的。

郝朝忠对房间的布局很满意,自以为明白了王玲的用意,他心花怒放,急不可耐,迅速把司机打发走了,然后钻进卫生间,洗刷了一番,换了一身接待外宾的服装,穿过会议室,扭开王玲的房门,使他感到惊诧的是,王玲不在房里。王玲到哪里去了呢?原来她早跟司机约好,让他送她到琼岛花园。她先在大厅等候,看见司机走出电梯,便摇摇手,司机会意,领她从后门上车。等到郝朝忠下楼到大厅来寻找王玲,他们早已绝尘而去。

琼岛花园建在珠江拐弯处,一面临山,两面环水,到得门口,只见拱门高架,气势宏伟。门前站着几个警服保安,气宇轩昂,看见王玲的车子,忙拢来询问客人的去向,得到回答,就用手机跟园内业主联系。大概里面说了声请进,他们便态度骤变,弓腰哈背,连声叫请,门内的红白相间的铁栅也自动拉开了。司机一边朝里开去,一边嘴里啧啧道:"这派头比省政府还大!"王玲笑道:"这是高档住宅区,每幢别墅价值数百万,大都被港澳台商人买去了。"她的心里在嘀咕:"杨玲到底嫁了个什么人,住进了这种地方?"

车轮在光滑的沥青路面滚动,没有一点声响。只见两旁绿草如茵,乔木森森。园内不仅有热带的棕榈树,还有内陆的广玉兰、银杏、香樟、龙柏。广玉兰芬芳浓绿,银杏树高枝挺秀,香樟如亭亭华盖,龙柏像青龙环绕。远处还耸立几株榕树,怕莫已逾百年,从深山移植到这里,不知花了多少钱?王玲不禁喟叹,不觉车子停了。司机把门拉开,她才看清别墅。缀花铁门敞着,门口站着一个女子,只见她体态丰腴,面容娇美,只是香气太浓了,几乎使王玲窒息。她把王玲紧紧搂着,泪水双流,直到把司机打发走了,还在哽咽。王玲十分激动,心里想道:看来杨玲还是原样,没有忘记旧情。两人互相拥抱,然后并肩进了铁门,门内的花圃阔大,怕莫有两亩。靠墙也是乔木,间种着金桂银桂,还有四季桂,难怪进门便闻到桂花香,想来秋天更浓烈。如今只是春末,铃兰香胜过桂花香,这种花形状似铃,香气如兰,玫瑰色的小花,布满了花坛。花坛形状多样,栽种着海内名花,时令已过谷雨,正是牡丹开花的季节,它的花色艳丽,紫红黄白,竞相勃发。在它旁边,栽着芍药,它们的花期较晚,已经含苞欲放了。除了这些富贵花,还有蜡梅和月季。蜡梅花的香味最浓,可惜花期已过,只有等待来年。而月月开花的月季,都在疯长,它的身价低微,却凭它的殷勤,赢得了主人的厚爱,无论在路边、栏杆旁、台阶前,都布满了它的家族,它们排列有序,做出一副妩媚的样子。两人走完卵石甬道,踏上汉白玉台阶,进入了客厅。厅内的布置典雅,摆放着各色盆景,其中有翠柏、紫薇、碧桃、海棠、梅花、石榴,还有一只很大的树桩盆景,将松、枫、榆、竹同栽在一起,构成了一幅巧夺天工的图画。王玲也酷爱花草,但她做梦也不曾想到,会拥有这样多的名花,她不无羡慕地问道:"偌大一个园子,还有这些盆景,难道由你一人侍候?"杨玲早已经止泪,她伸出戴着金钏与钻戒的手,笑道:"你看,我们雇了一个花匠。"王玲沿着她的手指望去,果然看见窗外的花坛旁有人,那人正在躬身剪草,亮出宽厚的背。等到吃过午餐,杨玲提议去逛商场,她叫来花匠,让他开车,王玲才看清他的面孔,脸红牙白,是个很俊俏的小伙子。他把她们送到几个大商场转了一圈,直到凌志车后厢挤满了大大小小的包装盒,才打道回府。王玲粗粗算了一下,怕已花掉三千元。杨玲不准王玲掏钱,其中一半盒子是属于她的。

两人又一起共进晚餐。菜很丰富,王玲尝出是潮州菜,这种菜很有名,日常饭菜也讲究风味,绝不是一般人家能办到的。吃饭时有人侍候,杨玲的话不多,等到两人上楼,坐在精致的小客厅里,她的话匣子打开了。她坦率地告诉老友,她嫁了一个富商,这人原来住在香港,因为在蛇口建了厂子,才常来深圳。他们是在医院认识的,不想很有缘,头一回见面就相约,仅仅约会了三次,就决定娶她了。由于他的业务不断做大,又建了三个工厂,后来在广州注册了公司,在琼岛花园买了房。他们是在广州结婚的,已经有两年。王玲心里不禁打鼓:"是不是包二奶?"杨玲察觉她脸上的疑云,便哈哈大笑。她说:"他的堂客早死了,是单身,香港的单身与内地的不同,免不了有些风流韵事,弄得名声不太好。不过我也有不少经历,我不计较这些。"对于男人的癖性,王玲深有体会,她赞成她的大度,不禁点点头。杨玲继续说道:"他向我提出求婚以后,我考虑了几天,思前想后,觉得世上好的男人太少,为了玩我而哄我,这种男子我见得多了,当时我在医院做护理,是临时工,医院随时可以炒鱿鱼,没有工作生活无着,又只好去做野鸡,我不想再过那种担惊受怕的日子,于是才决定嫁给他,也不失是一个归宿。"一个富商,竟向一个做过野鸡的临时护理求婚,还犹犹豫豫,几经思索,这事显得蹊跷,王玲想肯定这男子有缺陷,她不便明问,只说想看看他的照片。杨玲从卧室搬出一个大相片簿,说是最近出外旅游的照片。王玲翻开首页,只见白色的沙滩上,绿色椰林中,有位年轻女子,头靠着一位长者,微微地笑着。王玲看得明白,那人的年龄很大。杨玲还是过去的杨玲,在好友面前毫不隐讳,她嘻嘻笑道:"他百般都好,就是年纪大点,过了端午,就该替他做八十大寿了。他比我父亲大十八岁,和我相比,整整相距半个世纪。"人家已经木已成舟,王玲不便再说什么,她虽然有所失,却也有所得,这样大的家业,这样好的房屋,老头子归天以后,一切都会归她所有!于是她笑着,说了一句电视剧中常说的话:"只要有感情,年龄的差距不是障碍。"杨玲大笑,她把王玲搂进怀里,亲了一口,表示感谢她的理解。

两人继续深谈着,不免扯到王玲的遭遇,王玲不及杨玲坦诚,隐瞒了郝小忠一节,只说了宋明的故事,关于偷拍照片的情节,她也没有提及。杨玲是认识宋明的,并且知道杨玲对他的钟情,一听到宋明移情别恋,她便破口大骂,骂完了宋明,又骂她的表哥。她说他也是个骗子,骗走了自己的感情,还骗过她的身子。那年她家出事以后,他不再来找她了,后来娶了个小寡妇,开了一家馄饨店,不知怎么知道她发了,钻山打洞寻到琼岛,一见面就诉说他缺少资金,希望她能帮助他,他说他想开个大餐馆,想当几天大老板。那天她把他带到会所,让他试做大老板,住了一天豪华套间,吃了大菜,打了保龄球,还洗了桑拿浴,做了按摩,最后却没有给他一分钱,临走时也没有送他,还吩咐保安,再也不让他进琼岛。他是哭丧着脸离开的,他的心里一定在后悔,只怪自己缺乏远见,煮熟了的鸭子给飞了!杨玲的做法很解恨,王玲听了很痛快,并且引发了她的遐想。她想如果自己也发了,也要惩罚宋明,至于如何惩罚,一时还想不清,不过她与杨玲不同,当她想到宋明,心里的旧情难断。

两人越谈越起劲,不觉已经夜深了。杨玲忽然想起宾馆中还住着郝总,离开很久了,不知他会怎么想,应当回去招呼一下,同时明天大队人马要来了,还有许多事情要商量,这样她便起身告辞。杨玲十分难舍,坚留不放,直到她答应隔天再聚,才同意让她走,为了能多说几句话儿,她还亲自坐车送她回宾馆。

当王玲跨上宾馆台阶,已经到了午夜,她望望郝总的窗户,只见顶灯还亮着。整整一天,不见王玲身影,郝朝忠很着急,他打了几次电话给司机,司机遵照王玲的嘱托,没有告诉他地址,他便像热锅上的蚂蚁,在房内打圈圈,后来又楼上楼下乱窜,一则怕王玲出事,再则实在难熬。他接过几次小姐的电话,问他要不要服务?却又怕被王玲撞见,弄出后遗症,便一直不敢搭腔。好容易熬过午夜,实在熬不下去,这时床头的电话铃又响,他忙伸手去接,他想如果是小姐,就答应她进来,替他做做按摩,或者还有别的服务。谁知拿起话筒一听,声音很熟悉,是王玲娇娇滴滴的声音,问:"郝总你睡了没有?"郝朝忠连声答道:"没有睡没有睡!"那边又说道:"请你把通会议室的门打开,我就过来!"

不一会儿,王玲提了些换洗衣裳,走进了郝朝忠的套间,笑着对他说道:"我那房间的水龙头坏了,夜深了不好叫工人修理,只得在你这里洗个澡。"这是求之不得的事情,郝朝忠自然表示欢迎,为了表现诚意,还先进去把水温调好了。王玲徐徐披散头发,脱去外罩,走进浴室,砰的一声把门关了。浴室里传来哗哗的流水声,郝朝忠心旌摇动,按捺不住,他很熟悉宾馆的设施,轻轻地把浴室门打开。浴室里灯光明亮,靠近站着一个白色的人体,淋浴间是透明的,人身的毛发毕露,只见后背肥厚,腰肢细软,滚圆的臀部又白又大,不像是未婚的女子。他正在尽情地观赏,忽然人体车转了,那高翘的乳房和茂密的丛林,坦然暴露在面前。在他丰富的阅历中,从来没有看见过这样美丽的胴体,他那已经开始老化的心脏猛烈地跳动着,一只扶着门框的手抖动了一下。浴室里的人抬起头来,瞥见了门缝中的嘴脸。里面尖叫了一声,身体又车转过去了,还是那个赤裸的背,很快缠上了一条白色的浴巾。郝朝忠咽着口水,离开了浴室的门,他蹒跚着踱回客厅,拼命地吸烟,眼前还晃动着雪白的胴体。

过了好一阵才走出王玲,只见她头发蓬松着,身上换了一套乳白色的连衣裙,领上忘了按暗扣,露出了半截酥胸。她袅袅娆娆走进客厅,一屁股坐在沙发上,翘起嘴巴嗔道:"要不得,郝总你怎么偷看人家洗澡!"王玲半嗔半笑的样子,又把郝朝忠的情欲煽起来了,他忙甩掉烟蒂,猛扑过去,一把将王玲推倒,他那宽大的红脸埋进衣领里去了,拼命吸吮着嫩白的奶子。王玲扭动着,下面的纽扣都被扯开了。

不过这一夜王玲的态度骤变,一改过去的姿态,被郝朝忠剥掉了衣服以后,温顺得像只羔羊。郝朝忠自诩颇具功力,肆意地腾跃。王玲是过来人,不免心中窃笑。毕竟是望六之年,余勇难贾,等到江河溃决,他跌倒在床上,感到精疲力竭。呼吸平稳以后,忽然听见王玲一句话,王玲的声调是柔和的,听起来却像炸雷,王玲明白无误地对他说,她要跟他结婚!

十一、小镇上的风波

　　杨青林在乡人民政府有间办公室,就是张文榜用过的那一间,他作过一些调整,却很少利用,他的办公室在田头,在农家的茅草屋里,在沟港与湖里的双飞燕上,甚至在他自己的膝盖上。有时,他在路上遇到农民或干部,请他写张通知,或者开个介绍信,他便蹲下来,从怀里掏出笔记本,搁在膝盖上写起来。他把要写的字写完了,将笔记本上的那页纸撕下来,递给了那人,他的公事也就办完了。柳林垸算得是大垸,方圆二十里,在这宽阔的地面,随时都能见到他那佝偻的瘦削的身影。他常常饿着肚皮跑路,饮食不及时,有时熬夜,感到胸间作呕,嘴里吐酸水。柳林镇卫生院一位医生硬拖着他去检查了一下身体,听了他的叙述,诊断为患有严重的胃病。他这胃病是在劳改农场得的,两年来又发展了。刘丽君知道他有这个毛病,遇到他到代收店办事,总要留他吃饭,亲手替他熬钵汤,或者蒸碗鸡蛋。今天杨青林又到了代收店,正好碰上店里打牙祭。因为卜桂香把大篷船挂在小舅子的机帆船尾巴上,干干净净把存货出空了,店里的人欢天喜地,争着把这事告诉了他。他的心里也特别高兴。厨房里的大司务把上月的伙食尾子提出来,买回了一大块猪肉,烧了毛氏红烧肉。又煮了一大钵子黄咬骨鱼,鱼汤里氽入煎得两面黄的嫩豆腐,特别对杨青林的胃口。大家都吃得香喷喷的、饱饱的。吃过饭后,小会计给每人发了两张票,请大家到电影院看印度故事片《流浪者》。这个电影的情节很动人,歌子也很好听,过去在镇上放映,只准放一场,弄得许多人没有看到。代收店的职工接到票后都高兴得跳起来。不过大司务提出一个问题:为什么每个人发两张票?会计回答说:"是经理的意思,可以陪爱人去看。"大司务问:"没有结婚的呢?"会计回答道:"可以陪朋友看。"大司务便顶撞她:"没有朋友的呢? 像你和经理两位,都还没有朋友,怎么办?"十八岁的女会计却一点也不放让,她大声回答道:"我没有朋友,不要紧,马上去找一个好了!"说得大家都笑弯了腰子。因为经理过去有过创伤,大家没有再跟她开玩笑。其实今天她不是没有办法推销掉她的那张票,她可以邀请杨青林同去看,但是刚才有人扯到爱人与朋友上头,她便不好把票送给杨青林了。杨青林和她难道不能算朋友?不过他们这种朋友和刚才大司务跟小会计说的朋友的性质不同。

杨青林望着刘丽君那忙碌的身影,心想应当让她去轻松一下子,甚至由自己陪她去看这场戏也无妨,但是今晚他来找她,是有件很重要的事情跟她商量,他还不得不请她放弃这次看戏的机会。

在大家的笑声中,天已渐渐地黑下来,电影快开演了,代收店里的人陆陆续续离开。杨青林却还不肯走,他弓着背,静静地坐在粗木制作的条凳上,使刘丽君不免有点恐慌,她以为杨青林真要陪她去看场戏。关于他们两人之间的闲言碎语,她也听到了一些,她虽然不紧张,却也不像杨青林那么坦然。她毕竟是个女人,而且过的是寡居的生活,尽管她跟杨青林的关系很纯洁,平时很少工作以外的谈吐,但她的心里也曾闪过这样的念头,要是能跟这个人生活在一起,会是一个什么样子? 她首先想到的是会使感情执着的朱惠兰特别伤心。她清楚地记得,杨青林还在监狱里蹲着,"四人帮"没有垮台,当时年龄尚小的惠兰经常跑来找她,伏在她的膝盖上,要她讲述杨青林的故事。杨青林的故事讲完了,还填不满朱惠兰的欲望,她不得不编造一些,而她编织芦苇制品的本领高强,编造故事的水平不高,编着编着就没有词了,或者露馅了。就是这种漏洞百出的故事,朱惠兰也喜欢听,只要是有关杨青林的种种,她都喜欢听。久而久之,刘丽君惊讶地发现,原来天地间还有这样一种爱情,它们是没来由的、自然的,不夹杂任何世俗的条件。她对这种爱情感到稀奇,却也十分钦佩。三中全会以后,各类冤案得到平反,杨青林出狱了,真挚的爱情应当得到补偿,谁知事与愿违,始终得不到回应。最早因为有位王杏花,那也是一段使人难忘的恋情,王杏花的事情过去了,不知为什么,历来行事果断的老同学依旧犹疑不决。她亲眼看到这种爱情的萌芽与发展,以及何等执着,使它的主人公受苦,她又怎么能成为破坏这种爱情的人?不要说自己除了事业,其他情感已形同死灰,再也没有人能激起她的感情上的波澜,就是杨青林能激起这种波澜,能给她带来无比的幸福,于情于理,她也不能往这条路上走。

刘丽君的心潮翻滚,不能抑制,使她没有听清杨青林的说话。杨青林笑道:"今天晚上,你不要去看戏了,有件很重要的事情想跟你商量。"他说了两遍,刘丽君没有回答。杨青林发现她没有听清楚,又大声重复了一遍。刘丽君才转过神来,听清了他的话,忙点点头,粲然一笑,在她的笑容里,显现出当年的美丽。两年以来,虽然很忙碌很辛苦,由于注入了活力,她重新获得了青春。她的性格开朗了,笑声也多了,身躯逐渐丰满,脸庞恢复了红润,那水灵灵的大眼睛,显得更加灵活。

杨青林听人说过,自从那天在烂泥湖芦苇场跟刘丽君相遇以后,卜槐香又曾找过她几次,但是他得到的是冷淡的回应。刘丽君还告诉他,她的心已经冷了,要她重新和他相好是不可能的。卜槐香失魂落魄地过了半年,急坏了唯一对他没有恶感的嫂嫂端姑娘。端姑娘听信了卜桂香的分析,说竹筒子兄弟没有缘,刘丽君与杨青林是蛮好的一对,她想让卜槐香死了这条心,替他跟自己的满妹拉纤没有结果,便又替他在别的大垸物色了一个妹子。那姑娘和端姑娘是姨表亲,不晓得她捆过未婚妻,批斗过自己最要好的朋友,她一见这个武高武大的汉子,觉得他有一种威慑力量,完全征服了自己,便当场表态了。但卜槐香迟迟不肯表态,害得端姑娘好久不敢到姨妈家去,因为她不知如何答复人家的话。

杨青林的心是细的,他发现卜槐香的心里还刻着刘丽君,那早年的爱情火焰,竟然难得熄灭。虽然经过这样多的挫折,又得到了绝情的回答,他还是不能把她从自己心中抹掉。现在他已经开始变得复杂起来了,虽然还看小人书,喜欢跟一班伢伢们玩耍,也还常常说些牛都踩不烂的混账话,但是他已不再像过去一样粗鲁,那竹筒子脾气,也慢慢在改了。他有时半夜从床上坐起,用拳头擂响厚实的胸脯,脑海里甚至蹦出这样的念头:刘丽君对于自己的冷淡,是对他过去幼稚行为的惩罚。近来杨青林常常有这样的想法,如何设法打破两个老同学之间的僵局,在他们之间,重新搭起那座感情的桥梁。

待代收店的人走尽了,两人移坐到吃饭的八仙桌两旁,隔着桌面子细细地谈讲。杨青林向刘丽君讲述自己的想法,不过不是有关感情的想法,而是农村改革方面的想法。家庭联产承包责任制实行以后,捆绑着农民手脚的绳索解开了,他们的劳动技能充分利用,劳动热情也空前高涨,土地是慷慨的,只要辛勤耕耘,就会提供丰盛的果实,短短两年,由短衣少食变得余粮囤积在家,农副产品卖不出去。在农村工作者面前,又摆着一个新的课题,如何将流通渠道疏通,使农村的货物与工业产品通畅地交流。如果农民手中积压的农产品卖不出去,他们急需的实用价廉的商品买不进来,那就会影响他们的生产,影响他们的积极性。代收店就是在这个背景下开张的,它解决了附近农民的困难,受到了热烈的欢迎。但是代收店有它的局限性,一是资金不足,不能扩大收购范围,二是人手单薄,无力直接进行销售。而这些缺憾,供销社没有,但农民却不愿意上他们那儿去!

两人都经常出入供销社,看到的是另一番景象。那里的人都懒洋洋的,一边上班,一边嗑葵花子、喝浓茶、打毛线,或者扯起喉咙交流街巷新闻。柜台子后面常常传来他们的斥骂声,不是怪农民挑精选肥打不定主意,就是嫌他们笨手笨脚掏票子掏慢了。因为活动范围狭窄,不见阳光,又不节食,他们变得肥胖白皙。坐在高台上的女会计,肥得像罗汉,她曾托人到长沙买回二尺八寸腰围的裤子,穿到身上还嫌紧了。营业大楼后面有一幢办公楼,那里的人较规矩,他们按时上班,按时下班,一杯雨前茶,一张报纸,可以消磨一上午,如果有个熟人进屋,还可以天南地北神侃一气。年轻人的心里早盘算好了,在办公室熬上两年,弄个股长或副股长当当,就挪到下属门市部当经理,在经理任职期间,物色一名漂亮营业员做堂客,这样有两份固定工资,一对铁饭碗,可以舒舒服服地过一辈子。年纪大的人盘算不同,他们的生育高峰期碰上三年经济困难或"文化大革命",那时没有人抓计划生育,敞开肚皮生,一般都有四五个男伢或女伢,如今都已长大成人。伢儿当时读不好书,不能继续深造,做父母的不省心,"爷痛报应崽",越是不成材的儿女越叫人心痛。他们的肚里早有一本账,尽早争取退休或提前退休,把位置让给自己的儿女。现在

539

有一个时髦名词,叫作顶职招工,那就是说他们的职务跟清朝的王爷和美国的警察一样,可以世袭罔替。自从有了这个出路以后,坐在办公室的藤椅里的中年人或老年人,都有了既定目标,成了正在办理退休手续或准备办理退休手续的人。他们的心情是闲适的,态度是平和的,心中早已变得空空洞洞,好像已经走完了人生的旅程,一切都是过眼烟云,得过且过,谁也不愿破坏这种平静的生活。至于僧多粥少,难免同室操戈,那是后话。

对比供销社的现状,代收店却盛况空前,店前农民排成长队,铺房货物堆积如山。平时大司务三请四催,营业员才去吃饭,扒完饭顾不上洗脸,又赶往前面柜台,把另外一拨人换下来吃饭。只有今天算是例外,从从容容地会餐,嘻嘻哈哈地谈笑。不过还有人提出异议,说卜桂香把钱带回来了,可以放手进货,不应该这样早关板子!刘丽君很欣赏他们的积极性,注意坚持劳逸结合。她认为造成这种局面的原因,是因实行了"以资带劳"的办法;每个职工都是代收店的主人,代收店的兴衰,关系到自己的利益,他们的积极性是持久的,不需要过多的催促。她把这个经验总结出来,杨青林听了频频点头。自从开辟芦苇制品这条蹊径以来,他便欣赏刘丽君的聪慧,她不仅具有把握机遇的锐敏,又有巧于实干的能耐。他那改革供销社体制的设想得到了刘耀的支持,却又遭到县财贸办的反对,不过因为第一书记有批示,他们不敢公开反对罢了。如今他已征得张文榜的同意,搭起了一个工作班子,明天就要进场了。但他毕竟没有抓过财贸,心里有些忐忑不安。今晚听了刘丽君的分析,觉得她抓到了要害。他想应当从落实股权入手,把农民的注意力吸引过来,使他们成为供销社的主人,才能把供销社办好。当他想到这里,他的心里感到踏实多了,他想代收店的经验与俞春生带回的四川大竹县供销社改革的经验不谋而合。

接着他们的话题转向了俞春生。俞春生出狱以后,调到了县供销社,不过他很不安心,因为爹爹俞七阿公病情虽然有好转,却还不能自理,他还得请邻居刘寡妈照顾。刘寡妈也已年老,又是残疾,常常力不从心。幸亏后来从四川来了几个妹子,与垸内大龄男子成婚,当中有个最小的,名叫宋琼花,死活不肯出嫁,被刘寡妈收留着。四川是最早实现经济复苏的省份,不久这些女子大都走了,大龄男子又都成了光棍,只有琼花,感念刘寡妈的恩德,迟迟未走,其实她没走的原因还有一个,就是对出狱后的俞春生产生了依恋。她在帮刘寡妈照顾俞七阿公的过程中,频频与他接触,对他的感觉不只是同情,还滋生了另一种感情,因此等琼花的父亲寻到柳林垸,硬把琼花拉走了,临上船时她号啕大哭。等到俞春生的冤案彻底平反,调到县供销社工作,由于县委书记刘耀在报告中多次提到柳林镇供销社的冤案,俞春生在县里很有名,很快又提升做了股长,做媒的人挤破门,谁知每回都遭他婉拒,不知他葫芦里装的什么药?不久大家都发现他关心四川的变化,才知他心里还装着那个四川妹子。供销社里的好心人就把四川的业务让他做,使他多次能出入天府之国。他到四川总要转弯抹角去大竹,以便见见那个女孩子。琼花的父亲容许他进屋,却不允许他把女儿带走。因为四川农村迅速富裕,万元户十万元户比比皆是,他已看中了一位饲料加工厂的厂长,人称杨百万。那人被琼花的美貌所打动,已经有两次捧着重礼进门了。这次俞春生又到了大竹,提着四瓶竹叶青进门,只见琼花双眼红肿,她的父亲却笑容满面。他一改过去的冷淡态度,热情邀请他吃火锅,席间将喜讯告诉他,杨百万将成为他的女婿。所以当俞春生回到县里,一副愁眉苦脸的样子,他做事打不起精神,晚上经常做噩梦。直到杨青林提出要改革柳林镇供销社的体制,得到张文榜的支持,打发他回柳林垸,担任了县供销社与柳林乡政府联合组成的工作组副组长,他的心情才逐渐好转,脸上露出了笑容。在入驻柳林镇供销社之前,陪伴着爹爹住在间堤上。

两人热烈地讨论着,不知不觉夜已很深了。《流浪者》有上下集,看戏的人还没有回来。杨青林看看手表,短针已经过了十点,他便向刘丽君告辞,穿过厨房来到户外,户外还有个小院,跨过小院到了后门口。当他打开后门,发现有个黑影儿在远处掠过,接着又有道白光一闪。他忙喊了一声:"哪个?"那黑影儿早不见了,白光也不再闪现。他认为是自己耽搁了瞌睡,花了眼,用手揉揉确已发红的眼睛,发现刘丽君还站在后门口送他,便朝她挥挥手,踏上小街朝大垸方向走去了。

当刘丽君送走了杨青林,丝毫没有睡意,她听见远处传来的音乐声,估计电影还只放映了一半,她的口袋里有两张票,心想不妨再去看会儿电影,于是她将后门锁好,径直登上大堤。这时堤面上空寂无人,电影把人们吸引走了,临水的码头也好像睡了,只剩下候轮室屋角那盏风灯,在黑暗中眨眼睛。电影对渔民的影响有限,他们喜欢连夜作业。今天下弦月没有露头,湖水呈绀黑色,那水上的红灯却多得很,这里一簇,那里一簇,都是渔火。

空气清冷,夜风轻拂,由于白天常有人在堤上晒鱼,空气里夹杂着鱼腥味。刘丽君深深地吸了几口气,顿时觉得浑身清爽,脑壳里也清醒多了。望见湖上的渔火,她想起冷满爹的渔业组一炮打响,带动了许多歇业已久的渔民,也纷纷搭伙结伴,奔向大湖,大湖非常慷慨,渔船都满载而归。鱼虾被拉上岸,挑到附近城镇叫卖,但大部分卖不出去,只好晒成鱼干,囤积在家里。代收店收购了一些,却因为运输能力太小,数量不多。至于新鲜鱼类,因途中要用水养着,船舱狭小,不能多载。郑经理多次点名要新鲜银鱼与鳜鱼,也只能带去几桶。

刘丽君忽然又产生一种新的想法,应当帮助卜桂香实现他的梦想,购置一艘机帆船。这种船的拉力大,能够挂舢舻船,可以养鲟鱼、鲭鱼和鲈鱼,听说如今脚鱼在长沙是抢手货,更可以多带一些。当她想到这里,感觉很兴奋,电影院的音乐听不见了,脚步也慢下来,脑子又在计算,代收店的资金用于周转还嫌不够,哪里还能找出一笔来支持卜桂香买船?当她正苦苦思索,忽然听见背后有人叫她的名字:"丽君! 丽君!"她不禁收住脚步,转身望去,只见有人从远处追来。

来人是一名身躯魁梧的汉子,等他追上她,才看清了他的脸。刘丽君不禁大吃一惊,她轻轻地喊叫起来:"哦,是你!"汉子还在喘气,稍停了一会,便笑起来:"多亏我这双眼睛,是练夜战练出来的。我在代收店敲门,没人回应,就上堤寻找,远远望见堤上有人走,背影儿像你,便追上来,果然是你!"还像从前一样,每当与这汉子靠近,就会心跳,不过从前伴随着喜悦,如今只剩下悲怆。这时她又感到心脏急剧跳动,伤痛的感觉充溢胸间,眼眶一会儿红了。身体轻微颤抖,好久才问了句:"你来做什么?"这人是原大队民兵连长卜槐香,如今还任原职,不过大队改成村了。他跨前几步,几乎挨着刘丽君身体,使她不禁后退两步。卜槐香没有注意这点,继续用大嗓门说道:"我来报告一个紧急情况!"什么紧急情

542

况？刚才跟杨青林说话，没有听他说有紧急情况，自然是不必紧张的，这样她很平静地回答道："什么事？你说吧。"

卜槐香又往前跨近一步，使刘丽君不禁又后退两步，他粗声地说道："张勇又要来了！"张勇这个名字，似乎有点耳熟，但刘丽君一时记不起是哪个。卜槐香看见她一脸疑惑，就补充介绍："从前当过县武装部参谋，主抓民兵工作，大跃进他在柳林公社蹲过点，'文革'时是县革委会财经组组长，'文革'后转业，留在县经济委员会。"当卜槐香说起这些，刘丽君便想起了这个人的模样，粗短个头，长方脸，平时剃光头、着农民装、穿草鞋，却戴着宽边眼镜，一副与民同甘共苦的模样，实际上作风很霸道。刘丽君听过群众的反映，对张勇的印象不好，认为他是那种狂热推行极"左"路线的人，造过不少孽。当她想到这点，也想起从前卜槐香的那些作为，她便没有好气地说道："你说起这人做什么，他在垸子里口碑极坏，又早回了县城，跟我有什么关系？"卜槐香见她开始不耐烦，便急了，他一发急，声音变得更粗，他又大声叫道："和你有关系！如果没有关系，我又何必深夜跑来告诉你？"刘丽君不禁一怔，问道："什么关系？"卜槐香说："如今他是县经委副主任，管商业局与个体经营这一摊子。今天下午我到县里找大哥，大哥卜谷香已不在水利局，平调到粮食局当副局长，他是因烂泥湖工程问题牵连才调动的。我进门看见张勇坐在那里，他还记得我，说准备马上来柳林镇检查工作。我以为他又要来检查民兵工作，谁知是下来查办经济案件的。他向大哥打听烂泥湖下马的情况，似乎并不看好杨青林的做法，但我的大哥是'玻璃球'，办起事来滑滑溜溜，烂泥湖风波过去两年了，他才懒得再去料理。张勇问来问去没有结果，也没有耐心再问了，他知道我是柳林垸的人，便转头问了我一些情况，他不仅又问到杨青林，还问到了你！"刘丽君惊讶地问道："他问我做什么？"卜槐香道："他问到你，似乎听到过什么反映，怪你在代收店经营上不妥，违背了政府的规定，扯了国营商业的后腿，破坏了供销社经营渠道。"听了卜槐香这样一说，刘丽君的心里开始琢磨，张勇的作为不合时宜，他的尚方宝剑是生锈的。杨青林曾多次对她说过，在改革开放过程中，还会有重重阻力，不少习惯走老路的人，会抱着旧的体制不放，他们会制造种种障碍，竭力阻挠改革的进展。由于她有了这种认识，对张勇的到来并不慌张,但她也不无疑虑,因为爹爹临死时的眼神至今还常在眼前显现,自己付出的代价也太大了!她虽然深知如今的政策大不相同,改革开放深入人心,但是谁能保证说,极"左"妖雾不会重来。卜槐香是个粗心大意的人,没有观察刘丽君的面部表情,他不知道自己带来的这个消息,在她的心中激起了波澜。他只顾继续说道:"我今晚急于赶回来,就是想告诉你,得有思想准备,到时候找你去问,不要紧张。这个张勇办事很凶,过去他这种做派,吓唬过许多人!"接着他又说起在农业学大寨运动中,张勇在鲇鱼口大队蹲点时做过的蠢事,他说,"他一到大队部,就把十六至十八岁的姑娘集中起来,按山西大寨大队郭凤莲的搞法,建立一支铁姑娘队。他给铁姑娘制订了十二条纪律,按照这些纪律,姑娘们除了吃饭睡觉干重活以外,再不能有任何个人的情趣与活动,不要说她们不能与人交往、通讯、恋爱,就连晚上光膀子到河边洗个澡,也绝不允许。除了老三篇与语录本,也不让她们接触任何别的书籍,而每天的劳动强度,连壮汉也经受不起。不上两月,有的浮肿,有的得了妇科病,于是大家商议,与其这样痛苦,不如死去,铁姑娘无一例外,集体投入大湖。幸亏被几个渔民发现,救起了七人,还有五人是被抬上堤的。整整半年,鲇鱼口布满悲伤,茅屋子里不断传出哭声。有一家人丁稀少,唯一的女儿沉湖以后,婆婆子疯了,一年以后才清醒,众人怕她睹物生情,旧病复发,帮她迁到镇上。她开始卖凉茶,后来摆粥摊子,改革开放以后开面店,猪脚面很有名,不久积累了资金,承包了柳林大饭店的餐厅,因为厨艺日精,炒得一手好菜,生意兴隆,发了大财!"说完这个故事,卜槐香又低垂着头说,"过去我也是这种极'左'路线的坚决执行者,也做过很多蠢事!那时我听到这种事,心里虽然感到遗憾,但是总认为张勇有魄力,那些屈死的姑娘,集体去自杀,是觉悟不高的表现。"

刘丽君听了卜槐香的这些话,倒平静下来了。她的心里想:既然张勇是这样一个劣迹昭彰的人,她更不应惧怕他,如果他不改弦更张,还用过去那些老办法来整顿市场秩序,搞什么下马威,她便要跟他辩论,根据中央的政策,坚决抵制。刘丽君将卜槐香自责的话也听进去了,她不无情意地瞟了卜槐香一眼,只见他还是那副强壮的身子,浓浓的眉毛,黑红的脸膛,不过眼角已开始出现皱纹,那颊旁的鬓角,已有了白线。她发现他身上穿的是件不合身的衬衫,棉衣脱掉了,就直接过渡到衬衫,看来没有人替他打毛衣,缝夹袄。看见他还是这副孤凄的单身汉子的模样,刘丽君不禁叹了一口气。她正准备启口跟他说点什么,突然又有种屈辱的感觉袭上心头,那已经到舌尖的话儿又吞进了肚里。粗心的卜槐香也发现了她这种情绪的变化,由于他们站得很近,从她在自己身上扫过的眼光里看出了怜悯的表情,他的心头一阵狂喜,又赶紧跨前一步,伸出自己的手,准备用这对粗糙的大手重新握住那双柔软的小手;但是他发现自己的想法落空了,他那伸出的大手,已经和小手隔远了,他的耳朵里传来一阵急促的脚步声,刘丽君的身影不见了。

刘丽君迅速地离开卜槐香,是怕控制不住自己的情感,当她冲下大堤,沿着旁边的小径跑了一段,穿过巷子,回到代收店的后门口,她已无法控制自己的眼泪,泪水唰唰地流下来,双肩不停地抖动。进屋以后,她又伏在厨房里的粗木制作的饭桌上,哭出声来。也许是爱得太深,深沉的眷恋,使她无法自拔,也许是残酷打击,使她受伤太重,不再相信世上有真情。总之,刘丽君在厨房哭了一阵以后,是带着很复杂的心情入睡的。睡熟以后,还做了梦,梦见跟卜槐香相约在湖洲上,商议如何筹备婚礼。卜槐香是竹筒子,从不瞻前顾后,手头没有任何积蓄,他抓头搔脑,显得十分焦躁。忽然,刘丽君笑嘻嘻地从怀里掏出张硬纸条,把它递到卜槐香面前,他接过一看,是张银行的存款单,那上面记录的数字,足够他们举办一场体面的婚礼。卜槐香开怀大笑,他很激动,一把抱过未婚妻柔嫩的身体,滚倒在草地上。

刘丽君是在笑声中醒来的,清醒后发现是一场梦,心中还有甜味儿,眼泪水却又出来了。原来她清楚地记得,当卜槐香奉命来捆绑爹爹和自己的时候,还带来了那张存款单,他当着众人,将它撕得粉碎,并且大声宣布,他要站稳立场,坚决抵制资产阶级的腐蚀。当刘丽君想起当年的场景,她的伤痛又驱散了愉悦。这时窗外一片漆黑,天还没有亮,她已不想再睡了,跳下床来,摸着那只随身携带的小挎包,伸手去掏擦泪的手帕,忽然她触到一只用塑料纸做封面的小本本,心里一动,原来那是一个银行存折,是从那张存款单变化而来的。那张存款单被卜槐香撕碎以后,她的幸福也被撕毁了,她的心也死了,也不再想那张存款单,更不记得它所代表的钱数,但是年深月久,这笔钱还在,并且不断涨利息。"四人帮"粉碎以后,银行清理积账,查出了这笔钱的来源,他们找到刘丽君,请她出示一张遗失声明,给她补发了一本存折。刘丽君接过一看,不敢相信自己的眼睛,怎么会变成这样一个数字?存折的封面是用软塑料做的,红红的,还烫着金字,她很喜欢这个存折,随身带着它,常将自己的收入存到里面。她的个人收入种类很多,有缝衣裳的手工费、编制厂的工资、代收店的红利,几年以来,存折的内页都快填满了。她突然产生好奇心,扯亮电灯,翻开存折细看,因为除了代收店开业前支出过一笔股金外,没有别的支出,余额竟超过两万元。这时她想起了昨晚的思索,心中不禁一喜,她想用这笔存折上的钱,可以解决卜桂香买船的困难。眼看窗外已露鱼肚色,她便急忙梳洗,开始为员工们做早餐,等她蒸熟馒头与熬好稀粥以后,大司务才来。大司务曾在镇上开过小店,被下放到农村后,在圫子里娶了个跛子堂客,生下儿女,后来落实政策,恢复了城镇户口,但他的家属都是农村出生的,不能随他到镇上生活,他依然得每日回家料理。刘丽君认为他住的地方距镇子太远,不让他赶来做早餐,由一直睡在店里的自己做。大司务只负责做中晚餐,只是因为他是店里唯一的男职工,力量大一些,由他负责装卸铺房大门板,碰到卜桂香来拖货,人手不够,也由他帮助往船上送送货。

今天万里无云,空气转暖,来代收店送货的人较多,等吃过早餐,刘丽君便指挥大家提前验货。因为卜桂香拉走了存货,有空位,又由他带回一笔款子,增加了周转金,她便指示敞开收购。但她心里明白,得尽快解决运输问题,才可以提高代收店运转速度,靠这样热一阵冷一阵的状态,是无法满足农友们要求的。她忽然又记起昨夜卜槐香带来的信息,便忙走出店门,看看四周,只见除了几行等待验货的农友以外,没有再看到别的什么人,更没有看到一个着农民装却戴着一副宽边眼镜的粗短汉子。她估计张勇要来也没有这样快,即便来了,也得先到乡政府打一转,于是她又回到店里,拿出那只小拎包,伸手进包探了探,落实存折仍在,便忙跨出店门,走上街道,直接朝银行走去了。

卜槐香的消息没有错,就在他与刘丽君见面后的第二天早晨,从县委大院里开出了一辆北京牌吉普车,载着县经委派出的工作组成员,车上除了司机以外,还坐着三个人。坐在司机旁边的是一位戴宽边近视眼镜粗短个儿的中年男子,只见他一只手抓着皮带,一只手从上衣口袋里掏出一包德山牌过滤嘴香烟,他把香烟递到司机的嘴前,让他自己叼出一根,然后从裤袋里掏出打火机,拧开了,替他点燃了烟。他自己也同样叼出一根,点燃了。这样在前座位置便充满了一阵呛人的烟味,后座坐着两个年轻小伙子,都不吸烟,从前座飘来的烟雾,把其中一个呛得咳起嗽来。

坐在前座的粗短汉子一边仰头靠在座位上,一边吞云吐雾。过了一会儿烟瘾,他开口问道:"照这种速度,要多久才能到达柳林镇?"司机听到问话,忙一手扶着方向盘,一手从嘴里抽出过滤嘴香烟,回答道:"大堤路坑坑洼洼,不能开得太快,只能用每小时六十公里的速度跑,需要半个小时。"粗短个儿笑道:"相当快相当快,我是头一趟坐汽车下乡,过去都是走路,还要背行李,到柳林镇至少得花五个小时。"

这个粗短个儿的中年男子就是张勇,县经委副主任,这次他担任工作组组长,到柳林镇检查市场情况,纠正不正之风。坐在后座的一个年轻人笑道:"县委机关反映,张主任一贯要求严格,从来不搞特殊化,直到去年冬天,脚上长了个疗,才只得脱掉草鞋,穿起布鞋。"听到别人的奉承话,张勇照例嘿嘿地笑,既不加以否认,也不表示肯定,对于讲这奉承话的人,却牢记在心里。因为他使用干部的原则,有一条是不肯马虎的,就是在他领导下的工作人员,必须对他崇拜。他牢记毛主席的教导,毛主席在成都会议上说:"士兵不崇拜班长行吗?班长不崇拜排长、连长行吗?依此类推,不崇拜就没有战斗力,就不能打胜仗!"因此他每次出来执行任务,挑选干部颇费工夫,主要是难得确定哪个是既有工作能力,又是很崇拜他的。今天他所挑选的两个人,一个姓李,一个姓王,从前都在县大队当过兵,转业到经委会以后,对他总以老部下自称,平时工作尚有能力,奉承话也没少说,使他觉得用起来得心应手。坐在一旁的司机又补充了一句:"张主任常说,汽车不及草鞋好,坐汽车下乡,浪费汽油,穿草鞋走路,可以锻炼身体。"他所引用的是原话,是彰显他优良作风的经典语言,使他心里更舒服,不禁又嘿嘿笑了几声,还从上衣口袋掏出烟,又让司机叼了一根。

张勇的作风也确如经委干部与司机说的一样,是很艰苦朴素的,无论在部队上或地方上,从来不穿皮鞋,连布鞋也很少穿,一年四季,穿着那双麻制的草鞋。他的头上溜光,从不蓄头发,身上也穿得很寒酸,一件穿了十年的旧军装,已经洗得发白了,贴肉的衬衫都打了补丁,还穿在身上。而且还有一件世上的人最难做到的事,就是他没有娶亲。要说他一直没有娶亲不准确,他曾经娶过亲,是位城关镇小学的教员,身材很苗条,性格特活泼,跟他结婚半年,便嚷着要离婚,说她受不了那种清教徒式的生活。起初他不同意,事情在拖着,后来发现她在小学教员集训班上有右派言论,划成了中右,开除团籍,他便拿出那张已经开始发黄的离婚申请书,在他堂客的签字前面添上了自己的名字,把它送到法院,从此他们的关系便一刀两断。到这时小学教员不肯离婚了,她想与其被送到农场去劳动改造,不如与清教徒生活在一起,这样到底轻快一些。但是法院里的离婚判决书很快下来了,各人手中得到一张,在她接到判决书的当天,她又收到张勇派通信员送来的一包日用品。如今他还是个光棍儿,一直没有再娶亲。不久听人说离婚的堂客在农场还生了一个伢儿,伢儿生下像只猴,不知怎么竟带活了。后来又听说堂客一直是单亲妈妈,那伢儿很会念书,在奥林匹克数学比赛中得了第一名。他应该早已晓得这些事,却从来没有去理起,他除了抽几口烟,其他开支很小,银行存折上的数字早达到五位数,但也从来没有想到要汇去一分钱。

果然不到半小时,吉普车趸下大堤,又跑了几分钟,便来到了一条用麻石铺的狭窄街道。在路的一侧耸立一座新盖的红砖房子,门口挂着一块红底黑字招牌,上面几个大字:"柳林大饭店",县经委副主任亲自带领的工作组,不径直开往乡政府大院,而停在镇上的旅舍前,这使一般人感到奇怪。但这是有原因的,因为张勇从王锁柱主任手里接过的揭发材料中,看到许多事都牵连到乡党委书记杨青林,他想既然这样,杨青林就是他要重点审查的对象,怎么能首先去找他,于是他叫司机把车开回县城去,自己带着两个工作组组员,住进了柳林大饭店。

柳林镇供销社代理主任王桂生早布置人在路口盯着,当县委独有的吉普车在远方堤上出现,便赶快跑来告诉他,所以当车子刚在饭店门口停稳，他便从供销社出来了，在饭店大厅服务台问清了张勇的住房号码，从容地走了进去，在第一时间拜见张副主任。

王桂生熟悉张勇的怪脾气，所以他没有预先替他安排好住房，他想他既然要当苦行僧，就让他自己挑选房间好了。这时他发现他住进的是最便宜的客房，在底层转角处，不能开大窗，显得很阴暗。当王桂生走进房，便大声称颂这种朴素的作风。张勇的这些举动，本来就是做给别人看的，他最欢迎人将他的做派四处宣扬，当他听到他的赞叹，心里感到很高兴。两人早已相识，本来就对王桂生印象好，这样一来，印象更佳了。他很热情地接待了王桂生，并且还亲自替他倒了一杯白开水。王桂生也早知道他的习惯，要是能喝到他亲自递过来的白开水，就说明他已十分信任你，不管真的假的，都可以向他汇报，他都能够听得进去。看来他今天抓得特紧，不等王桂生主动汇报，就将房门关拢，详详细细询问有关杨青林与刘丽君的情况。当王桂生将历次递上的匿名信的内容复述一遍以后，他就把新近制造的照片递到张勇的手上。张勇一看，肺都气炸了，他伸开巴掌，在茶几上猛地一拍。本来就单薄的小茶几，几乎被拍塌了，两个茶杯和一只烟灰缸子跳起来，要不是王桂生赶紧伸手扶住，准会落到地上变得粉碎。张勇大吼一声："岂有此理！这种肆无忌惮的放荡行为，就没人管一管？"王桂生也深知张勇的好恶，他对别的错误尚能容忍，唯独对男女关系方面的错误绝不宽恕，他认为这是腐化堕落最严重的表现。在他手下的人，谁要犯了这种错误，给予的处分是极其严酷的，他认为如果容忍这类错误存在，就无异于把革命目标放弃了，将社会主义改造变成资本主义复辟。他从那张拍得比较模糊的照片上，看到两个赤裸的男女横卧在床上，由王桂生指认，男的是杨青林，女的是刘丽君。而另一张拍得比较清晰的照片上，男的不需指认，就能认出是杨青林。在商铺的后门，两人面带笑容，在亲热地说话。从这张清晰的照片上的表情，可以印证那张模糊照片上的行为是确情，由此能够得出结论，两人的关系早已超出一般。对于刘丽君的代收店问题，张勇原来的打算，是先作两天调查，然后再考虑采取取缔的措施。当他看过这两张照片以后，他的想法就变了，他提起嗓子喊一个工作组组员的名字，那个组员赶紧跑过来。只见那人体格壮实，从跑步与立正的姿势看，是在部队里经过严格训练的,他进了房间,笔直地站着,等待首长的吩咐。继续怒气冲天的张勇果断吩咐:"你们先不要忙着吃早饭,赶紧去写几张封条,盖上我们带来的大印,把代收店的门封掉!"

刘丽君正在厨房里吃早餐,一只馒头还没有吃完,便忽然听见柜台那边人声鼎沸,她忙把嘴里的食物咽下,急步赶来前厅,只见小会计和营业员正站在门口,和两个穿军装的汉子在争吵。在他们四周,围拢着一大群人,大都是前来出售土特产的农民,他们的手里都拿着扁担,箩筐和麻袋成一字长行,已经摆到了街心。刘丽君忙上前问道:"出了什么事?"小会计指着拿着一把封条的汉子叫道:"这人不讲道理,不晓得打哪儿来的,只喊要我们关板子,他们要贴封条,停止代收店的营业!"刘丽君定睛一看,认出是县经委的干部。去年她到县里办理营业登记手续,取执照,曾经跟他打过交道。她知道这人当过兵,"四清"运动中,跟郝部长到柳林垸蹲点,那时是警卫员,如今是县经委的一名股长。她还记得他姓李,这时便向他问道:"老李同志,我们是办过手续的,合法营业,怎么要关板子?"李良自觉有点理亏,但他是奉命行事,不得不粗声回答道:"根据群众举报,县经委研究决定,代收店违反了市场管理条例,应当取缔!"常常在梦中出现的事情,这时真的又出现了,初听这些话,刘丽君脑子里嗡的一声,受到很大的刺激,因为她在重组代收店的时候,心里就有余悸,那"四清"运动中的场景时常在她脑海中萦回。不过经过昨夜跟卜槐香谈话,她已经有了思想准备,并不害怕,并且心里已经有了对付这种局面的办法。

李良指挥带来的那个人"关板子",几个营业员一人抱住一块板子,不让他抢走。刘丽君走到李良的面前,冷静地又问他:"你们来查封代收店,有什么手续没有?"李良一看刘丽君的态度还算冷静,同时听到这一句问话,心里一喜,感到事情可能会比较顺利。因为说实话,当他把封条写好,盖上大印,带着一个干事来到代收店门口,他还以为时间刚过七点,代收店应当跟供销社一样,还没有开板子,他们只要把封条往上一贴,就算完事了。谁知当他们赶到代收店,店门早已大开,柜台里坐着一排营业员,正在忙着鉴别货物、计称、付款。在柜台外面,一长溜箩筐和麻袋整整齐齐排在那里,两旁站着趁早上街的农民,有的在嚼油条、包子,有的在抽烟,还一边跟熟人打讲。眼前这番景象,要去执行封门任务,难度肯定比较大,说不定还会惹出纠纷来。他的动作不禁放慢了,心中犹豫着,正想转身回去,跟张副主任再商量一下,是否可以改到晚上来贴条。不想他带来的那位工作组成员,是愣头青,有一股子憨劲,他平时也非常钦佩张副主任,直接听到他的指示,就像上战场听到冲锋号一样,立刻勇敢地冲上前去,从那些年轻妹子的怀里夺过板子,将它们放进门口的槽子里。但是当他夺第二块板子,把它高高地举起,还没有放进槽子,就被一只扇子样的巴掌压下,那人的手劲极大,使他的手臂都麻木了,不得不将板子扔下。他抬头一看,只见身旁站立一个武高武大的黑汉子,身躯像头牛,气呼呼将他拂开,那两块门板子,被他一只手擎一块,放回了原地。伙房里的大司务过去在槽房里抡过大锤,在豆腐店挑过河水,操练出一身好力气,近来因得了风湿病,才托人介绍进了代收店,代收店里需要搬运工,又需要有人照管伙房,他便兼了这两项职务,每天上班下班,都由他安卸门板子。他正在街上买菜,听见有人闹代收店,便赶紧跑回来,一把夺过工作组组员手上的板子,使店门依旧大开,这样鼓起了营业员们的勇气,便又都围上去,七嘴八舌责问工作组的两条汉子,把他们赶出店门,这样不免互相指责,推推搡搡,闹得不可开交。刘丽君看见便横身过去,接过李良手上的公文,仔细地看了两遍,核对无误后,就招呼营业员们与大司务道:"他们是县经委派来的工作组,奉命前来查封我们的店子,既然有上级的公文,就让他们封门吧!"女营业员和大司务不服,刘丽君朝他们努努嘴,摆摆手。小会计历来信服刘丽君机敏,看见她异常镇定,知道也已经想好了对策,便忙在女营业员和大司务耳边说了两句话,女营业员们不作声了,她们又退到了柜台后面,让李良他们把门板子关上了。只有大司务还不服气,他一溜烟从店铺后门走了,他到乡政府向杨青林报信去了。

门板子刚刚上好,刘丽君还没有来得及将姑娘们喊拢来,将自己想好的对策告诉大家,便听见店门外突然爆发出一片吼叫声,接着又听见木扁担敲打着麻石和店门板的声音。吼声中夹杂着李良声嘶力竭的叫唤:"我们是县经委派来的,都是工作组成员,你们不要乱来!"但是吼声更加大了,有不少声音在吼叫:"屁工作组,平时做官当老爷,不下来帮忙,下面自己搞好了,就来捣蛋,叫他们滚!"刘丽君听到噼噼啪啪的声音,她怕这批送货的农民真的动起手来,要是打坏了人也不好办!她开始埋怨自己的对策欠妥当,在农民送货的时候,让工作组把门封了,极容易引起群情激愤。她准备从后门转到前面加以劝阻,但当她还没有转身,突然又听到了一阵急促的哨声,接着还听见一片整齐的脚步声,一个很粗重的熟悉的声音在大声喊:"散开!散开!谁要敢动手,我就把谁捆起来!"刘丽君从门板缝中往外一看,看见了一个宽阔的背影,不用看前面,她便知道是谁了。这时她忍不住咬紧自己的嘴唇,嘴唇咬破了,感到了一股血腥味。她的心里突然产生了一种十分复杂的感情,是感谢他,还是责怪他,她说不清楚。说实在的,今天刘丽君应当感谢他,她懂得法令,知道必须遵照县经委的指示关板子,但她的心里还有另外一种设想,她想把板子关上后,清早赶来送土特产的农民一定会不满,他们会找工作组的人辩论说理,她想看到农民的意愿,已经有些犹豫的李良可能取消自己的行动,甚至会积极向县经委反映,请求收回成命。她没有想到代收店在农民心中的地位这样高,感情会这样深厚,眼看着工作组关闭了代收店,等于切断他们的生路,他们暴怒了,抢起扁担要动武。如果不是卜槐香及时带着基干民兵赶到,制止了这场打斗,今日在拥挤的代收店门前,一定会有人流血。李良见武装民兵出现了,把抢扁担的农民赶散了,他便又神气起来,赶忙把准备逃散的另一名组员叫拢来,把已经被扔到地上的封条捡起来。这时县经委副主任张勇也赶来了。柳林镇供销社的王代主任气喘吁吁地跑来告诉他,刘丽君唆使出卖土特产的农民把工作组的组员们打倒了,恐怕会出人命!他便急急忙忙地跑来,他怕自己也会遭到攻击,忙吩咐王桂生,赶紧到派出所去把武装民警都叫来。当他不无胆怯地来到代收店门口,他还不打算显露自己的身份,但抬头一看,只见卜槐香手端一支三八大盖,雄赳赳地站在那里,在他周围还站着十多个基干民兵,手里有的也端着步枪,大部分拿的梭镖,他们组成了一道人墙,把闹事的农民都挡到了街上。在代收店的门板前,两名工作组成员正在提着糨糊桶子,用刷子往门板上刷糨糊,准备把被农民撕下的封条重新贴上。张勇看见这个情景心里十分满意,他微微地笑着,赶紧从人丛后面亮出了身子,他用手推开挡路的人群,径直走到卜槐香面前。对于这位立场坚定的民兵连长的模范事迹,他是熟悉的,曾经亲自给他颁发过奖状。这时他便用手拍着他的肩膀,称赞道:"你来得及时,处理得很到位,真不愧是位模范民兵连长!"谁知今天卜槐香的脸色很难看,他瞪着一双牛眼睛,粗声粗气地问张勇道:"你来干什么?"张勇诧异道:"昨天我不是告诉过你吗? 我是奉县委的指示,组成了经委工作组,来调查柳林镇的市场管理情况的。"卜槐香没有好气地又问道:"那么为什么一来就叫代收店关板子?"张勇笑道:"代收店的情况,我们已经调查清楚,他们干扰了国营商店的正常营业,破坏了市场管理条例,应当停业!"使张勇吓了一大跳的是,从这个铁塔式的汉子嘴里,突然传来一声怒吼:"扯淡!"只见他回转身去,把由两位工作组组员刚刚贴好的封条用手撕了下来,他不仅把封条撕得粉碎,丢在地上,还用牛蹄子似的脚踩了几下。接着他还大声命令:"民兵连的同志,帮助代收店维护秩序,把板子打开,继续营业!"这时被卜槐香的威势镇住了的农民们突然明白过来了,他们发出一阵震耳欲聋的欢呼声,又一齐挤到代收店门前,排起了整齐的长队。等到他们把货物摆好了,又猛然扑到卜槐香身前,把他团团地围住,要不是腰间挂了子弹带,手里端着钢枪,他们准会把他搁在自己的手臂上,将他抛起来,又放落,又抛起来,再放落,使大家得到极大的满足。今天他没有得到这个待遇,他却看到了群众的笑脸,从那满意的灿烂的笑容中,他懂得了人们心中的喜悦,他也笑得像一个捡了一块糖的细伢儿。

张勇气极了,他的身子被人挤开,他便只好用手指着卜槐香颤抖着声音叫着:"你、你、你……你要对这一切负责任!"

"我对这一切负责任!"杨青林坐在柳林大饭店被工作组租下的房间里,冷静地对张勇说道。今天早晨的经历,把张勇气晕了,这时他还没有缓过神来,涨红着一张脸,只顾低头喝那只用彩色尼龙丝网包着的罐头瓶子里的白开水,以填充辘辘饥肠,不时抬起眼睛横扫杨青林一眼。从那双布满血丝的眼睛里射出的光芒,好像是两把利剑,如果真要能成为一双剑,他会毫不犹豫地将它们刺进杨青林的胸膛,把他击毙在当场。

自从张勇参加工作以后,虽然也遭受过挫折,但是像他今天遭到的这种挫折还从来没有遭受过,他在众目睽睽之下,受到一个小小的民兵连长的羞辱。这个民兵连长,过去还很受他器重,不料他竟这样重私情,轻纪律,把盖有堂堂县经委大印的封条当众撕毁,还不止如此,还把它抛在地上,踩了几脚,接着他又指挥民兵帮助代收店强行营业,以致让这种破坏市场管理条例的行为继续存在下去。他这种做法,完全违背了一个民兵连长的职责,这样的民兵连长,怎么能用来维护农村的社会主义秩序,他已经完全站到了资产阶级一边,助长歪风邪气,充当破坏分子的保护伞。由于他曾经是县武装部的参谋,这件事情使他特别窝火,他倒先将代收店的事撂下,很气愤地对杨青林叫嚷,他首先要惩办这个十分可恶的民兵连长。

杨青林再一次重复着他已说过两遍的话:"我对这一切负责任!"

张勇才听清了他的这句话,他突然站起来,大声说:"你又没有当武装部长,怎么能对他负责?"杨青林笑道:"张副主任,您忘了,我在武装部领导下当过民兵营长,管过民兵的工作,而且现在是柳林乡的党委书记,还兼了柳林乡民兵营的教导员,民兵连的事我为什么不能负责?"张勇的心里突然一亮,他想道,你既然愿意将错误往自己身上揽,那就成全了我们,在工作组将来整理关于你的错误的材料里,又可以添加一段指使民兵连长闹事的条款。想到这里,他忍不住笑了,便连连大声说:"那好那好,你杨书记愿意承担责任,最好也没有了。那我们就可以认定,今天民兵连长擅自撕毁县经委贴出的封条的罪行,是由你指挥的!"杨青林对于他的愚蠢和狡诈,觉得可笑,他也忍不住笑了。他依旧显得十分冷静地说道:"问题是查封代收店的决定对不对,如果查封代收店的决定是错误的,那么撕毁封条的事便没有什么不对了,他的这种行为,还应该受到表扬!"张勇听到这种回答,更加气得不行,便厉声喝道:"目无法纪,干扰上级机关行使职权,这样的行为,还应受到表扬? 杨青林同志,平时你就是用这种指导思想来建设民兵队伍的?"杨青林笑道:"我是说其中有个前提,查封代收店的决定是不是错误的? 你总不肯考虑这个前提,只抓住枝节问题做文章,是不对的。"平时张勇办案,讲究三板斧,下马威,他早知道杨青林是条硬汉子,脾气倔,以为这次来处理他和刘丽君的问题有一场恶仗打,便准备以硬碰硬,拉开他惯用的架势。谁知杨青林寻到柳林大饭店来见他,并不跟他吵架,只细声细气、翻来覆去讲道理,希望他

554

们能收回成命。为了说明查封代收店是不对的,他还举了一些例子,其中一个最有说服力,拿供销社两年来收购土特产品的数量相比较,还不到代收店一个季度的一半,这不明显地表示出,代收店在收购土特产品方面有贡献,对增加农民收入有好处,现在反而将它查封了,肯定是不对的。张勇何尝不感到底气不足,他素来以坚决贯彻上级领导指示著称,既然县委已同意县经委组织工作组下来整顿市场秩序,查封代收店一类私人店铺,他是不会擅自改变这个决定的,何况他已从王主任的交底中领悟到,他们还有更大的目标,这样他便不肯再跟杨青林在该不该查封代收店问题上纠缠,只一口咬定为了稳定柳林镇的市场秩序,代收店必须取缔,他说这是县经委集体讨论决定,个人无法改变。他当着杨青林的面,没有把工作组的最终目的说出来,也没有告诉他,代收店查封了以后,下一步要对刘丽君实行隔离审查,在审查刘丽君的过程中,乡镇干部中谁要与此案有牵连,谁也脱不了干系。但是他的算盘虽然打得很精,却低估了杨青林的经验。杨青林从他的谈话的口气与看他的眼神中,早就看出张勇来柳林垸的真实目的。他查封代收店是项庄舞剑,意在沛公,他们的矛头是对着自己来的。事实上确实如此,张勇多么希望杨青林能亲自出面阻挡,这样烈火便能马上烧到他的身上,想不到半路中间杀出个程咬金,平时表现很好的民兵连长卜槐香却来插一杠子,这事使他感到十分奇怪。在王桂生的揭发材料中不是写得明明白白吗?刘丽君曾经是卜槐香的未婚妻,现在卜槐香还很恋着她,既然早已发现刘丽君和杨青林的关系不正常,为什么卜槐香倒要跳出来保护他们?既然刚才杨青林已经承认目前发生的一切都由他负责,那么查不查封代收店已是无关紧要的事了,目前就可以进行他此次驾临柳林镇的主题,直接揭开杨青林累累恶行的盖子:他不但在经济领域中犯了罪,在生活作风上也犯了罪,他虽然在建立农村家庭承包联产责任制上有过一点功劳,在管理经济工作过程中却被糖衣炮弹所击中。这时张勇也按照他过去整人时一贯采用的手法,来一个猛虎洗脸。他马上板起自己的面孔,摆出一副极其严肃的样子,接过杨青林自己说过的话道:"杨青林同志,你倒有自知之明,愿意把责任全部承担起来,那就好,这种态度我们很欢迎。现在我就清楚地告诉你,从我们在县里收到的群众揭发材料中看,柳林大坑出现的许多怪事,总根子就在你的身上。代收店是你支持办的,刘丽君的问题,除了你们个人关系不正常以外,其他问题也得由你和她共同负责,而且你要负主要责任!"

杨青林原来想跟他讲道理,说服他,停止这些荒谬的作为,他没有准备跟他干仗,但是刚才张勇那句话引起了他的注意。张勇说:"除了你们个人关系不正常以外",那就是说,对于他跟刘丽君之间的关系,他们也有怀疑。他对于这种恶意的中伤,心里感到很气愤,他忍耐了一阵,实在忍耐不住,便忽地站起身来,很生气地责问道:"张勇同志,请你再说一遍,我和刘丽君之间有什么见不得人的关系?"这个极为尖锐的问题,张勇本想留待最后拿出来的,但他看到杨青林对他前面提出的问题几乎无动于衷,不但如此,反倒显出一副胸有成竹的模样,他的心里也感到很气恼。在整人的问题上,张勇不愧为一位老手,他有许多成功的经验。刚才他故意附带提了那么一句,本想看看杨青林的动静,也好摸摸底,探探问题深浅,不想这个问题如此敏感,使杨青林跳了起来,反应异常强烈。他的心里不禁得意地想,你看他的脖子粗了,额上的青筋都暴了,他的心中肯定有鬼,先用这个问题,把他的气焰打下一些也好。这样他便不慌不忙,拿过床头的一只黑色的公文包,把它的拉链扯开,从里掏出两张照片。他把照片往桌上一摆,狞笑道:"杨青林同志,有人把这两张照片寄到了县委,县委梁书记交给了王锁柱主任,王主任叫我交给你,请你做出解释!"杨青林接到照片,先是一愣,他的心中非常吃惊,全身血液都凝固了,等到他把照片上的形象完全看清了,便不禁仰头大笑起来。他指着照片对张勇说道:"这种照片是怎样炮制出来的,你得给我说清楚,不然你要小心你的脑壳,我的拳头不是吃素的,我会把它砸扁了!你们几时看见刘丽君家里有席梦思床?也几时看见她和我脸挨着脸睡在一起?这种照片上的换头术,'文化大革命'初期就有人玩过了,你想用这种法子陷害我,是选错了时辰!"杨青林的身材虽然瘦削,但很高大,经过长年干重体力劳动,特别是过去在劳改队筑湖堤挖沟渠,练出了很强的臂力,这时他已伸出手来按着张勇的肩头,张勇的肩头上好像落下大闸,竟受不住了。他注意到杨青林的青筋暴露的大手,已经开始在捏拳头了,真怕他的拳头会把自己的脑壳砸扁,便忙将身子一躬,挣脱了肩上的手,飞快冲出了房间,冲进了另一间其他两个工作组组员住的房子。他们还没有回来,他便把房间的门从里面锁上了。

杨青林的心里太气,拳头都捏出了水,要不是他控制住自己,张勇将身子躺到了地面,也无法脱离他的手掌。他见张勇已经跑到另一间房子里躲起来,也不再追赶,把桌上那两张照片拿起看了一会,不禁又大笑起来。他发现那第一张照片上的人头和身子,由于镇子小,没有真正的行家,换头术不到家,中间脱了节,好像用刀子砍断了似的,这样他便把照片收进衣袋。

张勇把自己锁在房间里,不敢出来,他怕杨青林的铁拳头,他认为像杨青林这种判过无期徒刑的家伙,都是亡命之徒,把他逼得急了,他可以豁出去,把你打一顿,为了一时痛快,拼着再蹲监狱,把你打成残废怎么办?他想好汉不吃眼前亏,他不能白白让他打了,他便不仅从里锁紧门,还把条桌拖过来,用它抵着门,防止杨青林用脚把门踢开了。

杨青林却没有再用脚来踢门,他只站在那房门口,大声地骂了一阵子,没有听见里面的人回答,就提起脚走开了。听到他的脚步声越来越远,张勇才像从身上卸下千斤的担子,他长长地舒了一口气,把抵在门口条桌边的身子挪开,坐到了床上。他突然感到烟瘾发作,伸手到口袋里摸烟,掏出一只纸烟盒儿,一看,是只空盒子,一赌气,便把空烟盒捏成一团,将它抛到了地上。

烟瘾不能满足,肚子里也真饿了,为了及早赶到柳林镇,他还没有顾得上吃早饭。刚才那一场战斗,接着又跟杨青林打嘴巴皮子仗,不知不觉一个上午就这样过去了,已经接近中午,那两个组员还没有回来,不知他们到服务台订了饭没有?

又过了个把钟头的时间,指针已经到了一点,他才听见走廊尽头传来说话的声音,那声音相距很远,但还清楚,是工作组里人的声音,那些声音不肯移动,接着又有几个别的人抢着说话,好像在争论什么。既然组员们都回来了,他们都是刚从人武部转业的年轻干部,身强力壮,有几分气力,这样他就不怕杨青林的拳头了。他忙把条桌拖回了原位,将客房门的锁扣抽开,稍稍迟疑了一会,便果断地把房门打开。门敞开一看,走廊上竟空无一人,刚才还在走廊尽头辩论的那些人,都不见了。

这两个组员回来了,却不肯进房,站在走廊上跟人讨论问题,不久又突然不见了,他们到哪儿去了呢?他感到又有点惶恐了。因为他们不在跟前,他又有可能遭到杨青林袭击,他将探出门外的头又缩进去了,他想如果这两个不回来,他独自一人离开这间客房是冒险的。他觉得自己对于柳林镇的情况估计得太简单,这里是南县汉寿和安乡交界的地面,平时由于离县城远,县里干部来得少,这几年被杨青林统治着,已经变成一个针插不进水泼不进的独立王国。要彻底解决这个镇子里的问题,仅仅带来两个工作组员是不行的,而应当像"四清"运动中一样,搞大兵团作战,拥有一支庞大的战斗部队,最厉害的地头蛇也能打得它动弹不得。

今天他在代收店门前看到的情形,是双方力量悬殊的最有力的说明,杨青林还没有出场,民兵连长就出马了,民兵连长替资本主义势力当保护伞,竟敢当众撕毁县经委派人贴的封条,他的这种目无法纪的行为,不但没有遭到任何人的抵制,反倒赢来了一片热烈的欢呼声!在离开柳林大饭店走向代收店的时候,他曾盼咐王桂生去通知派出所,叫他们派民警来维持秩序,但是在这场风波发生的整个过程中,一个民警的影子也没出现过。这些民警平时都养尊处优,身上穿着洁白的制服,手上握着带电的警棍,威风凛凛,常常在大街小巷徜徉,趾高气扬,但是一碰到纠纷,他们便都变成了缩头乌龟,不再肯在街头露面了。从派出所的民警没出来,又联想到供销社的代理主任王桂生的鬼头鬼脑的样子。这家伙喜欢打小报告,在领导人耳朵旁边嘘嘘嘘地讲小话,而到了冲锋陷阵那阵子,竟然见不到他的影子。不但在代收店门前两军对垒时没有出面,就是在柳林大饭店的客房里,杨青林跑来跟他面对面地干仗,他也不再看见他的身影,连站在一旁打打边鼓也做不到。看来这人也是一个大滑头,他想假借县经委工作组的手来消灭杨青林、刘丽君的势力,使他能在柳林镇上发挥更大的作用。张勇想如果把杨青林刘丽君的势力消灭了,把他扶上台了,再过两年,恐怕又得要他带领一个工作组来审查他的问题了。

张勇依旧把房门锁上,一个人坐在床边胡思乱想,他的心里不禁有些后悔,他想自己这次出来太轻率,似乎有点轻敌思想。

好容易盼到有人敲门,他在里面问:"谁?"回答是一位女性的声音:

"服务员。"他踩着凳子从门上气窗往外望了望，只见一个中年妇女提着开水壶，是准备进来灌热水瓶的，在他的身旁和身后，没有另外什么人，张勇才忙把房门打开。看着她把热水瓶灌满了，张勇忍不住问："跟我同来的两个人，刚才回来了没有？"服务员回答说："回来了。他们在走廊上被几个农民挡住了，又被他们拉走了。"张勇不禁大吃一惊道："被几个农民拉走了，他们没有挨打吗？"服务员大声笑起来，批评他道："你这位同志，恐怕有好久没有下来了，如今不是'文化大革命'，农民都讲道理，怎么会挨打？他们将这两位同志拉去吃饭，听说还想再让他们看看代收店的营业情况。"张勇更加感到吃惊了，他问："看看代收店的营业情况？代收店应当关板子，重新营业是非法的，怎么还跟他们去看热闹？"服务员笑道："这是你们几个人的想法，圪子里的群众不是这样想的，乡党委杨书记也不是这样想的，今天他们还是照常营业，都说代收店是农民集股办的商店，符合当前中央的政策，县经委无权封闭！"张勇一听这话，屁股往床上一坐，脸色变得煞白。服务员不觉得他是县经委的张副主任，因为他要的是一间最普通客房，这种客房是一般过路的打工仔和小本商人住的，很少有干部来住，县里来的干部大都住进了高层楼道带卫生间的房子。张勇从服务员的话听来，杨青林派人把工作组组员带走了，他心里非常着急，不知他在打什么主意？既然出现了这种严重局面，为了安全起见，他只得改变历来坚持不住高级客房的原则，住到干部多的楼层去，以免他们对自己采取不善手段。这时他的肚子也已经饿得受不住了，他平常紧张和无规律的生活，使他犯有胃病，因此害怕挨饿会诱发自己的胃痛发作。他没有再向服务员打听工作组组员们的下落，只央求她为自己去要一份客饭来，同时给前台办登记的人说一说，替他换一处顶楼的套间。服务倒很热情，答应马上去办理。她走出房间不一会儿，就回来了，对他说："饭菜已经要好了，摆在后楼饭厅里，请你马上到饭厅去吃。至于换房间，因为登记处的人不在，等一会儿，一定再替你去联系。"

张勇左顾右盼，生怕再遇到杨青林和他的民兵，他现在已经认定两个组员遭到了他们的绑架，他怕自己也被绑架，因为自己如果被绑走，根据杨青林的情绪看，看到两张照片后引起激怒，很可能会遭到毒打。幸亏住房离后楼不远，一路上没见一个人影。当他走近饭厅，远远看见饭厅里的一张桌子上,摆着五只菜碗,还有一桶热腾腾的大米饭。一直陪着他的服务员停在餐厅门口,指指桌上的饭菜说道:"那是替你摆的,四菜一汤,这是招待县市领导的规格,就请用吧!"张勇实在饿急了,他三步当作两步地朝饭桌走去,当他走到饭桌旁边,只见厨房里走出一个小姑娘,把桌上的饭菜全部又收进去了。

　　张勇不禁愕然,这是怎么一回事?他瞪大一双眼睛,怔怔地站在那里,不知说什么才好。因为肚子里实在太饿了,心里压不住一股火,便伸手在饭桌上击了一掌,正准备发作,忽然看见从厨房里冲出来三个人。前面是位老太太,身体发福,面容有点熟,却一时记不得在哪儿见过。在她身后,是两名年轻男子。直到他们走到面前,贴近站定,张勇才认出老太太曾经是鲇鱼口的一名农妇,她的独生女儿编入铁姑娘队,后来沉湖自尽,是五名未被救活者之一。当时母亲伤痛至极,披头散发,来他的驻地闹过。那时工作队人多势众,很快将她架走了,不想今天又在这儿再见。老太太倒没有再吵闹,只面带怒容,冷冷地注视着他。只有她身后的两个壮汉,穿着油腻腻的工作服,很像是厨房里的大司务。其中有个似乎是管红案的,与其说像厨师,不如说是屠夫,他的脸上长满横肉,配上那副粗大的块头,模样真有点吓人!他看见那人的眼红了,那双斗大的拳头,似乎已经捏紧了。大司务拳头比杨青林的拳头还要大,如果让他打出来,无论打在身上哪个部位,都会红肿,甚至会内出血。

　　他真不知道是怎样逃离这餐厅的,总之,当他逃出餐厅,逃出饭店大门,他的心里只有一个念头:赶快撤走!如今他势单力薄,留在这里只会吃苦头。张勇是属于这样一种人,在耗子面前,他是老虎,在老虎面前,他是耗子,今天他已真正成了一个耗子,而且是过街耗子。当他走到街上,只见街上的人也都横眉冷目地看着他。他想到面铺里吃碗面,暂时充充饥,只见面铺里的人指手画脚,好像正在议论自己,他便只好走开了。他又想到香烟摊子上买盒香烟,只见小摊子后面坐着老妈子,似乎也在跟一个堂客咬耳朵,而且用手指着他,好像也在嘲笑自己。柳林镇实在太小,镇上哪家出了一件芝麻大小的事,不到半小时,就传遍了全镇。今天镇头代收店门前发生的事,不是小事,而且它跟每个人的经济生活有关,是大家都很关心的事,所以整个下午,一条街上的话题都离不开这件事。人们的同情都在刘丽君一边，因此议论与嘲笑的内容，大都是工作组的丑闻和窘态。等张勇一到街头露面，大家马上认出了他，赫赫有名的张副主任，曾经八面威风，整过不少农村干部，后来又卖力推行农业学大寨，逼得一群铁姑娘投湖自尽，这样一个人物在享受了两年自由生活的柳林大垸人的心目中，哪里会产生好印象。张勇眼睛近视，但戴了眼镜还是看得较远，他从人们向他投来的目光与指指点点的神态便早看出来，他在这柳林镇的人眼里，已经是一个怪物，如果借用一句好听一点外交上的辞令，他在这里已成为一个不受欢迎的人了。

他不敢再回柳林大饭店，他也不敢再在大街上走，这样他便踅进一条小巷，走过去，就上了大堤。大堤上新修的轮船码头很气派，可以停泊各种大船。如今驾木船渡旅客的老倌子已经失业了，他得到轮渡公司的劳保待遇，安住在镇上享受清福，但是他劳动了一辈子，不动了觉得会生病，便常常自动跑上码头守栏栅门；每趟当轮船或汽船稳稳靠上新码头时，他还要隔着栏杆跟船上熟人扯几句白话，或者开个玩笑，这时他正在跟一个轮船上的大副大声说笑。这个轮船是直开县城的，柳林镇有货上，在码头上停靠的时间比较长。当张勇看见了码头上停靠着直达县城的班船，便低头看看自己的手上，他的一个良好的习惯，又一次帮了他的忙，因为他到外地去工作，不管到哪儿，金钱与证件都放在公文包里，这只公文包时刻不离自己的手。这时他发现手上还提着黑色的公文包，便没有再犹豫，迅速跑进候轮室在售票窗口买了一张票，然后匆匆忙忙走下码头的麻石台阶，穿过驾渡船的老倌子把守的大栅栏，踏上了即将离岸的班轮。

十二、踏破铁鞋无觅处

对乡镇企业进行整顿刚刚起步，就接到了县经委文件，柳林综合厂重新归口县工业局直接管理，这样杨青林就只好叫朱利生将账簿退回综合厂会计室，放弃了对他们的审查。乡党委虽然把几个疑点报告了县经委，但那里却没有丝毫动作，也没有改变原来的决定，他们也无可奈何，眼睁睁看着刘斌趾高气扬地走了。不仅如此，经委副主任张勇还带领工作组，前来柳林镇整顿市场秩序，查封代收店，此事虽遭群众反对，不了了之，但还没有做结论。经过这些折腾，杨青林得出一个教训，如果乡一级有什么动作，必须先征得县一级有关部门同意，得到了正式批文，才能开始运作，因此他立意要改革流通领域的体制，按照四川大竹县的经验改造供销社，就必须取得县供销社的同意。县供销社的领导换了张文榜，是他的老领导，也是经常政见相左的朋友，不过张文榜虽然唯上唯书，错误不断，却勤于反思，不坚持错误。当杨青林到县里去找他，他热情接待，鉴于杨青林在烂泥湖工程上的卓见，他倒有几分佩服，当杨青林提出要改革柳林镇供销社的体制，他表示支持，并且同意组成联合工作组，把俞春生暂调回柳林乡担任副组长。当然他的老作风依旧，坚决不同意把柳林镇供销社的改革作为县供销社的试点，然后推广到全县，他说要做这类大的动作，必须得到县委县政府的批准。听了张文榜这个回答，杨青林决定直接去找县委书记刘耀。刘耀的心脏病又一次发作，住进了地区医院。小镇上的风波过去才两天，杨青林便搭上由长沙过来的班船来到了地区。当他寻到刘耀所住的病房，发现老书记正躺在床上打吊针，一边输液一边骂人，被骂的是个漂亮小伙子。只见这人穿戴时髦，一副受委屈的样子，老头子的责骂似乎很久了，使他难受，当他发现客人，便如蒙特赦，赶紧抽张凳子，招呼杨青林坐下，还从热水瓶里倒出一杯开水，送到他手里，把这些事做完以后，就一溜烟跑掉了。刘耀见到了杨青林，也忙停止了骂人，看见他用疑问的眼光望着那远去的背影，便叹了一口气，说明道："是我的儿子！"等到杨青林坐在他身旁，他又感叹道："我这一身病，是'文化大革命'中得的，我这个孩子，也是'文化大革命'中学坏的，那时他妈妈自杀了，我被关在牛棚里，没人管教，无法上学，由他在社会上混，染上许多坏毛病！"杨青林看见那青年气质清纯，不像是个坏人，他认为老书记对儿子的要求太严格了，便没有多说。等刘耀的吊针打完了，就直奔主题，将自己对流通领域进行改革的设想作了详细的汇报。刘耀见到他，脸上的阴霾消失了，接着越听越高兴，等他一说完，便立即拍板，完全同意他的设想。因为病情已经稳定下来，医院同意他明天出院。他说等他回到县里，立即召开县委扩大会议，把流通领域的改革提到议程上来，指示县供销社将柳林镇供销社的体制改革作为试点，然后推广到全县。杨青林见他的心情好了，就将张勇下来整顿市场的过程也作了汇报。谁知刘耀一听又很生气，他勃然大怒，大骂王锁柱愚蠢，起用张勇这类人，果然又捅了娄子。他说他在常委会上不知说过多少遍了，在培育市场经济过程中，切忌再采用过去那些"左"的做法。

刘耀对杨青林的举措一贯支持，见到他总是很高兴。他感到自己交班日益临近，他不仅想将它交给"文革"中的受害者，还想将它交给新时期的改革者。他认为为了不让"文革"这类悲剧重演，必须深入地进行经济与政治领域的改革，因此需要一批锐志改革的人接班。他对县乡骨干排了队，觉得杨青林是最合格的接班人，他要把权力交给他，让他把这场改革进行到底。

刘耀知道地委迟迟没有下调令的原因，就在抓组织工作的方扬身上。地委书记宋成和副书记方扬都是他的老战友，他们曾一道越过封锁线，被日军俘虏，他与宋成被押往煤矿做苦力，方扬年龄小，被扣在伪军连部做勤务，后来三人都逃跑出来，又会合一块。方扬还在伪军中偷了一支枪出来，他还用这支枪缴了两个伪军的枪，在这个基础上，很快组建了一个武装排。三人被俘半年以后,又带了四十余名战士归部队,自然依旧受信任,继续在部队任职。但在新中国成立后的审干运动中,方扬受到审查,疑点是三人同时被捕,为什么他独自被留在伪军连部,是不是有叛变行为?宋成与刘耀都多次写材料证明他清白,理由是他不久就逃出来了,并且带回几条枪,成了他们组建一个排的基础。但在伪军中当勤务期间的表现,始终找不出证明人,所以在历史上一直有一个疑点,也影响了对他的使用。当三人一块儿转业到地方,宋成做了地委书记,刘耀是地委委员兼县委书记,方扬始终是县委副书记。"文革"爆发后,他的历史疑点照例升级,成了叛徒,是最早被揪斗的县委领导干部。但不久刮起"一月风暴",全面夺权,矛头集中指向各级各单位的一把手,造反派对死老虎很快失去了兴趣,他的压力减轻了。宋成和刘耀成了重点,他们的遭遇相同,在地区与县里斗了两年,受尽了折磨,直到地区及县政府被军分区与人武部接管以后,才脱离了"群众专权"。但不久又被押往五七干校,编入专政班,接着深入斗批改,五七干校的阶级斗争愈演愈烈,他们又都成了干校学员们的活靶子。

但世事难料,坏事有时也会变成好事。方扬被囚禁一年,革委会成立,规定要组成三结合领导班子,需要一名亮相干部,造反派不愿起用被他们斗得太多的干部,因积怨太深,怕遭报复,而方扬不是头号走资派,平时列为陪斗,叛徒一案,几经外调又查无实据,倒成了亮相干部人选。而极力推荐他的是原县委办公室干事梁果夫,当时是革委会的勤务组成员,说话有分量,不久方扬便荣任县革委会副主任。"九一三"以后,军管结束,他成了县革委会主任,原来的老书记早被斗死,"文革"结束后,顺理成章,他就成了县委书记。十一届三中全会后,清理积案,他的历史疑点被澄清,便又提升一级,成了地区的副书记,分管组织工作。为了报答梁果夫对自己的帮助,在提倡年轻化知识化阶段,将他提升为县委副书记。但毕竟当过造反派,在"文革"中做了错事,在县里口碑不好,地委收到不少群众来信,指摘不该重用这类干部,经方扬安排,"异地闹革命",调到刘耀下面当副手。刘耀年老多病,多次要求给他配个年轻的副书记。刘耀是"文革"前老县委书记,"文革"后安排到地委担任纪检书记,他不愿上任,希望继续留在县里,以便做好拨乱反正的工作。省委同意了他的要求,将他"文革"前地委委员的职务改为地委常委,对于地区的大政方针,他有参与制定的权利。

三位同生共死的战友共同主持地区的政局自然十分顺手,最近他们形成了共识,抓紧时间培养年轻干部,以便将革命进行到底。但是培养谁,在县委人选上略有分歧,如刘耀看重杨青林,方扬欣赏梁果夫,刘耀想任命杨青林为县委副书记,方扬认为由乡一级直接提升县委主要领导干部显得太快,怕不适应,主张让杨青林先任常委,历练一段,再予提拔。由于两个战友的意见不同,宋成就没有马上表态,地委也就没有形成决议。

刘耀对这些情况很了解,知道关键在宋成,因此当杨青林告辞时,他拿出一张戏票递给这位他所中意的干部,对他说:"今天的班船没有了,你得在这儿住一晚,我这里有张票,是看省花鼓剧院的演出,机会难得,你就休闲一次,说不定还能见到宋书记!"

杨青林早听见过地委书记宋成的一些故事,对他很景仰,能有机会见到他,非常难得,岂肯放过,他忙点头,接过刘耀手上的戏票,道别之后,兴冲冲地走了。

等他走后,刘耀便在医生办公室给老战友挂了个电话,告诉他已把戏票送给了杨青林,让他陪他看戏,以便让他与他推荐的人接触一下,顺便了解一些他的思想状况与性格。宋成很高兴地答应了。

地委常委将讨论几个县委班子的调整,牵涉不少干部的提升与免职,特别对几个有争议的干部的提拔,估计都要费不少口舌。杨青林也是位有争议的人选,使宋成很重视这次与他的见面。他接过刘耀的电话,吩咐小保姆早点开饭,以便提前半个小时到剧场,好与杨青林多说一会儿话,增加对他的了解。谁知当他刚出门,便被地区粮食局长堵在门洞里,他还同时带来几个干部,对书记提出一个尖锐的问题。宋成只得退回客厅,听他们汇报情况。原来推行家庭联产承包责任制以后,粮食生产大幅度上升,滨湖出现了卖粮难的问题,造成这个困难的原因很多,除了储存粮食的仓库太少以外,还有购销政策方面的问题。粮食局长打了一个报告,请求地区领导研究解决,最近因为有几个棘手的事情捆住了手脚,地委没有立即答复,这就急坏了老局长,便把报告送到书记的家里来。这时他将报告递到宋成手里,逼着他审批,并且还请求召开一次全区性的粮食会议,由地区党委的一把手亲自主持。对粮食局长提出的要求,宋成不好拒绝,因为他已发现问题的严重性,农村工作办的干部早向他反映,全区群众对粮食收购方面的意见很大,有的县区还闹纠纷。书记虽然明白老奸巨滑的局长坚持要他主持会议是包含有卸掉一部分责任的意图在里面,但他还是同意亲自主持会议,在报告上批了同意。等他把粮食局长打发走了,早过了三十分钟。当他坐到戏院前排,戏剧还没有开演,他看见身旁座位上站起一位中年汉子,双眼炯炯有神,他一看便知是刘耀举荐的杨青林,就忙伸出手来跟他紧握,但此时他的脑海被堆积如山的粮食塞满了,思维短路了,面对杨青林,除了握了握手,点点头,没有说一句话。他眼前闪现着一群群汗爬水流的农民,他们挤在粮仓的门口,在等待着过秤,有时要等三天三夜,有人还晕倒在秤杆下。现在不仅粮食是这样,苎麻也是这样。根据商业局的报告,苎麻的收购已经到了饱和点,如今仓库已经囤满了,其中还有三四年的陈货,再过些日子,这批苎麻就要报废了。由于苎麻收购价格不高,排队卖麻又困难,麻农已经开始砍断麻根,犁平土地,改种其他作物。他还看过肉食水产公司的报告,除了银鱼一项依旧短缺以外,牲畜家禽的收购也出现了类似的情况。想到这些,他不禁长长地叹了一口气,心里想,这几年工作总是被动,是什么缘故?在他管辖的湖区,生产责任制的普遍推广迟了两年,流通领域的改革慢了两年,目前产供销方面出现的问题,已经是火烧眉毛尖了! 他想是不是自己太老了? 便不觉摸了摸头,光溜溜的,摸了摸脸,深刻的皱纹有点锯手,真是岁月不饶人啊,总得有些年轻人来帮衬自己。这时,他不禁侧头望了望身旁的杨青林,只见他头发虽斑白,精神却饱满,他想起刘耀评价他思想敏锐,是立志改革的优秀干部,他想自己应当扶他一把,越级提拔为县委副书记,然后再接刘耀的班。几年的失误给了他一个痛苦的教训,没有机敏的头脑,缺乏勇于进取的志向,是难以应对这个局面的。

　　他正准备跟杨青林说话,忽然台上的灯光大亮,幕前出现了一位美丽的报幕员,用甜蜜的笑容和清脆悦耳的标准普通话吸引了他的注意。她代表湖南省花鼓剧院全体演职员向地区领导与观众表示敬意,宋成理应带头鼓掌表示欢迎。报幕员的话落音,幕布徐徐拉开了,面前出现了迷人的景色,七个浓妆艳抹的狐狸精载歌载舞来到了舞台中央。地委书记的眼睛被她们吸引了,谈话已无法进行了。他整天在会议中度过,在文件中度过,在人事纠纷中度过,脑子里充满了严肃的问题和扯不清的麻纱,神经绷得紧紧的,这时突然松弛下来,脸上绽露出笑容。

到底不愧是省里来的剧团,服装道具精美,演员素质很高。宋成曾多次看过《刘海砍樵》,却从来没有看过整本的《刘海戏金蟾》,神奇的剧情与唱腔使他心旷神怡,无暇再考虑别的问题。等到演出结束,地区文化局局长就来请他上台和演员们见面,照个相,他便只好又跟杨青林点点头,笑一笑,离开了座位。

等他走出剧院,坐进小汽车,才知里面还坐着方扬。副书记方扬到剧场来接他,是想报告一件怪事,请示如何处理,当着司机不好说,回到家里才详细说。原来地区外贸局的党组副书记打了个报告,请求和妻子离婚。经组织部调查,妻子不同意,她虽也是干部,却没有文化,只晓得哭哭啼啼。他们的儿子却很横蛮,拖着刀子要杀人,他追杀的对象名叫王玲,是外贸局新提拔的接待室副主任。据说儿子曾经与她有恋情,后来移情别恋,跟她分手了,不想这女子竟与他老子勾搭上了。

宋成最恨这班喜新厌旧的家伙,在南下干部中,他是始终没有遗弃糟糠之妻的人之一。他一听郝朝忠犯了这类错误,不禁发脾气,竟少有地骂出粗话:"妈那巴子,两父子搞一个女人,猪狗不如!"便立即下令,"撤销他的党组副书记职务,停职反省!"方扬听到他的决定,并不惊讶,他了解他的习惯,把生活作风看得很重,但同时也熟悉他的心态,很念旧,不会过分为难老部下。他记得将郝朝忠调到地区外贸局工作,还是他亲自交办的。等他气消下去一点以后,便很平静地对他说:"按照现在的原则,离婚结婚是个人问题,只要不造成人身伤害,处分不宜过重。外贸局领导班子不团结,郝朝忠也有责任,这也是我们迟迟没有将他扶正的原因,现在出了这种事,反映一定很大,他也不好在那里工作了。我看这样吧,遵照你的指示,立即撤销他在外贸局的党组副书记职务,调到外贸公司做董事长,暂时还兼任总经理,叫他以后专管公司的事,对企业干部与公务员要求不一样,反映便不会那么大了。最近中央与省委多次下文,催促我们抓紧搞好政企分开,正好拿外贸系统做个试点。"由于方扬是分管组织工作的副书记,他的意见应该被尊重。宋成想了想,也符合自己的本意,便表示同意对自己刚才的指示进行修改,事情就这样定下来了。

夜已经深了,方扬起身告辞。临到出门,他又停住脚步,回头对书记说:"听县里反映说,杨青林也有这方面的问题,据说他恋上一个寡妇,影响不好,他们还送来了一份材料。"送走方扬后,宋成不无遗憾地想,怎么搞的,"唯小人与女子难养也",一些有能力的干部,都栽在这上头! 不过他对刘耀很信赖,没有看到县里的材料,也没有与刘耀核对情况,他不肯轻易下结论,但是方扬所说的情况对他产生了影响,他也没有再约杨青林进行个别谈话。

如果今后有人要写柳林镇供销社的历史,恐怕要用大一号的字体把这一天的事情写出来,柳林乡的乡长兼党委书记杨青林拿着介绍信,带着三个人走进了供销社的院子。供销社的院子不算宽大,但它的办公楼比较宽敞,里面包括主任室、经理室、财会室和其他各种名目的办公室,还有大大小小的会议室。紧挨着办公楼的,是一座颇为讲究的礼堂和一间很宽阔的饭堂。我们对这座礼堂早熟悉了,因为这里曾经演出过一场有名的悲喜剧。食堂却是第一次见到,原来它是全镇最好的食堂。说它好,不仅因为有供销社的定额补贴,还因为能够买到别人买不到的处理物资,它的饭菜特别便宜。一些与供销社有业务关系的单位,都想方设法到这儿搭伙。当他们大步跨进这个院子,整个大楼都发生了骚动,大家把脸贴近玻璃窗户,注视着四个人的一举一动。

代理主任王桂生的心里特别紧张,他做梦也没有想到县委会把柳林镇供销社当作体制改革的试点。当他接着杨青林的介绍信,两手不由自主地发起抖来,他首先想到的是赶快给长沙挂个电话,叫刘斌设法把存放在县供销社仓库里的水货转移出去。当他看到杨青林背后还有一个俞春生,他惊讶得到了说不出话来的程度,因为送俞春生蹲监狱的定案材料,是由他执笔整理的。杨青林看见他这副慌张的样子,脸上微微一笑,心里却在打算盘,为了避免阻力太大,首先得把供销社的干部情绪稳定下来。

当天下午他就在供销社的礼堂开了一个全体职工大会,在会上讲了供销社改革的重大意义,具体工作却只提了清理股金与兑现分红。当他把这两个问题一提出,大家都松了一口气。代主任王桂生忽然觉得背上的压力减轻了,一些手脚不干净的职工也感到没有刚才那么紧张了。等杨青林的话一讲完,王桂生带头鼓掌,接着发言表示拥护,他把自己打扮成群众利益的维护者,埋怨过去的领导不考虑他们的实际权益。他回顾了供销社的历史,说他是个老职工,亲眼看到一个合作性质企业如何变成官办企业失去了群众性,越办越弊病丛生。王桂生不仅笔头上来得,口才也不错,他把道理讲得很透彻,使杨青林不禁点头。他的发言结束,又有几位股长接着发言,讲的也大都是这个意思。杨青林听到他们的发言,觉得认识上没有分歧,大体符合第一步的要求,便宣布大会结束,留下一些干部商量怎样具体分工。王桂生特别积极,提了不少建议。最后分工明确了,原有干部集中在现有财产与过去股东的造册上,计算红利与落实股权由工作组负责。工作组由杨青林兼任组长,组员共三人,都是从各处调来的;俞春生是县供销社的业务股长,朱利生是乡政府的财务室主任,卜槐香是民兵连长。他们又分了工,计算红利是朱利生的事,落实股权由俞春生和卜槐香负责。经过几个昼夜的熬战,红利大致计算出来了,落实股权却还存在不少问题。因为柳林大垸经过重修大堤、农田改造,以及各项政治运动,特别是"文化大革命",人员情况的变化很大。有的人已经迁移了,有的人已经死了,还有一些人,股票存根上有名字,垸子里却找不到人,谁也不知道他们的下落。比如有个叫俞友恭的人,不再在垸里露面。据他曾经待过的木工厂里的老师傅回忆,"文革"中他到黄芦荡去了,有人看见他在芦苇场砍过柴火,有人看见他在那儿管过秤。

俞春生找卜槐香商议,要想找到俞友恭,只好到黄芦荡走一趟。卜槐香赞成他的想法,他认为办事就得办彻底,将从前的股东都找到,把红利分给他们,说明供销社的改革是认真的,就会吸引他们踊跃参股。当天他们借来了一只双飞燕,准备了一天的菜米,第二天天才蒙蒙亮,便驾着划子漂进了大湖。

柳林镇坐落在大湖的一角,在它的右侧有两条大河,它们入湖前交叉汇合,汇合处淤成一片湿地。湿地在水落时面积很大,水涨时只见一片芦苇。它的面积有半个县大,但又分属三个县管,在他们互相矛盾的地图上,有的把它画成了陆地,有的把它画成了湖,只有行署的地图比较准确,将它标作芦苇场,总的名称叫黄芦荡。除了一部分由劳改局占着,其余部分分设三个芦苇场;沅江一个专供造纸厂原料,汉寿一个包给了纤维厂,南县一个规模比较小,他们的芦苇秆子可以零卖。因为南县除了明山头有个小山包,全县没有一处山林,农村的燃料只有杨枝、谷壳、稻草,只好允许农民到芦苇场里砍芦苇秆子,他们称芦苇秆子叫柴火,称芦苇场叫柴山。

　　俞春生和卜槐香驾着双飞燕来到黄芦荡,只见密密麻麻的芦苇望不到边,两人心里犯了难,他们应当在哪儿上岸。两人除了在烂泥湖砍过芦苇,从来没有到过这样大的芦苇场。这里的芦苇像一堵堵墙,秆儿一棵棵挨着挤成了堆。好容易才找到一个靠岸处,上得岸来依旧茫然,黄芦荡的面积这样大,叫他们往哪儿去找人?卜槐香是个喜欢霸蛮的人,他大声叫道:"方圆才几十里,走它一遍,也不过一两天!",眼前没有别的办法,只好按着他的意思走。谁知芦苇丛里很闷热,细长的苇叶如镰刀,他们用手拂开苇叶往前走,汗衫衬衣都汗湿了,手背已有几道血印子。两人吃力地走了半天,才发现只打了一个圈,他们又回到原处,一切又得重新开始。好容易才发现一条小径,沿着小径走轻快多了,不久他们遇到一个人,便赶紧向他打听芦苇场的场部。那人指着前面道:"笔直往前走,拐个小弯就到了。"他们按照他的指示走去,却走进了一片烂泥地。卜槐香只顾昂起头走着,一边走路一边哼歌子。他觉得脚下柔软,心里想道:"这地方的泥土真肥,难怪芦苇长得这样厚!"他还没有来得及多想,扑通一声掉进了坑里。幸亏这个泥坑不深,只把两只裤脚弄湿了,不过泥坑沤着枯叶,有股难闻的腐臭味。卜槐香大骂那个指路的人,说他是故意捉弄人!站在那儿生了一会儿气,只得又掉头往回走,走了一会儿又遇到一个人,才知道他们是拐错了弯,本来应当往左拐,他们没有听清楚往右拐,右边因为接近湖边,泥巴变得越来越稀。那人告诫他们道:"在这巴结不要乱走,到处都有这种烂泥坑,有的只陷进两只脚,有的能够灭顶子,每年都有几个外乡人陷进去,糊里糊涂淹死在这里。"

因为这人也要到场部,他们就跟在他屁股后头走,走了一会到了一片开阔地,才看见一座砖房子,这房子是两层楼,一看便知道是办公用房。谁知走进楼房一看,走廊上堆满了柴火,靠近柴火摆着炊具,地面是湿漉漉的,煮饭的烟子把墙壁熏黑了。领他们进来的人说了一句:"前面那间房里有人,你们去问问场长在不在家?"两人走过去一问,里面答应的是个女的。女人从房里出来了,披散着头发倒趿着鞋,红花衫没有扣扣子,衣襟里伸出一只肥大的奶子。当她看清两个是陌生人,她的兴趣低落了,忙把身子缩回房内,抛出两句冷冰冰的话:"场长今天不在家,不知什么时候回来?"他们还想问一句,房门砰的一声关了。场长不在场部办公,也应留个人值班。办公室住的是家属,走廊上变成了伙房,这个单位太不像话,引起了两人的不满。卜槐香心里有气,嘴里不禁骂起娘来。两人在楼里寻了两遍,没有发现第二个人。他们只好怏怏地走出房子,重又回到自己的船上,将双飞燕移到通路的草码头,弓着腰子做了餐午饭,然后坐在船头发呆,心里都有些着急。他们没料到事情这样难办,看来一天不会有结果,双飞燕里没有被子,暮春天气的寒气还很重,叫他们今晚怎么过?

幸亏他们又碰到了人,就是带他们到场部的那个人。那人载了一船萝卜到这里,已经打听清楚了,场长今天到工棚去了。他挤着眼睛告诉他们说,那个女子是场里总务的堂客,是个有名的渡船划子。今天因为有个包工头请客,场里干部都到那儿去了。他说如果你们真想去寻场长,我可以带你们去找。两人当然表示感谢,便跟着他穿越了一片芦苇,这里的芦苇比较稀薄,阳光从枝叶间零零碎碎落下来,使小径上仿佛贴了一块块碎花布。越过芦苇看见一片平地,地面竖着无数大大小小的工棚,工棚是用芦苇秆子编的,只在顶上铺了一层牛毛毡。他们走近工棚的时候,头顶的太阳已经偏西,工棚顶子上布满了炊烟,工棚内外人来人往。卖萝卜的人劈面碰见了总务,是个骨瘦如柴的老倌子,总务好像喝醉了酒,东倒西歪地往回走。卖萝卜的人上前扶着他,一边走路一边谈生意。他倒没有忘记两人,回头指着一座大点的工棚说:"场长可能就在那里,你们进去找吧!"两人根据他的指示走去,只见那个棚子的门敞开着,棚子里面坐满了人,好像也都喝醉了。只听见一副鸭公子喉咙的人在大叫着:"老骚公到哪里去了,再灌他一壶酒,看他还敢赌狠不。"另外有一个人答道:"这家伙早溜走了,他不放心嫩堂客,回家守娘娘庙去了!"这话引起了一阵哄笑。等这阵笑声过后,又有一个人笑道:"有什么不放心的? 老骚公最贤惠,有酒有肉孝敬他,他是可以让贤的!""哈哈哈!"又突然爆发一阵笑声。其中有个人的笑声最大,他长得武高武大,蓄着一脸络腮胡子。卜槐香听到这样的对话和笑声,心里很反感,对身旁的俞春生道:"这是些什么人? 邪气这样重!"俞春生笑道:"你不必急着发火,再听听他们说什么?"下面还是那样一些粗鄙话。闹过了一阵以后,棚屋里的人七手八脚地抬桌子。卜槐香用手指道:"你看看,他们又在捣什么鬼?"俞春生朝棚里望去,只见桌上的残羹剩饭收拾掉,八仙桌已搬得靠边了,正中却摆出一张条桌,上面搁着三个半边萝卜,两边的萝卜上插着腊烛,中间的萝卜上插着一把高香;条桌上还摆着供品:一盘广柑、一盘酥糖、一盘焦切、一盘雪枣。俞春生想走拢去细看,忽然从棚里丢出一挂万子鞭来,爆竹落在两人跟前,险些把裤脚炸花了。两人慌忙跳开去,忽然听见一阵吆喝声,透过弥漫的硝烟,看见棚内有好几个人磕头作揖,两人不禁纳闷,这到底是一场什么把戏? 他们像丈二和尚摸不着头脑。恰巧这时卖萝卜的人又来了,这时也满面堆笑,一副快活的样子。发现两人还站在门外,便对他们叫道:"怎么还不进去? 干部都在里面,那坐在椅上受礼的络腮胡子,就是芦苇场的场长。"俞春生问道:"他们摆香案磕头,是怎么一回事?"卖萝卜的人笑道:"拜干亲家! 如今芦苇场里兴这玩意儿,像从前的十兄弟会、十姐妹会,合得来的人,就拜干亲家,以后彼此有个照应,吃喝不分家。不过结拜仪式上要请一次客,顶好能请个领导到场。今天结拜的是管理员和包工头,所以场长也来了。到场的领导都能得到一份厚礼,等会儿你们看看他们送的是什么东西!"卜槐香听他这样一说,脸色马上变成了猪肝色,他的气也出得粗了,嘴里大声在喊道:"这还了得,不跟圈子会差不多了? 干部居然还参加,这成什么体统? 让我进去问问,问不明白拉到派出所去审!"俞春生赶忙抓住他的衣袖。卖萝卜的人也忙摇手。卖萝卜的人问:"你们来了多少人?"卜槐香道:"就两个人,怎么样?"卖萝卜的人又问:"带枪没有?"卜槐香心里好后悔,这次出来竟没有带枪,他摇了摇头。卖萝卜的人说:"那就千万不要冒失,免得吃眼前亏!你们就只两个人,四只手,又没有带枪,跟他们唱歪腔,不怕被他们打得稀烂?"接着他又压低声音道,"每年在这片芦苇荡里都有几个外乡人失足落进烂泥坑,有的跟你们刚才一样,是自己踩错了地方落下去的,有的却不一样,不晓得是怎样落下去的。这里的钱好赚,却要晓得门道,弄得不好得罪了哪路神道,连个囫囵身子也抬不回去!"这时屋里的人陆陆续续往外走了,有人一边打着哈哈,一边用牙签儿戳牙或者用手揉着肚子。那个武高武大的络腮胡子走在最后,正跟一个人在练推拉,你推我一下,我推你一下,最后让那人把一个小纸包包塞进了衣袋里。卖萝卜的人在俞春生耳边细声说道:"这回没有送东西,送的是票子! 听说送东西太显眼,领导人都不愿意当面接受。"他又重复了一句,"那个络腮胡子就是场长,你们就去找他好了。"接着他像怕受牵连似的,迅速地离开了他们。

虽然俞春生和卜槐香对这个场长的印象不好,但他们的介绍信是写给他的,必须找他,而且他们要找的那个人,是否在芦苇场,也要问他才明白。他们便只好走到他面前,客客气气地问道:"请问你是不是这里的负责同志?"那人看见两个陌生人,脸上的笑容马上收敛了,他瞪起一对眼睛,样子着实有些怕人,并且粗声粗气地说道:"我就是! 找我有什么好事?"俞春生把介绍信递上去,那人接过去一看,冰冷的样子马上没有了,笑容又露出来了。他忙伸出一双大手,跟两人紧紧地握过,然后热情地笑道:"柳林镇供销社的同志,欢迎欢迎!"这时棚屋里的客人都散了,主家正在忙着收拾东西。他大声地对着里面喊道:"牛婆,有贵客来了,赶快端两条凳子出来,筛两碗茶来!"棚屋里有人大声应着,很快从里面端出两条板凳,三碗热茶,接着又背出一把椅子,把它放在场长的屁股下面。这个被称作牛婆的人,原来不是什么婆子,而是一个身材也很魁伟的汉子,两人看清了他的模样,知道他是对着香案向场长跪拜的人中一个。场长招呼两人坐定后,笑眯眯地问道:"两位到敝地来,有何贵干?"介绍信上没有写明具体事由,只好由俞春生叙述一遍。场长听说要找的人叫俞友恭,便皱了皱眉头,斩钉截铁地说道:"没有这个人,我们场里没有这个人! 至于其他场子有没有不知道。黄芦荡很大,方圆四十里,又分许多芦苇场,归三个县分管,他藏在别的场子里,我们怎么能知道?"俞春生还存一线希望,他又说道:"听说他在场里管过秤,不知你们这里管过秤的人里有没有这个人?"场长大声笑道:"管过秤的都是干部,我更不会记错。刚才走散的人都是包工头、管秤的,你们不都见到了,没有一个是你们柳林垸的。"俞春生和卜槐香都没有见过俞友恭,不知他是个什么样子,就是他站在面前,他们也不认识。两人见跟场长谈话不得要领,便一齐站起身来。谁知场长见两人准备离开,忙伸手拉住他们,他张开大嘴笑道:"时间不早了,两位再坐一会儿,在这里吃餐便饭再走。"他又扯起喉咙喊牛婆,那个高大汉子很快又出现在门口,场长吩咐他马上摆饭。俞春生和卜槐香都有些饿了,但是看到刚才那样一种场景,他们不想在这儿吃饭,连忙摆手道:"不用了,我们刚吃过了饭。"既然吃过了饭,就不好勉强了。场长挥挥手,牛婆又缩回棚屋里去了。场长从衣袋里掏出一包五五牌香烟,恭恭敬敬地送到两人面前,他们都不会抽烟,遭到了拒绝,场长有点悻悻然,他略含讽刺意味地笑道:"二位真清廉,烟酒不沾!"场长刚才吃饱了饭,喝醉了酒,只想回场部去睡一觉,他克制着自己的瞌睡,陪着两人说白话,是想从中了解一下供销社的情况,他们有什么紧俏商品,想在柴山收购什么土特产品?他跟两人聊了一会,发现供销社正在进行改革,紧俏的商品正在清理,收购计划也还没制订出来。当场长发现没有什么油水,他的谈话兴趣就下降了,他的眼睛开始睁不开,张开大嘴连声打哈欠。俞春生和卜槐香看见他的态度变得冷淡,便忙起身告辞。他们没有再在棚屋间转悠,径直往湖边走去,到了草码头看见双飞燕旁边多了一只乌篷船,那船上飘散着炊烟,靠近又闻到一股扑鼻的香味,刺激着两人的肠胃,使他们觉得肚子更加饿了。好在菜米都带了一些,便忙一路拾干枯的芦苇秆子,准备上船后做餐饭吃。

当他们走过那只乌篷船,船尾巴上突然站起一个人,互相一看,都不禁笑了,原来他们又碰见那个卖萝卜的汉子。由于多次偶然相遇,又在一起打过讲,都熟悉了。这个人的年纪不算小,也不算老,是个跑惯江湖的贩子,喜欢结交朋友。他看见两人的划子小,船舱里除了一小袋粗米,只有一撮用塑料纸包的虾公子,外加两把冬苋菜,既没有鱼又没有肉,就忙举手招呼两人道:"请到我船上来坐一坐,喝一盏!"说着他把撑篙伸出当扶手。两人折腾了大半天,疲倦了,肚子咕咕响,早也想填进些食物,加上乌篷船里飘出来的香味实在太诱人,他们便不再讲客气,决定接受他的邀请。

乌篷船后艄舱板上放着一大钵黄咬骨鱼煮豆腐,上面撒了一层干辣椒粉、葱花和蒜泥,香味就是它发出来的,旁边还放着一碗干豆角,一碟腊八豆,和一小碟霉豆腐。除了一鼎锅白米饭,还有一瓶酒。俞春生一看牌子是德山大曲,常德酒厂的龙头产品,虽然牌子不及竹叶青响亮,却是真正的谷酒,度数高,醉得翻人,由于价格便宜,又能御寒,蛮受湖上作业的人欢迎。卖萝卜的人见两位供销社的干部居然接受自己的邀请,非常高兴,虽然他用撑篙搭起扶手,却没有被利用,他们是在湖边长大的人,习惯于蹦跳上船。一前一后,两个粗壮的汉子蹿上船头,使船身摇晃起来,把放在舱板上的一杯酒洒泼了。卖萝卜的人赶紧伏下身子,把正在流淌的酒浆吸得一干二净,他的船板涂过桐油,每天用洗把拖几次,清洁程度不下于碗筷。俞春生和卜槐香看到这情景,懂得规矩,赶紧把鞋子脱了,他们还把脚伸进水里洗了一洗,才一齐跨进舱里来。

两人都不会喝酒,卖萝卜的人只好自饮自酌。他问了两人的姓名,也报了自己的名字,他的名字很有味,叫黄牯。俞春生听了忍不住大笑起来,他笑道:"刚才见到的大个儿叫牛婆,你又叫黄牯,难道我们闯进牛棚子了?"黄牯一听也笑了,笑了一会儿,他叹道:"牛与牛不同,我不能跟他相比,他是这一带的大阔佬,我是个穷贩子。你别看他在场长面前像个小媳妇,在那些砍芦苇运芦柴的人面前像只大老虎!各地来的民工上百,归他一人管着,叫你往东不敢往西,叫你往西不敢往东,要想入场做事,还得进贡,贡品多得用船拖,自动伞、尼龙帐、的确良、丝光袜、塑料鞋,应有尽有,有时还得送钱。他把珍贵一点的贡品送给场长,钱也大半送了场长,场长自然信任他,让他当了管头。管头就是管理员,下面还有记码的、管秤的、承运的、售货的,一大帮子人,他用结干亲家的办法把这些人牢牢捏在手心里。今天跟他结干亲家的,是新来的承运员与售货员,这是两个跑码头的缺,他跟他们拜了干亲家,就能做些不干不净的买卖。在这个场子里,他算最有心计,在要害的地方都做了手脚,比方场里的总务,官儿不大,实权却有,他就给他说了个女人。你们碰过场里那个喂奶的女子的钉子是不是？这个婆娘就是牛婆介绍给总务的。总务绰号老骚公，早已做过五十大寿了，却讨个二十多岁的嫩堂客，难道他真有这么大的福气？还不是牛婆在场部安的一颗钉子！听说这婆娘是牛婆的亲妹子，长得一点儿也不像，肯定不是血亲。如今由她管住了老骚公，慢慢又跟场长搭上了手。场长的堂客在沅江当会计，始终没有调到黄芦荡来，场长不愿守空房，自然要找代理人。现在这个婆娘占了三间办公房，一年四季不脱鞋袜，吃了睡，睡了吃，养出一身肥膘，生了一个伢儿还不知道是谁的？"

黄牯一边喝酒一边说话，他也越说越有气，越说越没有完，他说的这些事情，好像都是真实的。卜槐香听了，心里想，明天回去，一定要向公安局反映，派几杆枪来，把这班人捆走。

黄牯的话说多了，酒也喝醉了。他虽然醉了，却没有糊涂，还有两句重要的话没忘记说，他说："你们……今晚就睡在我的船上。……要找的人，兴许就在这场上！"他和衣躺下，不一会儿，发出了响亮的鼾声。

黄牯一觉睡到天亮，他睁开眼睛，发现太阳已经出来了，便忙跑到工棚叫来两个民工帮他运萝卜。他从益阳黄泥湖贩来的大萝卜，又大又白，圆得像南瓜，长得像冬瓜。他怕吵醒了客人，叫民工尽量把动作放轻一点，但是滚圆的萝卜难免要落下一两颗，碰着舱板发出很大的声响，这样就把客人惊醒了。

俞春生与卜槐香睁眼一看，太阳已经老高了，便忙爬起身来，用手舀了几把湖水洗了一下脸，也开始帮着黄牯起萝卜。黄牯的乌篷船很大，吃水深，满满装了七千斤萝卜，把萝卜起完了，早已过了吃早饭的时间。指挥民工把萝卜运走后，黄牯拱了拱手，表示对两人的谢意。接着从舱底摸出一大块腊肉，把它切成薄片，炒了一大钵，热情邀请两人吃早饭，一边吃饭一边打讲。俞春生提起他昨晚的话头，问他道："昨晚你说那个人兴许在这个芦苇场，是不是有根据？"黄牯眯着两只眼睛，出神地记了半天，记不得他昨晚说了什么。不过他也没有抵赖，笑道："我也真有这么个印象，在这个芦苇场，有一个人是从柳林镇来的，据说还在木工厂做过小工。"稍停一会，他又说道，"萝卜已经上了岸，只等着跟老骚公结账了，我还有时间，可以带你们去找找。"等吃过了饭，他便请他们等一会儿,从后艄提出两瓶竹叶青上岸了,不久又兴冲冲地回来了,竹叶青不见了,手上捏着一张支票。他笑着对两人说:"走吧,我陪你们去!"两人跟他到了岸上,卜槐香问他竹叶青送给谁了?黄牯咧开嘴笑道:"这是老规矩,送给老骚公。这家伙除了喜欢嫩堂客,就好这类玻璃瓶子!如果不送这东西,他会给你拖几天,害得你在湖里喝西北风,得不到他的支票,银行里兑不到钱。"卜槐香听了他这话,又气得脸红脖子粗,好一阵不肯再开口。

黄牯带着他们走访的地方也有一些棚屋,不过它们夹杂在芦苇当中,零零落落,式样也不相仿。有的还算高大,有泥糊的墙壁,竹编的屋梁,有的却像窝棚,就是大堤上防汛用的那种,它们不盖牛毛毡,全由芦苇做顶,芦苇叶子拖到了地上。因为地势低洼,远远望去,只见茂密的芦苇和那高大一点的棚屋,却不见窝棚。

黄牯带着他们沿着潮湿的小径走着,一边走一边说道:"这里住的,除了几个小管头,大都是困难户。他们是陆续从外地来的,既没有户口,又没上场里的花名册,只能拣重活儿干,除了冬天割芦苇,春天运秆子,夏天血吸虫尾蚴最活跃的时候,还得踩在深水里,用泥巴将被砍掉芦苇的蔸子盖住,使它长出新的芦苇来。芦苇丛中热得像锅炉,蚊虫像雨点,他们的皮肤变成了苦瓜皮,个个磨得像是鬼!等会儿你们可以看到,有好多大肚子,都是晚期血吸虫病患者。县里早已成立了血防站,却从来没有看见派人下来,每年这里都要死掉几十人。"黄牯一边说着话,一边指指点点,果然看见那些窝棚面前的烂板凳上,坐着一些人在晒太阳,只见他们的肚皮像一面鼓,脸上像涂了一层黄蜡。卜槐香的气又来了,他咬牙切齿地骂道:"血防站的那帮家伙,真该一个个挨枪子!"

突然,前面的路被人挡住了,原来有个黑不溜秋的粗壮汉子,嘴里哇啦哇啦直叫,挡住了他们的去路。黄牯认得他,介绍道:"他是哑巴,由他招呼的老学究,常常托我买东西。"两人都感到很惊讶,他们将学究与教授看成同一类人,同时问:"这里也有学究?"他们对于有学问的人很尊重,前不久长沙来了位老教授,由乡党委书记杨青林亲自陪着,到专业户冷满爹的鱼池参观,还在那里吃了一餐晚饭,他们没有见到这位大能人,一直感到很遗憾。柳林镇来了一位老教授,轰动了整个大垸,这里有位

577

老学究，却让他住在简陋的小窝棚子里，拨一个哑巴招呼他，真是岂有此理！黄牯看见卜槐香又要发作，忙笑道："他不是真的学究，是场里人叫起来的，不过他的学问比学究还大！"接着他便详细介绍道，"黄芦荡最大的虫害是夜蛾子，它们的幼虫钻进芦苇秆，秆子就断了，每年有一半芦苇毁掉了，几家芦苇场雇飞机撒六六粉，结果，把吃夜蛾子的虫子都杀死了，夜蛾子更加多了。是这位老人想了个法子，把夜蛾子灭了。他经过多年观察，摸到了夜蛾子的癖性，喜欢躲在残柴中过冬产卵，便建议场里把残柴一把火烧光，第二年，夜蛾子就少了，芦苇就茂盛了。他还想用黑光灯诱蛾，完全把夜蛾子消灭，可惜场里舍不得花钱，不肯买黑光灯。他有一肚皮学问，可惜没有识货的人，以至于落在黄芦荡，靠一个哑巴侄子做苦工养活。"听到有这样的一位大有学问的老倌子，俞春生和卜槐香都想见一见，他们跟在黄牯后面，随哑巴转过一条茅封草长的小径，来到一个窝棚前，只见一位白发苍苍的老者，戴着一副老花眼镜，坐在太阳肚里翻书。他听见脚步响，忙摘掉眼镜抬起头来，看见哑巴把黄牯引来了，不禁笑起来，抱歉道："场里有几个月没有给哑巴发工资，前次托你带的文具还没有给钱。"黄牯听了忙挥手，笑道："一沓材料纸，两支圆珠笔，值多少钱？不要了，算是我孝敬你老人家的！你还要买什么，只管说，下回我再带来。"俞春生和卜槐香来到窝棚前，看清了这个老倌子，只见他皱纹满面，还有几块大寿斑，估量七十以上的年纪。没等两人开口，老倌子指着他们问黄牯道："这两位是哪儿来的？"黄牯笑道："供销社来的！"老倌子听到介绍后呵呵两声，觉得他们跟自己所注意的事情无关，就不再说什么了。原来他的手里拿的不是什么书，而是一沓写得密密麻麻的材料纸，不过已经装订成册，像一本书的样子。他把自己的眼光又移到手上的材料纸上。俞春生对他的模样和处境很奇怪，不禁问："你老人家过去是做什么来的，怎么到了这里？"老倌子听到他问话，又把老花眼镜摘下来，定睛地看了他一会，发现他像一位干部的样子，便回答道："下放的。"卜槐香听了大声问："现在已经到了八十年代，各地的下放干部都回原单位去了，怎么你老人家还不走？"老倌子又瞟了卜槐香一眼，看见他长得面容红润，武高武大，也像个农村的干部，便长长地叹了一口气，说道："打了几次报告，没有回答。听说我们原来那个单位撤销了，人散了，

578

省里县里找不出我的档案！"俞春生经常带着笔记本，他把它掏出来，请老倌子把他的单位名称告诉他，把姓名也告诉他。老倌子没有写自己的姓名，却写了一个年轻得多的人的姓名，那人的单位确实撤销了。俞春生向老倌子保证说："我们一定设法替你把这事打听清楚，如今原单位没有人的，省里县里也要负责安置。"卜槐香听说场里几月没有发工资，他们没有钱了，他便把自己口袋里仅有的三十元拿出来，递到他手里。老倌子不肯收，推来推去，答应是借用。才勉强收下了。倒是哑巴的表情很热烈，他的嘴里呱啦呱啦叫着，不知在讲什么？从他的眼神可以看出，他对于他们的慷慨，是很感激的。

三人离开了老倌子与哑巴，卜槐香又大发脾气，用了一些很难听的词汇，骂了一通负责落实政策的人。他只顾恶声恶气骂人，不慎又踩进了一个烂泥坑里，把裤子也弄脏湿了。

多亏了黄牯，他常常在黄芦荡跑，情况很熟悉，认识很多人，离开老学究和哑巴以后，他又一连问了十几个人，终于把在柳林镇木工厂里做过小工的人找出来了。不过这位师傅不姓俞，而姓吴，如今在芦苇场做保管员。俞春生与卜槐香商议，有了谱了，只要找着这个人，就能找到俞友恭，既然他也在柳林镇木工厂做过工，总晓得一点俞友恭的情况。他们让黄牯问清了他的住地，又请他带到那个人的家里。

当他们走近那人住的棚屋，两人都吃了一惊，原来他是牛婆的邻居，就住在昨天摆酒的棚屋旁边，真是踏破铁鞋无觅处，寻来全不费工夫。这是个矮个儿中年人，卜槐香马上认出昨天磕头的人中也有这个人。

昨天和场长谈话时，那人也在近旁，他看着场长对他们很客气，也不敢怠慢，当两人跨进他的棚屋，他笑眯眯地迎着，问他们有何贵干。两人看这个人，个子虽然不高，长得很横实，一身粗呢子对襟罩衫，一双力士牌厚底球鞋，脸面红红的胖胖的，属于生活过得蛮好的那类乡下人。俞春生又掏出介绍信给他看了。为怕路上碰到什么困难，临行前俞春生打了两种介绍信，一种是供销社的，一种是乡党委的，他拿给这人看的，是乡党委这一种。那人接过信看了一眼以后，手便发起抖来，脸色也有点变了。俞春生向他询问俞友恭的下落时，俞友恭三个字刚出嘴，他的身子又猛烈地颤抖了一下，捧在手上的介绍信飘落到了地上。卜槐香有做治保工作的经验,他见情况有异,忙走上前去,鼓起一双大眼睛,紧紧地盯着那人的脸。只见那人脸色马上变煞白了,他忙转身往棚屋里面走。卜槐香伸出手臂把他挡住了。那人用力挣离他的手臂挣不脱,发出一种尖厉的声音叫道:"放开我!"卜槐香一把抓住他的衣领子,也大声说道:"我们老远来找你,费了好大力气,怎么这样不客气,话也不回答一句就开溜!"那人又尖声叫道:"你们问的那个人,我不认识!"俞春生也发现有些蹊跷,也上前帮助卜槐香扯住那人一只手。他忙笑道:"听说你们都在柳林镇木工厂做过工,又都到了黄芦荡,未必一点情况也不晓得?"大概有人到隔壁报信了,忽然牛婆高大的身影出现在棚屋门口,他用手拂开站在门边的黄牯,大踏步走进去用力把两人的手从那人的身上扯开。他气势汹汹地说道:"有话好讲好说嘛,拉拉扯扯像什么话!"当两人的手被他拉开后,那人便一溜烟地从棚屋后面跑了。卜槐香很生气,问牛婆要人。刚刚结拜的干亲家,牛婆哪能不搭手,他推说他有急事到湖里去了,有什么事情可以问他。俞春生只好把他们来访的目的说了一遍。牛婆大声笑道:"昨天场长不是告诉过你们吗?俞友恭,我们这里没有这样一个人。刚才那个矮胖子姓吴,叫吴大化,他进黄芦荡十几年了,从来没有到别的地方去过,你们怎么扯着他要俞友恭?"俞春生笑道:"我们打听到他在柳林镇木工厂当过小工,俞友恭也在那里当过小工,他也许还晓得一点俞友恭的情况。"牛婆还没有来得及答话,卜槐香却补了一句牛都踩不烂的话,他大声说:"他听见我们提到俞友恭,就赶快开溜,这里头一定有鬼!"这句话像点燃了导火线,把火药桶引爆了。武高武大的牛婆,一脸红光闪闪的横肉,他的腰比卜槐香的还粗大,门板似的朝卜槐香靠拢去,一边大声吼叫道:"有什么鬼,你快说!吴大化是我们这里的优秀保管员,他从来都是规规矩矩的,你们想向他脑壳上倒屎盆子,办不到!"看来,确实像黄牯所介绍的,牛婆是个顶厉害的角色,打也打得,骂也骂得,卜槐香不是他的对手。俞春生望望棚屋外,黄牯被牛婆用手一拂,知道有落壳吵,早开溜了,如今门边站满了芦苇场的人,一个个鼓着眼睛,有的已经把袖子捋到了手臂,准备开打。俞春生估量了一下,眼下形势对他们不利,力量对比太悬殊,如果动手,会吃眼前亏。他便忙把身子插在卜槐香与牛婆之间,脸上装出一副笑容,劝牛婆道:"何必动气,我们是办公事来的,又不是打架的,唐突两句,请不必计较。既然你们不知道这个人,就算了,我们回去了。"卜槐香遭到这般欺侮,平生恐怕还是第一遭,他真后悔没有把基干民兵带过来,把三八式步枪带过来,手榴弹也带过来!他还想张口骂几句,必要时动手挥几下。俞春生扯了几下他的衣袖子,又对他鼓了几次眼睛,好容易才把他的火暴性子压下去了。俞春生又敷衍了几句,就从门边走出来了。当他穿过门洞时,不知哪个还在他背上塞了一个冷坨子,幸亏没有塞在卜槐香身上,他隐忍着,装着没有这样一回事的样子,快步离开了这片棚屋区。

当他们走到湖边,发现黄牯的乌篷船已经开走了,黄芦荡是他的衣食饭碗,他不敢得罪这里的人,他不能卷进这个是非里,他早驾船避开了。俞春生也不敢停留,卜槐香的嘴里还在骂人,自然不肯动手,由他一人拔起岸边小铁锚,把双桨落下来,挥动着这两翼翅膀,将双飞燕推离了湖岸。

双飞燕漂到了湖中,才发现船底穿了一个洞,湖水汩汩地往舱里流,流了半舱的水。两人忙把船舱板揭开,寻找漏水的洞子,好容易才找到,用块烂抹布把它塞住,烂抹布怎能抵挡水流的冲击,水继续往船舱灌,很快底舱快满了。船上没有水瓢,只好用手舀水,俞春生要荡桨,卜槐香一个人舀,手指间容易漏,舀出去的水很少。幸亏卜槐香戴着帽子,他的帽子是用海军呢做的,他就用这帽子舀水。呢子军帽的容量大,速度也快一些,舱里的水越来越少了,他那心爱的帽子却报废了。好容易才把船儿划到了柳林镇街口,两人合力把双飞燕拖上岸,仔细一检查,发现船底的小洞是用锥子凿开的,印子是新的。可能是牛婆抵挡他们的时候,别的人带着锥子把它戳穿了,他们的用心很毒辣,想让两人落在湖里喂王八!

十三、深沉的眷恋

　　吴敬恒与孙云卿两位老人想坐机帆船去洞庭湖，为保安全，接待处的人竭力劝阻，并且答应安排轿车将他们送到县城，但他们坚持坐民船，因为上面交代要让老华侨自由行走，接待处也没有办法，只好把两位老人送到轮船码头。

　　卜桂香和小九小八把机帆船停泊在轮船码头旁边，远远望见一辆上海牌小汽车按约定时间开来了，他们眼尖，一眼便认出车上坐着那位穿西服的老倌子，连忙跑上堤岸，挽着两位老人的臂膀，越过好几条大鳊鱼似的排列在一起的大汽船，将他们扶到了机帆船上。他们能接到这两位贵客，心里感到十分得意。卜桂香在船上用棉絮铺成一对坐垫，招呼两位老人坐在上面，然后抬来一张小桌子，上面摆满了荔枝菠萝和香蕉。洞庭湖畔盛产水果的季节没有到来，荔枝香蕉是从广东运来的，苹果则是北方的特产，这种从烟台运来的国光苹果，可以放到第二年。他们不知两位老人都早戒了烟，特地从八角亭买了两听五五牌香烟。等到客人坐稳了，已经到了开船的时刻，只见小九庄严地坐到驾驶台前，用手指头按了一下绿钮，后舱便发出一阵尖锐的铃声，早已坐在后舱的小八将柴油机的开关打开了，立刻传出哒哒哒马达的声音。小九用眼紧盯着窗外，用手扶着舵轮，慢慢地从汽船缝隙中挤出。等到机帆船转入空阔的水域，小九又按了两下绿钮，只听见后舱的轰鸣声更大了，船行的速度加快，等它冲到河心，机帆船显示了自己的威力，由于船体轻、马力大，扯起风篷，速度比别的船都快。它像一匹马驹，贴着江岸迅跑，一路越过无数只帆船和汽船,到了这天下午,太阳还很高,便跑完了大半路程。卜桂香弓着腰在船尾准备午餐,心里盘算着,今晚在草尾过夜,陪着两位老人上岸吃顿新鲜银鱼,还看场谢莲英主演的花鼓戏。谢莲英是洞庭湖的名角,她出生草尾,每年春天都要回家为乡亲们演出。

　　穿西服的老人就是孙云卿,他出生于杨林嘴,对这一带河道很熟悉。到北京上学的时候,曾经经过这些河道,最早乘帆船,后来有了轮船,就换乘轮船,年代虽然久远了,却能说出沿岸的镇子:那里叫茈湖口,离资水入湖的地方不远,那里是坡头,是汉寿去沅江的拐弯处。他在座位上坐不稳,不断抬起身来,把头伸出舱外,眺望着两岸的风景。他忽然变成了细伢子,一路笑声不绝,他一边用手指点沿岸的长堤柳林茅舍苇场,一边向老同学介绍这一带的历史沿革。他们和船主一块吃过一餐船拐子肉,彼此都熟悉了,卜桂香才知道孙云卿不是教授,而是一位长年旅居外国的华侨。他听他说现住加拿大,却不知加拿大属于何国,便偷偷地问后舱的老八,后舱里机器声很大,问了几声老八没有听见,他也不好意思再大声问,他想反正他住得挺远,回来得漂洋过海。他为什么要去加拿大?又为什么从那儿回来?千里迢迢回到故土,怎么就这样狂喜?对于孙云卿激动的情绪,卜桂香一点也不理解。他是在湖乡长大的人,从来没有挪过窝儿,平时出来跑跑,也从没有超过十天,他习惯于在湖水环绕的垸子里生活,没有尝过远离家乡的滋味。

　　机帆船跑得真快,擦过坡头,就进入目平湖,这里水面很大,望不见两岸的垸堤,代替大堤的是茂密的芦苇,芦苇间隔中有野洲子,洲子上长满了灌木荆棘与杨柳,拥抱着碧绿的池水。看到这片土地,孙云卿突然跳起来,大声地叫道:"就是它就是它,那一年我跟几位同学在这一带玩耍,迷了路,几乎掉进了深潭里!"接着他便对吴敬恒介绍道,"这儿是一块沼泽地,水草很厚,青蛙极多,还有一种小硬壳虫子,叫蚬子,是野鸭子喜欢的食物,所以这里野鸭子最多,只要有船经过,就轰的飞起来,把半边天都遮住了。那天我们带了一杆鸟枪,不是那种打野鸭子的霰弹枪,只放了一枪,就打下来两只。据说用霰弹枪,一枪能打十几只,打得几枪要用一只鸭划子来装!"

　　孙云卿不停地说着话,越说越兴奋,他说的这些话,都是实在的,说明他对这块地方很熟悉,但是他怎么也想不起它的名称,便只顾拍着脑袋,搜索自己的记忆。卜桂香早认出这巴结。吴教授也熟悉这片水域,他有张地质局绘制的地图,上面标出了几块沼泽地的名称;孙云卿却制止他把地图拿出来,以便让他再想想。机帆船沿着犬牙交错的泥岸走着,越过了深潭,绕过了杨柳树林,靠近一片野洲子,他们便看见一缕缕炊烟,发现了鸭棚子,走了一会儿,还看见一溜排列在水边的鸭划子。有只鸭划子上站着一位穿蓝夹袄的姑娘,只见她拿着一支长长的竹竿儿,在驱赶一群贪恋湖水不肯上岸的鸭子。卜桂香一眼便看清了姑娘的脸庞,他大声喊起来:"惠兰!惠兰!你怎么在这儿?"朱惠兰抬起头,也认出了卜桂香,她向他挥手,又朝他喊叫什么了;但是机帆船上的机器声音太大,他们离得很远,听不见,只看清她那副欣喜的样子。卜桂香忙招呼小九,叫他把机器停了。小九按了一下红钮,后舱里的铃声响了,小八即将油门关闭了,机帆船的机器声骤然停止,卜桂香才听清了朱惠兰的声音。朱惠兰站在鸭划子上大喊,叫他等一等,他们要搭几封信到垸子里去。正当卜桂香和朱惠兰对话的时候,孙云卿看见了岸上一排老杨树,还有水池旁一块高地,水神庙残留的麻石座基依然存在,他忽然想起了这个地方的名称,便高声叫道:"浪拔湖!浪拔湖!"并且转头向吴教授问道:"老同学,请你把地图拿出来,对一对,是不是这个名字?"吴敬恒早已打开了地图,寻到了这个地点,忙点了点头。卜桂香也听到了孙云卿说的话,他大声称赞道:"你老人家的记性真好,只来过一趟,几十年了,还记得!"这时老华侨的眼眶子红了,他那戴着金丝眼镜的眼睛里掉下几颗热泪,他唏嘘着说:"生我者父母,育我者家园,如此气派的名字,哪能忘记啊!"机帆船慢慢靠近了鸭划子,也紧紧贴着泥岸,孙云卿突然提出今晚不走了,他要在这块高地上过一夜。清明节刚过,湖乡的夜晚还很清凉,卜桂香担心船上的被褥太薄,会把两位老人冻着,但是吴教授也竭力支持这个建议,卜桂香就只好恭敬不如从命,随他们去了。

另一只鸭划子上还有两个姑娘,卜桂香一看,也都认得,穿红夹袄的叫柳枝儿,穿花夹袄的叫黄菊儿。黄菊儿在这儿出现,他的爷爷黄保老汉一定也在这儿;想到黄保老汉,卜桂香不禁笑了,因为他熟悉鸭大王的性格,极为慷慨,在野外作业,本队的人来了,不论是干部或群众,他都会杀鸭子款待。他杀鸭子的技术与众不同，连皮带毛一块剥了，只需要几分钟，白晃晃的鸭肉就能下锅。有人笑他喂了一世鸭子，不晓得吃鸭子，鸭子皮最富营养，又禁嚼，吃鸭子不吃皮，这算什么吃法？他却反过来嘲笑讽刺他的人："你就不算算细账，拔净一只鸭子的毛要半个时辰，拔七八只鸭子的毛，要多少时辰？有这么长的时间，能做多少有用工夫？"几十年来，他都用这种方式吃鸭子。他还有秘制的作料，加入鸭汤里，鸭肉变得特别鲜美。除了加作料，还要放鸭蛋，他在鸭棚里捡蛋，从来不计数量，因为他的鸭子最肯产蛋，常常一夜能产几十斤，二三十枚鸭蛋，算得了什么？卜桂香一想到黄保老汉的鸭棚子在这里，心里很高兴，他想趁此机会让两位贵客尝尝鸭大王的特殊手艺，又能让他们见识一下湖乡人的慷慨；至于到草尾镇吃新鲜银鱼，看谢莲英的花鼓戏，既然决定在这巴结滞留一夜，那就只好等到回程时再说了。

黄菊儿正低头洗衣服，听见了机器的声音，抬起头来，也看见了站在机帆船上的原生产队的老队长卜桂香，她也大声叫："卜队长，靠岸吧，我们在这儿牧鸭子！"卜桂香高声问："你爷爷也在吗？"黄菊儿忙点头，又大叫："在在在，昨天还在念叨呢，卜队长好久没有吃过他的无皮鸭子了！"卜桂香的嘴里不禁流涎，他大笑道："是啊，我特地绕个大圈子，就是为了吃他的无皮鸭子。你赶快去报告爷爷，说我还替他请来了两位尊贵的客人！"黄菊儿仔细一看，果然看见机帆船上还站着两个老倌子，一个穿着宽领子衣服，像外国电影里的人一样，脖子上挂了根花带子。她把手上没有洗完的衣服往桶里一丢，把桶子推给了柳枝儿，噼噼啪啪地跑过鸭划子，弄得鸭划子左右摇摆，险些儿把柳枝儿晃进了水肚里，她一蹦跳上了岸，飞快地往鸭棚子那边跑去了。

当小九小八将机帆船靠拢泥岸，搭好了跳板扶着两位老人走下船以后，就看见满面皱纹满头银发的黄保老汉颤颤巍巍地走到岸边来了，他一只手扶着孙女儿的肩膀，一只手搭起凉棚，眯着眼睛仔细打量两位客人。两位客人的年纪比他轻，急步上前，一人搂着他的一条胳膊，不约而同地打哈哈。孙云卿还连声笑道："幸会！幸会！"

三位老者好像多年不见的朋友，坐在春光明媚的湖边草地上，扯起长麻线，翻起那陈古十八年前的旧事，津津有味地抢着说话。他们都是两个时代交替期间的人，一个是光绪末年生的，一个是宣统元年生的，还有一个年龄稍微晚点，他出生那年，民国反正了。宣统年间出生的那人，就是那位穿西服的客人，他年轻时来过浪拔湖，还记得浪拔湖的水神庙麻石座基和野洲子，他说这片荒洲还跟以前一样，没有多大变化，只是树木增多了一些，草地扩大了一些，那布满浮萍与丝草包容着无数青蛙与蚬子的水池子，把深潭和泥泞挤得远远的，显得比从前宽阔了许多。这位穿西服的老人，他想不到自己晚年还能踏上故乡的土地，便感慨万千，禁不住又老泪纵横。他举目远望着光亮的湖水，搂着吴教授的腰肢感叹道："但愿我这把老骨头，最后能丢在这块土地上！"

鸭棚子里的人都很喜欢老队长，卜桂香也很随意，他一上岸就吩咐朱惠兰杀鸭子。朱惠兰为难道："这次带来的是公番鸭与麻鸭子，由它们配合而生的半番鸭子产蛋率高，还没有养成肉鸭，不好杀鸭子。"不杀鸭子怎么能显示出鸭大王的慷慨？黄菊儿早按捺不住了，她跑到爷爷面前，打断了三位老人的谈话，大声地问道："爷爷，招待客人的鸭子要杀了，你说杀哪一个棚子里的鸭子好？"经孙女提醒，黄保老汉才记起有一个重要节目等着他主持，便招呼已经洗完了衣裳的柳枝儿道："你先领客人在洲子上转一转，我去把鸭子杀了再来陪他们。"他走到一只大鸭棚子旁边，指着几只追逐着一只麻鸭子的公番鸭叫道："一群公番鸭追逐一只麻鸭，说明棚子里公番鸭多了，会影响麻鸭子产出优质蛋，就把这几只骚鸭公杀了，免得它们在这儿捣乱！"这时耗子正站在大鸭棚旁边，一听可以杀鸭子，他的劲头就来了，便跨进棚子去抓鸭子，把那群公番鸭赶得扑扑飞起。好容易才抓住一只鸭子，他一边抓牢鸭脖子，一边到处找刀子。鸭子展开肥硕的翅膀不停地拍打，宽大的足蹼把他的手臂划痛了，他下死劲压着鸭腿不让它动弹，还大声笑道："谁叫你找对象不看场合，太积极了！"朱惠兰忍不住搭上一句："这是说你自己吧。"说得大家都笑起来，连黄菊儿也笑了。卜桂香刚来，不知道这话里有话，见大家笑得那样开心，他也跟着嘻嘻哈哈地笑了。

为了表示对客人的尊重，黄保老汉亲自剥了两只鸭子。他用刀在鸭脖根上划了一圈，就像脱罩衫一样，把鸭子身上的皮连毛剥下来，只剩下光溜溜的肉身子。接着又划开了胸膛，摘下鸭肝与鸭心，将其他的内脏一股脑儿丢弃了,不到三分钟,两只鸭子就干干净净了。黄保老汉年纪大了,手劲不如从前,他只剪了个彩,剩下的鸭子由耗子和大宝来剥。耗子剥一只鸭子需要半小时,大宝剥一只需要三刻钟,而且剥下的皮成了碎片,鸭毛也撒了一地,害得黄菊儿一边扫地一边骂他们无用。

吴敬恒与孙云卿随着柳枝儿,正在参观鸭棚子,鸭棚子有大有小,小的住人,大的喂鸭子,有几只大棚子里传出嘎嘎嘎的声音。据柳枝儿介绍,因为配种的麻鸭子多,优质的种蛋越来越多,已经孵出一千只雏鸭,孵三千只雏鸭的计划能够提早实现,空着的大鸭棚都会填满。等到他们参观了鸭大王制作的孵育器,观看了柳枝儿的表演,两位生物学家直呼开了眼界。吴敬恒早已将冷满爹的创造告诉了孙云卿,这时不禁拍着老同学的肩膀赞道:"你们家乡的能人真多,这回又给我上了一课。"这话让孙云卿觉得很得意,他眉开眼笑,心里甜滋滋的。

这时湖上停了风,和煦的阳光照着光滑的水面,也照耀着绿汪汪的沼泽地,水池子里传出蛙声,阳雀子在树丛中飞跃。船舶也出动了,它们像燕子搬家,在湖上穿来穿去,除了鸭划子、双飞燕、鸟壳子、大篷船,还有那发出马达声响的机帆船。客轮与拖轮也有出没,但它们吃水深,怕挨近沼泽地被陷着,眼睛尖锐的人才能远远瞧见它们的影子。

两位老人随着柳枝儿轻盈的脚步,沿着布满嫩草的小径,来到了水池子旁边。他们望见布满浮萍的水面,不禁停止了脚步,原来浮萍的种类很多,远处是青萍,近处是绿萍,大都聚在一起,霸占了大半水面。吴敬恒弯腰从岸边拔起一支绿萍,发现它沉在水中的根很短。柳枝儿看了笑道:"它有个与颜色不同的别号,叫满江红,黄保爷爷用它来喂养雏鸭,鸭儿不生病,长得快,比别人用白菜喂养还好得多。"听到它有这种功效,吴敬恒从衣袋里掏出一只硬壳本,将它夹在本子里。

两位老人兴致勃勃与柳枝儿交流着,不知不觉绕过了水池子,来到了灌木林,灌木林中有高大的树木,也有低矮的树丛。两位生物学家都熟悉灌木,他们懂得它们的分类,也能认出著名的树种。孙云卿指着一棵绿树考问柳枝儿道:"石楠树最高可达十二米,怎么这儿的不到两米?"柳枝儿认识这种树,知道在湖乡又叫千里红,她便笑着回答道:"千里红喜欢肥沃的土地,愿意在湖乡落根,但是它又最怕水浸,不容易长高。"接着她就指着远处一排红色的树笑道："那种树耐湿，抗风，所以长得高，还能够连成一片。"孙云卿也认识这种树，故意问："它叫什么名字？"柳枝儿答道："叫海桐，湖乡俗称七里香，是一种建筑用材，由于枝干坚实柔软，黄保爷爷用它来搭建鸭棚子。"听到柳枝儿回应敏捷，答案正确，孙云卿很诧异，他回头望了望她，碰到了亮晶晶的目光，她的眼神好像在问："老爷爷，我的回答对不对？"孙云卿不禁脱口而出："对对对，你的回答非常正确，而且还有极有价值的补充！"他看到了她欣喜的笑容，也看清她那美丽的瓜子形脸庞，这种笑容与脸庞似乎很熟悉，好像在哪儿曾见过。走过了一株株常绿的灌木，又看到了落叶灌木丛，只见一簇簇密生着刚毛和倒刺的灌木，连成了一大片。柳枝儿又停住了脚步，指着这片树丛介绍："这是有名的刺玫瑰，在湖乡又叫穿心玫瑰，过了谷雨就到花季，连续有三四个月时间，紫红色的花朵会结满枝头，满林子都充满香气。"孙云卿为制作食品添加剂，也拥有一座玫瑰园，他不禁低头辨识，发现正是过去用来提炼香精的那种，不过从枝叶上看，比自己培植的还强健。因为它们耐涝，又耐寒气，他想如果将这种玫瑰在湖乡扩种，不知道能提炼出多少玫瑰油。他用一种感激的目光注视着面前的小姑娘，是她使自己看到了商机。

当他们穿过了灌木丛，进入了杨柳树林，遮天蔽日的老杨柳树沿泥岸排列着，连绵竟达数里，它们抵御着湖风扫荡，荫庇着另一半野洲子。这里花繁叶茂，绿草如茵，布满了饲料用与药用的野生植物。柳枝儿继续介绍道："常年在荒郊野外放牧，人畜都难免有病痛，不管内伤与外伤，黄保爷爷都能用这里的药草治愈。比如半月前耗子陪黄菊儿到林子里玩耍，吃了野果子，回来腹泻，黄保爷爷到这儿扯了把独荇菜，熬了碗汤，让他们喝了，第二天就止泻了。前几天配种的番鸭得了白痢，黄保爷爷扯了把马齿苋，与车前草鲜竹叶白糖煎汁拌在食料里，鸭子吃了以后就痊愈了。"听了柳枝儿介绍，孙云卿心里想，这样多具有药性的植物散落在这里，实在太可惜，应当在这儿建座制药工厂。当他把这个想法告诉柳枝儿，柳枝儿纵声大笑，他告诉孙云卿，黄保爷爷也有这种想法。她接着说："原来黄保爷爷认识上百种药草，开得出很多方子，他怕自己死后失传，强迫孙女儿黄菊儿死背，黄菊儿没有耐心，最近才招了朱惠兰做徒弟,朱惠兰很用心,我来了也跟着学,但是时间短,只记得十几种。"

　　草地里除了药草,还有很多可作牲畜饲料的野草,这类草的种类多,有节节草、满天星、牛舌头、狗尾巴、酸溜溜,分布很广。柳枝儿看到了一种叫荠菜的野草,她立刻跳起来,指着那锯齿形的叶茎对老人们说:"我很小的时候住在杨林嘴,那时没有饭吃,就靠这荠菜度命。到了严冬腊月,它不长了,就只好跟着妈妈去捞龙须菜,龙须菜就是水蕨,喜欢伴着沼泽生长,去捞它容易陷进沼泽里,很危险。"孙云卿一听她是杨林嘴人,便不再问她以后的情形,只急切地问道:"离开杨林嘴时你多大了,知不知道有一座叫孙家大屋的房子?"柳枝儿是杨林嘴出生的,离开时极小,她只知道那里溃过垸子,很多房屋被水冲走了,虽然她也姓孙,却不知道有座什么孙家大屋。孙云卿听完柳枝儿回答,半晌没有出声,接着他便问她父母在不在,在杨林嘴大垸还有没有亲戚?及至听到她的父母都早死了,把她接到柳林垸的姨妈也死了,她也不知道杨林嘴还有没有亲戚,孙云卿便不禁长长地叹了一口气,表情显得很沉重。他的家乡溃过垸子,孙家大屋不见踪影,他千里迢迢来找妻儿,可能又要费一番周折了!吴敬恒懂得老同学的心情,忙安慰他道:"这姑娘的年龄小,离开杨林嘴又很早,家乡的事情她知道得少,等我们到了县里,可以找一些老人打听,还可以查阅民政局的资料,一定能弄清楚。"孙云卿一听心想也对,便不再感到郁闷,面对湖洲上的绚丽的景色,他的心情又开朗了。

　　鸭大王拿出了自己的看家本领,亲自掌勺,按老规矩下料,无皮鸭子做得十分出色。当两位贵客参观了他的鸭棚子,又吃过他的无皮鸭子,都非常敬佩他,不仅称赞他饲养技术高超,还夸奖无皮鸭子滋味鲜美。孙云卿说了一句使他终身难忘的话,说它比世界闻名的北京烤鸭还出色。据说北京烤鸭就是鸭皮香脆可口,无皮鸭子的味道竟超过了它,这是最使他感到得意的事。

　　鸭子盛宴一直延续到深夜。鸭大王一边喝酒,一边讲他的养鸭经,这是两位学者最喜欢听的,何况还带出许多洞庭湖的掌故,勾起了孙云卿久远的回忆。一方愿意讲,一方喜欢听,自然成了知音,滔滔不绝的演说,舒心畅意的交流,他们十分陶醉,没有察觉时间的流逝。

　　第二天大家起得都很迟,因为鸭大王醉了,耗子也醉了。耗子的醉是有原因的,他看见机帆船上走出两位老人,还走出两个穿戴时髦的后生子,这对年轻人似乎很喜欢找黄菊儿说话,黄菊儿也不嫌弃,老远便听见他们的笑声。耗子一听不免心惊,自忖不是他们的对手,当下急中生智,想出一个主意,把剥鸭子的活推给大宝和惠兰,自愿充当知客僧,陪着小九小八在洲子上打转转,走的路径与柳枝儿相反。等到被小扁豆叫回来吃饭,他又借口不应打扰老人们打讲,另外开了一席,席上摆的烈性酒,照例只招男性,女伢儿免上,使小九小八没法跟黄菊儿接近。对喝酒耗子是经过操练的,他听黄菊儿说起,爷爷从前喝酒只用大碗,认为那才像男子汉,他想赢得老人的喜爱,便练习用饭碗斟酒,常常把酒当茶喝。但是他没有鸭大王的体魄,总练不出那种海量,每次喝不过三碗,就醉了。耗子醉了后喜欢说胡话,不知道挨过黄菊儿多少拳头。今天他是轻敌,不知小九小八入了商界,经商免不了应酬,他们早操练得酒量极大,听见耗子要跟他们拼酒,便大笑着应战,果然酒才刚过三巡,客人还没有醉意,主人却醉了。耗子一醉照例神志不清,满嘴胡说,他误把忝居末座的小扁豆当成黄菊儿,将他搂进怀里,还把酒气熏天的嘴巴凑到他的脸上。臊得小扁豆的脸变得像关公,他下死劲将耗子一推,使他来个倒栽葱,接着还朝他屁股踢了一脚。黄菊儿远远看见也生气,她从女伢儿坐的那席跑过来,在耗子的后背擂了几拳。他们的动作有点大,引起的笑声传得远,妨碍了鸭大王祖露胸襟,这时他正跟两位专家深入探讨,不想被年轻人的笑闹声打断了,打断了就接不上话。及至看见耗子赖在地上打滚,孙女儿使劲在擂他的背脊,做出这号俗样子,在客人面前不雅相,鸭大王大吼了一声。老人的声音像炸雷,将柳枝儿的耳朵震聋了,黄菊儿的拳头赶紧停止,小扁豆第二次伸出的脚急忙缩回来,耗子的酒也立即醒了,他像橡皮筋弹弓般从地上弹起,跑进鸭棚子里躲藏起来。这样倒给了小九小八一个机会,他们离沉醉还很远,便四处寻找黄菊儿,想邀她参观机帆船,趁月色朦胧到湖上兜风。他们发现黄菊儿长得俊俏,性格比较风流,想跟她交朋友,谁知两人围着鸭棚子寻了几遍,大小棚子实在太多,不知她钻进了哪个棚子里。黄菊儿到哪里去了呢?原来她熟悉耗子的习惯,喝醉了酒就想喝浓茶,耗子猫在哪座棚子里,只有黄菊儿知道,她早提着一只灌满滚水的热水瓶,钻进那个棚子里替他泡茶去了。

卜桂香醒得较早，他惦记着代收店等着他送钱去用，很早就要开船，但两位专家最讲礼信，无论如何要等鸭大王醒来再走，他们要正式跟他告辞，表示对他盛情款待的谢意。等到鸭大王醒来，三位老人的客气话讲了几箩筐，好容易讲完，机帆船才得以开动。卜桂香命令小九小八把马力加到最大限度，让船儿在湖面上飞跑。这种安了机器的船到底不同，没有流一滴汗歇一次脚就到达县城，摇橹与荡桨要用一整天的路程，两个小时就到了。当机帆船靠拢县城大码头，街上的人家还没有煮午饭，因为省里早通知了县里，码头上站满了欢迎的人群，其中有临时主持县委工作的副书记梁果夫，有负责招商引资的邱县长。由县委县政府的主要负责人出面，规格自然很高，跟来的还有一大帮人。卜桂香自觉不配加入这个行列，看见两位首长亲自下船将客人扶上码头，他便侧身躲过，一直猫在船上。小九小八却跟着队伍进城了，他们说想顺便在县城揽两注生意，如果有戏，还要签合同。因为机帆船上还码着要送往鲇鱼口的货，离不得人，跟上回一样，就只好再一次偏劳姐夫哥代他们看守了。

由县委副书记梁果夫出面，带领邱县长王主任及有关科局长将吴敬恒与孙云卿迎上码头，送进了县委招待所的大套间；虽然吴教授的名望很高，但他们看重的是富有的华侨孙云卿，如今招商引资已成为考核领导干部政绩的标准之一，对此谁能不尽力？梁书记对接待华侨富商有经验，知道只要替他们办妥一两件实事，就能赢得信任，所以当孙云卿把回乡寻找亲人的意愿一说出，得到了热烈的回应。梁书记当场就指示民政局长，马上组织一个班子，立刻赶到杨林嘴为老华侨寻找亲人。至于欢迎宴会，邱县长早有考虑，他知道富商华侨不稀罕山珍海味，就只预备了一桌家乡菜，客人尝到了久违的风味，就能勾起乡愁，引发他们回报家乡的冲动。果然当孙云卿吃了儿时最喜欢的菜，特别感到高兴，一连说了几件难忘的旧事，引得宾主尽欢。

等到晚宴结束，就由经委王主任陪着看湘剧。今天演出的剧团是著名的常德湘剧团，他们的高腔是独具特色的，剧目中除了《打猎回书》，还有《祭头巾》《醉打山门》《三女抢板》都是传统的折子戏。特别是《三女抢板》，据说曾得到毛主席的赞扬，改名为《生死牌》，调到北京会演还得了奖。

王主任接到陪客人看戏的任务,没忘把华港公司的林总经理也请来了,并且将港商与侨商安排坐在头排,由于靠得很近,可以互相交流,他有一个想法,如果两人合力,会对本县的经济发展更加有利。林总经理是刘斌送来的,来时节目已经开演了,台上的灯光璀璨,台下却光线暗淡,两人都没有看清面孔。刘斌看过几遍这几出戏,便不想再看了,又因为转移水货的事他伤透脑筋,已经是火烧眉尖,必须迅速处理,这样便只跟王主任打了个招呼,就径直走了。这柳林综合厂被收回由工业局直接管辖以后,他便将办公室移到了驻城办事处,这时罗彩元还在长沙办事处驻守,堂客很少在这儿落脚,这里便成了他接待王时英的地方。他将罗彩元住过的那间房子重新布置了一下,木板床换成了弹簧床,地板上铺了芦苇地毯,王时英常来这里歇息。

孙云卿从小就喜爱看湘剧,特别喜欢听常德高腔,他自己还能哼出几句,曾经想做票友。这时他如痴如醉地看戏,不时还跟着锣鼓点哼出声来,没有注意身旁还坐着另一位客人。直到中场休息,舞台上落下幕布,厅内的灯光大亮,才发现身旁还坐着一位客人,只见他西装革履,气宇轩昂,一副很阔气的样子。王主任赶忙过来介绍,这位是加拿大三洋公司的董事长,这位是香港华港公司的总经理。及至两人互相对视,孙云卿不免诧异,这人的面貌似曾相识,却记不起在哪儿见过。那人的手跟他握着,脸上也露出惊愕的表情,仿佛他也认出了他的面目。孙云卿为了更接近大陆,两年前在香港注册了分公司,由于他有生物学博士头衔,不断研发新技术,经常推出新产品,生意越做越红火,引起了媒体的注意,时常有他的消息和照片在电视和报刊上出现,在香港做生意的人都看重信息,这也是商界的常态,认识他的人多是很自然的,他并不感到奇怪。这时台下的灯光又灭了,台上继续演戏,下出是弹腔,他没有再跟着哼唱,脑子开始走神,因为他觉得这人的面孔有些特别,尽力搜索自己的记忆,忽然他想起来了,坐在他身旁的港商面貌酷像最近看到的通缉令上的头像。港英当局的通缉令印刷精良,头像非常清晰,通缉罪犯的罪名是黑社会头目,不仅贩毒走私,还身负多起命案。孙云卿有点不相信自己的眼睛,不禁再侧目核实一下,却大吃一惊,原来邻座空空如也,那人早已离去了,直到终场,再不见他的身影。

刘斌正在跟船舶公司的朋友打电话,他知道县供销社仓库的位置,离码头不远,便想租他们一条船,把存放仓库里的水货运出去,还没有谈妥,忽然看见严股长慌慌张张跑到面前,向他报告一个消息,使他大吃一惊。严胖子说:"林总经理连戏也没有看完,便回到房间收拾行李,准备马上回家,他叫我通知你,请你赶紧去见见他。"刘斌立刻挂了电话,带着严胖子,急忙赶到县委招待所。当他走进港商林总经理住的套房,果然看见他正在手忙脚乱地清理行李。

林总经理到县城不到一周,接受的礼物不少,沙发上和地毯上,摆满了瓷器、陶器、竹器、龟胶、银鱼、天麻、肉桂、湘莲,还有芦苇地毯、真丝蚊帐、丝绸被面,一色土特产,应有尽有。港商有一口大皮箱,还有只拖箱,两个旅行包,全都装满了,却只容纳了三分之一。这样就只好精选了,凡属易碎的,体积大的,价值不高的,他都撂下了。刘斌惋惜地看到,有一套昂贵的瓷器,已经被他弄碎了。港商看见两个人进来了,像见到久别的亲人,急忙冲上前去,拉住他们的手,一路又带倒了两件瓷器,瓷器和陶器相撞,发出了碎裂的声音。港商将刘斌的手捏得铁紧,恳求地说道:"无论如何,你得想办法,派辆车子马上把我送到长沙!"刘斌为难道:"这怎么行,合同还没有签订完呢。"港商急道:"合同没有签完不要紧,还可以再来,今夜我必须赶到长沙。"刘斌狡黠地笑道:"是不是哪个姓罗的妹子给你挂了电话,把你急成这样?"说完他仰头大笑。港商一时没弄懂他的意思,用手搔脑壳,一会儿懂了,却苦笑道:"比这种事火急得多!"他把眼睛眨了两眨,想:要不找个由头,他们是不会放我走的。这样他便郑重其事地对刘斌说:"刚才我接到一封电报,公司里有批货要我去签发,如果明天午夜以前不赶回香港,就要蒙受一千万港币的损失!"刘斌一听,吓了一跳,心想一千万港币,等于一千多万元人民币,这个数字不小啊!要是用它来办工厂,办得一个很大的工厂,用它做生意,能做多大一注生意?这样他便感到问题严重了。他看到港商很焦急的样子,心里也很焦急。经过这些天的接触,他觉得这位总经理性格爽朗,作风平易,打起交道来很痛快。前些天还接到王桂生的电话,说他按照自己的指示,已经在长沙接到了那批货,正在将它押运回柳林镇。这使他更加高兴,他想他真守信用，能结交这样一位朋友，是自己的幸运，从此以后，又多了一座靠山，自己应当贴心贴意地跟他相交，他需要什么，尽量满足，喜欢什么，尽力弄来，包括他对女人的需要，也应让他得到满足，虽然有时出格，也要容忍。这次把他弄到县里，是一举两得，一是向经委显示，他有多大能耐，对开发本县能做出多大贡献，以促进企业归口；二是能在客人面前，竭尽地主之谊，将湖乡美食呈献在他的面前，使他大快朵颐。现在他突然提出要走，走得这样匆忙，许多要办的事还没有办完，使他感到很遗憾。但是既然公司有事，他不连夜赶回香港就会蒙受巨大的经济损失，就不好阻拦，应当让他尽快动身。这时已经很晚了，来不及通知各厂矿的头头脑脑来送行了，他便赶紧请示了一下经委王主任和宋局长。两位领导人都感到很惊讶，但是别人既然有急事，就不好强留了，都指示告别时要热情点，顶好还能补送一两件贵重一点的礼品，给人家留下良好的印象，使他愿意继续来。这样刘斌又吩咐严股长赶紧去买两件不易碎的体积小而价值大的礼品，同时到汽车公司租一辆丰田牌小轿车，要派他们一位熟练的老师傅，在天亮前把客人送到长沙火车站，让他搭上北京开往广州的特别快车，赶到明天下午进入香港。从县城到长沙，需要三次越过大河，有一处有桥，有两处只有轮渡，晚上九点以后，轮渡就停航了。刘斌就急忙摇电话，以县政府的名义，通知各个渡口，说有一位外宾因急事要连夜赶回长沙，叫他们安排人员在船上值班。

一切办妥以后，已经脱衣睡觉的经委王主任和宋局长还是赶来了，他们紧握着林总经理的手，连声表示遗憾，同时也表现出依依不舍之情。林总经理却显得很紧张，跟两位领导应酬了几句以后，就钻进小轿车里了，头也不再回，连声催促司机开车。等到丰田牌小轿车绝尘而去，两位领导人还站在招待所前坪说话。王主任叹道："资本主义社会，享受门门都有，听说就是太紧张，你看这些做生意的，也像打仗一样，说走就走，不管天光夜黑。"宋局长也附和着说："哪里像我们这里的人，办件事情，拖拖拉拉，磨磨蹭蹭，这都是大锅饭铁饭碗造成的弊端。"

接着两位领导人一边说着话，一边迈开自己的脚步向招待所的小食堂走去，那里已经摆好了一桌点心，请送客的几位领导人吃消夜。点心中的五仁香粽子和银鱼丝水饺，在招待港商的宴会上摆出过，席上菜太多,王主任来不及光顾,现在他集中精力对付它们。它夹起一只五仁香粽子,咬了一口,赞美道:"五味俱全,又香又酥,很好吃,这位岳阳师傅的手艺真不赖!"

正当两位领导人在招待所小食堂津津有味地品尝着精美的点心的时候,两位老人也在招待所的另一个套间里,津津有味地品尝着他们带来的罐头食品。孙云卿从加拿大带来了好几种罐头,都是他们公司的出品,他把它们打开了,请老同学吴敬恒品尝。吴敬恒各尝了一点笑道:"味儿都不坏,看来如今国外也讲究风味了。过去我在国外那段日子,得到的印象是他们的罐头除了牛肉就是肉泥、鸡块,好像只要营养充足能塞饱肚子就行了。"孙云卿笑道:"这二十年西方经济发展很快,人们把这种发展叫作起飞,一般生活水平都提高了,像西德与日本,本来就是战败国,很穷,如今也富了,跟大战期间没法相比。口袋里有了钱,饮食上也更加讲究了,早些年只在家庭里的餐桌上讲究,如今罐头食品也开始讲究了。"他指着一只商标上画着一条大蟒蛇的罐头笑道,"这种蛇肉罐头早年是没有的,如今为了扩大食品销售量,我的公司新研制了这种罐头,在市场上成了抢手货。"吴敬恒刚从罐头里夹出一片肉来吃,觉得味道鲜美,他没有注意商标上有一条蛇,这时才知是块蛇肉,心里立即作涌,张开口要呕吐。孙云卿看到老朋友突然出现这副狼狈相,忍不住哈哈大笑起来。蛇肉已经吞下去了,吐不出来了,吴敬恒使劲吐了半天,只吐出了一些清水,他忙跑进盥洗间,舀了杯水,拼命漱口。这时孙云卿笑得眼泪都出来了,他用白绢手帕擦眼睛,一边笑一边说:"这还是很名贵的食品呢!刚刚上市,很快就脱销了,不仅那些广东福建籍的华侨一车一车抢购,当地的加拿大人也抢着买回去尝鲜。你还吃得要呕?到华侨家做客,如果带几只这样的罐头做礼物,主人会把你当上宾款待。"吴敬恒忙着用手巾替自己抹嘴巴擦衣襟,要呕的感觉没有了,恶心的感觉还有,他把手巾丢掉后,就用手掌在孙云卿背上使劲一拍道:"你还像在大学里一样,喜欢恶作剧;明明晓得我虽然是学生物的,最讨厌蛇呀蝎子呀这类东西,我觉得蛇的毒牙最可怕,形状也最可恶,你还故意给我吃这种东西,不是恶作剧是什么?"孙云卿把罐头筒子举到他眼前笑道:"谁叫你不仔细看,这样大一条蛇画在上面,明明告诉你里面装的是与蛇有关系的东西,上面还有英文字,写得清清楚楚:"SNAKE",你这位老留洋生,还不认识这几个字?"吴敬恒没有理由再怪孙云卿,只好责怪自己道:"都怪我没有把老花眼镜戴上,先将罐头上的文字看一看,再动叉子。"不过他回味道:"蛇的形状很难看,肉味儿还顶鲜,开始我还以为是嫩鸡块呢!"孙云卿不禁又笑道:"你还怕吃得,只怕今后想吃也吃不到了。我们学生物的都知道,大量捕蛇会影响生态平衡,尽管销路好,我也不敢大批量生产,只在华人社区投放一点,还把价格抬得很高,限制了客源量。不过公司总得创收,不然股票会下跌,我这个董事长的位置就坐不稳了,我们得不断推出新产品,提高市场占有率。最近我们公司的研究所又研制出了一种新产品,不仅味道鲜美,还能补充人体必需元素,有滋补功效。由于原料来源广,又易培育,生产成本低,价格便宜,很快打开了销路,公司大批量生产,狠赚了一笔钱。"吴敬恒问:"什么罐头?"孙云卿道:"蚯蚓罐头,商标上有个好听的名称,叫地龙。"吴敬恒眼前突然出现一团团蠕动着的蚯蚓,这种东西倒是饲养甲鱼和牛蛙的好饲料,但把它作人的食品,简直不可想象。他怀疑自己已像刚才吞食了蛇肉一样,也吞食了几条蚯蚓,他的喉咙孔里好像有软体动物在爬似的,又感觉到要呕吐了。但他耳里又听到孙云卿在继续说话:"我怕国内没有人敢吃,没有带回来。"听清他这句话,吴敬恒才长长地吐了一口气。他的心里想,摆在沙发几上的这些罐头里一定还有别的什么稀奇古怪的东西,便忙从旅行袋里找出老花眼镜与放大镜,将罐头拿到面前,一只一只地加以检验。只见里面除了一罐蛇肉以外,其余都是牛羊鸡犬豕身上的东西,他才重新把它们放在沙发几上,放心落意地品尝其他罐头里的食品。

两人过去都喜欢喝酒,现在年纪大了,喝不得白酒了。孙云卿带来了一瓶法国葡萄酒,法国葡萄酒是以陈年酒出名的。孙云卿介绍道:"这瓶酒是战前酿造的,我在香港买的。"吴敬恒呷了一口,觉得味道甘醇。真是酒逢知己千杯少,因为找到了年轻时代的朋友,彼此心里很愉快,虽然两人近年连酒精度很低的啤酒也喝得少了,今天他们却一边说着话儿,一边用叉子叉罐头筒子里的食品,不停地斟酒,不知不觉竟把一整瓶酒喝完了;虽说是葡萄酒,也使两位老人有些醉意了。

孙云卿把头靠在沙发靠背上,突然流出了眼泪。他叹道:"看来,我的妻儿是找不到了！县政府民政局今天不仅派人到我家乡进行了走访，还给我调来人口普查登记簿查了，杨林嘴没有这样一户人家了。"吴敬恒劝他道："你不要灰心，几十年来湖区变化很大，特别是一九五四年涨大水，冲垮了好多垸子。一九五五年修南洞庭湖，把老垸子废的废了，并的并了，后来又搞田园化，道路和沟港的位置移动，池塘和树林的方向也变了，你的那口子也许已经搬到别的垸子里去住，不要着急，慢慢找。"孙云卿摇摇头说："很难说，很难说，将近半个世纪，真是沧海桑田，土地的变化这样大，人世间的变化更大，她还在不在人世，我已没有信心了！"对于老朋友的这种眷恋老伴的感情，他是很同情的，他自己何尝不是常常产生这样的情愫。尽管他已经娶了新的老伴，新老伴的模样儿俊俏，性格儿温顺，对他的照料也很细致，但是不知为什么，他总经常想起自己过去的老伴。每当他一个人独处，躺在床上一时还未入睡，他便想起她灿烂的笑容和那双温软的手，她真挚地为他奉献了一生，结局却那样悲惨，他多么希望她再回来，他却没有希望了，他的老伴去世了，他永远没有希望了！这时他的眼眶里噙满了眼泪，泪水比老朋友的还落下得多。

两位老人都唏嘘了一会，茶几上的酒瓶已经空了，他们不敢再喝了，但是他们又还不肯睡觉，继续坐在沙发上，在想心事。

突然，吴敬恒像睡梦初醒，他大声说："我想到一条线索了！"孙云卿很惊喜，立刻从沙发旁站起来。吴敬恒笑道："你记不记得？在大学念书的时候，你送棉袄给我的那一天，说它是嫂子做的，她有一手好针线，还写得一笔魏碑，是一位穷秀才的女儿，住在县城靠旧城墙的小街上，近旁有座前清的考棚，我们何不沿着这条线索去找！"孙云卿一听这话，用力把自己脑袋拍了一下，骂了自己一声道："老混蛋，怎么连这条线索也忘了，幸亏你的记性好，还记得。她家住在县城，有自己的住房，不会迁走的，就是迁走了，近旁还有街坊，也会晓得他们挪到了哪里。记得她家还有兄弟侄子，我出国那年，有个弟弟到乡里来过，是个教书匠，听说还会写状子，喜欢帮人家打官司。"吴敬恒兴奋地笑道："还有这样个亲戚，总会有儿女，他们准知道你家的事。我们今天就不扯白了，赶紧睡，明天一早起床，到学门口寻访去。"这时有人敲房门，吴敬恒叫了声请进，走进一位年轻的女服务员，她微微一笑问道："两老要不要吃消夜，厨房里准备

597

了可口的点心。"孙云卿指着茶几上的罐头,打起本地腔笑道:"已经相偏了,不用了。这里还有几只罐头,是我从国外带回的,没有打开,请你拿去尝尝。"因为突然有了这条线索,孙云卿的心里很高兴,他想跟别人一起享受快活。接着他又把旅行袋子锁链拉开,从里面拿出一只漂亮的盒子,透过透明的玻璃纸,看见盒内装着一件镂花女衬衫,很显眼。他把纸盒递到女服务员手里,说明是自己的馈赠。女服务员很爱漂亮,早就羡慕别人穿着这类时髦的衬衫,但她不敢接受,因为招待所有规定,不能随便接受客人的礼品。她婉言谢绝,孙云卿大发感慨,他回头对吴敬恒叹道:"侍应生不收小费,又不接受馈赠,这在西方世界是不可想象的!"这时轮到女服务员不安了,她怕因为拒收礼品,使老人家不舒坦,在清理完茶几后,又留下来陪着两人闲话;她讲了两个笑话,逗得老头儿笑了,然后才表示时间不早了,准备离开房间。这时孙云卿突然记起了一件事,他又用力拍打了一下自己的脑袋,叫道:"老了,记性差了,刚才还记着要马上找这里的当局报告,一说话就忘了!"他问女服务员:"楼上有领导干部没有?"女服务员道:"有。"孙云卿说:"没有睡吗? 烦你带我去拜见他,有件急事要向他报告!"女服务员笑道:"不必劳烦您老人家了,我把他们引到这里来。"说完她就出去了。吴敬恒以为他急着要打听学门口的情况,找人询问,见他如此情急,也很理解,还觉得有趣,为了看个究竟,他把开始脱衣睡觉的动作停止了。

女服务员领进一个人。原来楼上的房间都熄了灯,只有这位领导干部的屋内还有灯光,他正在灯下算账。女服务员敲门进来,给他们互相介绍道:"这位是黄秘书,这二位是吴教授、孙董事长。"按照惯例,接待外宾,都是由县公安局派人护卫,香港还没有回归,港商也算外宾,县经委组建接待组时,特请黄秘书亲自出马。林总经理要走,老华侨来了,黄秘书没有撤走,他带着原班人马,继续做这拨客人的保卫工作。孙云卿听介绍是黄秘书,他听说政府机关的秘书跟公司的秘书不同,是很有权力的,也就是他心目中的当局,便忙站起来对他说:"请赶快把那个人抓起来,别让他跑了!"大家都摸不着头脑,不知道他这话的意思是什么,要赶快抓起来的人是谁? 望着三对惊愕的眼睛,孙云卿才想起自己甚至连对吴敬恒也没有说过,别人怎么会知道是一回什么事。他便问道:"招待所是否住了一个从香港来的商人?"黄秘书回答说:"有一位,是香港华港公司的林总经理。"孙云卿叫道:"鬼话!香港根本没有这样一个公司,也没有一个什么林总经理,那个人叫陈阿大,香港黑社会头目,你们怎么让他跑到内地来了?请赶快把他抓起来,不要让他跑了!因为牵涉到命案和诈骗案,香港当局正在抓捕他!"黄秘书一听,心里猛吃一惊,他想糟了,原来他护卫的外宾是个黑社会头目。他曾听姐夫严胖子透露,综合厂的刘厂长跟他关系密切,他想这事不管确实不确实,如果说出去,可不是一件好玩的事!但他毕竟是公安局的老秘书,处理过许多棘手的问题,沉得住气,心里虽然感觉震惊,脸上却没有表露出来,他从容地从衣袋里掏出笔记本,装着很认真的样子做了记录,然后走过去与孙云卿握手,表示十分感谢,还说他就是公安局的干部,这是他们分内的事,他会马上报告上级,将这个由香港潜入内地的罪犯抓获。黄秘书说完这些话后匆匆走了,没有忘记叮嘱女服务员暂时保密。吴敬恒把已经脱掉的外套又重新披上,坐到沙发上盘问孙云卿:"你怎么认识这个黑社会的头目,好像顶有把握似的,难道一眼就认准了?"办完了这件事,孙云卿感到很兴奋,他的睡意一点也没有了,又坐回到沙发上,微笑着对老朋友说:"老同学,你是很多年没有出国了,不晓得国外的状况,那里哪像国内这般安静,黑手党、南德帮、竹联帮等等,闹得乌烟瘴气,有的地区警察厉害一点,他们的活动少一点,有的地区警察力量弱,或者就是他们一伙,那般家伙无法无天,杀人越货,肆无忌惮。开工厂做买卖的人,除了业务上的竞争,还要对付同行的暗算,什么私人侦探、经济间谍,五花八门,同时还要对付这班黑社会的家伙,他们认钱不认人,只要搞得到钱,不管对什么人,都能下毒手。所以我在国外,也是全身披挂,不但有防弹衣、防弹车,屋里窗户上镶了防弹玻璃,房门口还装了摄像机、显示器,在我的办公室,有暗门,有地道,报警器就安在办公桌下,脚一踩,就能发出信号。我的秘书都经过防爆训练,除了他们,还雇了两名私人保镖,他们的枪法赶得上国内的特等射手,我是亲自看过他们的射击后才录用的。每次出行,他们都跟着我,所以看起来我像很威风,实际上却像一名被押解的囚犯。入关前,我在香港住了两个月,读了许多国内资料,了解国内状况很好,我就自动解除了武装。这几天,跟你在一起,坐在机帆船上漂流,蓝天、白云、湖水,还有善良温和的老乡,使我真正过了几天自由人的生活。"

揭露了陈阿大,又说了这一大片话,孙云卿疲倦了,他停住话头,走进盥洗间,洗漱了一番,然后脱掉衣服上床了。他们不肯分开房间睡,要了一个有两张床的套间。两个人睡到床上,还睡不着,谈话继续着。吴敬恒叹道:"看起来,你在国外也是很艰难的!"孙云卿在被内点头道:"艰难,艰难。创业时很艰难,现在也很艰难!"忽然他又大笑道,"不过,你不要怕,加拿大的警察还是很厉害的,你到我那里做客还是安全的,我保证你不会出任何安全事故!"孙云卿回国才几天,竟学到了不少国内用语,逗得吴敬恒也笑出声来。笑了一阵以后,孙云卿却深情地说:"敬恒,我知道你的心病,看得出来,你跟我一样,想着过去的老伴。你的老伴再也回不来了,所以你疼爱女儿,女儿得了精神病,虽然好了,能不能巩固,还没有把握,这就是你的心病。我已经想妥了,不管找不找得到我的妻儿,你的女儿我要带走。我要替她换个环境,洗洗海水浴,晒晒太阳,然后到世界各地旅游;我还会请最著名的医生会诊治疗,她的病会痊愈的,疗效也会巩固的。……你如果不答应,我会对你采取制裁措施——断交!"深厚的情谊再次激起了吴敬恒心中的波涛,在他的全身上下,穿过了一阵阵的暖流,他望着被窗外的微光衬映着的洁白的天花板,听着隔壁床上迅速传来的轻微的鼾声,久久地不能入睡。

刘斌也久久不能入睡,他索性坐起来,斜倚在靠椅上,在琢磨林总经理突然离去的真实原因,因为他前脚走,他后脚就叫严股长去问清了邮电局今天没有收到香港发来的加急电报,就说明这人离去是另有重要的原因。他正疑惑不解,黄秘书突然降临,解决了这个疑团,却使他大吃一惊。刘斌虽经历过不少风浪,不但机灵,还很大胆,但要让他跟境外黑社会头目扯上关系,他暂时还不敢。黄秘书见他十分慌张,心中暗笑,姐夫哥常夸他的老板有胆量,却原来也是银样镴枪头,于是他便为他宽解道:"黑道的事早不足为奇,这事已在本县发生过多次。不过境外的由北京督办,要及早断绝来往,以免受连累,如果蒙受了什么经济损失,也只有自认倒霉!"刘斌的心里明白,水货已经运到了仓库,自己只交过订金,远远低于货价,还大大赚了一笔。看来黄秘书不会将此事扩散,自己还是安全的。他们交往的时间已经很长,互相非常信任,也不必讲什么客气,等黄秘书向他交代了几件需要注意事项以后,他便打开保险柜,取出一大沓钞票,用一只信封装好,把他放进黄秘书的公文包里。小黄没有推掉,只笑了笑说:"我就将它交到分管这类事的副局长手里,如果不出麻烦就行了,出了麻烦让他去摆平。"刘斌一听他话里面有话,又从保险柜里取出一沓钞票,把它放在另一只信封里,同样塞进了公文包里。

黄秘书仅微微一笑,他没有道谢,也没有马上离开,两人继续聊着,聊起局里近来的工作。他说到局长跟分管政法的卜常委去了黄芦荡,因为那里出了个大案子。据说这事与胡三元有关,前天看守所接到指示,已经将他转移到了监狱,看来胡三元脱不了干系,可能会重判。胡三元曾经跟刘斌是朋友,"文革"中一起参加过夺权,还当过他组织的文攻武卫指挥部的二把手。因为胡三元有担当,从来不肯出卖朋友,隔离审查时没有交代过他的问题,使他对他很感激,曾经吩咐王桂生照顾他的妻儿。胡三元堂客出走以后,他将他的伢儿安排在供销社当营业员。

这时听到他又出了麻烦,不知查出了什么大问题,竟然引起了县委的重视。他便叮嘱小黄过细打听一下,及时将情况告诉他。说完这事黄秘书便告辞了,看见时间已经太晚,刘斌也没有再留他。

十四、八仙漂海

　　每次来县城,卜桂香都想四处逛逛,他特别钟情于自由市场,现在统称农贸市场,听说南湖农贸市场已经扩大,产品种类更加繁多,他想顺便买几样礼物,送给端姑娘和伢伢他们,他喜欢看到端姑娘的笑脸,听到伢伢们的尖叫。大篷船挂在机帆船后回程是蛮省力的,又不必付费,是个大人情,姐夫哥对小舅子的请求不便推托,只好留在船上,他感到特别扫兴,气嘟嘟地去烧饭。不料揭开船尾的舱盖,发现米袋边搁着一把小花伞,还有一包衣裳和玩具,他不禁笑了,原来这是前次去长沙送货时买的,后来经那女伢儿一闹,平添了心事,便把这茬忘了。没必要进城买礼物了,便应当早点睡觉,两昼夜的载重行船,加上靠岸卸货,去长沙办事,劳心劳力,他实在有些累了。谁知当他独自一人躺下,又像每次跟端姑娘分开睡一样,老睡不着,今天更有些异样,不断胡思乱想。不过他的心里明白,这次因为搭载了贵客,允许停泊在大码头正中位置,这一带是水警巡逻的重点,不再会有那种尴尬的事情。

　　卜桂香本是位模范丈夫,从来没有觅过野食。办公共食堂那会儿,他在食堂里当保管,一个妇女饿极了,深更半夜爬上了他的床,光身子贴着他的脊梁骨,他都能把持住自己,始终没有越雷池一步。谁知那夜停泊在偏僻地段,却栽了个跟头,扎扎实实地当了俘虏,被狐狸精箍住了自己的腰子,稀里糊涂浪荡了一番,等他从迷糊中清醒,错误已经铸成了。情节虽然严重,了断起来却容易,他把衣裳口袋里的零花钱给了她,女伢儿对他很感激。眼看小划子消失在黑暗里,他的心里还琢磨着,要是她的生活有困难,他还可以再给一些钱。今天他又想起了那个女伢儿,翻来覆去睡不熟,等他完全入睡,机帆船开动了。机帆船拖着大篷船,靠上了鲇鱼口码头,鲇鱼口距柳林镇有八里,中间隔着个大河汊,这里也是座大集镇,南来北往的船只很多,小九小八在这里有老客户,机帆船要在码头上卸剩下的货。等到卜桂香醒来,太阳已经当顶,他的肚子饿得快扁了,只得随舅子们进馆子。谁知今天是客户老板请客,特地要了一个单间,里面摆着大圆桌,桌上布满了酒菜。使他感到惊诧不已的是,服务员跟客人一块儿吃喝。两个服务员模样儿俊俏,坐在身旁打情骂俏。小九小八很不老成,手脚并用搞小动作。要不是那晚自己曾理亏,卜桂香准会发脾气,一餐饭吃得窝窝囊囊,屁股像坐在针毡上。不等酒席散场,他便溜回了河上,解开机帆船上的绳索,独自摇着大篷船回家了。大篷船不比乌篷船,一人摇着颇感吃力,等他摇回代收店岸边,把货款交给刘丽君,然后接了运费,迅速地回家了。当他跨进屋内,端姑娘早下班了,伢伢们都散了学,等他把礼物分发掉,引起了一阵骚动;大女儿对着镜子试新衣,牛牛在一旁开机关枪,端姑娘擎着那把小花伞,想起了当年定亲的情景,眼眶里滚出泪珠。接着卜桂香把挎包的拉链扯开,露出厚厚的一沓钱,他一边数钱一边数落舅子的不是,把他们吃花酒的事也说了。端姑娘却只微微一笑,说你们男人都是这号德行,离了堂客就要出绿戏。小九小八年纪不小了,也该替他们张罗对象了。既然姐姐说得轻巧,姐夫哥又何必太认真,卜桂香没有把自己的事说出来,心里还藏着那个秘密。

晚上两人睡在被窝里,不禁又说起小九和小八的事,他们照着姐夫哥的路子走,却比他有运气,早就用上了机帆船;这种船不用荡桨,起风时扯起风帆,无风时开动机器,尾巴上还可以吊木船。端姑娘用手抚摸着男人的身子,发现他又瘦了一圈,她便埋怨他说:"你就不能消停一点,两天的路做三天走?"卜桂香叹了一口气道:"代收店等着钱进货,我不能在路上耽搁了。"于是两人也想到买只机帆船,讨论着如何实现这个目标。卜桂香晓得机帆船的价格,他扳着手指头算账,算来算去还少了一大截钱,距离买一只机帆船的能力还很远。毕竟还是端姑娘贤惠,她说不防把弟弟的船顶下来,不是说他们打算买汽划子吗,旧的机帆船何不让给姐夫哥？既然姐夫哥对他们有恩惠，价格应当矮一点，如果款子一时凑不齐，也不妨暂时拖一拖。卜桂香在舅子面前素来保持着尊严，这类占便宜的话说不出口，这话由他们的姐姐说，看来也不致丢面子。堂客还是过去的心性，脔心贴在自己的胸口上，感激之情油然而生，他便伸出胳膊搂着她的腰子，就像每次出门归家一样，两人不免亲热一番。端姑娘仰卧在床沿上，卜桂香的手在她胸前游弋，心中不禁生了愧意，因为他那夜犯了错误，做出了一件对不起她的事，应当如实向她坦白，以便求得她的谅解，谁知他张了几次口，喉咙里还是发不出声音来。等他继续在她身上摸索，倒觉得她的皮肤粗糙了，这时他又有了那夜的感觉，柔嫩的肌肤光滑的腿，他的欲望升腾起来了，爬到堂客的胸脯上，好像要讨还多年的债。大概因为白天太劳累，端姑娘有点承受不起，当他的兴趣再一次高涨，她竟侧身睡着了。这夜他又睡得很迟，睡熟后做了怪梦，梦见与那个女伢儿相合，软绵绵的像面团，贴在他怀里扭来扭去。

端姑娘照例起得很早，穿好衣裳后站在床前，她仔细端详了男人一会，发现他的脸上浮现着笑容，她的心里很快活，不禁在他脸上亲了一口。接着她便调猪食，喂完猪后叫醒伢伢，等到他们都上学了，又把屋子打扫一遍，这才走进卧室里，轻轻柔柔地摇摇丈夫。卜桂香从睡梦中醒转，张开嘴巴打哈欠，原来堂客就坐在身边，笑眯眯地盯着他的脸。他忽然觉得堂客的脸色很黄，眼角的皱纹像蜘蛛网，他的眼前又闪现那张苹果脸，咧开的嘴唇像鲜桃，他的嘴里不禁叹了口气，脸上出现迷惘的表情。

正当卜桂香望着堂客出神，忽然听见禾坪里传来脚步声。端姑娘冲出卧室，接着把大门打开了。这时听见她大叫："乡长是个夜游神，怎么今天起得这样早？"卜桂香一听杨青林来了，连忙披衣跳下床，他几步跨出门外，把杨青林迎进了堂屋，招呼他坐进太师椅子里。这把椅子是土改时的胜利果实，原来摆在洲土大王虢舜卿的堂屋里，卜桂香一直把它搁在厨房，因为紫檀木的座面很坚硬，端姑娘把它当案板，直到有天被马秘书发现，认出是乾隆年间所制，算得是件文物，这样才把它摆放在堂屋里，成了一种名贵的摆设，遇到来了尊贵的客人，都招呼坐进这把太师椅子。杨青林是他家最受尊敬的客人，自然被招呼坐进椅子，并且像变戏法似的,一碗热腾腾的芝麻豆子茶到了他的手里。杨青林望着端姑娘笑道:"我不知道喝过多少人的芝麻豆子茶,哪家的茶也没有端嫂子的来得快!"端姑娘笑道:"你不见我早炒好了黄豆子,还有一碗芝麻,隔夜把盐水煨在热灰里,等你一落座,我就把茶冲好了。可惜屋后的桂花树在'文革'中被砍掉了,要是能将点桂花瓣儿余到里面,那香味儿就浓了。"杨青林望着她那喜悦的表情,不禁想起了很多往事,便一边喝茶一边赞道:"不晓得桂香哥前世做了什么善事,修得一个好堂客,屋里屋外都是一把好手,真是一块金子!"听了这号奉承话,端姑娘自然高兴,她嘻嘻哈哈答道:"哪里称得上金子,只能算块铁,被你桂香哥一磨,都快变成针了!"这铁杵磨成针的比喻,卜桂香懂得,他想堂客无怨无悔跟着自己过了二十年苦日子,自己竟有刚才那种感觉,不禁产生羞愧,这种情绪不便说出,只能尴尬一笑。正巧这时墙上的挂钟响了,抬头一看,短针已经指向七点,他便提醒堂客:"该上班了!"如今端姑娘已升任为编制厂厂长,得提前进厂,好安排全厂一天的工作。她一听这话,忙停止与客人交谈,回房去换衣裳。等她从卧室出来,就指着厨房告诉卜桂香,鼎锅里有粥,蒸笼里有粑粑,碗柜有菜,好好款待青林吃早饭。说完她便拿了一块粑粑,一边咬着一边走向大门,跨过门槛转身摇摇手,算是对杨青林表示歉意,不能陪他继续打讲。

卜桂香遵照堂客的嘱咐,忙着舀稀饭,捡粑粑,端菜碗,招呼杨青林吃早饭。杨青林与卜桂香是穿衩裆裤时的朋友,从来不用讲客气,看见满满一蒸笼碎米粑粑,一碗酸豆角,一碟火焙鱼,都极合他的胃口,便饱饱地吃了一顿早饭,一边吃饭一边谈起买船的事。卜桂香一听杨青林说起这事,很惊诧地问道:"你又没有来听壁脚,怎么知道昨夜我们夫妻间讲的私房话?"杨青林笑道:"跟上回贩湖藕子蚀本一样,也是猜出来的。听说你那两个小舅子发了,他们想换掉机帆船,另外买一艘汽划子,我想你早眼红那艘机帆船,却又极爱面子,不肯直接开口,昨夜回家跟堂客商量。端姑娘早认定你是摇橹荡桨累的,不然怎么会越来越瘦?如今有了这个机会,她怎肯轻易放弃,肥水不落外人田,她要顶下弟弟准备脱手的机帆船。"

卜桂香一听他说的与端姑娘跟自己商议的话不差分毫,不禁赞叹道:"难怪垸子里的人都服你,你真神啦!简直像那孙猴子变成虫子,钻进了我们肚里,将五脏六腑都看清了。昨晚你嫂子确实跟我商量过,想顶下她弟弟那艘机帆船,不过睡了一觉,过细一想,还是欠妥当。"杨青林问:"这又怎么说?"卜桂香说:"她的弟弟小八是只穿眼尿桶,把他们的存款数字告诉了我,我算了算,用来买汽划子不够,肯定还得用机帆船垫底,这样既不能压价,又不便拖延,我又怎么能顶下这只机帆船?"这时杨青林已经吃完了饭,他把筷子放下,笑道:"我看嫂子的主意是对的,小九小八的船是旧的,价钱到底便宜一些,符合你目前的支付能力。"卜桂香连忙摇手道:"旧的船也要两万多,我哪里付得起?"杨青林道:"不能考虑先借一点?"卜桂香愁眉苦脸道:"你不是不清楚,如今整个垸子还很穷,大家都想盖房子,哪个还有钱出借,除了向信用社或银行借,没有别的路子。"杨青林继续笑道:"信用社的钱用去盖大饭店,挪完了,如今只有向银行申请贷款,这倒是一个路子。"说起向银行申请贷款,卜桂香的脑壳摇得像拨浪鼓,早年他当生产队长那阵子,为此吃尽了苦头。每年一到春季,种子化肥农药压得人死,他想弄一笔银行贷款,把指标买回,于是东跑西颠,四处求人,看尽分行会计的脸子,遭到过分行经理的呵斥,却从来没有贷到过一分钱。他想杨青林是在说神话,或者跟他逗耍方,于是不停地说:"不要想不要想!"说完就只顾吸旱烟管子,不说话。杨青林却在旁怂恿道:"去年的黄历不能用,今年又有新黄历,也许情况有了变化。"他见卜桂香还在摇头,便明明白白告诉他:"昨晚乡党委开会做了研究,根据代收店货物积压的紧急情况,打算鼓励你买条机帆船,目前你手上拿不出这样多的钱,又没有别的法子可想,可以由乡政府出面做信用担保,直接向农业银行贷款。并且议定,由朱利生办理,他暂驻供销社,离银行很近,又随时可以跟刘丽君商量,估计不会有问题。"

朱利生早就调往乡政府,两年不到,连升三级,接替了老糊涂主任,成了乡政府的钱袋子。这事曾出乎卜桂香的意料,不过他很快就想通了,他与朱利生共事多年,知道他的心细,算盘子精,又手脚干净,是个合适的人选。等卜桂香听完杨青林的安排,心中的一块石头落下地,感激之情油然而生。不过他没有说出口,他们是发小,又曾经是战友,大恩不言谢,说出来反而显得生疏。由乡政府出面解决了购置机帆船的资金问题,卜桂香的心情愉快极了,不过他的笑容刚绽放,就被杨青林严肃的表情吓回去了。杨青林严厉地问道:"刚才我从闸口旁走过,发现有丘畈斗形田,上面布满杂草,像颗癞痢头,我记得是你的责任田!"卜桂香是个机灵人,不需要乡长再多说,他便听懂了,自己因为忙着搞长途运输,端姑娘忙着编制厂的业务,疏忽了田里工夫。按照时令,他应当留在家里,把水田犁翻,再细细耙两遍,然后泡下旱稻种子,昨晚也曾想到这件事,不料议到买机帆船的事就忘了。既然已经与端姑娘相约,一块儿过河去找小舅子谈判,今天又不能留下来翻粪坑子。这时他才想起杨青林的一次谈话,那天他去递辞呈,找到陈良桂家里,杨青林也在,他怕被责怪,吞吞吐吐说了半截子话。谁知杨青林不但没怪罪他,反倒支持他辞职。他说代收店的货物堆积如山,存款已所剩无几,如果不把存货运出去,很快就要关板子!他赞成卜桂香的想法,再到长沙市去闯一闯。陈良桂还担心组上的事没人管。杨青林笑着说道:"缺了张屠户,不会吃连毛猪,组里还有这样多人,不能找到代替桂香的?而到长沙做过生意的,全垸却找不到第二个。"得知辞呈被接受了,卜桂香感到一阵轻松,接着却又有些犹疑,他担心田里工夫做不赢。杨青林却接着笑道:"你专搞长途运输,又要作田,两头都会失塌。我看这样吧,你的田不是与朱长生的田相邻?不妨请他代耕,他是个作田能手,伢儿大了,朱大嫂又勤快,多种几亩田没有问题。"这时卜桂香记起杨青林这些话,不觉抬头望望他,只见他恢复了笑容,端坐在太师椅上抽烟,好像心里早已有了盘算似的。卜桂香知道朱长生的能耐,心想把责任田交他代耕,不会吃亏的,这样他便脱口而出:"代收店的存货找到了主,我忙着替他们运送,田里工夫实在做不赢,只好请菩萨帮忙,把这季早稻作了,等到谷子收割,我们再来对账。"卜桂香心里有个小九九,他知道朱长生犁耙工夫精,又会选种,平时有机肥积得多,又肯开沟渠,水路宽广,产量肯定会比自己作时多,如果事先把分成比例定下了,肯定要少分一些,不如先含糊着。谁知他刚把这话说完,杨青林就从口袋里掏出一张纸,伸手递过来。卜桂香粗通文墨,接过来仔细看了一遍,原来是一份合同书,清清楚楚写了条款,规定卜桂香名下的责任田若干亩,委托朱长生代耕,代耕人除了代向国家完粮纳税以外,还须向卜桂香交纳口粮若干斤。卜桂香再把合同书看了两遍,觉得挑不出什么毛病。因为他曾常看朱利生的账簿,认识他的笔迹,朱利生如今在杨青林手下做事,这个合同书由他草拟,肯定是杨青林的主意。经过无数次打交道,卜桂香最信得过杨青林,既然这事得到他的首肯,他便不再犹豫了,马上回到卧室拿出一支圆珠笔,在合同书上签了自己的名字。

谁知等杨青林眉开眼笑地走了,他的心里又有些后悔,虽然他已步入商界,毕竟还是个耕田人,要他一下子与田土割断关系,实在有点难舍!所以等杨青林走了很久了,他还没有离开家门,他的手上还握着那支签过字的圆珠笔,觉得有点沉甸甸的。他在屋前屋后巡视了一遍,摸着那些崭新的家什,家什是去年才制齐的,新涂的桐油还黄灿灿的。他虽然当过多年的生产队长和组长,却始终没有离开过犁耙,他感到多少有些遗憾,怀疑自己是不是把合同书签得太快了。他觉得目前虽然热心搞运输,自己的根本还是作田,如今竟把刚刚作熟的责任田转让出去,算不算是走错了一步棋。

直到他想起端姑娘已经在码头上等,才急急忙忙往湖边赶。既然杨青林作了妥善的安排,贷款是没有问题的,这样机帆船就可以到手了,当他想起这点,心里又高兴起来了。

杨青林离开了卜桂香的茅屋,就直奔朱长生的家,当他刚被这家的主人发现,立即引起一片欢呼。为什么他会这样受欢迎?这里边有一段有趣的故事。

原来当杨青林代理队长那会儿,朱长生的堂客闹眼病,眼眶子烂得红肉翻翻,黑眼珠子蒙上了一层白障,不久已经看不远了,只好到镇上卫生所去看。所里医生直摇脑壳,说这里没有专门的眼科医生,只能转介到县人民医院。她对那里的医生心怀恐惧,曾听说他们喜欢动刀子,动不动把人的肚皮割开,将肠子心肺取出来,放在面盆里用药水洗,她想那不像杀年猪,痛楚是不可言状的。不管卫生所的医生怎么劝说,她死活不肯到县城去。后来听人扯白,说荷花嘴来了个师公子,会治疑难病症,就吵着叫朱长生去请。对于堂客的吩咐,朱长生不敢打折扣,他访遍了荷花嘴公社,却没有找到师公子。等他转到荷花嘴镇,突然碰到杨三癫子,才算有了着落。这年杨三癫子颇得意,因为他曾上过水神庙,参加过骗子袁大头的"上海进出口公司第一养殖场",据他自己夸耀,他还担任过接待处主任,因为看到路子不对,拐了一条船跑了。后来船被水上巡警队扣住了,他便反戈一击,把自己的所见所闻告诉了巡警队,他的见闻和茅草街医院的报告相符,促使巡警队对水神庙进行搜捕,不过当时经理与红鼻子阿庚都不在水神庙,只抓到越狱潜逃的劳改犯大个子阿金。又是杨三癫子提供线索,在茅草街对岸的窝棚里找着红鼻子阿庚,他在那里有个野堂客,经常过来歇宿。对两人进行突击审讯摸清了袁大头的底细,巡警队报告公安局,增加了警力,在柳林镇把袁大头截住了。袁大头被捕后,垮了两个有名的干部:罗富庭和唐元贞。这件事轰动了柳林大垸,连附近的一些垸子和县城都传遍了。杨三癫子虽然加入过犯罪集团,却又有立功表现,被无罪释放。当他回到柳林镇,就像粉碎"四人帮"那年一样,俨然又成了一位功臣,他昂着那颗邋里邋遢的头颅,在镇街上走过,招引了一些不无钦敬的目光。但到底稀泥巴糊不上壁,他不肯安安稳稳做工夫,依旧到处游荡,白天乞讨,晚上栖身灵官庙。灵官庙有个庙祝,"土改"时期回家了,如今儿孙满堂,却又回到了灵官庙来,说他正在申请加入佛教协会,准备重操旧业。朱长生坐在荷花嘴镇饭馆吃面,心中闷闷不乐,因为没有找到师公子,怕回家遭堂客骂。这时忽然从对面伸出一只手来,那人嘴里念念有词:"同志,行行好,刚才我的荷包掉了,没有吃早饭……"朱长生抬头一看,不禁叫了一声:"咦,你!"他的话虽然简练,意思却很明了,这位伸手向他讨饭的人是个熟人。那人一听声音,眼睛发直,脚杆子发抖,无异于砸破饭碗,但他没能溜走,因为手臂被人抓住了。朱长生在垸子里算最穷一类,却不悭吝,他并不追究杨三癫子是否说谎,立即替他买了一碗肉丝面,外带四只花卷,让他吃了个饱。当杨三癫子吃饱了肚子以后,感激之情溢于言表,他动问朱长生远程来此的目的,朱长生告诉他说想请治眼病的师公子。杨三癫子一听把腿把子拍得噼噼啪啪响,他说你怎么不早来找我?灵官庙里的老庙祝,如今已回来了,他得过真师传授,画符念咒,包治百病,胜过那些师公子。师公子是道士,在滨湖农村,从来释道并重,不分彼此,这时既然请不到道士,能够请回一位和尚也是好的。当天杨三癫子陪着朱长生回到了柳林垸,在柳林镇后面的灵官庙找着那位老庙祝。老庙祝听完病情连声说:"治得治得！只要心诚,保管治好。"他叫朱长生准备香烛纸马,明天就来家治病。第二天早晨,老和尚来了,杨三癞子陪着,装神弄鬼,烧掉一大把纸钱,香烛也快燃完了,他才端起一碗水,口中念念有词,叫病人对着神案磕头,将香灰抹在她的眼眶子里,然后说:"包好包好!"这天朱长生留着老和尚和杨三癞子吃饭,他怕老和尚不吃肉,做的尽是素菜。中途杨三癞子踅进灶屋,悄悄告诉他说,老和尚道行高,不避牲腥。朱长生又杀了一只老母鸡,砍肉来不及,叫大崽赶紧到田里摸了几条黄鳝,捉了一钵子泥鳅,席面虽不丰盛,却也鲜香可口。老和尚把朱长生扯过来,跟他咬了一会儿耳朵。朱长生半晌没有听懂,后来明白了,就是叫他在堂客病好以前戒房事。看来老和尚的道行真高,为表示敬重,朱长生封了一个大包封:二十元钱。连充当介绍人的杨三癞子,也得了五元。老和尚走了以后,朱长生又替堂客涂了两次香灰水,堂客感觉香灰水火辣辣的,肿痛似乎减轻了。可是到了第二天,肿痛加剧,眼睛变得像桃子,里面像被刀子割,泪水迸流,脑壳都晕了。朱长生和堂客都很虔诚,常言道,长痛不如短痛,他们相信老和尚的话,继续灌了三天,也痛了三天,到了第四天,朱长生堂客的双目失明了。两夫妇才晓得搞拐了,忍不住抱头大哭起来。这天杨青林来找朱利生,好继续清理生产队的账目,朱长生还住在一肩挑茅屋的另一头,他越过地坪,听见朱长生家里一片哭声,忙走拢去看,只见朱长生家挤满了人,除了朱冬生一家已搬到小白洲居住以外,兄弟姊妹都来了。朱四爹也回来了,他还是老规矩,干爷不进媳妇的房门,隔着门槛急得团团转,一边搓手一边跺脚,嘴里喃喃地念着:"眼睛瞎了怎么办,这群伢伢谁来引?"朱长生早打发大崽去请老和尚,大崽打转回来,报告说,老和尚不肯来,他说他的符是灵验的,只是破了戒。朱长生听了大发脾气,用拳头使劲擂桌子,高声骂:"畜生!"菩萨骂和尚,自然是和尚的错。朱利生问他什么原因,他不肯说,冲出去了。青妹子顶机灵,看出其中有蹊跷,便将耳朵贴近嫂子嘴巴叫她说。哽咽了半天,长生嫂才说:"老和尚叫我们戒房事,那天我的眼睛好了点,他心里高兴,和我睡在一只被窝筒子里,动手动脚是有的,却没有来那号事。"青妹子一听忍俊不禁,扑哧一声,慌忙用手捂住嘴巴。过了一会,问清了来龙去脉,便安慰她道:"只要没真来那事,就算没有破戒,病会好起来的。"青妹子和朱利生从不瞒话,她把这话告诉男人,朱利生一听大怒,吼道:"这是迷信,你们还信? 大哥的脑筋也太旧了,应当去找老和尚算账! 再说杨三癫子是什么东西,谁不清楚,找他出点子,活见鬼!"这时杨青林过来,他已从老远迎上去的惠兰嘴里知道事情原委,看见朱长生堂客痛得在床上打滚,便吩咐朱利生道:"那些麻纱事以后再扯,如今抢救嫂子的眼睛要紧! 你用我的名义,到派出所借摩托车一用,那辆摩托车有车斗,可以坐人,务必要在今天上午将病人送进县医院。"摩托车顺利借到手,很快就把朱长生堂客送到了县医院。这时她已痛得天昏地暗,晕过去几次,如果真要用刀子割开她的肚皮,扯出她的肠肚放在面盆里洗,她也顾不上了。她顺从众人的摆布,被抬进了手术室。医生用药水洗净眼睛,打了麻醉针,然后做手术;手术较复杂,时间很长,却很成功。等到涂了药膏,缠好绷带,送到病房去休息,她才慢慢醒来。她一觉醒来,发现自己躺在一张洁白的床上,忙用手摸摸肚皮,觉得没有裂缝,按按腹部,肠子还在原处。只是眼睛被蒙着,隐隐作痛,这种痛楚比刚才轻多了,忍受得住。有个女伢儿的声音在她耳边问:"痛不痛?"她摇了摇头,又点了点头。女伢儿笑了,往她嘴里塞进一粒药丸,还喂了水,隐痛也慢慢消除了。她在医院里舒舒服服地躺了二十天,这些天,是她一生中最舒服的日子,也是最懒惰的日子。从她懂事那天起,她便被驱使从事沉重的劳动,黑早起来,要挑水、扫地、放鸡鸭、洗衣裳、做出一家人茶饭,接着还要切猪菜、煮猪潲、摸菜园子、砍柴火。公社化以后,还得跟男人一块儿下田,因为没有工分,口粮谷进不了屋。当时口喊同工同酬,实际上妇女的工分值压得很低,工夫不分轻重,时间也不缩短。到了大跃进那年月,她还得参加突击队,有个不要脸的婆娘带头,她也忍着羞涩,跟着打赤膊,从此一身皮肉变得墨黑,手脚粗糙得像锯子。接着又是"文革",干部挨批斗,或者打派仗,没人宣传计划生育,没有地方搞结扎,她便接二连三地怀孕;等到公社取消,她已有五个伢伢,两人苦挣苦爬,仅仅糊上嘴巴。田里不再去了,猪栏里却添了四头肉猪,两头母猪,家务事累断腰骨,连梳个头也被打断几次。看见叫鸡公跳上灶,得赶紧去赶一赶,不然就会打碎碗钵,或者在菜锅里屙坨屎;听见床上伢伢叫,得赶紧去抱一抱,不然就会屙湿被窝,或者互相打架,掉在床下碰破脑壳。因此她很羡慕弟媳妇青妹子,她的男人当会计,不出工,能在家里做好多事,她又只生了一个女伢儿,人口少,为了梳出一个好看的头,可以拿只牛骨头梳子,搬把矮凳子,坐在前坪里,一梳就是一个早晨。

朱长生堂客躺在白色的套被里,半个月没有晒太阳、下凉水,她的模样儿变了,面上的黄壳开始褪色,两颊的皱纹熨平了,等她笑起来,使人看清了她的真实年纪。本来嘛,她并不算老,四十刚刚出头,却早被人看成老妈子。那天来了许多穿白大褂的医生,像举行一个隆重的仪式,围拢着她,替她把头上的绷带解开来,将蒙着眼睛的纱布也揭开了,眼睛还糊了一些药膏,一时张不开。医生用清凉的药水替她洗净,吩咐道:"用力睁开眼睛,看一看,看见了什么?"她抬起头来,看见面前是五根手指,手指头白嫩,像五棵剥去皮的肉葱。朱长生堂客大声回答道:"手!"那个声音继续说:"好,再往上看。"她把头抬高一点,看见了几张笑嘻嘻的脸,那脸的颜色有红有白,有的还嵌着酒窝子。她又被指引看近处的图案,远处的楼房。围在身边的医生齐声叫道:"完全正常!"他们热烈地讨论着,纷纷离去。她却痴痴地坐在那里,像做了一场梦似的,她那一双变得什么也看不见的眼睛,忽然又什么都看得见了!这叫她欣喜若狂,仿佛自己是再世做人了。她在医院里又住了几天,杨青林亲自来替她结账,他不知从哪儿借了辆吉普车,把她送回了柳林垸。从此她便将杨青林奉为神明,他的话也视若佛语经音。菩萨不肯当组长,被她骂了一宿,当了组长,又把家务全包了,让他全力去对付组里的田地。后来听说丈夫的妹妹惠兰喜欢杨青林,她特别高兴,极想成全这件好事。她怂恿男人,叫他去跟杨青林说,让他讨了自己的妹子。男人是尊菩萨,平时连一般的事也不肯开口,何况是这种难以启齿的事。等她出院以后,才知男人已有好几天不落屋,原来他跑到灵官庙把老和尚打了一顿,还把香案砸了。老和尚出了血,经一批信徒鼓动,写了一张状子,告到县里法院,说他破坏佛教设施,殴打宗教人士,妨碍宗教自由,严重违反宪法,请求县法院进行审判。县法院派人来垸里调查了两天,因为群众的看法不一致,一时未作出判断。朱长生有个特点,别看他不作声,脾气却很倔,打起人来下手很重,不过打过人后心又顶虚,他怕法院抓他,连夜跑到白蚌口舅妈家躲起来,连堂客住院也不敢去招拂,一切由杨青林料理。直到后来打听到法院查清了,认为老和尚用香灰水烧坏了病人的眼睛,实属迷信害人,理应制止,而朱长生动手打人,亦属不对,应交村委会严加管教,不必刑事拘留。所谓严加管教,就是由大队长找他谈了一次话,而那天陈良桂与他谈话的内容,一点也没有涉及和尚的事,还是那本作田经。陈良桂对他宣布:由于目前外出打工的多,跑运输的多,捕鱼养鳖的多,废弃田土的现象很严重,经大队支委会研究,还征得杨青林同意,今后生产队里废弃的田土,统一由他负责经营,除了留足各户口粮指标以外,收益按联产承包制原则分配。谈话结束以后,他又大摇大摆回到家里,堂客已经出院好几天了。不过当他在大堤上走过,还有婆婆姥姥指着他脊背议论,说他得罪了神明,迟早会遭报应。

这天,杨青林径直走向这座"一肩挑"的大茅屋子。朱四爹一家早已分灶,却一直还住在一起。两年前朱冬生与李小娟结婚,搬到小白洲去了。朱利生做了乡政府的会计,也在乡政府要了一间房子,他是两头住,大茅屋里的房间门上常挂着一把锁。朱四爹嫌茅屋子地势低,容易扯湿气,使他的寒腿一天比一天严重;他织的篾器卖得起价,赚了一些钱,便在菜园子旁边用红砖砌了一座带阁楼的房子,带着满女儿住在那里。所以这座五间两偏梢的大茅屋,大部分被朱长生占领了。当杨青林走进这座茅屋子,便看到地坪堆满了杨枝芦苇稻草,台阶上放着浸种的扮桶、盖扮桶的篾篝,还有锃亮的犁耙,打秧格子的木架,这一副气派,俨然是个大作户。中间的堂屋也间断了,它的一半变成了谷仓,因为堂屋大,谷仓也大。杨青林跨进堂屋,只见朱长生夫妇一个人举灯,一个人爬进谷仓门,拿根南竹丫子在里面横扫。忽然听见吱吱吱叫,仓里蹿出几只大老鼠,有只蹿到杨青林脚边,他也跟着呵斥。他们便欢叫起来,真像迎进了一尊菩萨,原来的菩萨不像菩萨了,变成了一个小和尚。只见他跑进跑出,端过椅子又拿旱烟,还把红薯片堆满一桌子。朱长生堂客来不及做芝麻豆子茶,先端来一碗红枣煮鸡蛋。平时待客用双蛋,今天加了一倍,使杨青林接过碗后感到为难,因为到了他这个年纪,不宜于吃这么多蛋。他想找伢伢打商量,他们都上学去了,只好向朱长生堂客求情,是否能减少一半?遭到拒绝以后,也不好再说什么了,因为按照柳林大垸的规矩,谁要不吃主人的鸡蛋,谁就是看不起他。今天他有事来求朱长生,哪里敢得罪他们,他便只好硬着头皮把鸡蛋吃完,被蛋黄噎得直打嗝。正当杨青林在对付那碗鸡蛋,朱长生堂客朝男人使眼色,她的眼睛痊愈后,看的距离比以前更远了,眼神传出的意思男人懂得,是叫他提惠兰的事。朱长生依旧没有开口,堂客急得直跺脚,最后决定由自己出面,亲自捅穿这层窗户纸。谁知还没有来得及开口,杨青林却先说了。他对着两夫妇笑道:"我无事不登三宝殿,是来找长生说公事的。"既然乡长要谈公事,朱长生堂客觉得不便在场,便轻轻地叹了口气,又转身回灶屋去了。她开始炒豆子,焙芝麻,抓了一把茶叶子,氽到姜盐水里煮。朱长生听见他要谈公事,忙搬了把椅子,坐在他身旁。他当了一年组长,懂得什么叫上级,对于乡长的指示,他是很认真的。杨青林向他宣布:"乡里研究,准备在你们组上试点,推广扩种湘莲。"朱长生睁大眼睛,没有吐出一个字,从他的神态看,他是很惊诧的,在他心目中,除了种植水稻,其他都是旁门左道。他便向他介绍,最近他参观了农科所,还访问了专业户,发现栽湘莲比种稻子划得来。投来的是疑问的目光,他又继续说道:"不妨算算账,一亩水稻,两季产一千二百斤,卖不到二百元,而一亩莲藕,除掉藕不算,一般产莲二百斤,湘莲的牌价二百零六元,议价高得多,两种作物比较,价格相差了一倍!"听杨青林把水稻价值贬低了,朱长生有点生气,他一有气,腮帮子鼓起,说话倒顺畅了。这时他的嘴里咕噜道:"嚼莲子,能填饱肚子?"杨青林笑道:"我的意思不是全部栽莲藕,只是割一部分低洼田栽,比如割三分之一。县里规定不超过十分之一,我看太少了,所以我们想在你们这组试点,割三分之一,看影不影响稻谷的产量。"看见朱长生只顾埋头抽烟,不再搭话,杨青林又继续道,"如今有的人进湖捕鱼,搞鱼鳖混养,有的人砍芦苇,编芦苇席子,有的人赶湖鸭子,有的人跑长途运输,组里下田的劳力越来越金贵,便得找点少要劳力的事情做。十五亩莲藕,只要一个劳动力,十五亩水稻,要三四个劳动力;你是有名的种田能手,一人顶三人,加上你的堂客和崽女出得力,一年才种了三十三亩水稻,累得上气不接下气!"这时朱长生堂客把芝麻豆子茶沏好了,她端了两碗过来,听见杨青林的话,忙接口道:"老倌子还想称硬汉,一口气接下那么多人的田,我看他不要命了!到了晚上像一摊泥,倒在床上再也叫不醒,天阴下雨还喊腰子痛。"杨青林接过了一碗芝麻豆子

614

茶,觉得它来得很及时,遵命吃完了四个鸡蛋后,胃里已经填满了,蛋黄不容易消化,感觉作鼓作胀,这时有碗浓茶喝,不啻玉液琼浆。杨青林捧着茶碗,满意地喝着,一边也很满意地听堂客开导丈夫。她大声训斥:"只有你,真是个菩萨,脑壳木做的!杨乡长想的不比你强,几时看见乢过拐,他说把田割一些栽湘莲,你就照他的话办,还打什么肚官司?"平时朱长生有点怕堂客。堂客长得丑陋,却有强壮的体魄,勤劳的双手,她支撑着家,是家庭的顶梁柱,赢得了发号施令的权利。其实刚才在灶屋里,她并没有听清杨青林的话,并不知道栽种莲藕比种植水稻有利,只觉得男人对杨青林的话反应冷淡,太不应该,对不起她的大恩人。经过堂客一训导,朱长生似乎清醒了。他抬起头来望一望杨青林,确认坐在面前的是他,出于对他的感激与尊敬,没有再说出反对在组里扩栽湘莲的意见,但要他相信栽莲藕比种植水稻强,便得看秋后。在这点上他像老一辈,不相信耳朵听的,只相信眼睛看的,亲眼见到事实,他就会相信了。这时他又迟迟疑疑地问道:"你要割哪些田?"杨青林道:"俞七阿公的田,刘寡妇的田,还有黄保老汉两爷孙的田,他们的田都在内湖尾巴上的东堤边,地势低洼,常常渍水,莲藕不怕淹,种它合适。"听说并不侵犯自己种熟的田,朱长生不说反对的话了,但他依旧锁着眉,样子显得不舒坦。杨青林晓得,割掉他那一大块种植水稻的田,减少了稻谷的收成,他的心里不高兴,于是他就打出刚才准备好了的牌,卜桂香要集中精力搞长途运输,决定把责任田也委托他耕种。朱长生接过杨青林递给他的合同书,并且问清楚这事得到了他的认同,便长长舒了一口气,拿着烟管敲打着地面,简短地表达:"青林伢子,我拥护!"他不叫杨书记杨乡长,也不叫青林同志,而叫青林伢子,启用了做光屁股朋友时的称呼。杨青林听了这话很高兴,他知道他的脾气,不像卜桂香,有许多说法,他是说一句顶十句,说出一句话,就像钉子钉进去还转个弯,没有什么活动的余地。历来田地就像他的心头肉,他有自己的盘算,如果跟他的想法相左,就会大费口舌。他原准备一次说不转再说一次,甚至说到三次五次,但是时令不饶人,不能再耽搁时间了。他的性格以及卜桂香的实际困难,使他想出了这个奇招,不料这招很灵验,他表示完全赞成他的意见,使扩大多种经营的举措有了良好的开端,从此八仙过海,各显神通,柳林大垸将踏上致富之路。杨青林觉得问题这样快地解决，是与他平时注意在他们身上做工作有关系，在耕耘者心灵里耕耘，便能很快得到收获。

梅雨季节，很少放晴，今天被风吹开，露出一片蓝色，阳光从云隙射下来，使人有了暖意。杨青林低头看见手表，短针已经指向十点，他便起身告辞，急急忙忙走出屋子。朱长生堂客正在灶屋忙着，她已取下一块熏得墨黑的腊肉，准备留杨青林吃饭，好在桌上谈惠兰的事。这时发现他走了，忙赶出来，只见他穿过地坪，跨过小桥，走进田野里了。

杨青林匆匆离开了朱长生的家，是因为他想起了俞友恭的事。听了俞春生与卜槐香的汇报，他感到很奇怪，便留心打听这个人，从木工厂一位老人嘴里，知道他是俞小三的小叔。小三从烂泥湖工地找着朱冬生，把他带到李小娟船上，从此两人生死在一起，再也没有分离。他早知道小三跟他的妈妈也迁移到小白洲，便想趁天色尚早，过内湖去寻找小三，如果通过他将他叔叔俞友恭确认，落实股权的工作就算圆满结束了。李小娟也住在小白洲，自从她接受了乡政府的委任状，就住到柳林完小履行文教专干的职责去了。朱长生是个离不开老婆的人，不知他现在情绪怎么样？杨青林早有一点担心，便想顺便也去看看他。因为小白洲已成村里的养殖基地，来往的人增加了，过内湖的渡船上安排了一个老倌子，渡船老倌热情地迎接杨青林，把他送上了小白洲。当他走进朱冬生的住宅，看见屋子里空无一人，屈指一算，放养鱼苗的时节已经到了，便转过杨柳树林，走到鱼池子这边，果然看见鱼池旁边站着一大帮人。当中有位老人，身穿一件藏青色的对襟夹袄，脑壳上围着一条酱色的袱子，正在指手画脚，说个不停。杨青林一看，发现是冷满爹，只听见他在大声说话："赶快分塘，赶快分塘，再不分塘，体质弱的就会被体质强的排挤，不要多久，弱的越弱，强的越强，养料都被强的吞掉，弱的就会更加消瘦，甚至死亡！"老倌子正说到兴头上，忽然望见杨青林，便忙掐断话头，对他招手道，"青林，什么风又把你吹来了？"杨青林笑道："听说满爹开讲，赶紧过湖来，好增长些知识，避免瞎折腾。"冷满爹最喜听奉承话，何况这话是杨青林说的，他听后哈哈大笑。杨青林看到他欢快的样子，知道女儿的事已经妥帖了。经过李小娟与朱冬生的调停，宋明回来认错，春妹子宽洪大量，赦免了他，两人又和好如初，甚至超过以往，一刻儿也不肯分离。女儿没有了痛苦,老倌子又恢复了常态,整天不停地说话,也不停地笑。他很感谢李小娟,听说李小娟做了文教专干,便常常带着春妹子与宋明过湖来,春妹子帮着做家务,他便指导朱冬生管理鱼池。宋明本来做跟屁虫,后来被推举为联合体经理,他便把办公室放在这里,宽敞明亮的私宅,好像变成了公屋。这时冷满爹的话还没有说完,见杨青林没有别的吩咐,又继续说道:"一般来说,鱼苗长到三寸左右,变成了春花鱼,就应当分塘。鱼也跟人一样,需要锻炼,不然就容易生病。你们不要笑,鱼的病很多,像赤皮瘟、乌头瘟,还有白毛瘟,都是致死病。体质弱的鱼更需要锻炼,分塘就是一种很好的锻炼。"接着冷满爹便把过筛的技术传授了一番。分塘之前,必须将鱼苗过一次筛,分出强弱。他叫冬生从屋里搬出网箱来,舀了一桶鱼倒进箱里,只见有一群集中在一端抢水,一群在水面上浮游。冷满爹指着那些抢水的鱼说:"这些都是大鱼、壮鱼,用鱼碟儿将它们舀走,剩下的是体质弱的鱼,可以将网箱底布兜起送回到鱼池里。它们经过两三次挪动,得到了锻炼,加上养料充足,体质增强,就可以存活下来了。"

冷满爹对于分塘后的管理还说了许多,他恨不得把自己肚子里的货全倒出来,将它们传授给年轻人。这时太阳已经当顶,他的嘴巴也讲干了,便暂时停止讲授,一齐来到朱冬生的屋里,散坐在宽敞的走廊上,喝着春妹子端来的姜盐芝麻豆子茶,剥着大颗粒花生,又继续开始讲白话。一路上朱冬生早已告诉杨青林,他们的联合体已经成立了,宋明表示不愿离开柳林大垸,他的文化程度最高,被推选当经理。冷满爹负责技术指导,他和凹花生卖气力,其余几个妇女劳力,包括琼花姑娘在内,都安排了自己愿意做的工作。为了要照顾俞七阿公,琼花姑娘想伴着老人居住。联合体已经研究,打算等这批鱼苗卖出去,替她在小白洲也盖一座房屋,不包括厅堂,大小有四间住房,不仅老人可以同住,结婚生伢儿也够了。从前朱冬生不太爱说话,近来放开了,话也多了,杨青林看到他快活地说着,知道他对调走李小娟没有意见,他的心里像放下了一块石头,不禁笑了。但是一走神,没有听清琼花姑娘的事,他便转头问朱冬生:"琼花姑娘是谁?"冬生大笑:"原来青林哥也有官僚主义,难道忘记了春生在四川有个心上人?"杨青林才猛然想起来俞春生的恋爱史,他知道这姑娘在他心中的位置。他的心里感到十分高兴,却又有些愧疚。为了搞好柳林镇供销社的改革,他说服了张文榜使他同意组成了联合工作组,把俞春生弄回来了,这样他便给他压下很重的担子,使他既不能再去四川,又不能住在家里。最近又派他到县委向办公室主任作口头汇报,以便彻底查清黄芦荡的情况,一去好几天,使他竟不知琼花姑娘已经回到身边。朱冬生还在他耳边唠唠叨叨地介绍:"琼花姑娘的爹也跟罗富庭一样,硬把她许配给暴发户杨百万,在举办婚礼的前夜,她以李小娟为榜样,毅然逃离了家。不过她比小娟幸运,妈妈疼爱她,给了她一笔钱,她就只身回到了柳林垸,直接住进俞春生家里,像是过了门的媳妇一样。"杨青林听完补充介绍,心中大喜,便马上给他安排了任务,请他立刻到县城去,找着俞春生,把这桩喜事告诉他;并且传达他的指示,如果汇报完了,马上回家,琼花姑娘千里迢迢地回来了,应当热烈地欢迎。

听完杨青林的吩咐,朱冬生也很兴奋,他连家也没有回,转身就走。杨青林没忘又叮嘱他一句,顺路到完小告诉李小娟一声,以免她有事找不到你。朱冬生答应着,他的脚步很快,一会儿连影儿也不见了。

听了朱冬生的介绍,杨青林的心潮澎湃,从琼花姑娘的回归,折射出柳林大垸的变化。他站在杨柳树林旁边,站了许久,才穿过三合土夯实的地坪,走进了朱冬生的住宅。因为走廊上坐满了人,这里显得十分热闹,他们也跟杨青林一样,出于对俞春生的关心,也都在议论琼花姑娘的故事。凹花生的声音最响,他高声地赞扬琼花姑娘了得,因为垸子里有好几个老光棍,曾经娶过从四川逃荒来的女子,但是到头来还是走了,原因是四川农村的形势回转,她们不愿再背井离乡。琼花姑娘是另类,这就感动了大家。大家不免又过细分析琼花勇于对抗父命的原因,有人说是她觉得俞春生人好,舍不得离开他,有人说是俞春生舍得下功夫,曾经多次去四川,用他的真情感动了琼花姑娘。宋明却掉书袋子,说鲁迅先生说过,林黛玉决不会嫁给看门的焦大,婚姻都是以经济做基础的,要不是柳林大垸两年来发了,琼花姑娘也不会再回来的。春妹子被宋明逼着看了《红楼梦》,也知道这个故事的原委,这时她尖声叫道:"我不同意这个说法,琼花姐姐与春生哥哥有爱情,他们是不讲条件的,是棒打不散的!"宋明还没有回应,凹花生却道:"鲁老倌子的话是对的,一个如花似玉的小姐,怎么会肯嫁给被人灌了大粪的老倌子。比方我们的宋经理,看见人家有工作单位,又有新房,不就动心了,道理是一样的。"这话戳到了宋明的痛处,他的脸红了。春妹子怪凹花生不该提那曾经使她伤心的事,已经从门角落里寻出一把扫帚。凹花生才发现他们又结成了伙,便落荒而逃了。看到凹花生逃跑的狼狈样子,大家又一齐哈哈大笑起来。

　　大家正纵情地笑着,抬头看见李小娟匆匆回家了。原来她听了朱冬生的通报,杨青林到了小白洲,便放下了手头的工作,急匆匆地赶回家。自从她接过黄卫新的职务,发现了不少问题,有些问题自己能够处理,有些得请乡长加以解决。她已经改变原来舒缓的性子,变得风风火火,刚一进屋,便取出一串腊鱼熏肉,请春妹子帮忙,做出一桌丰盛的饭菜,她要请大伙一块吃午饭。她一边手里择青菜,一边坐在杨青林面前,向他详细禀报。对她这段时间的工作,杨青林作了肯定,对她提出的问题,也一一做了回答,并且告诉她准备采取哪些措施,一切都能圆满解决,这样使她充满信心,劲头也更大了。这时却憋坏了冷满爹,如今他也有一个问题,需要问杨青林,直到上桌吃饭,才逮到机会。他一边吃饭,一边问杨青林道:"听说你把大队伍开进了供销社,要把它弄得像代收店一样,有这回事吗?"杨青林点头,笑道:"县供销社与乡政府到镇供销社联合办点,是真的,只是不算大队伍,只去了四个人,而且都是兼职的。"冷满爹一听笑道:"兵不在多而在精,有你亲自挂帅,没有什么事是办不下来的!如果你把供销社改造得跟代收店一样,能解决我们眼前的困难,大家会感激不尽。"接着他便诉苦道,"去年鱼鳖都丰收,代收店收购了一半,还有一半存在各家的池子里,今年成立了联合体,开始培育鱼苗,你刚才看见的,鱼苗都要分塘了。我初步估算了一下,柳林大垸的养殖户全都来买我们的鱼苗,也只能卖出一半,还有一半,卖到哪儿去?难道都由我们自己养起来?那该要多少新的鱼塘!"饭后大家又坐回走廊上。杨青林也坐在那里喝春妹子又一次捧出来的芝麻豆子茶,他抬头看见离瓦屋不远的另一个方向,还有十几个挖土和挑土的人,这是冷满爹发现鱼苗太多了,临时决定请一班人再挖几个鱼池子。

　　杨青林听了冷满爹的话,越发觉得自己肩上的担子沉重。根据四川大竹县成功的经验,落实股权与兑现分红都是为了夯实群众基础,将这项工作做扎实了,增股扩股就顺利了。等到召开股民大会,就可以选举新的领导班子,然后制订新的规章制度,革除各种积弊,恢复原有的集体经济性质,充分发挥它在流通领域的积极作用。当他想到这里,忽然想起今天来小白洲的目的,他还有件急事要办。初夏的太阳照在身上,使人感到暖洋洋的,芝麻豆子茶喝进嘴里,使他感到香喷喷的,听了冷满爹的期望,看到凹花生的戏谑,他真不愿离开这座精致的瓦屋,但是时间不早了,他不得不走了。他知道俞小三是李小娟私自办的补习学校的学生,便叫她立刻带他见俞小三的妈妈,以便打听他要寻找的失联股东俞友恭的下落。

小三的妈妈好像变了一个人,变得胖乎乎的,脸上像涂了胭脂,从她那充满喜气的动作看来,她的家里似乎发生了一种不太寻常的事。碰到杨青林带着疑问的目光,李小娟抿着嘴儿笑。等小三的妈妈跑进厨房泡茶去了,李小娟对杨青林努努嘴,用手指指门外不远处另一座茅屋子。只见那座房屋的屋顶已经冲天了,不像是准备盖新草,而是打算拆除了。在那熏黑了的屋架子上,蹲着一老一少,老的是茅屋子的主人,红莲和白莲的父亲,少的是俞小三,两人正在把垫稻草的隔板一截一截往下抛。

在小三妈妈的房屋里,里外墙壁上都刷过几遍石灰水,白晃晃的,显得亮堂。而在最大一间卧室里,摆着架子床,这种床的式样古旧,却因为涂的国漆,红通通的,上面雕着囍字,绘有四季花卉,显得温馨。还因为挂了四围蚊帐,透过透明的尼龙纱,看见红色的被面、绣花的枕头,还有碧绿的流苏,显然是喜床。

从眼前的场景判断,杨青林已经明白了,眷恋多年的老倌子,终于被允许和她公开生活在一起了。杨青林正想起身致贺,衣角又被小娟扯了一下,就在小三妈妈即将转身那一刹那,小娟轻轻送过来几个字:"还没到时候!"小三妈妈何尝不晓得客人会议论她屋里的变化,她的脸变得更红了。她把芝麻豆子茶送到两人手中,掀起围巾擦擦自己的额头,然后搬了一条矮板凳坐在他们面前,跟他们说话。他知道两人都是忙人,特地来找她,一定是为了什么重要的事情。

杨青林开门见山地说:"在清理供销合作社的股票中,发现有个名叫俞友恭的股东,历年来的红利已经算清应当退给他,却找不着他的住址,听说他曾经住在镇上,是你儿子的叔叔,确不确实?"杨青林问起多年不见的小叔,缓解了小三妈妈的窘状,她不禁笑了,便忙说:"俞友恭确实是我伢儿的叔叔,不过很久没有见过他了,听说他也不再住在镇上。"杨青林问:"你们知不知道他现在住在哪儿?"小三妈妈回答:"不知道!'文革'前他在木工厂做过工,'文革'时听说参加武斗,被打死了,后来又听说他没有死,去了柴山,在那里管秤。我去寻他不方便,小三年纪小,也没有办法去找他,就这样失去了联系。"杨青林又问:"小三还认得出他吗?"小三妈妈答道:"应当认得。伢儿六岁那年,小叔还带他去木工厂玩过两天,给他买了一大包糖果,伢儿常念叨着。"杨青林见把这事问清了,心里很高兴,想到自己跟卜槐香商量妥的办法,便对小三妈妈说:"请你明早叫伢儿去大矶头找民兵连长卜槐香,让他带他将叔叔找回来,好从供销社取回那一笔红利。"这时太阳已经快落土了,湖上刮起了风,因为晚上还有会,他便急忙告别小三妈妈,走出了茅屋。当他来到户外,还看见老倌子骑在屋梁上发力,他双手墨黑,正在拆除最后几块隔板。小三也在梁上,他一见李小娟,便大声喊:"李老师!李老师!"他要从梁上跳下来,李小娟使劲摇手,叫他不要下来,只向他传达了杨青林的吩咐。小三忙点头答应了,他尊敬地望着乡长,因为他任命李老师当了文教专干,使他能顺利地进入完小,心存感激。这时红莲和白莲的爸爸也抬头望见了乡长,他笑了笑,接着用感激的目光瞥了一眼帮他实现梦想的李老师。他发现两人也正在定睛注视着他,就感到不好意思了,忙把头低下来,用一只粗壮的手,挥动着一把开山子,用力砍断一根栓紧顶梁骨的木栓子。

两人很快离开了这个屋场,杨青林一边走一边问李小娟道:"你为什么要扯我一下,不让我讲两句贺喜的话?"李小娟笑道:"我教小三读补习班,他的妈妈很感谢,常跟我讲些体己话,她告诉我,自从她帮他奶大了两个女儿,他对她实在好,但迫于世俗,不敢跟他住在一起。我曾多方开导她,让她打消了顾虑,同意跟老倌子结婚了。但她不肯马马虎虎圆房,要到乡政府去扯结婚证,还要举办一个婚礼。如今他们正在拆除老倌子的小茅屋,准备将小三妈妈的房屋扩大一倍,不过早已开始打家具!"杨青林一听不禁叹道:"这是多好的一对,早就应该生活在一起,只因旧习俗害死人，使他们耽搁了许多年，还背着坏名声。"在柳林大垸，遭旧观念毒害的事例很多，杨青林知道一皮箩，他正想引申发挥一番，忽然想到李小娟自己也有一段很不愉快的经历，他怕触动了她的伤痛，连忙把嘴边的话吞进肚子里去了，他扯起了一些文教专干应注意的事项，把话题引开了。

朱冬生在县委招待所找到俞春生。因为柳林乡的报告引起了老书记的注意，他先让办公室主任了解情况，接着又要亲自再听一次详细汇报，耽搁了两天。今天俞春生得知县委已派出工作组下去彻查，他没事了，见到冬生才知琼花姑娘突然回来了，欣喜若狂，赶紧往回赶。当他跨进屋门，只见家里完全变了样子。爹爹穿一套新衣裳，坐在门口嗑葵花子，见了他满脸堆笑，仿佛神志已经清楚了。他颤颤巍巍地想站起来，俞春生忙上前把他扶得坐下。琼花姑娘已笑吟吟地走出来，她那一身打扮，与其说像一位待嫁的姑娘，不如说像一名当家的主妇。她的衣服穿得时髦，细腰上却围着一条蓝色印花布大围裙，格子呢做的长裤子，卷到腿把子，肥壮的腿肚子上，沾了不少洗衣粉泡沫，一见便知道她正在忙家务，不是烧茶煮饭，就是洗衣裳。俞春生觉得自己太幸福了，他那一汪听到这个消息时没有流出来的热泪，这时却像喷泉般不断涌下来。他急忙冲上前去，紧紧地抓住琼花姑娘柔嫩的双手，嘴唇颤动着，却一句话也说不出来。琼花姑娘看到他这副样子，不禁扑哧一笑，当着一群前来贺喜的乡亲们的面，一头栽进了他的怀里。

十五、黄芦荡传奇

第二天清晨,俞小三如约来到离镇头不远的大矶头,只见民兵连长卜槐香早来了,他不仅全身披挂,穿着旧军装,缠了武装带,还斜挂着一支三八式步枪。在他身后,还整齐地站着一排基干民兵,也全副武装,虽然大都没配步枪,却也都提着大刀梭镖,徒手的腰间别了两颗手榴弹。小三一见这架势,吓了一大跳,以为是带他去打仗,或者去追捕他叔叔,他正在惶恐中,杨乡长来了。杨青林一看,仰头大笑。他指着卜槐香批评道:"老书记派抓政法的卜常委带领工作组到芦苇场进行处理,决不会再发生那种情况,带这么多人过去会引起误会,还耽搁工夫。"但卜槐香怄过那场气,迟迟不肯下解散的命令。柳林大垸的基干民兵经过长期训练,素质很高,没有听到连长的命令,他们决不乱动。直到俞春生也赶来,才帮着说服卜槐香将基干民兵遣散了,不过没有完全散去,还留下三个背枪的跟着他。因为琼花姑娘刚回,杨青林搭信叫俞春生在家陪着,由他代替他去黄芦荡。俞春生却惦记着,赶往乡政府跟杨青林商量,碰到马秘书,他正急于找乡长,原来接到县委办公室紧急通知,老书记刘耀主持召开县委扩大会议,研究流通领域改革中的问题,指定杨青林准时出席。俞春生没有来得及跟琼花打招呼,便急着赶到大矶头,正好,卜槐香正在磨蹭,不肯解散民兵队伍,杨青林还在说服他,没有开船。跟来的马秘书传达了县委的通知,那是头等大事,杨青林自然不能走了,只好仍旧由俞春生领着卜槐香还带了三名武装民兵上路了。为了防止出现上回那次几乎沉船的事故,他们不再用双飞燕,而驾了一艘坚实的乌篷船。

果然不出杨青林所料，他们到了黄芦荡，先由俞春生到场部拜访了工作组组长，说明了来意，由他派出几个民警共同来找俞友恭。见到穿白制服佩手枪的民警，牛婆就不敢再出手，他躲在自家的大棚屋里，透过窗隙与门缝，睁大一双眼睛，注视着门外的动静。吴大化见由上回来过的两人带领，来了一大帮人，也知道情况不妙，又准备从后门逃跑。当他刚拉开门，探出头，便看见两位穿白制服佩手枪的民警在后门外巡逻，只好又退到前屋，准备跟俞春生纠缠。谁知两人还没有开始对话，人缝里蹦出个半大小伙子，他突然抱住吴大化，大声哭叫："叔叔，叔叔，你怎么住在这儿了？"吴大化装不下去了，看见有侄儿的指认，又听到他们来找自己的目的只是为了退还红利，他便承认自己就是俞友恭。接着俞春生将数字告诉他，几十年积累下来的红利不少，后来俞春生又跟他交代政策，他心怀感激，将自己改名的原因说出来。由于他跟胡三元造过反，胡三元被逮捕后，他怕受连累，就躲到黄芦荡来了。其实他在胡三元造反兵团是小喽啰，只参加过批斗会与押解过犯人，只是因为有点文化，在文攻武卫指挥部刻过蜡版，为了证明自己所讲的是事实，他还将一份刻过的通缉令的底稿交给了俞春生。

　　等俞春生一干人马回到柳林大垸，由于找到了俞友恭，柳林镇供销社的清股与落实股权工作便告完满结束，接着就是送股金与还红利。这时出现了两种情况，一种人只要红利不要股金，一种人是红利股金都要，也就是说，他不再入股了。这种人很少，因为看到供销社的人办事认真，几十年的红利都算清楚，退给他们了，谁都愿意把股金继续放在供销社里，不仅如此，不少人还愿意增加股金。近年实行包产到户，不仅家家有余粮，而且家家有余钱，他们认为与其把钱存在银行，不如投在供销社，供销社的红利超过银行里的利息，按照新的章程，入了股的人都有选举权和被选举权，他们还可以监督供销社的工作人员。这样一来，大家都愿意入股，由清理股金落实股权兑现分红，自然而然转到扩大吸收农民入股。工作组为扩股的问题开了几天几夜的会，拟出了细则，定出了股金价值，最后为限制股金数额争吵得面红耳赤。有人主张限额，有人主张不限，主张限额的人认为只有限额才能避免出现大股东操纵供销社的现象，主张不限额的人认为就是通过扩股大量吸收农民游资，使之集中使用,争取获得更大收益。大股东不要紧,由于是集体所有制经济单位,须照顾产供销各方利益,它的组织法与城市大公司的组织法不同,实行一户一票制度,只要入了股,不管股数多少,都能参加供销社的管理。杨青林是主张不限额的,最后又请俞春生介绍了四川大竹县供销社改革中扩股的情况,那儿也不限额。争论了半天,最后统一了意见,每股价值十元,扩股不限额。第二天就用大红纸写好这些规定,张贴在大街上。

这个消息一传出,整个柳林大垸沸腾了。冷满爹的联合体首先响应,认一千股。联合体的经理宋明,带着花枝招展的春妹子,拿着一张一万元的银行存款单送到供销社来。他把这张存款单送给朱利生时,对他说道:"我们联合体是个很松散的组织,虽然财务开支是一支笔,但各户有各户的账,这一万元要分五个户头。"朱利生奇怪道:"你们的联合体原来只有三户人家,现在加了一户,也只有四户,怎么又出现五个户头?"宋明笑道:"除了冷满爹、朱冬生、凹花生、俞七阿公,还有一个我。我跟春妹子只订了婚,没有结婚,因此应该单独立一个户头。"朱利生一听不禁笑了,他懂得其中的奥秘。其实这主意不是宋明想出来的,自从王玲到柳林大垸闹过那一场后,对春妹子造成了伤害,她痛苦了很久,但她毕竟深爱宋明,经李小娟、朱冬生劝解,宋明又一再赔罪,两人又和解了,变得比过去更亲密了,几乎无时无刻不粘在一起,以致让冷满爹接连跑了几趟县城,订购了一张宁波床,还备齐了其他嫁妆,他除自己算过八字,还请高人复测,订了黄道吉日,准备替小两口办个热闹婚礼。让宋明另立一户是凹花生出的主意,他说户口分得越多,有投票资格的人就越多,要把供销社办好,选合适的人当主任是最重要的,多一票便多一份把握,他心目中的最佳人选是刘丽君,这话得到了大家的同意。凹花生原来是主张把宋明和春妹子一起划出来,算作一户,因为冷满爹的一切准备活动他都知晓,这单独立户是早晚的事,不如提前把它办了。但春妹子不同意,她说这样一来,不就让爹爹成光杆司令了?她说不管以后怎么样,她还是要跟爹爹住在一起。凹花生便笑她,你不怕那姓王的妖精又来闹,把宋明抢跑了?害得春妹子臊红了脸,跑过来,用根鸡毛掸子把凹花生的毡帽打飞了。

宋明和春妹子走了以后,又来了卜桂香和端姑娘。卜桂香穿上了呢子大衣,端姑娘穿着紫红色的短外套,她那一头黑油油的头发又长厚了,最近跑到县里烫了一下,变得比谢莲英还好看了。她的手上还牵着牛牛,牛牛已经满五岁,能够满垸子跑了,这是她的一块心头肉,除了到编制厂上班,时刻都不肯让他离身。牛牛穿着一套仿制的海军制服,戴着有飘带的海军帽,穿着小皮鞋,学着正步走,俨然像个小海军。只是他的嘴巴不争气,外婆和娘把他宠坏了,嘴里总在嚼东西,不是嚼泡泡糖,就是嚼人参米,这时嚼的好像是甜橄榄,吐出核来是黄的。如今卜桂香成了柳林垸的大富翁,他早顶下了一艘大篷船,经常跑长沙,来往一趟能赚几百块钱,今天他入了一百股,就是一千元。为什么他要这样积极地入股呢? 这里也有自己的想法,他想经过改革以后的供销社,一定也会像代收店一样兴旺起来,它的运输业务也是很多的,他希望以后能把这些业务竞争到手。现在卜桂香的雄心很大,自从看到小九和郑军合伙扩大了商店,也放开了心胸,加上杨青林一再向他表示,只管大胆搞,出了事情由我顶着,他也想大弄。最近已跟端姑娘商定准备再购一艘机帆船,能拖大篷船。他们了解小九的性格,喜新厌旧,他曾邀请姐夫哥一道去参观武汉造船厂,那里有一种汽划子,马力大,跑得快,能拖几条大木船。他想自己也应当拥有一只,这样只要筹齐钱,那艘机帆船就可以打折卖给他了。

卜桂香刚一走,又来了朱长生,朱组长是一个人来的,没有带堂客。堂客的眼睛治好了,可以死命做世界,她除了每天要到外面走一圈,利用目前眼睛的优势,看看世界,肉猪出栏后,就一门心思地喂饱两只猪娘。这两个宝贝先后各下了两窝猪崽,一共有四十八只,她全部喂下来,每天捞水浮莲,煮猪潲,累得腰子都直不起来了。柳林镇不像县城里,有混合饲料买。她听供销社搞改革,希望以后能运混合饲料来,叫朱长生去看看。朱长生回来说,杨青林在主事,正在张榜扩股。朱长生堂客最钦佩杨青林,赶紧说道:"我们也扩去!"朱长生皱着眉毛说:"今年一下子进这样多田,化肥种子农药都要钱,你的猪还没有喂大,变不得钱,本来钱就紧了,哪里还有多的钱去入股?"一急,平时难得开口的菩萨也说了一大堆话。朱长生堂客一听生气地骂道:"蠢货! 谁说我的猪变不得钱? 邻队的谭四老倌早看中了我的两只猪崽,想买去养成脚猪子,他想做脚猪子老倌。我原想都养大，没有答应他，只要我松口，不就变成钱了？"恰巧这时谭四老倌拄着根拐杖，又在门外探头探脑，朱长生堂客把他喊进来，把她肯把小猪卖给他的话说了。谭四老倌一听喜仰了，把拐棍也丢了，打飞脚回屋里取钱去了。现在朱长生带着卖掉两只猪崽的钱来到了供销社，加上原来手里的一点活钱，凑齐了两百元，认了二十股。

　　远在浪拔湖的鸭棚子里的人也听到信了，黄保老汉想到今后鸭子多了，这鸭子和鸭蛋的销售离不开供销社，他便把孙女儿叫拢来，对她说："菊儿，你替我去办件事，回到柳林镇把银行里的存款全部取出来，投到供销社里去。"黄菊儿从小饭来张口衣来伸手，要零花钱找爷爷要，从来不晓得爷爷在镇上的银行里有存款。她一听这话，吓了一跳，忙问："你在银行里还存什么款子，七老八十了，活一天吃喝一天，存下款子给谁用？"黄保老汉大笑道："我还有个孙女伢儿没有嫁出去，我得准备给她办嫁妆。"黄菊儿一听红了脸，将手握成拳头在爷爷背上擂了好几拳，一边擂一边叫道："我要自力更生，决不要爷爷一分钱！"黄保老汉又笑："我也知道孙女伢儿有骨气，所以把钱都投到供销社去。"黄菊儿笑道："那倒算得上是好老人，我就替你跑一趟。你在银行里到底存了多少钱？看值不值得跑一趟。"鸭大王举起一只大手掌，笑道："不多不少，五千块！"黄菊儿对五千块的价值很模糊，她不认为这是一个很了不起的数字，她没有用过五千块钱，只用过五块钱或十块钱，她知道这些钱的用途有多大，能买多少花卡子、纽扣、小手绢，还能买几张电影票。因为无论穿的吃的，大件小件，都是爷爷买的，或是爸爸妈妈从矿上寄来的，她对五千元价值的认识好像并不比五元十元重要多少。坐在一旁的耗子却晓得五千元的价值，他听了两爷孙的对话，惊讶得张开嘴合不拢来。他生长到如今，二十一岁了，从来没有见过一个老倌子手上还有这样多的钱，有人说冷满爹有钱，那也只是听听而已，没有亲眼见到，这却是亲眼见到的。黄保老汉在跟孙女儿对话时，早在棉袄里子的夹袋里掏摸，摸了半天，摸出一只小红本本，里面写着一排排数目字，后面都盖了长方形的细小的红章子，最后一排没有盖章，真的写着个5字，下面挂着五个圈，三个圈后有个点，这不是五千元是什么？耗子惊喜得几乎跳起来，他想："我的妈呀，在这位快要入土的老倌子手上还有五千块钱，那么，矿山上的爸爸妈妈手上会有多少钱？他们该不是在开金矿或者至少是开铜矿吧!"有了这样一个岳家,他不但将来可以顶职,弄个铁饭碗,就是他们积蓄的现款也可保证今后吃穿用不用愁了;想到这些,耗子真正可以算得心花怒放,他主动申请,陪黄菊儿一块儿回柳林镇去。黄保老汉对打发孙女儿带着巨额存款回去不放心,见耗子答应陪行,当然很高兴,他马上批准了耗子的申请。事不宜迟,就在这天上午,他们动身回柳林镇。半天的路程,驾着双飞燕在湖里漂了一天。为了更加系紧感情的纽带,耗子在船上,对黄菊儿使尽了各种表达自己感情的手段,每当附近没有别的船只经过,他便把桨放下来,跨进舱里,将黄菊儿紧紧地搂进怀里,他用自己的长出硬髭的嘴唇擦着黄菊儿的脸蛋,发现黄菊儿软瘫了,好几次几乎把她的衣裳脱下来了。对于这点,黄菊儿还略有常识,她不肯让耗子达到目的,为此两人在小船上纠缠着,撕打着,有好几回,使船舷进水了。最后黄菊儿累了,她觉得耗子太野蛮,不但不能使她觉得有趣,倒使她感觉讨厌,她生气了,骂人了。耗子怕把事情弄僵,赶紧松开手,很快变得规规矩矩。他一边使劲荡桨,一边讲笑话,他是一位编笑话的能手,荤的素的,能编一箩筐,很快逗得黄菊儿笑了。黄菊儿笑了后,他放心了。直到下午五点半,他们的船才靠拢岸,便赶紧跑进银行,银行职员正在清理单据与印章,准备下班了,两人才慌慌张张贴到窗口。如今银行职员对农民的态度有变化,他们检验了黄保老汉的密码,又认得黄菊儿,马上让他们把存折上的钱换成支票。但是还得填张单子,黄菊儿让耗子填,耗子填单子时打了一下肚算盘,把五千元全都摊派进供销社,以后如果急于用钱怎么办？他便只填了三千元,余下两千元还存在折子里。所以当黄菊儿把一张三千元的支票交给朱利生,她还以为把爷爷的钱全部交出去了。耗子接到红本本准备转交给黄菊儿,黄菊儿早跳到街心了,耗子也就不吱声了,他把红本本揣进自己怀里,暂时替她保管起来。

柳林大垸的专业户重点户踊跃入股不多久,一般农户也来入股了,股金虽然少一点,积极性一样高。柳林镇上的居民也动起来了！如今镇上做生意的人越来越多,从前非常冷清的街道,早已变得花团锦簇,鼓乐喧天,因为许多铺子都挂了珠帘,扎了彩灯,也都买了一台收录机,把扩音喇叭的音量放得很大,像通街都在办喜事。大垸里上街卖东西与买东西的人很多,每家店铺都人挤人,饮食铺子里更挤得水泄不通。如今每家店铺都有盈利,也都有活钱,供销社是大老板,既是他们的劲敌,又是他们的靠山,谁也不想得罪它。它说改革以后都可以插进脚,谁不想插进一只脚,所以农民入股的高潮没有过,镇上居民入股的高潮就来了。到第五天晚上一统计,已经扩大到一万五千股,就是说有十五万元股金到账了。有这样大一笔资金,在一个小小的乡村集镇上,能做出多少事来啊!

杨青林最近几乎把全部精力集中到供销社的改革上,每天天刚亮,他便出现在供销社的办公楼里,他把乡政府的事暂搁一旁,让一位副乡长主管日常工作。他认为在供销社改革进程中,目前是关键时刻,清股与扩股做得好,就给供销社打下了一个坚实的群众基础。他见大垸里的农民和镇上的居民都争先恐后来认股,感到异常兴奋,但是他等了两天,却没有看到刘丽君前来认股,也没有看到代收店任何一个人来认股,他以为她已忘记了他们那夜的谈话,忘记了自己的承诺。本来嘛,代收店的创立是由于供销社有弊端,现在供销社进行改革,弊端将会克服,代收店就失去存在的价值,代收店的人对供销社感到惧怕,甚至加以抵制,这是自然的。杨青林对商业界的竞争心理早有所闻,他并不觉得奇怪,他想既然是这样,那就由市场进行评判,哪家店铺受到消费者欢迎,就能兴旺发达,哪家不受欢迎,就会萧条冷清,甚至倒闭关门。他怀着一种好奇心,走进了代收店。

谁知代收店一点也不冷落,时间已经过了晚上九点,这里还是灯火辉煌,农村电力不足,电灯光线微弱,店里又添了两盏煤气灯,把铺面变得如同白昼。只见店门早关了,柜台前没有排队的人了,柜台后面却坐满了人,每人面前都放着几册厚厚的账簿,在分门别类清理开店以来的支出与收入。

杨青林刚打门口露面,就被柜台后面的刘丽君看到了,她飞快地从里面出来,迎着杨青林笑嘻嘻地说:"青林,你怎么这样久不到我们店里来,光顾着供销社,把我们忘了。"杨青林嘿嘿地笑着,心里却有苦说不出。自从张勇向他抛出那两张照片以后,他便没有再到代收店来了。他曾经多次问过自己,在跟刘丽君接近的过程中,有没有失检点的地方?

自从他出狱以来,他跟这位老同学接触的时间很多,在柳林垸兴办的每个事业,几乎都跟她商量过。从读书时节起,他就觉得刘丽君是个顶有头脑的女伢儿,她不仅有算计,还有干才,参加公共事务以后,由她经办的事情,无一不取得成功,所提的建议,也无一不后来验证是对的。他曾想把她选拔到公社或乡政府工作,像他大胆提拔朱利生一样,但她既不是国家干部,又不是党员,甚至连个集体单位的工作人员也不是,限于制度,他没能如愿。

这时他已站在刘丽君面前。还没等他开口,刘丽君又笑道:"供销社扩股的事,我们早知道了,这两天,我们都在加班,白天照常收购,晚上盘底清账,看看到底收购了多少货物? 运销出去有多少? 有多少利润? 我们已经算出来了,大家赞成我的意见,把盈利中的百分之八十投到供销社去。"杨青林想起自己来代收店前的想法,感到有些歉意,他低估了他们的精神境界,便忙问道:"你们的盈利是多少?"刘丽君答道:"整整二十万元。"杨青林一听大吃一惊,叫道:"哎呀,这样多! 盈利的百分之八十,不就是十六万元,超过了这些天供销社扩股的整数,真了不起!"杨青林觉得这种热情很可贵,但是怕有勉强,又怕影响代收店的营业,他在代收店的会计室又坐了好久,过细了解了他们一些想法。他了解到,所有带资入股的职工认识一致:随着家庭联产承包责任制的不断完善和发展,农村中的专业户重点户不断增加,农副产品的数量也会不断增加,如果仅仅依靠代收店进行收购是不能满足需求的,作为农村的大型商业机构供销合作社,必须进行改革,以便发挥它应起的作用。

等到杨青林离开代收店,刘丽君将他送出店门,又对他说:"还有我自己两年来积累的两万元,我想不做股金,而作为个人捐赠,用于创业基金,请乡政府财务室代为管理。我已将支票交到了朱利生手上,他表示愿意代管,但要创立基金会,还需乡政府批准,希望得到你的支持。我的条件只有一个,就是这笔钱先贷给卜桂香购买机帆船,将来以他的运费收入偿还。因为我听说,县经委以防止引起经济混乱为由,指示银行暂停对专业户的贷款,这样一来,乡政府的担保作废,你对卜桂香的承诺无法兑现。"杨青林一听大喜。朱利生早将银行的态度告诉了他,卜桂香跟小舅子达成协议以后,他带着他们到银行去支钱,却碰到了一个大钉子。为了贯彻乡党委决议,他正在为此事发愁,不想解决得这样快当!这样他便不禁赞叹道:"你不仅动员代收店员工同意拿出这样大一笔钱入股,成倍地增加了供销社的股金,有力地支持了它的改革,而且还捐出个人积蓄,解决了运输专业户资金短缺的困难;你救了我们的驾,还帮我们打开了思路。我很赞成你提出的办法,会提交乡党委讨论,如果得到大家支持,作出决议,就将以你这两万元作为起点筹集资金,建立创业基金会,增加对农民自主创业的支持力度!"

这时杨青林不仅为这个创举高兴,还为刘丽君义举感动,深深的感激之情,使这位坚毅的汉子也两眼含泪,他忘记了不久前受到的诬陷,在明亮的街灯下,在众多行人的注视中,他侧转身子,紧紧地握着刘丽君的双手。

县委工作组进驻黄芦荡已经有十天,根据他们调查的结果,整个芦苇场像一只烂柿子,不仅单位烂,人也烂。整个领导班子中只有场长能管事,但他满脸烟气酒气,吞云吐雾般地醉醺醺地在工棚间游荡,好像蛮深入群众,实际上不是在工棚里喝酒、打牌,就是找堂客们讲白话、困觉,不过说来也怪,这个场长就能喊得动各个分场的分场长与工段长;割芦苇那两月,还能把湖边的芦苇割利索,码在湖边的码头上,好像一座座小山,等待着纸厂用船来拖。从俞春生与卜槐香见到的那个结干亲家的场面看,这个单位除了有个名不副实的共产党支部,似乎还有个类似圈子会一样的组织,结干亲家典礼上显赫形象,说明场长兴许还兼任这个组织的头领。因为芦苇场一直是县经委管辖,人事大权操在经委王主任手里。县经委曾经派了两名干部来当场长,一名不慎落水毙命,一名患了急性血吸虫病。急性血吸虫病的传染途径与慢性血吸虫病相同,但它的发病过程很短,有的能挨几天,有的不到十二个小时就翘辫子了。由于这儿容易染上这种恶疾,县里就没有人肯来就职,也没有人敢来检查工作。不明不白地死了人,公安局也不愿意来验尸。"文化大革命"那阵子,这里倒成了一个战场,各种造反组织曾在此间角力,武斗一天比一天升级,最后经柳林造反兵团强兵压境,才统一归胡三元的麾下。胡三元背后有武装部长的支持,各派自然不是他的对手。不久场长成了亮相干部,还兼任兵团的副政委,跟随造反兵团杀进县城夺权,抢到了老县委书记的大印,等到武装部长成了革委会主任,他就恭恭敬敬把它送到郝朝忠手里。从此他得到革委会重新任命,又当了十年芦苇场场长。"文革"结束后被停职反省,关在县里写了半年小字,因为派不出人去接任,只好又让他回去继续抓工作,鉴于他在"文革"中的表现,场长头衔前面加了个代字。其实这个代场长实际上是场长,其权威与气派与过去没有两样,而且说起来也颇为奇怪,他的身体从来没有出现过异变,他一直快快活活地活着,十分有效地控制着局面。为什么说十分有效呢?检验的标准是他从不拖欠税利。它不像其他的县办企业,十个有九个上报亏损,它成了县财政的支柱,也成了县经委年终总结中的亮点。

如果经委通知场长来县城开会,总把他安排住进县委招待所的单间里,这种单间只有科局长才有资格住,伙食也开得比大食堂好。这时场长的心情十分愉快,哈哈连滚的笑声不断从他房间传出。不久有关领导都收到他送来的礼品,礼品很普通,一条德山牌香烟。这个牌子的香烟不出名,但是其中有一两盒很值钱,因为过滤嘴后面包的不是黄色的烟丝,而是印着工农头像的人民币。有位新来的副县长不知诀窍,随手把香烟送给一个亲戚,亲戚拆开一看,喜仰了,便不声不响独吞了。直到很久以后才露真相,把副县长的堂客气得要死,副县长也马上受到惩罚,被赶进侧屋睡了半个月的冷被窝。总之别看这位场长像个粗人,他的心比针尖儿还细,他将上面的人摸舒服了,自己位子也坐得安稳了,不久头上的代字被取消了,他又是名正言顺的一把手。他依旧每天深入到工棚,领受着人们的孝敬与奉承,他从来没有遇到不顺手的事情,也从来没有听见逆耳的声音。此次工作组进驻出乎他意料,使他着实紧张了一阵子,因为他知道这个工作组是老县委书记指派的,又由抓政法的卜常委亲自带队。老县委书记是个倔老倌子,眼睛里掺不得半粒沙子,派出送礼的人被骂跑了几个,幸亏场长还没有亲自登门,不然这顶官帽早被摘掉了。以后他对老书记调整了策略,能够躲得过去就躲过,躲不过只好自认倒霉。这些天他便自认倒霉了,情绪特别低落,他唯唯诺诺听着工作组长的吩咐,把喝酒与打牌都戒了,只有一件事使他难熬,就是得独个儿睡到天明,总务股长的堂客被撵出了楼道,一时又找不到代理人。工作组长对他宣布了纪律,不准随便离开办公楼,接着办公楼门前布了岗哨,后来又移到了楼口。场长对这种待遇也很熟悉,老朋友胡三元就享受了,反省一段被送进看守所,每日心惊胆战等待判决。他害怕也得到这种结果,心里像用十五只吊桶上下舀水。幸亏这天他的堂客来了,她是过湖来要生活费的,平时他将黄面婆视若烂草鞋,如今一下子变成了宝贝。丈夫的热情使她受宠若惊,感动得两眼热泪盈眶,接着便发现丈夫的处境不妙,连忙表示自己不再走了。她替他生儿育女,是她的性命和天,于是她又承受着雨露,还兼任了联络员。关于准不准堂客陪住的问题,工作组内有争论,组长一时拿不定主意,打电话到县委请示老书记,恰巧他到地区体检去了,接电话的是副书记。梁副书记对场长的名字很熟悉,上任之初,就看过各厂矿的利税报表,对芦苇场印象深刻。虽然他也收过德山牌香烟,却不大惊小怪,在他原来领导的县区,这类事情由来已久。后来听说老书记派出工作组查行贿,心里有点不安,及至得知是查命案,才知他又在翻陈案。这时他慢条斯理地对着话筒说话,指示工作组长要慎重一点,既然命案还没有弄清楚,采取措施要讲究步骤。老书记的批示是停职,不能任意更改,停职检查与隔离审查不同,当然可以让亲属陪住,必要时还得跟他商量工作,不然今年的税利缴不上由谁负责?副书记的话自然有分量,结果对场长的处置有所放松,同意他堂客住进来料理生活,还可以自由出入楼房。结果场长又可以运筹帷幄,及时将指示传达下去。看来过去的心血没有白费,芦苇场变成了机器,齿轮套着齿轮,电钮一按,就能转动,不管是党员或非党员,依然听他调遣。这时下面的干部紧急磋商,他们把故事编得天衣无缝,千奇百怪的现象都有说法,一滴污水也沾不到场长身上。有人甚至当众慷慨陈词,拼着一死也要保护场长过关。他们甚至商量到这种地步,谁要是为了这场纠纷坐牢,场内的工资照样发给,堂客伢儿由众人照料。场长的堂客又传达丈夫的指示,要紧的是把有些人的嘴巴封起来,必要时可以叫它永远不能说话。

于是又有两个人忽然失足落水,场内充满了恐怖气氛。但是嘴巴生在各人的脸上,又不能在那上面挂把锁,谣言还是在场内散布着,人命关天的事有过多起。

其实这也并非是谣言，而是千真万确的事实。就在工作组进驻第七天的下午，工作组的办公室走进一位老人，老人的头发雪白，走起路来颤颤巍巍，他的骨架儿高大，肚皮却像面鼓，脸上像涂了层蜡，还布满着寿斑，一看便知道得了血吸虫病，而且已经到了晚期。扶着他进来的是个铁筋骨汉子，又是场内有名的大力士，他能抓住牛角将大牯牛推后几十丈，还能把一只脚划子扛在肩上，他的耳朵生来是聋的，因此就不会说话，除了每天做老学究的拐杖，还在场里干些重活。他的工资比别人多，粮食定量也比别人高，场内贪图他的那份力气，在这几点倒依了他的，只是有时还另外派些活他干，他也从来听从分配。场部的机密事也不避他，因为他听不见，也说不出，保证不会泄密。

　　工作组长卜常委认出来人是老学究，初来那天巡视工棚时见过的，当时问过几句话，知道他是有文化的人，懂得记事算账，还懂得如何治害虫。他以为他是监督劳动的右派，便给他讲了中央的政策，鼓励他向本单位写信要求平反，争取尽快回家去，因为从那腹部鼓胀的程度来看，他已到了需要马上住院的时候了。老学究听了似乎很高兴，他只问了工作组进驻的目的，还问了有关地下党的政策。组长是新中国成立后参加工作的，对地下党不大关心，也不熟悉他们的状况，不过他最近看到一个中央文件，是有关处理地下党问题的，他把文件内容向老学究讲了一点，老学究显得更加兴奋。他又问现在人武部的郝部长是不是还在县里当一把手？组长说他早走了，调到地区抓外贸去了。在郝朝忠当县革委会主任的时候，曾经做过县委委员的这位组长被发配到五七干校喂猪去了，一喂就是八年，这时他不免还加了一句："他支左时在县里搞的那一套，早已吃不开了！"老学究听完这话，连连点头，并且开怀大笑。但是自从那天见过老学究以后，卜常委就把他忘了，他正在为侦破命案发愁，因为这是整顿芦苇场的关键，现在虽有了点线索，却没有弄出个眉目。老书记已经来过三次电话了，态度一次比一次严厉，他要是完不成这个任务，是无法回去交差的。

　　今天老学究抱着病体来见他，是为了解决他的这个难题。组长听清楚了他的来意，满面愁云散去了一半，他扶着老学究坐在靠背椅子上，替他倒了一杯热茶。老学究伸出瘦骨嶙峋的手，递过一张已经发黄的材料纸,那材料纸上记载着某年某月某日,有几个人从场部抬出两具尸体,他记载了抬尸人数,还写明了抬尸人的姓名、绰号及相貌特征。等卜常委把材料纸上的字看完,他的心中便感到豁然开朗。还没有等他把感谢的话说出口,老学究又把哑巴叫过来,指着这人对他说话:"这里还有个活证,一切都是他亲眼看见的!"让组长大吃一惊的是,从来不会说话的哑巴竟开了腔,他用一口浓重的汉寿腔说清了惨剧发生的经过,和材料纸上记载的一模一样。因为他过去又聋又哑,罪恶勾当进行中没有避他,他们指使他挖深坑,又令他铲土掩埋尸体。因为当晚的事情他早一五一十报告了老学究,老学究一一笔录在材料纸上,虽然事件过去多年了,案发的细节清清楚楚。

　　卜常委激动地抓住两人的手,一边不停地摇着,一边大声叫道:"谢谢你们!谢谢你们!"他像卸下了千斤重担,轻快地跑到一旁去打电话,他把这个重大突破报告了老书记,老书记听了非常高兴。刘耀除了叮嘱他继续追根,还详细询问了举报人的情况。当他问明了老学究的姓名,停顿了半晌,电话里传来窸窸窣窣的声音,好像他在翻阅什么资料,然后大声地向组长长介绍:"你所见到的老学究是一位老革命,我县最早的党员之一,大革命时期当暴动队长,抗日战争时期是游击队长,解放战争时期又拉过一支队伍,后来就不知所终了。他的线索是我从县委党史办公室搜集的资料中找到的,后来经县委组织部深入调查,才了解实情。因为地下县委书记与武装部长已经牺牲了,始终不知道他的下落,不想今天被你们找到了!"接着听到的是老书记的表扬,这样使工作组组长更加兴奋。老书记平时对于干部要求严格,从来不随便表扬什么人,今天能获此殊荣,是极为难得的。他一边感到十分得意,一边也在琢磨表扬他的原因在哪里?想了一下,才悟出固然有命案即将侦破的原因在里面,更重要的,是因为他发现了老学究,原来老书记寻找了两年的这位老革命还在人间。不愧是老公安,心细如丝,把老领导的心思揣摩透了。幸亏他没有马上放下话筒,接着又听到老书记悲愤地说:"这场发生在我县的悲剧,照理是不该发生的!我曾问过郝朝忠,因为他是第一支进城部队中的连长,又担任过本县武装部部长,'文革'中他还主政十年,但他说从来没有听说过这么个人,更不知道他的下落。"接着刘耀在电话中具体吩咐，"要热情接待这位老同志，生活上立即做出安排，并且对他表示感谢。因为他在黄芦荡多年，对这一带情况十分了解，在继续进行整顿过程中，应当向他多请教，他所提供的其他线索，也应认真对待。我正在主持县委扩大会议，研究流通领域改革问题，会议结束，我会马上亲自来接他，安排他到地区医院治病，同时向地区党委报告，请求对这段历史进行调查，以便对他们的冤案彻底平反！"

果然事隔不久，在县委书记刘耀的积极推动下，在地委书记宋成的直接领导下，组织了一个精干的班子，将这桩冤案调查清楚了。原来从大革命时代开始，这里是斗争最激烈的地区，虽然遭到多次失败，火种始终未曾熄灭。日寇侵占县城，湖里又有了游击队，游击队的首领是老学究，他找到了他的入党介绍人。这人名叫周伯诚，原来隐蔽在益阳蔚南女子中学，女校内有地下党支部，直接由常益中心县委书记帅孟奇领导，他们利用当时国共合作局面，积极宣传抗日，设计惩治了杀害过无数革命志士的刽子手曹明阵。皖南事变后女校被查封，他便奉命回到本县，一回来就跟游击队接上头。周伯诚自然成了领导，游击队中有几个老党员，由他提议成立了党支部。日寇血洗厂窖，激起了滨湖民众怒火，自动要求加入游击队的人很多，队伍迅速扩大了。出于形势发展的需要，周伯诚想加强党的力量，成立更高一级的党组织，但苦于找不到省委或中心县委的领导，正在犹豫，恰巧原常益中心县委组织部部长文士桢回来了。他是随王震率领的三五九旅南下的，负责恢复湘中一带的地下组织，他早认识周伯诚，又很熟悉当地的情况，当他发现了游击队的踪迹，很快就找到他们。他很赞成周伯诚的意见，由他批准，成立了地下县委，让周伯诚任书记，另一位有部队作战经验的任武装部长，游击队统一由武装部长指挥。不料县委刚成立不久，三五九旅奉命向广东进发，准备与东江纵队会师，开辟五岭根据地。恰巧这时日寇投降了，国民党便集中兵力围剿，三五九旅迅速北撤，文士桢也随部队走了，因形势紧迫，来不及对湘中一带党组织做出统一安排。这时地下县委继续活动，也未停止扩大，不过他们作战的对象不同了，变成了国民党的保安团，不仅跟他们打了几仗，还缴了不少枪。在重庆谈判前后，他们还利用有利形势，凭借当地民众拥戴，在地方选举中获得一个镇长的职位，有了这个合法机构,为接踵而来的高压创造了一些防护条件。谁知这类合法斗争的方式,给他们埋下了悲惨遭遇的祸根。当一九四九年八月地区和平解放的第一天,周伯诚带着武装部长,一起去找刚进城的地委书记,以便接受指示,协助做好本县的接收工作。那天书记生病,由年轻的副书记接见。副书记用一种怀疑的目光望着他们,态度很傲慢,对他们说:"我们刚到新区,不熟悉情况,等了解清楚后再通知你们。"周伯诚听出他的态度,知道再说也无用,只好回到县城等待。到底是老同志,他知道自己的手续也欠缺,没有地下省委的关系,也应当有三五九旅的关系,他便积极去打听文士桢的情况,居然找到原蔚南女中地下支部书记林煦春,因为他担任过益阳地下县委,跟常益中心县委领导很熟悉,南下时又担任了三五九旅司令部政治部秘书,知道他们的去向。林煦春告诉周伯诚,文士桢已被派往朝鲜担任商务参赞,实际上负责军事物资的转运,联系不上。周伯诚认为他是老领导,应当可以向地委证明自己的身份,可是林煦春沮丧地说他的身份也未被确认。起因是他跟省委组织部联系上了,分配随新的地委几个领导一起赴任,车到城郊等待轮渡,他提出和平协议签订不久,城内情况复杂,他可推迟公开身份,有利于了解真实情况。书记支持他的建议,同意他提前下车走了,没有在迎接队伍前露面,也没有在庆祝大会上上主席台。不久书记住院,年轻副书记主持工作,批评他在入城前提早下车,是心存畏惧,怀疑他身份可疑,需要调查。因此当周伯诚要求林煦春为自己证明身份,他已无能为力,他的身份尚未被确认,所写证明材料自然无效。后来经调查证实,他确实是老党员,不过被派回家乡从事地下工作,没有与地下省委接上关系,这样就被确定为脱党,作重新入党处理。谁知他也正年轻气盛,想起自己从小入党,经历过生死考验,又到了延安,在《解放日报》任职,撰写的文章登在头版,受到毛主席肯定。后随三五九旅南下,与周立波、陈康白同列,担任过中央军委任命的司令部政治部秘书,对这种处理他很不满,气愤之余,便向党中央写了一封信,揭露副书记搞宗派主义,还牵涉到其他一些问题。当时流行一种做法,揭发地方问题的信件大都转交当地党委处理。老书记已病重去世,副书记被转正,后来还提拔为省委副书记,真可谓位高权重,林煦春从此便遭厄运,成了各次政治运动中的运动员,最后还成了阶级异己分子和地地道道的现行反革命分子,除了长期劳动在底层,还被投入了监狱。党的十一届三中全会结束,各地平反冤假错案,中央顾问委员会副主任、原三五九旅政委王首道找到地区党委,证明他的回乡活动是经部队派遣,于是得以平反。他的党籍恢复了,党龄也被承认,不久安排了职位,却因长期积郁,接受新任务不久,患了癌症,很快去世。所幸他的笔力犹健,还保有超强的记忆力,在短短两年间,为地方党史留下了许多宝贵的资料。

周伯诚没有他这样幸运,当时他没有找到文士桢,林煦春的证明已无效,他无法得到地区党委的承认,就只剩下国民党统治区伪镇长的身份,在紧接着的轰轰烈烈镇反运动中,他跟大多数乡长和保长一样,被拘捕了。据说在拘留期间,他曾再次请求执法人员请示地区党委,是否可以改正他的身份?执法人员到底请没请示,请示后得到的答复怎样,至今无法查考,最后的结局却是悲惨的,周伯诚同志被处决了。

等到朝鲜战争结束,文士桢回到北京,担任了历史博物馆的馆长,便将他所了解的湘中一带地下党情况写成了材料,他的这些材料,跟帅孟奇等人在延安所写的材料一起,被保存下来了,成了研究湘中一带党的历史发展的珍贵资料。后来文士桢回湘担任省政协副主席,听到周伯诚的不幸遭遇,心里很难过,又写了补充材料。

"文革"结束以后,周伯诚一案得到平反。当时地下县委的武装部长手下有人有枪,他不肯就范,便带着队伍入湖,由起义后的保安团带路,一支野战军部队进剿,很快被剿灭了,在这次平反昭雪的名单中,也有武装部长的名字。据说当时入湖剿匪的连长就是郝朝忠。当时只有老学究逃脱,他领着一名警卫员,潜伏在柴山,他们在黄芦荡隐居了三十年。他有点文化,曾研究治虫,成了老学究。他的这位警卫员,是他从弃儿抚养大的,后来又培养成自觉战士,做他的贴身警卫。这孩子始终忠于他,为了便于隐蔽,自愿装聋哑,平时用矫捷的身手保护着他,待他得了血吸虫病以后,又用超强的劳力供养着他。

老干部们被解脱以后,提议趁许多亲历者尚在,赶紧抢救党的历史资料,于是经党中央下文,各省各地区各县均成立了党史资料征集机构,很快收集到大量物证及当事人的笔记与口述,对于弄清当地革命历史大有益处。当刘耀看到那些历史记录,满眼是泪,急于要寻找这位隐藏在芦苇荡的老前辈。

在县委扩大会议期间,会议还没有结束,老书记刘耀就等不及了,他抽出半天时间,坐防汛指挥部的快艇来到黄芦荡,亲自将老学究接回县城,先经县医院初诊,后送地区医院治疗。在黄芦荡的那点时间里,刘耀还听了卜常委的汇报,发现虽然将两位年轻干部的遗体找到了,运送与埋葬遗体的人员找到了,但这些人大都是场内的职工,是奉场长之命做的事,并不知道那两个人死亡的真实原因与经过。审问场长,他也一口咬定不知道,只说在芦苇中发现了遗体,已经开始腐败,才急忙令职工迅速掩埋。因为这类事常在芦苇荡中出现,人们并不奇怪,也从没有人过问,不是哑巴亲眼看见,老学究亲笔记录了年月日,谁也记不起埋尸的地点,事情发生在什么时候。在问到这件事的时候,场长开始还略显紧张,接着发现埋尸者中没有场外人员,又显露出一副无所谓的样子。他还告诉卜常委,在这片辽阔的沼泽地里,外乡人失足落水的事经常发生。

由于没有找到凶手,自然没法结案,老书记指示工作组不要撤,卜常委继续留在黄芦荡,务必把这案件弄个水落石出,将制造惨案的人绳之以法。

等老书记走了以后,卜常委把精力集中在缉拿元凶,不但加强审讯工作,还派出刑侦人员,对造反兵团的活动进行彻查。

俞春生回到柳林垸以后,也卷入了兑现分红与扩股活动中,因为琼花姑娘住到了家里,俞七阿公名下有劳力,他们便加入了联合体,家里的事有众人照料,他便放心落意依旧忙他的工作。俞友恭是多年流落在外的股民,自然格外受到关注。他首先说服了木工厂领班,让他恢复了工作,接着又替他找到一座空置的茅屋,让小三帮他整治了一下,总算有了个窝。俞春生将他安顿好以后,又把他上缴的通缉令底稿看了几遍,发现其中隐藏着一个重大线索。因为从底稿的字迹分辨,起草者是有较高文化水平的人,被通缉者的姓名与两名失踪的县委干部相符,如果能将这个起草者找到,前台与幕后的指挥都一概能找到,这个命案的起因与结局都能弄得清清楚楚。当他有了这种想法以后,又找俞友恭细问。俞友恭说:"我只管刻印,不记得是谁将底稿交下来的,只听说当时有位农业大学的老师,当过胡三元的军师,笔头子来得,常常替他起草文告。"俞春生一听很兴奋,他早知道有位农业大学的老教授对冷满爹的鱼鳖混养技术感兴趣,最近又随老华侨来到柳林镇,他想不妨去拜访这位老人家,问他认不认得这个同事的笔迹,如果认得,那就好办了! 当他想到这里,便觉得不宜延误,径直又来到芦苇场场部,找着卜常委,将通缉令的草稿交给他,并且讲明了自己的想法。卜常委仔细读了两遍通缉令的草稿,不禁笑了,他认为他送来了一把打开阻挡他结案大门的钥匙。对于眼前的小伙子,他已经很熟悉了。在他当公安局长的时候,他的冤案平反了,却不肯出狱,使他挨了老书记的批评,后来又经老书记提醒,请杨青林解围,才使他脱离那个困境,也使他认识了这个小伙子,领教了他的偏性子。他从事公安工作几十年,知道这种性格是宝贵的。自从他提升做了管政法的常委,他又常听老书记说过,"文革"中砸烂公检法,掺了大量沙子,由部队转业的干部大都是好样的,但也掺入了一些坏人,必须抓紧清理,而且还要调入一些深受极"左"思潮之害的人进来,以纯洁我们的队伍。卜常委认为受极"左"思潮毒害最深也恨之最深的,莫过于俞春生,他要把牢底坐穿,就表示他对无视法纪的愤恨。对于这样的人,正是政法战线所需要的。所以当他将俞春生送出场部,望着那匆匆离去的背影,久久地没有移动脚步。他想起自己当年离开警官学校的时候,正是这副样子,那天他朝气勃勃赶往县公安局报到,心里充满了阳光。谁知不久遭遇了"文革",耽搁了他最宝贵的时光。现在毕竟开始变老了,他要重新找回这种朝气,却又谈何容易! 就在这天晚上,因为黄芦荡从来没埋过电线杆子,他就着油灯,给老书记写了一份报告,请他批准将俞春生调来担任他的秘书。老书记在公开讲话中,曾经多次提到这个名字,自然了解他的这段历史,最近又听过他当面汇报,也赞赏他的分析能力,便马上作了批复,同意将俞春生从供销系统调到公安系统,不过在职务上他作了改变,建议越级提拔为县公安局副局长。他在常委会上还笑着对卜常委说:"你安排他做你的秘书,是想手把手地教他几年,我看不必要了。他在监狱里待的几年,学到的知识不少了,从他的气质与出狱后表现可以预测,他一定会成为一名优秀的政法干部!"就在这次常委会上,也就是他出院后亲自主持的常委会上,他将意义讲得很透彻,常委们都动容。虽然还有梁副书记持异议,但见老书记态度坚决,他也不再坚持己见。经过讨论,一致同意任命俞春生为县公安局副局长。也尊重卜常委的意见,先送中央警校培训一段,学习先进的侦破技术,回来主抓刑侦工作。

十六、宵小之心

卜槐香参加杨青林领导的工作组以后,他便把小茅屋子锁了,搬了一副铺盖,住到供销社来了。工作组的寝室,开了三个铺,另外两个是杨青林和俞春生的。杨青林还要照顾乡政府的工作,不是每晚都在这儿睡,俞春生也希望回家住,所以有时只有卜槐香一人睡在寝室里。这天晚上没有会,卜槐香早早地回到寝室,他想早一点睡觉,弥补一下这些天耽搁的瞌睡。当他打着呵欠把被窝摊开以后,供销社的代理主任王桂生笑嘻嘻地推门进来了。王桂生看见卜槐香打算睡觉,笑道:"睡这样早,不怕夜里不得天亮?"卜槐香见他进了房,只得把摊被窝的动作停下来,招呼他坐下,也一边笑道:"熬了几天夜,困得很,今天早点上床,补一补火。"王桂生笑道:"我们这些坐办公室的,熬夜是常事,月底盘存结算,总有几夜合不上眼,搞惯了,不觉得难受。你看,我这样子,再熬几夜也不要紧!"卜槐香抬头望了他一眼,只见他那五短身材,略微显得有些胖,白净的面皮,还是那样光泽,他的脸上没有皱纹,也没有睡意。他当然不晓得他每天早晚要喝一杯炼乳,一支人参蛤蟆精,不管如何紧张,白天总要溜到宿舍或饭店去睡一阵觉。他的下面有好几个单位,可以随时到那里检查工作,谁晓得他的去向? 卜槐香不晓得他的这些诀窍,当他感到浑身疲倦,而看到他神采奕奕的时候,心里不由得不感到惊奇。虽然工作组的人都觉得这个代理主任很滑,不可靠,但是他对工作组的态度非常热情,号召也热烈响应,他说话谨慎,工作积极,直到目前还没有看出什么毛病。这时王桂生又笑道:"消除疲倦的办法不光是睡觉,还有别的办法，来，我们一块到外面去走走。"卜槐香也感到确乎睡得太早了，经王桂生这样一怂恿，他便跟着他走出了屋子。

两人走到了街上，只见街上一派热闹的景象。早两年柳林镇还是冷冷清清，到了晚上，连路灯都没有一盏，街上也很少行人，现在除了供销社的门市部以外，还有许多店铺开业，上百支吊灯把铺面照得明亮。一家新开张的美容美发店第一个用了霓虹灯，它的这盏霓虹灯虽然很小，在柳林镇还是头一盏，它像一个顽皮的孩子不断眨巴着自己的眼睛，引起了过往行人的注意。街上的行人比白天还多，收了工的农民，下了班的工人，还有放了学的学生，都挤到这条街上来了。柳林镇的街道本来很狭窄，它是沿湖堤修建的，一边的房屋有半截吊脚楼子，一边的房屋用安全台子做地基。安全台子宽的地方，房屋就宽敞，安全台子窄的地方，房屋就狭小。由于地皮金贵，都拼命往当中挤，挤得街道像根鸡肠子。一到晚上这里就摩肩擦背，变成了一条人的溪流。两人在溪里游了一会，来到了一个略显宽阔的所在。卜槐香看见有块红底黑字招牌："柳林大饭店"，才知道到了饭店门口。王桂生拉了拉他的手，笑道："这里有位老师傅，郴州来的，会做壶子酒，去吃一杯，解解渴。"卜槐香从来不喝白酒，对于这种壶子酒，他倒喝过，大炼钢铁时被派到宁乡煤炭坝运煤，喝了这种酒。壶子酒不能算酒，实际上是甜酒酿子，比普通甜酒味儿稍微浓一点。王桂生提到壶子酒，勾起了他生平唯一的一次出远门的回忆，他也想再次尝尝这种酒，便跟着他走进了柳林大饭店。柳林大饭店也是供销社的一个单位，归饮食服务部管理。王代主任是这里的顶头上司，上上下下的员工都认识，当他领着卜槐香走进餐厅，早有人出来打招呼。他们被带进一个小房间，里面有沙发、茶几、吊灯，只有一张铺着白布的圆桌，上面已经摆出了两套杯筷。卜槐香心里纳闷，吃碗壶子酒，还有这样多讲究？还记得第一次喝这种酒时，是站在路边小店的柜台子前面喝的。他正准备问一问，就已经有人把菜端上来了，第一道菜是只拼盘，上面有腊猪肝、熏肠子、白切鸡。看到这个架势，卜槐香慌了。他不肯坐下来，说道："只说喝一碗壶子酒的，怎么还来这些东西？"王桂生抓住他的手，硬把他按到座位上，笑道："今天是我过生日，老婆孩子不在家，只好自己庆贺。供销社里的人都走了，只有你在这里，就请你陪一

643

陪!"卜槐香记起了工作组的规定,任何人请客送礼,都应当拒绝,他想这下糟了,不就违反规定吗?他站起来要走。王桂生何尝不晓得工作组的规定,也何尝不晓得卜槐香生性古板,但今晚必须灌醉他。他又使劲拖住他,笑道:"今天不是请客,是我自己请自己,吃生日饭,请你陪一陪;难道你们做了许多人的工作,就不能在我这个干部身上做一做吗?"要是早年的卜槐香,会不管你是不是做生日,既然是规定,他不能违反,他早就走掉了,就是用三条大牯牛也拉他不住。这两年他的性子有变化,变得柔和多了,遇事也肯想一想。这时他想,王桂生说得也对,他是社里的主要干部,难道不能做做他的工作,使他靠近我们,支持改革,减少阻力,把他拒之门外,总不是办法吧。他过生日,自己请自己,拉我陪他喝杯酒,又是壶子酒,大概不算违反规定吧?他的心里还在犹疑,王桂生早又把他按回到椅子上坐好,递了一双筷子在他手里,并且还在高脚酒杯里倒了一杯壶子酒。平时最能撕开情面的卜槐香今天磨不开情面了,他喝了第一口壶子酒,觉得这酒真好喝,不禁又喝了第二口,并且夹了一块白切鸡送进嘴里。到他喝到第二大杯酒时,他竟觉得脑壳有点昏昏然了。为了避免嫌疑,在整个喝酒的时间里,王桂生不问工作组的事情,只跟他谈谈生活上的问题,也谈得不多。他只问:"三十过头好远了,为什么不肯结婚?"卜槐香没有回答,他也没有再问。喝完第三大杯壶子酒,他竟感到身子像腾云驾雾,轻飘飘的,舌头也不大听指挥了,他不知自己说了什么话,仿佛看见王桂生张开口笑。他的心里有时又有些明白,真奇怪,那年在运煤路上喝的壶子酒,一点也不醉人。他记得那天他也喝了三碗酒,那碗的容量跟高脚酒杯差不多,却一点醉意也没有。他哪里知道,今天的壶子酒里被王桂生渗了四十度的白酒。他跟跟踉踉离开饭店,王桂生扶着,走上了街道。这时已经很晚,街上的铺子都已经关门了,行人也少了,只有几家馄饨店与面粉店,还在营业,热腾腾的营业间,坐满了消夜的人。王桂生扶着卜槐香往前走,走过了供销社的大门,没有进去,他把他扶到了代收店的门口。这时代收店的门虚掩着,里面还有灯亮,还有人声。王桂生对卜槐香道:"到了,推门吧!"说完,他便走了。

卜槐香却以为到了供销社,便伸手推门,门呀的一声开了。他又往前走去,以为走进了供销社的宿舍,不必拐弯,结果跌跌绊绊,跌翻了一条板凳,一个趔趄,又扑向靠墙码着的簸箩子,撞落了几只装干货的篓子,发出吓人的声响。"谁?"里屋传出刘丽君的声音。她记得大门是虚掩着的,肯定是有人进来了,忙走出里屋,把铺房里的灯扯亮,使她大吃一惊,原来站在面前的是满面通红满嘴酒气的卜槐香。正在里面动员刘丽君积极参加供销社选举的杨青林也走出来了。铺房里的吊灯光雪亮的,把一切都照亮了;柜台和货物照亮了,三个人也照亮了,互相都很清楚地看清了对方的脸。卜槐香发现长着椭圆形脸的女子就是刘丽君,身材瘦削的男子是杨青林,他的脑壳一下子清醒了,也把一切都弄明白了,他没等两个人开口,就车转身子跑到了门外。剩下刘丽君和杨青林默默地站在那里,都感到惊诧不已,卜槐香这种反常举动到底说明了什么?

当杨青林回到供销社,寝室里没有卜槐香,他的被窝摊开了,人却没有回来睡。杨青林这夜便睡在供销社,一边为卜槐香担心,一边想着供销社选举的事。按照原来拟定的日程,扩股以后,就要召开股民大会,用无记名投票方式选举供销社的理事与监事,再从理事会和监事会产生正副主任。根据大竹县的经验,理事和监事代表性要广泛,正副主任的人选极为重要,因为股民大会开过以后,一切主张都要靠这些人实施。经过两年来的工作,他对柳林大垸的人都熟悉了,他觉得要找几位既有精明的头脑又有真正的才干的人并不容易,他比较来比较去,最后总离不了刘丽君。现在刘丽君是一个私营代收店的经理,店子开得正兴旺,利润分红很高,她愿不愿丢开这只金边碗,去捧一只泥饭碗?改革后的供销社有一条新规定,职工都用合同制,不再搞铁饭碗,也不再搞顶替。她肯不肯搞这种临时场合? 在他脑子里实在想不出更好的人选,而股民大会已经临近,主任候选人名单总得有个底。杨青林的心里有些着急,便不禁又找到代收店,想明确地跟她谈谈这个问题,摸一摸她的思想状况。盘底结算已经结束了,供销社的股票已经买回来了,代收店又转入正常的工作秩序,晚上一般不加班。这天傍晚,杨青林踱进代收店,跟往常一样,店里只剩下刘丽君一人,她在整理货篓,打扫卫生,准备值夜班。杨青林试探性地谈起供销社的扩股,表扬他们股额巨大,想探探她的口气。谁知没等他说完,刘丽君就笑道:"青林,我们办代收店的目的,不单是为了赚钱,更重要的是为了解决农民兄弟的困难,供销社能够改变体制,改革经营方式,我们愿意参加进去!"杨青林问道:"店子里的人都是这样想的?"刘丽君道:"大多数人是这样想的,只有少数人有异议,他们不相信平时懒散惯了的供销社职工,会马上振作起来。"杨青林笑道:"这倒不用担心,有办法。"刘丽君问:"什么办法?"杨青林道:"大竹县的办法,跟农业生产一样,搞承包责任制,把店子承包到人,由他去组阁,自主经营,这样就会把店子搞好!"刘丽君早就琢磨过这种办法,不禁脱口而出:"只要供销社同意,我们愿意承包土特产收购门市部!"杨青林笑道:"我想你的承包范围还可以大一点,比方说承包整个供销社。"刘丽君惊讶道:"由我们代收店?"杨青林道:"由你一个人!""我一个人?"刘丽君更加惊诧。杨青林解释说:"当然不是叫你包办一切,你又不是千手佛,怎么做得完几百人的工作?我的意思是请你出马,积极参加竞选,争取当上柳林镇供销社主任。"话说到了这个份上,刘丽君明白了乡长夜访的目的,她的脸颊不禁红了,陷入了沉思。供销社开始扩股以后,垸子里的人踊跃认股,很多买了股票的人到代收店来找过刘丽君,他们害怕自己的股金变水,希望她来竞选供销社主任。朱冬生和李小娟来找过她,宋明和春妹子来找过她,卜桂香和端姑娘来找过她,朱长生也来找过她。代收店的全体职工一致同意,大量购买股票,何尝不是想插足供销社,把自己的经理抬出来。经过一年多的合作,他们都见识了她的能耐,如果整个供销社由她担纲,管辖着那样多经营单位,她会做出多少文章,把整个大垸的流通领域搞活!当她摆脱沉思抬起头,杨青林从她的眼睛里看出她的复杂心理,既觉得义不容辞,又感到担子沉重。他便忙给她打气,对她加以鼓励,并且拍着自己的胸脯对她说,乡党委愿意做她的坚强后盾!刘丽君对杨青林是信赖的,对他的许诺是满意的,最后她答应积极参加选举,争取当上供销社主任。听到刘丽君的最后答复,看到她那充满信心的微笑,杨青林长长地吐了一口气,感到自己肩上的重压突然变轻了。他的心中充满了愉快的感觉,忍不住伸出一双粗糙的大手,又紧紧地握住刘丽君柔软的手,正想再对她说几句鼓励的话,正在这时,忽然听到营业间一声巨响。电灯扯亮以后,发现卜槐香站在那里,卜槐香那种奇怪的面容和神态,使他心里很纳闷。这时他垫高了枕头想,想不出原因。直到快要睡着了,才突然想到,是不是卜槐香前来表白,想使刘丽君回心转意,不凑巧自己在房里,他不好意思讲了,红着一副脸跑了。接着他又想,彼此都是老朋友,互相都很知情,有什么值得遮遮掩掩的呢?趁着我在场,也许更好一些,我可以从中劝说,使刘丽君容易转弯。由于有了这番考虑,他又不禁推翻前面那些想法,所以直到完全入睡,杨青林并未揭开今晚的谜底。

王桂生工于心计,为了打乱杨青林的部署,破坏供销社的选举,又从刘丽君入手,制定了一个新的方案。他打探到杨青林进了代收店,就把卜槐香灌醉,将他引到店里,让他进去亲眼看到把戏。王桂生的设计虽然好,实施的时候也很顺利,但是他对后果的估计不太准确,他料定卜槐香这个竹筒子看到当时的场景会沉不住气,他会大吵大闹,即使当时不吵闹,也会在别的场合跟杨青林吵闹。只要他能吵闹起来,他就好做文章,他会把这件事情宣扬出去,以抵消拍照片上的失误,至少可以把杨青林和刘丽君的面子扫一扫。因为这类事情是最能引起人们的兴趣的,也是最能搞臭一个人的,只要把事情经过捅出来,刘丽君就不想进供销社了。柳林镇的人百般都好,就是没有摆脱千百年来的陋习,在男女作风上特别敏感。如果把这事张扬出去,刘丽君的形象就大损。唐元贞的名声还未消失,谁还肯再选一个破鞋当供销社主任?谁知他的估计完全错误。卜槐香虽然当场受了一点刺激,但是他没有吵闹,不但当时没有吵闹,后来也没有吵闹,只是当天晚上他没有睡在供销社,走了几里夜路,回到垲子里的那座小茅屋,睡进那床薄薄的被窝,暗暗地掉了几滴眼泪。第二天天刚亮,他又上街了。当杨青林走进食堂端饭时,抬头便看见了卜槐香,只见他正坐桌旁埋头喝一碗稀饭。杨青林走到他身边,正准备问他昨夜是怎么回事,忽然看见柳林村村长陈良桂来了。陈良桂被抽调到乡政府制订全乡经济发展规划,他领着科技小组忙了两月,已经将三年规划编制出来了,今天将组员们召集拢来,想向杨书记详细汇报,如果能得到乡党委批准,再通过乡人代表审议通过,就能公布实施。杨青林一听这也是一件大事,它关系着今后全乡的经济发展,乡人代会已经临近,刻不容缓,便马上将手头的工作放下,让马秘书代替他主持柳林镇供销社领导班子的选举,却随着陈良桂回乡政府去了。

当杨青林无暇顾及供销社选举的时候,柳林镇供销社的选举还是如期举行。他所指定的代理人,是位操办过无数会议的老秘书,他领会了领导的意图,揣摸了垸子里股民的心理,便代表杨青林主持了一次积极分子会议,宣布刘丽君已经答应参选。这个消息像一阵春风,吹遍了柳林大垸,整个垸子沸腾起来了,人们奔走相告。自从组织编制组以来,柳林垸的人都得过刘丽君的好处。代收店的建立,更像一场及时雨,解决了一个最烦难的问题,使人们手中有了活钱。尽管这种改善是初步的,却使人们认识了刘丽君,她不但具有组织生产的能力,还有经营商业的才干。如今供销社进行体制改革,股民自己当家做主,他们可以废除不合理的规章制度,挑选自己中意的干部。他们互相串门,田头巷尾议论,这主任一职,离开了刘丽君,到哪里找更合适的人?到了选举会上,不管识字的还是不识字的,都把票投给刘丽君。不识字的找人写票,还请人核对,生怕投错了人。在选举理事和监事的时候,刘丽君的票数最多,在选举主任的时候,刘丽君的票数也最多,她当选了柳林镇供销社的主任。俞春生当选为副主任。监事会的主任选了朱利生,因为他有一手好算盘,最会算账,在清理乡政府下属各单位的账表时,任何违反财经纪律的问题都被他算出来了。股民把钱投进了供销社,最怕有人把这些钱不当钱用,他们把他选作监事会主任,是希望他能堵住漏洞。候选人绝大部分被选上,只有王桂生落选了。尽管马秘书一再传达杨青林指示,要选一位原供销社的负责人进新领导班子,他还是没选上。他的脸色惨白,坐在最后一排座位,听完票选的结果,就从门边溜走了,他溜到街上去了。

宣读票选结果以后,会场内响起一片掌声,股民们兴高采烈。有几个年轻小伙子,跑到台前,他们不敢动刘丽君,却把俞春生和朱利生抬起来,将他们抛过头顶,这样抛起又放下,放下又抛起,把俞春生和朱利生的脑壳都搞晕了。

参加选举的都是已经入过股的人,票选结束以后,他们又三个一堆五个一伙,叽叽咕咕,议论了一番,接着便有人出来补买股票。冷满爹联合体又补买两千股,卜桂香也补买了一千股,朱长生补买了五百股。只有黄保老汉,因为隔得太远,没有派人来参加选举,也没有发现耗子打了埋伏,所以没有补买。其他参加会的,几乎没有一个人没有补买。

理事会的选举结果公布以后,听说刘丽君当选为供销社主任,大埝里的人奔走相告,他们相信供销社也会变成聚宝盆,当天中午,就有许多人来认股,这样又掀起了一个认股的高潮。过了几天,管理股统计,这次认股数超过了上次认股数,两次认股的数字加在一起,达到了六十万元,比原来预计的超过了两倍。

　　王桂生溜到街上,是想到邮电所给刘斌挂个电话,告诉他两件事:一是从沿海运来的水货,已经到了县供销社的仓库,罗富庭已经到任,他已负责签收,存货单位写的是柳林供销社百货门市部;二是柳林供销社的选举已经结束,由于杨青林的操纵,他没有选上主任,这个位子被杨青林的姘头占了,因此必须赶快将存在罗富庭那里的货转移走,因为他已不在领导岗位,怕存货会出纰漏。有关这类机密电话,他平时是在专用办公室打的,现在他已经下台了,自然不便再用这台电话了,只好到邮电代办所去打。当他走近邮电代办所,心想也不妥,因为柳林镇是座小镇,附近的厂矿不多,邮电所的业务清淡,多次打报告请求建造一个营业间,县局都没有批准,它还跟过去一样,在街上租了一间旧门面,柜台子分成两半,一半买邮票寄挂号信寄包裹和办汇兑,另一半经营电讯业务。柜台上有一台手摇机子,柜台里面的桌子上也有一台分机子,碰到有人要打长途电话了,就由柜台里面的人先用桌上那台机子给你叫通,听到铃声响了,再叫你拿起柜上的话筒讲话。机子相当老旧,传音效果很差,需要大声喊叫,由于没有隔音设备,你在邮电所打电话满街都听得见。如果在邮电所打电话,也等于把秘密告诉满街的人了,所以这也不妥当。王桂生站在邮电所前想了一会,想来想去,才想起柳林大饭店有两个套间,房内有专用电话,平时只有住进贵宾才开通,他想今天只好权充一次贵宾了。当他走进柳林大饭店,因为他曾是供销社领导,自然还受欢迎,他订了一个套间,住进里面跟刘斌打电话。刘斌一听,又是欢喜又是生气,欢喜的是林总经理很守信用,按照原来协商的条件准时发货,如今水货已经到手了,只等找家商店把它们卖出去。生气的是又碰上杨青林这个对头,他不早不晚,在他正需要利用柳林镇供销社这个当口,把它的权夺了,使这笔水货不能及早售出,滞留在仓库里。刘斌确有帅才,他懂得怎样使用人才,爱护人才,他把水货的问题存在心里,不再与他讨论,而真情实意地关心他目前的处境。他安抚王桂生道:"选举上失败,是暂时的失利,还有机会东山再起,再不济可以转移阵地,柳林综合厂归口的事已经办妥了,哥哥这里的二把手位置给你空着,你随时可以带着弟妹来报到。"这几句贴心窝儿的话,把王桂生的眼泪都掏出来了。他哽咽了一会,说了一句:"哥哥有什么嘱咐,拼掉老命小弟也会去干。"接着两人便过细商量善后事宜。按照刘斌的意思,杨青林如果不马上驱逐他,王桂生尽管可以提出辞职,但不必急于走,一则可以利用自己的影响,给刘丽君制造些麻烦,使杨青林感到头痛,消消他们的气势,灭灭他们的威风;再则有王桂生在柳林镇,可以就近照料这些水货,等把水货销售出去了,再离开柳林镇不迟。凭王桂生的聪明,他也无法感觉到最后这句话是他谈话的重点,他只感到刘斌最关心的是他眼前的处境,他心存感激,连忙回答说:"水货的事我会照看的,大哥确定了取货的人,请尽快通知罗富庭。"

挂下电话筒以后,虽然出路有了着落,心里感到快乐,但一身骨头像散了架似的,两脚发软,不禁瘫倒在床上。这也难怪,从工作组入驻以来,供销社发生的种种,使他难以招架,他上蹿下跳,耗尽心力,还是以失败告终。他心力疲惫,极需要恢复一下了,整个中午,他都是躺在床上度过的。到了下午,才踱出柳林大饭店,走向供销社。

这时供销社的门口非常热闹,熙熙攘攘,布满人群,有的人拿着旧的股票,来兑换新的股票,有的人在继续认股。新成立的股票管理股办公室窗外排着一条长龙队。有些五保户也来了,他们从怀里掏出带着体温的票子,正用蘸着口水的手指在反复地数。有供销社的职工在征求排队的人意见,是否同意让婆婆和老倌子先认了股走。职工问过这话后没有人吭声,忽然有个大嗓门叫出一声:"要得!"跟着就是齐整的吼声:"要得!"几乎把王桂生的耳朵震聋了。他看见队伍马上一分为二,一支队伍都是白发苍苍的老者,他们移到了前面,一支队伍一色青壮年,哈哈连天,好像刚喝过喜酒回来,他们挪到了后面。队伍里没有争吵没有咒骂,除了嗡嗡的说话声就是笑声。那位职工没有费一点力气,就把队伍整理好了。他只注意帮助那些有点耳背的老人知道这种新的排列法,有几位年岁太大的他用双手扶着他们走。王桂生看到这种情形不乐意,他不无恶意地想:"柳林坑人的适应性很强,什么路子都能够走。早年跟着押解杨青林的刑车喊口号,也是排着队走,如今杨青林当了令,又朝着杨青林手指的方向排成这样长的队伍。"王桂生当然不肯承认,排在那种队伍中的都是被裹胁的人!看见这种场面真把人的肺气炸,王桂生不想再看下去了,他朝办公楼的大门走,准备进去找杨青林,谁知他只顾抬起头走路,竟和一个人撞了个满怀。那个人也很性急,只顾往前冲,王桂生几乎被撞倒了。他抬头一看,只见是个女的,面容好熟悉,想了好久,才想起来,是柳林村朱长生的烂眼睛堂客。这女子为治眼病闹了一场笑话,被人抬到卫生院,引动了满街的人。如今她的眼睛治好了,喜欢到处看热闹,这时她睁着一双亮眼,看见了王桂生,一把扯住他的衣袖子,对他叫道:"碰到了领导,正好,我有件紧要事要汇报!"朱长生堂客喂了一窝猪,还要煮三餐饭,平时很少出屋,上街的机会更少。男人包种的田太多,累得一身筋骨痛,本来是只锯了嘴的葫芦,如今更少说话;同屋住的惠兰牧鸭去了,青妹子每天上班,她的消息很闭塞,只知道供销社搞改革,男人得了老股的红利,又去认了许多新股。她不晓得王主任已经被刘主任取代了,她只知道王主任是领导,对他没有恶感,愿意把自己见到的怪事告诉他。王桂生听见她有很紧要的事向他汇报,连忙停住了脚步。这时供销社门口还在不断来人,便把她拉到院子的一角,问她是什么紧要事?朱长生堂客说:"听说供销社很热闹,想进去看看,挤不进,忽然想起大女儿家昨天派人报喜,我已做了外婆,便想顺便到街上办几样礼品做三朝,不想我到供销社百货门市部扯布,看到了一件稀奇事!"王桂生微笑着问:"什么事?"现在不是他当家,他很希望供销社出怪事。朱长生堂客道:"百货门市部那个三十多岁的女营业员,脸模子长得乖,有红有白,只是眼眶旁边有块寸把长的疤子,听说是小时节跌在锅沿上划的。这个女子喜欢穿得花里胡哨,说话嗲声嗲气,见到干部就扯眉眼,对衣裳穿得破的顾客耍态度,开黄腔,坑子里的人叫她妖精。"朱长生堂客见王桂生的眉毛枯起来了,知道自己扯远了,忙收拢来,说道:"我今天到店里扯布,看见她坐在柜台边,不肯搭腔。店里没有别的营业员,我只好走到她跟前,这时她正给一个男子扯布,她收了那人一沓一元一张的票子,扯了一段布给他,找给他一把五元十元的票子。两人一边扯布,一边挤眉弄眼,

651

嘻嘻哈哈，做出好多俗样子。看见我在面前，也不当一回事，以为我看不见，实际上我的眼睛早好了，搭帮杨青林找人治好了，看得清清楚楚的。"听朱长生堂客说了这一大通以后，王桂生的心不禁像杨青林率领工作组进入供销社大院那一刻一样，通通通跳起来，他的感觉是很惊慌。他忙问朱长生堂客道："你没有跟别的人说吗？"朱长生堂客连连摇头道："没有，我才从那个店子里出来。"王桂生道："那好，这件事很严重，让我仔细调查以后，再作严肃处理。你暂时不要告诉任何人，以免走漏了风声，让他们做了手脚就弄不清了。"朱长生堂客好像懂得了他的意思，连连点头道："要得，我不告诉别的人，只告诉你，因为你是供销社主任，我晓得，检举揭发只能找领导人。如今我家也是股东，供销社搞得好不好，跟我们都有关系，我不能眼看自己投进去的钱被贼古子偷走了！"朱长生堂客放心落意地走了，留下王桂生呆呆地站在院子一边的角落里，思虑了好久。

这个眼旁有块疤的女人，是他的心腹，不但是他在百货门市部安的一个耳目，门市部的动态，常由她向他详细报告，而且，因为她的男人是采购员，被安排住在他的隔壁，采购员的流动性很大，一年有大半时间不在家，因此每当王桂生心情愉快或者感到烦闷的时候，常常溜到她家去消遣。王桂生的堂客在卫生院工作，经常要值夜班，一般都是值一整夜，这种时候，他也整夜睡在采购员的家里。今天幸亏朱长生堂客找到的是他，真是鬼使神差，要是碰到别的人，不会闹出一场大乱子才怪！王桂生看见疤子女人屋里的摆设一天比一天讲究，家用电器也已经齐了，其中有自己的馈赠，但只占一小部分，其他的物体是从哪儿来的？他们虽没有伢儿，但两家都有老人需要赡养，工资并不高，负担却不轻，她怎么会有这样多的钱来置办电器家具？他心知有异，晓得她手脚有点不干净，却不知她竟这样大胆，敢于大把大把地偷钱！那个男人肯定也是她的野老公，两人合伙行窃，一个做卖主，一个做买主，卖主收买主少量的钱，卖主找给买主更多的钱。这个办法实际上是个老办法，过去肉食水产公司就发现过一起这类情节的案件，有个砍肉师傅与一帮人串通，不到半年，就侵吞了公司上万元，后来这个案子侦破了，砍肉师傅判了徒刑，至今还没有出狱。如今正是杨青林当令的时候，杨青林何等精明，刘丽君怎样能干，他们能让你这样肆无忌惮地盗窃，不把你的把戏揭穿？今天不是他们亲自发觉,一个烂眼睛堂客就看穿了,她立刻去找供销社的领导汇报,如果不是运气好,撞着他王桂生,今晚那女人就会到派出所睡水泥地,戴铐子,吃冷饭,说不定还会把过去好多事都扯出来。王桂生想到这些,脑壳发麻,浑身发软,他急步走到百货门市部。只见那个大胆的家伙还在若无其事地嗑葵瓜子,骂衣裳穿得破烂的顾客。看见王桂生到来,她的脸上泛起一层笑,不过笑意远不如从前甜,含有一点鄙薄的成分。王桂生知道这种态度是针对他最近的失意来的。他见门市部只有她一个人,便对她说:"等会儿同班的人来了,你告个假,赶快回来,我有件紧要的事找你!"说完这话,他也不管她的反应如何,掉转头去走了。

王桂生走回家里,掏出钥匙把门打开,今天堂客值白班,还没有回来,家里没有旁人。他感到饿了,就自己动手炒了一碗蛋炒饭,烧了一钵豆腐汤,就着一碟咸菜,吃饱了肚子。刚躺在沙发上想歇一会儿,只听见嘭的一声响,门被人用脚踢开了。他转脸一看,只见门口站着疤子女人,做出一副不屑的样子,嘴里还在嗑葵瓜子。那个女人开口说道:"有什么紧要事,快说,我只请了十分钟假,就要回去。"王桂生一个鹞子翻身坐起来,没好气地命令道:"站在门口现彩呀,快进来,把门关上!"看见王桂生的脸色铁青,口气严厉,虽说这些天来他的表现使她瞧不起,但是往日威严,至今还有余力,女人忙把门关了,走进房来,一边吐葵瓜子壳儿,一边笑道:"看来还顶机密的,门关上了,说吧。"王桂生见门关了,说话的声音也大了,他厉声道:"走过来一点。"那女人顺从地走拢来几步。忽然王桂生像老虎捕羊,猛扑过去,一把抓住女人的膀子,就往她身上摸。疤子女人见他这样猴急,忍不住嘻嘻笑起来,她一边挣扎一边笑道:"才干过没几天,就这样急性,青天白日,在你家房里,你堂客和崽回来了怎么办?"王桂生的手搂得好紧,不顾她挣扎,已经在她身上摸了一通,从衣服袋里摸出一大把票子,就把她放了。他把票子举在手里,怒声喝道:"这样多钱,哪里来的? 你赶快对我坦白,那个装着来买布的臭男人,也拐走了多少?"疤子女人见他满身摸她为的这个,她的笑容马上收敛了,她也变得怒气冲冲,伸手要抢回她的票子。王桂生把票子举得很高,使女人抢不到。他一边跟她顶着,一边骂道:"狗娘养的,这是什么时候,你还这样大胆,不怕拿手铐子来铐你? 你晓不晓得,你们玩的那些把戏,已经有人看到了,她告了你的状!"疤子女人还在踮起脚抢票子,抢不到,正准备发泼,听王桂生这样一说,手僵住了,踮起的脚跟也落地了,用疤子上方的绿豆眼睛,瞪着他,像忽然傻了一般。王桂生见她安静了,就把他听到的情形原原本本告诉她。疤子女人嘴里还在咕噜道:"朱长生的烂眼睛堂客,谁不认得,我以为她看不见。"王桂生叹口气道:"你也不打听打听,杨青林替她把眼治好了,如今她的眼睛比哪个人都好。幸亏今天杨青林没在门口,要是告诉他,你怎么解脱,不老老实实戴上铐子又怎样的?你忘了肉食水产公司那个砍肉的师傅?"疤子女人也感到事情做拐了,她的心里也打得鼓响,两条腿不住停地打战,她仿佛看到这铐子已经递过来了。王桂生急得搔头皮抓腮,又使劲搓着两只手,不住停地在房里走。过了好一会,才抬起头说:"就这样办!"那女人战战兢兢地问:"怎么办?桂哥!"王桂生说道:"那个臭男人跟你有来往,我早已发觉,没有料到你们还有胆量搞这些名堂!我只问你,你要老老实实地说,你们搞了几回,他拿了多少钱?"疤子女人发现事情相当严重了,只得实说了,她说:"连今天一起算,一共只搞得三回,都是在这个星期里,我总共付了他一百八十四块五。"王桂生笑道:"还好,是在一个星期里,你们柜台上的营业收入是一周结一次账的,明天是最后一天,你赶紧把你拿的钱连同他的一百八十四元五角钱放进钱匣子里去。"那女人听了着急道:"这死鬼知道你回来了,不敢晚上来了,我如何问他要来这笔钱?"王桂生叹了口气道:"碰到你这个冤孽,真没有法子,那好,只有我认晦气。"他忙把衣柜子打开,端出一只体积不大的保险箱,打开锁,从里拿出一沓有工农头像的票子,数了十九张,连同那些从女人身上搜出的票子,一起塞给了疤子女人。那女人高兴地笑了,她抓住钱,匆匆往外走,临出门回头望了王桂生一眼,嫣然一笑,一阵风似的跑了。王桂生一边叹着气,一边关衣柜子的门,想起那十九张绘了工农头像的新票子,竟是替她另一个野老公还债,心里觉得到底有点不值。

　　下班以后,疤子女人又到王桂生的家里打了一转,告诉了他,拿走的钱已经如数还到钱匣子里去了,没有人看见。王桂生听了很高兴,吃过晚饭以后,他便从从容容又来到供销社找杨青林和刘丽君,恰好两个人都在,他们从食堂窗口打了饭菜,坐在饭桌旁吃饭,一边吃饭,一边谈工作。有事来找他们的人很多,应接不暇,只顾说话,饭也顾不上吃几口,饭菜都凉了。人们摸出了一个规律,在吃饭的时候去找他们,才容易找到。人是铁饭是钢,不管什么人,总得吃饭,如今不兴搞派饭,饭都得回机关或者家里吃,这时去找他们,准能找得到,所以当领导的人吃饭时最忙。常常出现这种情况,杨青林和刘丽君在食堂窗口排队,人家在他们吃饭的桌子旁边排队。今天他们这餐饭吃了一个多小时,食堂已经关门了,他们手上的饭还剩一半。不过杨青林对吃冷饭有锻炼,在劳改农场,常常要吃冷饭。刘丽君还不习惯,没有几天,她就感到胃里有些作痛。后来她想了一个法子,用热水瓶子里的开水泡饭吃,经滚烫的开水一冲,饭也就热了。不过又听人说,开水容易冲淡胃液,也影响消化。刘丽君顾不得许多了,每餐吃泡饭,现在供销社是另打锣鼓另开张,事情多得起堆,都得一一妥善处理,哪里还顾得上肠胃不肠胃。王桂生走进食堂,只见两人桌旁还围着一堆人,他不想去凑热闹,就暂时避开一会,踱到楼下一些办公室去。

除了股票管理股的窗口特别热闹,楼下的办公室大都关了门,这些房子里坐的都是一般干部,他们不是当家人,跟过去一样,按时上班下班。他看见只有两个办公室里还敞着门,一个是会计室,一个是出纳室,两个工作室同属财会室。会计和出纳都是女的,本来坐在一间屋子里办公,出了俞春生那件事以后,女会计吓了一大跳,她是一年遭蛇咬,三年怕草绳,她怕再沾包,坚决要求跟出纳分开办公。因为会计是管账的,出纳是管钱的,这样分开坐,再要出了事情互相不会有牵连。当时的领导唐元贞为盗窃案受了批评,只好同意她的意见。谁知分房以后,出纳觉得自己受了侮辱,她也坚决要求加固出纳室的门窗,她说出了一个俞春生,难保不出现第二个俞春生,如果社里不把窗子加上铁杠杠和在门上包层铁皮子,她就不来上班了。唐元贞又只好满足她的要求。自此以后,会计和出纳之间就有了隔阂,平时除了财务上的来往,没有什么话谈,她们是井水屡犯河水,彼此都不买账。不过近来她们都有些不快,从而有了共同的语言。因为工作组进驻以后,调整了一下领导人,财会室主任调到股票管理股做头头,代理主任王桂生不再具体抓财会室,由工作组的朱利生代管。两人经过一番打听,才知道这个人在调到乡政府以前,不过是生产队的会计,既没有进过会计学校,也没有经过财会训练班培训,他凭什么资格来管理财会室?她们两人都是在正经八百的财会训练班结业的,在这把椅子上坐了二十年,刚坐上来的时候还梳着两条小辫子,如今一个有了孙子,一个有了外孙,为什么她们不能有点提升?听了工作组的决定后,两人的嘴巴翘起有两寸长,能够挂起一只葫芦。她们气鼓鼓地冲进会计室和出纳室,把门碰得啪啪响,接着两个女子骂开了,她们大骂杨青林乱点鸳鸯谱,搅浑了一池春水。由于两人的遭遇是相同的,一对崩马上变成了一对亲。不想她们正骂在兴头上,俞春生陪着朱利生出现了,面对俞春生她们不敢继续发作,因为谁的心里都有数,两人都欠下俞春生一笔债。当年出纳不小心,把放着保险柜钥匙的手提包乱丢在窗前的桌子上,自己擅自出去了,钥匙被盗窃犯偷走了,给他提供了一次机会。这个情节是她案发后回忆的,是不是符合事实,不得而知。而会计手上也有房门钥匙,她随时可以出入财会室的门,平时她又常看见出纳开保险柜子,又晓得她把钥匙放在手提包里,保不定是她取走了钥匙,下班后再回头作案。所以发现保险柜子被打开,六千元人民币不翼而飞,两人都有犯罪嫌疑,使她们紧张了好一阵子。当时为了脱掉干系,不得不背地里打小报告。会计怀疑,出纳故意把钥匙挂在保险柜子的门上,是自己偷了柜里的钱,贼喊捉贼。出纳怀疑会计偷了保险柜子的钥匙,利用自己掌握的房门钥匙,夜晚私自进门作的案。两人互相无情揭发,使问题变得越来越复杂,直到后来都想到俞春生负责打扫卫生,还保有一把房门钥匙,他晚上睡在财会室隔壁,犯罪的嫌疑更大,大家才把目标对准俞春生。当俞春生被批捕那天,两人都像儿子讨媳妇女儿出嫁一样高兴,她们迅速摒弃前嫌,共同回忆了许多事实,又给公安局军管代表写了一份材料,这份材料颇有用,使军管会的结论更有说服力。不久俞春生被判了十二年徒刑,她们如释重负。但是案子了结以后,许多侦破过程曝光了,她们才知同室操戈,有人暗算过自己,这样以俞春生为共同打击目标的同盟又拆散了,接着接二连三地发生了大大小小的摩擦,摩擦延续到今天,才被相同的遭遇冲淡,同盟又有恢复的趋势。不过当俞春生出现在门口,同盟的意愿被负罪的感觉代替了,因为俞春生是工作组副组长,心存惧怕,都想把当年提供材料的责任推向对方。谁知俞春生像没事儿一样，笑嘻嘻的，不再提旧事，只把两个房间的人召集拢来，向她们介绍，这位同志名叫朱利生，是工作组的成员，由他担任财会室的临时负责人。两人定睛一看，原来是位膘壮的男子。朱利生负责村里和乡里的会计事务，他很少下水田，没有晒太阳，皮肤变得白皙，身躯显得丰满，加上端正的面相，俨然一位美男子。两人的眼睛一亮，心里就软下来，那对立的情绪，立刻就消散了。俞春生对两人解释说："本来工作组不想马上改组财会室，因为直接管理财会室的领导调去清股扩股，而正值老股分红新股收款，进进出出的多，又都需要审批，财会室只好派个临时负责人。等选举结束以后建立了新的领导机构，再确定正式负责人，而未来的负责人，除了精通业务以外，还应当是这场改革的积极分子！"等俞春生和朱利生走了以后，两个女人之间的同盟又开始崩溃。因为两人都有了自己的心事，想着今后财会室的正式负责人的人选，是我呢？还是她？如果是我，事情就好办了，如果是她，准备要怄不少气。两个人年龄相仿，学历也相同，业务能力看来差不多，无论上哪个另一个都不会服气。会计说，会计是正式财会人员，出纳是辅助人员，唱主角的应当是我。出纳说，会计经常不是脑壳痛就是肚子痛，一个月要休息几次，她当了负责人，休假去了，财会室出了事情，找谁去？这样一比较，都觉得这个财会室的负责人，将来是非我莫属了。而竞争的对方，不是别人，就是坐在旁边一间屋子里那个女人。朱利生已升任为乡政府的财务室主任，他参加了工作组，也是临时的，不久就会回去，不是假想敌，而实实在在的敌人横亘在面前。在两人的脑海中，旧恨新仇一齐涌上来了。两个人的脸色都变了，言语也干涩起来，扯不了两句谈，便都无话可说了，真所谓话不投机半句多，两人都退回到各自房间里座位上，端坐在那里，细细地想心事。俞春生的那句话："除了精通业务以外，还应当是这场改革的积极分子！"在她们的脑里刻得最深。她们心想，业务上没有问题，搞了一二十年，铁杵也能磨成针了，何况是一个小小供销社的业务。只是这改革的积极分子，怎么做呢？想来想去，只有借助历次政治运动的经验，对于改革的对立面，即是重点打击的对象，必须采取残酷无情的做法，坚决跟他们划清界限，然后积极检举揭发。其次，就是要不辞劳苦，加班加点，别人已经下班了自己不下班，别人已经休息自己不休息。想清这些步骤以后,对作积极分子也就有信心了。这些天,朱利生布置的工作,她们都超额完成。除了早饭,午饭晚饭都在社里的食堂吃。吃过晚饭后,其他办公室都空了,她们的办公室的门还敞开着,两人正襟危坐,手眼并用,不停地敲打算盘珠子,并且相互暗暗较劲,看哪个能坚持到最后。每天都是朱利生下楼来催促她们回去,她们才依依不舍地关好门,走回家。今天她们又在办公室里竞赛。王桂生看见这两间房里有灯光,竟走进她们的房里来。

谁知王桂生走错了地方。他以为像从前一样,当他走进历来由他直接管辖的财会室,会受到十分热情的接待。从前他常常听到尖叫的欢迎声,殷勤的问候声,问到他自己,也还问到他的堂客和他那个喜欢打群架的伢儿。这伢儿曾经伤透了他的脑筋,在这里却被说成是有出息的先兆,根据是男伢儿小的时候不调皮,长大了冇出息。他的屁股刚刚挨着椅子,热腾腾的雨前茶就送到手中,接着又送来了香烟,特备的香烟是过滤嘴的。两个女人一脸灿烂,眼睛也顾盼生情,说话的声调嗲声嗲气,好像年轻了二十岁。王桂生在两间房子里嬉闹了一会,往往发现口袋里或提包里多了一两样东西,有时是蜂皇精麦乳粉,有时是三七天麻根,还有一回使他惊诧不已,在他的衣服口袋里,竟有一条喷香的绣花手巾,包着一瓶双喜牌荷尔蒙香精。要不是两位女士的年龄偏高,王桂生心里真会产生遐想。如今他落选了,也算免职了,他信步踱到这地方来,相信能得到同情和慰勉,谁知他得到的却是冷淡与讥讽。

首先他的脚踏进会计所坐的房间,女会计正埋头翻阅账簿,听见脚步声响,先用眼角往门口一扫,瞟见来人是下台的代理主任,她的眼皮儿也不肯抬,继续认真地看她的账簿去了。王桂生到了房间中央,故意把脚踏得重一点,还干咳了一声,他以为接着听到的是一声尖叫,然后是亲切的问候以及贴心实意的安慰话。会计也不会不发些牢骚,因为他在工作组召开的职工会上,坐得离她们不远,看见了她们那愤愤不平的样子,她们会同病相怜,还会有一番诅咒。谁知他的想法落了空,至少有两分钟,没有听到什么反应,他才向办公桌旁望去,只见那个女人还在聚精会神地工作,他忍耐不住了,直呼其名地喊了一声。如果这时还没有回答,就太说不过去了,会计把头微微一抬,似笑非笑,应了一声:"嗯,王代主任。"下面不再有言语了。王代主任等了一会,见她不再说话,只好自己又说一句:"这样晚了,还不回去,也应该注意身体啊!"本来是句关心她的话,在被关心者听来,却像是句讽刺话,嘲笑她太积极。这时一股无名火从丹田直透脑顶,她的头颅昂起,把账簿朝前一推,差点儿把桌上那瓶蓝墨水撞翻了。会计没好气地答道:"会计工作是实打实的,加班加点是常事,哪里像你们当惯了领导,甩手甩脚四处游逛,到了长沙住饭店,到了安乡摆酒宴,四五十里的县城,抬脚就到,还要坐汽划子,宁愿多绕二十里!"报销差旅费必须经过会计审核,她最了解领导的行踪。她所指的是最近这次出差,相比之下旅程最短,过去不管他去上海还是去北京,从来没有听见她放屁。今天好像踩着她的尾巴,一开口就话不投机。王桂生的经验是男人不和女人斗,男子汉跟堂客们斗舌,不要说难得赢,就是赢了,也算不得英雄好汉。他看见女会计的长脸对着他,那脸上的颜色变成了青的,而眼睛里的光是绿的,像一把剑,要刺进他的肌肤。他还看见她的嘴唇在颤动,准备吐出一串难听的话。他晓得这个堂客的嘴像刀子,能把人戳死!他不敢再站着,赶紧掉转身子走,出了会计的房间。刚出门就听见那张嘴里果然又吐出了一些话:"已经下台的人应当在家里待着,少到外面出洋相,装出一副爱护下属的模样,真好笑!"王桂生听了很受刺激,他强忍着,没有发作。经过出纳室的门前,他想起两个女人之间的矛盾,过去常到自己面前告对方的阴状,两间房子只隔一堵板壁,刚才那个女人的尖刻的话,肯定已经递过去,他想会引起另一个女人的气愤,会骂她是势利眼。这样他便伸手去推出纳室的门,谁知门推不开,明明听见里面有人在咳嗽,却没有人开门,他叹了口气,就把脚步移上楼了。

楼上办公室里的人也散了,大概都不敢跟肚皮顶撞,除了在食堂搭伙的以外,大都回家吃饭了。办公楼的二层,只有东头那间大办公室,还敞开着门,亮着灯。刚才在食堂被人围着的杨青林,还有刘丽君俞春生和朱利生,都转移到这间办公室来了。他们看见王桂生走进来,都站起身来让座,态度跟楼下财会室的人完全两样。不过他们好像正在研究一件什么事,神情有点严峻。他打断了他们的谈话,表示很抱歉。刘丽君却连忙说:"不要紧,不要紧。"她微笑着,给他倒了一杯茶,还拖出一张靠背椅子请他坐下。杨青林和蔼地对他说:"这样晚了,王主任还到办公室来找我们,一定有什么事。"因为在楼下受到冷遇,他的心里很难过,听到杨青林亲切的问话,他的眼眶儿一下子红了,眼泪水几乎掉出来了。他便对这几个人说:"我是有件事要请示工作组。"说着他把一个信封递给了杨青林,一边用手掏出手帕,在眼窝里揩擦。杨青林抽出信,看了上面的字,知道是一份请求调离工作单位的报告。他把信转给刘丽君和俞春生看了,笑着说:"这件事情我们不能决定,因为你是县供销社管理的干部,得请示他们,不过工作组也可以提出自己的意见。"王桂生的眼泪水已经擦干净了,他心里在责备自己,在这班人面前,应当强硬一点,不能显得太懦弱。他便抬起头来,生硬地说道:"目前这种状况怎么叫我在这儿工作? 你们不让我走,我也要走! 还请你们向县供销社反映,我打算离开供销系统,县工交系统已经有单位打算要我。"王桂生提出要走,是意料之中的事,朱利生怕杨青林马上答应他,使他能一走了事,便插嘴道:"柳林镇供销社的业务和财务方面的移交,还得由王主任亲自主持一下为好。"刘丽君也忙道:"王主任是社里的老领导,很多事情还得多请教。"杨青林也早想到了这一点,他便很诚恳地对王桂生说:"走不走的问题不要太着急,以后再商量。供销社的选举结束后,并不是一刀切,原有的领导干部一律解职。柳林镇供销社的业务这样宽,单位这么多,财务上的开支这样大,自从唐元贞走了以后,就是你当家,现在新的领导班子建立了,还得请你协助,至于新老班子之间的移交,更非你参加不可。"杨青林说话的语调很和缓,内容却很扎实。王桂生也是老干经济这一行的,他何尝不知道办移交是必然要过的门槛,他早有准备,并不心惊,因为除了刘斌的一批水货还存放在县供销社仓库以外,柳林镇供销社的柜台上,没有再存放或出售过这类商品。至于他在别的业务上做的手脚,都已敷平了。所以他听完杨青林的话后,仅笑笑说:"当然,我会把移交办完才走!"杨青林听他这样一说,点点头,宣布道:"从明天起,请王主任继续到办公楼上班,还坐在原来的主任办公室,开始办理移交手续。"他想再请假到县城办件私事,以便与刘斌相见,商量如何处理水货的问题,他的话还没有说出口,杨青林便做出了这样的决定,使他感到很为难,但他怕引起他们的疑心,没有再提这件事。

王桂生没有提去县城办私事,却提了朱长生堂客向他揭发的问题,并指明被揭发的人就是白货门市部里那个眼下有疤痕的女人。俞春生听了心里一惊,他是这里的老职工,知道他和疤子女人打隔壁,曾经盛传他与这个堂客有瓜葛,见他不徇私情,向杨青林揭发她的事情,使俞春生的心里不禁想,可眼见为实,耳闻是虚,有些传言是靠不住的。其实这时杨青林早已知道了这件事。今天刘丽君还没有下班,朱长生堂客就来找了她。因为她下午回家以后,把这件事的过程在饭桌上一说,菩萨开了口:"你拜错庙烧错了香,如今供销社的主任不是那个姓王的,是刘丽君。"她不等吃完饭,就急急忙忙上街找着刘丽君,把事情的始末原原本本说了一遍。临了她还补了那一句:"我们不能眼看着自己投进去的钱,被贼古子偷掉!"刘丽君马上将这事报告了杨青林。晚饭以后,围着他们问事的人渐渐散了,他们才集中在一起,研究如何立即处理这件事,恰巧这时王桂生来了。

　　听王桂生一说,大家都笑了,因为刚才俞春生还提到他与疤子女人的关系,说要看他的态度如何?大家的心里不禁想:"王桂生的态度不坏嘛!"特别是刘丽君,认为原来社里的人只要不是存心捣乱的,都应当留下来,尽量安排使用。她听工作组的人说,虽然传言很多,还没有见到什么证据说明他真有问题,她想把他留下,可以稳定一部分老职工的情绪,只要在经济上没有什么问题,还可以考虑提请理事会研究补选他为副主任。由于她有这样一种想法,所以她听到他把朱长生堂客揭发出一个女营业员的事说出来后很高兴,因为这说明他经受了一次考验。王桂生说完这些话以后转身就走,刘丽君请他不要走,好一块儿研究如何处理百货门市部发现的问题。俞春生马上想出了一个主意,他说,营业员偷钱的事有人亲眼看到了,不必再问了,但是要有实据,到底失去多少钱,才好处理。我看这样吧,从前门市部是一天结一次账,后来生意清淡改为一周结一次账,可以叫他们关一天板子,盘次底,这一周货卖出多少?收入多少钱?差额多少钱?这差额的数字就是被偷盗的数字!王桂生装着想了想,表示同意这个办法,他还夸了一句:"到底是老搞供销的,有经验!"其他人一时想不出别的办法来,就同意依这个办法去查。把调查办法想出来以后,杨青林笑着说:"这就是集股办供销社的好处,人人是股东,人人都会关心供销社的利益,你们看着吧,今后任何厉害码子也作不起怪呢!"听了杨青林这句话,好像又有所指,使王桂生不禁心里一震,不过说完这话以后大家就散了。

盘底清查的结果,果然不出王桂生所料,没有短一分钱,这就是说,这一周里,百货门市部没有被人偷走一分钱,而朱长生堂客看见偷钱的事就在这一周内,钱没有丢,怪人偷钱的事怎么成立?几个社里的干部又凑在一起研究,都认为,恐怕是朱长生堂客的眼睛没有完全好,不然,光亮亮的白天,怎么会把事情看错了呢?干部们生怕朱长生堂客再讲,闹出去不好,便找朱长生堂客封口,谁知朱长生堂客早对许多人讲了。盘底清点的结果出来的那天晚上,王桂生的堂客又值晚班,王桂生就溜进了眼下有疤的营业员房里。两人用被窝蒙住头,讲起这件事的经过,都得意得很,哧哧哧地笑了半天。笑过一会,王桂生就想起杨青林最后说的那段话,他咬紧牙儿想道:你说任何厉害码子都作不起怪了,就叫你见见怪吧!他便怂恿女营业员闹一场。他说,朱长生堂客的嘴也是不关风的,她不会把事情沤在自己肚里,社里不公布调查结果,朱长生堂客又在外面讲,你不是贼也还是一个贼!疤子营业员一听来了气,她掀开被窝,当夜就要去闹。王桂生把被窝扯拢,搂紧她赤裸的身子道:"今夜还是让我们舒舒服服地玩一个晚上,明天一早,你就要去大闹,闹个天翻地覆,闹得他们六神不安、五舍不宁,要让整个柳林大垸都知道,他们这一群贼男女,手上刚刚捞到一点权,就搞打击报复,诬告陷害。你要到县法院告他们一个诬陷罪!"在王桂生的鼓励下,疤子女人摩拳擦掌,勇气百倍。

第二天早晨她果然出马了,披头散发,站在街心,大哭大闹,博得许多人同情。乡下人都有一颗糍粑心,听她这样一哭,觉得确实很冤枉。一个人的名誉好重要,尤其是一个女人,怎么能凭一个烂眼睛鬼的密告,就怀疑别人是贼!这一天的供销社,排队认股的长龙刚散去,又变成了南京的城隍庙,上海的跑马厅,人头攒动,拥挤不堪,镇内镇外的人,都跑来看一个被当成了贼而又不是贼的女人。女人坐在百货门市部的门口,干号一阵又诉一阵苦,她把新建立的领导班子说得比"文化大革命"中的胡三元还凶狠,她要求众人替她申冤,帮她做主。也有唐元贞和王桂生的心腹人,趁机在人群中游说,说供销社才改组两天,怪事就出了一皮箩!以致人群里竟有人喊出赶走工作组、撤销新领导班子的口号。

杨青林还在乡政府研读陈良桂他们草拟的规划书,早晨听到供销社门口发生了事,就赶回镇上,看了这情形,心里却不慌,因为他已作了统计,镇子上和垸子里大多数人都认了股,都会爱护供销社,会出来做说服工作的。果然不出所料,不到两餐饭的时间,股东们都出来劝说那个号叫的女营业员,也劝说围观的看客。他们解释说有人听错了话,又乱传话,以致造成了误会。他们把疤子营业员扶进了店子里,派几个堂客耐心地安抚她。说实在话,今天疤子堂客也过分积极了一点,起得太早了,忘记吃早饭,从六点钟开始,号叫到十点,她的肚皮已作鼓响,骨头也像散了架子。幸亏有人把她扶进了柜台后面的值班室,她一靠近行军床,便像一摊泥似的瘫倒在上面。

街上唱戏没有了主角,看客也就散了。虽然还有一些站着议论的人,突然发现太阳已经当顶,上午的事情还没有动手做,就赶快跑回去,做自己的事情去了。一些想在人群中做些小动作的人,看到听众已经少了,活动起来容易被人发现,他们还有些怕杨青林,不想马上丢掉饭碗,就搭讪着走开,准备像孙猴子一样暂时躲进铁扇公主肚子里,等待时机再出来活动。

经过这一场风波,杨青林感到对一切问题都不能掉以轻心,都必须把几种可能都想到。他晓得,在改革供销社体制方面,也是一场严重的斗争,改革牵涉到各种各样的人的利益,有赞成的、拥护的,也有反对的、破坏的;不能怕困难,要迎着风浪前进,只有这样,才能取得胜利。

他在供销社召开了一次党员大会,又请刘丽君召开了一次全体职工大会,在会上将这个事件的经过与当时处理的情况向大家作了介绍,希望大家继续向群众作解释。同时还请监事会主任朱利生宣布,从即日起,在办理移交手续的同时,开始清理财务与货物。在这段时间,在职的和暂未任职的职工暂时都请不要出去。朱利生还宣布设立检举箱,欢迎全体职工和股民都来监督清理工作。检举箱内的信件,由监事会定时收检,凡属是检举材料,无论事情大小,一律指定专人调查清楚,负责向监事会报告,由监事会集体研究处理意见。经过这一宣布,接到朱长生堂客的揭发举报进行调查处理就不能算什么问题了。如果不进行调查,怎么能确定偷没有偷呢?供销社领导听到报告后,既没有对被揭发人进行审问,办学习班,或者停职停薪,又怎么能算是打击报复和诬陷呢?党员大会与职工大会开过以后,镇上和垸子里的议论跟早上不同了。到了这天傍晚,在饭桌上,大家的意见差不多是一样的:疤子堂客这种闹法,是没有道理的。

十七、柳暗花明又一村

疤子堂客出来闹事这样快就收场,而且得不到垸子里大多数人同情,使王桂生感到很失望。第二天,他按照工作组规定坐回办公室办移交,对了半天账簿,弄得腰酸背痛,趁午休时间,他才走出办公室,跨越街道,穿过巷子,走进了县供销社的仓库。

县供销社的仓库设在码头旁边。修建新码头的时候,把这一线堤岸都加宽了,水边砌了麻石护坡,路面上铺上沥青。仓库的职工宿舍破旧不堪,前任挪用节余款将它翻修一遍,谁知撞在新上任的张文榜刀口上,他正按照县委统一部署,纠正破坏财经制度的乱象,于是前任的位子搬掉了。如今这位子上坐着罗富庭,他坐享其成,搬进了修缮一新的宽敞的住宅。

每餐饭前,罗富庭都要喝两盏酒。这时他正坐在餐桌前喝酒,看见王桂生来了,连忙立起身子,热情招呼他一块儿喝。立即剥了两只松花皮蛋,添了一碟花生米,把珍藏两年的泸州窖酿也拿出来了。王桂生对他的殷勤不无感激,却无法使他高兴起来,他勾着头坐在桌旁,伸手接过筷子,不肯落下来,接着悠悠地叹了一口气。罗富庭昂起脑壳望着他,很惊诧的样子。经过长期搁浅而又重新启航以来,他的心情十分愉快,除了时不时还思念女儿和唐元贞以外,几乎没有什么烦恼了。他笑道:"货物已经安顿好了,请放心!县供销社仓库替柳林镇供销社储货,很正常,不会出纰漏,愁什么?"王桂生才将筷子伸进碟子里,夹了一颗花生米,把它送进嘴巴里,嚼了几下,咽下去了。他又叹了一口气道:"哪里是愁这批货,凭你跟刘厂长的关系,他放得心,我更放心,我愁的是我们供销社的状况。罗书记(他用的是从前叫惯的称呼),你不晓得,杨青林用工作组夺了我的权,还上下串联,操纵选举,把刘丽君推出来当了主任!"对于供销社的事情,罗富庭略有所闻,但他陶醉在新上任的喜悦里,除落实股权,没有过细去打听其他的变化。他是新官上任三把火,除了查阅日志与票据继续挖掘前任的问题以外,为了显示自己的魄力,对旧的规章制度作了调整,其中最重要一项是将储货与发货的手续弄得更加严格,一切货物的进出,必须经过他核查、签字,才算合法。由于连续不少举措,使他没有时间去探别的事了,不想杨青林的动作这样快!听王桂生详细一说,才知问题到了非常严重的程度,使他不免大吃一惊。因为领教过杨青林的厉害,他知道王桂生不是他的对手,但还是忍不住埋怨王桂生道:"你也太不中用了,在供销社搞了这么多年,上上下下有不少关系,竟然败得这样惨,连个理事也没有弄到手。"王桂生不服气地回嘴道:"罗书记,你老人家在柳林大垸里也经营了几十年,却被杨青林闹得家破人亡,还落了个留党察看,困了两年,难道你就没有本事?"王桂生的反问不无道理,想当年他罗富庭要风有风,要雨有雨,不上两月,竟成了落汤鸡!当然其间有骗子袁大头的作用,但如果没有俞春生的平反,罗四拐子的被捕,唐元贞的出走,还会有转圜的余地,不致垮得这样彻底!而这一切都是杨青林导演的,他是他塌台的祸根。当他想起这些,不禁怒火中烧,高声骂道:"杨青林这狗娘养的,我到了哪里他就到哪里,刚挪到供销系统来,他又来插一杠子,搞起什么改革来,他的这个试点一搞成,不就会在全县铺开,仓库是县供销社下属部门,不也会改革,我想再吃碗安稳饭也难了!"他不敢再责备王桂生了,只刺激了他一句:"癞蛤蟆临死前还跳两跳,你是个玲珑剔透的人,还想不出几个对付他们的招数?"王桂生才忍不住将自己使过的几招告诉罗富庭。不过他哭丧着脸道:"有人看见竹筒子跟刘寡妇在大堤上见面,好像旧情复燃,我便想出了一招,趁杨青林跟刘寡妇幽会,让竹筒子去捉奸,不想没有效果。时间选得好,灌酒的办法也灵验,卜槐香撞见两人关在黑屋子里,他却慑于杨青林的威势,不敢发作,第二天也没有发作,照常来供销社上班。我想跟他说两句话,再撩拨他一下,他却对我横眼睛竖眉毛,好像做了件对不起他的事似的,理都不理我了！搞换头术也不行,听说杨青林把拼凑的照片送到县纪检会去了,纪检员找了张勇谈过话,还打算下来调查,那事还不知道怎样了结?"罗富庭也觉得这方法笨拙,"文革"中造反派便用过照片上的换头术,不是都露馅了吗?不过不打紧,因为照片上没有注明是哪个照的,只要认定是夹在匿名信中送来的,县里不也收到不少这种信吗?就怀疑不到他的身上。毕竟是知心知肺的人,接着他又安慰王桂生,说道:"改选以后,杨青林是乡党委书记,还兼乡长,工作很忙,他不会守在供销社,以后是刘丽君当家,她是个女的,跳起脚屙不得三尺高的尿,你还怕对付不了她,扳她不倒?"经过几番较量,均告失败,王桂生失去了勇气,他还是泄气道:"这女子是只精怪,如今又添了两个帮手,一个是俞春生,因罗四栽赃,坐过牢,是块硬石头,一个是朱利生,铁算盘,谁也不敢跟他捣鬼;有了这三把叉,控制着局面,恐怕难得动摇他们了!"罗富庭有丰富的斗争经验,他想了想,替他出了个主意。他问道:"听说胡三元的儿子在你们社里,做什么?"王桂生生气道:"一个不成材的家伙!是他爸爸惯坏了,不学好。胡三元抓起来后,是条好汉,凡事自己承担,从不扯到别人身上,刘斌很感激他,叫我照看他的儿子。他的堂客跟别人跑了后,这伢儿还小,我就把他安排到供销社下设商店。他认识字,让他在百货柜卖货,有人看见他将钱匣子里的钱往自己口袋里塞。我怕他闯大祸,将他转到南货门市部。经理反映他每天上班嘴巴不住停,南货柜上的食品,样样都尝到,后来发展到只拣好的吃。我又怕他惹出落壳来,把他转调到土特产门市部。谁知他很少来上班,来了也吊儿郎当,经常跟卖货的人吵架,把顾客都吓跑了。捡了这块废铁,也真不得了!"说起胡三元儿子这本经,王桂生也满心懊恼,不禁又连连叹气。罗富庭却教导他道:"这号角色,正经场合做不得用,捣起乱来是能起作用的。你不妨在他面前多讲几句他们的坏话,甚至可以告诉他胡三元坐牢就是他们告的状。听说这伢儿对爸爸还是顶念记的,本来嘛,他爹在得意时把他看作一个宝。"王桂生在罗富庭房里坐了很久,他觉得罗富庭不愧是一把老手,在与杨青林交锋中虽然吃了败仗,坐了两年冷板凳,如今重新出山,似乎变得更老辣。本来嘛,吃一堑长一智,作为一名老干部,他是懂得如何总结经验教训的。两人正在进行细密的讨论,忽然听见门口传达室有人喊罗主任有客会。王桂生不想别人看见他独自一个人坐在这里，便忙向罗富庭告辞，转出后门从堤上走了。

王桂生刚出门，守传达室的老倌子就把客人带进房间里来了。罗富庭一看，一位是乡党委的马秘书，一位是县委政策落实办的副主任，两个他都认识。记得宣布他解职，通知他受到留党察看的处分和撤销处分，都是这位马秘书，这次的任命通知单，也是他送来的。每次重大的事情，都由他出面，他想这次他亲自到来，又不会是一件小事，何况跟了一位县委的中层干部，该不是跟自己有关系吧？是不是县委副书记发现他的职务安排太低了，通知政策办，要他们重新处理这件事，前来征求他的意见？他跟两个人握手，心里是兴奋的，一下子涌出了很多想法。谁知马秘书一开口，把他的想象变成了泡影。马秘书笑吟吟地将他们的来意向他介绍了，他对他说道："有位在黄芦荡生活了三十年的老同志反映，县农科所的一个技术员，一九五七年被划做右派，后来被送到芦苇场监督劳动，'文化大革命'运动期间死了，他有个女儿在柳林大队，如今政策落实办想调查清楚，这个女伢儿的近况怎么样？需要给予哪些帮助？"罗富庭听到他们的到来与自己无关，态度马上冷淡多了，听完马秘书的介绍，他便慢条斯理地说道："女伢儿姓甚名谁，你们不说清楚，叫我怎么好提供情况？"县委落实政策办的副主任笑道："我们也只听说那个技术员的女儿迁移到你们这个垸子，她叫什么名字，我们也不清楚，因为你是柳林大垸的老干部，特地跑来问问你，晓不晓得曾经有过这样一个人？"罗富庭哈哈大笑道："偌大一个柳林垸，人口大几千，你们连姓名也提供不出来，叫我怎么去猜？"马秘书笑道："有一条线索，她老家在杨林嘴，是大跃进后过苦日子那会儿迁来的。我有一个印象，那年杨林嘴饿死不少人，有个女伢儿，没了父母，饿成皮包骨，由她姨妈收养，她那姨妈住在你们大队。"经马秘书一点拨，罗富庭立刻想起来了，他脱口而出："这女伢儿叫柳枝儿，她姑妈是地主分子，因是姨妈一手带大的，也成了地富子弟。"落实办的副主任一听拍手笑道："情况跟我们了解的符合！我们到杨林嘴问过那里的人，也这样说。她爹划成右派后，她娘不肯离婚，也遣送回乡了，带着女儿，靠挣工分过活；闹饥荒那会，她把食物给女儿吃，自己啃糠粑、咽荠菜，后来连糠粑、荠菜也没有了，只好到明山头挖观音土，得了鼓胀病,死了。柳林垸的姨妈过来埋人,看见女伢也快死了,没人管,就把她带过来了,这个女伢儿可能就是那个技术员的女儿。如今技术员虽然死了,根据政策精神,应当对他的问题重新调查处理,如果是错划,应当平反,对他的遗属也应妥善安排。"罗富庭做过多年大队支书,他懂得干部管理的规则,便不无讽刺意味地说道:"这个技术员原属县农科所,那里有他的档案,为什么不根据他的档案查找,还要绕这样大一个圈子?"县政策落实办的人苦笑道:"县农科所的档案在'文革'中被造反派抢出来,烧掉了,后来连单位也撤销了,人员散到四面八方,前年恢复以后,领导班子里没有一个老人,谁也不晓得这个单位还有个右派没有落实政策,如果不是你们为落实股票问题到黄芦荡寻人,还不晓得哪年哪月能反映上来。芦苇场的领导班子出了问题,县委派出工作组下去进行整顿,发现场里有个老学究,是位老革命,他晓得这个技术员的经历,便把他的情况反映了。"罗富庭一听,才晓得原来又是杨青林的一项德政,他的鼻子里哼了一声,就不再作声了。因为已经在罗富庭这里问到那位右派的女儿叫柳枝儿,便知道罗富庭已有两年没有探柳林大队的事了,也不再问下去了,他们立刻向他告辞,离开仓库找陈良桂去了。

罗富庭等他们走出门外好远,朝地上狠狠地吐了一口唾沫,他大声骂道:"见鬼,替杨青林帮了一次忙!"他复职以后,看望的人多起来了,消息又灵通了,他知道供销社在落实股权,因为自己也有份,心中不免一喜,但经过杨青林发挥,他们为寻找失踪多年的俞友恭,揭开了芦苇场的盖子。这个该死的杨青林,不论是到哪里,哪里不得安宁,芦苇场远离柳林垸,跟你有什么相干,硬要把人家的饭碗端掉,这又是何苦?他认识那个场长,沅江人,长得膀大腰粗,满脸络腮胡子,是个很讲义气的角色,他在芦苇荡里威信很高,在县里的人缘也很好,不想一下子给杨青林扳倒了!听说杨青林抓住他的辫子,打报告到县委,县里派出工作组,对场长实施隔离审查。据县落实政策办副主任刚才介绍,农科所的技术员的事,也是这次发现的。它关联到一家人的命运,最让人心动,柳枝儿的找到,会在杨青林的荣誉史上又添上一笔。

由寻找到技术员的女儿罗富庭想到了自己的女儿。自从罗富庭从支书的位子摔下来后,女儿罗彩元也出走了。女儿是他的心肝宝贝,因为自己的失算,使她上了骗子的当,做不起人,连柳林垸也不敢回来了。他平时想到这件事,心里就像刀割似的痛。他罗富庭不是一块稀泥巴,从清匪反霸减租退押那会儿起,他便走在别人头前,风风雨雨几十年,最后落到这样一个下场,连自己的女儿也庇护不了,使她落不得屋,他实在不心甘!好了,老资格起了作用,从前的老朋友起了作用,老上级起了作用,县委副书记梁果夫开了口,在大会上公开提名,又把他解脱出来,发挥潜力,重新作了安排。现在的工作很好,虽然职位不高,却也不低,与大队支部书记同一级,而且清闲多了,加上柜子里有钱,库房里有物资,只要能安安稳稳做下去,可以舒舒服服地安度晚年。不过上任伊始又遇到了挑战,杨青林带领工作组进驻了柳林镇供销社。仓库与镇社是平级的,不归他们管辖,但与他们往来密切,柳林镇供销社的货物进出,大都经过仓库。杨青林既然已经对柳林镇供销社发生了兴趣,难保不对仓库产生兴趣。刘斌的货物由供销社转存在仓库里,成了他一块心病,因为他非常了解王桂生,知道他精明干练,对刘斌忠心耿耿,不会出什么意外,但是他的职位不高,不能成为挡风的墙。听到杨青林要来的风声,王桂生便把货物转移到仓库里来了,他本不想接受,但听王桂生说,在起用自己之前,刘斌做了手脚,加上他早知道刘斌收留了他的女儿,还替她解决户口和干籍,提升为驻长办事处副主任,碍于情面,拒绝接收的话说不出口,但收留这批货以后,他时刻都在琢磨如何尽快把它们弄走。刚才听王桂生叙说,他又吃了败仗,连个理事也没捞到手,可见他的能力不行,无法再打掩护。如今刘丽君在杨青林支持下掌了供销社大权,她的耳朵很尖,加上还有一对精灵似鬼的副手俞春生与朱利生,能够保证他们不探出蛛丝马迹吗?在送走马秘书一行以后,罗富庭为促成了杨青林另一项德政而懊恼,却使他更加强了警惕性,必须迅速处理好那批货物。他坐在桌旁左思右想,最后打定了一个主意,马上亲自到长沙去一趟,这样可以一举两得,一则看看自己的女儿,已经有两年没有看见她了,不晓得她过得怎么样,终身大事有没有一点眉目?再则听王桂生说,刘斌近来为招商引资的事,在长沙的日子多,可以亲自见到他,跟他面商处理这批货物的事。他又恢复了过去的作风,主意打定以后,说干就干,不再犹豫,马上召开了职工会,宣布自己要出差,指定对自己很恭敬的总务临时负责,并且重申,一切货物的出进,必须向他电话请示,有的还得等他回来亲自处理。至于家里的事倒没有什么可记挂的,家中别无他人,新分配的宿舍,锁好就是,高台阶上的房子,有住在隔壁的曹柏枝照料。事不宜迟,这天中午,他便搭上安乡至长沙的班船启程了。

今天安乡来的船到得早,罗富庭按时赶到码头,船就要开了,他没来得及买票,趸船上的人都认得他,让他先上船,然后再补票。等罗富庭在船上找好座位,还没有买票,他突然想到,自己已经有好几年没有见到汉寿的姐姐了。前年为了外甥女儿小娟的事闹了一场误会,不晓得姐姐是怎么想的?罗富庭有两个姐姐,一个姐姐嫁到安乡,一个姐姐嫁在汉寿。由于父母死得早,自己自小由两个姐姐拉扯大。汉寿姐姐带他的时间长,他对她最有感情,每次出差到长沙,都要路过汉寿住两天,看看这位姐姐,今天他补买了一张到汉寿的票。当汽船穿过目平湖,擦过洪道口,在坡头短暂停靠,他就在这儿下船,然后登上长沙与常德对开的班船,进入沅水,途经小港、小汊洲来到姐姐住家的那个小镇。

最近小镇附近多了一座排灌站,还建了码头、粮库,客轮与粮船到此停靠,小镇变得繁荣多了。有几年没有看见姐姐了,陡然见面,两人都怔住了。姐姐不敢认弟弟,弟弟变老了,头发胡子都白了,方块脸上布满皱纹,面颊的寿斑有铜钱大,只有神态还没有变,还是那志得意满的样子。弟弟也不敢认姐姐,姐姐比他大十岁,六十出头好远了,哪能这样年轻,这样丰满!她的头上白发不多,脸上荷包皱也很少,上身穿着崭新的蓝哔叽罩褂子,外面套了一件灰呢子外套,下身是灯芯绒裤子,里面露出羊毛绒衬裤的边,脚上套着一双羊皮面子的懒鞋,鞋子的尺寸有考究,使人看不出里面装的是双解放牌的脚。罗富庭看见姐姐豪华的装束,想起早年她那穷酸的样子,心头不禁一热,老泪差点没有掉下来。他大声叫了声“姐姐!”姐姐才看清真是他,也忙回应了一声,蓝色罩褂子前胸早湿了一片。她一边哽咽一边带路,把弟弟引进自己居住的那座小楼。

姐姐的小楼也变了样子,肯定进行了改建,泥墙变成了砖墙,楼板用的预制板,满屋子的家具是新制的,上面都涂了一层红漆。堂屋布置得像城里人的客厅,里面不仅有木沙发,还有一台黑白电视机。罗富庭初看有点诧异,接着也觉得不足为奇。冷满爹不是早买回电视机了?李小娟跟朱冬生结婚以后,常常跟冷满爹出湖打鱼,后来又搞养殖,他们早成了万元户,在小白洲盖了座砖砌的房子。外甥女为了讨娘的欢心,让她看得起自己找的男人,把大把票子拿回来,帮助老人改善了居住条件。每当他听到外甥女儿的变化,想起自己过去对她的态度,心中也不无悔意,有股说不出来的味道。

虽出于恨铁不成钢的好意,但处置不当,逼得外甥女儿沉湖自尽,几乎让姐姐失去心爱的满女!望着姐姐极表高兴的样子,罗富庭觉得有对不起姐姐的地方,还害怕姐姐埋怨自己。谁知姐姐不仅不怪他,还像过去一样怜爱他,说起弟妹的过世,姐姐又掉了几颗眼泪。接着她忙上忙下,招呼弟弟坐好,给他泡了碗芝麻豆子茶,又从食品柜里摸出一盘焦切、一盘酥糖、一盘花根,还有一盘弟弟小时候爱吃的兰花豆。她把这些食品摆在木沙发前的长茶几上,让弟弟都嚼一点。怕莫已有二十年,没再见过这类稀罕的食品了!看到弟弟诧异的表情,姐姐猜着弟弟的疑惑,她也有倾诉的欲望,便也端了一杯茶,坐在弟弟旁边另一张木沙发上,滔滔不绝地介绍她的经济状况发生变化的故事。

原来,从前年开始,她的小旅店日见兴旺,附近添修了排灌站、原种场、粮站,接着又修了码头以后,小镇开始拓展了,来往的人多了,小旅店每天住满了人。店子是由街道办的,是小集体,为了调动职工的积极性,把房间包给每一个人,实行按月分红,收入立刻大增。这样她就有了钱修房子打家具,现在还在银行要了本小折子,上面写着存钱的数字。她把银行存折找出来,递给弟弟看。罗富庭看见银行存折上写了三千元,这个数字不大,但对于一个老太婆来说,也不容易了。看到弟弟脸上露出钦佩的表情,姐姐就索性把旅店的情况和盘托出。她说,这个小旅店虽然是个集体单位,却也是红旗单位,全店只有五个人,包括两位老太婆,由于经营得法,跟乡下人学的,搞了责任制,人人敬业,房间整洁,被褥勤洗,服务到位,态度和蔼,旅客都喜欢住进这家店子。相距不远有家大饭店,是国营的,设备强多了,服务态度却差远了。服务员都是顶职的年轻妹子,不安心做侍候人的工作,喜欢鼓嘴暴眼,连叫三声,头也不回,旅客们反映,宁愿住小旅店,免得受窝囊气。于是小旅店天天客满,大饭店冷冷清清,因为客人太少收益不多,已经有好几个月发不出工资了!

说起同行的窘状,姐姐掩着嘴笑,在这竞争时代,胜利者难免要耻笑失败者。接着姐姐又很神秘地对弟弟说:"听说县里来了人,对饭店的经营进行调查,说是也要改成承包制。不过承包费太高,要七万,我们不敢接手。我们的公积金只有两万,如果多几万,就把它盘过来了,然后照我们的模样接待客人,准能赚钱。"姐姐正说到热闹处,忽然像一阵风,从门外飞进一只花蝴蝶,飞到面前一看,罗富庭不认得。这是一个非常漂亮的女伢儿,高高的鼻梁红红的脸,线一样的眉毛下,有一对跟小娟样能说话的眼睛,体格略显肥胖,却因个儿高挑,身段仍是苗条。她的打扮是海派的,牡丹花面子的夹袄上套着紫罗兰花色外套,下身穿的是有条纹的纯毛料微喇裤。满头黑亮长发披着,末梢稍经烫卷,她还嫌花样儿不够,在浓发上缀了几颗花朵。而最惹人注目的,是围在脖子上的大围巾,从它的花色奇巧和颜色鲜艳来看,肯定是舶来品。罗富庭似乎有点面熟,却实在想不起是谁家的女儿?姐姐见弟弟发怔,不禁笑了,她忙招呼那个女伢儿道:"快叫舅舅,这是你的满舅舅。"女伢儿就亲亲热热地叫了他一声"舅舅!"姐姐又忙对弟弟说:"这是小娥,我的大冤孽!"罗富庭才记起了,原来姐姐只生了两个女儿,这是她的大女儿。他还是她做小伢时见过的,后来听说定亲太草率,嫁了个打豆腐的,接连生了一串伢伢,生活焦头烂额。今天见到的情形与他想象的不一样,心想怕莫是传言错了,她早嫁给了一位大款。姐姐介绍完后,又用十分怜爱的眼光望着自己的女儿,笑道:"火烧眉毛尖似的,站都不肯站稳,舅舅刚来到这里,也不坐下陪一陪。"小娥咧着嘴儿笑道:"我还真有点事儿急着去办呢,不能陪舅舅坐了。"接着她就挨近妈妈,附着妈妈的耳朵说话,似乎是讲悄悄话,却让舅舅也能听见。她说:"伢儿他爹,那个该死的呆木头,不是想开个酱园吗?一切都弄好了,就差个手艺好的技师,好容易从益阳请来一位,却是个女的,今天要签合同。他是个裤包脑,不敢一个人去陪,硬要拉着我跟他一块儿去。还说签完合同后,就要安排她的住宿,说不定还得在妈妈的旅社里租间房子,因为长期住,总得打点折扣。"妈妈一听伸手打了女儿一下,骂道:"做了两年生意,你倒成了精怪,计算到老娘身上了。告诉你,别人长期租房,我倒可以让个七折八折,对于你们这号暴发户,别说打折扣,就是加点价也是应当的。这样吧,按价目表上的数字照付,一个子儿也不能少,半个月结一次账。你如果不乐意,就到饭店里去订房吧,人家是国营企业,设备好,服务又周到……"没让妈妈说完,小娥早撒起娇来,将屁股蹭到妈妈身上,扭动着身子,把妈妈的衣裳都弄皱了。这时她才大声向舅舅求救,她笑道:"舅舅,你看妈妈的脾气总那样,对女儿们特苛刻,一点好处也不让我们沾!"说完她就一阵风似的跑出去,忽然又跑回来,笑道,"几乎把件事情忘了!"她从怀里取出一只彩色的缕花钱夹子,将它打开来,掏出一沓票子,塞到妈妈手里,嘱咐道:"等会儿百货店里那个小胖子来,请把这钱交给他,那送来的布代我收下;我怕他到家找我不到,叫他送到这儿来了。"说着又像一阵风似的飞走了。

姐姐伸手接过钱,随意将它撂在桌子上,望着远去的女儿的背影,满意地笑着,不无骄傲地对弟弟道:"这两年,他们家的境况也好了,人也长胖了。她生的也都是女伢,除了上学,都能做事了,她倒整天只盘算着穿呀玩呀,又回到年轻时的样子。"罗富庭不禁问,"他们从前不是顶困难的吗,怎么突然这样好了?"姐姐笑道:"还不也是因为搞了承包,晓得发狠做事,发了财。她的男人承包了豆腐店,一年就翻身了。这里靠近赤山,有股山溪水,用它打豆腐,又嫩又白,远近闻名,县里招待所大酒楼,都请这里送豆腐,沅江南县汉寿的酱园,都订这里的白干子做腐乳。刚才不是听小娥说正在筹办开个酱园子吗?他们还想做出一种高级腐乳,跟沅江的'辣妹子'竞争,打到国际市场上去!"

两姐弟谈了半天话,都没有谈到罗润庭身上去,直到吃过晚饭后,罗富庭才忍不住谈起了他。一谈到哥哥,姐姐的眼中泪水就又来了。她听说侄儿罗四被捕后,退完赃款,等于抄了家,大屋子被没收了,哥哥又搬回那间小茅棚子里住,没隔多久老病又复发,幸亏后娶的婆婆念旧情,没有弃他而去。她听到信息后,曾经寄过几回钱去,没见退回来,也没有回信,不知收到没有?接着,她求罗富庭在近边多照看他一些,她说打断骨头连着筋,毕竟是亲骨肉,你不照看他谁照看他?罗富庭忙点头答应,他有苦说不出,这两年,他也是叫花子烤火,只能自己顾着自己,他自己的麻纱还扯不清,哪有本事管到别人头上去?同时他恨罗四太不争气了,做出那种没屁眼的事,扯了自己一个大烂污。他把这些话都沤在肚里,没有向姐姐说出来。由罗润庭引出李小娟,因两个人都在这女伢儿身上失算,只能轮到最后才议论到她。但是一想到自己最心疼的乖女儿,姐姐的感情才爆发了,她不禁号啕大哭,让罗富庭吓了一大跳,她一边哭一边伤心地数说,把一天的喜庆气氛都给哭散了。原来两母女的关系跟罗富庭想象的不一样,自从姐姐到派出所报了案以后,小娟再也没有跟妈妈联系了,两年来母女断了音信,好像女儿早已不在这世上。罗富庭清楚都是自己的错,只好耐心地劝姐姐,才把她的哭声止住了。在劝说姐姐的过程中,还不得不违心地向她讲述了小娟的盛景。他说小娟和冬生很和睦,逢年过节来看过他,送的礼物不轻,并不念及舅舅的过错。他说他们早已成了万元户,在小白洲盖了座砖房子。万元户这称号姐姐熟悉,也知道它的内涵,她听到满女儿的日子过得很好,而且又跟舅舅和解了,虽然为自己的失算感到羞愧,但还是满意地笑了。两姐弟在畅谈了一家人几年的遭遇以后,晚上都睡得不安稳。

自从吴敬恒教授发现吴智剽窃自己的文稿以后,便断绝了跟他的来往,并且严厉警告唐元贞,不准她让这个坏蛋再进门。这话把唐元贞打入了闷葫芦里,使她茶饭不思,百思不得其解,一则不知是否确有其事,再则难道又情断缘尽。好在苦闷的时间不长,三天以后,教授又陪老同学去洞庭湖了。送走他以后,她便沐浴更衣,叫吴智速来解惑,吴智也正坐在房中纳闷,心想高个子编辑为何态度骤变,迎面不打招呼,胖大嫂虽仍在他房里烧饭,却再也没有笑容,而横冲直撞,好像这房间已成了她的领地。接到门房的传呼电话,才知是师母召唤,便立马赶到青松岭,得知事态原委,震惊之下,竟然阳痿了。两人度过了不眠之夜,分析了彼此处境,吴智已无法在学院立足了,唐元贞则难舍安逸的生活,决定依旧跟老教授厮混,但不知他再度游览柳林镇,会不会尽知她的底细?两人琢磨了一宿,总算取得共识,唐元贞又拿出两张存款单,充作吴智的活动经费,让他抓紧活动,另谋高就,至于何时再聚,谁也无法预测。

等到将吴智送走了,唐元贞还站在门后饮泪,直到听见电话铃声,才如梦初醒,她急忙将泪水擦净,跑进客厅接电话。

电话是罗彩元打来的,跟以往语气不同,没有嬉笑逗乐,似乎十分焦急,她恳求阿姨赶紧过河来,自己有急事要跟她商量。唐元贞心想这伢

675

儿有刘厂长罩着,天塌下来由长子撑着,能有什么闹心的事?她便没有急着赶过河去,仔细将房间收拾一遍,消灭了蛛丝马迹,然后为了补昨夜的睡眠不足,睡了一个回笼觉。直到中午她才起床,吃过了饭过的河,乘出租车来到临江饭店,太阳已经偏西了。

乘电梯上到六楼,走进柳林综合厂租的半层楼,只见各房的门都紧闭,楼道里空无一人。唐元贞记得罗彩元住的房间,举手敲了敲门,里面无人答应,推开门一看,只见罗彩元斜躺在床上,脸色苍白,双眼红肿,显然刚才哭过脸。唐元贞急步走到床前,用手探了探她的额头,发现只微微有点发烧,才算放下了心。这才一屁股坐在床沿上,埋怨她道:"应该早点打电话,是不是有人欺负你?赶紧告诉我,我好找他论理去!"罗彩元两嘴一扁,又开始落泪,接着还哇哇大哭,等她哭够了,才把受委屈的原因说出来。原来刘斌陪客人回县后,郝小忠走了,严股长也走了,办事处只剩她一人,闲来无事,又去黄兴路看录像,看到煽情的细节,不免心旌摇动,谁知就在这当口,忽然感觉尿急,冲进卫生间,坐上便器,感到排泄时作痛,她低头细察,尿里带血。这时她哭着向唐元贞请教,阿姨是过来人,经验很多,这种状况是不是得了妇科病?唐元贞一听想了想,不禁扑哧一笑,然后附在她耳边咕噜,说了一阵悄悄话。罗彩元脸上发红,抬手拍了一下她的肩膀,说阿姨真会开玩笑,他们怎么敢那般放肆,不怕我扇大耳刮子!唐元贞早知道刘斌很粗鲁,郝小忠又是个小流氓,猜测罗彩元是受到摧残。两人嬉笑一阵,扫尽了满屋阴霾。罗彩元披上夹袄跳下了席梦思床,挽着唐元贞的手臂,一块到餐厅吃晚饭。饭后两人又蜷缩在床上讲知心话,忽然又感到下体疼痛,她把这种感觉告诉了阿姨,唐元贞感到事态并不那么单纯,提议陪她到医院检查。对于这位能干的阿姨,罗彩元历来言听计从,于是不顾时近傍晚,由她陪着到了湘雅医院,这时医院尚未恢复旧名,却仍排名全省第一。这医院的妇产科主任姓陈,是一位男性,因为他是国内外知名的教授,平时仅主持大手术,一般疾患让年轻医生处理。门诊医生都是女性,也大都是他的学生,因为罗彩元挂的急诊,立刻做了宫颈检查,但诊断为一般炎症,开了两种口服药,就打发她走了。一路上罗彩元感到很轻松,走路时蹦蹦跳跳。唐元贞却又开她的玩笑,说她对刘厂长管得不严,入室以前没有严令洗涤。

676

罗彩元的心情好转了,购物欲望高涨了,她拉着唐阿姨进了百货陈列馆,虽然商店即将打烊,还是在那儿捞了一条花哨的裙子。谁知等她服完药以后,下身依旧作痛,流血的次数增多,又不是来了例假。唐元贞也感到诧异,第二天,她又陪着到医院挂号,请另一位医生复诊。这位医生年龄稍长,见原来的药物无效,就替她改了药,连改两回,依旧无效。几位医生束手无策,只好将这列为疑难病症,请陈教授亲自诊断。还好,这几天陈教授没有大手术,他便接手诊治。他增加了三项检查,结果出来以后,使他也感到惊讶,原来这种病在大陆早已绝迹,他在教学中也多年忽略,因为难找实例,没有安排学生实习,不想今天再现这类疾患。老教授非常重视,马上指示护士长安排单人病房,接收罗彩元住院治疗,接着用了吊针。到了下午,陈教授又来查房,背后跟着一群年轻医生,他们讲的都是英文。罗彩元一听吓坏了,以为自己得了癌症。对于癌症的恐惧,无论城乡,都是一样的。她听人说过,如果得了癌症,医生不会告诉本人,他们彼此交流用外国话。罗彩元是个珍惜生命的人,一看这架势,不禁号啕大哭。陈教授劝慰她,不要太激动,这类病虽然目前罕见,却不是绝症,只要隔断传染源,连打几天吊针,就能痊愈。唐元贞也在一旁抚慰她,说这位陈教授是国内外著名的妇产科权威,他的话不会有错,要她相信老教授的话,安心接受治疗;他老人家说只需隔离几天,自然不会有大碍,不久就能出院的。隔离以后,得到由传染科调来的专业护士细心照料,罗彩元的情绪渐渐稳定下来,不再哭泣了。唐阿姨不能在此久待,最后她将办事处大门及自己的房门钥匙交到她手里,请她到办事处将衣裳及盥洗用具清好送来,同时告诉她,在她的床垫褥子下有个银行存折,请代领笔钱出来,以支付住院费与其他费用。两人说清楚了这些事,唐元贞便赶回临江饭店,清出她所需要的衣物,又到银行取出两千元,送到了罗彩元的手上。她不忘把钥匙存折交还她。罗彩元哀求道:"既然刘厂长与严股长都没有回来,我又入了院,办事处没有旁人,还请阿姨帮忙守几天摊子,好在饭店有餐厅,饭菜不错,不会太劳神的。"唐元贞多次来过办事处,知道它只是刘斌的行宫,除了有几间客房用来招待朋友,没有开展别的业务。反正吴敬恒不在家,闲着也闲着,她也心疼罗彩元,每天得上医院去看她,住在城里较方便,听完她的请求,唐元贞没再多想,连忙点头答应了。

　　谁知当她又到临江饭店,忽然想起吴智的问题,她不知他拿走钱以后,进行了哪些活动,能不能消灾?她曾约定在吴敬恒离家这些日子,他不妨多来几次电话,报告一下行踪,以免她挂念。吴智竟不知她的去向,他打来的电话没人接,会产生什么想法?当她想到这里,便不再有别的考虑,连忙锁上门,下楼打的直奔自己的家。这晚是在自己的床上睡的,虽然倍感孤独,却也并不寂寞,她接了几次电话,第一次是吴敬恒打来的,另两次是吴智打的。吴智告诉她,他已跑了一所大学,两所大专,有老同学帮忙,估计能找到落脚点,说完这些还打了哈哈,一副开开心心的样子。等到夜深,实在寂寞难耐,他又打来电话,说了许多肉麻的话,使唐元贞的身上变得暖洋洋的,孤单的感觉也一扫而空了。

　　当晚入睡较迟,清晨却被电话铃声闹醒,睡眼惺忪下楼,又是吴敬恒打来的。教授的语气似乎颇急,令她赶紧去书房找一找,在书桌中间抽屉里有一份署名吴智的文稿,看在不在那里?唐元贞连忙上楼找到了那沓稿纸,拿到电话机旁边,将标题念了一遍。吴敬恒连说好好好!叫她用牛皮纸袋装好,等会可能有人来取,将它交给来人。挂好电话后,唐元贞心中狂喜,以为吴智的麻烦有了转机,老头儿替他打了圆场。本来嘛,既然已经认定吴智继续做女婿,借篇文章有什么了不起?只要吴智评上职称,就可以在学院立足了,不必迁移到别的地方。等小两口复了婚,后娘贤惠,让他们陪伴老人居住,同住在一套楼房里,彼此往来容易。不料唐元贞正在打如意算盘,忽然听见门铃响,打开大门一看,门外两男一女,男的都穿着民警制服,女的是学院保卫科的。当年转户口时曾经跟她打过交道,是位很和蔼的漂亮姑娘,今天似乎遇到不愉快的事,脸色铁青,见面没有多话,伸手便要吴智的文稿。因为是刚才吴敬恒嘱咐了,唐元贞便忙把文稿交到她手里,接到那一沓稿纸以后,那姑娘才叫了声吴师母,介绍了两位穿民警制服的人,一位是当地派出所的所长,一位是滨湖公安局的刑警队长。三人落座后,姑娘只顾坐在一旁翻阅文稿,所长和队长却在细问吴智最近来过几次,现在到哪儿去了?唐元贞一听以为吴智在楼上过夜,被邻居发现了,向派出所报了案。因为两人的关系特殊,如果传出来,非常不好听,一贯老练的唐元贞,一听却慌了手脚,立刻

678

满面通红,浑身颤抖。两位老公安一看这情形,知道教授并未跟夫人通气,把她吓着了,便忙改变严峻的表情,换成满脸笑容,亲切地对唐元贞解释:"这次搭帮吴教授的辨认才顺利找到突破口,这个案子在县局搁了多年,一直没有侦破,因为一点线索也没有找到。"虽然这几句话把男女关系的问题撇开了,却扯出破没破案的大问题,唐元贞一点也没有放松的感觉,反而觉得更加紧张。但是到底她是经历过许多风浪的人,赶紧装着替客人倒茶水,将情绪调整了一下,等她把三杯茶端出来,已经心不跳手不抖,脸上也显出温润的笑容。她从容坐下听两个介绍情况,才知他们已到过吴智的宿舍,他人不在,据隔壁的邻居介绍,已外出三天了;他们不便进行搜查,没有查到他最近的字迹,才又由县局的人请教吴教授,吴教授告诉他们,他的家里还有他最近抄写的稿件,可以比对字迹,作为他的辨认是否正确的根据。唐元贞一口咬定不知道吴智的近况。因为已经拿到老教授提到的文稿,上面有吴智的字迹,公安人员已经满意了。他们知道吴智早已跟他们的女儿离了婚,估计不会有多少往来,便不再多问,表示感谢之后,就告辞走了。

等这三人走了以后,唐元贞还呆立在门口,许久移动不了脚步,好容易才挪到沙发旁,软瘫似的跌倒在沙发垫子上。她毕竟做过多年干部,懂得不少规则,知道不是大案,不会动用刑侦人员。当想到吴智成了犯罪嫌疑人,她的心头一紧,额头上冒出冷汗。她想到如果抓捕归案,他会不会供出一切?虽然她未曾参与杀人放火,奸情却是有的,堂堂学府不像偏僻乡村,这类丑事是耸人听闻的。她越想越觉得可怕,无论如何必须离开此地,但是除了吴教授的住宅,她又到哪儿立足?想来想去又想到罗彩元,如今她担任柳林综合厂的办事处副主任,那儿可以暂时驻足,不妨先去躲避一时,托刘斌打探一下,以便进行恰当处置。如果吴智没有归案,或者归案后没有交代她的种种,她又可能施施然回到青松岭,继续做教授夫人。如果结案无罪,仍可继续交往。如果只有轻罪,要设法让他免诉。唐元贞生性淫荡,却不是那种不重情义的人,凡是跟她有过交往的男子,她都不落井下石。她也是个敢做决断的人,想到这里便赶忙上楼,收拢了金银饰物,把银行存条拿到手里,然后将它们缝在丝绵夹袄里,乍暖还寒季节,丝绵夹袄不会离身,等她将纽扣扣紧,心里便踏实了。她是搞过经贸工作的人,知道金钱最重要,如果没有经济基础,一切事业都是空谈。

她也曾想到给吴教授留下几张存款单,但转念一想,觉得没有必要。他每月有高额工资,由会计室打进一个存折里,有了这些钱,足够两父女使用。唐元贞将存折放在原处,她从此不能再使用它了,不禁深深地叹了气。平时这个存折也是由她保管的,积了几月将节余取出,又能换成一个存条。对这种存条她情有独钟,两年来不断积存,加上过去的积累与平反后补发的一些,除了花在吴智身上的几张,还有整整十张。

唐元贞怕老头子发现她失踪了,会到处乱找,闹得沸沸扬扬,便写了一封短信,告诉他到海南岛去了,理由是女儿生了孩子,请她去照料一段。她把信放进书桌抽屉里,就穿上丝绵袄子,外罩一件风衣,出门下山拦了辆出租车,将它引到门前,请司机帮忙,将两只大皮箱塞进了后备厢。

唐元贞历来办事仔细,临行前没有忘记教授的习惯,出门从来不带房钥匙,带着也往往掉落在外面,她按照平时的约定,将钥匙放在门前的小花坛一角。她把这事也安排妥当了,才从容坐进出租车里,车子一溜烟开到山下,过了河,顺利地回到临江饭店。

依旧乘电梯升到六楼,华港总经理住过的套间空着,唐元贞便选择住进那间房,房间每日都有服务员打扫,窗明几净,不仅被褥均已更换,连沙发套子也换了。她扭动水龙头,流出来的是热水,于是痛痛快快在浴缸洗了一个澡,洗净了一身的疲劳,也洗掉了满腹的烦恼。等她在床上稍歇了一会,就下楼到餐厅进餐,独自享用了一顿美食,眼看到了探视时间,便又乘车来到医院。谁知当她进了病区,护士长却不让她再进病房,她便谎称是病人的姑妈,一直由她陪同,为什么不再让她接近病人?看见她穿着华丽,相貌端庄,护士长不敢怠慢,把她让进护士休息室,细声作解释。原来老教授有指示,除了他和他带来的几名助手,任何人都不能进去,连她这个护士长也不能进去,自然不会允许亲属进去。唐元贞问她到底得了什么传染病,护士长又不肯说。唐元贞心里一急,声音就高了,听起来好像吵架。老教授正在医生值班室跟几位年轻医生讲解这种病,听见吵闹声忙起身,吩咐那些人等一会,他要跟病人家属说几句话。接着他便走到医生休息室坐下，招呼唐元贞也进来坐好，首先问了她跟病人的关系，然后仔细地问清病人的职业与婚姻状况，得知还是个未婚女子，脸上显出惊讶的表情。停顿了一会儿他低声道："既然你是她的姑妈，是至亲，能够替她保密，我就如实对你说吧，她得的是淋病，一种传染性很强的性病。这种病在旧中国较多，新中国成立后，取缔卖淫嫖娼，绝迹了，所以我教过的十几届学生，都没有临床经验。你的侄女儿两次来我院就医，都被误诊了，这事有我们的责任，对不起，请原谅。好在我们这批老家伙还在值班，经过会诊，做出了正确诊断，请你放心，我们一定能将她治愈。不过因为医院没有储备特效药，得迅速从香港购进，费用高一点。不过你也不要着急，由于我们有失误，医院决定，一切费用不要病人负担。"听了老教授的说明，唐元贞身上冒汗，脸上的颜色也变了，她的心里在痛骂刘斌，不知他从哪儿染来这类的恶疾，害了罗彩元。由于她跟罗富庭感情很深，又与罗彩元性格相投，把她看得比亲生女儿还重，她越想越生气，牙齿咬得轧轧作响。老教授看见她生了气，以为她在怪侄女不争气，如果她去骂病人，会对治疗很不利，他便接着说道："得这种病渠道很多，不光是通过性行为传播，还有因为互用器皿、衣物及其他肢体接触，也可以传染，所以我们将她隔离开来，割断了传染源，过了传染期，就跟正常人一样，没有任何危险了。"看见她的神态缓和一点，又告诉她，"这种性病不像梅毒，是比较轻的，它虽然发病迅速，但只要诊断正确，服用特效药，治疗过程一般很短，如果没有并发症，不出十天，就可以出院。"因为还在隔离，唐元贞又只能从窗口望一望罗彩元，只见她正坐在床上吃苹果，还与一位年龄较大的护士在谈笑，看到她那副轻松的样子，唐元贞心里也产生了不满，她没有再要求护士长安排自己与她谈话。

　　唐元贞又回到临江饭店，天已向晚了。罗彩元临住医院前，曾把宾馆服务员叫到面前，告诉她唐元贞临时代理她的工作，办事处有事可以找她。这时当她走出电梯，那姑娘便过来告诉她，刚才来了位客人，是来找刘厂长的，我见办事处没人，便让他在大厅里等着。等唐元贞走进大厅，果然看见沙发椅上坐着一个人，那人靠着椅背睡着了。唐元贞定睛一看，不禁悲喜交集，来人竟是罗彩元的爸爸，也是她多年的好友。说到好,好到什么程度,柳林大垸有多种说法。交往浅一点的,如供销社的职工,知道大队的化肥农药,都需要经唐元贞核准,才能由供销社供应,因此他们有业务往来,经常在一起碰面。了解得深一点的,如袁大头与王桂生,知道他们的关系不一般,绝不是只有业务往来。而了解得最深的,莫过于罗四拐子。就是这个家伙,仗着供销社主任是他的野婶娘,叔父在垸子里一手遮天,敢于盗窃供销社钱财,还搞栽赃陷害,把一位清清白白的人送进监狱。也就是由于他的罪行暴露,加上袁大头的诈骗团伙覆灭,连累了两位能干的领导,使他们无法继续在柳林大垸执政。唐元贞金蝉脱壳,逃进省城,当了教授夫人。罗富庭无法走出高台阶,只有坐待处分。后来唐元贞生活优裕,越变越显得年轻,罗富庭日守愁城,越来越变得苍老,要不是近来得以复出,精神焕发,早已垂垂老矣!唐元贞站立在他的身旁,望着老汉的睡态,想起他当年的剽悍,不免感到凄怆。在她所交往的男友中,不是自己有求于人,就是人家有求于自己,像仅仅出于情爱,就只有他一人。两人初次相见,就相互吸引,日久情深,相知相爱。两人相交的特点就是坦诚,所思所想,从不相瞒,所作所为,高度一致,他们管理着柳林大垸的生产与消费,掌控着几千人的生计。今日重见,宛如隔世,彻夜长谈,摘心掏肺,两人不免长吁短叹,畅述着彼此的遭遇。谁知世事难料,如今倒了个儿,罗富庭扬眉吐气,唐元贞愁肠百结。罗富庭绞尽脑汁,想替情人想出解脱之计,他掰着唐元贞的手指头,历数各种门道,却始终没有找到良策。直到东方既白,才忽然灵机一动,想到他最近到县供销社报到,浏览了一下市容,发现许多有能力的人,听到政府允许一部分人先富起来,便聚集资金,寻找门路,凭着自己的胆识,新设工场店铺,跻身富裕的行列。罗富庭是很有阅历的人,知道要掘得第一桶金,必须有启动资金,但是他既无海外亲友,又无动产与不动产的遗留,更无国营或集体单位的支配权,哪里能筹集到这笔钱?虽然他新近拿到一个实业单位的印把子,但这个单位太小,又连年亏损,自己新来乍到,不便动作。他想起一时找不到筹钱渠道,不禁嗟叹。

谁知一听到他愁钱,唐元贞便不顾寒冷,钻出被窝,光着膀子扯过挂在床头的丝绵袄子,将它披在身上,扯断了缝闭口袋的粗线,掏出来一卷响纸,摊开一看,却是一沓银行存款条。罗富庭眼不花,看见全是一万元面值的存单,他吃惊得张开了阔嘴,半天都合不拢来。在他的经历中,从来没有见过这样多的存款单,大队的农贷与修堤款,是随收随放,随有随花,从来没法存进银行。如今供销社仓库的会计手上有几张存单,面额也没有这样大,而且据报前任还亏欠基建工程款,这些条子还填不满那个窟窿。尽管他对这玩意儿陌生,对它的效用却很清楚,只需要将它们递进银行窗口,报过密码,便能换出色彩斑斓的钞票,干什么营生都方便。他初步估量一下,把唐元贞手上的大额存款条换成钞票,就得用簸箕来装,莫说用它来开商店,就是用它来筹建公司,也是做得到的。当他想到这里,心脏剧烈跳动,大方块脸也红了,他仿佛回到年轻岁月,看到了似锦前程。他琢磨目前状况,两个女人不宜抛头露面,只要有个地方,能把她们安顿下来,使之能过舒舒服服的生活,就算可以了。这时他便想起汉寿那一幕,姐姐曾经告诉他说,在他们镇上,有一家县商业局管辖的宾馆,因经营不善,常年亏损,如今正想把它承包出去,承包期限为十年,不过得预先缴纳七万元。他想如果拿出存款的大半,就能承包这个宾馆,达到安置情人和女儿的目的。罗富庭将这个信息告诉了唐元贞,并且也将自己的想法说了一遍。唐元贞长期领导着基层经济单位,头脑经过多年训练,经营细胞素来丰富,虽说两年来荒废,但是一经激活,就能活跃起来,她略一凝神,便确认这是一个商机。两人又一拍即合,形成了共识,立刻去汉寿,用自己手上的资金,把那座宾馆弄到手,不仅可以当避难所,还可以维持业已习惯的高级生活。如果经营得法,迅速盈利,又可施展公关手段,使商业局领导得些甜头,把这宾馆完全盘下来,如今使国有资产变为私人财产,听说早已开了先例。

不过唐元贞并没有马上收拾行李,动身去汉寿,因为他们不能不顾罗彩元。她是罗富庭的亲骨肉,又是自己最喜欢的干女儿,由于两人性格相近,谈得拢,又很听她调摆,她一直照看着这个女伢儿,对于自己亲生的女儿,倒越来越变得陌生了。

当她与罗富庭又缠绵一番以后,重新激起了母爱,她用手环抱着他的厚背,用脸摩擦着他的硬髭,不禁泪流满面。这一反常态的表情,使罗富庭吃惊,不得不回答他的疑问,只好把罗彩元的病情告诉他。一听罗富庭也吓了一大跳,不免老泪纵横,他倒没有怪罪女儿,反而自责是自己害了她,如果不是当时瞎了眼,认错了人,使她上当受骗,不至于流落江湖。他便痛骂刘斌这小子不是人,你玩弄了人家的女儿,还将脏病传染给她。罗富庭心里产生了狠毒的想法,将他存放在供销社仓库的走私商品举报。他将心里的盘算告诉唐元贞,却遭到她的反对,因为她知道罗富庭重新出山,是搭帮刘斌的运作;王桂生已告诉她这本经,是刘斌通过他的老相识王时英给张文榜打电话,才把这事搞定的。并且据她观察,是他将罗彩元提拔为柳林综合厂驻长办事处副主任以后,为了接待港商,又兼了个所谓公关部主任,是这个职位闯了祸。那天华港贸易公司总经理请客,她也到场,从她富有经验的眼光看见,尽管此人西装革履外表端庄,却是个流脓滴血的烂仔,罗彩元遭罪,可能是遭了他的毒手。唐元贞的话,在罗富庭听来,历来是在理的,听完她的分析,骂刘斌几句是应该的,因为他毕竟也安排不妥,不过对他的愤恨,已渐渐消退了。

也是遵照唐元贞的意见,罗富庭随着她去医院,见到了罗彩元。这天虽然依旧不让他们进病房,却可以站在窗口跟她说话,罗富庭装着只以为得了成传染源的流行性感冒,没有表示惊讶,更没有对她进行责骂。

因为罗彩元没有出院,两人一时没有离开长沙,他们住在办事处,睡在套间里的席梦思床上,过了几天神仙般的日子,偿还了两年的相思债。其间刘斌的心腹驻长办事处主任严胖子来过两次,一次是领回县供销社仓库主任的告急信息,一次是传达县属柳林综合厂刘厂长的应急方案。他匆匆来去,在办事处只停留了很短的时间,看见两人坐在一起,仅微微一笑,好像什么也不知道似的,很客气地离开了。

果然跟陈教授的预言一致,十天不到,医院便通知他们办理出院手续。唐元贞以为住这种特护病房服用特效药要花很多钱,结果,也按照老教授住院前对他们说的,因为医院有误诊的责任,免除了住院费与医药费,只由病人家属交了点伙食费,还带回来不少药供病人继续按时服用,使三人很愉快地坐出租车回到临江饭店。

梁园虽好,决非久恋之家,三人在办事处又住了一个晚上,晚间爹爹跟唐阿姨分别找罗彩元谈话。爹爹仍装着只知道她得过流行性感冒,叫她跟自己回乡休息一段,看来她不愿意马上回柳林垸,那就先到汉寿大姑妈家住一段。大姑妈家早发了,房屋修饰了,不是原先那种穷样子。

唐阿姨谈得直接多了,因为都是女人,平时无话不谈,她便将医生说的病情完全告诉了她。她问是不是那个死鬼害的她,她也认为是港商,并且把害她的情节详细说出来,两人不免都痛骂此人是禽兽。于是唐元贞便指导她此处不可留,必须迅速撤退。一则这里的人不可信,除了那个所谓的华港贸易公司的总经理,还有刘斌和郝小忠,继续留下来可能再上当;再则你爹爹和我已经替你找了个新职业,有个客房经理职位,而你的顶头上司是我,你最信得过的唐阿姨,阿姨替你找到好归宿。罗彩元听了唐元贞这番话,自然十分高兴,她自小十分喜欢这位性格温柔善于体贴人的唐阿姨,甚至比对自己的亲生爹娘还喜欢,她喜欢将自己的心事告诉她,愿意接受她的指导,在她的心目中,她比自己的爹娘还重要。自己的母亲过世了,她就是自己的母亲,过去她曾经发现过她和爹爹的亲密举动,她希望她将来成为自己真正的母亲。

这种希望不要等待将来,当天晚上就证实了。这天三人各占一处房间:爹爹住进套间,唐阿姨与她各占一个单间。入夜以后,她便留了点心,不到十一点,就听见隔壁单间的门响,她轻轻地扭开门锁,使房门出现一条窄缝,只见铺着地毯的走廊上,灯光明亮,通往套间那头移动着一个身影,雪白的绸衫飘拂着,那是唐阿姨最喜欢穿的丝质睡衣。

十八、煮熟的鸭子飞了

王桂生想在提交辞呈以后，得到首肯，即请假外出办私事，不想杨青林不仅没有接受他的辞呈，还提出请他坐回原来的办公室，继续上班，一边管些业务，一边办理移交，这样使他无法开口请假。工作组进驻之前，罗富庭已经到任，王桂生得以迅速将从沿海小镇运来的水货安放在那里，本来可以马上指示百货门市部，腾出几个柜台，销售这批境外商品，根据以往的经验，由于是水货，价格便宜，又多系名牌，很快就会脱销。不料工作组这样快就进驻，为首的还是个厉害码子。他见识过他的厉害，知道不是好糊弄的，连张勇都被他搞得狼狈逃窜，自己哪是他的对手。由于在选举中落败，失去了活动平台，暂时无法有所作为，只有求刘斌赶紧设法把这批走私商品从柳林镇运走，如果动作太慢了，被杨青林察觉了，毕竟柳林镇在他管辖之下，那他们就会全线崩溃，就他而言，不死也要脱层皮。

王桂生原本机灵，看到形势骤变，立即用电话找到刘斌，将他的顾虑告诉了他。刘斌也是个机灵的人，自然知道厉害，会立即想出妥善办法。只是这批货是用柳林镇供销社的名义存入县供销社仓库里的，仓库主任换了可靠的罗富庭，他知道内情，不会出纰漏，怕就怕在提货时自己不便出面，只能由别人办理，如果这人不可靠，就麻烦了。因此他必须把手上的提货单交给刘斌，由他亲自来提货，或者派一个他信得过的人来提货。而现在刘斌为综合厂归口的事，一直猫在县城。他的堂客曹桂枝为张罗王主任女儿的婚事，也好久没在镇上露脸。他既然已经无法外出了,这提货单又由谁送出呢?本来他还有几个知心腹的人,但昨天经疤子女人一闹,他们都出来活动一番,结果无疾而终,大家又缩进乌龟壳了,有人在路上碰着他,也不敢打招呼。他怀疑他们会不会跟会计出纳一样,开始转舵了,他想这号机密事不好再相托了。但想来想去,想不出合适的人。忽然,他想到一个人,本乡的文教专干黄卫新。刚才从家里往供销社的路上走,遇到了这只鸟,只见他穿着一身毛哔叽中山装,兴冲冲地昂着头走路,他家就安在柳林镇口的堤下。王桂生早知道他那本戏,连忙拦着他道喜。自从刘斌的堂客曹桂枝把他带进王主任家以后,受到了热烈的欢迎。本来嘛,"文革"前高中毕业,肚子里装了墨水,"文革"中敢打敢杀,参加了清理阶级队伍,复课闹革命后提升为文教专干,是名副其实的国家干部。这些都符合王主任的要求,使他对女婿十分看重,因为有了这些经历,就有了培养基础,不仅目前能够为他撑门面,将来还可以接自己的班。小脚夫人没有丈夫想得宽,她只要女婿不聋不哑,年龄悬殊不太大,就行了。等到一见面,才知是个标致后生,不仅身躯修长,眉清目秀,还有一张甜嘴巴,她喜仰了。她清楚女儿的毛病,怕女婿和她多接触,会打退堂鼓,就在黄卫新上门这天,她坚持留他在家里过夜。当晚夜深人静,不顾暮春的寒冷,洗濯之后,替女儿换了一套轻薄的绸衫,将她推进娇客的房间。

黄卫新看到岳家状态优越,非常满意。没有和姑娘说过话,不知深浅,但当他看到她容颜白腻,体态丰腴,早已心旌摇荡,无法自持。他和小脚夫人的心思一样,何不将生米煮成熟饭!就在这天晚上,他将她变成了自己的女人。过了几天,就由财贸办副主任王时英主持,在商业局管理下的大饭店摆了十几桌喜筵,庆祝王主任招赘了乘龙快婿。喜筵之后闹房,却出了洋相。年轻人提出要咬苹果,苹果高挂,咬不定,几次都咬到对方的脸上。这样使新娘子误会了,以为是男人指引,叫她温习功课,便忙把衣裳扯开,袒露胸怀,横卧在喜床上。这种场面,在外国婚礼上听说有过,在国内实属罕见,连最顽皮的小伙子也不敢久看,于是哄然爆笑,一哄而散,留下新郎坐在床沿发昏。结合几天来的印象,才知自己捡了个活宝,这哪像撒娇装痴,明明是一个白痴,黄卫新后悔不迭,苦思不知如何解脱。忽然传来一个消息,使他异常惊喜,原来王主任得到教育局长的援助,将他的工作换了,使他从基层调到县城,脱离了杨青林的掌控。

在小白洲受辱之前,黄卫新就被杨青林叫去谈过话,令他说清楚"文革"中的表现,这事使他十分懊恼。他以为是教区有人告状,便想找只软柿子撒气,以震慑那些不安分的人。谁知李小娟不是软柿子,她家有铁拳头,还有一只凶恶的大黄狗,他不仅没有出得气,还受了一场惊吓。真是倒霉透了,就在第二天,当他跟曹桂枝一块进城相亲,杨青林召开了学区教职员工大会,宣布为李小娟平反,并且指定她代理文教专干,这就是说,黄卫新被停职了,只剩下说清楚一事。对于这种状况,有个专用名词,叫作停职反省,黄卫新对这点是有认识的,过去不少干部在被处分之前都享受过这种待遇。幸亏曹桂枝的媒做成了,他成了县经委王主任的女婿,闪电式的结婚,风火轮般的调令,使他与刘斌一样,迅速摆脱了困境。他今天碰见王桂生,正值他春风得意马蹄疾,赶回大垸来转关系,同时做搬家准备,在回家之前,还到乡政府找了马秘书。

王桂生见他兴高采烈的样子,心里想,他倒是解脱了。杨青林指令黄卫新说清楚,王桂生早听到了,他听到后不免一惊,因为黄卫新也参加过胡三元的造反兵团,虽然只做过刷标语发传单等事,但也晓得不少内情。他知道这人狡猾,惯会见风使舵,他怕他检举揭发,把自己的一些臭事也扯出来。这时得知他没事了,县里来了调令,乡里奈何不了他,他的心里也很高兴,心想自己不能去县城,不妨请他把提货单带去,由他直接交给刘斌。自从他做了王主任的女婿,他跟王时英的关系不同了,跟刘斌的关系不同了,自然是最可靠的人了。

等到下班以后,他便去百货门市部买了一台立体声收音机,提着,揣着那张提货单,来到柳林镇街口,转下堤,越过一条田塍,走进一座小砖瓦屋的地坪。只见房屋的门敞着,有个身影在门里闪进闪出,原来黄卫新正在手忙脚乱捆扎箱笼,做着搬家前的准备。他看见王桂生来了,还带来一件祝贺他新婚的贵重礼品,很高兴。王桂生问:"你到了乡政府转工作关系,杨青林没有为难你?"黄卫新道:"杨青林正在忙你们供销社的事,没有在乡政府。马秘书早见到了我的调令,二话没说,就替我把介绍信写好,没有留什么尾巴。"王桂生笑道:"你也太天真!杨青林想整你,没有达到目的,哪肯轻易放过?他会把你的材料塞进档案袋子里,由机要通信员送到县政府去。"黄卫新一听慌了,忙道:"那怎么办?教育局长看了袋子里的材料,会不会把我退回来?"王桂生大笑,也连忙说:"不会,不会!既然局长能在这个时候调你,他就有担当的能力。"他走拢去拍了拍黄卫新的肩头,继续笑道:"你算是走了桃花运,娶了个漂亮老婆,外加一位大有能耐的老丈人,不需要他说话,只要听说你是他的宝贝女婿,教育局长连屁也不会放一个。你晓得教育局的经费是哪个衙门拨的,能绕过县经委?经委主任负责审核全县各单位的经济开支,他的手抬高一点,教育局的日子就好过了。你那点'文革'中的屁事,算什么,能让它影响全局的收入?"

经过王桂生一宽解,黄卫新笑了,他如释重负,坐下来陪着闲话,谈了一阵,王桂生就把请他带个条儿的事说了。黄卫新满口答应,他接过那只装有提货单的小塑料夹子,慎重地把它放在哔叽制服的里子口袋里。

到底还怕杨青林作祟,为免夜长梦多,得赶紧到县教育局报到。等王桂生走后,黄卫新就停止了搬家前的准备工作,把捆扎好的箱笼堆进一间内室,用牛尾巴锁锁住,然后关好大门,蹬上自行车,直奔县城。

等他进城,只见满街的电灯亮了,常委大楼灯火通明,王主任家在二楼,当他推门进屋,听到了欢叫声。原来王主任有指示,宝贝女婿没有回家,不准开餐。饭菜热了一次又一次,味儿都变了。看见姑爷露面,保姆欢叫一声。接着小脚夫人也欢叫。新娘子的欢叫声最响,还有后续动作,她立刻扑向黄卫新,几乎将他撞倒。只有岳父大人保持着尊严,仅微微一笑,但打那笑容里,透露出由衷的喜悦,等他得知乡政府转工作关系的介绍信已经到手,还禁不住打了哈哈。饭桌上的热闹胜于平日,岳母娘殷勤布菜,新娘子学着敬菜,毕竟动作笨拙,洒得满桌汤水,害得保姆不停揩擦。饭后照例是岳父大人的节目,概述今日本县要闻,在黄卫新看来,比新闻联播还重要。今天他听到的是县府接待了一位华侨,原来是杨林嘴一带的人,在北美经商多年,积累了万贯家财,现在回来寻找亲属,据说已经找到了。黄卫新对此颇感兴趣,正要盘根究底,不料新娘子早已不耐烦了,她粗鲁地打断了爸爸的谈话,把他拖出了饭厅。当黄卫

689

新被推进新房,嘭的一声房门关了。

　　自从尝到了甜头,新娘子不断索取,无论是白天黑夜,也不管何种场合,只要她的兴起,便把衣裳卸掉。黄卫新甚感疲惫,及至想起了老班子的话,白痴容易变成花痴,不免心惊肉跳。今天为了到教育局报到,他比平时起得早。这时王主任已经在堤上做过八段锦回来了,正盘坐在桌旁吃豆浆油条,他邀女婿陪他一块儿吃,席间继续昨晚被打断的谈话。王主任问女婿:"你知不知道你们柳林垸有个名叫柳枝儿的女伢儿?"黄卫新听后不禁一惊,这话触到了他的隐私,他以为岳父大人听到了传言,连忙掩饰道:"我跟她不熟悉,只听说她是五类分子子弟。"王主任听后大笑,用筷子点了点女婿的鼻子,爽朗地笑道:"五类分子的名称早不让叫了,你怎么还这样称呼人家? 这女伢儿倒真是时来运转,那个从加拿大回来的富商是她的祖父! 为了找到她,县里费了九牛二虎之力,最后还是黄芦荡的一位老人提供线索,找到了她父亲的单位,经县委政策落实办调查,才弄清了她的面目。"王主任不经意地说完这些话,放下了筷子,回到卧室清点他的公文包,上班时间快到了,他必须按时去办公楼,于是他离开了饭桌,把宝贝女婿留在桌边。黄卫新默默地坐在那里,挪不动身子,他的脑子素来灵泛,这时脑海波涛翻腾,检视完历史画卷,展现出未来图景,不需要反复推理,便能作出决策。他不顾新娘子在房内浪叫,也没注意岳父的行踪,急忙拉开了大门,匆匆地跑到楼下。

　　当他跑出常委大楼,才看见岳父大人在前面慢吞吞地走,他不想再遇到他,就朝另一方向转出县委后门走了。县委院外有一条县城最热闹的大街,站在屋檐下,望见上班的人流,他的心里想,听说柳枝儿自从跟他分手后,就搬到陈良桂家去住了,从陈良桂家出来后,在小白洲住了一段,就加入牧鸭队去浪拔湖了。浪拔湖离县城有百多里水路,坐木船要两天才能赶到,县城到安乡去的班船经过那里,但是那里是渺无人烟的荒洲,没有码头或接客的渡船,班船从来不在那儿停靠。黄卫新心里焦急,想尽快赶到柳枝儿那里,但是没有办法。突然他心里一亮,想到了防汛指挥部的汽划子。防汛指挥部的指挥长曾到王主任家里来做客,王主任不在家,由他陪着在客厅里打讲,两人东一句西一句地闲扯。指挥长常常从经委属下的工厂弄到边角废料,边角废料在他看来是宝贝,经他稍许加工，就是上等防汛器材，便能以假代真，得些好处，因此也常把指挥部捞的鲜鱼用麻袋装好偷偷地送到王主任家里，他知道主任对宝贝女婿很器重，也很愿跟他交朋友。他告诉他说，防汛指挥部新近买了只汽划子，是只快艇，时速能达到六十公里，如果想到湖上去兜兜风，他可以把船借给他。这时黄卫新想，时间既然这样紧迫，他也只好采取这个办法了，想罢他便朝防汛指挥部跑去。恰巧指挥长在，汽划子也在，指挥长一听黄卫新要借他的船用一下，忙满口答应。他亲自叫来驾驶员，叫他负责把客人安全送到指定地点，这样不到两个小时，黄卫新就踏上了浪拔湖荒洲的土地。

荒洲上现在挺热闹，陡然增加了三千个小生命。黄保老汉培养了五百只种鸭，把它们带到浪拔湖后，经过精心饲养，都到产蛋的时候了。他将一周以内的种蛋放进了一只特别的孵化箱里，细心地把它们孵化成雏鸭。他的孵化箱很特别，是个长圆形的木笼子，里面用竹篾片垫成一层层隔子，竹篾片可以左右转动，中间有加温筒，盖上有喷雾器，加温筒内烧起糠头火，箱子里能保持一定的温度，喷雾器与外面有管子相连，往管子里注水，就使箱内产生一层蒙蒙的水雾。他用手去测试箱内的温度与湿度，不时地加糠或加水，还常常翻动竹篾片，使它上面的种蛋来回不停地转动，这样不到一个月，就开始出雏了。他的种蛋的质量是头等的，孵化的技术也过得硬，所以出雏率非常高，当黄卫新来到荒洲上的时候，三千只小鸭已经入棚了。它们的毛色很丰富，有黑的、黄的、麻的、花的，一只只像颗小芒果，在鸭棚里挤来挤去，唧唧唧的叫声，使荒洲上充满了生气。黄卫新爬上岸不久，远远地望见一溜鸭棚子，第一座鸭棚子后面的竹围子里，露出了两条花色的头巾，一条是蓝花的，一条是红花的，走拢去一看，戴蓝花头巾的是柳枝儿，戴红花头巾的是黄菊儿，两人手上都捧着一只塑料盒子，正在给小鸭子撒食。黄卫新看见了柳枝儿，连忙跑进去，欢天喜地地叫了一声："柳枝儿！"柳枝儿答应着，抬起头来，脸上唰的一下红了，她的脑壳发晕，眼眶子里溅出了泪水。黄菊儿听见喊声，也转过头来，看见是黄卫新，她的脸色也变了，变得铁青的，像是碰着一条蛇。她把手里装蚬肉的塑料盒子啪的一声丢在地上，挺直了身子，用手叉着腰杆子，大声地骂道："不要脸的东西，你跑来干什么，是想来欺侮柳枝儿姐姐?"黄卫新与黄菊儿是同族,在南边老屋里,他们还共小祠堂,但是黄菊儿从心眼里看不起这位堂哥哥,她不愿跟他来往,也不屑跟他来往。过去他爱跑罗富庭的高门槛,把这个并不很亲的表叔叫得震天价响,他跟罗四拐子穿连裆裤,在坑子里做过不少缺德事。他欺侮过柳枝儿的详情她不知道,但她知道他多次欺侮小娟姐姐,最近为了想做县经委主任的上门女婿,半路里把一个小学教师甩了,害得那个女伢儿得了精神分裂症。黄菊儿跟她的爷爷一样,最不喜欢这号势利鬼。今天她看见黄卫新又来了,她的眼睛里冒火,瞪着一双又大又黑的眼睛,冲到黄卫新的跟前,把黄卫新吓得直往后退。黄卫新已经跨进了围子,后退的方向却偏了,这样他的脚就踏进了小鸭群。只听见吱呀一声,黄菊儿一看,两只几乖的小鸭被他踩着了。她的心里一急,大声喊:"耗子!耗子!"耗子好像从地下钻出来似的,马上出现在她的面前,耗子气喘吁吁地问:"菊儿,什么事?"黄菊儿用手指着黄卫新,气急败坏地说:"他……他……他欺侮人!"耗子看见黄卫新油头粉面的样子,神色很慌张,以为他在鸭棚子里耍了流氓手段,便跳进棚子,伸手抓住黄卫新的衣领子,就像提鸭子一样把他提出了竹围子。黄卫新的喉咙被衣领下面的有机玻璃扣子卡住,透不过气来,好不容易才挣出一只手来抓耗子,却够不到他的身体。耗子在部队里当过侦察兵,练过一阵擒拿技术,他把黄卫新提出围子后,用力抓住他的两只手,并且把它们反过来。黄卫新的手臂痛得像刀割,像杀猪似的叫喊起来。耗子把黄卫新提出围子后,又顺势把他一拖,黄卫新就仰面跌倒在泥巴地上,幸亏下面的泥土很松软,不然恐怕会得脑震荡,要在医院住上两个月。黄卫新的脑壳好痛,他四脚朝天,仰在地上,一时爬不起来。黄菊儿隔着围子,遥看黄卫新这副狼狈相,觉得很好玩,她哈哈哈大笑起来。在黄菊儿面前显示了一下自己的拳脚功夫,耗子觉得很得意,他也哈哈哈地大笑。两人笑得好放肆,使黄卫新更加觉得受了污辱,他在地上挣扎了半天,终于站起来了,当他刚把脚跟站稳,就不顾一切地用头朝耗子身上撞去。他想用这突然袭击的办法,把耗子撞倒在地上。两年的部队训练没有白过,耗子早已有了防备,他见黄卫新把头撞过来,就赶紧将身子一偏,让他的头冲过去,然后轻轻用脚在他的膝弯里绊了一下,黄卫新又跌倒了。这次跌倒得比前次更重,跌的是"狗吃屎",鼻子和嘴巴都插进了泥土里,很快都出了血。黄卫新想再爬起来,耗子用脚踩在他的背上,叫他回答:"敢不敢再还手?"黄卫新只得摇头。黄菊儿在围子里提词,耗子又问:"敢不敢再来缠柳枝儿?"对于这点,黄卫新不肯回答。突然他感到耗子的脚踩得更重了,耗子的脚,本来就像牛蹄子,再往下用劲,他如何承受得起?这时他只好违心地摇了摇头。他感到耗子的脚踩得轻了,准备爬起身,忽然又听见黄菊儿一声尖叫,她在围子里叫道:"你看看这只蠢猪,冲进围子,不看下面,踩扁了两只小鸭子,都死了!"这只棚子里的鸭子都是良种鸭,是经过黄保老汉精心培育出来的,他为了选母鸭养番鸭半番鸭,费了多少心血,才孵出这样一棚良种鸭子,今天却随便被人踩死两只!耗子一听黄菊儿的喊叫又生了气,他那已经抽开的脚又踩上去了,并且踩得比刚才更重。黄卫新感到自己的背脊骨已经断了,肚皮也快破了。他的耳朵里听见黄菊儿又在大声叫道:"要他赔!要他赔!比市场上的价格高十倍,每一只赔十块钱!"黄卫新赶紧答应:"我赔!我赔!"耗子的脚抽开了,他听从黄菊儿的吩咐,让他站起身来了,但是他还不解恨,等他站稳脚,又伸手提着他的衣领子,让有机玻璃扣子卡住了他的喉咙。黄卫新透不过气,只好赶紧从口袋里掏出两张崭新的十元一张的票子,把它递给了耗子。耗子松开衣领子,他便一溜烟似的跑了。

　　这两张票子,哪里抵得上两只活蹦乱跳的小生命,耗子宽宏大量,让黄卫新跑了。刚才的胜利,使耗子产生了优越感自豪感,他觉得很得意。黄菊儿从围子里走出来,站在他身边,望着他那武高武大的身躯,第一次感到他是一个可以依赖的人儿。刚才黄卫新的狼狈相,还在使她发笑。她笑得透不过气来,便把身体斜靠在耗子身上,一边用手捂着胸口,叫道:"哎哟,哎哟!笑死我了。"耗子见她这副样子,以为她心里不好过,忙止住笑问:"怎么啦?"黄菊儿还在笑着,却又不停地叫:"哎哟,哎哟!"耗子替她解开了扣子,并且将手伸进夹袄替她揉胸口。黄菊儿笑了好一会,才发现自己的胸口多了一样东西,忙低头看去,只见耗子的手正在自己的酥胸上乱摸。黄菊儿的脸蛋儿一下子红了,她忙把耗子的手扯出来,在他的手臂上使劲拍了一巴掌。她没有像上回一样迅速地跑开,而是站在棚子旁边大声骂耗子,耗子却笑着跑开了。

等耗子走远后，黄菊儿才走进鸭棚子寻找柳枝儿。他们替她赶跑了讨厌鬼，她应当高兴了，谁知当她推开鸭棚子的门，却不见柳枝儿。原来当两人依偎着嬉笑的时候，她悄悄走了。她到哪里去了呢？黄菊儿不晓得两人的过节，不懂柳枝儿的心。她把装满蚬肉和碎米的盒子放在地上，去追黄卫新去了。

　　她在岸边赶上了黄卫新。黄卫新薄情寡义，使她很气恼，但是今天当她看到耗子扭他踩他的时候，她又觉得做得太过了。她不能忘记他的冷酷，也不能忘记他的情意，他毕竟跟她相好过，便不禁产生了怜悯。当她找到了黄卫新，站在他身后，只见他用手抱着脑壳，呆呆地望着湖水出神。防汛指挥部的汽划子开走了，把他撂在荒洲上，他今晚睡在哪里？用什么来填塞肚子？柳枝儿还没有出声，听见窸窸窣窣的声音，黄卫新转过头来，看见了她，当他一眼看清是她，他欢喜得发狂了，在他眼前站的不是柳枝儿，而是一尊金菩萨。县经委主任的话还在他耳边轰响，只要得到柳枝儿，就能得到亿万美元的家财。黄卫新的心儿颤动，手儿发抖，一双腿趁势跪倒在地上，他使劲抱住了柳枝儿的两只脚，嘶声地叫道："柳枝儿，柳枝儿，你是我的！"这个情景，跟一年多以前的情景完全一样，只是那时，跪在地上的是柳枝儿，用手使劲推门的是柳枝儿，而挺直地高傲地站在那里的是黄卫新。黄卫新推开窗户，还狠狠地骂了她一顿。那晚她哭得好伤心，要不是陈良桂下水相救，她早已是另一世界的人了。她在陈良桂的家里待了几个月，才知道世上竟有这样善良的男子，她希望在这个家庭里长期住下去，谁知他的妈妈不顺心，嫌弃她，怕她成为自己的儿媳妇，她便只好离开这个家，回到自己曾经住过的茅屋子里。她在茅屋子里得到了真正的幸福，已决意跟她心爱的男子过日子，她所敬爱的男子是个正经人，在没有正式结婚以前，不肯跟她住在一起。她孤零零地住在茅屋子里，担惊受怕地过了几夜，再也不敢一个人住了，幸亏朱冬生夫妇接纳了她，她在小白洲上过着快活日子。后来黄保生老汉的鸭棚子产蛋了，需要一个会打算盘的人，陈良桂把她送到这里来，和几个年轻人一块儿生活。她喜欢黄菊儿的热闹，也喜欢朱惠兰的文静，她和惠兰是大姐姐，心中都有自己的苦恼，两人常在一起讲贴心的话儿，从此两人成了好朋友。小白洲的试验成功了，陈良桂就常常到浪拔湖来,他在茅草街找了家食品店,为鸭棚子里的鸭蛋找到了买家。每次当他驾船来到荒洲子,都替他们运来满满一船食品与用品,除了大部分是大伙用的,还用自己贴己钱替柳枝儿买了她需要的,每次来了他都把柳枝儿叫出鸭棚子,陪她一起在野外散步,他们总细密地谈讲,还重复过小茅屋子里的一幕。每次接触都让她欣喜,身上像穿过一股股暖流,她觉得在这个世界上,她不再希求别的什么了!这时她站在湖边,望着伏在她脚旁的黄卫新,她把陈良桂拿来跟他比较,不知为什么,在她的心中,残存的旧情以及她对他的屈辱的怜悯通通都跑掉了,她不再想跟他说话了,立即转身回鸭棚子里去。这时黄卫新紧跟身后,还在絮絮叨叨地诉说自己的衷情,说到以前的失礼的时候,他甚至张开两手,左右开弓地扇自己耳刮子。这是为什么?在柳枝儿心里,不禁又引起了怀疑,她的心里想,什么原因使他发生这样一个一百八十度的大转弯?

　　到了这天中午,这个谜底就解开了。鸭棚子里还没有开午饭,湖上又驶来了一只大汽船,这只汽船是县长与副县长们到各垸去检查工作时常用的专船,船体比较大。汽船靠拢荒洲,从船上走下一群人来,前面是两个老倌子,一个是长沙来的教授,一个穿着西装,操的本地口音。跟在后面的人中有邱县长,还有县政府的外事秘书和水产局的头头。当他们走上岸时,柳枝儿和黄卫新还站在岸边。黄卫新看见来了汽船,就大声吆喝,他希望能搭这条船回去,看见船拢岸了,他高兴得跳起来。他已经跟柳枝儿谈好了,得到了她的谅解,他要赶紧回城里去,找着那位老华侨,让他知道他们之间的关系。谁知老华侨自己先来了,当他走上岸来,不等别人介绍,就快步跑到柳枝儿面前,一把搂着她,把她吓得浑身发抖。老华侨老泪纵横,颤声地叫道:"孙儿,我的小孙儿,你知道我是谁吗?"柳枝儿处在惊慌之中,不知怎么回答。老华侨又叫道:"我是你的爷爷,亲爷爷,我来接你来了!"柳枝儿用牙咬着自己的嘴唇,把嘴唇皮咬破了,流出了两滴鲜血,她感到了痛楚,才相信不是梦境。她也依稀记得姨妈对她说过,她有个爷爷,早年留学国外,一直没有回来,不知是生是死?现在他回来了,不但活着,而且还很硬朗,他千里迢迢回来寻找自己的亲骨肉!这时在大湖边,在荒洲上,演出了一幕动人的悲喜剧。祖孙两代紧紧地抱在一起,放声大哭。老人的哭声嘶哑、深沉,孙女儿的哭声尖厉、激动,这一老一少的哭声汇成一曲悲怆的乐章,使周围的人也抑制不住自己的眼泪。只有黄卫新没有流泪,现在他最高兴,他真想仰天大笑,因为他太幸运,他捡到了一个金娃娃!邱县长怕过分激动会影响老人的健康,便上前去劝慰。吴教授也擦干眼睛眶子,前去扯开了爷爷和孙女儿。众人扶着老人来到鸭棚前。黄保老汉过来了,和两位老人重见,他很高兴,他讲了几句笑话儿,把悲伤的气氛赶跑了,剩下的只有喜庆味。老华侨坐在矮板凳上,手上还抓着柳枝儿,像怕她会跑了似的。他环视了一下周围,不禁破涕为笑道:"都是熟人!前几天到过这里,吃了老把式的无皮鸭子!"鸭棚子外面,爆发了一阵笑声。老华侨用手掌轻轻拍着柳枝儿的手背,得意地笑道:"只有我的孙女儿,不懂得礼貌,陪爷爷转了半天,说了许多话,却不肯叫我一声爷爷!"大家都知道他指的是那天由柳枝儿领着两位老人环绕荒洲一圈的事,周围又爆发一阵更加响亮的笑声。这天下午黄保老汉特别高兴,不仅因为两位新结识的朋友又来了,而且因为邱县长来了。土地改革那年,邱县长住在他们家里,把他当作根子,在劝学运动中,又把他的儿子带到县城上学,后来还鼓励他上长沙考大学。邱县长一握着黄保老汉粗大的手,就连连称赞他有气魄,养了几大棚鸭子,是做了件好事,他说要从各个乡镇拉人到浪拔湖来学他育鸭的技术。黄保老汉的兴致高了,他又要亲自动手,做一桌无皮鸭宴款待来宾。但是今天他做不了主,为了招待贵宾,邱县长带来了一名厨师,还带来鱼肉和菜蔬,由他们自己办筵席。老倌子只好降格以求,在邱县长的支持下,杀了十几只大肥鸭,做了一碗清蒸鸭掌,两位老人尝了又赞不绝口。

爷爷一直不肯离开孙女儿。柳枝儿坐在老华侨身边,就是在吃饭的时候,爷爷也常用手拉一拉她,好像常要证实一下她是不是真的存在。有好几次,他把碗里的菜亲自夹起喂进孙女儿的嘴里,好像她又忽然变小了似的。吃过饭以后,爷爷又拉着孙女儿到湖边去散步。众人都很自觉地不去打扰他们。爷爷和孙女儿沿着那条曾经走过的路线走着,由于已经游览过一次,老人已不再看沿途的景色,他只顾低声地跟孙女儿讲话,他将自己四十年来国外的生活对她作了简略的介绍。等到他们沿着洲子又走过一圈,柳枝儿已经知道了,在这世界上爷爷只剩下她这一个亲人,他除了在加拿大有一家拥有数亿美元资金的食品公司,在美国和香港还有分公司。晚上柳枝儿在鸭棚子里睡下以后,她又咬了咬自己的嘴唇皮,自己问自己,难道真的不是梦境吗?爷爷说我是他的财产的唯一继承人,那么,难道顷刻之间,我就成了亿万富人了?她突然想起今日白天的一幕,黄卫新匆匆地跑来找她,对她表示忠心,并且把他的过失当作天大的罪孽,对她表示深深的忏悔,她不禁啊的一声,原来如此!他的一百八十度转弯的原因,也就在这里。黄卫新到了县城,关于她和爷爷的关系以及他们的家财他早知道了。当柳枝儿想到这里,她的心里突然产生了一种恶心的感觉。

两位老人被安置睡在汽船上,到了深夜,孙云卿还睡不着,耳朵里响着吴敬恒的响亮的鼾声,脑海里还在放映着白日情景。孙女儿的惊诧激动哭泣,都历历在他眼前再现。孙云卿长长地叹了一口气,自言自语地说道:"漂泊了半生,总算找到了自己的根,找到了自己的后代!"经过多日的访寻,确信他的老伴早死了,儿子也死了,所幸还留下一个孙女儿,他只有认命了。经过与孙女儿相认,发现她的性格儿温柔,长相儿秀丽,那一对大眼睛,就像两泓清亮的湖水,和她的祖母很挂相,难怪那天初见时觉得很熟悉,早就孤身一人的老人,也就感到心满意足了。老友的鼾声越来越响亮,横竖睡不着,他便披着衣裳,走出船舱,踏上湖边的土地。今天没有风,湖水很平静,墨蓝色的湖水和天空融成了一气,远处有光亮在闪烁,不知是星星,还是渔火。孙云卿踩着泥土里冒出的嫩草,在荒洲上漫步。"谁?"眼前蹦出一个黑影,使他吓了一跳,他习惯地把身子卧倒了。回国以来,他感到很安全,出外活动不必找人护卫,他享受了真正的自由。刚才突然蹦出的黑影,还是把他吓了一跳!那黑影子叫道:"爷爷,是我,请不要怕。"孙云卿站起身来,拍拍身上沾的泥土,不禁感到惭愧,这里又不是国外,有什么值得害怕的?这时他才看清那黑影子,原来是个年轻人,这人身穿一件毛哔叽制服,戴着一顶鸭舌帽,好像是县里跟来的干部,但是走近一看,面孔陌生,在船上没有见到过。孙云卿问道:"你是哪里的,怎么也没有睡觉?"那人默默地笑着,很亲热地说道:"我很担心你的安全,在岸上守卫你。"孙云卿心里想:原来县里还是布置了保卫人员。他便问:"你是公安局来的?"那人笑道:"他们哪里会管这些事，我是柳枝儿的未婚夫，自己赶来护卫你老人家的。"孙云卿诧异道："你是枝儿的未婚夫，白天她怎么没有跟我提起？"那人道："她不好意思向爷爷说，其实我们早就同居了。"这时天上没有云，夜空很明亮，孙云卿完全看清面前的这副脸，觉得脸上的各个部位都很匀称，那眉眼那鼻梁甚至称得上漂亮，只是嘴唇显得薄了一点，颧骨略微高了一些，那脸上的笑容有些不自然。孙云卿听了他的介绍很高兴，原来今天不但寻到了一个漂亮的孙女儿，还捡到了一个也算体面的孙女婿。他快活地笑道："原来国内也可以先同居后结婚。"那人解释说："虽然政府不允许，但我们没有办法，因为要结婚，得有一笔钱，我们现在的收入很少，要攒集起足够的钱很不容易。"孙云卿伸手拍着那人的肩膀笑道："那就是说，你是我事实上的孙女婿了。你们没有钱筹办婚礼，不要急，我在白天跟枝儿说过了，她没有告诉你，我还有点钱，让我带你们回到加拿大，在温哥华替你们举行一次盛大的婚礼。如果你们想在国内举行婚礼也行，我在长沙或者北京包租一层旅馆，布置得富丽堂皇，痛痛快快热闹一下，把你们的朋友亲戚也都请来，乐一乐。"那人听了这些话心里十分兴奋，但是他的脸上却装得很忧愁，他对老人说："就我们目前的处境，不宜在国内举行盛大的婚礼。他们欺压了我们几十年，现在还不服气，不会同意我们搞这种场面。"老人吃惊地问："你说的他们是指谁？"那人道："还不是那些共产党的官僚，他们一直压在我们的头上！"听了这话，老华侨不高兴了，因为在他心目中，共产党比国民党好。国民党当政那会儿，他在国内跑了很多地方，看到的是民生凋敝，满目凄凉，百姓大都苦不堪言。他家是户小地主，那会儿，纳税征粮兵灾溃垸，也不得安宁，这般才使他想要出国寻求救国救民之道。他信了科学强国的理论，专攻自然科学，在国外得了个生物学博士学位。正准备学成归国，碰上国家发生了内战，后来是朝鲜战争、越南战争，归国之路崎岖。他也听到不少谣言，更增加了顾虑。后来他投身于商业，并且一帆风顺，成了华侨中有数的大资本家。他读过《资本论》，知道什么叫剩余价值，自己是剥削者，应当是新中国剥夺的对象，这样又使他推迟了归国的行期。直到"四人帮"粉碎以后，中国实行了改革开放政策，并且鼓励海外投资，提倡合资办厂，这样他便再也压抑不住思乡的情绪了，他要实现自己长久的心愿，回乡寻找失散多年的亲人。但他还有疑虑，在积极筹划归国期间，在香港注册了一个分公司，以便更加贴近了解大陆。经过两年的运作，分公司已经初具规模，在香港商界站稳了脚，他也对国内情况有了更深切的了解。这样他才打消一切顾虑，办好了入境手续，并且通过新华社香港分社与北京有关部门搭上了关系。他兴冲冲地跨过罗湖桥，踏进国门一看，超过了自己的想象，他觉得国内经济状况虽然落后一点，但是有了统一的政府，安定的社会，还有那些齐心协力要把经济搞上去的民众，中国的前途充满光明。面对这个大局，一些个人的不愉快，甚至不幸，已无法改变他良好的心态。看见老人对自己刚才埋怨政府的话不满意，那人又赶紧改口。他还摸不清老人的思想路数，他的想象，老人是有钱人，对共产党人应当是厌恶的，所以他才讲出那种话，现在他才想到，华侨中有爱国的不爱国的，这个老人看来是位爱国华侨，他不喜欢别人讲这个国家的坏话。这样他就改口道："其实在国内举行婚礼也行，那些欺压过我们的人大都是地方干部，他们是执行极'左'路线的，政府的声誉被他们败坏了不少，现在中央纠正了'左'的偏向，他们也不吃香了，就像洞庭湖里的王八，掀不起大的风浪来。"孙云卿一听这些话才觉得还像话。他对这位孙女婿虽然印象不坏，但是如果他的思想路数跟自己大相径庭，他也会感到不高兴。看到老人的笑容，黄卫新的心里踏实了，他陪着老人在荒洲上漫步。在淡淡的星光下，老人饶有兴味地听他讲话。黄卫新很会抓住要害，他集中讲了他对柳枝儿的情谊。老人听到孙女儿曾经走投无路的时候，有一个年轻人深深地爱着她，并且保护着她，他便不禁啊了一声，伸出一双布满皱纹的手，紧紧地握着这个年轻人的手。老人的泪水流出来了，他感激地说道："你在枝儿身上做的好事，你们的情谊，我是不会忘记的！"

由于夜晚这次奇遇，使孙云卿一夜几乎没有合眼，他的心里很负疚，觉得由于自己顾虑重重，犹犹豫豫，没有早点回到大陆来寻亲，如果他能早一点回来接走枝儿，她就不会遭到袁大头那类流氓骗子的欺凌。他对黄卫新充满感激之情，如果不是他的爱护，他怕已看不见自己美丽的孙女儿了，在他的心里，非常赞成孙女儿的选择，她不嫁给这样一个好人，该嫁给谁呢？所以当柳枝儿一清早跑上汽船来看爷爷时，爷爷还没有起床,他从被窝里伸出一只颤颤巍巍的手,抓住柳枝儿的手膀子,笑道:"你这个小丫头,昨天陪爷爷说话,还有件最重要的事没有向爷爷汇报!"汇报这个词是他回国后学到的,他觉得这个词用在这里很恰当,对于爷爷,孙女儿还有什么事可以瞒着。柳枝儿要爷爷赶紧说,什么事?爷爷故意卖关子,不肯说。等他穿好衣裳起床来,洗过脸了,他才拉着孙女儿的手,到荒洲上去做晨间运动。他在路上质问孙女儿道:"枝儿,你为什么不把未婚夫介绍给我?"柳枝儿连忙停住脚步,问道:"哪个是我的未婚夫?爷爷别瞎说。"爷爷道:"黄卫新。我侦察出来了,你还瞒着我,瞒不住,哈哈哈!"在清晨的荒野中,老人的笑声传得很远,把灌木林中的一群野鸭子惊得扑扑地飞起。柳枝儿一听爷爷这样说,便猜着黄卫新独自去找过爷爷了,他这种先入为主的做法使她很反感。昨天夜里她已经反反复复地想过了,尽管黄卫新对于自己有过情意,但是作为终身伴侣的丈夫,他不合格!她等爷爷笑了一阵以后,才认真地对他说:"黄卫新说的,有点事实,他确实跟我有过交往,但当我受到凌辱,他不仅不安慰我,帮助我,还侮辱我的人格,把我一脚踢开,后来他又勾搭上一名貌美的小学教师。最近为了攀高枝,争做县经委主任的上门女婿,又把那个教师抛弃了,害得那女伢得了神经病。他这次来浪拔湖找我,要求跟我结婚,是因为听说爷爷从海外回来了,而且爷爷是个大富翁。"孙云卿听了这些话,不再作声了,他的心里很疼痛,他的嘴里喃喃地说了一句:"这样的青年,在国外很多,怎么在国内也会有呢?"

等黄卫新再在老人面前出现,老人便不大搭理他了,以致黄卫新不得不对他解释说:"柳枝儿对我生了气,是因为别人在她面前挑拨了。有人对她说,我到县政府做了县经委主任的上门女婿,实在是天大的冤枉。县经委主任王锁柱的女伢儿是个大傻瓜,身躯又像一只啤酒桶,谁会愿意跟她成亲?王锁柱对我打过主意,教综合厂刘厂长的老婆来提过亲,被我坚决拒绝了。我跟柳枝儿是患难之交,怎么能够相互割舍!……"黄卫新还在絮絮叨叨地说下去,孙云卿却挥挥手,笑道:"你们年轻人的事,我不管!我是枝儿的祖父,不是封建家长,她的恋爱和婚姻,我不干涉,一切由她自己做主。"接着他又严肃地说,"不过有一点我要说在前面,如果谁要再来欺侮她,我不答应,我是她的监护人,有权保护她,如果我的能力不够,在国内还可以找人民政府!"黄卫新在老人面前碰了个软钉子,他便只好又回头去找柳枝儿。不想这时柳枝儿已不大恋旧情,对他也没有怜悯了,她竟寸步不离开黄菊儿。黄菊儿和朱惠兰一人牵着柳枝儿的一只手,肩并肩地在树林子里玩耍。她们的后面跟着武高武大的耗子,耗子变成了叫鸡公,在充当这群母鸡的侍卫。黄卫新摸摸自己的鼻子和手掌,擦破皮出过血的地方还有些疼痛,他的心里有数,如果他凑拢去,一定会讨场没趣。他已经有两餐饭没有下肚了,昨天晚上是在露天过的夜,鼻孔已经阻塞,喉咙开始作痛,四肢还嫩软的,如果再发生昨日那种角斗,他更不是耗子的对手。他远远地看见,他们一群人已经走近一棵大樟树,离樟树不远,横着一根折断的树干,上面坐着一名男子。黄卫新的眼睛好,一眼便看清是大宝,大宝还在发狠读他那本洋书。他看见柳枝儿向大宝说了一句什么话儿,大宝低下了脑壳,柳枝儿却仰头大笑。他从来没有看见柳枝儿这样开怀笑过,不禁心惊胆战地想:柳枝儿对他冷淡的原因原来在这里!

耗子陪着三个姑娘继续往前跑,他们一边跑一边笑,好像摘花去了。黄梅雨过了,荒洲上的野花开得更加茂盛。黄卫新晓得柳枝儿的性情,她爱花,就在那愁苦的日子,她也喜欢摘花与插花,何况在这大喜的日子呢。

等耗子陪着这群姑娘走远以后,黄卫新穿过鸭棚子,来到了樟树脚下,他走近大宝,用手在书呆子肩上拍了一巴掌。大宝大吃一惊,嘴巴张开像做了一件亏心事一样。黄卫新挨拢去坐在他坐的树干上,他对大宝毫无畏惧,伸手抢过他手上那本厚书,笑道:"书呆子,看这些东西有什么用?"他把书抛到了草地上。大宝性格懦弱,他对别人的讥讽,全不放在心上,他弯腰从地上拾起书来,继续埋头读下去。一看大宝没有反应,黄卫新觉得他更加好欺了,又从他手上把书夺过来,把它抛得更远。一再对他挑衅,老实人也被惹火了,他的脸红了,颈项也红了,他站起身,指着黄卫新质问:"你你你……"因为气急,竟说不出话来。黄卫新发现,他竟比耗子还高大,他吸取昨天的教训,赶紧起身后退几步,他估计打起架来,自己也不是大宝的对手。他只远远站着,指着他大声骂道:"挖别人的墙脚,不要脸!"大宝不懂得挖墙脚是什么意思,以为是小偷小摸一类的事情，他大宝的性情呆一点，却从来不干这类勾当，被这意想不到的罪名吓住了，大宝的拳头已经捏紧，却放弃了进攻。看见大宝不敢动他，黄卫新的胆子又壮了，他便更加挑明说道："柳枝儿是我的未婚妻，谁要在她身上打主意，绝没有好下场！"对于黄卫新的恐吓，大宝一点也不紧张，他看着黄卫新远去的身影，心里想道："管她是谁的未婚妻，跟我有什么相干？"他忽然想起了被这只疯狗耽搁了一刻钟，实在太可惜，便忙四周去寻自己的书本。

"哈哈哈！小伙子，你的书在这里。"在那远处草丛边，站着两位老者，其中一位穿西服的手上，正拿着他那本厚书。大宝忙走上前去，接过那本书，谢谢也不喊一声，转身就走。穿西服的老人用英语对他说了一句话。大宝的脚步停下了。两位老人又哈哈大笑起来，两人的眼睛发亮，在他们的眼神里，都有一种惊诧的颜色，因为出乎他们想象以外，在这片荒芜的湖州上，在远离城市和学校的地方，居然有个年轻人在背诵牛津字典。两位老人抢着用英语跟他对话。起初他还有些羞涩，接着也就结结巴巴说开了，说到兴奋处，居然还算流利。两位老人又互相交换了一下眼色，好像在说，不赖，无论从发音与词汇方面都比他们出国前强多了。在荒洲上发现了一个人才，孙云卿很高兴，他突发奇想，把这个年轻人带到国外去培养。他把自己的想法跟老友说了，老友竟很赞成他的想法。吴敬恒说："'文化大革命'造成的科学技术断代危机，必须尽快消除，目前国家经济发展刚刚起步，外汇短缺，不可能派出更多的公费留学生，提倡自费留学，是必行之路，你不妨带个头，办几个高才生出去。"孙云卿笑道："包括你的女儿。她也是个高才生，我要替她换个环境，洗洗海水浴，晒晒太阳，再到各地观光，巩固疗效，然后送她到一所私立大学上学，戴上博士帽再回来！"说着他又拍拍老友的肩膀，笑道："这话我已说过两遍了，你已答应了，到时候不准打退堂鼓，临到上飞机又哭哭啼啼把女儿拽下来。"说完两人都大笑。两位老朋友一边说笑一边把一件大事定下了。他们把这种想法对大宝说了，大宝当然很高兴，这位平时用三块磨盘也压不出一句话来的书呆子，这时却说了句使两位老人大为开心的话。他说："如果真有机会到国外留学，我想学生物学！"

这天中午，大宝交了好运，黄卫新却遭到厄运。他警告了一下大宝，

702

正得意扬扬地往鸭棚子走,他正想趁耗子他们采野花去了,把这本经跟黄保老汉说一说,他晓得这位老汉性情古板,绝对不能容忍别人挖墙脚。他还可以顺势告耗子与黄菊儿一状,黄菊儿是他的孙女儿,耗子又热恋着他的孙女儿,他相信他是可以管得住他们的。

　　谁知当他走近鸭棚子,看见鸭棚子前面的小坪站着一堆人。他仔细一望,看见了披头散发的新娘子,还有那又高又瘦、缠过小脚的岳母娘,王锁柱主任脸色铁青,也站在那里,只见他们在找黄保老汉问话。黄保老汉正在向他们解释什么。黄卫新一见这场面,赶紧转过背来,但是已经来不及了。王主任一眼发现了他,大声叫:"女儿,小黄在这里!"傻女孩回过头,看见了他,发疯似的朝他跑来,使黄卫新还来不及眨眼睛,那一百四十斤重的身躯就紧贴在他的身上。胖姑娘又是哭又是叫,一双手还在他身上乱抓,他的衣裳撕破了,脸上也出现了伤痕。这场闹剧惊动了很多人,连在船上开会的邱县长也闻讯赶来了。邱县长扯着黄保老汉,打听原委。黄保老汉苦笑着告诉他说:"我正在伙房里帮助厨师准备午饭,王主任来了,他问我要女婿,我的天,我哪里看见他的鬼女婿?正说不明白,黄卫新露面了,他们找着他,原来他是王主任的女婿,生怕他失落了。有什么稀奇的,这伢儿是我们柳林垸的人,是只绣花枕头,生性又有些无赖,这号角色,丢在路边也没有人捡,他还怕我把他藏起来了。"邱县长晓得王主任家里这本经,听他这样一说,不禁笑起来,他便忙去劝王主任把女儿叫拢来,连女婿一道带上船去。

　　王主任听了邱县长的吩咐,看见女儿发泼,把男人的衣裳扯破了,自己也把上衣解开,扯着男人的手叫他摸胸口。当着县里这样多干部,做出这号俗样子,实在不雅观,他也急于要让这场闹剧收场。他是听防汛指挥部的指挥长说的,说他的女婿借了他们的船到浪拔湖来了,他回家一问,小脚夫人说起女婿离开家时神色不对头。女儿一听马上大哭起来,好像有人把他的男人谋杀了,她吵着要去寻她的男人。王主任被女伢儿吵得昏了头,第二天天没亮就借了那只快艇赶来了。一到荒洲上,也没有来得及打听另外一条船上还来了什么人,就急急忙忙地往荒洲上寻人,在鸭棚子旁的伙房喊出黄保老汉,正在向他询问。不想由于女儿一闹,惊动了邱县长,这是出乎他意料之外的。王主任急忙跑上去,使劲扯开了女儿,堂客也过来帮忙,把女儿架走了。又去拉女婿,女婿却像驻马桩一样,钉在那里不肯动了。王主任急于要离开这个热闹场面,他就又伸出手想用力把他拉走。谁知女婿把手一推,将老丈人推倒在地上,他还很不客气地宣布道:"谁愿做你的女婿,讨个傻子做堂客,我又没有发疯!"王主任跌了跤,听了这番话,生气了,他大骂道:"你自己寻上门来的,答应做我的上门女婿,我的女儿得过胎儿黄疸影响发育,脑子有点糊涂,又没有瞒你。"这时樟树下的人过来了,采花的人也过来了,大家都站在周围。平常见人吵架打架就远远走开的大宝这时也站在两位老人的旁边看这出戏,他不禁插话道:"刚才他又对我说,柳枝儿是他的未婚妻。"柳枝儿也站在旁边,一听这话,赶紧用手掩面跑了。黄菊儿一听这话,狠狠地朝地上吐了口唾沫,大声骂道:"呸,不要脸,癞蛤蟆想吃天鹅肉!"她对着站在她身旁的耗子用手一挥,叫道:"上,给这个流氓一点颜色看!"耗子早就忍不住了,听到黄菊儿的吩咐,飞快跳出看客的行列,冲到黄卫新面前,一只碗大的拳头落下去了。黄卫新吃过他的亏,看见他出马,脚杆子开始移动,当他的拳头落下来,赶紧把头一偏,拳头落在肩膀上。他也顾不上还手,忍着痛,落荒而逃了,逗得四周的看客笑了大半天。王主任遭到这番耻辱,虽经邱县长再三挽留,他也不肯再在荒洲上停留,连忙跑到岸边,跳上汽划子,大声吩咐开船。女儿还从舱里伸出手来向他要女婿,他的火气上来了,第一次狠狠地把女儿拍了几巴掌。

黄卫新没有船过湖,困在荒洲上,他不敢挨近鸭棚子,害怕再挨耗子的铁拳头。他在长满荆棘的野地里转来转去,转了几天几夜,没有吃的也没有地方睡觉。一件新毛哔叽制服被傻女伢撕破了,一条新裤子被枯树杈与猫公刺扯坏了,身上变得像叫花子,肚皮变成了空壳子,他横倒在荒洲角上的一棵杨树下,要不是碰到一群打野鸭子的人发现了他,在县教育局的干部名册上,就要在他名字上面打黑框子了。

邱县长用船把两位老人和柳枝儿送到了柳林镇。黄保老汉留下了耗子和黄菊儿帮助他看鸭子,他听说老华侨看中了会讲洋话的大宝,也让他走了。他还要朱惠兰回家一趟,名义上是叫她采购些鸭棚子里缺的物品回来,实际上,黄保老汉有他自己的想法,他知道这个女伢儿心里不畅快,想让她回去散散心。

柳枝儿在海外的祖父回来了,这又成了柳林垸的一件特大新闻。跟着这个新闻后面的还有一个新闻,垸子里盛传着,十分富足的老华侨看中了会讲洋话的大宝,决定把他带出国,并且还想把他的宝贝孙女儿嫁给他。垸子里已经有人来向大宝贺喜了,祝贺他双喜临门,弄得大宝傻傻地摸不着头脑,不知从哪儿说起。

这些天邱县长叫把柳林大饭店的新楼高层腾出来,安顿一下这班人马。老华侨执意叫孙女儿住在他的隔壁,使她常常能过来跟他说说话儿。孙女儿很喜欢慈祥的爷爷,但是不知为什么,要她整天待在这种楼房里,她还有些不习惯,她常常等祖父睡觉以后,偷偷溜出来,跑到垸子里去找朱惠兰。在浪拔湖的鸭棚里,她跟惠兰最谈得来,两人常常互相交流个人的喜悦和烦恼。这天晚上,她又溜到朱惠兰家里。朱惠兰笑道:"听人说,你跟大宝快结婚了,婚后一块儿到国外去。"柳枝儿笑道:"哪里有这样的事,我爷爷和吴教授喜欢大宝,认为他很刻苦,有毅力,只要加以培养,可以成为有用的人才。他们想让他有机会到国外去留学,他和我的关系,跟你和耗子的关系一样平常,至于结婚,更不相干。"惠兰笑道:"那么你的心里还在惦着那个痞子?"柳枝儿道:"妹妹,你说到哪儿去了!过去我糊涂,被他骗了,现在他的心性很清楚,我还恋他,算个什么人了!你不是没有看见他在浪拔湖跟王家演的那出戏,想起来都要呕吐,我还能跟他过日子?"惠兰笑道:"难道偌大一个柳林大垸,就没有一个人你能看上眼的?我想看不上什么人也好,今后你要在国外生活,就到国外去找吧。"柳枝儿却道:"我的心里有件事,因为看见爷爷正在兴头上,不好说出来,我想这次不跟他一块出去。"惠兰问:"为什么?"柳枝儿的脸红了,吞吞吐吐还是说出来了,她笑道:"妹妹,千万不要笑话我,我跟你一样,心上有了一个人了,我要跟他一块过日子。"惠兰惊诧道:"有这样的好事,怎么一点风儿也不透,你真会瞒人。"柳枝儿长长地叹了一口气道:"小娟姐姐知道一点儿,她没有告诉你?我不像你,我是遭过几回劫的人,残花败柳,他不嫌弃,他的父母反对我们结合,我不敢到处张扬。"惠兰道:"只要是真爱,父母能怎么样?何况现在情况有了变化,你说说看,是谁?我跟你当个参谋,柳林垸的人,谁的心性我都清楚。"柳枝儿好不容易说出口:"陈良桂!"朱惠兰一听这个名字,先是一惊,接着想起陈良桂每次到浪拔湖来，总拉着柳枝儿到野外谈工作，觉得有点异样，突然她觉得两人顶般配，就一把搂住柳枝儿的腰肢，叫道："姐姐，你真有眼力，这个人儿是金子做的！"柳枝儿拍着她的手臂笑道："不能这样说，金子做的是杨青林，他只能算是银子做的，就是这个银人儿，也不一定始终看得起我。"朱惠兰却替她打包票，笑着说："我可以跟你打赌，他不是那种浅薄人，他爱科学，肯学习，桌上摆着《自然辩证学》《资本论》，开口闭口技术革命、信息革命、第三次浪潮，思想开阔得很，他会永远爱你的！只是要他到国外去居住，他可能暂时不会肯去，他对于柳林大垸的建设还有好大抱负呢！"柳枝儿道："他不愿到国外去居住，我也不去，我愿意留在柳林大垸陪他一辈子。"

过了几天，孙女儿才告诉孙云卿两件事：第一件事，她真有一个未婚夫，名字叫陈良桂；第二件事，她不到国外去居住，她要在柳林大垸生活一辈子。孙云卿听孙女儿这番表白，心里的感觉是很复杂的，他既有喜又有悲，喜的是，真正有了一个孙女婿，说明他家的人丁会很快兴旺起来。悲的是自己到了垂暮之年，还四处飘游，连一个至亲的孙儿也不肯跟在身边。老人为此流下了眼泪，但是他已无法影响柳枝儿的决心。最后他只得做出让步，和孙女儿协商，每年接她到加拿大住三个月，他自己也回家乡住三个月。为了加速柳林垸的建设速度，他请邱县长帮他购买一块地皮，准备在这一带修建一座水产食品加工厂。他听孙女儿说很喜欢小白洲与浪拔湖，还打算把两地建成现代化的养殖基地。

柳枝儿和她爷爷的决心和想法，又成了柳林大垸家家户户的谈话资料。

十九、道高一尺魔高一丈

卜桂香随朱利生到柳林镇农业银行取钱,分行经理亲自出面接见,把县经委的指示向他们宣讲了一遍,对朱利生递给他的担保书看也不看一眼,说我们请示了县行,让我们坚决执行县经委的指示,不能接受乡政府的担保,随意将钱贷给个体户。农业银行的钱只能用来支持集体经济,这样贷款的事泡汤了。卜桂香不知如何回复小舅子,关起房门喝闷酒,害得小九小八在家等了两天。到了第三天,小九开始大骂姐夫哥,说他没有资本,却想大弄,害得他白白浪费了两天时间,耽搁了许多重要的事。原来他不仅要跟造船厂签合同,还要主持贸易公司的开业庆典,因为他已出任公司经理,必须唱主角。于是他便决定这天上午回长沙,依旧带着小八驾驶机帆船走水路。谁知他还没有出被窝,姐夫哥便笑嘻嘻地来了,他的手上还是提的那只旧旅行袋,里面却装满了一捆捆钞票。钱是凭朱利生送来的刘丽君的支票去领出的,让他们两夫妇眼都花了,好容易等伢儿们做完功课都睡了,才对坐在吃饭桌上细数,数过两遍不差分毫,足足是两万块钱。朱利生告诉他这是创业基金会借给他的,为什么支票上写的是刘丽君的名字,原来这钱是她捐献的,所以借款人不需要交利息,一年之内归还就行了。朱利生还在兼管供销社的账,替他粗略地计算了一下,只要他用机帆船拖着大篷船给供销社运十几次货,就能把这笔贷款还了。卜桂香将小九草拟的合同书拿出来,发现还差三千块钱,他的心里并不慌,因为这两年辛苦没有白费,他手上的存款早超过这个数字。两夫妻欢天喜地睡下,不免又做了会儿游戏,第二天清晨还起得早,过河把船款交到小九手里。小九也很高兴,当即把机帆船交割了,还把他让进驾驶舱,手把手地又教了一遍。其实卜桂香早已熟悉那些门道,还曾多次演习过,这天他得意地坐在正中位置,扶着舵轮使机帆船脱离码头,他驱动船儿在湖上游走,心里好像喝了一罐子蜜。因为他请的帮工还不够熟练,只得还央小八掌管柴油机,他们径直将机帆船开到离代收店不远的小码头上。小九因为有急事要处理,不能跟随机帆船了,他匆匆地陪姐夫哥喝了几杯酒,还碰了杯,就换上一身出客的衣服,搭安乡经柳林镇至长沙的班轮走了。

卜桂香在机帆船尾巴上挂的大篷船还没有装满,又把代收店里的存货扫光了,他想起了朱利生的话,忙替船儿换了位置,移到了新砌的大码头。大码头专门供机动船使用,除了轮船和汽划子,机帆船也允许进档,由于这里离县供销社的仓库很近,又距柳林镇供销社的百货门市部与土特产门市部不远,装卸货物方便。

卜桂香把机帆船停好以后,让小八在船上休息,就走了一截路,来到柳林镇供销社,在主任室找着刘丽君,作揖打躬向她道谢。刘丽君忙说应该的应该的,也笑着向他道贺,还夸奖了他的小舅子,说他们见事早,勇于创业,值得学习。这话倒让卜桂香有点不快,他想他们怎么能算得见事早,还不是跟着自己跑了一趟长沙,开了眼界,瞎猫碰上死老鼠,掘到了第一桶金。如今又由于善钻门道,比自己玩得活一点。这时他不免想讲两句小舅子们的坏话,说他们并不稳当,有时还有点胡闹,他这话还在喉咙眼里,朱利生却进来了。他远远看见卜桂香进了供销社的大门,就主动来寻他,果然他先找刘主任致谢,表示出愿意为供销社服务的愿望,他便在刘丽君耳边说了两句话。刘丽君不禁笑了,她迅速拿过两张便笺纸,在上面各写了几行字,把它们交给卜桂香。朱利生在一旁解释说:"刘主任已经跟两个门市部的经理打过招呼了,你拿着条子去找他们,他们便会跟你签署运输合同。"

当这天卜桂香回到机帆船上,他的心里特别高兴。柳林镇供销合作社的百货门市部和土特产门市部的两位经理看到了刘丽君的便笺,都很客气,以非常优惠的条件跟他签订了运输合同。他也在心里默算了一下,只要达到目前可以承担的吨位,出发时装土特产,回转时载百货,只需跑十二趟,两万元就可能到手了。他的心里一高兴,也变得慷慨,为了让小八答应帮他带出一个能管理机器的徒弟,他第一次跨进柳林大饭店的高级餐厅,点了几样久已闻名的特色菜,让小八美美地吃了一顿。

等卜桂香装载着满满两船土特产,停靠在他很熟悉的长沙码头,他很快就把货物卸掉了,并且立即从郑军手上拿到货款,还替她装载了一船运给柳林镇供销社的百货。小八已完成了授徒任务,不再跟船了。

现在卜桂香回到了船上,太阳已经偏西,时令已到夏至,白日变长,正好行船,他便下令:"起锚!"等那位学会管理柴油机的帮工坐进后舱,另一位帮工早把铁锚提到了船上,机帆船就离开码头。卜桂香端坐在驾驶舱里,按了下绿钮,柴油机便嗒嗒大响,船儿掉头了。卜桂香不无紧张地握着舵轮,小心翼翼地将它驶向河心,湘江河水宽阔,机帆船能自由行走。等到测定了风向,另一帮工熟练地将风帆挂满,船行加快。卜桂香却不敢放肆,只肯让船只保持中速,但毕竟有两种动力,船行速度还是很快,到了这天傍晚,就看见坡头的房屋。他们在尾舱轮流吃过晚饭,又看见目平湖沿岸茂盛的芦苇,接着是杨柳、池塘、沼泽地、鸭棚子,还有那飘拂着的炊烟。卜桂香不无遗憾地想:"又到了浪拔湖,可惜没有时间再去尝尝鸭大王的无皮鸭子!"谁知当他正在遐想,忽然听见岸边有人在大喊,他以为是被鸭大王部落中的人看见了,抬头望去,杨柳丛中冒出两只鸭划子,划子上站着几条汉子。他们在大声叫喊:"请停一停,搭一个病员到茅草街去!"卜桂香一听惊心动魄地想:谁病了,是不是黄保老汉出了情况?他早做过七十大寿,这般大把年纪,随时都可能病倒!他便忙按了几下红钮,让帮工把柴油机停了,将风帆降下来。不久两只鸭划子靠拢来了,卜桂香看清了鸭划子上人的面目,没有一个是鸭大王部落的人。鸭划子上的人用手攀着机帆船的船沿,从小船跳上了大船。他们满脸惊恐地对卜桂香说:"我们在芦苇荡里发现了一个将死的人!"卜桂香沿着他们的手指望去,果然看见小船的舱板上躺着一个穿烂毛哔叽的人,那人手脚僵硬,由于布满污垢,却看不清面孔。跳上机帆船的人都穿着中山装,不像是作田的,他们接着向卜桂香诉说,他们是坡头小学校的老师,利用端午节放假,借了两只鸭划子,带着霰弹枪,在浪拔湖打野鸭子。谁知刚放了一枪,打下十几只野鸭子,大家上岸去捡鸭子,却在芦苇丛中发现了这个快落气的人，从他的面相与衣着看，好像是一个干部！卜桂香生来就是糍粑心，他听说那人是位干部，已经快死了，便叫道："赶紧将鸭划子吊在我们的船尾巴上，先把你们运回坡头去！"小学老师连忙摇手，又苦着脸道："不行不行！这人眼看快死了，坡头没有大医院，怎么能救得活？"卜桂香一听这话，又马上决断："赶快把病人抬到我们船上，机帆船快，直奔茅草街，那里有家大医院，还有几位名医，一定能救活！"鸭划子上的人一听大喜，庆幸碰到了善良的人，他又有担当，忙一齐把病人抬到机帆船上。卜桂香将那人脸上的污垢擦去，一看，不禁大吃一惊，原来是本垸的黄卫新。他过去叫黄卫中，后来叫黄卫青，近年来改成黄卫新，是个人见人厌的家伙。只见他脸色煞白，像个死人，他忙摸摸他心口，觉得还在有规律地跳动，便马上记起不久前在浪拔湖发生的那一幕，实在很丑恶。但既是同一个垸子里的人，又事关本县的领导，他不想将这事宣扬出去，便隐瞒了原本认识病人的真相，连忙对那几位老师说道："你们还要上课，就请回吧！把病人交给我们，会负责安排好的。"老师们听清了卜桂香的话，好像肩上卸下了千斤重担，在一片欢呼声中，鸭划子离开了大船。为了表示他们的感激之情，他们便把那十几只刚打下来的野鸭子，全部丢进了机帆船的舱里。

机帆船的速度确实快，很快就靠拢了茅草街的码头，卜桂香早将黄卫新身上的破烂衣裳脱掉，用湖水替他冲洗了身子，换了自己一套备用的衣裤。黄卫新突然颤抖一下，知道他醒了，再摸摸他的肚子，发现是皮搭皮，空空如也，就冲了一碗鸡蛋汤喂他喝下去了，黄卫新竟呻吟了两声，还睁了一下眼睛。经历过三年经济困难，懂得这昏厥是饿极所致，只要及时补充营养，还是能够救活的。为了稳妥起见，他还是将他送到了茅草街医院，住进了病房，按照医院规矩，又替他预缴了一笔住院费。虽然黄卫新已经跟县经委王主任的女儿扯了结婚证，算得上一家人，但因为他做得太出格，扫尽了王锁柱主任的面子，卜桂香估计他不会再搭理这个上门女婿。他早听说黄卫新调进了县教育局，成了那里一名干部，便借用医院的电话，给教育局打了一个电话，报告了黄卫新的近况。教育局没有听到浪拔湖的故事，连忙请示了胖子局长。结果卜桂香听到的回答是，局里马上派人前来参加护理。至于卜桂香垫付的住院费，请他保存医院的收据，随时到县教育局财务室报销。

听到这么妥善的安排，卜桂香放心了，因为怕代收店急钱用，不等跟县教育局的人接头，他便迅速回到机帆船上，下令开船，他要把耽搁的时间抢回来，连夜赶回了柳林镇。等他把船靠拢离码头不远的供销社百货门市部，将店铺的门敲开，然后全体动员，把两条船上的货物运进了商店，经过经理认真验收，还要上岸，结束时天空已经露出鱼肚色，新的一天开始了。

卜桂香是在回家前才发现黄卫新那堆破烂衣裳的，它们又脏又臭，他准备用破麻袋装起，扔进垃圾箱里，但他一眼看到那破烂哔叽衣的里子上吊出一只白布口袋，他也是细心人，忙伸手一摸，发现里面有只小塑料夹子，掏出来检查，夹子里除了几张钞票，还有一份供销社的提货单。黄卫新原来是公社的文教专干，现在调到了县教育局，从来没有跟供销社发生过关系，怎么会有一张承载着不少贵重商品的提货单在身上？卜桂香感到很奇怪，他忙把提货单依旧放进塑料夹子里，再放进自己时刻不离身的挎包里。他吩咐帮工将那堆破烂衣裳再清查一遍，洗一洗，晒干，搁在尾舱里。折腾了一夜，他实在感到很疲倦了，便踏上大码头的麻石台阶，沿着大堤路，径直走回家去了。

等他跨进家门，端姑娘正准备上班，她一看男人这副疲惫的样子，心疼死了，现在家里已经安了电话，便忙打电话给厂里的副手，说自己家里有急事，叫他代替主持今天的朝会。她的急事就是要亲自安排丈夫的洗澡、换衣、吃饭、睡觉，等到卜桂香睡着了，才轻手轻脚关好门，雷急火急往厂里赶。卜桂香却因为心里有事，睡得不安稳，只眯了一小时，就醒了，又急急忙忙赶往代收店，将支票交给了小会计。小会计也正在着急。虽然供销社土特产门市部的营业员已经改变了态度，又奉命敞开收购，但送货的人大都是本垸的，他们对代收店还是情有独钟，虽然都已成了供销社的股东，却依旧将最抢手的土特产品送到这里，他们忘不了帮助自己脱困的人，更忘不了帮助他们朝富裕方向跑步的人。如今代收店门前的队伍并没有缩短，会计室柜子里的钱越来越少了。卜桂香送来的支票是及时雨，使小姑娘的脸像开满了花，她情不自禁地踮起脚在卜桂香脸上亲了一下。卜桂香吓了一大跳，小会计却嘻嘻哈哈跑开了，她手上拿着那张大额支票,是朝农业银行方向跑的。卜桂香心里想:"怎么搞的,如今的女伢儿是不是都疯了!"他当然清楚小会计跟他在县城码头遇到的那个女伢儿是不同的,她平常是一个正正经经的女孩子。

将代收店的事办完后,他又去办理供销社的手续,因为有销出去的货购进来的货,数量都很大,朱利生指挥财会室的会计与出纳忙了半天才算清楚。对于购进来的货,因为有点特殊,刘丽君也亲自过问了两次。这些货是郑军托她代销的,既没有预付货款,也没有照付运费,对供销社来说,这是最优惠的一笔。于是经过主任们商议,刘丽君拍板,将郑军与小九小八的贸易公司定为长期供货与收购的商业伙伴,为了做到长期化规范化,他们同意贸易公司的合同书,由刘丽君在合同书上签名盖章,再请卜桂香带往长沙,经对方也签名盖章后,又带回来,作为长期合作的依据。为了酬谢他带货带信,供销社第一批货物没有付运输费,却拿出了一笔钱,作为介绍费,付给了卜桂香,对他的作用,作了肯定,以这作为酬谢。

卜桂香接到供销社的酬金后,又跑到农业银行,把它跟郑军给他的运输费放在一起,一块儿存在新开的账户里,这个账户是他特别为准备归还创业基金的贷款设立的。等到他兴高采烈地回到码头上,才发现供销社土特产门市部的人又正在往他的船上送货,机帆船的前舱和中舱都堆满了。只有大篷船还空着,代收店的小会计守在那里,声明这只船已经由代收店包了。刘丽君选上供销社主任以后,推举开过商店的大司务继任店长。不一会儿,果然看见新店长领着几个手提肩背的汉子,将他们店里的篓子桶子都运上来了,篓子里全是干货,桶子里装的是新鲜银鱼,银鱼存活期很短,不能在路上久待。等卜桂香看见了这批货,便命令立刻开船,他还是最重视代收店业务,害怕它蒙受损失,所以他没有再回家跟端姑娘相聚,也忘了将那份提货单及时交给刘丽君,给刘斌赢得了一个脱身机会。直到又看见茅草街,才发现这件事。等他返程回柳林镇,已经到了端午节。他怕耽搁了供销社提货的时间,连龙舟赛也顾不上看,急忙赶到供销社找刘主任,刘丽君不在,办公室只有朱利生在值班。

朱利生反复看过提货单,货物是从广东运来的,数量并不少,但凭他的记忆,登记接收货物的账簿上,从来没有看到过记载。朱利生的记性好是有名的,但他还信不过自己,又对照单子上的日期,找出了那月的账册,从一号对到三十一号,也没有发现任何印记,他才感到疑惑了,而且疑团越来越大。他从来信得过刘丽君与俞春生,刘丽君心细,俞春生沉稳,过去有什么疑问,总喜欢找他们商议。这时已经到了中午,卜槐香就会来接班,青妹子和伢儿正在等他回家喝雄黄酒,吃粽子,他还曾经答应带他们去看龙舟赛,但他已顾不上了,就叫来两名职工,让他们分头去找这两个人。本来不想惊动杨乡长,但看到事情重大,与王桂生肯定有关,如今他已经调到了县里,如果不由乡政府或乡党委出面,有些方面不好沟通。

通知送达以后,很快大家都来了,听到供销社出事,哪个敢耽搁?当发通知的人寻到乡政府,杨青林正在宿舍里陪娘吃饭,他听到朱利生请他速来供销社,便知道一定出了大事,不然他不会影响自己跟娘欢聚,因为他也是个有担当的人,不是大事他会自行处理。

当朱利生将这张提货单的来源说明以后,又说了他复查账簿的情况,大家的感觉一致,王桂生做了手脚!幸好联合工作组没有解散,俞春生还在柳林镇,他们可以用县供销社的名义让仓库主任配合。工作组的成员议论了一会,征求了刘丽君的意见,形成了处理办法,先不要惊动王桂生,迅速到县供销社仓库提货,因为他们手上有提货单,货主是柳林镇供销社,刘丽君是现职主任,当然是提货人,等到把货物提回供销社,再找王桂生理论。

到了第二天早晨,接连两天的龙舟赛进入决赛,堤上看龙舟赛的人越来越多了。驻柳林镇供销社工作组的人谁也不肯去看热闹,准备一起去县供销社仓库。俞春生又想了想,他怕罗富庭与杨青林素来不睦,容易引起冲突,主张乡长暂时不要出面,在供销社等待回报。但他又怕罗富庭耍赖,一时找不到搬货的人,便让卜槐香召集基干民兵跟着去,必要时充当搬运工。近来卜槐香长了见识,遇事学会动脑筋,他熟悉罗富庭的性格,历来霸道,如今有了权力,可能旧病复发,不肯配合,他就暗暗嘱咐班长,带几种暗器,为了维护工作组的威信,准备战斗。

谁知他们将民兵布置在仓库四周,由俞春生与刘丽君出面,直接进门找仓库主任罗富庭,仓库的总务出来接待,笑吟吟地告诉他们,罗主任到长沙出差去了,已经去了半月,还没有回来。得知总务是临时负责人,暂时代理主任处理日常工作,刘丽君将那张提货单拿出来,请他按货单上开列的商品发货。总务看了看货单,把它揣在怀里,笑了笑道:"对不起,这张提货单作废了,是罗主任亲自查明的,已经将货物退还了货主,不知你们从哪儿捡到它,而且货主又变成了柳林镇供销社?"刘丽君还准备跟他继续讨论这种变故,以便按常规提到这批货。俞春生听完了那人的话,早已清楚事情并不简单,他朝刘丽君摇摇手,叫她不要多说了,却忙从自己口袋里掏出工作证,送到总务面前,让他看了看。因为俞春生在县供销系统很有名,又早提拔为县供销社的业务股长,总务不但对他的事迹很熟悉,还对他很尊敬,便忙递烟端茶,敬请落座,也招呼其他几个人坐下。见他热情可嘉,俞春生便向他伸手道:"把那张提货单给我看看。"总务毫不犹豫地将刘丽君交给他的提单又交给俞春生,俞春生早反复看过它,接过来并不需看,只把它也揣进了怀里。总务一见很惊讶。俞春生又亮出了自己的另一个身份,县供销社与柳林乡政府联合组成的工作组副组长,有权处理仓库与镇供销社之间发生的事。这样一说,总务不但没有再要回作废了的提单,而且还告诉他,原来的发货人与罗主任联系上,他们将货物误发到了柳林镇供销社,造成了失误,正在着急。幸亏提货单没有送到,货物还存在仓库,没有取走,货主高兴极了,备齐了所有原始单据,开了介绍信,连夜派车将货物运走了!俞春生问:"你记得是用什么单位的车子运走的?"总务爽快地答道:"记得,我们有记录。"说完他便从办公桌上拿过一本日志,翻了翻,指着一行记录对俞春生说:"什么单位的车子没有标志,车号是 CA10065。"这时刘丽君还想说点什么,俞春生又忙扯了扯她的衣袖,她即会意,不再开口。俞春生又转过头直视着总务的眼睛说道:"暂时不要多讨论了,等我们研究出一个方案后再向你调查,请你配合。"等他们一行离开很远了,总务还站在门口,没有挪动脚步。"请你配合!"这话好刺耳,他想我又没有违法,或者跟违法的人有牵连,怎么采用这类词语?

　　赞成联合工作组副组长俞春生的意见,为了避免增加阻力,杨青林没有率领大家去县供销社仓库,他一直待在柳林镇供销社的办公室,等待与罗富庭交涉的人回报结果。在这段时间,他接到了县供销社主任张文榜的电话,两人还未来得及商量仓库发生的事,张文榜就急切地告诉他,在联合工作组的指导下,柳林镇供销社经过落实股权退还红利以及发动群众开展扩股的基础上进行了改选,如今新的领导班子建立了,听说很得力,看来只要将试点的经验总结一下,报上来,联合工作组就可以撤销了。在电话里张文榜不无遗憾地告诉杨青林说,不撤销也不行了,县委已决定将俞春生调走了,县供销社也派不出熟悉柳林垸情况的人了,我相信你不会同意罗富庭到联合工作组来吧!这话显示了张文榜了解柳林垸的干部情况,也表现了他对杨青林工作的理解与支持。杨青林还没有体会到他的善意,却被他传达的这个信息震惊了,他忙惊讶地问道:"县委要把俞春生调到哪个单位?"张文榜笑道:"县公安局!你也感到意外吧?是不久前县委常委会上通过的决定,据组织部江部长私下告诉我,报批已经由市常委核准了,职务是县公安局副局长!"杨青林一听心里明白,张文榜虽说吃惊,因为他也看中了俞春生,准备把他培养成副主任,但他有一贯绝对服从组织决定的习惯,不会成为这次干部调动的阻力。所以接着还听到他对俞春生的关怀,他说他已听到小俞的对象已经回柳林垸,并且准备马上结婚,如果这次调动对他对象的安排有影响,叫他随时来找他,他会在供销系统替她寻找一个位置。

等到杨青林放下电话,他一忧一喜,忧的是他早发现俞春生的能力,曾打算等联合工作组的工作结束后,让他继续留在柳林垸,培养他做副乡长,甚至将来接替他当乡长,不想政法系统的领导比他动作快,现在已经由县委发出调令,无法再有变动了,使他失去了一名得力的助手。喜的是他所赏识的人得到了高升,他的认真细致、精明强悍,将会成为一名优秀的政法干部。而在当前经济形式越来越多样,社会生活越来越复杂,治安形势越来越严峻的情况下,特别需要加强政法队伍,增大治理能力,而投入这项工作的人,应当是最可靠和最有能力的人。他为政法系统能发现这样一个人才而高兴,很快就忘记了自己的失落。

等到俞春生带着刘丽君与卜槐香回到供销社,杨青林冷静听完他们的报告,当说到凭县供销社仓库自己开出的提货单提不出货,他们早将货物转走了,收货单位虽然手上有提货单,却已成为一张废纸。卜槐香

715

甚至提出要派民兵包围仓库，马上搜查他们的库存，同时禁止他们再将货物运出。杨青林听完他们的话，未置可否，却突然一笑，他指着俞春生说道："你还没上任，任务就来了！"大家不免面面相觑，不知何所指。他才向大家宣布，俞春生已经被调到县公安局，担任副局长，估计会很快上任！接着他又用手指着那张还摆在俞春生手里的提货单笑道："根据你们刚才的接触，已经了解到事情牵涉别的县市，这事已无法由乡政府独自处理，必须请县公安局出面才行。刚才我与县供销社通过电话，张文榜主任认为柳林镇供销社的新领导班子已经建立，县供销社与柳林乡政府联合组建的工作组的任务已经胜利完成，除了试点工作经验的总结由我负责写出，其他一切工作今后均由新的理事会与监事会管理，有什么遗留问题，也得交他们裁定处置。今天就请刘丽君主任就这张提货单的发现经过、交涉结果及处理意见草拟一份报告，经理事会监事会通过，复印三份，一份留底备用，一份报县供销社张文榜主任，一份交由俞春生副局长带回县公安局，请公安局立即立案侦查。"

既然联合工作组已经宣布撤销，扫尾工作还有杨青林、朱利生和卜槐香料理，县委可能要求俞春生马上报到，他家还有老人和宋琼花需要安排，刘丽君素来细致，便不再让供销社的其他事把他缠着，和杨青林一致，催促他早点回家。等到这天中午，供销社办公楼里的人走空了，刘丽君到食堂胡乱吃点饭，就把自己关起来，她遵照杨青林的指示，草拟了一份报告，又派人将理事与监事们找来，开了个紧急会议，三读通过报告以后，又研究了具体处理办法。接着她亲自复写三份，一份派人直接送给张文榜主任，一份存档，手上还有一份，打算亲自去送给俞春生。这时她又想起俞春生马上要离家，不知她家里的事安排妥帖没有？她又在食堂扒了几口饭，匆匆忙忙赶到小白洲。因为她早知道俞春生得到了退赔的工资，购置了红砖与预制板，准备把原住茅草屋拆除，在别的地方造座小瓦屋。地址未选定，工程还没有开始，却早作准备，已经向朱冬生借了两间房安置了老人和琼花，所以刘丽君要去找他，没有再去他的老宅，而是乘船直驶小白洲。

刘丽君驾着自己的双飞燕，沿沟港进了内湖，在宁静的湖水上漂了一会，就到了小白洲的码头，只见码头旁停靠了不少船只，大都是双飞

716

燕、鸭划子、脚划子,还有两艘乌篷船。刘丽君把船系好,走上新砌的台阶,抬头一看,朱冬生家的瓦屋里灯火辉煌,不仅如此,门外还挂出两盏煤气灯,雪白的灯光四射,将门前三合土地坪照得如同白昼,不但照见许多熟悉的面孔,还照见挂在墙上的大喜字,原来这里正在举行一场热闹的婚礼。

婚礼的举行显得有点仓促,这是有原因的。原来杨青林跟张文榜接通电话以后,他才知道俞春生的调动,而在乡政府的办公室里,与此同时,马秘书正在拆开由机要通信员送来的县政府文件,文件是一纸任命通知书:俞春生晋升为县公安局的副局长。马秘书在乡一级政府里当了三十多年秘书,像俞春生这样的伢儿是在他的眼皮子下长大的,他们的出生登记、入学证明、工作安排,都是经他的手操办的,他对这个伢儿的印象最好,对他的不幸遭遇深感痛心。得知他晋升为领导干部,并且是最要害的部门,他的心里极为高兴,也忘记了这类文件应送乡党委书记圈阅,才能公布,却违反规定,带着它去了小白洲,他要尽快将这桩喜事告诉俞春生,俞春生不在,他就告诉了朱冬生。这天下午正值联合体开例会,冷满爹一家来了,凹花生也来了。龙舟赛举行了决赛,柳林垸得到了冠军,凹花生出力不少,他正扬扬得意,听新加入联合体的成员成了县公安局副局长,从此不怕任何人欺侮了,他的心里更加高兴,把留在手上的一挂万子鞭点燃了,噼噼啪啪把归巢的鸟雀都惊飞了。在喜庆的鞭炮声中马秘书不禁联想到,早几天才给俞春生开具了介绍信,让他牵着琼花姑娘的手在民政股办了婚姻登记。他是位消息最灵通的人,知道他们还没有举办婚礼,他想古时候曾经把"洞房花烛夜,金榜题名时"当做人生的大幸,今天俞春生已经拥有合法的美丽的妻子,同时将听到升迁的喜讯,这也是人生的大幸。他也知道他将迅速去县城履新,何不趁热打铁,就在这风和日丽的仲夏之夜,为他们举办婚礼。他将这种想法跟冷满爹一说,冷满爹学过历法,掐指一算,是黄道吉日,便立即表示赞同,并且马上开始行动。宋明拿出一笔钱,让凹花生驾船去镇上买礼品、花红、鞭炮,还嘱他把龙舟赛时用的三眼铳也取一支回来,到时候让它凑凑热闹。同时请朱冬生打飞脚去完小,把宋琼花喊回来,一并也将他的堂客叫回来,琼花没有来得及在联合体出工,就被李小娟拉去代课。宋明对朱冬生笑道:"新娘子的工作由小娟姐姐做,如果出现延误,由你朱冬生负责!"

所以当俞春生回到这临时住所,琼花姑娘早已回到了小白洲,并且已经被李小娟等几个女人围着,正在收拾打扮,准备做新嫁娘。而瓦屋四壁,贴满了喜字。凹花生甚至又出彩,他把龙舟赛用的五支三眼铳都弄来了,叫了几个后生子,站在地坪里不断朝天发射,使垸子里的人都闻声赶过内湖,把三合土地坪挤得满满的。

傍晚当刘丽君走近地坪,几乎走不过去,她是贴紧墙根侧着身子挤进屋的,屋子里也尽是人,却都是来帮忙的。俞小三来了,红莲与白莲也来了,他们的父母刚刚办过婚礼,有经验,由他们指导,少男少女动手,礼堂已布置完毕。刘丽君一看,既不奢华,又显高雅,符合新郎官与新娘子的性格。可惜杨乡长没有出席,他是事先不知道,还是知道后没有时间,总之他始终没有露面。婚礼上的主婚人让马秘书担当,他也不再谦让,有板有眼,讲了一篇话。讲着讲着,竟流泪了,对于历来过分稳重的马秘书这是个例外,也许他是看见自己喜爱的伢儿得到高升,心里高兴,快活得流泪,也许是想到自己兢兢业业地工作一生,竟仕途坎坷,不无感慨,不免流出苦涩的泪水。大家虽觉得这样儿少见,却谁也猜不出马秘书的心理。作为证婚人,刘丽君也讲了话,她讲话的内容都跟供销社有关,她感谢新郎官对柳林镇供销社的贡献,她对新娘子摇了橄榄枝。她早认识宋琼花,知道她是个好姑娘,她听杨青林传达张文榜的话说,想将她安排进县供销系统,她怕别的单位抢先下手,便先在这个场合表了态。不过这话使小李娟听来逆耳,自从她听到琼花曾经读过高中,就早动心并已动手将她拉到中心小学代课。刘丽君讲话时也饱含热泪,她尽力克制着自己的情绪,没有让泪水流出来,但明眼人都能看出,她也深有感触,别人的经历过挫折的感情得到圆满的结局,衬托出自己婚姻生活的不幸。但是人世间的情爱是千差万别的,哪能是一样啊!

最后杨青林还是来了,他来得晚了点,没有赶上婚礼,也没有机会当众讲几句话。他本来还做不到这点,是李小娟派另一个学生菊香通知了朱惠兰,请她来帮助新娘子梳妆。等到婚礼快开始,还不见杨青林露面,惠兰觉得他是新郎官的难友,最近又成了他的重要助手,遇到这类喜庆事儿,他不应当缺席,她便偷偷溜过湖通知他,寻到了乡政府。杨青林刚把积压的工作做完,陪妈妈吃晚饭,这顿节饭被打断了两次,娘俩将昨天剩下来的粽子拿出来,一边吃着,一边讨论搬家的事。因为老娘一再表示要搬回老屋住,儿子拗不过,只得答应了。杨青林一听俞春生这样快办喜事,心里当然高兴,但一看天色已经晚了,等到他赶过内湖,恐怕婚礼早已结束了。他正在犹豫,杨大妈却早听清了两人的对话,连忙命令儿子赶快去。她这样决断有两大原因:一是跟垸子里许多老人一样,很喜欢这个伢儿,更同情他的遭遇,好容易双喜临门,不应当缺礼;二是惠兰亲自来邀青林,这是个绝好的机会,她想让两人多说说话儿,促使儿子早日下决心。在娘的催促下,杨青林急忙跟着朱惠兰出门,他看到她红润的脸庞,还有那兴奋的表情,心里也感到愉快。特别是经妈妈坚持,她要回老屋居住,这样两家又会离得很近,彼此见面的机会很多,他想起过去惠兰对老人的照料,心里充满感激,不禁又对惠兰讲了几句感谢的话。对于他的话语,惠兰没有接应,她默默地走着,只听见急促的脚步声。杨青林听不到她的情话,更听不见她的笑声,心里倒有点失落,这种感觉越来越强烈,使他也感到惆怅。两人就这样穿过大垸,渡过内湖,走近了借作新房的瓦屋。在明亮的灯光下,惠兰回头朝杨青林一瞥,才让他看到一种深情的表情。

婚礼已经进入闹房的阶段,新房里充满了笑声,凹花生破沙罐似的声音最响,青妹子清脆的声音最尖锐。到了这种时候,不宜久留,杨青林只进去打了个转,说了几句祝贺的话,就出来了。刘丽君见乡长到底来了,很高兴,当着他的面将报告交给俞春生,她准备跟他一道回程,好敲定宋琼花的户籍与工作,但当她看到惠兰尾随着出来了,便有意把脚步放慢了。她站在门前的台阶上,望着两人一前一后朝湖边走去,过了一会儿,前者停顿一下,后者跟上去了,两人肩挨着肩儿走着,一直走到渡船码头。

驾渡船的老倌子将杨乡长送上小白洲后,知道他是个忙人,不会在这儿待得太久,便一直在渡口等着,等到杨青林与朱惠兰到了船上,他也不再等别的人,很快就把船开走了。

渡船老倌挥动着双桨,一边回答杨青林的问话。杨青林得知驾渡船只安排一个人,觉得他劳动的时间太长了,还得增加一个人才好。老倌子却回答他说,如今生产的门道很多,劳动力短缺,再增加人有困难,他已想出一个办法,将原来那只小划子再拖来,系在杨柳树下,如果他回家吃饭或休息去了,有人急于要过湖,可以跟从前一样,自己荡小划子过去。杨青林一听哈哈大笑,他对这种办法非常满意。在两人愉快的谈话声中,渡船靠拢对岸。在船上这段时间,一直没有跟惠兰说话,杨青林感到她那明亮的目光,不断在他身上扫射。这一对黑眼睛,不知什么缘故,最近常在他的梦中出现。他不是木头人,对于她的痴情,不是没有体会,这时他想起自己过去的冷漠态度,产生了歉疚。等两人又一前一后跳上岸,站在残碑断石搭成的码头上,杨青林便对惠兰笑道:"我已经答应妈妈了,让她搬回自己住惯了的老屋。"杨青林的声音很低,近乎耳语,对于惠兰,不啻打雷,她心领神会,不禁大喜。她已经向他表白过几次,得到的是拒绝,每次都使她痛苦,现在她不愿意再痛苦了,也不再想跟他说什么。而听到这个消息,知道又可以常常服侍慈祥的大妈,也就能遇着青林哥哥,听到他的声音,看见他的笑脸,有了这种机会,她已觉得满足了。这时两人已走到分岔路口,她要回到一肩挑大茅屋,与爹爹合住的小阁楼就坐落在它旁边,他则要去乡政府,得径直朝大堤方向走,她不禁又深情地朝杨青林看了一眼。在这一眼中,她发现他还是那般可敬可爱,只是显得有些老了,那憔悴的面容,使她增加一种感觉:怜惜。这种新的感觉让她心疼,也使她又一次控制不住眼泪。她不想让杨青林看到这副伤心的样子,忙用双手捧着脸,飞快地向前跑去,内湖的堤面不及大堤宽阔,两旁的杨柳都长大了,浓密的树荫将堤面掩盖着,一会儿就看不见她的身影了。也许是张勇对他的污蔑,激起了他的反叛精神,也许是春生与琼花的结合,引动了他对幸福的向往,使杨青林觉得自己太缺乏勇气,也太矫情了!总之,有异于平时,今天他心中的顾虑荡然无存,有的只是那对含情脉脉的黑眼睛。

在朱惠兰流淌着泪水的同时,在内湖边,也还有一个人在流泪,她就是被全垸人敬重的刘丽君。看到经过抗争得来了幸福的一对新人灿烂的面容,刘丽君又想到了自己的不幸,在婚礼上致贺词时竟饱含热泪,如果不尽力控制,也会跟马秘书一样流出来。这时她望着渡船离开了码头,已经到了湖中,便走近杨柳树丛,找到那只系在近边的双飞燕,跳了上去,放下双桨,将船儿划向沟港。当她到了湖心,望着深蓝色的湖水和同样显得深邃的夜空,一阵悲凉的感觉突然袭来,她又开始伤心了,那一包依旧隐藏在眼眶子里面的泪水再也阻挡不住,汩汩地流出来。自从那次在代收店门前发生的冲突以后,她又对卜槐香产生了依恋,她有多少记忆,有的是甜蜜,更多的是苦涩。这时四周寂寥,好像天地间只有她一人,她便不再控制,让它尽情地流淌,不知流了多久,总之,当她将小船划进沟港,让它在港水里游走,游到垸子中央,便听见茅屋里传来公鸡的第一阵啼叫。这时她的泪水才慢慢停止溢出,思绪也渐渐趋向平静。当时夜风已经越刮越大,夏夜的湖风还有春意,使她觉得有点冷了。当她站在船艄荡桨,望见一坦平阳的田野,听到热烈的蛙声,看到蓬勃的稻田,那翠青的禾叶,已能迎风摆动,她想今年的雨水均匀,早稻的长势良好,如果中稻插下去后气候也好,那肯定又是个丰收年。实行家庭联产承包责任制以后,已经连续得了两个大丰收,如今农家的仓库都装满了,如果今年又是丰收,粮食恐怕没有地方放。代收店与供销社都不管粮食收购,这事与她无关,但是粮库也建在镇上,常跟仓库主任见面。粮库主任因为设备不齐,人手有限,对解决农民卖粮难的问题束手无策,已经遭到多次群众围攻,有天还被送粮人打伤了胳膊。由卖粮难想起卖鱼难。如今卜桂香起了大作用,他把机帆船买到手以后,除了原来的大篷船,还租了艘舮舻船,也把它吊在尾巴上,隔两三天跑一趟长沙。舮舻船的船舱深,又有隔板,能养活鱼,所以渔业组捕上来的各种活鱼,都能及时销售出去。甲鱼不需转运,自然有各地行商前来采购,他们都带有运输工具,不必卖主操心,只准备用旅行袋装票子就行了。只有小白洲上育苗试验成功的消息还没有传开,因为有老把式手把手教,有联合体成员齐心合力,加上村主任陈良桂特别重视,这种鱼池已经扩大了几倍。鱼苗大都已经成活,再养十几天,就可以放养了。刚才在婚礼上,在嘈杂喜庆的人声中,冷满爹没忘大声向她报告,鱼苗实在太多,就是全垸的农户都养鱼,也用不上一半,还有那样多剩余的怎么办,难道将它们放进大湖里去?刘丽君听懂了冷满爹的话,知道他把希望寄托在供销社身上。其实杨青林早已将他的想法告诉了她,不过今天显得更着急。这时她眼前出现那微翘的花白色胡子，还有那热切的目光和焦急的表情，她的心里想道，大家把自己推到目前的位置上，是对自己有所期待，她不能像粮食系统的领导一样，没有预见性，不能及早作好安排，以致造成被动局面。她有了流通领域里的重镇，最有实力的销售机构，难道不可以充分利用，破解这个难题？她一边从容地挥动双桨，一边仔细思考。忽然，办法出来了！她翻阅过花名册，知道柳林镇供销社养着十多名销售员，这些人大都无事可干，有人还准备跳槽，不如把他们派出去，让他们去与各地的养殖户联系，将鱼苗预售给他们，等到年底清塘再结账；一则免除了他们为选购鱼苗远程劳顿，再则减轻了资金负担，能够迅速达到致富的目的。她想这种办法是行得通的，其实办法并不复杂，只是过去没有人组织。当她想出了这个办法，她的心情也好转了，刚才产生的烦恼，已经不复存在了。

刘斌办事历来讲究快，无论是"文革"中或"文革"后，都是这种风格，所以他总能赶上潮头，立于不败之地。近来他正忙于处理水货的事。罗富庭已经搭过两次信了，那笔货不能在县供销社仓库久存。他与航运公司联系未果，只得回头找金星汽车修理厂的杨永清，谁知这人生性狡猾，早知货物的来路，不肯再担风险。他便想再让郝小忠去联系，但郝小忠对罗彩元的态度时好时坏，又当着他的面说了许多混账话，使他早已厌恶；最近又听说他的父母离了婚，他痛恨后娘，拖把刀子要杀人，这号忤逆之子，自然不会再得到郝朝忠的宠爱，他失去这个背景，杨永清肯定不会再买他的账。他想只好由自己亲自跑一趟，让出部分利益，当面敲定这事。不料王局长正在召集各厂矿头头开会，商讨来年计划，会期一周，他新来乍到，不便缺席，使得他不得不另想办法。所幸他动作奇快，依旧央请王时英运作，几天前将王桂生调到了县供销社，又立即调整到工业局，任命为柳林综合厂副厂长，如今已经来县城报到，临时住在办事处，他素来伶牙俐齿，可以派他去跟杨永清谈判。王桂生调离了柳林镇供销社，脱离了杨青林的羁绊，自然感激涕零，从此成了刘斌的另一名信得过的干将。听到了刘斌的吩咐，他懂得此事不仅关系全局，也关联自己，便立马表态，不必大哥亲自出马，包在小弟身上，一定不会让事情搞砸。当他拿到刘斌写的亲笔信,第二天早晨,就坐班车来到安乡县城,按照刘斌给他的地址,找到了距航运码头不远的一栋百货公司宿舍,在三楼的七号房间,敲响了杨永清家的门。

出来开门的是一位小姑娘,只有十一二岁,高高的个头,圆圆的脸蛋,扎着两条小辫。听见敲门声,小姑娘不再需要搬过一条小凳子踏脚,很顺利地把装了弹子锁的门打开了。今日是星期天,小姑娘和她的妈妈都在家。妈妈名叫王杏花,在一家县百货公司管辖下的小五金商店当经理。听见小姑娘跟一位客人在门口说话,在里间水池子旁洗衣的王杏花问了一句:"小青,谁呀?"小姑娘尖着嗓子回答道:"是来找爸爸的!"王杏花一听不高兴,大声地回答说:"你告诉他,爸爸不在家,叫他有事到单位去找!"王桂生听见屋内还有大人,便跨过门槛走进来。他看见他早认识的前柳林公社的妇联主任王杏花,正围着一条蓝花布围裙,头发用一条花绢子扎着,捋起衣袖,露出两只巴壮的手臂,正在搓洗一床红格子包被,斜搭在水池上的洗衣板和她的手背,沾满了白色的泡沫,在她身旁还搁着两只大铅桶,里面装着搓过和没有搓过的被褥和衣裳。

王桂生发现自己要寻找的杨永清的爱人是熟人,感到很高兴,忙大叫一声:"王主任,你还认识我吧?"王主任,这是她在当柳林公社妇女主任时的称呼,如今已经有多年没人这样叫她了,突然听到这样一种称呼,她感到很惊诧,忙转过身子,抬头一望,看见面前站着一位清清秀秀的男子,面庞儿有点熟,好像在哪儿见过,却一时记不起在哪儿,更叫不出名字来,她一时愣住了。王桂生见她没有认出来,心里想,这也难怪,那时自己还在供销社倒茶水,公社妇女主任眼里哪里会有他,他在王杏花调走以后才起水,慢慢地爬到了今天的位置。只有她最后那次到供销社楼上,县委代理第一书记、县武装部长郝朝忠找她单独谈话,他们才打了一个照面,算是认识了。那天他提着水瓶进去送开水,看见郝朝忠跷起二郎腿,斜靠在沙发上,眯起一对泡泡眼,一副轻狂的样子。王杏花却坐在一条板凳上,哭得像个泪人一样。他趁倒水那当儿,仔细地望了她一眼,只见她那娇嫩的脸上,布满了泪珠,那两弯长长的睫毛下,漆黑的眼珠儿让水泡着。她一边用手帕擦着泪水,一边继续抽泣着,在她的腮边,有一颗圆圆的小痣,小痣也很黑,黑得有点发亮,好像一幅美丽的图画,最后被添上神来的一笔,使得整个脸庞变得更有特色,更加美丽。就是这颗痣,给他留下了深刻的印象。

今天他又见到这个带颗小痣的脸庞。那不平静的岁月,使她的脸庞儿变了,变得不像从前那样鲜艳了,但也没有显得憔悴,眼角边细小的皱纹,也仅依稀可见。苗条的身材没有变化,肌肤还富有光泽,那娉婷的身态,依旧保持着昔日风韵。

王桂生只好自报家门,笑着说:"王主任,你可能不记得我了,我是柳林镇供销社的小王,你临走到供销社来,是我给你端进一碗茶。"王杏花扯过被单角擦干了湿手,把束头发的花绢子扯下来,她的头发还是那样浓密,披散在双肩像瀑布。接着她又把蓝印花布围裙解下来,走出里间,再望了王桂生一眼,不禁叹了一口气道:"忘了。柳林垸里事情,好像隔了一世,都不记得了!你是几时离开那里的?"王杏花一边说着话,一边走进客厅,用手指着一张木沙发,招呼王桂生坐着。小姑娘好像训练有素,她早站在五屉柜跟前,端下热水瓶,给客人泡了一杯茶,她把茶碗送到王桂生手里后,就走开了,让妈妈单独陪着客人说话。王桂生望了一眼小姑娘,发现她特别像妈妈,虽然她的脸上没有那颗小痣,却不论脸庞身段儿都像从一个模子里倒出来的,只是小了两号。但她脸上的表情,却跟妈妈不一样,没有妈妈的沉悒,而显得清纯、快活,总挂着笑。王桂生不知道,早年的王杏花也是这样的,那时没有发动"文化大革命",她刚参加工作,是全县最年轻的公社妇女主任,她的工作积极,整天笑嘻嘻的,在她的心里,充满着爱情的喜悦,也充满着对事业的憧憬。她那朝气蓬勃的样子,那蹦蹦跳跳的快活的性格,只有杨青林还记得,杨青林就是被她的清纯和热情吸引着,两人常常依偎在杨柳树下,说过多少富于诗意和甜蜜的话儿。

见到柳林大垸来的人,虽然觉得时间久远,大都已经淡忘了,但是那些曾经牵动过她整个身心的事儿,那些使她快活得流泪也痛苦得流泪的事儿,又怎能忘却?她见客人坐下来,接过女儿送过来的茶碗,喝着茶,便记起了他过去的样儿,记得确实在柳林镇供销社见过他,这时她便忍不住要问起柳林垸的情况。她开口问他,他回答着,但她始终回避有关杨青林的事情。倒是王桂生忍耐不住,他说了一句:"你还记得在柳林镇办过代销店的刘大爹吗?"王杏花搜索着自己的记忆,记起来了,她问道:"是不是那位在三年经济困难时期发动社员编制芦苇和柳条器皿卖钱的刘大爹?"王桂生答道:"正是正是。"王杏花道:"听说割资本主义尾巴时节,刘大爹挨了斗争,活活地气死了!他有个女儿,也挨了批判,从镇上被赶到乡下,后来怎样了?"王桂生笑道:"后来被未婚夫休了,只好嫁给一个老裁缝,前年老裁缝死了,当了寡妇,听说如今正跟公社书记杨青林谈恋爱。""跟杨青林谈恋爱?"王桂生预先就留意着,这时看见她的身子微微一战,他不禁笑了。他坐在她的侧面,看见她那长长的睫毛动了动,眼睛皮子合下,脸上也陡然变了颜色,老远都听见在深深地吸气。过了好一阵子,她才抬起头,把眼睛张开来,强迫自己装出一副笑脸;她的笑容很好看,却使人感到有种苦涩味。她望着王桂生问道:"你说的杨青林,是不是那个被判过无期徒刑的杨青林?"王桂生答道:"正是,正是,就是那个杨青林,你们认识的。过去当公社副书记,如今升了一级,当了公社书记,公社体制改革以后,是乡党委书记兼乡长。老书记张文榜被他挤走了,他已经当上了一把手!"平日脱口而出的怨恨话,这时不禁溜出了嘴巴。他在继续察言观色,发现王杏花的表情又变了,她在听到张文榜被他挤走了这句话以后,脸上掠过一种不以为然的表情。他就记起了两人过去的关系,后悔不该说得这样唐突,他想从她的情绪看,她对杨青林只有依恋,没有埋怨。很多痴情的女子都有这样的特点,对于自己爱过的男子,始终替他们护短,听到一些损伤他们的言辞,她们会感到不满。王桂生是一个乖觉人,他觉察到这点,便忙斟换话题,谈到垸子里别的一些人和事。谈着谈着,王杏花又蹦出一句:"杨青林的妈妈怎么样?"王桂生只得说:"眼睛瞎了!儿子回来后,她看不见。"王杏花问:"她怎么瞎的?"王桂生道:"不知道。我没有见过她,只听别人讲起,有人说是哭儿子哭瞎的,有人说是得了青光眼,没有去医治,才瞎了。"王杏花听了这话,神情表现不安,她从座位上站起来,踱了几步,又坐下来。双手相互搓着,嘴里喃喃地说道:"这情形我不知道,要早知道,我会想办法。"王桂生听见这话很惊讶,难道她还一直和这个老妈子有联系?他正准备问一问她,突然听见她对自己说:"你是找杨永清的吧?他是我的丈夫,现在不在家,他在邻县一家汽车修理厂工作,与本县的业务联系也多,他们在北正街租了房间，设立了办事处，平时在那里接洽工作。你如果有什么事要找他，可以到那里去找，平日我不准他在家里洽谈他们修理厂的业务！"

"平日我不准他在家里洽谈他们修理厂的业务！"王桂生告别了王杏花，急急地朝北正街走去，他一边走一边咀嚼王杏花这句话，这样一句不客气的话出自一个妻子之口，实在叫人费解！不过他接着又想：这也难怪，王杏花曾是杨青林的未婚妻，"文化大革命"把他们打散了，他们却还有感情，因此一提起杨青林，她便那样激动，问起他的妈妈，还是那样关心，这自然影响她与丈夫的关系。由于他们感情上有隔膜，发展到在事业不合作，这也是很自然的事。这时他的心里不免又想，他这次来安乡找杨永清，是肩负了一项秘密使命的，既然他们夫妻关系不融洽，这类事情顶好不必让她知道。

对于这个杨永清，王桂生没有看见过，却还是熟悉的。原来刘斌跟他打过交道，据他介绍，他很有才能，领导的企业红火，因此闻名遐迩，人称汽车大王。

其实杨永清原来也是无名小卒，郝朝忠当县武装部副部长那会儿，到柳林垸招过一次兵，其中一个被招的小伙子，名字叫杨永清。他父母双亡，只有一个叔叔在安乡，因为成分好，分到空军接受训练，由于体格没有达标，没有上天，留在地面替一位首长开车。"文化大革命"中，首长掌了大权，他也跟着见了世面。林彪摔死在温都尔汗以后，首长进了班房，他也被关进学习班，学习了半年，写了无数小字，最后复员回家了。因为妻子不愿回柳林垸，他便在表格上填叔叔和妻子的住址，希望分发到安乡，回到安乡只有作田一条出路。当时安乡"左"风刮得特别厉害，农村极端贫困，他实不甘心，又回到本县找革委会主任郝朝忠。郝朝忠还记得他，听了他几句恭维话，给他写了张二寸宽的条子，叫他到县汽车修理厂报到，担任厂革委会副主任。革委会主任是个造反派，"四人帮"粉碎以后，失势了，他便成了代理主任。后来恢复了厂长的称谓，顺理成章，被任命为厂长。不久地区工业局恢复，整合各县工厂，他们将杨永清所在的厂，整合到邻县一家汽修厂，厂址也设在交通方便的邻县。地区工业局派出的工作组组长是郝朝忠老部下，他特别尊重老上级的意见，郝朝忠向他推荐了杨永清。整合结束以后,修理厂扩大,杨永清由股级升为副科级,当了业务副厂长。

工厂迁到邻县以后,为了扩展业务,他出了个奇招,利用扩大的生产能力,派人到外地去收购旧车,把旧车拖回来,经拆解、检修、油漆、重新组装,然后作新车卖出。自从推行家庭联产承包责任制以后,各地许多专业户、重点户需要买车,乡镇企业也需要买车,新车供不应求,有时排半年一年队还不见影子。如果他们能推出一批油漆一新样式好看的车子出售,谁还认真去鉴别这是真的新车,还是改装的旧车。厂里还规定一些优惠的条件,如半年以内,车子坏了包修,半年以上,车子坏了,只收一半修理费。杨永清的算盘是打得很精的,这类改装出来的车子,半年以内不会出大毛病,半年以外就很难说,毛病一定不少,那时的修理费,即使只收一半,也够可观的,而且还可以借此扩大汽车修理厂的规模。

为了落实这项措施,杨永清又亲自出马到外地收购旧车,他的老战友很多,如今都分散在各地有汽车的单位,第一次就拖回来旧车二十辆,修理改装以后,马上便推销出去,获纯利三十多万元。他把这笔款子作了三等分,三分之一作为奖金,发给全厂职工,使全体职工笑逐颜开,衷心拥护他的新举措,把他称为具有开拓精神的领导干部。把另一个三分之一拨作再生产资金,如盖厂房,添置设备。最后那个三分之一,却做了活动经费,包括在安乡等地包租房屋设立办事处,和给关系户请客送礼。后来地区工业局又被撤销,合并到了计委,那位负责整合各县工厂的工作组长,提拔到邻县当县长。为了报答他提拔之恩,又为了拉近现在的上下级关系,杨永清从广州买了彩色电视机、电冰箱各一台,亲自送到他的家里,说是从广州交易会买来的处理品,比正常价格低了三分之二。新县长只花很小一笔钱,就把家庭四化完成了,心里很高兴。

杨永清从县长嘴里,知道郝朝忠有推荐之功,便也送去一台松下彩电和一台雪花牌电冰箱。这时郝朝忠正解职在家,门庭冷落,对他这份重礼,十分感激。所以当他通过老首长的引荐,当上了地区外贸局的副局长,在他的职权范围内,一次性处理了十台货车给杨永清,这些车都有七成新,却只报了废车的价格。杨永清得了这个甜头以后,又如法炮制,给县委书记也送了一台彩色电视机,一台电冰箱,还有一台收录机。向县委书记收的钱多一些,要了正常价格的一半,因为这位县委书记长期担任组织部长,"文革"前当过几天县委副书记,为人沉默寡言,平时一丝不苟,怕他觉得钱太少,寻根盘底,发现这个秘密。幸亏这个县委书记思想有了变化,他对现代化家用电器设备的兴趣非常高,能用一半的钱买到这样几件处理品,用起来跟正品差不多,他也感到很高兴。因为他的爱人和孩子在他面前吵过多少回了,看看那些土老帽,也用起了现代传播工具,你这位老书记,当地党政军首脑却还每天捧着那只工农兵315型晶体管收音机听广播,而又放不下架子,不肯跟随干部们一起坐在办公室那台匈牙利的宽屏幕电视机前看电视,以致对世界变成了什么样子没有具体认识。县委书记的儿子是个知识青年,却找了个大学生对象,还没有毕业,暑假来看公公,说了一句:"如今已经是电子时代,如果不迎头赶上,第三次浪潮会把我们冲没!"她的话刺激性很大,县委书记听说地区副局长已经收了,县长也收了,他估计没有问题,就把杨永清派人送来的几件家用电器也收下了。只有一位副县长比较古板,三大件也送到了他的家里,他没有在家,他爱人是位农村妇女,不知究竟,收下了,等他回来,看到这样贵重的物品,心想无功受禄,为什么要接受它们?他带领儿子把这些电器运回了汽修厂。副县长退礼品这件事,引起了杨永清的注意,他又认真想了想,过了一夜,就想出一个办法,把第二笔三分之一的利润停止使用,预留下来,作为整修县城一条主要街道的费用。通过电视屏幕看到外国城市那些宽阔的柏油马路,又整齐又干净,县委书记的思想开放多了,不再反对整修县城街道了,立马支持了杨永清的倡议,并且同意杨永清筹建修建队,由他亲自指挥整修工程。

杨永清真机灵,他这一招挽回了败局。要不是赶紧采取这一措施,副县长带子送还家用电器的先例一开,就会引起连锁反应,县委书记不得不送回来,县长也只好送回来。郝朝忠不必送回来,但是他也不好再跟汽修厂打交道了。经过这个壮举一冲淡,他们收到的礼品都没有退回来。杨永清又有机会,就开始走他的第二脚棋了。

他的第二脚棋是借整修街道的机会,得到县委书记的支持,筹建了一个修建队。在整修过程中,又与县长打交道,县长是整合企业的老手,帮助杨永清兼并了几个小包工队,正式成立了建筑公司。不过这个公司不是国营的,而是私营的,即所谓民营企业,由于注册资金是杨永清提供的,他自然成了这个企业的董事长。

他的那笔注册资金来源也特别,来自汽修厂捐献的专款,因为又是由他建立的修建队承修的,包工包料,捐款成了预付款。工程结束以后,利润恰恰与新公司的注册费相等,这笔款子就入了杨永清的个人账户;因为各自立账,虽然资金来自同一渠道,却泾渭分明,最精细的审计也挑不出毛病。

从此杨永清脚踏两只船,一脚在国营企业,一脚在私营企业,不过他比较稳重,在私营企业这条船上,他很少出面,很韬晦,不大肆宣扬,使人看到的公众形象,是一个国营企业优秀领导干部,他的所作所为,都是为了替国家积累财富。他的一些举措都是明智的,如今汽修厂已成了全县最大一家企业,收入占全县企业收入的三分之一。他已改装了一百九十六台汽车,利润高达三百万元。他把县城的主要街道整修完毕,给每位职工加了两级工资,对党政军领导,都送去了家用电器“处理品”。他不仅送给县一级干部,对有业务关系的各科局领导,也都能有所表示。他的业务范围不断扩大,在滨湖各县都设立了办事处,名声很快超越了本县。有位省报记者在招待所吃了他的清炖脚鱼和非洲牛蛙,在南州大曲和德山大曲的刺激下,挥动圆珠笔,发挥了李太白式的斗酒百篇的才华,为他醉草了一篇专题采访。这篇报道刊出以后,他的名气便不再局限于本县本地区了。县委书记听了许多县委委员的称赞,县长又一次诚恳地举贤,而且还引用了地区进出口公司郝总经理的话说,这是一个难得的人才,他便在一次研究干部安排问题的常委会上,提议让杨永清担任汽修厂的厂长兼党总支书记。老厂长已经年过五十五岁,可以退居第二线,如果他愿意,还可当个顾问。这样杨永清便成了汽修厂的一把手,捞到了“企业行家”“大能人”“乐于公益事业”等美誉,在全县的劳模大会上,他还被戴上了“先进个人”的桂冠。

但是杨永清在事业上越来越红火,家庭关系却越来越紧张,妻子王杏花老是跟他闹别扭,两人之间变得越来越疏远。她不让他在家中接待客户,更不准他在家里招待朋友,有时来了人,只好带到招待所,后来设立了办事处,就把他们带到那里,每月回家几趟,也大都睡在办事处。昨天他又回家了,不久又走了。王杏花估计他还在办事处,当王桂生向她打听丈夫的去向,她便要他到办事处寻找。

王桂生很熟悉安乡的街道,他径直到了北正街口,迎面便看见一栋新建的楼房,门口挂着一块白底红字的牌子,上面写着几个大字:"金星汽车修理厂驻安乡办事处"。这办事处设在这栋楼房的四楼,包了整整一层。当他寻到一个挂着"主任办公室"小牌的房间,敲了敲门,听见里面传来一个嘶哑的声音,叫道:"进来!"他推门进去,只见里面烟雾腾腾,三个男子和一个女子围着一张桌子在搓麻将,从他们那种兴奋而又显得疲倦的神情看来,他们坐在牌桌上的时间已经不短了,至少熬了一夜。麻将桌旁一张办公桌上,堆满杯盘碗碟,有的碗里放着残羹剩饭,那桌上还有几只空酒瓶子,有白沙液,有南州大曲、味美思,那满地的德山牌和五五牌过滤嘴香烟的烟屁股,可以扫拢一撮箕。

那发出嘶哑声音的人面对着门,这时他的头也没有抬,听见房门响,知道敲门的人已经进来了,又用嘶哑的声音问道:"你找谁?什么事?"对于这种场面,王桂生见过许多,并不以为怪,他回答道:"我找杨厂长,是刘斌叫我来的!"那人抬起头来,露出一张圆圆的脸,王桂生发现脸并不年轻,虽说胖胖的,显得颇有威严,却由于生活不规则,抽烟饮酒过度,那脸皮显得发黄,有点浮肿。那人没有起身,一边双手理牌,一边慢条斯理地问道:"是不是柳林综合厂的刘厂长叫你来的?"王桂生答道:"是的。"他忙从衣袋里掏出刘斌那封亲笔信,问道:"请问你是不是杨厂长?"见到那人摇摇头,他又把信塞回袋子。那人并不索要那封信,只是问:"你是他的什么人?"王桂生又答道:"在刘厂长手下办事,柳林综合厂副厂长。"那人听完这话,便把码在面前的牌一推,还用手将两边的牌也拂乱了,笑道:"对不起!对不起!我有位客人要接待,暂时歇一会儿。"坐在两边的人立即站起来。坐在对面那个女人的牌很好,正在计算如何凑个七小对,被来人打扰了,她很不高兴,斜睨了王桂生一眼,伸过手扯着那人的衣袖,翘起薄薄的红嘴唇,娇声娇气地叫道:"不依不依,我的牌这样好,眼看就是七小对,被拂乱了,要你赔偿损失!"说着,她就把那人的衣袖放开,顺手在桌子一抹,那人面前的筹码都被她抓光了。女人一脚踢开了椅子,带着一阵香风,擦过王桂生的肩膀,跑到门外去了。接着听见门外传来一阵咯咯咯咯的笑声,笑声显得放荡,经久不息。那人只是笑笑,一点也不生气,他朝王桂生招了招手,领他到了另外一间房子里。那间房经过装饰,有点像大宾馆里的豪华客房,所不同的是,家具甚多,除了一套真皮沙发以外,还有大班桌、靠背椅、席梦思床,靠墙摆开一溜大柜,显然是特制的。那人招呼王桂生在沙发上坐下,从怀里掏出一盒五五牌香烟,抽出一根递给他。他喷完一口烟后说道:"我们接到了刘厂长的电话,知道你的来意,不过这批货不寻常,不是刘厂亲自来,我们……"不等他的话说完,王桂生的心里便明白了,于是他又把刘斌的亲笔信掏出来,把它递到那人手上。这封信刘斌让他看过,说如果妥善运出,一半货物作运价。那人接过信看了一遍,马上眉开眼笑,他大声打了一阵哈哈,爽快地说道:"有了这一封信,这边发车子不成问题。"不过他沉吟了一会,接着说,"我们厂里的事由杨永清最后定夺,发车子也得有他的签字,不巧他今天不在办事处,估计明天就会过来。我看这样吧,我派车子送你到旅社住一晚,明早他回来了,我们马上告诉他,让他来找你。"那人说完话就站起身来,好像没有商量的余地。王桂生还想说两句,再叮咛他一番,却不知怎样说好,只好随他走出门外,门外就停了一辆北京吉普。那人指着车子叫他上去,客随主便,他便抬腿跨上了车子。吉普车开动了,载着他跑了一段好长的路,怕莫有二三十公里。车子进入了丘陵地带,沿途有大小山坡,还有树林子,有片树林比较稠密,公路从林中穿过,发现路旁竖着一块牌子,上面写着斗大的"住宿"两字。车子就在牌子旁转弯,拐进了一条小路,进去约莫有百米,面前横着一座房屋,屋子是用红砖新砌的,有三层,车子就在它前面停下。屋前有块大地坪,还停着两辆载重汽车,货箱码得高高的,上面还用绿色的油布裹得严严实实,看来装的都是值钱的货物。吉普车司机一路上一言不发,这时才吐出两个字:"到了!"他跳下来把车门打开,请王桂生下车,然后又用手一指,告诉他住宿的地方就在这里。王桂生刚刚站稳,吉普车的马达声又响了,接着扬起一阵尘土,车子掉头跑了。司机的态度使他觉得奇怪,他正在狐疑,突然感到自己的手被一只软绵绵的手握住了,转脸一看,见到一对猩红的嘴唇,一双描了长眉的绿眼,那柿饼一般的脸上,涂抹着一层红白相间的脂粉。他的胯下也忽然感到被触动,那肆无忌惮的手,狠狠地捏了一下,使他一阵燥热。王桂生不是孔夫子,也决不会做柳下惠,但在光天化日之下,让他接受如此露骨的挑逗,他实难受。他认为自己是有身份的人,平时出门都由供销社凭票报销,他总住在中等以上的旅社或饭店,从不进路边店,那是司机与小贩们的落脚处。路边店的绯闻早有所闻,实际碰到,却使他感到诧异,也感到新鲜。这时天色近晚,吉普车开走了,不能再去寻找住宿地,只好在此将就一夜。这时他又感到自己肩上变得轻松了,原来他的那只装了一些礼品和现金的旅行袋子被那个妹子抢走了,他便只好跟着她踏上台阶,走进了这路边店。路边店底层是餐厅,门楣上挂了块金字招牌,横写着"夜来香餐馆"五个大字,餐厅里摆了四张八仙桌,其中有三张已经客满了。那桌子上早已杯盘狼藉,每张桌子旁都有一个妹子作陪,只听见她们正在那里嗲声嗲气说话,扭动着腰肢给客人把盏,客人已喝得云里雾里,难免不说出些放肆的话。王桂生坐了一阵汽车颇感疲惫,但他的肚子已经饿了,他叫服务员把旅行袋子放好,自己坐在空桌子旁边的凳上,还没有来得及开口,立刻从里间走出一个女人,笑嘻嘻地跟他打招呼。只见这女子很肥胖,胸脯像两座小山,腰杆子像水桶,由于个子长得高大,站在面前像扇门板,大概因为营养过度,国字脸上像抹了层猪油,她的手上拿了一块抹布,很殷勤地在王桂生旁的桌上擦了又擦,捋上衣袖的手臂,又红又白,上面箍着黄灿灿的手镯。那接客的姑娘向王桂生介绍,这是我们店里的老板娘,只有贵客临门她才出场。胖女人听完点点头,咧开大嘴打哈哈,露出两排宽大洁白的牙齿。王桂生接过递来的菜牌子,点了几样时新菜,她又亲自跑进厨房监督炒菜。这期间王桂生环顾厅内,只见有张桌子上的客人已经醉了,由服务员扶着上了楼梯,一边走路一边嬉笑,还做了许多不堪入目的动作。王桂生不免想道,没有想到他们竟如此荒唐!这时又有一辆载重汽车来了,它径直开到了饭厅前,楼上又一阵风似的跑下两位姑娘,一色村姑打扮,面色微黑,眼睛大大的,她们跑到驾驶室门口,和司机们打闹,接着传来司机粗野的骂声和一阵阵撩人的女人的笑声。一会儿司机变驯服了,一人搂一个姑娘进了餐厅,刚刚空出来的桌子又坐满了,不久那桌上布满了盘碟。王桂生点的菜也来得快,老板娘亲自转来把盏,她开了一瓶宜宾五粮液,满满地斟了一杯,她把酒盏送到他的手里,附耳对他说道："你是汽修厂介绍来的贵客,不会让你喝假酒。"王桂生的酒量远不及刘斌,但他对酒质的品尝颇为内行,他喝了几口便连声叫好,果然是真正的五粮液酒。老板娘的殷勤使他快意,他一连喝了几大盏,非洲泥蛙比鸡还嫩,油炸泥鳅很下酒,看来这小店的厨师不赖,别有一种乡村的风味。他喝醉了酒后就有睡意,老板娘很会体贴,她把他领上了三楼。二楼和三楼都是客房,三楼东头有两间有卫生间,平常是不开放的,当他进了其中一间,身子一斜就睡着了。

　　等他一觉醒来,便听见远处传来了丝竹声,他诧异地想,难道这乡村有剧院? 这时手表上短针指向十点,老板娘转来了,一屁股坐在他的床上,用手揉着他的胸脯,指尖儿在他乳头上搓着,使他的身上又发燥。两人嬉戏了一会儿,就到餐厅去吃夜宵,吃过以后老板娘问,想不想去看场戏? 想来夜间没有别的事,他便答应,随她出门。原来距离"夜来香"不远,还有一座砖房,这房子形状像块砖,四周墙上没有窗户,肯定做过仓库,门口有人把守,乐声是从门里传出来的。老板娘没有买票,只挥挥手,就进去了。进门一看,装修很简陋,只摆了十几排长凳子。他们没有挤到前排,只插在中间,王桂生的眼睛尖,看见前排坐着一些小伙子,其中有几个是县级干部的儿子。台子搭得很近,又不高,好像就在观众中间。台下有人奏乐,台上有人唱歌,歌者的嗓声并不佳,唱的又是老曲子,前排就有人吹口哨,表示了他们的不耐烦。歌者很快下台了,换上了舞者。跳舞的是群女伢,亮出修长的大腿,扭动圆滚的屁股,跳了几个粗俗的舞蹈。这个节目稍长,忽然灯光灭了,整个仓库漆黑一团,只剩台上一圈红光,乐师还在演奏,群舞者不见了,红光中只有一人独舞。那女伢儿装束绚艳,面庞俊俏,体态轻盈,舞技娴熟,博得了阵阵掌声。王桂生心里想,这穷乡僻壤,怎么能聘到这样高级的演员? 一会儿他傻眼了,原来台上又有了变化。那女伢儿做过前后空翻、劈一字、竖蜻蜓,显示了她的功力,就一件件脱去华丽的外装。她在红光中旋转着,不断有衣衫甩出来,台下的乐声越来越激越,她身上穿得越来越少,最后只剩下三角裤与乳罩。这时前排又发出口哨声,那是鼓励的声音。那女伢儿还在旋转着,突然一阵响鼓,喇叭尖叫几声,她的身上脱光了。王桂生惊见,活脱脱一个夏娃! 等到鼓声一停,又一阵热烈的掌声,伴随着尖锐的口哨声,原来女伢儿定格在台口。红光移到她胸前,又移到私处,她把观众情绪推到极致。王桂生怕被人发现,趁灯光还没有全开,就溜出了场子,背后听见再来一盘再来一盘的喊声,估计那女伢儿还无法退场。当他走出仓库的门,发现老板娘跟在后面,他便对她说道:"他们也太大胆了,演这号节目,是犯法的!"老板娘嘻嘻笑道:"有人想看,肯出钱,就有人演,这是没有办法的。"老板娘把他送进屋里,退出前,还半真半假地说:"你如果发燥,等会再来替你消火!"

当王桂生躺下,想继续睡,却有好久睡不着,他对这种演出不以为然,却又感到有些惬意。等他蒙眬睡去,觉得被人触动,他伸手一摸,摸到一个温软的躯体。那人的手劲儿大,把他举到胸前,使他如卧绵上。一夜之间,几度升天,几乎气绝,最后不得不承认,自己常常自诩,原来竟是井中之蛙,不知江湖之大。

王桂生变成了一条毛毛虫,蜷缩在薄薄的棉毯下,一直困到日近中天。等他醒来,发现房中坐满了人,那些人正在大声谈笑。看见他转动身子,有个大个儿男子站起身来,挪到了床前,弓着腰,朝着他咧嘴大笑。他忙睁开眼,一看认出是在办事处接待他的那人。王桂生忽然想起自己的使命,连忙坐起来,叫道:"啊,啊,耽搁了,请你赶快带我去见杨永清。"那人哈哈大笑。这时他的背后突然转出一个瘦猴脸的人来,那人也嘻嘻笑着,指着那人说道:"你要找的杨永清,远在天边,近在眼前,这位就是。"王桂生满腹狐疑,盯着那人看了一阵,才问道:"你是杨永清?"那人道:"就是鄙人。"说完他又仰头大笑。王桂生感到被人捉弄了,突然大发脾气,他大声骂道:"狗娘养的,装神弄鬼,套老子的笼子!"杨永清却没有生气,继续笑道:"彼此都是兄弟,套什么笼子? 不过想让孙二娘考一考你,看你及格不及格。你读过《水浒传》没有? 上面有位孙二娘,专做人肉包子卖,我们这位孙二娘,也有人肉包子,不过她的包子很大,昨夜一顿把你喂饱了,你还骂我们,太不应该! 不过听孙二娘说,她的包子太大,你的肚量太小,吃不了。"接着杨永清大声叫喊哎哟,原来他的头发被人抓住了,把它朝上拖,仿佛痛得很。王桂生抬头一看,看见他背后还有那老板娘。老板娘的块头比杨永清要大,而且也比他高,她提起杨永清,好像老鹰抓鸡。两人扭在一块打闹了一会,就分开了。王桂生身子虽然仍感疲乏,心里却舒坦了,他被杨永清扯起一块儿下楼吃饭。

原来二楼还有一间小餐厅,里面摆着一张圆桌,这就是通常所说的贵宾席。一群人围着圆桌子坐好,一盘盘大菜端上来。今天是杨永清请客,照例要上档次,酒水也升了级,上了贵州茅台酒,并且选的陈年酒,味儿真醇,王桂生多喝了几盏。

杨永清坐在王桂生旁边,跟他碰了几杯后,悄声对他说:"是不是觉得太腻,如果怕肥,不要紧,只要老兄有雅兴,还可以换口味。"说着他便伸手在一个小服务员身上捏了一把,捏得姑娘直叫唤,他眯细眼睛斜视,是一脸的酒气与邪气。王桂生看见那服务员是孩子,直摇头。杨永清又附耳道:"听孙二娘说,昨晚你们去看了黄幺妹的舞蹈,火得很,今夜我把她叫来,不要你破钞,让她陪你说说话儿。"王桂生怕扫了他的兴,没有摇头。

杨永清没有食言,果然等仓库剧院的晚场结束以后,那个跳独舞的女伢儿就妖妖娆娆进了王桂生的房间,她不仅容貌出众,性格儿也温柔,到底是有功力的,翻腾挪播,卷曲自如,让他增了不少见识。

王桂生在"夜来香"过了三天三夜日夜不分的日子,这是他一生中过得最快活的日子。三天三夜以后,刘斌托办的事情办妥了,水货已经运进了汽修厂的仓库。他和杨永清的关系发生了变化,他们也变成了铁杆兄弟,从此谁也不需互相防备,因为谁要负了铁杆兄弟,谁就等于负了自己。